王度庐作品大系　言情卷

王度庐·著／王芹·点校

古城新月

山西出版传媒集团

北岳文艺出版社·太原

王度庐著

上

图书在版编目（CIP）数据

古城新月：全 3 册 / 王度庐著 . — 太原：北岳文艺出版社，2018.1
ISBN 978-7-5378-5548-8

（王度庐作品大系 / 王度庐主编）

Ⅰ . ①古… Ⅱ . ①王… Ⅲ . ①长篇小说－中国－当代 Ⅳ . ① I247.5

中国版本图书馆 CIP 数据核字（2018）第 003980 号

书名：古城新月　　　　策　划：续小强　　　书籍设计：张永文
著者：王度庐　　　　　　　　　　刘文飞　　　印装监制：巩　璠
点校：王　芹　　　　责任编辑：刘文飞

出版发行：山西出版传媒集团·北岳文艺出版社
地址：山西省太原市并州南路 57 号
邮编：030012
电话：0351-5628696（发行部）　0351-5628688（总编办）
传真：0351-5628680
网址：http://www.bywy.com　E-mail：bywycbs@163.com
经销商：新华书店　印刷装订：山西人民印刷有限责任公司

开本：890mm×1240mm　1/32　总字数：750 千字
总印张：25.25　版次：2018 年 1 月第 1 版　印次：2018 年 1 月山西第 1 次印刷
书号：ISBN 978-7-5378-5548-8
总定价：108.00 元（全三册）

出版前言

　　王度庐（1909—1977），原名葆祥（后改葆翔），字霄羽，出生于北京下层旗人家庭。"度庐"是1938年启用的笔名。他是中国现代文学史上著名的武侠言情小说家，独创"悲剧侠情"一派，成为民国北方武侠巨擘之一，与还珠楼主、白羽（宫竹心）、郑证因、朱贞木并称为"北派五大家"。

　　20世纪20年代，王度庐开始在北京小报上发表连载小说，包括侦探、实事、惨情、社会、武侠等各种类型，并发表杂文多篇。20世纪30年代后期，因在青岛报纸上连载长篇武侠小说《宝剑金钗》《剑气珠光》《鹤惊昆仑》《卧虎藏龙》《铁骑银瓶》（合称"鹤-铁五部"）而蜚声全国；至1948年，他还创作了《风雨双龙剑》《洛阳豪客》《绣带银镖》《雍正与年羹尧》等十几部中篇武侠小说和《落絮飘香》《古城新月》《虞美人》等社会言情小说。

　　王度庐熟悉新文学和西方现代文化思潮，他的侠情小说多以性格、心理为重心，并在叙述时投入主观情绪，着重于"情""义""理"的演绎。"鹤-铁五部"既互有联系又相对独立，达到了通俗武侠文学抒写悲情的现代水平和相当的人性深度，具有"社会悲剧、命运悲剧、性格心理悲剧的综合美感"。他的社会言情小说的艺术感染力也很强，注重营造诗意的氛围，写婚姻恋爱问题，将金钱、地位与爱情构成冲突模式，表现普通人对个性解放、爱情自由和婚姻平等的追求与呼唤。这些作品注重写人，写人性，与"五四"以来"人的文学"思潮是互相呼应的。因此，王度庐也成为通俗文学史乃至整个中国现代文学史研究中绕不过去的作家，被写入不同类型的文学史。许多学者和专家将他及其作品列为重点研究对象。

王度庐所创造的"悲剧侠情"美学风格影响了港台"新派"武侠小说的创作，台湾著名学者叶洪生批校出版的《近代中国武侠小说名著大系》即收录了王度庐的七部作品，并称"他打破了既往'江湖传奇'（如不肖生）、'奇幻仙侠'（如还珠楼主）乃至'武打综艺'（如白羽）各派武侠外在茧衣，而潜入英雄儿女的灵魂深处活动；以近乎白描的'新文艺'笔法来描写侠骨、柔肠、英雄泪，乃自成'悲剧侠情'一大家数。爱恨交织，扣人心弦！"台湾著名武侠小说作家古龙曾说，"到了我生命中某一个阶段中，我忽然发现我最喜爱的武侠小说作家竟然是王度庐"。大陆学者张赣生、徐斯年对王度庐的作品进行了大量的整理、发掘和研究工作，并给予了很高的评价。徐斯年称其为"言情圣手，武侠大家"，张赣生则在《王度庐武侠言情小说集》的序言中说："从中国文学史的全局来看，他的武侠言情小说大大超过了前人所达到的水平"，"他创造了武侠言情小说的完善形态，在这方面，他是开山立派的一代宗师。"

此次出版的《王度庐作品大系》收录了王度庐在不同时期的代表作和有影响力的作品，还收录了至今尚未出版过的新发掘出的作品，包括他早期创作的杂文和小说。此外，为了满足不同领域的读者的需求，此版还附有张赣生先生的序言、已知王度庐小说目录和王度庐年表，以供研究者参考。这次出版得到了王度庐子女的大力支持和密切配合，王度庐之女王芹女士亲自对作品进行了点校。可以说，他们的支持使得《王度庐作品大系》成为王度庐作品最完善、最全面的一次呈现。在此，我们表达最诚挚的谢意。

在编辑过程中，我们依据上海励力出版社，参考报纸连载文本及其他出版社的原始版本，对作品中出现的语病和标点进行了订正；遵循《第一批异形词整理表》（GF1001-2001），对文中的字、词进行了统一校对；并参照《现代汉语大词典》《汉语方言大词典》《北京方言词典》《北京土语辞典》等工具书小心求证，力求保持作品语言的原汁原味。由于编辑水平和时间有限，难免有疏漏之处，敬请广大读者批评指正！

北岳文艺出版社

二〇一五年六月三十日

总　序

　　王度庐是位曾被遗忘的作家。许多人重新想起他或刚知道他的名字，都可归因于影片《卧虎藏龙》荣获奥斯卡奖的影响。但是，观赏影片替代不了阅读原著，不读小说《卧虎藏龙》（而且必须先看《宝剑金钗》），你就不会知道王度庐与李安的差别。而你若想了解王度庐的"全人"，那又必须尽可能多地阅读他的其他著作。北岳文艺出版社继《宫白羽武侠小说全集》《还珠楼主小说全集》之后推出这套《王度庐作品大系》（以下简称《大系》），对于通俗文学史的研究，可谓功德无量！

　　王度庐，原名王葆祥，字霄羽，1909年生于北京一个下层旗人家庭。幼年丧父，旧制高小毕业即步入社会，一边谋生，一边自学。十七岁始向《小小日报》投寄侦探小说，随即扩及社会小说、武侠小说。1930年在该报开辟个人专栏《谈天》，日发散文一篇；次年就任该报编辑。八年间，已知发表小说近三十部（篇）。1934年往西安与李丹荃结婚，曾任陕西省教育厅编审室办事员和西安《民意报》编辑。1936年返回北平，继续以卖稿为生，次年赴青岛。青岛沦陷后始用笔名"度庐"，在《青岛新民报》及南京《京报》发表武侠言情小说（同时继续撰写社会小说，署名则用"霄羽"）。十余年间，发表的武侠小说、社会小说达三十余部。1949年赴大连，任大连师范专科学校教员。1953年调到沈阳，任东北实验中学语文教员。"文革"时期，以退休人员身份随夫人"下放"昌图县农村。1977年卒于辽宁铁岭。

早在青年时代,王度庐就接受并阐释过"平民文学"的主张。他的文学思想虽与周作人不尽相同,但在"为人生"这一要点上,二者的观念是基本一致的。

从撰写《红绫枕》(1926年)开始,王度庐的社会小说(当时或又标为"惨情小说""社会言情小说")就把笔力集中于揭示社会的不公、人生的惨淡,以及受侮辱、受损害者命运的悲苦。

恋爱和婚姻是"五四"新文学的一大主题。那时新小说里追求婚恋自由的男女主人公面对的阻力主要来自封建家庭和封建礼教,作品多反映"父与子"的冲突——包括对男权的反抗,所以,易卜生笔下的娜拉尤被觉醒的女青年们视为楷模。到了王度庐的笔下,上述冲突转化成了"金钱与爱情"的矛盾。

正如鲁迅所说:娜拉冲出家庭之后,倘若不能自立,摆在面前的出路只有两条——或者堕落,或者"回家"。王度庐则在《虞美人》中写道:"人生""青春"和"金钱","三者之间是相互联系着的",而在当时的中国社会里,金钱又对一切起着主导性的作用。他所撰写的社会言情小说,深刻淋漓地描绘了"金钱"如何成为社会流行的最高价值观念和唯一价值标准,如何与传统的父权、男权结合而使它们更加无耻,如何导致社会的险恶和人性的异化。

王度庐特别关注女性的命运。他笔下的女主人公多曾追求自立,但是这条道路充满凶险。范菊英(《落絮飘香》)和田二玉(《晚香玉》)付出了生命的代价;虞婉兰(《虞美人》)终于发疯,生不如死。唯有白月梅(《古城新月》)初步实现了自立,但她的前途仍难预料;至于最具"娜拉性格",而且也更加具备自立条件的祁丽雪,最终选择的出路却是"回家"。

这些故事,可用王度庐自己的两句话加以概括:"财色相欺,优柔自误"(《〈宝剑金钗〉序》)。金钱腐蚀、摧毁了爱情,也使人性发生扭曲。人是"社会关系的总和",他的社会小说正是通过写人,而使社会的弊端暴露无遗。

在社会小说里,王度庐经常写及具有侠义精神的人物,他们扶弱抗强,甚至不惜舍生以取义。这些人物有的写得很好,如《风尘四杰》里的天桥四杰和《粉墨婵娟》里的方梦渔;有些粗豪角色则写得并不成功,流于概念化,如《红绫枕》里的熊屠户和《虞美人》里的秃头小三。

上述侠义角色与爱情故事里的男女主人公一样,也是现代社会中的弱者。作者不止一次地提示读者,这些侠义人物"应该"生活于古代。这种提示背后隐含着一个问题:现代爱情悲剧里的那些痴男怨女,如果变成身负绝顶武功的侠士和侠女,生活在快意恩仇的古代江湖,他们的故事和命运将会怎样?这个问题化为创作动机,便催生出了王度庐的侠情小说,这里也昭示着它们与作者所撰社会小说的内在联系。

《宝剑金钗》标志着王度庐开始自觉地把撰写社会言情小说的经验融入侠情小说的写作之中,也标志着他自觉创造"现代武侠悲情小说"这一全新样式的开端。此书属于厚积薄发的精品,所以一鸣惊人,奠定了作者成为中国现代武侠悲情小说开山宗师的地位。继而推出的《剑气珠光》《鹤惊昆仑》《卧虎藏龙》《铁骑银瓶》①(与《宝剑金钗》合称"鹤-铁五部")以及《风雨双龙剑》《彩凤银蛇传》《洛阳豪客》《燕市侠伶》等,都可视为王氏现代武侠悲情小说的代表作或佳作。

作为这些爱情故事主人公的侠士、侠女,他们虽然武艺超群,却都是"人",而不是"超人"。作者没有赋予他们保国救民那样的大任,只让他们为捍卫"爱的权利"而战;但是,"爱的责任"又令他们惶恐、纠结。他们驰骋江湖,所向无敌,必要时也敢以武犯禁,但是面对"庙堂"法制,他们又不得不有所顾忌;他们最终发现,最难战胜的"敌人"竟是"自己"。如果说王度庐的社会小说属于弱者的社会悲剧,那么他的武侠悲情小说则是强者的心灵悲剧。

王度庐是位悲剧意识极为强烈的作家。他说:"美与缺陷原是一个东西。""向来'大团圆'的玩意儿总没有'缺陷美'令人留恋,而且人生本来是一杯苦酒,哪里来的那么些'完美'的事情?"(《关于鲁海娥之

---

①这里叙述的是发表次序。按故事时序,则《鹤惊昆仑》为第一部,以下依次为《宝剑金钗》《剑气珠光》《卧虎藏龙》《铁骑银瓶》。

死》)《鹤惊昆仑》和《彩凤银蛇传》里的"缺陷"是女主人公的死亡和男主人公的悲凉;《宝剑金钗》《卧虎藏龙》《铁骑银瓶》里的"缺陷"都不是男女主角的死亡,而是他们内心深处永难平复的创伤;《风雨双龙剑》和《洛阳豪客》则用一抹喜剧性的亮色,来反衬这种悲怆和内心伤痕。

王度庐把侠情小说提升到心理悲剧的境界,为中国武侠小说史做出了一大贡献。正如弗洛伊德所说:"这里,造成痛苦的斗争是在主角的心灵中进行着,这是一个不同冲动之间的斗争,这个斗争的结束绝不是主角的消逝,而是他的一个冲动的消逝。"①这个"冲动"虽因主角的"自我克制"而消逝了,但他(她)内心深处的波涛却在继续涌动,以致成为终身遗恨。

李慕白,是王度庐写得最为成功的一个男人。

有人说,李慕白是位集儒、释、道三家人格于一身的大侠;这是该评论者观赏电影《卧虎藏龙》的个人感受。至于小说《宝剑金钗》里的李慕白,他的头上绝无如此"高大上"的绚丽光环——古龙说得好:王度庐笔下的李慕白,无非是个"失意的男人"。

在《宝剑金钗》里,李慕白始终纠结于"情"和"义"的矛盾冲突之中,他最终选择了舍情取义,但所选的"义"中却又渗透着难以言说的"情"。手刃巨奸如囊中取物,李慕白做得非常轻易;但是他却主动伏法,付出的代价极其沉重。他做这些都是自愿的,又都是不自愿的。出发除奸之前,作者让他在安定门城墙下的草地上做了一番内心自剖,这段自剖深刻地展示着他的"失意",这种心态可以概括为三个字——"不甘心"。

在本《大系》所收"早期小说与杂文"卷中,读者可以见到王度庐用笔名"柳今"所写的一篇杂文《憔悴》,其中有段文字,所写心态与上述李慕白的自剖如出一辙。读者还可见到,《红绫枕》里男主角戚雪桥为爱

①弗洛伊德:《戏剧中的精神变态人物》,张唤民译,载《二十世纪西方美学名著选》(上),复旦大学出版社,1987,第410页。

人营墓、祭扫时的一段内心独白，其心态又与柳今极其相似。于是，我们看到了王度庐、柳今、戚雪桥（还有一些其他角色，因相关作品残缺而未收入《大系》）与李慕白之间的联系——李慕白的故事，是戚雪桥们的白日梦；戚雪桥、李慕白们的故事，则是柳今、王度庐的白日梦。

不把李慕白这个大侠写成一位"高大上"的"完人"，而把他写成一个"失意的男人"，这是王度庐颠覆传统"侠义叙事"，为中国武侠小说史做出的又一贡献。

玉娇龙，是王度庐写得最为成功的一个女人。

玉娇龙的性格与《古城新月》里的祁丽雪有相似之处，但是她的叛逆精神更加决绝、更加彻底。为了自由的爱情，她舍弃了骨肉的亲情。同时，她也舍弃了贵胄生活，选择了荆棘江湖；舍弃了城市文明，选择了草莽蛮荒。

对玉娇龙来说，最难割舍的是亲情；最难获得的，是理想的婚姻。她发现自己选择罗小虎未免有点莽撞，所以又离开了他。她获得了自由的爱情，却在事实上拒绝了自由的婚姻。这与其说反映着"礼教观念残余""贵族阶级局限"，不如说是对文化差异的正视。尽管如此，这位"古代娜拉"并未"回家"，而是毅然决然地踏上一条不归路。这条路是悲凉的，同时又是壮美的。

玉娇龙和李慕白都是"跨卷人物"。《剑气珠光》里的李慕白写得不好，因为背离了《宝剑金钗》中业已形成的性格逻辑。《铁骑银瓶》里的玉娇龙则写得很好，她青年时代的浪漫爱情，此时已经升华为伟大的、无私的母爱。她青年时代的梦想，终于在爱子和养女的身上得以成真，但是他们携手归隐时的心态，也与母亲一样充满遗憾。

王度庐的上述成就，都是源于对传统武侠叙事的扬弃，这也使他的武侠悲情小说拥有了现代精神。

王度庐又是一位京旗作家。

清朝定都北京之后，即将内城所居汉人一律迁出，由八旗分驻内城八区。王度庐家住地安门内的"后门里"，属于镶黄旗驻区，其父供职于内务府的上驷院。内务府是一个由满洲上三旗（镶黄、正黄、正白旗）内"从龙包衣"①组成的机构，专门管理皇家事务。由此可知，王氏当属编入满洲镶黄旗的"汉姓人"，这一族群不同于"汉人""汉军"，满人把他们视为同族②。

满人崛起于白山黑水之间，性格刚毅尚武，自立自强，粗犷豪放。入关定鼎之后，宴安日久，八旗制度的内在弊端开始呈现，"八旗生计"问题日益突出，以致最终导致严重的存亡危机。王度庐出生时，恰逢取消"铁杆庄稼"（即旗人原本享受的"俸禄"），父亲又早逝，全家陷于接近赤贫的境地。他的早期杂文经常写到"经济的压迫"，"身世的漂泊，学业的荒芜"，疾病的"缠身"，始终无法摆脱"整天奔窝头"的境况。他的许多社会小说及其主人公的经历、心境，也都寄托着同样的身世之感和颓丧情绪。这种刻骨铭心的痛楚，蕴含着当时旗人不可避免的噩运，汉族读者是难以体会这种特殊的苦痛的。

同时，王度庐又十分景仰旗族优秀的民族精神。他的作品，明确书写旗人生活的有十多部；他所塑造的许多旗籍人物身上，都寄托着他对民族精神的追忆和期许。

从这个角度考察玉娇龙，首先令人想到满族的"尊女"传统。满族文史专家关纪新认为，这一传统的形成，至少有四点原因：一、对母系氏族社会的清晰记忆；二、以采集、渔猎为主的传统经济，决定了男女社会分工趋于平等；三、入关之前未经历很多封建化过程；四、旗族少女在理论上都有"选秀入宫"机会，所以家族内部皆以"小姑为大"。③玉娇龙那昂扬的生命力，正是满族少女普遍性格的文学升华。《宝刀飞》可能是第一部把入宫前的慈禧，作为一位纯真、浪漫而又不无"野心"的旗族姑娘加以描绘的小说。作者以"正笔"书写入宫前的她，用"侧笔"续写成为"西宫娘娘"之后的她，沉重的历史

①"包衣"，满语，意为"家里人"，在一定语境下也指"世仆""仆役"；"从龙"，指从其祖先开始就归皇帝亲领。王度庐在一份手写的简历里说：父亲在清宫一个"管理车马的机构"任小职员，这个机构当即内务府所属之上驷院。

②按："满人"专指满族；"旗人"这一概念则涵括满洲、蒙古、汉军三个八旗的所有成员，其内涵大于"满人"。

③参阅关纪新：《多元背景下的一种阅读——满族文学与文化论稿》，辽宁民族出版社，2013，第219页。

感里蕴含几分惋惜，情感上极具"旗族特色"。

在《宝剑金钗》和《卧虎藏龙》里，德啸峰虽非主人公，却可视为旗籍"贵胄之侠"的典型。他沉稳、老练，善于谋划，善于掌控全局，比李慕白更加"拿得起、放得下"。他的身上比较完整地体现着金启孮所说京城旗人游侠的三个特征：一、凌强而不欺下，一般人对他们没有什么恶感。二、多在八旗人居住的内城活动，没什么民族矛盾的辫子可抓。三、偶或触犯权势，但不具备"大逆不道"的证据，故多默默无闻。[①]铁贝勒、邱广超和《彩凤银蛇传》里的谢慰臣都属此类人物。

进入民国之后，由于政治、经济原因，京中旗人的精神状态呈现更趋萎靡甚至堕落之势（《晚香玉》里的田迂子即为典型），但是王度庐从闾巷之中找到了民族精神的正面传承。《风尘四杰》实际写了五个"闾巷之侠"——那位"有学有品而穷光蛋"[②]的"我"，也算一个"不武之侠"。作者清楚地认识到：虽然早非"侠的时代"，但是天桥"四杰"[③]身上那种捍卫正义，向善疾恶，刚健、豁达、坚韧、仗义、乐观的民族精神，却是值得弘扬光大的。这已不仅仅是对旗族的期许，更是对重振中华民族传统美德的期许。

凡是旗人，都无法回避对于清王朝的评价。王度庐在杂文里认为，"大清国歇业，溥掌柜回老家"[④]乃是历史的必然，人民期盼的是真正实现"五族共和"。他更在两部算不上杰作的小说中，以传奇笔法描绘了两位清朝"盛世圣君"的形象。《雍正与年羹尧》里的胤禛既胸怀雄才大略，又善施阴谋诡计。他利用"江南八侠"的"复明"活动实现自己夺嫡、登基的计划，又在目的达到之后断然剪除"八侠"势力。但是，他对汉族的"复明"意志及其能量日夜心怀惕惧，以至"留下密旨，劝他的儿子登基以后，要相机行事，而使全国

---

① 参阅关纪新：《老舍与满族文化》，辽宁民族出版社，2008，第80页。
② 语见王度庐早期杂文《中等人》，原载于北平《小小日报》1930年4月5日"谈天"栏，署名"柳今"。
③ 民国初年，"天坛附近的天桥大多数的女艺人、说书人、算命打卦者都是满人"。转引自关纪新：《老舍与满族文化》，辽宁民族出版社，2008，第122页。
④ 语见王度庐早期杂文《小算盘》，原载于《小小日报》1930年5月20日"谈天"栏，署名"柳今"。

恢复汉家的衣冠"。书中还有一位不起眼的小角色——跟着胤禛闯荡江湖的"小常随",他与八侠相交甚密,又很忠于胤禛。"两边都要报恩"的尖锐矛盾,导致他最终撞墙而殉。作者展示的绝不限于"义气",这里更加突出表现的是对汉族的负疚感和对民族杀伐史的深沉痛楚。王度庐对历史的反思已经出离于本民族的"兴亡得失",上升为一种"超民族"的普世人文关怀。《金刚玉宝剑》中的乾隆,则被写成一个孤独落寞的衰朽老人,这一形象同样透露着作者的上述历史观。

满族入关后吸收汉族文化,"尚武"精神转向"重文",涌现出了纳兰性德、曹雪芹、文康等杰出满族作家,其中对王度庐影响最大的是纳兰性德。"摇落后,清吹那堪听。淅沥暗飘金井叶,乍闻风定又钟声。"①纳兰词的凄美色调,融入北京城的扑面柳絮和戈壁滩的漫天风沙,形成了王度庐小说特有的悲怆风格。

旗人的生活文化是"雅""俗"相融的,王度庐继承着旗族的两大爱好:鼓词(又称"子弟书""落子")和京剧。他十七岁时写的小说《红绫枕》,叙述的就是鼓姬命运,其中还插有自创的几首凄美鼓词。至于京剧,据不完全统计,仅在《落絮飘香》《古城新月》《晚香玉》《虞美人》《粉墨婵娟》《风尘四杰》《寒梅曲》七部小说中,写及的剧目已达九十六折②之多!作为小说叙事的有机内涵,王度庐写及昆曲、秦腔、梆子与京剧的关系,"京朝派"(即京派)与"外江派"(即海派)的异同,"京、海之争"和"京、海互补",票社活动及其排场,非科班出身的伶人、票友如何学戏,戏班师傅和剧评家如何为新演员策划"打炮戏",各色人等观剧时的移情心理和审美思维……他笔下的伶人、票友对京剧的热爱是超功利的,而她(他)们的社会角色和物质生活则是极功利的——唯美的精神追求与惨淡的现实生活构成鲜明反差,映射着

---

①纳兰性德:《忆江南》——当年王度庐与李丹荃相爱,曾赠以《纳兰词》一册,李丹荃女士七十余岁时犹能背诵这首词。
②由于现存《虞美人》和《寒梅曲》文本均不完整,所以这一数字是不完整的。而未列入统计对象的《宝剑金钗》《燕市侠伶》等作品中,也常含有京剧演出、观赏等情节,涉及剧目亦复不少。

人性的本真、复杂和异化。他又善于利用剧情渲染故事情节和人物情感,例如《粉墨婵娟》中,凭借《薛礼叹月》和《太真外传》两段唱词,抒发女主人公不同情境下的不同心绪,展示着"戏如人生、人生如戏"的微妙契合,极大地增强了小说的诗意。

入关以后,旗人皆认"京师"为故乡,京旗文学自以"京味儿"为特色。王度庐的小说描绘北京地理风貌极其准确,所述地名——包括城门、街衢、胡同、集市、苑囿、交通路线等等,几乎均可在相应时期的地图上得到印证。《宝剑金钗》《卧虎藏龙》主人公的活动空间广阔,书中展示清代中期北京的地理风貌相当宏观,又非常精细。玉娇龙之父为九门提督,府邸位置有据可查,作者由此设计出铁贝勒、德啸峰、邱广超府第位置,决定了以内城正黄旗、镶黄旗(兼及正红旗、正白旗)驻区为"贵胄之侠"的主要活动区域。李慕白等为江湖人,则决定了以"外城"即南城为其主要活动区域。两类侠者的行动则把上述区域连接起来,并且扩及全城和郊县。《落絮飘香》《古城新月》《晚香玉》《虞美人》等社会小说中,主人公的活动空间相对狭小,所以每部作品侧重展示的是民国时期北平城的某一局部区域:或以海淀—东单—宣内为主,或以西城丰盛地区—东单王府井地区为主,等等。拼合起来,也是一幅接近完整的"北平地图"。上述小说之间所写地域又常出现重合,而以鼓楼大街、地安门一带的重合率为最高。作者故居所在地"后门里"恰在这一区域,在不同的作品里,它被分别设置为丐头、暗娼等的住地。这里反映着作者内心深处存在一个"后门里情结",他把此地写成天子脚下、富贵乡边的一个小小"贫困点",既体现着平民主义的观念,又是一种带有幽默意味的自嘲。

王度庐小说里的"北京文化地图",是"地景"与"时景"的融合,所以是立体的、动态的。这里的"时景",指一定地域中人们的生活形态,包括节俗、风习。无论是妙峰山的香市、白云观的庙会、旗族的婚礼仪仗、富贵人家的大出丧、"残灯末庙"时的祭祖和年夜饭、北海中元节的"烧法船",乃至京旗人家的衣食住行,王度庐都描写得有声有色,细致生动。这些"时景"与故事情节融为一体,成为展示人物性格、心理的重要手段;同时也颇具独立的民俗学价值。王度庐在小说里常将富贵繁华区的灯红酒绿与平民集市里的杂乱喧闹加以对比,而对后者的描绘和评论尤具特色。例如,《风尘四杰》里是这样介绍天桥的："天桥，的确景物很多，让你百看不厌。人乱而事杂，技艺丛集，藏龙卧虎，新旧并列。是时代的渣滓与生计的艰辛交织成了这个地方，在无情的大风里，秽土的弥漫中，令你啼笑皆非。"他笔下的天桥图景，喷发着故都世俗社会沸沸扬扬的活力和生机，嘈杂喧嚣而又暗藏同一的内在律动；它与内城里的"皇气""官气"保持着疏离，却又沾染着前者的几分闲散和慵懒。这又是一种十分浓厚、相当典型的"京味儿"！

"京味儿"当然离不开"京腔"。王度庐的语言大致是由两部分组成的：叙事以及文化程度较高角色的口语，用的是"标准变体"，即经过"标准化处理"的北京话，近似如今的"普通话"；底层人物的语言，则多用地道的北京土语，词汇、语法都有浓厚的地域特色，比一般的"京片儿"还要"土"。故在"拙""朴"方面，他比一些京派作家显得更加突出。

由于众所周知的原因，王度庐的作品散佚严重，这部《大系》编入了至今保存完整或相对完整的小说二十余种，另有一卷专收早期小说和杂文。

笔者认为，1949年前促使王度庐奋力写作的动力当有三种：一曰"舒愤懑"；二曰"为人生"；三曰"奔窝头"。三者结合得好，或前二者起主要作用时，写出来的作品质量都高或较高；而当"第三动力"起主要作用时，写出来的作品往往难免粗糙、随意。当然，写熟悉的题材时，质量一般也高或较高，否则，虽欲"舒愤懑""为人生"，也难以得到理想的效果。是否如此，还请读者评判、指正。

徐斯年
二〇一四年十一月于姑苏香滨水岸

凡 例

1.《落絮飘香》

1939 年 4 月至 1940 年 2 月连载于《青岛新民报》,署名"霄羽"。1948 年 9 月由上海励力出版社印行单行本,分为 4 册:《落絮飘香》《琼楼春情》《朝露相思》《翠陌归人》。本版恢复为一册,据单行本排印。

2.《古城新月》

1940 年 2 月至 1941 年 4 月连载于《青岛新民报》,署名"霄羽"。1948 年至 1950 年由上海励力出版社印行单行本, 分为四册:《朱门绮梦》《小巷娇梅》《碧海狂涛》《古城新月》。本版恢复为一册,据单行本排印。

3.《海上虹霞》

1941 年 4 月至 8 月连载于《青岛新民报》,署名"霄羽"。1949 年由上海励力出版社印行单行本,分为两册:《海上虹霞》《灵魂之锁》。本版恢复为一册,据单行本排印。

4.《晚香玉》

1947 年 5 月至 1948 年 1 月连载于《青岛时报》,署名"绿芜"。1948 年由上海励力出版社印行单行本,分为两册:《绮市芳葩》《寒波玉蕊》。本版恢复原名,据单行本排印。

5.《粉墨婵娟》

1948 年 2 月至 7 月连载于《青岛时报》,署名"绿芜"。1948 年由上海元昌印书馆印行单行本,分为两册:《粉墨婵娟》《霞梦离魂》。本版恢复为一册,据单行本排印。

6.《风尘四杰·香山侠女》

《风尘四杰》,1948 年 2 月起,连载于《岛声旬刊》,署名"佩侠"。1949 年由上海励力出版社出版单行本。本版据单行本排印。

《香山侠女》,1949 年由上海励力出版社出版单行本,未见连载。本版据单行本排印。

目录

第一回　复杂的家庭

阳历年才过,旧历年又来了。水仙展开年轻姑娘似的芳容,盆梅也像俏皮小丫头似的笑了。孙妈咧了咧干瘪的嘴,心里充满了一年之中罕有的快乐。孙妈是祁公馆里干粗活的一个老仆妇,一年到头地扫院子、擦地板,冬天还加上添火炉,细致的活儿绝轮不到她的头上。可是今天她居然跟着伙伴在书房里擦起家具来了。

书房里面的家具全都是花梨紫檀的,条案上都嵌着带云彩的石头心,椅子背上也镶着蚌壳。架格上的书倒不甚多,可尽是些小摆设,什么古铜的小香炉,绷瓷的小花瓶、盖碗,五彩的鼻烟壶,象牙雕刻的小佛爷,简直多不可数。

孙妈也听老爷对别人说过,这书房里所有的东西,假使有人给五十万块钱,他也不卖。所以孙妈跟余妈今天来这儿工作,她要特别谨慎。她那粗糙的手指头不敢直接去碰桌子的腿,只用一块绒布轻轻地擦,直擦得桌椅、条案、架格,连里间木炕下面的两个小脚凳,全都是又黑又亮,亮得能照得见人。可是那些小摆设她还是不敢伸手去摸一摸。手里拿着绒布,眼睛东瞧西望,好半天,她才大着胆子把茶几上一个古瓷花瓶双手搬开,过去企着脚儿,擦那冰炸梅的月亮形的后窗户。

余妈在旁边跟她说话,余妈向来是好谈天,她一面轻轻地擦着瓶座,一面嘴里不断地说:"二太太也真是! 快到年下啦,大家都应当欢欢喜喜的,昨儿晚上她又哭起来啦,也不怕不吉祥,不怪老爷这程子不怎么爱搭理她啦!"孙妈没言语,还是专心擦她那后窗户。

余妈擦完了瓶座又去擦掸瓶,她又说:"五小姐可也真厉害,当着老爷她敢骂三太太!"孙妈还是没有出声。

余妈又说:"五小姐、四少爷跟三太太,现在都大长脾气,你不常伺候你不知道,什么都要挑剔。赶明儿骏少爷一来了,那更难伺候了!那位少爷,他要瞧见沙发上有芝麻大的一个泥点儿,都不行。"

孙妈听到这儿,她忽然回过头来,脸上迸出笑容,说:"骏少爷几时来呀?"

余妈说:"不是前天还来了一封电报吗?说是两三天就要来啦,今儿是二十七,我想总得过了年才能来吧?"

孙妈听说骏少爷不久就要来到,在她似乎是出了一件值得欢喜的事儿,她就称赞着说:"那位少爷,可比咱们宅里的这几位爷都好!前四年他在东屋住着,有一天我去擦地板,蓦不防地犯了我那老病,躺在地下了。人家骏少爷穿着挺干净的西服,过去就把我搀起来,放在人家那雪白的床单上,赶紧就打电话请大夫给我扎针,后来五小姐叫我回家去养病,人家还叫小崔给我送去十块钱。真的,哪儿找那么好的少爷去呀?你们还说人家难伺候。"

余妈说:"你知道骏少爷是为什么要来吗?因为……"

才说到这里,忽听屋门一响,两个人齐都扭头去看,见是三姨太太屋里的小吴妈。小吴妈在祁公馆简直是半个主人,孙妈跟余妈一见她来,齐都有点儿害怕,孙妈就笑着说:"吴姐,你来瞧瞧我们收拾得怎么样?"

小吴妈点了点头,扭着两只四寸不到三寸有余的小脚儿,在里外屋转了一转。余妈偷眼瞧着她那梳得挺光亮的圆髻、青线呢的肥腿裤、翠蓝士林布的小袄;等着她一转过脸来,那两颊真是红里显白、白里透红,仿佛盆里的梅花都没有她那么漂亮。

小吴妈人虽年轻,可是态度是郑重的,她说:"也就这样儿了!架格上的那些东西你们可别动手,回头等我来收拾。孙姐擦完了窗户,你们上五小姐屋里收拾去吧！这屋里到年下也没有什么客来，倒是五小姐的屋里，得好好收拾收拾，要不然多来了几个同学，就连坐的地方都没有了！"吩咐完了，小吴妈扭搭扭搭地往外走去。

一出屋，忽然吧的一声，把小吴妈吓得差点没叫出来。原来是二姨太太的那个孩子，一手拿着香火头儿，一手拿着许多鞭炮，从外边跳着进来，吧地又放了一个。震得小吴妈的耳朵嗡的一声，她就把脸儿一绷，说："六少爷，你找着挨说呀？老爷可在家啦！"那个六少爷一听，吓得一缩头，咚咚地顺着廊子跑往西小院去了。小吴妈斜着眼睛看了看那孩子的后影，然后才一扭一扭地回东院三姨太太的房里。

这时书房里的孙妈已把后窗户擦完，余妈就说："咱们快走吧，这书房里没有咱们的份儿！干好了落不着好儿，干坏了倒叫小吴妈犯一大套闲话，那才叫合不着呢！"于是两个人又到正院的西屋里去收拾。

这时虽然学校已放了寒假，但五小姐没在家。五小姐那么讲究的人，洋服永远是平平展展，可是她的屋子里真乱。三间屋子是两明一暗，外屋的沙发上就扔着睡衣，里屋那很漂亮的弹簧床上乱扔着袜子、衬衫、书、报纸，还趴着个半尺来长光着身子的石膏小人儿，简直像个杂货摊。

余妈去给收拾床，孙妈就找笤帚扫地，她由地下捡起来个胭脂盒，写字台的下面也尽是撕碎了的洋信纸，还有相片，也被撕得七零八碎的了。孙妈拾起一块来看，是个年轻男子的脑袋，只剩了一只眼，那一半也不知撕了之后是扔到哪儿去了。孙妈不由得点了点头，心想：这年头儿的小姐么！她赶紧扫到一堆，用手捧到外屋，扔在洋火炉里。

这时就听外面咯咯的一阵响声，是五小姐祁丽雪回来了，她夹着一个用花绳儿系着的扁长匣子，不知买的是什么东西。祁丽雪一进屋，就脱下了青色的长毛绒大衣，露出里面的一身藏青女西装，她一面摘着手套，一面问说："余妈，骏少爷来了没有？"余妈在里屋回答说："没来，总得过年才能来吧？"祁丽雪说："谁说的？"便忙忙地往外走，临出屋时还回首嘱咐说："孙妈，把火添旺着点！"孙妈答应了一声，祁丽雪就到北屋太太的屋里去了。

太太正在屋里念佛,心里祷告着:我的侄子柏骏青,千万在路上平安。来到这儿,他姑父一劝他,他立刻就心回意转,过年回家把媳妇儿订了……忽然耳边听得一声:"妈妈!"她那过年就是十九岁的女儿进屋来了。

祁丽雪说:"妈妈,我表哥是不是今天或明天就要来了?"说时,她斜着脸去看墙上挂着的那张表哥柏骏青的相片。那是个仅仅二十岁,明年就要在武昌大学毕业的极为英俊的青年,有着像泰罗鲍华似的眼睛,罗勃泰勒似的峻拔体格,仿佛在那里向他的表妹微笑着。旁边是他们全家福的相片,下边桌上摆的是两个小佛龛,大肚弥勒佛却在露天坐着,旁边还堆着几本《劝世文》《金刚经》《太上感应篇》,都被香烟熏黄了。

祁太太胖得连说话都困难,半天她才说:"骏青么,他要头年就来。依着我,过年再来好不好?虽说是至亲,也不应当在别人家里过年呀!"

祁丽雪却抿着嘴笑了笑,说:"妈妈,您总是把年看得那么重要!我们好容易才放了寒假,表哥早一点来,我们多玩几天不好吗?"

祁太太手里捻着菩提珠,暗中又念了几声"唵嘛呢咪吽",然后她略略抬起头来,说:"他哪儿有心思跟你们玩?你不知道他跟你舅父打了架,你舅父要告他忤逆,他才要到咱们这儿来的吗?"

祁丽雪点头笑着说:"我知道,我认为那完全是我舅父的不对!我舅父比我爸爸还要顽固。儿女的婚事本应当由儿女们自己做主,这现在无论什么人全都知道了。我舅父向来是拿他那戊戌政变时代的头脑,自鸣为新人物,如今却对于儿子的婚事这么硬作主张,实在是错误。我认为我表哥的出走是最正当的!譬如我二哥,您给他从小儿定的亲,到现在娶也不能娶,退也不能退,这不都是旧式婚姻的害处吗?"

正说到这里,她二哥祁敬廉就进屋来了。祁敬廉穿着一件哔叽面子的紫羔皮袍,头发很蓬乱,仿佛才睡起来的样子,他手里拿着一封信,说:"这是英国来的信,老三来的,信上连一个中国字也没有!这老三,才留了一年半的学,简直就欧化了。你看吧!我的英文早都就饭吃了!"

祁丽雪接过信来,看了看,就说:"没有别的事,还是要钱!他预备下学期转入伦敦大学医科,所以要多用几个钱。"

祁敬廉把信接到手里,又放在桌上大肚弥勒佛的旁边,说:"老三要钱我可不管!我不去找爸爸碰那钉子,妈替他要吧!反正账房先生也回家过年去了,银行里今天就不办公了,要汇钱也得等到明年。"

他又转身向他妹妹说:"你们学校有个叫孙爱鸾的没有?"祁丽雪点头说:"不错,孙爱鸾她是化学系二年级的,二哥你怎么认得她?"祁敬廉摇头说:"我不认得她!她的未婚夫常子渊昨天到咱们家里,跟我打了十六圈麻将,今天晚上还许来呢。骏青要能今天赶来才好呢,我、常子渊、董文甫,连上骏青,四个人正够手儿,就不必再拉外人去啦!"说着他笑了笑,出屋去了。

祁丽雪很惆怅地走出了她母亲的屋子,她看见廊子下摆着的四盆迎春,被中午的阳光照着,那小花朵儿个个都像金子般的灿烂。她的高跟鞋慢慢地移动,走回她的屋中,一看余妈孙妈把屋子收拾得十分整洁,火炉也升得很旺,她就把茶几上摆着的一盆初放的梅花挪到圆桌上,并把桌上铺的白绒毯弄平展了,然后退两步,仔细地看了一看。

随后她又进到里屋,把写字台重新整理了一下,把维纳斯的石膏像挪到书橱上。她并没把书橱彻底整理,只把那些随便看着玩的小说都收在柜子里,换上许多精装的厚册,有《世界文学史》《北欧文学史话》《世界文库》,以及托尔斯泰、狄更斯、萧伯纳、刘易士等人的许多原文著作。

然后她又走到外屋,把才买的那个匣子打开,把里面的半打领带,一条一条地又仔细看了,看过之后又都平平地放好,把匣子收了起来。她的高跟鞋无声地踏着地毯,来回又走了走,最后她走到整容镜前,亭亭地站立着,看着自己那圆圆的脸儿,双眼皮,不算太凹的鼻梁,堪称健美的体格;同时由镜子里,仿佛幻化出来一个英俊挺拔的青年身影……半天,她才觉出自己是有点发呆了。

这时忽听院里有一阵皮鞋的响声,接着就是她二哥的笑声:"说你来,你真立刻就来了!"祁丽雪赶紧回身,掀起窗帷来一看,原来正是表哥柏骏青来了。她想要矜持一下，但心中的热情却又抑制不住，于是走出屋去，站在廊子下叫了一声："骏哥！"

柏骏青正同着祁敬廉往北房走去，已然上了台阶。忽听身后有人叫他，他赶紧回过身。一看是表妹在望着他笑，他随也点点头，笑着说："五妹妹！"急忙走过来，摘下右手的手套。但见对方没有伸过手来，他又把右手插在大衣的口袋里，笑着问说："学校放寒假了？"祁丽雪摇晃着身子，也笑着说："早就放寒假了！骏哥，你才下火车吗？"同时用眼睛看着这个占据在她脑中好久的人。柏骏青点头说："对了，昨天早七点上的车，现在才由西站来。我先见见我姑母去！"他又向祁丽雪点点头，就往北房去了。祁丽雪本想也要随着到北房去，但是不知为什么，心里好像有点不痛快，向北房里又投了一眼，然后慢慢回到自己屋里。

这时柏骏青已见了他的姑母，祁太太手里仍然拿着菩提珠，流出几点眼泪，对着她的侄子说："四年没瞧见你，你的身量倒长高了，可是比早先瘦了！你父亲好吗？你那几个姨娘对你还是那样儿吗？"柏骏青坐在旁边点点头，余妈给他倒过一碗茶来。

柏骏青喝了一口茶，由祁敬廉的手中接过一支纸烟吸着，就答复他的姑母说："家中没有什么，我父亲银行里的事情很忙，不过他的身体倒还健康；我向来是住在学校里，轻易不回家里去，跟我姨娘们没有什么接触。现在我到北京来，还是因为那个问题，因为那是我终身的事情；我认为不可以，便绝对不能通融。我临离开汉口时，我父亲就当面警告我，说是叫我到北京之后，再考虑考虑，但是我认为已没有什么再考虑的余地了。虽然我知道我父亲为这件事很生气，但是我没有法子宽慰他；并且我觉着这完全是我自身的事，我为争取我的婚姻自由，虽然给他些痛苦，但并不是我愿意做的。"说到后几句话时，祁丽雪从他的身后已走进屋来了，她二哥却望着她笑，暗中指了指这个连黑呢大衣都还没脱，靠茶几坐着，拿手支着头发愁的柏骏青。

祁太太拨弄着菩提珠，很费力地说："那晏公馆的小姐，不是听说长得也顶好吗？也在什么学堂读书吗？"

柏骏青稍稍抬起头来，皱着眉说："那我倒不详细知道，不过我跟她并不相识，彼此不了解，忽然我父亲就叫我答应订婚，到三月就要结婚，完全按着旧式婚姻的办法，那未免太滑稽了！我怎能答应呢？"

祁太太叹道："这时候要是你亲娘活着就好了，刨出她，谁也管不住你父亲那个脾气！"

旁边祁敬廉笑了笑，说："骏青你这个人也够执扭的，人生就是马马虎虎，尤其是婚姻。父母之命媒妁之言也好，自由恋爱也好，全都是一样，就跟打牌似的，'红中白板'的模样虽不同，可是无论碰了哪个，都不过是一番牌。骏青，听我的话，想开一点吧！在我们这儿过个热闹年，我有几个牌友，等回头他们来了，我给你们介绍介绍；你就在这儿玩过了灯节，再回汉口去，结婚就结婚，订婚就订婚，那都算不了什么重大问题！"

旁边站着的祁丽雪向她二哥哼了一声，说："得啦！牌迷！嘴里老离不开'红中白板'！"骏青回头一看，说话的是表妹，他那忧郁的脸上也不禁露出些笑容。

祁太太又说："你二哥他说的也是实话，譬如你大表姐，就是从小定的亲，到现在结婚就四五年了，小夫妇挺和美的。就是你二哥，他十七岁定的亲，现在快有十年啦，要不然也早就娶过来了，就因为那马家姑娘得了个怪病儿，两腿不能下地，现在病了也快有二年啦。"

祁丽雪在旁边说："是呀，这就是旧式婚姻的害处，您现在想退婚，给我二哥另娶都不成了。所以，我认为我骏哥现在的这些行动，都是极正当的，妈妈应当写信劝劝我舅父，不能再说我骏哥！"

柏骏青把手中的纸烟掐灭，很注意地听他表妹的谈话。祁敬廉却又换了一支烟吸着，斜着眼瞧了瞧他的妹妹，然后微笑着说："我这个人绝不把婚姻问题看得那么重大，不信，妈妈把瘫子给我娶过来，我也一点没有怨尤。人生不过马马虎虎，娶个合心如意的太太又当怎样？真有快乐吗？未必！骏青，你比我小几岁，还正在血气方刚的时候，我说什么话大概你也不会接受。得啦，现在丢开这事不提，眼前不就是年吗？咱们就先高高兴兴地过年。回头我那几个朋友就许来，我给你们介绍介绍，玩几天，也就把你心中的烦恼都抛开了。"

祁太太觉着她这儿子真叫她省心,胖脸上不禁现出来喜色,又说:"骏儿,年前来也好,我们家里热闹,你二哥的朋友多;你四哥天天跟同学们在一块,他们天天排新戏,把我那二三十年没穿的老衣裳都要了去啦,你跟他们玩玩,心里也就宽啦。"

她又指了指女儿,说:"你跟你五妹妹也别拘束,四年前你住在这儿的时候,你们两人不是天天在一块儿吗?咳!那时我的精神还好。今儿你来了,我一高兴,才说了这么半天话,要不然……咳!我们家里这几年……咳!不用说了,大概你也都知道。"

柏骏青点了点头,偶一回身,见表妹正用一双明媚的眼睛在向他看,而二表哥却仰着脸儿往空中吹着烟云,他站起身来说:"我姑父在家吗?我去见见。"祁丽雪便回首向余妈说:"你去告诉老爷,骏少爷来了!"余妈答应了一声,走出屋去,这里柏骏青又脸冲着姑母坐下。

待了一会儿,余妈同着小吴妈来了。小吴妈一进屋就笑着说:"呀!骏少爷来啦?我们老爷今儿有点不舒服,在三太太屋里歇着啦,说是先不用见了,您大老远地来了,也得歇一会儿。"说着,转脸向着祁敬廉说:"老爷说请骏少爷先在账房里住,二少爷您给招待招待吧!"说话时把上眼皮一掠,两只乌黑的眼珠向祁敬廉转了一转。

别人没看见,祁敬廉却笑着点了点头,很高兴地说:"好吧!"小吴妈转身扭着走了,祁敬廉又斜着眼,看了这俏老妈的后影一眼,然后他站起身来,向柏骏青说:"走吧!咱们到外边说话去。"柏骏青起身,向祁太太鞠了一躬,说:"姑妈您也歇着吧!"祁太太点了点头,柏骏青就一手拿着呢帽,随同他表哥走出屋子。此时祁丽雪已先出了屋子,她走在廊子下,袅娜地转过身来,又向骏青笑了笑。骏青便笑着点点头,说:"五妹,回头咱们再谈话!"祁丽雪倩然笑着,用目光送柏骏青和她的二哥走出屏门。

拉开自己的屋门,才一进屋,蓦然闻到一阵幽幽的芳香,她走近了盆梅前,掐了一朵,在两个手指之间无意地揉着;揉了半天,揉成了一个湿润的小球儿,才抛到痰盂里。她懒洋洋地走进里间,那写字台上的维纳斯,微低着首,像是在想什么心事。她一仰身躺在席梦思床上,弹簧把她颤动了两下,她脑子里像映电影似的,浮现出许多旧事。

那是在四年前,表哥丧了母亲,由汉口到北京来度暑假,表兄妹就天天在一起。虽然他在这里住了不过两个月,可是那时的事情,即使是很微细的,现在自己也完全记得;尤其是那天,在公园里,晚风吹送来荷香……

祁丽雪想到这里,自觉得对表哥骏青很抱歉,她想:我相信骏青是爱我的,后来,他时常给我写信,但是我却因犯了点小脾气,不给他回信,所以他才渐渐对我疏远。四年以来,我的生活是那么没有规律,可是人家骏青呢,却永远是那么认真地生活着。现在他因为婚姻问题由家中走出来,别处他都不去,却专来到我家,这绝不是没有用意的。从今天起,我的生活也应当改变了……

于是她想着自己白天就在床上躺着,未免太颓废,便立刻站起身来。对着衣橱上的镜子掠掠发,然后她又走到外屋,但是仍觉得很寂寞,没什么事可做,她就坐在沙发上,望着桌上那一盆梅花出神。

到了晚上七点钟,祁公馆里开了晚饭。这里向来是内外一共两桌。在内宅,除了老爷之外,全是女眷,连二姨太太养的那个六少爷都上不了桌面,他是跟仆人一块吃的。外院根本就凑不上一桌,二少爷因为打牌,吃饭没有一定时候;四少爷是因为组织剧团,连吃饭都顾不得;账房先生翁醉亭和常在这里住闲的于佩臣,现在都回家过年去了。今天虽然来了个柏骏青,但一桌还是凑不满,四少爷还是没回来,只是骏青和敬廉两个人在账房吃的。

祁敬廉非常不高兴地说:"董文甫、费伯欣他们,天天来找我打牌。今天才旧历二十七,离着年还有两三天呢,可是他们就都在家预备过年,不出来了,这群人真没有信用!"他像连饭都吃不下去了,又问:"骏青,你在北京的朋友多不多?可以打电话请两位来吗?咱们凑个热闹!"

骏青皱了皱眉,说:"在北京我虽有两三个朋友,但是我今天才来,还没有去看人家,忽然就邀人来打牌,未免有点不对,再说我现在也没有那精神。"

祁敬廉把筷子一摔,发着愁说:"你说我在家里多么无聊!戏园子封了箱,电影我又不爱看;打茶围去吧,姑娘们又都回家过年去啦,你说可怎么办? 难道大冷的天,到外头遛马路去?"骏青笑着说:"其实这残年腊尾,能够在家里歇一歇也好。"祁敬廉摇头说:"我跟你可不同,我这个人好动,不好静,在家里除非我打牌或是睡觉,不然你就找不着我。"

正在说着,窗外有人很官派地咳嗽了一声,原来是祁老爷悦斋进屋来了。骏青和敬廉全都立起身来,祁悦斋拿竹签剔着牙,摆手说:"你们吃饭吧!"骏青恭恭敬敬地说:"我已吃完了。"敬廉转身就溜了出去。祁悦斋在账桌旁的一把圆椅子上坐下,对着灯,骏青却很拘窘地坐在银柜旁的一个小凳上。厨子进来捡去了餐具,男仆贵禄把饭桌收拾好了,又给倒过来两碗茶。祁悦斋稍微使了个眼色,贵禄就退身出去了。

祁悦斋仍然拿竹签剔着牙,半晌才说:"前天,我接了你父亲的电报,说是你已经搭车北来,托我见着你时,劝一劝你。其实,你这件事我前些日就知道了,我正替你父亲高兴,可是想不到你竟这么糊涂起来! 你父亲现在金融界里活动,那方面不但是金融界的巨头,而且在政界又有那么大的地位,你们两家若是结了亲,不但于你父亲的事业有益,你的将来也必是不可限量。再说,那晏小姐也是大学出身,资格并不弱于你,你为什么不答应呢? 为什么要抛弃学业,离开家庭,到外面来呢? 莫非你是另外有了什么恋爱的事情吗? "

柏骏青摇头说:"没有,我并没有什么女友。这次我反对这婚姻,没有旁的原因,就是我认为我现时还没有结婚的需要,而且对方是个不相识的女子,即使能够勉强结合,将来也一定是很痛苦!"说话时,他的态度很紧张,又很悲愤。

但是祁悦斋却一点也不动色,只摇摇头说:"你们年轻人,性情若是这样执拗,将来可不容易在社会上做事。你父亲比起我来,他还算是个簇新的人物,他是个老留学生,而我只是前清捐的候补道;所以他后来能够入金融界,办实业,而我这几十年来只能在宦海浮沉。我还很受了他的启导,譬如叫你的表兄妹入学校,那起先都是他的主意。在我,对于目前的这些新潮流实在看不惯,所以你看你那几个表兄妹,他们研究外国学问可以，穿洋服我也不拦阻，但是若想在外面滥交异性朋友，随便结婚，随便离婚，那可不行。因为现在虽是新时代，但咱们总都是世代书香之家，不能太辱没了门风。所以现在我劝你过了年还是回汉口去，婚事依从你父亲的主张。不然，你要知道你父亲是个脾气急躁的人，向来他办事只讲究依法，不讲究人情；你若是再不依从他，他就能真跟你断绝父子的关系，那时，连我这里也不能收留你了！"

说话时，他的态度是越来越严肃。及至把话说完了，他见骏青两臂放在膝上，双手紧紧地握着，弯着腰低着头，一句话也不回答，又捻了捻小胡子，和缓地说："你再考虑考虑吧！反正昨天我已给你父亲写去回信了，过了灯节，一定要叫你回去！"说完话，他就站起身来，倒背着手儿，在屋中各处看了看。

忽然他走到那后窗户前，便发现了不妥当的事情，立刻拿起他那早先做官的架子，叫着："贵禄！贵禄！"贵禄赶忙由外面跑进来，祁悦斋就指着说："这窗户怎么没有窗帘？"贵禄说："本来是有的，因为翁先生前天回家去，摘下来包了东西啦。"祁悦斋说："快拿毛边纸来，把玻璃糊上！"贵禄就答应了一声。祁悦斋也没再理骏青，又向别处看了两眼，就背着手迈着方步出屋去了。

贵禄赶紧裁毛边纸，粘后窗上的玻璃。柏骏青用拳头一捶膝，恼怒地站起身来，走到衣架前，由他的大衣内取出纸烟，燃了一支，就靠着那张账桌，连气地吸着。少时贵禄把后窗户上粘好了纸，又把火炉添了添，在炉子上压了一壶开水，然后就问："骏少爷，你还有什么吩咐吗？"柏骏青摇头说："没有什么事了，你休息去吧！"贵禄走出屋之后，骏青又续上了一支烟，喷得满室的烟云，心里也像烟云那么缭乱。他在屋中来回地走着，血液都觉得沸腾，仿佛能够大喊几声，心里才算痛快。

因见屋中的火炉子太热，烟又多，他就把那才糊上纸的后窗户打开，让凉风吹进来，心里才稍微觉得轻爽了一些。他对着窗外深深呼吸了一下，同时看见这窗上也没钉着铁纱，窗外是很窄的一条走道，也不知道通到哪座院子，因想：四年前我虽曾在这里住过，但那时天天和表妹在一起玩，却没留心这里还有一条走道……

又想：上次来的时候，我是住在姑父的书房，这次却让我到这杂乱的账房里住；过了年，他家管账的翁醉亭——那个卑鄙不堪的人回来了，我还要和他在一起住宿，这分明是姑父对我不满意的表示。但是他不知道，我根本没想在这里长住！因为我知道，他这个家庭里的腐败污浊，并不减于我家……

他倚着窗子站了一会儿，就烟头儿掐灭，扔在了那条黑暗的走道之中。这时就听嘭吧几声响，是爆竹声，像是在很近的地方响的。骏青把窗子关上，一转头就望见墙上挂着一个印着美人的月份牌，才撕去了不多张，下面的阴历印着是"十二月小，二十七日"，他想起来，后天就是除夕了。

骏青叹了口气，刚要躺在那张破旧的木床上去歇息，这时忽见屋门一开，走进来一个老女人；她腰有点弯，双手捧着一只扁长形的匣子，一进来就笑着说："骏少爷，我给您送礼来啦！"

骏青不禁一怔，借着灯光细一看，就说："哦！孙妈，你这几年病倒好了吧？"孙妈笑着说："托骏少爷的福，从那回治好了，后来就没怎么犯。真的，我这条老命是骏少爷给救的，这辈子我也忘不了您的好处！"骏青笑着说："我看你的身体倒很硬朗，今年你也有四十多了吧？"孙妈说："我呀，过年我就五十六啦！咳！什么硬朗不硬朗，反正是受苦的人，不硬朗也没法子。骏少爷，您府上的老爷、太太、少奶奶……不，少奶奶还没过门啦，倒都好呀？"骏青点头说："还好！"眼睛却注意着孙妈手里的匣子。

孙妈把匣子放在桌上，就说："这是我们五小姐打发我给您送来的。"

骏青很惊讶，因见匣子用花绳儿捆着，不便当着孙妈就打开看，遂点头说："好吧！你留下吧！替我向五小姐道谢！"

孙妈咧着她那干瘪的嘴笑了笑，又说："真是，骏少爷您三四年没到我们这儿来，我简直天天想您！有时我告半天假回家去瞧瞧，我就跟我那瘸腿的儿子说，你们可别忘了骏少爷的恩呀！要不是人家，我那回犯了老病，不死也得瘫在家里，叫你们养活着，还能够出去给你们挣钱？今儿我才听说您要来了，喝！把我欢喜得真是坐立不安。我们五小姐这两天也是特别有精神,只要是出去一趟回来,无论是见着谁,她就要问:骏少爷来了没有?骏少爷怎么还没来呀?您瞧您多叫人的心里惦记着。"

说到这里,她压下点声儿,向东边指了指说:"我们那位三少爷,上外国去,走了一年多了,谁想他呀?还有我们那位四少爷,我真盼着他也出洋。告诉您,骏少爷,我们公馆里的事,说出来真得叫您笑话……"这时外面咚咚的一阵皮鞋响,孙妈赶紧止住话,回过头去,就见屋门砰的一声被拉开,四少爷祁敬孝进屋来了。

祁敬孝穿着鹿皮上身,咖啡色厚呢的西装裤,一进屋就和骏青握手,说:"骏青来了!你来得正是时候,下星期六,我们剧团借光明戏院的地方公演《日出》,可是都没有人当主角。我叫丽雪当陈白露,她不肯干,好容易今天我们才把萧曼莉拉上。萧曼莉你知道不知道?启文中学的校花,真漂亮!可是她的个子又太高,我这个方达生配不上。骏青,你帮我们的忙好不好?你当方达生!告诉你,只要你出这么一回风头,准保有许多密斯来追逐你,萧曼莉都许跟你好!"他一面说,一面手里比着架势,仿佛舞台上的动作似的。

骏青笑了笑,摇头说:"我从来没有表演过话剧,你们要叫我去看倒可以。"

祁敬孝笑了笑,说:"你这家伙跟我要滑头!这么一说,方达生还是非得叫我当不可了!我真不愿意泄那个气。喂,还有一件事我得请教你,你说在这旧历年,应当给女朋友送点什么礼物才好?"

骏青笑着说:"你随便,我也不知道你那女朋友喜欢什么东西,同时不知你俩的交谊怎样,我怎么能够说?"

祁敬孝摇晃着拳头,向骏青的胸上搧了一下,那姿势像由电影上学来的,哈哈地笑着说:"好,你敢跟我要滑头!只要我探出来你的秘史,一定要给你宣布!"说完了,摇晃着他那烫得蜷曲的分头,走了。

孙妈也不知道是在什么时候出屋去的,在桌上留着那只纸匣子。骏青吁了一声,走过去把花绳儿解开,启开匣子一看,就见是颜色鲜明、花样新颖的领带,一共六条。另还有一张洋纸上印着红叶的信笺,写着娟秀的蓝色钢笔小字，是：

骏哥：

　　在这春头腊尾的时候你来了，你给我带来无限的快乐。四年前的梦踪，你还记得吗？那是多么美丽呀！此后，我们将要重寻那美丽的梦，而借以改进我的生活，消解你的愁闷。骏哥，这几条领带的颜色你看还好吧？这就象征着我们明春的生活！

丽雪

　　骏青看过之后，不禁笑了笑，他把信笺折好，装在西服的口袋里，匣子依然盖好，放在一边，就在电灯下呆呆地站着；手指轻轻地敲着桌子，脑子里思想着。然后他淡淡地一笑，在屋中又来回地踱着，摸出纸烟来吸，像游戏似的一口一口地喷着烟云。

　　他打了个哈欠，正要去收拾床铺，忽然听见吧吧的声音，不知是谁在紧急地敲打后窗户。骏青不禁一怔，问声："是谁？"遂扔了纸烟，走过去把窗子打开。往外一看，原来是个妇人，屋里的灯光扑出去，把这妇人的模样照得很清楚。她是瘦瘦的脸儿，两条弯弯的细长眉毛，一双带着些忧郁的眼睛，是很美的，但年龄总有三十上下了。她的头发很长，蓬松地披在肩上，穿着一身玄色的有点儿闪光的衣裳。

　　这妇人翻了翻眼睛，望着骏青，继之就笑了，笑的时候，瘦脸上露出两颗不深的笑窝，就听她发着娇媚的声音，说："哟！原来是骏少爷呀！你是什么时候来的呀？我怎么没听见人说呀？"

　　骏青蓦然想起，这是他姑父的妾梅素卿，遂也笑着说："我是今天才到的，二太太，你有什么事？"梅素卿摇头说："没有什么事。"态度是忸怩的，半晌也不言语。骏青不禁脸红了，但又不好意思将后窗关上。

　　忽然，梅素卿探着头向窗里看了看，问说："翁先生没在屋吗？"
　　骏青说："我没见着翁先生，听说他回家过年去了。"
　　梅素卿点点头，双手扶着窗台，笑窝又露了露，仿佛诉委屈似的说："我是找翁先生来要钱！骏少爷您瞧，到年下了，我手里就剩了两块多钱，哪儿够花的？我又不敢跟老爷去要。"说完了，她皱着眉发了一会儿愁，然后向骏青又笑了笑，说："骏少爷歇着吧！"转身就走了。

骏青一手扶着窗子，发了半天怔，然后将窗掩上，心说：这是怎么回事？姑父的家里真比我们家还乱！

他气愤地把后窗关严了，闭好屋门，然后脱了上衣和皮鞋，熄了灯，上床掩被躺下。但是此时他的脑子里仿佛有几条颜色不同的美丽的领带在飘动，又有两个笑窝儿，很神秘的在一隐一现。远处有历历的爆竹声，近处，就在这屋外的廊子下，还时常有脚步响。他叹了一口气，又想起在汉口他家里的复杂、龌龊，和这次为婚姻奋斗，与父亲的几次激烈争论，他的脑子里紊乱极了，精神上也痛苦极了，他用手捶了几下头，但还是睡不着。

忽然有一阵叮叮铮铮的钢琴声在耳边响了，起始是一两下地打着，后来渐渐快了，快得像急雨，更快得像瀑布下泻，骏青不由得精神兴奋起来。忽然又听是铮铮两声巨响，似乎是停止了，但接着是呖呖的一阵细碎而清脆的声音，像珠滚玉盘似的。又接着铮铮叮叮地有规律地响着，似是一队骆驼带着铃铛行在空山里，但越行越急；又像是遇着风沙了，风沙越猛，骆驼行得也越快，铃铛响得也越急。

骏青不禁坐起身来专心地去听，一颗心随着那音律而起落，听到最急之处，他就要走下床去；但是忽然钢琴又铮铮的巨响了几声，骏青的身子也呆住了。再往下去听，却是徐徐迟缓之声，仿佛是那队骆驼已冲过了风沙，往夕阳古道之外走去了；骏青的身子也随着一松弛，倒卧在床上，此时琴声完全停止了。

这一曲钢琴是由对过客厅里传来的，琴声虽止，但那边还有细碎的高跟鞋的响声。骏青知道弹琴的人是表妹祁丽雪，他不由得又坐起身来，轻轻地下了床，走到窗前，撩起窗帷的一角，隔着玻璃向外去看。廊下院中都是黑沉沉的，唯独北房，那勾连六间的大客厅里亮着两盏电灯；那边没有窗帷，很能看得清楚，就见祁丽雪穿着一身洋服，腰肢苗条，在那里走动，走动的姿势非常像西洋的年轻女人。

骏青正看着,忽然那边的两盏灯先后灭了,骏青赶紧放下了窗帷,屏息站立着,一点儿也不敢动。就听客厅的门呀的一响,接着是咯咯的鞋跟声音散出来了;鞋跟清脆地敲着廊下水门汀的地面,像刚才的琴声似的,那么有节奏。骏青心里不住怦怦地跳,就听廊下的足声渐渐走过去,远了,也模糊了。

骏青站着发了会儿怔,心里就像做了什么很抱歉的事情似的。他随手开亮了电灯,但旋又将电门关上,惆怅地回到床上来寻梦,然而梦像早被琴声打破了。他仰卧着想:这两三年,亲戚们都说表妹很浪漫,阔小姐的气派十足,但现在一看却不然,她还像四年以前的她。是我错了,我误信了别人的话!由此又想起四年以前的美丽的梦,以及白天所见到的表妹那更加健美的体格和姿容,那同情于自己的爽利言语,尤其是领带、信笺……

他将要再下床开亮电灯,取出信笺来重读一遍,诵那"此后我们将要重寻那美丽的梦……"他忽然觉得脖子有点儿发紧,原来他连领带还没有解,背心还没有脱,西服裤也还没有脱掉。他才觉得这半天自己是发痴了,从二姨太太梅素卿敲后窗的时候就发痴了,遂叹息了一声,把身上的束缚物一件一件脱去,暗想:我为什么要到这里来?不是为我那家庭太使我痛苦了吗?父亲的悭吝自私,姨娘们的浪漫阴险,我看不惯,我受不了;尤其是因为父亲为巴结阔人要给我订的那件婚事,我不甘心做一个阔小姐的妆台奴隶,才决心出走的,决心出来度艰苦自立的生活。如今……咳!如今我又要堕入这个迷途吗?哼!姨太太的笑语,小姐的琴声……管它呢!

此刻他把满身的热烈感情、玄妙想象完全灰冷了、破灭了,用棉被紧裹着身子睡去。

次日,他觉得精神非常不好,脑子里也很乱。午饭是同着祁敬廉、祁敬孝在一处吃的,敬廉就说:"昨天晚上我无聊得没办法,找了几个朋友家里打了八圈牌,一把也没和,输了六十多块,可见过年我一定是要倒霉。"敬孝是一句话也没有说,好歹扒了几口饭,就跑去排演话剧去了。

柏骏青一个人也很觉得无聊,坐在火炉旁,用皮鞋敲着地板,脑子里在泛想着。他本想下午不出门,在屋里好好地睡上几小时,可是这里的环境非常不安静。

前面的窗外,走廊上永远有脚步声;其实脚步声倒不大要紧,但是那些女人的高跟鞋声,咯哒咯哒,那么地轻快,简直刺激得骏青心里不安。一会儿,窗外的高跟鞋声乱响着,并有女人一边走一边说着话:"见了丽雪,可别告诉她咱们在市场遇见小梁啦……"骏青就想这大概是表妹的同学。又待了一会儿,高跟鞋的声音更乱,窗外两三个女人说:"你们三太太没出去吗? 方太太来了没有……"骏青想,这一定是三姨太太的女朋友。加上男女仆人们出来进去,尤其是那小吴妈,半点钟的工夫她出来足有四五次,并且不出二门,她就扯着鸡一样的嗓子叫喊:"小杨呀! 拿车接刘太太去了没有?""德升呀! 果子还没送来吗? 你也不催一催,你净伺候五小姐呀?"

那后面的窗外,声音倒是不这么复杂,可是吧吧的,不知是谁在放爆竹;有两回鞭炮冷不防地响了,把骏青都吓得一哆嗦。骏青很烦恼地把后窗打开,一看见是个四五岁的小男孩子,穿着一身毛绒衣裤,就在这窗外窄窄的走道当中,把爆竹放在地下,蹑手蹑脚地走过来,用香头儿点着,赶紧又跑到远处去堵耳朵;立刻吧的一声响,又把骏青吓了一跳。

骏青想着,这孩子大概就是二太太梅素卿所生的,遂笑了笑说:"喂! 你怎么不到前院放去呢? 在这儿不好!"那孩子摇摇头,鼻涕还没擦干净,很委屈地说:"不,我娘不叫我去!"骏青见孩子这么一说,倒不忍得再驱逐他了,遂又笑着说:"好吧,你自管在这儿玩吧! 只要小心,别把玻璃崩碎就是了!"那孩子只顾点爆竹,连头都没点一点,骏青随手把后窗闭上,爆竹又响了一声。

前面窗外的高跟鞋又响了,又有两个女子一面谈着话,一面走进里院去了。骏青自己叹着气,披上大衣,戴上呢帽,趁着廊下没有人走,他就出屋,往前院去了。

第二回　爱情的踌躇

　　骏青才出了二门，见那墙边一排放着四五辆女式自行车；一到大门外，见五辆流线型的汽车都在门前停着。门房的老李正跟开汽车的谈天，一见骏青出来，就笑着鞠躬问说："柏少爷出门去呀？不叫辆车吗？"柏骏青摇头说："不。"便将大衣的领子竖起来，两手插在口袋里，走下了台阶，皮鞋踩得地下的冰雪喳喳作响。

　　走出了胡同就是大街，他看见了街上的行人和商贩比昨天还热闹。今天已是腊月二十八日，北京城里的人们，都忙着过旧历年了。商店招展着布旗，写着"春节大减价"，马路两旁挤满了卖香烛供花、爆竹花灯、玩具、果品和元宵等等的各种摊子。并有些寒士们，支上桌子，铺一张红纸，在寒风里当众挥毫，写什么"向阳门第春常在，积善人家庆有余""一元复始，万象更新"等等的春联。一般小有产的先生太太们，手里都提着才买来的东西，惬意地在街上行走；公馆里的厨子提着鱼、肉，商店里的伙计背着讨账的钱口袋，人人都像是很匆忙，但是很高兴。街上的电车、汽车、洋车，甚至于自行车，也都特别地纷忙、拥挤。

　　在这苍茫的人海里，柏骏青就像一片枯叶，那么不由自主地飘动着，过了一段街，又穿进一条小巷；两旁的小门户里，都隔墙飘过来剁饺子馅的响声，像是有节奏似的。柏骏青很无聊地走过了两条小巷，心里想：我看看哪个朋友去呢？在北京自己只有两三个同学，还有一个就是早先大学里的校医缪宝生大夫；在校时他与自己的友谊很好，自己的父亲前年得了肾病，也是他给治好的。去年他在学校辞职，到北京来自行开业，阳历年前又与他的爱人张女士结了婚，倒是应当去看看他。

于是骏青就雇了一辆车，走过了几条街，到了平安胡同。他找到一幢洋式的小楼，那门前挂着一面铜牌子，上刻着"缪宝生大夫诊疗所"。骏青给过了车钱，就近前按了一下铜牌下面的电铃。待了一会儿，里边走出来一个仆妇，问说："找谁呀？"柏骏青就问说："缪大夫在家吗？"仆妇说："在家，正会着客呢。"柏骏青说："请你替我回一声，我姓柏，才从汉口来，我跟缪大夫是很好的朋友。"仆妇又问："您姓白？有片子吗？"柏骏青说："我没有带着片子，你一提说姓柏的，他就知道了。"仆妇转身又进楼里去了。

柏骏青在这里站着，打量着这幢红色的小楼房，就知道他的朋友缪宝生现在医业一定很发达，生活一定很快乐。

待了一会儿，缪大夫亲自迎出来。他穿着一身很漂亮的西服，满面笑容，赶过来与骏青握手，问说："什么时候来的？怎么事先我不知道？"随问话随往里面让。骏青随着缪大夫进去，一面往楼梯上走，一面回答说："我是昨天才来的，这两个月我的精神又不好，所以上次你的喜事，也没有给你寄点什么礼物，真是很对不起你！"缪大夫在骏青的身后走着，笑着说："你太客气！上个月我的婚礼举行得也很简单，没敢多惊动朋友；给你去了一张请帖，那不过是向你报告一下，我们的恋爱成功了。"骏青在前面笑了笑。

到了楼上，骏青一看，布置得很是华丽而清洁，在黄地紫花缎子的大沙发上，有一个人正在那里半躺半卧，吸着纸烟。缪大夫给介绍说："这位是柏先生，才从汉口来的；这位是刘醉生，有名的作家。"骏青摘下帽子来鞠躬，可是那个刘醉生不过是稍微欠身点了点头，依旧坐下吸他的纸烟，骏青也没有介意。

缪大夫很恭敬地请骏青在沙发上落座，亲自递烟，仆妇送过茶来。缪大夫就问说："尊大人身体还好？"骏青点点头说："还好。"缪大夫又问说："是学校放寒假了吗？打算在北京过完旧历年就回去吗？"骏青又点点头,说:"对了!"

缪大夫又指着那个刘醉生说:"这位刘先生是我在中学时的同学。后来我们毕业了,我志在学医,所以现在入了医药界;刘先生他是个文学家,在学校时就常给杂志报纸写稿,所以现在他成了很有名的文学家。"

骏青笑着,对刘醉生说了声:"久仰。"刘醉生也不过笑一笑,仿佛他这个人的脾气很古怪。同时以他和缪大夫比较,二人虽是十几年前的同学,现在都有三十岁上下了,但缪大夫是满面红润之色,一说话就笑,衬上他那一身藏青色哔叽的很平展的西服,显出来是生活很优裕,内心很快乐的。而刘醉生不过是一袭青呢面驼绒里子的旧袍子,西服裤管皱得像条腊肠,皮鞋也像是许久没擦油了,连鞋带都没有系紧;黄瘦的脸上生着许多短须,深深的眼窝里蕴含着一种忧郁,但与其说是忧郁,不如说是颓废,无论是什么人一看见他,便可以知道他是个颓唐的文人。

骏青对于这种人倒很乐于接近,可是那个刘醉生,却只是吸他的纸烟,缪大夫称他为文学家时,他只笑了笑,说:"你别说了!无论见着谁,你都给我这样大吹大擂,其实,不但提起文学家这个头衔来我不配,简直一提起写文章来我就伤心。现在我教了小学,只要这碗饭能够吃得长久,我决不再提笔写文章了!"缪大夫笑着说:"那么你现在算是教育家了!"刘醉生听了这话,又平淡地笑了笑,说:"根本我也没有什么家!"

骏青就笑着对缪大夫说:"缪先生,你可是新成的家,我们可以看看缪太太吗?"缪大夫连说:"可以,可以,我这就把她叫出来。"说时缪大夫很高兴地站起身来,到旁的屋里去叫他的太太。这里刘醉生望着骏青笑了笑,换了支纸烟又吸着。

不多的时间,缪大夫真把他的那位新婚夫人张允娴请出来了。张女士是个廿岁上下很标致的女人,鸭蛋圆的脸,没擦多少胭脂也显着很红润,鲜艳得简直像一朵才开放的海棠花;眼睛是很细小的,但是陪衬上她那细长眉毛、高鼻梁儿和不笑也似笑的一张小嘴,是更能增加她的妩媚。她的身材很细条,跟缪大夫并立起来,是很调和的一对情侣。

张女士穿着一件紧箍身的咖啡色拷花丝绒的旗袍,下边是细高跟儿皮鞋,姗姗地随着她丈夫来到这屋里。缪大夫就满面得意之色,向柏骏青引见说:"这位就是柏先生。"缪太太笑着向骏青微微鞠躬,骏青也深深还礼。

那个刘醉生却依然坐着吸烟,只望着缪太太笑了笑。缪太太也笑着向刘醉生问说:"二哥你什么时候来的?"刘醉生说:"我来了好大半天啦。"缪太太又问:"你没到姑妈那儿去吗?"刘醉生摇头说:"没有,过两天我想给她拜年去。"旁边的柏骏青才知道,这刘醉生与缪大夫不单是老同学,还有点新亲的关系。

缪太太很依恋似的站在她丈夫的椅子旁,用手扶着椅背,那手指上染着鲜红的蔻丹,戴着三只颜色不一样的宝石戒指。她丈夫那宽圆的肩膀上,大概沾了一点尘土,她还很仔细地给弹了下去。缪大夫此刻是高兴极了,他对柏骏青说:"我开这诊疗所半年以来,事务真忙极了!第一是上午门诊,无论有病人没有病人,我也不能离身;下午出诊,每天必要有四五处,有时正在吃着饭,或是夜里我已经睡着了,可是还有人打来电话,我又得立刻就去。"

柏骏青笑着说:"当大夫就跟做律师是一样,当然是越忙才越好。"

缪大夫笑了笑,像是受了人家恭维似的,又说:"我也是这样想,现在我这样忙,并不是为图利,而是为造就名誉,将来我打算开一处私人医院。"

旁边刘醉生就说:"你要开医院,我可以做个练习生。"缪大夫笑着说:"那我可用不起你!"刘醉生说:"当个挂号处收钱的人,总可以了吧?"

缪太太在她丈夫的身旁说:"我们要开医院,也不能请你给收钱,好,收了钱还不够你喝酒的啦!"刘醉生说:"你们真是太不信任我了!你们开个大医院,一天得收几百块诊疗费,难道我能都拿它买酒喝吗?"缪大夫笑着说:"你别忙,将来我开了医院,一定要附设一个酒排间,就请你做售酒部的主任。"他太太笑着说:"那么到你这儿看病来的,一定都是些醉鬼了?"由这位俊俏的太太口中,说出这样的妙语,大家都忍不住哈哈大笑。

骏青笑过之后,才觉得不应当太放肆了,于是由旁边烟筒里抽出一支烟来,自己燃着了吸着,脑子里又想起了自己家庭中的种种事情和表妹祁丽雪。

此时对面的缪大夫又说:"虽然我做的是洋大夫,可是我喜欢过旧历年。因为在这过年的时候,人们纵是有病,也都要将就将就,不愿在新年的时候吃药,所以无形中我就可以放几天假。现在有骏青来了正好,咱们可以凑个热闹,初一下午,请你们到我家来吃饺子,好不好?"

骏青心里想着:其实也没有什么不可以,不过人家是一个新家庭,在过年时夫妇一定都很清闲快乐,自己何必来搅人家?遂就说:"谢谢你,不过,我现在是住在我姑父的家中,在初一以前,恐怕他们不叫我在外边吃饭。"刘醉生也说:"过几天再说,不必一定要在初一,几时你有工夫,几时可以请我们;好在我们都是没有家庭的人,随时可以叨你的光。"

缪大夫翻着眼睛想了想,刚要说话,忽然卧室里的电话铃声响了,缪太太赶忙跑过去接。待了一会儿,她走过来对她的丈夫说:"梅竹胡同杨公馆,说是那位太太病得又厉害啦!请你快去给诊查诊查,你说怎么回复人家?"缪大夫皱着眉,说:"我现在正会着朋友……你就告诉我出诊去了,没在家!"缪太太却站在那里,犹豫不走,斜着眼撩着骏青。

骏青赶紧站起身来,拿上帽子说:"不要这样!缪先生你还是去吧,人家既然能在这时候请大夫,一定是急病。我们自己的朋友,随时可以谈话,走了!"遂向缪大夫和缪太太点点头。刘醉生也拿起他那顶破呢帽,说:"我也走。"

缪太太又到卧室里去回复电话,缪大夫就送二人下楼,他向柏骏青说:"真对不住!骏青你明天下午来吧,在我们家里吃晚饭!"骏青说:"明天我怕没有工夫,过两天我一定要给你们夫妇拜年来。"缪大夫笑着说:"不敢当。"直送出了门,彼此一鞠躬,他才回去。骏青也向那刘醉生点点头,便一西一东地分开走了。

骏青此时又很无聊,本想要回祁公馆,但又觉得那里太杂乱了,太使自己心烦了,遂就无目的地走着。不觉又来到大街上,那一片繁华的年景,嚣杂的人群,又把他包围住了。他靠着马路边闷闷地行走,心里很羡慕缪大夫那个美满的小家庭,想着:那是多么幸福呀! 凭着自己的医术,自己营业,得到相当的报酬,建筑一个甜蜜的小家庭,按照个人的生活去说,可以说是太幸福了! 我虽然是一个为一般人所羡慕的阔少爷,但是我精神上的痛苦有多么深,生活有多么苦闷! 我甚至连婚姻的自由都没有! 他想了想,烦恼更加深重,更觉得非得与自己的那个大家庭永远分离不可,非得独自去创造生活、追求快乐不可。同时又想着:自己应当把生活降得极低,只要能维持衣食,什么事都可以去做;依靠别人是不行的,依靠父亲也不行,依靠姑父更不行!

他脚步慢慢地往前挪着,低着头想着,走了不远,忽听耳畔琅琅的一阵铃响,抬头来一看,见是一位女学生骑着一辆自行车,从马路当中奔向他来。骏青起先很惊异,继而一看,原来是表妹祁丽雪。祁丽雪戴着红毛绳织的帽子,上身穿着反毛的白狐皮短大衣,下边是咖啡色的毛呢裙子;两只戴着皮手套的手按着雪亮的车把,座子后边放着一双冰鞋,那一对冰刀也是银镀似的发着亮光。在远处还有两位穿着毛线上衣骑着车的女学生,车后也都放着冰鞋。

祁丽雪来到临近,下了车,她扶着车,扬头笑问说:"骏哥,你上哪儿去啦? "

骏青心里立时有点异样的感觉,脸虽向着寒风,但却觉有些发热,他笑着答说:"我才去看了一个朋友,你是要滑冰去吗? 在哪个冰场? "

丽雪说:"我们学校里有冰场,骏哥你要去,你就快拿冰鞋去,我们在北海漪澜堂等你!"骏青笑着说:"冰鞋我没有带来。"丽雪说:"可以再买一双去,骏哥你跟我们玩玩去好不好? "骏青说:"过两天我们再一块儿玩吧! 现在我还要到北新桥去找个朋友。"

祁丽雪翻着她那两只明洁的眼睛,向骏青看了看,仿佛有点不高兴。她身后那两个女同学,也都把车靠了人行道,骏青就说:"丽雪你还有着同学,你先请吧!明天你若是有工夫,我们可以玩玩,或者去滑冰,或者看电影。"丽雪笑了笑,说:"好吧!回头见!"她遂骑上了车,又向骏青笑着一举手,三辆车就像游鱼似的,在这滚滚的人潮之中疾快地走去了。

骏青扭头看着三辆车往南越走越远了,三个女子的美丽后影,尤其是表妹那件很合体的白狐皮短大衣,渐渐在眼帘之外消失了,他又很怅惘地在人行道上站立了一会儿,随后又无目的地往北走去。他心里很懊悔,觉得刚才不应拂了丽雪的意,使她很不高兴。就是自己不能立刻花二三十块钱买一双冰鞋,陪着她去滑冰,也应当跟着她到一趟北海公园,给她助助兴;一个女子对她所喜欢的男子,提出一点很低的要求而遭了拒绝时,她心里一定是很难受的呀!这样一想,又愿意雇一辆洋车追上她们。可是又想:何必?她们多半是到学校滑冰去了,自己一个男子,现在身上穿的这身衣裳也不讲究,怎可以到女子大学里给表妹的面上难看呢?咳,我得自量一点了!我现在脱离了家庭,已是一个穷光棍,不应再跟这穿狐皮衣的小姐交际了!因此又后悔不该刚才答应表妹,说是明天陪着她去玩。

骏青在街上很无聊地走了一会儿,很快地到了北新桥,他又转回身来往南走,看看卖春联的,又看看卖爆竹的摊子。他本想要买几挂鞭炮、两只"太平花",回去送给二姨太太所生的那个孩子,因为那孩子也很可怜,也是个大家庭之下的被损害者,可是又怕那孩子得了花炮,就在那后窗外足放一气,那可真是讨厌;所以骏青走过了几个爆竹摊,全都没有去买。结果是到了一个卖花灯的摊前,用两毛钱买了一个很精致的花篮形的小灯笼,心说:我就把这个送给他吧!

骏青又在街上逛了半天,便回到了祁公馆,到门前一看,那几辆汽车还没有走。门房的老李笑着说:"喝!柏少爷买了一个花篮灯,多少钱呀?"骏青笑着说:"你猜吧!"老李说:"至少也得五毛钱吧?"骏青说:"才两毛钱。"老李说:"不算贵,净纸钱也得卖一毛呀,还有手工。"骏青笑着说:"我瞧这东西很好玩,所以买了一只。"老李说:"您拿到屋里可挂起来,叫我们那六少爷瞧见可了不得,那孩子讨厌极了!"骏青也不言语,就往二门里去走。

才走到廊子上,就见小吴妈又换了一条雪青色花丝葛的肥腿裤子,上身还是翠蓝色阴丹士林的褂子罩着小皮袄,下摆底下故意露出点雪白的乳羊皮,扭扭地走出来,她迎面就笑着说:"柏少爷,您上街玩去啦? 街上热闹吧?"骏青点头说:"还热闹。"遂进到账房里,把灯笼放在银柜上,便摘帽脱大衣,到炉旁去坐着烤手。

待了一会儿,贵禄进来给骏青倒茶,并说:"刚才我们五小姐找了您半天,大概是要请您溜冰去。"骏青点点头,便喝了一碗茶。贵禄出屋之后,骏青就坐在火炉旁吸烟,脑里的思绪很乱,窗外的脚步声也很乱了些时。

骏青觉得非常的无聊,就躺到床上去睡,直睡到黄昏时才醒。少时开晚饭了,贵禄进来把电灯开亮,他一面收拾饭桌,一面说:"柏少爷,今天您可是一个人吃了! 我们四少爷没回来,二少爷在东院子里打牌,来了七八个朋友,还不知什么时候才叫人开饭呢。里院也有两桌牌,都是些太太们。"

骏青微笑着说:"你们这里倒真热闹! "

贵禄说:"我们这儿,就热闹了二少爷跟三姨太太了! 四少爷、五小姐人家会出去玩;太太是整天的念佛,不出屋子;二姨太太是打入冷宫啦,连大院子都不敢来。"

这时男仆小崔就把菜饭送来,骏青独自闷闷地吃完了饭。贵禄把炉子添好,他也出屋去了。骏青依旧在火炉旁坐着,很愿意此时二姨太太的那个孩子再在后窗外放爆竹,就把花篮灯给他,可是后窗外却一点响声也没有,前窗外倒是不断地有人往来。

又待了半天,看手手表,已到九点了,骏青心里想:表妹这时大概已经回来了,她那里一定有不少小说,我何妨向她借几本去;顺便告诉她,明天我还有别的事,不能陪着她出去玩。他于是站起身来,把窗台上放着的一面镜子拿到电灯前,对镜拢拢头发,又把领带重新系了系。

他刚要出屋去,忽听一阵杂乱的高跟鞋声,由里院出来,几个女人一面说着话,一面往外走,就听说:"刘太太、梁太太,你们初一可准来,江小姐初三可一定来！咱们逛白云观去。"又听有几个女人回答说："一定来！初一下午就给你拜年来！"喊喊喳喳的说话声,窸窸窣窣的衣裳声,咯咯的杂乱的鞋跟声,就齐都涌向外面去了。骏青暗想着：这一定是三姨太太的那帮女客了！三姨太太很得宠呀,恐怕和自己父亲的那几个姨太太差不多……

待了一会儿,外面的汽车就叫了。又待一会儿,三姨太太送客回来,细碎的鞋音从前窗外走过,外面看见了屋里有灯光,就问："是谁在这屋里住？翁先生不是回家去了吗？"就听是小吴妈的声音回答说："柏少爷住在这儿。"又听是三姨太太的声音说："噢,柏少爷来啦？"骏青真不愿那三姨太太进屋来见自己,可是三姨太太也没进来,却同着小吴妈一直回里院去了。

骏青又回到火炉旁边那张椅子上坐了一会儿,就想：必须把明天那约会解除了！第一,姑父是个很顽固的人,四年前自己跟表妹还都是小孩子,住在这里,每天同去一家暑期学校去补习功课,一同去一同回来,姑父他看着就老大不乐意；现在我们的年岁都长大了,我又是因为反抗婚姻才由家中出来的,在这儿住几天,若跟表妹常在一起,姑父他一定要干涉。再说,丽雪在四年前不过是个初中的学生,现在她已入了大学了,而且她现在完全是一个阔小姐型的人,我怎配与她接近呢？

这样想着,他就站起身来,走出屋门,就见客厅前一盏电灯,照得院中如同铺着一层雪。他顺着廊子往里去走,过了一重院子,就到了后院。此时北屋、东屋全都很黑暗,只有西屋里的灯却很明亮。骏青走到西屋的廊下,刚要向里面问："表妹在屋吗？"忽听屋里有女人说话,就听是三姨太太的声音,说："五小姐,你原谅我这一次行不行？我错了,刚才当着刘太太,我不该说那些话！"

又听是丽雪的声音,似是冷笑着说："你倒真聪明！当着人侮辱我,背地里又向我赔不是。告诉你,你这种手腕不能向我使,我非得问问老爷不行！"

三姨太太半晌没说话,小吴妈却在旁搭言了,她说："其实也是一件不要紧的事,三太太不过是说了一两句凑趣的话,您就多了心！就是您去问老爷，老爷也不能够说什么。"

小吴妈说出这样的话，祁丽雪可真翻了脸，她生气地说："吴妈，你要自重点！我跟三姨太太说话，你没有插言的权利，你别不知自爱！我知道你不怕老爷，可是，你要在我的跟前嬉皮笑脸的可不行！你给我走开，我这屋里不许你来！"

骏青一听屋里起了纠纷，他就转身要走，可是这时小吴妈嘴里叨叨念念地走出屋来了，骏青无法躲避，只好又转回身去，问说："五小姐在屋里吗？"小吴妈惊讶着说："谁呀？哎哟，柏少爷呀！"她赶紧借这机会为她的三太太解围，把屋门一拉，向里面说："柏少爷来啦！"屋里当时就停止了争论。

柏骏青很不好意思地走进屋来，就见丽雪坐在沙发上，低着头，像是很生气的样子；瞧见骏青，她也没站起身来。三姨太太是站在丽雪的身边，穿着一件浅绿地儿印着紫花儿的橡皮缎旗袍，细条身子有点水蛇腰，脸上粉擦得很白，头发卷得像波纹一般。她回过头来，向骏青笑着说："柏少爷您来啦！真的，我刚才才听人说。舅老爷好吧？三太太、六太太、七太太，她们也都好吧？"骏青点点头，微笑着说："都好。"

三姨太太又笑着说："柏少爷，您替我劝劝五小姐吧！五小姐又跟我发脾气啦！也怪我，本来我就笨嘴拙舌的，偏爱说凑趣的话。刚才当着刘太太，刘太太不是这儿大小姐的婶婆吗？她有一位少爷也在大学念书，我就说了一句……咳！其实也没有什么关系，五小姐就恼了我啦，直跟我，跟吴妈撒气！"

祁丽雪用手绢擦了擦眼睛，冷笑着说："我还敢跟你们撒气？你，我惹不起，吴妈我更惹不起！因为刘太太是亲戚，她来了，我才去见见她，不想你们就在旁边侮辱我！"

三姨太太说："咳！我的小姐，您这话我怎么受得了呀？我是个什么人，我怎么敢侮辱您呀？我不过是说了一两句凑趣的话，您就急啦。咳！以后我再也不说啦，还不行吗？当着柏少爷，我给您赔不是啦！"说着，她又微叹了口气。

祁丽雪依然生着气说："我也用不着你们给我赔不是，以后请你们都自重点就是了！"

三姨太太听了这话，才算找着了台阶儿，就笑着说："得啦，我听您的话，以后我绝不能再招您小姐生气啦！"她又向骏青笑了笑，说："柏少爷您请坐吧！"说着就像一阵风似的溜出屋去了。

这里柏骏青的脸上发烧了好半天，他想不到竟遇见这样的场合，人家小姐跟姨娘犯了口角，自己怎能插嘴解劝呢？不过，他心里也明白，三姨太太因为得宠，一定是很张狂，而且刚才打趣丽雪的话，一定是关于婚姻的，所以丽雪才生气了。这时屋里只有他们两个人，五十烛光的灯光照在盆梅上，每朵花儿都像雪一般的皎洁，缕缕的微香散到鼻孔里，骏青觉得身心很快慰，把明天解约的话反倒不忍得说出来。

祁丽雪在沙发上坐了半天，又擦了擦眼角，一跺脚站起身来，说："我非得离开这个家不可！"

骏青心中生出无限的同情，但还勉强笑着说："丽雪，你也不要为此生气，无论什么人处在大家庭里，都须要有几分的忍耐。"

丽雪扬起脸来，很愤慨地说："不过，忍耐也要有个限度！譬如骏哥你，这几年你在家里何尝不忍耐？现在到底把你给逼出来了！我虽然性情不太好，可是向来我对于家里的事是不大爱过问，可是，禁不住你无论怎样的忍耐，人家总是设法要欺负你，仿佛非得把我挤开，她们才算甘心。我又不像你，你们男子无论到什么地方都可以，我一个女子，离开家总有许多不便，要不然我也就早走了！"说到这里，她用手绢擦了擦眼泪，低着头，对着灯下芳香的盆梅。

骏青微微叹着气，觉着表妹也很可怜，就建议说："下学期，你可以搬到学校去住。"

丽雪说："我早就愿意搬到宿舍去，同学们也都叫我去，可是，我父亲他总不赞成，他仿佛对于女学校的宿舍都不放心。再说，我也有一层顾虑，我在家里，多少她们还怕一点，不信我要走了，连我母亲都许受人的欺负！"骏青点点头，皱着眉，想不出应当再用什么话来劝慰表妹。

祁丽雪又擦了擦眼泪，说："骏哥，你坐下！"骏青点点头，仿佛觉着很拘束地在椅子上坐下。祁丽雪却笑了笑，仿佛把刚才的气恼完全忘掉了,脸上又现出一种少女的娇媚,她问说:"骏哥,明天我们到哪儿玩去?"

骏青本要推脱,说是明天自己还有别的事,可是表妹这种亲切多情的态度,自己又实在不忍得辜负了她,就笑了笑,说:"随你的意思。"

祁丽雪说:"我想我们明天到'平安'去看早场,然后到'来今雨轩'用午饭。"说完她就用两只明丽的眼睛看着骏青的表情。骏青点头说:"好吧,明天我们从家里一同出去吧。"丽雪便点了点头。

骏青又说:"我来找你是想借几本小说,因为我也没地方玩去,在屋里很无聊。"

丽雪笑了笑,说:"我倒有不少的小说,可是,恐怕你都看过。"她随轻轻地走了几步,进到屋里,先把电灯开亮了,然后请骏青进来。她笑着说:"你瞧,就是这几本,还有些个都叫同学们借去了。"

骏青点点头,先看到那张铺着雪白绒毯的席梦思弹簧床,然后看到整洁的写字台和那髹着白漆的书橱;书橱上摆着几排精装的名著,和雕刻得很好的石膏像维纳斯。骏青笑着,走到书橱前,一册一册地看那书脊上烫着的金字,祁丽雪站在他的身边,相距不过几寸远;她身上散发出来的幽香,骏青都可以闻得到。

丽雪指着一册刘易士的著作说:"这本书是新出版的,上月才从美国寄来,中国还没有译本,你拿去看吧!"

骏青摇摇头,将身子往旁挪了挪,笑着说:"我的英文程度比你差远了,看原文书太吃力!还是有什么中国的创作,或是译本,给我看看吧,好在我不过是为消遣。"

丽雪笑一笑说:"我不信!明年你就大学毕业了,你又是专攻外国文学的,你会连看小说都觉得吃力?"骏青笑着说:"因为我是我们学校里的劣等生。"祁丽雪把嘴一撇,哼了一声,又笑说:"我看骏哥你跟早先不同了,你没有早先那么诚实了!"

骏青一听,心里倒觉着很难受,同时有一种热情在内心奔腾着,他斜着脸看了看丽雪,就见丽雪那两只明丽的眼睛也正对着他,他又不禁脸上发热,精神觉着紧张。但他努力抑制着感情,随手抽了两册《世界文库》和一册英译本的《安娜小史》，便退了一步，笑着说："我先把这三本书拿去看，等看完了再换。好，咱们明天见！"说着，又笑着向丽雪点点头，转身就出了里屋。

丽雪随着他出去，骏青却又不好意思立刻就走，他就走到灯下的盆梅前，望着那无数的芬芳花朵，夸赞说："这盆花真不错！"丽雪说："我还不怎么管它，其实有些个枝杈都应该剪去的。"骏青点点头，他不敢再抬眼看丽雪的脸，就笑笑，又点头说："你也休息吧！"遂退身出屋。

外面的寒风一吹，骏青就打了个冷战。院中的电灯也灭了，黑乎乎的，仿佛到了另外一个世界；回首一看，丽雪倒没有送出来，可是窗子上还人影幢幢的，是丽雪回到里屋去了。骏青就夹着很沉重的三本书，顺着昏黑的廊子，走回了账房。一进门，他就把书往桌上一放，对着灯呆呆地发怔，心里很懊悔，又仿佛抱歉似的。他暗暗叹息了一声，在屋中来回地踱走，并时时站住身，扬起头来驰思。

骏青看看手表，已然快到十一点了，前窗外还偶然有人行走，远处稀稀地有爆竹声。骏青往床上一看，就见自己的被褥已然铺好了，他打了个哈欠，关好了屋门，把后窗也查看了一下，然后就掏出了钥匙，打开了自己的衣箱，取出一件驼灰色的长毛绒大衣和一身咖啡色厚毛呢的西服，及衬衫、别针，连皮鞋也找出一双新的来，都放在桌子上。他用手代替熨斗，把衣服压平展了些，然后又把昨天孙妈送来的那个匣子拿过来，打开，把那几条领带一一挑拣，才觉得一条紫地白斜纹的不错。

忽然他的心情又一转，恨恨地责罚自己：我为什么？陪着小姐出去玩，我还要打扮打扮吗？我现在还是少爷吗？我那有钱的爸爸他还认我是他的儿子吗？我还配跟人家阔小姐讲恋爱吗？他一赌气把领带拧了拧，塞在匣子里，就扔在一边；把刚拿出来的西服和大衣，仍然塞回箱子里锁好。

他脱了衣，熄灯上床去睡，心里想着：表妹的情意已然显露出来了，我若再表示点意思，这条情丝就会越抽越长，越缠越紧，那时不但我眼前的计划完全失败，将来一定会很难收拾。我现在须要极力想法解脱避免,最好我明天生点病,那就可以不必陪着她出去玩了……想了半天,才沉沉地睡去。

到了次日,他一早起来,心里就觉着很不安,很怕表妹少时要来找自己同她出去,可是又仿佛希望她快些来似的。他低头看了看身上这套藏青哔叽西服,虽然不是太旧,可是压了褶纹很多;衣架上挂着的那件厚呢黑大衣,穿了已经两年,还没有洗过一次;尤其是脖子上的这条黑领带,简直太难看。若是穿着这身蹩脚洋服,同着表妹那么漂亮的人一块去玩,简直是成心要给她丢人。于是,他站着又发了会儿怔,心里拿不定主意。

这时小崔就进来生炉子,贵禄也端来了漱口水和洗脸水,贵禄就笑着招呼骏青说:"柏少爷您起来啦? 今儿就是这一年的末一天了,明儿初一,柏少爷打算上哪儿玩去呀? "

骏青一听今天就是除夕,不由得心中感到很无聊,又想:过了新年,北京游玩的地方很多,表妹又一时不能去上学,她一定要天天叫我陪着她去玩,我哪里陪得起她呀? 因此又十分忧虑。漱洗毕,骏青就燃着了一支纸烟,吸了两口,推开屋门,就觉寒气逼人,院中一点儿阳光也没有。骏青觉得自己的衣裳单薄,便退回身来,把屋门随手关上,说:"今天是个阴天。"贵禄一边擦桌子,一边回答说:"要下雪,下场雪才好啦,瑞雪兆丰年么! "

骏青笑了笑,此时炉中的火已着上来,小崔也出屋去了,只有贵禄还在收拾东西。骏青坐在火炉旁的椅子上,将烟掐灭了,烘着手,就问说:"你们有熨斗没有?"贵禄答应说:"有,柏少爷要熨洋服吗? 您拿出来交给我就行啦。"骏青摇头说:"不忙,一半天再说。"他遂默默地坐着。少时贵禄又给他送来一碗茶,就出去预备早点去了。

骏青用毕了早点,一看手表,已然九点一刻了。他心里很紧张,觉着对表妹很难应付,想着:倘使丽雪她要向我做进一步的表示,我可怎么回答她呀? 接受她吧,将来太不好办,而且我理想中的终身伴侣绝不是她那样的富家小姐;若是拒绝她吧,可是我怎能那样的忍心呢?

正在作难地想着,忽然屋门一开,孙妈那伛偻的身子又走进屋来。

她一见着骏青，就瘪着嘴笑，说："骏少爷，您起来啦？吃完点心了吗？我们五小姐请您稍微等一等！"骏青点点头，说："不忙的。"孙妈又笑笑，把门带上，出屋去了。

骏青觉着心里很没有主张，想要通身换衣服自然是来不及了，不过总要把丽雪前天送给自己的领带换上一条才好，不然显见得我看不起她送的东西。于是他站起身，又打开了那只匣子，取出一条蓝白花儿的领带，对着镜子去系。系了一回，看看样式不很好，解开又重新去系；正在对着镜子之时，外面的高跟鞋声就咯哒咯哒地响了，声音很急促，骏青的心里也觉得很急促。

这时，屋门一开，从镜子里就看见祁丽雪进屋来了，骏青赶紧转身，手里揪着领带，脸上带着笑，问说："还早吧？"祁丽雪说："不早了！十点开演，现在就九点多了，咱们先去吧，还得在食堂用早点呢。"骏青说："我吃过点心啦。"丽雪就微笑着说："那么回头请你陪着我再吃一次。"骏青笑了笑，把领带系好，就去披外衣。

丽雪今天换了一身很新的衣服，里面是一套翠蓝色花呢的样式极新颖的女洋服，衬着雪白的毛绒背心，蓝白花儿的围巾，蓝色长毛绒的大衣，双手插在衣袋里；下面是白羊毛织的高统袜子，咖啡色高跟皮鞋。她没戴着帽子，头发蜷曲地拢在后面，前边并留下几缕童发。

她站在那里，时时企起来鞋跟，仿佛催着骏青快点跟她走。骏青赶忙穿大衣，丽雪就说："外头冷，骏哥，你没带皮大衣来吗？"骏青摇头说："没带来，因为我来的时候，汉口已然天暖了。"丽雪眼睛注意地看着骏青的那条领带，嘴里又问说："你难道不知道北京的气候吗？你没在北京过过冬天吗？"骏青笑着，望着表妹，往手上戴着手套，说："我哪儿在北京过过冬天？上次我来的时候，那正是暑假。"于是两人的脑里同时现出了四年前的美丽梦影。丽雪脸上一红，娇声催着说："快走吧！"骏青拿上了呢帽，随着他表妹出屋。

祁丽雪很快地在前面走，骏青就在那健美的身子后面跟着。走过廊子，到了大门外，就见一辆一九四五式的黑色汽车已停在门前。丽雪与骏青先后上了汽车，开车的那个二十来岁的小杨，就回着头问说：

"五小姐,上哪儿去呀? "丽雪只简单地说了两个字:"平安! "于是小杨扳动机件,这辆车就出了胡同,到了大街上,就飞似的一直往南去了。车里的骏青挨着他表妹坐着,心里想:何必一定要坐家里的汽车呢?

为躲避同表妹说话,他就扭着头,向玻璃窗外去看,外面的街道一段一段飞过去,上午倒还看不出有怎样热闹的景象。祁丽雪在身旁也没说什么话,可是由她的衣裳里发散出一阵一阵的芬芳,骏青没有法子不叫它钻入鼻孔里,渐渐地,骏青就有点心旌摇摇了,他叹了口气;丽雪扭着头瞧瞧他,并没说什么话。

少时到了电影院门前,骏青随着丽雪下了车,就见电影院的门前,有许多男女青年都往里去挤。骏青刚要由衣袋里取钱,丽雪早已挤到售票处,买了两张头等座位的票,然后她看看手表,说:"还有二十分钟,我们先到食堂去吧。"骏青取了一张说明书,随同丽雪走进食堂。

食堂里没有多少人,两人在一张铺着白单子的方桌旁对面坐下。见茶役走过来,骏青就一面看着电影说明书,一面向丽雪说:"我可不吃什么,我早已吃过了。"丽雪说:"给你要一杯咖啡吧。"她就把所要的东西告诉了茶役。骏青还是歪着头看那张说明书,并不理丽雪。丽雪自己把大衣脱掉,另一个茶役过来,替她把大衣挂在衣架上;骏青却只摘下了呢帽,连手套都不脱。

丽雪将两臂放在桌上,头扬起些来,目不转睛地看着骏青。看了半天,骏青也没有察觉,丽雪微笑着说:"你看什么? 今天演《罗密欧与朱丽叶》,反正星期天早场演的都是旧片子,难道你还没看过吗? "骏青摇头说:"我真没有看过,我在武汉时,轻易也不进电影院。"丽雪笑着说:"这么说,我今天请你倒算请着了,这个片子我现在是第三次看了。"骏青点点头,并不回答,还是看他那张说明书。祁丽雪用牙咬了咬下嘴唇,脸上露出点不高兴的样子,但是骏青并没有看见。

这时,茶役用镀银的盘子送来了牛奶、咖啡、砂糖和两盘西式点心,丽雪就将两块砂糖放在牛奶杯里,拿起银质的小汤匙吃着,并抬起眼皮来看着骏青。骏青这时才放下他那张说明书,由大衣口袋里摸出一盒卷烟,在桌上划了火柴,燃起一支烟来。他一面吸着烟,一面吃咖啡,小碟里有四块砂糖,瓷杯里有半杯牛奶,他都像没有瞧见似的,一点也不往咖啡里放;丽雪在对面,拿小匙吃着牛奶,微微地笑着,骏青全都不觉。

忽然丽雪站起身来,一伸手,很快地将那四块砂糖和半杯牛奶,全都倒在了他的咖啡里。骏青也站起身,很客气地说:"让我自己!让我自己!好,谢谢!"

祁丽雪坐下来,撩着眼睛,抿着嘴向骏青笑,骏青就很老实地低着头吃那糖、乳混合在一起的咖啡。丽雪几乎笑出声来说:"骏哥,我看你简直像个……"骏青这时似乎明白了,也笑着说:"我像个傻子,是不是?"丽雪摇头说:"不是,我看你像个浪漫的诗人。"

骏青笑了笑,又叹了一声,说:"我早就不作诗了!"丽雪说:"那么你在想什么?四年前我们在一起时,你就常常发着怔想,想一会儿,就能摘下钢笔来写一首诗,现在我看你还是那样儿!"骏青摇摇头,苦笑着说:"早先我发怔时的确是在想诗,但是我此时想的却是生活了!"

丽雪说:"生活跟诗还不是一样?"

骏青摇头说:"不,绝不,生活不但不像诗,也不像散文,它简直是一篇不通的、难读的古文!"

丽雪噗哧一笑,说:"明明是我们现实的生活,怎能说是古文?我还是说:生活是诗,不过看你怎样去作,也许你会作成一篇美丽的诗句,也许你会作成一篇凄凉的挽歌!"

骏青笑着说:"这样说,还是五妹你是诗人,我只是个昏着头读古文的;我虽生在现代,但古老的势力时时在压着我!"说到这里,他恨不得把自己在家中为婚姻与父亲争斗的事通盘告诉表妹,以博取她一点同情。但又想:何必?丽雪她也是生长在旧家庭之中,难道她真不感觉到痛苦吗?于是便默默地把那一杯咖啡吃完。

对面的祁丽雪这时也像有点儿发怔,她将牛奶喝完,吃了一块点心,就看看手表,说:"还有三分钟。"骏青掐灭了烟,掏出钱来给了,丽雪拿上大衣,就一同出了食堂,上了楼。

这时电影还没有开演,但楼上已将客满了。骏青跟在丽雪的身后走，就见有六七个都是大学生样子的青年男女，先后站起来招呼。丽雪同他们都很熟识，或招招手，或走近前说一两句话，态度是那么大方、随便而活泼。骏青这时才知道，四年没有见表妹，原来她已成了一位交际家了；同时见凡是注意丽雪的人，没有不注意自己的，心中未免又有点儿惭愧，觉着今天自己是给表妹丢了人。

可是祁丽雪像是一点儿也不介意，她还有点儿故意在人前矜夸的样子，对骏青很亲昵。两人一并入座，丽雪不断地与骏青谈话，她指着刚才招呼她的那两个模样长得差不多的女子，说："那是张次长家的两位小姐。"又说："那个穿深灰色西服的是她们的教授，今年二十几岁，是新从法国得了硕士回来的……"

骏青却漠不关心地听着，等着场内黑暗了，影片开演了，他就由大衣口袋里掏出烟卷。

影片的故事是骏青所熟悉的，这是莎士比亚的名著之一。剧情就是由两个世仇的大家族中产生了一对痴情的儿女，结果是这一对痴情儿女因受了人事的拨弄、命运的摧残，惨痛地牺牲了；他们一死，反倒促成了两个家族弃嫌和好。骏青赏鉴着银幕上的艺术，心里也发出很多的感想。他将烟掐灭了，扭着头看了看丽雪，丽雪却似乎没有觉得；直到电影演完，二人并未说什么话。

这时场内的光线又恢复了原状，观众们又都往外挤着，骏青和丽雪随着人群下了楼。有几个女学生又都赶过来招呼丽雪，有一个拉着她的手说："明天我找你去。"另有一个说："星期三你有工夫吗？我们在吕淑馨家里等你，咱们一块儿上白云观！"并有一个穿西服的青年男子，过来向丽雪招呼，说："密斯祁，这两天在北海冰场怎么没有看见你？"这些人跟丽雪说着话，同时都用眼来看骏青，仿佛都带着点儿品评的态度。有个年纪较轻的穿着皮领大衣的女学生，还拉着丽雪的胳臂，悄声问说："那个人是谁？"

骏青不愿叫丽雪给他向人介绍，就先走了几步。他站在水门汀的台阶上，一眼看见小杨开着的那辆汽车还停在门前，骏青就问："你怎么还没回去？"小杨笑着说："五小姐叫我在这儿等着么！"骏青说："我们是出来闲玩,其实用不着坐汽车。"

小杨笑着说:"柏少爷您不知道,五小姐每天出来也不一定要坐汽车,今天是有用意。"骏青一听,心里倒有点纳闷,问说:"是什么用意?"小杨笑着说:"反正我们公馆里就是这一辆车,五小姐不坐,三姨太太也得坐;今天五小姐坐着车玩一天,三姨太太要出来,不是就没有汽车了吗?"说着,他只是笑,仿佛他很知道五小姐跟三姨太太作对的事情。骏青心里想着也很好笑,同时又觉得表妹这个人的心眼很厉害。

这时丽雪也走过来了,临上车时,她还笑着向那边的几个同学招手,骏青也就在那几个女子的注视之下,先上了汽车。小杨把车门关上,问说:"五小姐还到哪儿?"丽雪说:"到中央公园。"小杨又向骏青瞧了一眼,就上了车。

不到三分钟,车就到了中央公园。骏青先下了车,赶过去买了两张入门券,丽雪随着他走进公园,二人就顺着东面的画廊向北走去;鞋跟击着水门汀地面,发出很和谐的声音。

第三回　旧梦莫寻

公园里,在这严冬,除了松柏树还是那么老苍挺拔之外,其余的草木花卉全都像是枯死了。喷水池空在那里躺着,仿佛是一个已经残驳了的玩具;栏里的水鸟、孔雀,也都躲在暖房子里去避寒。北风呼呼地吹着,卷起了冰屑向人脸上打,天色是阴沉沉的,像是一张司法官的脸。

也因为到了年底,园里除了骏青和丽雪,简直再没有一个游人。丽雪同骏青并肩走着,她问:"骏哥你饿不饿?"

骏青说:"我倒是不饿,因为我今天吃了两顿早点。"

丽雪说:"那么我们先在园里玩玩,回头再吃饭?"

骏青点点头,心里却说:小姐的命令,自然得依从!于是又随着丽雪由东边画廊走到西边的画廊。

此时丽雪的脚步很慢,她一面很闲散地摆着身子走,一面扭着头问说:"骏哥,你还打算回汉口去吗?"

骏青两手插在大衣里,领子支起来护着脖颈,身上还觉着很冷,他回答说:"我此次既然出来,就不想再回去了。"

丽雪点点头说:"我很同意你,你真是有勇气!"

向前走了几步,丽雪又说:"无论如何,北京的环境总比武汉好!过了年,你可以向你的学校要一张转学证书,转'清华',或是转'燕京'。"

骏青摇了摇头，说："我不想再继续求学了！我想在北京，或是别处，谋个事做。"

丽雪抬眼看了看骏青，说："其实做事也好，不过就是你在大学差一年就毕业了，休了学未免可惜。你要谋事也好办，我有几个同学，她们的父亲都是在政界、金融界很有地位的，我可以替你托托他们。骏哥，你打算入哪一界做事？"

骏青说："无论哪一界都可以，只要是对别人没有害处的事，我都可以做。并且我不拘事情的大小，只要能维持我个人的最低生活，那就行了。"

丽雪点头说："那太好办了！不过像你，最低也应当每月有一百元的收入才行。但是那种事也很好找的，骏哥你不要发愁，我可以替你解决这个问题。"

骏青摇头说："我并不发愁。"心里却暗想：这位小姐把事情看得真太容易了！或者她的交际广，真能给我找个事做。但是我又何至于需要她给我找事呢！于是就说："不忙，我在这里也有几个朋友，我已托付过他们了。"

祁丽雪一面走，一面又说："我也是愿意做事，不愿意上学。"说话时，她扭着头瞧了瞧骏青，又感慨似的说："我若能找个百十元上下的事情做，我也就离开家里了！"骏青一听这话，不禁吃惊，心里想：表妹这话是对我的一种暗示吧！

又走了不远，来到了一把休息椅的旁边，丽雪就走近前来，掏出手绢来，擦擦椅上的尘土，笑向骏青说："骏哥，我们在这儿坐一会儿好不好？"骏青点点头，走近了两步，此时他的脸上不禁有些发热。

这休息椅是放在荷塘的北岸，荷塘里现在只有些污秽的冰，但是在四年前，那是六月下旬的一天晚上，这塘里却是开着很茂盛的荷花。那时骏青住在姑父家中，每天早晨同着表妹到一处学校去补习功课。晚间，炎热散去，两人就一同出来游玩，到这里来的时候居多。那时丽雪才不过十五岁，骏青十六岁，在家里人看着，他们还都是小孩子，但他们两个的心却像春天的花苞似的，都孕育着一种美丽的情思；一个多月的耳鬓厮磨，两人像谁也离不开谁了。

那一天，两人就坐在这张休息椅上，晚风吹送来荷香，两人竟唧唧地把各人心里的话吐露出来了；甜蜜地含着羞涩地说过一阵话之后，直等柳梢上浮出月轮，两人才牵着手儿，踏着街上的月色回到家里，那就是他们两人对于恋爱的尝试。

可是过了两天，骏青就被他的父亲催促着回汉口去了。两人分离之后，彼此还时常通信，但因为那时他们写信的技能太差，由文字间发生了很小的误会；而就因那很小的误会，丽雪就不高兴再给骏青写回信了。骏青连去了几封信都没有接到回音，于是他也就赌气不写了，他们那幼稚的爱苗也就中止了发展，各人去忙自己的功课和玩乐。

现在已经过了四个年头，这把椅子还安然放在这里，像是他们旧事的证人似的。骏青偷眼看看丽雪，见她完全是个富家小姐，贵族大学的女学生，绝不似四年前留着童发，穿着竹布小褂、青裙子那么朴素天真了，同时觉着自己也是大大改变了。

骏青很感慨地坐下，摸出一支烟来，划了四五根火柴方才点着。丽雪坐在他身旁，默默不语，仿佛专等待他发话。可是待了半天，骏青的烟总不离嘴，丽雪就问："你是什么时候学会抽烟的？"

骏青笑了笑，说："两年前我就会，不过在学校里是禁止吸烟的，只有星期日，到外面玩玩，就买一盒纸烟，两三个同学抽着。可是现在因为环境的愁闷，影响得我精神很坏，只好就用纸烟来刺激了！"

丽雪听了他这话，脸上微微变色，她皱皱眉，说："我真不明白，现在究竟还有什么事使你愁闷呢？家庭、婚姻，自然是很使你感觉痛苦，可是现在你已经走出来了，那些事不就算都解决了吗？此后我们重新创造生活，寻求幸福，过去的那些事，你还发什么愁？难道你还有些怀恋着家庭？或是那一件并没成为事实的旧式婚姻，真把你的心给打碎了？"

骏青斜过脸来看着丽雪，就见丽雪脸上有点不高兴的样子，但她撩着眼皮看看骏青，抿着嘴又笑了。骏青就笑着说："你这话说得太奇怪，我那个家庭，它还有什么值得我怀恋的？至于那件婚姻，咳！真是笑话,它还能打碎我的心? 哼! 我连气都不值得为它生! "

丽雪说:"那么,你到底为什么呢? 愁闷,愁闷,我们见面三天了,你总是离不开愁闷,或者你自己不觉得,可是我想起来四年前的你……你跟那时候,真是大不相同了! "说着话,她紧皱着双眉,低着头,仿佛不胜忧虑。

骏青的心里不免有点飘飘荡荡的,看看丽雪,觉得她实在是多情,这个至亲的表妹,四年前的爱人,真的,现在世界上能够了解自己、关心自己的,恐怕只有她了吧! 骏青这么一想,心中就非常感动。他叹息了一声,刚要掏出自己的挚情,但是一看到丽雪那身华贵的衣裳,想到停放在公园门外的那辆汽车, 便又赶紧用一种极大的力量制伏住感情,摇头说:"我并不是为那已经过去了的事情发愁,我却是想着目前的事。五妹,大概我这四年来的生活,你还不大知道。自从我母亲死后,我父亲又接进来一个姨太太,外面并有两处家。父亲只叫我每月在账房支二十块钱,学费自然在外,其余的什么事情他都不管,所以我父亲虽然是很有钱,但我却是个穷学生。直到今年暑假后,父亲忽然对我特别的亲近,又特别供给我钱用,当时我还不知道为什么;原来我父亲是要叫我依照着他的意旨,与那个有钱的小姐结婚! "

丽雪很注意地听着,脸上现出些悲痛的神色,仿佛替骏青的遭遇很难过。她又把眉皱了皱,说:"晏家是很阔的人,他家那位小姐听说也是在什么大学,难道就没有人向他家求婚? 为什么他们偏要采用这么一种旧的手段,要跟你结婚呢? 我想一定有原因,或者是他家的那个小姐有什么缺点? "

骏青说:"那倒不管它,无论对方是个怎样的人,我们彼此既然一点儿了解没有,根本就谈不到结合。这些事其实我已不再去思索它了,现在我也决心不再回武汉去了,可是我离开汉口之时,只带着一百二十块钱,现在手上剩了不到八十元,所以我得赶紧谋个事做;我现在所忧愁的就是这一点,因为我晓得,现在找事是很不容易的。"

丽雪默默地点头,想了一会儿,就安慰骏青说:"不要紧,我能替你想办法,你别着急! 反正你在我们那儿住着,食住两项总可以解决了,你若用什么钱，我可借给你。"

骏青点点头，掐灭了纸烟，就说："不过，我也不愿意在这里长住。"

丽雪说："那也不成为问题，一个人的生活还有什么解决不了？我就不信能把你愁成这个样子？"

骏青勉强笑着说："说真的，我也没有怎么发愁，抽烟，还是为过瘾。"

丽雪摇头说："我不信！其实抽烟并没关系，你要真是个诗人、文学家，不学会抽烟，那还不够派头儿呢！"说到这句话，她笑了笑，接着又郑重地说："可是你脸上的愁容，无论谁也都瞧得出来！你又并不是天生的忧郁性格，四年前……"

骏青笑着说："咳！你又提四年前。"

丽雪说："怎么？骏哥，你不承认四年前的你了吗？"她质问这句话时很严肃，同时用两只蕴含着深情的眼睛，直直地盯着骏青的脸。

骏青一听提到四年前的事，却觉得感慨万端，就笑着随口说道："咳！那时的事我们何必还常常提起，那时，你我都是小孩子！"说完了这句话，他觉着脸上直发烧。

就见丽雪什么话也不说了，她绷着一张脸，待了一会儿，就仿佛冷笑似的，点了点头。她站起身来，又望了骏青一眼，很冷淡地说："我们离开这里吧！"

骏青也站起身来，巴结似的笑着问："我们这就吃饭去吧？"丽雪说："也好。"她挺着腰，两手插在大衣口袋里，独自在前面走，骏青就在后面跟着。丽雪很快地往东走下了画廊，骏青在后面又没话找话地问说："吃完了饭，你还要上哪儿？五妹！"丽雪却像没有听见。

走到了"来今雨轩"，里面一个座客也没有，只有两个茶房在那里闲坐着。一见二人进来，一个茶房就过来招待他们，替祁丽雪挂上大衣。骏青也摘下帽子，脱了大衣，放在旁边的一把椅子上；他与丽雪对面坐着，看丽雪的脸上还是一点笑容也没有。

丽雪把茶房叫了过来，问说："你们午餐都有什么？"

茶房笑了笑，说："厨房的人都回家过年去啦，现在就有炒面、炒饭。"丽雪望了望骏青,骏青说:"我们就吃炒饭吧。"

丽雪吩咐了茶房,并叫茶房先沏一壶茶来。

茶房答应了一声走了,待了一会儿,另一个茶房送过来一壶香片。骏青给丽雪倒了一碗茶,自己也倒了一碗,就见丽雪依然不说什么话,并且脸上像是铺着一层霜似的,一点儿温暖之情也没有了。骏青晓得是因为刚才那句话得罪了她,虽然心中觉着很不安,但也认为没有法子解释,只好听其自然。

少时,茶房把两碗炒饭和一碗榨菜汤送上来。丽雪只吃了一点饭,喝了一口汤,便放下匙箸,很厌烦似的说:"在这儿吃饭,还不如在家里吃呢!"

骏青笑了笑,说:"谁叫我们在这年底的时候,到外边吃饭来呢?旧历年是由家族社会产生的,所以一到了年下,家庭的势力就膨胀起来了,平常的痛苦都被一时的欢乐给麻醉住,于是外面飘零的人便感到孤独。"骏青这样说着,丽雪并不搭理,骏青觉着没趣,也只好闭嘴不说,只默默地吃饭。丽雪却斜身坐着,看那壁上装饰的油画。

骏青吃完了饭,燃了一支烟吸着,看看手表,已然快到两点了,骏青就问:"你就由这里回家吗?"丽雪咬着嘴唇,什么话也不说,骏青心中未免有些生气。

半晌,丽雪才微微摇头,很不高兴地说:"不,我不回家,我还要到西城找几个同学去呢。"又问:"你呢?"

骏青脸上也没有了笑容,说:"我还要在园里玩会儿呢。"

丽雪说:"那么我们这就走吧!"她随说着随叫来个茶房,把钱给了,穿上大衣,戴上手套,走出了"来今雨轩"。

骏青随到画廊上,就止住脚步,说:"那么咱们回头见吧?"丽雪还仿佛没有听见似的,连头也不回,就高跟鞋踏着长廊,很快地走出了园门。

小杨一看五小姐出来了,赶紧把车门打开,可是回头看了看,却不见那位柏少爷。他等着五小姐上了车,就有点害怕似的问说:"五小姐,您还到哪儿?"丽雪绷着脸说:"上二条胡同张公馆。"小杨不敢多问一声，就开着车往西城去了。

祁丽雪在车上气得直擦眼泪，她想：骏青真是改变了！四年前他是多么活泼、热情，而现在他才二十岁的人，竟变得这样暮气、冷淡；社会真是残酷，把多少有为的青年全都摧残了！他竟说四年前我们的爱情，那都是小孩子的举动，可惜他能忘了早先的爱情，而我却忘不了……

她生了一会儿气之后，又觉着骏青很可怜，他是因为母亲死了，父亲又跟他感情淡薄，这回婚姻问题又给了他一次打击，所以他的性情才变了。我还是应当设法安慰他、拯救他，不该净跟他生气。因此又心肠顿软，很后悔刚才跟骏青那样的使气，不给他解释的机会。于是又想：这时大概骏青还在那一个人也没有，冷冷清清的公园里，穿着他那一身单寒的衣裳在发愁吧？也许他已经哭了吧？因此丽雪又想叫小杨把车开回去，可是这时汽车已进了二条胡同。

到了张公馆的大门前，丽雪下了车就往里走，一个仆妇笑着向她说："祁小姐来啦？"丽雪就问说："你们大小姐二小姐都在家吗？"仆妇答说："都在家啦，王小姐、徐小姐也都来啦。"丽雪就很快地往里院去走。

张公馆的院子很深，连走过四五重门，才到了正院。丽雪还没往那两位小姐的南屋里去，忽见由东屋里走出一个西服少年；这是那两位张小姐的胞兄，也就是张次长的大少爷，名叫张锦生。张锦生一见丽雪，他那白净的四方脸上就堆满了笑容，问说："祁小姐没滑冰去吗？"丽雪摇摇头，说："没去。"就一直往南屋走去。

丽雪还没有进到南屋，屋里的几个同学就一齐拍着手说："来了！来了！"她推门进屋，热水管的暖气，立刻扑上了她的身。屋里有张大小姐淑仪、张二小姐淑范，还有王爱瑜、徐绿蒂、梁霞，几个人都一齐望着她笑。张淑范头一个把她揪住，两只小眼睛眯成一道缝，问说："你得告诉我们，今天上午在'平安'，跟你在一块儿的那是谁？"

丽雪脱了大衣，边摘手套边说："那是我表哥，还能是谁？"梁霞拍着手儿，笑说："哎哟！表兄妹呀！"丽雪绷着脸儿说："表兄妹怎么着？还新鲜吗？你们没有表兄妹吗？少见多怪！"张淑范笑着说："可不是，贾宝玉跟林黛玉就是表兄妹！"

丽雪使着气说:"我没看过《红楼梦》!"又说:"你们真是旧脑筋!人家跟表哥一起看看电影,你们也起脏心眼子! 就许你们跟运动员在冰场上……"

她的话还没全说出来,旁边的徐绿蒂就急了,她扭动着穿着咖啡色西服的身子,伸着脖子说:"你进屋来这半天,我可没说一句话! 不错,上星期六我跟陈启华在北海滑冰来着,可是,那也是很平常的社交!"

丽雪说:"管不着,谁管你们的社交是平常还是不平常?"

旁边的几个人发现了徐绿蒂的秘密,她们就全都转移了谈笑的方向。梁霞摇摆着花呢的旗袍,拍手笑着说:"真的吗? 那以后我可得常上北海,我得看看'长颈鹿'跟'骆驼'在一块滑冰是什么姿势?"

外号叫"长颈鹿"的徐绿蒂,见人这样拿她开心,她表面上生气,心里却很得意,就说:"我跟陈都是动物,你有多好?"

丽雪拉着梁霞的胳臂,指着徐绿蒂笑说:"你听,她这'陈'字说得有多么亲热? 咱们等着跟'长颈鹿'要糖吃吧!"

梁霞说:"'长颈鹿'的糖没有什么味儿,丽雪,我问你,你跟你那表哥到了他们那种程度了没有? 快点请我们吃糖呀!"

徐绿蒂这时可高兴了,连连拍着手,跳起来笑说:"对对对! 大家快看,丽雪脸红啦!"

丽雪冷笑着说:"我才爱脸红呢? 我又没在冰场上丢人!"

张淑仪跑过来问说:"你告诉我们,'长颈鹿'在冰场上怎么丢人啦?"

徐绿蒂这时可真红了脸,她直着脖子,真像一只长颈鹿瞪着圆圆的眼睛说:"你敢告诉她们?"

张淑仪说:"不用说,绝没有好事!"

丽雪说:"你们既然知道,何必还问我? 我也得留一点口德。"徐绿蒂还要跟丽雪互相嘲笑,张淑仪还要在其中打听,旁边的梁霞却看出丽雪今天的脸色不大好,恐怕闹急了,于是赶紧向她们使眼色,大家才停止了说笑。

祁丽雪坐在花缎的沙发上，那个穿着蓝布褂的王爱瑜不住地注意着丽雪的那件大衣，她摸摸那很长的毛绒，问说："这是你新做的吧？"

丽雪说："做了有很多日子了。"

王爱瑜又仔细地看了看，问说："你不是还有一件青色的吗？也是骆驼毛的。"

丽雪点头说："对了，那件是去年做的。"

张淑范却总是没忘了丽雪表哥的事，她别的话全都不说，只坐在丽雪的身旁，歪着头问："你那表哥姓什么？早先我怎么没听你说过？"
丽雪说："他才从汉口来。"旁边的几个人一听丽雪谈说起她的表哥，就齐都过来，围住了她，个个都静默地听丽雪说话。

丽雪的身子靠着沙发，说："我告诉你们正经话，你们可别胡说！我表哥是个很有毅力的人，他父亲就是我的舅父，是汉口银行的行长，并且办着许多实业，他又是个独生子，但是他这回因为婚姻问题，竟毅然由家庭中走了出来。他再有一学期就大学毕业了，但他也不顾惜，他自己一个钱也不带，走出来谋求自立的生活！"

丽雪这样赞扬着她的表哥，态度是很郑重的，旁边的人也都为骏青这段类似英雄的事迹给感动了，个个脸上都显出一种惊异。张淑范更是寻根究底地问："他姓什么？叫什么？他的婚姻问题是怎么回事？是不是他要跟他的爱人结婚，他父亲不允许他？"

丽雪摇头说："不是，他那件婚姻问题，说出来叫人都不相信，他的父亲简直是拿他当作小孩子，简直是愚弄他。"遂就把骏青的那件婚事简略地述说了一遍。

旁边那几个人全都猜测着，梁霞说："你表哥一定长得漂亮，不然人家为什么争着把女儿给他？"

徐绿蒂更是好奇心盛，她拉着张淑仪的胳臂，问说："你早晨在'平安'看见了丽雪的表哥，你看他长得像谁？"

张淑仪笑着说："我就没怎么看清楚，像谁我也看不出来。"

她妹妹淑范却在旁搭言说："倒是很漂亮，就是有点儿瘦。"

徐绿蒂又问："穿着什么衣裳？是穿西服吗？"

梁霞见徐绿蒂这样注意丽雪的表哥，就有点儿瞧不起，暗暗地瞪了绿蒂一眼，转身坐到旁边的沙发上，随手拿了一本画报去看；张淑仪也站在绿蒂的身后，望着王爱瑜笑了笑。可是张淑范跟徐绿蒂还都专心地听丽雪讲说她表哥的故事。

丽雪这时心里很高兴，仿佛忘了刚才跟骏青在公园里不欢而散的事情，她又说："真的，我很同情我表哥，他现在很急于谋求职业，我想要帮助他。"

张淑范说："你不会叫你父亲给他找个事吗？"

丽雪说："我父亲怎么能够给他找事？第一，我父亲已多年不做事了，平日他也不在社会上活动；第二，我父亲那个人是很顽固的，他非常不满意我表哥。"张淑范翻着眼睛，仿佛正在替丽雪的表哥想什么办法。

这时屋门一开，又进来一个女同学。这位女学生身材矮小，两只眼睛圆溜溜的，穿着一件银灰色的绸旗袍，外边罩着翻毛的灰黄色的兔皮大衣，乍一看就像一只狸猫。梁霞一瞧见她，就放下手中的画报，笑着说："薛太太来啦？"

这位女学生就笑着说："废什么话！"随手摘下头上的银灰色的毛绒帽子，露出来长而卷的头发。她把帽子在手中拍打着，说："外面的雪真大！"

徐绿蒂说："外面下雪啦？"遂就跑过去拉开门向外去望。祁丽雪跟张淑仪、王爱瑜、梁霞几个人，也全都掀起窗帷往外瞧。

庭中、屋顶已全都铺上了一层雪，像白绒毯一般，那雪花成团地飘摇下落。徐绿蒂站在门口，失望地说："啊呀！今儿我还要滑冰去呢！这可怎么去？"张淑仪说："快把门关上！"梁霞扒在王爱瑜的肩膀上，问说："你会堆雪人儿吗？"祁丽雪却很不放心，暗想：骏青这时一定还在公园里发愁呢，他不要冻坏了吧！

大家都在向窗外看雪，那位穿着花旗袍的张二小姐淑范，却依旧在原处坐着，凝着她那双娇媚的小眼睛，不知是在想什么。才进来的那位女学生在她的眼前脱了大衣，说："你们这群小姐，净在屋里研究什么啦？连外面下雪都不知道！"张淑范就像没有看见听见似的，呆呆地也不作声。

丽雪回过身来，向才进屋的这位同学说："陈蕙如，你从哪儿来？"

陈蕙如说："我找你去啦！见着你那三姨娘，她叫老妈子去问，说是你一早儿就出去啦。"

丽雪点头说："可不是，我早晨到'平安'看早场去啦。"

梁霞跑过来，拉着陈蕙如："喂，蕙如我告诉你，丽雪有了爱人儿啦！"陈蕙如赶紧笑着问："是谁？"丽雪说："你别听她胡说。"

张淑范坐在沙发上说："那是丽雪的表哥，早晨在'平安'我们看见了他们，小梁就胡说人家！"

梁霞说："干你什么事？你干吗护着丽雪的表哥？"张淑仪也看了她的妹妹一眼。

陈蕙如一笑，心里立刻明白了，说："大概是柏骏青来啦？"丽雪点头说："对了，他前天才到的。"说时，当着这由中学起就是同学，而且有点亲戚关系的陈蕙如，她不由得脸红了红。

张淑范站起身来，走近了陈蕙如，仿佛要向她再打听打听关于那柏骏青的事情。陈蕙如却抛开这件事不谈，她四下里找水喝；摸摸茶壶也是凉的，她就向张淑仪："你们那些老妈子都哪儿去啦？叫她们给我弄点水来，你们也真不渴！"

张淑仪笑着说："老妈子们都凑在一块包饺子啦，等我叫她们沏茶来。"

张淑仪出屋去叫老妈子，陈蕙如就坐在沙发上，取出一盒烟来，给徐绿蒂一支，她自己一支，吸着，又问张淑范说："你们家里过年是怎么个过法？"

张淑范心不在焉地答说："没有什么，反正是那一套老规矩，忙的是我母亲和一些用人们，我们什么事也不管。"

徐绿蒂说："我们家里也跟你们一样，没有我的一点事，一到年下，我反倒觉着无聊！"

陈蕙如吸着烟，说："过年，我们一块儿上白云观玩去好不好？骑着驴去！"

徐绿蒂说："好呀！"她非常高兴，又说："明天我们就去好不好？"

旁边的梁霞就笑着说："哪有初一就逛白云观的？顶好是十八那天去，那一天会神仙；听人家说，要是心眼好的，真能会得见神仙。早先白云观门口有个卖元宵的，买卖很不好，可是他天天烧香。十八那天，忽然有个穷和尚去吃元宵，吃了几个元宵，没有钱给；卖元宵的人瞧着他很可怜，就没跟他为难。可是那穷和尚却说：'你不肯跟我要钱，我倒觉得不好意思了，得啦，我把吃下去的都还给你吧！'说着，他就把肚子里吞下去的元宵，又都吐回锅里，就走了。卖元宵的很发愁，说：'这么脏，谁还肯买呀？'你们猜怎么着？没想到后来由他的锅里直冒香气，人都争着来买他的元宵；锅里的元宵也越搅越多，不必添新的，总是卖不尽，一天一夜的工夫，这个人就发了财。过后，他一打听，原来那个穷和尚就是济公活佛！"

梁霞摇摆着她的花呢旗袍，指手画脚的，一面笑一面说着，大家都听得出神了。等她说完了，祁丽雪就笑着"哼"了一声，说："你简直是信口开河！白云观是道士观，就假定是真有神仙吧，也轮不到济公出来。"

梁霞笑着说："信不信由你！这段故事还是我小的时候，听我表嫂说的。"

张淑范笑说："丽雪才来了一个表哥，你又出来一个表嫂，更可见这故事是你自己编造的了！"

梁霞笑着，说："真的！白云观上十八那天，是个会神仙的日子，那天特别的热闹！"

旁边陈蕙如就说："可惜你们还都是大学生，对于这么一个荒唐的故事还瞎费脑筋！这分明是庙里道士们所造出来的，为的是招人烧香，这也算是一种广告术。咱们也不管什么会神仙不会神仙，我约定初六那天，咱们在这儿聚齐，然后一同出宣武门，雇上驴到白云观，你们都谁愿意去？"

梁霞跳起来说："我一定去！"

徐绿蒂说："我也去，可是你们薛先生也跟去吗？"

陈蕙如摇头说:"他不去! 咱们绝不要一个男的,无论是男朋友、表哥、丈夫、爱人,一概不准携带,就是咱们七个人,连柳明贞、徐淑丽,咱们都不去通知她们;人一多了,意见分歧,在路上非要捣麻烦不可!"

大家齐都说:"好,咱们拥护薛太太的意见!"

陈蕙如因为她是已婚的人,态度比任何人都开通,她踏灭了烟,笑着说:"好,咱们可决定了,初六一准儿在这里见! 还有,明天你们谁愿意到我们家里吃饺子去?"

徐绿蒂说:"我去! 我非得叫你们先生捏好了给我吃不可。"

王爱瑜说:"我也去。"

陈蕙如却说:"璧城他病了。"

徐绿蒂问:"薛先生得的是什么病?"

陈蕙如说:"也不是什么大病,就是失眠,我今天下着雪出来,就是为给他买药。"说时,由大衣口袋里掏出来一个细长的空药瓶,说:"我就买这种药。"

徐绿蒂、张淑范、丽雪全都很好奇地过去看那药瓶,张淑范就问说:"这就是安眠药吗?"

陈蕙如点头说:"对了,这一瓶装十片,每天至多只能吃一片。其实吃下去一瓶也不至于死,若是吃下去两瓶,可就无法救治了,所以到药房买这种药,非得有医生签字不可,不然人家是不卖的。"

张淑范又问:"你是请哪个医生给签的字?"

陈蕙如摇头说:"我用不着找医生签字,我们薛先生他有个朋友,在西城开药房,我去拿上一两瓶都不要紧。"

丽雪笑着说:"好! 你们要服安眠药自杀,倒很方便!"

陈蕙如笑着说:"可不是! 将来我真许自杀。"

徐绿蒂说:"你若自杀了,我一定哭你。"

梁霞说:"人家才用着你哭呢?"

说过了这一段话后,陈蕙如收起了药瓶,几个人又谈说起学校里的事情;批评这个教授讨厌,那个讲师不够资格,又说了些同学们的桃色新闻。最后说到了她们各人的环境,徐绿蒂就说她父亲要把家眷接到南京去,可是她不愿意去;王爱瑜却说她的家乡遭了水灾,已有三个月没给她寄钱来,她打算下学期若找到事做,就要休学。

张淑仪叫来了仆妇,伺候同学们的茶水,她却到别的屋里去了;张淑范却时常发怔,像添了什么心事似的;丽雪今天也仿佛心神不安,不太高兴说话。只有娇小玲珑的梁霞,算是最活泼、最能说的,可是她现在家中只有母亲一个人,所以她不敢在外面多玩,约莫到了五点钟,她就跟徐绿蒂骑着自行车走了。王爱瑜因为是一个人住在宿舍里,回去也是无聊,就在这里坐着不走。

祁丽雪也要回去,陈蕙如就问她:"你打算上哪儿去?"

丽雪说:"我先到'东安市场'买点东西,从那儿就回家了。"又问:"你呢?"

陈蕙如说:"我到西单牌楼买药去,你能不能先陪我走几步?我还有几句话要跟你说。"

丽雪听了,心中很为诧异,脸上不禁一红,说:"好吧!我是想买几本小说,到西单商场去买也是一样,我们就一同走吧。"于是二人穿上大衣,陈蕙如向张淑范、王爱瑜举举手,笑着说:"过年见!"屋里两人把她们送出屋去,祁丽雪就同着陈蕙如踏着雪走了。

这时雪下得更紧,地下已积了二三寸深,二人走出这深深的院落,头上、大衣上连脚下的皮鞋全都成了白色的了。门前祁丽雪坐来的那辆汽车,车顶上也是白的,轮子都半截埋在雪里。

小杨已在门房里睡了一个觉,张公馆的仆人把他推醒,说:"喂!你们小姐出来啦!"

小杨赶忙揉揉眼睛,跑出门房来说:"五小姐回去吗?"又向陈蕙如点头说:"陈小姐!"

祁丽雪却说:"还上西单商场!"小杨答应了一声,心说:这倒好,大年底的又下着雪,在外面整整跑一天,这真是摩登小姐干的事!

祁丽雪跟陈蕙如上了车,小杨抖起精神来,发动了车,车轮划开地下的积雪,沙沙的,在后面印下两行宽宽的花纹,直开往西单商场去了。陈蕙如就在车上说:"今天我出来,第一是找你,第二才是买药。我到你家里去，找你你没在，我想你一定在这儿了，所以我才来。上回我见着你，没好意思跟你说，璧城失业已有四个月了，他在银行里的那点存款也都提出来花完了。下学期我是一定不能再继续求学，我们的生活都很可虑，璧城他又病着……"

丽雪不待她说完，就明白了她的意思，说："你别发愁！你有什么困难，我可以接济你，只要我的力量能办得到。"

蕙如倒觉得很羞愧，她微微叹了口气，就说："你能在一二日内，给我筹划到一百块钱吗？不出正月，我们当东西也一定归还。"

丽雪到此时倒很觉为难，虽然在这新年里，自己多花一两百块钱，父亲不至于说什么，但是太多了也不行，再说骏青也正没有钱花，自己怎能一下子就借给蕙如一百块呢？于是就说："你要用一百块钱，在这过年的时候，我可真不容易给你办。我看看我还有多少钱……"随就由大衣里面掏出来一卷钞票，她自己也不知道有多少张，就点了十张五元的钞票，交给蕙如说："你先用这五十块钱吧，也不必忙着还我。"她把其余的又都装回去，说："今年我的用项也比往年多。"

蕙如脸上有点羞容，她接过钱去，说："不过，我希望你也要撙制一点儿才好，因为现在我才感觉到，经济困难时的可怕！"

丽雪点头说："是，我早计划着了，从明天起我要改变我的生活。"

两人说着，车就到了西单商场。下车走进去，里面的灯光倒是很耀眼，商店也都摆着许多春节的货品，可是往来的人并不多。丽雪一直奔到书摊前，翻阅那些新出版的小说和杂志，挑了几本现代中国名作家的作品。忽见有一本封面很漂亮的小册子，上面写着《写给自己看的情书》，作者是刘醉生。丽雪在杂志上倒常看见这人的散文，翻了几页，见是一本书信体的小说，没有什么意思，文字倒是很优美的。陈蕙如在旁说："我知道这个刘醉生，他就住在离我们家不远的一座庙里。这个人有趣极了，蓬首垢面的，真像是个文学家。"丽雪笑了笑，就也买了这么一本。

丽雪一共挑选了六本书，四块多钱，她给了钱，叫卖书的人把书包好，然后就夹着书，与陈蕙如离了书摊。她问说："你还上哪儿去？"蕙说："我买了药就回家去了,你到我们那儿吃晚饭好不好?"

丽雪摇头说:"不了,我也回去了。"

两人走出商场,蕙如冒着雪要往南去,丽雪忽然想起了一件事,她就叫着:"蕙如!蕙如!密斯陈!"陈蕙如走出了十几步才听见,就回来问说:"什么事?"丽雪说:"我忘了告诉你,初六那天我不能同着你们上白云观,因为我这几天有别的事。"陈蕙如点头说:"好吧,我们虽然订好了,可是一半天见了面又许改变。"两人招招手,陈蕙如走了,祁丽雪也上了汽车。

这回小杨听说回家去了,他就开着车快走,忙着回到公馆吃完了红烧肉,好回家去过年。此时雪仍未住,天色渐渐昏晦,马路两旁闪烁着灯光,往来的人和车辆倒还不少。小杨按着喇叭,嘟嘟地疾驰。丽雪在车里很着急,但是又为难着,心想:我怎么才能跟骏青解和呢?我也不能太叫他觉着我是好脾气……

不多的时间,汽车就回到了她家的门首,丽雪下了车,夹着书,很快地向里面走去。走过账房的窗外时,见屋中有灯光,她脚步停顿了一下,本要进屋去,可是又听屋里有人说话,是父亲那永远很严厉的声音,她就赶紧顺着廊子往里院去了。

此时廊上已挂上了各式的宫灯,隔几步就是一盏,里面点着红烛,半明不灭的,映照着廊外的雪色。丽雪走到书房前,忽见迎面来了个很矮的人,手里提着一个花篮灯,里边有一支蜡烛,摇摇摆摆地都快要烧着了。丽雪看出来是自己的异母弟大桂,那个明年才六岁的孩子,大桂一瞧见丽雪,吓得转身就跑,丽雪就笑着追上了两步,说:"大桂大桂,我瞧瞧你这个灯,我不能要你的灯!"大桂无法再跑了,只得回身站住,翻着小眼睛,还有些害怕的神色。

丽雪今天忽然觉得大桂真可怜,这孩子因为他母亲的不幸,便也受虐待,她随就蹲下身,笑着问说:"谁给你买的?是你妈妈给你买的吗?"大桂说:"柏大哥给我买的!"丽雪笑着说:"真好玩!"大桂又说:"柏大哥还给我买爆竹了呢,一大堆!十几毛钱的。"

丽雪笑了笑,说:"明天我也给你买些爆竹!你别往前院去,老爷在那儿呢！"大桂一听，吓得又回身要跑，丽雪说："别跑！留心跌倒了把灯烧了！"她伸手到衣袋里，掏出两块钱来，塞在大桂的左手里，说："这是我给你过年的，回去交给你妈妈，别跟旁人去说！"大桂点点头，丽雪站起身来，看着大桂拿着灯笼跑回了西小院后，才进到正院。

第四回　淆乱的除夕

回到自己的屋里,丽雪把书放在桌上,开开门,就叫余妈;叫了好几声,孙妈才弯着腰跑来。丽雪脱去大衣、手套,自己开亮了灯,一看,火炉都快灭了,她本想要发作几句,可是立刻又阻止住了自己,就和婉地说:"孙妈,把这火再添点!"

孙妈一面去添火,一面说:"大家伙儿都忙着捏饺子,把什么事都给忘了! 刚才我叫严妈给这屋里添添火,她也没来。"

丽雪坐在沙发上,问说:"开过饭了吗?"

孙妈说:"还没有呢! 平常有时吃饺子,也就是几盘子,今儿夜里,您想,上上下下二三十人,全都得吃饺子,得吃多少呀? 还得预备出来明儿吃的馅子,他们明儿好斗一天的纸牌。"

丽雪没有言语,心里想着骏青,觉得骏青真好,他对于大桂都是那么好,以后我应当谅解他的愁闷,不应当跟他净使气。她站起身来,指着桌子上的一包书,向孙妈说:"桌上那个纸包儿里头是几本书,待会儿你给柏少爷送去,不忙,老爷现在那儿呢!"

孙妈答应着说:"是啦,等老爷出去,我就给骏少爷送去,骏少爷回来的时候还问您呢!"

丽雪赶紧说:"骏少爷问我什么?"

孙妈说:"就是问您回来了没有,仿佛有什么话要跟您说似的。"

丽雪脑里猜想着,走到里屋,开亮了电灯,就见写字台上放着一封信,心说:谁给我来的? 走过去拆开信一看,就见里面是一张很美丽的信笺,写着:

丽雪小姐:今天上午在电影院看见你……

丽雪也不往下看,就哧哧地撕碎扔了,心里骂道:无聊! 还配当教授呢!

她一心只痴想着骏青,忏悔着午间在公园里的事,但是又怀疑地想:他真是把我们早先的爱情完全忘记了吗? 莫非这四年之间他已另有了爱人? 他这次反对家庭给他主张的婚姻,也是为了那缘故? 丽雪因此又很忧虑,并像有些嫉妒似的,要去见见骏青,问问他。

丽雪躺卧在床上,休息了一会儿,心里就觉着不安、烦闷,而且着急。她站起身来,看见书橱上立着的那个维纳斯石膏像,觉着它仿佛也是很孤零的,便随手把它移放在写字台上,把一盏覆着桃红色纱罩子的桌灯也开亮了,看着那粉红的灯光映在洁白的石膏像上,她不禁发呆,设想着:……住房只是这么一间,不,外屋做客厅也好;家庭中只有两个人,至多雇用一个仆妇,那么,虽然物质享受不能像现在这样充足,不是也比在这使人头疼的大家庭里要好得多吗?

她随手关上了桌灯,掠掠头发,转身走到外屋,见孙妈已然出去了,桌上的那包小说也不见了。丽雪心里猜度着:骏青他若见了那几本书,应当做何感想? 他是不是知道我并没恼了他,而且还很关心他?

这时,屋门一开,余妈又走了进来,笑着说:"五小姐您回来啦? 您不是没吃饭,现在开饭啦,请您过去吧。"丽雪点了点头,说:"好吧,我这就去。"余妈转身出去了。丽雪却又坐在沙发上,心里很着急,她看看灯下的盆梅,又用脚尖揉着地毯,待了有十几分钟,她正要站起身去吃饭,忽然孙妈又进屋来了;她从外面就笑着,瘪着嘴说:"五小姐那包儿书,我给骏少爷送去啦,骏少爷,那才真是一位好少爷呢!"

丽雪说:"你把书交给他,他说什么?"

孙妈说:"骏少爷见了,很喜欢,一本一本地翻着看,他说给五小姐道谢,又说:'你们五小姐才买来的书,就全都借给了我看,她可拿什么解闷儿呀?'我说:我们五小姐有一柜子的书呢,这一定是特意买了给您看的。骏少爷就说:'那么你就放在这儿吧,五小姐要想看哪本,再到我这儿取就是啦。'他又问您是什么时候回来的,吃过晚饭没有,还问您……的脸上还像生着点气不像?后来又问我那老病儿,问我那瘸腿的儿子,说了半天。真的,骏少爷真好!咱们这公馆里,就是五小姐您、太太、骏少爷,这三位好人!"

丽雪笑了笑,心里觉得异常的痛快,又问:"你去的时候,骏少爷在屋里干什么啦?"

孙妈说:"我去的时候,骏少爷正盖着被在床上躺着。"

丽雪惊讶地问说:"怎么?骏少爷这么早就要睡觉?"

孙妈说:"不是要睡觉,大概是今儿出去了一趟,着了点凉;骏少爷身上穿的衣裳不多,再说他的身子骨儿也不像早先啦。五小姐,您还记不记得,四年前骏少爷到咱们这儿来的时候,那时不是满面红光、欢蹦跃跳的吗?现在可真瘦了!我瞧那位少爷的心重,自从舅太太故去后……"

丽雪听说骏青病了,就很不放心,又听孙妈说起四年前那活泼强健的骏青,更不禁生出一种悲感,就想着:今天在公园里骏青所说的那话,也许是他的感慨之谈,并不是他不承认了我们四年前的爱情吧!

丽雪本想要去吃饭,可是孙妈却站在这里不走,她的那张嘴又笑了笑,弯着腰,探着头,悄声儿说:"听说骏少爷是因为舅老爷要给他娶少奶奶,他不愿意,爷儿俩打了架,他才出来的?舅老爷可也真不会办事,放着近处的不说,说远处的,也难怪骏少爷要不高兴呀!"

丽雪脸上不由有点儿发热,她说:"得啦,孙妈你一说上就没完,我还得吃饭去呢!"孙妈还瘪嘴笑着,丽雪就走出屋去。

庭中的雪光很亮,虽然天色已暗了,但定睛细看时,那雪花轻轻地像鹅毛似的向下落。廊下的宫灯晕出浅红色的光圈,跟庭中的雪配合着,色调是很美丽的。丽雪移动了高跟鞋,绕着廊子走,进到了那灯光辉煌的东屋。

屋里暖烘烘的,一张圆桌,当中放着一个火锅,并摆着几十样菜,围坐着几个人。下首是三姨太太倪翠兰,一见丽雪来了,她就站起身来,手里拿着筷子,回首笑着说:"对不住,我们没等你,可是给你留着位子啦!"

上首两把椅子是祁老爷与祁太太并坐,太太的下首有一个空位子,就是给丽雪留着的。丽雪的下首是大桂,大桂今天居然也能在这儿吃饭了,他跪在一把椅子上还够不着桌面,空咂着匙子,不敢动动什么,只时时翻着眼睛,瞧着他妈妈。他的妈妈二姨太太梅素卿,反倒坐在儿子的下首。今天她也在头发上擦了许多油,换了一件玫瑰紫的缎子旗袍,但是还是像个受气包儿似的,时时偷眼去看别人的脸色。

三姨太太倪翠兰虽然是在末座,可是她紧挨着老爷,老爷不用自己动筷子,全都叫她服侍着。她穿着件银红色的绸夹袍,绸子上有无数的金星,被灯光照得闪烁,返照得祁老爷的那副老花镜都直冒金光。

余妈、杨妈在远处的长桌旁伺候着,严妈从厨房端来菜,必要先交到小吴妈的手里才往上送。小吴妈今天把翠蓝士林布的罩袍脱了,露出里面的葱心绿的小皮袄,当中系着一条雪白的围裙,挽着两只袖头,露出来里面的乳羊皮毛和丰腴的腕子;她的眼睛永远撩着老爷,小脚儿一扭一扭的,好像一只雌孔雀。

祁悦斋绷着一张严肃的脸儿,看着女儿入了座,他就问说:"你白天上哪儿去啦?"

丽雪说:"上同学的家里玩去了,怎么着,爸爸有事吗?"说着,她夹了一筷子素菜,放在她母亲的碟里。祁太太手里可还拈着菩提珠,也不动动筷子。

祁悦斋把三姨太太给他涮的一块鸡肉吃了,借着斜对面那架穿衣镜,又看了看小吴妈的俏影。他的脸仍然很严肃,但是声音却很和缓,又对着女儿说:"你三姨娘今天要出门,可是一问,车没有了,说是一清早就叫你跟骏青坐走了。"

丽雪说:"不错,早晨我是请我骏哥看电影,后来他回来了,我又上张公馆玩了半天。"祁悦斋起先听女儿公然承认跟表哥去看电影了，他就非常不高兴，后来一听女儿又上张公馆去了，他也就不再说什么。可是祁丽雪这时却气得脸煞白，她说："以后无论谁要坐车，顶好请她先通知我一声，不然就请她早点起来！要等着我坐出去的车回来她再坐，那可没有一定的时候，耽误了要紧的事可别问我！"

三姨太太看了丽雪一眼，又望着老爷一笑，并没说什么。祁悦斋就说："那倒不要紧，一辆不够用，过年再添一辆也可以。只是骏青，刚才我又跟他生了半天气，想不到那孩子现在竟变得这样固执，真是'小时了了，大未必佳'！过了初六，我非要叫他回去不可，我这里不能叫他长住！"

祁悦斋真是声色俱厉，丽雪也变了色，心里更是生气，但却不能为骏青去和父亲争论。祁太太却扬起胖脸来，哆嗦着费力地说："这，是他姑妈家，你……不叫他住，可叫他……上哪去？你不知劝劝他，还……还天天地逼他。我……就是那么一个亲侄儿，我偏要留他！"祁悦斋斜眼看着他的太太，半晌没有言语。

三姨太太就说："大年底的，老爷跟太太也别为这事生气，过了年，柏少爷一定就回去啦。严妈！去看看那碟素丸子得了没有？快给太太端上来！老爷，您吃吧，今天是大年三十，您跟太太欢喜，我们也就欢喜。五小姐您也吃吧，您瞧这肉倒还切得挺薄，一涮就熟，新来的这个厨子手艺还不错。"说着，她站起身来布菜。

祁太太的胖脸上却始终没有笑容，并且叹了口气，丽雪就在旁劝说："妈妈您就别生气啦，这两天不是因为我骏哥来了，您才觉着精神好一点儿吗？"

祁太太喘着气说："我好什么？他……他来了倒给我添心病！本来，咱们娘儿俩，人家就容不下，他又一来……等过了年，我带着你跟骏儿搬出去，把家让给她们！"

三姨太太和小吴妈全都用眼瞧着老爷，老爷也不敢作声。旁边二姨太太梅素卿，听说太太要搬出去，她心里倒很喜欢，浅浅的酒窝儿在脸上一现，认真地笑着说："太太，您要搬出去，我跟着去伺候您！"

祁老爷本来心里就不痛快，一听二姨太太竟在旁边说傻话，他就气得吧地用筷子一拍桌子，像官儿申斥衙役似的，瞪着眼说："混账！你在里面搭什么话？你要想走，可以立刻给我滚蛋，我这里不是非得有你才成！滚！"祁老爷立起身来，仿佛立刻就要把二姨太太驱逐出去。二姨太太吓得脸像一张黄纸，她低着头，哆哆嗦嗦地不敢再说一句话，大桂抱住他的妈妈，哇的一声哭了起来。

三姨太太同小吴妈赶紧上前，劝得祁悦斋坐下，说："老爷，您干吗生这么大的气？有什么话不会等着过了年再说吗？"

祁太太气得连话都说不出来了，拿着菩提珠的那两只手不住颤抖。丽雪也十分着急，就搀着她母亲说："妈妈，您到屋里歇会儿去吧！"回首又叫过来杨妈和余妈，一同搀着她母亲回北屋去了。二姨太太梅素卿也抹着眼泪，拉着大桂，像鬼魂似的逃出了屋子。祁悦斋还瞪着眼睛，气哼哼地说着："岂有此理！"

三姨太太倪翠兰就媚笑着说："得啦，得啦，您就别生这么大的气了！大三十儿的，把您要气坏了，可怎么好呀？再说，人家都走了，您要是再生气，不就是跟我们生气了吗？"

小吴妈也笑嘻嘻地靠近了祁老爷，说："真的，老爷您千万看在我们三太太的面上，有什么事您先闭闭眼，好歹等过了年再想办法！"说着，又给祁老爷斟了一杯酒。

祁悦斋由小吴妈那又白又胖的手里接过了酒杯，喝了一口，就一只肘支在桌上，摆摆手，小声说："我没认真生气，不过得叫她们知道知道我，特别是……她！"说时，伸着五个手指，又似感慨地说："那孩子若不趁早儿管教，将来可不好办。"

三姨太太也表示同意，她点点头，悄声说："可也是，柏少爷本来是因为那件事他才离开家的，一出来就住在咱们家里，咱们这儿又有一位跟他年纪差不多的小姐。昨儿晚上我不是跟您说……"

正说到这里，忽然屋门一开，二少爷祁敬廉进屋来了。三姨太太赶紧把身子离远了老爷。祁老爷的脸上又严肃起来，问说："什么事？"

祁敬廉穿着大皮袄，纽扣多半都没扣上，头发乱蓬蓬的，脸都像没洗。他手里拿着一叠钞票,说:"那个姓鲍的,打发人送来了四百块钱,说是下欠的一百块钱,再缓他们几天,不到灯节一定给送来。"

祁悦斋说:"那么利钱就不算了吗?"敬廉说:"借据上写得明白,说是利息五十元,在借钱的时候就扣下啦。"祁悦斋说:"可是他们过了期。"敬廉说:"应当阳历年还,他们过了二十多天,还不能一下就还清了;可是也没有法子,钱又不多,我想马马虎虎的就得了。"祁悦斋冷笑着,说:"你倒真会马虎,过年翁醉亭来了告诉他,以后像这啰啰唆唆的小账儿少往外放!"敬廉答应一声,转身溜出去了。

这里祁悦斋把这叠钞票点了两遍,然后交给三姨太太一叠,说:"给你,这是二百。"

三姨太太笑了笑,把钞票收在身边。祁悦斋把剩下的钞票装在皮袄的口袋里,就叫三姨太太一个人陪着他喝酒吃饭。小吴妈在用眼睛送出了二少爷之后,她就站在三姨太太的身旁,帮助往火锅里涮肉,同时由三姨太太的头上飞过眼波;祁老爷像是没有看见似的,正襟危坐,心里却十分舒适。

待了一会儿,余妈、杨妈又进来了,祁老爷已在用竹签剔牙,三姨太太起身漱口了,小吴妈就指挥着说:"快着点收拾!"

祁老爷离了座,就问:"太太在屋里干什么啦?"余妈说:"太太在屋里念了会儿佛就睡啦,说是十二点还要起来祭神呢。"祁老爷剔着牙,又问:"五小姐呢?"余妈说:"五小姐也回屋里歇着去啦。"祁老爷说:"你先别管收拾桌子,到五小姐屋里,问问她,她要是没吃饱,再叫厨房给她做两样菜。"三姨太太在旁斜眼看着老爷,余妈便答应一声,用抹布擦了擦手,到西屋去了。

余妈进到西屋里时,五小姐祁丽雪正在沙发上坐着发怔,余妈就把老爷的话婉转地说了,丽雪却冷笑说:"你告诉老爷,别管我,回头我上外头吃去!"

余妈笑了笑,本想要用话去劝,可是又知道五小姐的脾气,随便说一句话,她就能立刻瞪眼。为难了半天,她才说:"您别那样,总是老爷今天不大高兴,您看在太太面上,忍点气就得啦!"又说:"您刚才连筷子也没动,年夜饭得过十二点才能开呢,您想吃点什么,我告诉厨房去!"

丽雪摇头说:"你不用管了,我饿了自然会想法子。你去吧,累了一年啦,你们也该休息休息。"

余妈向来还没见过五小姐这样好脾气过,她有点受宠若惊,就笑了笑,说:"那么五小姐就先歇会儿,回头我再来问您,好在今儿厨房一夜也不封灶。"丽雪点了点头,余妈又给丽雪面前放了一杯茶,她就出屋去了。

这里,房间是很沉寂的,灯光由橙色的纱罩透出来,射在粉红色的墙壁上,现出一种神秘而凄惨的颜色。墙上的挂钟嘀嗒地响着,桌上的盆梅纷纷张着美丽的小脸,吐出幽细的芳香,仿佛都在安慰这位小姐,说:"别发愁啦!"炉里的火烘烘地响着,像风声似的;四下里远远的地方,爆竹声呼"咚乱响着。

丽雪想着别人在新年都很快乐,而自己却这么忧烦,不由就有点不服气似的,心说:难道我就应当在这个大家庭的制度下受罪吗?我不会找快乐去吗?我不会奔前途去吗?我的父亲,他不但不能使我快乐,反倒给我增加痛苦,他有权力干涉我的行动吗?我做什么事还必须要征求他的同意吗?于是丽雪就像要寻事报复似的,又像要以酒来麻醉似的,她站起了身,对着整容镜掠掠头发,揪揪裙子,就很快地往屋外去走。

顺着廊子走到了前院,看见那账房里有着很明亮的灯光,丽雪突然止住步,心里又生出些犹豫。这时就听屋里咚吧地响了几声,仿佛是在屋里放爆竹,接着是哈哈的几声大笑,却是骏青的声音。丽雪笑了笑,心说:你倒会过年?她蓦不防地把屋门一拉,就见的灯光亮得刺眼,屋里只是骏青一个人。他把后窗大开,窗前放着一把椅子,他连外套都没穿,敞着衬衫的领子,手里拿着一本小说,坐在椅子上,向窗外笑着说:"再来一个!"丽雪不知他是跟谁在捣鬼,一进屋就笑问说:"你在这儿干什么啦?"骏青回头一看,他赶紧站起身来,笑着说:"我们在这儿放爆竹呢!"

丽雪还以为是骏青自己点着了爆竹往窗外扔，刚要笑他有疯病，忽见后窗外露出半截小脑袋，两只小眼睛吧嗒吧嗒的，向里面问说："大哥，还放不放啦？"原来是大桂。

丽雪姗姗地走近前来，笑向骏青说："你们两人倒玩得很好！"骏青指着那把椅子说："你坐下。"丽雪摇头说："我可不在这儿坐，我怕风吹。骏哥，刚才我听孙妈说，你不是有点感冒吗，怎么倒在风口坐着？我想你还是关上窗子吧！"骏青笑着摇头说："不要紧！"又说："好吧，我们叫大桂进来，把窗子关上，你先请坐！"

骏青到了窗前，向外面的大桂说："咱们回头再放吧！你先进来，暖一暖。"大桂说："回头叫姐姐也放？"骏青笑着点头说："好吧，回头叫姐姐也放。"他随向窗外探手，把大桂抱进屋来。大桂一手拿着香火头，一手抱着爆竹，进屋来望着丽雪一笑，不妨爆竹都掉在地下了，他赶紧又趴在地下一个一个地去拾。

丽雪上前将后窗关好，忽然骏青呆呆地站着打了两个喷嚏，丽雪笑说："你看，着凉了不是？我主张你还是穿上大衣。"说话时她看见了旁边桌上放着的新熨平了的长毛大衣、西服和衬衫、领带等等。骏青先把领带系紧些，穿上西服上身，自己又向炉里添了几块煤，然后给丽雪送过一碗茶来。丽雪摇头说："我不喝茶！"又问："你是什么时候回来的？"骏青说："你走之后，我也想不起有什么地方可去，在公园里又待了些时，就下雪了，我就回来了。"丽雪笑了笑，脸上现出些红晕，像是抱歉似的说："大概你就因为这，着凉了！"骏青摇头说："不是，我在火车上就觉出有些感冒，但是不要紧，也不必吃药，一两天就会好的。"

丽雪默默不语，又看见桌上放着的那几本书，就问："这几本书你都看过了吗？"

骏青摇头说："我都没看过，谢谢你，专为我买了这些书。"

丽雪脸上越发绯红，她站起身，走过去，笑着说："我哪儿是专为你买的？等你看完了，我再看。"又指着那本刘醉生作的《写给自己看的情书》，说："你看这个书名儿多特别！这刘醉生是北京的一个作家，我有个同学认识他。"

骏青点头说："是的，前天我在朋友家里也见过此人。刚才我翻了几篇，觉得他的文笔还很流丽，写的大概是一件单恋的故事。"说了这句话，他又很后悔，赶紧看丽雪的神色，补充着说："我看是他编造的，他那个人，不衫不履的，不像是还有什么桃色故事。"

丽雪笑着说："那你可别说，无论古今中外，文学家多半是不修边幅，脾气特别，可是再请你去看看，又有哪个文学家没有罗曼史？你才见过刘醉生一面，就敢断定人家没有爱人吗？"

骏青笑着说："是，是，你说得很有道理。等我再见着刘醉生时，我要问问他，他的对象是谁。"丽雪低着头翻阅着小说，默默不语，一阵阵的衣香，袭着仅距半尺之远的骏青，骏青赶紧躲开些。

大桂拾完了地下的爆竹，又跑过来说："姐姐，给我一本书，书上有小人儿！"

骏青把他拦住，笑着说："书上没有小人儿，可不许你去动。等明天我到市场里，给你买几本专画着小人儿，没有一个字的书！"说时，把大桂抱起来，举得高高的。

大桂哈哈地笑，说："买多多的！"

骏青笑着说："好，买多多的，咱们把书店的小人书都买净了！"

丽雪见骏青来到这里三日，还没有像这样喜欢过，随就抬起眼睛看着骏青，笑说："我还不知道，原来你这个人喜欢小孩？"

骏青笑着点头说："真的，我是很喜欢小孩的，要叫我整天跟小孩子在一起度生活，想我一定很快乐。"

大桂伸着小手指头，数着说："我妈妈喜欢我，翁先生喜欢我，柏大哥跟姐姐喜欢我，一、二、三、四，四个人喜欢我！姐姐，姐姐，有四个人喜欢我！"大桂十分高兴，觉得四个就是很多的数目了，他觉得他的这个小世界就已经很温暖了。

丽雪便对这个孩子产生了一种怜悯，同时也觉得天真的小孩的确可爱，便冲着大桂笑了笑。大桂张着两只手，又要叫丽雪抱他，骏青却笑着说："我抱着你吧，姐姐穿着新衣裳，别叫你给弄脏了！"

大桂说："我也有新衣裳，妈妈说过年就跟翁先生要钱，给我做。"

骏青笑着说:"好,等你换了新衣裳,再叫姐姐抱你。"

丽雪就冷笑着说:"哼!你把我这身破衣裳看得就那么值钱?"

骏青笑说:"不是,这孩子踩了两脚雪,你若一抱他,一定要弄满身泥。"说着,也把大桂放下,说:"你自己好好地玩,我跟你姐姐说几句话。"

大桂说:"我要放爆竹。"

骏青说:"好,我把你抱出去,你自己放去。"遂又把后窗开开,将大桂送出去,又将后窗虚掩上。

这时丽雪的心里倒不住紧跳,脸上也烧得很热,她微掠起眼皮看着骏青,见骏青走近了,心就跳得更紧。骏青面上满浮着笑容,眼睛是那么明亮且蓄着情意,但态度却很郑重,他说:"今天在公园,我真对不起你,使你生了气!"

丽雪的脸上更加深了一层红晕,她背着灯,嫣然笑着说:"我根本就没生气,是你多心!"

骏青笑了笑,说:"好,我们不要再提今天的事了。我现在要告诉你一件事,就是刚才我姑父他老人家又对我说,说是叫我至多再在这里住一星期,他就叫我回汉口去,并说……咳!我实告诉你也不要紧,他老人家就说,是因为五妹你的关系,更不能叫我在此多住。他老人家说的话很严厉,我当时也就答应了……"

骏青的话才说到这里,丽雪已经气得流出泪来,她身子颤抖着说:"这可真是奇怪!"

骏青笑着说:"你不必为此事生气!本来我由家中出来,就奔到这里,实在是太贸然了。但是我来此,实在是为望看我的姑母,现在姑父既已当面警告过我了,我就打算一两日内搬走。"

丽雪由西服口袋里掏出一条花手帕,擦着眼泪,问说:"你是打算回汉口去吗?"

骏青把头摇一摇,惨笑着说:"我怎能再回去?我这次出来,就是抱着极大的愿望,我要谋求自立,要做一些对于社会有益的事情;倘若我的理想失败了,我能甘心冻饿而死,也绝不能再回到那个痛苦的大家庭里！"他声音和缓了一些之后，又说："我是打算先搬到旅馆或公寓去住几天，然后再想办法。"

丽雪说："就这样办吧！你过了初六再搬走，因为现在正是旧历年，旅馆和公寓也都是无形的歇业。"骏青点了点头，后窗外又砰吧地响了几声爆竹。

丽雪将要再向骏青说话，忽听前窗外廊下传来一阵急遽的脚步声，是余妈的声音，在门外很紧急地问说："五小姐在这儿啦吗？"祁丽雪说了声："有什么事？"余妈立刻拉门进屋，惊慌慌地说："哎哟，五小姐快看看去吧！太太不好，都……快断气啦！"这真像在头上响了个霹雳，丽雪颜色陡变，说："怎么忽然……"话都顾不得说完，就惊慌慌地出屋往里院跑。

骏青也急急地跟了出去，余妈在骏青的后面走着，随走随说："我们太太，吃饭的时候跟我们老爷怄了点气，让我们五小姐劝着，就搀回屋里歇着去啦，大概都睡着了。刚才孙妈进屋去添炉子，就听太太呼哧呼哧地喘，越喘声儿越大，就说不出话来了……"骏青忧急着，紧紧走到了里院北房。

屋里灯光很亮，祁太太瘫坐在床上，由两个仆妇搀扶着，祁老爷、二姨太太、三姨太太都在床前。丽雪先跑进屋，急向两个仆妇说："你们轻轻把太太平放在床上！得了病的人，哪有倒坐起来的道理！"她一腿跪在床上，帮着仆妇把她母亲平放在软褥子上，祁太太还紧闭着眼，呼哧呼哧地喘息。

此时敬廉、敬孝兄弟也都跑进屋来，祁敬廉就问他父亲说："爸爸，打发人请大夫去吧？"

祁老爷扬着头，想了半天，才说："大年底的，又是半夜里，大夫可不愿意出马；柳济人还许行，可是也得拿我的片子，你亲自去拜请。"

旁边骏青赶紧问丽雪说："柳大夫是中医还是西医？"丽雪说："是中医。"骏青着急地说："那恐怕来不及！"他赶紧向祁敬廉说："你先不要去，姑母这病很紧急，中医来了诊脉，开方子，煎药，那太慢！还是应当请西医，我认识缪宝生大夫，打个电话他一定立刻就来！"丽雪急急地说:"骏哥你快去!"祁敬孝抡着胳臂也说:"来!我带你打电话去!"说着他急急跑出屋去。

骏青还没走出屋,就听外面"哎哟"一声杀鸡似的叫唤,连三太太都听见声音急忙跑出去看。原来是祁敬孝才一出屋就撞在了一个人身上,这人立刻就摔倒了。骏青一看,倒在廊子下的是小吴妈,她坐在地下捏着小脚,不住地哎哟哎哟地呼痛。祁敬孝也不问撞倒了的是谁,他拉着骏青就跳下了廊子,踏着庭中的乱雪往前院客厅里去打电话。

祁敬孝先进去开亮了灯,急着摘下了听筒,问骏青说:"多少号?我给你叫!"骏青说:"他的电话号码我也不知道,查簿子好了。"祁敬孝赶紧挂上听筒,又去查电话簿,可是缪宝生的"缪"字,他怎么也查不着。他直着急,说:"这个字真麻烦!"算是骏青过去才查出来。

骏青叫了电话,那边的铃声响了半天,才有人接,是个女人的声音,骏青就很着急而客气地说:"我是柏骏青,有要紧的事要跟缪大夫说!"那边的女人说:"请你等一等!"又待了一会儿,缪大夫才接了电话,他像是笑着问:"骏青吗?有什么事?"骏青急急地说:"我姑母现在得了暴病,请你赶快来看一看!马上我就叫汽车去接你!"那边缪大夫说:"好吧!赶快叫车来!"

骏青吧的一声挂了听筒,向敬孝说:"赶快开车去接!"敬孝连熄灯也顾不得,他闯开门往外就跑;才一跳下廊子,脚底下一滑,咕咚一声就躺在了雪地上。骏青吓得直说:"慢一点!慢一点!"敬孝爬起来就跑到外院,大声喊着说:"小杨!小杨!快把车开出去!"

门房里灯光辉煌,老李、贵禄、小崔、德升、小张,和厨子李司务、刘司务全都围在那里推"牌九",敬孝跟骏青闯进门房,就问说:"小杨呢?"老李手里摸着牌,答说:"小杨家去了,四少爷,有什么事呀?"祁敬孝跺着脚说:"太太病得要死,你们连知道都不知道?"屋里的人一听,全都吓怔了,小崔就说:"赶紧找小杨,开车接大夫去吧?"敬孝说:"他住在哪儿?"老李说:"他搬到太岁胡同去啦。"敬孝说:"他妈的那么远!他又是新娶的媳妇,别找他啦,我去开车!"

当时祁敬孝赶忙跑到车房里,小崔、小张帮着灌汽油,德升打开了车门。骏青就坐上车,嘱咐敬孝要小心一点;敬孝却一声也不语,他搬动机件,把车开了出去,就横冲直闯地往大街上去了。骏青在车中提着心,直嘱咐敬孝要小心。幸亏这时已是夜深十点多钟,又下着雪,街上除了稀稀的提着灯往来的讨债人之外,就没有什么人了,商店也都提前关了门板;这部汽车就轧着地上很厚的雪,冲开雾茫茫的夜色,直到平安胡同缪大夫的小楼前才停住了。

小楼上充满了灯光,楼下却是黑黝黝的,敬孝就连气儿按了几下喇叭,骏青下车又按了两下电铃。待了一会儿,楼下的电灯亮了,门灯接着亮了,走出来一个仆妇,向门外说:"请柏先生稍等一等,大夫这就来了。"骏青答应一声:"好吧!"

仆妇回到楼上不多时间,缪宝生大夫就穿着一身雪白的手术衣,提着皮包出来了。骏青迎过去把皮包接到手里,请缪大夫上了车。祁敬孝又转过车去,嘟嘟地按着喇叭,比来时还急地飞驰回去了。

在车里,骏青就对缪大夫说:"真对不起,天这么晚,又是除夕,还请你出来忙!"缪大夫笑着说:"既然当医生,给人看病,还能拘时候吗?何况又是你请我。"骏青就把他姑母平日的身体状况,以及刚才得病的情形说了。缪大夫说:"等回头我看看,若是轻微的脑溢血,还不至于太危险。"

说着话,汽车就回到了祁公馆的门前,骏青先下了车,同着缪大夫直进到里院。此时里面听说大夫来了,祁悦斋就叫二姨太太、三姨太太全都回避了,他见了缪大夫,还摆着官架子,微微点了点头。

丽雪向缪大夫鞠了个躬,缪大夫也仿佛没有看见,他就先拿出体温表来给祁太太检验体温,又拿出一只怀表来,看祁太太的脉息,然后拿出听诊器,叫丽雪将她母亲的胸怀解开。缪大夫仔细地听了听,就向骏青说:"不要紧。"丽雪在旁听了大夫说出这三个字,她忧急愁苦的脸色立刻缓和了,转目向她父亲说:"大夫说是不要紧!"

祁悦斋点着头,从小吴妈手里接过一支烟,小吴妈还像脚疼得站不住似的,把屁股靠着桌子,划了火柴给老爷点上。

此时敬廉敬孝兄弟也都进屋来了。缪大夫从皮包里取出注射用的药液,由骏青做临时护士,就在祁太太的胳臂上打了两针,然后收拾起来皮包,就向骏青说:"打过这两针就可以好了,你跟我回去取药去吧。"

骏青点头说:"好吧。"

祁敬廉还张罗着说:"请大夫到客厅喝碗茶吧?"又悄声问骏青说:"出诊费是多少钱?"

骏青摆手说:"那现在先不用说,我先跟大夫去取药。"随由骏青和敬廉敬孝,把缪大夫送出了大门。

这时已把开车的小杨找来了,骏青同着缪大夫上了车,小杨就把车开走了。

祁敬廉、祁敬孝回到门里,外面的男仆们都很关心地问说:"二少爷、四少爷,太太的病好一点了没有?"

祁敬廉说:"大夫说是不要紧!你们别瞎着慌,咱们还照旧的过年。"又特别嘱咐老李说:"回头小杨开着车回来,可别叫他走,我那儿还有几位客,还得叫他送呢。"老李连声答应着。

敬廉又悄声对他兄弟敬孝说:"你再到里院瞧瞧去吧,在爸爸跟前少说话!我那儿还有四圈牌,一会儿打完了我再过去。"

他兄弟把肩膀一摇晃,说:"凭什么你还去打牌?妈妈病了,叫我一个人去受累?"敬廉说:"其实也累不着你!里面有丽雪,外面有骏青,你不过在那儿敷衍一会儿就是了。今天我的牌正旺,才打了十二圈就赢了二百多,后四圈要叫别人替打,我真不放心。你不是还打算用一百块钱吗?回头我打完了牌,算清了账,一定给你!"

敬孝点头说:"好吧!你可快着点!"

敬廉连说:"一定快,一定快,今天也没有什么'联庄'。"说着,敬廉就赶忙到东院打牌去了。

敬孝大皮鞋咚咚地响着,进到里院。小吴妈刚由北房走出来,脚还有一点拐,借着廊下的灯光一眼瞧见了敬孝,她就装娇佯怒地说:"哎哟四少爷!刚才您把我撞的那一下儿可真不轻,现在我的腿还酸痛酸痛的呢!"

敬孝说："对不起,我刚才没看见!"他看着小吴妈那风流样儿,心说:这家伙的表情真不错,演话剧倒够材料!

屋里只是丽雪和孙妈、余妈,他母亲虽然还不能够说话,但是已微微睁开眼了。丽雪靠近她母亲的脸说:"妈妈您别着急!刚才大夫说是一点也不要紧,我骏哥跟着大夫给您拿药去啦,吃两次药,您也就好了!"

祁太太微微点了点头,又喘息了几声,就断断续续地挤出几句话来,说:"我……天天念佛,就是……为忍气,今儿晚上……"

丽雪见母亲已能说出话来,就更是放心,但心中却有些愤恨、悲痛,忙劝说:"妈!您就别生气了!为她们把您气坏了,值得吗?"

祁敬孝心里似乎明白是怎么回事了,他就腆起胸脯来,愤愤地说:"妈妈等您病好了的,告诉我是谁气了您,我给您报仇!"丽雪赶紧向她四哥摆手,孙妈也走过来低声劝说:"四少爷,您先出去吧!"敬孝便气昂昂地在旁边找了把椅子坐下。

这时屋里十分寂静,只有祁太太的喘息声。桌子上的佛龛前,虽然燃着两只红蜡烛,但它那微弱的光焰已被明亮的灯光压了下去,只剩了两个小红点在颤抖着。丽雪见她母亲闭着眼睛,像是睡了,她就轻轻站起身来,走近了她的四哥,悄声问说:"骏哥怎么还没回来?"祁敬孝说:"那家伙慢性儿,大夫跟他是朋友,他一定跟大夫聊上啦。"丽雪摇了摇头,表示不信敬孝的话,但是她的心情却很不安,仿佛恐怕骏青在外面会遇着什么不幸的事似的。她转过身来,看见桌上的两只红烛,看见那大肚弥勒佛向她笑着,仿佛在笑她的心事。她抬起头来,又看见了壁上挂着的骏青的相片,她就觉出骏青真是个美男子,虽然他现在有些瘦了,但是瘦了反倒更显出来英俊。祁敬孝见他的妹妹直注意墙上柏骏青的相片,也不由直着眼看他的妹妹,直到他的妹妹把眼睛对着他了,他又赶紧扭过头去。

这时廊下有皮鞋声响,丽雪赶紧迎到屋门,果然是骏青回来了。敬孝立刻向骏青一晃拳头,嘱咐说:"睡啦!小声些说话!"骏青把手中的药瓶子放在桌上,又由大衣口袋里,掏出三纸袋药,说:"这是饭前服的，这是饭后服的，一日分三次，明天若是还不见好，再请医生。"

丽雪挨近了骏青，看了看那两种药，她就悄声说："大夫走后，我母亲倒是见好啦，也能睁开眼睛了，刚才还向我们说了几句话，大概已没有什么危险了。"

骏青说："缪大夫刚才已对我说过了，他说目前绝对不至于有危险。不过这次病好了之后，应当好好调养，劝她老人家不要跟人生气，别人也应当设法避免，总是不使她老人家生气才好。"

丽雪黯然点了点头，又问："这药是什么时候吃？"

骏青说："最好是现在就吃。"

丽雪说："那么我就叫醒她。"丽雪随走到她母亲的床前。

这时忽然小吴妈又进屋来，用很高兴的声音说："柏少爷，我们老爷请你。"祁敬孝用眼睛怒视着她，说："小声说话！"小吴妈看了看这位四少爷，又赶过去，悄声向骏青说："柏少爷您这就去吧，我们老爷在书房等着您啦！"骏青点点头说："你先走吧，我这就去。"小吴妈转身走了，祁敬孝还愤愤地坐在那里。

骏青帮助丽雪叫祁太太把药服了下去，就向丽雪说："叫她老人家休养一会儿，夜里最好能做些清淡的食物给她老人家，好吃那第二次药。有孙妈她们在这里伺候着就可以了，五妹你也去歇息吧！我还要到姑父那儿去。"

丽雪默默地点头，对于骏青怀着无限的感激之情，又觉得父亲叫他，一定不会有什么好事，因此又有些怜悯他，就恻然地用眼睛光把骏青送出屋去。

骏青到了那间古香古色的书房，屋里暖烘烘的，两盆梅花开得很盛，真跟春天一样。祁悦斋坐在里间的木炕上，炕上放着一张花梨小桌；桌上铺着个缎子的圆形小棉垫，上面放着古瓷盖碗，旁边另有一个小茶盅。祁悦斋斟一口喝一口地品着茶，一见骏青来了，他就指着炕前一个红木圆凳，说："你坐下！"骏青很谦恭地坐在他姑父的面前，心里很觉厌烦，不知姑父要对自己说什么样子的话。

祁悦斋慢条斯理地先喝了一口茶，随后又从小吴妈的手里接过白银的水烟袋，呼噜呼噜地抽了一袋烟，又吹吹烟管，再按上一袋，这才说："那位大夫姓什么？"骏青说："姓缪，叫缪宝生，早先他在武昌，是我们学校的校医。"祁悦斋点了点头，并不细问，就又问说："出诊费是多少？"骏青说："我也没有问他，大概出诊一次，也就是十元上下吧。"祁悦斋又点点头，说："明天我把钱交给敬廉，该多少费用，你就跟他要吧！"骏青点头说："是。"

祁悦斋又说："今天有你在这儿也很好，我看你比你那两个哥哥都强。"骏青忽然听他姑父说出这话，不明白是什么意思。旁边小吴妈又把纸媒子吹着了，给老爷点烟。祁悦斋就一面喷着烟，一面又说："你可以在这里多住几天，索性等你姑母的病好了再走，明天我给你父亲去一封信，就叫你初十再回去好了。"说完了这话，便又抽烟喝茶，仿佛把话已然吩咐完毕。

骏青的眉又拥皱在一起，心头像堵着个什么沉重的东西，本想要爽直地告诉姑父说："家中我是绝不能回去，除非父亲把那件婚事取消，不再提了。"但是又想：何必跟这样头脑顽固的人争论，徒然生气，一点用处也不会有。等我姑母病愈了之后，我搬到旅馆住去就是了。于是骏青一声也不语，也不做任何表示。

他皱着眉低着头坐了一会儿，然后问说："姑父还有什么事吗？"祁悦斋摇了摇头，说："没事了，你要干什么去？"骏青说："我要歇息去。"祁悦斋说："好吧，你睡去吧，可不要到东院里跟你二表哥他们打牌去！"骏青略点点头，懊恼着走出屋去了。

屋里的小吴妈又给老爷装了一袋烟，并在老爷的身旁坐下。祁悦斋抿着嘴想了半天，才把胡子一张，笑了，他自言自语地说："现在这些年轻人，个个的脾气都是这样，非得叫他们受些穷、碰些钉子才行！"

小吴妈也笑着，悄声说："放着少爷不当，那么阔的少奶奶不娶，可来到亲戚家里……"

祁悦斋摆手冷笑说："你知道什么，你当是他真是傻子吗？真是有志气要出来自创自立吗？哼！我明白！"

正说到这里，忽听嘣吧两声，祁悦斋吓得手一颤，立刻脸又严肃起来,问说:"这是谁在窗户外放爆竹?"小吴妈说:"您想还有谁?"祁悦斋问:"是大桂吗?"小吴妈说:"不是那孩子是谁?他妈给他买来些个爆竹,就叫他满院子乱放,冷不防就把人吓一跳。也不知他从哪儿又弄来一个花篮灯,大白天的就在院里拿着,我拦他,他也不听,我看着可真危险;咱们东院堆着不少劈柴,那要是着了火,可怎么办呀?"又冷笑着说:"二太太可真是疼孩子,看见了连说也不说!"

祁悦斋又喝着盖碗茶,想了一想,就说:"跟他们操那些个心干什么?我现在就是睁一只眼,闭一只眼。"说着,由身边掏出一卷钞票,先交给小吴妈三张十元的,悄声说:"你拿起来。"小吴妈一扭身,撇着嘴说:"我不要!"祁悦斋着急地说:"你真是……快收起来!快收起来!再给你一张!"小吴妈往小皮袄里收起四十元的钞票,脸蛋上还露着不太高兴的样子,可是仍不住地用媚眼撩着老爷。

祁悦斋又拿出一张十元的,向西边一指,说:"给她送去就完事儿了!"小吴妈又接过这张钞票,撇着嘴说:"我看老爷真是心眼好,真是又疼二太太,又疼小儿子,大概您还怕大桂的爆竹不够放的!"祁悦斋摆手说:"别废话,别废话,你给她送去就完了!"小吴妈又不服气似的冲着老爷撇嘴一笑,扭着走出书房去了。

小吴妈到了西小院,就见那黑洞洞的过道中火光一亮一亮的,是大桂在那里放爆竹,两间西屋一间小南屋,灯光全是暗暗的。小吴妈先到南屋里去看,屋里一只小火炉上搭着一壶开水,咕唧咕唧地直冒热气,专管伺候二姨太太的那个毕妈,也不知跑到哪儿谈天去了。小吴妈又慢慢地踏着地下的冰雪,走到西屋,就见二姨太太正在拿毛绳织衣裳,一见小吴妈进来,她就赶紧把已经快织成的一件衣裳扔在床里边,问说:"吴妈,你干什么来啦?"

小吴妈连声二太太都没叫,两只眼只是东看西看,说:"老爷叫我来给你送钱来啦,十块!"说时把那张钞票交在二姨太太的手里。二姨太太梅素卿立刻就喜欢了,她那很俊俏的面庞上堆满了笑容,说:"吴妈,你坐下!"小吴妈却冷冷地摇着头说:"我不坐着,我还有好些事呢!大年三十的,你知道我们有多忙呀!太太又偏赶在这时候病啦。"

梅素卿说:"太太的病怎么样? 我看着许不容易好吧?"

小吴妈说:"二太太,这话你也就是跟我说,你要跟五小姐说可不行! 太太刚得了病,你就说不容易好,这话要叫五小姐听见,哼! 她能饶得了你?"

梅素卿悄声说:"是呀! 我可不惹她,这是咱们背地里说话,当着她我也不能说。真的,我看太太的病怕好不了,幸亏有柏少爷在这儿,他总算太太娘家的人。"小吴妈暗地冷笑着,用一种轻视的态度来看二姨太太。可是梅素卿并不觉得,她又看着那张十元的钞票,皱了皱眉说:"老爷才给我十块钱,够我干什么的? 翁先生又回去啦,我也不能够支钱……吴妈,你知道老爷给了三太太多少钱? 也是十块吗?"

小吴妈说:"那我们可不知道,老爷交给我这十块钱,叫我给你送来,我就立刻送来了;给三太太的钱没经我的手,是多是少,我一点儿也不知道。还告诉你,二太太,老爷给了你的钱,你就先花着,千万别争竞,老爷这两天不高兴极啦,连三太太都不敢在老爷跟前多说一句话!"

梅素卿又愁眉苦脸地说:"对啦,我也看出来啦,老爷这两天是很不高兴。今儿,吃晚饭的时候,你是在旁边看着啦,我并没说什么错话呀? 老爷就跟我大闹……"

小吴妈不耐烦听,就摆手说:"得啦,得啦,你也别说啦! 咱们公馆里现在熬心的事情都凑在一块儿啦,太太、五小姐跟柏少爷……"

梅素卿直着眼睛问说:"柏少爷怎么啦?"小吴妈却像没有听见,说完了这几句话,就转身扭动着出屋去了。

这时梅素卿又把那张十元的钞票拿近了灯,翻来覆去地看了看,然后收在小箱子里。她的心里很喜欢,暗想:老爷待我还不错,他并不是厌烦我了! 本来么,我给他养了这么大的一个儿子,跟了他十多年,太太若是死了,也应当把我扶正;就是不扶正,三姨太太她一个后进门的人,还能迈得过我去吗?

她扭着头想着,忽然看见墙上挂的一张相片,那是她嫁给祁老爷做妾的第二年照的,那时她只有二十一岁,真像鲜花一般的美丽,连她自己都觉觉着世间没有再比她还美的人；她悠然地想着往事，想起了未嫁祁老爷以前的种种和嫁了祁老爷以后十年来的荣辱的事情，不禁有些惘然。

梅素卿回到床上，拿起了那件未织得的毛绳衣裳，才继续织了几针，忽然大桂跑回来了。他把几个爆竹扔在小凳上，就到炉旁烤他那冻得紫红的小手，梅素卿就问她儿子说："你怎么不玩去啦？天还早哪，今儿晚上应当一夜不睡，守岁。"

大桂打着哈欠说："我困啦！骏哥哥也不叫我放爆竹啦，他说太太病着。妈妈，骏哥哥说，明儿给我买泡泡糖！"

梅素卿点头笑了笑，又悄声说："我告诉你，以后你五姐姐要在骏哥哥屋里，你可别在旁边，招人家讨厌！"

大桂噘着嘴，像不听他妈妈话的样子，说："五姐姐也跟我好！"梅素卿就不言语了。

大桂爬上床来睡觉，但是他还睡不着，听得四周围的鞭炮声，还想爬起来去放爆竹，可是此时他真疲倦了；他眯缝着眼睛，伸着小手儿，摸着他妈妈手里织的那件在他看来是很肥大的红毛绳衣，问说："妈妈怎么还没织得？织得了是给……"

梅素卿赶紧摆手说："你可千万不许跟人去说！说了，我可就要你的命！"大桂吓得一撇嘴。梅素卿又赶紧抚慰她的儿子，拍着说："乖乖睡吧！过了年我带你上厂甸玩去，给你买好些个玩意儿！"拍了几下，大桂睡着了，梅素卿拭了拭眼泪，低着头继续织那件毛衣；红色的毛绳被黯淡的灯光照着，呈显出一种凄惨的颜色。

四下里，远近处的鞭炮齐鸣，劈劈啪啪的像炒豆子似的，窗外的雪还在微微地落着。祁公馆这座旧式的大宅院，屋顶与天井中全都铺满了很厚的一层白色。祁老爷在书房里喝着盖碗茶，仔细地翻阅那十几本一年来的收支账目；外院账房里住的柏骏青已然睡眠了。祁丽雪是还在里院北屋里守着她的母亲。这时各屋里几乎连人的谈话声音都很少，只有东跨院三姨太太那几间款式的屋子里，还有女人的笑声。这里也是三间北屋，不过比正院的北屋略低窄些，是两明一暗，外屋四壁上都镂着各色的花纹,地毯也是订织的"百鸟朝凤",摆着全是很华贵的西式桌椅,挂屏是湘绣的花卉;瓷瓶、玻璃盘,以及灯罩,都是很艳丽的颜色,水仙、盆梅、迎春竞相开放,散布了满室的芳香,加上三姨太太那件银红色的闪烁着许多金星的衫子,和小吴妈那件葱心绿的小皮袄,更显出这屋里的色调是那么复杂而强烈。

三姨太太倪翠兰躺在花缎的沙发上,叠着两条腿儿,那银色漆皮的高跟鞋映着灯光,比桌上摆着的"麻姑献寿"的银人还要发亮。她那娇红的手指甲捏着象牙的长烟嘴,轻轻地吐着烟,她似有些倦意,问说:"老爷怎么还不过来?"

小吴妈在火炉旁,烤着她才洗的一条花手绢,笑着回答说:"三太太您急什么的?老爷在书屋里坐着看账啦,等接完了财神就过来啦!"

倪翠兰看看手表,才十点多钟,她又喷了两口烟,说:"费二爷不是在这儿打牌了吗?"

小吴妈抖着手绢,扭近几步来,说:"老爷可还不知道啦,二少爷、费二爷、董文甫、窦三,还有什么姓常的、姓李的,这些人都在东院子打牌啦!刚才我由那儿过,看见那里头还有牌九,有烟灯。"

倪翠兰一听这话,她的脸上突然现出一种怨恨之色,小眼睛瞪得很圆,说:"吴妈,你再去看看费二爷走了没走?要没走就叫他赶紧走,就说是我说的!"

小吴妈笑着说:"您真是爱管这些事,人家一个爷们儿家,出来打会儿牌也不要紧,您就赶忙着催着人回去!"

倪翠兰依然生着气说:"你不叫他回去,他就是有五六百,今天一晚上也都得输出去!他陪着咱们二少爷,陪董文甫,他陪得起吗?人家输个三百五百的算什么?他,可是他姐姐做了督军太太,一个月又能给他多少钱,叫他这么糟蹋?再说窦三,一个丫头似的男人,跟他在一块儿赌钱,多么失身份呀?你就说我叫他这就回去!"

小吴妈笑了笑,把半干的手绢挂在衣襟上,往外就走,倪翠兰又叫说:"吴妈!"小吴妈止住步,回过头来,倪翠兰把半截烟卷扔在痰盂里,又说:"你还告诉费二爷,明天他要到他姐姐那儿拜年去,叫他告诉他姐姐,初二我找她去,请她跟我一块儿到财神庙,我就不用给她打电话啦。"

小吴妈点头说:"是啦!"便微笑着转身走了。

小吴妈踏着雪,穿过小门房到了厨房,灶里的火苗儿有一尺多高,可是两个厨子都没有了踪影。厨房的旁边就是下房,那屋里灯光辉煌,笑语喧杂。小吴妈拉开屋门看了看,四五个老妈子都坐在炕头上斗纸牌。大家一看见小吴妈,都说:"吴姐,你也来把呀?"

小吴妈摇头说:"我才不来呢!我告诉你们,你们乐随便乐,可是也得小心一些,太太正病着,老爷这几天又不高兴!"

斗牌的那些人里,只有毕妈的口齿尖刻,她就说:"吴姐,你说的话我们都知道。一年到头的,就是今儿这晚上我们玩一会儿,又不是聚赌,就是老爷看见了,那也拦不住我们!"

小吴妈气得红了脸,说:"你们可听明白啦!我没拦着你们,我就是劝你们别净顾了斗牌,耽误了正事!"

毕妈说:"我没有你的正事那么多!"旁边的几个人都扔下牌,下了炕,说了许多好话,才把小吴妈劝走,毕妈还在屋里不住地骂。

小吴妈一肚子气,一下台阶几乎又摔了一跤。她的小脚碾着雪地,随走随喘气,就走到了东院里。忽见对面来了一个人,小吴妈又怕被人撞倒,就止住了脚步。对面的二少爷却早借着雪光看出来是她,就笑着问说:"是吴妈吗?你又干什么来啦?"

小吴妈一听见二少爷的声音,她立刻有了精神,仿佛把刚才的气都忘了。她"哼"了一声,说:"怎么,您这院子就不许我来吗?放心,我不是跟您二少爷要赏钱来啦,我是找费二爷,我们三太太叫他快些回去!"

祁敬廉笑着说:"你们三太太倒真惦记着费二爷!你告诉她,费二爷早就走啦,输的连皮袍都差点没叫人扒下来!"说着话,他仍不住地往前走,小吴妈便赶紧回身跑了。

祁敬廉微笑着,脑子里还算着牌账,就走到了书房。他先隔窗咳嗽了一声,然后才进屋,就见他父亲正对着账本发愁,见他进屋,微微抬起头来。

敬廉就说:"现在都快十二点啦,接神吧? 接完神爸爸好歇着。"

祁悦斋却不管接财神的事,他指着一笔账说:"醉亭的账,越来越不成话啦! 叫他这样干下去,哪儿行? 平常我叫你要时常地看账,你大概也不看。"

敬廉说:"我看是看,可是哪能一笔一笔地都要收条? 再说我知道醉亭那个人,一块半块的还许弄些舞弊,多了他可不敢。"

祁悦斋摇了摇头,又把账翻了几页,说:"今天我给你的那一千块钱,花多少,你可都把账记清楚啦! "

敬廉说:"账我自然不能忘记,不过,爸爸,那一千块钱可不够花的!刚才三太太要了二百去,说是有您的话,我妹妹又要了一百五去。"

祁悦斋惊讶着说:"怎么,丽雪她要用那些个钱? "

敬廉说:"别人要,我都可以不给;唯独我妹妹要,我可真不敢驳回,我不敢跟她打架。顶好这几天的账,爸爸自己管着! "

祁悦斋似乎猜疑地想了半天,说:"丽雪她近些日花的钱太多了,以后得限制一些。"

敬廉说:"我也没法限制她,除非您叫她跟那些阔小姐断绝往来;吕总裁那位小姐,张次长的两位小姐⋯⋯"

祁悦斋点了点头,说:"慢慢地我嘱咐嘱咐丽雪,告诉她同学们往来可以,但是却不能那么随便地花钱。"又说:"你是知道的,我从湖北回来后,七八年没有活动;秦总理几次往外邀我,都被我谢绝了。现在我可没有法子了,咱们家里年年是入不敷出,再过几年,恐怕就要露出底来给人笑话;趁着我现在还行,还能够在官场上活动活动。"

说到这里,小吴妈又扭进屋来,祁悦斋就说:"你去把贵禄、德升叫来! 再到西院看看,六少爷睡了没有;他要是没睡,就叫他快来!"小吴妈答应了一声,又跟二少爷对了一下眼睛,就扭出屋去了。

待了一会儿,德升、贵禄两个仆人全都来了;四少爷祁敬孝临时穿上了一件蓝布大褂,揉着两只才睡醒的眼睛,也来了。祁老爷就叫他们先在祠堂等候着,他自己回到里院去换衣裳。

祠堂是在客厅的后边,那里有一堆太湖山石,山石后有几间空屋子,那就是祠堂。平日这个院子就没什么人来,现在这院中也竖着两座风灯,屋里也是红烛辉煌,香烟缭绕。祖宗龛本来是摆在外屋,但在前几天就请到里间去了,外屋却供上了财神;桌上供着许多鱼肉果品,烛台下面还压着黄钱,财神像的前面又摆着个饭碗大的纸糊的金元宝,显出来一种荒唐而神秘的景象。

少时,六少爷大桂跑来了,敬孝喝了声:"慢着点!"随手把大桂拉在自己的身旁。大桂像是刚睡醒的样子,穿着紫绸棉袍、青绒背心,头上还戴着一顶呢帽,敬孝劈手将他头上的帽子抓起,扔在了一边;大桂翻着小眼睛看看他四哥,又看看桌上供着的大元宝和鱼肉果品。

祁老爷迈着方步来了,他身上也换了一件马褂,花镜也摘下去了,于是由祁老爷主祭,二少爷、四少爷、六少爷跟在后面,德升拈香,贵禄敲磬,就冲着财神像三叩首,然后立起来。这时,浓密的香烟弥漫在屋内,磬声嗡嗡地仿佛催着人睡眠。祁敬廉是马马虎虎的,希望快些敷衍完了,好回去打牌;四少爷却皱着眉,低着头,仿佛愿意叫贵禄把木槌子交给他,让他去敲磬。

祁老爷祭完了他唯一崇拜的财神,然后又率领三位少爷到里屋去祭祖。这里是换用了一种很细的"万寿香",也是烟云缭绕,烟香扑鼻,照旧是跪下三叩首;大桂却没有听见磬声,他回头去看贵禄。此时祁老爷已立起身来,带着三位少爷回到书房那边,贵禄已把一挂很长的鞭炮放了起来。在书房里,三位少爷又向他们的父亲磕头拜年。祁老爷却好似有些感慨,他又很严肃地向少爷们分别勉励了几句,随后小吴妈又来请,说是里院开年夜饭了。

这算是新年的第一次饭,全家聚集在一起吃,席间只空了两个座位,一个是太太,因为得了病;一个就是三少爷,现在是远隔重洋。吃饭时像往日一样,说话最多也最高兴的就是三姨太太,而祁丽雪却只是吃了两三个饺子,放下筷子就走了。

祁丽雪先到北屋,又服侍她母亲吃了一次药,嘱咐孙妈余妈两人轮流伺候着,然后她就回到自己的屋中。此时她已经十分疲倦,心里尤其感觉痛苦,她觉得十几年来的除夕,从没有像现在这样过。她想要到前院账房里找表哥去谈谈,但是身子又懒得挪动,同时想那满怀愁苦、在别人家中度这无聊除夕的表哥,这时多半已经睡去了,不然就是正在灯下发愁。虽然这时四下里的爆竹声还在不断地响,但她躺在床上,用被蒙着头,也在不知不觉中就入了睡眠。

次晨,庭前的鸟鸣声中夹着稀稀的爆竹声,这是新年的第一日了。在这新年期间,祁公馆里倒显着清静,男仆们在门房里玩骨牌,女仆们在下房里斗"梭胡",都不大忙着干事儿。

祁老爷闲居多年,政治舞台上早已消失了他的踪迹,所以并没有多少人来给他拜年,他每天只是由小吴妈伺候着他抽抽水烟,喝喝盖碗茶,看些闲书。二姨太太不过有时拉着大桂到街上去买些爆竹和玩具,家中来了女客,她多半不见。三姨太太却是唯一的忙人,在家中要接待许多女客,到外面还要给什么尤七太太、李五太太、张三太太那些个人去拜年。她一天要换两三套漂亮衣裳,小杨的那辆汽车也成了她的专用品。二少爷祁敬廉依旧是招朋聚友,在东院他那小国度里通宵作战。四少爷敬孝却是整天穿着一身很漂亮的洋服,又嫌他自己的领带不好,跟骏青借了两条,整天地出去,也不知干些什么。

缪宝生大夫又来了两次,祁太太的病就渐渐好了。丽雪为她母亲的病,四五天都没有出门。虽然每天总有四五位同学来找她,但因知道她母亲病着,人家也不便在她这里谈的时间过久了,多半是坐一会儿就走;有什么到白云观、大钟寺游玩的约会,也都不来邀她,所以丽雪感觉着十分寂寞。虽然每天要与骏青见几次面,但都是在她母亲的病榻之前,不能多说话,同时她见骏青是很忙碌的样子,并且精神也十分不安。

第五回　破庙穷愁

过了初七日,祁太太的病已大好,可以叫人搀扶着起身下地了,每天又持着菩提珠静静地念佛。她见了骏青,总要说:"我不能够死啦,你就放心得啦,歇两天,你还是家去吧!"

骏青这几日的精神也十分痛苦,所幸那天真活泼的大桂还时常找他来玩,给他解去了许多烦恼。不过有时大桂跟骏青玩的时间过久了,他母亲总是要来叫他,因此骏青就与梅素卿时常见面。那梅素卿的瘦脸儿、弯弯的细眉毛、忧郁的眼睛、忽隐忽现的两个笑窝,都给骏青的脑里留下很深的印象,他暗想:照理说二姨太太虽已是个中年妇人,但是她的容貌、品格都似在三姨太太之上,可是不知为了什么,姑父偏要宠爱那三姨太太,而将这梅素卿置于寂寞可怜的地位,并眼看着叫她受许多人的欺负。他们做老爷的心理简直不可理解……

初八那一天,骏青就出去找住所。北京的旅馆都在前门外,接近车站和八大胡同,他觉着长住不但不相宜,并且也不经济;他又到两处大学附近去找公寓,但多半是住满了,没有空闲的屋子,他因此心里就很着急。

回到祁公馆,他姑父祁悦斋又把一封信拿给他看,信是他的父亲柏啸苍给祁悦斋写的;对于骏青的事很抱消极,其中有几句话是说:彼如仍然执拗,只好听其自然可也。弟相信社会之磨炼,胜于慈父之教训,令其一试可也。根据这几句话,祁悦斋就劝骏青千万不要错过了这个最后的机会,他说:"你赶快回汉口去,听你父亲的话,不然你可就要流落在北京了,那时我也没法帮助你。"

骏青却仍然摇头,并说自己已找好了居所,不久并可以找到职业,一两日内自己就要搬走,以后要常来看望。祁悦斋听了骏青的话,一点也不加以拦阻,就答应说:"那好极了,自创自立总比在家中依仗父亲强得多了!好吧,那么我就按着你的话,给你父亲写回信了?"骏青就点了点头。祁悦斋出屋之后,骏青就赶紧穿上大衣,出门雇上洋车,去找缪宝生大夫。

这时旧历新年已过,街面上受的那次兴奋剂已然消散,又现出种种萧条惨淡的情景,讨饭的穷老婆子追着洋车叫着"老爷""太太""大姑儿";没有人照顾的洋车夫,缩肩拱背地在巷口里避风。风是从塞北沙漠地带刮来,卷着沙砾,呼呼地哗哗地往人的脸上猛击。前几天下的雪在地上都结成了冰,小孩子们就在冰上滑行。阳光显着那么微弱。

骏青到了缪大夫的小楼上,时间是下午四时许,缪大夫没有出诊,正同客人在谈话,客人就是那位写《写给自己看的情书》的作者刘醉生。刘醉生还穿着那件青呢面驼绒里儿的袍子,今天见了骏青倒很是客气,他笑着问说:"柏先生你是在汉口久住的,初来到此地过冬,一定觉着很冷吧?"

骏青摇头说:"倒还不怎么觉得,因为北京的御寒器具比较好,在家里,屋子都很严密;出门来,洋车有棉棚子。"

旁边缪大夫递给骏青一支烟,问说:"祁老太太的病见好些了吗?"

骏青说:"可以说完全好了!不过以后怎么样,还不敢说。因为我那位姑母人虽极为慈祥,平常永远是念佛烧香,但仍不免有时要生气,她那家里情形是太复杂了!"

说到这里,骏青就说:"我的家庭也是同样,使我感到十分痛苦,所以我想暂时不回去,在北京多住几个月;不过我也不愿老在亲戚家里住着,想在外面找一间屋。"

缪大夫笑着说:"不过你要知道北京的风俗,正月里搬家是不吉利的事，再说你一个孤身男子，也不好找到屋子。"

骏青点头说："是，我本想要住公寓，可是公寓里也多半没有空闲的屋子……"

往下他还有话要说，想要托缪大夫给他设法找一间房子，但刘醉生却在旁搭言了，他说："我们那里倒有间房，是一个单间，光线虽然暗些，倒是还干净，不过那屋子可是在庙里。"

骏青一听，非常地喜欢，赶紧说："那可好极了！像我们这样单身的人，还是住在庙里相宜，再说庙里总比外边清静。"

刘醉生笑着说："不过我住的那庙里，可是一点儿也不清静，最好你先同我看看去。"

骏青说："不必看了，刘先生你就替我订下吧！我想你既能在那环境下写出那么好的著作来，大概也不至于太坏，只不知每月的房租是多少？"

刘醉生说："房租有限，每月只两块钱，你若用和尚的茶水，每月只多给他四五毛就是了。"

骏青说："好极了，我决定明天就搬过去，以后我们住在一处，我还要时常向你讨教文学。"

刘醉生说："不必客气，我想我们二人会合得来的。"

缪大夫笑着说："好啦，以后我要看你们去倒方便。"

刘醉生说："我们倒不敢叫你去看，因为给不起你的出诊费。"大家又都笑了。

这时缪太太走出来了，笑着说："二哥，你跟柏先生都在我们这儿吃晚饭吧？"

刘醉生摇头说："不行，午饭就叨了你们的光，哪有晚饭还在这里吃的？宝生他知道，回头我在'润明楼'还有约会。"

缪大夫向他太说："醉生倒是真有约会，不过柏先生一定要在这里吃了！"骏青也极力推辞，可是缪大夫挽住他，不许他走。缪太太也在旁边笑着说："柏先生你要是再客气，可就是拿我们当外人啦！"骏青脸红红的，很觉着局促不安。刘醉生赶忙拿铅笔写了他的住址，交给骏青,他就抄起了那顶旧呢帽,出了屋,咚咚地跑下楼出去了。

　　骏青只得留在这里用晚饭,缪大夫夫妇陪着他。缪太太听说骏青明天就要搬到刘醉生那里去住,就说:"刘醉生他跟我是两姨亲,他那个人的脾气可是古怪,以后柏先生对他千万不要太认真!"

　　骏青说:"我看刘先生那个人很好,我相信我能跟他相处得来。"

　　缪大夫也向他的太太说:"柏先生的脾气最好,在学校里是有名的规矩学生,他有个外号……"说到这里,缪大夫笑了,骏青的脸上也通红的。缪太太却微微倩笑着,仿佛倒要知道似的,缪大夫就笑着说:"我跟你说也不要紧!柏先生是男性,可是同学们都管他叫密斯柏,你就由此可知他是多么安娴稳重的一个人了!"缪太太微笑着,鸭蛋圆的脸上有点儿红,翻眼看看骏青,就见骏青娇羞得真像个处女,连连地摇头,笑着说:"瞎说!我哪里有过这个外号?"

　　缪大夫手里拿着筷箸笑了半天,然后说:"骏青,你又不是打算在北京成家久居,我劝你搬过去还是不要添置什么家具;我这里有单人床,也有富余的桌椅,明天上午我就叫人给你送了去。"

　　缪太太也说:"柏先生要用什么东西,就从我们这儿拿好了,将来你买了新的再还给我们。"

　　缪大夫又说:"他又不是打算在北京长住,若是买上许多家具,将来扔了,岂不可惜?"骏青便向他夫妇道谢,饭后又坐着谈了一会儿,才告辞走了。

　　这时到了六点多钟了,天已经黑了,路灯在寒风里抖着,仿佛它那几根微弱的电丝,若没有玻璃罩严密地保护着,早就被狂风给吹断了。商店多半上了门板,有的里面还敲着锣鼓,似乎在告诉人们这旧历年还留下一点尾巴。

　　骏青坐着洋车回到祁公馆,那大门灯照着那石阶,就像新下了一层雪。他顺着廊子走到账房门前,看见屋里的灯开着,一拉门,就见贵禄正在那里添煤。贵禄一回头,看见了骏青,就问说:"柏少爷吃过饭了吗?"骏青点头说:"我已经吃过了。"

　　骏青摘下帽子手套,脱了大衣,就笑着向贵禄说:"明天我就要搬走了,到时请你帮一帮我。"

贵禄放下挖煤的铲子,像有点儿诧异,问说:"怎么,柏少爷你明天就要回汉口吗?"

骏青摇头说:"不是,我要搬到朋友家里去住,因为那里比较清静。"

贵禄说:"对啦,这儿太乱!过几天就是灯节,小吴妈都说啦,三姨太太要在家里放花盒;请什么尤督军的太太、谢秘书长的太太,都来到家里看花盒,你看吧,到时不定多么热闹啦!那时翁先生也回来啦,跟您住在一间屋里,您听他那张嘴,简直能把死人都给说得翻了身!"

骏青笑了笑,说:"我到里院看看太太去。"随出屋往里院去,抄着东边的廊子走去,到了北房内。

北房里现在换了一盏光度很弱的灯泡,炉里的火倒是烘烘地烧着。祁太太已然睡了,盖着闪缎的被卧仰卧着,旁边只有余妈在伺候。骏青将脚步放轻,悄声问:"今天太太怎么这样早就睡了?"

余妈走近一步,也悄声说:"刚才我们太太又觉着有点不舒服,不到六点钟就睡啦。"

骏青皱着眉发了一会儿怔,往床上看了看。扭头看见墙上挂着的自己四年前照的照片,他不禁心中一阵难过。

骏青又问余妈说:"五小姐在家了吗?"余妈说:"在家啦,刚才还过来看太太呢。"骏青点点头说:"好。"走出屋去。到了西廊下,故意把脚步放重。刚走到屋门前,见房中的里外间灯光都很明亮,他刚要问:"五妹在里了吗?"忽然屋门一开,是那个严妈;她一看见骏青,就回首说:"柏少爷来啦!"

骏青一迈进门槛,就见屋中除了表妹之外,还有一位十七八岁的女学生;穿着一件花呢旗袍,头发剪得很短,并没有烫,身材不高但却很苗条,仿佛比丽雪还要玲珑活泼。骏青很后悔贸然进来,但祁丽雪已迎过来,说:"骏哥,你是才回来吗?"又给那位同学引见说:"这是我表哥柏骏青;这是我的同班,梁霞小姐。"

骏青向着梁霞鞠躬,然后向丽雪说:"我姑母怎么又不舒服了?"

丽雪说:"大概不要紧,因为我母亲她今天没有睡好午觉,所以晚上她要提前歇息。"又说:"骏哥你坐下!"并用手拍了梁霞一下,说:"你怎么也不坐着啦? 客气什么?"

梁霞微微地笑着,她看看骏青,又看看丽雪,仿佛在品评什么似的。丽雪却装作看不见,她把桌上的一本皮面的精装厚册子一推,说:"收起来吧!你的好宝贝!"梁霞笑着,把她那本集邮册子拿到旁边的沙发上;她坐在灯光暗处,自己拿起茶杯来喝茶,同时偷眼看着坐在小椅子上的柏骏青和靠着那盆梅花坐着的祁丽雪的侧面。

此时丽雪就问:"骏哥,你白天看电影去了吗?"骏青摇摇头,说:"没有,我是……"此时严妈送过茶来,骏青又接着说:"今天我到一个朋友家里去了,正遇见刘醉生,我就提到找房子的事;他说他那里有一间闲房,明天就叫我搬了去。"

骏青说话时微笑着,丽雪却似有点惊讶,她想了一会儿,才点头说:"那也很好,跟一个作家住在一起,总不会寂寞的,是在西城什么地方?"

骏青由西服口袋里掏出刘醉生给他的那张纸条,上面写的是:西城水车胡同路北庙内。他递给丽雪,说:"这就是刘醉生写给我的地址,房子我还没有看,自然不会怎么宽敞。我想暂时搬过去,如若看着不好,慢慢再在别处找房。"

丽雪一面看着字条,一面点头。旁边的梁霞的脑子里似乎也有个刘醉生,听说柏骏青将要搬到那里去住,她也很注意地听着。丽雪把字条还给了骏青,默默地并没有说什么话。

骏青又:"以后我必要时常来看我姑母,姑母方面也请五妹替我说吧!假若以后我姑母再有什么不适,请五妹就直接给缪大夫打电话,无论什么时候,他都可以来。"丽雪点头说:"好吧!"骏青就站起身来,向丽雪点点头,又向梁霞点点头。严妈给他开了屋门,说:"柏少爷慢慢走,廊子底下也有冰,都是他们倒洗脸水时洒下的。"骏青说了声:"不要紧!"遂往前院走去。

此时他很觉着没趣,想着:本来丽雪的屋里有同学,我也没问一声,就往屋里伫走,已经很冒失了,可是看丽雪起先倒是很喜欢的,并且很大方地给我向那位梁小姐介绍……可是,我不该把明天要搬走的事,当着她的同学说出,而且说得又是那么急促,仿佛连以后请大夫给姑母看病的事我都不管了;今天连房子都没有看,明天就要搬走,这显见得我是从这里气走了的,当着她的同学,我真不该说!

骏青因此觉得内心很抱歉、很后悔,又想:这些日来,丽雪对我是很亲近很体贴的,可是我呢? 自然我的环境已与早先不同,所以我的心理也改变了,但是我不接受她的爱情可以,怎能对她失礼呢? 刚才虽然我是无心,但事实上是太令她难堪了,不怪后来她的态度非常冷淡;把那字条交还我,就再也没对我说什么话。他脑里翻来覆去地想,自觉实在惭愧,于是就在灯下呆呆地坐着,很盼着那位梁小姐快点走,自己好再到丽雪屋里去向她解释、道歉,甚至于赔罪都可以。

这时大桂又跑来了,一进屋来他就高声说:"柏大哥! 您给我买的那灯,我叫妈妈点蜡,妈妈一点,忽忽就烧啦! 妈妈说明儿带我上街,再买一个,比那个还好的。"说着他就爬到骏青的身上,两只小手玩着骏青的领带。骏青抱着他,笑着说:"不要紧,明天我再给你买个好的!"他说着这话,脑里却仍然想着那事。大桂又说:"妈妈又哭啦,又是叫三太太气的!"骏青问说:"为什么事呢?"大桂摇头说:"不知道,长大了我打她!"说话时噘着他的小嘴,小眼睛里也含着眼泪。

骏青看着这可怜的孩子,微叹着,也想不出用什么话安慰他才好,就说:"大桂,明天我就要搬走了!"大桂直着两只小眼睛问说:"柏大哥你要走吗?"骏青笑着点头说:"对啦! 可是我搬的地方离这儿不远,以后我一定还常来,跟你来玩。"

大桂倒是很喜欢,他在骏青的腿上跳着说:"柏大哥,你搬走了,我上你那儿玩去,叫我妈妈带我去。"

骏青笑着说:"好呀,等我搬过去,把屋子收拾得干干净净,过几天我就买些糖果、花生、点心,请你到我那里去玩,咱们像交朋友似的!"

大桂高兴地哈哈笑着,又说:"明儿早晨我起来,帮你搬家!"

骏青摇头,笑着说:"不行,你太小!"

大桂下了地,就要往屋外去跑,看样子是急于要把骏青搬走的事去告诉他的妈妈,骏青又叫着说:"大桂,大桂,你先别走!"他遂由衣袋里掏出两块钱来,走过去塞在大桂的手里,笑着说:"这是给你留在灯节时花的!"大桂低着头,仿佛还不好意思要,骏青就拍着他的小肩膀,笑说:"你好好拿着,回去吧,明天见!"大桂这才转身出屋,顺着廊子跑去,骏青又追出屋来,嘱咐说:"大桂不要跑,小心滑倒了!"

　　他回到屋内,在火炉旁边坐了一会儿,贵禄又进屋来,骏青就问:"老爷在家吗?"贵禄说:"在书房啦。"骏青说:"我去见见。"遂就叫贵禄带着,到了里院书房内,见了祁悦斋。骏青仍然是说明天自己就要搬到朋友家中去住,祁悦斋只点头说:"那也很好,以后你如有什么困难的事情,再找我来,我再给你想办法。"此外别的话都没有,连骏青明天要搬到哪里,同居的朋友是个做什么职业的,他都没有问。

　　骏青退出去,心里反倒觉着很痛快,不过仍然觉着刚才的事,太对不起表妹。回到屋里,他把东西收拾了一下,然后就坐在火炉旁,吸着纸烟,脑里计划着迁居以后的事情:怎样找职业,怎样在业余时做学术上的修养。到了九点多钟,他就关门熄灯,躺在床上睡去了。

　　他迷迷糊糊地仿佛已经睡着了似的,忽然被窗外的谈话之声给搅醒了,窗外是两个女子在说话,一个说:"后天你可一定去!我在张淑范家里等你。"另一个说:"我可不一定去,因为我母亲的病还没有好,倘若那天……"谈话声中并夹着高跟鞋声,渐渐往前院去了。

　　骏青知道这是丽雪送那位梁小姐走了,他本想要赶忙穿上衣裳,开亮了灯,等着丽雪回来时,就把她请进屋来,向她解释刚才的误会,可是又听见丽雪仿佛并没把客人送出大门,她像是送到二门那里,说了声:"再见!"就走回来了。骏青侧耳静静地听着,就听窗外的足音非常的轻,而且缓,像是在门前徘徊似的,待了一会儿,仿佛又走进客厅去了。骏青就赶紧起来,摸着黑把衣服重新穿好,开亮了灯,将门插关也打开;本想着丽雪会自己进这屋里来的,但是侧耳向外听了听,只听到呼呼的风声和远处偶尔有几下爆竹声,廊下和客厅里全都没有一点响动。他又走出屋去,就见庭中、客厅里都没有一点灯光,心里就想:丽雪一定已回到她的屋里去了。

骏青回到屋内,呆呆地发了半天怔,总觉得不向丽雪道个歉,心中是很难安的,况且明天自己就要搬走了,临走时落了这么个结果,虽然倒很干净,但是,以后还怎么能见面呀?究竟是表兄妹呀!忽然又想起来可以给她写一封信,交给孙妈转给她就是了,于是就由账桌的抽屉里,找出来信纸信封,用桌上的毛笔草草地写了几行:

丽雪五妹:

　　明天我就要搬走了!这是我自立生活的开始,以后自然难免有生活困厄我,经济逼迫我,但是我毫不介意,我决定努力排除万难,以达到我的理想,并希望你时时地鼓励我!

　　刚才我把这些话告诉你时,是说得太仓促了,尤其不该当着贵同学说出;但那是因为时间的关系,我不能再等待,所以遽然就说了,希望你不要怪我,我并在这里向你道歉!

　　明天我搬去的那个地方,是一座破庙,想象中当然是简陋极了,你也不必到那里去,以后我一定要常来的,看望姑母和你。好,这封信就作为我向你道别。祝你时安!

　　　　　　　　　　　　　　　　　　　　骏青

写完了,把信封粘好,骏青便希望孙妈这时能由窗前经过;可是他坐在火炉旁,吸完了一支纸烟,不但没见着孙妈,窗外连脚步之声都没有。一看手表,这时才不过十点多钟,骏青就想:大概丽雪还没有睡,我何不到她那里再讲几句话,就不必再给她留下这封信了。因就站起来,在灯下对镜又把领带整了整,就走出屋去,往里院走,脑子里还想着:见了丽雪,虽然应当把刚才的事情解释解释,但也不必当着面向她道歉……

才离了这个院子,与正院还隔着一道屏门,忽然看见书房中的灯光很亮,在那遮着白绸窗帷的玻璃上,显出一个梳着发髻的女人头影,并有轻微的娇笑声。骏青吓得赶紧止步,又轻轻地退回身来,依旧回到账房里,心里愤愤地想:这是个什么家庭!赌气又坐在椅子上,又对丽雪露出无限的同情。他叹息了两声,便又熄灯睡去。

次日早晨起来,骏青就叫贵禄帮自己把东西都收束好了,他只是两只衣箱一只网篮和两份被褥。贵禄问说:"柏少爷您这就要搬走吗?现在还不到九点钟呢!"骏青说:"早些搬过去好收拾,你叫一个人来跟我去。"贵禄出去把小崔叫来,骏青就叫小崔去雇车,贵禄却进里院报告祁老爷去了。

少时,忽然孙妈进屋来了,她很惊惶地问说:"骏少爷您怎么搬走呀?"

骏青说:"我搬到朋友那里去住,以后还常常来。"随手取出昨天写的那封信交给孙妈,说:"等五小姐起来,你就交给她。"

孙妈赶紧把信揣在怀里,又探着头悄声问说:"不是谁把您得罪了吧?"

骏青摇头说:"没有,我是觉着在朋友家里住,比这儿方便。"

孙妈点了点头,低声说:"也是!"又指手画脚地说:"我们这公馆里,谁也不愿在这儿住得长了!我这苦老婆子是没有人要啦,要不然我也早就不干啦,受累倒不要紧,看什么事都叫你生气!"她又笑着说:"骏少爷,以后你要是没有人伺候,可以叫我那个儿子伺候你去!他就是左脚稍微有些不便,他要是能伺候你去,比他做小买卖可强得多啦,骏少爷,我托付你啦!"

骏青点头说:"以后要遇见机会,我一定给他找事。"

这时小崔进来,说是雇来了三辆车,骏青说:"这就走吧!"小崔又出去把拉车的叫进来搬东西,骏青就往外走。孙妈直送到大门外,看着骏青上了车,她才进去。

这三辆车,一辆是专拉箱子和网篮;一辆是小崔坐着,抱着骏青的铺盖卷;骏青坐在最前面的那辆车上。在寒风里,早晨的市街上,一直到了西城水车胡同。找到路北的那座庙前,骏青就叫车停住。他才一下车,就见一个卖糖卖烟卷的担子,正从里面出来。庙门上的横额已模糊得看不出字迹,红墙都褪了色,上面乱贴着许多"五淋白浊""吉房召租"之类的传单,并有小孩子拿粉笔乱画的不堪入目的"漫画"。

骏青一进门,就差点被地下脏水结成的冰给滑倒了。院子里碎砖头、破瓦罐,随处乱扔着,横七竖八地放着些馄饨担子、糖果担子,还有卖熟肉的车子。东屋里烟气腾腾,仿佛是在那里熏肉;西屋里有人在唱鼓词,唱什么:"小罗通,真威风,一枪挑下了女花容……"一个像卖馄饨样子的人从屋里出来,就站到靠墙的尿桶旁解手;那尿桶都被冰封住了,流出来一汪一汪的尿,像是冰河。骏青不由暗自皱眉,暗想:也许是我找错了?刘醉生就是浪漫吧,他也绝不会住在这里呀!

等着那人解完了手,转过身来,骏青就上前点了点头,说:"请问,有一位刘醉生先生,是住在这里吗?"那个人一边系着裤子,一边说:"啥?"旁边的小崔就笑了,说:"问你呢,这儿住的有个刘先生没有?"那人才似恍然大悟,说:"刘先生呀?那边!"他往东一指那月亮门儿,说话是挺横的。小崔还翻着眼看骏青,骏青皱着眉,指挥着说:"往里走!"

他先走进了东边的月亮门,只听"当儿!叮儿!"九音锣的声音从北屋里散出来,骏青很惊异,心说:怎么,刘醉生一个人还在屋里敲小锣?他走过去,把门敲了几下,里边没人答应。

这时小崔同那三个车夫,已把箱子、网篮、铺盖卷全都拿进院里来了。小崔怔拉门进去,才由里边找出一个又穷又瘦的和尚来,这和尚说着纯粹的北京话,他说:"噢,这位先生就是要搬到这儿住的那位柏先生吧?好,好,我带着您去,屋子在西小院。"

骏青问说:"刘先生在家吗?"

和尚指着一间东屋说:"刘先生在那屋里住,这时还没起来呢,我先带您到西小院看看房子去。"于是骏青又跟着和尚出了东月亮门,进了西月亮门。

这院子也跟东院是一样的大小,两间北房已然坍塌,只有一间西屋大概还能住得人。和尚把门开了,让骏青进去看。这屋子四周围都糊着旧报纸,旧报纸上还挂着许多蜘蛛网;木窗上的纸都碎了,被风吹得呼啦呼啦地响。地下有不少老鼠洞和鸟粪,可见已多日没有人住了。光线也暗得永远像黄昏似的。

柏骏青看了有些发愁,小崔也跟了进来,说:"柏少爷,这房子您怎么可以住?"

骏青冷笑着说:"怎么,你从哪一点看我不能住这房子?我非得要住大公馆吗?"

小崔说:"不是那么说,这太不行了!这是光棍堂儿,前面是锅伙,都是些做小买卖的!您,柏少爷……"

骏青负气地笑了笑,说:"我看这小院子倒还很清静。"

和尚在旁边也说:"房子是一点不漏,裱糊裱糊就好啦。"此时小崔真疑心骏青是得了神经病,他没法子,只得又去把箱子、网篮、铺盖卷等都拿了过来。

骏青开发了车钱,就双手插在大衣袋里,不住地发怔,他又四下看了看,问说:"找人来裱糊裱糊,得什么时候才能裱糊好?"小崔说:"您要糊个四白落地,当天就能糊好。"

骏青说:"那么你就去找个裱糊匠,叫他快一些糊好,待一会儿就有人把床送来。还有,你得给我买一只小火炉、一盏煤油灯,你看一共需用多少钱?"

小崔说:"您只买煤油灯跟火炉也不行呀,您还得买一桶煤油,一百斤煤球,还有劈柴、木炭……您这也算是一个家么,顶少了也得二十块钱!"

旁边和尚说:"煤油别买整桶的,找个洋瓶子,天天到小铺买一二十枚的就够啦,刘先生他就是那么办。"

骏青说:"那么连煤油灯也不用买,只买一包洋蜡来就是了。"遂给了小崔十块钱,小崔就没精打采地走了。

骏青又交给和尚两块钱的房钱,和尚就笑着说:"这儿冷,您到我的屋里喝碗茶去吧!"骏青摇头说:"不了,我要看看刘先生去。"遂就同着和尚出了这小院。骏青又见那尿桶旁边有个人正在解手,就向和尚说:"以后这个尿桶,得想法子叫他们挪开,这太不像样子了!"和尚却笑着说:"没法子。"

到了东院刘醉生的屋前,骏青先叫和尚进去看看刘醉生醒了没有。和尚进了屋，待了一会儿就把门开开，说："刘先生醒来了，可是还没起来。"骏青一进屋，就觉得一股秽气扑鼻，刘醉生躺在被窝里，露出个脑袋和一只胳臂来，正在吸纸烟；见了骏青，他也不坐起来，就说："你真搬得早呀！请坐！请坐！"

骏青要找个地方坐下，但是凳子上放着刘醉生脱下来的袜子，旁边一把破椅子上又有一只洗脸盆。骏青只得把洗脸盆端起来，放到小长桌上，那桌上就堆着许多书籍，扔着许多破烂稿纸砚台，散乱放着些煤油灯、墨，笔和笔帽。

刘醉生伸着胳臂递给骏青一支烟，和尚就划了根火柴替他点上，骏青欠身说了声："谢谢！"就坐在那张破椅子上，用烟云抵御着这里的秽气，并四下环顾着这位作家住的屋子。光线是非常的低暗，墙上、窗上东一块西一块地糊着报纸，并把他写坏了的稿纸也都糊上了。靠着书桌的墙上贴着一张"授课时间表"，还有一副自书的虎皮宣纸的对联，是："著书岂为博时誉，纵酒无非畅古怀。"铺板之外还有两条板凳，支着一个大号的柳条箱，箱上乱放着些衣服、书籍、报纸。骏青心说：这屋里的主人若是有情书，也只有写给他自己看了。

但刘醉生对于他这间屋子却没有一句谦逊的话，他说："你看我这屋子还不错吧？一月两块钱不算多吧？你那小院里比我这儿还清静。"说着就由枕头旁拿起一把茶壶，交在和尚的手里，说："劳驾！大师傅，你给我们沏壶茶去吧！"和尚接过了茶壶，便出屋去了。

刘醉生又喷着烟雾，接着说："在这儿住着有很多方便，无论晚间你什么时候回来都行，因为前面那个卖馄饨的，非到天亮他不能回来，大门永远不关。再说你早晨起来若饿了，咱们这庙里就住着卖豆汁的；半夜里若饿了，那个卖硬面饽饽的人许回来得早，他就可以供给你一顿饭；烟卷、花生米你都不必出门去买，并且因为邻居的关系，他们还特别大放盘。"

骏青笑了笑，又皱着眉说："不过，前边那个尿桶得叫他们挪开，那也太不雅观，太不卫生了！"

刘醉生喷了一口烟，说："你叫他们挪到哪儿去？除非挪到你那院里,你能愿意吗?这座庙里没有厕所,要上厕所,得到东边胡同那公共厕所里去。这庙里,连和尚一共是二十多个光身汉,大便可以叫他们出去上厕所,小便你也叫他们都到外边去吗?好在这庙里连神像泥胎都算上,没有一个女性,你就是在院里练裸体运动,也没有人干涉你!"骏青只好默默不语。

刘醉生把烟蒂头扔在地下,翻身坐起来说:"我得起来了,由明天起又得起早了!"骏青问:"为什么?"刘醉生指着墙上说:"你没看见我那张功课表?我现在教着小学,每天要上五小时的课。"

骏青笑着说:"你真是够忙的!"刘醉生摇头说:"不是我愿意这么忙,实在是生计所迫,版税没有固定的收入,只好附带着教小学。"随说着随穿衣裳。骏青见那桌上堆着几本小学课本,还有十几册醉生自己的著作,都是布面精装、书脊上烫着金字的,非常漂亮,叫人不相信是出于这间屋子住的这位作家之手。

和尚把茶送来了,又走出屋去。刘醉生也穿好了衣服,下了床,他连脸也不洗,就喝了一碗茶,说:"你请坐,我先把火炉子生上。"说着便出屋去了。

这里骏青信手取出两本刘醉生的著作来看,一本是《醉生短篇小说集》,一翻篇就是他的自序,写他自己的写作生活及环境,文笔非常幽默;另一本是他的新诗集《孤鸾之歌》,辞藻极为华丽,音韵也极为调谐。骏青看了,不禁内心生出惭愧,暗想:醉生他在这种经济困难、环境不宁、事务繁多的情形之下,还能够写出这样优美精细的作品,而我却身无一技之长,才来到这里,便嫌环境太乱,屋子太不好,凭这样,我还要谋求自立、创造生活?我也太惭愧了!因此他又恨不得去把小崔叫回来,告诉他不必找裱糊匠刷新房子了。

这时刘醉生又进到屋里,骏青就夸赞说:"刘先生的著作真好,早先我就久仰你的大名!"刘醉生摆手说:"别提了!但凡我那个教小学的位置能够维持长了,或是再有点别的职业,我就不动笔了!"他似乎有很多的牢骚,骏青也不好再往下称赞他了,心里却对他这些著作很是羡慕,并想:明天我也可以练习练习写作,将来借它维持生活,不也是很好吗？

骏青又吸了一支烟，刘醉生又要出屋去看火炉，忽听屋外是小崔的声音，说："柏少爷，家具送来了！"骏青赶紧出屋，跟随小崔到了西院，就见缪大夫派来两个人，送来了一张单人铁床、一张半圆形的桌子和两把藤椅子，全都很新很好。骏青进屋，想着应当怎样布置，就见两个裱糊匠已开始往墙上刷纸了，骏青倒觉得自己是多此一举。

煤铺送来了两筐煤球，并有柴炭，小崔给买回来了一个小号的洋铁炉子，问说："柏少爷，这就把炉子生上吧？"骏青想了想，就点头说："好吧！你给生上吧。"小崔说："我就给您买了一把开水壶，茶壶茶碗您都带来没有？"骏青说："全都没有，等回头再去买吧。"他遂把缪大夫派来的人打发走了，又过来看小崔怎样生火炉；他很注意地留心小崔怎样燃柴、添煤，就仿佛是一个化学系的学生在看教授做实验似的。

待了一会儿，刘醉生手里拿着个茶碗，一面喝，一面走了来，他看见骏青的屋里正在裱糊，便说："你何必要这么讲究，难道你还打算在这里成立小公馆吗？"骏青脸红了红，说："我想屋里裱糊得白些，光线或许可以好一点。"刘醉生说："你先到我的屋里坐坐，回头我们一同出去，我请你吃饭。"骏青又跟刘醉生到了东院屋内，与他谈了些话，然后就一同出去，到了附近的大街上。

刘醉生带着他走进一家热烘烘乱喧喧的小饭铺，要了一碟炒肉、一碗酸辣汤、斤半大饼、一壶烧酒。刘醉生也不让骏青喝，他只是自斟自饮，他那张脸就渐渐地红了，他说："你来做我的邻居，我是非常欢迎。因为人家都说我的脾气古怪，我看你也有点古怪，咱俩既是被人称为古怪的人，那么就无妨古怪到一起，离着他们那些不古怪的人远一些！"

骏青并不明白刘醉生说话的意思，只是很艰涩地吃着那难以下咽的大饼和味道完全不美的炒肉、酸辣汤。刘醉生又说："缪宝生那个人，我们比不了！人家有专门的技术、稳固的事业，所以他收入很丰厚，家庭也很美满；我们却没有他那福气，我们吃亏就在脾气的古怪上。"说到这里，他忽然自己又哈哈地笑了起来，说："可是，一个人是应当泯灭性灵去享受庸福呢？还是应当珍贵你的性灵，而甘心乐意地度你那清苦的生活呢？这就在于人的个性和意志了！"

骏青说："刘先生说的话都很对……"他往下还要再说自己的话，但又想：何必陪着他也发牢骚？

饭毕，已是十二点多了，刘醉生给了钱，说他还要去找一个朋友，出了饭铺，两人就分途走了。骏青怀着很多的心事，他想：我需要学着刻苦些，或是学刘醉生的旷达，不然什么自立、创造，全都谈不到！而且真个应了我父亲的话，社会要磨炼我。姑父现在也许就盼着我受不了外边的困难，就去求他，他好再把我送回父亲那里，所以自己决定要把意志弄得坚强了，无论将来到了什么地步也绝不求人，绝不回家……

走回庙里，就见窗户四壁全都用雪白的纸糊好了，小崔还说："应当在窗子上镶一块玻璃。"骏青却摆手说："不用了，这就成了。"随就自己动手，由小崔帮助，把箱子等物，连桌椅铁床全都抬了进去，然后骏青开发了裱糊匠的工资，并叫小崔也回去了。骏青又草草布置了一下，刚才那一间破烂的屋子，此刻居然成了很雅洁的一个小室了。

四壁糊的纸张都尚未干，小炉子喷出柔和的火苗，炉子上面搭着一壶水，吹出来幽细的音调。骏青躺在床上，反倒不住地发愁，想着：搬到这里来了，以后应当怎么办呢？今天一天就花了快到二十块钱，手头所余的已不到四十元了。就是极力节省，至多也就够一月余的用费，往多了说可以维持上两个月，但在两个月之内，我应当从哪里去觅出路呢？

想了半天，骏青觉得在这里的朋友，只有缪宝生的环境还好，可是他是一个自行开业的医生，除去病人恐怕未必能够给自己找到职业；刘醉生倒许能给自己介绍杂志写些稿子？于是就想整理整理脑筋，买些稿纸，从明天起就练习写作；又想明天应当去订一份报，一来可以投稿，二来如遇到什么聘请教师，或招考什么职员的事，也都可以去。他这样想着，因此倒并不悲观。

骏青戴上帽子和手套，就先到那和尚的屋里，说是自己出去买点东西，一会儿就回来，托他给照应着屋子。他走出了庙门，就到了大街上，找到西单商场，买了稿纸、笔墨、信封，及茶壶茶碗、洗脸盆手巾等等，又用去了六七元钱。他在街上徘徊了一会儿，又买了一把铁锁，然后脑里计划着眼前的事，手提着这些东西，就走回庙里。

一进庙门，看见三个馄饨担子都在院中摆着，锅里冒着热气，卖馄饨的人正准备着出去。他们都用一种惊异的眼光看着这个新邻居，骏青就向他们点了点头，他们也和气地说："先生回来啦！"

骏青进到西边的月亮门里，才一拉屋门，就见丽雪正坐在他的床上，他就笑着说："好，你是来给我贺新居来吗？"想起早晨给她留下的那封信，他反倒觉着有点不好意思。丽雪今天的态度却不似昨晚那么冷淡，她很高兴，夸赞着说："你这小屋子很好！我看这样的屋子，比那华丽的屋子还好得多。"骏青放下才买来的东西，笑着说："这也是今天才裱糊的，早先太不像样子，这几件家具都是由缪大夫那里借来的。"

丽雪又四下看了看，说："家具也还不错，以后你用什么，可以由我那里去拿。你没有书架子吧？明天我叫小崔给你送一个来，在桌上再摆一盆水仙，那就更好了。"她又站起来，脱下青色毛绒大衣，向墙上看着说："墙上应当挂两张油画！我认识一个姓李的，他是艺专毕业，画得很好，明天我可以托他给你画两张。"

骏青笑着，摇头说："那些东西倒还不需要，你进来时没看见吗，前边院子有多么乱！这屋里若是装饰得太优美了，也未免与外边太不协调了。"

丽雪笑着说："对啦，我进来的时候都看见啦，敢情卖什么东西的都有，还有卖馄饨的呢！"

骏青说："这是个杂乱的地方，不适于招待女宾。"

丽雪说："没关系，以后我想时常来看你，因为我有一个同学，叫陈蕙如，你认得吧？"骏青想了一想，摇头说："我不认得。"丽雪说："可是她知道你！她不是我大姐婆家的一个亲戚么，也常到我们家里去。去年她就结了婚，就住在西边那小胡同里，以后我要找她去，就可以到你这儿来。"骏青点点头，心想：真不凑巧，搬到这里来，偏又离着她同学的家这么近，以后……咳！以后可怎样办呀？

丽雪又查看骏青才买来的东西,她不禁笑了笑。骏青把新买来的碗洗过了,给丽雪倒了一碗开水,他又把火炉拿出屋去添煤球;丽雪就一人在屋里忍不住地笑,仿佛觉着骏青很滑稽。她又看到骏青买来的稿纸,就抿着嘴又笑,等到骏青进屋来,她就说:"这庙里倒不错,一共住着两位作家。"骏青看见桌上已经被打开了的稿纸,他也不禁笑了,脸上又一阵红。

丽雪是笑得前仰后合,骏青像感叹似的说:"有什么法子? 职业一时恐谋不到,只好写些稿子,骗些钱花!"

丽雪却正色说:"这算什么的? 不用说你还是希望由写作里得些钱,维持生活,就是不为钱,也应当跟刘醉生研究研究文学。骏哥,你别看我笑,其实对于你这样毅然寻求自己的出路,我是很钦佩的,不过也希望你不要太劳累、太烦闷了! 每天写写稿子,或是看看朋友、找些娱乐,总要把生活弄得调协,不然你净在这小屋子里构思、烦闷,日久,你的身体可就更坏了!"

骏青很感动地点了点头,说:"你说的话极是,但是,我现在很乐观,不至于再发愁。同院住的刘先生,那个人很旷达、喜谈笑,跟他常在一起,我不会寂寞的。稿子我也不会多写的,因为这不过是要做一种尝试,至于我能不能写,人家肯不肯登,那还是问题呢!"

丽雪点头,坐在小铁床上,默然了一会儿,又仿佛露出些忧郁的样子,说:"还有,今天早晨,你何必要给我写那封信呢?"她翻着眼皮看着骏青。骏青脸红着,很难为情地笑着说:"我是向你辞行,顺便解释解释昨晚……"丽雪说:"昨天晚上我并没有什么不高兴! 因为有同学在我屋里,所以我没顾得多跟你谈话。我一点儿也不觉得当时我有什么不高兴的表现,所以今天我一看你的信,你向我道歉,我就很奇怪……"说到这里,她似乎很伤心,眼里就有泪水溢出。

骏青更觉着惭愧,心里很难过,苦笑着说:"那是我神经过敏,我误会了!"丽雪掏出手绢来擦了擦眼睛,又说:"我希望以后我们不要再有这种误会才好!"骏青点点头,却说不出一句话来。

半晌,忽然丽雪问说:"刘醉生他现在在家吗?"骏青说:"他大概还没有回来,怎么,你是要看看那个文学家吗?"说话时他带着笑,丽雪却摇头说:"不,今天我倒不想见他。"骏青笑着说:"那个人很有趣。"丽雪没有言语。

骏青出屋又把火炉提进来,丽雪就问:"骏哥,明天你有工夫吗?"骏青不假思索地说:"有工夫,什么事吧?"丽雪笑着说:"没有什么要紧的事,明天我想叫你同着我到白云观去玩玩,有几个同学她们是前天去的,都说那儿今年比哪一年都热闹。"

骏青说:"白云观在什么地方?我还没有去过。"

丽雪说:"就在西便门外,不算远。那是元朝长春真人丘处机得道的地方,庙宇很大,里边好玩的地方也很多,我每年必要跟着同学们去玩;今年因为我母亲病着,所以我没有同她们去。"

骏青想了一想,就说:"好吧!明天是我找你去,还是你找我来?"丽雪说:"还是你这里就近,明天吃完午饭我就找你来,我们出宣武门骑驴去。骏哥,你会骑驴吗?"骏青摇头笑着说:"我没有骑过。"丽雪说:"很好玩,明天我们骑着驴去,再骑驴回来,索性尽兴地玩上一天,下星期我们就要开学了。"骏青说:"好吧,明天我在这里候你。"

丽雪站起身,穿上大衣,又笑了笑说:"我还要到陈蕙如家里看看去。"骏青送出门去,走到前院子里,丽雪向四下里看看,又回头向骏青笑了笑,仿佛这庙里的一些杂乱的情景,到了她的眼里都是又新奇又好玩的。出了院门,丽雪向骏青说了声:"明天见!"骏青笑了笑,就眼看着丽雪那苗条而健美的身影往西边去了。

骏青发了一会儿怔,心里很发愁,懒懒地回到屋里,看见床,又回忆起刚才丽雪坐在这里,拿手绢擦眼泪的情景。他不禁叹了口气,自己倒了一碗开水放在唇边,少时碗里的水没有了,可是他却不知道自己是怎么喝下去的。他又在床上呆呆地坐了一会儿,脑子里仍非常之乱,他就一赌气说:"我写稿子!"

他把椅子挪了挪,铺上稿纸,把钢笔灌饱了墨水,就写了"岁暮的黄昏"几个字;写过之后又觉着不通,而且现在已过了年,再写岁暮的文字,未免是明日黄花了。于是他又涂了,重新想题目,又写了"辜负"

两个字，但却无法往下写了。他一手拿着笔，一手支着头，出了半天的神，脑子里并没想文章，而是想到了丽雪那健美的体格，厉害与温柔兼备的一种态度，以及水波浪似的卷发、美丽小兽皮似的衣裳，动人的文学家也描写不出来的，那么曲线匀和并且会发响声的高跟鞋……

他迷惘了一会儿，眼睛又看到稿纸上，又想：我为什么要练习写作呢？不是要挣几个钱维持生活吗？手里还存着不到四十元，一个月之后钱再挣不来，我可拿什么吃饭？拿什么给房钱？于是自己把脑袋敲了几下，把"辜负"两个字又涂了。

正要想别的题材，忽然屋门一开，刘醉生进屋来了。刘醉生不知在哪里又喝了些酒，脸上烧得发紫，进屋来就往椅子上一坐，由衣袋里掏烟。骏青赶紧把稿纸藏了起来，钢笔也扔在一边，问说："怎么？你又在街上转了一转？"刘醉生说："我看了几家朋友。"

骏青说："宝生那里你去了吗？"醉生摇头说："我没到他那里去，他那里，我去了就要伤心！"说出这句话，他又加以解释，说："像咱们这样落拓无家的人，看见缪宝生那样的美满小家庭，实在未免有些伤心！但是这种伤心并不是由于妒忌，也不是对人家羡慕，而是一种不由自主的感伤！"

骏青听了刘醉生这话觉着不大明白，就笑着说："怎么，刘先生你没有结过婚吗？"刘醉生说："我哪里结过婚？我若是结过婚，也不必写情书给自己看。十年来我就是孤身一人，在这庙里也住了有五年多了，这是谁都知道的事；我这种生活恐怕要维持到永远。"

说到这里，他又哈哈一笑，转问骏青说："你娶了太太没有？"骏青摇头说："没有，我这次由家中出来，也是因为这问题。"于是他把自己的事情对刘醉生略略说了。刘醉生又哈哈地笑着说："所以说天下事总是无独有偶！我是古怪出了名的人，但我的古怪不过是因为不修边幅，对于一些趣味不合的朋友，我不愿意接近，并没有什么奇特，你的古怪却实在少有；你放着银行总经理的少爷不当，阔小姐你不娶，只差一年就毕业的大学不上，可出来到这破庙里住，真可佩服！真有些年轻人的血气！古怪的头把交椅，我得让给你坐了！"他连说带笑，并且不断地吸烟。

骏青的心里非常不痛快,想着:他听我说了自己的事情,不但不劝勉我、同情我,反倒说我也是古怪,拿我取笑一会儿就完了,这是对朋友应有的态度吗?他脸色变了一变,看着刘醉生,刘醉生却故态依然,连气地喷着烟云,又说:"那么你打算以后怎么办呢?你要知道,咱们两人古怪,那饭铺的掌柜跟庙里的和尚却不古怪,若没有钱时,食住两个问题可就要发生了!"骏青说:"所以我现在是急于谋事。"

刘醉生摇头说:"现在要谋事可不容易。我想以后你可以干干我这行,没事时投投稿,虽然得不到多少钱,但烟卷钱总可以凑出来了;过几天我再给你介绍两个报界的朋友,他们或者可以帮你的忙。"

骏青笑了笑,说:"我倒是有这个企图,不过我的文字太坏了,写稿投了去恐怕人家不登。"

刘醉生说:"慢慢试试看,在没有固定职业之时,可以写些稿子;但你想永远以写稿维持生活,那就办不到了,至多了你弄得像我这样。"

刘醉生又在这屋里说了些话,就说他还有几篇稿子要写,他就回屋去了。这里骏青又铺上稿纸,拿起笔来,勉强写了一篇短短的散文,又誊写了一遍,天色就昏黑了。骏青出去,到小饭铺吃了晚饭,又忙忙地回来,打算再写一篇小品文字,明天好一并投了去。不想一进到庙门里,就听西屋里有人拉胡琴唱梆子腔,唱什么"王宝钏,上金殿,偷眼观看哪……"怪声怪气的十分难听,大概是做小买卖的人回来消遣了。进屋一看,火也灭了,他点上蜡烛,拿起笔来正要构思,忽然铙钹钟鼓之声又起,东小院里传出:"呵……嘛啦,嘛啦……"和尚们又在学习放焰口了。

骏青把笔一摔,心想:这样的环境想写稿子也写不成!同时怀疑着刘醉生,莫非他有个什么器具,临时能把耳朵堵上?不然当这些杂乱的声音灌进耳朵时,他怎么能够安心做文章呢?他叹了一口气,默默地坐着,本想过些时耳边的这些噪音也就可以减轻一些,但是事实却正相反,梆子腔是越唱越高兴,焰口也放上了没完。

骏青心里烦恼极了,就走出屋去,打算看看刘醉生,看他到底是否也怕这些噪音。他走进了东月亮门,这时和尚唱的焰口已然中止,又拿起笙管吹起来"四季相思",但刘醉生的屋子却是黑乎乎的。骏青隔窗叫了两声,里面没有人答应;他拉开屋门进去,就听呼噜呼噜的,原来刘醉生在床上睡熟了,骏青心说:真是古怪! 便出屋,带上了门。

他烦恼地走回屋内,呆呆地坐了半天,又想起了表妹祁丽雪,以及明天的白云观之约,他的脑里更乱了,同时身体也觉着疲倦。他就关上了门,顶了一把椅子,然后自己把被褥铺好,吹灭了蜡烛,脱衣上床去睡。没想到灯光一灭,老鼠又造了反,在那新裱糊的棚顶上,成群结队像赛马似的跑了起来,并且哧哧地用牙咬纸。骏青心里更加急躁,更是忧烦,更是睡不着,直到纸窗发白之时,方才迷迷糊糊地睡去。

第六回　春郊试蹇

次日,起来时已近上午十点,骏青先到屋外去生炉子,但是这看着很简单的一只炉子,他却费了两三回事方才生着,气得他恨不得把炉子砸碎了。他拿着脸盆和水壶到东小院去灌水,却见刘醉生的屋门上着锁头,和尚也像是才起来的样子,说:"柏先生,今天天气真好!"

骏青回到屋里,洗脸漱口,然后就开了箱子,取出那身咖啡色厚呢西服、驼灰长毛大衣,及衬衫、新皮鞋和漂亮的领带。他把通身全都换了,又把屋子收拾了一番,仰首一看,就见顶棚上已被老鼠咬了许多窟窿,他心说:真讨厌!这种生活还是得想法子改善。

看看手表,已然十一点十分了,他心里倒有点着急,赶忙拿上帽子,找着锁头,出屋刚要锁门,忽然又想:倘若在我吃饭的时候,丽雪来了,她见屋门锁着,以为我是故意爽约,那岂不又是个误会吗?于是重进到屋里,撕了一条稿纸,用钢笔写上:"出外用饭,如来,请少候。"拿糨糊粘在门上,方才锁门出去。

骏青走到前院时,几个做小买卖的人,连两个在尿桶旁边解手的全都扭着头,看他这一身阔绰的洋服。他来到街上,也觉得穿着这身衣服,仿佛就不能再进昨天那家小饭铺了,遂就多走了几步,到一家比较新式的食堂,匆匆用毕了午饭。及至回到庙中一看,锁头旁的那张字帖依然贴着,丽雪却没有来。他开锁进屋,把炉里又添了几个煤球,脱下大衣,就想:这时还不到正午,丽雪恐怕得一点钟以后才能来,她在家吃过午饭,总要修饰打扮一番才能走;在这时间我应当再写一篇稿子,回头就一并发去了。于是他整理脑筋,拿起笔来,歪着头去想,还没有写下一个字,窗外就又发出那动人的高跟鞋声。

祁丽雪今天穿着一身茶绿色的西服,外罩着反毛的白狐皮短大衣,头上戴着雪白的毛绒帽子,一进屋来她就急急地说:"你干什么呢?写稿子啦?等回来再写吧,咱们先玩去!"骏青放下笔,说:"好!"随就穿上大衣,同丽雪出屋。骏青锁门时,丽雪就看见了门旁粘贴的那个纸条,她笑了笑,伸手撕下来,说:"你还贴着这个留给谁看?莫非你现在又出去吃一顿午饭吗?"骏青笑着,说:"真的,我等了你半天。"丽雪说:"因为我家里来了个同学,跟我谈上话就没有完!我心里着急,可是又不好下逐客令,所以来晚了,我就知道你一定等急了。"

两人离开庙,出了胡同,就乘电车到了宣武门。才一出城,就有许多赶脚的都牵着毛驴,招呼着说:"逛白云观,骑驴去吧?"丽雪挑选了一头小黑驴,骑上去,好像得意地望着骏青笑;骏青雇了一头灰黄色的稍微高大些的驴,也骑上去,于是两头驴就顺着城墙往西去,两个赶脚的就在后边跟着跑。

这时是晴和的天气,风吹起来有点发软,护城河畔的柳树,从远处望着,已有点薄薄的绿色。左边是火车道,停着两辆煤车,许多穷妇人和穷女孩子,就拿着口袋趴在车底下捡煤。右边是城墙,那巍峨绵亘的城墙,板着古板的面孔,俯视着下面驴上的青年男女,尘土像雾一般的迷漫着。

祁丽雪轻快地催着驴在前面走,她时时回过头来望着骏青,又高兴地笑着。骏青却非常谨慎,恐怕从驴上跌下来招人笑话,他用两腿紧紧夹住驴的腰部,提着缰,不服气似的往前赶,就赶上了丽雪。丽雪回头笑着说:"你在武昌也常骑驴吗?"骏青笑说:"南方哪有那么多的驴?我这还是初次骑,不过,马我倒是骑过的,马比驴还要稳。"丽雪在驴上摇晃着身子,说:"将来我有了钱,非要买一匹马不可。我愿意在乡村、在旷野,或是在那神秘美丽的沙漠,度一种接近大自然的生活,我认为那比在城市里住着要好。"骏青笑一笑,两头驴又往西去走。

这时后面又来了许多骑驴的人,并有一群女学生,个个都娇声地吆喝着,都是非常高兴,都是要往白云观去玩的。丽雪不愿叫后面的人赶过她去,于是不再顾得跟骏青谈话,只是催着驴快走,她那雪白的衣帽,在古城枯柳、铁轨冰河、烟尘雾影之中,显着特别的美丽,特别招人注意。骏青心里又生出许多感慨,暗暗地叹息,把游兴全都丧失了。

出了西便门,向西就望见络绎不绝的游人,驴也就不能再快走了。少时到了白云观的牌楼前,二人下了驴,骏青给了脚钱,就觉着自己的两条腿都有点酸。丽雪却更高兴,她回首向骏青说:"人真多!咱们可别挤散了。"骏青说:"五妹,你就紧跟着我吧!"说着他就像是一条鱼似的,拿身子去冲那前面滚滚的人潮,丽雪在后面跟着他,挤进了大门。

就见里面豆汁摊子、元宵摊子摆得很多,二门的石壁上雕刻着一个猴儿,许多人都伸着手去摸,旁边有人说:"摸着了能长身量。"骏青回首望着丽雪笑,丽雪说:"多脏呀!"于是两人又往里挤,就过了一座石桥。

石桥的下面有两个洞,每个洞里有个老道在盘膝静坐,桥洞外悬着一个盘子大的铜钱,许多人拿着铜圆往钱孔里去打。骏青和丽雪也每人掷了几个铜圆,但是谁也没有打中钱孔。桥下面像雪似的铺了一层铜圆,丽雪就笑着说:"他们这生意倒不错!"随用手拉了骏青的胳臂一下,说:"咱们走吧!"骏青又在前面挤,丽雪在后面拉着他的手,就到了丘祖殿,二人的手还没有放开。

这是正殿,当中供奉的就是元代的丘处机。殿前香烟缭绕,磬声悠扬,殿后和两旁全都挂着纱灯,上面连续地绘着丘处机西游的故事。柏骏青与祁丽雪就拉着手,并肩站在殿后,看那灯上绘的很精细的图画,二人的心里都感觉到一种不可名状的情绪。骏青知道自己的两足已陷在情海里了,他要极力地挣扎、解脱,但又似不可能;画上的故事虽然触到他的眼里,但却是模糊的、紊乱的,而这紧紧挨在他的身畔、握着他的手的表妹,却是个又大又严重的问题。他扭头看了看,见丽雪的眼睛是看着灯,然而她的颊上却现出一种绯红之色。

骏青轻轻地把手脱开了,摘下手套,由大衣袋里掏出一块洁白的大手帕,掸了掸衣裳,然后回首向丽雪问说:"咱们还往哪边去?"丽雪把双眼皮向上一撩,倩笑说:"后边还有好多的地方呢,往东有花园,往西边有老人堂、顺星殿。骏哥,我们先顺顺星去好不好?"骏青问说:"什么叫顺星?"丽雪笑着说:"你去看看就知道了。"于是二人又挤进了人群,往西到了顺星殿。

这是一座配殿,里面摆着有真人那么高的泥像共六十尊,每尊泥像前都贴着黄纸条子,写着什么"甲子""乙丑""丙寅""丁卯"等等;譬如这个人是甲子年所生,就应当到甲子的神像前烧一股香,以求保佑,乙丑、丙寅等等也依此类推。泥像塑得相貌又不同,有的和善,长袍持笏;而有的就凶恶,拿着大棍子,像小鬼一般。骏青向丽雪笑着说:"这倒是好笑,我们也看一看。"于是找了旁边的一个老道,把自己的年岁告诉了他。老道就领着骏青到了一尊泥像前,说:"这就是你先生本年的星宿。"骏青一看,却是个龇牙瞪眼,手持钢叉的神像,不禁笑了,丽雪也笑得闭不上嘴。

在旁边的就是丽雪的值年星宿,倒是个和善的老人模样,丽雪极得意地向骏青笑着说:"我这个比你那个好看!"骏青也笑着说:"我知道,我今年绝不会遇着好星宿。"给了老道几个钱,两人就从香烟、罄声和那些跪在地下叩头的人的包围之中,挤了出来。

出了顺星殿,又进了西边的老人堂。老人堂是在一座小院子里,矮矮的三间小屋。一进屋,一股难闻的秽气就扑进鼻里,丽雪赶紧用手绢捂住鼻孔,跟骏青进到里间,就见炕上坐着两个须发皆白的老道人,都静静地盘膝坐在那里,眼前放着一只笸箩,笸箩里的钱都快要满了。旁边站着一个年纪较轻的道士,像招待员似的,望着骏青和丽雪点了点头,说:"先生,太太,跟老人结个善缘吧!左边这位老人今年一百二十四岁,右边这位老人今年一百岁才出头……"

骏青向笸箩里扔下两毛钱,丽雪就拉着他说:"走吧,到花园去看看。"她用手绢捂着鼻子在前先出了屋子,骏青随出去,笑着又感叹着说:"一个人若活得这么大的年岁,也没有什么意思!"

丽雪说："我就不愿意多活,我想一个人,男的顶多只活到四十岁,女子最好在三十岁以内就死,不然真没有意思。不用说到了老年,只要到了三十岁,我相信我看见年轻的人,就一定要发生嫉妒,一定要感觉痛苦!"

骏青笑着说:"按照个人来说, 三十岁以内正是女子的青春时期,对于女子没有比青春再宝贵的了;可是往社会去说呢,譬如你,再过几年就在大学毕业,毕业之后你已二十多岁了,正是在社会上做事的时候,难道你就预备着死吗? "

丽雪说:"不过我真不愿意年岁拖延下去,去年我十八,今年我十九,但我今年就没有去年那样快乐。"骏青扭头偷眼看看,就见丽雪的面容笼罩着一层悲惨之色,自己也无法答话,只得挑选那人少的地方,往东走到花园。

花园里有戏台、假山和游廊,假山的旁边有个后门,有许多人都从此处进来,在廊下休息的人倒不甚多。骏青找了个干净地方,在廊槛上铺上自己那块大手帕,请丽雪坐下,他很疲倦的样子说:"人真多! 我还没有这样跟人挤过,回去时我们出这后门好了,别从前面走了! "丽雪点点头,坐在那里默默不语。

骏青由大衣口袋里掏出纸烟来,刚要划火柴,忽然又装回衣袋里,丽雪不禁抿着嘴笑。骏青又看了看手表,说:"还不到四点,我们在这里歇半点钟再回去,也不晚。"丽雪还是没有言语。她把帽子摘了下来,用手拂去上面的土,又掠掠她那蜷曲的头发。骏青又说:"今天我们快乐地玩了一天,由明天起,我们就要各自做各自的事了,以后就是想在一起玩,也没有时间了! "丽雪的脸上更显出不高兴的样子,半天她一句话也没说。骏青不知丽雪又因为什么事起误会了,刚要设法问问她,忽然又狠心地一想:有个误会也好!

忽见丽雪的神态又变为喜悦,她扬首笑着问说:"你说骑驴好玩不好玩?"骏青点头说:"很好玩! 原因是我们在城市住得太久了,坐腻了汽车……"丽雪笑着说:"你可别骂我! "

骏青赶紧笑着解释说:"我并不是专说坐汽车,譬如我也时常坐洋车、坐电车，总之，都市里的人不常骑驴，所以偶尔骑一次，便觉着非常有趣；那生长在乡村的人，他们早就厌烦了骑驴，他们要坐一次汽车，不定怎样高兴呢？"丽雪说："这么说还是物质缺乏一点才好，物质享受得多了，反倒觉得什么都没味了？"骏青点头说："就是这个道理。"

丽雪说："怪不得你……"说到这里，她忍不住又笑了，不能往下再说。骏青也明白她的意思，就也笑了，说："我现在就是要练习吃苦。"往下又谈了些话，两人并没有再发生什么误会。丽雪站起身来，骏青收起了他那条大手帕，就一同走出后门；庙外也有不少卖大串糖山楂的，卖风车、卖琉璃喇叭的小贩和许多卖吃食的。

两人又转到庙前，看见人还是那么多，但是多半是往外走的，没有谁走向庙里去的。丽雪看了看手表，已然四点五十分，就说："我们回去吧，还是骑驴到宣武门，然后坐电车到我们家里去吃晚饭，我母亲老催着我二哥去找你。"

骏青想了一想，就说："今天太晚了，恐怕到了家里，我姑母也睡了，惊动了她倒不好，明天我再去吧？"

丽雪说："明天你最好在下午两点以前，然后我们上'光陆'看电影去。我就能再玩明天一天，后天就开学了。"

骏青说："从后天起，我也应当做我的事情了，或是写稿，或是……"

丽雪说："你不要着急找不着事做！至多过了正月，我保管你一定能得到职业，因为我已替你托了好几个人。"骏青点点头，没说什么，心里却不怎么希望她说的话能够实现。

往东离开了嘈杂的人群，就有几个赶脚的人牵驴过来，招呼着说："雇驴回去吧？"丽雪止住脚步，将要再征求骏青的意见，忽然一个赶脚的把一头小黑驴横在丽雪的眼前，说："小姐，您是骑我这个驴来的，我再把您送回去吧？"丽雪笑了笑，心说：你还认得我？便望着骏青说："咱们还骑驴回去吧？"

骏青本来觉着腿酸，刚要主张坐洋车，忽听身后传来一片清脆的呼声，有好几个人在叫着："丽雪！丽雪！你怎么不理人啦？"丽雪回头一看，就笑着说："喝！你们也来啦？"赶脚的人又都牵着驴，把后面那一群小姐围住，嚷嚷着说："小姐，小姐！您骑上吧！"

骏青也注意地看了看丽雪的这几个同学，其中有一个人没穿大衣，只穿着花呢旗袍，肩上绕着一条白绒围巾的，骑在驴上向骏青笑着，点头说："柏先生！"骏青也笑着点了点头，认得这是那位梁霞小姐。梁霞的旁边有一个十八九岁、细条身子、穿着花缎旗袍、外罩豹皮大衣、特别阔绰的小姐，她用两只细缝儿似的眼不住瞧着骏青，又笑着跟梁霞低声说话。

丽雪骑上驴，回首说："你们不是初六来过一趟了吗？怎么又来，逛白云观也这么入迷？！"几个女同学都用眼看着丽雪的表哥，顾不得跟丽雪说话。骏青觉着很难为情，就骑上了驴，见丽雪往前走了，他也就在旁边跟着往东去走。后面的梁霞、张淑范、徐绿蒂、柳明贞、吕淑馨，一大队女学生就都骑着驴追了上来。

徐绿蒂赶上丽雪，说："我早就看见你们啦，我要叫你，小梁她做好人，拦住我，不让我叫！"

丽雪说："那还有什么好人不好人？我是没看见你们，我要是先看见你们这群人，难道还能够一扭头就走过去？"

张淑范也赶上来，她先斜着脸看了骏青一眼，然后眯缝着眼睛，笑说："丽雪，你不跟我们一块来，你可……"

丽雪说："初六那天因为我母亲的病还没好，我不能陪着你们来玩，今儿，我是想你们都来玩过了，也不便再去通知你们。"

张淑范没有言语，又偷眼看了骏青一下。骏青倒并没有注意，他自觉不便掺在女学生的群里，就故意慢慢地走，因此反倒落在后边。

丽雪独自骑着小黑驴在前，张淑范骑着一头很高的大草驴永远跟着她，又回过头来看看骏青，向丽雪问说："就是你跟你表哥两人来的吗？再没有别人吗？"丽雪摇摇头，并不说什么话。

那个年纪比较大一些、黑黑的脸儿、穿着驼色长毛大衣的吕淑馨，也催着驴赶上来，问说："丽雪，丽雪，我听说陈蕙如也要休学，是真的吗？"丽雪点头说："前天她对我说了，早已给学校去了信，请求停学半年。"吕淑馨又问:"为什么? 是为经济问题吗?"丽雪说:"那倒不一定,不过总与她先生的病有些关系吧!"吕淑馨旁边那个矮胖的柳明贞说:"所以,结婚能够影响到求学,下学期,我看你也不能上了!"吕淑馨说:"我偏要上! 毕业之后我还非得上德国去不可! 我就不相信丈夫能够干涉到妻子的学业!"说话时已进了西便门。正月的晚风还是那么凛冽,吹得道旁的枯树忽忽乱响。从白云观归来的游客们多半都骑着驴,手里拿着大串糖山楂、风车,一个一个都没有倦容。忽然后面一阵喧哗,七八个大学生模样的男子把驴赶得飞快,竞赛着往前去跑;在掠过这几个女学生时,他们都扭着头来看,有的还做出鬼脸,然后就一溜儿烟地跑过去了,把尘土荡得向后乱滚。丽雪骂了声:"讨厌!"就拿手绢掩住了脸。

这时梁霞、徐绿蒂骑着两头驴由后面越过来,梁霞举着手说:"咱们赛驴呀? 谁敢?"丽雪不服气地说:"赛就赛!"说时就催驴追梁霞,吕淑馨也跟了上去。张淑范又回头看了看骏青,就向柳明贞说:"咱们也跟她们赛赛!"于是两头驴也往前飞跑。几个赶脚的人都在后面跟着跑,并且笑着;路旁的人也都止步扭头,看这几个女学生赛驴;一群捡煤的小孩子全都跳了起来,"哦哦"地喊着给助兴。

骏青却被遗在后面了,他很担心,恐怕要有人从驴上摔下来。迎着烟尘向前去看,就见本来是梁霞小姐的驴在最前面,现在丽雪的那头小黑驴已经赶上了,两头驴紧紧地并行着,不分前后,情形十分紧张。骏青笑着,直着眼去看,就见丽雪居然又越过了梁霞,他也不禁叫了一声:"好!"

此时丽雪的小黑驴当先,衬上她那雪白的身影,十分好看,梁霞是怎么赶也赶不上了;后面的四头驴也向前紧追,驴上的小姐们都扬鞭笑着、喊着。跟着骏青的这个赶脚的就说:"还是您的那位小姐骑得好!"骏青听了也高兴地笑着。

这时忽然前面传来一阵惊呼,驴赛立刻停止了,就见那位穿着豹皮大衣的小姐从驴上摔了下来;骏青吓得赶紧催驴跑过去,前面的人也全都下了驴,一片惊慌。丽雪跟吕淑馨由地下扶起来张淑范,就见张淑范的豹皮大衣和花缎旗袍上滚了许多泥土,左腿上由丝袜子里渗出血来,流到了高跟鞋上;她坐在地上站不起来,长发蓬松着,俊俏的小眼睛流下泪水。

丽雪张着手说:"你们谁有手绢,快拿出来,给她的腿绑上!"各人听了,都掏出一块绸手绢来,顶大的不到八方寸,红的绿的都有。丽雪着急地说:"这哪儿成?"说着就要撕她的西服里子。骏青赶紧走过去,说:"我这儿有!"丽雪由骏青手中接过那块男子用的大手帕,叫吕淑馨扶住了张淑范,她就把张淑范的左袜筒褪下来,在那膝上被磕得血水淋漓的地方,很敏捷地绑上、系好;然后又拿她自己的那块花手绢,去擦别处的不甚重要的伤。

张淑范用泪眼瞧了瞧骏青,骏青就向梁霞问说:"大概不太要紧吧?"梁霞摇头说:"不要紧,我打篮球,摔伤过好几次了,她太娇贵!"徐绿蒂还拿张淑范取笑说:"你也真是,摔这么一下就值得哭了?"丽雪说:"腿上摔的倒是很厉害。"

柳明贞说:"这都得怨小梁,谁叫她领着头儿赛驴?你看,把张次长家的二小姐摔瘸啦!"

梁霞冷笑着说:"摔瘸了,叫张次长找我去,我赔偿他!"

丽雪说:"你们先别打架!先雇辆洋车把淑范拉回家去,你们谁把她送去?"梁霞说:"我送她去,张次长要有势力叫他把我押起来,多会儿他女儿的腿好了,多会儿再放我!"她气得摇晃着身子,柳明贞也气得躲在一边。丽雪说:"谁也没说是你把她从驴上推下去的,你往身上拉什么?你别去送了,你去了一定要跟人家吵起来!"梁霞依旧冷笑着,说:"凭我,也敢跟人家吵?"说话时她又斜眼瞪着柳明贞。

丽雪回头叫骏青把七个赶脚的钱都开发了,随后骏青就走过火车道,叫了一辆洋车来。丽雪跟吕淑馨把张淑范搀上车去,柳明贞就气愤愤地独自在前面走了。丽雪、梁霞、吕淑馨、徐绿蒂、骏青几个人都跟在车后面走,梁霞还是气哼哼的,骂柳明贞是张淑范的走狗,张淑范就在车上转回头来,说:"梁霞,你也太厉害啦!我摔伤了一点儿算什么?柳明贞她抱怨你,我并没抱怨你呀?你这么叨唠上没完,不叫人家柏先生笑话吗？"

梁霞还要跟张淑范顶嘴，却被丽雪拉开了。丽雪说："你何必呀，生这么大的气？柳明贞向来就是那么个人，也就是你们爱跟她在一起玩儿。"梁霞说："谁愿意跟她在一起玩？本来我跟徐绿蒂要找淑馨滑冰去，到了淑馨家里，淑范就在那儿啦。淑范她说初六那天，跟着淑仪和陈蕙如逛白云观很有意思，她主张再去玩一趟，我们也很赞成，正预备走，柳明贞就来了，我们怎么好意思不叫她跟去？"

随说着就到了宣武门，丽雪就叫骏青又给雇了两辆洋车，叫吕淑馨和徐绿蒂把张淑范送回家去。那张淑范临走时，还在车上又向骏青笑了笑，说："柏先生，谢谢您！"骏青便拿着帽檐向她点了点头。

这里剩下了梁霞、丽雪和骏青，梁霞又恢复了她那活泼快乐的神情，走进宣武门，她就说："我要在这儿等五路电车回家去了！明天我到吕淑馨家里去取冰鞋，丽雪，明天下午两点，咱们在学校冰场里见好不好？"丽雪笑着说："我不去了，等后天开学我才到学校去呢。"梁霞笑着说："那我也就不勉强你了！"她又向骏青点点头，就在马路旁等电车。

此时天空已现出深青色，余霞落在了高大建筑物的后边，电灯也全都亮了。骏青与丽雪相并着，顺着马路迎着寒风往北走着。骏青就笑着说："那位梁小姐的口齿很厉害！"丽雪说："这都是我们学校里出名的厉害学生，一个是她，一个……我也不是好惹的！"说着她也不禁笑了，又说："我认为人还是应当厉害点儿才好，本来我也是个很老实的人，都是叫家里的事把我磨炼的！"骏青点了点头，心里暗暗叹息。

两人默默地往前走着，走到西单牌楼，丽雪就站住，问说："晚饭你打算怎么吃呢？"骏青说："我还是到小饭馆吃去。"丽雪就说："那么我就要在这儿等电车回去了，明天我们在家里准见！"骏青点头说："好，明天下午我一定去看姑母。"说话时，北边的电车来了，丽雪向骏青笑着招了招手，就挤上电车去了。

骏青见电车当当地响着往东去了，心中有些怅然，便慢慢地在街上走。此时街上很热闹，因为快到上元节了，所以这里卖元宵、卖花灯的摊子特别多。骏青先找到一个卖报的摊子，说了自己住址，并说："我住的离这里很近,每天早晨你给我送一份《环球日报》。"卖报的人答应了,骏青就先付了订钱。然后他就穿过那群杂乱的灯影,又到了上午吃饭的那家食堂。他随便要了两样菜,占了一张桌子,就在昏黄的灯光下慢慢地吃着;菜到口中,味的浓淡他都没有理会。骏青脑里想着今天在白云观中,丽雪对自己的进一步表示;又想起赛驴时的情景,救护张淑范时的情景,真觉得丽雪又能干、又可爱,只可惜她是个阔小姐,而自己却已经放弃了少爷的地位。

他闷闷地吃完了饭,就叫过堂倌来给算账,一共吃了七毛多钱。他从大衣口袋里掏出皮夹,那里面仅有三十多元钞票了,这就是自己的全部财产。他把钱给过了,出了食堂,心说:这里的菜饭太贵,以后不可再来了!

骏青发着愁走回到庙里,开锁进屋,点上蜡烛。他本想要生上火炉,再写两篇稿子,可是此时脑里却没有题材,身上也很疲倦,便颓废地想:明天再说吧!他关上屋门,脱衣熄烛,上床去睡,但是又睡不着,脑子里翻过来掉过去地想着白天的种种事情:丽雪那含着情意的双眼,隔着手套握着自己的手,骑驴的女学生们,张小姐那大手帕包裹的流血的腿,丽雪那敏捷的双手……。

棚上的老鼠又哗啦啦的赛跑起来,他闭眼仰卧着,忧烦急躁了半天。忽然一睁眼,新糊的窗纸上已染上了明洁的月色,于是骏青脑里又清醒了一点儿。他叹了口气,心说:想这些没用的事情干什么?既然环境不允许我接受她的爱,对方也不是我理想中的人,我就狠心割舍她好了,得罪她好了,还犹豫什么?我真没有一点魄力吗?他把头用被蒙上,尽力摒除思绪,便不觉入了梦乡。

次日早晨起来,他便生上火炉,专心写稿。报也送来了,他先看了看那副刊上的投稿简章,又查了查广告里有什么招考或聘请的事情,然后又接着提笔往稿纸上去写。写到十点多钟,才写完了一篇,连前天写的那一篇,拿起来又重读了一番,然后就装在信封里,写上"环球日报编辑部收"。他心想:果然每天能登我一篇稿子,一个月也可以得到二十几块钱的稿费,先暂时把生活维持住了,然后慢慢再想出路。

骏青急急忙忙地穿上大衣,出屋把门锁上,就到大街上找着邮局,买了邮票,把稿子投去了。然后他站在电车站上发怔,想着:我到哪里去呢? 想了一想,他便决定这时就去看姑母,不管能不能见得着丽雪,反正至多在那里待半点钟就走;省得下午又要陪着小姐去看电影,而弄得情丝缠绵,越来越不好解! 当时他见电车来到,就坚决地跳上车往东城去了。

　　到了祁公馆,见大门口很清静,他走进时都没被门房的老李瞧见。可是一阵清越的钢琴声又灌进了耳朵里,骏青心中又有点作难。二门前放着两辆自行车,都是没有大梁的女车;进了二门,顺着廊子走去,就见客厅的玻璃窗里有五六个女学生正在那儿谈笑着,还有人在弹着钢琴。骏青也没看出那里面有丽雪没有,他就溜到了里院。

　　到了正院里,就见孙妈拿着扫帚簸箕从西屋出来,一见骏青,她就撇着嘴笑说:"骏少爷来啦? 你吃过饭了吗?"骏青点头说:"我吃过了,太太在屋吗?"孙妈说:"在屋啦,我们五小姐跟着同学都在客厅里啦。"

　　骏青一直进到北屋,就见屋里并没有别人,只是姑母坐在一把摇椅上,手里拈着菩提珠,闭着眼,嘴唇微动着在暗中念佛。骏青把脚步放轻了,找了旁边一把椅子坐下,观察着姑母的精神和面色,他觉得实在不大好,便暗暗地发愁。坐了有十多分钟,余妈才进屋来,说:"柏少爷来啦……"骏青赶紧摆手,叫她小声些。余妈不敢再言语了,就轻轻地给骏青倒过一碗茶来。

　　这时祁太太微微睁开了眼睛,骏青就赶紧站起来,向姑母深深鞠躬。祁太太连点头都不能了,半天才费力地说了一句:"你……坐下!"骏青听姑母说话都含糊不清了,而且见她嘴有点儿歪,眼睛也睁不大。他就又坐下,慢慢地问说:"姑母,您的病倒好些了?"旁边余妈:"还是不见大好,前天不是缪大夫又来了一趟吗……"骏青点了点头。

　　祁太太又费力地说:"我就……求神佛,叫我……再活两年,看,看你表妹……有了……好人家,我……就放心了……"骏青听了,心里非常地难过,不禁又生出一种消极的想头,想着:看来我应当回家里去,但是须请求我父亲拒绝了那晏家的婚约,而许我娶表妹丽雪! 想到这里,他的眼泪又不禁流了下来。

祁太太又用力把眼睛睁大些,说:"骏儿,你在……哪儿住……着啦? 你花的是……哪儿来的钱? 你听我话……回家去吧……依着你父亲!"末后这一句话,却实在叫骏青的心里产生反感,他不再言语,只是低着头坐着。

待了一会儿,他就站起身说:"姑母请歇息吧! 我先看看我姑父去。"说毕向屋外去走。他并不打听祁老爷现在哪屋里,便一直往外走;走到前院,听那客厅里的钢琴仍然在清越地响着,他连扭头看看也不敢,就一直出了大门。

才下了大门的台阶,忽见由西边来了一个穿长大衣的人。这人一见骏青,就招呼着说:"柏先生,柏少爷!"骏青止住脚步一看,对方是个四十岁上下的人,方方的脸儿,胡子刮得很干净,他想起来这是姑父家里的账房先生翁醉亭,遂就点点头,笑着问说:"翁先生,你是几时回来的?"

翁醉亭显得十分亲热,过来拉着骏青的手,笑着问说:"怎么忙着走? 回去到我的屋里谈谈好不好?"骏青也笑着说:"改日再谈,我回去还有事。"翁醉亭又问:"现在哪里恭喜? 住在什么地方?"骏青摇头说:"我还没有找到事情,现住在一个朋友的家里。"翁醉亭见骏青是急急要走的样子,他就说:"那么改日我拜访你去,好,再会,再会!"彼此一点头,骏青就走出了胡同。

他坐电车到了西单牌楼,下车找了个很小的饭铺用毕午饭,然后就回到庙里,去思索投稿的事。

骏青现在天天早晨起来就急着看报,过了两三天,他署名"孤云"的一篇稿子已经登出来了。他非常地高兴,当日又奋笔写了两篇,写完了又立刻贴上邮票投了去;回来,他独自在屋里对着火炉闲坐,脑里还不断地思索怎样写作。刘醉生是每天要出去教小学,晚间一回来就睡觉,半夜里他才爬起来做文章,所以每天他与骏青很难见面。

丽雪现在已经上课了,学校在南城,她也没有工夫来找骏青,只是来过一封信,信也很简单,说:

上星期因为有几个同学去找我，所以你去的时候，我也没有招待你，非常的抱歉。这个星期我们学校举行化装滑冰大会，最好你去看看……

　　因为没有什么要紧的事情，骏青也就没有回复。骏青现在脑里没有别的事，只是思索怎样写稿子。可是又过了两天，他就灰心了，因为他给《环球日报》投去的稿件一共六篇，但是只登了一次，其余的全都杳如黄鹤，他不禁就有些懒得拿笔了。

第七回　长街踏月

这一天是正月十七日，上元节的末一天，北京人所谓"残灯末庙"的日子。晚间，柏骏青对着蜡烛在发愁，想着：天天看报，投去的稿件都不见登，显然这条路是走不通了！可是，别处哪里还有路呢？这时，前院又唱起了难听的梆子腔，东边月亮门里的和尚又拿笙管吹起了小调。蜡烛快烧完了，老鼠又在棚上开始活动，他烦恼得几乎起了自杀的念头。

忽然屋门一开，刘醉生走了进来，他一手捏着纸烟，一手揪住骏青的胳臂，往起拉他，说："走走走，出去游一会儿，赏赏月亮！"

骏青烦恼地说："残月有什么可赏？"

刘醉生说："残月才有意思呢！凭我们，还配赏那圆满无缺的月亮吗？"说时，他先吹灭了蜡烛，把骏青拉得站起身来，又说："走！走！"骏青说："你等我穿上大衣！"他遂把大衣穿上，摸着了锁头，跟着刘醉生出屋，锁上了门。

一转脸，刘醉生就递给他一支纸烟，又把嘴里含着的半截烟交给骏青，叫他对着吸着了。然后刘醉生举手一指当头那一轮洒下皓洁光华、将残未残的月亮，喷了口烟，抖抖袖头，漫吟道："明月几时有，把酒问青天！"

此时骏青被寒风一吹，月光一照，头脑也觉着清醒了一点，就随着刘醉生走出了庙门，往东口外去。刘醉生迈着方步，仰首吸着烟瞧月亮，自言自语地说："这几天我都是吃完晚饭就睡，把良宵月色全都让给别人去享受了！"

骏青这时也似高兴了一点，他吸着烟，笑道："也就是你我有这闲情玩月！旁人就是有闲情，人家也不去赏月，因为上元节俗称为灯节，人家看的是灯。"

刘醉生说："你世俗了！你须知道他们是一种人，而我们又是另一种人；由他们去玩灯、放灯盒、吃元宵，而我们偏要赏月！你别忘了咱们两人的古怪，要是甘心放弃了古怪，那你我就什么也没有了，你以为我说的对不对？"

骏青心里却想：为什么你要给我也加上一个古怪的头衔呢？

说话时已走出了胡同，大街上深青的天色越显得空阔，而月光也越显得明朗皓洁，照得马路上像铺着一层薄霜。月光之下，路灯看上去十分的微弱可怜，霓虹灯也是那么浅薄、妖气，一点儿也不美。刘醉生扔去手中的烟头儿，又指着天空说："月色不错吧，看月何必要在十五团圆时？残缺也自有它一种残缺的美。我看月最喜欢看残缺的月，正如我对于女人，最喜欢那徐娘半老、丰韵犹存的，第一不至于叫你起邪心，第二你可以由它那残余的美，而想象它过去完整的美；想象中的东西，总比实见的要有趣味吧？"

骏青笑着说："你这是一种近于病态的心理，我可不然。"说时，两个人又往南走。

刘醉生说："你难道爱看那十五初上来的，团团的俗气的月亮？"骏青一面走，一面摇头，说："我也不，我最喜欢初三四的新月，虽然像一道眉似的，没有什么光华，但是却纤纤可喜，并且它会逐渐地发展，一天比一天明朗澄洁，直到它团圆时。"刘醉生笑说："这么说，你是喜欢未成年的小姑娘了，我想你若是打茶围去，一定专挑'清倌'。"

骏青摇头说："也不是，我们不必拿月亮譬人！即使必须以月譬人的话，那月亮也不必一定是女性，男子也是一样；青年总比中年、老年可爱，因为他将来的希望多、前途远。我本身就是一个青年人，为什么我要离开家庭,在外边受苦?原因就是我不甘叫我父亲把我的青春断送了,不愿被人把我的前途限制住了;所以我现在的生活虽然很晦暗,没有一点儿光,但是我总相信将来会光明的,会像十五日的月亮那么完整光明。"

刘醉生听了骏青这番自白,心说:原来这个人并不古怪。

他默默地走了几步,又笑着说:"不过,社会的事绝不像你所想的那么简单!新月照例是会团圆的,可是青年却未必真有出路;你现在希望越大,牺牲越多,将来也必越痛苦。世界上只有两种人,一种是无所谓,只求发财享福,找那安适的省事的道路去走,假若你再回到家庭里,一切都由你父亲做主,那就是属于上述的这一种;另一种就是我这种人,既无法发财,又无处享福,安适省事的道路又不会走,而且也不屑于去走,所以我只好这么苦干,拿脑汁、血汗来求饭吃,有时发点儿牢骚,喝两盅闷酒,便被人呼作古怪了!"

说到这里,刘醉生似乎也有点儿伤感了,他不住地摇晃着脑袋。月光浸着他那破旧的驼绒袍子,显出极其寒酸落拓之状。骏青对于这个人非常同情,但又想:穷困不要紧,为什么你要自甘颓废,而以古怪的行为来骄人呢?

这时眼看着将要走到宣武门了,街上往来的车辆和行人更加稀少,道旁有几个卖烂果子的摊子,也都预备着收拾了。忽听耳畔有人叫了声:"刘先生!"声音非常地清细,骏青止住步扭头一看,见是果子摊旁站着的一个穿着红毛衣蓝布衫的姑娘,年纪也就是十四五岁。她向刘醉生一鞠躬,刘醉生就问说:"你在这儿干什么啦?"那姑娘把头发向后一揍,说:"我买点果子。"果子摊上的电灯照着她的瘦脸,她一笑,露出两个圆圆的酒窝儿。刘醉生点点头,又往南走,骏青却回头又看了那姑娘一眼,心中纳闷:这个姑娘我怎么觉着眼熟呢?像是在哪里见过似的。

跟着刘醉生又往南走,眼前就到了宣武门,骏青问说:"我们还要走出城去吗?"刘醉生止住脚步,说:"我也是没有准目的,我想到城墙上看看去;天上一轮月色,几片白云,下面是万家灯火,我想一定是很有趣的。"骏青摇头说："不必去了！城上一个人也没有，我们上去算是干什么的？我想我们在街上再走一走，就回庙里去吧！"刘醉生点头笑着说："好，就依着你！"于是两人转身又往北走。

月光照在他们的背后，却把两个黑影映在他们的脚前。刘醉生的身影依然是摇摇摆摆的，仿佛他兴犹未阑。骏青却笔直地走着，急盼着回去休息。

少时又走到那个果子摊前，骏青注意地看了一下，那个模样像是很面熟的姑娘已然走了。又往北走了几步，骏青就问说："刚才向你鞠躬的那个女子，是你的学生吗？"

刘醉生点头说："不错！我们那学校，简直是四不像，挂着个小学的牌子，可是只有两班。你说它是个民众学校吧，可又不教千字课，而且学生是女多男少，整天的群雌粥粥，弄得我真不耐烦！"

骏青笑着说："你这话可不像是当教员的人所应当说的，怎能说你的学生是'群雌粥粥'呢？"

刘醉生说："我在学校也是这样说法，本来我就不够教员资格，我也不是师范毕业，在课室里我也抽烟卷，好在我们那学校也没有人督察。"

说话时走到了一个元宵摊前，刘醉生一迈脚坐在板凳上，就说："掌柜的，来一碗！"他又问骏青吃不吃。骏青这时虽也有点儿饿，但他真没有在这露天吃东西的习惯，而且见那卖元宵的碗、手巾、筷子也都很脏，他就摇头说："我不吃。"

刘醉生靠着一个拉洋车的坐着，连气儿吃了两碗。然后他拿袖头抹抹嘴，掏了钞票给了，就同着骏青又往北走，他边走边说："回去我还得写一篇稿子。我那散文集《夜梦草》，下月就可以出书了，上海书局来信催我写一篇序，可是我总懒得写；今晚我得赶出来了，月光启发了我的灵感。"

骏青听说刘醉生又要出书，心里就很羡慕，遂问说："你每月可以收入多少稿费？我想生活总可以维持了吧？"刘醉生说："不一定，多的时候三四百元，少的时候一文版税也见不到，不过平均每月一百几十元总会有的。生活我是不发愁，马马虎虎娶个老婆我也养活得起，但是……"说到这里，他叹息了一声，拿着唱戏的腔调说："一言难尽哪！"便不再言语了。骏青也不便再问他，但是心里明白了，刘醉生一定有一段伤心的事情。

二人踏着微茫的月色，心里都像装着几十斤块垒似的，进入庙门，各自回屋。

骏青到屋中一看，火炉已经灭了，他就点上蜡烛，坐在床上，燃着一支纸烟，闷闷地想着事。他觉得刘醉生这个人名士气太重，常跟他在一起，自己恐怕也要学得颓废了。投稿的事是走不通了！不要说我没有刘醉生那样的文名，卖稿不易；就是真的做到了他那地步，也依然是苦恼，我总应当设法找个别的职业！

由此又想道：在北京的友人，只有缪宝生和同学于文俭。缪宝生是大夫，他是不能给我找到什么职业的；于文俭现在虽在农商局做秘书，但他不是我的同班，平日的交情也并不深厚，而且他又晓得我家里很有钱，他岂能热心地帮助我？

想了半天，竟是一点出路儿也没有，他不禁十分烦虑，就吹灭蜡烛睡去了。

次日早晨起来看报，投去的稿子还没登，小广告里只有些"征求女友"和"待聘"的事情，却寻不到一个用人之处。他叹息着，在屋中无事可干，急得只是连气儿地吸烟。这时忽听窗外有自行车铁链子擦摩响的声，骏青开了屋门一看，见是丽雪来了。

丽雪把车架子支上，向骏青笑着说："你真起得早！"遂就进屋来。骏青也笑着说："我们有一个星期没见面了。"丽雪解下脖子上的白绸围巾，说："可不是！学校一开学就忙得我没有一点儿工夫。上星期你到我家里去，我因为叫几个同学缠着，也没有接待你。"又问："我那封信你收到了没有？"

骏青点头说："收到了！我这几天也是很忙，所以也没给你写回信。"丽雪说："那倒不要紧，怎么，你现在是找着事了吗？"骏青摇头说："没有，事情哪是那么容易找的？"说时他苦笑着。

丽雪皱皱眉,坐到小铁床上,手里绞着那条白绸围巾,说:"我希望你不要为找不到事而发愁,人决不会永远穷困的!没事时可以出去玩玩,或者每天下午五点以后你到我家里;现在有几个同学,天天跟我学钢琴,你去了跟她们见面也不要紧,她们也都是很开通的。要不然,过两天我给你介绍陈蕙如的丈夫薛璧城,他就住在西边,是北华大学毕业的,现在也没事,你们一定能谈得到一起。总之,你整天在这小屋子里坐着发愁是太不好了,日久你非要得病不可!"

骏青点了点头,做出笑容来,说:"我并没有怎么发愁,这两天我天天出去找朋友玩,昨天夜里我还跟刘醉生到街上赏月了呢!"

丽雪低着头沉思了一会儿,就说:"舅父那里索性就再没来信。"

骏青笑道:"我知道我父亲的意思,他是叫社会逼得我自己回去,但是……"

说到这里,忽见丽雪由西服的口袋里掏出一卷钞票来,她把钱放在床上,说:"我想你的钱大概也快花完了,你先用这二百块钱吧。"骏青立刻脸红了,连连摆手说:"不,这钱你还是留着自己用吧!我现在还有几十块钱,足够一两个月花的,等我没有钱的时候再跟你借!"

丽雪现出不高兴的样子,说:"你不用瞒,你从家里出来的时候只带着一百二十块,路费全在内,到了北京的时候只剩了七十几块钱。现在你来了也有半个多月了,连搬家带买东西,你还能剩得了几个钱?钱我已然拿出来了,就不能再带起来,你若不收下就是瞧不起我!"说时她绕上围巾,扣好纽扣,就站起身往屋外去走,并说:"我还得赶到学校去上课!"

骏青却赶上去,一手揪住丽雪的胳臂,一手拿起那二百元钞票就往丽雪的衣袋里去装;他情绪很激动,但说话仍极为和缓。他说:"五妹,你收起来!我不能用你的钱,否则我的心里会永远难过!"

丽雪的脸色绯红,并带着些悲痛的神色,她说:"你何必要难过呀?莫非你用了我的钱就是一种耻辱吗?"

骏青摇头说:"不是,绝不是!丽雪你千万不要误会!我知道你是关心我的,但我现在真不短少钱用,你收起来吧!钱得得这么容易,会使我没有了志气！"

丽雪两眼里含着汪洋的眼泪,扬头问说:"你这是为什么呀? 有志气也不一定是要受穷……"说到这儿,她的眼泪便簌簌地落下。

骏青由那一卷钞票中抽出来一张十元的,说:"你先借给我十块钱用,其余的你都带起来,以后我没有钱的时候再跟你借;我知道你是很有钱的,但你要随便地赒济人,可也不够。"他把其余的钞票都装在丽雪的口袋里,然后紧紧握着丽雪的手,说:"我们彼此的心,一定都能互相的理解,你的意思我非常感激,但是请你不要挂虑我,不要为了我而难过！"

丽雪掏出手绢来擦了擦眼泪,两人相对着,半晌都没有什么话说。

忽然丽雪一看手表,说:"我得走了! 十点钟我还要上课,你……"她把右手抬起来,搭在骏青的肩头上,又温和地问说:"下午三点,你到我们学校,看我滑冰,不好吗?"骏青的情绪紧张着,就点头说:"好吧! 下午我去。"丽雪转身出屋去了,骏青又跟出屋去,丽雪推着车回首说:"你不要送我,下午见吧！"就抑郁地骑车走了。

骏青站在屋外,发了半天怔,才回到屋里。他越想越是发愁,看着那张由丽雪的手里要来的十块钱,就想:这成了一种什么状态? 我由家庭中出来,在这广大的社会里,连一文钱也挣不到,却由阔小姐的手里,就说是由爱人的手里吧,讨这十块钱,我也太惭愧了! 遂就决定把这十块钱置之不用,将来再还给丽雪,或买件东西送给她。

下午两点来钟的时候,骏青本要到女子大学里去看丽雪滑冰,都已走出庙门了,但忽然又想:还是不去的好。于是他临时改变了主意,雇车到了缪宝生大夫的家中。在缪家谈了有一个多钟头,他又到东直门大街去拜访现在农商局做秘书的于文俭。于文俭此时还没有下班,他只见了于太太袁女士;袁女士也是骏青的同学,一起谈了些关于学校的事情,骏青并没说出托求找事的来意,就走了。

骏青不辨方向地在街上走着,街上是那么繁华,人们都是那么忙碌,而他却像是个轻飘飘的失去了躯干的鬼魂似的,无所归依。不觉走到了一处电车站上,他才定了定神,辨出应走的方向,然后上了电车。

在电车里，他也觉得别人都是很快乐的，有职业的，而单单自己是个被社会摈弃了的人。

回到庙里，一进门正遇见那个卖馄饨的麻子挑着担子出来，他露出黄牙来，笑着说："先生回来了？学堂散班啦？"骏青点了点头，心里也很羡慕这个卖馄饨的。走到院里，就听西屋里有人说"小白脸儿回来啦！"骏青知道这"小白脸儿"指的就是自己，心中不禁有些恼恨，更觉得不能接受丽雪的爱情，宁可饿死也不能用她那十块钱。

骏青就在屋内闷闷地坐着，直到黄昏时，东小院里的笙管又吹起来了，他才出去用晚饭。吃完了这顿饭，手里仅仅剩下六块几毛钱了，丽雪的那十块钱被装在另一个口袋里。

在灯光缭乱的街头又无目的地走了一会儿，骏青就回到了庙中。先到刘醉生的屋中去看了看，见他正在一盏明亮的煤油灯旁，伏在桌上，振笔写稿，旁边和尚吹奏的那些笙管杂乱之音，仿佛根本传不到他的耳朵里。他见了骏青，只略微一点头，依然挥着毛笔，向稿纸上去写那很难辨认的草字；另一只手里拿着半只烟卷，还不时地送到嘴里去吸。

骏青在旁边坐了一会儿，就默默地走了。回到自己的屋里，摸了摸，蜡烛也用完了，幸好火炉里还有一点余烬。他由大衣口袋里掏出纸烟盒，里面还剩了两支；把火柴盒摇了摇，盒里微微地响，连火柴也剩得不多了，他燃着了烟，吸了几口便掐了，连大衣也不脱，就躺在床上睡去。

又过了两天，每天丽雪都有信来，在信上说："星期日下午七时，学校里举行化装滑冰大会，请你务必去。"并有许多缠绵的情语，但骏青都没有精神写回信。

星期日这天，早晨起来看报，副刊还是没登出他所投去的稿件，可是在广告栏里，忽然发现了一条招考书记的广告。骏青赶紧去细看，就见是某大学事务部招考书记二名，资格须初中以上毕业，性别不拘，月酬二十五元，不供给膳宿；报名自即日起，须缴四寸相片一张，并履历书一纸，地点是在东城本校。

骏青看了这段广告，心里非常地高兴，就想：二十五元的待遇虽然太低，可是因为待遇低才不至有多少人去投考；他们又仅仅要初中毕业的，我却是大学三年级的学生，无论怎样也可以考上了。每月有了二十五块钱，俭省着，生活总可以维持了，以后再慢慢想办法，于是他立刻到街上照相馆里拍了相片，又到纸店里买了履历片，回来就填写。

这天他很是高兴，虽然这条路并不是很理想，但足可以维持目前生活了。晚饭之后，骏青想着应当到丽雪的学校里去一趟，看看她们滑冰，不然显着自己是太不近人情了。于是他换了一身西服，系上一条漂亮的领带，穿上长毛绒的大衣，出了门雇上一辆车，就往南城女子大学走去；借着路旁的灯光看了看手表，已然七点半了。

车子又走了约有半小时，方才到女子大学。这大学的门首，路都被电灯照得像雪一般的白，左首停着一排洋车，足有三四十辆，汽车也有七八部。有许多披着大衣的女学生，彼此扶肩携手地往门里走。骏青走进校门，就见水门汀的甬路旁对排着小松树，剪得齐齐的，跟短墙一般。随着那些女学生们，顺着甬路迂回地往南去走，就见在运动场里搭着一座很宽大的席棚，灯光就从席缝里射出来；门上横挂着一块白布，上面写着"本校学生化装滑冰大会"，门前有几个女学生维持着秩序。

骏青才走到门前，就被人挡住了，一个穿黑大衣戴眼镜的女学生，很和蔼地对他说："对不起，里面没有地方了。"骏青说："是这里的一位同学叫我来的，我进去看一看就走。"这个戴眼镜的女学生还没有表示可否，忽然旁边走来一个女学生，说："柏先生吗？请到里面去。"骏青细一看，原来是梁霞，就点头笑着说："梁小姐！"这时那戴眼镜的女学生也不再拦挡了。骏青随着梁霞一面往里走，一面问："梁小姐没参加滑冰吗？"梁霞摇摇头，又回过头来笑着说："我滑得不好，没敢参加，丽雪她早就来啦！"

席棚里的人真多，站得满满的，简直没有一点儿空余地方，梁霞在前面分开一条路，带着骏青到了来宾席上，并找了一把椅子给他坐。骏青摘下帽子，向四下去看，就见场中只有三个人在滑冰，技术既平常，装化得也不怎么奇异。

这座冰场是在平地上泼水冻成的，面积并不大，至多可容十数个人滑，所以需要分次表演。棚顶上悬着三盏头号的煤气灯，白光映在玻璃般的冰面上，比才拭干净的镜子还要亮。冰场四围拦着绳子，绳子以外是观众。来的人很多，一个挤着一个，其中大部分是女学生，只有几十个男子，都是穿着挺漂亮西服的青年男子，这大概都是与本校学生有着戚属、友谊或是爱情关系的人。

冰上又出来了两个人，一个是披着一件男子大衣，戴着个呢帽，可是长发在呢帽的下边露了出来，招得旁边的人大笑，有的就高声叫着她："长颈鹿！长颈鹿！"另一个是身上背着个纸糊的大蚌壳，有人就喊她："蛤蜊精！"当那个化装成男子的"长颈鹿"，嗖的一声由骏青的面前滑过时，骏青就看出来，这是丽雪的同班，那天在白云观归途中赛驴的也有她。

这两个人刚滑了一遭，又有五个来上场，一个是穿着一身男子的西服，一个是化装成卓别林，其余三个都是戴着纸糊的尖顶高帽子，像是魔术台上的滑稽生似的；接着又出来一个反披着皮斗篷、头上戴着一顶红缨帽的，招得观众都大笑。

忽然观众像是受了什么刺激，一齐把头抬得高高的，尤其是骏青隔座的一个穿鹿皮衣服的青年，他竟站起身来。原来是出来了一个头上包着花手巾，穿着件月白小褂，带着青布白宽边的围裙的健美小姐，像是个在江南水田插秧的村女一般，飞似的在光洁的冰上滑过；她身躯宛转，两手徐徐地撩起，冰面上倒映的影子紧随着她，哧的一声飘了过来。观众都把目光集中在她身上，有的就叫了出来："丽雪！丽雪！"

丽雪微微地倩笑着，抬着头，飘然地，像平静的湖面上飞着的燕子一般，在场上巡回了一遭。忽然她发现了骏青，就欢笑着朝他一招手。骏青隔座的那个男子误会了，他就把两手拢住口，疯狂地喊了声："加油！"丽雪便掠过这许多人，像一只美丽的水鸟似的往远处飞去了。

这时又出来了一个化装为老太婆的，还有一个扮作影戏院里的侍役的，都加入了滑冰的人群，于是人多了，观众的眼也乱了。冰上的刀光一闪一闪的，画出来许多交叉的白线，并发出哧哧嚕嚕的声音，应和着观众的欢声笑语。

　　骏青的目光追随着丽雪,他被丽雪那风流别致的化装、精熟的技术、轻快宛转的身手给吸引住了,他忘掉了一切忧烦的事情,连下星期四投考书记的事似乎也忘了,心里充满了喜悦、爱慕,甚至还觉得有些光荣。丽雪又来近了,她向许多人招手,许多男子也都向她招手。及至来到骏青近前,她突然站住了,那个穿鹿皮衣服的男子又站起身来,笑着招呼说:"密斯祁!"丽雪却看也不看,她揪住栏绳,只向骏青温和地笑说:"骏哥,你是什么时候来的?"

　　骏青此时浑身的血液都像流得很快,赔笑着说:"我来了不多时间,你滑得真好!"他觉得自己就像是在那山明水秀的江南,跟一个美丽的村女在谈话似的。丽雪笑了笑,笑的时候她那双眼特别的美丽。她又说:"你就在这儿等等我,我再滑一会儿,咱们就走!"说时,她那健美的身体一转,又飘然地滑往远处去了。

　　这时有许多人都把视线聚集在骏青的身上,骏青觉得脸上有点发烧,就故意很从容地坐着,把手插在大衣口袋里去掏纸烟;但又想到这里搭的是席棚,一定是禁止吸烟的。这时,就听身后有两个女子悄声地说话,一个问:"这是祁丽雪的什么人?"另一个说:"我不知道,等回头问小梁。"骏青倒觉得很窘,不敢回首去看,尤其不敢去看隔座那个穿鹿皮衣服的男子是什么神情。

　　冰场上此时又出现了许多位化装的小姐,有的滑了几遭也就回去了,丽雪却仍然以她那身特别俊俏的装束,在人群里优游往来,特别引人注意,而她也像是故意卖弄身手。骏青见她忽而滑过来了,拿眼睛掠掠自己,嘴角上带着点倩笑,忽而又滑远了,如此三五次。

　　骏青的心情渐渐地冷静下来,同时想起了自己的职业问题。他四下看了看那些男女观众,觉着别人都是很快乐的,都像是一点儿也不为衣食发愁的样子。而自己呢?假若那个书记的职位再考不上,那就很快会没饭吃了,没房住了,与乞丐一样了。如今自己夹在这些小姐少爷的群里,承受表妹的一点儿倩笑,便自觉得高兴,未免也太无聊了!

　　心里这样一想,便觉得眼前的灯光冰影,和小姐们光怪陆离的化装,都很无趣,都与自己的世界隔绝着。于是骏青就要起身离开这里,他用目光在冰场上寻那村姑打扮的丽雪,却已然不见了。这时又出来了一位穿着红衣裳、戴着红帽子、颊下挂着很长的白胡子的圣诞老人,全场又欢笑起来,有人就说:"是小梁! 是小梁!"

骏青站起身刚要往外走,忽见丽雪提着一只小皮箱走来了,她用手指着那装扮圣诞老人的小姐,说:"你看出来了没有? 那是梁霞。"骏青笑着说:"我来的时候是她给我找的座位,我问她,她说她没有参加这次化装滑冰。"丽雪笑着说:"她骗你呢! 其实她比谁都高兴。"说着她拉了骏青的胳臂一下,说:"咱们走吧!"丽雪就将手挽住骏青的胳臂,很亲昵地,旁若无人地,在许多人的目光注视之下,往外去走。这时骏青才借着背后的明亮灯光看见,表妹新换了一件价值至少在两千元以上的美利坚带白锋的黑狐大衣。

出了席棚,许多同学都问说:"丽雪你走呀?"丽雪叫骏青替她拿着小皮箱,她却挽着骏青的胳臂,鞋声咯咯,踏着水门汀的甬路。身后又有同学叫着说:"丽雪! 丽雪!"丽雪停住脚步,回头问:"什么事儿?"手却不肯把骏青的胳臂放下。后面的两三个同学都笑着,却不肯走过来,只说:"你过来吧,我们有话跟你说!"丽雪却向后边冷笑着,说:"有什么话,明天再说吧!"她就像是向谁示威似的,非常得意地靠着骏青走着,骏青心里却说不出是一种什么滋味。

出了校门,许多洋车夫都跑过来,争着喊:"先生,小姐,要车吧?"有认得丽雪的车夫说:"小姐不要车,小姐有汽车。"

丽雪挽着骏青在校门口一站,一部浅颜色的流线型汽车就开过来了,丽雪向骏青说:"我们上车吧?"这时那开车的人下来,把车门开开,骏青一看,开车的不是那个小杨了,就知道这是姑父家新买的汽车。骏青跟丽雪上了车,两人并坐着,小皮箱就放在他们的脚前。开车的回过头来问说:"五小姐,你还到哪儿去?"丽雪说:"西城水车胡同。"当时喇叭响了几声,车就开走了。

第八回　坎坷的人生

　　骏青心里很为难，就笑着问丽雪："你要到我那里去吗？"丽雪点头说："对啦！我要到你那儿去，有几句话要同你说。"在车里两人都不说一句话，热情却像火似的燃烧着。在将到水车胡同的时候，骏青忽然恢复了他的理智，心说：这样不行！我要排除这可怕的诱惑！

　　就这样紧张地想着，汽车就开到了那座破庙之前，丽雪抬起头来，向开车的人说："到了！到了！"汽车就停在了那座破庙的门首。庙门大敞着，由里面传出来难听的梆子腔，骏青觉着很难为情。下了车，丽雪拉着他就往里走。才一进庙门，西屋里的梆子腔顿然停止，有几个人影扒着窗往外看，丽雪也把骏青放了手，离开了一步；他们的皮鞋声交响着，走进了西月亮门，身后却传来一阵哈哈的笑声。丽雪低声骂着："讨厌！"

　　骏青由大衣里掏出钥匙，把门锁开了，然后先进屋去，摸着了洋蜡点上。丽雪已随他进屋来，骏青就很难为情地笑着说："所以我不愿意叫你到我这里来，你瞧有多乱！"

　　丽雪哼了一声，说："我们家里比这儿还乱！"说着她就坐在床上，低着头，像是很烦恼的样子。

　　屋里没有火，骏青也不敢脱大衣，他摸了摸茶壶，也是很凉，就说："我先找一点热水去。"丽雪把骏青拦住，说："不用，我们谈几句话就是了！"骏青放下茶壶，心里非常疑虑，不知道丽雪将要说出怎样的话。

只见丽雪低着头默默地坐了半天，忽然很发愁地说："我不放心！你来到北京也快一个月了，我不知道你是怎么个打算？你由家里带出来的钱不多，现在你又没有收入，你的性情又很孤高，连我的钱你都不肯用，将来你可怎么办呢？"

骏青听丽雪说这样悲切的话，心中非常感动，本想把自己要投考书记的事告诉她，但又想：倘若到时考取不上呢？于是就把话按住。他直着眼睛发了半天怔，便微笑着说："不要紧，请你也不要发愁，一年半载之内，我的生活绝无忧虑！"

丽雪咬着嘴唇，默然了一会儿，又冷笑着说："你是这样随便一说，但你的情形我还不知道吗？"骏青笑着，故意做出很开心的样子，说："真的，我绝对有办法就得了，不过我的办法暂时还不能向你宣布！"他笑着，转过身去点烟。丽雪却突然站起来，双手拉住骏青的胳臂，声音颤颤地说："你不知道，我真时时地关心你，因为……"

忽然屋门一开，两人齐往外去看，就见进来了一个身穿长袍、头发蓬乱的人。骏青急忙躲开一步，丽雪也赶紧把手放下。骏青脸红了红，就笑着说："作家来了！"遂给引见说："这位就是刘醉生先生，这是我表妹祁女士。"

丽雪向刘醉生点点头，很注意地看着这位作家的容貌和神态，刘醉生却只在点首时看了丽雪一眼，他便吸着纸烟，对骏青说："刚才你上哪儿去了？"

骏青指着丽雪说："我到我表妹的学校里去看滑冰了，怎么，有事吗？"刘醉生说："老缪同着太太来拜访你，要请你去听戏，倒没有什么要紧的事。"骏青说："我真失迎，他们还是第一次到我这里来。"

刘醉生说："岂止是你搬来后的第一次？我在此地住了这么几年，他们也没来过一次！这都是因为你搬到这里，竟使我们这座破庙，添了些繁华的气象。"

骏青笑着说："哪里，来个当大夫的朋友，就算是繁华吗？"

刘醉生说："大夫倒不算繁华，可是你没看见今天缪太太穿的那身衣裳，漂亮得真是没法描写。"说时，又看了看丽雪那件黑狐大衣。他又说："你不搬来,不会有摩登女性进这庙门,庙里的清规要是坏了,可都怨你!"说毕,他点首一笑,捏着烟卷就出去了。

这里丽雪就很生气,她说:"他刚才说的那是什么话?庙里来了女性就算破坏清规吗?再说这里要真是个清静禅林,根本就不能这么样乱着租给别人住。骏哥,我主张你搬开这里,到青年会住去,也多花不了多少钱!"

骏青摆手说:"慢慢再说,我是一定要搬的。至于刘醉生那个人,是出了名的古怪,你不要理他就是了。"当下两人默然了一会儿,骏青心里刚才那种难以克制的激情都被刘醉生给搅了,丽雪也似乎觉得很扫兴。两人又谈了一会儿,丽雪就走了。骏青送出庙门,看着汽车走了之后,他像是怕什么似的悄悄地走回屋中,又发着怔想:看来真得搬家!以后若常有坐汽车的阔小姐到这破庙里来,连警察都许要注意。

这小屋里还留下一种香气,骏青坐在床上,想着今天的事,觉着很甜蜜,但也有些害怕。他脑子里乱了半天,忽然又想起了投考书记的事,便立刻清醒了,心说:算了吧! 我跟丽雪的关系,只应到此为止! 我们可以说是彼此有些爱慕,但不能再往深处去了,将来解脱也容易。因为她是汽车阶级,我,连那二十五元的小书记还未必能够得到呢! 遂就暗叹了一声,吸了一支烟,便关门睡去。

到了次日下午,他取了相片,带了履历片,就往东城某大学去报名。到了那大学的传达处,就见像自己这样报名投考书记的人足有五六个,正在那里打听投考的事情。骏青将相片和履历片交了,那传达处的人就放在了抽斗里,抽斗里的履历片和相片早有一大堆了。

还没有转身走开,又来了两个女学生样子的,也来报名,骏青偷眼看人家的履历片,见有一张还是国立大学毕业的。骏青不由就灰心了,很没精神地走出了大学的门首,连脚步都仿佛迈不动了。他觉得眼前简直没有路了,心里想:真是奇怪! 怎么每月二十五元的一个小书记,只聘两名,就有这许多人来投考?而且还多是受过高等教育的人呢! 这现象是多么可怕呀! 他本想要找缪宝生去谈谈,现在也没有了那心绪,就雇了辆洋车回到西城的破庙里。

到了现在,骏青对于求职的希望是完全幻灭了,终日除了在屋中愁烦之外,什么事也不做。丽雪每天必有一封信来,那华丽的信笺、娟秀的小楷、温馨的词句,却一点儿也解不开骏青的愁怀,他也没有心绪写回信。

到了星期四那天,他挣扎着精神,抱着一种侥幸的心理,到了那招考书记的大学里。骏青一看,已有四五十人先来了,男子穿着西服,女子穿着大衣,他真不相信这里是仅仅招考两名待遇极低的小书记,他拿着墨盒和毛笔的那只手都有点发颤。

试场是借用的一间课室,并临时加添了桌椅,有六七十个位子,骏青来后不多时就快要坐满了;骏青甚至担心,一会儿要容不下了。他仔细打量前后左右坐着的投考者,看不出哪个人的学识资格不如自己,心想:这不等于是买彩票吗?比买彩票的希望还小呀!

他心中非常懊恼,真想要拿起笔墨退出试场,忽听身后有个女子的声音,叫说:"柏先生!"骏青赶紧回头一看,见是在身后靠左边的位子上坐着两个女子,都穿着蓝布褂;其中一个有二十来岁,身材矮小,椅背上搭着一件灰黄色的兔皮大衣,容貌非常熟识,但却想不起来是谁。这个女子向骏青笑了笑,点点头,问说:"您这两天没有见着丽雪吗?"骏青欠身带笑回答说:"没有,她这些日大概功课很忙。"那女子又笑着点点头,就同她那女伴悄声谈起话来。骏青转过头来,心说:这一定是丽雪的同学了!我不认得她,她可认得我,今天我来到这里投考的事,一定瞒不住丽雪了!这样想着,倒不由有点伤心。

少时开始考试了,是由几个学校事务员样子的人来监考,试题也都很简单,骏青很容易地就答复了,而且是很用心做的。他希望能从这许多人之中侥幸地被取中,那么不但可以维持住了生活,也可以叫丽雪安心了;不然她一定很伤心,而自己也无颜再见她了。

试毕,他一路感叹着回到西城,找了个小饭铺吃了饭,摸了摸身边,除去丽雪的那十元不算,只剩了两元来钱;又到杂货店买了两支洋蜡、一盒纸烟,只剩了一元七角多了。骏青真觉着心里沉重,手里的墨盒也显得沉重了,头上就像是箍着个什么东西,眼里看什么东西都是惨淡的。

他低着头走回了那座破庙，才一进门，就听耳畔有人问说："你干什么去啦？"骏青一看是刘醉生，他从东屋里买了几块新熏的猪肉，随走随吃。骏青点点头，还没有还言，刘醉生瞧见了骏青手中的墨盒，他就说："你考什么去了吧？绝考不上，北京的人才过剩！"叫他这样一说，骏青的心里更冷了。刘醉生又说："到我那屋里喝两盅酒去好不好？今天下午我也不到学校去，酒喝够了，咱们一块儿出去玩，逛天桥去好不好？"骏青却惨然地笑着说："你请吧！我还有别的事！"说毕话，就直回到西院。到了屋内他就把墨盒往桌上一摔，长叹了一声，好像全身的锐气都丧失了，并且觉得生活太艰难，似乎除了自杀，简直没有办法……

他在床上躺了一会儿，心里又转念了，想着：也许过两天揭晓了，我会考中的。咳！即使考取不上，难道我就真会饿死吗？一个男子，拉洋车去不能挣饭吃吗？因此他又鼓起勇气，翻身坐起来，看了看自己那两只皮箱、一只网篮、几身西服，心想：若是变卖了，足可以维持半年，半年以后如仍然找不到事，就拉洋车去！这样一想，他又对于什么事都不愁了，并且决定坚决不用丽雪的那十块钱！

骏青因为一个人在屋中无事可做，便又到了刘醉生的屋里。刘醉生把酒畅饮，谈天说地，似乎非常高兴的样子。

当日晚间，骏青又接到丽雪的一封信，说是星期日早晨九时，请骏青到平安影院的食堂中与她见面；信上并对于骏青不给她写回信，有些责备的意思。骏青看了，心中虽然很痛苦，但还是挣扎着精神给丽雪写了一封回信，信中故意说了许多乐观的话，然后便粘上邮票，跑到大街上，投在邮筒里。

确实这时已有些春暖了，绸缎店已摆出许多春季的货品，有些摩登的女性已穿上了单旗袍。骏青在街上徘徊了一会儿，觉着无味，好像这社会上没有自己生存的权力似的，一切都是属于别人的。忽然他走到一家商店的前面，就见两扇大铁门关着，黑洞洞的好像一座牢狱，墙上写着一个比圆桌面还大的"当"字。骏青心里一动，同时也觉得宽慰了一些，好像这个古怪的店铺能够解救自己的急难似的。少时走回到庙中,他连蜡烛也不点,就关上门睡去了。

到了次日早晨,骏青一看报,那招考书记的事发表了,取的两个人,都是自己不认识的。他心中倒不怎么失望,惨笑了笑,便把报扔在一边,呆呆地坐着,对今后的生活想不出一点儿办法。骏青把身边所有的款项都掏出来,整整的十一元五角,实际只有一元五角是他自己的。他就发愁地想:今天我是去当衣裳呢,还是就拿丽雪这十块钱先用着呢?用了,实在是一件耻辱。但丽雪又不同别人,她虽然是一个阔小姐,但对于我却没有一点儿阔小姐的架子,她只是我的一个女友;借用朋友的几块钱,将来再还她,也不算是失了品格吧?他叹了口气,就决定暂时不到当铺去了。

约莫十一点钟,到外面去吃饭,饭后又乘车到平安胡同去看缪宝生;缪大夫正赶上忙的时候,过了正午,门诊还没有看完。缪太太只向骏青点了点头,没有说什么话,骏青很无聊地坐了一会儿,就走了。

他无精打采地在街上走着,看街上所有的行人都像是挂着一张无情的脸,而有些衣服穿得阔一点的,看上去不但是无情,简直是故意在向自己炫耀。拉洋车的在街头饭摊上很高兴地啃着大饼,在他看来,他们也比自己优越;只有追着人求钱的乞丐,似乎与他相差不多。

当他走到一家大公司的门前时,那地下的水门汀非常光滑,几乎把他滑倒。旁边有个乞丐妇人说:"先生,您小心一点!"骏青扭头一看,那丐妇就推了她的孩子一下。一个四五岁的小女孩,穿着破烂衣裳,就晃晃摇摇地走过来;她伸着一只很脏的小手,仰着可怜的小脸儿,叫了声:"老爷!"旁边的丐妇跪在地下磕了一个响头,哀求说:"善心的少爷,您可怜可怜吧!修福修寿的……"

骏青心中充满了悲悯,好像有些同病相怜,眼泪都要落下来了,就掏出两毛钱来放在那只可怜的小手里。他赶紧转身走去,不忍看她们的表情;走出几步,又后悔地想:我太吝啬了!两毛钱能帮助她们什么呢?本想要走回去,把由阔小姐手里得来的那十块钱,全数赠给她们,可是又像有什么东西拦住了他自己。他感叹着往回走,四周的热闹繁华他都不去看,眼前只幻出来两副面孔:一个是他的父亲,洋服上面一个胖圆的脸儿，含着吕宋烟，说："回来啊！乖乖地依着我吧！外面没有你走的路，在家里可以当阔少爷，娶个阔小姐。"另一个是姑父，那一种笑简直是恶意的了，说："你们这些年轻人，现在明白了吧？"

他低着头，回到庙中，才一进屋，忽然见地下扔着一封信，是由门缝里塞进来的。拾起来一看，是个浅绯色的信封，上面蓝色钢笔写着一种倾斜体的小字："水车胡同庙内柏俊卿先生收，二条胡同张寄"，骏青心说:奇怪！这个人连我的名字都不知道，怎会给我写信？他随手把信封撕开，抽出里面那漂亮的信笺来看，笺上写着：

俊卿先生：

我与你仅见过两面，但我相信我们必共同有一种深切的认识。尤其那日白云观归来，我遇着了惊险，多亏有你救护我，你可知道我是多么铭谢你，又多么希望那时旁边没有别的人，只叫你单独地救护我呀？

你有着巴丽斯那样男子的美丽，而你那与旧家庭奋斗的事迹，更是使我惊奇钦敬，你真是个希腊神话里边的英雄！

昨天，我见着友人陈女士，由她那里我才知道，你现在是急于找个事做。这件事，我愿意帮助你，并且不费我的什么力，明天下午二时，你可以到北海漪澜堂……

骏青看到这里，便气愤愤地把信笺撕了，心说:这是什么事？难道现在我也要像有些女子一样，欲求得一碗饭吃，就需要出卖自己的肉体和灵魂吗？

由这写信的张小姐，他又想到表妹祁丽雪，认为这两个女子全都是一样；她们并不是真爱自己，不过是要把自己收买住、麻醉住，好做她们的玩物，这就是因为自己年轻，有点儿她们阔小姐眼里的所谓的异性美。

他气得立刻就要给丽雪写信，爽快地告诉她:你我的身份、阶级现在已然不同，谈不到爱，而且我现在不需要爱；十块钱奉还你，后天"平安"的早场我也不去了。但是看着身旁的那张小铁床，又想道：表妹几次到这里来，她都是坐在这里；她为我的生活忧虑，而又知道我的个性孤高，还不敢怎样明显地帮助我；她说的话是那么恳切、婉转，都是含着眼泪说的，我怎能说她也是有意玩弄我呢？忧烦了一会儿，骏青就拭了拭眼角的热泪，想着不能辜负了丽雪的心；慢慢地，倘若自己的环境改变了，也可以接受她的爱情。

骏青把那封张小姐的来信用火柴烧了，他就躺在床上，用被蒙住头。此时充满他心里的不是那些愤恨，而是一种悲哀；不知为什么，一向自以为意志坚强的他，现在眼泪竟流个不止。他并想起了死去的母亲，假若母亲此时出现在床前，那他将要像小孩子一般的，哭着投入母亲的怀抱。

这时，门忽然一响，骏青赶紧在被里把眼泪擦干，钻出头来一看，见是刘醉生进屋来了。他赶紧又坐了起来，勉强笑着说："今天你怎么没到学校去？"刘醉生摇头说："没去，我懒得去。"

骏青笑说："像你这么做教员还行？懒得去就不去了，岂不白叫学生在课室里等着吗？"刘醉生说："那没关系，他们会在课室里胡闹的；我认为他们自己胡闹一小时，总比我呆板板地教一小时，要得到更多的益处！"骏青觉得，刘醉生这又是在发牢骚。

刘醉生一手拿着茶碗，一手捏着半截烟卷，坐在椅子上，吸了一口烟，就问说："怎么样？取上了没有？"

骏青脸红着说："没有，你看今天报上揭晓了，我是名落孙山！"刘醉生掐灭了烟，摆手说："不行！我没说过么，北京这地方人才过剩，学校毕业找不着出路的人太多；别说二十五块钱的书记，就是十块钱一个月的练习生，也要有许多大学毕业的去竞争。所以有时倒叫主考者作了难，他们就故意选那资格浅、程度低的人录收，第一是不忍得埋没了人才；第二是恐怕大材小用，他们不会安心做事的。"骏青听了这话，心里更是懊丧。

刘醉生又说："我起先不知道你真是需要做事，而且只需要这么微薄的报酬；我以为你是富家公子，在这里又有阔亲戚，还有个穿黑狐皮大衣的爱人，你不会没钱花的。现在我才知道，你原来也是个穷光棍儿！哈哈！不过不要紧，你别发愁，我可以帮你的忙。"

骏青见刘醉生的样子很古怪，更不明白他是要怎样帮助自己，就也笑着说："我早就说过我是个穷光棍儿，不然我如何能住在这里？家里的钱是我父亲的，我父亲另有他所宠爱的人；至于那天来的那位穿黑狐皮大衣的女子，是我的表妹，除了表兄妹的关系之外，什么也没有……"

刘醉生摆手道："你不用详细解释，那些事情我不过问。"

他喝了一口茶，沉思了一会儿，就低声说："我现在是这个主意，你既然没事做，我可以把学校的事情让给你，每月薪金三十元。"

骏青摆手道："这办不到！你若能另外给我介绍个事，那算是你帮助我，我很感谢你；现在你正做得很好的事，忽然又让给我，我怎能接受？"

刘醉生燃着烟，说道："不是那么说！这个学校是个慈善团体办的，经费很少，只用两个教员，担负四五十个学生的全部课程。校长是义务职，姓朱，跟我很有交情。在去年有一个时期，我的稿子销路断绝，所以他就叫我去担任这个事情，好维持我的生活，那时我对于教书也有点兴趣。现在我的稿子生意很好，而且求过于供，两个月来我的版税收入已超出四百元，所以我并不需要这个事情了。如若你能替我去教，我专门写作，还能收入增多；何况我现在对于教书这一行，也没有了兴趣。"

骏青想了一想，觉得这倒真是一条出路，就很喜欢地说："假如你真是不需要这个事，愿意让给我，人家也肯要我，那我自然是求之不得了！"

刘醉生摆手道："没问题！校长是我的老朋友，我给他弄得一塌糊涂，又时常怠工，他本来早就盼着我自动辞职；如今我给他介绍一位西服革履、大学毕业的新教员，他一定是欢迎之至。今天来不及了，明天早晨你就同着我去，当日办交代，这月的薪金就归你拿。"

骏青笑着说："那又不对了……"

刘醉生也笑着，探着头道："不过只有一样，我也跟你说过，那所学校可是群雌粥粥。你知道你新得了个外号儿没有？前院卖馄饨的都管你叫小白脸,去了可别闹出来师生恋爱的新闻!"说着话他站起身来,拍了骏青的肩膀一下,又笑着道:"我要不是知道你已经有了个穿黑狐皮大衣的爱人,我可真不敢把你介绍了去,哈哈!"随就出屋去了。

这里骏青的脸上红了半天,然而心里是宽慰了,想着:刚才我还穷窘得没有一点儿生路,如今忽然又天外飞来这么一个机会,人生真是受着命运的愚弄!他于是舒了一口气,想要写信把这件事报告丽雪,但又想:刘醉生说的话虽然不会改悔,但明天谁知道那位校长肯不肯要我呀?社会上也未必真有这样顺利的事!因此又有点担心。

当日,骏青又有了些精神,心里计划着,明天到那学校里就事之后,要尽心尽力地去做,好叫那些儿童们多得些益处。又想:虽然刘醉生因为要专心写作,才把他这件事让给我,但是他这种慷慨的友情是很可感谢的;本月的薪金我绝不能要,一定送给他,他若不肯收时,我可以买东西送给他;而我在下月薪金未领到时,可以暂用丽雪的那十块钱,或者把冬衣当了。末了他又想到,以后应当怎样努力,那每月的三十块钱应当怎样支配。他就预算十五元吃饭,两元房租,三元书报费,五元置衣服,余下的五元作为零用,最好还应当每月储蓄三五元。至于应付丽雪的态度,他抱定是不即不离,总要不致因她破坏了自己的生活计划才好。

到了次日,一清早他就起来,拿着脸盆和漱口盂,到东院取水。他先到刘醉生的屋前,拉开门向里看了看,见刘醉生连大棉袄都没有脱,棉被盖着脸,呼噜呼噜的,睡得正香,桌上扔着一大堆稿纸,骏青又把门带上。因为和尚还都没有起来,他只取了些冷水,回到屋里洗漱了,然后他就开箱子找衣服。

他心中很费斟酌,想今天是第一次到校,应当给校长和学生们留下个很好的印象,衣服不应太华丽,但也不可太寒俭了。结果他是换了一件很干净的白府绸衬衫,系了一条黑领带,穿了一身灰色法兰绒的西服,把皮鞋也擦了擦;他觉得这身衣履,很可以见得了那校长和学生们。看看手表,这时才七点钟,骏青就慢慢地收拾屋子,把纸烟盒也抛了,立誓从今天起戒烟。

约莫快到八点的时候,刘醉生才过来,他仍然穿着睡觉的那件棉袍,头上戴着个旧呢帽,嘴里叼着纸烟,手里拿着几本教科书。他把书交给骏青,说:"咱们走吧?"骏青点头说:"好,好。"他也戴上帽子,就出屋锁了门,跟着刘醉生往外走去。到了前院,正赶上几个卖馄饨的围着尿桶解手,他们一齐笑着向刘醉生招呼道:"刘先生上学堂去呀?"刘醉生也笑着向他们点头。骏青觉着刘醉生这个人虽然自己的生活颓废,对朋友们常说古怪的话,但他跟这些人,所谓少受教育的人,倒是很随和,而且诚恳。

出了庙门,早晨的阳光就顺着胡同直投过来,在骏青的眼中,仿佛今天的天气也特别的晴朗。由刘醉生领着路,穿过几条胡同往南走,不多时就望见了城墙。对着城墙有一座大门,门首挂着木牌子,写着"道德慈善会";旁边另有一个小黑门,也挂着个木牌,是"善育小学校"。那门口有十几个男女孩子,有的手里还提着书包,见了刘醉生都迎着鞠躬,乱叫着道:"刘先生!刘先生!"刘醉生也向他们笑着点首。

骏青同着刘醉生进了校门,就见里面的孩子更多,有的在跳绳,有的在拍皮球,他们都喊着刘先生,并都用眼看着他这位新客人。刘醉生应接不暇地向他们笑着点首,带着骏青到了东屋门前,说:"你先进去吧!我看看校长来了没有。"

骏青进屋里一看,这就是教务处,有个五十来岁、戴着瓜皮小帽、穿着青马褂灰棉袍的人,正在那里坐着喝茶。这人没有胡子,鼻子上有一架近视镜,骏青就向他深深点首,这人也微微欠身,说道:"请坐!"骏青在旁边椅子上坐下,就笑着问:"您贵姓?"那人道:"贱姓邓,阁下怎么称呼?"骏青欠身道:"姓柏,因为今天刘醉生先生叫我来代庖,以后请邓先生多多指导!"

这个姓邓的人一听,似乎有点诧异,问说:"怎么,刘先生是得病了吗?"骏青摇头道:"没有,因为他著作太忙,所以想把这里的事情交给我。"姓邓的这才听明白,他仰首道:"噢!咱们是新同事呀?好好,以后咱们还得彼此帮忙!"

这时外面有许多学生,都扒着玻璃窗往里看,姓邓的站起身来,绷着一张老夫子的面孔,向外斥说:"你们瞧什么?"他这句话像投了一块石头,窗外的学生们都像小鸟似的纷纷惊跑了。姓邓的自言自语地说:"太没有规矩了!"又向骏青道:"这些学生们太难办,以后柏先生千万对他们要严加管束,刘先生他有个缺点,就是太放任他们!"骏青笑着点头,心里却对这位同事不大高兴。

这时刘醉生把校长请来了,校长是个白胡子的老头儿,手里拿着菩提珠。姓邓的一见校长,赶紧立起身来,笑着招呼道:"您喝茶啦?"校长含着笑,刘醉生介绍说:"这是朱校长,这是柏骏青先生,武昌大学毕业。"朱校长向骏青很和蔼地笑着道:"多帮忙!"那姓邓的却用眼向骏青溜着。刘醉生又向姓邓的介绍道:"你们二位刚才谈过了吧?这是邓厚颐先生,以后有什么关于教务的事,你们二位互相商量就是了。"骏青笑着点头。

朱校长又向刘醉生道:"应当把学生叫齐了,给柏先生介绍一下。"旁边邓厚颐一听这话,他立刻出屋,发了一声号令,外面的学生就咕咚咕咚地一阵乱跑,少时就排成了两行队伍。

骏青随着校长和刘醉生出了教务处,就见院里的学生共有四十多名,女生占多一半,最大的女生有十七八岁;女生都穿着蓝布褂、青裙子,有的还穿着毛衣,倒全部很整齐干净。男生却参差不齐,有的穿着青布制服,有的就穿着臃肿的大棉袄。

刘醉生把呢帽一摘,露出他那蓬乱的头发,对学生发话了。他说:"我也对你们说过,我不是办教育的,我是个拿笔杆儿的人……"女生们全都低着头笑。刘醉生又坦然地往下说:"所以在这半年以来,我时常感觉到我没有资格来教你们;现在又因为我的笔墨繁忙,时常不到或误点,我更觉着对不住你们。现在,我请了我的朋友柏骏青先生来替我,柏先生他是武昌大学毕业的,教中学都有富余,现在来教你们,当然比我要强得多了。希望你们以后好好上课,对于柏先生要尊敬……"

说到这里,他翻着眼想了半天,就点头道:"好,没有别的话了!"学生们一哄而散,邓厚颐又瞪着眼喊道:"别乱跑!"刘醉生就拍了拍骏青的肩膀,笑着说:"你上课吧!我走了。"朱校长把他送出门去,这时校役就哗楞哗楞地摇起铃来。

骏青回到屋里，邓厚颐交给他一本点名册，说："头一堂三年级是算术。"骏青找出来课本，邓厚颐就带着他到了三年级的课室前。骏青这才知道这学校只有两个课室，一二年级由邓厚颐教，而自己就是这三年级的专任教员。

他一走进课室，里面的杂乱声音立刻停止，学生们都站起身来，等到骏青走到黑板前面，他们都向他鞠躬。骏青很郑重地低头行礼，然后扬起头来一看，座位上共有学生十五六个，只有三个男孩子，其余都是女生，他们都一齐注视着他这位新教员。

骏青脸上一点儿笑容也不敢带出，但是很和蔼地说："我先要点一点名，如若叫到你自己的名字时，就请你站起身来。"遂就摘下钢笔，翻开点名册，用和缓的声音叫说："常淑贞！"后面的座位上，立刻站起来一个十六七岁的女生，说声："到！"骏青点了点头，那常淑贞就坐下，跟同桌子的人笑着。

骏青又连着点名："李玉霞、黄婉贞、焦淑英、徐秀贞、白月梅……"当他叫到这最后一个名字时，见一个十四五岁的姑娘站了起来，用娇细的声音说了声："到！"旋即把颊旁的长发向后一甩，斜着身坐下，低着头笑着，然后又扬起脸来，双颊上仍然留着笑窝。骏青不由顿了一顿，因为他觉着这个女生太眼熟了；虽然还能记得在正月十七那天，与刘醉生在街上踏月时，在果子摊旁曾见过这姑娘一面，但是在那以前，也像见过面似的，却想不起来。

当时骏青就说："叫完了你的名字，就坐下，不要笑，因为这点名也是很郑重的一件事。"他说话的时候态度非常和气，可是不料那白月梅突然又站起身来，瞪着两只漂亮的眼睛，摇晃着身子，说："她们也不是没笑，笑的又不是我一个人，为什么柏先生单单说我？"她一句跟着一句，声音像银铃一般，话比刀子还厉害。

骏青不由生了气，他脸上一红，严肃地说："你这样质问先生，是学生应有的态度吗？"白月梅道："我也不是质问您，我不过就是告诉您，笑的不只是我一个人！"骏青把手举起来又放下，说："好，我知道了。"

他心里堵着一口气，却不能发作。旁边的学生都瞧着白月梅，白月梅却像很得意似的，身子靠着椅背，那椅背上还搭着一件鲜艳的红色毛衣。骏青就在册子上白月梅的名下划了个记号，记住了这个调皮学生，又继续往下点名。

少时点毕，就开始教算术。学生们的程度很浅，只教到了四则的文字题，但还有许多人都解不开，他们只推说是刘先生没教清楚。可是白月梅和一个名叫赵淑琴的小女孩子，居然都能够算，而且算得很清楚。骏青故意把白月梅叫过来，叫她在黑板上算出来给大家看；白月梅一点儿也不慌，很清楚地写在黑板上，并且字迹非常整齐，骏青就对这个女学生更加注意了。

少时摇铃下课了，骏青的脑子里仍然记着那个白月梅，总要想出以前是在什么地方见过她，不然为何这么眼熟？第二堂是"国语"，第三堂是"自然"，在这两堂课上，骏青对每个学生都加以测试，但功课最好的就是白月梅。

到十一点钟的时候，学生们都各自回家去用午饭。骏青等学生走后，他也出了校门，到宣武门大街上一家小饭铺去吃饭。饭后走回学校，有许多来得早的学生正在院中拍皮球、跳绳、打闹，一见先生来了，就齐都鞠躬叫说："柏先生！"骏青向他们笑着点头；他留心看了看，那白月梅却还没有来到，但是骏青知道她住家不会离着学校太远。

走进了教务处，校役给他送过茶来，就问："您住家离这儿也很近吧？"骏青点头道："我同刘先生住在一起。"并问："邓先生还没有来？"校役道："没来，他住得远，在西四牌楼呢，一天四趟，也可以的！"

骏青在屋中坐着喝了一碗茶，就走出屋去，看那几个女生跳绳。陆续又来了几个学生，邓厚颐也来了，校役看时间已到，随就摇起铃来。骏青看了看功课表，见下午只有两堂，头一堂三年级是作文，第二堂是一二三年级合上的体操，这全是骏青的课。骏青心想：三年级学生的作文程度一定不坏，因为刘醉生教了他们半年多；他遂就高兴地到了课室里，就见学生都已来齐了，每个人的面前都放着笔墨和一个作文本，那情形就仿佛是他前几天在大学里投考书记似的。

骏青走到黑板前,就说:"今天这一堂是作文,我想你们的程度一定不会坏的,因为什么呢?你们虽仅仅是初小三年级的学生,但是你们过去的教员刘先生,他是现下城内很有名的文学家,他教你们这门功课一定很得法。现在,我在出题目之前,先要问问你们,你们是喜欢描写风景呢?还是喜欢述说一件事情呢?"

他才说到这里,就听有个女生说:"您就快出题吧!什么我们都喜欢!"

骏青一看,又是那个白月梅,就见她皱着眉,手里拿着笔,好像很厌烦听先生讲话似的,前后的同学全都用眼看她。骏青气得怔了半晌,就严厉地说:"今天你是第二次了!我看这些学生只有你调皮……"说出这话来又觉着不雅,赶紧要改口已来不及。

白月梅已经立起身来,她问:"柏先生,您说我'调皮',我不知道怎么讲,请您给我写出来!"骏青生着气,就拿粉笔在黑板上写了"调皮"两个字,指着说:"这没有什么难懂,这是口头语,就是捣……乱的意思。"白月梅什么话也不说,就坐下身,拿笔把那"调皮"两个字记在她的本子上。骏青心说:这个学生可真厉害!

因为心里的气难出,他就又叫白月梅站起来,问道:"你在这里上过几年学了?"白月梅的瘦脸上有点发白,她咬了会儿嘴唇,然后撩起眼皮来,含糊着说:"从一年级就在这儿上!"骏青又进一步问道:"你对过去的教员也都是这种态度吗?"白月梅摇着头道:"我不觉着我的态度有什么不好,我也不承认我'调皮',我就是爱说话;只要是应该说的话,我一定说……"

骏青气得真要拍桌子,但又怕失了先生的身份,就冷笑着说:"那么刚才我正对你们讲话,你突然拦住我,那也是应该的吗?"白月梅点头道:"我以为是应该的。"旁边就有同学警告她说:"不准跟老师顶嘴!"骏青喘着气,向旁的学生摆手,说:"你们不要多说话,叫她把她拦阻先生讲话的正当理由说出来!"

骏青是声色俱厉了,但白月梅却一点也不害怕,她只是脸色有点白,嘴抿得更小;等骏青把话说完了,她就很清楚地陈述她的理由,说:

"不是我拦阻您说话,是时候太短! 您想,一个礼拜只有一堂作文,一堂又只有五十分钟,我们还要想,还要打草稿,还要誊在本子上,还有富余工夫吗? 刘先生教的时候,一进来就给我们出题,我们拿起笔来就做,就那样,到下堂的时候还总抄不完。今天您跟我们说了这半天话,等您说完了,大概也就快要摇铃了! "

骏青道:"这话你应当详细地跟我说,不应当遽然地就拦住我的话。"白月梅说:"我要一跟您详细说,不是更耽误时间了吗?"问得骏青哑口无言。

他心里堵得难受,就愤愤地点头说:"好,我这就出题! "遂向黑板上写了"我的家庭"四个字,又解释道:"你们都是学生,还没有到社会上去,现在与你们最接近的就是家庭,所以我想这个题目你们一定都会写出来;无论是概括着写,或是只写一个片段,都可以,但务必要据实地写,不可说假话! "

学生们都高高兴兴地打开墨盒,去做这篇文章。有个学生又立起来问:"先生,爸爸的'爸'字怎么写? "而白月梅却把笔放下,咬着嘴唇低着头,把两只胳臂放在桌上。骏青也不看她,在课室里来回走了两遭,见别人都已写了许多字,唯有白月梅还是趴在桌上不动笔。骏青就忍不住问道:"你为什么不做? "白月梅摇头道:"我不会作! "骏青以为她又是成心调皮,就淡淡地道:"你若不会作,就把题目抄下,交白卷好了。"又说:"交白卷可没有分数! "说完了,就又去看别的学生。

待了一会儿,摇铃了,白月梅坐在那里拿块手绢擦眼泪,她那作文本还是没有翻开。骏青心里暗笑着,又对学生们说:"你们不要忙,还有十分钟。"他就翻那已经交的几个本子,见上面有的写"妈妈跟我好",有的写"我家有个小狗",都是别字连篇。

又过了一会儿,白月梅也擦着眼泪来交本子,她把本子扔下转身就走了。骏青翻开一看,她交的真是白卷,连题目都没有抄下;可是再翻看前面她作的那几篇,虽然谈不上怎样的好,但是都很通顺,也没有什么错字。骏青不由更加生气,并且灰心地想:这个学生是在故意表示她不欢迎我! 虽然她只是一个人,不能代表多数,但今天,我上课的第一天就遇着这事,实在令我难堪。以后再跟这个小女孩斗气也太不值得,我辞职就是了,回去就告诉刘醉生,请他告诉朱校长另聘别人继任吧!于是好歹收齐了本子,出了课室。回到教务处一看,那邓厚颐早已走了。紧接着又摇了铃,三个班的学生都聚集在院中做体操。骏青勉强打着精神,教给他们一些简单的动作,就把这一堂混过去了。学生们走的时候还都向骏青鞠躬,骏青又觉得这些天真活泼的小孩子很值得留恋。

骏青在教务处里呆呆地坐了一会儿,便戴上帽子往外走。当他走过三年级的课室前,见里面有两个女学生留在那里扫地,她们一瞧见骏青,就都暗笑着,又悄悄地说话,好像在议论什么。骏青也不理她们,就抑郁地走出了校门,心中非常感慨,暗想:做一个每月三十元钱的小教员都这么难,人生的路真是太坎坷了!

他顺着大街往北走,觉得纷忙的行人、艰苦的劳力者和那标新立异却反映出生意萧条的商店减价广告,又都告诉他自己学校的那个职务虽很清苦,但也是很难得到的,而且你现在太需要它。一个学生和你作对算什么,你应当忍!于是他愤然辞职的念头便被现实的生活压下去了。转又想:不值得,哪个学校里没有调皮的学生?她一个人就能够驱逐我吗?从今天起我倒要好好对付她,管教她,并且可以抓住她的错处将她开除!他又愤愤地想:聪明美丽的女子多半是骄傲的,今天这个女孩子就是这样,今后我倒要折服折服她的骄傲,别叫她拿她的聪明与美丽来欺负我!

就像跟谁恶斗了一场似的,他一路生着气回到破庙里。本想要去见刘醉生,把今天的事情告诉他,并问问他,那个白月梅对旁的教员是不是也这样;可是又觉着太泄气了,而且刘醉生的嘴损,他不定因这事又说出什么话来。开锁进屋,就见地下又扔着一封信,心说:莫非又是那张小姐来诱惑我吗?及至拾起信来,拆开一看,原来是丽雪来的。信上所说的事很简单,还是请骏青明天务必到平安电影院去看早场,但信写得很长,每个字里全都蕴含着热情和挚爱。骏青看过之后,心中很舒适,也很感激,决定明天上午去赴丽雪之约,并把自己已找到了工作的事告诉她。

第九回　不会争宠的女人

晚饭的时候，骏青就把丽雪给他的那十块钱花了。他觉着自己现在已经有了收入，以后遇见什么困难的事情，也尽可向她通融，只要能够还她，那就于自己的意志无伤。

晚间，到刘醉生的屋中坐了一会儿，刘醉生正忙着写稿，一点儿谈话的时间也没有；骏青把他那已经写成了的稿子看了几篇，便回到屋中去歇息。躺在床上却又想起今天在学校里跟白月梅怄的气，心里实在不痛快，只恨明天又是星期日，不然一清早就到学校，找寻找寻她的错处，非得叫她怕了不可。过了十二点钟，骏青才沉沉地睡去，半夜里做了一个梦，也是跟白月梅惹气的事。醒来一看，纸窗还是漆黑，他回忆着刚才的梦境，就自笑道：我这个人也太心窄了！一个女孩子，又是我的学生，她不过嘴厉害一点罢了，我何必要跟她这么生气呢，又何必非得把她弄得很可怜呢。于是平心静气地又睡去。

也不知睡了有多少时候，他忽然被一阵儿沉重杂乱的声音给惊醒了，睁眼一看，窗外已大亮了，外面有人拿拳头砸门，咕咚咕咚地乱砸一气。骏青以为是送报的，就使着气说："搁在窗台上吧！"外面却像没有听见，咕咚咕咚砸得更紧。骏青坐起身来，大声问道："谁？怎么回事？"外头却仍然砸着。骏青气得光着脚跳下床，吧地把门插关拉开，往外一推门，嘴里还愤愤地说："怎么回事？"

忽然从外面跳进一个人来,用两只手揪住他的胳臂,弯着腰咯咯大笑。骏青一看是丽雪,就说:"五妹,怎么我问你,你不言语呢?"又笑着说:"你看我还穿着睡衣呢!"

丽雪今天的装束与往日大不相同,她穿着一件蓝色安安布的旗袍,外面套着一件藏青的夹大衣,非常的朴素。虽然她刚才大笑了一阵儿,但是看上去却不像怎样欢喜,只是脸上有些红晕。她坐到那堆着被子的床上,很忧郁地:"本来我是想今天在'平安'食堂里等你的,可是昨天我见着陈蕙如,听她说……"她低着头,眼泪流了下来,像是很为骏青伤心似的,接着就委屈地说:"听她说你投考书记去了,可是结果你们都没有考上。我想,你现在一定很烦恼,不能再到电影院去了,所以我今天一早就来看你!"

骏青心里很感激,就笑着说:"不过,我要告诉你一件值得喜欢的事,就是我现在已有了事做!刘醉生因为写稿太忙,善育小学的教务他不能兼顾,所以让给了我,昨天我已经就职了。"又说:"一个月三十块钱,虽不算多,可是我自己一个人的生活费也将就着够用了。"

丽雪说:"钱多少倒不要紧,你有个事做,总比天天在屋中愁闷着要好些。"说着她就擦擦眼泪,站起身来,笑着说:"好,那你快些穿衣服,我们今天要出去玩一天;因为你有了事做,我得给你贺喜!"骏青笑着说:"这么一个事,可也真不值得贺。"

当时丽雪就出屋去了,骏青听她在窗外嘟嘟地拨着车铃,知道她是骑着自行车来的。他赶忙穿好了衣服,把被褥也收拾起来,就拿着洗脸盆出了屋。丽雪骑在她那辆车上,双脚向后蹬着轮子,催着说:"快一点儿!"骏青笑了笑,端着脸盆往东院走去,心里却想:怎么办呢?她对我是这样的好,我怎忍得对她无情呢?

此时和尚那屋又敲起了九音锣,骏青一进屋,觉着暖气腾腾的,已起来了三个和尚,两个和尚还在炕上睡觉。那个年老一点的和尚,赶紧由炉台边拿起水壶,向骏青的脸盆里倒,并笑着问说:"常上这儿来的那位小姐,是你的什么人呀?"骏青说:"那是我的表妹。"和尚点头说:"噢!是至亲呀!"又问:"你的表亲家里很有钱吧?"骏青说:"也不是怎么太有钱,不过是个中等人家吧。"说着就出了屋,又在水缸里舀了一瓢凉水。

回到自己的屋中,他就洗脸漱口;丽雪也进到屋里来,又催着说:"快一点儿吧!"并帮助骏青把领带系好。骏青穿上那身法兰绒西服,也不戴帽子,就说:"我们走吧?"丽雪便脱下大衣,说:"我把大衣放在你这儿吧,一早家里出来的时候有点冷,现在可又热了。"

两人出了屋,骏青把门锁上,丽雪推着车,就一同往外去走。这时东屋里又散出熏肉的香味,丽雪就说:"我想你每天的早点,就是在院里买着吃吧?"骏青摇头道:"我不吃早点,每天只靠着两顿饭。"丽雪笑着道:"你可真经济!"

出了庙门,两人一同往东口外走去,丽雪推着车,很精神地跟骏青相并着走。她看看手表,还不到九点钟,就说:"我们到哪儿去呢? 这就到'平安'去吗?"

骏青道:"我有个建议,不知你赞成不赞成? 今天不必看电影了,因为早场的旧片子你一定看过,我对电影又不怎么感兴趣;我想上午我们可以到公园玩玩,下午我到你家里去看看姑母。"

丽雪点头道:"好吧,我母亲昨天还跟我提说你,她不知道我们常见面,我也没把你的近况对她说。"

骏青说:"还是不要对她老人家说好,何必又叫老人家替我们忧虑呢? 不过……恐怕姑父若晓得我们常在一起,他一定很不高兴吧?"

丽雪说:"那也没有关系!"

走出胡同,骏青就雇上一辆洋车,丽雪骑车跟着,就往中央公园去。走在西长安街上,丽雪遇见了不少的熟人,但是骏青却觉得这茫茫的世界上,除了丽雪,好像再没有一个人与自己相识了。

少时到了公园,丽雪把车停在寄车处,骏青买了入门券,就一同走进园内。这时园里的景物都已着上了一点春意,虽在上午,游人也颇不少,休息椅上差不多都坐满了人。丽雪就拉着骏青的手道:"我们先吃早点去吧!"

两人顺着西面的长廊往西去,才走到花坞附近,忽听有人笑声儿叫道:"丽雪!丽雪!"骏青一看,是两个女学生,一个穿着西服,脖颈很长,那次白云观归来赛驴和化装滑冰会中全有她;另一个身穿着蓝布褂,骏青也见过,就是前两天在大学投考书记时,自己身后坐着的那两个人之中的一个。这个穿蓝布褂的女子就向丽雪笑着说:"呵!换上中装啦!"那长脖颈的女子更是很注意地看着他们。丽雪扭头向她们笑了笑,嘴里说了句:"你们这两个无聊分子!"她并不驻足,就带着骏青进了花坞。

花坞里这时已有不少种花都开放了,盆梅却已零落。花坞当中有个池子,养着几条金鱼,骏青和丽雪走到近处看了看,丽雪就鄙视似的说:"当这里面的鱼,才冤呢!"她拉了骏青一下,二人就一同走出了花坞。

进到"长美轩"里,茶役像是跟她很熟识,迎过来笑着说:"祁小姐!"丽雪找了张有阳光的桌子,与骏青对面坐下,就问道:"你说我们是吃早点,还是吃早饭?"骏青笑着道:"还不是一样?"丽雪道:"那么我们就吃早饭吧。"她隧告诉了茶役两道菜。茶役就走去,先给他们送过茶来。

丽雪又问骏青道:"你怎么不抽烟啦?"骏青笑着道:"我忌烟了!"丽雪说:"才当了一天老师立刻就戒烟,你可也真是……"

骏青脸上红了红,就问道:"刚才咱们遇见的那两个人,那穿蓝布褂的就是陈蕙如吧?"

丽雪摇头道:"不是,她叫王爱瑜。对了,那天你们考书记也有她,她是跟陈蕙如一块儿去的;在我们那班里,境遇最不好的就是她们两个人。她的家乡去年遭了水灾,家里有很多日子没给她寄钱了,她在这里欠下了很多的债;这学期因为有个同学借钱给她,所以她还能继续上课。陈蕙如可就不行了,她丈夫失业了好几个月了,又患病,她又找不着职业,所以她很可怜,可是他们夫妻的感情很好。"

骏青叹息着说:"经济压迫人,真厉害!现在的大学,没有钱是不能上的,而挣钱、找事,又是这么难!"

丽雪笑着道:"你现在大概都感觉到了!可是我认为在经济困难下

所受的苦,那还不算厉害,顶是在大家庭里受的痛苦,那真是……"

这时骏青给她斟了一碗茶,她拿着茶碗又接着说:"就拿我们那班说,多半是大家庭里的小姐,她们的物质享受都很充足,可是跟她们谈起话来,她们没有一个对自己的生活满意,没有一个不感到精神痛苦的。例如那天咱们逛白云观,从驴上摔下来的那个张淑范……"

骏青听丽雪提到张淑范,脸上就不由有些发热,好像心里有愧似的。丽雪说:"她的父亲做过次长,在我们那班里她最阔,可是也数她最不自由!她的父母都极端顽固,不许她与男性交际;在学校每天是汽车送、汽车接,偶尔出去玩,也必要姐妹俩一同出去,好让她们彼此监视着。那天她单独出来,跟着同学逛白云观,还是因为新年里格外破例,不幸她又从驴上掉下来摔伤了!听说那天她回到家里,就受了她父母一顿申斥,现在她的伤已经好了,可是还没有让她到学校去。"

骏青点了点头,笑着说:"我看那位梁小姐大概环境还好?"

丽雪说:"她还算不错,家庭中只是母女二人,经济方面虽不宽裕,但还可以维持。我们同学里也有些家境好,行动又可以自由的,可是又都太浪漫了,因为浪漫,倒惹出很多的悲哀!"说到这里,丽雪似有所感,她停顿了一会儿,又说:"真的,现在的家庭多半是痛苦的,而社会也很恶劣,所以做一个人,尤其是女子,真难!"骏青默默地点头,心里琢磨着丽雪所说的这句话。

待了一会儿,茶役就送上菜来。两人在吃饭的时候,全都没有怎么说话,只是彼此递着眼波,当眼波交流在一起时,二人只是会心地笑笑。饭后由丽雪付了钱,两人出了"长美轩",又往北走。

这时由后门进来的人更多,丽雪又遇见了几个熟人。那些与她熟识的人,都向她笑,并且都用一种惊奇的眼光来看她;丽雪却穿着她那蓝布旗袍,很得意地跟着骏青走,一点儿也不回避人。

他们先在北首,靠着御河徘徊了半天,然后又进到社稷坛里。那两边有牡丹圃,虽然这时牡丹的枝干还用稻草保护着,但丽雪却像想起什么事来似的,她就用手指着说:"很快,到五月节时牡丹就开了!你现在已有了职业,我想你一定不能再离开北京了,到那时,我们可以一同来看牡丹！"骏青笑着点了点头,脑里却真不敢往将来去想。

两人又相并着往南走去,还没有走出坛门,就见迎面来了一个身穿花呢洋服、很漂亮的青年男子,他直着眼睛来瞧丽雪,好像要向她打招呼;可是丽雪却像没瞧见此人似的,挽住骏青的胳臂,骄傲地与这人对面走了过去。这人走过去后,还回过头来,很嫉妒地看着骏青。骏青心里明白了,就想:我没来北京的时候,丽雪虽未必有什么爱人,但她必有不止一个男友,可是我一来了,她就把那些男友全都无情地抛弃了。现在她那美丽的旧梦是重寻到了,可是我呢……由此倒发起愁来了。

两人走到前面的花房前,找了一张面向阳光的休息椅坐下,丽雪就跟他谈她们学校的事情,谈文学,谈打网球,但骏青的脑里却没忘了这个问题。因为他知道,表妹现在虽是穿着一件蓝布褂,可是她马上就能穿上价值几千元的衣服,坐上自备的汽车,而自己呢? 到月底才能领到那三十块钱……

在这里坐了半天,眼前又走过不少丽雪的同学和朋友,骏青觉着很不安。看看手表,快到一点钟了,他就说:"我们还是看电影去吧?"丽雪笑着说:"你看你这个人,没有一定的主见,刚才你不是说你对电影不感兴趣吗?怎么现在你又提议看电影?"骏青笑着说:"因为我想在这里也很无聊,别处又没有地方可去。"丽雪说:"我们再在这里坐会儿,我很喜欢这温暖的阳光。"于是两人又在这里坐着谈了一会儿话,又在园里走了走。

骏青又看看手表,已快到三点了,就向丽雪说:"我们这就看电影去吧?"丽雪笑了笑,说:"你说咱们上哪儿看去?"骏青说:"我不知道今天哪儿的片子好。"丽雪道:"上'光陆'吧。"于是她去取了车,跟着骏青一同出了公园,骏青雇上车,就一同往东城米市大街去。少时到了光陆影院,丽雪把车寄存了,就由骏青购票入场。

他们来得早,场内没有多少人,两人并肩坐着谈话。渐渐来的人多了,又有不少人向丽雪打招呼,并且凡是向丽雪打招呼的人,没有一个不注意看骏青的。直到三点半钟,电影才开映。片子是一段轻松的爱情故事,写一个美国的百万富商,他曾玩弄过七个女人,结果第八个女人把他给玩弄了。骏青看了,一点儿也不感觉有趣味。

散场时已快到六点钟了,天已经黄昏。出了影院,丽雪到寄车处去取车,骏青就在台阶上站着。人们从他身旁涌出来,电灯照在他的头顶上,忽然旁边有女人说:"这不是柏先生吗?"骏青扭头一看,见是一个穿着西服的男子,带着一个穿大衣的少妇,骏青道:"啊!文俭!"他赶紧与于文俭握手。

旁边的于太太袁女士向他点点头,于文俭就说:"上次你到我家里去,正赶得我上班,回来才听内人说是你来了;我要去拜望你,可是又不知道你在哪里住。"骏青笑着说:"那天我也是顺便才去看你。我现住在朋友家里,地方很窄小,白天我替朋友教一处小学。"于文俭问:"学校在什么地方?"骏青道:"在宣武门西边,是道德慈善会附设的一处义务小学,几时你要从那里过,可以去坐坐。"于文俭点头说:"好吧!"又说:"咱们一同到市场吃便饭好不好,咱们来一个同学小聚餐?"骏青说:"改日吧,现在我还同着朋友。"于文俭夫妻便向骏青点头,说了声再见,两人就走了。

待了一会儿,丽雪把车推来,骏青与她离了影院,就步行,顺着马路往北走。各种的车辆从他们身旁掠过,电灯一颗颗向他们窥视着,骏青此时觉着表妹真好,假如将她身上那些阔小姐的习气除去,而自己的环境再比现在好一些,那她真是自己很合意的爱人了。

因为觉着北风有些寒冷,骏青就低声问说:"你冷吧?你的大衣又脱在我家里了。"丽雪摇头说:"我一点儿也不觉着冷,我的身体很好,在最冷的天气,我也要每天去滑冰,这也成了习惯了;因为在家里太没意思,所以不得不到外面去玩。"提到了家庭,两人的眼前又都现出一片阴影。

少时来到祁公馆,耀眼的大门灯照得半条胡同都很明亮;朱门掩着半扇,里面像是很宁静;骏青帮着丽雪把自行车推进门去,靠墙放下,门房里都没有人察觉。进了二门,就见账房里的灯光很亮,有人轻轻地哼着"二黄"。丽雪在前,骏青在后,顺着穿廊往里院去走,就见书房里也没有灯光。

在将进正院时,忽见杨妈由里面走出来,她说:"五小姐回来啦?您还没吃饭吧?快开饭啦!"又说:"柏少爷来啦?"骏青点了点头,随着丽雪进到正院。就见东屋内灯光辉煌,西屋里却很黑暗,丽雪道:"咱们先看看我母亲去吧?"骏青点头道:"好。"就一同进到北房里。

这屋里还生着火炉,电灯倒不太明亮。祁太太一个人在屋里,坐在一把摇椅上,手里拿着菩提珠,闭着眼睛,也不知道是在念佛还是在打盹。丽雪走过去,弯着腰,推着她母亲的膀子,笑着叫道:"妈!妈!我骏哥来啦!"叫了两遍,祁太太才睁开眼睛。她瞧见骏青,脸上立刻现出一些喜悦之色,就说:"你,找个凳儿……坐下。"

骏青向姑母鞠躬,在旁边坐下,就问道:"姑母的病大好了吧?"祁太太胖脸上的肉一拱一拱的,说:"还是那样儿,反正也死不了。"骏青点点头道:"您别着急就是了!"

丽雪在她母亲身旁说:"妈妈,今天一清早我就去找我骏哥,后来我们上公园,一起吃的午饭,又去看电影,整整玩了一天!"说毕,她用明丽的眼睛瞧着骏青。

祁太太的脸上也现出笑容儿来,道:"你们两人玩,我放心!就是我走不动,不然,叫你们俩……搀着,也出去逛逛,那……多好呀!"丽雪望着骏青一笑,同时她的双颊有些绯红。

这时余妈进屋来,说:"五小姐回来了!菜都摆上啦,请您过去吧!"又问:"柏少爷您吃了饭了吗?"丽雪道:"你就不用管啦,太太不是也还没吃饭吗?回头我们跟太太一块儿吃。"余妈给倒了三碗茶,就出去了。

丽雪向骏青说:"我真不高兴跟家里的人在一起吃饭,每次吃饭必有口角!"

祁太太也没听清楚女儿的话,她又很关心地问骏青,说:"你还住在……那朋友家里吗?"骏青还没回答,丽雪在旁又摇她母亲的膀子,说:"妈妈,我骏哥有事啦,在学校当教员……"祁太太一听,心里更是喜欢,就说:"有事好呀!挣多少……"

她的话还没说完,忽听东屋里吵闹起来了,骏青和丽雪的面色齐都骤变。只听东屋里传出祁老爷的声音,他咬音咂字地骂道:"你,你敢勒索我……那你管不着……浑蛋!"还夹杂着一个女人的哭哭啼啼之声和小吴妈叽里喳啦的解劝声,丽雪气得脸都白了。

这时余妈又慌慌张张地跑进屋来,说:"五小姐,您快给劝劝去吧!老爷跟二太太又打起来了!"丽雪摇头道:"我不管!爱怎么打就怎么打!"

东屋里的吵嚷声越来越厉害,余妈急得向丽雪央求道:"您要不去给劝,谁也劝不了!"丽雪瞪着眼道:"我劝也只能劝一两回,天天叫我劝,天天他们打,成了什么事体?我没有那么多的时间跟他们说话,爱怎样就怎样,出了人命我都管不着!"余妈唉声叹气地道:"不是哟,是老爷在那儿生气啦!"丽雪冷淡地道:"老爷?那我更管不着了!"

祁太太刚喜欢了一会儿,这时气得身上又一阵哆嗦,她就说:"我去!我去问问他们!骏青挽住我!"丽雪拦道:"妈妈您去干什么?您的病刚好一些,又得叫他们给气坏了!"骏青也为难着,不知所措。祁太太却挣扎着要坐起来,骏青和丽雪只得把祁太太由摇椅上挽起来,余妈也赶过来扶着。

一到了东屋,就见桌子上摆着丰肴好饭,可是吃饭的人却吵起嘴来。祁老爷的小胡子气得不住地掀动,他怒冲冲指着二姨太太,说:"我就问你,你怎么会知道三太太她这个月花了八百多元钱?"三姨太太倪翠兰道:"那您还用问?还不是翁醉亭告诉她的!她跟翁醉亭……哼!谁不明白!"

祁老爷见有骏青在旁,他的脸上有些挂不住,就拦阻道:"你不要多说话!"小吴妈也推开倪翠兰,说:"对啦,三太太您先别说话,叫老爷问她!"祁太太气得用手捶胸,唉声叹气地说:"你们呀!真都不顾脸了!"骏青叫余妈挽住祁太太,他过去劝祁老爷,道:"姑父,您别生气,家庭中的事情,有什么话总好说!"祁老爷气得一屁股摔在沙发上,摇头叹息道:"真叫你耻笑!"旁边小吴妈也道:"可不是吗?真叫人家柏少爷笑话!"

丽雪见小吴妈在旁不住地挽活,她真生了气,就瞪着眼道:"吴妈,你走开！你一个雇用的人，凭什么你在旁边乱搅？不要脸！我的主意，散了你啦，赶紧搬铺盖给我走！"小吴妈说："哎哟！五小姐您别跟我来呀？我是伺候三太太的人，我替我三太太说几句话！"丽雪气得骂道："你的三太太又是什么东西？一齐走开！"

三姨太太倪翠兰一听这话，气得她拉着小吴妈就往外走，把旁边的几个仆妇吓得全失了颜色。祁老爷坐在沙发上直捶膝，叹息道："没办法！没办法！"二姨太太梅素卿却流着泪说："五小姐，你这不是护着我，你倒给我结了仇儿啦！"大桂抱住她母亲的腿，也不住痛哭。

丽雪扶着她母亲在椅子上坐下，祁太太就气得发颤，问道："到底……为什么？又闹起来！"

梅素卿拿一块青手绢擦着眼泪，哭着说："都是我的不好！不是下月十九就是太太的生日吗？我想那天一定来不少亲友，我跟大桂都没有一件穿得出去的衣裳，我就跟老爷说，我想要几十元钱，给我跟孩子做两件衣裳。老爷就告诉我没有钱，我还笑着说，老爷怎么没有钱，这一个正月，三姨太太花了八百多元钱，五小姐用了四百多，您又新买了一辆汽车……"

丽雪严厉地问："这些事你怎么知道的？"祁老爷在旁连连摆手，叹气道："得啦！得啦！你就别追问啦！"骏青也赶紧向丽雪使眼色。

梅素卿又拍着手儿痛哭道："为这么一句话，老爷就捧着酒盅骂我，三太太、小吴妈也都指着脸骂我。太太呀！我跟了老爷这些年，真是一点儿错处也没有，可是什么气我都受到了！一个月就给我五元钱，到年底才多给我十元。您想想，够我们娘儿俩干什么的？我要不是有这个孩子，我投河觅井寻死啦！"大桂也随着他的母亲哭声更高起来。

祁太太听梅素卿诉完了委屈，她不由发了善心，也擦擦眼泪，就说："不要紧，你……钱不够了，以后跟我要，我……我冲着大桂这孩子！"

梅素卿一听有太太给她做主了，她倒转悲为喜，擦净了眼泪，也不哭了，就说："是，有太太来可怜我就成了！太太是佛心人，五小姐也是佛心人，这个家里还就是你娘儿俩可怜我们。"丽雪摆手道："你就回你的院里去吧！"梅素卿答应了一声，又转过头来，向骏青道："叫骏少爷也为我这事，着了半天的急！"

骏青点点头，同时看着梅素卿那泪脸上的浅浅笑靥，觉得非常诧异，心想：这二姨太太的模样长得太像那白月梅了！怪不得我初次看见白月梅时，就觉得非常眼熟，好像在哪里见过似的，原来她非常像这位二太太。他脑里这样想着，好像证实了自己思索多日的问题似的。

此时梅素卿拉着孩子出屋去了，这里祁老爷扭头瞧着骏青，问道："你看我家里的事难办不难办？"说着，又突然站起身，怒声说："我就是一个主意，我把她们都打发走了，跟她们都断绝关系，然后一个人找个穷乡僻巷，一隐！好在丽雪他们也都可以自立了。"

骏青劝着道："姑父你也不必生气，家庭口角是免不掉的。"

祁老爷摇头道："你不明白，这不是简单的家庭口角，这里面有人挑唆！我也不必瞒你，丽雪她那二姨娘跟我已有好几年了，早先她也并不是这样。现在就因为她那孩子大桂渐渐长大了，她就自以为她对我祁氏门中有了功劳，我奈何不得她；再加上翁醉亭，翁醉亭跟她是同乡。早先她进我家门时，也是翁醉亭给我办的，那时翁醉亭不过是我手底下的一个小科员，咳！提起来，世路人心真可怕呀！翁醉亭跟了我十几年，我把他由科员提升到主任，后来我下了任，看他没办法，还把他介绍到安徽李处长那儿做了几年事；最后李处长下台，他回到北京，我又留他在家里管账，一个月给他六十元。按说我这家里还有什么账可管？我不是为安置下他吗？省得他在外面漂流着。不想他狼子野心，竟敢挑拨我家里的人……"

旁边丽雪就说："爸爸不会把他辞散了吗？"

祁老爷气愤愤地说："一定散他！一定散他！别忙，我一定散他！"

祁太太气喘了半天，说："我瞧，谁都不怨，就怨你！你，今年也……六十二了，儿女……又都这么大了，五年前，你干什么，又弄进来一个……小老婆？一个月就花几百，你又向着这个……不偏那个，怎不弄得鸡吵鹅斗！你……你自找！"

祁老爷叫太太说得直叹气，他摆手道："你病才好，我也不跟你惹气！"又把声音放大了些,说:"翠兰,她不错,是比素卿多花些钱,可是那也不全是她自己花了,她是替我交际了!"说到这里,他赶紧又加以解释说:"例如,我那些旧日同僚的太太们,现在都仗着她给应酬,素卿哪里行? 她那样儿,怎上得了场面? 说上三两句话就能得罪人!"

丽雪道:"不过小吴妈那东西决要不得。"

祁老爷赶紧摆手道:"那都好办,一个雇用的人,随时可以叫她走。"

骏青一看,这场争斗的局面渐渐缓和了,遂就走过去向丽雪道:"你请老太太回屋歇息去吧!"丽雪点点头,就叫仆妇搀着她的母亲,她也跟着回北屋去了。

这里骏青坐在他姑父的对面,又劝慰了祁悦斋几句。严妈送过茶来,祁老爷喝了一口茶,点着了烟卷吸着,就问道:"你现在净仗着什么维持生活啦?"骏青说:"我现在已有了职业,是朋友介绍的,在一处小学教书。"祁老爷又问:"挣多少钱?"骏青说:"不过几十元。"

祁老爷点了点头,就说:"有个事做固然很好呀,不过,现在指着做事,每月挣几十元钱来维持生活,是靠不住的。这些日你父亲也没有来信,将来他如若有信来,我看他的态度和缓一些,一定还是要给你们父子疏通疏通,不可弄得太僵。以后你有工夫时,可以常来找你表哥们玩耍,如若有什么用项,三十五十的,我也可以给你办得到。"

祁老爷今天对骏青说的还都是格外亲近的话,可是骏青仍觉得句句都不入耳,他也不愿争辩,坐了一会儿,便向姑父告辞了。出了东屋,他又到北屋里看了看姑母,只见祁太太已然上床睡了,问了问旁边伺候的余妈,余妈悄声道:"我们太太就喝了一碗藕粉,别的东西什么也没吃,就睡了。"

骏青点了点头,压着脚步走出了北屋,就见西屋里的灯光已然亮了。骏青放重了脚步,走到屋门前,把门拉开一道缝,向里面问道:"五妹在屋吗?"听到丽雪在屋里答应了一声,骏青就拉门进了屋。丽雪在蓝布褂上又套了一件紫毛衣,她见了骏青,就皱着眉说:"你今天看见了,这个家庭多叫人痛苦!"骏青摆手道:"没有法子,你只好暂时忍耐,并不是我拿这没有用的话来劝你,实在是因姑母那病,真不能叫她老人家多生气!"丽雪拿手绢擦着眼泪,点头道:"可不是,我所顾虑的就是这一点。"

骏青又说:"今天我们玩了一天,你大概也累了,你休息吧,我也回去了。每天三点以后我准回去,你若有什么事可以找我去,或者给我写信约定地址,我去找你。"丽雪点点头,脸上现出很满意的样子,撩起眼睛看了看骏青,就说:"好吧,你走吧,再见!"骏青笑着点了点头,就退身出屋,往外去走,心里却仿佛有些恋恋不舍似的。

走到前院,就听账房里有人拉着胡琴,正在唱:"站立在店中用目洒,不由得叔宝怒气发;分明二人是响马,江湖路上也曾会过他……"他越唱越快,好像唱得非常得意。骏青听得出来,这就是刚才里院那场纠纷的幕后人物翁醉亭;他心里很憎恶这个人,便急忙地走了过去。才到大门,就见由门房里跑出一个孩子来。这孩子伸着双手就将骏青抱住,说:"大哥别走,咱们玩会儿!"骏青摸着大桂的头,说:"不行了,我住得太远,我还得赶紧回去睡觉。"大桂还紧紧抱住骏青不放手。

这时二门里有一个很尖的声儿喊着说:"小杨!快把汽车开出去!三太太这就走!"大桂一听是小吴妈的嗓音,他就像老鼠听见猫叫似的,吓得赶紧把骏青放下了手。骏青就知道里面的纠纷是方兴未艾,便赶紧趁势脱身走了,出了胡同,就雇了洋车,回水车胡同庙里去。

骏青走后的祁公馆果然又吵闹起来。小吴妈是奉了三姨太太的命令,非得叫小杨立时把汽车开出去不可。杨妈、严妈受了老爷的暗示,赶忙跑出来一同抱住小吴妈,劝着道:"得啦吴姐!你也得给老爷留个退步呀?别生气啦,回屋里歇会去吧!"随劝随拉。小吴妈终于因为脚儿太小,禁不住两个大脚片的伙伴硬拽,便身不由己地回到里院,嘴里还说:"你们别管!哎呀严姐,你别弄乱了我的头发呀!"吵吵嚷嚷地就回到东跨院去了。

这时屋里的三姨太太倪翠兰,刚跟老爷哭闹了一阵儿,她翘着一只高跟鞋,躺在花缎沙发上,眼角上的泪珠跟旗袍上的金星,都被灯光映得闪闪发光。她就说:"不是我成心闹气,多少日子我都是忍了又忍,可是今天当着柏少爷,太叫我的脸上下不去啦!五小姐既然往外轰我们,我们就从命,我们到大街上要饭去,当野鸡去,也绝不再迈这公馆的大门槛!"

祁老爷唉声叹气着,探着头弯着腰,仿佛要下跪似的说:"咳!无论怎么着,我求你们,给我留些脸!"

倪翠兰冷笑着说:"我进门儿四五年,我敢说是规规矩矩,没给你做出一分一厘丢脸的事!你求我们给你留脸有什么用处?正经的,您得求求您那位得宠的二太太跟您那千金小姐!哼!别叫我说出来,姨太太姘着账房,小姐恋着表哥!"

祁老爷急得跺脚,就生气地说:"反正我有办法就得啦!我就是叫他们都走,也不能叫你们俩走!"他又龇着牙,安慰三姨太太道:"真的,翠兰!翠兰!你还不能体谅我吗?你千万可怜我。只要我把那个差事活动下,我谁也不带,就带着你跟吴妈;将来上了任,咱们也到上海另组织一处公馆,不管他们。"

三姨太太哼哼一笑,道:"你何必跟我耍这政客手腕!给我一张空头支票拿着,知道几儿才能兑现呀!"

祁老爷急得又跺脚道:"你要不信,我把我的存折、图章全都交给你做保证!"

这时杨妈、严妈已把小吴妈劝回来,小吴妈又哭啼抹泪地道:"我还有什么脸再在这儿待着?当下人怎么着也得有个脸呀!五小姐就当着骏少爷赶我们……"

倪翠兰立起身来,瞪着两只圆眼睛,她那水蛇腰也像是因为生气而直了起来,她摇晃着身子说:"怎么,你叫车叫不来?好,我知道小杨、小汪都是五小姐的亲信人,当然指挥不动。我给尤公馆打电话,叫他们的汽车来!"杨妈、严妈又赶紧上前拦劝。

祁老爷趁着别人劝三姨太太之时,暗中向小吴妈摇晃着双手,做出个着急而且乞求的样子。小吴妈立刻改变了口气,也过去劝三姨太太道:"三太太,我又想起来了,咱们偏不走,倒看看五小姐有什么办法?"

倪翠兰冷笑着说:"哼!人家怎么没办法?人家会把咱们打出去!真到了打咱们的时候,你放心,老爷也拦不住!"

祁老爷一听这话,气得脸色改变,说:"我怎么拦不住?她是我的女儿,难道我管不了?现在这问题也好办,你们先别急,等我把丽雪叫来,叫她当面给你们赔罪,不然我立时把她赶走!"说着,气愤愤地往屋外走去。

他才出了这东跨院,就见女儿的屋子,外屋两间全都黑暗暗的,只有里间,那是女儿的卧室,窗帷上染着粉红色的灯光;有一个穿着西服的男子,正脸冲着窗向里面说话。祁老爷一看,更是怒火倍增,严厉地问了一声:"是谁?"那穿西服的男子一转身,使气地答应了一声:"是我!"

祁老爷一看,原来是四儿子祁敬孝,就问道:"你在这儿干什么?"祁敬孝见是他的爸爸,便也老实了一些,说:"我问我妹妹,骏青走了没有。"祁老爷生气道:"岂有此理!骏青他走了没走,你妹妹如何能知道?快回去温习你的功课去!"祁敬孝便咚咚地迈着大步走了。

祁老爷又站在他儿子刚才的位置上,向窗里叫了声:"丽雪!"里面有窸窣的翻书页的声音,丽雪回答道:"爸爸,有什么事儿?我都上了床啦。"祁老爷压下一口气,又问道:"今天是你先回来的,还是骏青先来的?"

丽雪在里面很坦然地答复道:"我们俩人是一起来的。今天一清早我去找骏青,由他那里我们到公园吃午饭,后来又去看电影,看完电影我们就一起来啦。爸爸您有什么事儿?"祁老爷气得真要打破了玻璃闯将进去,把女儿痛打一顿,但他却连一句话都说不出来。

里面丽雪又道:"我表哥人家本来是瞧我母亲来啦!早晨也是我母亲叫我去找他的。我母亲病了这许多日子,谁来管的?介绍大夫,安慰病人,还不都是我表哥?假使我表哥不在北京,我母亲的这场病就难好!今天人家才一进门就赶上咱们家里打架,把什么丢人泄气的事都抖出来了!我都觉着没脸!爸爸您也这么大年岁了,过去也做过很大的事情,直到现在,有时我到同学家里,人家知道我是您的女儿,提起您来都很敬仰，要不然上次张次长为什么来拜访您？可是实际上呢……"里面又轻微地叹息了一声，接着道："爸爸您看，咱们家里乱成什么样子啦！小吴妈那是什么东西？每次咱们家的人有些言语冲突，她必要在旁边插嘴。爸爸，我告诉您吧，咱们家里的事瞒不住人，见了同学们，我都觉着羞得慌！"说着，就听咚的一声响，大概是把弹簧床使劲捶了一下。

祁老爷的心里真难受，不但不敢说女儿了，反倒怕女儿再说出什么来。他呆呆地在窗外站了一会儿，就退步回身，暗暗叹着气，顺着廊子往外走。还没到前院，一阵胡琴声飘到耳朵里，并杂着低声哼唱，唱的是："……你就来，来，来请到城上听我抚琴哪！"

祁老爷一进屋，翁醉亭赶紧站起身来，收住了他的《空城计》，放下胡琴，笑道："怎么老爷还没歇着？"祁老爷就像没听见似的，倒背着手儿在屋里转了转，他转到哪里，翁醉亭的眼睛也就跟到哪里。祁老爷走到那后窗户前，又转身回来，就扬起些头，问说："柏少爷走了没有？"翁醉亭发着怔道："我不知道，柏少爷他没到这屋里来！"祁老爷轻轻点了点头，又站住身，四下看了看，然后一句话也不说，就出了屋；穿过客厅，又往二少爷那里去了。

这里翁醉亭就着壶嘴喝了口茶，又坐下把胡琴拿起来，重新自拉自唱。唱完一段《斩马谡》，又想要学学程砚秋，才拉了一段"二六"，就听后窗户"哗啦哗啦"的一阵响。翁醉亭赶紧站起身来，扔下胡琴；他先把电门关上，将屋门也掩上，然后就开了后窗，向外面悄声道："这么早你来干什么？老头子刚走！"

窗外的梅素卿似乎在笑着，她说："不是！我要告诉你，刚才呀，我跟他们提出意见来啦！老头子先前还跟我大闹，问我，你怎么知道三太太这个月花了八百多元钱……可巧，骏少爷来啦！骏少爷跟五小姐搀着太太给我们劝架，都护着我，五小姐把三太太跟小吴妈好骂了一顿，说：'你们是什么东西，一齐给我走开……'"梅素卿学着五小姐说话的声调姿势，露出得意的样子，好像她十几年来都没像今天这样胜利过。

翁醉亭却拦住她的话头，说："喂喂，你先别说这些无关紧要的话，我问你,那么结果是怎么样呢?"

梅素卿道:"结果……结果是太太亲口跟我说的,以后我的钱要是不够花的,由太太贴补我!"

翁醉亭气得一摔窗子,骂了声:"饭桶!"又道:"你争了半天,原来就争来这个呀?告诉你,太太一个月统共花不了三十元钱,她还能贴给你多少?要是五小姐答应你,那还差不多。你这个人简直一点儿办法没有,我费了几夜的工夫给你想了个主意,一下就叫你给弄坏了,你不行!你饭桶么!要不然,只要你有一点儿硬劲,有一点儿聪明,这家当早就跑到你的手心里去了!他妈的总是我翁醉亭倒霉,遇见你这么个家伙!诸葛亮有天大的能耐,架不住魏延撞灯。算了吧,他妈的你就受罪吧,谁也救不了你,下个月我非得算算工钱,自谋出路去不可!"

二姨太太急了,声音也大了一些,她说:"你别骂我!你老说我软,可是我硬,又应当硬到哪儿去?我跟了老头子十几年,我抛下我的骨肉,我忍气吞声……谁想,谁想到他没良心呀?老头子没有了良心,你可叫我怎么办呀?"说着梅素卿就哭泣起来。

翁醉亭哼了一声,骂道:"良心?良心卖他妈的多少钱一斤?良心就能叫你受罪,叫你看着别人享福。祁老头子他有良心?他要有良心,做了三年盐运使,就能发这么大的财?我是不给他抖就是啦!告诉你,你要是有五小姐那么一成儿的能耐呀,哼,你早就成了阔太太啦!我也早就发了财啦!"说着他不住连声叹气。

隔着这个幽僻的窗户,二人又低声说了许多话,后来梅素卿就擦净眼泪走了。翁醉亭关上后窗,又生了半天气,他也不再开电灯,就出屋穿过客厅,走到了少爷们住的院里。

二少爷的屋中灯光明亮,像是里面点着几只汽灯似的,窗子挡得也顶严,里面人影幢幢,传出来吧吧的摔牌声和哈哈的欢笑声。翁醉亭紧走几步,拉门进屋一看,屋里仅有一桌麻将,四个人打着,可是在旁边看牌的倒有六七个人。大家一见翁醉亭进屋,都说:"翁先生,怎么,你的胡琴拉腻烦啦?"

翁醉亭笑着说:"你们想,我一个人自拉自唱,又没有人听,还有什么意思？"旁边的窦朗堂递给他一支烟，翁醉亭道了声谢，借过窦朗堂的烟卷，对着了，就走到祁敬廉的身后去看牌。祁敬廉指着他那十三张牌，发着愁说："你看，这牌有多么背？做'十三幺'倒许行了！"

说话之间，对门的常子渊打出一张牌来，下首的费伯欣就要伸手抓牌，敬廉连忙问："什么？饼吗？是么饼不是？我碰！碰！碰！"遂打出一张"白板"，还好像很冒险似的，把牌往桌上吧地一摔，说："不留着你啦！"下首的董文甫连看也不看，就伸手去抓牌。翁醉亭看了一圈，祁敬廉是一把也没和，钞票和筹码都跑到董大少爷董文甫那里去了。

祁敬廉满头是汗，脑袋上都迸起了青筋，挽起袖子，哗啦哗啦地使劲洗牌。翁醉亭就问说："骏少爷今天来了，你知道不知道？"祁敬廉摇头说："我没见着他，向来他是不来拜访我的，刚才要不是我们的老爷子问我，我还不知道呢！他来了对我毫无好处，只能给我添麻烦，他妈的放着媳妇不娶，跑到北京来穷蘑菇，算什么东西？"说到这里，他忽然想起一件事来，就把位子让给翁醉亭，说："醉亭，你先替我来一把，我去找老四有点事情！"说着，他就赶紧出屋去了。

跑到他兄弟的房内，他以为敬孝已然睡了，却见敬孝正在电灯下写信。祁敬廉走过去，敬孝都没有觉出，他正一手抠着头发，一手拿着钢笔往信笺上写：

> 姑娘哟！我给你连去了七封信，你一封信也不复，我真对
> 邮差发生了怀疑……

祁敬廉劈手就把他弟弟的信笺抢过来，说："得啦！得啦！别丢这个人啦！你真要忙着娶媳妇，就叫母亲把蔡家的九小姐给你说过来，你干什么要费这么大的力量追逐密斯呀？我知道你现在想追逐梁霞，告诉你，那算白做梦！假定说她就是爱你了，丽雪也得给破坏了！"祁敬孝急得赶紧由他哥哥手里抢信纸，说："我的事情你管不着！"

祁敬廉笑着，把那团揉了的信纸还给了他兄弟，又说："我劝你别把恋爱的事情看得那么真，不然你一定也弄成骏青那个样子，那有多

糟糕！喂，我问你，你知道骏青刚才来了吗？”

敬孝道："我怎么不知道？在'光陆'我就看见他跟丽雪在一起，他们没瞧见我，我也没敢招呼他们。”

祁敬廉就低下声音说："骏青跟丽雪现在天天在一起，爸爸非常生气！他刚才找你，你没在家，又找着我，叫我告诉你，你明天找一趟骏青去，嘱咐他以后不许跟丽雪接近，要不然，爸爸可要对付他了！”

敬孝摆手道："你别骗我，爸爸刚才见着我一句话也没对我说！这一定是他叫你去，你怕得罪骏青，又来抓我，叫我去替你挨骂呀？我不干！"说着他又坐下，拿起钢笔去写情书。

祁敬廉有些着急，就走过去央求他兄弟，说："得啦，明天你就算替我，找一趟骏青行不行？骏青那家伙有些古怪，只要你跟他一说，以后他绝不能再跟丽雪接近，你也不算得罪他。”

敬孝道："骏青我不怕他！”

祁敬廉明白他兄弟也是怕丽雪，就发了一会儿愁，又探着头说："只要你明天能替我办这件事儿，你订做的那身西服我给钱！"敬孝又放下笔，扭着头说："准的？"祁敬廉立刻由身上掏出皮夹子，说："我还能骗你？你说多少钱吧？"敬孝说："八十元！”

祁敬廉心里犹豫，接着就一狠心，数了几张票子，说："先给你这四十元！今儿我的牌太背，等回头再来八圈，只要赢了钱，告诉你，别说你做一套西服，两套也行。可是，明天你可千万早一些找骏青去，跟他把话说明白了，要不然人家……得啦，我也别说啦，我还得赶紧打牌去。"说着，他就急急忙忙地走回去了。

这里祁敬孝把四十元装起来，心里非常欢喜，又继续抠着脑袋，写他那投去也没有多少希望的情书。

次日一清早，祁敬孝跟小崔问明白了骏青的住址，就骑着脚踏车，飞似的到了水车胡同的破庙中。这时骏青才起来漱口，祁敬孝一进屋就把他揪住，说："喂！骏青！我父亲叫我警告你来了！”

骏青听了不由一怔，就正色道："昨天我还见着姑父了，有什么话他为什么不直接跟我说，却叫你来警告我？”

祁敬孝说:"我父亲给你留面子,不能当面跟你说。干脆跟你说一句话吧,以后不许你再跟丽雪在一起,要不然我父亲犯了他那顽固的脾气,你可惹不了!还有几句话,是我给你的友情忠告:你知道丽雪现在的名气有多大?追逐她的人有多少?自从你来了之后,她对于早先的男朋友却一概都不理了,那些人现在都瞧着你眼红,你可小心人家往你的脸上洒硝镪水!"

骏青气得咚地就给了祁敬孝一拳,说:"快走!我用不着你的忠告和警告!洒硝镪水?叫他洒去,我又不是指着脸子吃饭的人!"

祁敬孝也捋起袖子说:"怎么?你还要打架吗?"

骏青冷笑着说:"我何必跟你打架?不过我要跟你声明,几次我同丽雪在一起玩,都是她找的我,我可没有找过她一次。现在的事情也没有什么不容易解决的,回头我就写两封信:一封信给我姑父,叫他放心,我现在并不是拿爱情当作性命的人,根本我与丽雪也没有什么特别接近的事情;另一封信我给丽雪,告诉她……"

祁敬孝赶紧把骏青拦住,道:"喂!喂!你可不准把这话告诉丽雪,你要告诉她,我可就跟你决斗了!"

骏青生着气说:"这是什么道理?"

祁敬孝的态度立刻缓和了,他笑了笑,拍着骏青的肩膀道:"我刚才跟你说的那些话,一半是吓唬你,实际上不那么严重。凭良心说,我愿意你跟丽雪好,不然昨天我在'光陆'看见你们,为什么我回家不跟人说?只要你们行动严密些,别叫我父亲知道就行了。你要是跟丽雪一说,那可就害了我!不但她得跟我瞪眼,我的一切计划就完全失败了!得啦,我请你千万别跟丽雪去提,咱们面子事儿,行不行?你瞧你刚才打了我一拳,我都没还手!"

骏青喘了口气,又看祁敬孝很可笑,更不明白他为什么这样怕丽雪,就答应道:"好吧,你走吧,我还要去上课。"祁敬孝笑了笑,又说他们的剧团下月公演《伪君子》,到时他一定要送票给骏青,骏青也不理他,他就骑着脚踏车走了。骏青心里还很生气,看看手表,差一刻就是八点钟了。他不敢多耽误时间,赶忙锁上门,出门雇了一辆车,就往学校去。他在车上又想着:刚才那些可气的事,我且不要去管,到了学校,还得设法应付那个小敌人呢! 非得一下就把她制伏了不可!

少时到了学校门首,他下车给了车钱,就往里走。许多学生都向他鞠躬,叫着:"柏先生!"此时邓厚颐已拿着教鞭和点名册由教务处出来,吩咐校役打铃,铃声就哗楞哗楞地响了。骏青赶忙取了课本,到三年级课室里一看,学生已经来齐,只有一个座位空着,那是白月梅的座位。骏青心想:小姐的脾气! 前天叫我说了几句,今天就不来了! 大概她家里也是很有钱的,不然脾气如何能这样骄傲?

于是他也不点名,就开始教授算术,把课本讲了讲,便叫学生把书上所列的十几道习题都算在本子上。学生们个个都趴在桌上,拿铅笔往本子上沙沙地写,没有一点儿别的声音。骏青就站在黑板前,不禁又想起了刚才祁敬孝说的那些可气的话,就想着以后见着丽雪时,应当怎样对她说。

过了约二十分钟,已有学生把习题算完了,过来交本子。这时忽然课室的门一开,白月梅提着个十字布上挑着她名字的书包,由外面进来。骏青看了她一眼,什么话也不说。白月梅向骏青鞠了一躬,喘吁吁地走向她的位子。她把书包放在桌上,刚要坐下,骏青却说:"白月梅,不要坐下!"白月梅吓了一跳,小脸儿上颜色立刻变了,旁边的同学都看着她,她很害羞,又很害怕地低着头;她的头发很乱,显见是由家里跑了来,被风吹的,那件红毛衣今天也没有穿。

骏青看过了两个本子,才抬起头来问道:"为什么来得这么晚?"白月梅低着头,皱着眉,委屈地说:"家里有事。"骏青正色道:"家里有事你也不应当迟到!你既然做学生,就要遵守授课时间。家里的事也可以叫别人去做,如若非你做不行,你就应当事先请假,这样随随便便是不行的。"白月梅低着头,一句话也不说。骏青看了她一会儿,就说:"你坐下吧! 明天不可这样了!"白月梅这才坐下,拿她那瘦长的袖子擦着眼泪。

第十回　神秘的学生

　　白月梅打开书包,取出来本子和铅笔盒,向旁边的人低声问了几句,她就低着头去算算术。骏青心里非常舒服,以为这一次就可以把这个调皮的学生给制伏了。他微笑着,在课室里来回地走,走在白月梅的身旁,就见她一面抽搐哭泣,一面拿着铅笔在那本子上很快地写着;写几行,又用袖子擦擦眼泪。骏青定睛去看她那本子,就见铅笔字上有许多泪水,但是她写得非常清楚,算的也都对。

　　骏青的心不由软了,就用一种安慰的口气,和缓地说:"你既然不是故意来迟,那也不算要紧,以后无论家里有什么事,也不要迟到,否则我就要罚你了!"白月梅却一声不语,连头也不抬,只是哭着算她的算术。骏青心里又有些生气,便转身走开。

　　待了一会儿,白月梅就擦着眼泪,走过来交本子。她把本子交给骏青,转身就走,回到位子上,把椅子坐得咚地一响,又把铅笔盒吧地一摔;她一只手掠着头发,一只手拿帕子拭泪,噘着嘴,好像非常不服气似的。骏青就厉声叫道:"白月梅!"白月梅站起身来,还是不住哭泣。骏青问:"你为什么这样撒气?"白月梅还是哭泣着不语,旁边的人也都看着她,觉着她立刻就要受惩罚,所以都替她很害怕。

　　骏青愤愤地瞪着白月梅,忽然想起昨晚的一件事情来,觉着白月梅简直就是个小梅素卿! 不过白月梅的眼睛更大些,睫毛更长些,脸上也娇嫩些，假使她要笑一笑，或许酒窝也更深些，遂心里又一软，就说："你这样是不行的！既然上学，就要听先生的教训，你使你在家里的脾气可不行。你看，这全班的学生谁像你，哪个不是规规矩矩的？今天的事，本来应当给你记过，但我宽恕你这次，下回不许再这样了，坐下吧！"白月梅就坐下，椅子又沉重地响了一声，她还拿手帕擦着眼泪。

这时铃声哗楞哗楞地响起来，学生们交齐了本子，就下了课。骏青回到教务处，心里非常不痛快，把学生交的算术本子向桌上一扔，闷闷地想：这不行！虽然只是一个学生调皮，但一个教员天天要跟学生惹气，也太不像话！校役给他倒过一碗茶来，这时邓厚颐也拿着教鞭下了课，他望着骏青那紧蹙的双眉，就说："三年级的学生太闹，柏先生你得严加管束，得叫他们见了你就害怕，那才成！"

骏青笑说："我觉得三年级的学生年岁都很大了，而且有不少女生，总想给她们留些面子！"

邓厚颐连连摆手，说："不成不成！你给她们留面子，她们可不给你留面子呀！刘先生在这里时，弄得一团糟，女生们就跟他拉拉扯扯，打打闹闹，简直不成体统；咱们的校长又是古板人，他看不惯新学堂里师生混乱的那些坏风气！"骏青点点头，觉得倒像是听了一番教训。

这时，许多学生都在院中玩耍，有跳绳的，有拍球的，乱嚷乱闹。邓厚颐也不出屋，就把教鞭抡起来向桌上一抽，吧的一声巨响，他瞪着眼，隔玻璃窗怒喝道："你们吵什么？都到课堂里去！"也真有效验，院中的学生们一听见屋里的喝声，吓得都扭头向玻璃窗里来望，咕咚咕咚地就都跑进课室里去了。院中立时十分宁静，邓厚颐扭头向骏青一笑，得意地说："怎么样？我专会研究学生们的心理，非这样对付不行！"骏青也点点头，却不禁暗中皱眉。

待了一会儿，铃声又响了。第二堂是国语，骏青拿着课本到课室里，就见白月梅倒是不哭了，可是仍然皱着眉，噘着嘴，他倒觉着很好笑，暗想：这样的学生也应当叫她遇见邓厚颐那样的教员。他遂不用正眼去看白月梅，打开课本开始讲书。虽然这只是初小课本，文字十分浅易，但骏青却非常用心地详细地讲解，措辞也非常审慎，唯恐又叫学生们质问住。讲过两节之后，他抬眼去看白月梅，就见白月梅低着头，眼睛正对着书，倒是很用心听的样子。

骏青又将这课书的词句及意义详细讲解，讲完了，他便问："你们都听明白了吗？"有的学生说："听明白啦！"有的还有不认识的字。骏青就选择那几个功课好的学生，叫他们先后回讲，最后才叫到白月梅。白月梅由位子上站起来，双手捧着书，长长的睫毛向下垂着，用柔细的声音讲解着。她讲的跟骏青所说的是一样，并且连刚才骏青所设的譬喻，所做出的手势，都一一模仿出来，招得旁边的同学齐笑，她却依旧很安静地讲书。她只讲了半截就摇铃下课了，骏青就止住她说："你坐下吧！"

下课时，这三年级的学生倒是很规矩，先站起身来，然后很有秩序地走出去。那一二年级却不然，一听见铃声，他们就像一群出笼的麻雀，乱挤乱碰地往外跑。一个年仅五六岁的秃着脑袋的男生，一头就撞在了骏青的身上，骏青笑着说："你慢一点儿，不要跑！"这小男生才一转身，邓厚颐就从后面来了，喝道："乱跑什么？"吧的一教鞭，正敲在小男孩的脑袋上，那孩子立刻哭了，摸着秃脑袋就跑了。

邓厚颐大声喝着，震慑住了这一群才出笼的"麻雀"。他得意地走进了教务处，骏青也随着进屋，邓厚颐又说："男生倒好办，只要你打痛了他，他以后必怕你；顶是那些女生最捣蛋，还没等你打她，她就先哭了。"

骏青笑着说："不过，我认为对学生施行体罚也不甚对，总是应该对他们严肃而又宽和，用自己的仪表、言语、举止，使他们敬服。"

邓厚颐摇摇头，表示不赞成，说："你先生这种办法，我看么，办不到！"

待了一会儿，铃声又响了，骏青就去教这第三堂的功课。这一堂，白月梅倒是没有怎么调皮，可是当骏青讲书时，白月梅总跟在她旁边坐着的徐秀贞偷偷谈话。骏青本要禁止她们，但又想：为她们两个人，耽误全班的听讲时间，也不甚好，所以就不睬她们，只是往下讲课。

下了这堂课，学生们都各自回家去用午饭，邓厚颐也走了，骏青就又到前天吃饭的那小馆子里很简单地吃了。现在他本人的钱已然花尽，用的是丽雪借给他的钱，这使他感到十分的惭愧；又想起今天清晨，祁敬孝对自己的警告，就更是生气。

他郁郁地回到学校里，见这时还早，只来了三四个学生。有个十二三岁的小女生向骏青鞠躬，骏青认得是跟白月梅同坐着的徐秀贞，随就招手说："你来，我有话要问你！"徐秀贞也不知是什么事，她就笑着、跳着，随柏骏青进到教务处。骏青坐下就问："今天上第三堂的时候，你跟白月梅为什么净说话，不听讲？"

徐秀贞不服气地说："我没跟她说，是她净跟我说，你问她去呀！"骏青说："白月梅是全班里最闹的学生，你不可跟她学！"徐秀贞说："我才不跟她学呢！今天早晨她是要跟我借一毛钱，才跟我说的话。"骏青就说："你们都是小学生，怎可以互相借债呢？这白月梅，真不是个好学生！"徐秀贞却说："那倒不怨她！她的算术本子快用完了，没有钱买，她才想跟我借钱。"

骏青有些惊讶，又问："她要买算术本子，不会跟她家里的人要钱吗？"

徐秀贞撇着嘴说："哼！她家里，才不给她钱花呢！"

骏青问："为什么？难道她没有父母？"

徐秀贞说："有，她有两个母亲呢，一个母亲在天津。"

骏青一听，心说：这又是个大家庭里的牺牲者，她的父亲一定有两个太太。遂问："想必她的父亲很有钱了？"

徐秀贞笑着说："哼！有什么钱？早先她父亲拉车，现在……"

骏青问："现在干什么？"

徐秀贞不耐烦地说："咳！你这么打听人家家里的事干什么呀？哪有先生净刨根问底打听女学生家里事情的呢？"

骏青笑了笑，就说："你走吧！"徐秀贞就跑出屋跳绳去了。

骏青心想：怪事！白月梅的父亲既然是个拉车的，怎会又有两个太太呢？而且一个太太还住在天津？再说，白月梅虽然连买算术本子的一毛钱都没有，可是看她的衣服倒还整齐……

　　这时学生多半都吃过午饭来到了,院中又闹成一团,尤其是那些男生,他们打了架就来找先生告状。骏青先后排解了三四起,他的排解方法就是叫他们原告和被告互相一鞠躬了事。因为院中吵嚷得太厉害了,骏青不得不走出教务处去弹压,但是他的威严实在不如邓厚颐。他也做出生气的神气,喝道:"不要闹!"但学生们仍然冲着他嘻嘻地笑,他也没有法子。

　　走到三年级的课室前,隔着玻璃一看,就见白月梅已然来了,正在她的位子上写字。骏青走进去,见屋中除了白月梅还有两个女生,都正往小字本上写小楷,骏青就慢慢走到白月梅的身旁。白月梅也不站起身来鞠躬,她双臂趴在桌上,用一支劣质的毛笔,很专心地习小字。她没有墨盒,用的是一块很大很破的砚台和一块短短的墨;她也没有习字帖,只照着那国语课本去写。骏青的心里生出一种悲悯的情感,看着白月梅在习字本的小方格里,填出一个一个清楚的字迹,他就点点头说:"你写得很好,不过以后应当买个字帖,就可以更进步了!"

　　他这话是说得很平和的,此时在他眼前的白月梅已不是那个调皮的学生,而是个勤苦聪明的女孩子。不料白月梅把头一摇,使着气说:"我没有钱买呀!"好像把骏青的一片好心看作了恶意。骏青的心里真觉堵得慌,他脸色变了变,刚要问:"你跟先生说话为什么要做出这种样子?"可是又见白月梅仍在低着头很专心地写着,仿佛并没觉得刚才她说的那话能使人生气。骏青就忍下了这口气,又转到别的学生身旁,看着另一个学生写字。他抬起头来看了看白月梅,心里又很好笑,暗想:看她像是个很聪明俊秀的女孩子,谁想到她的性情简直不可理喻!

　　骏青走出课室,回到了教务处,就把早晨学生所交的算术本子,一本一本地看。十几个本子还没看完一半,就有一个男孩子哭着走进屋来,说:"老师,白月梅她打我!"骏青把钢笔放下,一看这个孩子,正是早晨脑袋上挨了邓厚颐一教鞭的那男生。这孩子比祁公馆的大桂大不了多少,可是穿得很不整齐,小脸儿上挂满了鼻涕眼泪和泥土,样子又可怜又滑稽。骏青就问说:"你叫什么名字?白月梅她为什么打你?"这孩子说:"我叫黄得泰,我到三年级去找我姐姐,白月梅吧地就打了我一个耳刮子！"

骏青觉得又好笑又可气，就说："岂有此理！她怎能无故就打你？你把她叫来！"黄得泰一听他告的状受理了，就好像得胜了似的，转身就走；待了一会儿就把白月梅叫来了，后面并跟着一大群人，都扒着窗往里来看。

白月梅的小脸儿气得发白，很快地走来，一点儿没有畏色。进屋来不容骏青审问，她就摇晃着身子，比拟着手势，滔滔地陈述了一遍她的理由，她说："本来刘先生在这儿时就立下了规矩，无论是谁，也不准串班。可是刚才黄得泰到我们班里找他的姐姐黄婉贞，跟他姐姐打架，正撞在我的桌子上，把我的字全都撞坏了，我就推了他一下……"

黄得泰哭着争辩说："哪儿呀？你打我一个耳刮子！"骏青问说："那么你有证人没有？她打你的时候，旁边有人看见没有？"黄得泰说："我姐姐看见啦！"

白月梅瞪着眼睛说："他姐姐护着他，我就是没打他，他姐姐也一定说我打他了！"

骏青笑着说："总之，你们同学都应当相互亲爱，不可净打架，现在我也不必细问，我相信你们彼此都有错，你们彼此鞠一躬就是了！"黄得泰很听话，立刻就给白月梅鞠了一躬。可是白月梅却不服气，她气得流下眼泪，向后退了一步，摇头说："我不能给他鞠躬！"

骏青真觉得难了，便严肃地说："你不听先生的话吗？"白月梅噘着嘴，哭着说："我不能给他鞠躬！"骏青站起身来说："像你这样的学生，顶好不必上学了！"

正说着，忽然窗外扒着看的学生全都跑开了，邓厚颐走进了教务处。他一见这种情形，立刻向骏青问说："怎么回事？"骏青笑着，把这两个学生的纠纷大概说了，然后又劝白月梅说："黄得泰已向你鞠过躬了，你也应当向他还一躬，然后我就叫你们两人走，现在也快上课了！"说话时他恨不得向白月梅使个眼色，叫她把脾气抑一下，就可以了结这件事。

可是白月梅仍很执拗，她哭着说："本来我就没打他么，为什么您要叫我给他鞠躬？"邓厚颐此时已拿起了教鞭，用力向桌上一拍，就像放了一枪似的那么响，并高声向白月梅斥说："你不服管吗？你跟老师说话还这么横！"说着，抡起教鞭向白月梅的头上吧地就是一下，白月梅立刻拿袖子捂着眼睛呜呜地哭了。骏青恐怕邓厚颐再打第二下，就赶紧斥说："你们去吧！"那黄得泰走出门去就笑，白月梅三步两步地奔出门去，边哭边叨唠着回课室去了。

邓厚颐扭着头又向门外瞪了半天，然后对骏青说："这个白月梅顶可恨！刘先生在的时候纵着她，她把刘先生欺负得不像样子，刘先生还说她是好学生，我真瞧着生气！这个学生简直是害群之马，非得抓她个过错，把她开除了不可！"骏青脸红了红，没说什么话。

这时铃声响了，骏青就到了课室里。这第一堂是习字，学生们都趴在桌上安静地写字，只有白月梅还趴在桌上痛哭。骏青走到她的身旁，就见她的两只袖子全都被泪水浸湿，在她肘下压着的习字本上，那整齐的小楷之间，的确有一块斜着的墨迹，像是被人莽然地撞了一下而画成的。骏青就知道刚才她吃的那一教鞭很是冤屈，而且一个十四五岁的姑娘，叫人在头上鞭了一下，也是太令人伤心。骏青便轻声和婉地说："你看，刚才你若是听我的调解，决不会叫邓先生责罚你。我相信我这个教员脾气是最好的，我决不会叫你们，尤其是女生的面上难看，不过你们也应当守规矩，给我也得留点脸面。我来到这里教书还不到两天，别人都很好，只有白月梅你，仿佛处处要为难我、轻视我，这样不但伤了师生的感情，而且你也很吃亏，你把你的级任教员都看不起，你的学业又怎能进步？"骏青这样说着，白月梅更哭出声儿来。

骏青发了半天愁，就劝她说："你擦擦眼泪写字吧！这篇虽然坏了，可以翻过去写下一篇。我看你的字写得很好，别的功课也都不错，假若你再守规矩，操行再好一点，真是个很好的学生。你应当珍惜你自己的天才，将来在这里毕业，还要升高等、入中学，或是到社会上去做事。你若是操行不好，无论到哪里也是不行的。你一个很聪明的人，为什么自己不往十全十美里去做呢？"

骏青针对着这个学生，讲了这一大篇勉励的话，他还想着或许白月梅听不懂，又要哭着闹起脾气来，遂就注意着她态度的变化。白月梅又哭了一会儿，就抬起头来了，抽搐着，拿一块小手帕擦着眼泪；那忧郁俊秀的面庞，经泪水一洗，越发显得娇美。她嘴里似乎还叨念着什么话，又掠起眼睛来看看骏青，但已没有什么敌意，然后就很听话地磨了磨墨，蘸蘸笔，将本子上的纸翻过一篇，往下篇去写；写一会儿她就要抽搐几下，那两只生着长长睫毛的漂亮眼睛都有点红肿了。骏青很觉安慰，心说：我应当设法把这个骄傲的女孩子，改造成一个温和的好学生……

这堂下了，第二堂课是"公民"。书上都是些增进儿童道德观念的话，骏青借题发挥，引用了许多中外伟人的儿时故事，并简略地写在黑板上，叫学生去抄。白月梅也和别的学生一样，安安静静地往本子上去誊录，这一堂，她居然变成了一个很老实的学生。骏青心里非常高兴，在将下堂时，还特别嘱咐说："下了课你们回家去，在路上不要闹！明天，务必要准时到校！"说末一句话时，他特意看着白月梅。

白月梅低着头，慢慢地整理着她的书包，而别的学生都向骏青鞠躬，提着书包走了。骏青就回到教务处，见邓厚颐把教鞭放下，往东院去了，大概是去见朱校长商量什么事情。骏青看了看月份牌，见今天是阳历十九日，大概发薪总得在月底，而自己的身边只有八块多钱了，未免有点发愁。

他拿着帽子走出教务处，见那课室里只留下了两个女生在扫地，而白月梅才提着书包，托着她那很破的大砚台出来。骏青心里明白，她是故意等别人走了她才走，以免叫同学们在路上笑话她。白月梅很轻快地走出校门了，骏青随着出去，见她往东走了数十步，就进了一条小巷。由这里也可以回到水车胡同，骏青却故意走到大街上，再由大街往回走；他缓缓地走着，脑子里反复地想着如何感化白月梅的问题。

走到水车胡同，进了他住的那座破庙的西小院，就见门缝上插着一张字条。抽开一看，是由日记本上撕下来的一张纸，上面用钢笔写着：

我来了，你还没回来，请你等会儿我，少时我再来。

骏青这才把关于白月梅的思绪打断，而想到了丽雪的事情，不由又发起愁来。他开门进屋就躺在床上休息，觉着以后的事情真难处理，想着：一个月薪仅仅三十元，还不知何时就要被解雇的小学教员，却跟一个富家小姐恋爱，即使将来能够圆满地结合了，但又怎么能够幸福呢……

待了一会儿，窗外传来熟稔的脚步声，丽雪拉门进屋来了。她穿着一身很朴素的青色哔叽西服，围着白色的丝织围巾，一看见骏青就笑着说："你一回来就躺着，大概你这一天的工作也很忙吧？"

骏青坐起身来，笑着说："一天的工作倒不忙，只是由学校里回来，也有二三里路，我又走得急，所以回来就疲乏了。"丽雪说："你何必要走得那么急呢？你买一辆自行车好不好？"骏青笑着摇头，说："一个月才挣三十块钱，再花上五六十块钱买车，那就赔了本钱了！"

丽雪听骏青又谈到钱的问题，她就有点不高兴，遂说："我今天真是……"她又笑了笑，就接着说："我下了课就到你这儿来，来了一看，你锁着门，我就到陈蕙如家里去了。到她那儿，正赶上她跟她的先生吵嘴，就是为钱的问题；我给他们排解了半天，便到你这儿来了，可是才一进屋你也跟我诉穷。固然，你一个月挣三十块钱是很少的，可是你别永远说呀！你这样一说，叫我真难过，因为我有时一天也要花三四十块钱。"

骏青惨笑了笑，说："因为你没有感受过经济的困难，所以你还不知道金钱的威权。刚才你说的那位陈女士，因为金钱问题夫妇吵嘴，这也是家庭中常有的事，因为恋爱、感情全都是建筑在金钱上的，没有金钱便全都没有了！"

丽雪连连摆手，不耐烦地说："得啦！得啦！我请求你不要再说了！你这样常说，会使人疑心你是个拜金主义者！"

骏青微微叹气，又说："今天早晨敬孝到我这里来，你知道吗？"丽雪摇头说："我不知道，他来找你有什么事？"骏青冷笑着说："他是替我姑父警告我来的！"遂把早晨的事全都对丽雪说了。

丽雪气得脸上变色，恨恨地说："真是岂有此理！既然我父亲不愿意我们常见面，那他为什么不在家里跟我直接说，可叫我四哥来找你呢？"

骏青笑着说："姑父的意思，我早已看出来，所以我不在那里住，搬出来，也是为这原因。"丽雪咬着嘴唇，沉默了一会儿，又说："那么你的意见打算怎么样？"骏青笑着说："我没有什么意见，我只是一笑置之，等我姑父直接问我的时候再说。"

丽雪说："你放心，他也不会直接问你！假若问你的时候，你可以完全推在我的身上，我谁也不怕！骏哥！到了现在，我们应当把话说明白一点，我对于你……"说到这里，她好像非常伤心，便掩面哽咽着，不能往下说了。骏青赶紧上前安慰她，说："你不要再说了，我完全明白，很知道你的心。现在我们在这小屋里哭泣愁烦，实在不大好，我们一同出去玩玩吧！"丽雪这才慢慢地拭净了眼泪，随骏青出去。

二人到大街上走了走，吃了饭，然后就在灯光夜色之下，踏着马路，随谈随走；骏青直把丽雪送到快到了家门，方才坐着电车回来。这一次骏青又花了三块多钱，他与丽雪的爱情更进了一步，但也更增加了他的烦恼。

前几天，他还以为找到了这个月薪三十元的事做，生活已可暂时稳定，以后逐步再想办法，然而现在他那暂时的愉快被完全打翻，更困难的问题到眼前了。他简直不敢想，他与丽雪的爱情将来会到什么地步，而真到了那地步时，又有什么方法才可以解决？情思愁绪扰得他半夜没得睡眠。

次日一起，骏青就急急忙忙往学校去。他是坐着车去的，洋车穿着小胡同走，当走到那距学校不远的小胡同时，他很注意地看了看两旁的几个破陋的小门户，心想：不知白月梅住在哪个门里？

少时到了学校，学生已来了不少，他先到教务处，把昨天未看完的几本算术册子全都看过改过，这时邓厚颐也来了，接着就摇铃上课。骏青进了课室，把本子分还给学生，结果只剩下一册，就是白月梅的，因为她还没有来。骏青想:昨天我还特意嘱咐她,不许迟到,结果今天这时候她还不来,这个学生真是太难改造了!也许她是因为昨天被邓厚颐责打了,羞愧难当,就从此退学了?这样一想,心里又有些惆怅。

骏青先向学生们说:"你们有许多算错了的,我都给你们改过来了。你们在这时候,把我所改的再仔细看一看,有不明白的地方再来问我。"于是学生们就都展开自己的本子仔细地看着,有的还重新算,一时课室里静静的,只有轻微的削铅笔的声音。骏青把手里这本白月梅的算术册子又看了一遍,见她算得很清楚,十几道习题竟没有一点儿讹误,不过她的本子还有两张就用完了。骏青不由想起昨天徐秀贞所说的,她要借一毛钱买算术本的事,就想着她也很可怜。

过了十多分钟,白月梅仍然没有到,骏青就开始讲书,然后又叫学生们练习那书上的习题。直到快下堂的时候,忽然门一开,白月梅提着书包进来了;她喘着气向骏青鞠了躬,脸上却红红的,表现出很惭愧的样子。旁的学生都扭头看她,骏青却没有说什么话。白月梅入了座位,跟徐秀贞说了几句话,然后就走过来,向骏青要她的本子,并惭愧地说:"柏先生,我今天又来晚了,因为……"骏青见她那忧郁的大眼睛里滚着泪水,就点点头说:"把本子拿去,快算去吧!"白月梅惭愧地回到位子上,就开始拿铅笔在本子上算。她才算了一会儿,就摇铃下课了。骏青就对学生们说:"你们不要忙!下午还有一堂算术,等下午再把本子交给我。"

下课休息了十分钟,便又上第二堂。这天上午的三堂,白月梅都没有怎么调皮,但总是忧郁着,好像有什么心事似的。到了十一点钟,学生都走去了,骏青依旧到饭铺去吃饭。出了饭铺,往北走不远,就是一家小纸店,骏青进去买了两个算术本子;买过之后他又想:虽然白月梅很需要一个算术本子,可是我也没有理由给她买呀,叫别的学生看见了也不好。

骏青进了学校,就见学生来的还不多,白月梅在课室正吃饭。她的饭是用纸包着的,不知是些什么东西,一看见骏青来了,她就赶紧把饭食收进书包里。骏青进了课室,就见她的脸上有点儿红,骏青就和颜悦色地说:"你吃饭吧! 不要怕我。今天你怎么没有回家？"

白月梅摇头说:"没有,我怕回去又要来晚,我带了吃食来的。"骏青看见桌上有些黄色的碎屑,就知道她吃的是一种很粗劣的食品,就很怜悯地说:"我知道,你并不是故意迟到,但是以后你总应当设法早来,因为你一个人迟到不要紧,假若别人再迟到了,我就没法管束了。你虽然是个功课好的学生,但不能因为你破坏了学校的规矩。"白月梅坐在那里,默默地不作声。

骏青就把两个算术本子给她,说:"昨天我听徐秀贞说,你要跟她借钱买算术本。虽然你要买的是必需之物,可是学生们彼此借贷,也是不对;我给你这两个本子,作为给你的奖品。"白月梅却把本子一推,红着脸说:"您拿去吧! 我不要! "骏青问:"为什么？""不为什么,反正我不要! 我不要! "她连连地摇头,脸上是越来越红。骏青也觉着非常不好意思,便笑了笑,拿起两个算术本子,回到教务处去了。

少时,邓厚颐就也来了,他一来就催着校役摇铃,骏青也在铃声里回到了课室。这一天的功课教毕,骏青回到庙里,脑中又添了许多思绪,可亲而不敢亲的丽雪和那神秘的学生白月梅,简直把他的心思、精神都给缠绕住了。

晚间,刘醉生到他的屋里来谈天,先谈时局、谈生活,最后谈到学校,刘醉生就打趣着问:"那里的'新月'不少吧？"骏青听了一怔,问说:"什么？ 薪水？"

刘醉生笑说:"你就惦记着薪水! 薪水别忙,至晚下月五号以前,他们一定装在一个信封里,送给你,不会欠的。我说的是'新月',因为我们曾以月譬作女人,我说我爱残月,就是我爱半老徐娘的征象;你说过你最爱新月,当然你是喜欢小姑娘了。刚才我问你的那句话,要是往明白一点说,就是,那学校里的小姑娘不少吧？"

骏青点点头,笑着说:"不少,她们都是很活泼聪明的。不过我对她们的喜欢,却跟你对半老徐娘的爱不同了;我们做教员的,若是对于初小的女生有什么非分的想象,那可真是罪恶了! "

刘醉生点头说:"是,我所说的爱,也是一种广义的爱,并不是像我那些小说里的主人翁和你跟那位穿狐皮大衣的女士所谈的那种恋爱。"

骏青笑了笑，又说："不过，我觉着他们都过了学龄，咱们那学校又是那么简陋，连高小都没有，将来他们升学不很困难吗？"

刘醉生摆手说："你放心！他们不会升学的，都是些贫家子女，男学生长大了，就许去拉车；女学生过二年，就说不定去当拉车的太太，他们的前途都比我们还惨淡，所以我不愿再往下教了。我常常想，我现在所喜爱的小孩们，不久就要被社会夺了去，生活将要毁灭了他们的天真和美丽，那时我看了，该有多么伤心呢！"

刘醉生感慨唏嘘地说了这些话，吸完了一支烟，就回去写稿子了。这里骏青的心里愈加烦恼，对自己的那些学生，尤其是白月梅，更加悯惜。

次日，他按时到校去，却见白月梅已先来到了，骏青很喜慰，觉着还是用感化的方法能收到效验。头一堂仍然是算术，学生们都很安静地做功课，然后把本子先后交上来。白月梅把她那算术本交到骏青手里后，抹身就走。骏青一看，本子是新买的，上面有她自己写的"三年级白月梅"六个字，不由笑了，又想着："白月梅"这个名字未免太俗气了些，不如改为"白梅月"。

他抬头看了看，就见白月梅正跟徐秀贞对着脸低声说话，就说："不要说话！"看了看手表，又说："你们先把本子拿回去，现在还有二十分钟，我在黑板上给你们出几道题目，你们抄下来，晚上回家去算，明天再交给我。"于是，就把一叠本子都交给了一个叫李玉霞的女生，叫她分发下去。

骏青转过身去，用粉笔往黑板上出题目。才出了不到三道，就听身后的学生咯咯地笑了起来，骏青赶紧回头，问说："笑什么？"学生们都低着头笑。白月梅却抿着嘴，很庄重地坐着；她手拿着铅笔，斜着头看黑板上的字，看一行，随往本子上抄一行。骏青觉着非常奇怪，以为是自己的背后粘了什么，或被学生弄了个什么可笑的东西，便扭着头，转着身，看自己的背后。他的这一动作，惹得学生们越发大笑起来，白月梅也把头趴在桌上。

骏青不知到底是什么缘故，就斥责说："不准笑！你们若再笑，我就不出题目了，并且要罚你们全班站立！"学生们都忍住了笑，低着头去抄题目，骏青就又转过身去，往黑板上写字。写了不到十几个字，又听身后一阵咯咯的暗笑声，虽然没有刚才笑得那么厉害，但也可以听出，并不是由一个学生发出来的。骏青装作没有听见，他将身子斜站着，去看那边开着的一扇玻璃窗，玻璃上面就反映着课室中学生们的动作。他看得很清楚，是那个白月梅，她高高地举起一双手，手里拿着个赛璐珞质的小洋囝囝，活胳臂活腿；她正叫它向着自己的背后跳舞，所以招得别人都大笑。骏青也暗暗地笑着，并不转身，就说："白月梅，你把你手里的那个小玩意儿收起来！"说完了，他照旧不回头，只管用粉笔向黑板上写，身后的笑声立刻就停止了。

骏青出完了题目，才转过身来，就见许多学生都用惊异的眼光来看他，白月梅却像是很规矩似的，专心抄写着题目。骏青就微笑着说："你们以为我看不见吗？"学生们都默不作声。骏青又说："做学生的应当对师长有一种尊敬，对功课有一种爱好。我在这里为你们出算题，你们却在那里玩小人、嬉笑，我也不必说你们，你们自己想一想，对不对？"学生们都低着头抄算术，没有一个敢说话，白月梅更显得老实。

骏青又说："这里本是一处义务小学，你们学生多半是贫寒人家的子女，贫寒不为可耻，可耻的是自己不求上进。如果好好地用功，再过一年，你们虽只是初级小学毕业，可是我敢保证，你们一定能在社会上做事，一定有自立的能力；那时不但可以改善自己的生活，并且可以帮助你们的家庭。可是如果你们不用功，只惦记着玩耍，只惦记着愚弄先生，那你们不用说仅在这初级小学毕业，就是在初中毕了业，也不会有什么成就！"

立刻有几个学生站起身来，说："柏先生，我们可没闹！就是白月梅一个人闹了。"骏青说："我知道你们没闹，白月梅玩小人的时候我已看见她了。"白月梅赌气地摔着铅笔，又回头瞪那几个站起来的同学，说："你们都是好学生！就是我一个人闹……"骏青拦阻她说："都坐下！这次我也不罚你，请你自己想一想好了。"白月梅的双颊顿然红了。

第二堂、第三堂，白月梅除了有时偷偷地跟旁边的人说几句话之外，并没有怎么调皮。骏青到外边用毕午饭回来，又看见白月梅独自在课室里，吃她由家里带来的饭，骏青并没有理她。

到了教务处，骏青在他昨天买的那个算术练习本上，画了几条直线，誊录上学生的名字，作为"分数记录册"。这时学生来得渐多了，都在院中玩耍，白月梅也跟李玉霞、徐秀贞她们在一起跳绳。骏青隔着玻璃看了半天，等到邓厚颐来了，学生们立刻作鸟兽散，纷纷进了课室，骏青倒觉着很好笑。

过了一会儿，上课的铃响了，骏青又到课室去。这下午的两堂，白月梅并没有调皮，旁的学生更安静。骏青把他那记分的册子给学生们看了，并说："我这个册子不但记你们的功课分数，还要记你们的品行，你们如若再闹，我也不责罚你们，只是扣你们的分数。"旁的学生都非常注意，而且像有些恐惧似的，白月梅却抿着嘴儿笑，跟徐秀贞也不知又说了几句什么话。

下了堂，学生们都散去了。骏青在屋中改了几个算术本子，忽然觉得心里很不安，就惦记着回去，仿佛家里有什么事在等着他似的。出了教务处，就见李玉霞才由课室里走出来，骏青问说："你怎么还没有走？"李玉霞说："今日我跟白月梅值日。"

骏青点了点头，进课室看了看，见白月梅正在弯着腰扫地。她抬头一看见骏青，就笑了笑，骏青也笑着说："白月梅，我告诉你，以后你不可再闹了！不然我可就要扣你的分数。你想，你的功课比他们都好，结果若因为闹，扣了许多分数，反倒跟不上人家，那有多么冤枉？"白月梅微微笑着，拿着扫帚扫地，并不说什么。

这时李玉霞端来一盆凉水，挽上袖子，就用抹布擦桌子。骏青点头说："这很好，学生们原应当自己学习劳作。"

李玉霞是个比白月梅还大两岁的一个黄瘦脸儿的女生，她一面擦桌凳，一面问说："柏先生，您住在哪儿呀？"骏青说："我住在水车胡同。"白月梅直起腰来，掠了掠她的长发，问说："柏先生，您是跟刘先生住在一块儿吗？在那个庙里？"骏青点头说："对了！怎么？你到那里去过吗？"白月梅笑着说："去年，我跟黄婉贞、徐秀贞到刘先生家里去过一回，刘先生敢情就是一个人儿！柏先生，您家里有几口人呀？"骏青笑着说："我也就是我一个人。"

白月梅扫完了地，也挽起袖子要帮助李玉霞擦桌凳。当她的左臂袖子挽起来的时候，骏青忽然看见，在她的臂上有几块紫色的血印，并有两条青色的印迹，那显然是鞭痕。骏青非常惊讶，赶忙近前一步，急问说："你这臂上是怎么了？"白月梅脸色突变，立刻把袖子放下来，用忧郁的眼睛斜看着骏青，不高兴地说："您管呢？"这时李玉霞跑到后面擦桌凳去了，白月梅也不再挽袖子，就拿抹布向盆里去蘸水。骏青呆呆地看着，见刚才还是笑着的白月梅，这时却忧郁、悲伤地低着头，只差眼泪没有流出来。骏青便皱着眉，暗暗叹息着，就走出去了。

骏青今天不再走大街，只穿着那狭窄僻陋的小巷，曲折地去走，他心里涌着一股恻隐情绪，想着：白月梅这个既神秘又可怜的学生，到底她的家庭状况是怎么样的呢？是什么样的人，又是因为什么事，竟要如此残忍地在她的臂上手拧鞭打呢？

骏青回到庙中，就要去找刘醉生，向他打听打听白月梅的家庭情形，可是又怕这时丽雪已在那小院里等候自己了。到了西月亮门里，开锁进屋，就见地下扔着一封信，拾起拆开一看，正是丽雪寄来的。这封信仍跟往常她写的信差不多，除了日渐亲切的情话，就是发些她在家里的牢骚，末了又是订约，星期日早晨在电影院见面。骏青心说：幸福的小姐呀，我哪里能常常陪着你玩乐！

到了刘醉生的屋内，见他正躺在床上，用手抠胡子，骏青笑着问："你没出去？"

刘醉生慢慢坐起来，摇着头说："没出去！有一个故事，我整整想了半天，还是没有想妥，你看笔墨空放在那儿，我却不能写。杂志社今天又来了一封催稿子的信，怎么办？我怕我是江郎才尽了！"

骏青笑了笑，就说："我来告诉你一件新闻，或者你可以作一篇小说。你知道白月梅……"

刘醉生不待骏青说完,就连连摆手说:"得啦!得啦!请你不要说了!我知道那是你的'新月',可是人家一个小女孩,有什么新闻能帮助咱们这文丐挣饭?"

骏青说:"今天我真见了一件很惨的事。今天是白月梅值班打扫课室,当她挽起袖子擦桌椅的时候,我看见她的臂上有许多青紫的伤痕,似乎是手拧的、鞭打的。"

刘醉生笑着说:"怎么?你一看见,就关心了吗?觉着她可怜了吗?其实这一点也不稀奇,去年冬天,她脸上还有过五个手指头印,一个多月红色才完全褪下去;可见打她的时候,那人有多么毒狠了。我想她一定有个后娘,后娘打孩子的故事太俗了,不能做我的小说材料。"

骏青摇头说:"不吧?我听说她有两个母亲,一个母亲还在天津?"

刘醉生突地站起身来,说:"呵呀!你才去了三天半,就把一个女学生的家庭,打听得这么清楚,你是安着什么心呀?白月梅那孩子倒是真……"

骏青正色拦住他,说:"你要胡说,我就走了,连学校我也辞职!关于白月梅有两个母亲的话,我是听那徐秀贞说的,而且我看了她臂上的伤痕,觉着打她的那个人太残忍了!"

刘醉生笑着说:"世界上残忍的事可是太多了,非得伤痕落在漂亮小姑娘的臂上,才足以令你伤心吗?"

骏青见刘醉生始终不跟自己说正经话,便心里有些不高兴,遂就不再跟他谈说这件事,坐了一会儿,便闷闷地走了。

回到屋中他也是闷闷地坐着,心里仿佛揣着一件惨痛的事。少时到外面去吃饭,吃过饭,算计手中只有四元多钱了。他暗暗地叹息着,心想:虽然没有人拧我、打我,可是生活给予我的创痕也不少了!我也不要净去可怜人家了,也可怜可怜自己吧!

骏青在黄昏的街头徘徊着,不愿即刻就回到庙中去闷坐。这时路旁的商店里都亮着妖艳的灯光,行人都像是那么高兴地往来着,仿佛这里并没有人间的忧苦。走了一截路,就见迎面来了一个人,这人探着头,迎着灯光来看骏青;忽然他走了过来,方方的脸上满浮着笑色,抢着与骏青握手,说:"柏先生,你怎么一个人来这儿遛马路了?"

骏青也笑着说:"翁先生,你到西城干什么来了?"

翁醉亭向南指了指,说:"我到南边去看看朋友,骏少爷,你怎么这几天没到那边去?"骏青说:"没有什么事,我也不愿意去!"翁醉亭点头说:"可不是,令亲那里的事……其实我不该说,也真难办!"又问:"骏少爷的住所离着这里不远吧?"骏青说:"倒不算远,我是才吃过了饭,在此闲走走。"翁醉亭点头说:"是,是,吃过饭在大街上散散步,于身体很有益。听说骏少爷现在在什么学校里有事?"骏青说:"那是替个朋友帮忙。"翁醉亭又点头说:"骏少爷是年轻有为,现在虽然没有固定的事做,可是将来一有事情,就不会是小事。"

骏青摇头说:"你太过奖,其实我现在连谋个小事都很难。"又问:"翁先生你每天的工作也够忙的?"

翁醉亭说:"咳!我那还算什么工作?不过是在令亲处求一碗饭吃罢了,地位也不过比听差的稍微高一点儿。"接着又叹了一声,说:"我现在是没法子,一来是家庭负担过重,旁处虽然也能找到机会,可是待遇还未必及得上现在这个事;二来是令亲祁悦斋,总是我的老上司了,他的脾气我全知道,所以他也不愿叫我走。"随后,翁醉亭又要请骏青去听戏,骏青却推辞了。翁醉亭临走时又说:"那么,改日见吧,令亲和令表兄妹那里,你没有什么事儿吗?要有什么话,我可以替你传达过去!"骏青连说:"没有什么话。"遂就与翁醉亭彼此一点头,分开走了。

骏青又在街上无目的地走了一会儿,就回到庙中。又到刘醉生的屋中去看了看,见他正忙着写稿,骏青也没有多坐,就回到自己的屋中;耳旁听着那侉声侉气的梆子腔,眼睛对着一支光焰很弱的蜡烛,又发了半天怔,遂就熄烛去睡了。

次日一清早又到校,上了课十多分钟之后,白月梅才来到,骏青也没有问她。上午这三堂,骏青十分注意白月梅的行动,见她还是很活泼的,上课时常常跟座旁的徐秀贞低声谈话,并且笑着,有时趁骏青一转身之际,她还做个鬼脸儿。她不但交来的算术本子是新的,还由书包里取出几个新本子来,还有一支新铅笔,都拿给徐秀贞看,好像她突然有了钱了。她越是喜欢,骏青却越是看着她可怜,心说:严酷的现实,手抡鞭打的摧残,虽然现在还没有摧毁你活泼的童心,可是早晚,你的童心,甚至于你的小生命,是要被它摧毁的啊!

到了下课的时候,学生们都各自回家,白月梅却还在她那座位上不走。骏青出去用毕午饭,感到手中的四块来钱,恐怕花不到月底。他叹息着回到学校,走到三年级的课室前,隔窗向里一看,见室内只有两个学生,一个是白月梅,一个是徐秀贞,随走进了课室,笑问说:"你们两人怎么来得这么早?"徐秀贞指着白月梅说:"她是把饭带来吃的,我是跑回家去,吃完饭就赶紧来了。"骏青笑着说:"我想你们是觉着学校比家里好吧?"徐秀贞说:"我就爱上学。"

白月梅却坐在旁边不答话,她只管看骏青那条元青色的领带,好像很不赞成似的说:"脖子上系着这条带子,有什么用呀?"

骏青说:"这没有什么用处,不过是一种装饰品。"随又问:"徐秀贞你父亲是做什么事的?"徐秀贞脸上稍微有点红,说:"当木匠。"骏青笑着说:"当木匠很好呀!白月梅,你的父亲呢?他做什么事?"白月梅摇头说:"我没有父亲!"骏青悯然地点了点头。

旁边徐秀贞说:"她有父亲!她还有两个姐姐、一个哥哥、两个母亲,家里人比我们家还多呢!"

白月梅生着气说:"谁告诉你的我有两个母亲?"说时,拿眼睛瞪着徐秀贞。徐秀贞却仍然笑着,说:"是你告诉我的,你有个母亲在天津,昨儿还叫人给你送钱来了!"白月梅气得摇晃着身子,说:"随你说吧!我还有八个母亲、一百个母亲呢,可是谁也管不着!"

骏青笑着说:"这是不要紧的事,你何必生气?"白月梅把眼睛抬起来,瞪了骏青一下,说:"没听说过,先生还有刨根问底地问学生家里事的呢?"骏青说:"那倒是应当问的,并不是先生个人问,是学校方面,应当知道学生的家庭状况。"

白月梅冷笑了笑,说:"那我可也得问您,您家里都有什么人?您有几个母亲?"骏青说:"我么……"随又笑了,说:"我的母亲已经死了,现在只是我一个人。"徐秀贞惊讶地问:"您也没有父亲吗?"骏青说:"有的,他现在汉口,可是他已不管我了。"徐秀贞问说:"为什么呢?"骏青说:"因为我已长大了。"

白月梅还像是生气的样子,脸红红的,眼睛有点潮润;她烦恼地说:"我就愿意长大了!"骏青笑说:"不过长大了也很痛苦,还是做小孩子时快乐!"白月梅哼了一声,说:"什么快乐吧!"骏青直直地看着白月梅,知道这女孩子的心里必有许多很不如意,很不愿叫别人知道的事,可惜自己没法子由她的嘴里掏出来。

白月梅见骏青只管看她,就站起身来往室外走,骏青随着她转过头去看,就见她正对着自己耸鼻子做鬼脸,一见骏青看她,她赶紧笑着跑出去了,骏青和徐秀贞也笑了。骏青仍急于想打破这个谜,就问徐秀贞,说:"她的父亲到底是做什么事的?为什么她那个母亲要在天津住着?是不是她家里有个很厉害的人,时常打她?"徐秀贞摇头笑着说:"我哪儿知道?我又没到她家里去过。"

骏青见没法寻着线索,只好又闷闷地走回教务处。坐了一会儿,他就拉开抽斗找出了一本报名册,那上面有全校学生的年龄、籍贯和住址,就见白月梅的名下写着:"十二岁,北京人,住宣内墙缝胡同十六号",这是白月梅初入学时的报名册,计算起来,她今年已十四岁了。

少时邓厚颐来了,他又料理了学生们的几件"官司",随后就上课。两堂之后,学生们都走了,骏青故意休息了一刻多钟,然后才出了校门,往东,就走进那墙缝胡同。这条胡同真等于一个墙缝,它的宽度仅能容一辆洋车通过,东西对开着几家低隘的小门,墙壁、门户都破旧极了。他想象着,这样的门里绝不会有宽大的院落,更不会有什么有钱的人在此居住。

这时一个十八九岁的姑娘,端着一个红花碗,碗里冒着热气,但不知是些什么东西,就进到路西的一个门里去了。那姑娘剪着发,擦着一脸粉,模样平常,可穿着一件紧箍身的花洋布小夹袄,茶绿色麻葛的肥腿夹裤,脚穿一双绣花拖鞋。骏青走到那门前一看,正是十六号,可是两扇破门已被那姑娘随手闭上了。骏青的脚步并不停顿,就往北走去,他猜想着:这多半就是白月梅的姐姐吧?可是长得不像她呀?

才出了胡同，向西一转，就进了一个较宽的胡同。小梆子响着，"馄饨开锅""硬面饽饽"的吆喝声和小孩子们的吵架声，充满了这条胡同。骏青就见在一家簇新的红漆小门前，停着一副馄饨挑子，卖馄饨的人脸冲着那个小门，捂着一只耳朵吆喝着；他走了过去，回头看了看那卖馄饨的，原来正是庙里的邻居，那个高个子的麻脸老张。骏青忽然想走过去问问老张，他常在这里做买卖，一定知道那十六号是个什么人家；可是站住了一想：我又不是侦探，这样秘密地打听人家住户，不叫人家起疑吗？于是他又放开步往北走，心里还研究着这件事。

回到水车胡同，一进庙门，就踏了一脚湿泥，低头一看，尿桶溢出来的尿流了满地，臊气更是难闻；骏青不禁皱眉，这个讨厌的问题又把他心里的思绪打断了。进到小院，开门一看，地下又有一封信，还是丽雪来的，还是叮咛他星期日早晨务必到平安影院。他木然地站着，又发愁地想到经济问题，摸了摸口袋里的四块钱，又看了看衣箱，结果下了决心：我决不能到当铺里去借贷，现在的四块钱一定要特别节省，用它维持到月底；跟着丽雪玩时，我也不再充阔大爷，不能争着给钱了。于是他就给丽雪写了一封信，答应她星期日见面，可是不愿在影院里耽误半日的可爱时光，想要在上午十时前后，在北海公园会面；因为现在已是春天了，想象中公园里必已春色蓬勃。

他封上信，就找了一家很小的馆子去吃饭。这馆子主要售卖的是烧饼、大饼和茶水，简单的炒菜他们也可以做，不过滋味是极难入口。骏青边吃边往旁边去看，见吃饭的人倒不少，但都是些劳动者和小买卖人，自觉得这身绅士派的西装，搀在这里，实在不像样子，就想着：薪水领到时，得做一套朴素的中装了，这身西服代表着我的少爷时代，现在穿着已不合身份了！饭后一算账，一共只吃了四毛多钱，骏青心里仍觉着不便宜。在街上又走了走，就回到庙中，他仍然思索着白月梅的事。

次日，早晨起来往学校去，走到那墙缝胡同，见由那十六号的小门里走出来一个男子，与骏青对面走来。骏青看这人有四十多岁，穿着灰色哔叽的驼绒袍子，头戴着呢帽，像是个中产阶级人，他心里猜想着：

这莫非就是白月梅父亲？不过，又不像是早先拉过车的人……

到了学校，一看白月梅没有来，直到上过了第一堂，白月梅还是没有到，骏青的心里十分疑虑。上第二堂的时候，他就问学生们说："白月梅怎么还没来？"李玉霞答说："她常常这样，不是来晚了，就是不来了，早先刘先生也不管她。"黄婉贞就说："柏先生，您把她开除了吧！这班里就是她不守规矩！"骏青沉思着说："她若再不守规矩，当然是要开除她的；不过她若是真因为家里有事不能来，那我们倒应当对她有一层原谅。因为这学校是慈善团体办的，处处要体恤学生，不能因为学生有点不得已的事情，就拒绝她求学！"

正说着，白月梅来了，骏青就问："你今天索性更迟到了，怎么上过了一堂才来？"学生们也齐都扭着头看她。白月梅却低着头不语，她到位子上把书包放下，然后抬起头来，声音颤抖地说："家里有事，我姐姐她们不叫我来！"她那发红的眼圈，就表明了她刚才是痛哭过一回。骏青悯然地点点头，也不忍细问，就说："你坐下吧！"白月梅遂就坐下用功，一点儿也不调皮了，骏青见徐秀贞扒着头问过她几次话，但她都摇头不语。午饭时她没有回去，也不知她是带了饭来的，还是根本就没有吃。

这一天她非常的安静，连话都不多说，眼睛更显忧郁，这与往日大不相同。骏青的脑里更是疑波万种，他从各方面去观察她，猜度她，到底也不明白她心里有什么为难的事情。他想要在散学之时把她留住，设法问出来她的家庭环境，自己好尽力帮助她；可是到了散学的时候，白月梅没容骏青对她说话，就匆忙地走了。

骏青怅然地，赶紧跟着学生们走出校门，往东一看，已经没有了白月梅的后影。他走进了墙缝胡同，见那十六号的小门紧紧闭着，门里仿佛十分宁静，也不知白月梅到底回来了没有。骏青走过去之后，还回过头来看了看，仍不见有人从那门里出来，他心里很忧虑，像是怀着一件放不下的事情。

往北转过了几条小巷，就见对面来了个馄饨担子，正是那高个子麻脸的老张。他一看见骏青，就笑着问说："柏先生，学堂散了班啦？"骏青听他这样一说，仿佛他知道自己是那小学校的教员，是那白家小姑娘的老师，自己所要向他问的话，反倒不敢问了，遂就点点头，赶紧走了过去。这一天丽雪没有来信，刘醉生的屋门锁着，也不知他往哪里去了。骏青就一个人在屋中闷闷地思索着这件事情，觉得面前有一个正在受虐待的小女孩，自己应当设法去拯救她。

到了次日，他一早起来，匆匆漱洗毕，就锁上了门，往学校去。当走到那墙缝胡同十六号的门首时，他又注意地看，可是那两扇破板门仍然闭着，他心里想：这时白月梅一定还在家里做事，没有到学校去吧。

出了胡同，就往西走，还未走到学校的门首，忽听身后有人叫着："柏先生！"骏青一听是白月梅的声音，赶紧回身去看，就见白月梅提着书包，笑着跑来，风吹着她的头发和裙子。她跳着脚儿笑着，问说："柏先生，你看我今天来得早吧？"骏青就笑着，点头说："对了，你若能每天像这时候来就好了。"说话时，骏青忽然看见白月梅穿着一双黑皮子的平底提梁鞋，白铜的扣子还发着光，像是新买的。

这时，远处又来了几个学生，都嚷着："柏先生！柏先生！"骏青站住身笑着，等到那几个学生来到临近，白月梅早已进了校门。

上午，骏青上了三堂课，他时时留心着白月梅，见她今天已然不忧愁了，反倒很活泼，并且又渐渐地调皮起来。骏青心里感叹着：毕竟是小孩子，穿了一双新鞋，就忘记了一切痛苦！午饭时，白月梅仍然没走，骏青从外面吃饭回来，看见她正在院中跟徐秀贞、李玉霞跳绳，直到邓厚颐来了，她们才停止。

今天是星期六，下午的第一堂是作文。骏青想起上星期六，自己出了一个"我的家庭"的题目，白月梅没有作，如今自己才知道了她那时的心情；这并不怪她，她的家庭一定是很难说的。

骏青见学生们都拿起笔来，等着先生出题，他就向黑板上写了"我的希望"四个字。下面白月梅就说："又是个'我的'，哪儿来的那么些个'我的'呀？"骏青微笑着说："这个题目你可以做，每个人都有一种希望，但这个题目……"说到这里，他觉得黑板上写的这四个字不甚恰当，遂又涂了，重新写，改成"我对于将来的希望"。

下面就有学生说:"老师,我已经把题目抄上了!"骏青说:"不要紧,写刚才那题目也行,不过你们却要说将来的希望,就是毕业以后,长大成人的希望;可别说今天我希望什么,明天我希望什么……"学生们都笑着,拿起笔来往下作。

　　白月梅也歪着头构思了一会儿,然后就提起笔来,蘸着徐秀贞墨盒里的墨,往她的本子上去写。骏青来回地走着,走到白月梅的座位旁,白月梅就用双手捂着她的作文本,把脸贴在书背上,歪着头笑。骏青就笑着说:"你作文怕人看还成?"说毕,就走过去了。

　　骏青又走了一周,忽听课室的门一开,外面有人向里面叫着:"月梅!月梅!"他回身一看,见是个二十来岁的少妇,头发烫得又蜷又紧,并且十分黑亮,仿佛是戴着个皮帽子。她长得并不美,可是脂粉擦得非常艳丽,穿着一件绿地紫红花儿什么缎的旗袍,因为鞋跟很高,倒显着身材不矮。这少妇袅袅娜娜地一直走进课堂,来到白月梅的身畔,扒着耳朵,悄悄地说了几句,然后就往起拉白月梅的胳臂,说:"走吧!人家等着你呢,再晚一点儿可就听不着好戏啦!你请半天假吧。"

　　别的学生都停住笔,往这边来看,白月梅却生着气,夺着胳臂,摇头说:"我不去!我还有作文啦!"那妇人还要往起拉她,骏青就走过去说:"现在正上着课,学生不能随便走,等下了这堂课,可以叫她回去。"

　　那妇人抬头看了骏青一眼,好像根本不知道骏青是教员似的,她还使着力往起拉白月梅。白月梅也拧着,怎么也不站起身来。那妇人生了气,就把染着蔻丹的手指头戳在白月梅的脸上,狠狠地问说:"你可真不回去?"白月梅愤愤地说:"真不回去!"妇人又瞪着眼说:"你要不回去,可就永远也别回去了!"白月梅点头说:"哼!反正我不回去,你们杀了我吧!"妇人气得身上发抖,一跺高跟鞋,说:"好!"说毕气愤愤地往外就走,连门都没给带上。

　　这时骏青也气得脸上变色,过去把门关上。旁边就有个学生说:"这是白月梅的大姐。"骏青说:"不要说话。"又看白月梅,就见她已气得流下泪来,可是她仍然不停笔,手颤颤地往下去写,随写随揩眼泪。骏青心中已大概明白了,觉着白月梅真是个可怜的女孩子。又想:她在这样的环境之下,还能够挣扎着读书求学,而且功课还很好,实在叫人爱惜,一时心中壅满了怜惜和义愤。

待了一会儿,白月梅擦着眼泪走过来交本子,骏青就温言安慰她说:"你不要再哭了,要紧的还是功课……"往下好像也不知说什么了,白月梅就又捂着眼睛回去了。骏青暗暗叹息,就拿起白月梅的本子,翻开看她的作文,就见纸上墨色混合着泪迹,歪歪斜斜地写着:

> 人人都有一种希望,但我的希望是什么呢?我现在是个十四岁的孩子,可是不久我就要长大了,我的问题也就都来到了。我现在先想一想,到时我将怎么办呢?
>
> 我的生身母亲,她是爱我的,但在我三岁的时候她就离开了我,一直到现在,我们母女谁也见不着谁,呵!母亲,你是可怜的,但你的女儿她更可怜呀!
>
> 我需要人怜悯我吗?不!我最敬重的那位刘老师曾对我说过:"人,不应求别人怜悯,世界上也根本没有人能够真心怜恤人!"我永远记着他的话,我的痛苦决不对别人说,除非万不得已我是不流泪。
>
> 现在我要说我的希望,我希望我毕业之后,能入高等小学,或者我能在社会上做个事,我要求自立,我希望有一天能够与我那可怜的母亲见面,别的希望我没有。
>
> 咳!今天又出了一件不幸的事,也许我的希望又有了问题。但是,我不害怕,只要我不死,我的希望一定能成为事实。

骏青看了,心里不禁回肠荡气,一股辛酸的感觉涌上来,眼泪都要流下来了。他同时也很敬佩刘醉生,认为他比自己能了解学生,能感动学生,并且能教一个仅上过三年小学的孩子,写出这样一篇通顺的文字,实在是教授有方;自己过去不但不了解白月梅,简直连刘醉生也不了解。这样想着,自己又觉十分惭愧,抬眼看白月梅,见她已然不哭了,遂走过去,悄声对她说:"下了课,你先别走,我有话要和你说!"白月梅好像很惊异,抬头看了看骏青,没点头,也没说话,就仍然坐在那里,擦擦眼睛,由书包里取出"国语"来默读。少时学生的本子缴齐了,也下了课。

　　第二堂是体操,邓厚颐向骏青说了声"后天见!"就带上帽子走了。骏青在院中叫齐了学生,学生们全都精神焕发,尤其是男生,但他心里仍在为他人担忧,连叫"立正"都像是没有力气。白月梅是在李玉霞的身后站着,她扬着脸,脸上一点儿愁苦之色也没有了,好像刚才那篇文章不是她作的似的。骏青带着学生,在院中先操练走步,然后就微笑着说:"今天我教你们做游戏吧?"学生们立刻都喜欢了,都跳起脚来笑着说:"柏先生教我们捉迷藏吧!丢手绢吧!"骏青带着学生们在院中游戏了五十分钟,学生都非常欢乐,白月梅也像是很欢乐。

第十一回　肮脏与圣洁

等到散学的铃当嘟当嘟地响了，众学生都提着书包，杂乱地向骏青鞠躬，嚷着说："柏先生后天见！礼拜一见！"还有人叫着："回家吃炸酱面，后儿挨了打我不劝！"说得非常押韵。大家就唱着跳着，拉着扯着，纷纷地走了。骏青一个人进到教务处，嘴角带着微笑，忽然想起白月梅还在课室里等着我呢！又想到此时课室里一定还有别的学生正在扫地，跟她说话很不方便，于是他就在这里默默地坐着。

待了约五分钟，就听窗外一阵皮鞋的响声，像是跑过来的。白月梅拉开了屋门，笑着问说："柏先生您不是叫我先别走，有话要跟我说吗？有什么话，您就说吧！"她手里提着书包，仿佛急着要走的样子。

骏青说："你先别忙，听我慢慢跟你说，刚才来找你的那个人，是你的姐姐吗？"白月梅的脸上立刻收敛起笑容，只"嗯"了一声。骏青又问："大概她不是你的亲姐姐吧？"白月梅把头摇了摇，黯然地说："我们家里的人，跟我都不是亲的。"骏青越发诧异，就想：她一定是那家里的养女，她那在天津的母亲把她抛在这里了，或者是把她卖在这里了。他于是更关心地问说："是不是他们都对你很不好，并且时常打你？"

白月梅听了这话，脸上更显得凄惨愁黯，却不耐烦地说："您问这些话干什么呀？您一个先生，管得着学生家里的事吗？"她跺着脚，要转身走。

骏青就站起身来把她拦住，正色地说："学生家里的事，先生自然无权过问。不过你是一个未成年的女子，受人鞭打、虐待，本着人类的正义，无论是谁都应当管一管的，何况我是你的先生！现在你不要隐瞒我，把你的家庭状况和他们虐待你的原因及情形，都详细告诉我，我一定有法子帮助你，叫你有一般人应有的自由和快乐！"骏青愤愤地说着，仿佛可以拼出自己的一切去拯救她似的。

白月梅咬着嘴唇，瞪着她的大眼睛，忍了半天，可是眼泪还是流了下来。她着急地跺着脚，强笑着道："您也是，咳！您省省心吧！我的事情不要紧！"说毕，她就转身拉开门跑了。

骏青追出校门，见白月梅已往东走了很远，随走随擦眼泪，随后走进那墙缝胡同去了。骏青在门前呆呆地站立了半天，心说：这个孩子的脾气也真古怪，为什么她不对我详细地说呢？难道她不信任我吗？他进里面取了帽子，便也出了校门，经过墙缝胡同白月梅的家门首时，就见双门紧闭，里面安安静静的，并没有什么鞭声、詈语和哭啼声。

他闷闷不乐地走回破庙，到门前开锁时，见门缝里又插着个纸条，上面仅写着五个字："一会儿就来。"骏青笑笑，进屋就躺在床上，心想：白月梅的事情，我非得叫丽雪帮助我不可，由她出财力，我出人力。因此就很盼望丽雪来，好对她说那可怜的小女孩的事。

果然待了一会儿，丽雪就来了，可是进屋来的不只是她一个人，还有陈蕙如。丽雪今天穿了一件藏青色白条纹毛织品的短袖旗袍，领子下别着支自来水钢笔，胸前戴着"女大"的校徽；陈蕙如穿的是绸夹袍，上套着件蓝布裇。骏青赶紧让座，陈蕙如就笑着说："柏先生住的离着我们这么近，我们都没有工夫来看柏先生。"骏青说："我也是没有工夫去拜访，我又觉着我这里太乱，实在不敢让人来。"丽雪说："你们也不知都从哪儿学来的这些客气！"骏青就笑着，连声说："请坐！请坐！"

丽雪摇头说："我们不在你这儿坐着，我们嫌你这儿太窄。走！咱们到街上去走走，你不是还没有吃晚饭吗？"骏青说："没有，我才回来。"陈蕙如说："柏先生既然是才回来，就请柏先生歇一歇吧，我们走吧？"丽雪笑着说："我知道他不累。"骏青也笑着说："我真不觉得累，因为小学里的功课没有什么。"

陈蕙如又说："不知道刘先生在家里没有？"骏青说："我没有看见他，也许在家了，不过他这时多半是睡觉。怎么？陈小姐找他有事吗？"陈蕙如就悄声向丽雪问说："你说找不找他？"丽雪摇头说："不用找他，那个人讨厌！"骏青见她们啾啾咕咕，仿佛有什么事似的，心里却猜不出。

骏青锁上门，三人一同往外走，就见两个卖熏肉的正围着尿桶在小便。丽雪与陈蕙如赶紧退了回来，丽雪就生气地说："这是怎么回事儿？天气暖了，也不卫生呀！你应当以房客的资格去干涉他们，不然你可以去通知警察！"

骏青也觉得非常难为情，就走过去，向那两个卖熏肉的说："这个尿桶实在不大好！天气渐暖了，气味难闻，很容易得传染病。这关系到公众卫生，今天我一定要去跟和尚商量，把它取消掉；在没取消以前，希望你们白天到厕所去小便，因为我这里常有女客来。"

他说话的时候，态度相当和蔼，可是那卖熏肉的黑刘立刻就瞪起了眼，他一边掖裤子，一边说："你说啥？啥叫卫生不卫生，取消不取消？俺听不懂！你要拦俺撒尿？啥都拦得住，拉屎拦得住，撒尿可没法拦！哈哈！柏先生，你老是文明人，你老就不撒尿吗？"另一个卖熏肉的见骏青生气了，就赶紧上前解劝，然后他们二人便一同进屋里去了，骏青气得一句话也说不出来。

这时丽雪生着气，同着陈蕙如急急地走出来；那卖熏肉的黑刘还在屋里大骂说："他妈的，穿文明服不干文明事，老子撒尿他也管！他妈的你往庙里招婊子，讲自由，老子可……"他的话骏青等人也听不太明白。出了庙门，丽雪就气愤愤地说："你搬家吧！明天就搬走，干吗非得住在这个庙里，学刘醉生那假文学家的派头？难道你以后真不交朋友了吗？我们都不要紧，可是有了新朋友，人家怎能到这地方来拜访你？"又说："旅馆公寓哪里不可以住？再不然可以住'青年会'宿舍，至多了多花几个钱，算什么的？何必要在那庙里穷熬着？"

骏青默默地点头，听丽雪说完了，他才说："等到月底，我一定搬家！"

陈蕙如倒是说："现在找房也真不容易！我们那是四间房,现在住不起了,打算在别处找两间,可是托了许多人,直到现在还找不到。璧城他有时生气了,就要跟我搬到公寓里去,可是公寓的房子起码要十二块钱一间,旅馆和'青年会'那更不用说了！"

骏青点头说："是的,我也是考虑到经济问题,不然我也早就搬开了！"丽雪却说："要是我,无论经济多么困难,我一天也不能在那样的环境里住。"

到了大街上,丽雪的脸色才渐渐好了,她也照常地说笑了,并且时时跟骏青做出亲近的表示。在繁华的马路上走了一会儿,随后到了西单商场,丽雪就说："我们到咖啡馆吃杯咖啡去吧？"陈蕙如说："你不是要请我们吃饭吗？怎么又要先吃咖啡？"丽雪笑着说："你要不说,我还把吃饭的事忘了,商场里可没有好馆子,咱们到'黔阳春'吃贵阳菜去好不好？"陈蕙如说："三个人到饭庄里吃不到什么好的,我看还是找一家小馆子,比较随便些。"丽雪说："那么咱们就到'西湖食堂'？"骏青点头说："好吧！"

丽雪虽然决定了吃饭的所在,可是她并不急于离开商场,还是在各书摊上来回地转。蕙如与骏青也只得跟着她,也随手翻着摊子上的书看。骏青见有一本杂志,封面上印着要目,有一行是："残月与新月……刘醉生"骏青笑了笑,刚要翻开去看,丽雪已然转身走了,他只得跟着她们出了商场。

顺着大街走了一会儿,就到了西湖食堂,三个人占据了一个小房间,要了几样菜,就随谈随吃。丽雪向骏青说："今天我们找你来是有事儿！蕙如跟她的先生薛璧城,打算开一家书店,将来还要附设印刷局;资本暂定一千元,分二十股,每股五十元。除了他们夫妇已有四股之外,我还给他们招了几个股东,现在还剩下六股,很小的数目,我想你至少也得认两股。"说时向骏青使眼色,那意思是："你自管应下,钱我有。"

骏青虽然心里犹豫着,可是嘴里不能不说："很好,我赞成,陈小姐的书局打算几时开幕呢?"

陈蕙如脸红了红,说:"大概也快!房子现在也有,就在商场的南边,路东,南欧药房的附近;等股本收齐了,就可以开幕。我们的计划是这样,所卖的书籍,以文学及期刊为主,并附设文具部。文具部中的物品尽量自制,譬如信封信笺等,我们都有专门的图案画家设计。"

骏青点头说:"很好。"又问:"名称还没有定吗?"

陈蕙如笑着说:"倒是预拟了几个,可是需要众股东采择决定。并且我们所计划的这个书店,虽然也有外子,可是他也不过是股东中的一个,经理事务上他不管,我们想要一律用女店员。"又说:"不过统共只一千元的资本,哪能开什么大买卖?顶多了招考两个小学毕业的女生就是了。"

丽雪笑着说:"你是怕担老板娘的名声,所以才要做女经理吧?"

骏青却默默地想着:这倒是白月梅的一条出路,随就点头说:"好好,我还有两个朋友,我可以叫他们每人也认一两股。"陈蕙如客气着说:"有柏先生帮忙,那就好办了。"随又谈了些关于书店的事,她就先走了。

这里,丽雪又对骏青说,她赞助开设这家书局,是为帮助陈蕙如解决生活问题;并说骏青认的那一百元股份,将来是由她交给陈蕙如;后来又问:"你现在还没领到薪水吗?你手里的钱都花完了吧?"

骏青摇头说:"我手中还存有二十几块钱,前天又领到三十元薪金,关于我的生活方面,你放心好了!"丽雪点了点头,说:"你那封信我接到了。星期日一早就去看电影固然不好,可是现在北海公园里也很荒凉,没有什么意思;再过一个星期,那里的桃花和榆叶梅或许才能开。这两天,我母亲的病又不大好,今天她还向我问你;我想,明天上午你还是先到我家里去吧!你先看看我母亲,然后我们再一块儿出去玩。"骏青点头说:"好吧,明天上午十点钟前后我一定去。"

此时,食堂的伙计已把饭菜账算清,统共是三块多钱,等于是骏青的全部财产。骏青也不像往日那样争着给钱了,丽雪就由衣服口袋里取出一个很小的皮面日记本,里面夹着几张都是十元的钞票,她交了钱,两人就出了食堂。这时天色已然黑了,丽雪说:"我还得赶快回去,因为由老妈子伺候我母亲,我不放心,咱们明天上午见吧!"骏青点头说:"好,好。"丽雪就雇了一辆洋车走了。

在夜色下,骏青慢慢地走回水车胡同,此时他的心里很是喜慰,一路上想着:不久陈蕙如的书店成立了,我把白月梅介绍去当店员,一个月至少也可以挣十几块钱呀!她若能够自立了,恐怕她的家里也是愿意的,因为至少可以省去一个人吃饭呀……

骏青一进庙门,闻见那股尿桶的秽气,就又想到搬家的问题。这里确实住不得,顶好能搬到学校里去,不过他又想不出学校哪儿有间闲房。骏青走到刘醉生的屋中,就见桌上点着一盏头号的煤油灯,旁边放着一大堆稿纸,刘醉生正拿着一支毛笔,簌簌地往下写。写过几张之后,他才放下笔,由烟盒里取出两支烟来,递给骏青一支,自己衔着一支,就连气地喷着吸着,并问说:"你刚才出去了吗?"骏青说:"出去了,我才回来。"刘醉生说:"我刚才在商场里看见你了,你跟着两个'密斯'在一起走。"骏青笑了笑,说:"那个不是'密斯',她已然是太太了。"刘醉生点头说:"我认得她,她是薛璧城的太太。薛璧城现在还找不到事做,你说大学毕业又有什么用?"

骏青说:"今天那位薛太太对我说,她要在西单附近开设一家书店,是公司性质,共二十股,每股五十元。"

刘醉生笑说:"怎么,你来找我,是替她募股吗?我可不干。第一,我没有钱;第二,多年来我就是指着书局吃饭,现在要叫书局指着我吃饭哪儿成?"又说:"不过,我可以尽点儿义务。上海的几家大书店我都有朋友,我可以叫他们发些书来,只要有你作保,一千元、两千元的书籍我都可以赊得来,并且我不要丝毫报酬。"

骏青说:"我作保你能放心?"刘醉生笑着说:"放心,我绝对放心。"又说:"我并不是放心你,我是放心你那位表妹,扒了她的大衣,还还不起书钱吗?"骏青笑了笑,同时心里却也发愁。刘醉生把半截烟扔在烟灰盒里,说:"对不起!我还得写。"随又拿起笔来,专心地写了下去;耳畔虽然仍响着梆子腔和念经之声,他却充耳不闻。骏青把一支烟吸完了，也就回到他自己的屋内。

次日早晨起来，骏青换了一身浅灰色花呢西服，一条紫色白斜纹领带，又把皮鞋擦了擦，修饰完毕，就出门坐电车往东城去了。此时才八点多钟，他先到平安胡同缪大夫的诊所见了缪宝生，把书局股份的事谈了，缪宝生表示愿意加入一百元的股本。骏青见事情已替陈蕙如办妥，又见缪大夫的门诊很忙，便没多谈，就告辞走了。

骏青步行着一直到祁公馆，迎头正碰上祁敬孝抱着个篮球从门里出来。他一见骏青走来，就双手举起篮球，做出要掷的姿势，撇着嘴骂道："什么东西！"骏青虽然心里生气，但不愿理他，往门里就走。祁敬孝已经跳下了台阶，忽然又奔回门里，拦住骏青，一只手托球，一只手举起来行礼，赔笑说："你可别急，我跟你闹着玩呢！见了丽雪可别跟她说我骂了你，你要告诉她了，她要再跟我翻脸，我可非得跟你决斗了！"骏青只笑了笑，并不说话，祁敬孝又搭讪了一句，说："我打完球就回来，还有事儿要求你给办呢！"

骏青进了屏门，顺着廊子走，迎面又来了小吴妈。小吴妈头没梳脸没洗，茶青缎子的小夹袄，纽扣都没有扣齐，像是才起来的样子。见骏青来了，她装娇带笑地说："骏少爷，您真早呀！是来瞧我们太太吧？您请里院坐吧，我们五小姐也是才起来！"她小脚一扭一扭地走着，仿佛戏台上出来的花旦。骏青只点点头，特意靠墙，离着她远远的，叫她走了过去。

进到正院，孙妈弯着腰，端着个簸箕由西屋里出来，她瘪着嘴笑着，叫了声："骏少爷！"骏青笑着点点头，问说："太太起来了吗？"孙妈说："还没有吧？"她把簸箕放下，要领着骏青进北屋，这时余妈正由北屋出来，说："柏少爷，我们太太请您屋里坐。"骏青遂就进到北屋。

祁太太盖着被躺在床上，一见骏青进来，她的胖脸上就带着一点喜色，说："骏儿……你来啦！"她说话更是困难了。骏青向祁太太鞠躬，说："我听五妹说，您这两天又不大舒服？"

才说到这里，身后有高跟鞋声，丽雪进屋来了。她还穿着昨天那件藏青色的旗袍，向骏青点点头，说："你怎么来得这样早？"骏青笑着点点头。祁太太向女儿说:"叫你……表哥坐……下!"丽雪就搬过来个椅子,靠着床,笑着向骏青使了个眼色。

骏青坐下,丽雪就站在他的身后,一手扶着椅背。骏青回头问丽雪说:"刚才我到缪大夫那里,据他说这几天没请他看?"丽雪点头说:"对啦,我还忘了告诉你,我的同学张淑仪、张淑范给介绍了一位美国大夫;因为张次长前年患了半身不遂,就是这位大夫给治好了的。"骏青点了点头,又问:"大夫每天来吗?"丽雪说:"每天是下午一点以后就来。"

床上躺着的祁太太,睁眼看着侄儿和女儿谈话,忽然,她就唉地叹了口气。丽雪赶紧跑到床前,蹲下身扒着头问说:"妈妈,您觉着怎么样?是觉着难受吗?叫我骏哥打电话请大夫来吧?"骏青站起来,低头皱着眉,说:"您是觉着身体很难受吧?"余妈也走过来,脸色惊慌着。祁太太却摇了摇头,说:"没……有!"骏青惊讶着,猜不出姑母是为什么事叹气,丽雪却黯然地低下头去。

待了一会儿,祁太太的病势并没有什么变化,她又睁开眼看了看骏青,就费力地对丽雪说:"你让你表哥到……你屋里……坐吧!我……先歇……"

丽雪看了看骏青,骏青就向祁太太说:"姑母,您先休息吧,我也且不走呢!回头再来看您!"说毕,他就跟着丽雪往外走。

还没走出屋去,祁太太忽然又叫说:"骏……"骏青赶紧止住步,走回到他姑母的床前。祁太太费力地说:"你要用……钱,跟……"骏青明白姑母的意思,就点头说:"是,我要用钱时,一定跟姑母来要,不过我现在在学校教书,所挣的钱还够用!"祁太太点点头,仿佛放心了,骏青这才同丽雪到西屋去。

丽雪与骏青对面坐在雪白的沙发上,她皱着眉说:"你在这儿吃午饭吧!等下午大夫来了之后,我们再出去!"

骏青点头说:"是,姑母现在病着,我们也没有心情出去玩乐。"

丽雪默然了一会儿,又抬起眼皮来,问说:"你对你现在这个职业感兴趣吗?"骏青微笑着说:"还不错。"他刚要把白月梅的事情告诉丽雪,忽见丽雪发愁地说:"就是待遇太低了! 一个月三十块钱够做什么的? 我想你还是得极力找别的事做,我现在也正为你托着人!"骏青点了点头,说:"慢慢再说吧!"

两人又沉闷地对坐了一会儿,忽然屋门慢慢地开了,二姨太太梅素卿站在门口,像要进来又不进来。骏青就起身说:"二太太请屋里坐!"梅素卿脸上现出浅浅的笑窝,脚步轻轻地走进来,一直走近了丽雪,低着身悄声问说:"太太又觉着不好吗?"丽雪很不高兴地摇摇头,说:"也没怎么不好!"梅素卿又指着东边说:"三太太又出去啦,也不知净干什么去?"丽雪冷笑着说:"你也真爱管闲事儿! 所以我说这些年你受的许多委屈,虽然是因为别人都对你不好,但你也有点儿自找! 你若好好地在你的西院里住着,没事时带着大桂到外面玩玩,别管他人的事儿,谁还能欺负你? 你这样,有时我跟太太都没法儿护着你!"

梅素卿点头说:"是,我不过随便说说,我管不着人家。我还听说……"丽雪赶紧拦住她的话,皱着眉摆手,说:"得啦,你听来的话别跟我说! 你上你院子里去吧!"梅素卿赧颜地又向骏青笑着问说:"骏少爷您现在哪儿住着啦?"骏青说:"我住在西城。"梅素卿点了点头,又笑着说:"骏少爷您请坐吧!"她就像怕着什么似的,又悄悄地出屋去了。

丽雪叹息了一声,说:"一个人若可怜到这个地步,也真叫人没法儿可怜她了!"骏青:"这也是环境把她造成这个样子的。"丽雪摇头说:"我不相信! 假使我在她那地位,我就绝不能像她那样子!"又说:"顶可怜的是大桂那孩子。"骏青点头不语。待了一会儿,骏青就说:"我看看姑父去。"丽雪嘱咐说:"你只见一见他就是了,不必多说话。"骏青答应着,遂就出了屋。

骏青到了书房内,见祁悦斋正戴着花镜,在看古董商送来的一只康熙官窑的瓷瓶。祁悦斋开亮了电灯仔细地看着,那古董商就在旁边运用他的生意口,说:"没有一点儿错,准保真正的官窑。祁大人您先留下,过后您要是挑出一点儿毛病来,我们按原价退回。"祁悦斋摇头说:"不是我要,我买来也是送给朋友。"古董商笑着说:"您要送给朋友,那比这个次的您不能买,我们也不敢卖给您,门面字号嘛,哪能够欺骗老主顾!"祁老爷一声不语,把鼻子离远了瓷瓶,皱着眉吸着气,仿佛拿不定准主意似的。他拿眼睛看着五彩瓷瓶,嘴里向骏青说:"你先上你表哥那里坐着去!"

骏青退身出来,走到客厅那院里,就见翁醉亭站在二门里向外面喊:"贵禄,贵禄!找五小姐的电话!你到里院告诉五小姐!"翁醉亭一转头,见骏青过来了,就笑着说:"啊,骏少爷!请屋里坐!请屋里坐!"于是把骏青让到账房里。

骏青对着那个后窗坐下,翁醉亭就倒茶敬烟,十分张罗,骏青连说:"不要客气!"翁醉亭在斜对面坐下,笑着说:"昨天,令尊大人还由汉口来了一封挂号信,那封信现在令亲悦翁的手里,大概信上也没有别的话,就是向悦翁打听您的近况。"骏青点了点头,在心里又引起来许多烦恼。

翁醉亭又问:"听说您现在学校服务,是中学还是小学?"骏青笑着说:"不过是替朋友帮忙,在一个慈善会立的小学里教点功课,谈不到什么服务。"翁醉亭忽然翻了翻眼珠,问说:"慈善会立的?这学校是什么名称?"骏青说:"是善育小学,咳!其实设置得很简单,不能称为是小学。"翁醉亭说:"噢!我知道了!这个学校是不是在宣武门西边,对着城墙?"骏青点头说:"对了,翁先生在里面认识人吗?"翁醉亭摇头说:"倒不认识人,可是我常从那儿过。好啦,以后我再经过那门首时,一定要进去拜访柏先生!"骏青说:"不敢当。"

翁醉亭自己也燃了一支纸烟,吸了两口,便探着身,压下点儿声音说:"令亲祁悦翁又要阔起来了,您知道吗?"骏青摇头说:"不知道。"翁醉亭就像泄露什么秘密似的,起身走近了骏青,悄声说:"现在不是尤督军又上了台么,令亲跟尤督军近日来往得很勤,太太们也都拜了干姊妹,又有张次长在旁向当局推荐,所以……这么说吧!厅长或秘书长,无论什么,总可以稳拿到一个了!"骏青却暗暗冷笑着,并想:姑父又要做官了,表妹的小姐身份就更高了,我还怎么配与人家谈恋爱?

这时院中一阵高跟鞋的响声,客厅的门也响着,接着是:"喂!喂!"隐隐约约可以听出是丽雪接电话的声音。

翁醉亭手里拿着纸烟,又把头凑近些,更悄声地说:"这次悦翁的东山再起,完全是三太太跟五小姐的力量!因为三太太与尤督军最得宠的那位太太是干姊妹,而五小姐又与张次长的两位小姐是同学,因此……"听到这里,骏青就像受了侮辱似的,脸色立时变了。翁醉亭又说:"您只要能跟五小姐提一提,至少可以在令亲手下做个科长或秘书,我,可惜没有学校出身的资格!"骏青冷笑着说:"我要是在我姑父的属下做个小官,还不如回到我父亲那里做少爷去呢!"他站起身来,说要看看表兄,遂就出屋去了。翁醉亭有点儿发怔,便送出屋去,赔着笑说:"回头再来坐呀!"骏青勉强笑着点了点头。

此时丽雪正由客厅中接完了电话出来,因为有翁醉亭跟着骏青,她只向骏青笑了笑,便走回里院去了,骏青却走进客厅。客厅里陈设得富丽堂皇,一律是欧洲古典的桌椅,壁炉旁有一架钢琴。骏青走过去,掀开琴盖,随便弹了几下,心里忽然一阵烦恼,又吧地把琴盖一摔,站起身来就走。

他出了客厅,到了祁敬廉兄弟住的院里,只见这院里的小张迎过来,笑着说:"柏少爷来了!您找我们二少爷吗?我们二少爷才起来,四少爷一早儿就出去了。"骏青点点头,随着小张进到屋里,就见外屋的桌上还放着一匣子麻将牌,四把椅子就像是等着谁似的,那么对放着。里屋传出来二少爷的声音,问说:"谁来啦?"小张把门拉开,向里面说:"是柏少爷。"

骏青走进里屋一看,床上摆着烟盘子,祁敬廉之外还有一个人;两个人对躺在床上,脚下都搭着个凳儿,正在烧烟。祁敬廉坐起身来,笑着说:"吓我一跳!我当是我们老爷来了呢,原来是你呀!"骏青笑了笑,心中真后悔到这里来。

祁敬廉穿着线春的大棉袄,头发乱蓬蓬的,连说:"请坐。"又给骏青介绍他那个朋友,说:"这是费二爷费伯欣,有名的票友,等明儿我叫翁醉亭拉胡琴,请他消遣两段,你听听。"那费伯欣手里拿着烟签子,微微直起来他那女人一般的纤腰,抿着嘴笑着,用他那花衫的声调说:"您别听他的!"

祁敬廉又向费伯欣说:"你没见过吧?这就是我上回跟你说过的那位柏骏青。"费伯欣点头说:"是呀?我也听这儿我的三姐跟我姐姐说过。"说时,他那双嵌在擦着许多白粉的瘦脸上的媚眼只管看着骏青,仿佛一个荡妇卖俏似的。骏青也不坐下,就说:"你们歇着吧,我走了!"敬廉下床,趿拉着鞋,说:"怎么,你才来就走?"骏青说:"我再看看我姑母去。"

敬廉跟出屋来,笑着说:"我屋里有烟盘子的事,你可别跟旁人说!"骏青笑道:"你太不放心我了!"敬廉哈哈大笑,又拍着骏青的肩膀,问说:"怎么样?学校的事儿不坏吧?"骏青说:"勉强维持。"敬廉说:"对啦,马马虎虎的,多少总算有个事做,你又不是指着那个吃饭。"又回手指着窗户说:"那费伯欣,就是尤督军的小舅子,真正的'长耳定光仙'!也别说,不但男人,有不少女人都追逐他。"

正说着,小吴妈又扭进院来,离着老远就笑着,说:"二爷呀!费二爷不是在这儿吗?我们三太太有请!"走近了几步,又说:"哟!柏少爷,我还没瞧见您,您瞧我这眼睛!"骏青说不出心里是多么憎恶,他正着色点了点头,就走了。

他也不愿再到里院去见丽雪了,就出了大门,站在大门的台阶上看过往的人,门房的老李就赶出来跟他说闲话。少时大桂由里面跑出来,见了骏青,就欢跳着过来说:"柏大哥!骏哥哥!"跑过来就把骏青抱住,又仰着小脸儿问说:"柏大哥你搬到哪儿去啦?告诉我,明儿好叫妈妈带我去找你!"骏青满腔的气愤、憎恶、烦恼,至此完全被这孩子的天真给消解了,遂也笑着,就跟大桂在这大门首玩了起来。

忽然有一部黑色的流线型汽车驰来,到这门首就止住了,车里坐着两个女子,都穿着花旗袍,外罩着春大衣。开车的人先下来把车门开开,两位富小姐型的女子就下了汽车。这两人像是姊妹,穿的衣服一样,模样也相差不多;那个年岁较轻一点的看到了骏青,就眯缝着两只小眼睛,娇媚地笑着,微鞠了一躬,说:"柏先生!丽雪在家了吧?"

骏青此时已拉着大桂闪到一旁,他忽然认出这个女子,就是那次逛白云观时由驴上摔下来,后来又给自己写情书的那位张次长的小姐,他的脸上立刻不由得通红,就也笑着,点头说:"她在家啦,您请进吧!"张淑范的脸上也泛起一点红色,张淑仪很注意地看了看骏青,两人就往门里去了。

骏青拉着大桂,还呆呆地站着,直听得耳畔细碎的足音没有了。大桂又说:"柏大哥,我跟妈妈也搬到你那儿住好不好? 妈妈净不愿在这儿住。我给你当厨子,我长大了非当厨子不可,要不我就开汽车,嘟嘟!"说着,他就弯着腰模仿着汽车,在骏青眼前转着跑。骏青笑了笑,就说:"我走了,我还要办事去呢! 回头等客走了的时候,你去告诉你五姐姐,就说我走了。"说时就跳下了台阶。大桂也跳下来,张着手说:"大哥你别走!再玩会儿!"骏青便往西去跑,大桂就在后面学着汽车去追。

跑了几十步,忽听咚的一声,一个篮球扔了过来,吓得大桂转身就飞跑回去了。祁敬孝由西边走过来,先由地上捡起篮球,然后托着球向骏青笑说:"你这家伙,还爱跟小孩子玩!"又问:"你忙着走干吗?回去,我还有事跟你商量,下午我请你看电影。"骏青摇头说:"我还有我的事,得赶紧回去。"敬孝笑说:"你哪儿来那些什么事儿!你现在又没有管主,又有爱人儿,你这家伙多走运!我要是有你这么漂亮,他妈的……"说到这里,他由鹿皮衣裳里取出一支也就值两三毛钱的铜铅笔,炫示着说:"喂!你瞧,密斯的!"骏青也不由笑了。

敬孝得意了一会儿,忽然又警告说:"你可别告诉丽雪!一告诉她可就糟了!"骏青莫名其妙,转身就走。祁敬孝却又追了上来,一把揪住骏青的胳臂,笑着说:"你怎么不多待会儿? 是不是你跟丽雪也闹翻啦?"骏青冷笑着说:"我不明白你的话,我跟丽雪根本就没有什么特殊的关系!"祁敬孝摸摸骏青的脸蛋儿,笑着说:"得啦!你跟我耍滑头?现在谁不知道祁五小姐的爱人是柏骏青? 别人都给你起外号了,叫你'男宠'!"骏青气得一抢胳臂,说:"岂有此理!"说毕愤愤地向西走去,祁敬孝在后面哈哈大笑。

骏青出了胡同,就搭上了电车;他心里非常气恼,就想:这群人都是些什么东西! 金钱供养着的一个肮脏的躯壳,躯壳里面包含着一个卑鄙的灵魂!他们竟把我看成是那费伯欣一流的人,真真岂有此理!又想：也是我不好！我由家中出来，就不该到姑母家来住，更不该与丽雪接近。看祁敬孝那样怕丽雪，可见丽雪一定是很有手段、很有智谋、很会挟制人！我不知不觉就堕在她的术中了，竟以为她与那张淑范有别，其实她们那些受过点新教育的富家小姐全都是一样，全都是专找那些与她们学识差不多的青年男子做玩物，做面首！因此绝不再与丽雪接近。

骏青转又想到白月梅，那个纯洁聪明有骨气的小女孩，现在不知怎么样了。昨天她姐姐到学校找她，她不肯跟着走，她姐姐是气走了的，回到家里不要打她吗？又想起白月梅作文里的句子："我需要人怜悯吗？不……我的痛苦决不对别人说，除非万不得已我不流泪。"他的心里立刻涌上来一阵儿酸楚，不知怎么，自己的眼泪竟流了下来。他赶紧掏出手巾擦眼泪，又擦了擦鼻子，伪作伤风之状；电车上的乘客拥挤着，倒没有人来注意他。

骏青到西城下了电车，就买了几个烧饼回庙里用午饭；他下午就在屋中练习写稿，晚饭买了一碗馄饨吃了，之后也没出门。

次日清晨，他往学校里去，在经过那墙缝胡同之时，看那白家的小门依然是紧紧地关闭着。到了学校，在一群学生向他鞠躬欢叫时，他注意地看了看，连课室里都看了，却不见白月梅。

他到教务处坐了些时，邓厚颐也来了，遂就摇铃上课。三年级的课室里，别的学生都已来齐，只有白月梅的位子空着。有个男生多嘴，站起来高声说："柏先生！白月梅又没来！"骏青却轻声地说："不要管她！"他心里想着：回头白月梅来了，自己决不责罚她，以后无论她怎样调皮，也不再责罚她了。

他翻开了书本教算术，心里却一直惦记着白月梅，并且不时抬起头来看看课室的门，看看白月梅的位子。少时学生们都拿着铅笔往本子上写，骏青在屋中来回地走，直到摇铃下课时，白月梅还是没有到，骏青就非常不放心。第二堂、第三堂，白月梅的座位仍然空着，骏青心里就很忧虑地想着：莫非是因为前天的那件事，白月梅把她的姐姐招恼了，回家去她就挨了打，打得很重，所以她不能来了？

午饭时,骏青又故意往墙缝胡同走去,走过白家的门前,见双门仍然闭着,自己所急于知道的消息却一点儿也透不出来。他怅然地穿过几条小巷,来到一条横街上,找了一家小饼铺吃了饭,便往回走。又走到墙缝胡同时,就看见前面走着两个学生,正是黄婉贞和她的弟弟黄得泰,他们一回首看见了骏青,就齐都鞠躬叫着说:"柏先生!"骏青笑着点了点头,问说:"你们住得很近吧?"黄婉贞向北指着说:"我们就住在北边。"骏青说:"哦!你们住的比白月梅还近?"黄婉贞摇头说:"不,白月梅住的比我们近。"她回手指着说:"那不就是白月梅的家!"

骏青又向那小门看了一眼,就同着这两个学生走出墙缝胡同。他问黄婉贞说:"你知道白月梅今天早晨为什么没有来吗?"黄婉贞摇头说:"谁知道?她常常是三天打鱼两天晒网!"骏青说:"你们那班里属她最闹。"黄婉贞说:"你别说,刘先生教我们的时候,还说她顶好呢!"黄得泰也摇晃着小脑袋说:"白月梅顶可恨啦!她姐姐更可恨!"

骏青故意问说:"她姐姐是谁?"黄婉贞就推了她的弟弟一下,并瞪眼说:"你准知道吗?你准认得吗?"黄得泰说:"我认得!她们家里的人我都认得。"说着往西边一指,说:"柏先生,快瞧!那边放鹰的就是白月梅的哥哥!"黄婉贞撇着嘴说:"哪儿呀?那是小高。"黄得泰说:"小高就是白月梅的哥哥,在她家里住。"

这姐弟俩在争论着,身后又来了几个学生,都跳着笑着,和骏青打招呼。骏青向他们点点头,眼睛却不住往西去看,就见西边离这里有百余步远的城根下,有几个孩子围着一个人。那人胳臂上架着一只鹰,正把鹰撒上去;骏青仰着脸向城上看,见城墙的半腰里横长出一棵树来,那人把鹰放上去,就为的是捕树上的小鸟。骏青很想要认识认识白月梅的哥哥,但那人离着太远,脸又对着城墙。

骏青走到校门口,就驻足仍然向西去望,黄得泰也向西指着说:"老师!张国栋他们都在那边瞧放鹰的啦,我把他们叫来吧?"骏青笑着说:"不用管他们。"他看看手表,见尚有半点钟才上课,遂就仍然站在那里向西去望,一个一个的学生都由他的身旁走进了校门。

待了一会儿,那边城墙下的一群孩子就散开了,那放鹰的小高也往这边走来，有几个孩子在后面跟着他。少时小高就来到了学校附近，骏青见这人有二十来岁，留着个小背头，梳得又黑又亮；穿的是一条青绸子的肥夹裤，用绸子飘带系着裤脚腿，脚上蹬着两只青皂鞋，上身穿着件白布小褂，胸前的纽扣足有十多个。他的左肩头搭着一件青绸小夹袄，胳臂上架着一只鹰，鹰的头上还戴着个皮帽子。

　　小高手里拿着一只死麻雀，他把麻雀的羽毛都扯下去扔了，撕下那一块一块的肉，往那只鹰的钩形的嘴里去送。他得意扬扬地一走一晃，身后的几个孩子都用羡慕的眼光看着他。当这小高由骏青的眼前走过时，骏青就特别注意到，他那胳臂是很健壮的，那露出的部分还刺着花纹，可以看出，这是个光棍地痞一流的人物。骏青回到教务处，心里非常烦闷，暗想：别管刚才那个人与白月梅有什么关系，但她家里的情况，已可想见了！

　　又待了些时，邓厚颐也来了。他来的时间很准确，一进教务处就叫校役打铃。骏青在铃声里上了课堂，看了看，白月梅仍然没有到。这一天因为白月梅没有来，课室里倒显得很沉寂。骏青很不放心，回到庙中仍然忘不了此事，猜想着白月梅不是被打得很重，就是她家里的人阻拦她，不许她再上学了，心里非常惋惜。

　　晚间又接到丽雪的一封信，除了质问骏青昨日为什么不辞而别，还说了几件她们学校里的趣闻。这封信跟她往日的信一样，用的是一种纸张上等、印刷精美的信封和信笺，钢笔小字写得那么工整，文字是那么流丽，措辞是那么温婉，在在都可以看出是出于一位受过高等教育、生活优裕的女子之手；但骏青看了却很感慨，就想：我净接到这样的信柬，这对我的生活究竟有什么益处呢？

　　又想：只说眼前的女子吧，白月梅很聪明，有骨气，而且是个很努力向上的小女子，她现处在那种可怜的环境之中，我都不能对她有一点儿帮助；而对丽雪这位阔小姐，我却要锦上添花地终日去逢迎她，叫人家拿什么'男宠'那样最卑劣的词来侮辱我！他叹了口气，就把丽雪的这封信扔在一边，脑袋仍然思索着白月梅的事，越想越觉得情形恶劣，越是为那个可怜可爱的小女子担忧。

次日又到学校去，他很希望白月梅今天能够来，别叫自己所猜度的事情成为事实，可是上过了一堂课，白月梅仍然没有到。在第二堂上，骏青就对女生们说："白月梅昨天就没有来，到底她还打算上不上学了？你们无论是谁，今天可以到她家里找她去问一问，她若是因为家里有事，可以叫她来见我请几天假；就是退学，也应当向校里说明白了，不能就这样随便就不来了。"

骏青说完了这话，女生们都彼此望着，没有一个作声。骏青就向黄婉贞说："你住的地方离着白月梅家不远，你是不是可以去问问她？"黄婉贞摇头说："我不去找她，我跟白月梅不说话！"骏青怔了一怔，又问徐秀贞说："你跟白月梅坐一个位子，你们俩平日很好，回头吃午饭的时候，你可以到白月梅家里去一趟吧？"徐秀贞摇头说："我才不上她家里去呢！我母亲不叫我找她去！"

骏青一听，心里更是诧异，就微笑着问："这是什么缘故？你们都是年岁相差不多的女同学，彼此到各人家中去看看，也没有什么要紧的。"徐秀贞仍然摇头，说："我不去。"骏青又问："她家里到底是做什么事的，你们谁知道？"女生们都笑着，有的脸上还有点发红。前边座位上就有个男生站起身来，说："我知道，她们家里没有好人。她爸爸早先拉车，现在什么事也不干；她哥哥小高，会耍双石头，净在街上打架，她们家里乱七八糟，她姐姐叫……"说到这里，这个男生笑了，不肯往下再说了。不过骏青心里已略略明白，白月梅的处境恐怕比自己所猜想的还要恶劣。因为不能因谈闲话耽误了功课，他就只好暂把这件事情抛开，又翻开书去讲课。

这一天白月梅依然没有来，骏青由那白家门首经过之时，总见双门紧闭，没法探悉门里边的情形。骏青的心中总是沉闷着，仿佛眼前正发生着一件很凄惨的事，自己无法看见，但已经可以想象出那鞭打、手拧的酷虐和一个一声不吭的刚强小女子。

第十二回　破庙中的难女

　　星期三这天的午后，在散学的时候，徐秀贞追上骏青，悄声说："柏先生！柏先生！我知道白月梅，她家里不让她上学了！"

　　骏青赶紧止住步，问说："为什么？你见着她家里的人了吗？"徐秀贞摇头说："我没见着她家里的人，我是听我们院里住的张大妈说的。张大妈跟她家里人熟识，说是那天白月梅从学校回去就挨了打，她母亲把她的裙子都撕碎了，书也给扯啦；她姐姐把她身上都打出了血，两三天没给她饭吃了！"骏青听了，心里又难过又生气，就愤愤地说："这是什么事？难道她家里这样虐待她，就没有人管？"

　　徐秀贞撇着嘴说："谁愿意管呀？她母亲跟她两个姐姐都跟母老虎似的，她哥哥，哼！那哪儿是她哥哥呀？那个花胳臂小高，除了放鹰就是打架，街坊谁都不敢惹他！"骏青皱了皱眉，徐秀贞又说："我们院子住的张大爷就直打抱不平，给出了个主意，说叫我告诉您，您找校长去；校长是慈善会的会长，只要跟巡警说一句话，巡警就能管。"骏青一听，这个主意很好，遂就点头就："好吧，我这就去见校长！"于是骏青就叫校役领着自己由便门进了东面的院落，去见朱校长。

　　朱校长正在他的屋里跟一个和尚谈天，一见骏青进屋，就欠身让座；他手里捻着菩提珠，白胡子里的一张嘴含着笑意。他先介绍说："这是我们这里的教员柏先生，这位是普明寺的方丈广大师傅，是本会的董事。"然后问骏青有什么事情。骏青就把白月梅的事情说了，然后又说明理由，说："这个小姑娘既是本校的学生，她现在家里受这样的虐待，咱们不能不管。我想应当由会中通知警察，请警察到她家里去干涉，不然恐怕这个小姑娘就要被虐待死了！"

朱校长听了这话，沉思了半天，仿佛很作难似的。他手里不住地捻着那挂菩提珠，然后才慢慢地说："这件事咱们不好管吧？咱们这是慈善团体，赈济的对象是贫民。这个学生，是她家里的人打她，父母和姐姐们管管孩子，就是打得重一点吧，外人也不好过问吧？"那位广大师傅也摇头说："咱们不能管这件事！"朱校长说："是呀！果然这孩子要真受不了虐待，她可以直接去喊警察，叫警察把她送到救济院里去。"

骏青一听替白月梅求援失败了，他只好辞出。回到校院里，见徐秀贞还没有走，骏青就对她说："我刚才去见了朱校长，朱校长说慈善会不能管这件事，只好由咱们学校给她想法子吧！"说毕，他到教务处取了帽子，就抑郁地走出了校门。

骏青路经墙缝胡同时，看见那个花胳臂小高正由门里出来，穿着一身青绸子的夹裤袄，走路摇晃着肩膀，仿佛是跟谁示威似的。他跟骏青正走对面，骏青看着他那强壮的身体、骄横的神态，以及那一脸的横肉和凶狠的眼神，心里真有点害怕，气愤地想着：不知这人到底与白月梅家里有什么关系？白月梅的那身伤，恐怕就是这个人打的！回到庙中他仍为这件事坐立不安。

晚间到大街上饭铺里去吃饭时，骏青又愤慨地想：听徐秀贞说，白月梅的家里已经两三天没给她饭吃，这是多么残酷的刑罚！骏青出了饭铺，就见街灯都亮了起来，车和行人往往来来。因为是春天了，所以人更显得多，一些人带着他们的小孩子，穿着样式很新的衣裳在街上散步；小孩子拉着妈妈的手，一面走一面唱着歌，看他们像是都很快乐幸福。

骏青顺着马路往南走去，越走灯光越暗，行人也越稀少。走到宣武门前，骏青就转往西走。这里因为靠着城墙，地旷，住户少，一到晚间就显得特别幽僻。城墙之下的大车辙，被那些载重大车轧了一天，轧出许多松土，骡马也留下许多粪尿；现在大车都赶出城去了，顺着城墙吹过来的阵阵晚风，夹起尘土，吹到人面上，可以闻出一股腥臊气味。这城墙像是一具笨重的古董，苍老、荒凉，但又有些高傲的气派，像是永远背负着它的历史，永远藐视着人类。

城墙上什么也没有，高而冥冥的青色夜空，在西方还有一痕新月，斜仰着，吐下来淡淡的光华，照在地下，散布出一种惨淡的色泽。对着城墙，是稀稀的一排住户，也有稀稀的几盏路灯，住户的门窗都紧闭着。在这里往来的人也很少，更显得周围十分的凄凉、冷落。

骏青走进了墙缝胡同，这条黑漆漆的狭短的胡同，现在是一个人也看不见，那些破烂的小门也没有一个开着。走到那白家门前，骏青就把足停住，静着心向墙里细听，只听里面喳喳地好像有女人在很急快地讲话，但是被这段短墙隔住，没法听得清楚。骏青站立了一会儿，往北走了几步，又转身回来，在那墙外面又听了半天，里面的话声却断了。骏青觉着自己在这里站着也不好，心说：我算个干什么的呢？要叫警察看见，一定要盘问我！遂就走出了这墙缝胡同的南口。

骏青仰面一看，就见天际那痕新月，已被一层薄云遮住。那层云就似一幅蝉翼薄纱，轻轻地飘动着，那弓形的月的轮廓还很清楚地嵌在云里，但已没有光华了。晚风一阵阵地刮来，骏青只穿着一套西服，身上很有些寒冷。想着今天自己是白来了一趟，他心里就感叹：白月梅仍然在那小围墙里受虐待，自己却没有一点儿能力帮助她！因为这社会的习俗，是把一个一个人都分开了的，明明在你眼前摆着一件可怜的事，你却没有权力去管……

骏青往东走了不远，忽然听见身后有人吵嚷起来。他赶紧回身，借着那几盏还不太暗的路灯去看，就见好像是一个小孩子向西跑着，被后面的两个人追上，抓住；那地方正是墙缝胡同南口外，相离骏青仅有百余步。骏青气愤陡起，赶紧往回走去，就听那边一个凶狠、尖厉的女人声音喊着："你还要跑？哼哼！你还怪不错的呢……丫头！给我回去……"见另两个女人也骂着极难听的话，就把她们的"逃犯"给拉进墙缝胡同去了。

骏青赶紧往那边跑去,他急得想要嚷:"什么?什么事?你们为什么要虐待一个小孩!"却嚷不出来。跑到那胡同口,他脚步也自然止住了,就听胡同里有人在乱嚷嚷,有女人又骂着:"你给我回去,贱……"并有吧吧的打脸之声。又有男子说:"进门去说! 问问她,她到底要上哪儿去?"接着是开关门声和不断的打骂声,那几个人就推推挤挤地进门去了。骏青却始终没看见白月梅的面目,也没听到她吭一声。

这时又刮来一阵夹着秽土的风,天际的新月躲在白云的深处,一点儿轮廓也看不见。骏青怔怔地站了半晌,又走进胡同,站在那门前,就听里面仍有女人的诟骂声,但是很模糊。骏青心里真难受,恨自己没有勇气,不敢敲门进去干涉这件事;不但不敢去干涉,并且不敢在这里多留。

他就迈着迟缓的脚步向北走去,穿过几条昏黑的胡同,就回到了庙里,这时已然深夜十点多钟了。他今天是受了刺激,脑里很乱,直到次日发晓时,才略略睡了一会儿。

早晨不到八点钟,他又赶紧起来匆匆地到了学校。白月梅仍是没有来,黄婉贞索性挪到她那空位子上,与徐秀贞并坐着。骏青这一天教书都很没有精神,心里像有一件总忘不掉的事。在散课的时候,他特意把徐秀贞叫过来,问她听见关于白月梅的消息没有。徐秀贞却说:"您就别再惦记着白月梅啦! 她一定不来了。我瞧她不来了倒好,我们班里倒清静啦! "说毕,转身就跑了。

骏青戴上帽子走出校门,依旧从白月梅的家门首经过,见那两扇门仍然死沉沉地关着,像一座牢狱似的。他不由想起昨晚自己亲眼看见的那件事,就想:白月梅图逃未成,从此一定更要加倍地受虐待了!咳,总怪自己太不成,太缺乏帮助人的义气和勇气。他惘然地走回到庙中,躺在床上,仍然不断地想着这件事。在快到吃饭时,他摸了摸衣袋,还有两块多钱,未免又有点自伤,暗想:我现在自救尚且不及,还能帮助人家吗?

在黄昏笼罩之中,他愁闷地走到街上,街上的灯又亮了,那些车辆、行人又纷纷地来往着。骏青找了个最小的饭铺,用了一顿极简单的饭,饭后就信步在街上行走。他走了有一截路,忽然又觉着方向不对,心想:我尽自往南去走,可做什么? 莫非还要像昨晚似的,要到那城根下去徘徊吗? 咳! 白月梅那可怜的女孩,我是无法救助她了! 就是我亲眼看见那毒狠的鞭子抽在她身上,我也未必就有勇气上前干涉;即使干涉了,也未必就有结果,白月梅也不会因此就永远不受虐待了! 于是他微叹着,转过身去又往北走,不觉着就走进了西单商场。那往来的幸福男女、亮得晃眼的电灯、成堆的闪着光的假珠假翠、书摊上摆着的许多色情书籍,什么“秘史”“黑幕大观”之类,都触入骏青的眼帘,使得他心里更加烦闷。

骏青无目的地游逛了半天,一个钱也没有花,便又慢慢地转回庙里,却又懒得回到自己屋里,就来找刘醉生。照例骏青只要一进这屋,就在桌子旁边那椅子上一坐,待会儿,等刘醉生写完一个段落,放下笔了,两人这才谈话。今天骏青一进来,刘醉生就把笔放下了,他笑着问说:“你干什么去了?”骏青说:“我吃过饭又在街上走了走。”刘醉生又问:“昨天呢?”骏青停顿了一下,才说:“昨天也是一样,向来我是由饭铺出来,必要在马路上散散步。”

刘醉生笑着说:“你倒是真讲卫生。”又说:“刚才你那位‘密斯’来了,你没在街上碰见她吗?”骏青摇头说:“没有,哪位‘密斯’?”他微笑着,但刘醉生的态度又庄重起来,说:“你那位表妹和陈蕙如女士来了,因为你没在家,所以她们来找了我,就是为开书店的事情。现在股本已超过了定额,就是本来预算的是二十股,一千块钱,现在已增加了十股,收足了一千五百元了;后天开股东大会,下午七时在丽华饭店,大概是先吃饭后商量事情。”

骏青说:“开一个小书店,何必要在那么阔的地方请客?”

刘醉生笑说:“你别瞧书店小,可是股东都是阔人! 你那位表妹还不够阔的? 听说还有什么张次长的少爷和小姐,再加上名医缪宝生,这些人,你要请他们来到我这屋里开会,他们哪肯干?”说着,递给骏青一支烟。

骏青就问:“那么后天你去不去呢?”刘醉生笑说:“我去算是干什

么的？我一股也没有。"骏青说："不在乎股份，以后需你帮忙的事情很多，我替他们请你，后天你也去凑个热闹！"刘醉生笑着说："算了吧！后天也许我还有别的事，反正明天我准给老缪打电话，叫他届时准到就是了。"说毕，他吸了两口烟，又拿起笔来往下写。

骏青就在旁边吸着烟默默地坐着，心里真不愿后天去参加那个奢华的宴会，尤其是听说还有什么张次长的少爷和小姐，但是缪宝生的股份又是自己给招的，届时自己又不能不到。坐了一会儿，便觉得很无聊，就回到自己的屋里睡觉去了。

次日是星期五，骏青又到学校去教课，不但白月梅始终没有来，并且没有一点儿关于她的消息。下午散学时，骏青又由墙缝胡同经过，见白家的门依然是紧紧地关闭着，它这两扇破门就仿佛与骏青的心有着某种关联似的，小门是闷闷的，骏青的心也是闷闷的。当天又接到丽雪的一封信，叮咛他明天下午七点，一定要到丽华饭店去，骏青的心里真不高兴。

不觉这一天就又过去了，骏青脑里仍然不断地在想着：我在善育小学教书已有两个星期了，在这两个星期里，我的生活倒是没有什么改变，可是白月梅那个可怜的孩子，不幸又遇着了我这么个教员，不能了解她、原谅她，跟她做了一个星期的对敌。后来我倒是明白她了，她和我的感情也相当好了，可是在那天的作文堂上，她的姐姐来找她，她不肯跟她姐姐走，我在旁边也没有劝她随去，所以她同她姐姐才闹得很僵；假若那天我稍微不认真一点，允许她请假，大概也就完了，哪至于能让她家里阻止她上学呢？这样一想，他心里就非常难过，觉着一个很聪明很要强的小孩子，是被自己无意给害了。他又想到，自己身边只剩下一块多钱了，而且还是由阔小姐的手中讨来的，真是不胜惭愧。

次日，骏青很没精神地教了一天书，回到庙中，找出一件干净衬衫、一条鲜艳的领带、一身平展的西服，好预备晚间到大饭店里去充股东，去与那些少爷小姐们敷衍。他心里很苦恼，愤愤地想：我度的是什么生活呀？矛盾、怯懦、堕落我都有了！我不会告诉他们吗？我现在是个穷人，我不配，也不愿意，再跟他们那些仗着父亲有几个造孽钱的小姐少爷们交往了！

　　他在屋中发了半天愁，天色就渐渐黑了。他点上蜡烛，刚把衣服换好，窗外就传来那有节奏的高跟鞋声，丽雪拉门进屋，说："你怎么还没走？我就想到了，你非得叫我来请你不可！"说时她笑着，催骏青快跟她走。

　　骏青看看手表，原来已七点十分了，就说："哎呀！过了时候了！大概这时已有不少人去了吧？"丽雪说："刚才陈蕙如给我打的电话，她说倒是还没有人去，中国人赴宴向来是说七点，总得七点半才能到齐。可是今天咱们却不应当晚到，要不然人家缪大夫去了，连个熟识的人都没有。"骏青又收拾了一下，这才被催着，同着丽雪往外走去。庙门外，那辆浅咖啡色的新汽车正停在月光之下，丽雪与骏青上了汽车，就往丽华饭店去了。

　　丽华饭店是东城一家很阔绰的大饭店，五层洋楼，由窗里透出明亮的灯光，仿佛一座灯山似的。骏青惭愧地想着：虽然当了多少年有名无实的阔少爷，可是进饭店，这还是头一回，恐怕身边只有一块多钱的财产而来到这大饭店的，也只有自己一人吧！

　　丽雪与骏青到了那预订下的大餐间内，一看缪大夫已然来了，还有陈蕙如和她的丈夫薛璧城。薛璧城是个三十来岁一脸病容的男子，骏青与他见过，然后就与缪大夫握手，并说："对不住！我倒来晚了！"缪大夫说："我也是才来，回头于文俭也来，你知道吗？"骏青摇头说："我不知道。"缪大夫笑着说："昨天我看见了他，他说他今天一定来，他也是股东之一，因为他跟张次长的少爷是同事。"

　　此时丽雪又让陈蕙如给张公馆打电话催请，陈蕙如的电话还没有打完，又来了一位小姐，丽雪给骏青介绍，说："这是我的同学吕淑馨。"接着又来了于文俭和他的夫人袁女士，这两人都是骏青的同学，骏青就不感到寂寞了，与缪大夫和于文俭三人谈得很是高兴。

　　约莫快到八点钟的时候，张次长的少爷和两位小姐来了。那穿着一件艳丽春装的张淑范，把小眼睛向骏青一撩，骏青突然有一种说不出来的滋味，不知是厌恶还是惭愧。丽雪就向张家姐妹冷笑着说："你们是非得晚来！莫非早来了，就丢了你们小姐的身份了吗？"张家姐妹笑着，口齿都敌不过丽雪。张少爷却过来向丽雪深深鞠躬，说："对不起！今天迟到得归罪于我一个人！因为我那里去了两个朋友，从五点直谈到七点半，把我给绊住了。"丽雪点了点头，好像不爱理他，又去与陈蕙如谈话。

于文俭把这位张少爷拉过来，向骏青介绍，骏青才知道这人名叫张锦生；这人一张白净的四方脸儿，一身质料很贵但颜色很朴素的西服，态度倒还和蔼，没有什么少爷的习气和科长的架子。他虽跟骏青谈着话，却时时扭着头瞧那边正与女宾们谈话的祁丽雪。他的二妹妹却孤零零地坐在一张沙发上，时用小眼睛看这边的骏青。

少时入座用餐，陈蕙如和她丈夫一定要推张锦生入上座，理由是他的股票最多，但张锦生不肯。他说："应当请祁小姐坐上首，因为祁小姐最近有被选为女大学生会主席的希望。"丽雪绷着脸儿，说："胡说！这是谁给我造的谣言？"她把骏青一拉，说："咱们就坐在这儿，叫他们爱怎么让就怎么让，别给吃西餐的泄气啦！"骏青被丽雪强迫着坐在了她的身旁，脸上却觉着很发烧。结果这一张大餐桌，当中坐的是缪宝生，他的右首是张锦生、张淑仪、张淑范、袁女士、于文俭，左首是柏骏青、祁丽雪、吕淑馨、陈蕙如、薛璧城。

席间男子里最活泼的是张锦生，他说的话最多，不但跟男客说笑，也跟女客说笑，尤其特别巴结丽雪。但丽雪看都不看他，只是低声与骏青谈着他们的私事，并提到她母亲的病况，说是这两天又不好。当他们两人喁喁情谈的时候，不但张锦生很注意，他的妹妹淑范也很注意。

女宾里却没有什么人爱说话，只有陈蕙如报告了集股的经过和开办书店的计划，然后又谈到了命名问题。吕淑馨主张叫"北国"，张淑仪说是应当起个漂亮一点的名字，叫"女神"，张锦生却说："我看这两个名字都不大响亮，我早拟好了，就叫白雪书店吧！"

丽雪一听这话，立刻就表示反对，并且很严肃地说："要是用我名字上的一个字，我可就立刻退股！"张锦生笑着说："这么说，这丽华饭店幸亏没有祁小姐的股份，要不然也就早关门了！"丽雪冷笑着说："可不是！我就是个独裁者，我这名字无论什么人也不许触犯！"张锦生立刻自找下场，笑着说："是！那么我拟的这个名称算是作废，请祁小姐给命个名吧？"丽雪却摇头说："我没有那么大的学问！"她转过脸去，又低声骂道："讨厌！"张锦生的方脸上有点儿发红，但他还是嘻嘻地笑着。结果是采用了于太太袁女士的命名，叫作"琳琅书店"，就这样通过了。

餐毕，缪大夫同着于文俭夫妇一同先走了，张锦生在这里觉得无趣，就也带着他的两个妹妹走了。这里吕淑馨就劝丽雪，说："刚才是你不对！虽然这不是什么大规模的聚餐，可是也有几位生人，你怎么可以当着人，那样让张锦生的脸上下不来？这样你自己也失身份！"丽雪冷笑着说："我才不懂失身份呢！我就是不能任人揶揄我！"坐了一会儿，她就叫骏青跟着她走了。

出了饭店，丽雪就和婉地对骏青说："我还得赶紧回去，我若不回去，我母亲吃药都没有人管。咱们明天见吧！我希望你明天能到我家里去。"骏青点头说："好吧，明天我一定看我姑母去！"丽雪笑着，向骏青点了点头，就上了汽车走了。骏青看着那部汽车开走之后，在马路上站了一会儿，本想要等电车，但又想：经济一点吧！手里只剩下一块多钱了。好在回到庙里去也没有事，他就顺着长安街的马路，慢慢往西走去。

这时碧天如洗，一点儿云丝也没有，星光都很少；将近十五的月亮，椭圆形，深澈明朗，洒下来水银似的月华，人都随着自己的影子走。长安街的南边是一片琉璃瓦筑成的玲珑短墙，月光隔墙照过来，在地下铺成一片明亮的小方格。北首是一片小树林，月光下的疏影倚着红色的宫城，更为美丽；那宫城比对面的玲珑短墙要高上四五倍。

南池子的街口是在宫城上开辟的，通着一条五六里长的大街。往西走不远，就见有一座很艺术的牌楼，往户部街、东交民巷，出正阳门，都要由此经过；电车就像两只玻璃柜似的，擦过了这座牌楼，却往天安门去了。

天安门庄严地矗立在御河里，面前直卧着五条玉龙似的石桥，竖立着两根巨人似的华表，是十足的东方色彩，神秘、美丽。尤其今晚，整个都浸在月光之中，月光似泪，仿佛在凭吊着它那近千年来的兴亡历史；它也黯然地、黑兀兀地在那里静默，像一个末路王孙愧见它的故人似的，有一种诗意的冷落与悲哀。可是在它的左首，不远的地方，那里却停着许多汽车，那是中央公园，时代的儿女们在里面欢乐着、痴醉着，耍些新奇、诡秘的恋爱把戏，咫尺外这么显明的历史遗物，他们连看也不看；二月的晚风已有点软了，却吹不醒那些青年男女的爱情梦。

骏青走到天安门前，驻足多时，他看看天上的月亮，又看看身后的伟大建筑，心里发出一种不关己身的感慨，怅然地、凄然地在这里赏月吊古。后来他身上觉着有些冷，才记起了由汉口来时忘了带春大衣；又想起那件长毛绒大衣现在不能穿了，不如赶紧送到当铺里；他由此又想到生活穷困的可怕，于是便叹息着，背着月光，低着头向西走去。

骏青先到东小院，打算找刘醉生谈谈，可是那屋里黑洞洞的，门上有个锁头，心说：他出去做什么去了？骏青就转身，懒懒地往自己的院里走去。才一走进西边这月亮门，忽听有人悄声叫："柏先生！"骏青吓了一跳，借着月光细看对面这条瘦小的身影，他便惊讶地说："啊呀，白月梅？你怎么到我这儿来啦？"

白月梅很紧张地悄声说："我从家里跑出来啦！我死也不回去啦！我没地方去，刚才我找刘先生，刘先生没在家，找你……"骏青赶紧说："不要紧！你别着急，也别害怕，你的事情我都知道，我一定能够给你设法，你先到我屋里来！"他遂就掏出钥匙，手颤颤地去开锁。

到了屋内，他先摸着了蜡烛点上，然后扭头看白月梅。黯淡的烛光照着这个可怜的小女子，她的脸儿仿佛更瘦了，两只眼睛更显出忧郁的神情；她的头发很乱，像是多少天没用篦子梳了；上身只穿着一件短袖的蓝布短衫，胳臂上一块青一块紫的，下边穿着一条很短的白布单裤，污秽得已不成样子。骏青又怜悯又愤慨，就跺着脚说："为什么他们这样虐待你？难道就没有人管吗？"

白月梅悲愤地说："哼！谁管？谁敢管他们？我也不希望有人管，反正他们打我，我也打他们；他们骂我，我也会骂。今儿我跑出来了，反正无论怎样我也不回去啦！"奇怪的是，说这话时这孩子的脸上没有泪水，仿佛那长期的恶劣境遇，已把她折磨得很坚硬，就像一块铁越经锤炼就越结实似的。骏青慨叹着，指着床说："你坐下！"又说："咳，你这身衣裳一定冷！"遂把那天丽雪脱在这里的那件夹大衣，拿了过来，叫白月梅穿上。

白月梅坐在床上，低头看那大衣的领子。骏青又皱着眉问："你现在快告诉我，你为什么要住在那家里，既然都跟你不是亲的？你的生身母亲又为什么要在天津住？她在天津做什么？你在这里受苦，难道她一点儿不知道吗？为什么她不管？"白月梅一听提到她的母亲，眼泪就簌簌地滚落下来，她用大衣的袖子擦了一下，赶紧又改用手背去擦。骏青就安慰她说："你也不要伤心，把详情告诉我，我一定能替你想办法。"

骏青的话才说完，忽然白月梅把肩膀一晃摇，焦急地说："您别打听那些事儿成不成？那些事我也知道得不清楚，就是知道，我也绝不告诉人！我现在就一个主意，您，或是刘先生，借我几块钱，给我买一张上天津去的火车票，我今天晚上就走；到了天津，我就要着饭去找我母亲……"说着，她掩面呜咽起来，骏青的心中真是不胜凄楚。

骏青发了会儿怔，又忧愁地问说："车票是容易办到的，可是你到了天津，准能找得着你母亲吗？"白月梅拿胳臂擦着眼泪，摇了摇头。骏青又问："你知道你母亲的住处吗？"白月梅又摇头。骏青的眉头皱得更紧，又问："你是不是想到了天津，终日就在街上走，若遇见你母亲，你就把她叫住，叫她安顿你，是不是？"白月梅依然摇头。

骏青十分纳闷，探着头又问："莫非你就是见着了你的母亲，你也不认得她吗？"白月梅这才点了点头。骏青的心里真是着急，便大声说："这是为什么呢？你既然连自己母亲的容貌都不认得，又怎么准知道她在天津呢？到了天津你还是无处投奔呀？我们怎么能够给你买这车票？"

忽然白月梅收住了眼泪，抬起脸来，忧郁地低声向骏青说："柏先生，您知道东交民巷有个欧美洋行吗？是外国人的买卖。"骏青扬着头想了一想，说："欧美洋行？怎么，你在那里认得人吗？"白月梅点头说："嗯，我认得一个姓翁的，叫翁子钧，他常上我们那儿去。我母亲的事都是他告诉我的，要不然我还不知道呢！我三岁……我母亲就离开了我！"说到这儿，她又低着头悲哽起来。

听了这话，骏青的心里才明白了一些，由此也可以略略地想出，一个由三岁起就离开了亲娘，寄养在恶人手里的孩子，这十一年来的惨痛生活！骏青的眼泪都不禁堕下，他就温和地宽慰她，说："你别发愁！这就好办了，明天我到东交民巷欧美洋行那打听，把那翁子钧找来，我跟他商量办法，只是不知道那姓翁的在那洋行里做什么事？"白月梅擦着眼泪，说："大概是做先生。"

骏青点头说："那更好办了，他既是个知识分子，当然不能不说理，我一定叫他把你送到你母亲那里去。"白月梅却摇头说："他绝不管送！"骏青又诧异着问说："这是为什么呢？他与你母亲有什么关系呢？"

白月梅摇摇头，说："什么关系也没有，就是他知道我母亲的事情，他间接着能把我的事告诉我母亲……咳！我真不愿意细说！这样就得啦，明天求您想法儿把他找来，有什么话我跟他说。今儿，我没地方去，我得先在您这儿待一晚晌；回头您睡您的，我就在旁边坐着，反正我也睡不着！"

骏青说："这不要紧！我这里有被褥，今晚你就在我这屋里睡，我可以到刘先生屋里睡去；待一会儿他一定回来，我还得找他，叫他帮着我替你想主意呢！"又问："你吃了晚饭没有？若没吃，我给你端一碗馄饨去，这庙里卖什么吃的都有。"

白月梅犹豫了一会儿，就皱着眉说："随便您吧！买点儿什么都行，我也吃不了多少！"骏青猜想着她一定饿得很厉害，就赶紧出了屋。才走了几步，白月梅就在后面叫着说："柏先生！我还告诉您两句话！"

骏青赶紧止住步，回身去看，见白月梅披着大衣走出屋来，悄声说："您去买吃的，可别跟那些做小买卖的人多说话，他们有天天到我们那胡同里去；要叫我家里的人知道了，一定要到这儿来找我，他们可不讲理！"

骏青点头说："我一定不跟别人说，你就别出这小院好了，平日谁也不到我这院里来。"说毕，他走出了小院，就到西屋里去了。

骏青一进屋就闻得有一股汗脚味,三四个人正在炕上说"高君保下南唐"。卖花生烟卷的老韩一见柏骏青,就下炕招呼,说:"柏先生,你老早下班啦?"骏青点点头,笑着说:"对啦!"他四下看了看,见没有馄饨锅,遂就问说:"怎么,卖馄饨的那几位全都没在家?"老韩说:"他们都是一晚晌的买卖,都得过两三点才能回来,你老有什么事儿吗?"骏青笑着说:"没有什么事,我晚饭吃得太早了,现在饿了,打算买一碗馄饨吃。"老韩说:"你老拿碗去,我给你到街上端去!"骏青摆手说:"不必了,那太麻烦!"

　　骏青一回头,看见地下放着个竹筐,里边有卖剩下的烧饼和油炸麻花,就问:"这是哪位的?"卖豆汁的小朱也扔下了"高君保下南唐",下炕来说:"我的,这都是早晨的剩货,您不能吃。"骏青说:"不要紧,我就买点这个吧!"遂蹲下身,挑了五六个烧饼、五六个麻花,小朱直不肯要钱,骏青笑着扔下钱就走了。

　　回到屋里,他把烧饼麻花都放在桌上,说:"卖馄饨的人都还没回来,只有这个,你先将着吃吧!"白月梅说:"这还不成?这就顶好啦!"说着,她拿起来烧饼就吃。骏青提起茶壶,说:"我再给你倒一壶茶去!"白月梅摆手说:"不用啦,我能干吃!"骏青说:"我还得去看看刘先生回来了没有。"说着就提着茶壶,又走出屋去。

　　到了东院,见刘醉生的屋内有灯光,骏青就提着茶壶进了屋。见刘醉生正拿着笔写稿子,骏青就说:"你先别写了,白月梅找你来了!"刘醉生停住笔,说:"是她呀?我刚回来,和尚告诉我说有个小姑娘找我,还找你,我正纳闷呢!"骏青说:"她现在我屋里,那女孩子真可怜!"便把刚才白月梅说的那些话都告诉了刘醉生。刘醉生当时就放下笔,说:"我看看她去!"

　　刘醉生出了屋,这里骏青就由他的一个破漱口盂里抓了一把茶叶,放在茶壶内,然后到和尚屋里沏了茶,又走回自己屋里。这时白月梅已跟刘醉生说了许多话,骏青倒了茶,刘醉生就靠着椅子,发愁地说:"她这件事情不好办!东交民巷大概也没有什么欧美洋行,多半是那姓翁的瞎说!"

骏青说："那姓翁的何必要瞎说呢？"

刘醉生说："她没告诉你吗？她本来姓张，父亲早就死了，她母亲大概是改嫁了人；那时她才三岁，就把她寄养在现在这白家。白家的老太太本来待她很好，拿她当亲孙女一般看待，可是后来那老太太死了，她这个养父母和姐姐们可就虐待上她了。起先她虽略略知道她不是这白家父母的亲生，可是还不知她的亲娘尚在人间；后来，这是三年前的话，那姓翁的才找到她家去，说是她母亲现在天津什么总经理的公馆里，可是得了残废病，不能下炕；并且说那公馆非常有势力，不准闲人进门，连这姓翁的来认白月梅都是守着秘密，要叫那家公馆知道了都不得了。从那时起，姓翁的大概每隔三两个月就来看一回，给她送点儿钱和衣服，并跟白家的人商量好了，叫她入学校。在去年，前几个月，姓翁的本要把白月梅接到天津去，可是那白家的人不答应；说是要接去也行，可得拿出两千块钱来，作为赔补以前的抚养费。"骏青一听，这才明白，遂就点点头，同时觉得白月梅对刘醉生仿佛比对自己信任，所以她才肯把这些秘不告人的话对他说。

白月梅低着头，流着泪，连烧饼、麻花都吃不下去了。骏青就又问："天津那家公馆姓什么？"白月梅摇头说："我不知道，我问过翁子钧，他不告诉我。"骏青又问："你母亲的娘家姓什么？"白月梅流着泪说："我听翁子钧说，我父亲叫张九，是叫人给谋害死的。我母亲娘家姓陈，她叫陈玉英，也在学校毕过业，我小的时候奶名叫月子，所以翁子钧给我起的名字叫月梅。"

骏青又接着问："你没见过你的母亲，难道你还没见过你母亲的相片吗？"旁边的刘醉生听得有点不耐烦，就说："咳！你问的这话都不着题，正经咱们得给她想想目前的办法！"骏青摇头说："不，这是很有关系的！"刘醉生淡笑着说："你又不是'福尔摩斯'，干吗要这样刨根问底？"

白月梅拿她的衣襟擦擦眼泪，说："翁子钧给过我一张我母亲的相片，我母亲有五十多岁，很老了，是缠足。"

骏青听了，像失望似的发了一会儿怔，忽然又向刘醉生问说："你说咱们应当怎么给她想个主意？"

刘醉生从衣袋里摸出半截烟卷来，就着蜡烛吸着了，就靠着椅子喷着烟，说："据我知道，东交民巷就没有那么一个欧美洋行！可是也许有，明天我们去找一找。"

骏青说："明天是星期天，我劝你也休息一天，你到东交民巷寻那欧美洋行。我要把我表妹寻来，叫她帮助我们给白月梅设法，因为第一她认得的人多，第二她有钱，第三她们全是女性，办事方便。"

刘醉生笑着说："没叫你来作论文，你就不必尽自分条举例了。"遂又向白月梅笑着说："你这还不放心吗？你看有多少人帮助你？就是寻不到你母亲，也总能给你想别的法子。"又问："那个翁子钩有多大年岁？是哪里的人？"白月梅说："有四十来岁，人很和气，他是天津欧美洋行的，可是也常到北京来办事，跟东交民巷一打听，他们一定知道；这人说北京话，大概就是北京人。"刘醉生点了点头。

骏青却坐在床头发着怔，似乎在思索着什么问题；白月梅低头坐在刘醉生的对面，默默地吃着烧饼和麻花；刘醉生忽然站起身，说："好了，现在有十一点多了，有什么话咱们明天再说。我还有几篇稿子要赶，你们也歇着吧！"说毕转身出屋。骏青赶紧跟来，悄声对刘醉生说："今天我得到你屋里去睡！虽然她是个小孩子，可是我跟她在一间屋里很不方便，再说我那张窄床也睡不下。"

刘醉生笑说："你太迂腐了！你不知道'暗室青天'这句话吗？只要我们心地洁白，师生同床又有什么关系，你还怕招议论吗？"骏青连连摇头，说："究竟不方便！"刘醉生说："夜间你给她一个人搁在屋里，她不害怕？"骏青说："那可没法子！再说我看那孩子性情很硬，她不会害怕的。"刘醉生点头说："好吧！你给她安顿好了，你就上我那儿去，好在我一夜也不睡觉，把床让给你；可是我那被里有虱子，你可要留神！"骏青刚要转身回屋，刘醉生一拍他的肩膀，又指着当空的皓月，笑着说："月将圆矣！"接着哈哈大笑就走了。

骏青红着脸回到屋里，见白月梅吃完了东西，把桌子收拾得干干净净，也不像刚才那样忧郁了。她微微露出一点笑窝来，指着身上那件藏青女大衣，说："柏先生，这件衣裳是谁的？"骏青脸更红了，笑了笑，说："这是我表妹那天到我这儿来，因为热，她就脱在我这里了，后来她也没有拿走。"

白月梅仿佛很觉得很新奇，笑着说："哟！您还有表妹呀？您的表妹有多大啦？"骏青说："她比我小一两岁。"白月梅又问："姓什么？"骏青说："姓祁，叫祁丽雪，现在女子大学读书，明天我就叫她来；她那个人很热心，一定能帮助你，她也很有钱。"白月梅似乎有点鄙视地说："是个阔小姐呀？"

骏青说："不过她并没有什么阔小姐的习气，明天你见了她，一定会喜欢她的。"又说："现在你这件事没有她帮助不行！我和刘先生的力量都很小，假若明天找不着翁子钧，我们只有留你在这里住，你连小院都不敢出，那有多痛苦？她来就好办了，也许能把你接到她家里去，或者能拿出一两千块钱来，叫你与白家脱离关系。"

白月梅本来是笑着，一听这话她忽然变色，冷冷地说："把我接到她家里，给她当丫头去呀？我也用不着叫别人拿钱给我赎身。"

骏青着急地说："你瞧，你怎么倒误会我的好意了！你是我的学生，她是我的表妹，我给你们两人介绍做朋友，她若不愿意帮助你，我也不能勉强；你若瞧她不好，可以不叫她管，甚至可以不理她！"

白月梅又转怒为笑，说："得啦！您快跟刘先生睡觉去吧！我瞧您大概也困啦。"骏青笑着，就把箱子上放着的一床没用的被卧拿在床上，又把床上原有的被卧卷起来，说："我要睡去啦！"又指指门，"回头你把这插关插上就得了！"白月梅扫着床，说："我知道。"骏青又嘱咐说："你可好好休息，别净伤心，明天总有办法！"白月梅说："哼！我才不伤心呢！"骏青点头说："好，好。"他夹着被卧推门出屋，一看月色满地，好像比刚才更为皓洁。忽听身后白月梅又叫说："柏先生！"骏青赶紧回身，就见白月梅把门推开一道缝，向外笑着说："柏先生晚安！"骏青点头说："好，好，晚安晚安！"他转身笑了，又叹息着：多么活泼可怜的孩子！

骏青到了刘醉生的屋内，把被卧放在床上，刘醉生停笔回头问说："你来啦，她睡了吗？"骏青说："大概现在她已然睡了，那孩子真可怜！"

刘醉生一面提笔去写，一面嘴里说："我看今天你比她本人大概还难受！"骏青说："当然，她是个小孩子，事情逼到眼前了就哭，哭过之后，照旧地笑，心里不大感觉痛苦，我们可怎能行？看了这样凄惨的事，我真是永远也忘不了！"

刘醉生说："你是少爷出身，向来接近的都是些享福的人，没有见过什么凄惨的事，所以如今看见一个受虐待逃出来的孩子，尤其是女孩子，你就心痛得不得了！"

骏青摇头说："不，男孩子若有这种遭遇，我们一样可怜他，我们还容易救济他。现在白月梅，她也十三四岁了，我们跟她在一起，处处不便，给她安顿到别处去，也不容易。"说到这里，骏青忽然又想起一件事来，就说："现在倒是有个机会，今天不是在丽华饭店开什么股东会吗？一切都商量好了，名称是琳琅书店，大概下星期就可开办。陈蕙如说过，她要完全用女店员，我想把白月梅介绍去正好。"

刘醉生放下笔，摇头说："不甚妥！"他点了一支烟，把椅子掉过来，对骏青说："你想，现在她是由家中私逃出来的，那白家虽说不是她的亲父母，可是人家是由她三岁时把她抚养大了的，那就有父母的权力；假若现在风声外泄，她家里的人找来，咱们就都有拐带的嫌疑，你还想把她送到大街铺子里去做买卖，那不是成心惹麻烦吗？"

骏青发愁了一会儿，就说："其实也不要紧，只要给我相当的时间，我一定能够把她的母亲寻着的。"刘醉生说："你还没听明白？她的母亲在天津那家大公馆里，得了残废病，身体又不能自由，或者白月梅还许是她的私生女，不然如何能从小就给了人？现在她自顾尚且不暇，哪还能救助她的女儿？寻着了又当怎样？不过看着她们母女抱头痛哭一场罢了！"骏青点头说："也是。"因此就更发愁。刘醉生又摆手说："你先别发愁！你睡你的觉，我写我的稿子，有什么话咱们明天再说。"骏青也无可奈何地笑了，就在床铺里首铺好了被卧，解衣去睡。

骏青躺在床上，脑里仍想着许多问题，又生出许多疑波愁绪，尤其因为有刘醉生那盏头号的煤油灯晃着，他怎么也不能入梦。刘醉生却趴在桌上奋笔疾书，笔尖磨在纸上簌簌作响，如下着小雨。两三点钟以后,和尚从外面放完焰口回来了,装法器的箱笼哐啷哐啷地响,骏青又翻了个身,看着窗上的水一般的莹洁月色,半天,眼睛酸了,他才悠悠地睡去。

次日醒来,他觉着脖子底下十分潮湿,赶紧坐起身来一看,原来在刘醉生的枕头旁边放着一把茶壶,壶倒了,茶水都流在床上了;刘醉生的耳朵上沾着茶叶,但他一点儿也不觉得,仍仰着脸,张着嘴,呼噜呼噜的,睡得正香。屋中秽气难闻,骏青赶紧披衣,由刘醉生的身上跳下床来,先把门开开;二月的晨风吹了进来,把桌上的稿纸全都吹乱了。骏青深呼吸了一下,刘醉生却被冻醒了,说:"喂喂,老乡!你别只顾了你讲卫生,你也得顾顾我的脑袋跟稿纸呀!"

骏青把屋门关上,看看手表,才六点多钟,就说:"我看你也别睡啦,你不是回头还上东交民巷去吗?"刘醉生说:"你瞧你派我去的这个地方!这么早我上东交民巷干什么去?找印度兵去呀?今天又是礼拜,再说那欧美洋行,我看多半没有,我又不懂得外国文!"骏青蹲在地下捡稿子,就说:"那么你就再睡吧!"

刘醉生坐起身来,睡眼蒙眬地摇头,说:"我也不能再睡啦,赶紧给白月梅找个归宿,你还回你的尊屋,这样长了我可受不了!"又说:"跟一个喜欢新月的人住街坊,真叫倒霉!"

骏青由他去说,自己系上领带,出屋就到西小院去。他见那门还关着,就用指弹了弹门,悄声问:"起来了没有?"里面有清细的声儿答道:"您进来吧!"骏青拉门进屋,一看,屋里收拾得干干净净,被卧也叠得平平展展,桌上的文具摆得整整齐齐,连墨盒笔帽都擦得很亮。骏青平常乱扔着的脏衬衫、领带,都给叠好了,放在箱子上,那件丽雪的夹大衣也叠了起来,放在椅子上,椅子都摆得那么端端正正。

白月梅正对着镜,拿着骏青的梳子梳头发,梳好了,她就拿一张纸细细地擦那梳子上的油泥。骏青笑着说:"你怎么起得这么早?"白月梅微笑,说:"我在家时,也是这么早就起来了。"骏青点点头,又想起来在学校时,白月梅常常迟到,自己还责罚过她,原来她真是不得已;一定是每天起来,就必定要在家里干些杂事。骏青心里更觉着这女孩可怜,就又笑着问："你昨晚没睡好吧？"白月梅说："睡得很好，您呢？"骏青说："我也睡得很好。"他摸摸自己衬衫的领子，却还湿着呢。

他见白月梅身上只穿着件短袖的蓝布短衫，很短的一条单裤，下面是一双很旧的青帆布鞋，就关心地说："你把那件大衣穿上吧！这样有多冷，很容易冻着。"白月梅摇头说："不！"骏青呆呆站立了一会儿，就明白了，白月梅一定是知道丽雪回头要来，穿人家的衣裳，她觉着难为情；于是不敢勉强她，就拿起脸盆，说："我给你舀洗脸水去。"白月梅说："冷水也行，不必非得要热水！"骏青点头说："好，好。"

他拿着脸盆走到东小院，见刘醉生也端着个脸盆从屋中出来，两个人走到跟前，刘醉生就问："白月梅起来啦？"骏青说："她起来了，回头我就给我表妹去打电话。"刘醉生说："好吧，咱们分头进行。"二人就同到了和尚屋里。这时和尚屋里还生着火炉，只有个小和尚起来了，炉子上搭着一壶水。小和尚说："水还不大热！"刘醉生说："这就行。"二人遂把一壶水分用了。

骏青又端着脸盆回到西院，就向白月梅说："你洗脸吧！"白月梅却躲到一边，摇着头说："您先洗吧！您洗完了我再洗。"骏青笑了笑，只得拧了手巾把脸擦了擦。然后他又跑出去，借卖豆汁的碗，买了一碗豆汁，又买了几个烧饼麻花，给白月梅送来，说："你吃吧。"白月梅擦着脸，点点头，她看了看骏青，似乎既感激又伤心，就含着眼泪笑说："柏先生，您干吗这么优待我呀？您忘了我跟您调皮啦？"

骏青笑着说："调皮不要紧，我做学生时也常调皮。"又说："你别着急，现在你既然由那恶劣的环境中挣扎出来了，我们无论如何也不能再叫你回去，自然不是想要把你造就成为一位小姐，叫你享福，不过学识是必须要有的。我们如能帮助你求学，就叫你求学；不能叫你求学，也一定给你在一个文化事业里，找个小小的职业，好给你机会去自修。这并不是我们对你的恩德，是我们应做的事，别说你还是我们的学生，就是不相识的小孩子，我们也要帮助的。"

白月梅点点头，拿手巾擦着眼睛，笑着说："得啦，您就别说啦！您跟讲演似的说了这些话，我也听不懂。我知道您跟刘先生都是热心，瞧着我可怜，要帮助我，可是，咳！我真不愿意连累您跟刘先生！也不是我不识抬举，因为我要在您这儿待的日子多了，一定会叫我家里那些人知道；他们都是野蛮的人，真要找了来，他们跟您闹起来，我可真对不起您。"

骏青激昂地说："不要紧，他们若来找，就由我应付他们！我可以把警察找来，叫警察看看你身上被他们打的伤！"

白月梅说："咳，警察才不管呢！前些年，那时大概我才十岁，他们打我，我就去找警察，警察把我又送回去，只劝说了他们几句。本来，人家都知道我是白家的女儿，家长管教小孩子，就是打得重一点吧，也不算是犯法呀！"骏青发着愁说："就是这种关系不好办，可是，他们既肯把你抚养大了，为什么又要虐待你呢？"白月梅脸上红了红，说："这您就不必打听啦！我也不能说，现在我就是求您跟刘先生把翁子钧找来，我叫他带着我上天津。"

骏青说："你到了天津准能找着你的母亲吗？即使找着，你母亲她能够见你吗？能够给你想法子吗？"

白月梅发着怔，皱着眉，半晌不语，忽然又懊恼地说："那哪儿说得定呢？反正我到了天津，就是找不着我母亲，也不要紧，我会去要饭！"骏青叹息："咳！那我们怎能叫你去？现在我们既知道你这些事，就得把你安顿在一个放心的地方，叫你比以前的生活强些。"白月梅说："什么都比我在家里当丫头强！要饭都比我在家里强！别说他们还净打我，就是不打我，早晚我也得跑出来。"

骏青说："得了！别再说了，今天绝对有办法。回头刘先生就到东交民巷找那姓翁的去，我这就去打电话，叫我的表妹来！"说着他就往外走。才一推门，忽然又停下，回身说："我还得取点东西。"他过去把箱子打开，取出那件驼灰色的长毛绒大衣，夹着往外就走。白月梅瞧着他，就问说："您拿衣服干什么去呀？"骏青的脸红了红，说："我把这件大衣拿到洗染店去洗一洗，顺便去打电话。你吃东西吧！豆汁都凉了，我一会儿就回来。"说毕，他就走出屋去，白月梅还在身后说："柏先生，您可快一点儿回来！"骏青点头答应。

走出了庙门后，他倒还真像是要上洗染店似的，夹着衣服爽快地走着。可是来到大街上，到了那家墙上写个大"当"字的商号前，他不由脸烧心跳，眼睛简直不敢往旁边去看；他害怕遇着熟人，就急忙往门里走去。这家商号的建筑也甚奇怪，院子很深，门槛很多，骏青连迈过四五道很高的铁门槛，才看见了柜槛。骏青的身材不算矮，可是他来到柜前，只能伸出头来向柜里看。

骏青脸红着，就像初次求乞似的，把长毛绒大衣放在了柜上。一个秃头的矮胖伙计，懒懒地走过来，那白胖的脸儿上寻不出一点儿和蔼。他把大衣展开看了，就问说："打算写多少？"骏青知道柜上是问自己所希望的数目，想着：做的时候是一百四十元，现在少当四十元吧，遂说："我打算当一百元。"柜里的伙计连头都懒得摇，只说："不行！顶多了写二十元，你赎的时候也容易。"骏青觉得这简直是侮辱，真让人生气，可是也只好说："好吧！随你们的便！"

那伙计拿起大衣来，走到里面，口里拉着长声儿，喊道："棉夹一件！油襟大片！二十元整！"这个"整"字，他拉了足有两分钟长。然后将十元一张的花纸两张，还有木板印的当票一张，一同放在柜上。骏青拿起来就走，一出门就跑过了马路。他使力地跺着脚走，心里就像燃烧着一把怒火，感叹着：钱！你就有这么大的魔力！这么大的毒性！你这混账的东西！

不觉走到了西单商场，他一进去，就见珠光宝气、绮艳罗香，处处又都是钱在炫示它的淫威。骏青在一家百货店，挑选了一件尺寸不大的咖啡色的毛线衣、一条白色的短绒裤和两双线袜，共合花了七块五毛钱；当他取钱的时候，竟连当票都掏出来了，他又不由得脸红。

骏青又去借电话打给祁公馆，那边的铃声响了半天，才有人接。骏青就说："你是祁公馆吧？我姓柏，请你们五小姐赶快来接电话！"那边说："您是柏少爷吧？您等一等！"又待了半天，才听那边传来厮熟的娇细声音，说："是骏青吗？"骏青说："对了，五妹！我今天不能到你那里去，这里……这里有个小孩子，要求你点事，你能够现在就来吗？"那边丽雪说："什么事呀？可以略略告诉我吗？"骏青笑着说："电话上不能说，你一来就知道了，你不来我们没办法！"那边也笑了，说："你可别骗我！"骏青说："哪能！哪能！真需要你来，是很要紧的事！"那边说："好吧，我这就来，你在哪儿啦？"骏青说："我现在一家铺子借电话。"那边也像很着急地说："那你快回去等我吧！我马上就来。"

骏青挂上电话，走出商场，就急急忙忙地回到庙里。一进屋，白月梅正坐在床上阅报，见了骏青，她就站起身来。骏青笑着说："电话打给了丽雪，她马上就来，她来了一定有办法。"他又把买的东西放在床上，说："这是衣服，你先穿上，合适不合适倒不要紧，你先别冻着；冻着，感冒了，那可就更不好办了。"白月梅脸有点红，翻眼瞧着骏青；骏青又说："我去看看刘先生走了没有。"

他到了刘醉生的屋前，见门没有锁，可是进屋一看，刘醉生却没在；墙上向来挂着的那顶破呢帽，现在也没有了。骏青把床上乱扔的被卧堆在一边，把枕头旁边躺着的茶壶放在桌上，他就寻着一支烟卷点着，并拿了一本刘醉生著的小说来看；但是他看不下去，烟抽了一半，就捏灭了。他已走出屋了，又转回来拿了几部刘醉生的著作和几本杂志，就走回西院里。

一来到屋门前，他先向里面低声叫着："月梅！"里边说："柏先生您进来吧！"骏青笑着走进屋去，见白月梅已把衣服换上了，咖啡色的毛线衣，脖领是卷起来的，下面配着雪白的绒短裤，倒像个运动员。白月梅微露笑靥，说："柏先生您真会买，不大不小，正合我的身。"

骏青笑了笑，把书和杂志放在桌上，说："这几本书都是刘先生写的，真好，大概你也看得懂，没事时看看，总可以解解忧愁。"白月梅就问："刘先生走了吗？"骏青点头说："他已走了，一定是到东交民巷找姓翁的去了，可是他没锁门。"白月梅笑着说："人家没锁门，您就把人家的书偷来了。"骏青也笑了。

忽然白月梅又皱着眉，忧郁地说："柏先生！您一走了，我心里就害怕，我怕那些人找来。以后您要再走的时候，您把屋门锁上吧，我一个人在屋里看书。"骏青看看屋门，想了半天，就说："回头我出去买一条铁链，把铁链挂在屋门和窗子上，我出去时，就把链子锁上，把钥匙交给你;你若是想出屋呢,就把链子转转,把锁头转到屋里,自己可以开,也可以锁。"白月梅点头说:"好吧! 不过我来了,您就净得花钱。"骏青摇头说:"不要紧,所花的也很有限。"正说着,就听见窗外有鞋跟磕地的脚步声,骏青笑着说:"她来了!"赶紧迎出屋去,就见丽雪穿着一件哔叽的旗袍,围着白丝巾,骏青就笑着说:"你进屋来,我给你介绍一位小朋友!"

丽雪走进屋去,白月梅就向她深深鞠躬,丽雪点点头,骏青就给她们介绍。丽雪走过来,拉着白月梅的胳臂,笑问说:"你十几啦?"白月梅说:"十四。"骏青在旁,把白月梅的事情详细说了一遍,然后又叫白月梅把袖子捋开,叫丽雪看她臂上的那青紫伤痕。丽雪紧抿着嘴,生着气,又仔细地看了看白月梅,然后说:"真是的,她这个养父母,简直没有一点儿人性了! 对一个小孩子竟这么毒打? 应当跟他们打个刑事官司!"

骏青说:"其实跟他们起诉也可以,不过最后的结果,多半是把她送到救济院。救济院若办得好,那也可以去;倘或办得很坏,她要去了,不是反倒把她毁了?"又说:"刘醉生现在到东交民巷找那翁子钧去了,也未必能找得着。"

丽雪说:"找着了又当怎样? 那个人,假若他有力量,也不能叫她在白家受这三年的虐待。我想她那个亲娘在天津,一定比她还要苦,说是病着,行动不能自由,其实不定在什么样的恶劣环境里呢!"白月梅听了又低头垂泪。

骏青说:"她一个女孩子,我跟刘醉生虽然都是她的教员,但总有许多不方便,而且她若在此住长了,白家的人也很容易找了来。因为前院住的那些人常到她家门前做买卖,跟她家里的人都认识,很容易传过去;所以我赶紧把你请来,我想只有你才能给她想出法子!"

丽雪坐在床上,呆呆地想了一会儿,就说:"当然,我得给她想法子,我们能够眼瞧着一个女孩子再回到火坑里去吗? 在你这里,她天天不敢出屋子,你跟刘醉生晚上挤在一块儿睡,长了,你们谁也受不了。不过,经济方面和别的事情,我都能帮助她,只有住处的问题有些难办,你想,除非叫她住在我们家里,可是我们那家里,能不能叫她住呢?"

骏青叹着气发愁,又问:"你同学家里,能不能叫她去住?或者有闲房,咱们可以租一间给她?"丽雪说:"那也得慢慢跟人去商量呀!有的胆小,怕惹事,就许不能收留她。"骏青说:"就是!除非这时给那白家一两千块钱,把关系断绝了,然后就好安置她了。"

丽雪说:"凭什么给他们一两千块钱?算是报酬他们的虐待吗?有钱也不能够给!"

旁边白月梅擦了擦眼泪,也说:"柏先生太好说话!凭什么给他们钱?我想柏先生跟祁小姐也别为我这事情着急,白天我不敢出屋子,晚上我可敢走,今天晚上我就到别处去。"骏青赶紧问:"你要到什么地方去?"白月梅摇头说:"您就别管啦!我也不能去寻死,反正我有地方去。您跟祁小姐为我的事这么操心,我永远也忘不了!再没办法了,我也不能叫您太为难,我今儿晚上就走。"

丽雪见白月梅口齿伶俐,说话爽快,仿佛很惊讶,就问骏青说:"她还认得什么人?"

骏青叹息说:"她哪儿还认得人?她连她母亲都不认得,她只是要到天津要饭去,寻她的母亲!"

丽雪笑着说:"那哪儿成?我们就能眼瞧着叫你去当乞丐?你家的人没有一点儿人性,难道我们也都没有一点儿同情心?"她想了一想,说:"你别发愁!说是没有办法,可是我们也总给你想个办法。"又向骏青说:"我想,我先回去跟我母亲商量商量,看她有什么主意没有;如若我母亲也觉得我们家里不能叫她住,我就把我早先穿的衣裳找出几件,派人送来,好叫她能够出门。明天我到学校,再跟同学去说说,我们也不是要叫谁家收养她,只是在别人的同院里找一间房子叫她住,经济由我来担负!"

骏青一听,心里很替白月梅喜欢,就说:"白月梅,你听见了没有?慢慢总会有办法的,你不用再发愁啦!"丽雪笑着说:"你怎么还管人家叫白月梅?人家不是告诉过你吗?他父亲姓张,她母亲……"又问白月梅说:"姓什么?"月梅说:"我母亲姓陈。"骏青笑着说:"好,那么以后我就叫你张月梅或陈月梅吧。"说完了,他就靠桌子站着,脑里又产生了许多疑问,但是这许多疑问,他觉得即使对丽雪也不能说。

三个人在屋中坐着,差不多完全是丽雪发话,她又详细地询问了月梅的身世,她似乎很怜爱月梅;月梅对丽雪也很温顺,不像对骏青那样总表现出有点调皮的样子。

直到傍午的时候,刘醉生才回来。他一进屋就摘下破呢帽,满头是汗,就说:"我就没听说过有那么一个又欧又美的洋行嘛,东交民巷,我由瑞金大楼直走到崇文门,全都打听过了,碰了许多洋钉子,哪儿也没有那么个欧美洋行!我想那姓翁的一定是瞎说。别说找不着他,就是找着他,我也不能叫他把白月梅带走,那小子绝不是好人!三年来他居心不善,白月梅这回要是不跑出来,别说早晚得虐待死,就是不死,也得叫翁子钧把她拐卖了!那小子一定是安着坏心,先下点本钱,等她长大了,小学毕业了,他再本利齐收!"说时他连连地喘气,像是又累又生气,并且十分着急的样子。

丽雪在旁说:"找不着,就不必找那个人了,谁管他是安着什么心?现在月梅既然由那痛苦的环境中挣扎出来了,我们就不能再把她送入另一个更痛苦的环境中,我们既救她,就要彻底地救她!"

刘醉生瞧着丽雪,就说:"祁小姐要想法救她,那可是好极了!我们这个地方,她住着真不相宜!"丽雪说:"我一定有办法的,只是不能立刻就给她找着地方,就先叫她在这里住两天吧。"刘醉生点点头,又说:"好,你们三位再商量吧!我还得睡觉去,今天早晨的觉没有睡好。"说着,他打了一个哈欠,拿上呢帽就走了。这里丽雪看着刘醉生的后影,又看看骏青,不禁嫣然地笑了。

丽雪又问了白月梅一些话,随后她就笑着说:"你们还都没吃饭吧,怎么办呀?"骏青说:"我出去买点来吃。"丽雪却站起身来,说:"那么咱们就出去,叫月梅在这儿等着咱们?"骏青点点头,于是丽雪就出了屋。白月梅却把骏青拉住,她有点害怕地说:"柏先生,您还是把门锁上吧!"骏青遂拿上锁钥,出了屋,就将门锁上了。

丽雪问说:"这是为什么?"骏青悄声说:"因为她怕她家里的人知道她在这里,会找了来的。"丽雪皱着眉说:"所以你住的这个地方真不好!"骏青点头说:"等这件事办完了,我一定要搬家。"出了小院,倒没遇见什么人在尿桶旁小便,可是西房里正唱着梆子腔,东房里在嚷嚷着那市井流行的淫秽小曲。

二人出了庙门,一同往胡同外走,丽雪就说:"我父亲又活动了事情,你知道吗?"骏青说:"那天我到你家里去,听翁醉亭对我说了。其实我觉得姑父那么大的年岁,何必又要出去做事?"丽雪说:"据我父亲说,是因为这几年入不敷出,不得不出去再挣几个钱。其实我准知道,我父亲手中多了没有,一二百万总有的,只是银行付的利息,还不用说翁醉亭经手给他放的小账,也足够我们花的;可是这回他必要出去做事,我也劝不住他。"

骏青问:"事情已经定准了吗?"丽雪点头说:"定准了,这回完全是三姨太太给他活动的,走尤督军的门路,听说是督军府的政务厅长,大约下月就得去任职。"又说:"可是我母亲的病,这两天像又不大好。"说时她微叹着,骏青却默默无语。

王度庐作品大系 言情卷

王度庐·著／王芹·点校

古城新月

山西出版传媒集团

北岳文艺出版社·太原

中

第十三回　同是畸零人

走到大街上，丽雪就站住脚，说："你打算给她买点什么吃食？"骏青说："我想买些包子就行了。"丽雪说："那么你就去买吧，我要坐电车回去了，待一会儿我还许来。"骏青点头说："好吧，事情就那么办了！"他看着丽雪上了电车之后，才去找着包子铺，买了四五十个包子，并找着铁匠铺，买了一条铁链后，才回去。

骏青到屋门前开锁，白月梅就在里面问说："您没跟祁小姐一块吃饭吗？"骏青说："没有，把你一个人锁在屋里，我们怎能放心去吃饭？"随说随进到屋内。他把包子放在桌上，说："你先吃吧，趁热！"又抖抖手里的铁链，说："你看，链子也买来了。"白月梅笑了笑，说："这是为锁我的！"骏青也笑着，就把锁链搭在了门上。

他拿起一个包子来吃着，又说："这样长了也真不行，我们只盼着一两天内能有更好的地方安顿你。现在我表妹回去了，她去跟我的姑母商量；我姑母那人最为慈祥，她天天念佛，我想她若听说了你的事，一定很可怜你，或许今晚就叫你到她家里去住。"

白月梅一听这话，忽然把眼睛一瞪，摇头说："我用不着别人可怜我！刚才祁小姐说什么救我救到底，我就没好意思说出来，我要是求人救，我还投救济院去呢！我不到人家大公馆里去住着，算是干什么的呀？连人家丫头都比不上！回头送衣裳来我也不穿！"说着，莹莹的泪水又在她那忧郁的大眼睛里乱转。

骏青叹息了一声，说："你又犯脾气了。"

白月梅含着眼泪，又噗哧一笑，说："不是我又犯脾气，您想呀？"

骏青说："我觉着这都没有关系！你一定也看得出来，我们这些人，就说是帮助你吧，救你吧，都是出于一种同情心，觉着你可怜可爱；你可听明白了，这'怜'字是当作一种怜惜的情绪来讲，因为你年纪太小，境遇太恶劣，并不是什么看不起你的意思。祁小姐回头要派人给你送些衣裳来，我想也绝不能找些破旧的衣裳给你，一定是她早先只穿过几次，现在因为小了，不能穿的衣裳，再说这是为一半天内你好去见她的同学，到别处去住；至于我的姑母，她一个老太太，就说是可怜你吧，也不算瞧不起你呀！"

白月梅依然瞪着眼睛，发了一会儿怔，就问说："您姑母家里都有什么人？"

骏青说："她家里的人很多，我也不主张你到她那里去住，不过，我相信我表妹一定能给你找个很好的地方。"白月梅又歪着头，问说："您的表妹，跟您是……"她斜眼看着骏青，两个笑窝又微微现出。

骏青脸红了，装傻着说："表兄妹你不明白吗？她的母亲是我父亲的胞姐。"白月梅又问："祁小姐她结婚了吗？"骏青摇头说："没有，她才十九，不过比你大五岁。"白月梅又笑着问说："那么柏先生您一定也没结婚？"骏青脸更红了，也笑着，连连摇头，说："没有，没有，人，何必一定要结婚呢？"白月梅忍住笑，点点头，自言自语地说："我还以为祁小姐就是柏太太呢！"骏青说："胡说！你又调皮了！"白月梅歪着头向骏青笑了，两只手掰着包子吃。

骏青急急忙忙地吃了几个包子，又到东院里去看刘醉生，刘醉生却正在睡觉，枕头旁边放着酒壶和熏肉。骏青不便惊动他，又回到自己的院里，就见白月梅已从里面把门锁上了。骏青上前叫门，里面却笑着说："不给您开！"骏青说："开开！我想你家里的人也未必能找来，你也别净提着心！"里面就把锁开了，白月梅还抿着嘴笑。

骏青说："刘先生现在睡觉了，真的，我还真发愁以后！他是天天白天要睡觉，我是白天要到学校去，把你一个人扔在家里真不放心。"白月梅说："我还非得叫人哄着我玩吗？您自管上学校去，只要把我锁上就得了，我会一个人在屋里玩的。"骏青说："我这里有笔有纸，没事时你可以写小字，我看你的小字写得很好。"白月梅默默地点头答应。

骏青就拿了一本刘醉生的小说，靠在床上，一篇一篇地看；白月梅真把骏青的稿纸抽出来一张，打开墨盒，用笔蘸上墨，便伏在桌上去写。一时屋内静悄悄的，只有翻书页声与簌簌的写字声，仿佛这屋里没有人，只有几只蚕在不停地咬着桑叶。

大概快到四点钟的时候，忽听见屋外一阵咚咚的匆忙脚步声，人没进屋就叫道："柏大哥！"骏青赶紧坐起身来，一看，原来是大桂来了；他还穿着那身毛绳衣裤，身后挂着个鼓鼓囊囊的大包裹，累得话都说不出来了。骏青赶紧把包裹接过来，笑着问说："就是你一个人来的吗？"大桂说："小崔也来啦！他不带我来，说带我来就得叫我给他背包裹！"

说时小崔也笑着进到屋里，他先瞧瞧白月梅，然后对骏青说："我们五小姐叫我把这包衣裳给您送来，我也不知道都是些什么衣裳。"骏青说："你干什么把大桂带来？他娘知道吗？"小崔说："谁知道他娘知道不知道？这孩子，一死儿揪着我，叫我带着他来。"大桂说："是你要带我来！你叫我给你背包裹！"小崔又笑了，说："这孩子由东城到西城来，一步儿车也没坐，他背着这个包裹，在路上麻烦极啦！"大桂靠着骏青的腿站着，累得他还不住喘气。

小崔又笑着说："柏少爷没有什么事了吧？那我走啦！"骏青说："你把他带回去吧！"大桂索性坐在地下，说："我不走！我得在这儿玩呢！"小崔说："我们五小姐回头还来呢，就叫五小姐把他带回去得啦！"骏青瞧着白月梅，见白月梅望着大桂笑，于是他就掏出两三毛钱来交给小崔，说："你先给买点花生瓜子来，然后你再走！"又多给了他一毛钱，说："你给我再买一盒烟。"小崔笑着，接过钱来出去了。

这里骏青把大桂拉起来，笑着向月梅说："我给你们介绍介绍，这是我的表弟，祁小姐的兄弟。"又向大桂说："这也是你的姐姐。"大桂说："小姐姐。"骏青笑着说："对啦,小姐姐。"月梅也微笑着,指着大桂问说："他几岁?"骏青说："他才五岁。"

少时小崔把烟卷和花生瓜子买了来,大桂过去就抓花生。骏青嘱咐小崔,说："你回去见着五小姐,千万请她晚上来,要不然你可来接大桂!"小崔说："我们五小姐现在正跟几个同学弹钢琴呢,等同学走了,她一定就上您这儿来。"骏青点点头,小崔就走了。

这里骏青把那包裹打开,就见里面有两件小竹布褂、一条裙子、一件毛衣,还有一件青呢的夹大衣,另外有几条衬衣衬裤,尺寸都很小,大概都是四年前丽雪穿过的。骏青又不禁油然想起了往事:四年前,自己与丽雪共同培植的那爱的芽胚,现在竟这样不自然地长成了……

这时,白月梅已把她刚才写的那几行字收拾起来,墨盒和笔都收好了;对于床上放着的这包衣裳,她却连看也不看。骏青就说："你来试试好不好?看看能穿不能穿。"白月梅冷冷地说："试什么……我不穿!"骏青说："咳,你别辜负了人家的好意呀!这里没有一件旧衣裳。"月梅还是不语,只是拿起瓜子来吃着。

骏青很作难,就说："晚间祁小姐还来,人家若见你一件也没穿,那一定是觉着你瞧不起她给的衣裳。"月梅并不看骏青,只是低着头吃瓜子,并把瓜子壳放成一小堆。她见骏青发了半天怔,才说："您就把那条裙子拿出来吧!回头我穿上,别的东西我都不要。"骏青又说："我看你应当把这件大衣穿上,因为天气很冷。"白月梅摇摇头,说："我才不冷呢!我看您正经得穿上大衣,谁叫您早晨又把大衣送出去了!"骏青的脸上有点红,就笑着说："我倒是不冷。"遂把那条青绸裙子抽出来,看了看,还跟新的一样。

大桂跪在椅子上,不停地吃着花生,边吃边说："柏大哥,柏大哥,我妈又跟三太太打架啦!三太太真可恨,气得我妈又直哭!"骏青问说:"又为什么呢?"大桂摇头说:"我不知道,三太太可恨!小吴妈也可恨!"骏青说："小吴妈确实不像话。"

大桂说:"柏大哥!你带我跟小姐姐上街玩去呀?"骏青摇头说:"我不能带你出去玩,我在家里还有事。"大桂又问:"你等着五姐姐呀?"骏青点着纸烟,说:"对了,我等着她。"大桂嘴里嚼着花生,眼睛又四下看屋子;月梅低着眼皮,拿那张包花生的报纸折叠玩意儿。大桂忽然说:"你这房子好,刚才我还瞧见一个小和尚!"骏青说:"对了,这里有和尚。"大桂自言自语地说:"我明儿也当小和尚。"又趴在桌上,瞧月梅折玩意儿。月梅折了个小船,笑着扔给了大桂。大桂很喜欢,翻来覆去地看,又放在茶碗里,叫小船漂摇着,嘴里喊着:"开船了!"月梅又拿那张包瓜子的纸去折叠。

骏青吸着烟,看这两个很天真的孩子玩耍,觉着十分可爱,却又很是感慨。忽然一眼看见大桂左边的耳朵很红,于是就问:"大桂,你左边的耳朵怎么了?"大桂说:"今儿早晨,四哥打了我一下!"骏青皱着眉,又问:"痛吗?"大桂摸摸耳朵,摇头说:"不疼,发烧!"骏青微微叹气。

此时月梅又折成了一个猴儿,她高高地举着给骏青看,歪着头仰着脸,笑问说:"您瞧,猴儿!"大桂伸手要抢,说:"给我!"月梅又把这猴儿扔给大桂,然后她向骏青笑说:"柏先生,您再给我几张纸,我还能叠好多样儿。"大桂却说:"咱们'蒙老瞎'好吗?"骏青笑着问:"什么叫蒙老瞎?"月梅说:"蒙老瞎就是捉迷藏,我不玩。"大桂:"那么咱'娶太太'玩吧?"骏青笑说:"什么叫娶太太?"大桂:"你们两人当轿子,娶我!"骏青摇头,笑说:"不干!那多没意思。"

大桂突然问:"柏大哥,你是要娶五姐姐当太太吗?"骏青脸红着,正色说:"胡说!谁告诉你的?"大桂嘻嘻地坏笑着,仿佛他心里全都明白似的,忽然又嚷了一声:"柏大哥要娶五姐姐哟!"就赶紧蹿到床底下去了。骏青抓他没有抓着,一回头,白月梅也翻着眼,笑眯嘻嘻的。骏青脸更红了,问说:"你也笑什么?"白月梅笑说:"我早知道!"说着她也蹿在桌子下面,格格地不住笑。骏青在椅子上一坐,笑说:"好,你们两人就都别出来!"

这时门一开,刘醉生走进屋来,手里拿着一碗茶。白月梅蓦然由桌下蹿出来,说:"刘……"刘醉生吓了一跳,茶都洒在身上,说:"你这孩子……"忽然腿又被人抱住了,他低头一看,说:"喝,床底下还有一个!"骏青、白月梅全都哈哈大笑。

刘醉生拿袖头擦着大襟,喝下半碗茶去,就说:"你们简直都是醉生梦死!"又自笑着说:"跟我一样了!"大桂揪着他的腿,由床下爬出来。刘醉生就问:"这孩子是谁?跟我倒真熟和!"骏青笑着说:"这是我的表弟。"又问:"你是才睡醒吧?"刘醉生点头说:"可不是!索性咱们分班吧,那张床我白天睡,你晚间睡;两人挤着,谁也受不了!"

骏青笑着,递给他一支烟,刘醉生点着了,喷着烟云,就指着白月梅说:"她的事情有点眉目了没有?"骏青说:"现在只等着祁小姐了,我想她不能没办法。"刘醉生点头说:"一定有办法!祁小姐的大名我在外头也听人说过,是一位交际家。"又拍着骏青的肩膀,笑着说:"你真幸福呀!"骏青不由脸又红了。

刘醉生在这里又谈了一会儿话,就回去工作了。骏青到前院西屋里端了三碗馄饨,与月梅、大桂算是吃了晚饭。大桂还在屋里闹,月梅却安安稳稳地扫地,收拾桌上的花生瓜子皮,并把床上的衣服包起。在骏青把馄饨碗送到外院去的时候,月梅就把那条青绸短裙穿上了,骏青回来一看,还合适。屋子也叫月梅收拾得很干净了,骏青就跟他们说故事,借以消磨时间,等着丽雪来。

渐渐地不觉到了天晚,大桂推门仰面一看,就嚷嚷着说:"喝!大月亮!月亮爷,亮光光!"骏青也凭门仰望。这时庙门外就有呜呜的车声响,白月梅在骏青身后拉了一下,说:"您关上门吧!"大桂却迎出了月亮门,张着两只手,说:"姐姐来喽!"

丽雪到了屋内,先问:"你们吃过饭了?"大桂说:"柏大哥请我跟小姐姐吃的馄饨!"丽雪又看了看月梅的裙子,拉着她的手,笑着问说:"还差不多,是不是?"月梅点点头。骏青在旁说:"你做这条裙子的时候也就是十四五岁?"丽雪摇头说:"我不记得,你想去吧!"随又说:"我跟母亲说了,我母亲听了月梅的事,替她直掉眼泪,说是要瞧瞧她。不过,我母亲也觉得她要在我们家里住,究竟不甚好,因为我天天要上学,她在家里,小吴妈那些人免不掉要给她气受。"

骏青一听这话,未免替白月梅为难。丽雪又说:"今天我见着了梁霞、张淑范,张淑范说,她可以给月梅设法;梁霞也说她家里有两间房子，现在是她姨母住着，她的姨母大概再过几天就要回南京，那时可以叫月梅到她那里去住。"骏青沉思了一会儿，就说："我觉着还是等几天，让她到梁小姐那里去住吧？去张公馆住我想也不大相宜。"

丽雪说："我也是这样想，好吧，那咱们就走吧？先到我家里去。"月梅看了看骏青，仿佛不大愿意去，大桂却拉着她，说："走吧！你上我们家里玩玩去吧！我妈妈也会说笑话！"当时骏青把门锁上，拉着大桂，把白月梅夹在他与丽雪之间，就急匆匆地走出庙去。

丽雪来时坐的汽车正停在门首，四个人先后上了车。开车的小杨回头看了看大桂，笑着说："你这孩子也在这儿啦？"丽雪说："快开回去吧！"小杨扳动了机件，汽车驰出了胡同，嘟嘟地响着喇叭，大桂嘴里也嘟嘟地学着喇叭的声音。丽雪的一只臂搭在月梅的肩上，她与骏青并坐着谈话；丽雪就说："我都替月梅计划好了，别说现在找不着她的母亲，就是找着了，咱们也不能叫她跟她母亲去。我想咱们应当彻底地帮助她，在梁霞那里住，由梁霞每天给她补习功课，等到下学期，我要叫她投考我们附中，将来就叫她住在学校里了。"骏青点头说："那自然是再好没有了！"

这部汽车浴着月色向东驰去，车窗外的灯光人影和一些高大的建筑物，都一段段地向后飞去，不觉就进了祁公馆的那条胡同。大桂一下了车就往里跑，丽雪拉着白月梅的手往门里走。大门灯照着白月梅的毛衣和青裙子，骏青就见她仿佛有点儿畏缩似的。他们一同进了大门，顺着廊子直走进里院。看见北屋里的灯光，丽雪就站住脚，悄声对骏青说："你们就随着我进去吧，大概我母亲还没有睡。"于是三个人把脚步压轻了些，往屋里走去。

到了屋内，余妈就迎上来，悄声说："柏少爷来啦！"又看了看白月梅。祁太太躺在床上，身上盖着棉被，丽雪就指了指椅子，先叫骏青他们落座，然后她轻轻地走近了床，在她母亲的眼前站了一会儿。见她的母亲微微把眼睛睁开了，丽雪就低下身去，笑着说："妈妈，我骏哥把那小姑娘带来了！"

祁太太一听，就极力地要转头，但她的头却转不过来。丽雪赶紧向骏青点手，骏青就拉着月梅走过来，都站在祁太太的床前。骏青就问说："姑母，你觉着身体见好点了吗？"祁太太却顾不得跟骏青说话，只是把眼睛睁大了些，直直地看着白月梅，脸上现出来慈祥的悲悯之色。她费了半天力，才问了一句："十几……"白月梅说："我十四岁！"祁太太便叹了口气。

骏青在旁说："这个小孩很可怜！她父亲早死了，母亲在她三岁时就离开了她，她在那白家因为受不了虐待，才逃出来的。"祁太太似乎点了点头，丽雪便扭着头悄声对骏青说："她的事，我都跟我母亲说过了！"

祁太太斜仰着脸，脸上的悲悯怜爱之色始终未褪。半天，她又费力地说："这儿……不能叫她住……住了……倒委屈人家的孩子……"这句话说得含糊不清；她又气愤地说："三的……小吴妈……能不……欺负人家？"骏青点头说："是，我也想到了，她在这儿住着不相宜。现在先叫她在我那里住着，过几天，我五妹就能给她想法子了！"祁太太又点点头，眼睛望着她女儿，说："你们替我……"

丽雪笑着说："妈妈放心吧！我们替您帮助这孩子，过几天，就叫她到梁霞家里去住，您不是也喜欢梁霞吗？我和骏青跟梁霞，我们还要给她补习功课，下学期就叫她入学校。妈妈，您生了三个儿子，可只生了两个女儿，现在，我骏哥又给您找来了一个女儿！"说时她笑着，瞧着白月梅。白月梅却低着头，不知她是感激、喜慰还是悲痛。祁太太的脸上也浮出来一些笑色，又说："可是她……的亲娘？"骏青说："我们也一定要尽力打听她母亲的下落，好叫她们母女团聚！"祁太太喜悦地笑了，白月梅却凄然地落下眼泪。丽雪又说："叫我母亲歇息吧！咱们到我屋里去。"遂就一同退步出屋。

才一出屋门，就见大桂在门外等着，他伸着两只手，一手拉住骏青，一手拉住白月梅，仰着小脸问说："柏大哥你要带着小姐姐走呀？把小姐姐留下吧！叫她跟我玩，跟我妈妈睡吧。"骏青笑着说："我们先到五姐姐屋里玩会儿去。"

此时，孙妈已把西屋的电灯开亮，四个人进了屋。骏青坐在沙发上，大桂就靠着他的身子。丽雪笑着，拉白月梅跟她同坐在长沙发上，并笑着说："你可别客气了！我都跟母亲说了，你是我母亲的干女儿，是我的干妹妹了！"又指着骏青，笑说："她可跟你也是亲戚啦！"骏青也笑着。大桂又跳起来问说："我可管她叫什么呢？"骏青说："你还管她叫姐姐。"大桂发着怔，仿佛有点儿不明白。骏青又瞧着白月梅，就见她不住地拿毛衣的袖子擦眼泪，却一句话也不说。

孙妈也笑着，不住地瞧着白月梅；她给骏青和丽雪倒过茶来，又送来一碗，放在白月梅身旁的茶几上。白月梅赶紧站起身来，孙妈就说："小姐坐着吧！"丽雪扭头向孙妈笑着说："你不认识吧？这是太太的干女儿，张小姐！"孙妈说："噢！张小姐，您别客气！以后您还得多担待我这笨老婆子。"白月梅脸上有点儿红，勉强笑着，又坐下了。

丽雪一只手搂着月梅，向骏青说："现在就是这个办法了，先叫她在你那儿住几天，我催着梁霞赶紧腾房子；如若梁霞那里的房子不能在短期内腾出，那还可以在别处找地方叫她暂住，全部不行了，我在女青年会给她找房子！"骏青点点头，喝着茶，却不说话，仿佛心里盘算着什么事。

这时屋门一开，余妈进屋来了。她手里拿着几张票子，走近了丽雪，就说："太太叫我送来这五十块钱，说是请五小姐交给这位姑娘，买点什么。"丽雪接过来，说："好吧！"遂塞在白月梅的手里，笑着说："可不准你不要！"白月梅脸红着，忸怩着，摇头说："我用不着钱！"丽雪说："你用不着钱，可以交给柏先生，叫他替你储蓄着。我母亲这是一番好意，并不是赏给你的，你别辜负了！"骏青也说："你就拿着吧。"白月梅还微皱着眉，低着眼皮儿，仿佛不愿收受人家给的钱。

余妈才一出屋，忽然大桂跳起来说："妈妈来啦！"

二姨太太梅素卿还是那么压着脚步，畏畏缩缩的，微笑着走进屋来，说了声："骏少爷！"骏青和白月梅就都站起身来。梅素卿又拉着大桂走近了丽雪，弯着腰，悄声问说："五小姐！我跟您打听打听，您知道老爷几儿上任呀？"

丽雪坐在那里，很冷淡地摇头说："我不知道！我对于这事连问也不问！"梅素卿笑了笑，更悄声地问说："听说，三太太跟小吴妈全都跟去？"丽雪说："我哪儿知道？很奇怪，你的消息总是那么灵通！我劝你还是少打听这些事吧，要不然又得惹出是非！"

梅素卿现出一种可怜的神态，摇摇头，长头发乱动着，说："这时候，我可不敢惹是非！我是要求求五小姐，跟老爷说说，也把我跟这孩子带了去。要不然，老爷一出外，不定几年才能回来，我跟这孩子在家……"

丽雪可真有点儿生气了，说："怎么？老爷走了，你跟孩子在这儿住着，就怕我们虐待你吗？"

梅素卿着急地说："咳！五小姐您怎么说这话？谁还有太太跟五小姐待我那么好？我也愿意老爷、三太太、小吴妈都走了，我带着孩子在这儿住，也随便。可是，我又想，我们娘儿俩还是跟老爷上任去好……"

丽雪微微冷笑着，觉着梅素卿真是又可气又可怜，本想再说她劝她几句，但是当着骏青和白月梅，自己怎好对一个姨娘奚落无止无休；何况大桂那孩子正拉着她母亲的手，翻眼瞧瞧他母亲，又瞧瞧自己，样子更是可悯。丽雪就笑了笑，声音变得温和些，说："二太太你想，你要跟老爷上任去，这话我怎么能够替你去说？"

梅素卿发了怔，孙妈在旁说："其实我一个老婆子，不应当插嘴，可是五小姐也真不能帮二太太这个忙。怎么跟老爷说呀？一个做小姐的。"梅素卿便点了点头。

丽雪又笑着说："你请坐！据我想，你还是不要跟老爷去比较好；到了那儿，不但没有你什么便宜，比家里还要受……"丽雪微叹着，又说："再说我准知道，老爷这次上任，绝不会多么长久，因为老爷与现当局并没什么密切的关系，而且与尤督军连面都没有见过。"

梅素卿仿佛完全失望了，她发了会儿怔，一眼又看见了白月梅，就笑着说："哟！这位姑娘是谁呀？柏少爷的学生？"白月梅这半天始终没坐下来，她就向梅素卿鞠躬。梅素卿走近两步，拉住月梅的手，从头上到脚下地看，又向丽雪笑着说："五小姐您看，这位姑娘长得有多么俊呀？哎呀！我还没看见过这么体面的姑娘呢！"又亲切地问说："姑娘住在哪儿呀？家里还有什么人呀？"白月梅却伤心地低着头，不能回答。

大桂揪着他母亲，仰着脸说："妈妈，我柏大哥说她是我的小姐姐！妈妈，她会叠玩意儿，今儿在柏大哥那儿跟我玩了半天！"梅素卿笑着说："你要有这么一个姐姐那敢则好了，哼，你也配！"大桂瞪着眼说："我不是……"

梅素卿赶紧推了他一下，又说："张小姐上我屋里坐会儿去呀？"白月梅摇头说："不啦，我快跟柏先生回去啦！"梅素卿望着白月梅一笑，白月梅也微笑着；旁边的骏青看了，这二人的模样简直完全相同，尤其是那双眼睛，都似带着一种忧郁。

梅素卿又向骏青笑笑，点点头，就拉着大桂走了。丽雪靠在沙发上，仿佛很疲倦地说："真是，她这一进屋，说了这些话，真叫我头疼！"骏青笑了笑，看看手表，已经九点多钟了，他就站起身来说："天不早了！我们该回去了！五妹，明天再请你跟梁霞小姐一说吧！"丽雪也站起身来，说："好吧！我们就那么办了。明天我一定尽力进行，晚间我也许还到你那儿去。"又说："叫小杨开汽车送你们回去吧？"骏青摆手说："不用！我们逛着大街就回去了。"白月梅又向丽雪鞠躬，丽雪扶着她的肩头出屋，随手开亮了走廊下的电灯，笑着说："我不送你们了！"骏青笑着说："不送，不送，明天见吧！"白月梅也回过头来，笑着说："姐姐您请回吧！"

骏青带着月梅往外院走去，走在账房门前，见里面黑洞洞的没有灯光。出了大门，下了台阶，才走了几步，骏青忽然又顿住脚，向白月梅说："你在这里等一会儿，我回去还有点事！"他赶紧又进了大门。

骏青到了门房里，就见屋中只有小崔和德升，两人正在闲谈天。一见骏青，就齐都站起来，小崔说："柏少爷，您回去吗？"骏青点头说："对了，我要回去了。翁先生在家没有？"小崔笑着说："咳！您找他干什么呀？"德升也在旁说："翁先生快抖起来了！过几天就跟老爷去上任，听说他可以弄个什么收发委员做做吧。"骏青说："因为我有点事要问问他，明天下午四点前后，务必叫他到庙里去找我！"小崔点头说："好吧！

他大概洗澡理发去了，等他回来我告诉他。"

骏青点点头，又走出大门，就带着白月梅出了胡同，来到大街上。这时街上的行人车辆很少，显得冷冷清清的，铺户都上了半边的门板，摊子也都准备着收拾了。东北风吹着，骏青只穿着一套法兰绒的西服，身上有些冷。当头的月色正明，青天无云，只有几颗不很明亮的闪闪星光。二人顺着马路往南走，白月梅就拿着祁太太给的那五十元钞票，说："钱给您吧！我到人家里来，简直是跟人要钱来了！"

骏青笑着说："我怎么能拿这钱？你的小褂不是有口袋吗？你装在你的口袋里好了！"白月梅仿佛生着气，把钱装在毛衣里面的小褂口袋里，说："反正我也不花！"骏青说："你不花，可以留着将来必需的时候再用，不过你也千万不要误会人家的好意！"

白月梅说："我倒不是误会，祁太太和祁小姐的好心我也知道，可是我现在不需要钱！我只需要人帮助我，给我找个地方住，好叫我不再连累您，可是也别连累别人；顶好是能叫我做工，我自己养活自己。"

骏青说："你别着急！慢慢的什么我们都能给你办好，连你的母亲，我都能负责替你找到！"

白月梅走了几步，擦擦眼泪，又说："现在我倒是不盼着找到我母亲了！因为我也知道，她现在或许比我还可怜，别说不能见面，即使见了面，她心里疼我，可是也不能帮着我什么。我打算，我能找一个挣钱的事情才好，哪怕是一个月只挣几块钱呢，给人家使唤着都行。我挣了钱不花，慢慢攒着，将来，过个四五年后，那时我也长大了，再去找我的母亲，把我攒的钱都给她！"骏青点头说："好，好，我想这是容易办到的！不过你现在年岁还小，我们要给你找工作，不但得叫你能维持生活，并且要叫你求点知识。其实在这个时代，有知识也未必能换得饭吃，不过没知识的人是更痛苦罢了！"白月梅刚才那话，使骏青的心里倒非常难受。

他们步行着，不觉走到了东单牌楼，又顺着长安街一直往西去走。这时月光显得澄洁，街上更显着冷冷清清，晚风却更紧了。白月梅歪仰着头，看了看骏青，她就问说："您觉着冷吧？您那件大衣，早晨要是不去洗,穿出来就好了!"骏青摇摇头,说:"我们年轻人,身上寒冷一点不要紧,我只怕你倒有点受不住这风!"白月梅摇头,笑着说:"哼!我才不冷呢!我身上穿着毛衣,您的身上,就是一个夹片儿!"骏青说:"不要紧,我们快点走,身上就暖了!"白月梅笑着点头,说:"好吧!咱们赛跑吧!"骏青说:"那太叫人笑话了!"于是骏青与白月梅就一步紧跟着一步地往前去走,走得很快。

白月梅闭着小嘴,抢着两只胳臂,紧紧跟随着骏青;快到了天安门,白月梅就跟不上了;她跑起来,一边跑,一边咯咯地笑,骏青就站住身,回头等着她。白月梅跑到了临近,笑着喘着说:"哎哟!可真累死我啦!"又仰面伸手一指,说:"柏先生,您瞧月亮!"

骏青抬头一看,将圆的明月仿佛俯着脸,望着他们笑,便不禁地说:"月亮真美!"白月梅也高兴地说:"您瞧!月亮上有黑影儿,那是兔儿爷!"骏青笑着说:"哪儿来的兔儿爷呢?那是月球上面的山谷。"白月梅说:"咱们若能到月球上去旅行有多好!"骏青回头笑了笑,瞧着她那一张被月光照着的美丽的小脸儿,那一种天真的笑,更觉得她可爱可怜,感慨着:明月!你不要笑我们这两个畸零的人呀!

看了半天月亮,忽然一阵冷风吹来,白月梅就拉着骏青的手说:"快回去吧!太冷!"于是又一同往西去走,就回到了水车胡同。来到胡同的东口时,白月梅却站住了身,她有些害怕,说:"柏先生!我们家里的人这时要在您那儿等着我,那可怎么办呀?"骏青说:"不要紧!你先在这胡同口等着,我一个人先回庙里去看看,要是没人找你,我再来叫你;若是有人,那我也出来告诉你,你就赶紧跑回祁家,找我表妹去。"白月梅点了点头,骏青就走回庙里。

初进庙门时,他也有点儿提着心,真怕那白家的人在这里等着月梅,但是进了西小院一看,什么人也没有,门上的锁完整地挂在那里。他又到东院去,见刘醉生的屋里灯光辉煌;进去一看,见醉生没写稿子,却躺在床上喝酒。一看见骏青,他就要坐起来,说:"来!来!喝几口!'与尔同销万古愁'!"骏青说:"待会儿我再来!"他退身出来,心说:怎么,刘醉生今天又犯神经病了?

出了庙,他赶紧往东口去走,就见白月梅躲在一个墙角。骏青走近了,笑着说:"回去吧! 什么事也没有,咱们是瞎疑心!"白月梅也笑着,随骏青走;她说:"咱们看看刘先生去呀?"骏青摆手说:"别看他了,他现在喝醉啦!"白月梅说:"哎呀! 他喝醉了,晚上您还怎么在他那屋里睡呀?"骏青笑着说:"不要紧! 他常常醉,我想他不会打人。"说着,"阿嚏"一声,打了个喷嚏,接着又是两个。白月梅着急地说:"您瞧,您着了凉,快穿衣裳去吧!"

进了庙门,白月梅就依着骏青的身,蹑足潜踪地回到了西小院。骏青开了锁,二人进了屋,白月梅就催着骏青多穿衣裳,骏青笑着说:"其实我还有一件大衣,不过在家里披着大衣不方便,我穿上件毛衣就是了!"于是打开箱子,取出一件藏青色的毛线衣裳穿上。他把法蓝绒西装上衣放在椅子上,然后拿起水壶来,白月梅就拦住,说:"您别沏茶,我不喝!"骏青笑着说:"你不喝,我还喝呢!"说着拿起壶又往东院去了。

他先到刘醉生屋里,就见刘醉生还躺在床上,喝得满面红涨,头发很乱,身旁放着一壶酒和狼藉的熏肉、五香花生。一见骏青,他就说:"你去吧! 今晚我拒绝你来,我不愿和你这酸溜溜的人在一块儿睡!"骏青笑了笑,转身出屋。刘醉生还在屋里说:"喂! 别走呀,回来!"骏青在外面回答说:"一会儿就来!"

他到和尚屋里沏了茶,就回到西小院,一进屋就说:"你喝吧! 水很热。"白月梅却不言语。骏青借着烛光一看,就见白月梅鼓着她的小嘴儿,垂着睫毛,睫毛上挂着泪珠儿。骏青非常惊讶,就问说:"你又怎么了?"

白月梅摇摇头,不说话,忽然又转过脸去,背着烛光,摇晃着肩头,仿佛生气似的说:"明天早晨我就走!"骏青很是惊讶,就又问:"为什么呀? 你又犯了脾气!"白月梅点头说:"嗯! 我是犯了脾气! 我的脾气就是这样,我不能叫人当了'当'来养活我!"

骏青这才明白,但同时也怔了。他由椅子上拿起才脱下的西服上身,摸了摸那口袋,里面有自己的当票,还有祁太太给白月梅的那五十块钱。骏青心里很难过，但又笑着说："你真是，你发现了我的秘密！可是我告诉你，你就是不来，我今天也得当当的，因为我手里已然一个钱没有了，学校的薪金得过两天才能发下。缓急是人所时有，都会发生的，这不算什么，再说我所当的又是现在用不着的衣服。至于这五十块钱，是我姑母给你的，你不花可以先存起来，但你要想给我，我可不能接受，我的脾气比你还刚强呢。"

白月梅笑着，又回过头来，大声说："我叫您赎衣裳去！"

骏青惨然地笑着，说："那倒可以，不过一件冬天的大衣，我赎出来又做什么？不如叫当铺替我保存着倒好。"他又安慰白月梅道："你不要净这样想，你现在有难，受我们一点儿帮助，不算什么。将来你长大了，能做事了，我那时也许比现在更要潦倒不堪，那时你还应当帮助我呢！"白月梅听了这话才不言语了，但仍拿袖子擦眼泪。骏青把那五十块钱放在桌上，说："无论如何，这钱还是应当你自己保存。天不早了，你关上门睡吧，我要到刘先生屋里去了。"遂拿了一件该换的衬衫和那件外套，说了声："明天见！"就出屋把门带上了，白月梅还在屋里拿袖子擦眼泪。

刘醉生躺在床上，见骏青进了屋，就摇晃着酒壶，说："壶空了！劳你驾，把桌子底下那瓶酒递给我！你可别拿错了！那大瓶的可是煤油！"骏青说："我劝你还是不要喝吧！一个人何必要这样自杀呢？"刘醉生着急说："你不许我自杀，难道你眼瞧着叫感情杀了我吗？"

骏青道："你这话我不明白，你今天又到哪里去了，招了这些邪魔？"刘醉生道："我到缪宝生家里去了！缪宝生的太太是我过去的爱人，但她自嫁了缪宝生之后，见了我，永远对我加以白眼！"骏青发了怔，心说：今天他醉后才向我倾露肺腑，看他这样，不给他酒喝是不行了！他于是由桌下拿起那个小玻璃瓶，打开塞子，闻了闻，递给了醉生。

醉生也不管是酒还是煤油，倒在壶里，就着壶嘴就喝。连气喝了几口，他又吟道："佳人已属沙叱利，义士今无古押衙。回首音尘两沉绝，春莺休啭沁园花。"然后向骏青笑着说："老缪就是'沙叱利'，他的漂亮、财富、洋服，就是他的武器，他夺去了我的爱人！"骏青皱着眉，不知应当拿什么话解劝他才好。

刘醉生举起酒壶来，问："你不喝吗？"骏青摇头说："我不喝。"刘醉生又喝了两口，问："白月梅睡了吗？"骏青说："她睡了。"刘醉生说："赶紧给她找个婆家，别叫她在这里久住。一住得久了，你一定要跟她发生爱情，只要是发生爱情，那可就永远是痛苦的。对于她，稍稍帮助可以，但不要太施恩惠，因为你施了恩惠，你必须要报偿，但结果你会失望的。女人无论大小，都是无良心的动物，都是狡猾的贼人，她拿着一把美丽的刀，蓦不防地把男子的心刺了一下，刺完了她就跑；跑到一旁，叫另一个男子抱着她，她还看着你的血迹，听着你的呻吟，来取乐！"

骏青生气地说："不要说了！我看你今天真是醉了，酒精使得你满口胡说！"刘醉生笑着，又喝了两口酒，倚疯撒邪地说："酒精，它是安慰痛苦的使者，它有着玫瑰花一般的芳香，圣女一般的温柔！"骏青说："你疯了！"

骏青坐在一旁，去看刘醉生才写了半截的稿子，原来他把自己又给写上了，并且写得自己怪模怪样，不由得又气又笑。骏青把他的稿子看完了，又抽出一本杂志来看，看了半天，床上的刘醉生始终没有说话，又待了一会儿，便听到阵阵鼾声。骏青瞧着刘醉生那颓唐的睡容，寒俭的衣被，又觉着他很可怜，随就把他的酒壶拿开，免得再倒了，把褥子湿了。

他又把那些熏肉和花生米也挪开，随后缩下了灯光，闭上门，自己跳到床里去睡。但是他睡不着，一来是刘醉生的鼾声吵得厉害，二来是心里惦记着白月梅的事。快天亮时他才睡，睡了不到一个小时，他就起来换上了衬衫，拿着脏衬衫出屋到西院去了。

这时太阳还没升高，屋子还闭着门，可是屋里有人低声儿唱着学校的歌曲。没等骏青叫门，里面就把门开开了，白月梅穿着毛衣绒裤，笑着说："您起得真早！"骏青也笑着，进屋一看，又收拾得干干净净。骏青把脏衬衫扔在床下，然后说："你比我起得还早！今天我又得上课去了，得留下你看家。"白月梅笑着说："我看家，锁头看我。"

骏青也笑着，拿起洗脸盆来，去东院打来了洗脸水，然后又出去，到刘醉生屋里找着一只饭碗，在西屋里端了豆汁，买了油炸麻花，拿回来给白月梅。骏青忙着洗脸、换衣服，又连打了几个喷嚏，鼻子也觉着不通气，他就笑着说："我真伤风了！"白月梅说："谁叫您昨天不多穿衣裳呢？"骏青摇头说："不要紧，今天就许能好了。"遂就把洗脸水倒在屋外，又去到东院里打了一盆，并去看了看刘醉生。

刘醉生还在睡着，骏青因为已经知道了他的伤心事情，便觉着他很可怜，可又想着也没有办法：他这个人已经自己把生活弄得这样颓废，是不容易再劝解他挽救他了。骏青就把他的屋门紧紧关好，端着洗脸水又回到西院屋里，叫白月梅洗脸。他穿上外套，看看手表，就说："我要走了，到晌午我就回来，你等着我，我给你带饭食回来。"白月梅问说："您天天晌午都回来吃饭吗？"骏青说："你就不必管了，你既然不能出门，我怎能把你锁在屋里叫你饿一顿？好在这里离着学校不远，再说时间又有富余，晌午我为什么不回来一趟呢？"说着又打了两个喷嚏，自己倒忍不住笑了。

白月梅就点头说："好吧！那么您就走吧！晌午您回来，随便给我带点什么都成，可千万别带好的，您请去吧！"骏青笑着，点头说："好吧！"就把钥匙交了白月梅。他出了屋，带上门，拿着锁头和铁链，又向门里说："我可真锁上了？"里面白月梅笑着说："您锁吧！反正钥匙在我手里了。"骏青就咔的一声，把门锁上了。

白月梅又在屋里叫道："柏先生！"骏青问说："什么事？"白月梅扒着门，向外悄声说："您到了学校，可千万别把我的事情露出来！徐秀贞、黄婉贞她们，都跟我家里的人认得。"骏青说："当然，我连提你也不提，你就放心吧！"随又说了声："再见！"就出了庙门走了。他依旧穿着小巷走，当走到墙缝胡同十六号的门前时，见两扇小门依然紧紧地闭着。骏青暗笑着，心想：你这魔窟，你这地狱，你以为在你这里压着的小生命，她就逃不出来吗？

到了学校，就见已来了许多学生，都向他鞠躬，叫着柏先生，骏青笑着向他们点头。直到了教务处，他就坐在那里喝茶，翻阅课本。到快八点的时候，邓厚颐来了，骏青就叫校役摇铃上课。到了课室里，照例又点名，叫到"白月梅"的名字时，他故意看了看座位，仿佛觉着奇怪似的说："怎么白月梅还没有来？"

忽然有个学生高声说："白月梅她从家里跑了！"

骏青一看，说话的是徐秀贞，他便故意显出惊讶的神色，问道："为什么她由家里跑了？她跑到哪儿去了？"

徐秀贞说："谁知道她跑哪儿去啦？她家里不是不许她上学了么，就把她监在家里，也不给她吃饭，还时常打她；她受不了，早就想着跑，可是她家里的人看得严。前天，星期六的晚上，她姐姐什么的都听戏去啦，她就趁空儿跑了。可是她也没地方去呀？她跑的时候手里也没有钱，也不能上天津找她母亲去呀？昨儿我听我们街坊说，她家里的人找了整整一天，还是没找着她。"

骏青听到末后这两句话，未免有点儿担心，遂故意做出惋惜的样子，说："白月梅那学生，虽然爱闹，可是她很聪明，她的家人为什么要那样虐待她，把她逼跑了呢？"

徐秀贞哼了一声，说："她们家里的人，才坏呢！"骏青还要细问，黄婉贞却说："柏先生您给我们讲书吧，别管白月梅的事情啦！反正她也不是咱们这儿的学生了，她爱跑到哪儿就跑到哪儿去，她家里的人问不着咱们！"

骏青笑了笑，就开始教授算术。这课室里，学生们都跟往常一样，照旧地做功课，可是骏青却永远挂记着一件事，他不放心锁在自己家里的白月梅。他急着盼着，把上午这三堂课教毕，就拿上帽子，往校外去走；走了不远就雇了一辆洋车，拉他到大街上。

在水车胡同的东口外，他找了个铺子，买了几十个包子，就用白菜叶子托着，往庙里去走。骏青还没到庙门前，就见刘醉生口里衔着一支纸烟，正由里面出来。一见着骏青，刘醉生就问说："你怎么回来啦？"骏青走到他近前，才悄声说："我把白月梅锁在屋里了，我得买午饭给她吃。"又说："听学生们说，昨天那白家的人在各处找了她一天！"刘醉生也悄声说："所以你得赶紧给她想别的办法，闹出事来，不但她还得回去受罪，你的饭碗也就保不住了！"骏青说："今天晚上我一定有办法。"

刘醉生说："我吃饭去。"就往东去了。

骏青回到西小院，只见门锁无恙，心里就安慰了一些，遂先咳嗽了一声，里面的白月梅笑着，就把门锁开开了。骏青进了屋，把包子放在桌上，就说："我们吃午饭吧！"白月梅笑着，拿起包子来就掰着吃。忽然骏青看见，椅子上搭着一件才洗过的衬衫，正是自己今天早晨换下来，扔在床底下的那件，就问道："怎么，你把我的衬衫给洗了？"

白月梅歪着头，笑着说："我在屋里没有事儿，就拿洗完脸的水，把您这件衣裳洗啦，您看，洗得还白净吧？"她摸摸搭着的那件衬衫，又指指床单，说："明天您买肥皂来，连这床单我都能洗！我在家里天天洗衣裳，要不然我也不能上学净迟到。"骏青听了，心里倒非常难受，便默默地坐着吃包子。

白月梅又问说："柏先生，您刚才到学校去，没听见人提说我的事吗？"骏青说："徐秀贞提说的，她说昨天那白家的人找了你一天！"白月梅听了，她那小脸儿就有些变色。骏青又摆手说："不要紧！你别怕！今天我还有别的法子，你在这里，他们绝对不会知道的。即使知道了，找来了，那也不要紧，你就藏在这床底下，让我出屋去应付他们，我不怕他们！"白月梅皱着眉，眼睛更显得忧郁。

吃完了包子，骏青就站起身来，说："我这就走，我打电话催催祁小姐，叫她今晚务必来。反正无论是什么人来，只要我没在家，你就别开门，在屋里别作声就是了；我想无论什么人，也不敢把锁头砸开，进屋来搜你！"白月梅也愤愤地说："要是有人敢砸开锁头，那我也就跟他拼命啦！您当是我真害怕？"骏青笑着点头，说："好！你这话说得对！那么我就打电话去了，回头见！"就把门锁上走了。

到了街上，他找着一家茶叶店，借了电话打给祁公馆打。那边是贵禄接的，电话里说："我们五小姐上学去啦，还没回来。"骏青又问："翁先生翁醉亭在家吗？你请他来，我跟他说话！"那边贵禄笑着说："翁先生今天一清早就回家去了！"骏青非常诧异，问道："他回家去了？他家在什么地方？还回不回来呢？"那边贵禄说："翁先生是束鹿县的人，不是现在翁先生要跟我们老爷上任去吗？这两天他高兴得了不得，今天一清早就上西车站去了，大概是到家里安顿安顿，住个三五天的，还要来；来这儿也许等着跟我们老爷一块儿上任去，也许他先走。"骏青手执着听筒，发着怔，就说："噢，噢……你挂上吧！"他把听筒也挂上，向茶叶店的人道了声"劳驾"，就走出去，一直往南，又到了学校。

下午上着课，他心里仍然不放心在家中的白月梅。好容易盼得摇铃散学了，骏青依旧雇车到大街上，买了二人的晚饭，便往回走。他才回到水车胡同东口，就看见那破庙门首停着一辆汽车，是姑父家原有的那辆黑色流线型的。骏青手里托着食物，很快地走到庙门前，就见开车的小杨拿着烟卷由车上下来，说："柏少爷，您回来啦？我们五小姐来了半天啦。"骏青微笑着，点了点头。小杨又问："柏少爷，您买的是什么呀？"骏青脸红了红，说："是吃的。"便赶忙走进了那西小院，就听屋中有丽雪说话的声音。

骏青拉门进屋，见丽雪跟白月梅正并坐在床头，笑着谈话。丽雪一见骏青，就问："你怎么才回来？"骏青笑着答道："我才下课。"丽雪说："我还以为你今天下午向学校请假了呢！因为回去听说你打了电话，我就赶紧来了，幸亏今天下午我的课少。"骏青笑着说："晌午我给你打电话，忘了说我并没有什么要紧的事，还是她……"他指指白月梅，说："她在这里住着总不算稳妥。"

丽雪说："刚才我也跟她说过了，这事你们不要发愁。今天我又催了梁霞，她说本星期四她姨母一定回南方，当天晚上就可以叫月梅搬了去。梁霞的家就在翠花胡同，离着我家里很近，我可以天天去看月梅。"骏青点头说："那好极了！"遂指着才买来的食物，向白月梅说："你先吃吧！"白月梅笑着说："才三点多钟，我就吃晚饭啦？"丽雪也笑了。

骏青遂出去给她们沏茶，然后三人就在屋中谈话。白月梅这时也很喜欢，就问那位梁霞小姐是什么脾气，丽雪便说："跟我一样！她的那位母亲比我的母亲还老实，家里只用着一个女仆。"骏青在旁边坐着，听她们谈话，又觉得丽雪的脾气是非常之好，她对外人绝不像对她家人那样。同时他还注意到，今天丽雪穿的是一套豆沙色的哔叽西服，连鞋袜、围巾全都是一个颜色。丽雪谈的话最多，白月梅也很有精神地听着;骏青坐在那里却觉着有些头晕,他时时掏出手帕来擦鼻涕,白月梅也时时去看他。

不觉就到了天晚,丽雪笑着问道:"你们不吃饭吗?"骏青说:"我不想吃,我现在也不觉着饿。"白月梅也摇头说:"我也不饿。"丽雪笑了笑,瞧着白月梅说:"我想有我在这里,你们一定都吃不下去吧?"白月梅说:"没有的话,我才不懂得什么叫害口羞呢!赶明儿我搬到梁小姐家里住去,天天还能叫人家另给我开一桌?"

丽雪抿着嘴笑了笑,又向骏青说:"你跟我出去走走,待会儿我就回家去了,你再给她买点什么,拿回来给她吃,这个也凉了!"骏青还有点儿犹豫,仿佛自己一离开这里,就会有人来找白月梅似的。丽雪又向骏青使了个眼色,说:"咱们出去,我还有几句话要跟你说呢!"旁边白月梅就很注意地看着丽雪。骏青正要跟丽雪出屋,白月梅在身后问说:"柏先生,您不穿上您的大衣?"骏青摇头说:"不用,我一会儿就回来。"他出了屋门,身后的白月梅就将屋门锁上,隔着窗户说:"祁小姐,明儿见!"丽雪也笑着说:"好吧,明天见!"二人往庙外去走,这时东方已升起来一轮皓月,遍地都浸上了月华。

第十四回　病室里的春天

　　庙外,流线型的汽车在那里僵卧着,小杨正在一个馄饨担子旁用晚餐,一见他的五小姐和柏少爷出来了,赶忙放下半碗馄饨,扔下钱,就上了车。丽雪与骏青已坐在车上了,骏青还不断拿手巾擦鼻涕,小杨擦了擦嘴,把车开走了。丽雪指着车窗外,说:"今晚的月色很好,我们到中南海公园去,在那里吃晚饭,在月下散散步,然后再分手好不好?"

　　骏青摇头说:"我想不用了!现在我真不饿,身体也有点不大舒适,我们到公园里去走走倒可以。"

　　此时前面的小杨回过头来,问说:"五小姐,倒是上哪儿去呀?"

　　丽雪生着气说:"上中南海!"她仿佛因为骏青对她的态度而生气,沉默了一会儿,就说:"我知道你现在是不放心白月梅!她的事情自然足以叫你关心,但现在我们还有更应当关心的事情。"说完这话她就端正地坐着,不再发话,而骏青只是不停地擦鼻子。

　　少时车停在了中南海公园的大门首,丽雪下了车,抢先去买了票,骏青就随着她,一同进到园里。此时园里是一片荒凉,月光照着微波荡漾的池水,闪现出一道道光华;杨柳低着腰,摇弄着它那一条条丝影。并行了十几步,就看见水边有一张休息椅,正适合二人并坐,丽雪就说:"我们在这里坐着谈几句话吧!其实我也忙着回家,第一,我母亲还在床上躺着;第二,我从两点多钟就到你那儿去了,直到现在连一口水都没有喝。"骏青笑着说："好，我们快谈快走吧！"随就对着月光坐下。

丽雪瞪了他一眼，见他仍不住地拿手绢擦鼻涕，就坐在他的身畔，又怜惜地说："其实你今天有点伤风，我不该叫你同我到这里来，不过，现在的事情很要紧。"

骏青疑惑地问说："又是什么事？是关于我们二人的事吗？"

丽雪脸红了红，说："那当然，要不然我为什么来找你？今天我父亲居然当面警告我了。"骏青惊讶地问说："警告你什么？"丽雪低着头说："警告我，叫我不要再与你接近！"骏青冷笑着，并不表示什么。

半天，忽然丽雪抬起头来，很爽快地说："今天我们应当把事情说明白了！我父亲他向我下的这警告不同往日，往日他利用我巴结张次长，对于一切事都肯向我让步；现在他成功了，一两个星期内他就要上任就职，当然他不肯再敷衍我。我们现在就是要决定主意，是依着我父亲，我们从此就断绝往来呢？还是我们全都不理，还照旧在一起，不用管我父亲赞成不赞成，等到他实际干涉时，我再向他争论，甚至我可以与他脱离关系！"

骏青发愁了半天，用手支着头，然后问说："那么你打算是怎么个办法呢？"丽雪冷笑说："我要有办法，还能够来问你？这是我们二人的事！"骏青说："但我不愿意你因为我而与家庭决裂。"

丽雪立刻问道："那你为什么要由汉口走出来？"骏青惨笑着说："我与你不同。"丽雪哼哼地冷笑着，说："是的，你们是男子，环境不好了，就可以随便出走，我们女子若是不愿在那淆乱恶劣的大家庭里立足，就连出来也没有一个人肯帮助。是的，这世界是你们男子的，所以我很同情那白月梅！"说到这里，她就哭了，由西服口袋里掏出手绢来拭泪。

骏青赶紧安慰她，说："你不要伤心，更求你不要误会我！咳……我想现在这事也很好办，我可以去向我姑父说明、解释，请他不要疑心我们，根本我们就没有什么特殊的关系……"说到这里，丽雪忽然止泪仰首说："什么？"骏青唉声叹气地说："我是说……咳！"

丽雪的两眼瞪得很大，愤愤地冷笑着说："这就好了！一切都可以因你这句话而解决,终归我是糊涂的。很好!过两天我请梁霞把白月梅接到她家里去,你不能帮助我,但请你不要禁止我帮助她!"说毕,她站起身来就走。骏青赶紧追上去,拉着她的手说:"丽雪……"但丽雪夺开了手,就很快地走去。

骏青怔了一怔,然后又追,但追出园门时,已不见了那部汽车;往东去看,就见一辆车已经去远,车身后的红色小电灯也渐渐消失了。骏青的胸中就像堵着一块铅似的,他又接连打了三个喷嚏,抬头,就见天空中一轮皓月正向他发着冷笑。骏青往东走了几步,忽然又停住脚步,愤愤地想:由她误会去吧!不然将来是怎么个了局?于是转身又往西去,但感觉身旁仿佛失去了什么,又像是做了什么值得悔恨的事。

骏青叹息着,擦着鼻涕,就走到了水车胡同的东口外。看见街旁一家小饭铺刚蒸出来热气腾腾的包子,他过去买了二十个,拿白菜叶托着,还是十分烫手。他忍着手痛走进胡同,就望着了那座浴在月光下的破庙。门前倒是没有什么人,进了西边的月亮门,一看屋里连烛光都没有,骏青就把包子放在窗台上,向屋里说:"月梅,把锁开开吧!"

用手一推,呱哒一声由锁上掉下来一个东西,借着月光由地下捡起来,原来是钥匙,骏青就笑了。他开了锁,进屋一看,却没有人,骏青又不由惊讶。他站着发怔,刚要转身去问刘醉生,忽听嗖的一声,白月梅由床底下钻出来,把骏青吓了一跳。白月梅跳着笑着,骏青却叹息道:"到了这个地步,你还忘不了调皮,真是……"

白月梅立刻不笑了,她点上蜡烛,不住用眼看骏青。骏青擦擦鼻涕,指指窗外,说:"窗台上有包子,你拿进来吃吧!"随就坐在椅子上,又微叹了一声。白月梅把包子拿进屋来,先找了张干净的纸放在骏青眼前,将包子一个一个地放在纸上,然后又倒了一碗茶,茶还冒着热气,双手送到骏青的面前,她就笑着说:"您吃吧!"骏青问道:"你呢?"白月梅说:"刚才您跟祁小姐一走,我就吃了。"

骏青笑了笑,便拿起一个包子来吃。一眼又看见床上放着自己那件旧的黑呢大衣,就知是白月梅为自己取出来的,再抬眼看看白月梅,见她时时在注意着自己,就搭讪着问说:"刘先生没来吗?"

白月梅说:"刚才来的,刘先生……"说到这里她笑了,又接着说:"他说您快跟祁小姐结婚了!"

骏青脸上一红,摇摇头,又勉强笑着说:"没有的话,他是胡说!我与祁小姐永远不会结婚的。"白月梅微笑着,撇了撇嘴,仿佛绝不相信。骏青的心里却很难过,仅仅吃了两个包子,便再也咽不下去,遂将剩下的包子都放在一旁,说:"留着明天早晨吃吧!"

白月梅在旁很诧异,问道:"怎么?柏先生您病啦?"骏青摆了摆手,说:"不要紧!"又看看手表,便微笑着说:"天也不早了,你先睡下吧!我还要在灯下写一封信。"白月梅笑着说:"您就写信吧!我在旁边不看着就是了,您何必要催我快睡?"骏青笑了笑,又暗暗叹气,随将椅子挪到桌子前面,就取出信封信纸来。白月梅在旁又加点了一支蜡烛,屋里顿时亮了许多,她自己却躲到床旁坐着,手中拿着一本刘醉生的小说去看。

骏青此时愁闷不胜,就挥着毛笔向信纸上去写:

丽雪五妹:

想不到今天你竟这样误会我,使我非常的伤心!我现在给你写信,并不是要向你解释,我是请你不要忘了我现在已脱离了家庭,已是个孤独困苦的人,一切都不能再与四年以前相比,所以现在盘旋在我脑里的,关切于我身畔的不是爱情,乃是生活;所以你对我生活上的协助,我是极端感谢,但爱情的给予我却丝毫不敢接受……

写到这里,他忽然顿住笔,暗想:这封信若投了去,那自己与丽雪的关系就全都完了!在我固然是觉得干净了,可是她,会怎样伤心呢?骏青持着笔发了半天怔,眼前又幻出丽雪那健美的身影和真挚的热情,他遂把笔放下,扶着头不住长叹,也忘记了白月梅就在身后。

白月梅就把书放下,问说:"怎么啦?柏先生您干什么这样发愁呀?"骏青把信纸折了折,装在西服口袋里,勉强对白月梅笑着,说:"你不知道,我现在另外有一些为难的事情,可是也不要紧。"白月梅便呆呆地望着他。骏青发了一会儿怔,又说:"你睡吧!我要到刘先生屋里去了。"白月梅微微点头,面上露出忧郁和怀疑的样子,但一句话也没有说。

骏青忧郁地走到刘醉生屋中,见刘醉生正忙着写作,顾不得说话,骏青也一句话没说,随就铺好自己的被卧去睡。他费了半天思虑,生了许多忧愁,方才迷迷糊糊地睡去,这一夜他睡得十分不舒服。

次日早晨起来,骏青把白月梅安顿好,就又到学校去了。他上着课仍然想着他与丽雪的关系,虽然他在理智上很愿意就这样干脆断绝,但是在感情上却不知为了什么,仿佛总难以斩断了这缕情丝。同时因为伤风的原因,他觉着身体疲倦、头痛,勉强教过了上午这三堂,就雇车又回到水车胡同,为白月梅买了点现成的食物,他自己却什么也吃不下去。因见月梅很平安,很愉快,他也就很放心。又锁上门走了。

骏青先到一家商店里借了电话,打到祁公馆去找丽雪。那边是贵禄接的,他说:"我们五小姐今天生病啦!直到现在还没有起床,刚才有几个电话她都没接!"骏青听了,又非常着急、惭愧,就向电话里说:"你再去看看,要她起来!你赶快去,我跟她说几句话,我现在实在没有工夫去看她!"那边贵禄说:"您等一等!"他大概就去找他们五小姐去了。半天他才回来,又在电话里说:"我们五小姐,刚才……刚才出去啦!柏少爷,回头您有工夫上我们这儿来一趟吧……"就听贵禄仿佛在笑着,骏青生着气,挂上了听筒。

下午这两堂,他仍然是勉强上的,身体、精神都觉着十分难受。下了课,慈善会的会计就给他送来了三十块钱的月薪,并抱歉地说:"因为会里的一位常务董事才从上海回来,到银行取款须要他盖章,所以这个月的钱迟发了两天,很对不起!"骏青点头道:"不要紧,我倒是不急着用。"会计也看骏青像个阔少爷的样子,教这小学不过是为消遣,他笑了笑就走了。那邓厚颐也好好地把钱带起,赶快走了。

骏青一个人闷闷地坐在教务处,此时学生都已散去,但他心中的愁闷却始终不能散去。又想了半天,他就用了学校公用的信封和信纸,给丽雪写了一封信。信上并没有什么向她解释误会的话,只是向她道歉,求她原谅自己;末了并说自己因为白月梅的事,又因为身体不舒适,所以不能去看她,请她有工夫还是来,见面细细谈,白月梅的事还得请她赶紧设法。写完了信,他的心里才觉得宽松了一些,但身体仍然无力,头部仍然疼痛。

他出门把信发了,又雇车回到庙里。一来到自己的屋门前,他就推推门,说:"月梅把门开开啊!"里面悄悄的,待了一会门才开了,骏青进了屋,就见白月梅的神色大异,脸上布着一层忧惧之色,一点儿也不活泼了。骏青就皱着眉,勉强笑着说:"怎么了? 你又发愁了吧?"

白月梅说:"柏先生,我不能在您这儿住了!我家里的人知道了!"骏青惊诧着问道:"你怎么知道的? 是他们找你来了吗?"白月梅点头道:"刚才,有两点多钟,我正在屋里写小字,院子里就有人说话,是小高,我赶紧藏在床底下;后来小高还推了半天门,他大概觉着屋里没有人,他才走。"

骏青发了一会儿怔,又皱眉问道:"那小高,到底与你们家里是什么关系呀?"

白月梅着急地说:"咳! 这时候您就不必细问啦! 反正他来了绝没有好的。柏先生您快给我雇一辆车,我这就走!"

骏青却叹息着说:"这时候你可往哪里去? 再说,你由这庙门里出去,坐着洋车走了,那更要叫他们知道了,就许立刻把你截住……"他想了一想,又说:"不要紧! 你别发愁,我去给祁小姐打个电话,叫她赶快坐着汽车来!"说毕他就出屋把门关上,赶忙往外去走。出了庙门,他又不住地东张西望,看看有没有那个花胳臂小高。

到了大街上,骏青就进了那茶叶店去借电话。电话打到祁公馆,那边有人把听筒摘下来了,可是没有人说话,只听见叮叮铮铮一阵清脆的钢琴之声。过了一会儿,琴声里,有个柔细的女子声音,问说:"是谁呀?骏青说:"呵! 五妹! 是我,我……昨天真对不起你! 现在,有很要紧的事情,请你快来,千万坐汽车来……"那边却又不答言了,钢琴仍然叮叮铮铮地奏着,并有模糊的声音叫说:"丽雪! 丽雪……"钢琴之声还是未止，仿佛有几个女子在那边高声谈笑着。

骏青十分着急，等了半天，听筒里又有人说："喂！"声音很是娇细。骏青就叹息了一声，说："是五妹吗？"那边笑着说："我不是……"骏青发着怔，脸也红了，遂改变了口气，问说："你是谁？"那边笑着说："我姓张，丽雪她没在家！"钢琴声响得更厉害。骏青知道丽雪是成心不接，心里就有点生气，但又不能不忍耐着，遂说："张小姐，请你告诉丽雪，请她务必赶快坐汽车到我这里来！因为……"他看了看那茶叶店的掌柜正在注意他，就不敢把白月梅的事情说出来，就说："她知道，千万请她快来就是了！"那边的钢琴声一直乱响着，也不知那位张小姐听清楚了没有。

骏青把听筒挂上，走出茶叶店，耳畔仍觉得有钢琴声，头也更痛了，心里还很焦急。他晃晃悠悠往庙里去走，心说：不好！我恐怕要生病，幸亏今天发了薪金，明天我得到医院看看去；回头丽雪来了，无论如何得叫她把白月梅带走。又想：刚才接电话的一定就是那个给自己写过情书的张淑范了，丽雪一定是在旁边；她在那里弹钢琴，却不来接我的电话，真好大的脾气！这群小姐还是不可接近，但白月梅的事她不至于不管吧！

回到庙内，开锁进屋，白月梅就迎过来，悄声问说："祁小姐这就来吗？"骏青说："一定来，因为我告诉她是很紧要的事，她一定能猜得到是你的事。"白月梅脸上的忧惧之色渐褪，仿佛她也放下心来。

骏青便急盼着丽雪快点来到，他坐立不安，外面偶然有一点儿沉重的声音，他就以为是丽雪的汽车来了；可是直到黄昏时候，丽雪还是没有来到。骏青心里焦急，就向白月梅说："你在屋里等着，我到庙门外看看去，她要再不来，我就雇一辆汽车，送你到她家里去。"

他走出庙门，站着向东去望，望了半天，也不见有一辆汽车开进这胡同里来。这时天已黑了，骏青心里更是着急，而且有些生气，心说：我也不期望她来了！我雇一辆汽车先把白月梅送到缪大夫那里去！

骏青于是往东去走，才走了十几步，忽见月光之下，由对面来了一个人，正是那花胳臂小高，他不由吃了一惊。小高像是不认得骏青，他摇晃着身子往庙走去,骏青赶紧转回身来,跟着他回去,抢先进了庙门。那小高才一进来,就被骏青伸臂拦住,问说:"你要找谁?"小高停住了步,一斜楞眼睛,瞧见骏青那身洋服,就腆起来胸脯,问说:"你就是姓柏的吗?"骏青脸色都变了,点头说:"不错,我姓柏,你来找我有什么事?"

那小高撇着嘴一笑,说:"我找你?我找我的干妹妹来啦!找着她,咱们两人再算账!"说着就往西月亮门里闯。骏青赶紧把他挡住,小高就说:"嘿嘿!你还要打架吗?"他卷卷袖子,拿胳臂肘儿斜着向骏青来撞,又撇着嘴说:"小子,你别拿你这身洋服吓人!我干妹妹藏在你这儿两三天了,早就有人告诉我啦,他妈的你小子拐带女学生,还拦住我搜人?"

骏青怒斥说:"胡说!你不能随便损害我的名誉,根本我就不知道你的干妹妹是谁……"那小高一声不语,吧地推开了骏青,就往月亮门里闯。骏青差点被推倒,便严厉地说:"你没有权力来搜我的屋子!你可以把警察找来,我才能叫你搜,不然……"小高说:"你别忙呀!反正咱们这场儿官司是打上啦,他妈的教员拐带女学生……"

这时屋里虽没有灯光,但月光照得很清楚。小高上前用力拉门,但门关得很结实;他又咚咚地踹了两下,也没有踹开。小高又撕了一大块窗纸,扒着头向屋里去看,大概也没看见屋里有人,他回身一把就揪住骏青的西服,瞪着眼睛说:"小子!你把我干妹妹藏到哪儿去啦?快告诉我!他妈的你小子要想找揍,那可容易!"

骏青脸色煞白,冷笑着说:"根本我不认得你的什么干妹妹,你问不着我!"小高的两眼瞪得更大,手把骏青的西服揪得更紧,说:"问不着你?小子你敢跟高大爷耍无赖,你可真他妈的瞎了眼!走!咱们找巡警去!"骏青气愤愤地说:"走就走!"

小高用力拉着骏青,嘴里骂着,就往庙门外走。这时东、西屋里住的小买卖人,连和尚全都追出庙门来看,却没有一个上前来排解的。骏青本来病着,又气又急,被小高粗壮的胳臂拉着,就不由自主地跟着走。

往西出了胡同的西口,就有一处警察派出所的木头房子,小窗户满浮着灯光。小高吵吵嚷嚷地拉着骏青进了派出所,里面正有两个警察和一个巡长。那巡长一看见小高,就说:"怎么又是你?你的官司倒真不少,这几条街上的人要都像你,得把我们都累死了!"

小高见了巡长,他的威风就有点儿降低了,可是还凶横着,说:"巡长,我告他!他是拐带,他把我干妹妹拐跑了!"巡长说:"哼,你的干妹妹也真多!先把人家撒手,有什么话慢慢地说!"小高把骏青放开,一手又在腰上,一手指着骏青,很蛮横地说:"这小子姓柏,他是城根小学的教员。我干妈的女儿在那儿念书,这小子跟她讲恋爱,就把她拐跑啦,跑了整整三天啦!人家告诉我藏在他庙里,我找去问他,他还不认账!"

巡长生气道:"什么吧!你说得乱七八糟的。"遂略略和气一些,问骏青道:"到底是怎么回事?"

骏青气得直喘,就对巡长说:"我是善育小学的教员,那里的学生很多,我不知道哪个是他的干妹妹。"小高在旁说:"我干妹妹叫白月梅,她在那小学念了三年多啦!"巡长斥说:"没问你!你别说话!"小高愤愤地双手叉着腰,还直向骏青撇嘴。骏青向巡长点头,说:"不错,倒是有白月梅这么一个学生,可是这人他说我有什么恋爱的事,那简直是侮辱我的名誉!白月梅这两天没上学倒是真的,可是她究竟为什么没上学,是否被人拐跑了,我完全不知道。"

小高嘿嘿地冷笑着,说:"你全都不知道?哼哼!你他妈的假充文明人,弄上一身洋服当拆白党?常有一个坐汽车的小娘儿们到庙里找你去。我干妹妹在你屋里藏着,你们两人早就过上日子啦!卖熏肉的黑刘把你的底全都泄给我了,你他妈的还跟我装孙子!"

骏青气得浑身乱颤,说:"好!你这样侮辱我的名誉,还侮辱我的表妹祁小姐,你把你那证人找来,我们到法院打官司好了!"小高张着两只胳臂,说:"到法院?凭什么到法院呀?找巡警就得啦,用得着到法院吗?"他仿佛有些儿怕法院。骏青喘了喘气,又说:"你既然侮辱我的名誉,这就是刑事官司,请警察把我们送法院!"

巡长却立起身来,摆了摆手,向骏青说:"你先别说话。"遂问小高说："你姓什么？"小高瞪着两只凶眼，说："我姓高呀！"巡长又问："丢的那姑娘姓什么？"小高说："姓白，是我干妈家里的！"巡长把小高推了一把，说："你去把白家的人叫来，就是打官司你也告不着！"

小高说："凭什么我告不着呀？白家的事都归我管！我干爹是饭桶，他怕见官，我干妈干妹妹她们都是娘儿们。"

巡长说："你别在这儿混搅！段上早明白你们家的事，你要再混搅，我可就带你一个人上局子了，上回你那案还没完呢！"他又向骏青一努嘴，说："你回去吧！不用理他，他是这一带出名的地痞。"

骏青真想不到这件事就这样完了，一出派出所，见外面围着一群人，他就觉得非常惭愧。这时小高又追出来，一把手又将骏青扭住，眼睛简直要瞪出来，嚷嚷着说："不行！你想走？这段上不管，咱们上那段上告去！小子，你非得今儿把我干妹妹送出来不行！"巡长也追了出来，问道："怎么？你们还没完？"小高急得跺脚道："凭什么完呀？十四五岁的大姑娘都叫他拐跑啦！完？"巡长道："走！你们到局子说去！"小高仍旧摇晃着胳臂，说："去就去！反正他妈的我今儿跟他泡上啦！"骏青也气愤地说："请警察把我们带走吧！"

巡长派了一个警察，那警察将要带骏青和小高去打官司，这时忽见一个女人由人群中挤了过来，扯着尖嗓子说："二哥！二哥！你家去吧！月梅她回去啦！"

骏青倒吃了一惊，赶紧借着月光灯影去看这女人，就见是个十八九岁剪着短发的妖桃女人。这女人拉着小高的胳臂道："你走吧！别跟人家打架啦！月梅刚才她又跑回家去啦！"小高也发了一会儿怔，说："她没说吗？她是起哪儿跑回来的？"那女人一面拉着小高走，一面说："她说她上了一趟天津，才下火车！"这里的巡长也觉得又好气又好笑。

小高被那女人拉走之后，骏青还发着怔，旁边就有人过来说："先生，总是你倒霉，遇见这个小子，叫你先生白惹了一肚子气！"巡长也劝骏青说："得啦！您回去吧，跟他那种人惹气真不值得的！"骏青又怔了一会儿，喘了喘气，便慢慢地走开，一些看热闹的人也都散了。

天空一轮皓月正照着胡同，骏青此时倒不怎么生气，只是十分的惊讶、疑虑和懊悔,心想:白月梅怎会自己又投回火坑里去了?

骏青才一进庙门,就见东、西屋里都有人正谈论着他这件事。到屋门前一看,锁头和铁链都扔在地下,屋内空洞无人;他掀开床单,划了火柴,向床底下一看,什么东西也没有。骏青不由跺脚叹了一声,双手抱着头,就躺在了床上。他心里像刀子挖着一般的疼痛,想着:她这一跑回去,更要受虐待了!现在也许那些人就正在用皮鞭抽打她呢!正在用手掐她拧她呢!又想起刚才那小高对自己的谩骂、侮辱,虽然事情没有闹穿,可是被他诬为拐带犯,可是自己的名誉也受到了相当坏的影响,徐秀贞那些学生们一定会知道的。他的心里这样的难过、气愤,身体精神也就更觉着不舒适。

待了一会儿,刘醉生忽然进屋来了。他低着身,向床上躺着的骏青,悄声说:"你回来啦!你看刚才闹的这件事,真危险!幸亏没叫那小子把人搜出来,要不然咱们真是有口难分。我从外面回来时,正遇见白月梅由这里跑出去,她告诉我,她因为不愿意连累你才回家去,索性由着那些人去虐待,她并请你放心她!"骏青一听,白月梅原来是因为这理由才走的,就不由心中更是难受,暗暗流下了几点眼泪。刘醉生又说:"你也别再烦恼了!反正我们对她已尽到了力量,实在是力量不够,护庇不住她,这也没有法子!"他又叹了一声气,点着了纸烟吸着。

骏青伤心了半天,然后挣扎着立起身来,把蜡烛点上。刘醉生看见了他的愁容,就说:"你太不像样子了!你这样会病的,咱们现在应当可怜的还是自己。"骏青说:"本来这几天我就不舒适,以前我还以为是伤风,现在我觉着身体非常难受,恐怕还有别的病。"

刘醉生说:"那可真糟!咱们还禁得住得病吗?我看赶紧把你的爱人找来吧!"骏青听了这话又有些伤心,就惨笑道:"你不要再拿我开心了!我也不愿意找她,明天我打算在家里休息一天,学校的课求你代替我去上吧!"刘醉生就说:"你看,我刚跳出那个圈儿,你又叫我跳进去!我得告诉你,你若是真为养病,别说一天,就是一个礼拜,我也得去替你上课;可是你若因为刚才这事,觉得名誉被破坏了,灰了心,那可就错了!白月梅那孩子的嘴硬,她回去绝不会承认她在你这里住了三四天。"

骏青很没精神地说:"不是,实在是因为我怕明天不能够挣扎。"

刘醉生就站起来,说:"好了!咱们先好好地睡一晚晌,有什么话等明天再说。好在那个学校就是扔下几天不去,也没有什么,我也准保你不能被撤职,你歇着吧!"说毕,他也很懊恼地走出屋去。

这里骏青对着桌上的那支昏暗的蜡烛,木然地坐了半天,他觉着这屋子此时是特别的冷清;自己现在是什么也没有了,爱人没有了,可怜可爱的小朋友也没有了,职业也快没有了。生活仿佛越走越往沙漠地带里去了,而且又加上病,简直是到了死途!他沉重地叹了一声气。忽然觉得自己是坐在那件黑呢的旧大衣上了,他无意中将手伸到大衣口袋里,就觉得手指触到了一件东西;骏青吃了一惊,掏出来一看,原来是五张十元的钞票,就是祁太太赠给白月梅的那五十元。他不由得既钦佩又怜惜,心说:好个孤介的孩子!

这时,刘醉生又把骏青的被卧送进屋来,骏青挣扎着站起身来说:"我这里还有一份被卧。"刘醉生道:"那不要动!那是香衾,那底下曾卧过你的新月!你应当永久保留它,好纪念她。"骏青不由脸又红了,但也无法辩白,而且此时也没有力气去辩白。刘醉生又哈哈一笑,把门带上就走了。

骏青吹灭了蜡烛,掩被躺在床上去睡。室中一暗,窗上的月光就愈显澄洁,但隔院的笙管却又吹起,棚上的老鼠也似打架一般闹了起来。骏青心中烦恼,头部疼痛,身上烧得连棉被也盖不住了,痛苦地熬了半夜,方才睡着。

到了次日,他不但头痛,胸口也疼痛起来,并且咳嗽,简直不能下床了;他呻吟着,极力忍耐着。挨到十点多钟,刘醉生方才进屋来,一看骏青这样子,他不由就慌了,说:"我看你的病更大发了!这可怎么办?学校里我已去过了,见了朱校长,我叫他暂且请人代庖。可是你要这样病下去,有多糟糕!我又忙着,不能服侍你。"

骏青呻吟着,剧烈地咳嗽了一阵儿,又叫刘醉生给他找个痰盂来。刘醉生跑到外面找了半天,拿进来一个花盆,骏青趴在床上咳嗽了半天,才吐出几口痰来。刘醉生急得直抓脑袋,他又低着头,仔细看那花盆里的痰,然后就摆手道:"不要紧!你别发愁,痰里没有血,绝不是肺结核!"骏青呻吟着说:"求你打个电话把宝生请来吧!"刘醉生点头说:"好!叫他这就来!"于是就出屋走了。

刘醉生才走了一会儿,忽然门一开,骏青微微睁开眼睛一看,原来是丽雪来了。骏青不禁又惭愧又伤心,但是仿佛有了些精神,他就勉强着笑了笑,说:"你看,我生病了!白月梅也走了!"

丽雪满面愁容,眼里并流下泪来,她就说:"我知道,刚才我在街上遇见了刘醉生,他把事情都告诉我了。我叫他先去给缪大夫打电话,同时我已叫我坐来的车赶往去接,大概一会儿缪大夫准来。现在的这些事,都怨我!我的脾气太坏,前天的事也是我不对。昨天下午你打电话的时候,又正赶上我那些同学在我们客厅里练钢琴,徐绿蒂打着琴,成心搅电话里的声音;张淑范把持着电话,不叫我去接。后来她们又拉着我到'光陆'去看电影,直到晚间十一点多钟我才回去。我虽不放心你这里的事,可是也万没想到竟至于这样严重!"

她低头看了看花盆里的痰,又摸了摸骏青的头,就惊慌地说:"哎呀!你的热度可真不低!"

骏青呻吟着道:"昨天还不至于这么厉害。咳!丽雪,你看那白月梅有多么可怜?她因为怕连累了我,自己又投回了火坑,连姑母给她的那五十块钱她都没带走,这回她非要叫那些人给虐待死了不可。"

丽雪皱着眉,半天没有说话,然后微叹道:"总怨我!昨天我若是接了你的电话赶紧就来,或许不至于把事情弄得这样坏。"

骏青又咳嗽了一阵儿,吐出两口痰来,又叹了一声气,道:"这件事也不能怨谁,不过我总想,我们这几个人,竟不能救助一个可怜的女孩子,我们也太无能了!"

丽雪呆了一下,脸上微微变色,就安慰骏青道:"你不要再想那些事了!你只好好地养病吧!等你病好了,我一定负责把她找回来,我自信我有这种力量;到最不得已时,我们可以不管用什么手段,托个大人情,把她由那白家强索出来!"

骏青苦笑着说:"你不要误会!我并不是……咳!"丽雪忍不住笑

了,指着骏青道:"你跟我解释这个干吗?"笑过之后又拭泪,说:"真的!我非常的抱歉。前天晚晌我要不把你拉到中南海里,跟你说了那些气话,你也许不至于病得这样快!"骏青在枕上微摇了摇头,说:"不怨你!"

这时刘醉生回来了,一进屋来他就说:"我给老缪打电话了,是他自己接的,说是只要汽车一到,他马上就来。"丽雪问道:"缪大夫那儿有病房吗?"刘醉生摇头说:"没有病房。"丽雪说:"我看他这病恐怕非住医院不可。"刘醉生也发愁道:"所以,我们这单身汉最怕得病,病了真没有办法。白月梅她要在这儿还好一些,可以请她做个临时护士,现在可真麻烦,我若是给他当护士,我就不用写稿子了!"

丽雪想了一想,就说:"等缪大夫先看一看,要是不要紧,就在这儿养着,我派小崔来服侍你;若是病情严重呢,那今天就得把你送到医院去!"骏青在昏沉沉之中,听丽雪说到要送医院去养病,他心里就迟疑着:那得花多少钱呀?并且担心着自己在学校的那个职务和将来的生活。

少时缪大夫就来到了,一进屋就给骏青听诊,测试体热。半天,他才向丽雪说:"骏青热度很高,大概是肺炎,送到医院里去吧!济生医院很好,在那里我也有几个朋友。"

丽雪一听十分惊慌,就点头道:"好吧!就叫我那辆车送去吧!"于是她亲自跑出屋去,到外面把开车的小杨叫进来,连同缪大夫全都帮着,就把骏青搀到外面的汽车上。缪大夫拿了一张名片交给丽雪,丽雪就用汽车把骏青送到东城济生医院去了。

骏青这时自觉病势十分厉害,迷迷糊糊的,仿佛失去了知觉。在医生给他诊病时,他隐隐听见医生对丽雪说是"肺炎";他身上虽然烧得火一般的热,但心里却有些发冷,暗暗地感觉到死已临近了!丽雪不知是什么时候走的,骏青的头部贴着冰囊,胸部也被护士用冷湿布绷带系住,但他并不见稍微清醒。到了次日,他的体温越发增高,简直连眼睛都睁不开了。耳边有没有人说话,丽雪来了没来,他都不知道,心里微微的只有一个念头,就是怕死,就是希望痊愈。

过了有四五日,他的体热渐渐降下去了,但身体的痛苦却越发深切,人也仿佛变得非常脆弱。医生只要一进病室,他就觉得像来了救星似的,恨不得哭求医生用一种有特效的手术把他治好;并且对旁边的看护妇,也像是小孩子对母亲似的非常依恋,他并且时时盼望丽雪前来,仿佛现在唯一的亲人只有丽雪了。

丽雪这几天在学校旷的课很多,每天必要到医院来两次,但每逢来的时候,骏青总是昏睡着;又受医院规定的时间限制,她不能时时守候着骏青。现在已过了一星期,她去见了医生,听医生说骏青的病已脱离了危险期,她那一颗连日忧思憔悴的心方才渐渐放下,稍稍舒展。

这天,骏青睁开眼一看,丽雪正站在他的眼前,他就感激地叫了声:"五妹!"丽雪笑着摆了摆手,说:"你不要说话,你听我跟你说吧!你的病现在已完全脱离了危险期,大概再有一个星期就可以出院了!可是我希望你能在此多休养些日子,外面的一切事都请你放心,都有我给你料理。"骏青感激地应了一声,眼里滚出泪来。

丽雪也擦擦眼睛,说:"现在你已快好了,我可以告诉你,你得的这场病真不轻,是格鲁布性肺炎,不知你是由哪儿传染来的,幸亏治得早,要不然真不堪设想。现在,你最好什么事情也不必思虑,安心静养,就可以完全好了。"

骏青用微弱的声音答道:"是。"丽雪又问:"昨天缪大夫来看你,你知道吗?"骏青说:"不知道。"丽雪笑着说:"昨天来这儿看你的人可真多,我跟张淑范、梁霞来了,我们还没走,缪大夫就来了;大夫到医院里来看病人,这事还很新鲜有趣呢!"骏青心里却寻思:张淑范为什么也来看我?

他一抬眼,看见丽雪穿的是一件银灰色印度绸的西服,就问:"外面的天气很暖和了吧?"丽雪笑着说:"还没有,桃花才开过,大概海棠开的时候,你也就出院了。你就别着急啦,反正只要你的病好了,我们就可以天天玩了。"骏青便惨然地笑了笑。丽雪看了看手表,又说:"对不起,我还有一堂课要上,你先静养着吧!下午我再来。"她转身走到门前,又笑着一招手,就轻轻开门走了。

　　骏青细看这间病室,知道这是头等病房,不算医药,每天也得十几块钱,于是他就想到了学校,不知是谁在那里代替自己上课;又想到了白月梅,不知她现在是死是活。虽然热度日减,但咳嗽吐痰及身体上的痛苦仍未完全止息,骏青心里也很着急,恨不得立时就出院,好像在外面有什么要紧的事情似的。这病室里的看护妇,身材有白月梅那么高,但年龄却像比白月梅大几岁,骏青心里又想着:假若能叫白月梅当个看护妇,那有多么好呀! 这种职业有多么仁慈呀!

　　到了下午,他就盼着丽雪来,仿佛丽雪也是一种医药,她若一来,就可以将自己的病势减轻。盼了半天,丽雪来了,手里还拿了许多枝鲜红淡粉的花,并配着绿叶,骏青也叫不出这花的名字。丽雪笑着,且不跟骏青说话,打开带来的一个纸盒子,从里面取出一只白色的玻璃瓶,交给看护妇,笑着说:"劳驾,你给灌点水去。"看护妇拿着瓶出屋去了,丽雪就走到痰盂旁,用手修理那花的枝叶,然后把看护妇灌来的水瓶,平平正正地放在靠墙的一张白色小几子上。她插好了花,先远远地去看,又斜着脸笑问骏青,说:"好看不好看?"骏青笑着说:"真好!"

　　丽雪又走到床前,说:"咱们那家书店明天就开幕了,等你再好一点,我拿几本书来给你看。"骏青说:"陈蕙如是女掌柜的吗?"丽雪笑着说:"可不是! 这两天她忙得很,要不然她也就跟着我来看你了。"骏青说:"别人来看我,我可不敢当!"丽雪:"她们不放心你,也是因为我,咳! 你不知道你病得人事不知的那两天,我是多么着急了! 她们都怕我也要病,所以那天张淑范跟梁霞,一定叫我带她们来看你。"

　　骏青突然又问:"梁霞的姨母走了吗?"丽雪怔了一怔,又笑着说:"你看,梁霞那儿的房子腾出来了,可是白月梅那孩子又……咳! 真是,世界上的事总是与人的计划相违,只好将来我们再设法救她吧!"骏青暗暗地叹息。

　　待了些时,丽雪走了,骏青就躺着养病,时时睁开眼看看瓶里的花。次日丽雪照样来了两次。又过了几天,骏青的体热已完全降下,病势已好转,只是身子无力,还坐不起来。

第十五回　爱与忧愁

　　这天的下午,刘醉生忽然来了。他穿着一件茶青色的绸大褂,旧得不像样子,一进屋就点烟卷,看护妇向他摆了摆手,他才掐灭了。骏青就笑着问说:"怎么你今天有闲暇?"刘醉生说:"闲暇倒是有的,只是这大医院我不愿意来,好在我放心,有你的情人来天天看你。"

　　骏青笑了笑,又问:"白月梅有消息吗?"

　　刘醉生摆摆手,说:"你怎么总忘不了白月梅,你这场病还不是因为白月梅得的?"骏青刚要辩白,刘醉生赶紧又摆手,说:"你不要跟我争辩,你要一跟我争辩,这位看护女士马上要驱我出境。我这个人说实话,本来白月梅那孩子是真可爱,连我都爱她!"

　　骏青说:"我并不是爱她,我是爱惜她。"刘醉生说:"爱惜也是爱的一种,你是已经有了爱人的人,我不能说你对那个女孩子有什么非分之想;不过,她给我们的印象太深了,她走了,连我都想她,何况你呢?只要你病好了,我们可以再去设法援救她。"

　　骏青却叹息道:"怕是无法援救她了!"随又问:"学校方面怎么样?是你代替上课吗?"

　　刘醉生摇头,说:"我没去,听说现在是由慈善会里的一位老夫子教书。我这几天也非常无聊,自你走后我就仿佛失了恋似的,在屋里总觉着寂寞烦恼,没事时就喝几盅闷酒,打打茶围。"骏青不由笑了,刘醉生也笑着说："莲花河三等半窑子里有个叫翠喜的,她说是十七,其实连十三岁都许不到,也认得字。所以说,天下尽多可怜虫,你只见了那么一个白月梅,就唏嘘流泣,你却不知道世界上还有比她更可怜的呢。"骏青皱着眉不语。

刘醉生又说："我来告诉你一个秘密,白月梅家里是暗娼! 我都探出来了,她那两个姐姐都有绰号,一个叫'大白板',一个叫'小粉包',早晚我非得到她们家里去逛逛不可。"

骏青吃了一惊,就赶紧说："对了! 你可以借着和她那姐姐接近,去救她! 因为若想由地狱里救人,非得自己先下地狱不可。"

刘醉生笑道："你虽然病着,我看你的头脑倒还很清楚,叫我下地狱?嘿,你这个主意倒不错。"骏青说："不是开玩笑,这是很好的一个办法。"刘醉生就说："等你病好了之后,咱们再慢慢设法。"

当刘醉生谈这些话时,那看护妇早躲开了。刘醉生便趁此机会取出烟卷来吸,刚吸了一支烟,看护妇又进屋来,皱着眉;刘醉生就把烟蒂扔在痰盂里,又跟骏青谈了几句话,他就走了。这里看护妇把临街的窗子打开,半天才把室中的烟气放走。骏青躺在床上,闭着眼,因为知道了白月梅家里是暗娼的事,他心里十分难过。

在这医院里,骏青又休养了多日,渐渐地就能够下床了,有时他就靠窗去坐着,浏览街头的风景。这病室外的世界原来还是那么热闹,男男女女无论何时都往来不断,现在他们都换上浅色的晚春服装了。而此时骏青的睡衣里面还穿着毛背心,白玻璃瓶里的鲜花也都零落了。

骏青心中时时抑郁,每逢丽雪来看他的时候,他就说："我可以出院了,搬回那庙里再调养去吧!"丽雪却笑着说："你忙什么的? 出去你又没有事做,为什么不在这里多休养些日子呢?"骏青却想:我是怕在这里多花钱! 但又似不能说出口去。

又过了一个星期,骏青完全恢复了原来的状态,一点儿也不觉得身上有病了。这天早晨丽雪来了,她换了一身很漂亮的红白花儿的绸质的西服,穿着白丝线袜套、白高跟皮鞋。她一进屋就说："你今天就出院吧! 咱们走吧,车在门口等着呢。"骏青听了非常欢喜,换了衣服,就问丽雪道："医院的钱怎么办？"丽雪说："你还问这话做什么？你就不用管啦。"

出了医院，骏青就像是一个才被释放的羁押了多年的囚犯，到这时候才呼吸到室外的空气，看见了晴朗的阳光。丽雪坐来的是那辆浅咖啡色的汽车，开车的是那个三十来岁的小汪。丽雪上了车就说："开到薛太太那儿去。"骏青坐在丽雪身旁，听了这话很是诧异，就问道："薛太太不是陈蕙如吗？到她家里去做什么？"丽雪笑而不语。

车走得很快，少时从中南海的前面走过，便又往北去了。骏青更是诧异，就问道："这不是府右街吗？"丽雪点头说："是府右街，陈蕙如新搬到这里来了。"骏青心里就明白了，这是表妹弄的一个把戏，不定是怎样的离奇诡秘呢，但现在自己还有什么法子，只好就由着她弄吧。少时汽车拐进了一条小胡同，就在一家新漆的小黑门前停住了。下了车，丽雪上前打门，门开了，骏青就更是诧异，原来开门的人是小崔。小崔问道："柏少爷，您的病好啦？"骏青点头说："好啦。"随就同着丽雪进去。

这院里只是三合房，共才七间，北屋三间像住着人，有个老妈子在窗外晒衣裳；东房两间却上着锁，门上钉着两张名片；西房的门开着，丽雪就笑着，领骏青进去。骏青一看，自己的桌椅、床、箱子，连那只火炉全都搬到这里来了。他呆呆地发着怔，丽雪就笑着说："你看这儿，比那破庙里好得多了吧？这是我们的房子！北房的客是在电话局做事的，家里只是夫妇俩，有两个小孩，雇用着一个老妈子。东房现在陈蕙如住，他们两人忙着书店的事情，整天不在家。我已跟我母亲说好了，就叫小崔天天来服侍你，我想比在医院还清静！这儿离着图书馆又很近，你没事时还可以到那里看看书去。"骏青听了这话，心里感激得真无话可说，便叹了一声气，问说："我姑母的病不知道怎么样了？"

丽雪皱着眉说："她老人家那病，又跟你这病不同，不容易好，可也不至于立时就有危险。因为你这些日没到我家里去，你的事我瞒不住我母亲，我就全都告诉她了。她老人家对你的事非常不放心，认为你的这场病全是因为住那破庙和教书过劳所致，所以她老人家除了叫你搬到这里来,并叫我劝你不要再教那个书了!"

骏青坐在椅子上,皱着眉说:"那学校我也不能再去了,病了这些日,旷了许多课,人家一定已经找妥了别人。"丽雪又说:"关于经济方面,你也不用发愁。我知道你只有八十几块钱,现在还在你那件大衣里搁着,另外还有一张……"骏青脸红了红,知道那张当票被她发现了。

丽雪笑了笑,说:"这回我母亲交给我一千块钱,医院只花用了三百几十块钱,其余的你可以先垫着用着;索性等病完全好了,再慢慢谋事,我相信决不费难。得啦,这些话我们不必说了,现在你才病好,应当先快乐些。"遂又四下指着,拉了骏青一把,笑着问:"你看这屋里很洁净吧? 只是你的家具太少了,我想我们现在就出去,买两张沙发,再买几幅镜屏,好点缀墙壁。"

骏青摇了摇头,丽雪却不容他反驳,又补足她的理由,说:"因为你在这里住着,就不比早先在那庙里,陈蕙如倒不要紧,可是我们那些同学免不掉要来这儿看陈蕙如,张淑范和梁霞又都认得你;她们就许因为好奇,到你屋里来看看。再说你将来既想谋事,就得与朋友们交往,屋子虽然不必华丽,但也须整洁……"

骏青听她说到这里,就摆手将她拦住,说:"何必! 姑母的钱我拿着它吃饭还可以,却不可随便枉费。这间屋子我一个人住着,我认为就很好了,不必再怎样装饰,张淑范那几位小姐若是来找陈蕙如,我到时躲避起来就是了!"丽雪把眼睛一瞪,显出不满意的神色,说:"你何必要躲避呢?"骏青赶紧笑着说:"那么依你怎么办?难道她们来了我还要应酬她们?"

丽雪冷冷地说:"你也用不着应酬,只是她们都晓得你是我的表哥,我不愿意我有个怪僻的表哥!"骏青连连摆手,笑着说:"得了! 得了! 你想怎么办,就全都依着你! 其实你的意思我并不反对,原因还是我懒,也因为我才病好。"丽雪就又高兴了,笑着说:"都不用你动手,我这就买去,买来了由我布置,你就在这儿歇着吧!"说毕,她拿上手皮包很快地跑出屋去,紧接着门外的汽车响了两声就开走了。

骏青坐在椅子上发呆,小崔提着茶壶进来,给骏青倒了一碗茶。骏青的心里凝结着一大团愁闷，他便自言自语地说："我成什么了？我成了被人养在笼子里的芙蓉鸟了！"

旁边小崔也没听明白，他说："柏少爷，您在这儿住着好，我也愿意太太派我出来伺候柏少爷。我们公馆里，这些日子简直是闹得一团糟！我们老爷上任去啦，可是三太太不跟了去，说是病了，得在北京看好了病再去。柏少爷您是才由医院出来的，您听说过没有？病了还可以天天坐着汽车到处逛，听夜戏得一点半才能回来，有时候招集些太太们打牌能打通宵！可是尤督军的那个小舅子费二爷，又天天带着大夫来给她看病，您说这是什么病？

"我们五小姐要在家还好，只要五小姐一出门，小吴妈立刻就张狂起来；她简直就是个大总管，别说我，连门房的老李，那么大岁数啦，她都张口就骂。孙妈在公馆里十多年，前天人家卷了铺盖儿，辞工不干啦。本来谁也瞧不下去，二姨太太又是一点儿也不忍，她老想跟三太太比，可是她比得了吗？老爷这回的差使都是人家给活动的！她就整天地穷吵，吵出麻烦来，她又躲到小院里去哭。翁先生也走啦，出外跟老爷发财去啦，现在账是让二少爷管着，二少爷把家里的账跟他的牌账搀在一块儿，乱七八糟！您不信，现在要有个人去送礼，连两毛钱的赏钱都许支不出来，因为二少爷整天关门睡觉，晚上八点钟以后，那才是他的早晨。"

小崔又接着说："四少爷……您可千万别告诉五小姐，四少爷在外头交了个'密斯'，那天还带着到公馆来了呢，长的模样比我还不济。四少爷的钱不够花了，就常常把公馆里的东西拿出去，昨天又从书房里偷出去一对瓶，叫贵禄看见了，可是四少爷说等老爷回来他负责。贵禄晚上去禀告了二少爷，二少爷也说是马马虎虎，不必多管闲事。好！我瞧公馆里是越来越糟，老爷在外头做上一年的官，家当也就快完了，结果是非赔本钱不可！"

骏青一面听小崔说着，一面感叹着，不多的时间，外面汽车又响了。丽雪回来了，小汪在后面给她拿着许多东西，丽雪就说："你把东西都放在床上吧！送家具的人来了，你就叫他们给搬进来。"骏青站起身来，笑着问说："你都买来些什么？"丽雪摆手笑着，说："你就不用管了，叫我给你布置好了！"

丽雪高高兴兴地先把一幅长条的镜框打开，叫小崔给挂在北墙上，骏青一看，镜框里是一幅精印的西洋名画。丽雪又亲自往床上铺新床单，往桌上铺桌布，并摆上她新买来的一份文具和花瓶。这时家具铺把东西送来了，是两把精美的沙发、一个衣柜、一张茶几和一个脸盆架子，东西虽然简单，但丽雪选择的都是那很高贵很精美的，而且颜色很协调。

骏青在旁坐着，目光永远跟随着丽雪。丽雪的身子匆忙地摆动着，一双漂亮的高跟鞋忽东忽西，真是轻快婀娜。她指挥小崔做完一件事，总要站着端详一番，并扭头向骏青笑笑，问说："你瞧好不好？"她那双明亮的眼睛显得十分高兴、多情，这都是真的，绝不是故意做出来的。尤其因为将才听小崔说了祁公馆的淆乱情形，骏青就对她更是同情，心说：她的家庭是那样使她痛苦，她为我买了一点东西，布置了一间房子，她便感觉十分快乐、高兴。可是就连这么一点儿事，并不费我什么力量的事，刚才我都要拦阻她，我也太不会叫她高兴了！太不会安慰她了！我从汉口到北京来，所遇到的尽是些冷酷的面孔，有谁像她这样的关心我！

丽雪布置完了东西，也有点儿累了，叫小崔出去打洗手水。她就坐在新沙发上，向骏青笑着说："你为什么不躺下歇一会儿？洗洗手，我也该走了。晚饭我告诉小崔啦，叫他到附近的馆子叫去。明天上午我坐车来接你，你看看我母亲去，就在我们家里吃午饭好了。"

骏青点头答应着，脸上现出一层感激之色，泪水在眼圈里直转。他站起身来，走近了丽雪，说："五妹你先不要走，我还有几句话要跟你说！过去，你对我太好了，可是我对你太冷淡了！"说到这里，他落下泪来，又说："原因是各种事情太使我苦恼，我没有时间体会你对我的爱情，但现在我完全知道了，我感谢你！我接受你的一切！"

丽雪听骏青说了这话，脸上渐渐现出来悲哀之色，听到末后一句话，她忽然伏在桌上痛哭起来。小崔端着洗手水刚要进屋，隔着玻璃看见屋里这种情形，赶紧又退身回去，把水盆放在墙角，就走出门去。在车上抽着烟卷的小汪就问说："怎么？五小姐还不走吗？"小崔摆手笑着，说："五小姐多半不走啦！就许从此在这儿跟柏少爷过上日子啦！"小汪也笑了笑，给了小崔一支烟抽，两人便坐在车里闲谈。不多时间，丽雪就走了出来，临上车的时候，还指出地方和菜的名目，叫小崔回头给骏青去叫饭。

丽雪走后，骏青就躺在床上，眼睛看着这洁静款式的小屋，脑里思索着将才与丽雪那更进一层的情爱，又不禁发愁，他想着：自己原有的计划，到现在是完全失败了，须得重新再计划，再进取，才能够挽救将来，可是那有多么难呢？自己连那很小的生活基础都失去了，现在又要提高自己的生活，要凭自己的力量使自己配得上丽雪，养得起丽雪，以便将来结婚，这是多么不可企及的希望呀！

他虽然这样发着愁，但又时时忘不了丽雪，时时盼着丽雪来。晚间，小崔给他叫来了饭，薛璧城和陈蕙如回来，也到他屋里来谈了几句闲话。小崔看着骏青睡下之后才走的，次日一早他又来了。

上午十点左右，丽雪又坐着汽车来到，两人先到北海公园里去散步。这时园里的柳树都长了很长的丝绦，芍药也要开了，天气已由暖而热。公园中往来的妇女，都穿着浅色的绸罗单衣，丽雪也是这样，但骏青的法兰绒西服里还穿着毛线背心，他的精神十分倦怠，优美的风景也引不起他什么兴趣。

但丽雪却是很高兴的、活泼的，她的左臂永远不放开骏青，并说了许多由内心生发出的高兴的话。她说："我们两人的事情已是公开的秘密了，连我母亲都知道我们俩是有了爱情。昨天我从你那儿回去，伺候我母亲吃完了药，我坐在旁边发怔，我母亲还以为我是心里不痛快呢，就跟我说，你再找骏青玩会儿去吧，天还早呢。"丽雪说这话时，脸微微地红着。

骏青不自然地笑了笑，说："我知道，姑母当然愿意我们俩好的，可是将来若被姑父知道了，他能够不反对吗？"

丽雪抿着嘴怔了怔，就说："你真是！你总是那么远虑！我父亲闲了多年,好容易现在又做了官,连他的姨太太在北京怎么样,他都不管了,还管我们?他早把我们的事忘了,现在盘旋于他脑里的只是权与钱!"

骏青笑了笑,本要说:"将来他总是要回来的呀,总是要干涉的呀!"可是又觉得那话太煞风景,便忍在心里没有说出来,只勉强做出些喜悦高兴的样子,应酬着丽雪。

丽雪因为骏青才病好,不愿意叫他多走路,所以过了桥,到了儿童体育场,她就说:"我们不要再往北边去了。"儿童体育场里有十几个女学生正在那儿打秋千、溜滑梯,年龄都很小,都不过是十三四岁的光景,穿着竹布短褂青裙子,非常活泼。骏青不由看呆了,双眉又渐渐凝结在一起。丽雪也在旁看了看,就拉着骏青说:"咱们走吧,上我家里去吧!"骏青才慢慢转过身来,无精打采地又同丽雪往园门去走。

丽雪斜着眼瞟了骏青一下,就微笑着说:"我也没有什么大的希望,我就希望我们能够有一个舒服恬静的环境,在一起共同研究一些学术。能够有白月梅那样的聪明小孩子做我们的朋友当然更好,她可以给我们做点事,给我们整理书籍、收拾屋子、浇浇花等等;我们可以帮助她的生活费,闲时教她念书,出游时也带着她,叫她永远跟我们在一起。"

骏青微微笑着,说:"你这个希望诚然不算奢望,可是你要知道,想要达到这个希望也很难呀!"

丽雪连连摆手,笑着说:"得啦,得啦,我不说啦!无论我要说什么话,你总是先提出个'难'字来,仿佛你真是久经忧患似的。我说话你别恼,你真不似早先了,在你的身上很难看得见一点儿青年人的生存勇气了。"

这句话,却真触动了骏青,他觉得表妹说的话实在对,自己是太脆弱,稍稍经受了几次挫折便颓废不振,不像是个青年人了。他脸红了红,就振作起来精神,说:"好!我接受你的规劝,从现在起我要振作,我们不但要有你刚才所说的那很小的希望,还要有更大的希望,无论怎样难的事情,我们都要去把它克服!"于是他昂起头来,脚步也像轻快起来。丽雪跟着他走,一面走一面笑,出门上了汽车,就往祁公馆去了。

到了祁公馆,骏青才知道,这些日来,他姑母的病势更重了。祁太太卧在床上,据说她已有五日没有起床了,眼睛虽能微微睁着,但话一句也说不出来。她见丽雪和骏青来了,脸上现出一点快乐的神色,丽雪当着她的母亲,对骏青也很是亲昵,骏青倒觉着非常难为情。

在这屋里待了一会儿,二人就到丽雪屋中,很亲切地谈话,并在丽雪的屋中用了午饭。将近正午的时候,骏青就站起来要走,说:"我自从病好了,还没有洗澡理发,这样子太难看了!我要到澡堂子去一趟,随后就回家了。"丽雪笑了笑,说:"好吧,我叫车送你去,晚上我还许找你去呢。"骏青就坐着小汪开的车走了。

汽车才走到东四牌楼,骏青隔着车窗看见路西有一家澡堂,他就叫小汪将车停住,下了车就说:"你回去吧!我在这里洗澡理发,回头我就雇洋车回去了。"小汪说:"我在这儿等着您好不好?"骏青摆手说:"不用!不用!"就走进了澡堂。

洗澡理发之后,身体顿然轻爽了好多,他就想:我这场病,到现在可以说完全好了,那么事情不可因循耽误,我须要拿起勇气去做,我想前途总会有的。出了澡堂,一看小汪的车已然开走了,看了看手表,这时不过才一点多钟,他就在马路旁一个电车站口,等了些时;往西城去的电车来了,他就上了电车,由着电车把他送到了西单牌楼。

下了电车,这西城的繁华景象和远远的那座宣武门城楼又映入他的眼帘,他就仿佛回到了久别的故乡似的,心里颇有感慨。他缓缓地向南去走,又回忆起上元节时,他同着刘醉生在此地踏月,就是那天初次遇见了白月梅。咳!那时白月梅还能够自由地出来买果子,她家里的人还不至于像现在这样虐待她吧!

他一面走一面想,不觉就到了宣武门前。他又顺着城墙转往西去,那车辙里的带着腥臊气味的土被暖风卷起,都吹到了他的脸上。走了几步,见对面来了个做小买卖的车子,在一家住户的门前放下了,那个做小买卖的人,就拿起两个小铜盏来叮叮当当地敲着,声音很是好听。骏青走到临近,那人就说:"柏先生,您现在搬到哪儿去啦?"

骏青驻足一看,这人是在那破庙里住的旧邻,但想不起他的姓氏,遂笑着说:"我现在东城朋友家里住着。"那做小买卖的说:"我听刘先生说您病啦,住医院去啦,后来又听说您搬走啦。那学堂里的学生也说,您现在不教他们了。"骏青点头道:"是,我病了一场,才好。"又看了看车子上摆着的桃儿、杏儿、李子,还有冰镇酸梅汤、汽水等等,就笑了笑说:"天气真暖了,你们好买卖呀?"那人说:"凑合着吧!"骏青就笑了笑走去,身后的铜盏声音又在暖风里有节奏地响起。

再走不远,就望见了那墙缝胡同,由这胡同口经过之时,骏青向里面投了一眼,那里却没有一个往来的人。他心中又发痴地想着:白月梅她在那地狱里能够猜想到我又到这边来了吗?她是否正在切望着我去援救她……咳! 也许在我害病的时候,可怜的她就已然被虐而死了!

骏青的心里就像被辛酸的汁液浸泡着,他脚步沉重地迈进了校门,只见里面鸦雀无声,才想起今天是星期日。他刚要转身回去,那校役手拿着扫帚畚箕正从偏门里走出来,一见骏青,就迎过来说:"柏先生! 您的病大好了吗? 咳! 您走了这些日子,学生们可都受了罪。替你的一位阎先生,是校长的亲戚,咳! 简直是个阎王爷,天天要打骂几个。他是大阎王,邓先生是小阎王,他们这两个阎王一教书,学生们可就成了孤魂怨鬼啦! 告诉您说吧,简直没有一个学生不想您的,他们还打听您在哪个医院养病,要到医院去看您呢! "

骏青心里更是难过,仿佛一个母亲听到她所爱怜的小孩子受了别人虐待似的,遂惨笑了笑,问道:"今天是星期日,朱校长也没有来吧?"校役道:"早晨来了一趟,后来又走啦。柏先生,您还打算在这儿教书吗?"骏青迟疑了一会儿,就说:"我也不打算再在这儿教书了,因为我的病还没有大好,还得休养些日子;再说,你是知道的,这里的三十块钱真不够我干什么的。"

校役点头说:"是,您不指着这个。"又悄声说:"新来的这个阎先生,穷得简直连一条整裤子也没有,他是校长的亲戚,他现在就怕您再回来,把他的饭碗夺了去。"

骏青勉强笑着说:"你告诉他放心! 他替了我这些日子,就是我现在病好了，绝不愿意把他顶走，何况这三十块钱在我是不够用的呢，我须另找别的事。不过这些学生我是非常惦念的，我想看看他们。"又自笑着说："我才从医院出来，连日子都弄不清了，好，我走了，过几天我还许来。"

校役说："您请屋里喝碗茶好不好？"

骏青摇头，说："不了，我走了。"校役就把他送出了校门。

骏青的脚步越发沉重，愈觉得前途茫茫，心说：这里艰难而得的小学教员的事情，是叫我这场病给失去了，到什么地方才能再找着一个每月三十块钱的事呢？即使找着了，那也不过仅能维持我个人的生活，解决不了我将来的问题；因为照这样演进下去，自己除非与丽雪结婚，才能免除将来的悲剧，所以自己至少须每月有一二百元的进款，还得她甘心与我节俭着生活，那才能够勉强维持。他这样想着，觉得简直是一点办法一点希望也没有。可是又想：我已经走到这一步了，只好盲目地往前碰吧，看看能碰到哪里。

这时他已不自觉地走进了墙缝胡同，走到了那十六号的门前，使他惊讶、紧张的是，那两扇小门竟敞开着！由门口就可以看见里面的破窗槛和院子里放着的破火炉、水缸等等。骏青心里动了个念头，就想要盲目地闯进去，看看白月梅到底在家里做什么，即便那小高出来与自己打架也不怕。心里虽这样想着，可是不知为什么，两条腿竟拦住了他，他又不自觉地走出了这墙缝胡同。他还回头看了一看，但什么也没看见，就叹息了一声，低着头，像一匹病马似的在坎坷狭窄的路上走着。

将要走出这条横街，忽听耳边有人叫着："柏先生！柏先生！"骏青赶紧站住，就见是两个穿青裙子的女孩子迎着他跑来，是徐秀贞和赵淑琴；两个学生齐声问说："柏先生您的病好了吗？"骏青笑着，点头说："好了，我才从学校里来，要去看看你们，可是到了那儿一看，才知道今天是礼拜。"两个学生全都笑着。

徐秀贞又问："柏先生您还教我们吗？您教我们吧！那个阎先生不好！"骏青说："我……"他惭愧着，又像抱歉似的说："我不能再教你们了！因为我已有了别的事。"两个学生都露出失望的样子,徐秀贞并且流下眼泪来。赵淑琴又突然像不平似的说:"柏先生,新来的那个阎先生,他在课堂上净胡说你,他说校长因为白月梅的事情不要你啦……"旁边徐秀贞就瞪了赵淑琴一眼。

骏青气得脸上煞白,冷笑说:"由他去说,他是恐怕我一回去,他那个临时的位置就没有了。其实我本来也是替刘先生帮忙,现在有了他,我正好让给他;不过他当着学生这样侮辱我,我却要同他理论理论!"

徐秀贞赶紧说:"柏先生,你也犯不上跟他惹气,白月梅也搬家啦,这些日子她的事情也没有人再提啦!"

骏青惊讶着问:"她搬家啦? 搬到哪里去了?"

徐秀贞说:"您听我说,不是上一回白月梅从家里跑了吗? 跑了有三四天,她的哥哥小高还诚上了您,说是您给藏起来啦,到您的庙里还闹过一回。大概那天晚上,白月梅就自己跑回去啦!据她说她坐着火车上了趟天津,找着了她的母亲,她母亲给她买了毛衣、绒裤,说是没地方安置她,又给她买了车票送她回来啦。从那回起,她家里看得更严,永远不给她饱饭吃,她也病了。巡警又到她们家里查过一回,说是她们总是给这地面上招事,不叫她们在这儿住了。她们是上礼拜四搬的,我听我们街坊说,她搬到鼓楼后头去啦,可不知是什么胡同。"

骏青听了,脸上不禁发热,心里更难受,就冷笑着说:"她那哥哥小高真是不讲理! 那天跑到我那里胡闹。不过,白月梅那孩子,我真可怜她,你们想,她跟你们的年岁都差不多,可是你们有多么幸福,有父母爱护着,她什么都没有,还要受人虐待!"

赵淑琴说:"白月梅的脾气也太拧,她姐姐打她,她必要回手打!招得她姐姐急了,就别管什么,掸把子、扫帚、熨斗,都往她身上打。"

骏青叹着气,心中无限怜惜,又问:"你们干什么去啦?"两个学生都举起手中的纸包,说:"我们买书去啦! 阎先生要叫我们念《古文观止》。"骏青皱着眉说:"你们快回家去吧! 我到东边还有事,过几天我再到学校看你们去。"两个学生向他鞠了躬,就往西边去了。

骏青往东去走,心里更觉得发紧,他反复思索着刚才两个学生所说的:鼓楼后头……她家里看得更严,永远不给她吃饱……她也病了……就想:我非得把她受难的处所访出来不可!以后再设法救她,我不能不管,我不能叫一个聪明的小孩就这样被害了!于是他脚步加快,出了东口,走不远就上了电车。电车当当当地一直往北,直到了太平仓的西口外,他下了车,又换了另一路的电车,就辗转到了鼓楼前。

鼓楼在地安门外,是北京一座特别伟大古老的建筑,现在那楼里是设着"通俗民众教育馆"。四年前,骏青同着丽雪在这里参观过一次,那时这鼓楼后是一座公共体育场。现在,当骏青转过鼓楼而望见那后面的钟楼时,看到的却是一大片嘈杂的人群。嚣扰的市声,原来那体育场已然改为热闹的集市,简直跟天桥差不多了。这里有卖各种吃食的小贩,有变戏法的、唱半班戏的,还有唱铁板大鼓的姑娘,并有支搭上席棚的茶社,小小不过数亩之地,竟拥挤着数千人。人群往来蠕动着,骏青不禁发愁:这可往哪里找白月梅去呀?

他在这市场里憋着气,挤着穿过去,就看见了那狭而高的钟楼,门前的横牌子上写着"钟楼电影院",并挂着许多张的相片;照片已旧得不像样子,是什么"神怪巨片,猪八戒招亲"等等。

骏青顺着这市场的外圈去走,又看见路西有一条胡同,瓷牌子上写着"铸钟厂",骏青就走了进去;他看见有几家小门儿,却也多半关着,附近又没有一个人可以打听。转过了巷角,眼看快要走出西口了,他忽然看见前面走着一个女孩子,手里提着个玻璃瓶子,大概是要去打油或是买醋,穿的是一身花布的裤褂;虽然只是个背影,但看那身材、长头发,分明是白月梅。骏青心中大喜,赶紧追过去,走到前面,扒着头一看,原来是个豁嘴唇的小姑娘。这小姑娘把眼一瞪,豁嘴一张,说:"怎么回事?疯啦!"骏青脸上通红,一声也不语。

他失望地走出了胡同的西口,来到一条很冷落的大街上,向南一看,见有一间警察派出所。骏青就走过去,拉门进屋,向一个正在办公的警察点了点头,说:"请问!有一家新搬来的,姓白,不知道在哪条胡同住?"警察抬起头来,问道:"从哪儿搬来的?"骏青脸上有点儿红,说:"是从宣武门内墙缝胡同搬来的。"那警察翻了翻户籍册,就摇头道:

"没有。"骏青道了声："打搅！"出了这派出所，往南去走，他心里非常失望而且灰心。

不觉着又来到鼓楼前，看见那通俗民众教育馆的旁门，挂着一面长形的小牌子，写着"附设民众学校"。骏青不禁心里一动，但又想：今天是星期日，这学校里一定没有人，再说，白月梅搬到这里来，她家中还能叫她上学吗？

发了一会儿怔，刚要转身走，忽见由东边大街上来了一辆很漂亮的人力车，车上坐着一个三十来岁穿着西服的人，正是于文俭，骏青随就站住脚步。于文俭也看见骏青了，就赶紧叫车靠到临近，下车来与骏青握手，问道："怎么许久没见？"骏青说："我病了一场，昨天才出院。"

于文俭说："怪不得，我看你很瘦，今天到这里来有事吗？"骏青摇头道："没有什么事，不过到此来玩玩。"于文俭说："既然没事，跟我到锦生那里看看去好不好？他很想念你。"骏青一时想不起来，就说："锦生……"于文俭说："那天在丽华饭店我们不是谈了半天？他是我们局里的科长，他那两个妹妹也跟你表妹是同学。"

骏青点头道："噢！他是张次长的少爷。我跟他平日又没有什么联络，怎好贸然就到他家里去？"于文俭说："不，他那个人很随和，没有什么少爷的习气，他对你的印象也很好，早就想请你去谈谈，令表妹也常到他家里去。"骏青刚要摇头，于文俭又说："我知道你现在北京的朋友很少，可是以你的经济情形来说，也绝不至于巴结阔人去谋事，不过朋友我们总是应当联络的；张锦生的手面很好，你若是认识他了，将来你有什么小小为难的事，只要跟他一说，他立刻就能替你办到。"骏青想了想，就说："好吧！我们去看看他，好在我也是没事，寻个朋友谈谈也好。"

于文俭叫他的包车夫又给叫来了一辆车，两个人就都坐在洋车上，由着车夫拉着往前走，他们彼此款款地谈话。于文俭就问说："我听说你同老太爷闹了意见，是完全因为婚姻问题吗？"

提到这件事，骏青就微微冷笑道："那也不是主要的原因，主要原因还是我愿出来做些事情。"于文俭道："不过你把差一年就毕业的学业放弃,那真太可惜了!"骏青摇头道:"那我倒不怎么在意,即使我现在手里拿着一张大学毕业的证书,又能寻得着什么出路?"

于文俭又问:"现在那小学里的报酬怎么样?"骏青却没有听见,眼睛注意地看着一个在马路旁行走的小姑娘。于文俭又重复问了一遍,骏青才说:"那学校我已然不去了。"于文俭说:"想必是因为报酬太低!慢慢地,我可以托托锦生,叫他给你设法,我想若有个每月一百五十元上下的事情,大概你的生活就可以解决了。"骏青点了点头,没有言语,心里却很难过,感到像是一种耻辱似的。

此时两辆车已经走到了西四牌楼,骏青又在车上问道:"张锦生是个怎样的人?"

于文俭说:"他那个人虽然是个阔少,却是个很认真生活的人,有几点与你很相似。举两个例子说吧,他在国内大学毕业后,依照他父亲的想法,要送他到巴黎留学;他不愿去,却在农商局做了一个小小的科长,月薪只四百元,还不够他的交际费。他的夫人是前年去世的,但他因为怀念他的夫人,直到现在并未续娶。"说到这里,他又补充道:"可是他在前门外班子里也认得几个红人,跳舞场他也常去,甚至有人给他造过些桃色的谣言,但那不过是他逢场作戏,其实他那个人是极端理智的、极有把握的。"

骏青听到这里,心里又有些变化,暗想:我还是不应当跟着于文俭去寻张锦生!虽然我现在倒应当认识几个阔朋友,将来好寻事,不过张锦生那个人恐怕跟我合不来,再说若见着他那个妹妹张淑范,总是彼此难为情……

车又走了些时,就进了二条胡同,到了张公馆的大门首,骏青下车一看,这公馆比他姑父的气派还大。于文俭在前走着,一进门,门房里就迎出一个人来,向于文俭说:"于三老爷!我们少老爷正在家里等着您呢!"骏青一连听了两个"老爷",心里实在厌烦。

仆人在前,就带着两位客人往里院走。张公馆的院落真深、真大,走过几重院落,还没到客厅。忽然进了一座屏门,这院里有两位小姐正在打球,打的是那种与网球差不多的羽毛球。张淑范穿着白衬衫、白西装裤子、白帆布半高跟的鞋,她停住拍子,向于文俭招呼道:"于先生!"又眯缝着小眼睛,向骏青道:"柏先生,您几儿出的院呀?这两天我也没见着丽雪。"

骏青的脸上不知为什么就有些发热,他站住身,恭谨地说:"我昨天才出院……"他听表妹说,在自己病重的时候,这张淑范曾到医院去看过自己一回,本应当向她道道谢,可是这话却说不出来。那与张淑范打球的对手,大概也是丽雪的同学,骏青更是不敢正视,就随着于文俭进到了西房。

这是个小客厅,室中陈设的器具都是小巧玲珑、精美华贵的,瓶中的芍药正含苞待放,像是一颗颗少女的春心。于文俭来到此地非常随便,他让骏青在沙发上落座,又打开一包雪茄,敬给骏青一支吸着。骏青坐的地方正斜对着一面整容镜,他看见自己真是满面的病容,又黄又瘦,虽是新理的发,但是精神十分颓唐,而且这身西服也颇为不整。

骏青正想振作起精神来,见了张锦生好不至叫他看不起,可是屋门就开了,张淑范又眯着小眼睛,笑着走进屋来。于文俭就说:"二小姐的羽毛球打得不错了吧?"张淑范摇头说:"打得不好,我才学。"说了这话,她又向骏青说:"柏先生,那天我也到医院里去看过您的。"

骏青欠身说:"是,我听丽雪说了。那时我病得正厉害,人事不省,所以许多人去看我,我都不知道。谢谢张小姐!"张淑范把眼皮抬起来,看了看骏青,她脸上微红,又说:"那天看您去的不只是我,还有梁霞。"骏青说:"是,梁小姐那里我也没有去道谢。"张淑范似乎还有许多话要说,却呆呆地说不出来。骏青也不敢正眼去看她,面前这个雪白的亭亭的倩影,却逼着他的心,刺激着他的神经,他觉着坐都坐不安,恨不得即时就走开才好。

旁边于文俭又问:"怎么,你这场病竟那么厉害?"

骏青惨笑着说:"可不是,格鲁布性的肺炎,体热升至四十多度,差一点儿就死了,幸亏……"说到"幸亏"这两个字时,他就感到自己这条命完全是表妹丽雪一手挽回的,别说她还对自己那么好,就是她对自己不好,自己也应当无条件地爱她,报答她。如今才是出院的第二天,自己就来到这里受这张二小姐的笑眼诱惑，也太对不起丽雪了。可是转又一想：我来到这里原是为认得一两位有力量的朋友，将来好谋事，好奠定我和丽雪的幸福生活基础呀！想到这里，他似乎又有些伤感，思绪就像眼前的烟丝似的，在脑中旋转、缭绕。

此时，窗外响起穿着皮鞋的脚步的急促声音，接着张锦生就进屋来了，他赶上前与骏青握手，并笑着问道："身体完全恢复了吗？"骏青说："差不多就算完全好了吧！"张锦生说："这些日时令不正，我有几个天天在一起玩的朋友都在医院病倒了。"又连说："请坐，请坐。"他本人也坐在沙发上，与骏青对面坐着，张淑范却靠桌站着，伸手去捏那瓶内折枝芍药的叶子。

于文俭喷着烟，说："我跟骏青是在鼓楼前遇见的，我就把他拉了来看你。"张锦生穿着一身平展的浅灰色西服，靠着沙发，也喷着烟，一副十足的绅士派头。他笑着说："人家病了这许多日，我都没到医院去看，现在他刚病好，你反倒请了人来看我？"于文俭就笑着说："我看他也是正无聊着，不然如何能一个人在鼓楼转？我拉了他来，还是为咱们大家在一起玩玩。"

张锦生笑了笑，又对柏骏青说："说起来咱们原是同乡，我们也是湖北人，原籍是襄阳，后来祖上在广东做事，我们都是在广东生长的，所以就算是广东人了。令亲祁老先生是家严的好友，上次我跟家严一提说令尊，原来家严跟令尊更是熟识，他们二位早先在上海共同办过实业，现在，还常有信往来候。所以我想，咱们是老世交了，应当彼此多加联络，何况您的表妹又跟舍妹都是同学，她们天天见面，咱们更不可生疏。只是我这个人喜欢说话，说话之前，自己并不想一想，所以时常得罪人；我跟祁小姐就是那样，只要我跟她谈一次话，至少要碰她几个钉子。"说完自己就哈哈大笑起来。

旁边的张淑范用眼斜瞪着她哥哥，并撇着嘴微笑，仿佛看不起她哥哥似的。张锦生抽着烟，像是浑然不觉，又说："祁小姐那个人真爽快，在女性中恐怕是最爽快的了！我跟舍妹不行，我们心里虽然没什么，但都是嘴笨，仿佛连一句挖苦人的话都不会说。"

忽然张淑范又转过头来,问骏青说:"丽雪她怎么没有来?"骏青脸又红了,说:"我不知道,我们是午间在她家里分手的。"张淑范转过脸去,对着芍药,自言自语地说:"她说她今天来么,也不知有什么话要跟我说。"骏青也不明白丽雪又在想什么主意。

　　这时于文俭看了看手表,就说:"快五点了,今天咱们打算到哪里去玩?"张锦生说:"咱们再找上一个人打牌好不好?打完八圈牌听尚小云去!"骏青便掐了烟,摇头说:"我真不能奉陪,因为我才病好,精神实在不济,待一会儿我就得回去睡觉。"

　　张锦生就笑着说:"那也未免太早了!骏青你现在什么地方住?"随问,他随掏出笔记本和钢笔。骏青就说:"我现住在府右街,很容易找的一个小黑门。"旁边张淑范又转头问说:"在陈蕙如家的哪边?"骏青道:"我们住在同院。"张淑范笑着说:"那我知道了!前几天我还找陈蕙如去了呢,柏先生,您住的是西房吧?"骏青点了点头。张淑范就说:"怪不得,陈蕙如告诉我……丽雪要搬到那西房去住,我还以为她是说笑话!"说出这话,她的脸像那芍药般的红。张锦生就把笔和本子收起,说:"那我就不必记了,开车的自会认得,过两天我拜访你去。"张淑范却转身出屋去了。

　　这里于文俭就笑着问道:"怎么,骏青你与祁小姐订婚了没有?"骏青脸红着,摆手说:"没有,没有,谈不到,谈不到。"张锦生笑着说:"现在虽还没谈到,可是大概也是迟早的问题,总有一天我们会吃你们的喜酒的!"于文俭说:"既然租下了房子,那就快了。"说着两人都哈哈大笑。

　　骏青被他们笑得十分不好意思,心里更惦念着丽雪,想着:这时丽雪也许正在那里等我呢!遂就等着他们的笑声停止之后,说:"我真觉得精神不好!我要回去了,以后我一定要常来。"说着他就要站起身来。

　　张锦生却把他拦住,说:"骏青,无论怎样,你要在这里吃了便饭再走!"骏青摆手说:"不了,我现在因为病才好,有许多东西我都不能吃。"张锦生说:"那不要紧,我可以叫厨房给你预备几样清淡的菜。"骏青站起身来,连连摆手,说:"我现在虽说病好了,可是无论怎样清淡的饭菜我也吃不下去，我所需要的就是休息。"张锦生还要勉强挽留他，于文俭便笑着说："不如叫他回去吧，因为他现在的身体比我们重要。"张锦生也笑着，两人就往外送骏青。

到了大门外，张锦生就挥手叫汽车夫把车开出来，送柏先生回去。骏青连忙拦挡，说："我走一截路，就坐洋车回去了！"张锦生却仍向汽车夫挥手。

汽车夫赶到车房里，刚要开车，这时忽见由胡同东边，嘟嘟地又驰来了一辆浅咖啡色的汽车。骏青已经下了台阶，这时就又顿住脚步。咖啡色的汽车来到这大门前就停住了，小汪下来拉开车门，那穿着一身漂亮的浅红色绸子洋服的丽雪就跳下车来。她一瞧见骏青，就惊讶地问道："你怎么也来啦？你先别走，等一会儿，咱们一块儿回去！"

张锦生的眼睛死盯着丽雪，一听见这话，他就忘掉了绅士派头，跳下台阶来拉住骏青，笑着说："你听见了没有？不许你回去！"

此时丽雪只向于文俭点了点头，就直进里院去了，高跟皮鞋咯咯地敲着地面。这里张锦生就向汽车夫摆手说："车不必开出去了！"他又把骏青拉回到大门里，笑着说："得了，这时你的精神大概也好了，请回来吧！再谈会儿，咱们就连同祁小姐跟舍妹一同到外边吃饭去。"

骏青觉得非常难为情，只得跟着于文俭和张锦生又回到那小客厅内，吸着烟谈闲话。张锦生就问说："骏青，你现在是打算继续求学，还是要谋事呢？"

骏青说："我当然愿意谋事，本来我是替一个朋友在小学里教课，可是因为我病了这许多日子……"他的话还没有说完，张锦生就摇头道："小学教员那事太清苦了，所挣的钱恐怕还不够你零花的。你不要着急，慢慢地，我一定能帮你的忙。"又向于文俭说："老孟不是要走吗？将来咱们把那位置给骏青活动活动。"

于文俭道："那只要老太爷说一句话，立刻就能下委任。"

张锦生就向骏青说："我们局子里有位委任秘书孟先生，现在因为另有高就，快要走了。这个位置我想给你活动活动，月薪二百元，差不多也就够你用的了，再说咱们若成了同事，就可以天天在一起办公，一起玩，一定很快乐。"

骏青说："秘书的事我怕做不了，因为政界的情形我不熟悉，公文我也不会作。"张锦生笑着说："哪用得着你写公文！名曰秘书，其实什么事也不做。你问问文俭，他是荐任秘书，月薪拿三百二，他又做过什么了？还不是天天到那儿喝喝茶，谈谈闲话，歇一会儿就走吗？你若去了，就如同我们那里多来了一个朋友似的，谈天、玩乐，以至于下馆子、逛班子，三个人总比两个人更热闹些。"骏青笑了笑，没再说什么。

又谈了一会儿，丽雪和张淑范就一同进到屋里。张锦生一见丽雪，他就笑着说："祁小姐，咱们今天到哪儿去吃饭？上哪儿去玩？我们听你的命令。"丽雪很冷淡地说："哪儿也不去，我这就走。"张锦生笑着说："那可不行！你们今天既来了，就得给我们做个伴儿，咱们先到'华美'去吃西餐，然后去听苟慧生，今天是好戏《钗头凤》。"

丽雪说："提起来旧戏我就觉着讨厌！不行，你们也不看看，现在天都阴了，待会儿一定要下雨。"张锦生笑着说："下雨怕什么的？你是坐着汽车来的。"丽雪却仿佛没有听见。

张淑范拉了丽雪一把，笑着说："你来看，我们这芍药怎么样？是从我们花园里折下的。"丽雪走过去看了看，点头说："还真不错！"此时张淑范已把她那身打羽毛球时穿的衣服，换成了一件浅绿色的旗袍，这旗袍与丽雪那身浅红的西服相配着，真如瓶中的芍药，红绿相衬，娇艳可爱。但一个是身体健美，性情上是锋芒毕露；另一个却是娇弱忸怩，不爱说话。

张锦生和于文俭、骏青又随便谈了一会儿，果然窗外就传来了轰轰的雷声，张锦生高兴地说："下场雨更好，更凉爽了。"骏青却站起身来说："我的精神真支持不住了，我要回去了！"他看了看丽雪，丽雪就说："咱们一块儿走吧？"

张锦生又极力挽留，并且有些不乐意地说："你们真是，我说了半天，无论如何也得给我点儿面子，就是不出去玩，也得在我这里吃便饭！"张淑范却斜着小眼睛瞪了她哥哥一眼，说："你不知道柏先生的病是才好吗？"骏青也说："实在，我真是精神不大好！今天我谢谢了，过两天,我再来打搅你!"

丽雪便轻飘飘地迈着很自然的脚步走出了屋子,也不回头,就扬着脸儿说:"等过几天的,我请你们参观牡丹!"张锦生在后面笑着说:"好啦!好啦!到时祁小姐可一定得请我们!"随就一同出屋。

张淑范与丽雪两人在前面挨靠着走,并小声谈着。张锦生和于文俭在后面送骏青,张锦生并说:"大概你再休养些日,病也就好了,那时候家严也就由南方回来了,只要家严一句话,那秘书的事绝无问题。"

骏青点着头,说了几句客气话,就走出了张公馆的大门。他仰面看看天空,真是阴云密布,如同病人的脸一般,雷声沉重地在耳畔滚着。丽雪跟骏青上了车,骏青隔着玻璃向站在台阶上相送的张家兄妹及于文俭点了点头。张淑范眯缝着小眼睛,还向车里笑着说:"丽雪!明天见!"丽雪也在车里点了点头,小汪就把车开走了。

此时马路旁的洋槐树,被暴雨将来时的狂风吹着、摇着,发出呼呼的哀号声。摆摊子的小贩全都纷忙地收拾着,街上的行人也匆忙地走着跑着,商店的电灯全都亮了。他们这辆车飞驰过几条马路,就回到了府右街骏青的那处新居。

下车走进门里,见东屋的门还锁着,陈蕙如和薛璧城还没从书店回来,西屋里倒亮着一盏电灯。小崔一个人正在灯下看书,见五小姐跟柏少爷回来了,他就赶紧把他那本《彭公案》收起,笑着问道:"五小姐,您跟柏少爷都还没吃饭吧?"丽雪说:"还没吃,趁着雨还没下,你赶紧给我们叫饭去吧!"她就随便说了两三样菜,小崔赶忙地走了。

这里丽雪望着骏青一笑,用手一指床前的茶几,说:"你看!"骏青一看,原来是丽雪卧室里摆着的那个维纳斯的石膏像,如今移到了自己的床前,他便笑了笑,丽雪说:"我送给了你,她,就是我……"

半晌,丽雪让骏青躺在床上歇息,她就在对面的一只椅子上坐着陪着,两人相挨得很近。骏青心中有点儿惭愧,就说自己今天是洗完了澡,坐电车到鼓楼,打算玩玩,不想遇见了于文俭,他就将自己拉到了张家,并说张锦生答应给自己谋局子里的那秘书的位置。

丽雪点了点头,说:"这两天我常去找张淑仪、张淑范,也是为你的事，因为你若没有个月薪较多的事做，实在不容易在北京维持，而且还……"往下的话她没有说出来，但是她的脸红了，又说："现在我所认识的人之中，只有他们还能帮助你谋事。虽然张锦生那个人很讨厌，但你也可以跟他联络联络，以后跟他在一起玩玩也不要紧，谁叫我们现在需要人帮助，你需要找事做呢！"

骏青听了，心里十分难过，他抬眼看看，见丽雪正在用小手帕擦眼睛，骏青就说："怎么，你哭了？"

丽雪摇头，手帕离开了眼睛，惨笑着说："没有。"接着又微微叹了口气，用抖颤的声音说："现在我才知道，我原来是个很脆弱的人！这个秘密我跟谁都没说过。自从我们常在一起之后，我时常在自己的屋里背着人掉眼泪，上次你没有考上那书记，还有那次我们打了架，我都很伤心。尤其是你在医院病得人事不知的时候，当着大夫护士我就哭；回家去我母亲问我，我也哭，我也不知哪儿来的那些眼泪，这我从来没有过！我哭时谁也不知道，在家中只有孙妈见我哭过一次，在朋友中只有梁霞；我们两人的关系只有她知道得最为详细，我也只当着她痛哭过……"丽雪迟缓地、轻微地说着，眼泪又簌簌地向下流，不停地用手帕擦眼泪。

骏青的泪水也忍不住滚在了枕上，心里更是感叹：爱情真是一件可怕的事，丽雪她这样的人，到此时简直像一个柔弱无力的小孩了！而自己，这些年来，直到生病以前，又何尝料到会有这一天，自己真的摆脱不开这条情丝了！

室中二人在灯下相对着流泪，室外的雨声却渐渐大了起来，就像是瀑布溅落在岩石上；而雷声像一个怪兽，猛烈地吼着滚着，并时时用闪电来探视着屋内。屋内的两颗脆弱的心灵，在这恐怖的环境之中，失去了所有的自主能力。

雷电咆哮了有两个钟头，才渐渐微弱了、息止了，这时小崔才带着个饭馆的伙计，两人打着一只破伞跑了进来。小崔浑身是水，说："好大的雨！这雨简直跟三伏天的雨差不多了！我们找了个大门洞儿避了半天，真不能走啦，幸亏现在雨住了点，可是菜大概也凉了！"骏青道："凉了不要紧,我也吃不下去多少,你再给提一壶开水去吧。"丽雪又问:"小汪的车走了没有?"小崔道:"没走,他在门口儿呢。他怕什么的? 他在那'铁屋子'里,就是下雹子他也不怕呀!"说着就帮着那饭铺的小伙计,打开食盒摆菜摆饭。

那小伙计也淋得跟落汤鸡似的,头发上都往下掉水珠。菜因为有大碗扣着,不单没进雨水,也没太凉。伙计就躲在门外檐下等候着,小崔出去提水去了,雷声电光还时时在响着、闪着。骏青和丽雪略略用完了饭,丽雪拿出钱来,把饭馆的伙计打发走了。小崔提来水,拿来茶,又到门外去找小汪谈天。这里丽雪又与骏青倾心密谈,旁边只有那不很高的石膏像,低着头,像是在默默地聆听他们那梦一般的言语。

约莫十点钟,丽雪就说:"我要走了! 不然待会儿陈蕙如回来了,我又得同她说许多闲话,我真没有精神了,而且我明天还要上课,明天你打算做什么?"骏青说:"明天上午若是不下雨,我想找缪大夫去,因为我出院之后,还没有见过他一回;下午,我就在家里不出门了。"丽雪俏媚地笑了笑,说:"好吧! 明天下午我来! 你好好歇息吧!"她拦住将要坐起来相送的骏青,就走出屋去。

外面的雨还纤纤地落着,微凉的风夹着清新的雨气拂到她的脸上,她撩起一点衣衫,高跟鞋小心地在院中的雨水里走了几步,就到了门外。小崔由车上下来说:"五小姐出来了!"小汪也扔去了手中的烟头。丽雪上了车,又扒着车门嘱咐道:"小崔! 回头薛先生跟薛太太回来,你问问他们有富余的铺板没有? 要有,你就在柏少爷屋里支铺睡好了。叫柏少爷晚间睡觉时要小心一点,因为下雨了,天气凉,很容易冻着!"小崔连连答应,说:"五小姐您放心吧!"

这辆车就在暴雨才过的清凉夜色里,驶回了祁公馆。车停在公馆的门首,这里已有三四部汽车停着,都是三姨太太所交的那些阔太太坐来的。小吴妈穿着一身颜色很浅的衣裳站在门灯下,正在跟两个年轻的汽车夫谈闲话,一见丽雪回来,她就笑着,搭讪道:"五小姐您回来啦? 您遇见雨啦?"

丽雪一声不语,只微微点了点头,就进了门,顺着廊子一直走往里院。她先到她母亲房内，祁太太已躺在床上睡熟了，问了问旁边伺候的余妈，知道她母亲已按时吃过了药，睡了已有许多时间了。丽雪轻轻地回到自己屋内，进屋随手掩门，开亮了电灯。她很疲倦地躺在沙发上，微微的雨、隐隐的雷，还在耳边响着，她仿佛觉得这不是她自己的屋子，而自己还是在骏青那间新布置的房子里。出了一会儿神，她又懒懒地站起身来，走到里屋，开了那粉红色纱罩的桌灯。她忽然看到写字台上短少了一样东西，那石膏的维纳斯像，就像是自己的心似的遗在表哥那里了。她一面换穿拖鞋、寝衣，一面情不自禁地微微笑着，心里觉得很舒服；刚才和骏青的谈话像一片梦似的在她的眼前重现，脑里的幻想也像雨地上那泡沫似的，一个一个地飘浮出现。

她躺在床上，身体很疲倦，却睡不着觉，壁上的小时钟答答的，伴随着窗外檐滴的细碎响声，永远不断。清脆的钟声已敲过了四下，她仍然睡不着。她心里有点儿烦躁，暗暗地数着檐滴和钟声，又默默地背诵一首古奥的英文长诗，但仍然无效。约莫五点钟时，东跨院里才往外送客，立时传来一阵杂乱的高跟鞋声和说话声。他们说着些粗俗的话："尤太太您可慢慢儿地走！""您叫费二爷搀着点儿吧！""妹妹你回去！""你可好好的睡觉，可别因为我刚才说的那话你又做梦。""哎呀！你们这门槛儿怎么这样高呀！"尤其是小吴妈的声音特别显著，她嘴里像发连珠炮似的说："尤太太、梁太太、张太太、刘太太、费二爷，明儿您可千万都得来！要不然我们三太太又得派我接您几位去！"就有人说："你放心吧，绝不能叫你累坏了你那双脚！"并杂着笑声，好半天才算散去。

丽雪真是既生气又烦恼，暗暗骂着：这些东西怎么还没走呀！她用被把头蒙住，心里更是急躁，还是睡不着。她一赌气又开亮了电灯，跳下床去，连拖鞋也不穿，就到书橱上随手抽出一本书来，回到床上躺着看。这本书是《契诃夫短篇小说选》，丽雪只看了两三篇，就觉得这个旧俄作家，他的人生哲学观念是忧郁的，他所写的每篇小说里，把一切世事写得都是那么阴惨凄凉。看了他的小说，简直一切希望就都不必了，可以不必求生而求死了，但是他那清丽的文笔、凄婉的故事，又是那么诱人。

丽雪暗叹了一口气,把书扔在一边,关了灯,又躺着闭目去想:骏青那个人就是有些忧郁的气质,我得设法改造他。看今天早晨在公园里,起先他是非常郁闷颓废的样子,后来我只说他没有一点儿青年的勇气后,他立刻就感动了,态度也立刻改变。虽然晚间看他是很疲乏的样子,但他极力要振作精神,极力要叫我看出他是活泼、乐观的。想到这里,她不由得笑了,又想起骏青的温情,除了骏青之外,自己再也寻不到温情了。

丽雪翻来覆去地想着,不但更睡不着了,而且也不想睡了。又过了些时,窗上就发亮了,小鸟在窗外唱着清脆悦耳的歌,丽雪静静地听了一会儿,精神反倒更兴奋了。院中不知是那个老妈子已起来扫地,丽雪索性推开被褥,下了床,把电灯开亮,到外屋把门开开。院中的杨妈就停住了笤帚,问道:“五小姐,您怎么起得这样早呀?”丽雪说:“今天我还要早出去,你先别扫地,给我打洗脸水去!”杨妈就进屋来,拿了脸盆和漱口盂,往厨房去了。

这里丽雪把外屋的两盏电灯全都开亮,此时里间的时钟才敲响五点。杨妈把水打来,丽雪梳洗毕,就打开衣柜取衣服。今天她换了一件白绸子的洋服,另换了一双跟很高的白皮凉鞋。她站到立镜前,顾盼着自己亭亭健美的身影,前后左右端详了半天,很是满意。然后她就把今天上课应用的书籍取出,拿书带勒住,又歪着头想了一想,便到里屋去取自己的皮包。她把皮包里面的钱掏出来点了点,仅剩下一百四十多块钱,又感觉到有点儿不够花用。

她另换了一只白色的手皮包装钱,又到衣柜里拿出一件白绸风衣披在身上,便夹起书籍和皮包往外走。杨妈在后边说:“五小姐!小汪跟小杨还都没起来呢!您先等一等吧,我把他们叫起来!”丽雪摇头说:“不,我坐电车去。”

丽雪的高跟鞋很轻快地敲着水门汀地面,她就一直往外院走去。这时外院只有贵禄在扫地,仿佛别的人都没有起来。可是当她走到大门前时,老李已把大门开开了,她的二哥祁敬廉跟着一个朋友正往外走。丽雪忽然想起一件事来,就停住步叫说:“二哥!”

祁敬廉和朋友已经走出大门外了，他便转回身，扬着困眼，向丽雪走来。丽雪问说："二哥，你怎么起得这么早？"敬廉说："我昨儿晚晌起来的，到现在还没睡呢！"丽雪说："你再给我拿二百块钱去，我有用项。"敬廉皱皱眉，说："明天行不行？现在我手里真没有钱，你要一定要用，我等董文甫来跟他借。"

丽雪把眼睛一瞪，说："干吗跟人去借呀？"敬廉探着头说："不是！你听我说，爸爸临走的时候，只把翁醉亭手里的那个钱折子给了我，统共不到四万块。上星期……是星期几来的？取出五千来，你要去了六百，敬孝拿去了八十，三姨太太要了二百七，我马马虎虎地也不知花了多少；其实我花的有限，前两天又开的工钱。简直这么说吧，我手里大概一百块钱也没有了。昨天爸爸还来了封挂号信，叫节省开支，还叫裁人。"

丽雪皱皱眉，沉思了一会儿，说："难道爸爸就是这三四万块钱吗？"祁敬廉说："那当然不至于！爸爸手里至少几百万，都存在大银行里，连用什么图章，用什么名义，别说我，这几十年来妈都不知道。翁醉亭名虽曰管账，其实他手里就是这个三四万块钱的折子，图章早先还在爸爸的手里。这没办法，爸爸他就是这么个人！"丽雪发着怔，没说什么。祁敬廉由他那蓝绸大褂的口袋里掏出一卷票子，点了点，笑着说："喝！还不少，得啦，你先拿这一百块钱去吧！给我留这二十几块，我得吃早点去。"丽雪接过了钱，装在自己的皮包里，祁敬廉已然走出门了。

丽雪出门就往西口外去，却没瞧见电车，就顺着马路往南走。雨后的清晨街道，车辆很少，只有送牛乳、送报的自行车和稀稀的像是工人模样的行人。她顺着马路走了不远，就觉着头沉目眩，晨风吹着她的白绸风衣，扑扑地飘在后面，好像仙鹤的翅子。她有点儿发倦，而且很饿，看见一辆还很干净的洋车，她就叫过来坐上，让洋车夫拉她到府右街去了；在车上，她就像在云雾里似的，那么飘飘然的。

也不知走了多久，才到了府右街，在骏青的门前叫车停住，她就上前敲门。敲了一会儿，里边把门开了，开门的正是陈蕙如；她穿着一件很短的竹布褂，头发还散乱着，笑着说："你怎么起得这么早呀？"丽雪笑了笑,往门里就走,说:"昨天我一夜也没睡,失眠。真的,回头我托你给我买两瓶安眠药片去吧!"陈蕙如说:"我劝你千万别吃那东西,吃上一回,以后再不吃,可就不行了。"丽雪笑着,就迈着脚步向骏青的屋子走去。

此时骏青也把门推开了,丽雪笑着说:"哎呀,你也起来得这么早!"骏青说:"昨夜我只睡了两个多小时。"丽雪笑着说:"那么咱们先吃早点去,吃完了,你回来睡觉,我去上课。"骏青也笑着说:"我也不打算再睡了,今天我要去看几个朋友,一个缪医生,一个刘醉生。"

丽雪笑着说:"真巧! 你这几个朋友都有个'生'字,最近你又交了个张锦生!"

骏青说:"以后我也要改名叫什么'生'了!"丽雪笑问说:"你要叫什么生?"骏青叹息说:"我要改名叫柏恨生,因为我真恨我这种生活!"

丽雪的神色变了变,冷笑着说:"你要改名叫'恨生',我就得叫'恨死'了!"骏青说:"那可真像现在'平安'演的电影——《生死同心》了!"丽雪心里又顿然感到快慰了。

第十六回　重拾来的珍宝

丽雪走近了骏青，娇媚地说："骏哥，午饭后咱们各自在家里睡觉，然后我们在平安食堂里见面。今天天气很好，咱们高兴地玩玩好不好？不许谁再提什么恨了、生了、死了的！"骏青勉强笑着说："好吧！"

少时，小崔就来了，骏青便同着丽雪出去。他们到西单牌楼一家咖啡馆里吃了早点，然后丽雪要去上课。她那穿着雪白衣裳的身影像只白鹤似的，就飘然地上了电车，她笑着向下面的骏青，那一双明丽的眼睛递给骏青无限的情意。骏青呆立了一会儿，及至他的头脑清醒了时，丽雪乘的那辆电车已经驰远了，而且自己要乘的那一辆往北去的电车也放过去了，追赶不上了。看到身旁有许多上工的人、上学的人、上班办公的人，都匆忙地往来走过，他觉得自己只是个无聊的人，被搁放在这茫茫人海里。

他迷惘地往北去走，手插到西服裤里，便触到了一大卷钞票；这是前天丽雪给他的，其中还包括着当大衣的钱、学校的薪金和白月梅的那五十元。他心里既惭愧又痛心，就想：我姑母给白月梅的钱，人家一角一分也不屑于使用，情愿投回那虐待自己的地方；我却不能不用姑母给我的钱，立时不用，立时就无法生活。我找不着一点儿出路，连个受虐待的地方都找不着！他越想越难过，简直连脚步都迈不开了。走到一个电车站旁，他就背靠着电线竿子站立，发着愁。少时电车来了，他挤上电车,就去东城平安胡同,去见缪大夫。

缪大夫的事业非常发达,楼下那候诊处里挤满了人,简直像施诊似的。缪大夫一见骏青,就点点头说:"请楼上坐!"说完话,他又去忙着给人治病。骏青到了楼上,仆妇把他让到那间客室里,他很无聊地坐着,便拿起当天的报纸看。报上又有一段招考的启事,却是:

> 某大公司现拟招考练习生十余名,限女性,须品貌端正,
> 身家清白,年在十五岁以上二十岁以下者为合格……

骏青把报扔在一边,心说:像我这样的人,简直是社会上的弃材了!

隔壁室中的缪太太在那里接电话,略略听得出来,是有人请她丈夫去出诊,她却说:"正忙着,下午才能出去看病。"待了一会儿,她就到这屋里来见骏青。她笑着问说:"柏先生的病完全好了吧?你那位姑太太的病怎么样?大概没有什么危险吧?"又说:"几儿祁小姐要有工夫,你同着她来一趟,叫我见见。"

骏青恭恭谨谨地答复了几句话,就见缪太太穿着件极漂亮华贵的衣裳,从头上到脚上的高跟鞋仿佛全都放着光。骏青就说:"宝生他正忙着,我也走了,改日我再来。今天我来,就是告诉他我已出院了,请他放心!"说着就出屋往楼下走。缪太太还挽留着说:"柏先生忙什么的?一会儿他就完事。"骏青一面向楼梯下走,一面回身鞠躬,说:"我还到别处去,缪太太请回吧!"

下了楼,缪大夫穿着白衣裳送他出来,问道:"你怎么忙着走?还有事吗?"骏青说:"对了,我看你很忙,改日我们再谈吧!"缪大夫说:"这些日子我真忙得不得了。"又指着旁边一所平房,说:"这所房子我也租下来了,下个月我就可以成立一所医院。"骏青点头笑着说:"好,好,等你医院成立时,我来给你贺喜!"随就走了,又乘电车回去。

这一天他又陪着丽雪去看电影、玩乐。晚间回来才知道张锦生找了他一次,因为他没在家,留了张名片就走了。次日骏青也没有去回拜。

过了些日,残春已经逝去,已是夏天了,上午阳光正照着西房,屋

里闷热得使人出不来气。小崔这时也不常来了，提茶倒水都要骏青自己去做，十分的麻烦；又因为找事无着，生活枯燥，以至他心绪十分恶劣。这两天丽雪因为忙着学期考试，也没有来找他，他更觉得寂寞无聊，时常在屋中叹气、起急，简直像个被软禁起来的囚犯似的。

这天骏青到了十点钟才起床，在屋中闷坐了一会儿，便再也待不住了。他戴上帽子，拿了他那白哔叽的上衣就出了门。太阳像个火盆，晒得柏油路都发软。马路两旁的洋槐树，前些日开满了蝶形的白花，现在都已零落了；树叶纹丝不动，偶尔由叶底发出一阵咻咻的响声，那是蝉在试奏它那呆板的生命之曲。拉洋车的一个个都像疲马似的，流着汗，不顾命地在这闷热的空气里奔跑；车上坐的女人们，穿着薄得可使人窥见肌肤的衣裳，撑起来各色的小凉伞，就仿佛是活动在美丽的香蕈之下的小裸虫。

走到西单牌楼，骏青只有两个去处：一个是到琳琅书店里去看书，不过到了那又得受陈蕙如一番招待；另一个去处就是找刘醉生，可是他那间小屋恐怕比自己的家里还热。站了一会儿，他还是决定找刘醉生去。走进了水车胡同，他就像回到了故乡；一望见那座破庙，他又不禁想起白月梅来，心说：我与白月梅在这里相处的那两三天，那真是可纪念的，在我的生活中那是很快乐的一个时期，多么可敬爱的小孩呀……

骏青一踏进庙门里，就又闻见了那股恶秽的尿桶味，他赶紧堵上鼻子。西屋里出来一个光着膀子赤着脚丫的人，说："柏先生，老没见呀？你老倒好呀？"骏青点头说："还好，还好！"鼻子却不敢出气，忙走进了东月亮门。

刘醉生正在院中晒铺板，铺板一晒热，就由木缝里爬出一群一群的臭虫。刘醉生蹲下，一个一个地给捻死，他穿着一件小汗衫，破短裤，光脚穿着拖鞋，就像是个渔人。一见骏青来了，他就抬了抬头，并不站起来，只问说："你那儿不至于有臭虫吧？我这里，臭虫简直比街上的女人还多！这种小东西，真是可恨！"旁边一个穿着露肩膀的夏布僧衣的和尚，先向骏青笑着点点头，又向刘醉生建议说："这不行！非得拿火油浇才能死。"刘醉生摇了摇头，慢慢站起身来，使力踹了一下铺板，拖鞋几乎飞在一边，然后向骏青说："屋里坐！不管它，先叫这些臭虫挨一天晒吧！"

骏青到他的屋内一看，因为去了铺板，床底下的一切杂乱东西，旧报纸、破衣袜、酒瓶子等等都显露出来，简直没有隙地。骏青就说："你若没有事，咱们出去玩一会儿好不好？"刘醉生点头说："好！等我穿上衣裳。"

骏青又出屋去，站在阴凉地方跟和尚说着话，刘醉生就一面扣纽子一面走出屋来。他穿的是一件浅灰色的纺绸大褂，但已晒得变了色；脚上穿着青直贡呢鞋，戴的草帽倒是新的。他先到和尚屋里点了一支烟，然后才同着骏青往外走。骏青就说："我们先吃饭去吧！"刘醉生点点头，说："好吧。"又问："你找我有事吗？"骏青摇头说："没有事，不过因为我在家中太无聊，所以才来找你谈谈。"刘醉生说："这几天我也是非常的无聊，连稿子都没有写，我本想找你去，可是又怕去了，耽误你和你那位表妹谈心。"骏青惨然笑道："有什么心可谈的？我的心早已麻木了，枯死了，能挽救我的不是爱情，却是生活。"

刘醉生有点惊讶，问说："怎么？你的生活现在还困难？"骏青说："始终是困难的，自从我失了业之后，一文钱的收入也没有，不瞒你说，这两三个月来，完全仗着亲戚给我钱叫我吃饭，你就可以想见我的生活是多么可怜，多么使我惭愧不安了！"刘醉生点了点头，说："这倒真不是个长久的办法。"骏青愤然地说："我一天也不能忍耐！但是，你知道，这社会叫我有什么法子？现在常与我往来的虽然尽是些个有钱有事业的人，但是他们只能拿我当个清客看待，却不能以朋友的关系，帮助我找一条出路。"刘醉生感叹着，像是对骏青很表同情，然而却又无力相助。

两人找了一家小饭馆，吃毕午饭，刘醉生因了喝了几盅酒，又勾起来他自己的牢骚。出了饭馆，骏青本想分手，自己回去睡午觉，但刘醉生此时却兴致勃勃，摘下他那顶草帽当作扇子扇着，说："你回去干什么？大热的天，睡午觉也能睡出病来，不如咱们找个凉快地方去玩玩！"骏青说："哪里凉快？上公园吧？"

刘醉生说："咱们两人又不是情人,到公园去有什么意思? 现在什刹海开放了,那里是个平民化的消暑胜地,咱们去到那儿喝会儿茶,看看风景,消磨这一天好不好?"骏青说："好! 什刹海那地方我听说风景很好,可是我还没有去过,我们这就去吧?"于是他就要雇车。刘醉生却把他拦住,说："何必要坐车? 我们走路都觉着热、累,难道拉车的就不是人吗? 他们不是更热更累吗?"骏青也觉着刘醉生说得很对,于是二人就随谈随走,一直由西单牌楼走到什刹海。

远远地就看见那边一片水田、一道长堤,堤上栽着两行高大的柳树,垂着万千条碧绿的柳丝。在林里堤旁,支搭着一些席棚,有许多人在那堤上往来,并有锣鼓声从那边飘过来,走得越近,锣鼓声就越显真切。骏青随刘醉生走到临近,就见那里竖着一块木牌,写着"临时营业场"。这时因为才过正午,天正热,游人还不太多。在堤岸的两旁,摆着许多算命摊子、玩具摊子,还有卖豆汁的、卖炸糕的、卖野药的等等,并有许多江湖卖艺者流,擂着锣鼓,招了一大圈子人,在练把式、变戏法。

刘醉生在前面迈着方步走着,并时时摘下草帽扇扇凉风,骏青在他后面跟着,也掏出一块手帕来擦头上的汗。但这里毕竟比马路上要凉快得多,浓密的柳枝简直给这堤上搭了一座天然的凉棚,外面的热气侵不进来,且柳丝摇曳着,送来习习的凉风。假若这里没有这么多人和这些噪音,一定更要凉爽,且比公园里的风景更接近于自然。

走过了一座板桥,这桥北的堤上却不似桥南那么热闹,只有十几家茶社、席棚竹篱,颇有乡村风味,但里面所设的座位是很干净的。刘醉生在前,走进了一家茶社,他就宽去了纺绸长衫,骏青把上衣也搭在藤椅上,要了一壶茶,两人就对坐着喝茶谈话。刘醉生指着茶社外的一片绿水,说："你看,风景不错吧? 再过一两月来,就可以看见塘里的荷花了。这地方有个别名,叫作'荷花市场',你听,是多么富有诗意的名称?"骏青笑了笑,眼望着绿水,心里却想到别的事情。

刘醉生是一碗跟着一碗地喝茶,一支接着一支地吸烟,他的脸却朝着外面,视线穿过了竹篱,去看那些往来的男女。他说："你看这些个女人,都修饰得这么漂亮,穿得这么阔,不知是哪些男人,有什么本领弄来钱供给她们?这样看来,还是会抓钱的人居多。世界上若都是我们这样的男子,这般女人可就苦了,别说她们没钱买化妆品,连肚皮也得饿瘪了!"

骏青笑了笑,并没说什么,也转过头来向竹篱外去望。就见游人越来越多,差不多是拥挤不堪了,他就也像刘醉生那样,很注意地去研究别人的生活情形,但总觉得人家仿佛都比自己快乐。

过了有一个多钟头,游人更多了,而且来这里游玩的人多半是些中产人家的夫妇,还有的带着可爱的小孩子。骏青忽见人丛中有一个人隔着竹篱向他点头,他站起身来一看,见是个三十来岁穿着一身香港布西服的男子,手挽着一个穿花旗袍的少妇;这男子是祁公馆的汽车夫小汪,妇人有二十来岁,烫着头发,很妖姚的样子,骏青觉着十分眼熟。那小汪很闲散地挽着那个少妇往南走了,骏青才想起来:这少妇不是白月梅的姐姐吗? 有一次她到学校找过白月梅……

于是他就急忙把刘醉生拉起来,说:"你快去跟着那两个人,看他们往哪里去?"刘醉生一夺手,又坐在藤椅上,惊讶着问道:"怎么啦?我看你是要得神经病,我又不认得人家,你叫我追人家去干吗? 不是叫我找挨打去吗? "骏青急急地说:"那女人是白月梅的姐姐,她一定认得我,你去跟着她,看她在哪儿住,由此我们可以打听出白月梅的下落! "

刘醉生也站起来向南边看了看,但那女人已在人丛中走远了。他就又坐下,说:"一个暗娼,我更犯不上跟着她,你不是跟那男的认得吗?"

骏青说:"那男的是我姑父家里的汽车夫。"

刘醉生说:"那更好办了! 你把他找着,问他今天跟他在一块儿的女人在哪儿住,他就可以告诉你了,并且他既是那白家的嫖客,一定知道白月梅的最近情形,还用我去盯梢干吗?"说着他又抽起烟,眼睛看着别处,嘴里自言自语地说:"真比我还古怪! 对一个女孩子会这样害单相思?"

骏青呆呆地发怔,待了会儿,他就催着刘醉生走。刘醉生便说:"我知道你是坐不住了,你要走,你就请便吧! 这么好的天气,这么优美的风景,这么热闹的地方,为什么不多玩一会儿? 汽车夫这时候都会穿上西服,拉着个暗娼,来这儿开心,我们终日辛苦,就不会在这儿多歇会儿?忙着回去干什么?我想白月梅那孩子大概早就死了,假若她还活着,绝不会就这么老实,无论那白家看得多么严,她也会跑出来的。"骏青使着力气长叹了一声,刘醉生却在旁不住地微笑。

直到日色沉下了柳梢,初夏的晚风轻轻吹起,游人更显得多了,桥南的锣鼓也仿佛敲得更热闹了,骏青与刘醉生才离开这里。刘醉生摇晃着草帽在路旁等电车,骏青向他说了声"再见",自己就雇了洋车回到府右街寓所。

骏青才一进门,就见台阶下摆着一盆栀子,开着很茂盛的白花。他正要开屋门上的锁,小崔就由外面跟了进来,说:"柏少爷,我们五小姐叫我把这盆花给您送来,还请您到我们公馆里去吃晚饭,因为我们五小姐没工夫到您这儿来。"骏青进了屋,小崔把花盆送进屋里,又说:"您瞧这盆栀子不错吧?这是三太太屋里的,三太太走了,五小姐就叫我给您送来啦。"

骏青问说:"你们三太太是什么时候走的?"

小崔说:"前天走的,不走也太不像话了!老爷来了好几次电报催她去,本来,在任上连个太太都没有,那还像是什么官儿?三太太在北京这两个月,离开了老爷的眼睛,她简直是花天酒地,尤督军的那个太太跟费伯欣,整天黏着她,不是戏院就是饭店,花了也不知有多少钱;大概她这两个月花的钱,老爷五个月也挣不回来。她前天晚车走的,坐头等车。"

骏青刚要问他关于小汪的事情,小崔又说:"这两天,我们公馆里也大有变动,五小姐的主意,裁去了七八个人,现在就留下我、小张、老李、贵禄,德升是跟老爷上任去啦,还留下一个大司务,里边就留下余妈、杨妈、毕妈三个老妈子。"

骏青问说:"小汪呢?"小崔说:"小汪裁啦!因为三太太走啦,家里用不着两辆汽车了,就留下了小杨,把小汪给裁啦。"骏青问说:"他在哪儿住?"小崔摇头说:"我不知道!三太太走的时候还跟他说,等将来三太太回来,还找他;他现在手里大概有点儿钱,常有人在饭馆跟窑子里看见他。还有小吴妈,喝!真阔,她也跟三太太走啦,那天上车的时候,她也穿着摩登葛的旗袍!"

骏青却不注意别人的事,只说:"你可以跟小杨打听打听,小汪他在哪儿住?把他找来,我跟他有点儿事。"小崔觉着有些奇怪,翻着眼睛瞧瞧骏青,说:"柏少爷,您找他干什么?那家伙散了工,手里有几十块钱,还不狂嫖滥赌,找他怎么找得着?"骏青说:"不是我的事,是我有个朋友,有点事托我,我想只有他才能给办。"

小崔点了点头,说:"我回去跟小杨去说吧,他们两人是好朋友,小汪在哪儿住,他能知道。"骏青点头说:"好了,这件事我就委托你了,你还告诉小杨,叫他要保守秘密,不要对任何人去说。"小崔听了更是翻着眼睛发怔,少时他就走了。

又待了一会儿,骏青就到祁公馆去了。祁公馆自从三姨太太和小吴妈那些人走后,倒显得十分清静。丽雪的屋中已开亮了灯,她正在灯下预备功课,一见骏青,她就说:"这两天我简直忙极了!天又热,家里的事情又多!"骏青说:"什么时候你才能放暑假?"丽雪说:"下星期就放暑假,因为这学期我的功课旷了很多,我怕学分不够,所以我得特别预备。"

骏青就笑着说:"都因为这学期我来了,你净顾了跟我玩,所以把功课丢下不少。"丽雪摇头说:"也不是,这半年来我家里的事情也太多,现在那些人走了,我才得以安心用功。"骏青就见丽雪的书本旁边扔着一封信,是写给她父亲"祁厅长"的,大概正预备发。

当时丽雪又领着骏青到北屋里看了看祁太太。祁太太真病得厉害了,虽然还能睁开眼睛看人,可是话是一句也说不出来了,骏青心里非常难过。回到丽雪的屋中,二人在一起用毕晚饭,又谈了一会儿话,骏青就叫丽雪预备功课,自己在晚风里踏着长街回到寓所。他的心里存着的事情很多,辗转思虑,一夜也未得安眠。

次日,骏青由外面用毕午饭回来,想要睡个午觉,打算晚间去看看张锦生,探询探询他给自己找的职业怎么样了。他才解开鞋带要上床,忽听窗外有人叫说:"柏少爷!"推开门一看,原来是小汪,今天他换了一件很干净的哔叽大褂。骏青连忙说："请进来坐！"

小汪进来还不肯坐，骏青让了半天，他才坐下，说："柏少爷，我听小杨说，您要找我？"骏青说："对了，我找你打听一点事。"他脑里想着怎样措辞，嘴里就随便问道："你不在祁公馆了？"小汪点点头，说："三姨太太走啦，公馆里用不着开两辆车了，祁二爷就把我散啦！我现在也没地方找事去，家里的人口又多。柏少爷，得便您跟二条胡同张公馆的大少爷提提，听说张公馆有三辆车，现在只有两个开车的。"

骏青说："慢慢地，他们那里要用人，我就把你介绍去。"随就问："昨天在什刹海，同着你在一起的那个女的是谁？"小汪仿佛有点不好意思，就笑了笑，说："那个女的是个混事的。"骏青也不由得脸红了，又问道："你和她很熟吗？"

小汪笑着说："也不算太熟，只是到她家里去过两趟，她就住在钟楼后头，是暗着混的。她姓白，外号儿叫'大白板'，我也是叫朋友拉了去的，这才跟她认识。这两天因为我的事儿没有了，真烦得慌，就找她去花个两三块钱，开开心。"

骏青又郑重其事地问道："她家里都有什么人？"

小汪见骏青对那大白板这样刨根问底地打听，就觉着有点儿奇怪，遂笑着说："咳！您打听这些事干吗？她家里是乱七八糟，您想，一个当暗娼的，还能有好人家吗？"

骏青给他倒了一碗茶，说："你喝水，这是我的一位朋友刘先生托我打听的。"

小汪笑着说："怎么，那位刘先生打算去逛一逛吗？我可以做个介绍人，他还有两个妹妹呢，全都比她长得还漂亮。"

骏青惊诧着问道："怎么？她那两个妹妹也都做了暗娼吗？"

小汪摇头道："没有，只有一个外号儿叫'小粉包'的，比她姐姐大白板还乱。还有一个太小，今年才十四岁，叫月梅，那孩子可比她们长得都漂亮，可惜性子太怪。早先她们在西城住，有人打算花八十块钱把那月梅打扮打扮，您明白吧？有些人愿意花钱干那种缺德的事。可是不行，那孩子在家里大打大闹，一点儿也不顺手，并且还跑过一回，上过一趟天津……"

骏青赶紧问:"现在呢?"

小汪说:"现在在家里,整天披头散发的,穿着破衣裳破裤子,干点粗活儿。大白板她们把她看得很紧,怕一个不留神她又跑了,有时还毒打臭骂,把掸把子都打折了好几根。我也时常劝她们说:你们要是这样打,早晚得出人命,她既然不喜欢干你们这行儿,就不用勉强她啦,就当个丫头使唤着得啦。"

骏青听了这些话,脸色渐渐地变了,他极力抑制住胸中的愤怒,就问说:"我要到那白家去看看成不成?"

小汪笑着,摇头说:"得啦,柏少爷,您别说笑话啦!别说那是个暗门子,就是明卖的,我也不敢带着您去。将来我还想在祁公馆求饭吃,我要带着您一瞎逛,叫五小姐知道了,我的饭门就堵住啦!不但祁公馆我别想再回去啦,就是张公馆、吕公馆也别想了;这几个大宅门的小姐都是五小姐的同学,只要五小姐一恨上我,哪个宅门里我也休想吃饭,宅门一不要我,我还给谁开车去?"

骏青也淡淡地笑了笑,心说:原来这些人都知道我是祁丽雪的私有物!他皱着眉想了半天,又问道:"那么,我那个朋友刘先生,他要打算到那白家去玩玩呢?"

小汪笑着说:"那倒可以,白家也正托我给她们拉拢几位肯花钱的大爷。那位刘先生要真是想到那地方去玩玩,就请直接去,到白家一提说我,她们一定特别欢迎。"小汪遂把那白家的地点门牌告诉了骏青,临走时又托骏青给他在张公馆找事,然后他就走了。

小汪走后,骏青赶紧把白家的住址写在一张纸条上,就出门雇上洋车去寻刘醉生。到了刘醉生那里,见刘醉生正在睡午觉,骏青就把他推醒,说:"喂!白月梅的最近情形和她现在住的地方,我全都探听出来了!"遂把纸条子给刘醉生看,并把小汪口中所说的话重述了一遍,然后催促着说:"现在这件事,只有请你出点力了!你赶紧到白家去,假充嫖客,设法见着白月梅;叫她乘空就跑出来,到府右街去寻我,我有地方安置她,绝不能像上回一样。"

刘醉生揉着眼睛站起身来，说："这真真岂有此理！你叫我去假充嫖客，拐带人家的姑娘，这是什么话？我干不了！你另请别人吧！"

骏青发着怔说："你想我还能再寻谁？我自己又不能去，因为那白家的人认识我。再说，我已跟那小汪说好了，说是我有位朋友刘先生想到白家去玩玩，你现在直接去，她们一定欢迎你！"

刘醉生皱着眉说："你看，你事先也没跟我商量，就给我向暗娼介绍，对我的名誉也有碍呀！"骏青说："我并没说出你的名字来。"刘醉生说："总而言之，刘醉生为人虽然古怪，可还不至于古怪得这么离奇，这件事，我敬谢不敏！"

骏青十分着急，皱着眉说："不过你可知道，白月梅她是最敬佩你的！一个小女孩子，现在身处在那样恶劣的环境里，我们若不从速援助她，用不了多久，她不是被虐惨死，就是随着环境堕落下去，这件事情将是我们心中的一个永久的遗憾！"

刘醉生摇头说："我倒没有那么多遗憾，再说天下可怜的女子太多，我也不能一一去援救！"骏青叹息说："谁让我们知道了这件事，而且认识她这个人呢？"刘醉生拿起烟卷来吸着，不表示态度。

骏青非常失望，就把纸条放在桌上，说："我把白月梅的住址留在这里，请你再想一想。不必今天，明天也可以，只要你能去跟她说几句话，告诉她我现在的住址，跟她说我现在已为她预备好了地方，无论她什么时候逃出来，我都能安置她，那就行了。至于她能不能逃出来，那咱们就不能管了，只要我们尽了心和力，就算良心上过得去了！"

刘醉生摆手，说："这与良心没多大关系，不是我害的她，而且我现在的环境并不比她舒服，我有什么义务要去下井救人？"他又烦恼地说："真古怪！这件事怎么就寻我来了？我倒霉，交了你这么个朋友，又遇见白月梅这件事！"说毕，他又躺在床上去午睡。

骏青坐着发了半天愁，就走了。回到家里，他又想了想，就有些生气，心说：刘醉生他不肯管，只好我自己去了，我不能眼见一个纯洁可爱的小生命陷落于泥塘，为怕手脏就不去援救！

晚间，祁丽雪叫小崔来请骏青到她家里去吃饭；张公馆也派来一个人，拿着张锦生的一张名片，说是晚八点请骏青到丽华饭店去聚餐，骏青推说自己有些头疼，都谢绝了。他锁上门往北走去，走到什刹海时，天色已经黄昏了，遂寻了一个席棚里卖便饭的地方吃饭。

用毕晚饭，他就顺着长堤转往北岸，沿着荷塘走去。东方柳梢上已浮出一轮素月，骏青踏着柳丝的影子，走过了荷塘，就到了鼓楼大街上。转到鼓楼后一看，那平民市场里，人还是不少，变戏法的和一些卖吃食的人全都走了，可是说大鼓书的还在那里敲着铁板高唱。

骏青直到钟楼后，在月光下寻着了白家那个门儿。这个门儿好像比墙缝胡同十六号的那个门儿还破还小，可是关得还是那么严密。骏青心里顿然紧张起来，想着：白月梅就在这门里了，我现在上前去打门，开门的人能够就是她吗？不能是认得我的那个小高或她那姐姐吗？因此骏青又转身走开，心说：这真是咫尺天涯，使我一点儿办法也没有！

因为在这夏天的晚间，附近的住户全都出来纳凉，骏青这么一个穿西服的人真惹人注意，徘徊了些时，他就不得已地又转到钟楼前面来了。正在低头走着，忽然有人用折扇敲了他的肩膀一下，骏青吓了一跳，借着月光一看，原来是刘醉生，他立时大喜，问道："你是要去吗？"刘醉生笑了笑，说："试一试看，也许我回头就把她领出来，也许我就挨一顿打。"又指指南边，说："你在鼓楼前等着我吧，回头我报告你。"骏青连声答应，眼看着刘醉生的纺绸大褂飘飘然地转往鼓楼后去了。

骏青高兴着走到鼓楼前，就站在电车道旁，眼望着月光下灯影里那些往来的游人，耳听着那商店里的无线电播放出来的戏曲，心里祈祷着，期望刘醉生立时就能将白月梅救出。

他着急地等了有半点多钟，才见刘醉生来了，就迎上去，问说："怎么样了？"刘醉生说："别忙！走着我告诉你！"于是二人就一直往南走。

进了地安门，刘醉生才说："这件事干的真荒唐！幸亏我一拍门的时候，小汪正在那里，要不然，我非得叫那大白板、小粉包打出来不可！"骏青说："你到底看见白月梅了没有？"刘醉生说："看见了，那孩子真被糟蹋得不像样子了！瘦得我真不认得她了！"骏青说："她没有跟你说话吗？"刘醉生说："没说话，她装作不认得我，我也装作不注意她，可是我瞧见她直用那两只大眼睛瞪我。"

骏青说："那么，这回是白去了一趟，你并没把我所要说的话告诉她？"

刘醉生笑着说："我哪能那么傻？跟她一点儿也不表示来意，叫她疑惑我真是为嫖才来到她家，那有多么泄气！"遂摇着一柄折扇，很得意地说："你听我详细告诉你！今天你走后，我越想越不是味儿，我倒不怕白月梅死，我是想：她现在才十四岁，年纪还小，还不大懂得什么物质虚荣，还能够挣扎；过二年她一懂得修饰打扮了，说不定就许同流合污，那时咱们这些曾做过她老师的若是知道了，心里该有多难受？所以我决定冒这回险。我早就想到了，我就是到了她家，也绝不会有机会跟她细细谈话，所以我就写了个纸条；就是你叫我跟她说的那些话，刚才我已然偷偷地交给她了，回头她看了，一定会自己想法子。你就听着敲门吧，说不定半夜里她就会找你去。"

骏青又问："你看那样子，她能不能够跑得出来？"

刘醉生说："能，能，只要她安心跑，一定能跑出来。她们家里的大概情形我也看出来了，她那个父亲是个饭桶，穿的衣裳比她还破烂，提茶灌水，简直是个毛伙。她那母亲，年有四十来岁，真泼辣，看那样子不好惹。我跟那大白板、小粉包瞎混了半天，她那母亲在旁边也跟我大谈一气，那时白月梅就在院中一个小板凳上坐着，没有什么人看着她；她要想跑，是很容易跑的。"骏青听了，心中非常欣慰。刘醉生又自言自语地说："逛了这一回暗门子，花了三块大洋，一点儿也不开心！"

两人走过了金鳌玉蛛桥，便分了手。骏青回去，一夜也没睡安稳，仿佛时常听见外面门环在响，可是并不见白月梅前来。

四五天以后，一点儿关于白月梅的消息也没有。骏青到刘醉生那里去了两趟，可是他总不在家，等了半天，他也没有回来。在这几天里，丽雪也不常来找他，只是每天必要叫小崔送来信和一些果品、盆花、书籍、细巧的陈设品等等，但这些深情挚意却都安慰不了骏青内心的苦闷和忧虑。

天气是更热了，这天下午张锦生和于文俭来找他，在中央公园的茶社里谈了半天,然后张锦生又请他吃饭。吃完了饭,他步行着回来,热得仿佛连衬衫全都穿不住,进到家门里,黄昏已扑满了小院。

薛璧城今天由书店里回来得早,他在院中摆着一个茶几、两把椅子,正跟一位客人挥扇谈话,那客人正是刘醉生。薛璧城一见骏青回来,就起身说:"刘先生来了半天啦!屋里太热,来,我给你搬把椅子,我们在院中谈话吧!"他随就进到他的屋内去搬椅子。

这里刘醉生站起身来,拉了骏青一把,说:"来!我有消息告诉你!"骏青精神立时兴奋,被刘醉生拉出门去站在墙根,刘醉生就说:"我们的办法成功了!白月梅二次潜逃,你知道吗?"

骏青摇头说:"我不知道,她现在在哪儿?"

刘醉生摇头道:"我也不知道她现在什么地方!不过今天三点多钟的时候,学校里跟白月梅挨着位子坐的那个徐秀贞,忽然到庙里去找我,她说昨天晚间白月梅就由家里跑出来,去找她,叫她来告诉我……"骏青赶紧问道:"叫她告诉你什么?"刘醉生发着愁说:"白月梅那孩子脾气真古怪!她也不来见我,只叫徐秀贞来跟我说,叫我给她预备下三四块钱,转交给她,她好坐火车上天津找她母亲去。"

骏青着急道:"那如何能叫她去?她到了天津也不能找着她母亲呀!"刘醉生说:"她一定要去,她也不见我,也不来见你,连徐秀贞都不知她在哪里住,你说有什么办法?"骏青问:"那么你怎么答复徐秀贞的?"刘醉生说:"我叫徐秀贞把她找来,我说我们若不见着她本人,我不能借给她路费。"骏青点头道:"对了!你现在就赶紧回去,只要见着白月梅,就把她揪住,送她到我这里来。"刘醉生就说:"好,好,等我进去穿上大褂。"二人遂又进到门里。

薛璧城已替骏青摆上了椅子,可是见他们两人出去密谈,有点儿纳闷。刘醉生一回到院里,就穿上他那件搭在椅上的纺绸大褂,说:"我还得赶紧回去,天恐怕要下雨。"薛璧城仰面看看天,说:"不至于吧!天上还有几颗星星,再谈一会儿好不好?"刘醉生摇头说:"不了,我回去还得写几篇稿子。"骏青和薛璧城把他送出门外,他就走了。

骏青和薛璧城又回到院里,坐着闲谈了一会儿,骏青却坐立不安,像期待着什么。约莫十点钟，陈蕙如也从书店里回来了，一进门来就问道："柏先生，你今天没见着丽雪吗？"骏青摇头说："没有，这些日她忙得很，大概下星期一放暑假，假期她就有闲暇了。"陈蕙如点了点头，说："我还要找她，叫她设法筹划出四五百块钱，因为咱们书店中存的货不少，可是活动的资本不够了。"

骏青点了点头，并不注意这事，却只想着白月梅，不知这时她已到刘醉生那里去了没有；遂仰面看看天空，只见乌云满布，连一点儿星光也没了。忽然电光一闪，接着就是雷声，陈蕙如说："要下雨！"骏青却说："我还要出去一趟。"说毕往外就走。这时大雨将来，一般人都由外面往家里去跑，独有骏青却由家里往外边走去。他雇了一辆洋车，往水车胡同走，走在半路雨就落下来了。骏青失望地想：这就完了！下着大雨，白月梅当然不能找刘醉生了！她不认得人，又没有钱，可在哪里住呢？

骏青躲在那车棚里，雨点落在车棚上的响声，杂乱地在他耳边响着，车夫却无声地在雨中苦拽着。少时到了那破庙前，骏青多给了车夫两毛钱，就下了车往庙里跑，跑到刘醉生的屋前，身上已然淋湿。一拉门进去，正在写稿的刘醉生就放下笔，对他说："下着大雨你还赶来？你真是热心！告诉你，你算是单相思，那白月梅她不见你！"

骏青吃了一惊，问说："她来了吗？"

刘醉生点头，说："来啦，我由你那里回来的时候，徐秀贞就在庙门口等着我呢！可是白月梅她不敢进这胡同，徐秀贞拉着我到大街上，才找着她，那孩子简直像个小叫花子了；她是前天晚上逃出来的，这两天就在街上睡。听徐秀贞说，她手里一个钱也没有，饿了两天多，只在徐秀贞家吃了半个窝头。她见了我，没有别的话，就是要借三块钱。我说我没有钱借你，你找柏先生去吧，柏先生他能给你想办法。可是她摇头，她说她决不见你，我要伸手把她拉住，可是她就像一条泥鳅似的跑了！"

骏青皱着眉，发怔道："她为什么不肯见我？"刘醉生说："大概她是瞧出来你没安着好心吧！"骏青气得跺脚，说："岂有此理！我去找她，大概她还不能走远！"看见墙角立着一把破雨伞，他抄起来就走，刘醉生追出屋来，叫道："喂！下着大雨，你到哪儿找她去呀？"骏青却不还言，撑着伞匆忙地往庙外走去。

走在大街上，就见两旁的铺户还在雨中开着，门前的电灯上都垂着水珠，像是美丽的泪眼在哭泣，霓虹灯被闪闪的电光照得越发妖艳。雨是渐渐住了，可是雷声还咆哮着。马路及人行道上尽是汪洋的水，把骏青的皮鞋都没过了。往来的只有稀稀的车辆，却没有一个步行的人。骏青躲在伞下，那伞还不住地漏水，他哗哗地蹚着地下的水，就仿佛在河里摸鱼似的，顺着人行道往北去走，眼睛却向两旁观看着。走了有二三百步，骏青忽然又想道：白月梅不能往北去了，她一定是往南去，因为徐秀贞她们都住在南边。于是他站在一盏路灯下怔了怔，又往南去走。

又走了几十步，忽见由马路的西边跑过去一个人，往东边去了。骏青看得很清楚，是个身材瘦小，有白月梅那么高的人，他就赶紧撑着伞追赶过去；那个人却像个贼似的跑进了一条胡同。骏青一步也不肯放过，也追进了胡同。这胡同里有稀稀的几盏路灯，地上满是没胫的稀泥。骏青几乎跌倒，他就站在泥里，向前面喊道："白月梅！白月梅！"前面那短小的影子便在一盏路灯下站住了。

骏青的心中充满了气愤、悲痛，他就喘息着，一步一步地踏着稀泥向前去走。走到临近，就见朦胧的灯光下站着一个矮小的人，她那长长的头发被雨水淋湿了，贴在了头上和脸上，破衣裳也都贴在身上；骏青扒着头一看，正是白月梅。他几乎流出泪来，就沉重地说："月梅！你为什么要这样躲着我？你可知道我为你费了多大心，出了多少力？你……一点儿也不明白我，反倒误会我，你可在这街道上流浪，瞧见了我你还跑……"

白月梅浑身湿透，还在向下滴水，她就哭着说："我不愿意再连累您！您为我受小高的欺负，生病了，学校也不能教了，我不能再连累您！我死了也不找您……"

骏青的泪水也不禁像雨一般的落下，他拍着月梅的肩膀，安慰她说："你不要净这样想！不用说我那场病和失业全不是为你，就是因为你，那也没什么；咱们两人是患难的朋友，无论如何我不能叫你待在那受罪的地方，或在街头上流浪！"

白月梅哽咽着说:"那您借我几块钱,叫我上天津去!"

骏青说:"钱是有的,你那五十块钱我都替你保存着了,果然你一定要到天津找你母亲去,我可以带着你到天津去一趟,好在现在我也没有事做。不过无论如何你得跟我回去,换一件衣裳,你这样绝不能上火车!"白月梅低着头,仿佛还不大愿意。

骏青紧紧拉着她,带她出了这条胡同,就见刘醉生正在街上徘徊。刘醉生一见他们两人,就赶紧走过来,向骏青说:"你到底把她找着了?"

骏青说:"我料想她不会往远处去!她之所以不愿意见我,原来是怕连累我,可是……"他又向白月梅说:"难道你找刘先生去,就不怕连累刘先生吗?刘先生是有名气的人,若出了事,影响了他的名誉,比影响我还要紧呀!"

白月梅说:"我又不到庙里去,也碍不着刘先生。反正这样吧,我谁也不愿意连累,我也不愿意让谁帮助我,哪位要真心对我好,就借我几块钱,我将来再还!"说着她又哭,又夺她那只胳臂。

骏青却紧紧揪着她,不放她跑,并且像生气似的说:"不行,无论如何我不能由着你去流浪!你现在跟我回去,换上衣裳就上祁小姐那儿去,到那儿咱们再商量办法!"

刘醉生也劝着说:"月梅,你不可这么犯执拗!在街上,你看电灯这么亮,又没有什么人,你们的一举一动,远处都看得很清楚,倘或警察过来一干涉,那事情可就麻烦了!"白月梅听了这话才不挣扎了。刘醉生就向骏青说:"雨也快住了,你把这把破伞还我吧!我给你们叫两辆车来。"他遂接过伞来,往南去走。

这里骏青和白月梅就站在马路旁等着,纤纤的雨还淋着他们,雨水从他们的脚下淙淙地流过,泄到地沟里。商店已在上门板,电车由眼前经过,车上却空空的,大概是要驰回场里去了。

等了一会儿,刘醉生就找来了两辆洋车,骏青见白月梅上了车,他才向刘醉生说:"你请回吧!明天下午你要有工夫,请你到我那里去一趟。"刘醉生却卸下伞来,笑着说:"我去不去就不要紧啦!我的事现在算是全办完了,以后就瞧你的啦!"骏青点点头,又说了声:"再见!"他转身上了车，此时他心里非常痛快，就仿佛曾失落在泥涂里的一颗珍宝，如今到底寻回来了。两辆车就在这雨后的夜色中上行走着，只听见车夫急促的脚步声和车轮子吱吱的响声。车棚两边嵌着的玻璃上沾满了水珠，成了半透明的，一经街灯照映，便发着闪烁的光。

走了半天才到了府右街，到骏青的门前，车停住了，骏青却叫这两辆车别走，说是还要往东城去。他推开门，带着白月梅进到院里，到自己的房前去开锁，然后进屋就把电灯开了。白月梅一进屋，就跺着脚说："您这是干吗呀？我都替您觉着麻烦，由着我去好不好？"骏青微笑着说："我就爱这样麻烦！"遂指着沙发道："你请坐！"白月梅摇头说："我一身湿，我不坐！"说着话，她又抬起眼来瞪了骏青一下。

骏青见她虽然比早先更瘦了，但是眼睛还是那么明丽，仍仿佛带着点忧郁似的。骏青就平和地说："你为我想想，我能不管你吗？由着你在街头流浪，去受冻挨饿吗？"

白月梅说："我愿意！您当我是因为您那纸条儿我才跑出来的呀？我早就想出来，可是我没地方去。"

骏青叹了口气，摆手道："现在洋车还在门前等着，我也没工夫跟你争辩，只要我尽了我做人的义务，我不问你是否能了解我，我更不需要你感谢我。上次祁小姐送你的那几件衣裳现在还在这里，不过那都是春天的衣服，现在不能穿了。东屋住的薛太太是祁小姐的同学，她个子很矮，大概她的衣裳你能穿得。你换上衣裳我们就去找祁小姐，只要见了她，必有办法。"说毕话，他就出屋去寻陈蕙如。

这时陈蕙如还没有睡，骏青进屋里跟她一说，她本来知道白月梅早先的事情，当时就叫她丈夫寻衣裳，她赶紧同着骏青到西屋来。一进西屋，见白月梅正站在桌前，背着脸，掩面哭泣；她一见陈蕙如来了，就转身鞠躬。陈蕙如上前拉着她的手，拿手绢替她拭泪，温和地劝道："你别难过啦！这次我们绝不能再叫你家里的人把你寻回去了！你先到祁小姐那里住两天，我们一定能给你想法子。我开着一个书店，那里现在用着两个女店员，将来你可以帮我去！"白月梅低着头，只是哭泣。

陈蕙如又到她屋里去拿衣裳，这里骏青倒笑着，问白月梅道："我记得你早先作文，你说你非到万不得已时，你绝不流泪，现在你的事情已经都有了很好的办法，你怎么倒哭上了没完？"白月梅抬起泪眼来看了骏青一下，还是哽咽着，并没说什么。这时陈蕙如就拿着衣和鞋袜进屋来了，骏青避出屋去，待了一会儿，就听白月梅在屋里叫："柏先生！"

骏青进屋一看，见她已然换上了陈蕙如的一件竹布旗袍，肥瘦长短都还差不多，一双皮鞋是平底的，也倒很合适。陈蕙如拿木梳替她拢头发，她又斜着眼看了骏青一下，那睫毛上还挂着泪珠。骏青见收拾完了，就说："咱们走吧？"陈蕙如送他们到了门首，白月梅回身又向陈蕙如鞠躬，声音颤抖着说："薛太太，谢谢您！"陈蕙如见他们上了车，就说："明天我还到祁小姐那儿看你去呢！"两辆洋车就又轧着雨后的马路走了。

骏青坐在车里，还听得见车棚子上有轻微的雨点之声，借着外面街灯的微明看了看手表，都快到十一点了，他就催着车夫快点走。在微凉的沉寂的街道上，又走了有半点钟，方才到了祁公馆。骏青下车给了车钱，就上前打门。少时门灯亮了，里面把门开开，见是门房的老李。他一见骏青，就问道："柏少爷您从哪儿来呀？"骏青说："从家里来，你们五小姐没出去吧？"老李道："没有，这时候也许还没睡，您进里院看看去吧！"说着话，还不住地瞧着白月梅。

骏青带着月梅进了二门，顺着廊子往里去走，所过的房子都是黑洞洞的。白月梅就悄声说："祁小姐要是睡了，咱们就回去吧？"骏青摇头道："不要紧，她要是睡了，我们也可以把她叫起来，她不会恼的。"这时由房檐上还不住地往下滴答着雨水。

二人进到里院，就见西房的里间还有浅红色的灯光，骏青就隔着窗子叫说："丽雪，你睡下了吗？"里面问道："谁呀？"骏青说："是我，我带着白月梅来啦！"里面的丽雪似乎也很诧异，立时传来几声拖鞋踏地的响声，接着外屋的电灯亮了，丽雪开了门锁，便把门开开。

骏青带着白月梅进了屋，白月梅就向丽雪鞠躬，丽雪很是惊讶，说："哎哟！她怎么又逃出来啦？"骏青说："她在那白家真受不了那苦，就又逃出来了。她本来是去寻刘醉生，可是我正在那里，我就把她带了来。"丽雪说:"你们请坐!"

月梅见丽雪穿着一件浅黄色的绸睡衣,她就说:"祁小姐,您都睡下了吧?"

丽雪微笑着说:"没有,我倒是准备着睡了,可是一定睡不着。"她又向骏青:"我真感觉到我的身体是很坏了,连夜的失眠,上次托陈蕙如给我买的那安眠药我也不敢吃。"

骏青说:"你还是不要吃那东西才好,我想你不是失眠,一定是用功过度了,还有几天你们才能放暑假?"

丽雪说:"明天上午还有点功课,下午我们班里有个联欢会,后天就不去了。"

骏青就说:"在暑假期内你好好休息几天,精神也就好了。"

丽雪说:"我希望那样。"随就拉着白月梅,与她同坐在一张沙发上,说:"她的事情现在很好办,也不必叫她在梁霞那里租房住着,就叫她在我这儿住着吧!我们家里现在也很清静,明天我们就放假了,在暑假期内,我可以给她补习功课,没事时我们三人可以在一起玩。我敢保,只要她跟着我,就是她家里的人知道,或是遇见了,也绝不能由我这里又把她带走!"

骏青笑着,望着白月梅说:"你这时放心了吧?"月梅默默地点了点头,骏青就站起身来,说:"我要回去了。"丽雪:"天这么晚了,外面恐怕还下着雨,你何必要回去?书房里和账房里你都可以住。"骏青笑着说:"你看,我的鞋袜和裤腿全都湿透了,我也得回去换身衣裳。"丽雪点了点头,就拉着白月梅把骏青送出屋去。骏青又悄声对丽雪说:"你若是睡不着,可以跟月梅谈谈闲话,千万不要发愁,明天上午我准来。"又说:"白月梅恐怕还没有吃饭。"丽雪点头,说:"你不用管了,明天见吧,你小心一点,地下滑!"骏青连声答应着,就顺着廊子往外走去。

檐水还一滴一滴地向下落,阴暗的天空中有电光在闪烁。丽雪叫了声余妈,然后二人进屋来,白月梅就说:"祁小姐,我一来又给您添麻烦。"丽雪摇头,说:"没有什么。"

这时余妈进屋来了,丽雪就说:"你看,柏少爷来了半天,你都没过来，人家连一碗茶也没喝就走啦！"余妈笑着说："我不知道。"一眼看见白月梅，她就笑着说："哎呀！张小姐来啦？"

丽雪说："由今儿起，张小姐就在咱们这儿住着啦，厨房的火不是还没封吗？你叫李司务随便做些什么，我们现在都饿啦。"余妈说："给您跟张小姐做两碗馄饨吧？"丽雪说："随便什么都行，越快越好！"余妈赶紧到厨房去了，丽雪就向白月梅说："咱们到里屋来，外屋冷！"

进到里屋，丽雪看了看白月梅的身上，就问道："你不觉着冷吗？"月梅摇头，说："我不冷！我看祁小姐您许有点儿冷，您就穿着一件睡衣。"丽雪摇头，说："我不冷，我心里总觉着发热。"随就打开衣柜，取出一件毛衣来，叫月梅披上。

丽雪指指椅子叫月梅坐下，她依旧躺在床上，跷着一只脚，说："这几天我学校的功课很忙，又因为近来我的精神太不好，时常爱深思远虑，所以日夜不舒服；现在你来了很好，总可以使我不至于寂寞了！"白月梅点了点头。待了一会儿，余妈把茶送进来，丽雪喝着茶，凝思着，又问白月梅说："你跟柏先生上了多少日子的课？"

月梅说："才上了一个多星期的课，后来家里就不叫我上了，倒是刘先生，教了我有半年多。"丽雪又笑着说："你觉得是柏先生好，还是刘先生好？"月梅默然了一会儿，说："我觉得都不错，不过，我跟刘先生熟一些。"

丽雪说："听说刘先生脾气古怪，是不是？"

白月梅笑着说："我倒看不出来，不过……我觉着柏先生……"丽雪抬起头来瞧着月梅，月梅又说："今天我本来是要跟刘先生借几块钱，好上天津找我母亲去，可是柏先生一定拉着我到您这儿来，我是真不愿意麻烦人！"丽雪便笑了笑。

第十七回　不能相认的母女

这时余妈把外屋桌子收拾好了,丽雪就与月梅对面坐着吃。白月梅很是忸怩,尤其因为见祁丽雪这回没有上回喜悦,她感到非常不安;她皱着眉,拿起筷子来,虽然是很饿,但却吃不下去。丽雪也看出来了,就笑着说:"你别拘泥!"又问余妈说:"有酒没有?"余妈似乎有点惊讶,就说:"酒?二少爷那儿许有,您想喝吗?我给您要点儿去?"丽雪又摇了摇手,笑着说:"算了!"

丽雪吃了几个馄饨,就叫余妈到里屋去收拾床,月梅只吃了半饱,也放下了筷子。丽雪瞧着她,问说:"怎么,你就吃了这么一点儿?"月梅站起身来,笑着说:"我是不能够吃太多。"丽雪生出些惘然之情,说:"大概你这两天也是太兴奋了,到里屋来吧!"

月梅又随丽雪进到里间,就见那张干净雪白的弹簧床上已铺好了两份被卧,丽雪说:"今天咱们先在一个床上睡,明天我再叫人给你另支一张床。不过你跟我在一块儿睡,恐怕睡不安,因为这几天我总是失眠,一夜要起来好几回。"白月梅说:"这几夜我也没怎么睡。"丽雪感叹着说:"咱们两人的环境虽然不同,可是同样的可怜!你是因为太没钱了,又没有父母,所以才可怜;我呢,我的可怜就是因为有钱有父母。自然做儿女的谁不爱自己的父母?可是我父母所给我的只有痛苦,反倒不如你,倒干净!"

白月梅拿袖子擦擦眼泪，就问："老太太的病好了吗？"丽雪摇头道："没有，明天我带你去看看。我很痛苦，也是因为我母亲的病老不见好，假使她老人家真有个不幸，那时我……"说到这里，她长吁了一口气，便转过身去。丽雪到外屋把门锁上，把灯也熄了，然后进屋来，又勉强笑着说："咱们也睡吧？"于是她就叫月梅在里边睡。

月梅很忸怩地脱去了毛衣，便不敢再脱长褂。丽雪说："不要紧，你脱去长衣服吧，我不怕你脏了被褥。明天我带你去洗澡，再给你做一两件衣裳；你不要跟我客气，你要知道我也是很孤独可怜的，我很愿意有你这样一个妹妹！"月梅听了，立时将头扎在丽雪的怀里呜呜痛哭。丽雪安慰着她，同时自己也不由得簌簌落泪。

月梅哽咽着，全身颤抖着说："祁小姐，我真不愿意连累您，您家里的老太太又病得厉害，哪还有工夫来顾我？我想，我在您这儿住一天，我还是走吧！"丽雪摇头，说："不行！你既然到这里来了，无论如何我不能叫你再走，除非你将来有了好人家，你出嫁了！"月梅将头深深地低下去，眼泪都流在了地毯上。丽雪就一手揪着她的胳臂，一手抬起她的头，笑着说："不要再哭了！人一过了十三四岁，就不应当再小孩子气！"

桃红色的灯光照在月梅的手臂上，丽雪忽然看见了那一片青紫的伤痕，并有几块都流出了浓血，经过雨淋更是难看。丽雪皱了皱眉，说："哎呀！你这儿觉着疼不疼呀？"月梅擦着眼泪，说："破了的地方还疼。"丽雪由抽斗里拿出硼酸软膏和绷带来，说："我给你绑上吧，要不然进了细菌那可就不好了。"月梅由着丽雪给她绑上绷带，丽雪又问："这是谁打的你，是那姓高的打的吗？"

月梅摇头道："不是，那小高偷了别人的东西，叫法院押起来有两个多月了；这都是那白家，我那母亲她们打的我。"

丽雪气愤地说："她们真狠心！所以我们不能放心让你再往别处去了，你在这儿不要老觉着不安，我们家里现在还能养得起你这么一个人！"

月梅低着头不语，随后她脱去了竹布旗袍，露出里面的线衣线裤。这都是刚才陈蕙如给她换的，虽然还很干净，可是她那两条腿跟两只脚太脏了,她就躲在被里,又极力地想叫腿脚不挨着被。

　　丽雪又跟她说了半天话,就劝她安心去睡。月梅虽然在街头流浪了两天,每夜都是在城根下蹲着,像个乞丐似的那么过的夜,这时她却睡不着,偷眼看着在她外首躺着的丽雪。丽雪是向里侧着身,伸着一只很健康的胳臂,手里拿着一本皮面的,印着几行洋字的书在看。在桌前那一张铺着白单子的茶几上,有一盏绯色罩子的桌灯,光度不太耀眼,那灯光直照到书页上,又反映到丽雪的脸上,使她的脸也像擦了一层胭脂似的。其实丽雪的脸是微黑的健康色,鹅蛋圆形,这些日大概因为忧烦、失眠,她比上回白月梅见她时显得有些瘦了,但她那两只眼,双眼皮衬托着的两只美丽的眼睛,还很有精神;她那长长的蜷曲的头发洒在枕上,如同万缕乌丝一般。

　　丽雪也是睡不着,一连坐起来三四次,后来她索性推开夹被下了床,由书桌的抽斗里拿了一个小药瓶,取了半片药;她又由热水瓶里倒了半玻璃杯开水,然后上了床,把药服下去,随后就将灯熄灭了。此时窗色是惨白的,外面檐水仍滴滴响着,不知是击在哪一种花木的叶子上,声音十分清脆。丽雪又翻了几次身,就不再动了。月梅将被向上提了提,便面向着窗,仰卧着,也渐渐入睡。

　　到了次日,白月梅很早就醒来了,但是她不敢下床,唯恐惊醒了丽雪。她就静静地卧着,眼睛看着那越来越发白的窗帷,耳边已没有了檐滴之声,大概雨是已经住了,外面有小鸟啁啾地叫着。又过了一会儿,丽雪忽然睁开了眼睛,月梅就说:"祁小姐您再睡一会儿吧,天还很早呢!"丽雪笑了笑,说:"你干什么也叫我小姐?以后别这样叫,你就叫我姐姐好了。"她轻轻地叹了一口气,又说:"小姐,真是一种最痛苦的人!"

　　月梅看了丽雪一眼,心里有些难受,但没说什么话,就坐起身来穿衣裳,然后由丽雪的脚下慢慢地下了床。她对镜拢好了头发,就细细地擦那梳子,然后又为丽雪收拾那张写字台。丽雪就说:"月梅,你别管啦!由它乱着去吧!回头自然有人收拾。你在我这儿住着,是我交了一个朋友,认了个妹妹,并不是雇来了一个小丫鬟!"

月梅似乎有点儿不乐意，回过头来说："我也不是愿意给您当丫头，这是我的习惯！"丽雪笑着说："你这种习惯固然很好，可是现在你也应当享几天福，弥补弥补以前的痛苦吧！"月梅便黯然地转过脸去。

丽雪由枕旁拿起手表来看了看，就说："月梅，给你钥匙，你把屋门开开，叫余妈来！"

月梅接过来钥匙，到外屋把门开开，见雨已住了，庭中有许多零落的花瓣，都泡在雨水里。天气有些清凉，各屋的门全都关着，寂寂地并无人声。月梅要喊余妈，但她头一声没有喊出口去，顿了一顿，才轻轻地叫道："余妈！余妈起来了没有？"

待了一会儿，余妈由北房里出来，走近了才说："张小姐起来啦？"白月梅微笑着说："起来啦，五小姐现在叫你。"余妈进到屋里，月梅就在廊下站着，想着自己的事情；想了一会儿，她就决然地要往外去走。可是这时就听丽雪隔着窗子叫道："月梅！你进屋来呀！"这声音又是十分亲热。月梅脸上现出一种悲戚的样子，便强笑着答应了一声，遂进到屋里。余妈正端着脸盆出来，并说："张小姐请屋里来吧！外边才下过雨，凉！"月梅就笑了笑，走进里屋。

这时丽雪已坐起来了，但还没有下床，她就向月梅笑着说："昨天我吃了半片安眠药，睡得很好，所以我也觉着精神好些了。我真不明白，这些日我为什么要发愁？为什么不会打起精神来应付一切的困难呢？现在，你也别发愁啦！下午等我由学校回来，咱们同柏先生一块出去玩；我要做两件衣裳，你也做两件，你是想做洋装还是中装？"

月梅说："我不做衣裳，现在我穿的是薛太太的，足能够穿一夏天；到天凉了，我还有您上回给我的那几件，我的衣裳倒是不发愁。"丽雪摇头，说："不是，你现在穿衣裳不能不讲究一点！你要是穿上一身讲究的衣裳，就是你一个人走在街上，遇见那白家的人，他们也不敢把你拉住。你现在就听我的，别客气，也别执拗，我一定尽力帮助你成为一个自由自立的人。"白月梅默默不语。

待了一会儿，余妈把洗脸水和漱口水送进来，然后又出去另弄了一份，丽雪就与月梅盥洗。丽雪始终没有下床，早点她也是坐在床上吃的，一面吃着，一面与月梅谈话，确实她这时候是高兴了。然后她就下床换衣裳，穿的是一身青绸子的洋服，赤足穿着白皮高跟鞋。对镜修饰了半天，她才拿上两本书，让余妈去叫小杨把车开出去。丽雪在屋里，拿着书，来回地扭动着走着，并笑着跟月梅说："我有许多同学都想看看你，等一半天我把她们请来，都给你介绍介绍。你也应当交几个朋友，别的咱们也不希望她们帮助，在学问上你不妨请她们指导指导你，下学期我一定能叫你考上初中。现在无论男女，没有相当的资格是不能在社会上做事的。"

她正说着，余妈就进来说："车开出来了，五小姐您走吧？"丽雪点点头，又嘱咐余妈说："回头太太要是醒来，你就领着张小姐到那屋里去见一见。张小姐要什么，你可别等吩咐，就伺候着。"余妈连声答应。丽雪又向月梅笑了笑，说声"回见"，她就走了，咯咯的鞋声由廊下散了过去。

月梅走到外屋，就坐在沙发上看报，余妈在里面收拾东西。月梅看了几张报就放下了，她皱着眉，仿佛这样豪富的环境，与她总不相宜似的，她就站起身来，慢慢踱出屋去，靠着廊子站着。有个老妈子正在扫院子，瞧见了月梅，就问说："您就是那位张小姐吧？"月梅点了点头，又问："你贵姓？"那老妈子说："我姓毕，张姑娘，您跟我们二太太简直长得一样！不信您要是跟我们二太太出去，说您是她的女儿，准有人信。"月梅惨然地笑了笑。

这时大桂由西院跑了出来，高声叫着说："毕妈！毕妈！我妈妈叫你！"毕妈不理，生着气说："叫我也不去！你就大声儿嚷嚷吧，把太太吵醒了，你可提防四少爷打你！"大桂一眼瞧见月梅，就扑过来，欢喜着说："小姐姐你又来啦？走吧！上我院里玩去！"月梅摇头，说："我不去！我才起来。"大桂用力拉着月梅，往外就拽，月梅又发急又好笑，就被大桂拉到客厅那院子了。

客厅的廊前摆着八盆石榴树，都有几尺高，红花开得跟火一般，经过雨洗，更是好看。大桂就拉着月梅跑过去，说："小姐姐你瞧，快结石榴了！等结了石榴，我跟五姐姐要，也给你。"他伸着小手去动那石榴花,就听客厅里有人猛喊了一声:"别动!"大桂吓得一哆嗦,赶紧退后几步,小脸儿都吓白了。

客厅里出来一个年轻人,光着膀子穿着线背心、白裤衩,手里拿着一对铁哑铃,气昂昂地向大桂说:"你找打呀?忘八蛋!"大桂吓得又往后退,他几乎要哭了,说:"四哥,我没动花儿!"月梅赶紧抢在大桂的身前挡住,说:"他没动,我在这儿瞧着啦!"

祁敬孝直盯着月梅,笑着说:"你姓什么?谁带你来玩的?"月梅说:"五小姐叫我在这儿住着的,我姓张。"敬孝笑着说:"啊,你是我母亲上回认的那个干女儿呀!柏骏青是你的老师,对不对?"月梅点头,敬孝笑着蹲在台阶上,说:"你不认得我吧?丽雪她是我妹妹,我是她的四哥。怎么,你以后就在我们这儿住着了吗?"月梅说:"五小姐倒是打算叫我在这儿长住,可是我还不一定呢!"祁敬孝说:"你就在我们家里住着吧,我们这儿热闹,你爱怎么玩就怎么玩,可就是别跟这孩子在一块儿,大桂这孩子跟他的妈一样,坏极啦!喂!你会弹钢琴不会?"说着,他站起身来,把哑铃放在窗台上,就伸手拉着月梅,说:"你进来,瞧瞧我们这架钢琴。"

月梅因为知道他是丽雪的四哥,便不好意思不随他走进客厅。祁敬孝跑到钢琴旁,又问月梅会不会弹钢琴,月梅摇头,说:"不会。"敬孝就在琴前坐下,得意地叮叮铮铮地弹起琴来。月梅转身要走,敬孝又拉住她,笑着说:"别走!你到我那院里看看去,你看我那院里的花有多好?"他生拉硬拽地把月梅拉到他的屋里,月梅气得一句话也不说,紧咬着嘴唇。敬孝指着藤椅,说:"你坐下!别客气,你会演新剧不会?"月梅摇头,说:"我不会!没演过。"祁敬孝说:"没演过不要紧,可以慢慢练习,干脆你加入我们那个剧团吧!你叫什么名字?张什么?"说着他就要拿钢笔往纸上去记。月梅却生着气说:"我没有名字!"敬孝笑着说:"你别开玩笑!我知道你是华云女中的学生,你的排球也打得不错。来来,你自己把名字写上,只要写上名字就算加入了我们的剧团,我是团长。"月梅气得转身走出屋去。

祁敬孝追出来,说:"你不加入没有关系,也别生气呀!下午有工夫咱们上公园好不好？"月梅不语，一直进了客厅。祁敬孝又追上来，嬉皮笑脸地说："你认得梁霞不认得？我托你一件事！"他伸手要拉白月梅，白月梅却吧地一甩手，生着气走出了客厅。

这时大桂刚偷偷地掐了一朵石榴花，祁敬孝一肚子气正无处可发，如今可有了发泄的地方；他一个箭步跳下了廊子，怒声喊道："好！你敢毁石榴树！我打不死你！"大桂吓得转身就跑。月梅把敬孝拦住，瞪着眼睛说："你敢打他！"忽听大桂哭叫起来，月梅回身一看，见大桂在廊子下摔倒了，她赶紧跑过去，把大桂搀了起来。大桂的鼻子流出血来，染了一脸一身。月梅气得真要骂祁敬孝，又想：现在自己是住在人家里，不能不有所顾忌，遂忍着气，又瞪了祁敬孝一眼，一句话也没说。

这时，贵禄由前院闻声前来，把他们四少爷给劝走了。月梅又安慰大桂说："你不用理他，回头我告诉你五姐姐，叫你五姐姐去问他！"大桂把眼泪和血抹了一脸，又坐在地下，放声大哭说："我不敢回去！我回去我妈妈打我！"月梅过去拉他，说："不要紧，我送你回去！你四哥欺负你是我看见的，我绝不能叫你妈打你！"大桂哭着，还不敢迈步儿，月梅就拉着他，到了西小院。

二姨太太梅素卿正在屋里愁闷地坐着，眼角还挂着泪珠，也好像才哭过似的。她一见大桂成了个血人，就赶紧问道："怎么啦？"大桂咧着嘴，哭道："四哥他追我，还要打我！"梅素卿跺着脚，说："该！该！该！怎不把你打死？谁叫你去惹他？谁叫你去给我惹事？"她一面说着，一面也举手要打大桂，大桂哭得更厉害，忙躲在月梅的身后。

月梅把梅素卿拦住，说："二太太，是我把他送回屋来的，您要是一打他，这不是让我的面子上下不去吗？"梅素卿："你别管，你不是我们家里的人！我打我的儿子，连太太跟五小姐都管不着！"月梅气得把大桂一拉，说："走，你先跟我上五小姐屋里去，省得你妈打你！"她说着，领着大桂往外就走。

梅素卿赶紧追出来，说："张小姐你怎么跟我生起气来了？我是不会说话儿，你好意把大桂送回屋来，我还能够抱怨你吗？咳，你这位小姐真是心眼儿多！你把他带到五小姐屋里，万一他这一脸血要是把人家的什么东西弄脏了，那不又是我的麻烦？咳，张小姐你进来吧！"

月梅本来生着气，可是见梅素卿此时的样子又是十分可怜，尤其觉着她的面貌真与自己相似，不知为什么，就有点儿不忍。看着梅素卿那乱蓬蓬的长发、憔悴的瘦脸，尤其看到她眼里还噼里啪啦地直掉泪，月梅心里不禁也觉辛酸，就把大桂交给她，说："二太太您别打他啦！刚才的事情是我亲眼看到的，就因为他掐了一朵石榴花，四少爷追他，他一跑，才摔倒了的！"

梅素卿叹着气，又指着大桂说："我嘱咐过你多少回？叫你就在这小院里玩，别上前院去，你偏不听我的话！掐那花儿干什么？也不怕烂手！"说着，就领着大桂进了屋里。

月梅恐怕大桂再挨打，就也随着进去。梅素卿这时倒是不生气了，先擦了擦眼泪，然后向月梅："你不知道，我们娘儿俩在这儿住着，是难极啦！"她一边拿盆里的水给大桂洗脸上的血，一边又问月梅，说："张小姐，你在哪儿住呀？"

月梅说："我现在就在五小姐屋里住着，可是也住不久，我是想到天津去。"

梅素卿问说："你家里的人都在天津啊？"月梅点点头，脸上不由现出一种悲凄之色。又听梅素卿说："咳！我也有个女儿……不是，是我的娘家侄女，现在大概也有你这么大了！"

大桂听了这话，忽然就说："妈妈！你怎么不叫我那姐姐来？怎么也不给她织毛衣啦？"梅素卿打了大桂一下，说："胡说，我给谁织过毛衣？你哪回瞧见我织毛衣来着？"随说随狠狠地瞪着大桂，大桂就吓得不敢再言语了。

梅素卿又向月梅说："张小姐你请坐！刚才是我的错，我不会说话，可是你也别怪我，这事也千万别跟五小姐说。五小姐这些日的脾气倒是比早先好得多了，可是，咳！我们娘儿俩在这公馆里受的苦，简直就别提啦！我比个老妈子还不如；老爷上了任，常有电报跟信来，连问问我们娘儿俩也没问过。我进了祁家的门十一年，他们待我一年比一年坏，我早就想跟他们分开，顶少他们还不给我几千块钱吗？可是听说不行,那么一来,就得叫大桂离开我啦!"说时她哽咽着,仿佛这些伤心的话,她已积压了若干时日,到如今遇着个与这家里不相干的人,才能说出来。

旁边立着的月梅听了织毛衣的话,便很是惊疑,直着眼瞧着这位可怜的妇人,听她说了这一大篇悲哀宛转的话,月梅的脸色就变了,愁雾在她脸上越堆越浓,泪水也像涌泉似的,不住滚下来,仿佛比梅素卿还要悲痛。她张着两只臂,扑过来就把梅素卿抱住了。月梅抬起泪眼来,仔细看了看梅素卿的面貌,她又低头看了看梅素卿的脚,就渐渐把两只臂松开了,但她仍流着泪,悲泣着说:"二太太……您……说得我的心里直难受……"

大桂过来拉着月梅,说:"小姐姐你别哭啦!我妈妈就爱哭,怎么你也爱哭?"月梅的泪水依旧不住地往下滚,她仰着脸问说:"二太太,您的娘家姓什么呀?"梅素卿说:"我娘家姓梅,咳!我娘家的事那就更不能提啦!"大桂这时脸也洗干净了,又换上了一件小褂,他仿佛也忘了刚才的事,就拉住月梅,说:"小姐姐!咱们俩还出去玩吧?"月梅勉强笑着,说:"回头再玩吧!我要到前院去啦。"又向梅素卿笑了笑,说:"二太太,回头我再来跟您说话儿。"说着又拭拭泪,转身就走。

梅素卿又赶上来,悄声告诉月梅,说:"张姑娘,我托你一件事!回头你见着五小姐,托她跟二少爷给我要几块钱……"她又寻思了一下,说:"不用啦!还是我跟五小姐说去吧,要不然五小姐又疑惑咱们说了什么话!我们家里的事处处都得留心眼。老爷跟三姨太太都走啦,现在就是五小姐拿权,还有柏少爷……张姑娘,我还得告诉你,以后柏少爷要是再到五小姐屋里去,你就躲出来!真的,我告诉你这是好话,你岁数小,不懂得什么。"月梅点了点头,脸上绯红,就走出屋去。

回到丽雪的屋中,待了一会儿,骏青就来了。骏青见月梅眼角挂着泪,就劝说:"你现在还忧虑什么?这不是个平安稳妥的地方吗?你以后应当安下心来,寻求自己的幸福和快乐。至于你那天津的母亲,你更不必想念她,因为据我猜度着,她的环境一定很坏,一定是环境不允许她和你相认。你们母女若相认了,不但她帮不了你,你救不了她,而且还对她有很大的不幸。现在,你就应当发奋求得知识,学习一种可以自立的技能,将来你有力量帮助你母亲了,再去和她相认也不晚。"月梅哭泣着说:"我知道。"

这时余妈进屋来,骏青就问:"太太醒来了没有?"余妈说:"才醒来,刚才喝了牛奶。"骏青说:"我们去看看吧。"于是他就带着白月梅到了北屋。一进屋,他们不约而同地都把脚步压得很轻,走到祁太太的床前,见祁太太虽然睁着眼睛,却不能说话,那脸上不仅是胖,而且肿了。骏青做出喜欢的样子,问道:"姑母,您的病这两天觉着好一些了吧?"又指了指月梅,说:"她又来啦!"月梅也向祁太太鞠躬。

祁太太斜着眼珠看了看月梅,脸上现出一些喜色,嘴唇翕动着,却说不出一句话来。骏青见床旁小凳上放着一茶杯牛奶,已经凉了,看那样子,祁太太也就喝了一二茶匙。他看姑母的病实在可虑,但又不敢在病人的眼前露出发愁的样子,待了一会儿,就说:"姑母您别着急,您就好好地休养吧!好在现在家里也没有什么事叫您操心的,我现在的景况也很好,身体也完全恢复了,您不必惦念着我。月梅她是昨天来的,我五妹要留她在这儿住,陪着我五妹玩这一暑假,也可以时常服侍您。"祁太太的脸上更显露出欢容来。

骏青与月梅慢慢退出屋去,一到院中,大桂就跑过来,喊了一声:"柏大哥!"骏青赶紧向他摆手,月梅就拉住大桂的手,扒着耳朵悄声告诉他说:"别大声说话,太太才醒来。"大桂便点了点头。

骏青带着他们两人到丽雪的房中,给他们讲了两个故事,把晨光消磨到十点多钟,丽雪就回来了。一进屋她就扔下书本,轻爽地说:"好容易把这学期的课上完了,现在放了假,休息几个星期,过了这个热天再说吧!"她又问骏青是什么时候来的,见过她母亲没有。骏青说:"我来了半天了,刚才带着月梅见过了我姑母,我看,她老人家那病……"他脸上不由现出忧愁之色,叹气道:"总还是应当请大夫再看看。"丽雪说:"大夫昨天还来过,但是这种病,我母亲又这么大的年岁,医药有什么效力呢?"说着眼泪就落下来了。她转身走进了里屋,月梅就赶紧悄悄向大桂说:"咱们俩上外面玩去吧!"

骏青见月梅和大桂走出屋后，就到里间劝慰丽雪。丽雪哭泣着说："你知道这些日我为什么忧虑？我为什么连夜失眠？有我母亲活着，将来我什么事都好办；倘若她老人家有个不好，我们将来……"她擦了擦眼泪，又说："真的，你想我们将来怎么办？谁是同情我们的人？"骏青发着愁，一句话也说不出来。

半天，余妈进屋来了，问说："五小姐，这就开饭吗？"丽雪说："开饭，吃完了饭我们还要出去呢！"余妈答应了一声就走开了，丽雪又像乐观了一些，说："你也不必发愁，要来的事总会来到的，但真正事情来到之时，我们自然会有解决的法子。"骏青顿足说："我真惭愧！"丽雪说："你惭愧倒不要紧，只要你别后悔就是了！我们俩既然走到这地步，当然不能再退回去。前天我已给我父亲去了电报，就因为我母亲的病重，请他回来一趟。只要他一回来，我想我们就当面向他说明，叫他准许我们订婚；他多半是不能同意的，但那也没有什么。"她一面说着，一面走到外屋。

骏青还在里间站着发愁，忽然丽雪在外屋笑着叫道："你来看！我们新照的这张相片！"骏青走到外屋，就见丽雪由她的书中拿出几张用小型镜匣所摄的相片，背景是在她们学校，有两张是她跟张淑范合照的，其余都是她一人各种姿态的小影。骏青连声赞好，但愁颜并未因此稍得舒展。这时月梅也由院中进来，丽雪又仿佛高兴了，提议回头一同到市场去照相。少时，余妈同厨子把菜饭摆上来，三人一同用饭，丽雪和骏青这时倒还喜欢，谈了些为月梅将来设想的事，可是月梅却很忧郁，不知有什么事情压着她的心。

饭后，他们就一同坐着汽车到东安市场，到了丽雪熟识的一家西服庄挑选料子。丽雪做了一件，给月梅量了两件，随后又带着月梅去买鞋；本来丽雪是要打算照相的，可是后来又想：索性等月梅的新衣服做好了再照吧！她先叫汽车把月梅送回去，又与骏青在市场里玩了一会儿，她就说要到学校去开同班联欢会，就与骏青分了手，骏青便一个人很烦恼地回寓所去了。

过了几天，天气更热了，丽雪在家中侍候她母亲，并给月梅补习功课,很少出门,但每隔一天,晚间必邀骏青到她家里去玩。月梅现在虽算有了归宿,但骏青的职业仍无着落;他终日地愁苦烦恼,但在每次见到丽雪时,还要做出来高兴的样子。

这天,骏青接到一封信,信封里只有张锦生的一张名片,名片后面用钢笔写着:

事情已有希望,请于明早七点到来今雨轩一谈!

骏青很是高兴,当晚就预备出来一身明天要穿的衣服。到了次日,他就穿着哔叽纱的洋服、白皮鞋,往公园去了。他由后门走进去,此时园里的游人倒不多,那柏树林中传出清脆嘹亮的鸟叫声,嫩绿的草地、粉白的花朵上,都含着一层溟蒙的雾。

骏青走到长廊上,才要往"来今雨轩"茶座那边去走,忽见对面有一个穿花旗袍的女子,手里拿着皮包和一件白绸的风衣,袅娜地走来。骏青往前走了几步,才惊讶地看出,这女子原来是张淑范。她那长发蜷曲地披在肩上,一面笑着,一面很快地走到临近,说:"柏先生,您真起得早!"

骏青站住,点了点头,带笑问说:"二小姐是跟锦生一块儿来的吗?"张淑范忽然斜转过脸,把一个花旗袍包裹着的曲线婷匀的侧影向着骏青,她就这么扭着头,轻轻地回答说:"我哥哥他没来,昨天那封信是我给你写的。"骏青不由怔了,既为难又有些生气,半天也没有说出一句话来。

张淑范渐渐地转过来她那婀娜的身子,俊俏的脸上现出来一些红晕,她说:"您别误会,我是有几句话要跟您谈。"骏青脸也红了,就勉强笑着说:"是,我没有什么误会。"张淑范的小眼睛瞟了骏青一下,又微笑着问说:"我们到那边去谈好吗?"骏青说:"随便。"脚步就慢慢地往前移。

张淑范穿着一双白皮子的高跟凉鞋、长筒的肉色丝袜,她袅娜地在前边走着,微风吹动着她的衣衫,鞋跟儿咯咯地响。走了几步,她忽然又站住了,等到骏青走到她的身旁时,就说:"上次……"欲语复止。她低头站住,忽然就坐在旁边的廊栏上,转过脸去,由手皮包里拿出一块花手绢拭泪。

骏青为难得真要叹出气来,对方不是丽雪,自己也不能把她拉过来劝她;她伤心成这样,自己更不忍愤然离去,遂就极力忍耐着,脑里尽力搜索着适当的话语,说:"张小姐,有什么话请你就对我说吧!"

刚说到这里,就由东边走来了一个穿春罗大褂的胖子,肚子有养金鱼的水缸那么大,那么凸。这人用一根粗手杖敲着水门汀地面,来到了临近,拧着那臃肿的脖子,看了张淑范一眼,然后鄙视地一笑,就走过去了。张淑范赶紧擦了擦眼泪,跳过了长廊,踏着地下的细草向北跑了几步。骏青还在廊下站着,心说:她走了才好,就这么无结果地把这件麻烦事躲开了吧!以后无论谁写信约我,我得先看清楚了笔迹。可是张淑范跑到那边的藤箩架下,又坐在休息椅上了,她叠着腿儿,把白风衣和手皮包都放在膝上,抬起眼来向骏青微笑着说:"这边来!"

骏青迈过了廊栏,下了很大的决心,走在张淑范的临近,就把话都说了。他说:"张小姐!你不要误会,我说的话也许不对。在前两个月我接过一封信,大概就是张小姐写的,但是……那是不可能的……"

张淑范忽然扬起脸来,似乎生了气,眼睛直直地盯着骏青,用一种幽怨的口吻质问说:"那有什么不可能?"骏青语塞了,刚要拼出一切得罪她,索性陈述不可能的理由,但张淑范又哭了,她说:"我那封信也没有别的意思,就是因为,那次我从驴上摔下来,您在旁救护我,我非常地感谢您;这一种感谢的心理,我自己也不明白为什么,仿佛我永远忘不了!后来我听陈蕙如说,您去考那书记员,没有考上,我心里就很难过,才写了那封信;我的意思是要给您介绍个事情,并没有什么别的意思。"

这宛转多情的话,由这位次长的美丽的小姐,低泣着诉出来,真使骏青的心软。他就叹了口气,点头说:"是,我很明白张小姐的好意,我也很感谢,可是……我现在因为环境的关系,不能同女朋友们常来往。"

张淑范收起来她那条花手绢,扭头一笑,仿佛讥讽似的问道:"那么丽雪呢?"骏青脸又红了红,笑着说:"那因为是亲戚,我也实在没法子。"

张淑范站起身来,面对着骏青,像是很关心似的问道:"是不是你的父亲现在还干涉着你的行动?"

骏青摇头道:"那倒不是,我与我父亲虽不算正式脱离了父子关系,可是他对我的一切事已全都不过问了,经济的帮助也断绝了。我现在感到最困难的就是经济,我现在是个穷人,假若一个月后再寻不着事做,我就连衣食都没有了;所以不但是女朋友,就连男朋友我都不愿交往。"

张淑范仿佛很惊异,又问道:"难道丽雪她在经济上还不能帮些你吗?"

骏青惨笑着,说:"张小姐,你还不明白我这个人,我的脾气是很古怪的。我是因为要谋求自立才离开家的,我若是仰仗着亲戚朋友们的帮助,那我成了什么人?那我还不如回家去呢!"

张淑范谛听着,然后点了点头,又用一种怜爱的口气说:"我真不知道柏先生你现在的处境会这么困难!可是你也不必发愁,到秋凉时,我父亲就回北京来了,你一定会有事做的。"提起她的父亲,她仿佛又忧愁起来,就说:"我的家庭也有痛苦,我连丽雪那一些自由都没有。"

骏青叹息着说:"所以想起来,我们都是大家庭下的牺牲者,彼此的痛苦都能知道,不过我……"

张淑范没容他把话说完,就又忧郁地道:"我没有别的意思,我……就是愿意跟你做个朋友,我好活下去,不然……我真时时想着自杀!"说着她又取出手绢来,转身拭泪。

骏青皱着眉,点头说:"做个朋友我当然很愿意,因为事实上我们已是朋友了,张小姐你跟丽雪是同学,我跟锦生也是很好的朋友;就是今天这事,我们告诉他们也不要紧。"

张淑范却含着泪,急急地嘱咐说:"柏先生,今天的事你告诉我哥哥,告诉于先生都不要紧,可是千万不要告诉丽雪!"

骏青不由发怔，问道："为什么？"张淑范脸红着，说："不为什么，何必告诉她呢！"又笑了笑，说："咱们到'来今雨轩'用早点去好不好？"骏青说："不用，我已吃过早点了。咱们再在园里走一会儿，我还要去寻个朋友。"张淑范点点头，又用眼撩了撩骏青，两人便离开了这藤萝架，顺着平坦的柏油甬路，相并着往西走去。

这时阳光已铺到屋顶，铺到柳梢，廊边池畔游人渐渐多了起来；多半是些青年的情侣，那一种优游亲昵，就像水禽栏里的鸳鸯似的。张淑范不时转过头拿她那小眼睛去看别人，别人也都以注意的目光来看他们。骏青闷闷不语，张淑范用她那清细的声音在骏青耳边说了许多她家里的事，又说她的生活怎样的苦闷；骏青都没有连贯地听，只是随便地点头。

少时又将走到公园的后门了，忽然张淑范看见由那边来了两个人，她就拉了骏青一下，离开了甬路。骏青很是惊异，便跟着走了过去，张淑范就说："那边来了我两个同学，我不愿意叫她们看见，咱们往东去吧？"骏青说："不如我们这就分手，我出后门回去，你还可以过去跟她们玩一会儿。"张淑范的脸色变了变，仿佛又要哭，骏青赶紧说："因为这公园的地方很小，咱们就是走到东边，也会跟那两个同学碰头的。"张淑范就近前半步，说："那么……明天这时候我们还可以在这儿玩吗？"

骏青发着愁想了一想，就说："明天看我有没有工夫吧？今天晚上我打电话告诉你。"张淑范摆手说："你别打电话！"她低头想了一想，就说："我明天一早还来，若等到八点钟你再不来，我就回去！"说时她的双颊又现出来红晕，低着头，拿鞋尖揉地下那湿润的细草。骏青此时也顾不得细费斟酌，就点头说："好吧！"说毕转身就走，连头也不回。

第十八回　难调和的父子

　　骏青踏着板桥出了后门，一颗心才平放下去，这时忽听耳边有人说："柏先生，您没看见我们二小姐吗？"骏青抬头一看，原来是张公馆的汽车夫，站在那辆流线型的黑汽车旁问他，骏青就答说："没看见。"他赶紧迈着大步忙忙地走去，心里想着：这是什么道理？我找个职业是那么难，而爱情又这么容易就找到我，而且是两位阔小姐爱我这个穷光蛋，这也太畸形了！我也太不像个正常的人了！

　　走到街上，他忽然心生一计，就找了一家商店借电话，想要把张淑范刚才的事通盘告诉丽雪，请她替自己解围。电话通到那边，丽雪很快地就接了，不容骏青说话，她就焦急地说："骏哥！你快来！马上就来！我母亲现在病得厉害！"骏青就觉着像有人从他头上浇了一桶凉水，急忙冲着听筒说："好！我马上就去！"他挂上听筒走出商店，雇了一辆洋车，催着车夫快走，就往祁公馆去了。

　　少时到了祁公馆，他下车，扔下了车钱，就赶忙往里院走。走到书房前正遇见祁敬孝，他也是很懊恼的样子，说："你这时候才来？你快瞧瞧去吧！现在就要咽气！"骏青更惊慌了，赶紧跑到里院北屋，就见他姑母仰卧在床上，不住地喘气，眼睛虽还能微微睁开，但是眼珠却像凝定了似的。丽雪、月梅、祁敬廉、梅素卿和两三个仆妇全都是一副忧愁的面孔，丽雪并且不住地拭泪，她向骏青说："我叫小杨开车接你去了，你知道吗？"

骏青摇头，说："我没见着小杨，我是从别处来的，她老人家这病怎么忽然又重了？"

丽雪拭着泪，说："从昨天下午到现在，连一点儿水也没喝，喘得越来越厉害。刚才缪大夫来了，给打了一针，才算好了一点；可是缪大夫临走时又跟我二哥说，还是应当送到大医院去治才好，因为现在又加上心脏病，很危险。可是你想，她老人家这样大的年岁了，哪禁得住抬动呢？我刚才给张淑仪、张淑范打电话，叫她们去请那美国大夫，可是张家姊妹又全都没在家！"

骏青一听丽雪提到了张淑范，他不禁脸红，怔了一怔，就说："我再给缪大夫打个电话，叫他索性说明白了，还有法子治没有？"祁敬廉摆手，说："你也不必再去问了，刚才大夫早跟我说明白了，就叫我们预备着后事！"骏青叹了口气，丽雪就说："我查电话簿去，再请一位医生来！"于是丽雪又赶忙跑出去打电话。

这里骏青把祁敬廉叫到外屋，说："你别当着病人说什么预备后事的话，病人也许听得见。现在我姑父那里怎么样？到底他能不能够赶回来？"

祁敬廉说："现在他正过着官瘾，人没死，你就叫他回来，那怕是办不到！前天倒是来了一封快信，给汇来了六千块钱，我们老太太身后的事情倒是一点儿也用不着发愁了。我们家里的大小姐也快由蚌埠赶来了。发愁的倒是将来那件丧事，依着我，这年头儿马马虎虎地就得了，可是我们姑奶奶回来一定要大办，就许闹丧，连丽雪都惹不起她！"又说："舅父那里我也拍了电报，大概也能够来。"

这时丽雪已打完了电话，跑回来向骏青和她二哥说："我给美国医院打了电话，有位平大夫，马上就带着护士来看看，如果还有治好的希望，就把病人送到医院去。"

骏青这才略微放下点心，又回到祁太太的床前看了看。一回头，就见月梅穿着一件紫花儿府绸的洋服正靠着茶几擦眼泪，骏青就趁着丽雪跟仆妇说话之际，悄声告诉月梅说："你不要这样伤心，你想，五小姐要看见了你这样,她更得怎样的难过呢!"月梅点了点头,转过脸去。

梅素卿走近骏青,惊慌地压着声说:"太太的病怕要不好,寿材、寿衣、九连环也不知都预备下了没有?我也不敢问。"骏青点头说:"大概都有,二太太你就不要多说话,也不要难过。"梅素卿点头说:"是呀!我不敢说一句话,我就跟张小姐一样,我们都是外人!"骏青皱着眉,只是点头,不再说什么话。丽雪就说:"太太的病也不能立时就不好,我想这屋里的人还是不要多了……"听到这话,月梅就出屋去了。丽雪又说:"要不然大夫来到,这屋里就连地方也没有了。二太太你先回去歇歇,这里要有事一定去请你。"梅素卿笑了笑就走了,丽雪微叹着,望了望骏青。

待了一会儿,那医院的大夫就来了。这位大夫还带着个护士,看完了祁太太的病,就跟骏青、丽雪用英文谈话,说是病人是全无希望了,至多还可以维持一两天,所以就是送到医院里去,也没有多大好处。骏青把大夫送走,这里祁敬廉就问他妹妹说:"大夫说的是什么?"丽雪却伏在桌上抽搐着,说不出一句话来。

少时,骏青在外隔着门,点手叫祁敬廉出来,就流着泪把大夫刚才说的话告诉他,并说:"现在你赶紧把寿衣棺材都预备好,同时门房里要看严了些,留神有人乘着乱往外偷东西!"祁敬廉擦擦眼泪,说:"东西我都托董文甫给办去了,说齐就齐。大门我回头叫老李关上,非叫不开。现在家里的人少,大概也不至于有什么事。顶是我们老四可恨,这半天也不见他,不知又跑到哪儿瞎闯了!"说着,叹着气走了。

骏青又进了屋,见丽雪还趴在桌上痛哭,就劝她暂时回西屋去歇息。又待了一会儿,白月梅也由二太太的院里回到屋来,这一片浓厚的愁闷空气,压得她也紧蹙着双眉,一句话也不愿说了。当日骏青就在这里,一天也没有走。

晚间,他与丽雪、敬廉轮流着守候祁太太。深夜两点多钟,祁太太的病势就到了最紧要的时期,骏青、丽雪、敬廉、敬孝,连梅素卿母子全都来到床前;迟延到了三点钟左右,祁太太就奄然长逝;一时哭声齐起,哭得最厉害的是丽雪,两三次她都几乎哭晕过去。祁敬廉和他的朋友董文甫、常子渊、窦朗堂等人里外乱忙。

到了次日，正院北房里就停上了一具柏木棺材，大门外在红漆的门框上贴了一个"祁宅丧事"的白纸条。小崔拿着讣闻至亲戚好友家去分送，白月梅帮着二姨太太等人缝做孝衣，丽雪那最好的同学梁霞、徐绿蒂、吕淑馨、陈蕙如、张淑仪、张淑范全都前来吊孝。

骏青一见张淑范穿着一件白绸的洋服来到，就像有愧似的，赶紧躲避到外院。才走到书房前，他就见祁敬孝穿着一身漂亮西服，直眉瞪眼地问说："梁霞来了没有？"骏青道："我不认得哪个是梁霞！"

骏青走进账房里，见祁敬廉穿着一件粗布孝衣，正跟仆人们嚷嚷。他说："你们别问我，现在棺材停好了不是？我就不管啦！至于怎么办，大办还是小办，那都另有人负责。老爷跟柏舅老爷都有电报，说是一半天就到，大小姐今天就许下火车。你们要打算发财，也得等等那些位治丧委员，治丧委员一日不到齐，咱们就一日停着棺材，照常地吃饭睡觉！"

把几个急着办丧事的仆人都说走了，他又转过头来，向董文甫、常子渊说："这回，我母亲一死，家里就算塌了台啦！你们别瞧一个病老太太，有她活着，谁也不敢闹。现在她一咽气，你瞧吧，就全出来啦，说不定还得出人命呢！"

董文甫笑着说："老二你就别多说话，反正什么事都有祁老伯做主。"

祁敬廉连连摆手，说："我不管，我不是跟底下人都声明了吗？什么事也别来问我。现在我是长子，没法子我不出头，只要我姐姐一来，我就办交代，什么事都由她跟丽雪去商量；到时，就是吵出人命来，我还在我那院子打小牌，严守中立，我不管！"董文甫、常子渊等全都捏着纸烟，笑着。

骏青却问："翁醉亭他来不来？"祁敬廉摇头，说："大概不来，他现在很得意，是我父亲的大秘书。回北京办这个丧事，也绝抽不出来多少油水，倒许把那儿捞的几笔钱的机会放过了，他有多滑头！我想他才不来呢！"骏青点了点头，心里又愁闷着，因为想到自己的父亲一半天就要来，而自己又不能够躲开。

到了下午，外面一阵吵嚷的声音，是大小姐回来了。大小姐是敬廉、丽雪等人的长姊，名叫祁灿霞，现在已是将近三十岁的人了。她个子不太高，微胖的身体，头发拢在后面用夹子卷起来；身穿着一件很素净的绸旗袍，非常平展，显见得是在火车上才换的。她带来了一个奶妈，这奶妈抱着她的小姐；还带着一个少爷，这少爷已然四岁了，穿着很漂亮的童服，跟在他妈妈的身后。这位大小姐一进门就哭，跑到里院，看见了她母亲的棺材，就拍着棺材号啕痛哭起来，并且说着："妈妈呀！您病了这许多日子，我都没到北京来看您一趟，我对您真亏心呀……"仆妇们在旁劝着，渐渐地她才住住哭声。

祁敬廉跟丽雪都过来见他们的姐姐，祁大小姐擦擦眼泪，头一句话就说："你们都是管干什么的？妈妈死了，棺材前边一张供桌也不摆？连一支香也不烧？"祁敬廉说："还没顾得来。"祁大小姐："什么没顾得？你别看我半年多没回娘家，可是家里的事我什么都知道，你们给闹了个乱七八糟！"

丽雪气得脸上发白，说："姐姐您是怎么啦？现在妈死了，您回来奔丧，一进门不说别的，先东挑西挑！"祁大小姐冷笑着说："我还敢挑你们？我要早来挑剔你们，妈妈还不至于死呢！"丽雪转身就走回屋去。祁敬廉赶紧劝祁大小姐，说："姐姐您何必生气？您一进门就闹脾气，妈妈才死，咱们亲兄弟姊妹就打架？"大小姐一听这话，她又拍着棺材痛哭起来。骏青本要过来见见大表姐，可是一见这种情形，便又退回外院去了。

这时，丽雪在屋中不住拭泪；屋中没有旁的人，只有月梅，她轻轻地推着丽雪，劝说："您别生气，也别伤心了！"丽雪说："气我倒不怎么生，因为她也很可怜。"月梅低声问道："来的这位大小姐是您的亲姐姐吗？"丽雪拭着眼泪点头，说："是亲的，我们是大排行，她最大，我最小，所以大家才叫我五小姐，我还有个三哥，现在英国。"又说："因为她大，我父亲那时比现在还固执，所以没叫她受过学校教育。她是自幼订的婚，她丈夫是个学工程的，结婚五六年了，夫妇的感情很不好，我能原谅她……"

这时梅素卿又畏畏缩缩地走进屋来，探着头悄声向丽雪说："大小姐这回来家是怎么啦？仿佛脾气变啦！"丽雪说："谁知道。"梅素卿又说:"大小姐这回带来不少东西,都搬在东跨院啦!"丽雪摆手,说:"你就别多管闲事啦!在你那院里多待会儿,省得惹是非。这明儿是越来越乱,三太太她们都许回来,人家都是势均力敌;只有你,别人的气没处发泄时,就许拿你出气,你何不躲一躲?"

梅素卿仿佛还有什么话要说,白月梅却笑着,推着梅素卿说:"得啦二太太,你请回院里去吧!你听五小姐的,现在正乱着,你少打听事,也少说话。"月梅把梅素卿送到外屋,梅素卿还转首悄声地对月梅说:"你不知道我们家里的事!现在我得争一争,你想太太死啦,以后的大太太还不就是我?我能叫老爷再续娶?能叫三太太把我迈过去?"月梅笑着说:"得啦,那你等老爷回来之后再说。"梅素卿点头,说:"是呀!我就等着老爷啦。"梅素卿出屋之后,月梅又暗暗地揩眼泪,然后才又进到里屋,与丽雪谈话。

待了一会儿,院中就有咕咚咕咚的杉木杆子响,来了几个搭棚的人,在院中搭起了一座起脊的大席棚。祁大小姐又到丽雪屋里来了,带着她那个小少爷。此时她的态度倒是和蔼了一些,不过她看见了月梅,却很诧异,就问:"这是谁?"丽雪说:"这是妈妈活着的时候,认的干女儿。她很可怜,也没有父母,现在就在咱们家里住着。"遂给月梅向祁大小姐引见。祁大小姐直直地看着月梅,拉了丽雪一把,说:"你瞧,她长得有多像大桂他妈呀!"

祁大小姐的那个孩子在屋里胡闹,他母亲也不说他。他把抽斗都拉开了,把里面许多张丽雪的相片,给摆了满满的一写字台;丽雪就把他拉开,交给月梅,说:"请你带他到外院玩会儿吧!"月梅就拉着那个孩子出屋,往外院去了。

大桂正看着人搭棚,一见到月梅他就追赶过来,十分高兴地说:"小姐姐,你瞧有多热闹呀?"月梅摆手说:"你可别闹!"大桂又指着大小姐的那个孩子,问说:"他叫什么?"月梅就问那孩子说:"你叫什么?姓什么?"那孩子说:"我叫老虎,我姓黄,叫黄老虎。"月梅笑了,拉着两个孩子走到了外院。

那黄老虎比大桂还小一点,可是他顶能闹,也顶爱说话。谁也没问他,他就对人说:"我爸爸顶可恨,他老说英文,净跟我妈妈打架,嫌我妈妈不摩登。"一到外院,两个孩子就更乱闹起来。月梅站在廊下看着他们,就听背后的屋里有很多人说话,其中有骏青的声音。月梅扒窗往里看了看,见骏青坐在一张椅子上点手叫她,她就走进屋去。到了近前,骏青就低声问她说:"五小姐现在做什么呢?"月梅说:"在屋里跟大小姐说闲话呢。"骏青又问:"没打架?"月梅摇头,说:"没有,两人倒还好。"

这时屋里有二少爷、四少爷,还有许多男的,正在开账单子。二少爷说:"明天接三就要九个和尚,伴宿那天可得和尚、道士、喇嘛全都得有,要不然大小姐准说不像样子;可是这么一像样子,六千块钱绝不够用。"旁边的人又插言,说什么得预备多少桌酒席,得扎多少烧活等等,七言八语的。二少爷拿不定准主意,四少爷对于别人的主意他都不赞成;依着四少爷根本连和尚都不必请,烧纸扎不如供鲜花,客来了一律以西式茶点招待,每客是一杯咖啡,几块点心。骏青见屋里太乱,他就拉着月梅:"咱们到院里去吧!"

院里也很乱,仆人们来来往往,说话都比往日声音大,都比往日有精神,并且有几个在这儿听过差、早就被辞散的男女仆,现在也都赶来帮忙了。当日骏青就住在这里。

到了次日,里院的席棚、和尚念经的座子,连同摆设祭桌的月台,全都已搭好。有人送来了几份花圈、挽联、祭幛,也都悬挂上了,立时素帷如雪,祁公馆比往日气派多了,也绮丽多了。大家忙乱了一天,到晚间,棚里点上了两只煤气灯,光辉四射,显得比白天还要亮。四柱装设着电扇,呼呼地吹着凉风,连苍蝇都不敢往棚里飞。二少爷以给看棚的人解闷为理由,摆了一桌麻将。牌刚倒在桌上,丽雪就派了余妈出来干涉,二少爷只好叫人收起来麻将,到前院账房里去打。

到了夜里十二点钟之后,忽然客厅里的电话响。贵禄跑到账房里,向二少爷说:"二少爷,北京饭店打来的电话,说是姓柏,才下火车,多半是舅老爷!"敬廉说:"好大的架子呀!亲姐姐死了,还不赶紧来探丧,可先到饭店去给这儿打电话!"他把牌交给别人替打着,就到客厅里去接电话。

接电话的时候,他却不敢不恭敬着,说:"是舅父吗?我是敬廉……是,我父亲还没回来,就是我姐姐昨天才来的,对啦!……是,是,那么这就派车去接您吧!"他赶紧跑出客厅,喊着说:"贵禄!贵禄……"贵禄赶紧跑来,祁敬廉就气昂昂地说:"舅老爷来啦,住北京饭店,快叫小杨开车接去!柏少爷呢?"贵禄说:"柏少爷刚才还在五小姐屋里,现在也许睡啦!"敬廉哼了一声,便赶紧跑回自己的院里,穿上新缝的白粗布大孝袍子,戴上麻布孝帽子,然后就拿着一柄扇子扇着,到账房里看着牌,专等候舅老爷。

不到半点钟,骏青的父亲柏啸苍就来了,祁敬廉赶紧迎出屋去,趴在地下磕了一个头,然后带着舅父到里院。来到灵桌前,柏啸苍由他那雪白的西服小口袋里掏出手巾,擦擦眼泪,然后他那肥胖的身体就站在灵前深深地鞠了一躬。祁大小姐跟丽雪也出屋来与舅父相见,敬廉就把他舅父让到北屋里。柏啸苍还带来了一个二十来岁的漂亮男仆,还男仆倒没进屋来,只把一匣吕宋烟交给了余妈,就又到外院去了。

余妈给舅老爷倒过茶,点了烟,柏啸苍就喷着他那浓厚的吕宋烟,向甥儿们问了他胞姐的病因及逝世以前的情形,然后说:"我因为行里的事情太忙,交际又多,而且身体和心绪都不好,不然我也早就来了。前两个月我接到缪大夫的一封信,据他说你母亲的病不过是中风,好虽不能好,可是立时也不至于有危险,我就想索性等到秋凉之后再来,没想到你母亲又突然转成了心脏病。"

祁大小姐说:"我也是没想到,我母亲竟走得这样快,我倒是早就想来,可是子鸣他……"

柏啸苍问:"子鸣的矿务现在办得怎么样?"

祁大小姐一听舅父问到她的丈夫黄子鸣,她就像有许多怨恨的事都要一齐说出来。她说:"子鸣的那矿,永远办不好,矿在蚌埠,他本人可常往上海跑。您没听说吗?他在上海又安了一份家,听人说是个女学生,可又有人说是个舞女。咳!我也没法管他啦!家里的事已够我麻烦的啦!我那个婆婆,比她儿子还不讲理,她不知管教她儿子,可尽管教我,这回,要不是电话上说我母亲快死啦,她还不叫我来呢!她非得叫子鸣从上海回来,送我来!"

柏啸苍说:"在大家庭里,尤其是做儿媳的,总应当忍耐一些。"

祁大小姐又问:"我表弟到底是怎么回事呀?听说他现在也没有事做,就在北京闲住着,您还是带着他回去吧!"

柏啸苍喷了一口烟,才说:"并不是我不叫他回去,是他自己不愿意回去,我也不能勉强他。其实叫他在社会上磨炼磨炼也好,只是他在北京这几个月行动太不检点了;我虽跟他不通信,可是他所做的事我全都知道。"

祁大小姐就向余妈说:"柏少爷在哪儿啦?你快把他找来!"

余妈出屋去了,柏啸苍却摆手,说:"不用找他!就是我们父子在街上见了面,他不先招呼我,我也绝不理他。其实,现在那件婚姻问题已成了过去的事了,晏小姐已同别人结了婚,我们父子感情上的这个症结,已经不成为症结了;可是,他要想叫我向他屈服,那是绝对办不到!"说毕,他连气地抽烟。

祁大小姐笑着说:"哪有叫爸爸向儿子屈服的道理?现在我把他叫来,叫他向您认个错,您就等得我母亲下了葬之后,把他带回汉口去得啦!您总得顾念我那死去了的舅母,别叫他在这儿漂流着啦!"柏啸苍也微微地叹息。

祁敬廉却一句话也没说,他直注意丽雪,就见丽雪背着身,脸对着她母亲遗下了的佛龛、弥陀像和《太上感应篇》,默默地待着。

室中的灯光很明亮,弥漫着吕宋烟喷出来的云雾,祁大小姐与柏啸苍的闲话是越谈越远,仿佛他们已经忘了这时是在死人的屋中,忘了这一切床帐什物都带着凄凉的意味。好半天,余妈才回到屋来,说:"找不着柏少爷,问谁谁也不知道,也许是走啦!"丽雪转过身来,听着余妈说话。祁大小姐就问:"丽雪,你知道骏青他走了没有?"丽雪冷冷地说:"他走没走,我怎能知道呢?"敬廉就说:"不要紧,反正他跑不了!明天我准能捉得着他。"柏啸苍却摆手,说:"不必寻他了,我倒不希望再见他。"

又谈了一会儿,已然快两点钟了,柏啸苍就要回饭店去,祁大小姐说："您就不用回去啦,您在书房里歇着好不好? 明天我父亲就许回来了。"柏啸苍摇头,说："我还回饭店去,因为那里比较清静一点,在这里,我看着你母亲的身后一切事,心里都很难过。"祁敬廉赶紧送他舅父出去,叫小杨开汽车给送回饭店,祁大小姐就上西院找二太太,也不知谈什么去了。

丽雪忧郁地回到她的西屋,见月梅正在外屋坐着发怔,她一见丽雪进屋,便站起身来。丽雪把屋门关好,就灭了外屋的灯,说："咱们到里屋来吧,你怎么还不睡呢? "月梅随着走到了里屋,摇摇头说："我一点儿也不觉着困。"说着她可打了个哈欠,丽雪微微笑了。

月梅由写字台的抽斗里取出一张信纸,说："您看,这是柏先生叫我交给您的。"丽雪边看信边问道："他是什么时候走的? "月梅说："走了半天啦,那时候舅老爷还没有来。"丽雪点点头,就默读这张信笺:

> ……我不愿意在这种复杂的场合里再加上我的事情而使你更为难,更难过。我决定暂避几日,不与我父亲及姑父见面,好在有月梅陪伴你,我很放心……

丽雪拭拭眼泪,又开亮了那盏绯色罩子的桌灯,在写字台旁,取出信纸来,用钢笔写道:

> 舅父已经来了,事情是要解决,而不应逃避的。你若不来,我就更孤立了,无论如何你要帮助我,以决定咱们两人的将来幸福。现在,我的心都乱了,我的母亲已经抛弃了我,你不应当也置我于四面楚歌之中而坐视不管!

写完了信她就封好,信封上却一个字也没写,随就说："明天一早,你坐汽车寻柏先生去,无论如何也得叫他来。你看这里有多少事,这以后还不知要有多少问题发生,他不来,叫我一个人可怎么办? "月梅点头说："我一定叫柏先生来,他想跑,可不行! "两个人都太疲乏了,就熄了灯，上床去睡。

到了次日，月梅一早就被院中的杂乱声音吵醒。她下了床，到外屋开门一看，见院中摆了七八份桌椅，是预备来客吃饭用的。小崔过来向月梅笑着说："张小姐你看多麻烦！这还是光让堂客坐席的地方，其实，哪儿能来这么些个堂客呀！"

月梅拿出脸盆来，叫小崔打来脸水，梳洗毕，换上了一身黑白道儿的洋服。丽雪这时才醒，月梅就把那封信拿起来，走近床前，悄声说："我寻柏先生去啦！"丽雪坐起身来，说："你见着他，就同着他来，叫他非来不可！"月梅一笑，说："我知道，我比你这封信还说得有理呢！"丽雪又说："你把信装在皮包里。"月梅就把信装在一只手皮包里，拿着手皮包，出屋就往外走。

外院里也很乱，客厅里也加摆上了许多张桌子，仿佛那里也让客。到了车房，就见小杨正刷那辆汽车，月梅说："小杨，五小姐叫你送我到柏少爷那儿去。"小杨一身的油泥，说："你等会儿行不行？现在已寻小汪去啦，叫他回来还帮几天忙，我哪儿有工夫？九点钟就得到东车站接老爷去。"月梅说："那么我不坐车啦！"她转身就走出大门，往西口外走去。

还没走出胡同，就见西边来了个穿白布小裤褂的人，正是开汽车的小汪，月梅就吓得脸上变了色。小汪赶过来，悄声说："白姑娘，你别害怕，我早就知道你在五小姐这儿住着啦。你姐姐她们还托我上天津寻你去，我说你这回一定跑得很远，就是到上海也寻不着你，别说天津！你就在五小姐这儿住着绝没有错，可是也别净一个人满处去玩，过七月十五小高的官司就要打完啦，他一出来可就麻烦啦！"月梅瞪着眼睛说："我才不怕他呢！他姓高，我姓张！"说毕，匆匆地走去，到街上雇了一辆洋车，就往府右街去了。

月梅到了骏青的寓所，一进门，看见陈蕙如正在檐下漱口。陈惠如喷出一口水后，才问道："丽雪的父亲回来了没有？"月梅说："听说是回头九点的火车回来。"陈惠如说："下午我去行人情，今天不是接三吗？"月梅点头说："是，那儿现在乱极啦！"

这时骏青就在屋里叫道："月梅！"月梅向陈蕙如笑了笑，就到了西屋内；见骏青正在刷鞋，月梅就说："丽雪姐叫您现在就去，您的父亲昨儿晚上也来啦，现住在什么饭店。"

骏青摇头，说："你告诉五小姐，就说等事情都办完了，人都走了，我才去呢！"

月梅着急地说："您这是什么话？事情来了，您倒躲开了，真聪明！"说时把信取出来，扔给骏青，说："您看吧！凭良心！"说完了话，她就转身要走。

骏青看着这封信直发愁，皱着眉说："我去了，麻烦就更多啦！本来祁家的麻烦就不少，要再加上我们的事，你想，五小姐她不得忧烦坏了吗？"

月梅回过身来，正色质问道："那么，您一躲、一跑开了，事情就完了吗？五小姐就能不忧烦了吗？"

骏青说："我想总好一点。"

月梅说："哼！您倒是躲清静了，有麻烦可叫五小姐一个人去受，您有多么对不起人！其实我在祁公馆里，既不是亲，又不是故，那里出了丧事，前两天就应当搬出来，可是我不走，我为的什么？我就为的是五小姐，我不能眼瞧着她让许多事给逼死。柏先生，您知道五小姐这些日心里有多烦呀？天天哭，夜夜睡不着觉。早先我虽不跟她常在一块儿，可是我想她绝不是这样的人。现在刨出了您能帮助她，宽解她，还有谁？您在这顶要紧的时候想跑，有多狠心呀……"她又生着气说："您要是这样办事，我也就永远不理你啦！"

骏青被月梅说得脸上通红，苦笑了笑，才叹气道："你不知道，这一切的事情全都不是我所愿意做的，就是有了好结果，那也并非我的理想，可是……谁叫事情因循错误，已经走到了这一步呢！"

月梅说："已经走到了这一步，那您就得往下走。想要跑呀？天下没那么便宜的事！"

骏青又苦笑着，点头道："好，我这就跟你走！"说着他就拿起了西服上衣。

月梅忽然又走近了两步，脸上带着点惊慌之色，说："柏先生，我还告诉您一件事,我刚才……"骏青说:"你刚才又怎么啦?"月梅想了想,就微露双窝,又笑着说:"算了吧!事情够多的了,别再把我的事情又加上啦!"说着,她就把骏青拉出来,雇了两辆车,回到了祁公馆。

走进高悬素彩的大门,月梅在前,骏青在后,就一直到了里院。大桂跟黄老虎正在棚下玩,四少爷祁敬孝穿着运动衣裤,站在八仙桌上,高兴地由这张桌子跳到那张桌子,并且向那两个孩子发着横说:"躲开!碰着了你可别哭!"一见月梅,他就嗖的一声跳下了桌子,跑过来笑着问月梅说:"回头你穿孝不穿?你是我母亲的干女儿,也应当穿孝呀!"月梅说:"我有一身洋布孝衣,回头就穿。"敬孝又问:"你有白皮鞋吗?洋布孝衣配上白皮鞋,那才漂亮呢!"月梅摇头,说:"我没有白皮鞋。"

走进屋里,见骏青正跟丽雪悄声地谈话,月梅就在外屋的沙发上坐着。待了半天,骏青才由里间走出来,紧皱着双眉,仿佛脑里装着许多许多的烦心事,他也没瞧月梅,就走出屋去了。

这时才不过上午九点钟,天空布着一层浓厚的乌云,一点儿阳光也漏不下来,一点风儿也吹不起,闷热得要死。骏青坐着电车到了北京饭店,一来到那高大的洋楼前,他的腿仿佛都有点儿使不上力。但他想起了刚才丽雪对他说的话:"逃避不行,事情须要想法去解决!"又不得不鼓起来勇气。进了饭店,他到柜上问出了他父亲所住的房间,就说:"我叫柏骏青,昨天由汉口来的那柏行长,是我的父亲,我现在要见见他。"柜上的职员就先派了个侍役,去看看那房间里的人出去了没有。

骏青在柜台前平滑的地面上来回地走,忽然在一面大镜子里看见了他自己,他就又整整领带,拿手梳了梳头发。待了一会儿,就由侍役把他领到了三层楼上。这大概是个头等房间,前面是华丽的会客室,后面才是寝室,还另有仆人的住房和浴室。骏青才在沙发上坐下,就进来一个身穿派立司大褂,梳着油亮背头的年轻人,原来是他家里的仆人孙福。孙福笑着说:"少爷!您坐会儿,老爷这就吃完点心。"骏青就点了点头。这时里边寝室里传出来女人的笑声,骏青很觉得惊异,就问说:"还有谁来了?"孙福探着身,悄声说:"是老爷带着四姨太太来的,四姨太太要到协和医院治眼睛。"

候了一些时,他父亲穿着绣着一条银龙的睡衣,手里拿着一份英文报纸,由寝室里走出来。骏青赶紧起身,给他父亲鞠躬。柏啸苍点了点头,就坐在沙发上,看那份报纸。孙福从旁边递过一支吕宋烟,给点上,又倒了两杯茶,柏啸苍的眼睛却始终没离开报纸。骏青就在旁边站着,他见他父亲比早先更胖了。

半天,柏啸苍才拿烟卷比着,说:"你坐下!"孙福便离开了房间。

柏啸苍眼睛看着那段还没有看完的内容,嘴里却问说:"这半年来,你的生活怎么样?"骏青坐在他父亲的下首,脸红着说:"我教了一个多月的书,又病了一场。"柏啸苍点了点头,把报翻过来又看,说:"那么你以后打算怎么个办法呢?"骏青低着头,拿手指抠着那漂亮的台布,说:"我想在北京再住些日子。"柏啸苍说:"也好。"

他嘴里衔着吕宋烟,吸了两口,然后喷出烟来,又拿起茶杯喝了一口。此时他的眼睛倒是看着骏青了,又问:"那么你还是那个主意,不回汉口去了?"骏青皱着眉说:"暂时我不想回去,因为我回去也是没有什么事可做。"啸苍脸上现出些不悦之色,反问道:"那么你在这里就有事可做了吗?"骏青低着头,回答道:"在这里我还有几个朋友。"

啸苍又点了点头,说:"朋友都是谁?是你表妹给你介绍的吗?"骏青说:"不是,一个是早先给父亲看过病的缪宝生,一个是我早先的同学于文俭,还有……"

啸苍摆手拦住他儿子的话,说:"你所说的这些人我都知道,半年来,你在北京所做的事,我也都知道。据我听人说,这半年来你是贫病潦倒,生活完全仗着你表妹丽雪维持着!"

骏青摇头说:"不是!"

柏啸苍又说:"今天你来看我,我本想不见你。因为去年你离开汉口时,是很坚决的,半年来也没给我写一封信,所以你与我虽然没有办理脱离父子关系的手续,但实际上你与我已没有什么关系了。这我也很喜欢,我很希望你能够自己创立一番大事业。不过,事实上呢?却又不是那么简单,你虽已不认我为父,可是别人还都认为你是我的儿子;你在外面做了什么事,别人还是要去找我。我想在报上登段启事,说明与你脱离父子的关系吧，可是，我这么大年岁了，尤其有时又想到你那死去的母亲，我又实在不忍！"

骏青听了这话，不由有些伤感，就黯然地说："我并不想与父亲脱离关系，我始终承认我是您的儿子。当初我离开汉口时，是因为那件婚姻实在不能叫我接受；那晏家的小姐比我年长四五岁，而且听说她有种种缺点，我为争取自己的幸福，不能不暂时离开您。半年来我所以不给父亲写信，是因为我的生活日日在艰苦之中，我不愿叫父亲知道。"

柏啸苍说："现在晏家的那件婚姻已不会再提了，等你姑母殡埋后，你可以同我回去了吧？"

骏青仍然摇头，说："不，我想在北京再住半年看看，若能找到职业，我还是在北京住；在家里，我实在感觉痛苦。"

柏啸苍又喝了一口茶，说："你到底是什么意思吧？因为我听你说的这话，前后很矛盾。现在，咱们父子就同是朋友一样，你尽可以把你心里所想到的事详细对我说！"

骏青用一只手支着头，忧烦而又愤慨地说："我不愿意回家，是因为我不愿寄生在那大家庭里，倚赖着父亲，我在这里是想谋求自立的生活，这样能使我心里爽快些；我还要……跟我表妹订婚！"

柏啸苍连连摇头，说："你所说的前一项很对，我很喜欢，但是那后一项，绝办不到！"他把烟掐灭了，又正色说："不要说现在你我还有父子的关系，就是一切关系全都没有了，我也要劝你不要与丽雪结婚！丽雪在北京交际场里是很有名的，最浪漫、最下流，而且她性情很骄傲，任意挥霍金钱。"

骏青抬起头来，愤愤地说："不，父亲您一定是听了别人诽谤我表妹的话！丽雪她过去是怎样我虽不知道，但绝不至如父亲所说的那样。我跟她相处了半年多，我非常知道她，她热心、慷慨、爽直，而且有才干，至于骄傲和喜欢花钱，那是她的环境叫她那样的，现在她已渐渐地改了。前一个月我那场病多亏她照顾我，现在她除了我之外，再没有一个男友，她平日也没有别的交际。我愿意跟她订婚，到我的经济能够自立的时候，我们再结婚，将来也许一同回汉口去。"

骏青对他父亲说完了这话,自觉得态度也太激烈点了;但是自己虽然有许多地方还不敢太相信丽雪,可是绝不能容许别人用"浪漫""下流"这样的话来污蔑她。他看着他的父亲,就见父亲的那张胖脸上颜色极为难看,显然是震怒了,但是依然保持旧日的气派:虽然愤怒着,却不发作。

柏啸苍只微微点头,说:"你必要这样做,我也不愿过问,但无论如何我是不能承认的;还对你说,你姑父他对你的印象非常不好,他绝不会把女儿给你。我并且知道因为过去丽雪的滥交,现在就有许多人对你很是嫉妒,你如果不顾一切地做了,恐怕你还会有意外的危险!你应当再仔细考虑考虑,不可为一个浪漫的女子牺牲太大了。"骏青说:"我不认为我表妹是个浪漫女子。"柏啸苍拿着半支已经灭了的吕宋烟,就说:"你走吧!我还要换衣服,出去见几位朋友。"骏青便站起身来,又向他父亲鞠了一躬,转身出了屋。他愤愤地走下楼来,就雇车回祁公馆了。

祁公馆的门首停着七八辆汽车,老李站在门前,一见骏青就说:"我们老爷跟三太太全都回来啦!"骏青听了,脚步不由停顿下来,又想着父亲所说的那些话,真是可气,真是玷污了丽雪,就很不高兴地往里去走。他急急地走进里院,仰头正遇见小吴妈,小吴妈给骏青请安,半愁半笑地说:"柏少爷您这些日子倒好呀?您瞧我们太太,真是万也想不到,怎么这么快!"骏青向她点了点头,又叹了口气,就急急忙忙地走到西屋里。

屋里月梅在帮助丽雪试孝衣的长短,骏青走过去,就愤慨地说:"你看怎么样?他们绝不会了解我们的,我白去了一趟,倒受了半天没有理性的教训!"丽雪怔了怔,转头问说:"你知道我父亲回来了吗?"骏青说:"我听说了,但我还没有见着。"丽雪就说:"你去见一见,可是少说话!"骏青点头说:"我知道。"

骏青出了屋。见祁敬廉穿着大孝袍子正站在祭桌前,骏青就过去问说:"我姑父回来了,现在哪屋里?我要去见见。"敬廉向东跨院指着说:"在三太太屋里啦!你自己去见吧!"骏青说:"那屋里没有女客吗?"敬廉说:"现在办着丧事,这么些个人,还分什么男女?你又是至亲,你去吧,不要紧! "

　　骏青到了东院里,就听三太太屋里有许多女人正在谈话。骏青来到屋门前,看见杨妈,遂问说:"老爷在屋里了吗?"杨妈说:"你等一等,我先问问三太太。"她遂转身进到屋里,待了一会儿,就出来请骏青进去。

　　这外屋里有七八位阔太太,都吸着纸烟在谈话。三太太倪翠兰仍穿着很华丽的旗袍,一见骏青进屋,她就站起身来;骏青向她鞠躬,问道:"我姑父呢?"倪翠兰说:"在这屋啦。"她遂领着骏青走到里屋门前,一掀竹帘,向里面说:"柏少爷来啦! "

　　骏青进了屋,就见祁悦斋正躺在铜床上吸纸烟,穿着一身纺绸的裤褂。骏青向他姑父鞠躬,祁悦斋的脑袋也不离开枕头,就说:"你坐下!我因为才下火车,事情又太不顺心,现在觉着精神很不好。"骏青就在斜对着床的一张沙发上坐下。祁悦斋又说:"我早就想赶回来,可是因为新到任,一切事都得我自己办理;那些秘书、科长们都不是我带去的人,把事情要都交给他们,我也不放心。现在我虽然回来了,可是等着你姑母殡埋之后,我还得赶紧走。这场事我也没有那么多的精神料理,好在有你二表哥跟你们商量着办,我是很放心的。"

　　他吸了两口烟,又问说:"听说你父亲也来了,你们父子见了面没有? "骏青说:"我才从我父亲那里来。"祁悦斋点头道:"很好!今天我见了你父亲,我要跟他说,无论如何等我这里的事情完了之后,得叫他把你带回去;你在北京这样住长了,不像话。你父亲的朋友很多,并且也都与我相识,都说你父亲对儿子是太冷淡了,又抱怨我不给你们父子说和。"

　　骏青刚要说话,听祁悦斋又说:"这次我回来,要办许多的事情。你姑母的事情倒在其次,因为她那么大的年岁,儿女都长成了人,虽然死了,她也没有什么不放心的;现在我还有一点儿钱,又还有点儿地位,不愁丧事办得不体面,只是将来这家里没有人主持。我是绝不愿意叫你那两个表哥跟我到任上去充少爷,所以我想在他们的孝服内,把他们的婚事都定规了。你二表哥订的是马家的小姐,马家是我的老同寅,虽然姑娘的病还没好,可是我打算下半年也给她娶过来,好主持家务;

你三表哥在外国，他的事暂时我可以不管；你四表哥今年也二十二岁啦，听说他在外面很荒唐，所以我也打算给他早一点儿把婚事办了，蔡家的九小姐很合适；还有你表妹丽雪，现在有几家都来求婚，我想在最近把她的事也定规了。因为你姑母这一死，我很感觉到人世的无常，别看我现在还没有病，还能在外边做事，可是年岁已然到了，所以你表兄表妹的事，我不能再因循耽误，不然他们将来是要抱怨我的。"

祁悦斋这次说的话是近情近理，但骏青听着心里却非常的难受。别的事他倒都不大关心，只有听了关于丽雪的问题，他的眉头就不禁紧蹙起来；但又怕被姑父看出自己的心事，随就连连点头，说："是，是。"待了一会儿，他退身出来时，只觉得三太太的那些女朋友全都非常注意自己。

到了正院，骏青本要到丽雪的屋里去，可是隔着窗就听屋中有人说话，是大小姐和二太太的声音；他不便再进屋去了，就想到外院去。才走出了屏门，月梅从他身后跟出来，说："柏先生，您试试这件孝衣合适不合适？要不合适我好给您改！"骏青回身说："一个孝衣，就是不合适也不要紧。"遂进到书房里，脱去了西服。月梅帮着他穿上孝衣，又替他系上孝带子，骏青对着那红木的穿衣镜，觉得自己的样子很是可笑。

月梅拿起来骏青的西服和领带，说："得啦，待一会儿客就来啦，您就先穿着孝袍子吧！您的西服我先替您收起来。"说着笑着，就向屋外跑。

这时小吴妈跟小崔正由前院走来，月梅就听身后有人说："这就是太太活着的时候认的那个干小姐呀？长得倒还不错，可是也不算小啦。"月梅很快地走回屋里，又听那位大小姐说："二太太，到时候你别说话，我替你争，我不能叫三太太跟小吴妈她们就这样心满意足了……"

丽雪一个人在里间默默地坐着，她已换上了雪白的孝服，脚下穿着平底的白皮鞋。月梅把骏青的西服收在衣柜里，然后指指外屋，又悄声对丽雪说："到时候什么事你也别管！你是最小的，我想家务事绝找不到你的头上。"丽雪摇了摇头，感叹地说："我看结果还是咱们两人得离开这里。"

少时开完了午饭,过了两点钟,就有客来了。祁太太的灵前摆着两张祭桌,前面是珐琅的香炉和烛台,后面是祭席和果品;祭桌的两旁摆的花圈越来越多,祭幛和挽联也挂满了棚。祁敬廉、祁敬孝兄弟在灵旁跪着,见了客人来他们就磕头;客人一走开了,敬廉就跪着抽烟卷,敬孝就坐在垫子上看电影杂志。大桂和那个黄老虎满棚子乱跳。

来的客很多,男客多半是祁悦斋的旧日同僚和属下,及敬廉、敬孝两人的朋友、同学,这些都是由骏青、董文甫、常子渊等人招待,就让到前面客厅里;不过张锦生代表他父亲张次长,以及吕总裁、马司长、卢会办、冯厅长这几个人来的时候,却是由祁悦斋本人及柏啸苍给让到书房。女客来得比男客还要多,都是三太太倪翠兰及大小姐祁灿霞招待,让到东屋和东跨院里。

丽雪的同学也来了不少,这又是另一种客人,她们进了门谁也不理,只到灵前鞠一躬,又到棺材旁跟丽雪说几句话,然后就到西屋去。虽然有月梅在那屋里应酬着,可是她们都不大用人招待,就彼此谈笑,都一点儿拘束也没有。

又待了一会儿,余妈站在二门喊道:"张大小姐、张二小姐来啦!"东屋里的一些太太们就都扒着玻璃窗往外看。

张淑仪、张淑范姊妹俩穿着一样的黑白道儿的绸旗袍、白高跟皮鞋,就像两只美丽的蝴蝶似的姗姗地走了进来。她们到灵前先后鞠躬,又到灵旁去见丽雪。丽雪擦着眼泪说:"大热的天,大哥既是来了,你们就不必来啦!"张淑仪说:"无论多么热我们也得来,咱们这同学不跟旁的同学一样。"张淑范却只眯着小眼睛笑了笑。旁边穿着孝衣的月梅,递给她们每人一朵纸做的素花,陈蕙如也穿着洋布孝衣走过来,说:"请你们到西屋去坐!"

这姊妹还没走开,外面又来了一位穿着黑绸子洋服的女客,走路跟男子差不多。她在灵前鞠了躬,就去跟丽雪说话,她说:"我也没给伯母买什么祭礼,我母亲就叫我送来了几盆花。"丽雪还没有道谢,祁敬孝早从棺材后面转过来,谄媚地笑着说:"梁小姐你干吗还多花钱?"梁霞却像没有听见似的,依旧跟丽雪说话。小崔带着人就把四盆花摆在了月台上，月梅递给梁霞一朵纸花，梁霞就挂在胸前，往西屋去了。

张家姊妹跟陈蕙如过去看那四盆外国种的紫白纷披的鲜花，张淑范就笑着说："小梁她真会买！"忽然一抬头，见她哥哥锦生进到院里，身后跟随的是祁老爷和柏骏青。张锦生向他两个妹妹说："你们是才来吗？"姊妹两个点点头，又齐向祁老爷鞠躬。祁老爷也深深颔首，说："我心里真不安！老太爷送来那么厚的吊仪就是了，怎还敢惊动大少爷和两位小姐！"张锦生道："她们是寻五小姐来啦。"祁悦斋立刻走上月台，向丽雪说："丽雪，你请二位张小姐到西屋休息去吧！"张淑范摇头，笑着说："不，我们不累！"说话时，她又用小眼睛撩了撩在她哥哥身旁的骏青，这时陈蕙如就拉着她们两人往西屋去了。

张锦生冲着灵旁的丽雪笑了笑，又一眼看见月梅，就转头问骏青说："那位小姑娘是谁？"骏青还没还言，祁老爷就转过头来，说："这是我没在家时，死者认下的干女儿，说姓张，是个孤女；不过看她还很聪明，她对这回事情也很帮忙，并且还常常开导丽雪。"张锦生点头，说："是，这回伯母的病故，是太叫丽雪小姐伤心了！"他遂站在灵前，仰首看那尤督军和许多要人所送来的挽联词句。

男女客还陆续地来着，招待的人都没有一刻闲暇。在晚间快要摆席的时候，张锦生就告辞走了，张淑仪跟她哥哥一同坐着汽车回家，张淑范却留在这里，她说要等到夜间听和尚放焰口。

和尚是在黄昏时才入的座，一共九位，上了那专为他们搭成的经台，先敲奏钟鼓铙钹、笛箫笙管，然后就齐声念经。男女客除了十几位至亲好友之外，全都预备在"送三"时就散去。祁大小姐灿霞这时却前院后院乱跑，被她留下的十多位客人都是有世交和姻亲关系的老爷太太们。半天没有出头的二姨太太，这时也大为活动，她说："张姑太太、蒋大婶娘、秦二伯母，您几位就都别走啦，晚上这儿有地方歇着；我们家里还有点事，要求您几位给做做主意呢！"

第十九回　丧事中的波澜

　　这时骏青也在旁边，他一看这情形不好，就趁着人乱走到灵旁，找着丽雪，悄声说："大姐跟二太太留下了许多亲友，恐怕今天晚上要闹家务！"丽雪说："随她们闹去，我管不着！"又拉了骏青一把，让他随自己走到屋里。窗外虽然乱哄哄，但屋里倒没有别人，丽雪拭着泪低声嘱咐道："无论如何，你可要为我在这里忍受几天痛苦。他们的一切事你都不必过问；舅父和我父亲要提到叫你回汉口的话，你也权且答应着，有什么话，等事情完过之后再说。好在只是这几天，只要我母亲殡埋了，你就永不必再到这里来了，我也就……"

　　正说话间，忽然张淑范走进屋来；她一手拉着丽雪的胳臂，一手指着窗外，笑着道："你看！那打九音锣的和尚，怎么那么胖呀？样子真滑稽！"骏青便趁此时走出了屋。

　　这时外面就往外"送三"了。贵禄、德升、小崔、小张都穿着孝袍，搀着两个孝子，大桂也在后面跟着；孝子的后面是九个和尚，都披着袈裟，敲着法器慢慢地走；前面是许多位男客，骏青也在其中；众人出了大门，就往大街上去走。胡同里的各小门户中，男女老幼都跑出来看热闹，并有的跟随着到街上，送到隔着一条马路不远的一片广场上。这里早就摆上了纸糊的汽车、马车和四对纸人；纸人还能分出丫头、仆妇，手里分拿着水烟袋、菩提珠、木鱼、茶盘子等等。小崔、小张跑过去一放火，立刻火光熊熊，这些纸的车、马、仆人们立时都化成了飞灰，飘摇地上了薄暮的天空，地上只留下了一大堆余烬。

送三的男客都散了，祁敬廉、祁敬孝完了这件工作，才往回去走，大桂也高高兴兴地拉着小崔的手往回走；只有骏青的心里很愁烦，很难受，虽然现在办的是人家的丧事。

因为天气太热，骏青就把孝衣脱下来搭在臂上，只穿着西装裤和衬衫，在街上走了走，随就进了一家饮冰室，叫了一杯冰激凌吃着，骏青吃了几口之后，心里才觉得舒服了一点。这时他忽见由外面进来一个穿白裤褂的人，嚷着道："喂！你们再给送三桶冰激凌、四打汽水去，快着！"柜上的人答应着，说："这就送去！"

骏青一看是小崔，随就叫道："小崔！小崔！"小崔笑着过来说："柏少爷，您在这儿啦！您怎么不回去吃呀？今儿一天，公馆里净算冰激凌、汽水钱就得二百多块，叫大家多吃点儿凉的倒也好，省得心里都冒火！"骏青笑了笑，说："我告诉你，你把那位张小姐叫来，叫她出来凉快凉快，我在这儿等着她。"小崔点头说："好吧。"刚要走，骏青又把他叫回来，说："你把这件孝衣给我带回去！还有，你别弄错了，请那位小的张小姐，可别把别人请来！"小崔说："我知道呀！把您那位女学生叫来。"骏青说："对了，你快去！"

小崔走了，骏青就在这里慢慢地吃着冰激凌。饮冰室里的伙计又往祁公馆送冰激凌和汽水去了，送了三趟才送完。骏青吃完了一杯冰激凌，怔了半天，又要了一杯，还不见月梅来，心里就暗想：这孩子，难道这时候她还不能休息一会儿吗？

又等了约有半个钟头，旁边的桌上已换了好几批客人，才见月梅掀开饮冰室门前的珠帘，走了进来。她已脱去了孝衣，穿着白府绸的女洋服；一瞧见骏青，她就说："您在这儿倒好，又清静又凉爽，家里都打起来啦！"

骏青赶紧问道："怎么回事？都是谁跟谁打起来啦？"

月梅喘息着，头上流着汗，坐在了骏青的对面。骏青又要了一杯冰激凌给她，月梅拿着小手绢擦头上的汗，说："送三的时候，前脚儿您跟二少爷他们走了，后脚儿棚里就乱了起来，是大小姐起的头儿。当着众亲友，大小姐提出两个条件来：第一是平分家产，出嫁的女儿也得占一份儿；第二是叫老爷当着众亲友承认，二太太以后就是大太太啦！"

骏青说："我看这两个条件都很正常，不过大小姐她何必也要分一份？她丈夫开着煤矿，并不是没有钱。"

月梅说："听说大小姐要跟她丈夫离婚呢！因为她丈夫跟她的感情不好，她婆母也不许她自由；二太太实在是很可怜，太太死了，本应当把二太太扶正，可是这回也办得有点儿太急了。也是大小姐的性情急，大小姐当着众亲友跟她父亲大打大闹，小吴妈因为帮着老爷说了一句话，就叫大小姐给打了三个嘴巴。四少爷回去了，也加在里头，他说赞成分家；要不分家也行，得把三姨太太分出去，他说他母亲是叫三姨太太给气死的。咳！闹得乱极啦！现在还正闹着呢！您先别回去啦！"

骏青又问："五小姐呢？"

月梅说："他们也把五小姐给拉上了！大小姐说老爷现在手里至少有五百万块钱，每个儿女至少也得分二十万，分完了各干各的。可是老爷绝不答应，老爷说：'我现在还没死呢，要分家，没有这个道理！再说我手里的现款连五万也没有。'可是大小姐主张非分不可，她说现在要是不趁早儿分，将来老爷要是一死，钱都得到三姨太太的手里，儿女们一个钱也落不着；她不是为自己，是为她的兄弟妹妹们争。五小姐跟梁小姐、张二小姐，都躲到客厅里去了，客厅现在倒是没有人。"

骏青摇头说："这件事恐怕没有结果，其实分是对的，也不必每人非得要多少，只要每人得到点教育费和生活费，各去自立，总比在这大家庭之下依赖着、堕落着要好一些。不过，现在老爷还活着，要按法律说，实在没有分家的理由。"

月梅说："亲友们也都这样说。你的父亲给想了一个办法，说是先叫老爷提出一笔钱来分给各人，都存在银行里，在老爷没死之前，谁也不许提用，可是老爷连这也不肯答应。大小姐跟二太太在灵前大闹，三姨太太在东跨院关起屋门来，跟几位太太打牌，不管外边的事。咳！乱极了！有许多话、许多事，我都听不明白！"

骏青思索了一会儿，就叹息道："总而言之，她们的对敌就是三姨太太，可是……也很难说。"

月梅吃完了冰激凌，就站起身来，说："咱们回去吧？劝劝五小姐去吧！五小姐现在一定烦恼极啦！"骏青赶紧付过了钱，就同着月梅回到祁公馆。一进门，小崔就说："柏少爷，你快看看去吧！里院乱成一锅粥啦！"

因为里院乱，外院倒显得特别清静，客厅里亮着两盏电灯，有人在轻轻地、断续地弹着钢琴，弹着一支悲哀寂寞的曲子。骏青同着月梅走进去，就见厅中摆着许多桌凳，已失去了往日的华丽整洁，张淑范跟梁霞对坐着在低声谈话。丽雪的身上仍穿着孝衣，躲在一个灯光照不到的角落里，轻轻地抚摩着那钢琴。骏青向张淑范、梁霞点点头，就走过去，站在钢琴旁，问说："里院是不是起了纠纷？"丽雪仍旧轻轻地慢慢地敲着琴键，惨然地说："我不管。"骏青就站在琴旁，默默地看着丽雪弹琴。那边张淑范就拉着月梅，笑道："你再进里院去看看，他们打完了没有？"月梅摇头说："我不去。"骏青一回头，张淑范就向他笑了笑。

这里，丽雪盖上了琴盖，向骏青摆了摆手，说："你放心，我绝不会卷入他们的漩涡，现在我很会躲事！"

骏青皱着眉说："到底是有什么理由要闹呢？我还想着，就是闹也得等到伴宿的那一天，没想到才送过三，就……"

丽雪说："迟闹早闹全都是一样！你要问理由，在这混乱的大家庭里，只有各人的权益争斗，是根本没有什么理由可讲的；但细说起来，也都很可怜、很痛苦。我现在是抱定了主意，别管将来家务纠纷演进到什么地步，我完全不管，出殡之后，我就离开这里！"说毕，她就站起身来，她那雪白的身影便移到了张淑范、梁霞、月梅旁边，她们四个人谈话去了。

骏青倚着琴，向那边望着，发着怔。待了一会儿，那边的四个人就全都站起身来，丽雪说："我们到里院去啦，骏哥，你就先在这儿吧！"骏青点头答应，那四个人就拉着手儿出了客厅。这里只剩下骏青一个人，他坐在钢琴旁，手轻轻地按着琴键，却不奏出声音来，只管发怔。

又过了许多时，骏青站起身来，关上电灯，走出了客厅。他到账房里寻着小崔，要了自己的孝衣，这时就听到旁边董文甫、常子渊等人正在纷纷谈论，他才知道里院的那场纠纷现在是暂时平息了，可是还没有结果。并听他们说，祁老爷打算把这里的少爷小姐们全都接到任上去。骏青就想到，如果丽雪一走，自己将益发孤独了。

那些人就在一起推开了牌九，连二少爷、四少爷也都加入了，骏青却连看也不看。待了一会儿，他觉着很疲倦，就躺在那边的床上，在人声嘈杂之中睡了一觉，及至睡醒起来，那边的牌九还推得正高兴。

骏青走出了账房，见天上迷蒙着云气，连星斗也看不见，地下被电灯照得发亮，原来是刚才下过了一阵雨。他顺着廊子走到里院，见由席棚上还直往下滴着水珠，张淑范和两位女客都在灵台旁的煤气灯下，很出神地在听放焰口。和尚的焰口正唱到什么"髑髅寒"，声调词句非常悲哀婉转。

骏青见西屋的里外间全都有灯光，他进了屋，却见外屋没有人，只有一桌子瓜子皮和包糖果的纸。里屋虽然只有一盏不很亮的淡黄罩子的桌灯，但外面的煤气灯光满照着窗棂，却很明亮。床上躺着一个女子，穿着白睡衣，脸朝着里，蜷曲的长发都洒在脸上；她就那么枕着胳臂睡着了，脚下的一双白皮鞋还没有脱。

骏青才要转身，忽觉后面有人拉了他衣裳一下，回身一看是月梅。月梅先退到外屋，向他点着手儿，悄声说："你这儿来！"骏青到了外屋，先问："那床上睡的是五小姐吗？"月梅点头说："是。"她又企着脚，扒着骏青的肩膀，悄声说："刚才，你父亲把五小姐叫到书房里，也不知说了什么话，五小姐回屋来就直生气，流眼泪。"骏青一听这话，又怔了怔，就叹了口气，说："你到里屋，给五小姐盖上条夹被，这时候天气很凉。"

月梅将走进里间，张淑范又由院中进来，笑着说："柏先生您不听焰口吗？焰口里原来包含着很多首唐诗。"骏青点头说："好，我听听去。"他说着便出了屋，却往外院走去。

走过几重院落，到了祁敬廉的内房，今天这里倒还清静，骏青就躲在这里，找了本闲书看着；看得有些困了，他就躺在床上睡去。次日，天

第十九回　丧事中的波澜

三六一

气还雨蒙蒙的，祁公馆倒还宁静。张淑范走了，梁霞还在这里陪伴着丽雪，骏青因见这里没有什么事，下午他就回去了。

祁太太的丧事因为正在夏季，而且祁老爷急于把事情办完了好去回任，所以只定的是停放七天。第六日，这天是"伴宿"，由中午时起，祁公馆的大门前就热闹起来，摆着糊得十分精细有一丈多高的楼库，一共五座，还有金山银山，有上面站着金童玉女的纸桥，有跟真的一样的纸糊的庭园宅院，把一条很宽的胡同全都占满了。在这些纸东西之外就是汽车，一排共有二三十辆，因为今天来吊祭的宾客特别多，有许多亲友和祁老爷任上的同寅、僚属，全都坐着火车赶来了。

在正院经台上，除了九个和尚之外，并有九个道士、九个番僧，他们穿着不同的道衣，奏着不同的法器，诵着不同的经咒。三位少爷，敬廉、敬孝和大桂，一会儿就要跪灵一次，他们的腿都跪酸了。在他们的身旁，永远烘烘地起着熊熊火光，漫漫地腾着烟云，飘飘地飞着纸灰；男女客人在经台前纷乱地走过，并说话、让座……在敬廉的眼中，这些人真比一堆麻将牌还乱；大桂却觉得很热闹，比过年时的大街上还热闹；而祁敬孝在冲着他母亲的棺材跪着时，目光还不住地向女客里扫。敬孝看见今天换了一件白绸子旗袍的梁霞跟那个穿着黑白道儿旗袍的张淑范靠着西房的窗棂在笑着谈话，又不禁犯起了单相思，心说：梁霞可真美！

待了一会儿，忽然德升急急忙忙地由前院走来，到祁敬孝的临近，他就说："四少爷！老爷在客厅里，叫您去。"祁敬孝扬着头说："叫我干吗？"德升说："大概是有几位来行人情的老爷要见见您。"敬孝站起身来，就抖着大孝袍子，昂着头，大踏步地走出了这正院，到客厅里去见他父亲。

客厅里这时有三十多位男宾，全都是衣冠齐楚，昨天才来到的他的姐夫黄子鸣和他的舅父，也都在这里。他父亲祁悦斋就给他引见了刘秘书长、于厅长、高委员、马司长、秦总理的少爷、谭行长、金副理，还有一位穿着纺绸大褂、青纱马褂的蔡老伯；那蔡老伯特别问了祁敬孝几句话，什么在哪里念书，平日喜好干什么。祁敬孝明白他父亲是要给他说媳妇,蔡老伯的九姑娘听说也是个运动员,他就装出很规矩的样子,与那蔡老伯应答了几句,他父亲就叫他又回去跪灵去了。

这里祁老爷与几位客人谈了半天儿女将来的婚事,以及自己对于家务处置的办法,又说了些闲话,最后就谈到内侄骏青的身上。祁悦斋就感叹着说:"他来到北京一年多了,早先在我这里住,后来他搬到西城一个破庙里,教书也没有教长。我费尽了唇舌,劝他回汉口去,听他父亲的话,再入大学去念书,可是无论我是怎么说,他也是不肯心回意转;我一个做姑父的,也不好太勉强他。不过他是比早先瘦多了,精神也那么颓唐,简直不像个青年人了!"

旁边坐着的谭行长,跟祁悦斋、柏啸苍都是老朋友,他就劝柏啸苍说:"这得由你想办法,无论如何你得叫你的少爷回家去!他若对家庭里有什么不满意的地方,你应当向他让些步,现在的年轻人跟我们年轻时又不同了,你也得原谅他;最不该的是你把他的经济断绝,成心叫他在外面受苦、流落,这是你的不对,你太不仁慈!"

柏啸苍被老朋友说得脸上有些儿发红,他吸了两口烟,才说:"是他自己愿意在外面受苦,不愿让我帮助他,不然他给我来一封信,跟我要个一二百块钱,我还能够不给他吗?至于让步,我现在对他已无步可让了;早先人家给他提的那件婚姻,现在也不再提了,只是一个他肯回不回去的问题。他若肯跟我回去,那我什么话也没有,照旧叫他在家里当少爷;但他若是想由我每月供他钱,还在北京住着玩乐,那是绝对不成,那我宁可不要这个不长进的儿子!"

这时张锦生在旁边一张沙发上坐着,吸着烟,正与那秦总理的少爷谈跳舞厅的事情。他听了这边的话,就站起身走过来,手里捏着吕宋烟,说:"不要紧,柏老伯,您不用发愁!我跟骏青现在常在一块儿玩,他很听我的话,等得工夫时,我劝他回汉口去就是啦。"

谭行长四下看了看,见没有骏青,就向祁悦斋说:"悦翁,你派个人把柏少爷请来,我跟这位张先生,我们劝他。"柏啸苍却摇手道:"你们二位不必费那事了!劝他也是无用,这总归得怨我那死去的女人,她在世时,对她的儿子太骄纵!"祁老爷拂拂手,又叫德升找骏青去了。

德升去里外院，连门首全都寻到了，也没有看见柏少爷。他又寻着余妈，问说："你看看，柏少爷在五小姐屋里没有？"余妈说："西屋里都是些位小姐，哪儿有柏少爷？"她说着，又走到月台上去问丽雪。丽雪先问是什么事，然后就说："我哪儿知道？"余妈一扭头，又看见月梅正跟梁小姐和张二小姐在谈话，她就走到西屋窗前，向月梅问道："张小姐，你看见柏少爷了没有？"月梅摇头说："这半天我也没看见柏少爷呀！"余妈就告诉德升，说："柏少爷大概是走啦。"

德升只好到客厅里去回复，张锦生就笑着说："骏青他真聪明，料到咱们会寻他，所以先溜啦！"柏啸苍摆手说："不必找他啦，由他去吧，我现在就是听其自然。"那谭行长却还是劝柏啸苍应当跟儿子妥协，柏啸苍却抛开了这个问题，又谈到金融方面去了。

这里，这些贵客们在高谈阔论，那边，二少爷的那伙朋友却又打起牌来了。三太太倪翠兰的屋中，一些阔太太们，除了打麻将之外，还有人小声哼哼着"二黄"，唱的是《三堂会审》。正院西屋里丽雪的那些女同学，她们的谈话又是另一派，不是谈时装、谈电影，就是说谁跟谁好的事情。张淑范却不跟那些同学在一起，她专追着月梅，问了许多事情。

在西小院，那是祁大小姐和二太太素卿她们谈话的地方。大小姐现在对二太太特别好，她要给二太太争地位，并且坚决地主张，趁着老爷活着赶紧分家，有两三个亲友也加在里面给出主意，正在酝酿着一场大风潮。

经台上的和尚、道士、喇嘛（番僧）们，仍在各不相扰地、分班轮次地念着经，敲奏着法器。大门外围了不少孩子，都等着看烧那些楼库和纸扎的房子。太阳渐渐转向西方，为天空上铺了一幅灿烂的晚霞。槐树梢上的凉风渐渐吹了起来，知了仍在绿叶隐蔽之处歌唱，像是在催促着这场丧事：快完了吧！别磨烦啦！

待了半天，有人传出来，说："送库啦！"于是在外面等着看热闹的人更多了，都拥挤着，就像看戏似的。又等了一会儿，门前的纸扎就由小崔带着些在门前等了一天，专为拿这些东西的穷汉给拿走了，出了胡同,拿到那离着这里不远的空场上;等着和尚、道士、喇嘛敲着法器,把祁敬廉等三位孝子送到,他们就放起火来。那些费了很多钱制成的纸扎东西,转眼都成了飞灰。看热闹的人也都满意地散了,祁敬廉等人也庆幸着算是完了事,就都走回了公馆。公馆的门前这时也很纷乱,一些老爷太太们都出来,乘上各自的汽车走了。到夜色扑上那座席搭的丧棚时,祁公馆里才渐渐宁静。

今天晚间没有焰口,亲友们也都走了,家务事也没有再闹起来,席棚里的那只煤气灯也没点。西屋里,静悄悄的,只有丽雪和月梅两人在悄悄地谈话。桌灯的红纱罩已然去掉,换了一只浅黄色的,色调就像由窗外迟射进来的夕阳。在书橱对面新装设了一只很小的电扇,呼呼地吹着凉风儿。

月梅穿着她那件白府绸的洋服,就坐在电扇旁的一把藤椅上,丽雪是斜卧在床上,她只穿着绸的短衣和短裤。月梅说:"我瞧刚才您晚饭没吃好?"丽雪说:"哪天我也没有吃好,你看这环境有多么杂乱,我怎能吃得下饭去!"月梅说:"明天这时候就好了,坟地不是离着城不远吗?大概到晌午也就下葬了,回来好好歇息两天吧。"

丽雪又流下眼泪,指着桌子说:"劳驾你把手绢递给我!"月梅瞧着丽雪,摇头说:"我不递给您手绢!给了您,您还哭,自然母亲死了是要伤心的,但您光伤会子心又有什么用?"丽雪说:"你不递给我,我自己会拿。"她光着脚跳下床来,自己跑到桌旁抄起来手绢,回到床上躺着,又哭。

月梅低着头忧郁地说:"您的事快完了,过两天,我也得走啦。"丽雪问说:"你要上哪儿去?"月梅说:"不一定,也许上天津去。"丽雪说:"我不准你去!你到天津找你母亲去呀?不行!那我可就嫉妒你了,因为我现在嫉妒世间一切有母亲的人!"说着她又哭。

月梅也找了块手绢擦擦眼泪,她就坐在丽雪的身旁,说:"姐姐,我问您,那张家的姐儿俩是亲的吗?"丽雪说:"是亲的,你没看她们长的都一样?"月梅说:"可是我看她们的脾气真不一样,那张大小姐倒还像是个老实人,那张二小姐别看说话的声儿不大,可真好说,真爱打听闲事。接三那天的晚上,她就净追着我,问我话,今天她又问我。"

丽雪把头抬起来,问说:"她问你什么?"

月梅脸上红了红,笑着说:"她问我是不是柏先生跟你很好,是不是将来要结婚?"

丽雪微微笑了笑,就说:"你当然回答她说你是不知道了。"

月梅说:"本来我是不知道么!"

丽雪说:"你急什么?说好话你也急!"又想了一想,就说:"很好,以后无论谁来问,你就都这样回答他。"

月梅站起来,躲远了,她一脚在里间,一脚在外间,扒着门,就笑道:"其实……我知道哟!"丽雪要下床抓她,月梅就往外屋跑,拍着手儿,还笑着说:"我知道!我全都知道!"

忽然身后的门一响,有人进屋来,笑着说:"你知道什么?"月梅吓得赶紧回头,就指着进来的骏青说:"哼!您今儿藏躲了一天!"骏青含着笑,走到里屋,月梅就也随着进来。

丽雪微微坐起身来,靠着床背,似乎有点儿不高兴的样子,问说:"今天你上哪儿去啦?"

骏青脸红了红,说:"我回家里去了,刘醉生又找了我去,我们谈了半天。"

丽雪说:"我父亲找你,也不知有什么事?"

骏青说:"我刚才听德升说了,有一位谭行长,是我父亲的老朋友,今天他也到这里行人情,劝我跟我父亲妥协。我早料到他一定要找我,我不愿当着许多人拂了他的面子,所以我才躲开了。"

丽雪问道:"这个谭行长的为人怎么样?"

骏青道:"人是很好的,他很能为青年人着想,跟我父亲的脑筋完全不同。他本是汉口益民银行的行长,最近我看报,才知道他调到北京来了。"

丽雪点点头,说:"其实如果有相当的条件,你也可以暂时回去。"骏青发着愁,叹了口气。

丽雪却说:"你也不用忧愁,反正我现在已拟好了种种计划,明天,我母亲安了葬,我就要逐步进行,连最后的办法我现在都想好了。"骏青刚要问她到底想的是什么办法,却见祁大小姐进屋来,看那样子像是要跟丽雪商量什么事情,骏青就出屋去了。当晚他就寻了个清静的屋子住下,并没再回去。

次日就是祁太太出殡之期。一清早,门前就热闹起来,杠夫和那些打执事的穷孩子们,都蹲在地下赌钱,许多卖吃食的小贩也都赶到这里做买卖,门前简直成了个嚣杂的集市。附近的人都赶来看祁公馆这次大出丧,很早就来等着看热闹。

约莫十点钟的时候,丧仪出发了,前面是全份的执事,金瓜、钺斧、朝天凳,并有飞虎旗、万民伞、影亭、小轿和缤纷的雪柳。棺材是放在杠上,覆着龙凤宝盖,用四十八个杠夫抬着,有两批服装整齐的乐队在前领路。祁敬廉是孝子,他穿着灰白的泥污不堪的孝衣,头上流着汗,被贵禄、德升搀着,晃晃摇摇的,仿佛走不动路的样子。亲友们都说他是忧伤过度,可是仆人们都明白,二少爷这几天是连宵竹战,身体实在支持不住了。祁敬孝跟随在他哥哥的身后,孝袍子倒还干净,精神也相当的好,他东看西望着,两只眼睛比那些看热闹的人还发直。祁老爷是只走了一截路,便上了汽车。

汽车共十余辆,排在杠后面鱼贯而行。第一辆车上扎着雪白的花球,是小汪开着,车里坐的是丽雪和月梅;第二辆也是素车,开车的人是小杨,车里是祁大小姐和梅素卿母子;第三辆是倪翠兰和小吴妈;第四辆车上就是祁悦斋和柏啸苍。其余的都是亲友送丧的车,张公馆的就有三辆,一辆是张淑仪、张淑范同坐,一辆是她们的一位姨娘,另一辆空闲着,是为张锦生预备的。张锦生穿着一身高贵的洋服,从头到脚全都是雪白的,他手里拿着吕宋烟,在杠前同着柏骏青、黄子鸣一起且谈且走。这大队的丧仪首尾足占了半里地,像一条花蛇似的,缓缓地顺着马路向前蠕动。

天气很热,近午的太阳晒得柏油路都像棉花那般松软。走了不多时,祁老爷就又从车上下来,赶过杠去说:"锦生,你请上车吧! 天太热,不要再走着送了,这样我就感谢不尽了! "张锦生谦逊着说:"不要紧!

我们年轻人叫太阳晒晒,不至于就中暑。"但禁不住祁老爷紧让,张锦生同黄子鸣就坐上了他那辆装着电扇的汽车。

柏骏青穿着一件粗布孝衣,头上流着汗,还跟着杠去走,好容易才出了西直门,这时月梅由车上下来,跑过来拉着骏青说:"柏先生,五小姐叫您上车去呢!"骏青摇摇头,擦着汗,指着路旁扶疏的绿柳说:"你看,已然来到这清凉的地方了,我何必再到车上去呢?"月梅说:"你不渴吗?我们车上带着汽水呢。"骏青说:"不了,眼看就到墓地了,回头我再喝。"月梅又跑回车去,告诉了丽雪,丽雪就把两块巧克力包着的冰激凌,叫月梅给他送下车去。骏青笑着,接过来,随走随吃。月梅也就跟着他走,谈着闲话,上面有柳荫覆着,倒还不至于太晒。

少时走到墓地,这是祁悦斋在前年才购买的一块地,所种的杨树还很幼小,比人高不了多少。墓穴已然打成,于是在祁大小姐、敬廉、敬孝和丽雪的痛哭之下,棺材就安放在墓穴里了。骏青望着墓穴,低着头垂泪。

月梅的心里也很是难过,但因自己不是亲属,便不愿近前,遂躲在杨树林外,眼望着一条清澈流动的小河沟,不住用手绢擦眼泪。忽然后面有人拍了她的肩膀一下,月梅回头一看,原来是那个穿着一身白西服的张少爷,随就有点儿生气,转身要走。

张锦生却伸着胳臂把她拦住,微微笑着说:"你别走! 我求你一件事。"说着,从他那西服里边的口袋里抽出一封信来,说:"这封信请你交给丽雪。"

月梅摇头说:"我不管!"

张锦生说:"信里并没别的,就是跟她商量一件事情,很要紧的事情!"

月梅脸上露出生气的样子,说:"那你为什么不贴上邮票,扔在信筒里呢?"

张锦生笑着说:"那我还托你干什么? 劳你驾,回去你就交给她,将来我一定谢谢你!"

月梅摇头说:"我管不着这事!"说着气愤愤地又要走。

张锦生又把她挡住，说："我知道你是柏骏青的学生，你认为丽雪是柏骏青的爱人，疑惑我这封信是破坏他们的爱情，其实完全不是那么回事。告诉你吧！早先我跟丽雪的爱情，比柏骏青跟她的关系还要深，这是谁都知道的事，直到现在我们的感情也没破裂；可是过去的关系都不提啦，我把她让给柏骏青啦。现在这封信，说实话，是有个秘密的东西，不能由邮政寄，所以我才托你交给她。"

月梅气得把张锦生用力一推，说："我才管不着呢！你敢拦着我？你是什么东西！"她就生着气，往墓穴走去。

那边已经下好了葬，有个照应坟的人家，是贵禄的亲戚，他们帮助把事办完了，就要请祁老爷到他们家里。那人指着北边的几间土房，说："请老爷到我们那儿歇歇吧？"祁老爷却摆摆手，命人给了他们些赏钱，就跟柏啸苍坐着汽车走了。

张锦生也不知是在什么时候走的，张淑范过来拉着丽雪说："走！咱们到那乡下人家里看看去？"

丽雪却摇头，说："那有什么可看的？我现在身体真不舒服，我要进城去啦，你们不回去吗？"

张淑仪却拉着她妹妹和她姨娘说："咱们上颐和园歇着去吧！"

丽雪又向旁边站着的小崔问骏青，小崔说："柏少爷跟二少爷他们，上那看坟的家里歇着去啦。"

丽雪就向月梅说："咱们也回去吧！"这时送丧的亲友都已先后散净，祁大小姐和二姨太太、三姨太太等人也都走了，丽雪就带着月梅坐汽车回到城里。

到了家中，丽雪、月梅先后沐浴过了，便在屋里歇息。月梅心里存着张锦生托她给传信的那件事，还很生气；她本想把张锦生刚才说的那些话通盘告诉丽雪，可是又想：那些话我怎能说得出口呢？本来她现在就很伤心、烦恼，几天来都没有好好睡觉，我要告诉她那些话，她不得气死！因此，月梅就把那件事暂时隐瞒起来不提。

这时院中的席棚、经台、月台都已拆除了，杂乱的桌凳也都抬走了，院中已恢复了平日的状态；可是三太太那东跨院，出来进去的女客和仆妇们还是非常之多。丽雪始终没出屋子,始终是忧郁着。晚间,余妈把饭端到屋里来,问说:"五小姐您吃饭吧?"丽雪却躺在床上摇头。余妈就劝道:"五小姐您就往宽里想吧!现在没有了太太,您还得打起精神来。您想,大小姐人家在这儿不过是浮来暂去,三太太过几天又得跟着老爷走,以后这家里的事情,不是还得都由您一手经管吗?您要是把身体愁坏了,不要说以后公馆里的事情不好办,就是您的学,也怕不能上了!"丽雪却转身朝里,呜咽着哭了起来。

余妈就悄声向月梅说:"张小姐,你给劝一劝吧!"

月梅过去拉丽雪,丽雪却坐起身来,擦着眼泪,说:"你们都不要管我!固然你们是好意,可是……"

月梅说:"你发会子愁,伤会子心,太太就能又活了吗?"

丽雪说:"其实我也不伤心,不发愁,不过……"她推了月梅一把,说:"你自己去吃吧!现在什么我也吃不下去,到明天我就好了。"

月梅说:"你要不吃我也不吃,我永远陪着你!"

余妈在旁又劝道:"五小姐,您随便吃一点,您也给张小姐点面子;您要是这么样,叫人家一个客可怎么办呀?"

丽雪拭净了泪,指着月梅说:"她不是客,她是我妹妹,将来,我走到哪里就带着她到哪里!"

余妈笑着说:"您就别说啦!您要是一走,这儿的活我也不能干啦!太太一死,我就冲着五小姐才在这儿待着。"

这时外面有人叫张小姐,月梅就擦着眼泪出屋,一看是小崔。小崔说:"这儿有五小姐的一封信,是才来的。"月梅接过信,回到屋里,心中很是生疑;她刚要近灯去看,里间的丽雪就问说:"谁?什么事?"月梅说:"是一封信。"说着拿到屋里交给丽雪。丽雪就向余妈说:"你把饭摆上吧!"余妈到外屋来摆菜,丽雪就在灯下拆开信看,她的眼泪又像晶莹的珠子一般,一颗一颗地滚落下来。旁边月梅看着,心里更是生疑。

丽雪把信收在抽斗里,又拭拭眼泪,就走到外屋。看见那四碟菜两个汤,她就皱皱眉,说:"我真不想吃!"余妈说:"有新熬的荷叶粥,拿冰浸着呢,大概还没太凉。"丽雪说:"不太凉也行,你拿来吧!菜饭我真吃不下去。"余妈赶紧出屋到厨房去了。

这里月梅用眼撩着丽雪，就见丽雪发了一会儿呆，似乎在想什么事，然后丽雪就对她就悄声说："刚才那封信是柏先生给我来的，他告诉我这几天因为我家里的人多，他不愿再来了，请我原谅他。现在我也懒得拿笔给他写回信，吃完饭，你去找他一趟，告诉他我对他是完全谅解；这几天我也要休息休息，不能出门，就请他对一切放心好了。还有，你见见陈蕙如，问她我上次托她给办的那件事怎么样了，叫她赶紧给我办！"

丽雪这话虽然说得非常模糊，但月梅心里已明白了七八分，她就点头说："回头我就去。"丽雪又说："你还是叫小杨开着车送你去吧。"月梅说："那何必！小杨未必在家。我就坐洋车去好了，黑天半夜的，街上的人谁能认得我！"她赶忙地吃完了饭，余妈还伺候着丽雪吃荷叶粥时，月梅就拿上点车钱走了。出门雇上了洋车，月梅就在夜色之下，灯光灿烂的马路上，迤逦地到了府右街；一路上，她想着见了骏青应当怎样把丽雪的话告诉他，怎样再想法捉弄捉弄他。

月梅微笑着到了骏青住的门首，忽然看见在这里停着一辆汽车，她就不禁非常地惊讶，心说：这是谁来啦？她下车给了车钱，悄悄地往门里去走，就见那西屋里灯光很亮，两扇玻璃窗并没挂着窗帷。月梅站在远处往窗里去看，使她惊讶的是，迎窗坐着的竟是那位张二小姐。灯光下看得很清楚，张二小姐穿着浅绿色的洋服，斜着脸儿，笑眯嘻地正在说话；她那斜对面，在窗帷上人影幢幢，就是骏青。

月梅站着发了会儿怔，慢慢地往前走了几步，就听那张淑范在屋里说："……丽雪她净得罪人，她那脾气，也就是我跟梁霞，我们还能对付她。你看，就以今天的事来说吧，我跟我姨娘、我姐姐、我哥哥，我们送到坟地里，这么热的天，可是你看她对我们的态度，有多冷淡呀！"骏青没有说话，可是他的头像是点了点。

月梅气得转身就走，出了门，本想一赌气就回去，可是她又觉着那太便宜了骏青，而且回去也不能把这件事突然告诉丽雪。她站着想了一想，就负着气又转身回来，往西屋里怔走。她一进屋里，把张淑范吓了一跳,骏青倒像是很喜欢的样子,问说:"你怎么来啦?"月梅绷着脸儿说:"五小姐叫我找您来啦!有要紧的事,您快去吧!"骏青惊讶着站起身来,问说:"什么事?是家里又吵架了吗?"月梅摇头说:"没吵,可是比吵架还厉害,您这就去吧!"

张淑范也站起身来,她脸上微红,就搭讪着说:"大概蕙如还得过些时才能回来,我也不等着她啦!"又向月梅笑着说:"你回去告诉丽雪,明天我找她去。"月梅点点头,也没答话,就眼看着张淑范走了。

骏青把她送出屋去,进屋来就苦笑着说:"真没办法!她来找陈蕙如,可在我这屋里坐了半天!"月梅说:"她找陈蕙如不会到书店里找去吗?难道她不知道陈蕙如开着书店,这时候回不来吗?"骏青说:"所以,很讨厌!"

月梅瞪了骏青一眼,冷笑着说:"讨厌?我瞧一点儿也不讨厌,这张二小姐可比祁五小姐漂亮得多!也阔得多!"

骏青本已拿起了西服上衣,一听这话便怔住了,脸色变得又红又紫。月梅便把骏青的西服上衣抢过来,扔到床上,急急地说:"您要干什么去?您以为五小姐真叫您去吗?人家就是家里出了事,也不能找您。您不是给五小姐去了信,说是这几天不能去吗?那就很好,人家也不稀罕您去。您就放心吧,张淑范可以陪着您,跟您在一块儿批评五小姐,批评祁丽雪不是人!"

骏青咳了一声,把脚狠狠地跺了一下,说:"你怎么跟我说这话呀?"急得他连连叹气。

月梅一点儿也不服软,说:"好,您跟我急跟我闹,那我可就要没良心啦!从此您跟我谁也不认得谁啦!"说毕,她气昂昂地转身就走。

骏青赶紧上前把她拉住,仍然着急地说:"你的性情怎么也这么暴?"

月梅说:"我们都是暴性情,您找个好脾气的人儿交朋友去吧!"又夺手大声嚷着说:"别拉着我!"

骏青急得眼泪都流下来了,他缓和地说:"月梅,我知道你是误会了,但是你容我解释解释成不成?"

月梅说:"解释什么?您就会解释,解释就是欺骗!"

骏青叹息说:"那么你要立刻逼我怎样才行?或者我们一同去找丽雪?"

月梅擦着眼泪,说:"您找丽雪?我关上祁公馆的大门不叫您进去!"

骏青叹息说:"这误会真是没办法的事!你想,张淑范来找陈蕙如,陈蕙如没在家,她就要到这屋里来等着。我本来很讨厌她,可是她是丽雪的同学,她的哥哥又是我的朋友……"

月梅哭着说:"她哥哥也不是好人!"

骏青说:"是的,他们都不是好人,都是骄奢无耻的少爷小姐!但是,她是一个女子,你想我怎能把她撵出屋去?我只好敷衍她,由她跟我说话,我不答言,你来了才算给我解了围。"

月梅听了这话,气才渐渐消了,但仍冷冷地说:"五小姐现在烦得要死,连饭都没吃。她接到了您的信,直掉眼泪,立刻叫我来告诉您,她对您不能到她家里去的事,完全谅解;这几天她也恐怕没工夫到您这儿来,可是一切事请您放心,别烦。人家跟您那么好,你可这么没良心,把张淑范让到屋里来,谈得那么高兴,还由着她说五小姐的短处,我怎么能看得下去?"

骏青惭愧着,拭拭泪说:"我不好!我对事太因循,太不敢得罪他们张家兄妹了。但你说我谈得很高兴,也实在是冤屈我。这样吧!你回去尽可以把这件事告诉五小姐,只要据实地说,我想她一定不能误会我。今天我听陈蕙如告诉我,丽雪正托她给找房,我也不知她是什么用意,不过我总得离开这里。因为我现在没有事做,不得不常在家,而陈蕙如又住在同院;别人来找陈蕙如,只要是认识我的,就许到我这屋来,我也不能把人家赶出去!"

月梅脸红了红,说:"其实,刚才要不是听见了张淑范批评五小姐,我也不生气。得啦,这件事就别提啦,也用不着去告诉五小姐,反正今儿我也替您得罪了张淑范,只要她有脸,以后就不好意思再来了。今儿五小姐还叫我找陈蕙如,叫她把那件事快点给办,大概就是找房子的事。据我看，五小姐迟早得搬出公馆来，将来……"说到这儿，她的脸越发绯红，被灯光映得跟玫瑰似的。她微微地笑着，两个笑窝就在花朵般的笑脸上显露出来，说："柏先生，您别瞒着我，您是不是预备着要跟五小姐结婚了？"

骏青脸也红了，笑了笑，又有些忧郁地说："结婚是谈不到，不过或者我们可以订婚，因为没有法子，事情已走到了这一步。"

月梅笑着说："得啦，您就别假发愁啦，其实您的心里不定么么喜欢啦！我回头就跟五小姐去说，陈蕙如回来您替我告诉她吧！"说着，月梅活泼地笑着，推开门就跑了。

骏青追出来，叫着说："月梅！你别跑！我给你雇一辆车！"但追出门去时，月梅早就跑远了。

第二十回　意外的婚约

　　骏青呆呆地在门前站立着,想到刚才张淑范找到这里长谈,真恨自己太优柔寡断,太容易对女性产生同情;想起月梅刚才那么嫉妒、暴躁,他又觉得非常可笑,自己也心生惭愧。最后又想到了丽雪的多情,而婚姻又难得家庭同意,以及以后生活上的种种忧虑,虽然烦恼,可又感到一种甜蜜,他也说不出来心里是什么滋味,是多么矛盾。回到了房内,他又思考了半天,方才睡去,这漫漫的温暖馨香的夏夜,就在不知不觉之中飘过去了。

　　过了一个多星期,天气已到了最热的时候,骏青便不常出门,也没有人来访他,但邮差每天必给他送来信。信大部分是丽雪写的,说她们家里现在又闹起了很大的纠纷;张淑范也给他来过几封信,都是缠绵宛转,仿佛她已认为骏青是她的爱人了。骏青却都不给写回信,整天只是在屋中苦闷地思虑。

　　陈蕙如已为丽雪找好了房子,地点是在东安门内马圈胡同。但骏青还不相信丽雪能搬出来,因为想她们那家务绝不会一时就弄清楚,祁悦斋绝不肯把钱分给儿女。没有很多的钱,丽雪是不会出来的,因为她是花惯了钱的人,出来叫她受穷受苦,她绝不肯。

　　这一天的下午,阴云布满了天空,闷热得使人喘不过气来,可是又不下雨。小崔忽然来到,一见骏青,他就说:"柏少爷,您还不快给劝劝去！五小姐跟我们老爷吵起来啦！她一生气，带着那位张小姐就走了，她在马圈胡同租了房子啦！您快给劝劝去吧，劝我们五小姐还是回去吧！"骏青真没想到事情竟来得这么快，丽雪竟这么坚决，遂皱着眉问道："为什么事呢，父女会弄得这么决裂？"

小崔似乎不好意思细说，就说："我也不大明白，反正是闹得很僵，我们老爷又嚷嚷着说要辞官；五小姐是一赌气，就叫人搬东西，老爷也不拦着。搬东西就搬吧，敢情五小姐早托人租好房子啦！现在那儿挺高兴地布置屋子了，还要叫我给找两个老妈子。您瞧这有多糟？难道就这么分家了吗？柏舅老爷这两天也没照面儿，我看您先去劝劝五小姐，柏舅老爷再去劝劝我们老爷，给他们父女说合说合，要不然……"

骏青叹息着说："你不知道，这里面的原因很复杂，我是一点儿法子也没有，劝谁我也劝不了！你看，这些日我都没到公馆里去，就是为避免这个纠纷。"

小崔说："柏少爷，您这不是躲着吗？可是这回的事，人家可都抱怨您！"骏青问说："都是谁抱怨我？"小崔见骏青的脸色不太对，他就笑着说："也没有别人，就是我们老爷跟四少爷。"骏青问："是不是他们说是我在后面鼓动着五小姐，叫她搬出来的，是不是？"小崔说："倒也没那么说，就是说五小姐都是跟你学的，也不认得她爸爸了。"

骏青又生气，又难过，叹了口气，说："顶冤屈的是我，但我跟你说，你也不会明白。你先回去吧！我这就到马圈胡同，晚间我一定到公馆里去。"

小崔又说："柏少爷，您见了五小姐跟我们老爷，可是由着他们说什么，您只给他们调解，您可千万别动气！连我们当下人的都是，也愿意公馆里大家都消消停停的，我们干着也高兴，谁也不愿意眼瞧着把一个大公馆弄得七零八落。再说现在又不是穷啦，老爷的官运走得正旺，五小姐又正……"

骏青摆手，说："你不要再说了，你回去吧！"

小崔走后，骏青又思虑了半天，就拿上草帽，出门雇了车，在火热的太阳下到了马圈胡同。骏青听陈蕙如说过这里的门牌号数，他找着了，进门一看，见是个很干净的小院子，统共有六七间房，院中种着许多花木。陈蕙如和梁霞全都在这里了，月梅跟余妈正在丽雪的指挥之下布置屋子。屋内的家具除了床、被褥和几只皮箱之外，都像是新置的，一律是欧式的很艺术的样式，优美、雅洁、高贵。

丽雪像是有点儿瘦了，但精神非常愉快，穿着白绸子的洋服，白色高跟皮鞋。一见骏青来了，她就微笑着说："你来啦，我并没叫你立时就来呀？我们这儿还没布置好呢！"

骏青笑了笑，说："想不到这房子这么干净，小巧玲珑的。"

陈蕙如说："坏房子我也不敢给你们租下！我为找这房子可真费了事。"

骏青听她说是"给你们租下"，心里就有点纳闷，却见月梅冲着他直笑，余妈的脸上倒像是有些为难的样子。骏青本来预备了许多劝丽雪回去的话，可是看她已经布置得这么好了，而且当着陈蕙如和梁霞，他就一句话也不敢说不敢问了。

少时，梁霞说是要回去，丽雪却拉住她，说："你别回去！等我们收拾完了，歇一会儿，咱们就一同出去玩。"

陈蕙如走到骏青身旁，悄声说："柏先生，你到那两间南房去看看。"骏青随陈蕙如到了南房内，就见这屋子空着，小崔已然来了，正在这里擦地板。陈蕙如说："这屋子也很干净，丽雪她请你一半天就搬来住。"

骏青皱着眉，摇头说："暂时我不能搬来！因为丽雪才与她父亲决裂，就跟我住在一起，显见得这回的事情完全是我主使的了，那我将来还怎么再见她家里的人呢？她这回出来，根本就是太……仓促！"

陈蕙如很是诧异，问说："怎么？莫非丽雪托我找这房子，事先你不同意吗？"

骏青说："我也没有什么不同意的，但我绝没想到她竟是这么快就搬了出来！她在这儿住些日也不要紧，还可以叫她换换环境，但是我还得向我姑父去说，将来，无论如何得把她请回去，她同不得我！"

陈蕙如摆手，说："你趁早儿别去碰那钉子！从昨天下午起，丽雪就在家里跟她父亲吵，直吵到今天一早；丽雪见实在不能妥协了，她才下决心搬了出来。原因是什么呢？就是因为昨天你的姑父向她提出了要求，第一是嘱咐她不许再与你接近；第二是那位老爷说他已给丽雪看好了一个对象，叫丽雪与那人结婚，正如你父亲当初强迫你时一样，比那还要严重。丽雪她当然是不能屈服，所以才弄得这么决裂；并且她已跟家里的人都公开地说了，她搬出来之后，不久就要跟你结婚。她父亲说，如果那样他就永远不承认丽雪是她的女儿了。今天午前八点钟，祁敬廉就打电话把我找了去，叫我给他们父女两方面劝解。但都不行，她父亲还跟我说了许多不讲情理的话，我看实在是没办法了，只好由着丽雪搬出来。据我看，事情到了现在，是无可挽回了；丽雪出来也很好，不然她会被家里折磨坏了的！"

骏青皱着眉，听蕙如说了这一大篇话，心里觉着十分为难。陈蕙如又嘱咐他，说："丽雪现在是正兴奋着，你可千万别打断了她的兴致，要不然可叫她太伤心了。"骏青点了点头，随陈蕙如转身出了屋。小崔在后面拿着地板刷子，不住地翻白眼。

那北面三间很明亮的小房，在丽雪的指挥之下，一霎时被收拾得十分幽雅整齐，真是一个舒适的小家庭的精舍。丽雪叫余妈去买汽水，她指着新买的那几张花缎沙发和精细的藤椅，向陈蕙如等人笑着说："都请坐！"陈蕙如拿出烟来，让给骏青一支，骏青就坐在丽雪的对面，靠着沙发吸烟，嘴像被封着似的，吐不出来一句话来。

丽雪在沙发上半卧着，翘着她的白色高跟皮鞋，说："到现在我才觉得呼吸痛快了点儿！这两天的事，我并不生气，我也能原谅我父亲；他并不是对我坏，只是他在那个时代、那个环境里所形成的脑子，始终是不会与我们青年人相合的。现在在这里，我也仿佛忘了我母亲是才死去，在家里，只要一进了我们那二门，我的心就像被什么刺了一下似的。现在，我对过去全不做无谓的回忆了，这是我新生活的开始！"她又说："我希望朋友们都鼓励我，看我有什么不对的地方，尽管说我，我没有不听的；因为我现在已经没有母亲和家庭可以使我倚赖的，只有我们这些同学了。"

陈蕙如喷着烟,笑说:"我劝你,以后就是应当少花钱!"丽雪说:"本来我现在也没有钱了,想花钱也不行了。"陈蕙如说:"那你何必要买这么多家具? 还要做沙发套,还要买钢琴,还要安电话……"

丽雪笑着说:"这并没花多少钱,也没买什么贵重的东西,统共才花了三百来块钱! 因为我既不愿意把家里的东西都往外搬,又怕你们来了连个坐的地方都没有,我才这样办的。听你的话,钢琴跟电话我都不要了!"

骏青点头说:"实在,一切都应当节俭一点。"丽雪瞪了骏青一眼,月梅在旁边就不住地笑。

梁霞也笑着,说:"我走啦! 今天你也不用请我们玩去啦,明天或是后天,我们大家请你,给你庆贺迁居,我走啦!"陈蕙如说:"你别忙! 我们一块儿走,我还得到书店看看去。"丽雪说:"你们不等着喝汽水啦?"梁霞笑着说:"你给我们留着,我明天再来喝吧!"丽雪又说:"那件事可托你办啦! 我没有工夫到学校去,你跟附中的于主任打听明白了,我好给月梅补习功课。"骏青瞧了瞧月梅,月梅却笑着说:"我一定考不上!"梁霞跟陈蕙如走了,丽雪就撩了一眼骏青,笑了笑。

余妈买来了一打汽水,就用新买的柠檬色的玻璃杯,给每人倒了一杯。丽雪喝着汽水,就微笑着问道:"余妈,你到底是愿意在我这儿呢,还是愿意回公馆去? 你是太太活着时候的心腹人,现在你可是人家的眼中钉,说不定几时就不要你;你要在我这儿,我每月多给你三块钱工钱!"

余妈笑了笑,说:"反正五小姐您在这儿住一天,我就服侍您一天,工钱您也别给我,我也不跟您要。"丽雪说:"那么你算是尽义务?"余妈笑着说:"也不是尽义务,到月头儿我跟二少爷要去,因为是二少爷跟大小姐派我来的。"丽雪生着气说:"那你趁早儿给我走! 凭什么我用人叫别人拿工钱?"

骏青赶紧摆手,说:"你也别着急,有什么话慢慢说! 她一个做用人的,遇见家里出了这事,也是很为难的。"丽雪冷冷地说:"有什么为难? 谁要觉着为难,谁就趁早儿离开我,现在我谁也不需要!"骏青被丽雪说得脸上通红,余妈就把汽水瓶子放下,低着头出屋去了。月梅也出去了,隔着竹帘还向骏青连连摇手。

丽雪的态度似乎又平和了一些,她压着声儿,向骏青说:"我知道,这次我跟家庭闹得决裂,很多不明白我内心痛苦的人,都不能谅解我。可是你应当知道,我所遭遇的事情跟你去年由汉口出走时是完全一样;更有甚于你的,就是我母亲才死,我父亲对我的态度立刻就与以前两样,我四哥也跟我翻了脸,这真叫我伤心!你应当切实地安慰安慰我,自然,就是你现在没在北京,我也是要出来的,可是,多少我总算是为你才牺牲了家庭。今后我们两人应当同心一意,应当要强,倒要叫他们那些人看看。否则,我们若是弄得一天比一天不好,叫别人冷笑,我一定要自杀,那时你心里也不会好受的!"随说随拭眼泪。

骏青也擦擦眼睛,点头说:"既然这样了,我们当然得往下好好地干,可是我们也应当计划计划。"

丽雪说:"我早就都计划好了!现在我手里有我母亲遗下的一笔钱,是我母亲在临危时给我的,她老人家的意思,就是叫我拿这笔钱跟你结婚。这半年来,她老人家虽在病床上,但是因见咱们两人很好,她就早有这个意思了……"她拭了拭眼泪,又说:"钱虽然不多,可是生活上,我们暂时还不必发愁。过了暑假,我照常要上学,在课外再做个事;我相信我要寻个事,绝不会像陈蕙如她们那样难。月梅由明天起,我就给她预备功课,下学期一定能叫她考上附中,你呢,再慢慢寻个事做。"骏青点点头,又沉思着。

这时月梅又走进屋来,她倒像是比在祁公馆时还喜欢。她笑着瞧瞧丽雪,又瞧瞧骏青,就说:"我看在这里比在哪里都好!"丽雪惨笑着,说:"咱们现在可都成了孤苦的人了!"月梅:"孤苦算什么?孤苦才好呢!姐姐,余妈要不愿意在这里,就叫她回去吧,我们也不必另雇人,我可以做菜做饭,我什么都会做!"

丽雪笑着说:"那你就给我们当管家吧!别上学啦。"月梅说:"那不碍事,上学回来我再干事,早先我也是这样。"丽雪说:"得了吧!以后咱们谁也不许再提说早先,谁也不许留恋过去!"月梅的脸色有点变了,骏青恐怕她不明白丽雪说这话的用意，再发生什么误会，遂就点头说："是，留恋过去是一点儿用处也没有，我们就是想将来怎样办吧！"

丽雪沉默了一会儿，又走过去拉着月梅，笑问说："这时候你敢上市场不敢？"月梅说："那有什么不敢的？以后我天天上学，难道还不从街上走了吗？"骏青也说："不要紧，就是你在街上遇见白家的人，我想他们也未必敢拉住你。你想，小汪现在又在公馆里帮忙了，知道你现在跟着五小姐，他还能不告诉那白家？这些日他们都不来找你，可见他们是甘心把你放弃了。"

丽雪说："不管他们找不找，就是找来你也不认他们，你是我的妹妹，有什么事我得先出头！"遂打开一只皮箱，拿出一叠钞票来，交给月梅，说："你到市场去给咱们买些茶壶、茶碗、饭碗、筷子，这些东西现在咱们还都没有；还有什么，反正你只要瞧着是咱们必须用的东西，就可以尽着钱买来，可别图省钱买那次等货。"

月梅笑着说："得啦，你就别嘱咐我啦，难道我还不知道该买什么东西？还不知道东西的好坏？"丽雪就说："快去快回来！"月梅拿着钱跑出屋去，高声笑着说："我不回来啦！"骏青见她们两人这样的高兴，倒觉得自己这样愁烦是不对的。

此时丽雪支走了月梅，就问骏青说："你打算几儿搬到这里来？南房那两间，连地板我都叫小崔给你刷好了。"

骏青沉思了一下，就缓和地用一种商量的方式向丽雪说："我想，等过几天我再搬来吧！不然一定有别人说闲话。我父亲现在还没离开北京，倘若他要知道你由家里出来，就同我住在一起，他一定要寻来干涉我们的，我们何必找那无谓的麻烦？"

丽雪冷笑了笑，说："我就知道你还不如我有勇气！但我也不愿勉强你，可是……"说到这里，她的脸色绯红，又有点抱怨的样子，说："你总是要我把话先说出来！我们的婚姻问题，怎么办呢？"骏青这时不敢现出一点儿犹豫，就慨然说："我们先订婚吧！"丽雪听了，脸上越发红了，便望着骏青微微地笑了笑。

待了半天，月梅才回来，她买来了许多应用的东西，丽雪看了非常满意。这时的丽雪仿佛是另换了一个人，活泼泼的，脸上已没有一点儿幽怨之色，是更加美丽了几分。她跟月梅说说笑笑，有时两人还打着玩，仿佛她也是个十四五岁的小姑娘，而不是大学生似的；她并且不时用那双美丽的眼睛撩着骏青。月梅也高兴得忘形，蹦蹦跳跳的，不是笑，就是嘴里哼着歌。骏青的一颗忧郁的心也在这种气氛中陶醉了，他也笑着谈着，仿佛从来也没有这样高兴过。

到了晚间，屋中几盏新装置的电灯就一齐亮了，当中一盏挂灯罩着橙色的纱罩，而写字台上的那盏桌灯罩着粉红色的，光线由美丽的纱罩中透射出来，相映着像晚霞般绚烂。左侧小藤桌上摆着一盆千头菊，像孔雀尾巴似的垂着，那一朵朵的小花儿被灯光映照得放着金光。右侧摆着两盆栀子，开着白玉雕成似的花朵，散发出一阵阵的清香。靠北墙有一张条形的长桌，雕刻着立体的图案，放在那里就像是洋式房屋里的壁炉。这桌上放着两盆茸茸的细草，中间是一只镜屏形的金鱼缸，缸里飘浮着碧藻，几尾金鱼由碧藻之下摇摆过来，那金红的脊背也被灯光映得闪闪发亮，像是宝石一般。

骏青细细看着，才觉出丽雪这次绝不是仓促之中搬出来的，她早已预备好了；这些东西恐怕都是梁霞和陈蕙如替她秘密置买的，事先连自己也不知道。三间屋子现在是一通连，靠左墙放着的是丽雪由家中带出来的弹簧床，斜对面是书柜，镜台是靠北墙放着。

丽雪见骏青不住地东瞧西望，她就说："这屋子还得重新布置，今天是随便乱搁的。明天还有家具送来，把那两间西屋也布置出来，作为我们的书房，或叫月梅去住。"又说："这屋子本来是两明一暗，前两天我看房子时，就叫人把隔扇拆除去了，因为我讨厌那裱贴着许多字画的隔扇。我想买两架围屏，或是做幔帐；幔帐用绸子的太轻飘，除非用白缎子，可是我又讨厌缎子是亮的，太俗气！"

骏青说："我看做白布的就很好了。"

丽雪笑着说："那又太像电影院了！本来我这两只不同颜色的灯罩，陈蕙如就说有点像跳舞场。"说到这里，丽雪有点黯然，她又看了骏青一眼，就似乎忏悔地说："不是我又伤感过去，我是想，你没有到北京来的时候，那时我为什么不会自己处理生活呢？为什么要跟那些没有性灵的同学、朋友在一起呢？浪费了多少钱呀，在精神上又得了些什么快乐呢？"说到这里，她似乎又自觉有些失言，赶紧又转到别的话题上去。

骏青却心里明白，因此愈知道丽雪对自己是心真情热，便对刚才应允订婚之事，一点儿也不觉得后悔。

晚饭是余妈在这厨房里闷的白米饭，小崔到外面叫来了几样菜，三个人在一起吃的。饭后又谈笑了多时，骏青倒不禁有些流连忘返。过了十点钟，骏青就走了，小崔给骏青雇的洋车；临上车时，小崔悄声说："柏少爷，你还是得给两边说合说合！"骏青点了点头，心里又勾起许多烦事。

在夜色之下，他一路想着，就回到了府右街。忽见有两个人正在门口等着他，原来是祁敬廉跟贵禄，骏青忙把敬廉让到屋里，有点惭愧地说："你等了我半天吧？对不起！"

祁敬廉唉声叹气地说："就是等到天亮，我也得见着你才能走！我这个人本来不愿意管闲事，可是你看，现在的事情闹得有多糟糕！丽雪就这么一个人搬出去啦，我们家里就从此丢了一位五小姐！"

骏青说："你叫我可有什么办法？我劝她回去，她不容我说话立刻就起急。你想，你是她的亲哥哥，你尚且不能管她，我一个表哥又怎能强制她呢？"

敬廉张着两只手，仿佛要往下按住骏青的话，他冷笑着说："得啦！得啦！骏青，我现在才知道你这个人比我厉害得多多，谁叫我比你少上了两年大学，我斗不过你！自从你到北京这半年来，别说我们公馆里，就是到各处去问一问，只要认得你跟丽雪的，谁不知道你们早就在恋爱？可是我问过你一次没有？我祁敬廉无论对朋友、对亲戚，还是对家里的人，全都是这样，闲事绝不管，绝不得罪人，能马虎咱们就马虎过去。可是现在不行啦！我倒是主张由你们去，随你们在外头马马虎虎地结了婚，我一定给你们去贺喜，可是我父亲他不干呀！今儿他就把律师请来啦，你说真要一打了官司，咱们还有脸出门见人吗？"

骏青冷笑着说:"请律师怎样？难道还要告我,说我破坏了他们的父女感情吗？"祁敬廉却说:"你可别这么说,你也真有破坏的嫌疑。丽雪今天搬出去,听说房子、家具都是现成的,那难道不是你给她预备的？"骏青很生气,说:"那怎能断定是我给她预备的？她有许多同学,那些小姐们都很好事,她托人给她找房子买家具,事先我都不知道！"

祁敬廉说:"那倒没有多大的关系,不过现在这事你得给疏通疏通,无论如何要劝丽雪回去。现在我们家里除了我父亲,谁都愿意你们两人结婚;只要她一回去,我跟我大姐替你们去央求,准保叫你们如愿以偿！"

骏青叹了口气,说:"好吧！明天我再去劝劝丽雪,她若是仍然坚决不愿回去,那我就见我姑父去。"

祁敬廉说:"好啦,你只要别给我找麻烦,你叫我怎么请你都行！不是我跟你套近乎,就是他们都翻了脸,咱们两人还是表兄弟,以后谁都用得着谁。"

说到这里,他忽然又作惊恐状,说:"我还告诉你一件事,今天我听开车的小汪说,你弄的那小姑娘月梅……到底她姓什么我也弄不清楚,人家家里可要找来啦！只要一找来,那可又是一档子官司！"骏青一听,不禁发了怔。祁敬廉笑着,拍了一下骏青的肩膀,说:"你瞧你这个人,来北京才半年,弄了多少麻烦事？得啦,明儿见吧！"说着便点点头出了屋,带着贵禄走了。

骏青的心里乱七八糟的。少时薛璧城穿着睡衣又给他送进一封信来,说是白天收到的。骏青一看信封,认识笔迹,又是那张淑范,他不禁暗叹了一口气,把信扔在一边。薛璧城也没在屋里多坐,骏青关上门,把张淑范的信撕了,扔了,就熄灯去睡。这一夜他简直没有睡着,越想越乱,越想越没有办法。

次日,他忽然想了一个躲事的办法,打算逃避一天。一清早他就出了门,走到西直门,坐上公共汽车往西山去了;沿路的优美风景,娱悦着他苦闷的心。到了西山,一下车他就往上走,先到香山饭店吃了一杯咖啡、两块早点,然后就离了饭店,顺着盘旋的山路往上去走。

这时不过是上午八点多钟，山上除了几家别墅的门前，有仆人在打扫那被风吹来的残花落叶，没看见一个游人。骏青往山上爬了半天，便找了一棵松树，在树下休憩，听那树上枯燥的蝉声和杂乱的鸟语；又很无聊地掐掐石头缝里长出来的野花，研究研究那大蚂蚁在松树根下的活动。傍午时，见山上来了一个提着篮子卖吃食的小贩，他就买了面包和汽水，作为午餐。

风景虽然这么美丽，空气虽然这么清新，山风虽然这么凉爽，但他的心绪仍然十分恶劣，并且很不放心城里；总仿佛今天在丽雪与月梅的身边，会发生什么重大的事情。下午山上来了一些游人，有的是西洋人，男女互相挽着手；有的是女学生，三三五五地笑着往山上走；有的是富家老太婆，还坐着山轿。骏青又找了个太阳晒不到的清静地方坐着，脑里想着怎样去解决身边的事情，以及以后谋生的办法，但越想越乱，越想越烦。直到山后喷出来火一般的霞光，山风吹来已有些冷了，他才搭上一辆公共汽车回到城里。

车进到西直门的时候，天色已然薄暮。骏青下了车，就顺着人行道慢慢地往东走。他本想要快些回去，或是到丽雪那里去看看，可是又恐怕那里有很大的麻烦正在等候着自己。快到新街口时，路旁忽然有人老声老气地叫着说："这不是骏少爷吗？"骏青赶紧站住脚，回头一看，就见一个弯着腰的老婆子忙忙地走了过来；到了临近，骏青借着灯光才看出，原来是孙妈。

孙妈穿得倒还很整齐，她欢喜着说："骏少爷，您干什么去啦？您这些日子倒好呀？"骏青笑着说："哦！孙妈，我是出西直门去看一个朋友，你现在哪个公馆啦？"孙妈说："我没在什么公馆，我这个老弱残兵，公馆是没人要啦！祁宅倒是还肯给我饭吃，可是那儿的事我也没法再干啦，现在就指着我那个瘸腿的儿子，他做个小买卖养活我。"骏青点头说："这很好。"孙妈又说："我听说太太故去啦？"骏青说："可不是，出殡还没有几天。"孙妈擦着眼泪，说："那位太太，真叫人想，我离开公馆时，太太的病还不太重，还能躺在床上念佛。咳！没想到故去得这么快，这一定是修成啦，到西天成佛做祖去啦！"骏青也叹息了一声。

孙妈又说:"您来歇会儿,您瞧,那就是我们的摊子。"说着,她把骏青带到了新街口的拐角之处。这里有个摊子,卖烟卷、花生,还卖热茶,有几个拉洋车的都在这里喝茶。孙妈搬了一条板凳让骏青坐下,又去叫她的儿子。

她的儿子刚把电石灯点上,赶紧瘸着腿走过来,笑着叫说:"骏少爷!"骏青站起身,也笑着说:"你的买卖还不错吧?"孙瘸子说:"对付着吧!一天能赚两块钱,够我们娘几个吃粗粮食的啦。"孙妈说:"也不容易,他在这儿照应摊子,我儿媳妇在家里烧水带看孩子;烧了茶,我往这儿送,好在我们住的离着这儿不远。你说有什么法子,他瘸着一条腿,能干什么去?"骏青说:"这比做事还强。"

孙妈又给骏青拿了一盒"哈德门",点上烟,骏青要给烟钱,孙妈说:"得啦!一盒烟算什么的,您还给钱?前几年要不多亏您,我这条老命还能活到现在?连我们这烟卷摊子都是祁公馆的钱买的,我辞工的时候,五小姐格外赏了我三十块钱,我们拿它做了本钱;早先我儿子他就是挑着个茶壶赶车口儿,哪儿有这个摊子?"

骏青说:"五小姐从公馆搬出来啦,你知道吗?"孙妈惊讶着说:"是吗?为什么?搬到哪儿去啦?我可得看看去!"骏青并没把原因细说,只说丽雪因为她母亲死了,她在家里看见什么都很伤心,所以才搬了出来,现在带着月梅同住。他并取出钢笔,在包香烟的纸上写下了丽雪的住址,就交给孙妈,说:"你要想看五小姐去,找个凉爽日子,雇一辆车,可以去看看她。"

孙妈仔仔细细地收起了那字条,揉着挂着泪的眼睛,说:"那位小姐真是心又慈善,人又能干。太太是死啦,要不然,我这老婆子都可以跟太太说一句话,让五小姐给您做少奶奶,那有多好呀!"孙瘸子又给骏青买来一瓶汽水,骏青却拦住,不叫他打开,自己就又点了一支烟,向孙妈母子道声谢,就走了。

骏青顺着马路依旧很无聊地走着,几次想要雇上车,去看看丽雪,但终是怕那里有什么麻烦。他就到西四牌楼寻了个小饭馆吃了饭,然后就回了家。出乎意料,家里竟没有什么事,听薛璧城说也没有什么人来寻他;骏青倒觉得很奇怪,而且因此又疑惑起来,熄了灯,躺在床上愁烦了多时,方才睡去。

次日,起床就有九点多钟了。今天他似乎比昨日坚强了些,认为目前的事自己得去解释,去处理,所以就赶忙洗脸漱口,打算硬着头皮去见姑父。他心情紧张地换了衣服,刚要预备走,忽然房门一开,刘醉生走进屋来。

刘醉生手里拿着画似的一轴东西,进屋来就作揖,笑着说:"恭喜!恭喜!想不到这盅喜酒我竟喝得这么快!今天一清早我知道了,就赶紧到南纸店给你们买喜联,回到庙里就加工写了出来,雇了特别快的洋车给你来贺喜,你看!"说时他把那轴喜联打开,原来是一幅朱红的中堂,上面是刘醉生亲笔写的,墨迹还像未干,是:

> 人间真信有良缘,水上鸳鸯洞里仙,
> 半载相思成绮语,红梅白雪并争妍。
> 呼梅为友雪为卿,花譬姿容月譬情,
> 春意自须留几许,莫教雏燕妒新莺。
> 好从雪里觅寒芳,白夹赢来两袖香,
> 时代摩登情却久,莫呼中表呼檀郎。
> 漫向新欢说旧愁,才离古庙便妆楼,
> 闲来应将画眉笔,去写青天月一钩。
> 丽雪女士骏青先生订婚之喜 刘醉生拜贺。

骏青发着怔,问说:"根据什么,你就冒冒失失地给我来贺喜?"刘醉生说:"哈!根据什么?有报为证!"说时就从他纺绸大褂里掏出一张报来,指着一段广告,说:"你看!难道这不是你登的,还能是我登的吗?"

骏青一看,那报上登着很大的字:

柏骏青 祁丽雪 订婚启事

　　我俩因情投意合，并得双方家庭同意，准予自由订婚，特此登报，希同学友好共鉴。

　　骏青看完了，心里方才明白，心说：丽雪她真有手段！遂向刘醉生笑了笑。刘醉生就说："你光笑一笑不行呀！我问你，几时你请我喝喜酒？"骏青说："喜酒你不能喝，你这份礼我也不能收，你看你写的这是些什么呀？我跟祁丽雪订婚，你为什么把'梅'把'月'全都拉扯上？这怎能叫别人去看？"

　　刘醉生笑着说："我是一高兴就随便写的，平仄合不合，韵脚对不对，我都在所不计，反正纸是红的，聊以表示大喜之意。放在这儿，你们的新房里挂不挂我也不管，你就别再推敲字句了！正经应当推敲的，倒是你们这段订婚启事，既然得到了双方家庭的同意，可又算是自由订婚，我真不明白你们是怎么弄的？总而言之，我认为你们连登这段订婚启事都是多此一举，赶快同居，那比什么不痛快？不过你们可得另找房子。这两间不行，这里安置得下'雪'，可安置不下'梅'，摩登的小家庭，不好三个人在一个炕上滚！"

　　骏青说："你不要混搅！我与丽雪虽已订婚，可是离着结婚尚远。你也知道我的经济情形，经济不能自立，不宽裕，我绝不结婚。咳！你不知道，我现在还有许多说不出来的事，等将来我们再谈吧！"刘醉生翻着眼睛，说："怎么？你现在还不知足吗？"骏青苦笑着，说："我将来一定对你细谈，现在咱们一同吃早点去好不好？"

　　刘醉生摇头，说："不啦，昨天我写了一夜稿子，今天早晨刚要睡，可是报又来了；看见你们那段订婚启事，我一兴奋，倒不觉着困啦！现在你一发愁，我的兴奋劲儿也过去啦，我还得赶快回去睡觉。"说着，张着嘴打了个哈欠，又笑着说："我还告诉你几句话，就是：快快同居，省得单调；油盐柴米，全要顾到；一年之后，儿子必抱；生活担子，你可担了！"说毕哈哈大笑，骏青也不禁笑了。

刘醉生又说:"还有白月梅,你们也赶快给她介绍个男友,女子十五岁就可以结婚,你们也算多一家亲戚。反正你们两家的喜酒我都等着喝;我也不白喝,在你们结婚的那一天,我必借庙里和尚的九音锣来给你们奏乐,哈哈哈!"随说随笑,他就走了,这里骏青倒仿佛被人愚弄了一场似的。

骏青出门雇上车,就到了马圈胡同。在进门的时候,他还想这里已然出了麻烦,姑父祁悦斋看了今天报上登的启事,说不定一生气就来找他女儿大闹了。可是进屋一看,却是平平静静的,丽雪正在教月梅功课;屋里又添了几件细巧的陈设,并用两幅精美的屏风,隔出来里外间。

月梅一听见骏青来了,就赶紧把功课收起来。丽雪笑着说:"怎么,你倒怕你的老师?"又问骏青说:"昨天你干什么去啦?一天也没有见着你。"

骏青红着脸说:"我到饭店去找我父亲,想要跟他把事索性说清楚,可是,我在饭店等了一天,他也没有回去。"丽雪说:"你不必再找他去啦,现在是什么麻烦也没有啦!昨天我们在家里布置屋子,一天也没有出门。我大姐跟二太太带着几个孩子来啦,我大姐说,现在我父亲对我们完全抱着不闻不问的态度,由着我们去做,他只是不帮助我们,过几天他就又要回到任所去啦。我大姐还要给我争上几万块钱,可是我说我父亲的钱,我一个也不要!"骏青真想不到事情竟会变得这么容易解决。

丽雪又笑着问说:"你没看见今天的报吗?"骏青点头说:"我看见了。"丽雪就微笑着,拿眼睛撩了撩骏青。待了一会儿,她又说:"你别走了,回头一定有不少人来。"

月梅在旁笑着说:"柏先生,回头人家都给你贺喜来,你也得换一身新衣裳呀!"骏青笑着说:"我这身衣裳并不破旧。"丽雪说:"那没关系,等下午我们出去到西服店,每人做两身衣裳。今天无论谁来,我们只以清茶糖果招待,下星期日我才打算在'来今雨轩'请客呢。"

骏青说:"其实我看都不必,连报上登启事,我都认为过早了一点。"丽雪一听,脸上立刻现出一种不高兴的神色,月梅在旁不住用眼瞪骏青。

丽雪又笑了笑,说:"其实我是有用意的,我要叫凡是认识我的人全都惊讶!所以昨天我跟梁霞把启事拟好了,立刻就托她给送到报馆去,要登一个星期呢。"骏青只好笑着说:"我告诉你实话吧!要不然我还不知道,今天一清早刘醉生就跑到我那里,给我贺喜去了。"丽雪和月梅全都不住地笑。

骏青又说:"昨天我见着孙妈了。"遂把昨天遇见孙妈的事说了一遍。说完话又觉着不对,因为刚才跟丽雪说的是,昨天自己到饭店去见父亲,等了一天,现在怎么又跑到新街口去了?他刚要设法去解释,却见丽雪倒是没有注意,她只说:"等孙妈来了,我托她给我找两个可靠的用人,就叫余妈专管做饭。小崔昨天就叫那边给找了去了,他说是老爷要带他上任去,我也不愿意用个男仆,想用一个能够上街买东西的粗笨老妈子。"骏青说:"你们只是两个人,其实有余妈一个人也就够用了。"

正在说着,就听窗外一阵杂乱的高跟鞋响,几个女同学一齐叫着说:"丽雪,我们给你道喜来了!"骏青不由得发窘,丽雪却笑着迎了出去。进来的是吕淑馨、张淑仪、柳明贞、徐绿蒂、梁霞,一共是五个人,个个提着礼物,都是些书籍、糖果、化妆品等,还有个一尺多长的黄头发蓝眼珠的洋娃娃。这几位姑娘见了骏青,都笑着点点首,倒不说什么,可是都跟丽雪说说笑笑。丽雪便很大方地吩咐余妈倒茶,并笑着说:"你们可是白送礼,我这里什么都没有预备。"又问张淑仪说:"淑范她怎么没有来呢?"张淑仪说:"她病啦,今天直到我出来的时候,还没有起床呢!"

骏青在旁边本来很窘,又被这些位小姐们的灿烂衣影弄得眼乱,一听提到了张淑范,他更感到愧怍,就慢慢地走到了院里。这院里种着一丛丛的茉莉、菊花、含羞草等等,并有几盆凤仙花和两棵夜来香,阳光下,粉白缤纷的花朵上,有许多蜜蜂蝴蝶在乱闹着。屋里的小姐们在高声地谈笑着,待了半天,才一起走了。

时候已快到中午，余妈服侍三个人吃完了饭，便把家什收回厨房。待了一会儿，外面有人打门，余妈进来说："五小姐，又送家具来啦！"丽雪躺在沙发上，向骏青说："你出去看看，就叫他们搬到西屋吧！随你便摆着，慢慢地咱们再布置。"骏青出了屋，就见家具已然抬进来了，是一套沙发、一张圆桌和四把小椅子，都是很好的木料、很新的式样。他到西屋一看，原来这屋里早已摆着一张小铜床和一只衣柜，这些东西仅仅能够摆下。

　　月梅随着到了西屋，就扒着骏青的肩膀，说："你瞧五小姐有多么能花钱呀！"骏青皱皱眉，说："你应当劝劝她！"月梅说："哟！你不劝，可叫我劝？明儿她是你的太太了，我劝得着？何况我也劝过，她一点儿也不听，反正我不帮着她花就得啦；回头她还要做衣裳去啦，我不去。可是，她待我真跟亲姐妹一样，向来没有人待我这样好，但她要打算叫我跟着她永远在一块儿充阔小姐，我也不干；我没有那么大的福，我宁愿到别处受穷去！我早晚还要找我母亲去，现在我也找出一点儿下落来啦，可是……可是你不能去告诉别人！"她说着眼圈儿就红了，等到送家具的人走后，她的泪珠儿竟一对一对地滴了下来，她就掏出小手绢来不住地擦。

　　骏青也长长地叹了口气，他在沙发上坐下，悄声说："我跟你说实话，昨天我就躲了一天！并不是我惧怕麻烦，是因为我觉着这事将来很难办。"

　　月梅听了似乎不大明白，就问说："有什么难办的呢？"骏青摆手说："你不知道！总而言之，丽雪那个人，很难说；她一时高兴，一时负气，虽然已经跟我订了婚，可是将来，我们必定是很痛苦的。"月梅沉思了一会儿，便说："据我看，五小姐这个人可不错，尤其她对你，我看真是实情实意。"她说了关于别人爱情的话，自己的脸也不由得绯红了。

　　骏青又叹了口气，点头说："我也知道，她对我是很好的，现在我也并不是后悔了，只是，将来的问题很多，第一就是经济问题。"

　　月梅说："那你就想法子劝她少花钱，你再找个事做。"

　　骏青说："事情岂能像你说得这么容易！十几年来她就度着这阔小

姐的生活,浪费惯了,岂能一时就改?说到我找事做,咳!简直提起来我就烦恼!张锦生他有相当的地位,认识的朋友也很多,在两月以前就答应着给我找事,可是直到现在也没有找到!"

月梅表现出一种鄙视的样子,说:"张锦生呀?那个人你千万别托!"骏青说:"除了他和一个姓于的之外,我再也不认识人了!"月梅说:"你不会托托益民银行的谭行长,叫他给你在银行里找个事吗?"

骏青苦笑着说:"他是我父亲的朋友,怎能给我找事?顶多了,他说合着叫我回汉口去!"

正说着,丽雪拉门进屋来了,她就问说:"你们在这里净说什么啦?"月梅赶紧替骏青说:"我们正在这儿谈论你啦!"丽雪说:"谈论我什么?"月梅笑着说:"谈论你太爱花钱,干吗买这么多家具!"丽雪说:"这还算多?"骏青也说:"真的,你不要再买了!"丽雪便说:"我不买啦!这就够用的了,以后我什么都要节省。"月梅笑着说:"哼,你现在是这么说,一转身就忘!"

丽雪仍然笑着,说:"你们往后看呀!连钢琴我都不买啦!明天我派人硬由公馆里把客厅的那架拉来。"又向骏青说:"以后我要定出预算,每月的费用至多不能超过了五百元。"月梅说:"哼,五百元还算少吗?"丽雪却说:"那么依着你们,应当叫我怎样?叫我一个钱也不花,当守财奴,我可做不到!反正我绝不是毫无打算,现在我每花一个钱都是有用意的,在你们看着就以为我是浪费了!"月梅冷笑着说:"其实你就是浪费了,我们也管不着!"

丽雪看了月梅一眼,刚要再说话,忽听院中又有人叫她;隔着窗子一看,是陈蕙如来了,手里还提着一篮果子和两盒糖果。这屋里的三个人齐迎出去,陈蕙如就笑着向骏青说:"柏先生,你大喜了!"骏青脸红了红。

丽雪叫余妈把礼物接过去,说:"你干什么还给我们送礼?"陈蕙如笑着说:"这算什么礼物?不过是表示表示我已知道你们订婚了。"随说随一同到北屋里。丽雪又很高兴地把张淑仪、吕淑馨那些人的礼物一一给她看,并抱着那个洋娃娃,笑着说:"把这个送给你吧?"陈蕙如点头,说:"好,送给我就送给我,反正你们将来是……"因为骏青在旁,她不便说过于凑趣的话,就笑了笑,把这句话中止了,又说:"你们在报上这种自我宣传,可真厉害!今天上午就有许多人到书店里向我打听,都问你们什么时候结婚,又问你们是不是现在就已然同居了。"丽雪抿着嘴儿微笑着,看得出她的内心很是愉快。

陈蕙如在这里谈了有一个多钟头才走。待了一会儿,祁大小姐带着仆妇、孩子们也来到了,一进门她就嚷嚷着说:"是谁的主意登报?你们也太急性子啦!"虽然她嚷嚷着,但态度并不急躁,丽雪便答复说:"是我的主意,不是爸爸说明他不管我们了吗,我们为什么不登报呢?为什么不索性把这事公开了呢?"祁大小姐说:"可是你们这么一来,叫爸爸更没有让步的余地了,我也不能替你向爸爸要钱了!你这件事办得真太决绝。爸爸由一清早看了报就烦,就说要把这儿的房产全都卖了,带着家里的人走,永远也不回北京!"

丽雪说:"那没有关系,回北京不回北京,那是爸爸他自己的事。爸爸如不见我,我也不去找他,除非他将来遇着什么危难,或是他得了什么重病。"

祁大小姐说:"我是想给你们要上几万块钱!我们若不趁着这时候要,将来也是都便宜别人,再说你就是手里有几个历年积蓄下来的钱,那又能够花几天的?"她又向骏青说:"今天听说舅父还要到我们那儿去,那位谭行长还要找你去呢!"丽雪就说:"要叫我们都回去也行,就是得承认我们在报上登的那段启事。"

骏青在旁听着,心里便觉得十分烦恼;他暗中向白月梅点了点手,叫月梅随他到院里,就说:"大小姐在这儿,叫她们姊妹谈吧,我走了。"月梅问说:"您上哪儿去?"骏青说:"我回家去歇歇。"说毕,随就走了。

他出了门,坐着洋车回到家里,就觉着天热得十分难受,心里更是懊烦。想着自己是为了摆脱婚姻,谋求自立,才由家中出来的,如今别的事都没有做成,倒跟丽雪演成了这种关系。看丽雪并不是抱着决心准备在外面吃苦,她出来不过是为要硬造成她与我的关系,跟她父亲赌一口气;假若她父亲承认了那件订婚的事,谭行长也向我父亲疏通好了,叫我回去再当少爷,她去当少奶奶,那又多么无味呀!因此他又愤愤的,恨不得自己再去登段启事,否认与丽雪的婚姻。

睡了一觉之后,天色已晚,丽雪带着月梅又来了,勉强着他,叫他跟着出去玩。骏青没法子,只得跟着丽雪出去吃饭,然后到一家西服店去做衣裳。九点钟之后,丽雪又主张到中央影院去看电影。在影院里,丽雪与月梅两人一面看着电影,还一面谈话;骏青却闷闷地闭着眼,他越想越烦恼,觉着自己实在无法割断这些软的、硬的绳索的羁绊,而从中挣扎出自己的意志和人格来。

电影演毕后,已然十一点多钟。场中的灯光一亮,三个人将要往外走,又有六七个女学生过来,笑着围住了丽雪,一定要叫丽雪请她们去吃咖啡,并问他们几时才同居。骏青更觉着窘,便暗向月梅说了一声,他就先走。丽雪就说:"月梅你别叫柏先生走,我还跟他有话说呢!"月梅在人群中挤着,出了影院一看,骏青已然走远了。

月梅刚要去追,那几个同学已然把丽雪拥了出来。丽雪笑着说:"今天太晚了!改日,我一定请你们!"那几个同学都不依,齐笑着说:"往西不远就是西餐馆,你得请我们!至少得请我们喝杯酒,吃冰激凌。"丽雪脱不开身,就笑着说:"我看看我带着的钱够不够请你们的。"她就在影院门前那明亮的电灯之下,打开了那珠子串成的手提包。她先拿出一个洋式的信封,交给月梅,说:"你快去追上柏先生,把这封信交给他!"旁边就有同学笑着道:"你们都订了婚啦,又是天天见面,还这么情书返往的?"

月梅接过信,就要往北跑去追骏青,丽雪又赶过来几步,悄声嘱咐她,说:"无论如何,你可叫他把这封信收下!交给他后你就雇车回去好了。我跟同学再玩一会儿,不到十二点我一定回去。"月梅点头答应着,心里却非常疑惑;她往北去走,身后的丽雪却跟那几个同学拉拉扯扯地往西去了。

由中央影院一走过马路就是寂静的府右街,这里除了马路上有电灯照着,两旁都是黑黝黝的。月梅跑了一段路,就看见骏青正在前面的柏油路上,很没力气地慢慢走着。月梅再快走几步就赶上了,但她反倒躲开了马路,躲到人行道上,穿在洋槐树底下去走。她一边走一边暗笑着,就见骏青像是浑然不觉似的,影子摇摇晃晃的,皮鞋发出迟缓的声音。少时对面来了一辆汽车,骏青就走上了人行道,月梅便转到树后。车驰过去之后,骏青仍然下了人行道,到马路当中去走;他低着头,仿佛是在瞧着他自己的影子。

月梅心想:真怪! 他跟丽雪的脾气绝不一样! 丽雪的脾气像个男的,他倒像个女的。月梅用手指头捏了捏那信封,里面像有好几张信纸。她站住身,就着从洋槐树的枝叶间滤下来的斑斑点点的灯光,看那白洋纸的信封,却见上面一个字也没有;而后面封口上贴着个凸起来的金纸的蝴蝶,封得很严。月梅心说:真是,天天见面,倒像没有什么话可说似的,信可写得这么多?

第二十一回　仇隙与纠缠

　　月梅见离着骏青住的地方不远了，可是骏青依然那么慢慢地走，她就顺着树外那一排住户的院墙很快地跑了过去。她先跑到了骏青的门前，打算蹲在门里，等骏青一进门时就蓦地吓他一跳。但月梅忽然看见这门的附近有一个人，穿的是青裤子、白小褂，模样可看不清楚，仿佛在这里等着谁似的；这个人瞧见月梅跑了来，他就像个贼似的急忙转过了墙角。月梅倒吃了一惊，心里害怕地想：这莫非是小高？他是到这儿来找柏先生啦？于是月梅就下了门前的台阶，想要顺着墙边迎上骏青，去告诉他。

　　这时骏青已然走过来了。还未容他走到门前，那个穿青裤子白小褂的人已转到骏青的身后，蹑足潜踪地仿佛要从后面猛抓骏青。月梅见了此状，急忙跑上去，喊着："你这个人要干吗呀？"就听咕咚一声，那人把一块沉重的东西向骏青脑后打来。幸被月梅惊喊，骏青赶紧闪在一边，那东西就掉在地上，原来是一块大石头。

　　那个穿白小褂的人赶忙跑了，月梅在后面追着，怒骂了几句，又大声喊叫巡警。骏青赶紧过去拉住月梅，说："不用声张了！又没打着我，打伤你了吗？"月梅气得胸脯儿急喘，眼睛还向那人逃走的方向去望，说："没有，那人是要害你呀！他在这儿转了半天啦，我就有点儿疑惑，我还怕是小高呢！"骏青怔了一怔，就摇头说："绝不是小高！"

月梅又跟骏青生着气说:"你这个人也不好,走路低着头,什么都不管不顾!我跟你走了半天啦,你知道吗?"骏青说:"我不知道你跟着我,我走路是爱想事。"月梅说:"看你以后改不改?再要走路想事,人家从后面砍你一刀,你都不能防备!"

骏青说:"你别在这里嚷嚷,咱们回去,丽雪呢?"月梅:"五小姐让那几个同学拉着吃咖啡去啦!你没容五小姐跟你说完话,一个人就走了,五小姐有一封信都忘了交给你,我要不是给你送这封信来,哼!你早叫石头给砸死啦!我们连知道还不知道呢!你真是傻子!"骏青想到刚才的事,真觉着可怕。他接过信,又走回来,找着地下那块石头,一看,足有十多斤重,还是七棱八角的。

月梅就蹲下去搬那块石头,说:"留着,等找着那个人,咱们告他谋害人,这就是凶器!"骏青说:"咳!你还搬这石头干吗?那个人跑了,咱们还能找着他吗?"月梅说:"那也得把石头搬走,不然明天他还能拿这个打你!"骏青听了,又很忧虑,月梅就把这块石头搬到门里,赶紧关严了大门。

骏青见东屋里有灯光,就又悄声嘱咐说:"别声张!声张起来人家倒要笑话咱们。"月梅说:"笑话不着我,你,也该叫人笑话笑话!明天我非得给你声张声张不可。"进屋开了灯,月梅还生着气,小脸儿发青,两只大眼睛瞪着骏青。骏青说:"你看,你倒抱怨我,我能料得到有人要暗算我吗?"月梅又笑了,说:"我就劝你以后走路时,无论是夜晚或白天,眼睛瞧着点别处就是了!"骏青说:"那是一定,由明天起,晚上我就不出门。"

月梅又问:"你想想你得罪过谁?你有什么仇人?"骏青说:"你想,我在北京连认识的人都很少,怎能够有仇人?这不定是怎么回事,也许是那个人认错了人吧?"月梅摇头,说:"我不信,那个人一定等了你半天了!咱们没抓着他,不信要抓着,你还许认得这个人。"骏青坐在床上,连连摇头,他皱着眉,叹着气,心中不胜烦恼和忧虑。

二人在屋中说话,虽然是压着声音,可是窗上也有人影摇动。这时,薛璧城就隔着窗子问了一声:"骏青在屋吗?"骏青答应了一声,说:

"请进来吧!"薛璧城双手拿着一个带玻璃罩的银盾进了屋,说:"你们才走,张锦生就派了一个用人送来这份礼物,我也忘了给那个人赏钱。"骏青笑了笑,说了声:"请坐!"他把银盾接过来,见并不大,像是仓促买来的现成货,上面刻着"天作之合"四个字,下款是在红纸条上写着张锦生、于文俭的名字。薛璧城也不坐下,就笑着说:"你们订婚这件事,真是无人不知了,有许多人都要来看看你!因为祁五小姐过去的名气太大了,大家想着,跟她订婚的人不定是个怎样出色的人物了。"月梅在旁望着骏青直笑,并拍着手儿,骏青也苦笑了笑。

薛璧城在此跟骏青又谈了几句话,就回到他的屋里去了。这里骏青就向月梅说:"你回去吧,现在都快到十二点了!"月梅却说:"回去我不放心你!"骏青说:"不要紧!我想不会再有什么事了。你赶紧回去,不然五小姐不放心你,她会一夜睡不着。明天一早我就找她去!"月梅凝着神想了想,就点头说:"好吧,我回去!可是你别送我,我有钱,走到街上我就雇车。明天你也别一清早就去,等到街上的人多了,那时你再出门。"

骏青说:"你比我还要神经过敏!我告诉你,有了这一回教训,以后我一定要小心防备。你走吧!今天先把这件事隐瞒一夜,别告诉丽雪,等明天我去了,我们再研究。"月梅点点头,骏青跟着她出了屋,把街门开开,月梅回首道:"你赶紧把门关严了吧!"她遂出门走了。

月梅走后,骏青对她倒很不放心。他把街门和屋门都关严,就呆呆地坐在沙发上;越想刚才的事,越觉着危险,假若那时没有月梅,恐怕此时自己还躺在血泊之中。骏青除了恐惧之外,还很气恼,心想:我没有仇人,在丽雪没有登报跟我订婚之前,也没有过这种事;这一定是被丽雪所抛弃的男子,今天知道我们订了婚,他一时妒恨,所以才意图伤害我!因此,又想起父亲对自己所说的话:丽雪过去是北京交际场上有名的最浪漫最下流的女子。他想这话未必全无根据,于是就狠狠地跺了一下脚。

他走到桌前,把月梅交给他的那封信拆开,首先触目的就是三张百元的钞票,另外有一张信笺。骏青更生气了,一个念头就涌了上来,

他真想明天就拿着这钱去登报,否认那段订婚启事。他展开那张信笺,就见这信上是满纸的缠绵情意,其中有几句话写得最为恳切:

> ……在形式上我们也更进了一步。真的,四年来我的生活都是混沌的、厌倦的,从没有过像今天这样的清醒、兴奋,这都是你给我的……曾一度使我惆怅的那失去了的美梦,现在都找回来了,而且梦已变为事实。
>
> ……你千万不要认为我又拿钱来侮辱你,假使你现在仍存有你、我之分的观念,那我就请求你免掉了吧……

骏青看完了信,不由就把刚才那因为受了惊恐而产生的误会和怨恨全都渐渐融解了。他又把信来回看了两遍,便连同钞票一同装起,长长地叹了一口气,便熄灯就寝;一躺下,他就感到神经更脆弱,惊栗不安,仿佛自己身边还潜伏着什么危险似的。

次日早晨,骏青出门时,又看见了门旁放着的那一大块石头,他还有点后怕;到门外四下张望着,看有没有形迹可疑的人;坐在洋车上,他也时时回头去看。

骏青到了丽雪的家里,一进门,就见丽雪正同月梅在院中看余妈浇花。丽雪一见着骏青,就急问道:"昨天晚上到底是怎么回事?"骏青没有言语。丽雪随他进了屋,又气愤地问道:"你没看清楚那个人的模样吗?"

骏青说:"我哪里看得出?天那么晚,又没有月亮,好在并没打伤我。我想我们也不必声张了,以后我小心一些,晚上少出门就是了。"

丽雪说:"也犯不上为这事就少出门,我们倒要调查调查那个人是谁!"骏青摆手,说:"何必?就是调查出来,又没有凭据,我们还能把他怎样?我想不出我得罪了什么人,也许是他认错了人。"丽雪摇头,说:"不会的!"她那气白的脸,这时又渐渐红紫起来。她气愤地说:"今天晚上我们还在外面玩到十一点,我送你回去,看那个人还敢不敢用石头打你!"

骏青勉强笑着说:"你也不值得为这事赌气呀?"丽雪说:"昨天晚上月梅回来一告诉我,我真气得一夜没睡,我想咱们得报复!"骏青说:"越报复越坏,我们不要理他就是了。"丽雪又冷笑着说:"我看这个人也太卑鄙!拿石头打人已够卑劣的了,没有打着人就跑,这么小的胆子,还要暗算人?"骏青只是勉强笑着。

骏青看见桌上有一张帖子,是丽雪写的,上面有吕淑馨、陈蕙如、梁霞、张淑仪、张淑范那些女同学的名字,有张锦生、薛璧城、于文俭,另外还有什么李竞先、卢华煜、陈启国等几个自己所不熟识的人,他便问道:"这是干什么的?"

丽雪说:"这是我开出来的,一半天我打算请客。"

骏青摇头,说:"不必请客了,何必?又花许多钱。"丽雪说:"这件事你不要管!其实梁霞那些人请不请都没有什么关系,只是我直接、间接认识的那些男朋友,我得把你向他们介绍介绍,叫他们都认识认识你!"骏青明白她的意思,不免又皱起眉来。

丽雪又说:"你不要畏缩!现在我们订婚不过是第一步,等一年后我们还要举行婚礼。现在经济方面我们不用发愁,我想在琳琅书店加入一万元钱的资本,把书店扩大了,完全归我们自己做,你也不必另外去谋事了。"

骏青点头,说:"那倒可以,像我们,就是经营商业,也只好经营这种接近文化的。"

这时月梅走进屋来,把几盆花都搬出去晒,她只望着骏青笑了笑,并没提昨天晚响之事。骏青在这里吃完了午饭,又同丽雪、月梅闲谈了一会儿,因见她们都要歇午觉,就回去了。

回到府右街寓所的门前,骏青就见那开汽车的小汪,正在一个卖酸梅汤的车子旁喝冰镇酸梅汤。一瞧见骏青,他就赶上来笑着说:"柏少爷,我等了你半天啦!"骏青问;"你找我有事吗?"小汪笑着说:"有一点事,就是那白家……"骏青听了,不禁一怔,就说:"你进来再说!"遂把小汪让到门里。

小汪就说:"那白家的人也不知是听谁说的,她们已经知道月梅跟五小姐一块儿住着了。她们本要找了去，还说要打官司，可是叫我给拦住了。我说祁大人现在是尤督军的政务厅长，柏先生的父亲是银行总理，人家还认得张次长；月梅现在是祁小姐的干妹妹，你们要去找，可是自讨苦吃。她们听了我的话，才有点儿害怕。可是那个白老婆子还不甘心，她说养活了月梅十几年，就是粗粮食也费了不少，无论如何得把本钱捞回来，她要两千块钱！"

骏青一听，心里又加了一层忧烦，就说："两千块钱也不能就这么随便地要啊！"

小汪说："是啊！当然她们得写一张断绝瓜葛的字儿，她们要的是两千，其实有一千五六也就行了。我本不愿管这件事，不过我想，白家要这点儿钱也不算不讲理，一千两千在你跟五小姐的手里那还算事儿？不如赏她们几个，就把这件事了结了。"

骏青想了半天，就说："等我见着五小姐的时候，跟她商量商量，过几天你再来，听我的回话吧！"小汪点头，说："好吧！您几时跟五小姐商量好了，您就给张公馆打个电话，找我就行了。"骏青说："怎么，你现在在张公馆开车啦？"

小汪笑着说："可不是！我才去了三天，是祁二少爷给我向张少老爷荐的。这事由可比在祁公馆差得多了，在祁公馆开汽车一月挣三十，可是三太太叫我送一趟人，至少就弄五块，一个月挣的零钱比工钱能多两倍。这回太太死，我临时赶了去帮忙，不过才一个礼拜，就赏了我五十块钱，三太太跟五小姐那是多么开通的人呀！现在我在张公馆挣三十五块钱，就是三十五块钱，张大人避暑去没回来，少老爷又不坐我开的车；两位小姐，一位是永远不出门，一位是病着，我去了三天，没出过一次饭局！"

骏青笑着说："你暂时干着，将来我见着张少爷，叫他给你加工钱。那件事，过两天你听我的回话吧！"

小汪走后，骏青又发愁地想着：假若那白家只要三四百块钱，那自己可以不去告诉丽雪，就把手头所有的钱全都给她们，了结了这件事，月梅就算完全可以自由了。可是一两千块钱，不但自己凑不出来，丽雪她也不可能立刻就慨然地拿出来吧？又想：张淑范现在病了，不知是否跟我们订婚这事有关。咳！那个女子也真奇怪，究竟她对我是抱着什么样的希望呢？

睡过午觉之后，不过三点来钟，骏青正想去找丽雪，跟她商量月梅的事情，外面忽然有汽车响声，有人打门。骏青出屋一看，就见是个开汽车的人，站在门前问说："这里住的有一位柏先生吗？我是益民银行谭行长那里的。"骏青说："我就姓柏。"到了门前，见谭行长穿着一身米黄色的西装，提着手杖由汽车上下来，骏青赶紧叫了声"谭伯父"，深深地鞠了躬。

谭行长摘下草帽来，点点头，和蔼地笑着。骏青就将他让到屋里，说："最近我才知道谭伯父到北京来了，我想要到行里去望看，可是又想谭伯父的事务一定很忙。"谭行长坐到沙发上，说："我是真忙，连你父亲这次到北京来，我都没有怎么招待他。"

骏青给谭行长敬过一碗茶来，谭行长就说："你坐下！我早就想和你谈谈，因为我跟你父亲是多年的交情，在汉口是眼看着你长大的，现在我既晓得你在北京，就不能不来劝劝你。你父亲近年的生活放荡，我是知道的，那家庭也无怪你们年轻人感觉不满。你走出来打算自强自立，是对的，可是自从你来到北京，就未给你父亲去过一封信，这就是你的不对了！"

骏青听了，低着头，说："我是知道我父亲脾气的，假若我给他去了信，他连看都许不看！又因为这半年以来，我只顾了奔走谋生，所以总没有顾得写信。但此次我父亲来，我就赶紧到饭店去看他，今天或明天我还要去呢。"

谭行长说："你父亲是今天早车走的，经我劝了他几次，他已不再固执，并且连你与祁丽雪订婚之事，他也表示可以承认。你赶紧给你父亲写信，跟他说些好话，你们父子的感情就可以和好如初了；不然太叫人笑话，而且也对不起你死去的母亲。"骏青凄然地点头答应。谭行长又详细地问了骏青的生活状况，及丽雪也跟她家庭闹决裂的经过。骏青一一答复着，并详细解释了自己与丽雪感情接近的原因及经过。

相谈了约有二十分钟,室外就有月梅的声音,叫道:"柏先生!"遂拉门进屋来了。骏青就问:"你怎么一个人来啦?"月梅说:"五小姐在公园里啦,请您去。"

骏青先给月梅向谭行长引见,说:"这是我谭伯父,这是我姑母生前认的干女儿——月梅。"月梅恭恭敬敬地向谭行长鞠了一躬,谭行长笑着点了点头,说:"这小姑娘很聪明!"遂站起身来,说:"你们到公园玩去吧,我也走了。"

骏青把谭行长送出门去,谭行长临上车的时候,还特意嘱咐骏青,说:"你千万要听我的劝告,赶快给你父亲写一封信,不要使他太难堪了。关于经济方面,你若有什么需用,可以找我去。"骏青连声答应着。

看着谭行长的汽车走后,骏青又回到门里,就见月梅胳臂夹着他的外套,正在给他锁门。骏青就问:"公园里都有谁?就是丽雪一个人在那里等着我吗?"

月梅说:"人可多啦!梁小姐、吕小姐、徐小姐,还有张淑范的哥哥跟几个我不认识的男的。本来今天是梁小姐、吕小姐们到家里去找五小姐,我们就一块儿到中央公园了;没想到公园里的人真多,一会儿的工夫,五小姐就遇见了许多熟人,他们就叫五小姐请客;五小姐把他们都让到'来今雨轩',就叫我找你来了。"

骏青就说:"既然有那么些人,我还得换一件衣裳。"月梅说:"得啦!没有人想看您,换好衣裳又给谁瞧呀?"骏青说:"你说话还总是调皮。"月梅笑着说:"我要不调皮,还不能认得您呢!"骏青说:"告诉你,以前我真生过你的气。"月梅就说:"以后气的时候还多着呢!除非您不认得我了。"两人就笑着出了门。

才走了几步,对面就来了个邮差,骏青由邮差的手里接过一封信,他一看那信封上倾斜的小字,特别是"本市张缄"四个字,立时心里就感到一阵厌烦。他把信装在衣袋里,月梅就问道:"这是谁给您来的信?"骏青说:"是一个朋友。"月梅笑着说:"您的朋友可也真不少!"又问道:"刚才那谭行长,就是办事的那天你躲开的那个人吗?"骏青说:"对了,那个人很好!我十一二岁时常跟他在一起,就仿佛现在你跟我是一样,所以我很为难,他要劝我回汉口家里去。"

月梅惊讶着说:"真的吗?您愿意回去吗?"骏青说:"我当然不愿回去,我回去无事可干,还要受我那几个姨娘的白眼。"月梅就说:"那么您可以回去看一看,别多住,过几天就再回来。"骏青摇头叹息着,说:"咱们雇车去吧,别叫她们在那里等急了。"于是雇了两辆车就往中央公园去了。

仲夏的公园里,一到傍晚时,就来了许多乘凉的人,男男女女,许多小孩子都散布在清凉的荷塘旁、浓密的柳荫里、曲折的画廊下和茶社中。骏青同月梅到了来今雨轩,就见那里摆着大餐桌,环围着十多把藤椅,小姐们的花旗袍、先生们的漂亮西服,就像仪仗似的对列着,把丽雪拥在首座。丽雪今天的服装很朴素,是一件青白线条的绸旗袍。她正在那里笑着,跟那许多人谈话。

骏青还没走到临近,坐间就站起来张锦生,他高举着手,笑着说:"快来!快来!我们正虚席以待呢!"于文俭也在座。还有两个骏青全都不认识的西装少年,丽雪就给介绍说:"这是李先生,这是卢先生。"这两个人全都不住打量骏青,都与骏青握手。

丽雪把这两个人给骏青介绍过了,就亲昵地叫骏青坐在她的身旁,张锦生啪啪地鼓掌,别人也都随着鼓起掌来。丽雪的脸上带着得意的笑容,她就说:"今天你们几位可都不是我邀请的,是咱们在公园里无意之中遇见的,所以今天我们就是招待不周,你们可也都不要见怪!"

张锦生说:"绝不见怪,只要你请我们吃西餐就行!"

丽雪说:"西餐当然有!别忙,现在我先对你们大家发表我与骏青先生的恋爱、订婚的经过!"张锦生笑着说:"你就是不发表,我们也得强着叫你发表!可是应当据实陈述,不准把那秘密的部分隐瞒起来。"丽雪冷笑道:"担保,毫无隐瞒!"骏青此时倒觉着很难为情。

丽雪那健美的身体亭亭伫立着,神态带着些骄傲,却又做出淡淡的笑容。她说:"在欧美,一个女孩子长大了,会以没有异性爱她为耻,所以她们无时无地不想遇着一个理想中的对象;她可以把这种愿望公开地对别人去说,别人也都为她祝福,希望她能如愿以偿。但在中国却完全相反,譬如我若早生二十年,或是我生在一个旧式人家里,那么现在我就应当躲在闺阁里;一听别人提到了我的未婚夫,我就应当脸红……"

张锦生笑着说:"那自然,别说二十年前的闺女听人说到未婚夫要脸红,就是今天的柏骏青听他未婚妻讲话,他的脸还不够红的吗?"大家都笑着,把目光齐注视到骏青的脸上,张锦生又拍手大笑。

丽雪却正色伫立,等大家笑过了一阵之后,又从容地说:"其实那真是滑稽!凭什么自己的事,所谓终身大事,自己反要羞愧,反倒不敢去正视?在那种羞愧和不敢正视之下,不知掩藏了多少痛苦,造成了多少悲剧,所以我顶反对。在四年前,我十五岁,我就抱着这个志向,我绝不做那些俗态,我要审慎地处理我的婚姻,选择我的对象;所以由高中时期起,我就开始社交。我曾交了不少男朋友,但很使我失望,我看他们都是一个类型,不是狂傲自私,就是卑鄙无耻!"

她这位讲演者简直是骂起来了,又愤愤地说:"那些人我就把他们看成一条小狗!高兴时我玩弄玩弄他们,不高兴时随他们向我乞怜献媚,我连理他们也不理……"

旁边的张锦生和李、卢二人的脸上是又红又紫,虽然有三四个电扇从头上吹来,但他们的脑门子上还不住地往下流汗。吕淑馨等一些女客们全都不说话,也不笑,只把眼睛都集中在张锦生等那几个男子的脸上。骏青暗中向丽雪示意,提醒她不要再说过分的话,丽雪也仿佛把胸中的怒气都出净了,她就又笑了,说:"你们不要以为我譬喻得太过火,实在真是那样子的……"

丽雪接着又说了许多她与骏青怎样由表兄妹的关系而恋爱,而订婚的事,她的语气非常夸张,非常尖刻,把那几个男子,除了于文俭外,都弄得越发脸烧耳热。那姓卢的没等丽雪说完话,就站起身来,气愤愤地走了。丽雪说毕之后又坐下,坐间的人多半还发着怔,只有梁霞啪啪地鼓掌,众人便也随着鼓了几下掌。

张锦生脸上的红色直扑到脖子上,但他还是大口地喝着酒,并且向丽雪笑着说:"早知道你在叙述你们恋爱经过之前,还有这一大套话,我真不敢拍手赞成了;幸亏今天坐间没有你所骂的人,要不然,今天就得大闹'来今雨轩'!"

丽雪说:"我想没有人敢跟我闹!只有卢华煜他没等我说完,就气走了,其实他才神经过敏,去年在游泳池我才认识他,他还不配算我的男朋友呢!"

吕淑馨赶紧劝丽雪说:"算了吧!你别再说啦!你要再说连我们可也走了。"丽雪笑着说:"男客随便走,女客一个也不许走。"又向于文俭笑着说:"于先生是骏青的同学,你可得在这里,我们多玩会儿。"那姓李的便笑着说:"祁小姐,你这西餐我不敢吃啦,我可走了。"这人还勉强笑着,与骏青握了握手方才走去。

张锦生脸上的红色渐褪,他又与骏青东拉西扯地谈着。骏青也认为丽雪刚才说那些话太不对,叫于文俭、张锦生都非常难为情,所以他也打着精神跟这二人谈笑,希望把刚才丽雪那些失礼之处解释开。月梅却不住用眼去瞪骏青,但骏青似是没有看见。

丽雪这时又高兴起来,非常地和悦、温文,所谈的话也没有了讽刺的意味;坐间的空气便一变而为活泼,然后,很丰盛的西餐就一道一道地摆了上来。张锦生酒喝得半醉,菜吃得很饱,又与骏青谈了半天话,抽了几支烟,并约定明天请骏青在北海漪澜堂吃晚饭,他才同着于文俭走了。

男客走尽之后,吕淑馨又抱怨丽雪刚才不该说那些话,梁霞却笑道:"那些坏蛋也该骂!"丽雪得意地笑着说:"我就是为的说给他们听!叫他们脸上也红一红,心里也难受难受,不然我为什么把他们拉了来要请他们?他们也配我一请吗?"又说:"还有两三个呢!早晚我也非得抓住他们,骂一骂,反正他们都是常到公园来的,我一定能遇得见。"徐绿蒂道:"你肯定抓不着他们了,以后他们一定看见了你,就得避起来。"

那边的月梅忽然问了一声:"那几个都是干什么的呀?"吕淑馨等人都笑了起来。丽雪也忍不住笑道:"你管呢?他们都是无聊的大学生。"月梅又说:"我看顶坏的就是那个张锦生!"骏青赶紧向月梅使眼色。丽雪也笑着说:"得了,别再提他们了,那些人全都不值得一提。"

这时夕阳已落在公园的墙外,柳梢向阳之处镀上了一抹金色,与那拖在地下的长丝色调截然不同,而在袅娜之中更显出一种娇美来。晚霞布满了天空,比这园中的景物和这些女子们身上的旗袍还绮丽得多。晚风轻轻地撩着衣衫,抚摸着每个人的脸。这茶社里,吕淑馨、徐绿蒂等人已先后走了,梁霞也随着丽雪、骏青、月梅离开了这里。又往北走了一会儿,梁霞就向丽雪笑着说:"明天见吧!"她也走了。

骏青就说:"你们也回去吧!"丽雪却说:"你忙什么?回家去又没事,为什么不多玩一会儿?你放心,不会有人再拿石头打你了!"说着她撇着嘴笑了笑。

骏青说:"再玩一会儿也好,我倒不怕人打我。可是刚才你说的那些话,未免刻薄了一点,恐怕更要与人结仇了。"丽雪却毫不在乎地笑着说:"我的脾气就这样,要不抓住他们那几个人骂一顿,我心里就永远不痛快。"骏青就暗暗地想:莫非那天拿石头打我的,就是刚才气走了的那个姓卢的?丽雪猜出来是他,所以今天她才这样?

三个人随走随谈着,骏青原想不把今天小汪去找自己的事说出来,免得月梅又害怕,可是终觉得这事情很紧要,自己也忍不住,于是他就说:"今天还有两件事,先是小汪找我去了……"月梅听了,立时就扬着头,问道:"他找你有什么事?"骏青说:"你可别害怕,这件事很容易解决。"随就把那白家打算要两千元钱的事情说了。

月梅听了,就变了声音,说:"不能给她们!她们要到五小姐家里去寻,我能避就避,不能避我就跟她们走,看她们能够把我怎么样了!"

丽雪说:"你为什么要跟她们走呢?连避都不用避,谁要是来找你,我就去见她们!"

骏青说:"现在她们家里没有那姓高的了,所以态度也不太强硬,小汪今天找我去,也是想调解这件事,并非替她们来逼着我们要钱。可是我想,无论多少给她们一点钱,把这件事了结了,免得将来又麻烦!"

月梅生着气说:"钱不能给!我又不是她们买的,叫她们把我拉去,打死我好了！"

丽雪冷笑道："你可也太不爱惜你的生命了，你就甘心叫她们把你打死吗？"见月梅已然哭了，遂又安慰她，说："你也别难过！按理说她们养活了你十几年，给她们一点钱也不算什么，不过一张口就要两千，这不是穷疯了吗？"

骏青说："当然不能她们要多少，我们就给多少，小汪今天也说了，少给一点也行。"丽雪想了一想，就说："那么你就告诉小汪，我答应给二百元钱，多了可不行！"

月梅擦着眼泪，说："二百也不给她们！要了一次，还能够再要，她们才会讹人呢！不如等她们找我来，我也不跑不避，我同她们找巡警去；我告她们，我身上的伤还没好呢！"

骏青说："那不是又要惹出来许多麻烦吗？你别出头，给她们一点钱也并不算是你的身价，只是偿还这十年来你在她家吃的饭钱，说来也不算多。她们要是收下钱，就得给咱们立一张字据，以后你就可以完全自由了，她们绝没有理由再找咱们了。"

丽雪说："这件事不成问题，我想她们绝不敢告，连我那家门口她们也不敢去，二百元钱一定能了事。"

骏青也想着白家是穷人，她们做暗娼的也不敢打官司。假使她们嫌二百元钱太少，自己就把身边所有的钱都添上，有五百元钱她们一定知足了，因此倒也不甚忧虑，随又谈到今天谭行长对自己所说的那些话。

丽雪对这件事倒是沉思了半天，然后说："你也应当给舅父写一封信，把我们两人的感情和将来的意愿详细告诉他，也许他就不再误会我们了。只要他们能够谅解咱们，承认咱们订婚的事，咱们也不妨迁就一点儿，也可以听他的话，暂时回到家里去住。"

月梅又问道："是五小姐跟柏先生都要回汉口去吗？"她问这话时，声音有点儿凄惨，暮色遮盖住了她的眼泪。

丽雪微笑着说："还未必就这么办呢，你先发什么愁？"骏青也安慰月梅道："你放心，将来我们无论到哪里去，也要带着你，我们是永远相依为命的！"丽雪听了这话，却看了骏青一眼。

月梅擦了擦眼泪，又说："可是只能给白家二百元钱，别多给！还得跟她要张字条。这二百元钱是我跟姐姐借的，将来我做了事，我再慢慢地还您。"丽雪笑着说："等到我跟你要账的时候，那可就没有白家这样好办了！"月梅拉住丽雪的手，娇笑着说："我不怕您！"

这时天色渐渐昏黑，公园的景色笼罩在夜色里，灯光中，园里显得特别神秘。游人还是那么多，三个人却走出了园门，踏着马路边走边谈。回到骏青的寓所，三个人又在骏青的屋中谈笑了半天，直到陈蕙如、薛璧城回来，丽雪又跟他们商量了加入资本扩充书店之事后，才带着月梅走了。

次日，骏青就给他父亲写信，详细说明自己与丽雪感情接近的经过，及丽雪对自己的种种好处。末了，他写到丽雪的性情，却觉着难以下笔，费了老半天的思索，才写道：

> ……她是个生长在大家庭之下的女子，大家庭里的许多人造成了她那种近于骄傲的脾气，同时又给了她很多的痛苦，所以她的行为似乎是放任一点。但现在我看她却是很好的，她对我实在是处处恭谨、温和……

这封信他足足写了有两个钟头，然后出去发了，顺便用了午饭，这天他也没到丽雪家里去。

到傍晚时，张锦生派了小汪开着汽车来，接他到北海公园漪澜堂去。在车上，骏青就说："白家提出要钱的那件事，我已跟五小姐商量好了，打算给她们三百元钱，可也不算少了。"小汪怔了一怔，然后就点头说："好吧，等我见着她们，我把您说的这钱数告诉她们，我再给您转话。"骏青说："她们要是还嫌少，那可就没办法了，依着五小姐，是一个钱也不肯拿出来的。"小汪却没再言语。

小汪把车开到了北海公园，骏青就买了票往里去走。这北海的晚间，仿佛比中央公园的游人还多。过了石桥，转到那临水的一脉画廊上，有荷风细细地吹着，摇曳的橹声响着，这里就是漪澜堂饭店了。张锦生、于文俭和几个朋友都已在这里，其中有一个就是在祁公馆帮办过丧事的那个董文甫。

张锦生今天见了骏青，是特别的客气。于文俭不等骏青落座，就说："今天在街上我遇见缪大夫了，他正去出诊。他说他近日很忙，要把他的诊所改为医院，所以没有时间去给你们贺喜，托我替他向你们道喜！"

骏青笑着说："这些日因为天热，我也没去看他，等他的医院成立了，我倒是得给他送点礼物去。"张锦生在旁说："天倒是还不热，是因为你们的爱情太热了，把你的那位未婚妻热得昨天在公园里发火。"骏青脸上红了红，说："昨天她太不对，后来我劝了她半天，她也很是后悔。"张锦生微微笑着，就转过脸去与另一位朋友谈闲话。

董文甫便走过来，向骏青说："祁悦斋昨天携眷返任了，你知道吗？"骏青摇头，说："我没听说。"董文甫说："这回带走的人很多，连敬孝都随了去，听说将来是要把公馆搬到上海去。现在这里只剩下二太太带着小孩，大小姐也快回蚌埠去了，男子只剩了敬廉一人，所以他极盼望你跟五小姐都搬回去住。"骏青说："恐怕丽雪她不愿意回去。"董文甫说："那么祁公馆可算完啦！几十间房子连上带下还不到十个人，我昨天去了一看，真觉得凄惨。晚间倒还热闹，我们在客厅摆了两桌牌。有工夫你也去凑凑热闹好吗？"

骏青笑着点了点头，又问："那么家务事倒算是没闹起来？"

董文甫笑着说："你那位新夫人这次由家中出走，闹得还不可以吗？大小姐大概跟她父亲要了两万元钱，二太太也得了两三千吧，暂时她们很知足，还不至于有事。可是敬廉直嚷穷，昨天他说：'都阔啦！就是我什么也没弄着，反正我穷了就卖房子，拍卖家具。'"

骏青说："这回丽雪出来，确实没从家里带出一个钱来。"

董文甫笑着说："可是令亲他们不这么说，据三姨太太向外宣传，说是太太历年积蓄至少有十几万，连老爷都不知道准确数目；这次死了，在箱子里只有几十元钱，大概都跑到五小姐的手里去啦，要不然五小姐这次也不能这么硬,说走立刻就走。"

骏青听了,心里就很诧异,不相信丽雪现在手中能有那么多钱,可是想丽雪现在花钱一点儿也不计算,却又觉着可疑。不过又想:丽雪若果真有很多的钱,那自然很好,可以不必使自己担负她那奢侈的生活了,不过用她那些钱来养活我,我可也太不像个男子了!

董文甫说丽雪手中有十几万这话时,旁边的人全都听见了,张锦生就拍着骏青的肩膀,似是讥笑地说:"骏青你也够阔的了!八月节我可就过不去,你得跟嫂夫人说说,借我几百好还账。"骏青惭愧得脸红。好容易盼得吃完了饭,天已黑了,他就起身要走。张锦生把他拉住,说:"别走! 今天你请一天假吧,跟我们到百顺胡同,打几个茶围,我们一定能代你守秘密,不会叫你见着未婚太太受申斥。"骏青真是急不得恼不得,幸有于文俭给解了围,他才抑郁地走了。从这次起,骏青就更惭愧这种倚赖未婚妻的生活。

过了两天,他又到丽雪家里去,就见孙妈正在这里;原来孙妈到这里已有两天,丽雪留下她帮忙了。骏青见了丽雪,就说:"天真热! 这两天我也没有来,你净在家里做什么了?"丽雪指了指新装设的电话和新买的留声机,说:"你看,这就是我的娱乐! 钢琴也有了,我犯不上由家里去抬,就又买了一台;在南屋放着啦,你看看去,比家里的那台还好。"骏青说:"待会儿我再去看。"

丽雪又说:"这两天我都没有出门,每天只在家里给月梅补习功课,开留声机,听几张音乐片子。自从装上了电话,我跟吕淑馨、张淑范,我们时常在电话里谈天,倒不怎么寂寞。"她说到张淑范时,特意看了看骏青,却见骏青的脸上红了红。她就问:"你这两天净在家里做什么?"骏青说:"什么事也不做,就在家里睡觉。"丽雪说:"你也应当把身体看得重些,每天早晨可以到公园去玩玩。"

骏青便说:"一个人到公园里去,有什么意思?"丽雪用眼盯着骏青,微微笑着说:"你为什么不搬到这里来呢? 你是月梅的老师,她的功课应当是你给补习的。"骏青说:"过些日再说吧! 天热,我真懒得搬家。我现在很盼望书店快些扩充,好去帮忙,那我就有事干了。"

丽雪却说:"我又改变了主张,我看陈蕙如把那书店办得不大好,那几个女店员也都缺乏训练,我也不愿意你去当书店老板。现在我跟吕淑馨正计划着办一处私立女子中学。"骏青听丽雪把扩充书店的意思又取消了,他就不再言语。

月梅一见骏青来了,就笑着拿着一本书跑到西屋温习去了。丽雪又催着骏青快些搬来住,骏青仍然是推脱,说:"究竟不大合适,我们何必叫人说闲话呢?现在咱们两人天天见面不要紧,可是我要是一搬来住,别人一定就说咱们已然同居了;这个社会,究竟还是旧脑筋的人多。"丽雪没言语,脸上微微带出不高兴的样子。

骏青又在这里没话找话地谈了一会儿就走了。回到家中,他依然闷闷不乐,天是这么热,而自己的生活又像是被一条爱情的锁链缠着,一点儿进展的希望都没有。北屋那家在电话局做事,那女人养着一条黑毛的巴儿狗,名叫青儿,那女人极为钟爱,时常向她那仆妇喊叫着问道:"王妈!还没给青儿喂饭吗?"骏青在屋中一听见这话,就觉得非常刺耳;有时看见那个"青儿"趴在地下,吐着挺长的舌头在睡觉,他就恨那条狗,并恨自己。

又过了一两天,这天早晨,骏青起来,在院中漱口时,跟薛璧城陈蕙如夫妇谈了几句闲话。后来薛璧城夫妇到书店去了,骏青便仍然回到屋里,闷坐无聊。过了些时,忽听窗外有女子的声音叫着:"柏先生!"声音很是生疏。

骏青推门一看,见是个身材不太高、微胖的女子,虽然认得这也是丽雪的同学,却忘了她的姓名,遂问道:"你贵姓?"那女子说:"我姓柳,我是张淑范的同学。"骏青听了,感到非常诧异,同时也想起来,这女子自己是见过的;春天那次从白云观归来,在一起赛驴的也有她,因为张淑范从驴上摔下来,她还跟梁霞吵了嘴,她叫柳明贞。

当时柳明贞并不进屋来,脸上也没有一丝笑容,她就从手提包里取出一封信来,说:"这是张淑范托我交给您的,她给您连寄了几封信,您一封也没有回;她为这现在得了病,十几天都没有起床。你应当给她写封回信,把事情说明白了,到底你是什么意思;或者你可以直接告诉她，你不愿理她了，她也就不再做什么希望了；不然怕她那病就永远不能好，将来还恐怕闹出别的问题。现在她母亲、她哥哥都对她的病很怀疑，她父亲张次长也快回来了！"说完了话，她转身就走了。

骏青手里拿着这封信气得直发怔，心想：这真真岂有此理！张淑范那女子为什么对我这样没完没了呀？她希望我对她怎样才行呀？难道她不晓得我已与丽雪订婚了吗？

他生着气进到屋中，把这封信拆开看了，就见那漂亮的信笺上写着倾斜体的小字，说的是什么：

……我知道了你与丽雪订婚的事，我非常替你们欣喜，可是又为自己悲伤！我病了这许多日，我几乎不敢预料我死在哪一天，我也很愿意就死去，因为我抱着最大的勇气把爱情给了人，而人却把它随便抛弃了……我羞愧！我后悔！我恨我为什么把一颗热烈的处女的心，糊涂地妄给了一个寡情的男子？我认为我蒙受了莫大的损失，我做了不可弥补的错事；但我要问问你，你为什么不爱我？把你不爱我的理由说出来！只要是你真有充分的理由……

骏青气得把信撕了，心说：什么话？天底下真有这样的事！真有这样纠缠不清的女人！他一赌气寻了张信纸就写：

淑范：

我真不明白你对我是何居心，你是丽雪的同学，又是我朋友张锦生的胞妹，咱们有什么关系呢？就说有一点儿友谊关系吧，那也是间接的，根本谈不到爱不爱。

你们都是吃饱了饭没事做的小姐，我却是一个正在生活线上挣扎的穷人，你爱我，那是等于玩弄我、侮辱我！你有你的美丽、青春，你又是大学生，名门闺秀，何必要纠缠着我呢？那天在公园里我把话已对你讲得明明白白；后来我跟丽雪订了婚，事实又叫你看得明明白白，你为什么还这样不惮烦地向我追求呢？

　　请你原谅我，我告诉你我所不能爱你理由，那就是：你没有理由叫我必须爱你！

　　写完了信，粘上邮票，他就跑出门去，找到附近的邮筒，把信投了进去。回了家，气是消了一点儿，可是他又后悔了，暗想：张淑范虽然说我是寡情，可是她万也没想到我是这样暴横的男子，她在病床上见了我这封信，也许一生气、一伤心就真个死了，那张次长、张锦生一定要来找我的麻烦。但又想：由她去吧！反正我那封信是词严义正，不这样也没法断绝这条可厌的羁绊！

　　这时北房中的女人又叫道："青儿，青儿，吃饭来！"骏青就觉得仿佛是在辱骂自己似的，便戴上草帽，把西服上衣搭在臂上，就出了门。他无精打采地往西走，想起多日没去看刘醉生，今天应当去找他谈谈，也解解心中的愁闷。

　　到了那座破庙里，就见东屋住的那两个卖熏肉的正在院中吃饭，都光着膀子，那个黑刘翻着眼睛直瞧骏青，骏青也没有理他。他向西边那月亮门一看，就见自己早先住的那间房子，现在已租给别人住了，那门旁贴着个纸帖，上面写着：神相赛诸葛寓此门内。

　　骏青到了刘醉生屋内，见刘醉生是才起来的样子。一见骏青，刘醉生就说："几天没见，你的生活快乐吧？"骏青微笑了笑，说："还是那样。"刘醉生就说："'还是那样'就够快乐的了，你还想要怎样呢？告诉你，这样就很好，这是恋爱的顶点，真正要结了婚，那倒没有什么意思了。"

　　骏青把帽子放在桌上，就坐在一把破椅上，摇头说："你始终不明白我！我现在并不愿讲这恋爱，将来也不希望结婚。自从我得了那场病，失了业，直到如今，我无时不在苦恼之中，我那笑、乐，都是勉强的。现在有许多人都羡慕我，还有的嫉妒我，其实我真厌烦我这种生活。"

　　刘醉生听了这话，就发了一会儿怔，随后又笑着说："我也替你想过了,你的艳福的确不浅,可是苦处大概也够受的。无论是爱情还是婚姻,根本的条件就是经济,你自己的经济若没有办法,用钱时须向未婚妻张手,这可就难堪了!"骏青叹了口气,刘醉生接着又说:"男女间的所谓爱情,别管是怎样花样翻新,说得怎样天花乱坠,其实都是拿金钱在里面变把戏;男子有钱就可以玩女人,女人有钱也照样地玩男子。什么叫男女平等?什么叫恋爱至上?那完全是瞎说,完全为的是说出来叫对方的耳朵好受,其实,恋爱与逛窑子并无分别,不过是形式上稍有不同而已。"

骏青苦笑了笑,说:"你先不要跟我讲这些恋爱的理论,我们还是说现实。"刘醉生说:"我说的这也是现实,你现在不是正套在这个圈子里?"骏青点头,说:"是,但我所说的现实还是偏于生活方面;今天我来的目的就是想请你遇着机会给我谋一个事,或是你给我介绍个地方,叫我写点稿子,挣一点儿稿费。"

刘醉生皱着眉说:"你想,尽我所有的力量,我能够给你找个什么事?我哪里认得什么阔人?至多了我再给你介绍个教小学的地方,一个月挣二三十元钱,那还不够你们一天的零花呢!"

骏青说:"那就行!我并不奢望能挣很多的钱,将来好由我支持那个富裕的小家庭,我只求现在能维持我自己的生活就行了。我这话你也许不信,虽然现在我花钱都是由丽雪供给,其实我每月所花的实在有限;这三个月来,我自己所花的还不到一百元钱。"

刘醉生吸着纸烟,想了半天,才说:"慢慢地,遇见机会我一定给你设法,可是现在我真想不起来什么地方有机会。至于写稿子,我劝你千万别作此想,写稿子卖的是名,名又不是一天半天可以熬出来的。"这么一讲,他也有点儿忧烦起来了。

第二十二回　破裂的梦

　　二人又谈了一会儿,话题就转到了月梅的身上。刘醉生问道:"白月梅现在怎么样?"骏青说:"她现在跟丽雪在一起,丽雪在帮助她补习功课,预备考初中,我就不用管了;我原来就是要尽力叫她离开那恶劣的环境,现在她生活的环境很好,又跟丽雪的脾气很相投,我就完全放了心。"

　　刘醉生说:"不过你还得跟你那位未婚妻商量商量,还是帮助她习成一种可以自立的技能才好;上中学没有什么用处,只能把她的身份提高了,身份越提高,她将来越是痛苦。"

　　骏青说:"我原想等到缪宝生的医院成立了,叫她去做护士,可是现在还有问题。"刘醉生问:"还有什么问题?"骏青说:"就是那白家的人已经知道她住在丽雪那里了,托小汪出来,打算要几百元钱。"

　　刘醉生说:"趁早儿给他们吧!好在几百块钱在你们手里还不算事,不然弄出麻烦来,连我都得拉在里头。前两天我跟着一个报界的朋友去逛什刹海,又碰见了那个大白板,她同着一个男子。我一瞧见她,就赶紧挤在人群里跑了,真怕她把我拉到她们家里去;其实花两三块钱倒不要紧,她要揪住叫我找白月梅,那才糟呢!"

　　骏青笑着说:"不要紧,这回她们的态度很平和,只是要钱。我们已应得给她们三百块钱,她们可还没来取。"刘醉生说:"没来取就赶快给她们送去,不然睡多了梦长,他们又许要变卦。"两人谈了两三个小时,便一同出去到小饭店吃了午饭,饭后二人分手。骏青回去后,依旧在家中睡午觉、看书,并没有到丽雪那里去。

过了这一天,次日早晨又蒙蒙地下着雨,骏青更不想出门了。到晚间虽然雨住天晴,可是他仍然觉着没有精神。晚上八点钟左右,忽然陈蕙如进到屋里,骏青就问:"薛太太今天怎么回来得早?"

陈蕙如笑着说:"我才从丽雪那里来!丽雪是拿电话把我找了去的,她请你现在就去。"骏青就问:"有什么事呢?"陈蕙如却仿佛不大好意思说出来似的,笑了笑,就说:"也没有别的事情,不过就是因为……咳!柏先生你去跟她解释解释好了,她不过是犯了点儿小脾气,你去对付对付她,她也就好了!"

骏青不禁有点儿生气,说:"到底因为什么事她犯了脾气?薛太太请你告诉我!"陈蕙如笑着说:"其实是不要紧的,我刚才也劝了她半天,我说我敢作保,柏先生跟张淑范不过是普通的友谊,你们不可因此就发生误会。你去跟她再解释解释好了,没有什么的,向来她就是这个脾气,我们同学好几年,我很知道她。"骏青一听到张淑范,就不禁脸红了,但又冷笑着说:"好!我去也不必跟她解释,只把事实告诉她好了!"说毕立时走出屋去。

陈蕙如又追出来,叫着说:"柏先生,你去了千万别跟丽雪怄气,对付着她点儿!丽雪那脾气是,她生了气你不用理她,过两天她自然会好的;你要是跟她一争辩,可就坏了,她不但不会听人的辩白,还要在心里永远存上个症结。"

骏青笑着说:"我绝不能跟她打架,我跟张淑范的事情,薛太太你也知道,我们连友谊全都谈不到!只是有一次她寻你来,你没有在家,她才到我屋里坐了一会儿等你,可是后来月梅就来了,为这件事她也不应当就误会我呀!"

陈蕙如笑着,连连摆手,说:"不要紧!她也不是怎么对你十分误会,你去了,跟她平心静气地把事情解释解释,也就完了。"

骏青点了点头,就走出门去,雇了辆车,往马圈胡同去了。在车上他非常悔恨:当初就应当把张淑范对自己的种种事情向丽雪公开!可是现在也不为晚,昨天自己还给张淑范写了一封非常决裂的信,丽雪若不信,可以叫她找张淑范去问。又想:丽雪怎么会知道我跟张淑范的事情呢?莫非是月梅告诉她的?如果那样,月梅那孩子可太没良心了!

车到了丽雪的门前,骏青见两扇门关得很紧,打了半天门环,孙妈才从里面把门开开。她见了骏青,就弯着腰,悄声说:"骏少爷您先到西屋去吧。"

骏青说:"怎么,北屋里有客吗?"孙妈摇头,说:"没有客,因为我们五小姐不知为了什么事,生了气啦,连晚饭都没吃!刚才陈小姐来劝了半天,也不行。张小姐怕您来了一见五小姐就吵起来,她说您要是来了,先请您到西屋。"骏青笑着说:"我不能跟五小姐吵。"

进到门里,就见北屋里灯光明亮,玻璃窗上挂着窗帘。月梅由屋里出来,双手把骏青拦住,悄声儿说:"您先在西屋坐会儿吧!等我把她劝好了,您再去跟她解释。"骏青却把月梅一推,说:"没关系,三两句话我就可以跟她说明白了!"说着便掀帘进到北屋里。

转过了屏风,就见丽雪穿着一身白洋服,脸朝着里躺在床上。床前是一张玻璃面的小桌,上面放着一盏绯色纱罩的台灯,并有一只玻璃杯子,里面还有半杯汽水。骏青心里很觉得惭愧,就勉强笑着,走近床去,低声问说:"丽雪,我刚才听陈蕙如说你误会了我,你听我跟你实说。"

丽雪忽然一翻身坐了起来,脸上挂着泪水,泪眼里迸射着愤怒的火焰,绝不像往日那样的温和美丽,声音也似乎变了。她冷笑着说:"到这时你才跟我实说?我何必要听你的实说呢?我真没想到,你原来是这么个人!咳!我错了!"

骏青不由怔了,心里的愤怒也直往上拱,他就极力忍抑着,叹了口气,说:"你得容我解释呀!"丽雪擦着眼泪,说:"还解释什么?我自己都无法向我自己解释了!以前有同学告诉过我,我还不信,今天,咳!不用说了,连月梅刚才都把她那瞒了我许多日的话说出来了!"骏青苦笑着说:"不相信可以把月梅叫进来问她,那天的事我真没叫她瞒着你。张淑范去找陈蕙如，陈蕙如没在家，她就到我屋里去等。我虽然不愿意，但是你想，她是张锦生的妹妹，是你的同学，跟我又不是没见过面……"

丽雪生着气一甩手，找着拖鞋下了地，愤愤地说："你何必跟我这么絮烦呢？我知道，你们不仅见过面，还常到公园里去呢！"说时她转过脸去拭眼泪。骏青追过去，又叹息着说："我是对不起你，但是我也实在冤枉，那天在中央公园，是张淑范她骗我去的。"丽雪冷笑着说："你可也太容易受她骗了！"

骏青说："事情我也不忍得细说，因为她是你的同学，我同她的哥哥又相识，我宁可自己忍受委屈，也不愿把她所做的事都告诉你。好在前天我已给她去了一封信，你可以去向她要来看看，就可以晓得我那信上所写的是什么了；我拿话解释也没有用，事情你可以随便去调查！"

丽雪忽然转过脸来，用一种警告的态度，正色地说："请你不要再欺骗我行不行？你对我少使用些手段，不要拿我当小孩子！"

骏青渐渐有些忍不住气了，脸上也变了色，说："你怎么说这样的话？我几时欺骗过你？几时对你使用过手段？"

丽雪瞪着眼睛说："刚才你那话就是欺骗！就是一种手段！你叫我找张淑范去要你给她的信，你这种手段也太近于恶毒了！自然我现在已不希望再认识张淑范了，可是你也不必叫我去她的跟前丢人呀！虽然这件事是柳明贞告诉我的，可是张淑范要给个不认，反骂我侮辱她，我又有什么证据？"

骏青急得摆手，说："不是，我也不是那意思，我是想法子要证明这件事！实在同你说，就是春天咱们逛白云观，她从驴上摔下来之后，就给我写过一封信，约我……"

丽雪说："哦！原来那时候你们就很有感情！但你那时为何不跟我说呢？叫我傻……"

骏青跺脚说："你也得容我把话说完了呀？咳！总而言之，她追逐我已不是一天半天，但我从来没有理过她……"

丽雪流着泪冷笑，又严厉地质问道："为什么你早先不把这些话告诉我？你既然爱着她，何必又欺骗我？敷衍我？"

骏青急得话都说不出来，他连气地跺了几下脚，嗫嚅着说："你完全是诬赖我！侮辱我！我根本不爱她，你爱信不信！前天我给她去的信就是把她大骂了一顿。总而言之，丽雪你应当明白我的环境，明白我的人格，我根本就不喜欢她那样的富家小姐……"

这时月梅和孙妈、余妈全都跑进屋来解劝，孙妈拦住骏青说："骏少爷您可不应当这样，早先表兄妹的时候彼此都没红过脸，现在快成了小两口儿啦，怎么倒打起来啦！"

骏青用拳头咚咚地捶胸，摇头说："不是！我并不是和她打架，我是要把事情解释明白了……"

余妈摆着手，说："得啦，这就都明白啦！您和五小姐这么闹，我们可要笑话啦！"

月梅就拉住丽雪，劝说道："姐姐您到外屋坐会儿吧，柏先生大概是喝醉啦。"

骏青连连摆手，说："你们都不要管！我和五小姐几句话就能说开，这几句话说完了，以后谁愿意怎样都行！"

丽雪满脸是泪，气得浑身颤抖，便申斥孙妈、余妈，说："你们都不要拦住他！叫他说！"孙妈和余妈就都放下手，月梅却急得直对着骏青跺脚。

骏青的脸上满是汗珠和泪水，他剧烈地喘息着，声音颤抖地说："刨除月梅，孙妈跟余妈你们都知道，我从汉口家里出来，就为的是不愿意结婚；不要说什么张淑范，就是你们五小姐，我也始终没想跟她订婚，现在这些事我全是为势所迫，没有法子！"

丽雪瞪着两只泪水泡红了的眼睛，说："你凭什么要为势所迫呢？你为什么要敷衍我呢？"

骏青摆摆手，叹息说："我也不是敷衍你，起初是顾及表兄妹的面子，后来是因为我那场病；你把我救治好了，可是我的意志也随之丢失了。但实在说起来，你并不是我理想中的女子，我们就是结了婚，也不会快乐。你千万不要伤心，这是我心里的话，我说出来是为表明，我对你尚且如此，对张淑范就更谈不到了！"

丽雪点头说："我明白啦！只有月梅才是你理想中的女子。"月梅正拉着丽雪的手，一听这话，她就甩手走开，生着气说："拉上我干吗？"骏青也跺脚说："你又把她拉上干什么？"丽雪却冷笑着说："你解释什么我都信，但这件事你却无法解释，因为你已然说得明明白白的了！"

她拭了拭眼泪，又抽泣着说："我很感谢你，你还肯把你心里的话对我说出来，说明你并没有爱过我；这叫我如梦初醒，不至于再糊糊涂涂，像傻子似的往下去走，但是我还嫌你告诉我太晚了！这半年来我所付出的，我认为是无法追回、不可弥补的了。好了，现在我都明白啦，你请回去吧。"说毕她双手掩着面，像个病人似的晃晃悠悠地走到床前，就趴在床上痛哭起来；她哽咽着，抽泣着，骏青也不禁挥泪。

孙妈、余妈把骏青劝到了外屋，骏青就昏昏沉沉地坐在了沙发上，仰着头，眼泪不住地往下流。余妈看着事情不好办，就躲开了；她到了院中，就见月光照着葱茏的花木，月梅正坐在花荫之下啜泣；屋中传出丽雪的痛哭声和孙妈劝解骏青之声。

此时骏青十分后悔，觉得刚才自己说的话是太过了，他便拭了拭眼泪，站起身来，向孙妈说："不要紧，你到外面凉快凉快去吧！我再劝劝她，想她会好的。"

孙妈说："我的骏少爷，您可千万别再跟五小姐争论！千看万看，看在我们死了的那位老太太；再说五小姐为您，跟亲生父亲都分开了，也算真不容易！"

骏青拭着泪，转过屏风，就坐在丽雪的身畔，凄惨地说："丽雪，请你原谅我太无情了，但是你要叫我离开你，也不可能。我并不是不爱你，只是我时常烦恼、急躁，因为我的生活太不安定；我花你的每一个钱，我都要流泪。"骏青把丽雪的身子轻轻搬了搬，把她的头发，用手一绺一绺地理开，并用手绢替她拭眼泪，自己的泪水却又流在了她的脸上。

丽雪的脸色白煞煞的，被灯光照着，现出点儿不自然的红色。她仰着脸,眼泪像泉水似的从她那美丽的双眼里涌出,骏青遂用手绢替她拭,却永远也拭不干。她那凄惨的样子,就像个患着肺痨的垂死美人,全身好像一点儿力气也没有了,但很温顺地由着骏青安慰她。她微微点了点头,哭出声儿来,说:"我明白,刚才也是我的不好……"

骏青流着泪,说:"并不是你不好,总是怨我太优柔寡断,张淑范她追逐我已有很多次了。那次她假借她哥哥的名义骗我到公园,我本来很是生气,可是后来她对着我直哭,说她在家里怎么得不到自由,我又有些同情她。假使要没有你跟我的关系,或许我还没有决心不复她的信,没有决心骂她,跟她决裂。"

丽雪点头,说:"我也很可怜她,再说你也实在容易使女子爱慕你,因为你从家庭里走出来,到外面受苦,这在一般年轻的女子眼中就是个奇迹,连梁霞她都说你好。"

骏青说:"但是,我始终是属于你的!我本来是不想爱你的,可是因为咱们两人相处得太久了,你对我太有恩惠了,我已在不知不觉中就离不开你了。"

丽雪听了这话,泪就流得更多,说:"当然,不用说你还相当爱我,就是你对我全无情义,我也不能不承认我们的婚约,因为我不愿对不起我死去的母亲,也不愿叫别人笑话我……"说着,她咽哽得接不上气,骏青又跺脚,自怨自艾,连声叹气。

丽雪哭了一会儿,又说:"我告诉你,过去你虽然不过是敷衍我,并不是真爱我,但我对你牺牲实在太大,你把我的性情、生活全都转变了!本来我是很浪漫的,我认识过许多男友,有无数的男子追求我,并有一个男子为我而自杀了,但是我实在没有跟他们动过什么真情,我只是拿他们消遣我在家中所受的苦闷。那时我整天出入于交际场,喝烈性酒,梁霞她劝过我多次,我都不听。后来,直到去年旧历年底,我听说你要来了,我才突然想要改变自己生活,我要跟你恢复我们四年以前的那初恋。所以我把所有的男友完全拒绝了,交际场也不去了,一切的兴趣我都依从着你,我从一个最轻视男性的女子改变为尊崇男性的人,从一个最浪漫的人改变为很规矩老实的人,并且你使得我天天梦见你，并为你的病、你的穷时常地哭。那时又因为我母亲快要死了，我忧虑我们将来的婚姻没人保障，竟使我得了失眠症。再拿月梅说，我明知道你爱她，我原来对她有点儿嫉妒，可是因为你一找着她，就送她跟我在一起住，那种光明慷慨的举动，不但使我对月梅一点儿也不嫉妒了，我也因为钦佩你而更爱她。所以我因为你，才知道了爱情的力量，得到了爱情的甜蜜，也得到了爱情的痛苦。半年以来，我的身心，我的一切，完全寄托在你的身上。可怜，我真是个傻女孩子，我竟一点儿也没看出来，你是时时在不得已中敷衍着我！"说着她又趴在床上，哭泣得更是厉害。

骏青皱着眉说："你也不要误会了，半年来我并不是虚情假意，是一种……咳！我说不出来，总之因为我的环境，它使我的情绪太坏了。"

丽雪哭着说："你先走吧！容我休息休息，或许我的脑筋能想开一点儿。你明天再来吧！请你放心，无论你对我怎样，我不会对你坏的。"

骏青听丽雪始终不原谅自己，未免心里又生出些反感，但他极力抑制住，又低声下气地安慰了丽雪半天，就走出屋去。

院中孙妈、余妈二人正在劝慰月梅，骏青也走近前来，叹息着说："月梅，今天委屈了你！可是这都怨我，我要不把丽雪气急了，她是不会说出那样的话的。"

月梅站起身来，气愤愤地说："从今儿起，您别理我行不行？"她边说边哭着，三步两步就走进西屋去了。

余妈和孙妈都劝说："柏少爷您先消消气，回那边去，明儿您再来，也许就都好了。"

骏青说："我本来没有气了，本来我就不是生气，我只是要解释解释，没想到就闹成这样。咳！我真不明白，是我不会说话呢，还是人类的语言根本就不能够表达内心的意思呢？为什么我的话一说出来，到了人家的耳朵里，就会变成另一种意思呢？"

他叹息着又走进里屋，见丽雪还在床上哭泣，就说："丽雪，刚才的事全是我的错，可是你说月梅的那句话，也未免有些不对！她是个小孩子，你那样说她，她的心里怎么能受得了呢？这我也不必跟你辩解，从她第一次逃到我那庙里，我就向你说，她在我那里住着太不方便，应当送到你这儿来；所以自从你们两人在一起之后，对她我就完全不管了，我完全信赖你能帮助她。她那孩子是活泼、调皮，你要说我喜欢她则可以，你却说我……咳！我真没有脸再活着了！"

丽雪翻了个身坐起来，擦擦眼泪，说："这件事是我的错，可是我那句话也不是无因而发，因为你说了你心里的话，你说我不是你理想中的女子。那么，倘若我能像白月梅那般聪明，或者我也生长在她那恶劣的环境里，被人虐待过，而又被你救出来，你一定会爱我的。我明白，一切男子都需要一种胜利的爱情，他们的理想爱人就是他们的俘虏，可惜我却是个自由的女性！"

骏青说："你又把我的话弄得失了原意，这样说下去，咱们一定又得打起来。咳，何必呢？归结，今天都是我的不好，我对一切都非常悔恨！"丽雪冷冷地说："悔恨？我比你更应当悔恨呢！"骏青怔了一怔，就跺脚说："我自己说我爱你不爱你，那也不能算事实，因为我根本不会说话，以后我们就拿事实来证明好了，你休息吧！我也走了。"丽雪像是还在冷笑着，骏青便怅然地走了。

今天，这屋里的气氛异常，灯光虽然还像晚霞一般地灿烂，但色调却像是有些凄惨；对摆着的花缎的沙发，也像是几个艳妆女子在为她们的爱情苦恼而默默愁坐。栀子花、千头菊、洋绣球也都垂着头、隐着脸，像是表示着惭愧和悔恨。

忽然电话嘟嘟地响了，余妈赶紧跑进来接，问了两声，便悄声对丽雪说："是陈小姐找您说话。"丽雪懒懒地走过去，坐在沙发上，一手拿听筒，一手擦着眼泪，向那边说："蕙如吗？你完了事没有？"那边说："还没完，买书的人还很多，怎么，柏先生他没有去吗？"丽雪极力矜持着，使声音平和些，说："他来过了，才走。"那边陈蕙如笑了笑，说："你们没打架？柏先生他绝不是那样的人，柳明贞她不知道是受谁的指使，成心要破坏你们的爱情。"丽雪嘻嘻地笑了笑，但又拭眼泪。那边陈蕙如就说："好啦！你挂上吧，我没有什么事，就是不放心你们，挂上吧！明儿见！"丽雪笑着说："那，明儿见！"

挂上听筒，她又无泪地抽搐了一阵儿，余妈就在旁说："您就别难过了！柏少爷刚才不是直跟您说好话吗？您就别较真儿啦！我说话五小姐可别恼，好在您跟柏少爷也自由订婚啦，年轻的夫妻没有不吵嘴的，越吵越显得和睦哩。您不知道我那个当家的，一辈子倒是没跟我瞪过眼，可是跟死人一样，拿锥子也扎不出他的血来。"

丽雪摆手，说："你别说啦！我真怕你开话匣子。"

余妈笑了笑，又问说："您还没吃晚饭啦，我给您做点什么？"丽雪说："牛奶还有吗？"余妈说："冰柜里还有半磅，给您热热吧？"丽雪点了点头，说："把咖啡煮两杯，把那罐苏打饼干开了，请张小姐也过来。"余妈很高兴地答应着，赶紧到西屋里去。就见月梅这时已不哭了，正跟孙妈谈闲话，余妈就笑着说："五小姐请您过去呢，我给您热咖啡去。"月梅点点头，站起身来就走，孙妈在后面说："这位小姐真明白！"

月梅到了北屋里，丽雪就拉住她的手，说："请你原谅我！别管柏先生他怎么样，我们还跟姊妹一样。"

月梅脸红了红，眼泪滴下来，摇摇头，说："不要紧。"

丽雪拉她与自己同坐在一张沙发上，就感叹着说："今天，我才明白柏先生是怎么个人！自然我并不是说他不好，不过我应当清醒一些了，不可再像傻子似的一切都依附着他。今后我的生活又得经过一次改造，我应当追求我自己的生活，寻找我自己的快乐。"她又说："到现在我才知道，爱情是靠不住的，以后，第一我要专心求学。暑假也快过去了，你一定考得上我们的附中，我打算包一辆汽车，天天接送我们上学下学，没事时看看电影，到公园闲走走。至于柏先生，我们虽然不必疏远他，可是也不必常常和他在一块儿，在家里谈闲话也不必总离不开柏先生了。"月梅点了点头，没说什么话。

少时余妈先在沙发前摆了一个铺着白单子的小桌，用玻璃盘子摆了些奶油、苏打饼干，随后用两个瓷碟托着两杯咖啡，附带着一玻璃杯牛奶、一杯细砂糖都放在桌上，又问："切点水果吗？"丽雪点了点头，和月梅同拿着银匙子吃着，默默地都无一声。

半天，丽雪忽然笑了笑，看看手表，说："都十点半啦，看电影是来不及,月梅,你听过旧戏吗?"月梅摇头,说:"得啦!向来您都讨厌旧戏来。我不去,我劝您也别这样,柏先生不好,咱们别理他就得啦,犯得上自己伤心吗?"丽雪便笑了笑。

月梅抿着嘴唇,脸上现出一种惨白,她把大眼睛里所含着的泪水努力地瞪回去,就像讲课似的,慢慢地低声说:"您和柏先生待我的好处,我都忘不了!自然,对我好的人都不要我报答什么,可是我的心里总不安,总像自己还有一种希望似的。"

丽雪问道:"你希望什么,对我说,我一定能帮助你。"

月梅说:"我不想念书了,我希望做事。"丽雪说:"做事也好,我可以托人给你介绍,要不然你上陈蕙如的书店去帮她?不过就是她那里的事情太累,从上午七点直到晚间十点钟,整天都得在那里。"又说:"我也不愿意你去做事,抛下我一个人在家。"月梅低着头吃咖啡,没有言语。

这时余妈切了一盘菠萝送了过来,丽雪拿牙签吃了两块,就站起身来。靠墙的长桌上有一盏乳白色罩子的台灯,灯光照着旁边的一张相片;这是前两天才照好的,丽雪跟骏青都穿着新做的西服,亲密得真似新婚夫妇。丽雪看着,又不禁一阵儿发痴,心中就像浇上了一种甜中带辣的烈酒似的,眼泪簌簌地又往下落。

她赶紧出了屋,见半圆的素月已走到天心,几缕云丝缭绕着,像是要系住那几颗孤零的星星。庭院里的花木被晚风吹动,摇着疏影,由此她又不禁想起在家里时,自己为骏青做出的种种牺牲。她心想:爱情促使着自己不顾一切地去做的事,其实都是愚痴可怜的,骏青不但一点儿也不体会,他还认为自己所做的这些事都是错的,是拿这些去逼迫他,勉强他。丽雪微微地叹息着,胸中就像是堵着个很坚硬的东西。她信步走到南屋里,开亮了电灯,看见了那架新置的钢琴;她走过去掀开琴盖,叮叮地打了几下,就趴在琴键上又哭了。

丽雪哭了也不知有多少时,忽然转而又想:我真傻!我为什么要哭?我已经哭过多少次了!他生病住院时,我在家中哭得眼睛都红肿了,但能够换取他一点儿真心吗?我何必还要做这种无谓的自苦的事?

我现在还有很多的钱,在爱情之外,难道我就再也找不着别的快乐吗?于是她就像是赌气似的抬起头来,把头发向后撩了撩,把琴上的一盏灯也开亮,又展开一册北欧音乐家名曲的集子。她挺着胸,眼睛注视着乐谱,手抚着,足动着,立刻那清越激楚的琴声,就溢出了室外;树木花草,明月轻云,都像是在倾听着她由琴声中发泄出来的愁绪。

孙妈和余妈都坐在院中的小板凳上悄悄地谈话。孙妈见月梅半天没有出屋来,她就说:"张小姐,您出来凉爽凉爽多好,屋里多闷热呀!"月梅似乎在屋中答应了一声,待了会儿,就见她慢慢地走出屋来。孙妈说:"张小姐您瞧,天河有多清楚! 那不是织女星吗? 快到七月七啦,您瞧离着近了不是? 这小公母俩一年才能见一面,可也真不容易!"

由这里,孙妈又说起牛郎织女的故事,什么老牛破车,什么王母娘娘拿金簪画了一道天河,以及七月七鹊鸟儿搭桥的神话。余妈却说:"我们五小姐可说那都是迷信! 人家大学里拿镜子照过,说天河都是星星,几千万的大星星呢! 五小姐还说天河里的一个星星都有太阳那么大。"孙妈说:"人家洋学生是那么说,咱们要是一说可就得罪了王母娘娘。王母娘娘可也太厉害了点,也太不心疼她的女儿啦! 把姑爷安在河东,女儿安在河西⋯⋯也是织女星的脾气好,要是咱们五小姐,可不受这个。"

南屋里的琴声还是不断,孙妈又说:"古时的小姐就都会弹琴,那可不是这钢琴,这钢琴是外国的;咱们中国那琴自从叫俞伯牙给摔了,就没有人会弹了。"

月梅站在院里,听孙妈说了半天故事,她就不断地打哈欠。孙妈就说:"张小姐歇着去吧,西屋里的蚊香我给点好了。"

月梅走进西屋,到那张小铜床上卧下。她掩着一床花缎子的夹被,睁着眼看那浮在铁纱窗上的月色和花影,耳边听着那疾快激楚的琴声,细细地想着柏先生和五小姐的为人,想着这些日来他们对待自己的一切和自己所预定的明天要办的事情。她先是觉着为难,后来又有点儿难受,最后还是一横心把事情决定了;于是她便什么也不想了,慢慢地琴声和月光就摄去了她的知觉,她就沉沉地睡去了。深夜一点钟之后，丽雪才停住弹琴，昏沉沉地回到北房里去睡了，孙妈也把月梅这屋里的玻璃窗轻轻地掩上。

　　到了次日，月梅起来的时候天色才亮，她匆忙地穿上衣裳，摸摸身边尚有丽雪上次给她雇车余下的两块几毛钱。她悄悄地拿了脸盆出屋，院中的风很是凉爽，花草都沾着朝露。她赶紧到厨房舀了凉水，回屋来擦擦脸拢拢头发，就悄悄地走出门去，然后把街门从外面关上了。

　　月梅走出胡同，这时街上的电灯还没有灭，铺户多半关着门板，只有清道夫在打扫马路。电车也没有，偶尔有一两辆空着的人力车，车夫带着倦意走着，那是拉了一夜的车夫，现在要回到厂里睡觉去了。

　　东方微微地现出些朝阳的紫色，可是西边的天上还嵌着无光的蚌壳色的月亮。月梅觉着这时天色太早，就顺着东安门大街一直往东走。她到了东河沿桥边，就见这里有个卖豆浆的，几个工人模样的人围着挑子在用早点；北面河旁的柳树下，有两个老头儿把他们那百灵鸟的笼子挂在树上，让那灵巧的鸟儿在晨风里嘹亮地叫着。月梅就倚着洋灰的桥栏呆呆地站立着，仿佛是在静听着那鸟儿叫似的，其实她的心里却怀着像柳丝那么乱、那么多的愁。

　　半天，耳边的大车声就像雷似的响了起来，街上的人渐渐多了，太阳也升高了。月梅就转身顺着马路又往东，迤逦地走到祁公馆那条胡同。看见大门开着半扇，杨妈正在门前买烧饼果子，月梅就走上前，问说："杨妈，二太太起来了没有？"杨妈抬起头来，看了看月梅，便很冷淡地说："我不知道，张小姐你找二太太有什么事呀？"月梅说："有点事。"她就往门里走。

　　走过了两重院落，就见客厅、账房、书房全都锁着门，看着很是凄凉冷落，已不像是办丧事时那样子了，仿佛一切都改变了。月梅走到那西小院里，望着二太太那两间屋子，心里就难过起来；她眼泪要往下流，脚步反倒发怯。走近屋门，她站了一会儿，才鼓着勇气向里叫道："二太太，你起来了吗？"

　　连问了两声，屋里的梅素卿才掀开窗帘向外看了看，随后开了门，仿佛不大高兴似的说："张小姐，这么早你就来，可有什么事呀？"月梅勉强地笑着,泪在眼眶里转,说:"我来瞧瞧你,没有什么事。"

一进屋,月梅见屋里很乱,大桂还在床上盖着被睡觉。梅素卿说:"我才起来,你瞧我这披头散发的,大桂又病啦!"月梅问说:"大桂是什么病呀?"梅素卿说:"他还有别的病?胡吃的,气得我也没给他看,死就死吧!"月梅说:"你还是带他到医院看看才好。"

梅素卿说:"哪儿来的那么多闲钱?"她又探着头,像是很担心似的,悄声问说:"你这么早来,五小姐她知道吗?"

月梅摇摇头,惨然地说:"她不知道,她还没起来。我出来是不想再回去啦,因为……我有个母亲,她……我怀疑……"

梅素卿立刻吓得变了色,说:"哎哟!那你还是快走吧,我这儿可担不起!别瞧现在五小姐搬出去啦,可是说不定儿儿又得叫老爷请回来,回来还是都得听她的。你到我这儿来,她要是知道了寻来,我可真惹不起她!好张小姐,你可怜我,千万别给我惹事,你还是快点儿回去吧!要不然待会儿大小姐就起来了,她也一准把你拉回去,到那时候还许赖上我,说是我调唆着你出来的!"她边说边用两只手往外推月梅,仿佛唯恐月梅在她这里多待一会儿,就能够给她惹什么大祸似的。

月梅倚着门痛哭,说:"因为……我怀疑我那生身的母亲,她离着我不远……她在娘家时叫陈……玉英……"

梅素卿说:"你那个爹娘我也早听说了,他们净打你,你还是回五小姐那儿去吧!五小姐有钱,太太死了留下几十万元钱,都叫五小姐一个人给拿去啦,她不至于嫌你在她那儿吃饭。咳!张小姐,你可别恼我,我不是往外撵你,我是真怕惹事。别看老爷、三太太、小吴妈都没在家,可是人家在这儿有侦探,我们娘儿俩什么事都有人打电报告诉老爷,要不怎么连五小姐那儿我也不敢去啦?大小姐下礼拜就要走,她一走,我白天都得把这小院的门关上。咳!你快走吧!"

月梅擦着汪然的泪水走出了祁公馆,慢慢地又走到马路上,她凄恻地想着:这么看来,二太太并不是我的母亲,虽然她长得模样很像我;大桂也吐露过,她有个在暗处的女儿,她还给她那女儿织过一件毛衣。但现在我都已说出来我母亲的名字,她还不肯认我,真要是我的母亲,她绝不能这样的狠心吧!

月梅这么一想,倒渐渐地止住了眼泪;她站在街旁,看着往来的行人车辆,却茫然地想不出来一个去处。后来她就想道:找刘先生去,叫刘先生给我想法子,可是得告诉他别叫柏先生知道。

月梅顺着马路走了半天,方才来到西城,这时天色已不早了,也热起来了,她的身上都出了汗。水车胡同里,那座破庙的门前又添了一只垃圾箱,却爬满了苍蝇,像给这垃圾箱上了一层黑漆。月梅拿着那条被泪水浸湿了的手绢捂住鼻子,往门里去走,苍蝇都往她脸上乱撞,一进门又是尿桶;她赶紧跑到刘醉生的小院里,就见屋门上着锁,扒着窗往里看了看,里面乱七八糟,却没有一个人。

月梅不禁失望了,回过头来,见一个黄瘦的和尚光着膀子由北屋出来。和尚一看见了月梅,就问:"你找谁?买熏肉吗?在前院东屋。"月梅说:"不是,我找刘先生。"和尚说:"刘先生没在家!他怕热,这几天他天天出去,在澡塘子里睡一天,到掌灯的时候才回来写小说呢。"月梅点点头,捂着鼻子又走出庙门;她拭了拭眼泪,心想:我还上哪儿去呢?

站了会儿,月梅又顺着墙绕了几条胡同,就来到对着城墙,离善育小学不远的一家小门前,她站在门前向里叫了两声:"徐秀贞!徐秀贞!"待了一会儿,她的同学徐秀贞从门里跑出来,一瞧见她,就惊讶地说:"哎哟!白月梅!你从哪儿来呀?"说时仔细地打量着月梅身上穿的蓝白花儿的洋服和白色平底皮鞋。月梅的脸上有点儿红,便微笑着说:"我是来找你说几句话。"

徐秀贞跟着月梅往南走了几步,到了城墙根下,她就问道:"这些日子你净在哪儿啦?"月梅说:"我又上了趟天津,在我母亲家里住了几天。"徐秀贞说:"你母亲挺有钱吧?你还回天津去吗?"月梅摇头,说:"我不想回去啦,我想找事做。"徐秀贞说:"对啦,我也想找事做。你认得张大爷不认得?在我们院里住的那个。"月梅脸上现出点儿惊色,说:"我认得,张大妈早先常到白家去,张大爷和小高也认得。我来了,你可别跟他说,他能去告诉白家,咱们上那边儿去吧!"说着她就拉着徐秀贞急急地往西去走。

徐秀贞说:"不要紧,张大爷他是个好人!你在白家挨打受饿的时候,他常常骂那白家都不是人,要不是张大妈拦住他,怕得罪了小高,他早就替你告他们去啦。有一回张大爷还给我出主意,叫我求柏先生见校长,再叫校长去找巡警救你;柏先生都见校长了,可是校长不愿多管闲事。这些日你又跑出来,白家来托他找你,可是他说:'我才不管这事呢!月梅那孩子我佩服她,要是在街上碰见她,我还许帮她几个钱,叫她跑远着点儿呢!'前几天又跟我打听你在什么地方住,他说怕你漂流着,要给你找个事。"

月梅一听,怔着想了一会儿,就问道:"你没听说他要给我找什么事吗?"

徐秀贞说:"张大爷还要给我找事呢!他不是在球房做事么,听说现在球房都换了女招待,一天能分不少的钱呢。"

月梅冷笑着说:"女招待!"

徐秀贞说:"球房的女招待可不像饭馆的女招待!张大爷说,在球房里都是小学毕业的,就专管陪着客人打打台球,整天地玩,一点儿也不累,也不像饭馆的女招待那么下三烂,一个月连工钱带零钱能挣二三十块呢!张大爷说我的身量太矮,过年就许能去,你比我高一点儿,你许行。"

月梅又问:"什么叫台球呢?我不会打呀!"

徐秀贞说:"去了先练习呀!张大爷带着我上他们球房去看过,台子就仿佛一张床似的,上面铺着绒布;球是象牙做成的,有红的,有白的,拿杆子顶,两个球撞在一块儿就算赢啦!去的也都是文明的人,都穿着西服,像柏先生那样的人。"

两人顺着城墙往西走,随走随谈着,少时就走上了马道。这里很凉爽,生长着许多蒿草、酸枣树和苔藓,徐秀贞找了块石头就坐下了,月梅却站着,仰首望着青天上飘浮的白云,心里想着,斟酌着。她又低下头,由那蒿草之间掐了一朵紫色的牵牛花,在手里拈着,却不说一句话。

徐秀贞穿着青布短裤、蓝小褂,脚上那两只家里自做的青布鞋,鞋头都开了花儿,她说:"到底怎么样呀?你想好了主意没有呀?你要是愿意干,等晚上张大爷回家吃饭的时候,我就跟他说,叫他给咱们俩都找事。我也不愿意上学了,上学干什么呀?柏先生又不教啦,那邓先生、阎先生永远沉着个脸,像谁该他二百钱似的,教的也一点儿不好;别处又都收学费,都要做制服。我爸爸的买卖也不好,昨儿他背着匣子在街上走了一天,一点儿买卖也没做,回来就闹气,要拿那劈木头的斧子砍我妈!"

月梅说:"先别跟张大爷去说!我现在别处还有一个机会,我打算到医院去做护士,刘先生可以给我介绍,晚上我就找刘先生去。"

徐秀贞说:"当护士不好,听说连病人的屎盆子都得管倒。"

月梅说:"我倒不怕服侍病人,再说既然做事,也得有一点牺牲的精神。我打算晚间先去见见刘先生,他要不能给我找事,咱们再求张大爷,现在你先别跟张大爷说是见着我啦。"

徐秀贞又问:"你现在哪里住着啦?"月梅说:"今天我才下火车,晚上我还没有准地方住,刘先生要能给我找着那护士的事情呢,我就跟他到医院去;要是不行,我想……"说到这里她皱了皱眉,就问:"你们那里有地方住吗?"

徐秀贞说:"天热,晚上我们都在院儿里睡,你在我们那里住一晚上有什么不行呀?"月梅点了点头,拈着那朵花儿不再说一句话。

半天,徐秀贞又问:"你知道柏先生在哪里住着吗?他现在什么地方教书啦?"月梅摇头,说:"我不知道。"徐秀贞说:"你跟刘先生打听打听,他许能知道;你找柏先生去,他一定能给你想法子。"月梅冷冷地说:"我才不去找他呢!"说时,把手里那朵牵牛花揉碎,就扔在了乱草里。徐秀贞翻眼瞧了瞧她,说:"人家都说柏先生跟你好。"月梅说:"我不希望他和我好,一个学生,用得着男先生和她好吗?"说着眼泪又在眼眶里乱滚。

徐秀贞又说:"你从天津来的时候,你母亲给了你多少钱?"月梅摇头,说:"没给我钱,我母亲她哪里有钱呀!"徐秀贞说:"那你这身衣裳是谁给做的？"月梅说："这是我母亲的一个女朋友借给我钱做的，将来我做了事挣了钱，还得还人家呢！"徐秀贞说："我瞧你比我好，你有多自由呀！我可真悲哀。"

这时，有几个野孩子也跑上马道来，一面乱打着，一面摘酸枣。其中有一个是善育小学的男生，他就说："白月梅，你现在哪里念书啦？喝！洋衣裳、皮鞋，真阔呀！真摩登呀！白月梅！你是和柏先生在一块儿住着了吗？"白月梅瞪着眼睛，说："我凭什么和柏先生在一块住着呀？我也不上学啦，他也不教书啦，在街上见了面谁也不理谁！"

那学生撇着嘴说："得啦，我早就知道你和柏先生在一块儿啦！早先在咱们班里的那个李天福，昨天他告诉我，他常上中央公园茶馆里找他爸去，有两回都瞧见了你和柏先生，还有一个顶摩登的女的，你们像一家子似的，你还冤我？哈哈！"

月梅红着脸，说："他瞎说！这些日子我就没在北京。"说着她拉起来徐秀贞就急急地走下马道。那个男生还在后面，率领他手下的那帮野孩子，大声喊着："哦！哦！白月梅变摩登啦！'摩登女子一头毛儿，不穿裤子穿旗袍儿'！"并且往下扔碎砖头。

徐秀贞回头叫着那个男生的名字，骂着说："你等着吧！等开了学我给你告诉邓先生！"那男生傲笑着说："过暑假太爷不上学啦！邓先生他也管不着我啦！徐秀贞你就和白月梅学吧，我告诉你妈去。"徐秀贞气得要哭，说："你告诉去吧！"月梅就红着脸，皱着眉，拉着她快走，说："咱们理他干吗？男生没有一个好的！"

往东走了几十步，徐秀贞就问："你真是同柏先生上过公园吗？"月梅红着脸，说："他们胡说，也许他们认错人了。"走到了徐秀贞家的门首，徐秀贞说："你上我们家里去好不好？见见我妈。"月梅摇头，说："不，我寻刘先生去啦！"徐秀贞说："那么晚上你可来，我在家里等着你！"月梅说："好吧，晚上见！"便往东急急地走去。

走了不一会儿，前面就望见了慈善会和旁边的善育小学了，不远就是她的故居墙缝胡同。虽然现在白家已不在这里居住了，可是月梅望见了这个地方，还似乎有点恐惧，而且心里很是悲伤。

走到宣武门时，天色就快到晌午了，她也觉着饿了。大街上虽有饭摊、饼铺，可是她因为穿着那身衣裳，就不好意思到那里去吃。顺着城墙过了马路又往东走，就看见一个卖凉粉的挑子，她就站着，吃了一角多钱的凉粉。

月梅没有地方可去，连个坐着歇一会儿的地方都寻不着，她就顺着城根的阴凉往东无目的地走着，直走到了前门。忽然看见有一所房子，门前挂着两个牌子，写着"公共阅报处""随便入览"，月梅就走了进去，见里面的人还不多，可是没有一个女的。她坐下来，把这里所有的十几份大报小报全都看了，连报上的广告和许多她所看不懂的政治新闻也全都看了。

把时间消磨到下午五点多钟，阅报处的闭馆时间到了，她才走出去。但见太阳还是很高，月梅就想：刘先生这时大概还不能回庙里去，我去了也是见不着他。月梅随着杂乱的车辆、行人走出了前门的门洞，看见了西车站前那纷忙地携带着行李要上路的人，还有车夫、脚夫；看见了那晒在太阳下的箭楼，隔着箭楼又看见了东车站的大时钟，她就在这箭楼前徘徊了一会儿，随后又穿过前门当中的那个门洞往城里走去。

由这里踏着石头甬路一直往北就是天安门，天安门旁边就是中央公园，月梅怕遇见丽雪和梁霞、吕淑馨那些人，就不敢再往北走了。好在这天安门前也就如同是一座公园，两旁栽种着洋槐和一种细叶的乔木；长青的短松修剪得十分齐整，虽然没有什么花草，可是这些绿树也能使人心里愉快。过路的人和专为来此闲游的人也非常之多，月梅仍恐有熟识的人看见她，所以她就离开了甬路，在短松的树墙外，穿过那些小树林，徘徊着，耳边只有呆板单调的蝉声响着，好像永远在响着。

又待了会儿，蝉声也渐渐微弱了，停止了，暮色由天安门的楼阙直扑到前门的城门，电灯都亮了，鸦群飞噪着从那琥珀色的天空中飞过。月梅这才急急地往西城走去，她在路上寻着个卖馄饨的担子，吃了一碗馄饨，随后就又来到刘醉生的庙中。

这时刘醉生是回来了，他光着那顶瘦的膀子，正坐在院里石阶上，挥着破蒲扇同和尚谈天。一看见月梅来了，他就有点惊讶，只问说："你来有事吗？"月梅向他深深地鞠了一躬，说："刘先生，您进屋来，我和您说几句话。"刘醉生说："我的屋里赛蒸笼，你别进去，你等着我，咱们到门口外再说去。"月梅答应了一声，就先出去了。

待了一会儿，刘醉生披着件小褂，一手摇着破蒲扇，一手捏着烟卷，走出庙来，说："咱们往东边走着谈，我这门口外太臭！"他摇着蒲扇抽着烟在前面走着，月梅就跟着。刘醉生问："柏先生和祁丽雪他们干吗啦？你怎么一个人寻我来啦？有什么事？"

月梅声音惨凄凄地说："我不愿意在祁小姐那里住着啦！"

刘醉生说："怎么啦？打了架啦？"

月梅摇头，说："也没打架，本来我就不愿在她那里住着，人家是阔小姐，我算个干什么的？不过祁小姐那个人不错，她不拿外人待我，又因为她的母亲死了，她很伤心，我才不忍得离开她，才在她那里住了这些日。现在我看她的精神也很好啦，那我何必净在人家家里住着，吃着人家、花着人家呢？"

刘醉生把头摇得跟他手里那柄蒲扇似的，说："我不信你的话，你绝不会无故地就想出来，一定是你们之间发生了什么意见！"

月梅着急地说："真没发生意见，不信您问去呀！我就是不愿在她那里住啦，并且我也不愿意再跟她和柏先生见面啦。也不是我没良心，我将来长大了，遇着机会，还要报答他们的好处，就是我不愿见他们了……"

刘醉生回过头来，见月梅低着头擦眼泪，他就停住脚步，有点儿为难地说："干脆吧，你先说你找我来是什么意思？"

月梅说："我……我要找工作！您不是跟缪大夫是亲戚么，缪大夫不是要开医院么，我求您把我介绍了去，当护士，只要管我的饭食、住处就行。"

刘醉生摇头，说："我没有那么大的面子！缪大夫的医院也还没开张，再说那位缪太太……咳！我这样儿，人家连理也不理，有一个多月我没上他那里去啦！现在你听我的话，你刘先生向来对你怎么样？"

月梅说:"您对我好,所有的这些人里我只敬重您。"

刘醉生说:"好,那么你就跟着我见柏先生去,再把祁丽雪请出来,我给你们说合说合,就算完事大吉。本来你们三人全都是小孩子,说好就好,说吵就吵,我也没有工夫细听你们的理由,走吧!听我的话!"

月梅往后退着,摇头说:"我不跟你去!我们没犯意见,也不用您给说合。您的事情也很忙,您回去写稿子去吧,我要上别处去啦!"说着她转身就跑,刘醉生追上去,把她捉住。月梅往外夺手,哭着说:"刘先生您别管我,无论如何我也不能再回去!也不是我不听您的话,因为我真不能回去!真不能回去!他们……祁小姐她昨天跟柏先生打了架,她胡说我……"月梅说着就躲在墙根去哭。

刘醉生放了她,又赶紧摆手,悄声嘱咐说:"别哭!别哭!你瞧这胡同里有多少人?叫人家瞧着像什么样子,倒仿佛我把你打哭啦!咱们慢慢走着再商量,我再给你想别的办法,你真不愿意回去,我也不能勉强你。"月梅这才擦着眼泪,跟着他往东走。

刘醉生把烟卷扔了,扇着蒲扇在前面走着,还不住地叹气。走到了灯光通明,游人拥挤的大街上,刘醉生就说:"咱们在人行道边站一会儿,你别急,事情咱们也得慢慢地商量。"月梅答应了一声。

二人站在马路旁,刘醉生就问:"你热不热?给你蒲扇扇扇?"月梅摇头,说:"我不热。"刘醉生说:"大热的天,真别闹别扭!就是彼此有什么误会,也应当一解释就开。"月梅摇头,说:"不是误会,就是没有昨天的事,我也是愿意离开那儿的。"

刘醉生说:"昨天你们是怎么闹的,我也不愿详细打听,近来我的生活不佳,心绪尤其恶劣,要不是你来找我,什么事我也不愿意管。现在,事情总应当往平和里去办,不可各走极端,因为与其今日弄得很僵,很决裂,又何如当初就不认识?骏青那个人我很知道,他的心是好的,可是生活经验太缺欠,他完全不知道应当怎样待人接物;祁丽雪那就不必说了,她是北京有名的阔小姐,听说自从跟她表哥恋爱之后,脾气像还好得多了,你处在他们二人的中间,本来是很难的。"

月梅说:"其实他们都待我不错。"

刘醉生说:"是呀!就因为他们都待你不错,所以你们更不可闹得太僵局了,当犯了一点儿小小意见的时候,总应当互相想过去的好处。"

月梅说:"反正我不再见柏先生啦!假若柏先生不再到祁小姐那里去,那我还可以回去。"刘醉生说:"人家都订了婚,你怎能拦得住他不找祁丽雪去?"月梅低着头说:"所以我才出来。"

刘醉生摇着扇子想了半天,说:"我们先想个暂时的办法吧!我先把你送到陈蕙如那里去。"月梅摇头,说:"我不去,找陈蕙如还不就是找柏先生去吗?"刘醉生摆手,说:"不是送你到她家里,我是主张你先到琳琅书店住一夜,明天再想法子,要不然,今天晚上你上哪儿住去?"

月梅说:"我有地方住。"刘醉生问:"你在哪里住?你还认识什么人?"月梅说:"我在徐秀贞家里住,我都同她说好了。"

刘醉生连连摇头,说:"不行,徐秀贞她父亲是个木匠,他们能租多大的房子?她那地方我也知道,是个大杂院,拉车的卖菜的全都有,人一杂了就不好。你现在穿着西装革履,远看是个大姑娘,很招人注意。社会上什么事都有,你都不知道,还是应当先到琳琅书店去,我知道骏青他不常到那里去,然后我再慢慢同陈蕙如和薛璧城商量办法,也许他们就叫你做那里的女店员。"

月梅沉思了一下,委委屈屈地说:"我要去了,陈蕙如一定当时就给祁小姐打电话,祁小姐立刻就得接我回去!"

刘醉生说:"那更好!那时我就可以同祁丽雪说了,我说你不愿意再见柏骏青,她一定可以有别的法子安置你。你想,过去人家对你那么好,给你补习功课,要帮助你升学,只为一两句话招恼了你,你就一赌气出来,失踪了,也未免显着你的心太冷了吧?"

月梅听刘醉生劝着,心里也渐渐转了过来,她就擦擦眼泪,点头说:"好吧,我听您的,可是我永远也不见柏先生啦!"

刘醉生笑着说:"那容易,柏骏青要是一定去见你,你就告诉我,我去打他!"

月梅低着头站着,旁边铺子里的一支电灯把她的影子斜铺在地上,她的衣襟被晚风吹得微微地飘动。

刘醉生说:"说得我都口渴啦!走,咱们喝碗酸梅汤去。"于是他带着月梅就在街上寻了个摊子,每人喝了一碗冰镇酸梅汤。喝完了,刘醉生一摸他的小褂口袋,说:"哎呀!我忘带钱了!你等着,我回去取吧。"月梅说:"您不用取去啦,我这里有钱。"说着就从她那西服的腰带里面,掏出来一张一毛的钱票,原来她自己在那里缝了一个极小的口袋。刘醉生说:"你瞧,我倒叫你请客啦!"

月梅微微地笑着,说:"这算什么的?这钱也是祁小姐给我的。"刘醉生笑着说:"这么说来,我是间接地揩了祁小姐的一点儿油!好在不要紧,这一毛钱在祁小姐的身上真可称是九牛一毛。"他又自言自语地说:"这话要叫祁小姐听见,她真许拿她那两只犄角撞我!可是柏骏青不至于不愿意,因为祁丽雪要是牛,那他就是牛郎,牛郎不算是侮辱他。"月梅似乎也没有怎么听懂,只在他的身后随着他走。

越往北走就越热闹,洋楼的窗子里透出明亮的灯光,像是铺满了宝石的山;马路上挤满了各种车辆,车灯闪耀着,像是银鱼玉蚌的海。无线电里放送着吵人的歌曲,霓虹灯管像妖精似的放射出妖艳的各色怪光。刘醉生回过头来,说:"你看这大都市里的人,表面上都是很快乐的,其实没有一个人的心里不痛苦,不过有的人是自己不知道,有的人是自己会麻醉。"月梅却很爽利地说:"我也有痛苦,可是我不糊涂,我自己都知道;我也不麻醉它,我就自己忍受着,自己去想办法!"刘醉生说:"那当然是最好的了。"

走不远,就看见"琳琅书店"四个电管做成的字,月梅又说:"刘先生见了陈蕙如,可别说我因为什么不愿意在祁小姐那里住了,不愿意见柏先生了……"刘醉生说:"当然不跟他们详细说,我只说你瞧着柏骏青不顺眼,所以不愿意再和他见面。"月梅说:"也别……那么说。"刘醉生笑道:"你就别管啦,我一定给你说得理由十分充足,叫他们就同情你,都说祁丽雪不该欺负小孩,都骂柏骏青不是好人。"月梅着急地说:"不……"刘醉生却已拉着月梅进了书店。

这书店的地方虽不很大,可是有不少人在这里翻书、看书、买书,都是些穿着西服的男子和女学生们，像刘醉生这样的穿着短裤褂，一点儿也不整洁，摇着破蒲扇就走进来的人还真没有。可是柜上的几个女店员都认得他，并且因为这里摆着不少种他的装订华丽的作品而知道他的名字，所以就都赶过来招待，叫着"刘先生"；并有的向月梅笑问说："祁小姐和柏先生没来吗？"月梅就含笑答道："没有来。"刘醉生还扇着蒲扇，把人家橱柜上摆着的精美的明信片和小巧的书签都差点儿扇飞了。

这时薛璧城一个人正忙着打算盘写账，一抬头瞧见了刘醉生跟月梅，他就赶紧走过来，那张带着病容的脸上现出一种惊恐之色，他悄声说："刘先生，你跟张小姐到里屋坐，有一件很要紧的事！"刘醉生一看这种情景，倒十分诧异，赶紧拉着月梅进了那收钱柜里面的屋子。

这里屋有几把椅子、一张小桌，是一个小小的会客室，门口挂着一幅软竹帘，室内的灯光也不很明亮。薛璧城随着进屋来，悄声说："骏青叫那白家的人扭去打官司了，直到现在还没有出来，你们知道吗？"

月梅一听，小脸儿立时吓得发白，问道："怎么她们又找去啦？不是应了给她们钱吗？是哪个呀？是小高，还是……"

刘醉生摆手，说："你先别着急，小声点儿说话。"月梅气得胸脯起伏着。

薛璧城说："昨天晚上骏青回去就睡觉了，今天清早我们由家里出来的时候，他还没起来。吃过午饭我想回去睡个午觉，一回到家里，就听我们北屋住的那家说，在上午十点多钟的时候，有两个女人去找骏青，说骏青把她们的妹妹已拐匿了多日。那两个女人都很厉害，听说还打了骏青个嘴巴……"

月梅说："那就是白家的那两个……"刘醉生赶紧向她摆手，月梅气得颜色愈变，身子发抖。

薛璧城又继续说："后来那两个女人就扭着骏青找警察去了，我赶紧到分局去打听，说是已送到法院去了。刚才我叫人回家看了两三趟，都没见骏青回去，刘先生你在法院认不认识人？请你给打听打听去！"

月梅急急地说："不必再叫刘先生去费事啦，何必因为我一个人连累大家呢？我雇一辆车回白家去，我看她们还怎么告柏先生！"说着她转身就要走。

薛璧城跟刘醉生赶紧追过去把她揪住，薛璧城就说："张小姐你先别急！你是一清早就从祁小姐家里出来的不是？起先我们还不知道，后来我回来把骏青打官司的事告诉了蕙如，蕙如赶紧给丽雪打电话，这才知道一清早趁着谁都没起来的时候，你就出来了，祁小姐找了你一天。"

刘醉生指着月梅说："他们三个人打架啦！她发誓不再见骏青。我也弄不清他们是怎么回事，在街上劝了半天，才把她劝到这里来。"

月梅跺脚说："瞧！为我连累了多少人，我回去不是什么事就都没有了吗？刘先生您别拦住我，叫我回去吧！"她跺脚哭着，又向刘醉生央求。

刘醉生却紧紧拉着她的胳臂，说："不能让你走！你想，现在大白板、小粉包虽然拉着柏先生打官司，说拐带，可是还没有什么证据；你要是一回去，那可就给她们添了证据啦！至少要判柏先生半年徒刑。"月梅听了这话，更是着急，拿胳膊不住地擦眼泪，可是不再挣扎着要回白家去了。

刘醉生的脸上也带着愁色，他皱着眉，说："骏青不要紧，就是在看守所押一两天，他也禁得住，只是祁小姐……因为这些日白月梅住在祁五小姐那里，白家的人都知道，万一把祁五小姐也牵涉到法院，那报上可非得用大字登新闻不可了！"

月梅又哭得连连跺脚，说："为我，害了多少人呀！"

刘醉生又向薛璧城说："这件事是得先托人向法院打听打听，看看骏青在堂上是怎么说的，就是警察到祁小姐那里去问，也可以有话辩白。要到法院去托人还得赶紧就托，可是，我连个法院的警察也不认得。"

薛璧城说："我也是不认得人。"

刘醉生又问："你的夫人呢？她上哪里去啦？"

薛璧城说："她到祁小姐那里去啦，去了有两个小时了。"

刘醉生说："赶紧给你的太太打电话，报告月梅在这里了，并问问那边有什么事没有。"

薛璧城出屋去打电话，这里月梅还哽咽着说："刘先生，还是叫我去出头吧，别连累了柏先生跟五小姐。"

刘醉生说："这虽然是因为你而起的事情，可是你别管，你要一出头，一定更大糟特糟。我们一定有法子，你别急，最后的办法是我找大白板跟小粉包去。"

薛璧城打完了电话回到屋里，刘醉生急问："怎么样了？"

薛璧城说："大概没有多大关系，祁丽雪是上吕公馆去啦！吕淑馨的父亲吕总裁是很有地位的人，做过最高司法官，她叔父是著名的大律师。大概这场官司就是打起来，咱们也不至于吃亏，就是月梅……"遂向月梅说："你可千万就在这里别动！待一会儿我太太就来，她把你送到孙妈家里暂住几天去。"

月梅拭着泪说："再要把人家孙妈连累上，可怎么好呀？"

刘醉生说："得啦！你已经连累上这么些个人了，就是再连累上几个也不要紧，人越多才越热闹呢！璧城，你先看着她，我出去买盒烟去。"说着，他就摇着破蒲扇出去了。

这里月梅和薛璧城对坐着，月梅就擦着眼泪，说："薛先生，您忙您的买卖去吧！您放心，我不能跑，我惹出这些事，连累上这些人，我怎能跑呢！"

薛璧城仿佛还有些不放心，就说："我也没有什么事，前边有那几个女店员，用不着我。"室中的一盏光度很低的电灯，将墙壁和人的脸上都照成了姜黄色；又没有后窗户，闷热得实在厉害。月梅的那件洋服已被汗浸透，手绢好容易干了，现在又被泪水湿了。

待了半天，刘醉生才嘴里衔着烟卷，手摇着蒲扇回来了，他说："这么热！要把骏青在看守所押一天，那可真够他受的。"

薛璧城说："我想不至于被押吧？他可以请求取保听传，我这里还不能给他打个保吗？"

刘醉生摆手，说："你不晓得，柏骏青那个人的脾气古怪，就许法官叫他取保，他都不干！"

月梅在旁又拿手绢擦眼泪，薛璧城就向她询问昨天丽雪和骏青为什么打架，她又为什么跑了出来，月梅却不肯详细地说。刘醉生也摆手，说："你也就不必细问啦！他们三个人的事还能问得清楚？今天打了架，明天又许好！可是现在打出别的麻烦来了，那大白板、小粉包可不是好惹的。"

正在说着，陈蕙如就回来了。陈蕙如来得很是匆急，见着刘醉生都顾不得说话，一进屋只向月梅悄声说："快走！孙妈在门外等着啦。"说着，拉着月梅往外就走。

出了书店，就见天上有点儿月色，街灯通明，陈蕙如与孙妈是坐洋车来的，临时又雇了一辆，三人就往北去了。孙妈的车上还放着一份铺盖儿和一个小包裹，这都是月梅的东西。孙妈说："张小姐你今日一清早就走了，可真把我给急死啦！九点多钟我就到柏先生那里去寻你，连柏先生都没在家，那时候柏先生大概出去吃饭了，白家的人还没找去。"陈蕙如在前面的车上回过头来说："孙妈，有什么话回头再说！"孙妈答应了一声，便不再言语了。

街上这时还是很热闹，往来的车辆、行人还是十分拥挤，商店门前的无线电还是那么高兴地唱着，仿佛并不知道人间的忧苦。月梅在车上坐着，眉头紧锁，睫毛覆着她的眼睛。她没有看这时街上的情景，只是由各种的声音分辨出对面有什么车来了，因为她今天流了不少眼泪，外面强烈的灯光一刺激她的眼睛，她就觉着有点儿酸痛；这种酸痛就跟她心里感觉到的滋味一样。她就想：我为什么要难过呢？为什么要哭呢？为什么一切都要听人帮助我、救我，而我就不能自己给自己想个法子，就不能给柏先生想个法子吗？她极力思索着办法，心里千回万转，但结果是头觉得昏晕，耳朵里嗡嗡地响，却一点儿法子也想不出来。

也不知走了有多大的工夫，月梅就觉得眼前发黑了，她睁开眼一看，原来三辆车已进了一条小巷。前面的那个车夫就问："是哪个门呀？"孙妈说："再过两个门，路东的那个就是。"又走了儿步，就听孙妈说："到啦！到啦！放下来吧！"三辆洋车就停在了一个小门前。这胡同真黑，连门牌都看不见，月梅要掏出钱来给车钱，可是陈蕙如拉住了她。月梅又要由孙妈的车上去拿铺盖儿、接包裹，孙妈却说："张小姐您别管，您来到我们这里就是贵客，东西哪能叫您自己拿进去呀？"

孙妈下了车，拉着月梅的手，说："您请进。"孙妈一面往里走，一面叫着她的儿媳妇，说："黑子他妈！来了客啦！你快去把车上的包裹、铺盖儿都拿进来！"里面走出来一个妇人，模样看不大清楚，孙妈向外指了指，那妇人就出去了。孙妈又说："张小姐您可别笑话，我们的院子太脏！"其实，这院子倒不算怎么脏，只是太窄，不过有六七间低矮的小房，大约住了四五家；院子里横躺竖卧地睡着几个光膀子的男子、敞着怀的女人和一丝不挂的小孩，各屋里都没有灯光。

来到一间小屋前，孙妈摸索着走了进去。月梅赶紧也随着进去，用手去搀扶孙妈，孙妈却说："不要紧，我都熟啦，这就是我睡觉的屋子。"她摸着了洋火、煤油灯，就把灯点上了。

她的儿媳妇和陈蕙如把包裹、铺盖儿拿进屋来，孙妈就给她儿媳向陈蕙如和月梅介绍，说："你见见，这是薛太太，是公馆里的亲戚，又是五小姐的同学；这位是张小姐，是……"她忽然想起来陈蕙如在丽雪家里嘱咐过她的话，就说："回头我再细告诉你吧！"又向月梅说："这就是我那瘫儿子的媳妇。"月梅点点头，含笑说："是孙嫂子！"孙妈的儿媳妇也笑了笑。这媳妇年有二十四五岁，黄胖的脸儿，高身量，穿着蓝布裤子、白短衫，脑袋后梳着个圆头，看上去像是很能干的样子。孙妈赶紧叫她去沏茶，又找了两把破扇子给蕙如和月梅扇着。

月梅坐在一条板凳上，蕙如挨着她坐着，低声问："你是今天一清早就找刘醉生去了吗？"月梅摇头，说："不是，我是先去找了两个同学，后来天黑了我才去找的刘先生。因为我不愿在五小姐那里住，我……"说着她又低头擦着泪。陈蕙如说："昨天的事我都听孙妈说了！丽雪就是那个脾气，她一气极了，就能说出那顶厉害的话，连我都跟她闹过几回意见；可是昨天她说那句话，不过是为了顶柏先生，并不是说你，过后她也很后悔。今天一早看不见你了，她就着急极了！说实话，她对任何人还没有像对你这样关心过。"

月梅点头，说："我也知道，我并不是恼了五小姐，不过就是……以后我不愿再见柏先生了。"

陈蕙如说："以后那都好办，你跟柏先生本来也没有见面的必要。现在就是你千万要忍耐点儿，在这儿躲避几天，别出门儿；我们现在得设法对付那白家的人，别叫柏先生的官司打输了。"

月梅皱着眉说："为我的事，这么热的天叫柏先生坐牢狱，我真心里不安。"

陈蕙如说："不能，没有那罪过！柏先生现在就许已然出来了，至多到我那书店去取个保，你放心。我现在还得赶紧走，丽雪她还在吕淑馨家里听我的回话儿呢！"说着她就要走。

孙妈的儿媳把茶送了进来，孙妈就说："陈小姐您喝碗茶再走？"

陈蕙如摆手，说："不啦，五小姐还等着听我的回话儿呢！孙妈这两天你就不用回那边去啦，你陪着张小姐吧，那边有余妈一个人足行了。"

孙妈跟月梅还要往外送，陈蕙如把她们拦住，说："明天我还许来呢！"她出了屋，在院中挑着道儿走，出了门，又把这座小门仔细地辨识了一下，就走出了这胡同。

陈蕙如回到琳琅书店，此时刘醉生已然走了，她也不休息一下，就赶紧给吕公馆打电话。那边请了丽雪来接，陈蕙如就说："都办好了，你放心吧！那孩子她说并没跟你生气，就是不愿意再见她的老师啦！"

那边丽雪又问："骏青还没回去吗？"陈蕙如说："我不知道么，我打算回家去看看，也许他已经回去了。"

那边丽雪就说："那么你就赶紧回家去看看，他若已经回来，就把月梅安置在孙妈家的事告诉他，然后……他到我那里去不去，倒没有什么关系……这样吧！无论他回去没回去，也请你到这里来一趟，我还有话要跟你说。"

陈蕙如说了声："好吧！"心里却有点儿诧异，因为自己今天见了丽雪，觉得她的神色态度与往日不同。按理说她的未婚夫被人控告了，干妹妹又从一清早就失踪，她应当受到很大的刺激；可是她虽然也有点儿着急，却显得有些冷淡。

第二十三回　暗娼之家

　　陈蕙如挂上了电话听筒，薛璧城就问："怎么样了？"陈蕙如摇摇头，说："我看他们的事难办，因为不是简简单单的一件事，外面的人跟他们捣麻烦且不说，他们自己的感情也有了裂痕。我还得走，我先回家去看看骏青回去没有，然后还要到吕淑馨那里去，丽雪不知有什么事还要和我面谈。你今天也晚一点儿回去好了，万一骏青要来到这里打保，这里好有人。"薛璧城点了点头，陈蕙如就又匆忙地走了。

　　陈蕙如先回到府右街家中，一看骏青还是没有回去，就赶紧又往吕淑馨家里去。吕公馆是在东单牌楼，家中也相当的富裕，陈蕙如来的时候，就见丽雪正在里院的天棚下打牌。陈蕙如很是诧异，因为丽雪向来是不喜欢打牌的，尤其自骏青来后的半年中，她对于这些不正当的娱乐早都不做了，如今不知为什么忽然又打起牌来，而且打得还很高兴。

　　丽雪占的是西风，她对面的东风就是吕淑馨，另有两位都像是太太，陈蕙如都不认识。丽雪一听仆妇说陈小姐来啦，就把自己的牌交给了身旁看牌的吕三太太代打，她起身过来，拉着蕙如到离牌桌很远的藤椅上坐下，就问说："骏青没回家去不是？"

　　陈蕙如皱着眉说："没有么！很怪，就是打了官司，也不能当天就把他押起来，也得叫他出来取保呀？淑馨这方面没叫人到法院去打听吗？"

丽雪说："淑馨她叔父没在家，到天津去啦！她三婶娘托了一个人到法院寻朋友去打听，可是现在还没回来。我叫你来没有别的事，就是淑馨她不叫我走，要叫我在这里住几天，我叫你来是为把她稳住，我好趁空就走。"

陈蕙如微微叹着说："其实我看你在这里住几天也好，因为……倘若法院要到你那里调查月梅去呢？你在家里究竟不大好。"

丽雪冷笑着说："怎么，法院还能派人把我抓了去，说我那里隐藏着私人？那倒好，我正想上法庭去看看呢！我还许因此长些经验呢！无论如何我今天非得回去，谁拦着我也不行，为两个暗娼，我犯不上逃出来！"

陈蕙如赶紧劝她，说："你别急，事情也得考虑考虑。"

丽雪说："有什么考虑的？我现在什么也不怕，什么顾忌也没有！我把月梅藏在孙妈家里，就是为赌这口气，白家越逼着要她，我越不能叫她们要了去，不然，假若没有这件事，我才不管呢！月梅今天一早走了，由她去，我绝不寻她；连骏青都是，他现在打官司受罪，我设法营救他就是了，营救不出来我可也没有法子，因为这件事的起因、结果都和我不相干！"

陈蕙如说："外面寻来的麻烦且不必说，你们自己怎么也弄得这么僵。"

这时吕淑馨也把牌交给别人打了，她走了过来，丽雪赶紧向陈蕙如使眼色，不让说那件事了。陈蕙如很作难地从小藤桌上拿了一支烟，自己点着了吸着。吕淑馨坐在她们的对面，就说："我不叫丽雪回去啦！留她在我们这里住两天，反正两天之内我准能托人设法叫柏先生出来，官司再慢慢地打。"

丽雪笑着说："你留不住我，今天我非得回去不可！不但回去，明天我还要在街上逛，白家那两个暗娼要告我，我就同她们上法院；她们要不敢告我，我还要带着月梅公开地在街上玩，气一气她们呢！"

吕淑馨说："你真爱赌气，和那种人也值得赌气吗？你得顾惜你的身份。倘若你打了官司，在报上正是好新闻，那时你还在北京住不住啦？还上不上学啦？"

丽雪微笑着说："我照旧地住！只要学校不开除我，我照旧上学！即使开除我，我也要向学校当局问问他们的理由。总而言之，你们想，我是否能因为这一点儿事，名誉就受到了损害？是否能因为我保护着一个孤女，由暗娼家里救出了一个受虐待的孤女，把她看作胞妹，帮助她，教给她知识，就算犯罪？"

吕淑馨说："打起官司来，人家可不问你这些个。你说白家是暗娼，没有凭据；你说白月梅受虐待，那你并没有管的权利，人家只问你要人！"丽雪说："跟我要人他也没有凭据。"吕淑馨说："不过么一来，你们这官司就绝不是一堂两堂可以解决的了，白家那两个女的既然是暗娼，她们就不顾脸面；你可不行，你是位小姐！"

丽雪愤愤地说："小姐就应该是倒霉的吗？"陈蕙如在旁连连摆手，说："别说啦！别说啦！再说你们两人也得打官司啦！"吕淑馨笑着说："丽雪她这个脾气我真不赞成，一点儿闺秀气也没有。"丽雪冷笑着说："闺秀气？谁要给我安上那个名称，谁就是侮辱我！"吕淑馨说："你也不能称为闺秀，你看张淑范，那才是闺秀呢！"丽雪连脸色都变了，轻视地说："张淑范……"

陈蕙如赶紧又拦住她们，叫她们不要再说，以免起来冲突。吕淑馨却笑着说："我们两人也冲突不起来，我就要叫她在我家里暂做几天闺秀，不叫她走。"丽雪也笑着说："我偏要走！今天就是半夜里我也要回去！"

正在说着，一个仆妇从外院进来，向吕淑馨说："小姐，于三婶回来啦，说是把事情打听出来啦。"吕淑馨便向丽雪说："你在这里等着我，我去问问那官司的详情，然后再回来告诉你。"丽雪躺在藤椅上，懒懒地点了点头。此时她仿佛烦恼极了，连陈蕙如在旁边问了几句话，她全都不回答。

待了半天，吕淑馨才由外院回来，她皱着眉，走近来才说："柏骏青怎么是个那么别扭的人呀？今天本来应当放出来的，可是他不肯取保，所以到现在还押在看守所里。"陈蕙如说:"他不肯取保,一定是怕将来要连累保人,可不知道他到堂上是怎么说的?"吕淑馨说:"听说他到了堂上就是一口不认! 他说他在善育小学只教了一个多星期,有没有白月梅那个学生他都不大记得了,可是那方面有证人,就是在丽雪家里开过车的那个小汪。"

丽雪忽然坐了起来,说:"小汪?"

吕淑馨点头,说:"现在他又在张淑范家里开车了,今天他做证人。他说他跟白家是朋友,白家的女儿月梅跟柏骏青读过书,大概有点师生恋爱的关系。有一次骏青托过他,要到白家看看月梅,他没有管,可是后来白月梅就跑了,他调查出来是跟柏先生住在一块儿。"

丽雪愤愤地说:"他为什么不说月梅是住在我那里呢? 月梅做了我的干妹妹,他不至于不知道呀?"

吕淑馨摇头,说:"他没说,他始终没提出你来,他们只讹上了柏先生一个人。法院方面也觉得他们控告的理由有很多可疑之点,所以说是要调查调查,可是就因为柏先生不肯取保,暂且还得看守起来。"

陈蕙如说:"这可奇怪! 既然小汪帮助人家打官司,为什么他不把真实的情形说出来,把月梅在丽雪家里住着的事情隐瞒不说?"

丽雪说:"他不是不敢说吗? 他上张公馆去开车还是我二哥给荐的呢!"

吕淑馨说:"现在这件事没有什么啦,他们既然不敢把月梅逃出后的实情说出来,就显见得理由不充分,很容易反驳。就是得有一个人,明天到看守所去看看骏青,劝他赶紧打保出来,以后的官司就好打。"又说:"柏先生的身体也不大好,他怎受得了看守所里的那苦呢? 这么热的天。"

陈蕙如说:"明天我叫璧城到看守所去看他,无论如何也要把他保出来。"遂又用眼去瞧丽雪,就见灯光下的丽雪脸上已经没有了怒容,只是发着怔寻思着,不说一句话。陈蕙如说又向她说:"你放心吧,明天一定能叫骏青出来! 今天既然淑馨这么挽留你,你就在她这里住一天吧,不用回去啦! 好在家里有电话,若是有什么事,余妈一定会打电话告诉你的。"

丽雪点了点头,又微笑着说:"白家跟小汪都不控告我,我也没的气可赌啦!就是在淑馨家永远住着,都没什么关系了。"陈蕙如就站起身来,说:"那么我回去啦!明天你们听我的电话吧。"丽雪点头说了声"好",就依旧躺在藤椅上,细细地寻思着。

那边还哗啦哗啦地洗牌,吕淑馨的婶娘吕三太太说:"祁小姐你快来吧!我可把你的筹码都输光啦!"丽雪笑着说:"没关系,你就再替我输吧!"

这时吕淑馨送走了陈蕙如,又回到里院来,她就悄声向丽雪说:"我总觉得这件事有点奇怪,为什么他们专告柏先生呢?"丽雪冷冷地说:"这还用说,那白家的身后头一定有人!"吕淑馨问说:"你说是谁?谁在后面指使着白家的人?柏先生他得罪过人吗?"丽雪烦恼地咬着嘴唇,躺在藤椅上一句话也不答,吕淑馨却不住地发呆。

这时那边的八圈牌打完了,四位太太都主张休息一会儿再接着打,于是就都过来了,把藤椅围了个圈子。两个仆妇忙着给斟汽水,切冰果子,丽雪却仍是躺在椅子上思索她的事。这些人里只有丽雪穿的是洋服,一身白,其他人都穿着旗袍。因为这内院没有人来,所以有两位太太索性脱去了薄纱的旗袍,只穿着纺绸衬裙,露出来胳臂和上胸,好像穿着西洋妇女赴晚宴时的礼服似的。

有一位唐太太,吕淑馨叫她三姐姐,很胖,爱说笑,听说她还到过美国,在芝加哥大学读过两年书。她的丈夫是位博士,现在青岛某公司做着很阔的事情。唐太太就摇着一柄小折扇,说:"真热!北京的天气太热了!下星期六一定要回青岛去!"吕淑馨说:"你本来就不该来。"

唐太太说:"我不是为送秀娴到这里来考学校吗?我不送她,她不来,你别瞧她都十七岁啦,高中都毕业了,可是出门非得有人跟着不可。她是天生的怯懦,那是没有办法的。我在十七岁的时候,就一个人从我们的家乡坐江轮到上海,在圣约翰补了两年英文,就到美国去了。虽然那时我是跟德民一同出的国,可是一到纽约他就往麻省去了,我一个人入的芝加哥大学,那时我才十九。"说时她很得意,就谈起了美国,由纽约的百老汇谈到好莱坞,又谈到好莱坞影星怎样消夏,还说她跟琼斐纳、爱丽丝费都在海滨合照过相。

由好莱坞的海滨,她的话题又渡过了太平洋,说到青岛,她说:"青岛是中国最美丽的地方,气温永远不超过九十度(注:华氏)。海水浴场这时的人正多,我们那所房子在汇泉,就在风景区,现在正凉爽。"

吕淑馨说:"那么你就赶快回你的青岛吧! 别在这里了,再得了霍痢拉。"唐太太笑着说:"你跟我一块儿去好不好?你在那里玩上三个星期再回来,绝误不了你开学。你不在青岛练习练习游泳,将来你大学毕业到外国去是要叫人笑话的;在外国,没有一个大学女生夏天不到海滨去的。"吕淑馨摇头,说:"我不去。"

唐太太又问丽雪说:"祁小姐到过青岛吗?"丽雪摇头,说:"没有去过,我倒想趁着暑假去玩一玩。"唐太太说:"祁小姐跟我一同去好不好? 我们家里也很清静,你不必另去找房子;海水浴场的更衣室我们也有,祁小姐你每天可以去练习练习游泳。"

吕淑馨说:"她的游泳还用练习?哪年在中海游泳池里她不出出风头?真的,丽雪,今年怎么没听说你去游泳呢?莫非因为你穿着孝,把一切娱乐、运动全都摒绝了吗?"丽雪摇头,说:"不是,我现在对那些事都不感兴趣了,今年冬天我连滑冰都不想去了。"

唐太太看了看丽雪,就说:"既然祁小姐对于北京这些地方都玩腻了,还是应当换换环境。"

丽雪说:"假若这两天我能把我身边的小事办清楚了,我一定到青岛去玩玩,我很想去看看海。"

吕淑馨笑着说:"丽雪你要到青岛去,也是一个人去好,或是同着柏先生去,别同她;她是把她侄女送到北京来了,一个人回去嫌在路上寂寞,她才要拉上你。"

丽雪微笑说:"本来一个人上路是很寂寞的,我们也愿意有个伴儿。唐太太在青岛住了多年,她对那里一定很熟,我们也需要有一位向导。"

唐太太吸着烟卷,问说:"祁小姐结婚了吗?"旁边吕三太太说:"没有,她才订婚。"又笑着问丽雪,说:"正经,你们几时结婚呢?"丽雪微笑着说:"不一定,也许十年八年以后。"

吕三太太就笑着说:"那我可要等得急死了,我就盼着参加你们的婚礼呢!"旁边一位姜太太也是吕家的亲戚,同丽雪也很熟,也笑着说:"快点儿结婚吧!叫我们看着也喜欢喜欢。"丽雪说:"还没筹划出结婚费来呢!"

唐太太把丽雪身上的衣服打量了一下,就说:"不要紧,可以到青岛去结婚!随便找个证婚人就行了,一个钱也不花。好莱坞的明星有的找个酒店就结婚,还有的就在火车上结婚,火车司机就能做他们的证婚人。"丽雪却不言语,只是仰卧在椅子上,很安适地默默地在想她的事。

少时,那边又打起牌来,丽雪却没有参加,她把所输的三十块钱给了,就自己去打电话叫汽车,打完了电话她才告诉吕淑馨。吕淑馨有点儿不愿意的样子,说:"你看,我那么挽留你,你到底要回去!"

丽雪微笑着说:"家里只扔下余妈一个人,我不放心,我怕叫人把她谋害了,因为我们的仇人太多。"

吕淑馨说:"你真是神经过敏,可是谁叫你说话净得罪人!"丽雪依然微微笑着。这时有个女仆从外面进来,说:"祁小姐叫的汽车来啦!"

丽雪便向吕淑馨说:"明天见吧!那件事还要请你分心。"

吕淑馨点头,说:"一定的。"丽雪就离开吕公馆,乘汽车回去了。

到了马圈胡同家里,已是半夜,余妈问她什么话,她也不肯说,只说:"余妈,你把街门关好了,你睡去吧!"她自己掩好屋门,换了寝衣,躺在床上,又给吕淑馨打了个电话,勉强着说了几句凑笑的话。放下听筒,她微微地叹了口气,又想起在幕后唆使白家控告骏青的那人,恨恨地发着冷笑,直到深夜三点钟以后她方才睡去。

丽雪次日醒来时,看床边的小表已然九点多钟了。窗外有人说话,是余妈和孙妈的声音,丽雪就问道:"是孙妈来了吗?"

孙妈在院中急急地回答说:"可不是,我来了多半天啦!告诉您,五小姐,我真该死!今儿早晨我偏又给摊子上送水去,留下瘸子的媳妇看家,回来一看,张姑娘又走了!可是她跟瘸子的媳妇说是她出去找个人,我怕她出去有什么闪失,又想她也许是到这里来了,我就……"

丽雪隔着窗子说:"不要紧,她既说是找人去,那么待会儿一定回去。她那么大了,谁能老看着她,你还是回家去吧!"

孙妈在窗外答应了一声,又说:"我是来打听打听骏少爷的事。"丽雪说:"骏少爷那件事情完了,待一会儿骏少爷就来。"孙妈就在外面念了声"阿弥陀佛"。

丽雪心里很是诧异,想着:月梅那孩子真奇怪,今天她急急忙忙地出去又找谁?莫非她到看守所看骏青去啦?

丽雪思索了一会儿,本来目前是有许多事情要办的,可是身体又觉着慵懒,她不愿意起来。这时床旁的电话嘟嘟地响了几声,丽雪拿起听筒,问道:"是哪儿?"那边却是个男子的声音,说:"我是益民银行,姓谭。"

丽雪怔了一怔,知道是那谭行长,就说:"我是丽雪,谭伯父您有什么事?"那边谭行长说:"那个张小姐到我这里来了,现在还在这里,她说骏青被押起来了,请我营救。祁小姐你有工夫吗?请你到我行里来一趟,咱们商量商量办法。"丽雪说:"好吧!我这就去。"

她隧放下听筒,跳下床来,把屋门开开,一看孙妈还没走,就说:"孙妈你不用着急啦!张小姐她去见柏舅老爷的朋友谭行长了,托人家给骏少爷的事情想办法,她总算有点儿能耐。余妈快给我打脸水,我也就去。"

孙妈松开了一副愁脸儿,说:"哎哟,那位张小姐真能干!我说她昨天晚上一夜怎没睡好呀,原来她净想主意啦!今天一清早,悄没声儿的就自己走啦,就给骏少爷托人情去啦!"

余妈急忙到厨房里给丽雪打来脸水,丽雪一边匆匆忙忙地洗脸拢头发,一边叫余妈打电话叫汽车。及至丽雪换好了衣服,汽车已然来了,她随叫开到了西交民巷益民银行。

丽雪进到行长室里,就见月梅正在一张皮沙发上坐着。一见丽雪进来,她赶紧站起身来,叫了声"姐姐",脸上却有点儿红。丽雪向谭行长深深鞠躬,谭行长欠身带笑,说:"祁小姐请坐。"丽雪就在月梅的旁边坐下。

谭行长坐在他的办公桌旁,吸着吕宋烟,似乎有点儿忧愁的样子,说:"骏青那件事怎么办呀?"

丽雪说:"也没有什么难办的,今天我已托了开书店的朋友去保他,他一定能出来,然后再慢慢打官司。我也替他请妥了律师,因为那白家告他的理由太不充分。月梅这些日都跟我在一块儿,我母亲认她为义女,她时常跟我一同出去玩,白家的人并不是不知道,并且她们还托小汪出来跟我要过抚养费;我也答应过给她们二百元,她们虽没来取,但是也默认了。如今忽然她们受了别人的怂恿,把那一切事都不提,只控告骏青拐匿;骏青因为怕连累我出庭,他也不肯提那些事,这行吗?我想等骏青出来,见了他,我一定有办法,我一定要反控那白家,告她们虐待养女,借端诈财!"

谭行长摇了摇头,平和地说:"不必,与他们那些人闹气也不大值得,我想还是拿出一点儿钱来,叫他们自动地撤回讼状。"

丽雪摇头,说:"我们不能拿钱给她们,而且她们也必不要钱,因为据我观察,现在是有比我们更有钱的人给她们当后盾! 这个人一定是对她们说过,只告柏骏青,非得叫他受刑事裁判,想花钱了事也不要答应,然后就可以给她们更多的钱;这个唆使的人是谁,我也知道了!"

月梅立刻拉了丽雪的胳膊一下,悄声问说:"姐姐,这个坏人是谁呀?"丽雪却似没有听见。

谭行长却表示出不赞成的样子,说:"一件小事不可以这样各走极端! 骏青的官司不要紧,我也派了人到法院看他去了。我跟他父亲是老朋友,跟令尊也有多年的交情,我不能眼看着叫骏青为此事名誉受到损失,因为他是个年轻人,名誉是他的第二生命。现在希望祁小姐跟张小姐都听我的,无论多少钱都由我担负,还给那白家,叫她们撤回诉状,这件事就完了。"

月梅跟丽雪两人互相瞧了一眼,谭行长就说:"现在就是需要找一个跟那白家相识的人,去跟她们陈述利害;告诉她们如若不趁这时候要钱,那么官司往下打下去,她们不会占什么便宜的;只是这个人很难找。"

月梅悄声告诉丽雪说:"刘先生到白家去过。"谭行长就问月梅说的是谁。

丽雪说:"她说的是骏青的一个朋友,刘醉生,那人是个文学家。"谭行长似乎也知道刘醉生这个人的名字,就说:"能不能把他请来谈一谈?"

丽雪摇头,说:"那个人的脾气古怪,他一定不肯来。"

月梅说:"他白天整天不在家。"

丽雪说:"不管他在家不在家,你就去找他一趟吧,只要见着他,就请他千万来。"

月梅皱着眉说:"刘先生一定不肯,早先他教我们书时,在课堂上就说过,他生平决不进大银行里去。"

谭行长不禁笑了,说:"那么等过了十二点,我去拜访他去。"

丽雪站起身来,说:"不必,我现在就带着月梅直接去找他,我们去托他。"

谭行长点了点头,说:"回头请祁小姐给我来个电话好了。"

丽雪跟月梅齐向谭行长鞠躬,走出银行,上了汽车,月梅才忧虑地向丽雪说:"咱们找不着刘先生,他整天在澡堂子里。"

丽雪怔了一怔,说:"看看去,也许他能在家。"

汽车开动了,丽雪又对月梅说:"你不要着急,今天柏先生一定能出来!"

月梅脸上红了红,说:"我着什么急?不过柏先生总是因为我受累,我不能不想法叫柏先生出来,那还不如我自己到衙门受罪去呢,我倒是应该受的。"

丽雪又说:"我打算把这件事情办完了,到青岛去,换换环境,你愿意跟我去吗?"

月梅摇头,说:"我不想去,我想在孙妈那里多住些日,孙妈院里的邻居有两个小姑娘,都跟我很好。"

丽雪点头，说："那也很好，你在孙妈那儿住着我很放心。只是我希望你不要把这些日我给你补习的功课扔下，过两三个星期我就由青岛回来，那时我还要帮助你入学校。"月梅默默的，没有点头也没有言语。

丽雪就说："我们也不要因为一点儿小误会就生疏了！你想，过去我们不错，而且我母亲在世时，我们就认识了。"

月梅流着泪说："姐姐，我没有恼您！谁对我的好处我都不能忘，尤其是您。我也不是说以后我就不认识您了，您看，那天我虽由您家里走了，可是今天我也还见您；要是柏先生来，我一定要躲开。"说着她就趴在丽雪的胳臂上哭了起来。

丽雪替她拭了拭泪，自己也拭着泪，叹息说："连柏先生，我们全是不幸的人！"又说："月梅，你原谅我，我也不能怎样安慰你，现在我所受的刺激也很深，所以我要到别的地方去玩一趟。"

月梅的脸依旧贴在丽雪的臂上，哽咽着说："姐姐，您要到青岛去，叫柏先生同着您去吧！柏先生他实在跟您好，张淑范跟张锦生才是坏人呢！在太太死的时候，张淑范不断地向我问您的事，问您跟柏先生的事。出殡的那一天，张锦生拿着一封信要叫我交给您，我没有管；他还说他早先……比柏先生跟您还好呢！"

丽雪嗤的一声冷笑，脸色气得煞白，接着她又连声冷笑着，末了才说："无论谁想破坏我们的感情，也破坏不了！越是这样，我越要……"她紧抿着嘴，不时迸出来一丝冷酷的笑，眼睛也瞪得直直的。她拿手掠着蜷曲的长发，半天才说："快到了，你下车找刘先生去吧！我就不必到那庙里去了。"

少时车就开到了破庙前，月梅下了车跑进去。待了半天，她同着一个小和尚走出来，那小和尚说："刘先生就在大街上的'浴华池'洗澡，我去找他，叫他回来。"

丽雪就向月梅说："你上车来吧，我们就在这里等着他好了。"隧又叫车向后退了退，离开了庙门前的那个垃圾箱。

月梅和丽雪在车上低声谈了半天话，才见刘醉生穿着小裤褂，摇着破蒲扇，衔着烟卷，跟着那小和尚摇摇摆摆地走来。丽雪和月梅下了车,迎过去十几步,刘醉生就问道:"骏青出来了没有?"

丽雪说:"大概这时他已然出来了,可是我还没有见到他。现在依着我是索性和那白家打官司打到底,可是骏青他父亲的朋友谭先生却主张息事宁人,他愿意拿出些钱来叫白家撤回诉状。不过我们都不认识白家,听月梅说,刘先生到白家去过?"

刘醉生一听这话,就有点儿眼直,说:"我……我倒是去过一回。"

丽雪说:"那么就请刘先生到她们家去一趟,对她们说,上次应的给她们二百,现在至多了给五百块钱!并且我们的态度要硬一点,告诉她们,如果她们放掉这个机会,我们就一个钱也不给;她们上诉的理由根本就不充足,我们这里已请好了律师,把官司打下去,这官司让她们绝占不到便宜。再告诉她们跟小汪,在背后唆使他们的人是谁,我也明白,那个人更不会给她们什么利益!"丽雪急急地说了这一大篇厉害的话,倒仿佛是和刘醉生打架似的。

刘醉生皱着眉直吸气,摇摇蒲扇,扔下了烟头,有些作难地说:"去一趟倒可以,为朋友么!可是……可是……我这个人向来不会说厉害的话,尤其是跟大白板和小粉包,我一定斗不过她们。"

丽雪说:"我们也不是要怎样威吓她们,就是把话对她们说明白了,叫她们考虑考虑。倘若她们不肯答应,或是要的钱太多,您就回来,给我打个电话,我另外有办法,我们决不迁就她们!"刘醉生很不自然地点了点头。

月梅又说:"刘先生,您现在要是没有什么事,您就快一点儿去吧!可是,您别说出来我现在在哪儿啦。"

刘醉生点头,说:"我知道,我马上就去!"

丽雪和月梅齐声说:"又累您!"随就上了汽车,在车上又都向刘醉生点头,车子嘟嘟响了两声,就开走了。

刘醉生的背上仿佛叫人给压上了一块大石头,他低着头走进庙里,穿上他的绸长衫,拿着草帽和折扇,就走出房去。院中乘凉的和尚问道:"刘先生又出去吗?"

刘醉生唉声叹气地说:"又得出去!刚才两位小姐来找我,托我给办一件顶麻烦的事。要是男的来托我,我立时就驳回,两位小姐来托我,我可真没办法! 我这个人就是最怕女的和我说什么话,我最不好意思叫女的感到失望,所以……所以糟糕! "他用扇骨子敲着他的胯骨,叹息着走出门去。站在庙前他又摸了摸衣裳口袋,摸出几张五元的钞票,这是前天上海书局给他汇来的稿费,他心说:够了,有这就不怕大白板和小粉包了……

　　到了街上,他先找了家饭铺用了午饭,又喝了几盅酒,然后一路摇着扇子吸着烟卷,就由西城直走到钟楼后。找着了白家的那个小门,他就有点儿犹豫,心说:怎么好意思进去? 上回虽然在这里花了几块钱,可是有一个多月没来了,人家都许不认识啦!

　　往前又走了几步,隔着短墙就听见里面有女人的吵嘴声,刘醉生心说:不妙! 我还是先找个地方凉快凉快,等她们吵完了再来吧! 他还没有退步,那门前蹲着的一个像是要饭的人就站了起来,哑着嗓音问道:"找谁呀? "这人五十来岁,挺长的头发,披着件破小褂,刘醉生认得这是大白板的爸爸,随就装作很从容的样子,说:"我问问小汪在这里没有……"

　　他话还没有说完,就见从里面急匆匆地出来一个女人,正是小粉包。这小粉包一边往外走,一边穿小褂,半裸的身体在刘醉生的眼前一闪。刘醉生赶紧回身要走,小粉包却满脸的怒气,过来就瞪着眼,说:"你是找谁的? "

　　刘醉生往旁躲了躲,赔笑道:"我是问问……小汪他在这里没有? 我早先到这里来过一趟。"

　　小粉包发了凶,连纽子也不扣,就大声嚷着说:"我知道你早先来过一趟,你不来月梅那丫头还跑不了呢! 你是头一个骗子手,你来干什么? 是怕我们忘了你,没告你吗? "

　　刘醉生向后退了一步,摇着扇子,说:"别急,别急,有话慢慢说! 我来是好意,我找小汪。"

　　小粉包说:"找小汪? 我们这里没有姓汪的,快滚! 滚回去等着过堂,反正这一案短不了你! "

这时大白板跟她妈都跑出来看，大白板看了半天仿佛才认出来，她就说："喝！是李先生，您请进来！"又把她妹妹推开，赶过来伸出染着红指甲的五个手指头，一把拉住刘醉生，刘醉生身不由己地就像是被一个女鬼给拉进了小门。

大白板的头发是新电烫的，脸上才擦过粉，眉毛也画好了，就是嘴唇还没抹口红，就像是新刷的粉墙，可是门上还没涂油漆。她穿着一件紧身的红纱小褂，没有袖子，其长不到一尺，就像是个西装背心；胸前鼓鼓囊囊的，仿佛藏着两个大西红柿。下面是特别长的一条白纺绸的裤子，裤腿特别的肥，可是裤裆又特别的瘦，光脚拖着两只花鞋。刘醉生就觉得，要是在小说里插上这么一个人物，一定非常难写。

大白板先向她妹妹说："你别和李先生闹！"刘醉生一听她呼自己为"李先生"，心说：别是她记错了人吧？等回头发觉我姓刘时，照样儿得把我打出去！白婆子也拿出老鸨的神气，说："您别理我们那二丫头，她是刚跟她姐姐打完架。"大白板又一拉刘醉生，妖媚地说："进屋来吧！咬不下来你的大腿。"

刘醉生一进屋，大白板就把他的草帽由头上硬摘下来，往炕上一扔，说："坐下！宽宽衣！"刘醉生敞开脖领的纽扣，拿扇子往里边扇风，说："我不热。"大白板说："装什么蒜，脱了！"

她强迫着叫刘醉生脱去了纺绸长衫，看到里面露出来的小裤褂，大白板就皱着眉，说："你瞧你这身衣裳，有多脏！你没有老婆吗？也不叫她给你洗一洗！"说着，就仿佛怕脏了手似的，把刘醉生的那件长衫扔在一个破凳子上，可是同时就掉下来几张五元的钞票；大白板就笑着说："喝！别瞧衣裳不讲究，腰里倒真有硬东西！"刘醉生也放开了胆，说："没有也不敢到你这里来呀！"

大白板把地上的钞票捡起来，向刘醉生一扔，刘醉生伸手接过，装在小褂的口袋里，又拿出烟卷来。大白板找着一根烟头火柴，用指甲一掐，吧的一声就着了，她给刘醉生点了烟，又说："哼！胡子也不刮！"刘醉生笑着说："刮胡子干吗？把刮胡子的工夫凑在一块儿，我还来看看你呢！"大白板说："你别说啦！从打那一天你走，就没再来，这些日子我还当是天热，把你给晒死在河里头了呢！我问小汪，小汪说他也没见着你。"

刘醉生一听，好像她还没有把自己认错，随就说："我是来问问你，你们跟那姓柏的，到底是怎么回事呀？"

大白板摇了摇头，先拿了一支烟，跟刘醉生的烟对着了，吸着，她就叠着腿儿坐在刘醉生的身畔，说："那件事没完！我才过完堂回来。姓柏的打了个保出去啦，堂上叫我们再找证据，因为姓柏的是咬定了牙关不认账。其实找证据还不容易？马上我就能到马圈胡同把月梅那丫头揪出来，可是我们不那么办。我们要告的人可多了，连你都在内，小汪他疑惑你上回来，就是姓柏的派你来的，给月梅通信儿叫她跑。可是我们不告，我们开这个暗门子，不愿意得罪人；就是姓柏的那个小白脸儿，我们非得收拾收拾他，叫那姓祁的骚货瞧着心疼！"

刘醉生说："你们这是什么意思呢？那姓柏的穷得跟我差不多，不过比我多两身洋服就是了，你们就是把他收拾了，又于你们有什么好处？我现在来也不是替他疏通官司，这些日我连见也没见着他，我就是想，你们何必要把事情弄得这么僵呢？你刚才说得对，不能随便就得罪人，得罪了姓柏的你们不怕，可是他那个未婚妻，连你带我可都惹不起！你跟小汪打听打听去，他在他们公馆里开过汽车，他都知道。"

大白板哼哼地冷笑着，说："我才不怕呢！我知道姓柏的丈人是个大官，祁五小姐现在要请出律师来，叫她请去吧！反正这官司我们打到底，倒看谁赢！"

刘醉生说："赢可未见得你们赢！你们当初就弄错啦，月梅逃走以后，你们既知道她住在祁公馆，就应当趁着那时候告。现在是晚啦，只要是一半天法院派人把详细情形调查出来，那时不但你们什么都弄不着，连你们在这里都许不能住了；虽说你们干暗的没有证据，可是准瞒得住人吗？人家不会调查出来吗？"

大白板骂着说："这都怨小汪那个烂不死的！早先他拿祁公馆的势力吓唬我们，不叫我们去找，后来他又说给我们要钱，钱也没要来。现在他又叫我们打官司，可又说专告姓柏的，别告祁小姐！依着我，既然是告么，就不管她是小姐是窑姐，全都得拉上！"

刘醉生说："你们为什么要那么听他的话呀？"

大白板说："那你就别管啦！我跟他熟，你吃醋吗？"

刘醉生摇晃着扇子，说："说正经的，你们可得想明白点儿，别上了小汪的当！这件事我明白啦，全都是小汪一个人作怪。早先他在祁公馆，怕你们找了去，砸了他的饭锅；现在他又跑到张公馆开车去了，不知又是听了谁的话，答应给他几个钱，利用你们报那个人的私仇。可是你想，一个人就是有钱吧，他也绝不能花三四百为出一口气。你们把姓柏的收拾了，月梅那孩子就是找回来，将来她还是要跑，你们还得罪下一大群人。小汪那个人大概靠不住，他就是从那个跟姓柏的有仇的人手里领了钱，也得剥一层厚皮，到你们手里顶多了一二百块钱。人家姓柏的早先就答应给你们三百元，小汪全没对你们说，可见那小子是想要利用你们，他吃一大头。"

大白板似乎很惊讶，说："他说过给三百呀？"

刘醉生说："所以，三百你们是觉着不少了，可是小汪还嫌不够。现在就是这样，我来就是告诉你们，依着祁小姐是一个钱也不花，官司打下去，就是你们不打她还要打；可是另有一个人出头了，这人你们也不用打听姓名，人家愿意息事宁人，给你们四百！"刘醉生伸着四个手指头，大白板就直盯盯地瞧着他这四个手指头。

刘醉生又说："你们要是同意了呢，今天先到法院把状子撤回，然后开一张和月梅断绝关系的纸儿和一张收据，明天我就带着四百元钱来给你们。你们要是不愿意，或是还嫌少呢，那我可就不能管啦！"

大白板立刻站起身来，拍着刘醉生的肩膀，说："你等等，我和我妈商量商量去！"说着就出了屋。

刘醉生这才仔细看了看这间屋子，就见家具简单，东西杂乱，床上自己的草帽旁就扔着一只红袜子，杌凳上还乱扔着一条花绸裤，茶壶旁边就是粉盒，地下的高跟鞋也是东一只西一只。隔着窗上的一块小玻璃向外去瞧，就见院中南房的阴凉之下，摆着一张矮桌，小粉包光着脊梁正跟她妈在吃饭，吃的是小米面饼子，菜也非常简单。大白板过去,弯着腰正和她妈说那件事,小粉包一手拿着筷子,也瞪着眼睛插话。

她们商量了半天,大白板的妈白婆子就扔下半个小米面饼子,急匆匆地和她的大女儿进到屋里。一见着刘醉生,她就龇牙笑着说:"李先生!"刘醉生说:"我姓刘,没姓过李!"白婆子就回首埋怨她的女儿,说:"你瞧,你连人家的姓都忘啦!叫了半天李先生。还是我的记性好,我就记着是刘先生么。刘先生,您既出头管这件事么,我们就不能不看您的面子,可是四百元钱太少啦!月梅那孩子从三岁起在我们家养着,今年她十四,少说也有十年的光景。一个月打十元钱,一年就是一百二,十年就是一千二啦!精神我们白赔,至少了还不把本钱捞回来吗?"

刘醉生说:"你要是论起买卖来,那咱们这件事就不能商量啦!说句不好听的话,把她押在下处,至多了你们也就使上二三百。现在这事是为息事宁人,你们打她那伤到现在还没好,真要闹大发了,官司里又得出官司。总而言之,她是绝不回来啦,你们要弄糟了,恐怕一个钱也得不到,白上那小汪的当。人家说送你们四百元,这是最高的数目,我说出来就没打算讨价还价。"

小粉包又披着小褂挤进屋来,瞪着眼睛,说:"不行!四百元钱你们就了一档子官司,还买个人去?没那么便宜的事情,你跑到我们这里捡便宜来啦?"

刘醉生说:"还有我什么便宜?你们嫌钱少,人家不愿多出钱,我走就是了。"

白婆子把小粉包推出屋去,又说:"刘先生您别理她,您请坐。我还和您说,这里边可有一件难处。"

刘醉生问:"什么难处?"

白婆子说:"月梅那丫头不是我养的,这您许知道。她小的时候她爸爸就死了,她妈那时才二十来岁,我瞧见过,长得和她现在是一个模样儿。那时候她妈和一个姓翁的姘着,我们老太太就在翁家当老妈子,后来也不知怎么着,她妈又嫁给了一个阔老爷,当了姨太太。孩子不能带了去,姓翁的也没法安置这孩子,就叫我们老太太给抱回来,说明了是一个月贴三元钱。那年头儿的三元钱比现在十元钱还着花,可是给了不到二年就不给啦,姓翁的也不见面儿啦,我们说不起不养活她,这才把她养得这么大。直到前两年,我们在南城住的时候,姓翁的才又找着我们,他就想把月梅带走。我们叫他赔两千元钱的抚养费,那小子拿不起,后来零零碎碎地给了月梅几元添衣裳的钱,他就又没影儿啦。可是,过后了他要再来了,可怎么办呀?他要讹上我们,说我们给卖了,那可怎么办呀?"

刘醉生说:"所以说,你们不能留着这个麻烦,月梅那孩子上了几年学,你们管不住啦!她这次要是不跑,早晚也得叫姓翁的给悄悄带走,你们是人财两空。现在好办啦,以后她就在祁小姐家里住着,北京城谁不知道祁小姐?姓翁的要来了,就叫他找祁小姐去呀!"

白婆子:"这可也得在字儿上写明白了。"刘醉生说:"那当然,明天你们也请个会写字的人,应当怎么写,咱们到时再商量。"白婆子点了点头,又说:"那么就这样吧,叫他们拿五百元钱吧,什么事就都完了。"

刘醉生道:"你看,你还是争价钱,我又不是在这里给你们拉皮条!"

大白板又过来轻轻打了刘醉生一下,斜着眼睛,带着笑脸,娇嗔地说:"怎么,你就能给人家帮忙,就不能给我们帮点儿忙吗?给我们多争几个钱也有你的便宜!"她边说边用那销魂的眼神直勾引刘醉生。

刘醉生连连摇着扇子,说:"这样吧!至多了我能给你们争到四百五,他们要不肯给,我还得垫出五十来;可也没有法子,谁叫我管这闲事呢!"大白板又媚笑着说:"得啦,你要不在里头使一笔黑钱我才信?走吧,快点儿给我们办去吧!晚上来,来的时候想着换一身干净裤褂!"刘醉生只是笑着,不言语。

白婆子出屋去了,大白板就替刘醉生穿纺绸大褂,戴草帽,又灌了些米汤,才把刘醉生放走。刘醉生出了白家,还觉着晕头晕脑,他一面走一面拿袖头擦嘴唇,走到鼓楼前就搭上电车,到了西城琳琅书店。

一进门,见薛璧城正在那里忙着,刘醉生问了丽雪家里的电话号码,就摘下听筒打到那边。刘醉生一听那边是个男子接的,声很熟,他就说:"啊呀!你是骏青吗?"那边说:"是,你是醉生吧?那件事办得怎么样了?"刘醉生得意地笑着说:"侥幸成功!可是把我的舌头都给说得麻木啦!我现在书店里,你有工夫来吗?"那边骏青说:"我的精神不大好,我叫辆汽车接你去吧?"刘醉生忙说:"不用!不用!坐汽车我没那习惯,我还是走着去吧!咱们见了面再详谈。"他遂挂上听筒,转身向薛璧城点点头,说:"回见!我看看骏青去。"说着就出门往马圈胡同去了。

找到了丽雪的寓所,一敲门,就有个仆妇出来,问道:"找谁?"刘醉生说:"这里是祁宅吧?我问问柏骏青先生在这里没有,因为刚才我给他打电话,他叫我来。"那仆妇就说:"您是刘先生?您请进,柏先生正等着您呢!"刘醉生跟随着仆妇进了门,就闻见满院的花香。

仆妇把他让到北屋里,骏青赶紧由沙发上站起来,过来与他握手,说:"我们这些事多亏你帮忙,天又这么热,耽误你的写作。"刘醉生说:"没关系!你和白月梅的事,无论如何我也得出力的,因为咱们三人在那破庙里一块儿共过患难,我忘不了。"随说随解大褂的纽扣,又问:"祁小姐没在家吧?"骏青说:"她没在家,我自出来还没有见着她,我正在等她,她是叫一个姓吕的同学有事找走了。"刘醉生说:"那么我就宽了这件'礼服'。"于是就把纺绸大褂脱了下来,连草帽一起都挂在了衣架上。

他四下看了看这装饰华丽的屋子,又问说:"你在看守所住了一夜,觉得怎么样?那个环境比你这环境如何?"骏青不由笑着说:"当然,那不能比,不过那里也还好,我住了一夜,叫我长了许多的学问。"刘醉生说:"你说了这句话,我看出你是进步多了。"

骏青叫余妈给倒来茶,就问道:"月梅的事情全办妥当了吗?"

刘醉生说:"完全妥当,现在只叫你们祁小姐拿出四百五十元钱来,我就去跟他们换一张收据和月梅与她家完全脱离关系的字儿,讼状今天或明天她们就去撤回。本来她们也只是想要几个钱,并不愿和你打官司,这都是小汪在里边鼓动,并听说有人给小汪当后台。那个人命令小汪,不许叫白家收你们的钱,专告你,专收拾你,可不准拉上祁小姐;那个人情愿自掏腰包,津贴小汪和白家。"

骏青惊讶着说:"那个人为什么这样恨我?我并没得罪过谁呀?"说时他的态度愤愤的,刘醉生却摆着手,说:"算了!你也不必生气,我就劝你以后交朋友小心一些就是了。阔朋友,特别是和你表示亲密的朋友,你要少和他接近。"骏青坐在那里直发怔。

刘醉生又把刚才自己与大白板她们混的那一场,交涉那件事情的经过,都详细地告诉了骏青。骏青也把他过堂、住看守所,以及今晨被薛壁城保释出来的事都说了,随后他又叹息着说:"这一切事的起因都是由于我的错误,我很怀疑我的性格是不是有很大的缺欠,现在官司虽然完了,可是我与丽雪、月梅,我们三个人之间的感情恐怕还不易复旧。"

刘醉生说:"你别以为白月梅恨你,那孩子不是没良心的!不过你们未婚夫妇吵嘴,把她也拉上,也不知你们说了什么话,真使她太难堪了,所以她才不愿意再见你;她不愿在这里住,也就是这个意思。"骏青点点头,黯然地说:"我晓得,今后我也无颜再见她了。"刘醉生又说:"你们把好好的事情弄得很糟糕,这都是你们有闲阶级自寻苦恼。现在别的话都且不提,我得赶紧回澡塘子睡觉去。晚间六至七点,你千万给我送钱去,要不然大白板一变卦,你还得照样进看守所!"说完,他穿上大褂戴上帽子就走了。

骏青把刘醉生送走以后,自己在屋中又生了一会儿气,发了半天愁。因为昨天在看守所里一夜也没有睡,所以这时觉着十分疲倦,他仰卧在沙发上,被一只电扇呼呼地吹着,不知不觉地就睡去了。

及至醒来,见丽雪坐在斜对面的一把椅子上,穿着白纱的寝衣,手里翻阅着一册好莱坞发行的电影杂志,旁边放着半杯汽水。骏青就笑了笑,说:"你早回来了吧?刚才刘醉生来了,他说他和那白家都商量好了,给他们四百五十元钱,她们就撤回讼状,并写一张与月梅永断关系的字据,最好能今天晚间就把钱给刘醉生送去。"

丽雪淡淡地说:"给她们吧!"说毕,目光仍注视在那杂志上。

骏青怔了一会儿。丽雪饮了一口汽水,又说:"明天或后天我就要到青岛去,你愿意同我去吗?"骏青很是诧异,遂问:"你到青岛去要做什么?"丽雪说:"不做什么,只是旅行,到那里看看。那地方要好呢,我打算停半年学,就在那里住几个月;如若不好,也许一两星期我就回来,说不定,或者我还要到上海,办理出国护照赴美。"

骏青忍不住着急地说:"我不明白你是什么意思?"

丽雪说:"没有什么意思,我只是要换换环境。在北京这些年来,我求学、交际、待人接物,从没有像这次这样的失败,这样受人侮辱。我过去自以为聪明,其实我时时是在别人的侵害和欺哄之下。"骏青赶紧说:"丽雪,你怎么到现在还不能谅解我?"丽雪说:"我并没有什么不谅解你的。"骏青又说:"那天的事,那天所说的话,全都是我的错!"丽雪却摇头,说:"你并没有错。"说时,她的神色渐渐变为伤感。

电扇呼呼地向他们吹着,骏青急得站起身来,不住地叹气。丽雪不自然地笑了笑,说:"我们感情上的误会和裂痕本来已很深了,不要再伤它了,你听我说……"骏青叹着气又坐了下来,瞪着眼睛,一手支着头,眼泪一颗一颗地往下堕,都滴在了他那在看守所坐了一宵而已经弄得很脏的白哔叽裤腿上。

丽雪突然跑了过来,坐在沙发的边沿上,用两只手摇晃着骏青的身子,低声说:"你也别以为我们俩的爱情从此就完了,我仍然是爱你的!并且经过事实的辨明,我对你与什么张淑范、白月梅的那些不应当有的猜疑,也完全没有了。就是你说的那句话,你说你是因不得已才爱我,我不是你理想中的女子,这太使我伤心了,这叫我无法相信你以后对我的爱情。"她流下泪来,又说:"所以咱们两人得设法弥补裂痕,恢复感情,我想换换环境是最好的。到青岛,那里有海,我们还都没看见过海,或许一见了那辽阔的海,就能把我们这狭小的心胸展开,我们就更相爱了!"

骏青想了一想,就说:"若是去休息一两个星期,倒可以,长住我可不愿意。因为自经过这种种事情之后,我更感觉到生活问题的严重性,生活不能稳定,是不会有美好的爱情的。昨天在看守所,见了不少未定罪的被告,我细一问他们,发现他们犯罪、被人控告,都是因为金钱,因为生计。所以我想把月梅这件事办完了,我赶紧得托人找事。"

丽雪瞪起眼睛来,问道:"你要托谁找事?你还托张锦生吗?我告诉你,张锦生那个人奸狡阴险,你千万别再和他接近!"

骏青很是惊讶,他发了一会儿怔,就摇头说:"以后我不理他就是了,连于文俭我也与他断绝友谊,我要托谭行长给我找个事做。"

丽雪点头,说:"那倒靠得住,其实我何尝愿意你这么闲着?我何尝不是为你的职业到处托人?你用我的钱你觉得难受,但你不知道,我每次给你钱的时候,我更难受呢……咳!"

丽雪拭了拭泪水,最后又问道:"到底你是愿不愿意跟我去青岛?你若是不愿意去,还有别人与我同行。"骏青问:"是谁?"丽雪说:"是一位唐太太,吕淑馨家的亲戚。"骏青便说:"玩一趟也可以,不过也得等着把我这件事办完了。"丽雪说:"这件事还不算办完了吗?我们给她们钱就是了!"说着她就走到了屏风后。

待了一会儿,丽雪就拿出来四张百元的和五张十元的钞票,说:"这钱本是谭行长要给的,但这是我们自己的事,何必要叫人家来花钱?何况钱又不多。你拿着这赶快给刘醉生送去,叫他急速办理,然后你换上一件衣裳,见见谭行长去,夏天银行下午不办事,你知道谭行长的公馆在哪里吗?"骏青点头,说:"我知道,也在西城。"丽雪就说:"好,好,你快去吧!"说时她瞧了瞧骏青,见骏青的眼角还挂着泪珠,又不禁要笑出来;但她赶紧把笑容收敛住,依旧是冷冷地说:"你快些雇车去好了!"说毕她又回到藤椅上,仰卧着,拿起那本电影杂志来看,不再理骏青。骏青真想不到丽雪的态度竟又突变,他擦了擦眼角上挂着的那被她所逼出来的眼泪,觉着这简直是耻辱!但是也不愿再说什么了。

第二十四回　惜分飞

骏青出门雇上洋车，先回到了府右街。这时陈蕙如正从书店回来歇午觉，与骏青在门前相遇，骏青给过了洋车钱，就随着陈蕙如进到院里。他向陈蕙如道谢，陈蕙如就笑着说："柏先生你还谢什么，昨天你就应当跟着法警到书店去打保，何必要那么客气呢，那书店不是我们自己的吗？"

骏青却暗暗叹气，勉强地笑了笑，又问："听说月梅是薛太太给送到孙妈那里去的，不知孙妈住在什么地方？"

陈蕙如说："孙妈住的那胡同叫蒋养房，路东的一个小门，门牌多少号我可不知道，不过很容易找。孙妈的儿子在新街口摆小摊，是个瘸子，一打听就能打听得着。"骏青点头，说："我知道。"陈蕙如又笑了笑，似乎有些不好意思地说："柏先生暂时也不必到那里去看月梅，月梅她在孙妈家里很好。过两天，等对外的事情完全办完，我还要给你们内部调解呢！柏先生和丽雪、月梅，你们三个人还应当跟早先一样，不可因为两三句言语不合，就产生很大的意见。"骏青不禁脸红了，勉强地笑着说："本来我们也没有什么意见。"陈蕙如点了点头，说："柏先生请休息吧！"她就开了门锁进东屋去了。

骏青到了自己的屋内，把丽雪给他的那四百五十元钱点了点，用一个信封装好，然后又打开箱子另外取出来五十元钱。他不自觉地叹息着，到写字桌前找了张信纸，就挥笔写下：

　　月梅：我现在已由薛先生保释出来了，给了白家一点儿钱，她们已应允写一张与你永断瓜葛的字据，并撤销控我的状子。这件事现正由刘先生给办理，大概两三天之内就可以办完，你放心吧！今后就不会有什么人再利用什么关系侵害你了，你就成为一个永久自由的人了。

　　我本想去见你，把这些话当面告诉你，可是我又听说你不愿意再见我。我明白你的苦衷，我对你被人家侮辱了，很是惋惜，并深深引咎自责，我也无颜再见你。不过，我对你的前途还是十分关心的，我愿我们不必为别人的误解，就放弃了那深切的由患难之中产生出来的友谊，我们彼此之间还应当有联系，遇着什么事还应当彼此帮助，你以为如何？我想你不能拒绝我的这个愿望吧！

　　我来到北京已半年多，可以说是一事无成，贫病潦倒，并受到了许多的侮辱和伤害，然而我有一件稍堪自慰的事，就是我能见到你脱离开那恶劣的环境，而挣扎成为一个自由自立的人。自然这并不是我对你出了什么力量，也不是旁人把你援救了，这是由你自己奋斗的结果；可是，有你这样一位可敬的小朋友，我是多么的荣幸！

　　听说你在孙妈家里住得很好，我也觉得你在她那里比在祁小姐家里更为适宜。在你的眼中，勤俭清苦一定比奢侈安逸更为可爱，我晓得你的脾气，可是你应当谋一条出路。入中学的计划是不必提了，而且那也不是我所主张的，我想你应当去学护士，因为那总是个专门技能。你要愿意去呢，就可以拿着我的信到缪大夫那里，他正要开医院，一定很需用人。如果我晓得你穿上了病院的白衣裳，做了那种近于仁慈的事业，我一定更是欢喜，更要为你庆祝了。

　　最近几天，大约我要随着丽雪到一趟青岛，但现在还没有决定；即或去，我也要很快地就回来，因为我还要赶紧谋事做，我不能再长此闲懒下去了！以后我们各自致力于各自的事业，三五年后再见面，那时一定是很有趣、很可喜的，我们且不要悲观。

我的信写到这里为止，你也不必给我写回信，你就用你的行动回答我的期望好了。另外有一件事，就是这五十元钱，早先是丽雪的母亲赠给你的，我已代你存放了许多日，现在无论如何你也要收下，以备不时之需。好了，咱们再见吧！

祝你进步！

柏骏青

骏青写毕，自己又读了一遍，脸上不禁露出笑容；他把这封信连那五十元钱都封在一起，随后又给缪大夫写了一封信，便换衣裳、刮脸，带上信和钱就出门去了。

这时约是下午三点钟，骏青雇洋车先到了新街口，在拐角处下了车，就见孙妈那儿子正在摊上给一些劳力人倒茶。骏青走过去，瘸子还没大注意，骏青就在旁边站着。就有人说："瘸子！你看看那边的买卖，大概是要买烟。"瘸子扭着头一瞧，就赶紧放下茶壶过来，笑着说："骏少爷，天这么热您怎么出来啦？您请到我们家里歇着去吧，我妈正在家啦。"骏青笑着说："我不去啦，这里有两封信，你交给那位张姑娘好了。"

瘸子说："张姑娘今天早晨上了趟银行，后来叫五小姐派汽车送回来。她在我们那里很好，跟我们街坊那两个小姑娘也全熟活了，这两封信您搁在这里吧，待会儿我妈送水来，我就叫她带回去啦。要不然您到我们家里见见张姑娘好不好？我们家离这里不远，就是那边的胡同，门牌四十三号，路东的门儿里。"

骏青说："不了，我没有工夫，改日我再来，这两封信你就赶紧交给张姑娘吧！以后我若有工夫，就亲自来看她；我若没工夫，就托一位刘醉生先生来，但除了我们两人之外，别人还是不要叫他去见张姑娘，你明白吧？"瘸子连连点头，说："我明白，骏少爷您就放心吧！"说着他就把两封信妥妥地收起来。骏青向他点了点头，说了声"再见"，随就走去。

走了不远，他又站在马路上向刚才瘸子所指告的那条胡同去望，脑里遐思着：月梅就在那里了，想她不至于怎么烦闷寂寞吧。好，就叫她安心地住在那里吧，过几日就到缪大夫那里去工作，我们三五年后再见面吧！骏青的心里虽然抱着梦一般的美丽幻想，但又有些悲伤。

乘电车到了西单牌楼，他进到琳琅书店里，查了查电话簿子，就给谭行长的私宅里打了个电话。那边谭行长请他即时到他家里见面谈一谈，于是骏青便又雇车去见谭行长。谭行长正在家中等着他，一坐下，他把那件官司的始末又向骏青详细询问了一番，然后便提到骏青和他父亲的事情。谭行长这些日也没接到柏啸苍的来信，但他还是劝骏青应当回汉口去，应当使父子之间的感情如初。

骏青对与他父亲解和一事虽不反对，可是仍然执意不愿意返回汉口，并希望谭行长能够给他在北京找一个职业。谭行长就问他的志趣，骏青说："我做事倒不计报酬多少，因为我也没有什么专长。随便什么文化机关、慈善团体，月薪几十元的事情我都可以做，只求能维持住我的生活，那我就很知足了。"

谭行长思索了一会儿，就说在西山有一处孤儿院，院长是他的好友，他也是该院的董事之一，他可以介绍骏青去做个管理员，月薪大约是六十元。骏青一听，真是喜出望外，连忙表示自己愿意做那事情。谭行长就说："回头我就给冯院长打电话，大概他现在也需用人，明天你再到我这里来一趟吧。"末了，谭行长又拿出五百元钱来，说："给那白家钱了结你这件官司，原是我的主意，这笔钱是应当我拿出来的；四百五十元给白家，五十元酬谢那位从中说项的刘先生。"

骏青作难地说："那位刘先生恐不肯要，他是个很清寒孤介的文人。"谭行长说："你可以让一让。他若不肯收，你就自己留着用，因为即使一两日内我能给你找到职业，可是也须等到月底才能领薪。"骏青只得收下这五百元，就告辞走去。

这时天色已不早了，西方已展开了晚霞，灿烂光明，像是骏青现在的心情，又像是他对将来的希望。他想着：这就是所谓否极泰来吧！前天昨天的那些事也是必须有的，正像一个症结，若不经过痛苦的割治是不会生新肉的。月梅那件悬案就应当索性先闹起来，然后彻底去解决。我和丽雪的感情也不应当再这样勉强拖延下去，有了这回裂痕，把她旧的梦幻破灭了，然后叫她换换环境，我们暂且分离些时，再培植新的情愫，这也是很好的。

骏青一路上很理智地这样想着，就走到了水车胡同的庙中。刘醉生这时早就回来了，他在院中端着一碗馄饨正在用晚饭，一见骏青来，他就说："你怎么这时候才来？我叫你快点儿办么，难道你们还得由银行现提款吗？睡多了梦长，你不快办，那大白板就许变卦，小汪要再去一嘀咕，一个女人她还讲什么信用，那就又麻烦了吗？"

骏青把封好的那四百五十元交给他，说："这是四百五，另外还有五十元，是谭行长叫我酬谢你的，但我不知道你肯不肯收。"

刘醉生放下馄饨碗笑了，说："我管了这么一件事就挣五十元，看来这种事情可得多管管，一个月我有这么三四项收入，就不必挤脑子写小说啦！其实谭行长的钱或是祁小姐的钱，我受之不为伤廉，他们的钱来得容易。不过这是白月梅的事情，我这么不辞辛苦，完全是为白月梅，为她办事我还挣五十元钱，那事情我可不干，趁早儿你别把那五十元拿出来，你要拿出来我连这四百五也给你扔在地下！"

骏青道："我也准知你不肯要，不过是谭行长既然把钱交给我，我就不能不对你说一说罢了。还有，我告诉你一件与你没关系的事，就是祁丽雪最近要到青岛去，她叫我随她去。我本已应了她，可是刚才谭行长又应得给我找个职业，是西山孤儿院的管理员，所以我又不想去了。"

刘醉生说："这件事由你自己去掂酌。"

骏青点头，说："是，不过无论我是到青岛还是到西山，我都不能再与月梅见面了。刚才我给她去了一封信，并给她写了一封介绍信，叫她到缪宝生那里去学护士。"

刘醉生摇头，说："那何必！缪宝生是一位御医，在他那里看病的不是富翁，就是少爷，叫月梅去伺候那些人，那才叫屈辱人家孩子呢！"

骏青怔了一怔，就说："随她自己，咱们不必勉强她，也不必拦阻她，不过她得有个保护人。我现在为避免嫌疑，不能保护她了，只有请你多劳劳神；她又最敬重你，你说什么话她向来都听的。"

刘醉生点头，说："这倒是我义不容辞的事，虽然她住在那孙家听说很好，但我也得时常看她去，不然我不放心。因为社会太坏，她又是个一天比一天成熟的漂亮小姑娘，她没有爸爸，我说不得就得做她的一个义务爸爸。今天大白板把那张字据给我，我也得替她保管，放在她手里，说不定就能叫人连她带字据骗了去。你别看她是个孤女，在暗娼家里也见过不少事，也会说会打，其实她什么全都不行，越长大就越危险。所以我得时常去看她，她就像是我的一个出了阁的姑奶奶似的。"

骏青点头，说："好了，这样我就完全放心了。我也跟孙妈的儿子说了，以后你要去看月梅，就可以到新街口拐角处那个茶摊上寻那瘸子，他就能把你带了去，但你可得说明了你姓刘，因为别人去了他是不能承认月梅住在他家的。"

刘醉生说："好了，你放心，我也绝不能更名改姓。你走吧，我吃完了这碗馄饨，就到大白板那里去，明后天你再到这里来，事情我就全给你交代清楚了。"

骏青点头，说："好吧，我走了，明天还是这时候我来找你。"刘醉生又端起那碗馄饨来吃着，骏青就走了。

骏青到街上找了个小饭馆吃了饭，随后又去到丽雪那里。在路上他便盘算好了，见了丽雪应当怎样婉言去说。可是来到门前一看，见停着两辆流线型的汽车，骏青还以为是那张家姊妹来了，心里就想：如果是张淑范或是柳明贞来了，那我索性做一个无礼的人，我倒要向她问质问。他走过去仔细地看了看那两个开车的人，并没有当堂替白家作证告自己的那个小汪，过去一问，才知道一辆是汽车行的，丽雪已然坐了一天；另一辆是吕公馆的，因为吕小姐来了。

骏青有些失望，但也放了心，走进门去，见墙旁边还放着两辆脚踏车。南房里灯光很亮，高卷着帘栊，院中摆着几张藤椅，都坐着人。屋内和院中全有女子的喧笑声，屋里还有人弹起钢琴来。骏青止住步，藤椅上有位穿白绸子旗袍的女客，就站起身来说："柏先生来了。"原来是陈蕙如，她又向屋里嚷着说："喂！你们别乱吵了！"旁边另有一个穿洋服的高身材女子，立起来向骏青点了点头，骏青认识这是吕淑馨，他便向吕淑馨道谢。

这时从屋中又跑出来一个穿着青绸子短旗袍的，一边拍手一边唱着英文歌，她一瞧见骏青她就不唱了，笑着说："柏先生，我们今天是饯行来了，听说你跟丽雪要上青岛。"骏青借着屋中射出来的灯光，看出来这是梁霞，便点头说："谢谢梁小姐！"旁边还有两位同学，一位陈小姐和一位李小姐，陈蕙如也都给骏青介绍了。

这时丽雪正在南屋里指点徐绿蒂弹钢琴，这位女主人穿的是纺绸衬衫、白哔叽的西装长裤；听到外面的说话声，她就走了出来，向骏青说："你来了？我想明天晚车我们就走，事情没办完不要紧，我已托付了蕙如。"

在这时骏青恐怕丽雪败兴，不敢说自己又不愿去了，就点头说："好吧。"余妈给他搬过椅子来，并问他是喝汽水还是吃冰激凌，骏青就说："什么都不要，你只给我倒碗茶来好了。"

丽雪又问："你吃过饭了吗？"骏青说："我才吃完，从刘醉生那里出来，我就找了个饭馆吃了。"丽雪笑着说："你早来一步也正赶上我们吃饭！我二哥还来了一趟呢，不知他是从哪里得来的消息，他也知道我们要走。"

旁边那位姓李的小姐忽然说："丽雪，我还忘了问你呢！听说你的那三哥快返国了，你父亲替他向张家求亲，不知道说的是张淑仪，还是张淑范？"

丽雪似乎有些惊异，就问说："你是听谁说的？"

那李小姐说："我是听孙爱鸾说的，孙爱鸾她不是上月结婚了么，她的丈夫常子渊跟你二哥是朋友，大概这是由你二哥那里听来的。"

丽雪摇头，说："我不知道，不过据我想，我三哥到伦敦还没有两年,他未必就返国,而且返国来也未必就能立刻订婚。"

李小姐说:"不过孙爱鸢说的可是千真万确,她说你父亲现在跟张次长联络得很好,很有作亲的可能。并听说张次长还要给他的少爷续娶,也向……"说到这里她把话又咽了回去。

吕淑馨在旁说:"要是丽雪的三哥真向张家求亲,那可一定是张淑范,因为我知道张淑仪是早就订了婚了。"说着,她用眼瞧着丽雪,又笑着说:"那么一来,张淑范她就成了你的嫂子了!"

丽雪生气地说:"谁承认她? 连我三哥回来我都许不认得他了,我现在除了我们这几个较近的同学之外,不认得一切的人!"

骏青本来一听别人提到张淑范,他就脸上发热,如今听说张淑范将嫁自己的三表哥,而丽雪又发了脾气,所以他更觉着十分的窘。这时幸有陈蕙如连连地摆手,说:"这些望风捕影的事你们谈它干什么? 你们这些人也太爱提说关于人家婚姻的事。我知道你们都是在内心希望着自己快点儿结婚,那不要着急,可以来托我,我能够给你们介绍男友。"说得几位小姐脸都红了,梁霞却尖声说:"你可别说我! 我向来是不管谁的婚不婚,你别拿着你的老板娘资格来讪笑我们!"陈蕙如气愤不语。

吕淑馨有点儿疑惑地问说:"丽雪,你为什么跟张淑范犯了意见? 你们两个向来不是很好的吗?"

丽雪冷冷地说:"我这个人对于人的好不好,向来是非理性的。张淑范早先和我很好,那不错,有个时期我们谁都离不开谁,星期日都要在一起玩,可是现在,我简直不愿再听人提说她的名字! 我也不知道我为什么感情有这样的突变。"

吕淑馨说:"你这个人的脾气真不好! 我很担心你到青岛后,早晚要跟我那亲戚唐太太打起来!"

丽雪笑着说:"那倒不至于。"

另一位陈小姐又问:"你没买游泳衣吗?"

丽雪说:"我本来有几件游泳衣,可是都不时兴了,我不想带去,到了青岛再买吧。"

这时徐绿蒂也不愿一个人在屋中弹琴了,她也跑了出来,说:"丽雪,你到了青岛打算住在哪儿呀? 青岛那地方我可很熟,可惜我没有工夫跟你去,不然我可以给你做个向导,只要你能管我的来回车票就行。"

陈蕙如说:"想不到你这长颈鹿走过的地方倒不少,海边你也很熟。"

徐绿蒂说:"本来我在那里上过两年中学,到现在那里还有不少朋友,我真想青岛,我想那海。"

丽雪就笑着说:"长颈鹿还想海,真是奇怪! "

这时梁霞忽然站起身来,揪住丽雪的胳臂悄悄说了几句话,丽雪笑着点了点头。陈蕙如就问说:"你们嘀咕什么啦? "梁霞摆手,说:"不要告诉她! "丽雪还是笑着,并且拍着手。别的人也都觉得奇怪,徐绿蒂就说:"我早在旁边听见了,小梁就是托丽雪在海边捡几个五色的贝壳,回来时好给她。"大家全都笑了。

徐绿蒂又说:"海边那贝壳全都不值得一捡,倒是石头子儿,真有很美丽的。"吕淑馨却站起身来,说:"不要说了,丽雪明天还要上路,今天还许收拾收拾东西,我们走吧! "徐绿蒂说:"好,我还要上你那里去玩会儿呢。"于是一阵儿乱,许多人说着笑着,待了一会儿,声音便渐渐消停下去。院中的人影也减少了,只留下了梁霞和陈蕙如,又谈了一会儿话,她们也要走,丽雪就叫自己雇的那辆汽车,把她们送回去了。

客人们走了之后,余妈就把街门关好。晚风吹来,院中的花草乱动,散来幽细的芳香,小虫在花丛中发出唧唧的响声。天际有雾一般的月色,飞萤带着它的那点磷光,忽明忽灭地在眼前飘荡。

骏青有多半天没说话了,他有许多必须说的话,当着旁人他都不能说。如今在他面前只有躺在藤椅上的丽雪了,可是将才丽雪还是欢乐活泼的,并且对骏青依然像往日那么亲近,现在她却沉默地卧着。骏青就对她说了今天见了谭行长和刘醉生的事,丽雪竟没有表示什么,仿佛她对那些事已然很淡漠了。

骏青又说:"因为谭行长认为月梅的事是我惹出来的麻烦,拿出钱来了结也是他的主张，所以他拿出五百元钱来；当时我也不能不收，可是刘醉生也不肯要那五十元的酬谢……"

丽雪忽然高声说："本来么，那不等于是侮辱人家吗？"

骏青点头，说："是，我也并没有执意叫他收下，可是这钱该怎么处理呢？是你收下呢，还是明天我退还谭行长？"

丽雪说："当然是要退还去的！白月梅做了我这些日的干妹妹，我母亲丧事期间她也很帮忙，这是谁都知道的，现在赎她，我决不能叫别人出钱。"又说："你若觉着这五百元钱不能退回，你可以收起来，拿着到青岛花去。"

骏青皱着眉，沉吟了半响，才慢慢地说："我先告诉你我的想法，你可不要失望，也不要误会。就是我想，谭行长他既应允给我找个孤儿院管理员的事情，那就一定很有希望，这机会实在不可多得；假若我和你到青岛一玩上许多日，就许把这机会又放过去了，以后再到哪里去找事呢？"

丽雪摆手，说："那么你就不要去了，别因为陪着我玩，又耽误了你的事业！"

骏青摇头，说："不是，我本无所谓事业，我只是不能不找个事做，不能不挣几个钱维持生活！"说到这里，他心中充满了悲愤，但是他又勉强压抑下去，和婉地说："并不是我故意找借口不跟你到青岛去。"

丽雪说："你就是要跟我去，我也不需要了！我到青岛是为玩去的，是想要借着海的力量恢复我们俩的爱情；你若是跟我去了，到了青岛你时时惦记着北京，又勉强着跟我在一起玩，那有多么无味！好在我一个人也会玩的，你就不必随我去了！"

骏青低着头发了一会儿愁，又说："我是想，你也不必这么忙着走，索性等几天，看我那个事有希望没有……"

丽雪冷笑着说："当然是十分有希望的，谭行长他给你寻个小事还费难吗？到那时不是还得我一个人走吗？那么我等这几天又有什么意义呢？"

骏青说："只要我有了事，你也不必上青岛了，我们就可以结婚。因为我的生活一安定,我的精神自然会好的,我也自然会知道应当怎样爱你了。"

丽雪伤感地拭了拭眼泪,又冷笑着说:"你们男子总把由双方产生的爱情看得那么简单,以为女子的心也就是你们的心。你才把它摧残了,不待它休养、调治,就又把它抓过去,随着你们的意志去支配,这岂是可能的? 以前因为有一片美丽的梦迷惑着我,我听见你说要和我结婚,不定会有多么欢喜,可是现在我的梦已被你打破了;难道你叫我带着一片破碎的梦、一颗受伤的心去和你敷衍? 这或许你不在乎,你们男子是专求实际的,只要人嫁了你,那么一切就都属于你了。可是我怎能那样做? 如果我那么平凡地苟且地就和你结了婚,半年来我的艰苦牺牲所为的又是什么? "

骏青听她说出"苟且"两个字,就不由有些生气,叹了口气,说:"你对我太不谅解了! "

丽雪说:"爱情本来就是个最严格的东西,其间不容许有谅解存在,有了误会,生了裂痕,那只能用一种更热烈的爱去治疗! "

骏青就说:"那么你叫我对你怎样才算热烈呢? "

丽雪不自然地笑了笑,说:"那应当由你去想办法,我想不出来。明天下午六点,我要坐北京到青岛的通车南下,希望你到站上去送我;并希望你以后每天给我写信,信越长越好,无妨勉强着说出些热情的话来! "骏青听了这话,心里像针刺一般地疼痛。丽雪却不往下再说了,又在藤椅上仰卧了一会儿,她就站起身来,独自走进南屋。

骏青低着头闷坐着,少时那清越的钢琴声就送到了耳鼓。他的心中越发痛楚,不禁想起旧历年时初到姑父家中,在账房里的那夜所听到的钢琴声。他凄恻地想着,觉着自己实在对不起丽雪,他要追到南屋里,长跪在钢琴旁求丽雪哀矜他! 他都已经站起身来了,一股带着秋意的凉风吹来,又使他振起些男性的自尊;他又愤愤地想:何必求她去怜悯我? 世界上根本就没有人能够真心地怜悯别人! 由她去误会也好,她去享受她的快乐,我去谋我的生路,什么叫爱情? 有钱有闲的人才干那无意味的事呢!

于是骏青就进了南屋，对着丽雪那男装的美丽背影，说："我走了。"丽雪仍然手指轻快地按着琴键，就像没有听见似的。骏青连说了四五声，心里都急了，丽雪才微微点了点头，没有转过脸来，手指也没有停止。骏青带着些气愤地走去，临出屋时可又转过头来看了看，心中既留恋又难过。

这时余妈走了过来，问说："柏少爷您是要走吗？天不早了，您就别回去啦，家里只剩下我和五小姐，您瞧有多么孤单呀？"骏青犹豫了一下，随就摇头，说："不，我还是回去吧！"余妈只好随他去关门。

骏青回到家里一夜也没睡好，次日上午就到益民银行去见了谭行长，把那五百元交还，谭行长倒是没说什么。骏青由银行回来，在门口见到了陈蕙如，她今天换了一件很漂亮的旗袍。陈蕙如说："现在我就到丽雪那里去，帮她收拾收拾行李，玩半天，晚上六点再一同到车站。"她并邀骏青和她同去。骏青却想，丽雪那里必然又去了许多女同学，很不方便，随就说："薛太太先请吧！下午我再去。"进到屋内，骏青又思绪缠绵，犹豫不决了好半天。

出去用饭时，骏青顺便到刘醉生那里看了看，可是刘醉生却又没在家，他只得回来睡午觉。午觉之后，天色就有三点多钟了，他赶紧换好了衣服出门。他先到大街上，费了很多的心思，才在南货店里买了两瓶果子露、两瓶鲜橘汁、一罐可可、一桶最好的饼干和两匣精美的糖果，拿这些作为丽雪的路上用的东西。他雇了车到马圈胡同，一拍门，孙妈和余妈都出来了，说："五小姐已经走了。"

骏青惊讶着问说："怎么这样早就上车站去啦？"余妈说："不是，她是先到公园请客，然后由公园就到车站去啦！"骏青问："行李呢？"余妈说："行李没有多少，薛太太先给送到站上起票，然后她再上公园。"骏青发了会儿怔，看看手表已快到四点半了，他就说："那我也不进去了，我就直接到车站等着她们去吧！"遂又叫他雇来的那辆洋车，把他拉出前门。

今天是个很闷热的天气，乌云很低，似有雨意，骏青的心情也像被那乌云压着，有一种惜别的惆怅。到了东车站，见站房里稀稀的没有几个人,卖月台票的那个小窗户还没有开,他就把那些送行的礼物放在地下,自己在一张长椅子上坐下。

　　站房里有个喷水池,喷飞着线一般的水花,他凝目看了良久,视线都有些乱了,心里又辗转地想:我还是放弃了我的意见吧! 丽雪一定是坐二等车,我身边所带的钱还够,我也买一张票,就和丽雪一同上车,一同到青岛去吧! 可是又想:自己什么都没有预备,连一身换的衣服都没有带着,到了青岛,衬衫可以现买,难道西服也赶着做? 何况,早晨我见谭行长时并没说自己要走,倘或谭行长给我找妥了事,我却失了踪,跑到青岛去了,那不是显出我这个人不可靠了吗? 于是他就又决定了一回,还是不走,过几天那事情若没有希望,自己再到青岛找丽雪去,也使丽雪惊奇一下。

　　骏青在这椅子上坐了多时, 来的旅客和送行的人就渐渐多了,忽然听见有个女人的声音说:"柏先生! 丽雪还没来吗?"骏青一看是吕淑馨,她还同着几个女人,都穿得很华贵。吕淑馨只给骏青介绍了两个人,一个是她的婶母吕三太太,一个就是今天跟丽雪同行的那位唐太太。

　　唐太太那很胖的身体穿着箍身的花旗袍,她把骏青打量了一番,就说:"祁小姐她怎么还不来呀? 我盼她快点儿来,我得问问她买的是什么票,我们好坐在一块儿;我可买的是二等车票,向来我出门是坐二等车的。"吕淑馨说:"你放心吧,丽雪她也绝不能坐三等车。"唐太太说:"不是,我是怕她买不着票!"骏青就说:"她一定已经买好了票,现在她跟几位同学在公园里,待一会儿准来。"那几个送唐太太来的女宾就说:"咱们先到候车室里去吧!"于是吕淑馨跟唐太太那些人就往"头二等候车室"去了。

　　这时旅客和送行的人来得更多了,售月台票的那个小窗子已经开开,骏青就上前买了张月台票,遂走进了月台。月台上的人已经不少,然而却看不见丽雪和她的同学。骏青斜着脸瞧着那一列长蛇似的火车,手里提着分量很沉的礼物走了不远,就见车身上写有罗马数字的"二";他晓得丽雪一定是坐二等车,随就站在这二等车前,把礼物放在地上，侧着身子向后望着。

男女旅客和送行的人又来了不少，吕淑馨和唐太太那些人也来了，她们就上了二等车，可是仍不见丽雪，也不见陈蕙如。

火车头连叫了好几阵儿，时间已经五点五十分了，吕淑馨和唐太太都下车来，问骏青道："丽雪怎么还没来呢？她们那些个人难道连一只表都没有吗？"骏青直着眼睛望着那车站的入口处，摇头说："不能，她一定来的，我到她家里时还不过五点，就听说陈蕙如已经把她的行李送来了。"唐太太就说："到三等车上看看去吧？"吕淑馨不由有点儿生气，说："她祁五小姐能坐三等车？"

正自说着，就见由那入口处拥进来七八个漂亮的女学生，就像是一堆彩云、一簇鲜花似的，有梁霞、徐绿蒂、陈蕙如和李小姐、陈小姐，还有几个是骏青没见过的。她们都穿着漂亮的服装，手里拿着花朵或小巧的礼物，笑着拉着拥着丽雪，就像欢送什么要人似的。丽雪今天穿了一件新式样的带花的绸洋服，头发也烫成了另一个样式，也因为她现在是特别的高兴、活泼，竟像是更漂亮了，更年轻了。

骏青赶紧提着礼物迎过去，唐太太也在这边伸着胖胳臂，高声说："这边是二等车！"可是丽雪就像一位仙妃似的，被仙女们给拥上头等车去了，骏青便也跟着赶上车去。

这头等车简直就像一间华丽的小客厅，梁霞等人都纷纷坐到皮沙发上。丽雪看见骏青把他的礼物放在壁角，她就不禁笑了笑。陈蕙如说："原来柏先生不去呀！"丽雪很温和地笑着说："他不去，我还有一点儿事要叫他给办，过几天他才能去呢。"

一些小姐们都把目光聚集在骏青身上，丽雪却笑着说："你们都请坐！"她就亲昵地拉着骏青的手出了车室，悄声说："你回去吧！我希望你不要烦恼，换换环境我就会好的，一两个星期我就许回来。到了那里，我第一个就给你写信！"

骏青的心中很难过，眼睛也有些潮湿，他就连连点头，说："你走后，就是我的忏悔期间，也许你还没到那里，我就已经上火车寻你去了！"丽雪黯然地低着头，把骏青的手握得更紧，良久没有说话。

这时预告车将开走的铃声琅琅地响了,丽雪就放开了手,亲热地笑着说:"你下车去吧! 我到青岛住东海饭店,你最好回家去就给我写信,叫我到了青岛同时就能见到了你的信!"骏青连连答应,就怀着一颗依恋的心下了车。

他站在月台上,仍仰着脸向车上望,待了一会儿,就见梁霞、陈蕙如等人也都下了车。丽雪娉娉地站在车窗里向外笑着,梁霞和两个同学又每人拿着个小型照相机给丽雪照相。一霎时,车头又吼叫了几声,车身就蠕动了。丽雪隔着车窗向在月台上相送的同学们招了招手,并用她那双美丽的眼睛,飞递给骏青无限的情意。

骏青高高地举起手,身旁的一切人他都看不见,一切的声音他也都没听清,他只见那由车窗探出半身来的丽雪,那美的发,那挥着的臂,渐渐模糊而消失了。他像呆了似的举着一只手站着,半天,直到车身和烟雾都看不见了,他的手才放下来。这时月台上的人已多半走了,梁霞与陈蕙如等人也早已走了,骏青就像是身旁的一切东西都已失去,又像是伴侣全都离散,只有他一个人被孤零零地抛在了茫茫大海里。城墙上留的夕照,天空上弥漫着的余烟,铁轨、枕木、碎石,以及走过去的铁路警察的脸,都像是无情地对着他。

他惘然地走出了车站,雇了一辆车回到府右街。一进屋,他看见了那座洁白美丽的石膏像"维纳斯",仿佛是缩小了的丽雪站在那里,还笑着说:"我并没走呀!"骏青呆立了半晌,赶紧到写字台旁取纸写信,他写道:

> 亲爱的雪妹:你走了,仿佛带走了我的身体和心!到如今我才知道我确实是爱你的,那么我过去又是为什么,为什么我永远是那么烦闷急躁……

忽听北屋住的那个妇人又在叫她的狗:"青儿! 快来哟! 吃饭来吧!"骏青就像是头上被谁打了一下似的,立时清醒了,心想:让丽雪坐她的头等车走吧,我还得赶紧谋求我的职业! 心里这样一想,那封信反倒写不下去了，只好搁在一边。

晚间他又去找刘醉生，刘醉生还是没在家；他就吃完饭回来，在灯下完成了那封情书。骏青一夜想着火车，想着孤儿院的事，并想着在孙妈家中的月梅，如此又辗转难眠，直到午夜以后，窗外渐渐沥沥地落起雨来，他方才睡去。

次日，骏青冒着雨又到益民银行去见谭行长。谭行长已由法院打听出来，知道那白家已撤回了讼状，他就写了介绍书，叫骏青一半天到西山孤儿院去见冯院长。骏青很是欢喜，出了银行就赶紧回家，在昨晚写给丽雪的那封信后面又缀上了几行，报告自己的事情已经找妥，随后就把信发了。

骏青本想晚间再去找刘醉生，可是在下午三点多钟的时候，刘醉生就来了，一见面就说："事情算是都办完了！你看，这是银钱收据和跟白月梅脱离关系的字儿。"骏青一看，那字据上有刘醉生和一个姓于的代笔人盖的章，并有大白板和她父母画的十字、印的指纹，文辞大概是刘醉生拟出来的，很是简明详尽，骏青就点头说："很好。"

刘醉生说："不是叫你看文章，我拿来是为叫你保管。我本想搁在我那儿，可是我又想不行，我那儿的烂纸太多，倘或一疏神，把白月梅的字据连同我的稿子一起给寄走了，那有多么糟糕！所以我想还是你给保存着吧，反正将来再出了麻烦，也得咱们两人都出头。"

骏青说："现在有了字据，月梅已经完全自由了，也不至再有什么麻烦了。这东西由我保管，绝不会遗失。现在我还要告诉你几件事，就是丽雪昨晚已经走了，我那孤儿院的事情也找妥了。大概明天或后天我就要搬到西山去住，所以我不能常进城来，月梅那方面只有求你多加照应了。"

刘醉生说："当然，你们都走了，我就得照应月梅，可是我也不能负全责呀！你知道，我也不是个闲人，这几天给你们管闲事，我的文字债就已亏欠了很多，我要再天天去看月梅，我的稿子也就别写了！"

骏青笑着说："并不是叫你负全责，我们对她都有责任的，只是因为她不愿意见我，所以你得替我常去看她，只要一星期能去看她一次也就行了。"

刘醉生说:"我打算明天就看她去,这字据虽然不必给她,可是我也得详细告诉她,叫她好放心。"

骏青又说:"明天你见了她,还是劝她拿着我的那封信,或是你带她去见缪宝生;总应当替她找一条出路,不可因为我们的脾气、我们的主见就耽误了她的前途。"

刘醉生点头,说:"是,我知道。告诉你,我比你都关心她,也不知为什么,也许是你那个喜欢新月的毛病传染给我啦!"二人又谈了半天话,刘醉生就走了。

到了次日,雨虽住了,天气却阴沉沉的。骏青上午就拿着谭行长的那封介绍信,去了西山孤儿院。刘醉生却等到十一点多钟,才穿上纺绸大褂,摇着折扇,到新街口去看望月梅。他先到那拐角处茶摊旁找着了孙瘸子,瘸子这时倒不太忙,刘醉生就走过去点了点头,说:"掌柜的,你姓孙吗?"

那瘸子一发怔,刘醉生就说:"我姓刘,我是要到你府上看看那位张姑娘。"

瘸子笑着说:"噢,您是那位刘先生呀!骏少爷上回来就告诉我了,说您一半天就来看张小姐。我也问过张小姐,张小姐说您也是她的老师。"

刘醉生点头,说:"对了,早先我也教过她书。"

瘸子说:"您先坐着等一等,我就带着您去。"他遂又张罗完了两号买卖,就把这摊子托给在旁边闲坐的一个熟人代为照看着,就说:"刘先生咱们走吧?"刘醉生遂扇着扇子,跟着瘸子走去。

瘸子一路走一路说:"立了秋了,您瞧天还是这么热,我们那小院子小房子,热得人简直连气儿都缓喘不过来。可是张小姐真能吃苦,其实人家是在公馆舒服惯了的,可是在我们那里住了这些天,没有过一句怨言。"接着又自言自语地说:"我们老太太是给五小姐看家去啦,五小姐上青岛啦,不知什么时候才回来,有钱的人么,都是爱那么瞎折腾!"说着就到了他住的那小门前,瘸子就让刘醉生先进去。

刘醉生进门一看，心说这地方倒还不错。在南房的阴凉下坐着三个小姑娘，每个人的身旁都放着一块手绢，包着些红红绿绿的小东西，其中一个就是月梅。三个小姑娘都正在低头工作，一听见脚步声，齐都抬起头来，就见月梅十分欢喜地站起身来，向刘醉生鞠躬，叫道："刘先生！"

月梅穿着一件花洋布的短袖小褂、月白短裤子，脚上是白袜套、白帆布胶皮底儿的鞋。她一手拿着个小镊子，一手拿着一支尚未做好的绫绢的玫瑰花。刘醉生不禁笑着问道："你在这里干什么啦？"

月梅娇憨地一笑，说："我们粘花儿呢，粘了两三天啦，刘先生您瞧！"她弯腰由地上拾起那个小手绢包儿，摊放在她刚才坐的那小板凳上，包里却是一些剪得了染好了的花瓣和叶子，一叠一叠的，都是绫绢的，颜色很是鲜艳，另外还有用蜡做的蓓蕾，纸做的小蝴蝶，以及细铜丝、骨头针儿等等。

月梅说："这是北屋里李大叔到花市给我们揽来的活儿，人家都剪好了，染好了，就发给我们一承做，拿这江米面的糨子粘成花儿。"说着，她指着地上一个雪花膏的瓶子，瓶里面放着一些糨糊。她又很高兴地笑着说："小朵儿的花做好了，十支是一分钱，大朵儿的加倍。明儿李大叔还拿绒凤凰来给我们承做呢，做好了一只凤凰就能挣五分钱！"

刘醉生摇头，说："这种活儿可太费工夫，要是我，一天也粘不了一朵。"旁边那两个小姑娘也都笑了。刘醉生又说："这都是为妇女戴的，现在的妇女都剪发了，这行儿买卖我看不行啦！可是你们女孩子们拿它解解闷儿倒也很好。"

月梅说："得啦！您不知道，现在的假花儿用处才多呢！大朵儿的人家插在花瓶里摆着，小朵儿的听说是在吃西餐时铺在桌子上的，散席的时候，每个客人都捎下一朵儿来戴在西服上。李大叔说，只要我们有耐心做，活总不会断，手快的一个月也能挣十几块钱。"

刘醉生点头，说："很好很好，你来，我要跟你说几句话。"说着他就要带着月梅到门外去。

旁边孙瘸子说："刘先生您请到屋里坐，喝碗茶好不好？"

刘醉生摆手，说："你回摊子上照料买卖去吧！"遂带着月梅到了门外。

刘醉生就扇着扇子，告诉月梅说："你那件事我们都给办完了，白家她们得了四百五十块钱，写给我一张字据和一张银钱收据；想交给你，你又没地方搁放，交给我又容易弄丢了，所以我叫柏先生拿着了。从此你就是个自由之身，自己爱怎么样就怎么样，绝不至于有人再干涉你，或利用你敲诈别人了。"月梅黯然地点点头，一只手扶着墙，低着头拿胳臂擦眼泪。

刘醉生又说："祁丽雪上青岛玩去啦，你知道吗？"

月梅点头，说："我知道，怎么柏先生没跟了去呀？"

刘醉生说："他没去，他现在西山孤儿院有事啦，以后每星期至多回到城里一趟，他说他也不再到你这里来。可是你也别不理他，你应当给他写一封信，因为人，尤其是你们这小孩子们，不可对人太冷淡，人家为你真是出了不少力！"

月梅听到这几句话，似乎更加伤心，眼泪就像小雨点儿似的滴在地下。她摇头，说："我并没忘了柏先生对我的好处，我不是没良心的，就是……咳！我真不能再见柏先生，信我更不能写，因为五小姐走了，我更不能……"她的神情不仅悲戚，而且有些羞惭。

她擦了擦泪，又说："您要有机会，见着柏先生就替我说了好了。前天他给我的信、银钱我都收到了，我虽愿意当护士，可是我不愿意到缪大夫那里，因为缪大夫是柏先生的朋友，柏先生就是不常去，也难免叫别人说闲话。我现在就是盼望柏先生快点儿跟五小姐结婚，他们结了婚，我就可以去见他们。现在我在这里顶好，我自己手里有五十块钱，五小姐走的时候又给了孙妈一点儿钱，我现在又给人承做着花儿；这院里李家、薛家两个小姑娘都跟我很好，我也不寂寞。您放心吧！您告诉柏先生也放心吧！"

刘醉生作难地呆了半晌，就点头说："好，那么你就在这里安心住着吧！我也常来看你，万一有什么事你就找我去。只是，总还是少交朋友，因为社会上的坏人太多……你明白吧？"

月梅点头,说:"我明白,刘先生您就放心吧,我不是傻子!"

刘醉生道:"不是傻不傻的问题,越不傻才越容易上当呢!你在这里就是太孤单,院子又杂,孙妈又不在家……"他似还有什么话要说,可搁在脑子里想不起来了。站了一会儿,他就说:"好吧,你粘花儿去吧!过两天再见。"

月梅看着刘醉生走出胡同,她才进到门里,又坐在小板凳上拿起花儿来做。旁边那李家的招弟、薛家的环子,齐瞪着眼睛问道:"这是谁呀?"月梅说:"这是早先教过我的老师。"环子又问:"这就是那什么骏少爷吗?"月梅笑着摇头,说:"不是,骏少爷比他年轻。"说完了,她又觉着像说错了话,颊上立时生起了两朵红云,慢慢地往后展去。

那两小女孩只是惊奇地问:"怎么你的老师都跟你这么好呢?"

月梅就说:"我也不知道,得啦,别说话啦,咱们快粘吧!有人来看我,你们也跟着白耽误了半天的工夫。"于是三个人又拿起花朵来,继续工作。那两个小姑娘手里做着工,嘴里还哼着歌,她们没进过学校,可是都会唱学校里的歌。

月梅却默默然地低着眼皮,一只手拿着铜丝做的花茎,手心上托着一小叠紫色的花瓣,另一只手拿着那小镊子,轻轻地夹起了一片花瓣来,蘸上一点儿糨子;糨子为用着方便,也就抹在手心上一点,然后她就把花瓣往那花茎上去贴。她的手不停地动着,把花瓣一片叠着一片地往上贴着,渐渐地就随着自己的意思,把一朵玫瑰花做好了。可是人家李招弟早就把一朵芍药做好了,月梅就赶紧加快着做,嘴里连口大气也不出。

但是不行,她心里总像是有一件事,这件事成了她进行工作的障碍。她皱皱眉,狠狠心,努力不去想那件事,专心地去研究手中渐渐成形的花朵,可是那花瓣的娇红、叶子的浓绿又刺着她的眼,使得她目光紊乱,仿佛漂浮在一片梦境中似的。她只呆呆地拿着小镊子,手却不动;看着红色的花瓣,她就想起了五小姐室中的灯光;看着绿色的叶子,她又想到仿佛柏先生曾系过那么一条领带。旁边的环子就问:"你是怎么啦?"这么一声,才把月梅眼前的幻景逐开。她笑了笑,把眼睛瞪大了些,把心里的事全都吞忍下去,又敏速地粘着花儿,口里也不禁低声唱起歌曲来。

这时瘸子的媳妇抱着她那还不到周岁的孩子,由屋里出来,说:"张小姐,您也别净顾了粘花,留神点儿屋里的饼!饼要是烙焦了,我们倒不在乎,可是您就许不吃。我还得找黑子去,黑子那天杀的也不知又跑到哪儿去了,黑子!黑子!"

招弟说:"这半天我们也没瞧见黑子,多半他又跑到盖房子的那个地方玩去啦!"

院里李大婶就说:"那可得快把他找回来!南边那儿动着工,砖头瓦块儿的,保不住就打在孩子的身上。"瘸子的媳妇,胖脸上满是气,嘴里叨唠着,晃动着大奶子就走了。

月梅这时脸气得煞白,可是又想:也不怪人家,本来我在人家里住着,不帮着人干点儿事,净管自己的事情哪儿成?于是她放下了花瓣,跑进了做饭的屋里,立时就被一团热气包围住了。这是半间屋子,乱七八糟地堆着许多煤球、柴炭,还放着水缸、板凳、扁担和一把破了的大茶壶。板凳上放着一块案板,地下的瓦盆里放着一些和得了的面。靠墙的小铁炉上,锅里摊着一张饼,滋出来些黑烟,这饼真要焦了。月梅赶紧给翻了过来,又赶紧洗洗手,擀了一张饼,再放在铁锅上。她随翻随烙,一霎时就做得了四五张饼。

这时瘸子的媳妇回来了,把她那小孩子交给别人抱了。一进屋来,她就瞪着两只眼,急急地说:"得啦得啦!您歇着去吧!烙这么些个饼也吃不了,面也不是白来的!"

月梅气得把擀面杖向案板上一摔,质问道:"你怎么这么说话?难道我这是给你们糟践面呢?"瘸子的媳妇赶紧改口,说:"哎呀,我可没那么说!您就是糟蹋面也不要紧,反正我婆婆她能挣钱!"月梅生着气说:"你婆婆有钱没钱,你跟我说不着!"一赌气她就走出了这烟熏火燎的屋子,又到院中去粘花儿,招弟和环子都翻着眼睛瞧她。月梅又粘了几片花瓣,气得就再也粘不下去了,收拾收拾就走进她住的那屋里。她坐在炕上想:这样不行!孙妈不在家,她儿媳妇就是另一番面目,以后怎能相处呢?

　　这时,又听窗外有两个妇人说话,先是瘸子的媳妇说:"哎哟!可真厉害!说话就瞪眼,就摔擀面杖。别瞧岁数小,气可比谁都大,我可真惹不起她!"又听是李大婶悄声说:"这没法子,你就忍一些吧!人家是孙大妈请到家里的,不过是浮住,本来人家也是个小姐么。"瘸子的媳妇似乎是哭了,她说:"您瞧,我这命儿有多不好!两个孩子,一个是满街乱跑不叫我省心,一个是离不开怀,又要做饭,又要烧开水,还得给摊子上送茶。有我婆婆在家帮着,本来也够累的,这时候我婆婆不在啦,又给我请一位小姐来,您说,这不是要我的命吗?"

　　月梅在屋中听了,心里倒很同情这妇人,觉着不该怪她;刚才在厨房虽说是她说的话太可气,可是自己也急躁了一点儿。于是她就走出屋去,说:"你也别抱怨,以后你忙不过来时,我帮助你。只要我在这里住一天,我就不能叫你一个人受累,可是你也别再叨唠啦!"

　　瘸子的媳妇连忙说:"张小姐你要是帮助我,我可真得念阿弥陀佛,可是我婆婆回来你可得说明白啦,是你自己愿意干的。"月梅说:"那当然。"瘸子的媳妇说:"你可真得说明白!不然我婆婆回来,一定要不答应我。本来你是我们家里请来的小姐,我不过是……我哪能逼着你帮我干事呀?万一你累病了,我可担不起。"

　　月梅摆摆手,皱着眉说:"好了!请你别再说啦,反正以后只要我能做的,我就帮你做;我病了,也跟你没关系。"

　　李大婶在旁给劝解,说:"算了!小姐儿俩有什么话总好商量,我瞧张小姐干事麻利脆快,你们家里这一点儿事到她手里也不算什么,得了,都别生气啦!"

　　月梅进到屋里去了,那瘸子的媳妇还在院里气愤不平地说:"小姐?既然是小姐,为什么住在老妈子家里?别处住不了啦,怕人家抄,才跑到我们这儿藏着,别以为谁不知道……"

　　月梅听着生气,本要再奔出屋去,跟那媳妇大吵大闹一番,可是又忍住了。她心里凄恻地想着:何必呢!难道我真要拿小姐的势力去欺压她们吗?无论如何我也得看着点儿孙妈的面子,或是忍耐些日,等五小姐回来时,我再搬到别处去。

从此,月梅就尽力压制着自己那暴躁的性情,瘸子的媳妇再叨唠什么,她都当听不见。每天的大部分时间她都用在承做花朵上,并帮助瘸子媳妇做两顿饭,晚间她常常同着招弟、环子两个女伴到街上去游玩。她还从街上买来了纸笔,规定每天出来前要写三行小楷;她还买来了夹衣服的料子,拿回来自己裁剪缝纫;因为现在已是旧历七月初旬,晚风吹起之时,已带着些萧瑟的凉意了。

这天傍晚,她同薛家的环子手拉着手立在新街口的街头,一眼就望见了那覆在晚霞之下的城楼。环子指着说:"那是西直门,上西山、颐和园都得出这个门。再过一个来月,我要叫我爸爸带咱们到西山看红叶去。"

月梅听说了西山,就想象着那里有一处孤儿院,里面有许多可怜的孤儿。孤儿一定都是没有父母的,他们都是受过社会摧残,受过人虐待的,柏先生现在就在那里,教他们书,跟他们谈话……由此她又回忆起在善育小学的时候,自己成心跟柏先生调皮,把他气得脸上一阵儿红一阵儿白,没想到后来自己又跟他同住在庙里;那真如他所说的,是共过患难。可是后来……她想起了祁丽雪,又想起了祁丽雪说的那句话,不由得又感到一种委屈。这不是愤恨,而是一种难言的悲痛。一想到这些事,她的眼泪就要往下流,但她又想:我为什么现在净爱伤心呢? 多少艰难我都度过来了! 我早先也说过,非到万不得已时我不流泪,现在是怎么了? 我是越来越脆弱了吗? 想到这,月梅就欢笑着说:"走啊! 咱们到马路那边玩玩去。"

看着两旁没有车马来时,月梅就拉着环子,两人笑着跑过了马路。刚要进纸店去买铅笔,就见迎面来了一个人,叫着说:"三姑娘! 三姑娘!"月梅一看,原来是跟徐秀贞住在一个院里的那位张大爷。她的脸上就有些变色,但又想起徐秀贞说他是个好人,遂走前两步,鞠躬说:"张大爷,您上哪儿去呀?"

张大爷穿着雪白的夏布大褂、青布鞋,戴白草帽,真不像是个球社的茶役;他那瘦削的脸上满带着笑容,指了指北边,说:"我到那边看一家亲戚。三姑娘我可得给你道喜,前天我见了白家的人,听说她们立了字据,跟你断绝关系啦! 我听了真喜欢,好孩子,这才算你的出头之日! 你现在哪里住着啦?"

月梅向东边指了指那条胡同,笑着说:"我就住在那边,门牌四十三号,您回去告诉徐秀贞,叫她有工夫来看我呀! "

张大爷点头,说:"好了好了,我今天回去一定告诉她,她也挺想你的。"他又低着头,仿佛郑重其事地问说:"你不是在什么祁小姐家里住着了吗? 听说祁小姐的父亲是什么政务厅长?"

月梅摇头,说:"那我倒不知道,现在祁小姐没在北京,我也不在她那里住着啦,我住的是孙家,倒也是祁小姐给介绍的。"

第二十五回　海滨愁思

张大爷看了看月梅的衣服，就又问道："那么你吃饭穿衣裳呢？是祁小姐给你留下点钱了吧？"

月梅的脸红了红，说："我现在倒能够自己维持生活，我给花店承做花儿，也能挣几块钱，我又不怎么花钱。"

张大爷点头，说："很好，很好。"又拍着月梅的肩膀，说："你这孩子熬到了这个地步真不容易，换个别人，不叫她们给挫磨死，也就早跟她们学坏啦！也是因为你遇见了好人，人家瞧你可怜，喜爱你。现在我就盼你再找着你那亲娘，过些日我上天津办点儿事，顺便我要找找姓翁的，一定得叫你们母女团聚。你现在还要干什么去？"

月梅凄然流着泪，说："我到纸店买支铅笔。"

张大爷点头说："好，快买了快回家去吧！留心车马。一半天我还要去瞧瞧你，拜托拜托那孙家的人去呢！"

月梅又说："您见着徐秀贞就告诉她，一半天叫她找我来，或是我找她去。"张大爷又连声答应着，就向北去了。

这里月梅的心中又十分难过，薛环子拉着她的手，问道："这是谁呀？他怎么叫你三姑娘呀？你是还有两个姐姐吗？"

月梅摇头，说："没有，我什么都没有，我只是一个人，他不过是随便地叫。"说着，她便走进了一家纸店。月梅买了两支铅笔、两个算术本子,然后又挑选了一册装订美观的袖珍日记本,送给了环子。由此她忽然又想起了过去的一件事情,脸上不自然地红了红,遂给了钱,就拉着环子出了纸店,过马路回家去了。

这时孙妈回来了,一见着月梅,她就说:"张小姐,我正等着您呢!我还得走,余妈一个人看家她害怕。"月梅问道:"五小姐有信来吗?"孙妈说:"有信来,今天不是礼拜六么,骏少爷到马圈胡同去啦,他说他接到五小姐两封信。五小姐在青岛很好,那里敢则比咱们这里凉快得多。五小姐信上还问您来着呢,叫您有工夫常给她写信,咳!骏少爷把地名儿告诉了我,我也给忘啦。"月梅道:"我知道,是东海饭店。我也是早就想给五小姐写信,可是我又想人家到青岛为的就是休养,我再给人一写信,人家又得惦记着我。"

孙妈又说:"不但五小姐的信上惦记着您,骏少爷也是什么话都不多说,就专问您。我就说您在家里粘花儿,喝!骏少爷问得那个细呀!恨不得叫我拿几朵花给他去看。我说,您去一趟好不好?瞧瞧张小姐怎么粘,将来您跟五小姐办喜事时,五小姐剪了发,那也得在洋服上戴一朵富贵牡丹呀!骏少爷可又摇头,说是他还得赶紧回西山去,没工夫来。"月梅不禁笑了,问道:"骏少爷在西山的事不知好不好?"孙妈说:"一定是不错吧,看着是很有精神的样子么。"

在孙妈跟月梅说话的时候,她那个媳妇就在旁边直着眼瞧着,仿佛唯恐月梅把她常犯闲话的事情告诉她的婆母,可是月梅竟连自己下厨房做饭的事情都没有说。少时孙妈走了,月梅就在屋里点上灯,给丽雪写信。她用一种有趣味的话语详细地讲述了自己现在的粘花生活,并暗暗地说出来,打那天自己由马圈胡同出走之后,就再也没与骏青见面。

次日早晨,月梅就跑到街上把信发了,回来又跟招弟、环子坐在院中粘花。待了一会儿,忽听外面有人轻轻地打门,环子跑出去看,回来告诉月梅说:"是个姑娘找你。"月梅问:"多大年岁?"环子道:"也就是十几岁。"月梅知道是徐秀贞来了,她就赶紧放下花瓣和小镊子,跑出门去,笑着说:"秀贞,你进来吧!"徐秀贞却摇头,说:"我不进去。"月梅拉着徐秀贞的手,说:"进来吧!我们这里没有狗。"徐秀贞皱着眉说:"我来的时候也没换衣裳。"月梅说:"不要紧,谁能笑话你?我们住的这也是个杂院子。"说着她就把徐秀贞拉进门里,把自己那小板凳让给她坐,又到屋里倒了一碗茶。

徐秀贞就瞧那两个小姑娘粘花儿,月梅也把自己粘得的花儿给她看,告诉她怎样的粘法,并笑着说:"你住的离着这里太远,要离着近有多好,你也可以跟我们在一块儿粘。"徐秀贞点点头,她似乎不大注意这件工作,又像是心里有什么事。喝了两口茶,她就一拉月梅,说:"你这里来,我要和你说几句话。"月梅就笑着,随她走到门前。

徐秀贞靠着墙,低声说:"昨天晚上张大爷回去一告诉我,我就要来找你,可是那时候太晚了,我又没有车钱。"

月梅说:"其实我去找你也行,就是我不愿意碰见黄婉贞她们。"

徐秀贞说:"前几天黄婉贞寻我去啦,她说要开学啦,还叫我上学,可是我决定不去啦。"

月梅问说:"她们没提我吗?"

徐秀贞摇头说:"没提你。"但是她像是说了假话似的,脸上有点儿羞愧。

徐秀贞又说:"你那身洋服现在还穿吗?"

月梅摇头,说:"我不想穿啦。"徐秀贞说:"那你借我穿一穿,星期四我要同我母亲去行人情,我没有衣裳;你借我一件,就穿一天,星期五给你送来。"

月梅说:"不要紧,来,你挑一件。你就拿去穿吧!反正搁在这里我也没用,以后天凉了,我更不能穿啦。"她遂带着徐秀贞进到屋里,打开她那只花布的包裹,里面有很多件衣裳,洋服就有四五身。徐秀贞一件一件地挑选着,来回地看,半天也没拿定准主意。倒是月梅拿起一件浅红色有白点儿的,比比徐秀贞的身子,说:"你就穿这件吧!这是绸子的,样式也最新,做得了我就没怎么穿。"

徐秀贞却还觉着那件有紫道儿的好,她就说:"要不我先借这两件,回家叫我妈看看那件好。"说着又低下头,见那双白皮鞋在月梅的脚上穿着,她就没有再说什么。

月梅找了张报纸,把两件衣服包好,笑着说:"你先别忙着回去,在我们这儿吃饭好不好?咱们玩会儿。"徐秀贞说:"你不是还要粘花儿吗?"月梅说:"那不忙。"

徐秀贞说:"那么咱们就快点儿吃饭,吃完饭咱们出去玩会儿好不好?"月梅说:"上哪里玩去?"徐秀贞说:"先找刘先生去。"月梅说:"这时候找刘先生,他多半不在家。"徐秀贞说:"在家,前天这时候我还在街上遇见他,他由药铺里出来。"

月梅吃了一惊,赶紧问:"是刘先生病了吗?"徐秀贞说:"也许是有一点不舒服,我想咱们看看他去好不好?从那里再到我们家,今天是星期,张大爷他也歇班。"月梅点头,说:"好吧,你等着,我给咱们买吃的去。"说着她拿上几毛钱,就跑出去买了些烧饼、酱肉回来。同徐秀贞匆匆吃毕,月梅也换了一件衣裳,又把她那放花瓣的手绢包裹收起来,随就替徐秀贞拿着衣包,说:"走吧!"到了院里,招弟和环子全都用艳羡的目光看着她,月梅就笑着说:"我出去一会儿,回见!"瘌子的媳妇正坐在石阶上奶孩子,她也没有理,就同着徐秀贞,从新街口向南走去。

两人一路上谈着话,徐秀贞就说:"我看你现在比谁都自由,你又有钱,早先我觉着你不如我,现在我又不如你了!"

月梅微叹着说:"咳!人就是,环境有时好有时坏。我现在不过是比早先强一点儿,不至于有人打我了,可是究竟还有很多的痛苦,不过我也不发愁,慢慢地自会有办法。"

徐秀贞斜着脸瞧瞧月梅,又说:"今天我寻你来,还有点事儿。昨天张大爷回家直夸你好,说你也比早先长身量了,说话又大方,打扮得又干净,真是个大姑娘啦。他想给你找事,现在有两个事,都是球房的招待,一个是在天津,一个就在东城。张大爷说,他想叫你做天津的那个事,因为那样一来,你就可以常见你母亲了,可是我想你不如做北京这个,咱们两人可以在一块儿。我和张大爷都说好了,八月节前,他一定能叫我进球房去先练习着了。"月梅却沉思着不言语。

徐秀贞就说:"你倒是愿意不愿意呀?这可是很好的机会。本来人家球房是一年招考一次，也像学校似的，非得要小学毕业证书，考上了还得打保；可是有张大爷给咱们介绍，就什么也不要了；就是得照两张半身相片，今天我就照相去。"月梅却摇了摇头。

徐秀贞又说："这可比你在家粘花儿强得多！咱们两人在一块儿做事，有多好呀？人家张大爷是好意，瞧着我可怜，我爸爸没有买卖，家里的东西都当净了。他也觉得你好，说你长在人家里住着，做那粘花的苦事也不大好，现在女子都应当找个正当职业。"

月梅摇头说："暂且我不想找事。"徐秀贞似乎很着急，说："你不找事，难道净花人家的钱，住人家的房子吗？日子一长了，谁也不能愿意。"月梅又沉思了一会儿，然后决断地说："我不愿做那女招待的事，将来我还是要去做护士。"

徐秀贞把她的小脸儿一沉，说："我知道，你现在是小姐啦，瞧不起女招待。"

月梅说："我怎能瞧不起女招待？女招待固然是有坏的，可是难道就没有一个好的？那坏的也多半是环境所迫，其实她们是很可怜的。你说我现在是小姐，那你更是不明白我，你想，我有什么资格当小姐？当小姐的还能住在别人家里，受别人的气，天天粘花儿也挣不了几个钱？"

徐秀贞反问道："那你为什么不愿意做球房的事呢？"

月梅说："我觉着那没什么意思，刘先生早先不是对咱们说过吗？人应当做于人群有益的事。"徐秀贞哼了一声，说："得了吧！我瞧刘先生他做的那事，也不见得于人群多么有益。"月梅说："大概是有益的，无益的事他绝不做。"徐秀贞就说："我知道你的眼睛里只有一个刘先生，连柏先生你都瞧不起，其实刘先生他才坏呢！"

月梅的脸上现出点儿红色，她笑着说："干吗咱们两人在街上打架？"徐秀贞流着泪，悲哽着说："不是打架，是……你要不上球房，张大爷也不能给我找，我在家里真受不了！"月梅心里怜悯着这个同学三载的朋友，凄然地半晌无语；她紧紧地拉着徐秀贞的手，觉着那两只手都出了许多汗。

不觉走到了水车胡同东口外了,徐秀贞止住了脚步,她的眼泪虽已拭干,可是眉头还紧蹙着,她就说:"我也不找刘先生去啦,你一个人去吧!你既然不愿意做球房的事,我就得赶紧去告诉张大爷,人家好再找别人。"说着她接过了衣服包,就要走。

月梅把她拉住,从身边拿出一张五元的钞票,说:"秀贞,我借给你五块钱。你先别急着找事,容我托托人,也许咱们两人都能到医院做护士。"

徐秀贞羞愧着,不肯接那钱,月梅硬塞在她的手里,然后就跑过了马路。她隔着马路还微笑着招手,高声说:"秀贞!过两天我找你去!"见徐秀贞夹着衣服包,手里拿着钱,也向她笑了笑,她才转身走进了水车胡同。

走了不远就到了那破庙前,她怕庙里的那只尿桶,就由庙门外闭着气直跑到了刘醉生的屋前。她一拉门,刚笑着叫了声:"刘……"却见柏骏青也在屋里。立时她的脸就红了,她给骏青鞠了一躬,叫了声:"柏先生。"骏青笑着点了点头,问道:"月梅,你从哪里来?"月梅勉强地笑着,脸色极为惨黯,她瞪着两只大眼睛瞧着骏青,忽然又回身跑了。

刘醉生在屋里说:"怎么啦?瞧见了柏先生倒跑。"骏青就走出屋来,见月梅并没有跑远,她只是跑到了那月亮门前,把两臂贴在墙上,脸又埋在双臂里,身子抽颤着,原来她是哭了。骏青的心里也很难过,就走近前来说:"你这是为什么,难道咱们真就永远也不见面了吗?只为了别人的一两句话,咱们真就永远也不相识了吗?你不要心窄,你还是个小孩子,我是你的老师,只要我们自身光明磊落、纯洁,就不要管别人说什么,走,跟我到屋里去!"

月梅抽搐着、咽哽着,她转过身来,但两只胳臂还是不离开脸,泪水就顺着胳臂往下流。到了屋里,她就把身子靠着窗户,背着脸儿拿出手绢拭泪,仍急促地抽搐着,不能自已。骏青就叹了口气,又坐下,刘先生摇头道:"你们弄的这事,真糟!"

骏青向月梅说:"你不要再哭了!我刚才没跟你说吗?你要心宽些!你在孙妈家里住着,我可以不去找你,但现在我们是在此相遇了,怎能谁也不理谁？我们是师生，不是路人，即或是路人，旁人也没有权力干涉我们见面、谈话。"

月梅仍然哭泣，不发一语，刘醉生道："算了算了，你们把话一说开，就完啦。今天你们是在我这里碰的头，一切事情我可以作保，要有人说你们的坏话，我就替你们找他去！"

骏青皱着眉向刘醉生摆手，又叹了口气，说："月梅我告诉你，大概明天或后天我也要到青岛去。"

月梅转过脸来，泪莹莹地说："您去了还回来吗？"

骏青点头，说："回来，很快地就回来！因为陈蕙如她劝我去，我去了也没有别的事，就是要叫五小姐回来，回来之后我们就结婚。"

月梅听了，脸上的悲惨之色才逐渐消散，眼睛也仿佛明亮了一些，她就说："本来么……"忽然一抽搐，把她的话给打断了，她微微一笑，又说："我就盼着您快一点儿与五小姐结婚，然后我……"她的脸有点儿红，改口说："我……很愿去当护士，并且我有个同学，咳，就是徐秀贞您也认识她，刚才我们两人是一块儿来的，她回家去啦。现在她家里很穷，她的父亲做木匠，维持不住她们的生活，她急着要寻事，我想请您同刘先生，把我们两人都介绍到缪大夫那儿去得啦！"

刘醉生却摇头，说："我可不能给介绍。"

月梅忽然看到刘醉生的身旁虽放着蒲扇，可身上穿着小夹袄，她就惊讶着问说："您怎么啦？刘先生您是病了吗？"

刘醉生说："好像有点儿发疟子，不大要紧。前天我也碰见徐秀贞了，那时我正到药房去买'金鸡纳霜'。"

骏青在旁沉思了半天，这才答复月梅，说："你要到缪大夫那里当护士是没问题的，只是徐秀贞她要去做可就难了。因为昨天我到缪大夫那里去，见他那诊所虽已改为医院，可是规模还很小，并且他那里现在已有了两个护士，都是缪大夫的内亲。"月梅说："要不，介绍徐秀贞到琳琅书店去？"刘醉生摇头，说："琳琅书店的买卖也不大好，到那里去白翻书的人多，买书的人少。前天薛璧城向我直皱眉，说是月底就得裁人了，但还怕不能支持，因为张锦生要把他的股份提出一部分来。"

骏青为难了半天，又对月梅说："你就在孙妈那里再住几天吧，告诉徐秀贞也等几天。至多三四日，我同五小姐就从青岛回来，那时一定能给你们寻到事，我相信我给你们寻事，比给我自己寻事要容易得多。"刘醉生在旁又笑了，他就说："好了，你最好快去快回来，把你们的喜事和月梅的职业都从速解决，以后你们的生活就算都安定了。"骏青说："明天晚车我就走。"

月梅在旁又默默地坐了一会儿，她就立起身来，说："我要回去啦。"刘醉生说："你急着回去做什么？"月梅微笑着说："我回去粘花儿。"刘醉生说："好，好，你去工作吧！"月梅向刘醉生、柏骏青又鞠了躬，就出屋走出了庙门。此时她的心里是舒展了很多，但又想：刚才见着了柏先生我为什么就要哭呢？真可笑！

才往东走了几步，回头一看，见骏青也跟随她走了出来，她止住步，等骏青走到近前，就笑着问说："柏先生您也回去吗？是回西山去吗？"

骏青摇头说："不是，那里现在也没有什么事可做。我去了几天，看那里的一切情形也很使我失望，还不及早先咱们那个学校呢。"

月梅笑着说："你总是忘不了早先咱们那学校，那破学校里几个调皮的学生，有什么可想念的。"

骏青也笑着说："我告诉你，你回到孙妈家里，好好做花儿，不要常出门，有什么话等我们由青岛回来再说。其实现在我就可以送你去做护士，不过刘先生他与缪太太犯了很深的意见，他是决不到那里去了，没有他看顾你，我也不能放心走。"

月梅说："其实，我想也不能再有什么麻烦事来寻我了！"

骏青说："不过你是个孤女，社会上的坏人是专门欺负孤女的。"

月梅冷笑了笑，又说："那么等您从青岛回来我们再见面吧！您可千万跟五小姐替我问好，今天早晨我还给五小姐去了一封信呢。"

骏青点头，说："好，见了她我一定把话都替你说了。"

两人随谈着，随就走到了大街上，骏青替月梅雇了一辆洋车。月梅上了车还向骏青鞠躬，说了声："柏先生，再见！"骏青也向北走去，月梅坐的车就渐渐走远了,她还回着头向骏青笑着招手。骏青多日来胸中的郁闷这时才算解开,他知道月梅并没有误会他。

往北走了不远,就到了琳琅书店,陈蕙如和薛璧城两人都在这里。有个女店员说:"张小姐坐着车从这边走过去了。"骏青点头道:"我知道。"遂过去向陈蕙如说:"我打算明天晚间就走,在孤儿院请一个星期的假。"

陈蕙如说:"最好柏先生你去了就叫她回来,因为昨天她给梁霞来信,叫梁霞替她向学校请求休学一年。我很疑心,不明白她的意思,向来她在功课上是最要强的,不愿别人将她迈过去,如今不知为什么,她竟甘心迟一年毕业,莫非她要在青岛住到明年的夏天?其实,功课是不要紧的,不过她那个人的性情很容易变迁,假若她在青岛跟那唐太太长在一起,难免又故态复萌,又颓靡不振起来。外面传说她手中现在有多少万,其实据梁霞说,她不过只有五六万块钱,是她母亲的私蓄,那一点儿钱到她手里怎能够她花一年的?"

骏青听着连连点头,遂又说:"明天我是一定要走的,到了那里,无论如何我也叫她回来。薛太太你是丽雪的好友,我们的事你全都知道,订婚时她并没事先跟我商量好了,如今她走,又是因张淑范那事的误会。她到青岛后给我写过两封信,但只是写了些像诗句似的言语,并没说明她现在青岛是怎样生活着,所以我必须去一趟。"

陈蕙如就说:"不过这回柏先生到青岛去,千万别跟她争论,无论怎样,哪怕是央求她呢,总得劝她回来就是了。"说到这里,她笑了笑。薛璧城也笑着说:"你既知道她的脾气,就总要顺着她,不然你们若是在青岛打起架来,可是连个劝架的人也没有。"骏青也笑了笑,说:"我们不能打架。"遂又托付陈蕙如对月梅多照应些。

谈了一会儿话,他就走了,当日回到西山孤儿院请了一星期的假。次日傍晚,骏青提着一只简单的小皮箱出了门,也没有一个人到站上送他,他就坐着三等车走了。

火车离了古城,钢轮与铁轨相摩擦着,发出急躁的沉重的声音,每到一个小站,车头还要暴怒似的呜呜吼叫,这些声音震得骏青的头痛,心里也时时地惊跳。车里的人非常杂乱,不但那窄小的位子上全都坐满了,并有些人就坐着他们随身的行李上。虽然两旁的窗子都开着,但四下腾起来的烟云,永远在人们的眼前飘荡,看眼前的东西全都是模糊不清的,而谈话声似乎比火车的声音还聒耳。

骏青的身旁又坐着个大胖子,一条小凳子叫他倒占去了四分之三,骏青只能跨坐着一点儿边沿;窗子也叫胖子的身子给挡住了,完全看不见外面黄昏的风景。胖子还挥着一柄大折扇,不时就碰到骏青的脸上。他还一点儿也不客气,仿佛嫌骏青是他的一个障碍物,就扭着臃肿的脖颈问道:"你到哪里下车?"骏青说:"济南。"又问:"你呢?"胖子却扇着扇子道:"浦口。"骏青不禁皱眉,只盼到了天津,下去些人,自己好另找个位子。可是等到了天津东站,下去的人倒是不少,上来的人却更多,于是骏青只得跟这胖子相挤着坐着,一夜也没有合眼。

直到了山东德州,车上才有了富余的地方,骏青才换了个位子。这时已是次日的傍晚时候了,他靠着窗闭眼坐着,一直过了禹城,他才睁开眼睛;再看离着不远的那个胖子,他一个人占了三个人的位子,侧卧着睡着了,骏青倒很是羡慕这个幸福的人。

少时到济南下车,过了一条电灯通明的马路,就又转到了胶济路,他上了那比津浦路上舒服得多的车厢。三等车里的人虽不少,可是还不至十分拥挤,骏青的对面是两个女学生,这又使他感觉到另一种约束,仿佛还不如那个胖子在身旁倒随便些。

骏青靠着窗看了会儿外面黑巍巍的风景,然后就闭目坐着。他的眼里始而是觉着有一层红色,这种颜色比丽雪最喜爱的那红纱罩子的灯光略略深些,由这种光色之中,又幻出来丽雪的身影,并幻出他与丽雪过去的几件可记忆的事。他就想:自从丽雪走后,自己就像失去了些什么。虽然有了新职业,西山的风景又是那么好,可是自己竟不能利用那新环境排遣感情上的苦闷,即使是在对着书本,对着孤儿院的名册,或是拿笔写字的时候,也总是心驰他处;有时同几位新同事谈话,自己所答的也常非别人所问,这真不知是什么原因。其实丽雪没走时,自己时常懒得和她见面,这次就是到青岛见着她,恐怕也是淡然无味,可是,自己就必须要走这一趟。想了半天,倦意又袭上来了,眼里那丽雪的身影也不知在何时消失了,他就在呆板的火车行进声中睡去。

不觉到了天明,在他对面的那两个女学生已换了位子,到别处去坐了,车上很清静,但窗外吹来的风有些凉。起先他还以为是因为清晨,野外的风自然要寒冷,后来才知道是距着海近了;于是他就期待着海、期待着海边的表妹、他的未婚妻、但是想起丽雪后来的态度突变,变得那么冷淡无情,他又觉着这次见了她,也没有多大的希望,更没有什么意义。

可是车轮却不像人心那么犹豫踌躇,只是发出轰轰隆隆的巨响,急速地推进,绝无反顾,渐渐地就推到了大陆的尽头。望见海了,那蓝色的,比天空的蓝色还要深,像是谁用画笔渲染而成的;渐渐地又看见了工厂的大烟囱,红色碧色的屋宇和一些苍翠蔚然的树木。此时车上的旅客都着手收拾随身的行李,骏青也将头发梳了梳,领带系紧了些,然后便手握着皮箱的提梁,心情很紧张,眼睛直直地看着窗外。

少时车身就进了站台,他随着许多旅客下了车。有许多客栈的人都来招呼他,他却全然不顾,提着皮箱走出了车站,就雇了一辆人力车往东海饭店去了。当这辆车走到太平路上时,他才真正看见了海,看见了那像是在蓝色的毯子上缀着的一簇绿花似的小青岛,看见了那狭长而笔直的栈桥。他觉得那栈桥很像是一条佩在海蓝色衣衫上的领带,而冲击起来的白色浪花,就像是衣衫的花边。

他对于路径不大熟悉,虽然手中有一张从北京带来的"青岛详图",可是他此时还没有辨明方向。他只觉得此地的建筑很好,风景天然,而由海面上吹来的风也不像北京那么干燥、炎热。他恐怕丽雪就会从迎面走来,所以注意着路上的行人,尤其是马车和汽车上的人。

走了很久,才来到滨海的这座大建筑前。车夫把车放下了,他知道这就是东海饭店,心里却想:这里的房间恐怕很贵,丽雪她只是一个人,何必要住在这么讲究的地方呢!他急忙开发了车钱,就提着皮箱往饭店里走。上楼到了柜台前一问,柜台里的人却说:"没有一位祁小姐住在这里。"骏青突然就怔住了,他把皮箱放在地下,又走到水牌前去看,连许多用英文写的寓客的姓名他都看了,竟没有姓祁的女性。

他惊愕着,慢慢提起来皮箱,但没有即时就走,他又过去到柜台前,问道:"那位小姐是前几天从北京来的,将将有二十岁,烫发,穿洋服,英文说得很好。"柜台上的人为他查了簿子,随后就问他是不是那"柏祁丽雪"? 骏青倒似吃了一惊,赶紧点头说:"是的,就是,她住在几号房?"柜台里的人道:"她前天搬出去了。"骏青又一怔,赶紧再问:"搬到哪里去了?"柜台里的人却摇头,说:"不知道,也许离开青岛了。"骏青怅然转过身去,连皮箱都似懒得提起,心说:这是怎么回事? 莫非她回北京去了? 莫非我们乘的两列车背驰过去了? 看她在这里居然自称太太,一定是她来到青岛住了两天,心情又改变了,正像我思念她似的那么思念我,所以她赶紧回北京找我去了!

骏青提着皮箱下楼走出了饭店,洋车就过来招呼他,他却又怔住了。他本想就叫洋车把他拉回车站,可是又不知那西上的车几时才开,而且那壮阔的海水就在他的眼前激荡着,他就想:来到了青岛我为什么不玩半天呢? 再说,倘若丽雪没走,她住在唐太太家里了,我走了不是白来这一趟吗? 无论如何也要在此住两天,只是这大饭店我实在住不起。他就向那拉车的问道:"哪条街上有旅馆?"拉车的道:"北京路、大沽路都有旅馆。"骏青就说:"拉我到北京路吧。"他坐上了车,把皮箱放在脚前,展开地图查了半天,才查出原来北京路离着这里很远。

车子顺着他来时的路径走去,此时他也不再注意由对面走来的人了,他想丽雪就是没回北京,也一定搬得离这里很远,只可惜自己当初疏忽,没有记下唐太太的住址。他把头向左扭着,把目光投向了海面,海的广阔雄壮,仿佛把他那紧闭的心扉也冲开了,他就想:人是为了什么呢? 造出来那些简陋得可怜的金钱来支配着自己,放任那些私情肉欲来使自己痛苦,也使别人痛苦,是为什么呢? 为什么不来看看海? 若是人的精神意志全去拟摹海洋,往伟大去做,往宽阔去想,那不但世界上的人全都幸福了,而且己身也得到了真正的快乐……

不觉着走到了一个地方,就望见了海水浴场那一排排蜂房似的木头屋子。沙滩上偃卧着、活动着很多人，密密的足有六七百人，真仿佛是晒在海滩上剥了壳的贝干。这一群小动物似的人们忽然就把他脑里的那些伟大思想给打断了，他真想跳下车去，走入那些"贝干"里面；他想丽雪一定在这里，她还能不到浴场来出出风头吗！

但是洋车夫却不知他是想停住，依然流着汗向前拽着，骏青想跺一下脚蹬板，但又拦住了自己，心想：我何必要这么心急，得先寻个地方歇一歇，喝些水，明天再来。他便索性仰卧在车上休息，由着拉车的走去。渐渐地洋车就把他拖得远离了海滨，又走入了嚣扰的市街。

这市街跟北京、汉口的那些市街并没有什么两样。不多时转到了北京路，寻着一家旅馆，他就叫车停住了，进里面寻了个小房间。他脱去了上身，解开领带，还是觉着很热，这里的气候仿佛与海滨大不相同。腕子上的表告诉他这时已是十一点半了，他喝了些水，吃了饭，就躺在了一张小铁床上。此时他倒觉得自己仿佛来到了一个荒岛上，没事可干，举目无亲，却要在这里去寻一件失去了的不太可爱却又离不开的东西，这实在是太渺茫，他烦闷无聊，就睡去了。

醒来一看手表，已然是下午四点多钟，他睡得有些头疼，吸了一支烟仍然提不起精神。他又把那张地图细看了看，就想：我再到海边去一趟，看看海水浴场；海水浴场若没有丽雪，我再到第一公园、小西湖，大概青岛也就这几个地方，丽雪如果没走，她一定是离不开这些地方的。

骏青出了旅馆走到大街上，就觉得一切都很生疏，他站在十字街头辨明了方向，才往南走去。走到栈桥前他已然累了，便扶着铁栏杆看了半天海。他想坐公共汽车到海水浴场去，可是汽车上的人太多，而且他也不晓得究竟哪辆车才是到海水浴场的，只好又雇了辆洋车，又顺着那条临海的马路走去。

到了海水浴场下了车，他就踏着石头台阶走到了沙滩上，皮鞋里进了许多沙砾。他的脚步向前走着，头却扭来扭去地看那坐在细沙上的和在海水里浮沉的女子；他不仅设法去看那些女子的正面，还看那些女子曲线不同的背影。各色各样的浴衣映到他的眼里，把他的眼睛都晃乱了,可是他一直走到了海水浴场的尽头,到底也没看见丽雪。

骏青心里很失望,也累了,他就脚踏着那松软的沙子站立着,直直地望着海涛。那海涛就像是个活的东西似的,从远处慢慢地爬来;到了临近,它就蓦地向上一扑,扑起白色的水花,同时讥讽似的怪笑一声,就又退回去了,然后它再慢慢往前来爬,又像是个调皮的孩子。骏青望着远山、水平线,那水平线上贴着的小帆船,看上去就仿佛是纸折的似的。他忽然想道:忘了,我应当带着月梅来,叫她也看看大海,那她一定是快乐的。

站着驰思了半天,他就转身离开了海水浴场,顺着平坦的人行道慢慢地向西走着,随走随想:我给陈蕙如打个电报,问问丽雪回去了没有,明天就可以接到回电了。他想找个路上的人问问电报局在哪里,可是又觉着那太可笑,不如回到旅馆再说。于是他就像散步似的沿着海走着,身后和对面的许多的汽车都飞驰而过。

走了半天,忽然看见路旁有一座亭形的建筑,他记得在那张地图上看到过,这里是什么"纪念碑"。正想走过去看看,忽见对面驶来了一辆黑色的流线形汽车,斜冲着他驰来,到临近就停住了。

他瞧见车里的人,就惊喜着赶过去几步,说:"丽雪,我正在找你呢!"

丽雪并没下车,她打开了车门,微微地笑着道:"你上车来吧!"骏青上了车,坐在丽雪的身畔,随手把车门带上,他就笑着说:"你绝想不到我会来吧?"丽雪只微笑着,向开车的说:"走吧!"

骏青又笑着说:"你那两封信我都收到了,可是我看你只像是作诗,不像是写信,我无法由那信中想象出你在这里的真实生活,所以我赶紧来了,在孤儿院里请了一星期的假。"(车是往东飞驰着)骏青说完话就用眼瞧着丽雪,可是丽雪却只是微笑,并不言语,眼睛也不看骏青。丽雪穿的是一件白洋服,样式极新,质料极贵,白皮鞋上还有一朵漆皮编就的小花儿;她叠着腿儿坐着,那健美的腿大概是因海水浴的关系越发的黑了。

骏青这时心里十分的喜慰,他觉得自己来这趟青岛是对的,是必需的,同时感觉到现在的丽雪仿佛比在北京时更美丽,更吸引人了;尤其是她现在衣饰朴素,态度沉稳,仿佛把早先那些奢华骄傲的习气全已涤除净尽。骏青就又笑着说:"我现在有个新的意图,要来征求你的同意,临走时我见着了月梅,我也告诉她了……"说到这里却又觉着不好意思,他看看丽雪,又说:"我今天上午就到了,到东海饭店去找你,却听说你搬走了。"

丽雪点头,说:"前天我就搬出来了,离那里不远,是一个比较小的饭店。"

骏青又笑着说:"刚才我到海水浴场也没找着你,还以为你是回去了,我正想给陈蕙如打电报。"

丽雪说:"我给梁霞去了信,叫她替我向学校请求休学一年,我并叫陈蕙如她们搬到马圈胡同去住,你不至于不知道吧?"

骏青点头,说:"我听陈蕙如说了,这回我来,陈蕙如也极力地主张,她说耽误一年学业太可惜,叫我劝你快回去。"

丽雪却仿佛在想什么,丝毫不表示态度。她扭过头去,从身旁的手提包里拿出一只银烟盒,咯嘣一声打开,抽出两支来,都是细长的箍着金纸的外国名厂所出的香烟;她自己先衔起一支,又递给骏青一支。骏青觉着诧异,不自然地把烟接了过来,就问:"早先你不是不吸烟吗?"丽雪微笑着说:"现在我学会了。"说时把一个精巧的自来火划着了,点着吸了两口,徐徐地喷着烟云,又把自来火放在骏青的手里。

骏青却发着怔,半天才说:"在早先,你曾劝过我不要吸烟,你对我在大学休学也表示可惜,现在,你可全都……"

丽雪的脸上现出一种伤感的神色,但是旋即又恢复了原状,她说:"那么不吸了!"说着就把才吸了两口的烟扔下,拿鞋尖踩了两三下,然后她扭头看看骏青,说:"先到我那里,我还有许多话向你说呢。"这两句话说完,她就半仰卧着,眼睛不再瞧骏青。

骏青本来是很高兴的,这时心里却觉着发堵,他皱了皱眉,低头想着:到底是怎么回事呀?莫非她是还没忘记前次我说错了的那几句话?就是不能忘,可也应当原谅我呀,因为我们已经……他抬起头来,向车窗外看了看,就见又走过了海水浴场,他就笑着说:"青岛的风景真美,我看比北京好。"丽雪也随着笑了笑,但还是不大理骏青。

少时车就到了,骏青随着丽雪下了车。他抬头看了看饭店的招牌,上面没有一个中国字;又回头看了看,那辆汽车就停到门旁,仿佛是丽雪已经包下了似的。丽雪很轻快地在前面走着,骏青就随她上了楼。到了丽雪住的房间,只见屋子并不大,只有一张床、一张桌、两把沙发,但是十分的雅洁。丽雪笑着说了声:"请坐。"骏青便坐下来,也笑了笑。

丽雪从一个扁长的铁盒里又拿了一支烟,用她的自来火燃着,然后就靠卧在对面的沙发上,叠着腿儿,脸上没有任何表情地说:"我真没想到你会来的,我也不愿意叫你来。"

王度庐作品大系 言情卷

古城新月

王度庐·著／王芹·点校

山西出版传媒集团

北岳文艺出版社·太原

下

王度庐著

第二十六回 惊涛骇浪

骏青忽然觉着心里一冷,又不禁发了怔,他要问问丽雪为什么不愿意他来,但是说这句话,他想得先在腹中打个草稿,然后说出来,才不至叫丽雪又生误会。丽雪在那里吸着烟,骏青就在这里想着,虽然发着怔,可勉强还带着笑意。半天,骏青才笑问说:"你为什么不愿意我来? 你在东海饭店自称是柏祁丽雪,仿佛我们已经结了婚似的,如今我来了,不是更好吗? "说完了这话,他想丽雪必定要笑一笑的,可是没想到丽雪的脸上仍然没有表情,她只是在沉思着;骏青真觉着奇怪了,而且有些生气了。

这时床边的电话响了,丽雪走过去接,骏青就由衣袋里掏出自己的烟卷,划着了火吸着。丽雪靠着床向听筒里说着话,她说:"哦,你猜吧⋯⋯什么? 许太太? 我没有去寻她,昨天她欠了我二百多块钱,我寻她怕她会疑心我是去要账。嗯,嘻嘻⋯⋯"这种开心的笑声真使骏青有些嫉妒,他凝神瞧着丽雪,就见她歪着头笑着,鞋尖还不住地敲着地板。

丽雪又说:"晚间我到你那里去, 还有一个今天才下火车的人,我要介绍给你。"骏青听了心里又觉得舒展了一点儿,越发注意去听。就见丽雪仿佛又有点儿羞涩似的,脸微红着,说:"对了! 你猜得不错,我们两人还要领教领教你那从美国学来的星相学,看看我们的命运怎么样呢。"骏青就晓得对方一定是那位唐太太,因为听说唐太太是美国留学生,而丽雪口中的"我们"当然就包含着自己了,由此证明丽雪对自己并非无情。又听丽雪笑了一声,几乎要跳起来似的,说:"可不是!就是我那张五饼打坏啦!谁知道她是单钓回头五饼呀?"骏青喷了口烟,不禁叹了口气,心说:几天没见,她抽烟打牌全都会了!不怪陈蕙如说,她的性情是很容易变迁的。

这时丽雪向那边说了声:"再见!"就放下听筒,转过脸来。她的脸上就像是使用了什么美容素,显得特别的光彩,眼睛也比刚才灵活了,嘴角也露出点儿由内心所发出来的笑容。她娉婷地走过来,说:"你来了也好,就先别回去了。你不是说青岛很好吗?那么咱们就在此多住几日,我想在这里度过秋天,然后再到上海去玩玩。"

骏青却摇头,说:"不是我打散你的高兴,我们现在不需要长时期的游荡。"丽雪立刻瞪眼,说:"什么叫游荡呢?"骏青赶紧改口说:"我说错了,是游玩。"接着又说:"过去我真对不起你,因为我谋不到出路,心里烦闷,无暇体会你对我的爱情;可是我实是爱你的,由这次的离别,我才深深的知道!现在,我过去的不好都请你原谅,我们应当从头营求我们的幸福。"丽雪忍不住笑了笑。

骏青又说:"谭行长给我找的那个事,虽然很苦,月薪只几十块钱,但它把我的生活安定了。这次我来,就是为请你回北京,我们筹划结婚的事。结婚之后,你去上学,我去做事,咱们的生活有规律了,花钱上也俭省一点儿,那么,我想是不会不快乐的。"说完了话,骏青就微笑着看着丽雪,希冀得到她圆满的回答。可是丽雪听了仍然是微微一笑,冷冷地说:"我真没说错,你们男子的头脑是太简单。"

骏青的心里又冷了一下,就笑着说:"我不明白你说这话的意思。"

丽雪说:"这是我的感慨,我想自然界中假如真是有一个主宰,他既然给了女子一颗最脆弱复杂的心灵,又给了男子一个最简单的头脑,他还必要使世间的男女相爱,我想这个主宰者他必有一种变态的心理!"骏青听了,更迷惘了。

丽雪又说:"记得我曾对你说过,我们两人爱情上的创痕,绝不是短时间内所能弥补得好的。你说过，我并非是你理想中的女子，过去你对我的爱情都是假装出来的，被逼而成的。那些话真伤透了我的心，并且时时在我耳边响着，搅得我什么事都做不下去，睡眠也不舒适。我想来到这里换换环境自然会好了，可是仍然感到没有什么效力。你想，我心上已蒙受了这样惨重的创痕，永远向下垂着血，我怎能回学校去读书？怎能像你所希望的，回去跟你结婚？怎能挣扎着创痛，跟你去度那所谓有规律的日子呢？"说到这里，她竟掩面痛哭。

骏青赶紧过去安慰她，但是却说不出一句话来，他急得直跺脚，头上的汗像黄豆一般滚下。他费了很大的力，才流着泪说："那么，你要叫我怎么样才行呢？"丽雪立时收住泪，说："我并不要叫你怎样……"又说："除非我自杀。"骏青抬起头来看了看她，心想：这又是什么意思呢？

丽雪用手绢擦了擦眼泪，脸上便全无悲戚之意，她又凝神沉思了一会儿，就问："你来时，随身什么东西都没携带吗？"骏青说："我有一只箱子，放在北京路旅馆里。"丽雪就说："那么你就先回旅馆去暂住吧，最好不要常出门，也不要到我这里来。至多四五天，我就可以把一件事情办完了，办完了那件事，我的心或许能够平和一点儿。然后咱们再在此多玩些日，我相信我的心理会转变的，我们的爱情也会恢复的。"

骏青呆呆地望着丽雪，觉着这话实在太迷离莫测，真疑惑她的脑子是错乱了。他又仔细观察丽雪的神态，见她咬着嘴唇，眼神凝滞着，面上像铺着一层秋霜，令人可畏。骏青就问："什么事呢？你这话说得奇怪！"

丽雪说："没有什么奇怪的，过后你自然知道了。你在这里不大好，第一妨碍我的计划，第二于你不利，所以我不愿意你来。你要想恢复我们的爱情，叫我像早先那样跟你好，就请你听我的话，也不必细问我。总之，我们之所以有今日，并不是我们谁有不好之处，是有个第三者在里面挑拨，故意破坏我们，我要……你不用管了！"说完她就转身走到一旁，像是生了气似的。默默地坐了半天，她又扭头向骏青拂手，声音很温柔地说："你先回去吧！晚间可以给我打个电话来。"

骏青怔着想了半天,又走过去,忧虑地说:"你现在到底要做什么事?你可以详细地跟我说说,不然我不放心。"

丽雪却笑着婉转地说:"没有什么,我是脑子里常有一种幻觉,咳!我的脑子真的是受了很大的刺激,时常产生一些奇想与幻觉,将来也许会神经错乱的。所以我盼望你对于一切事都不要与我争执,能顺从我便顺从我;若不能,你就别理我,现在你回去吧!让我休息休息吧!"说着她就躺在了床上。

骏青就皱着眉坐到她的身旁,说:"你真使我着急!好吧,一切我都顺从你,你就休息吧。"

丽雪又摆摆手,笑着说:"不行不行,你在这里我睡不着,因为我就难免要用眼瞧你,你走吧!"她仿佛急于要把骏青支开。

骏青真是纳闷,不但纳闷,简直是生气了,可是他还极力控制住,只暗暗叹了一声,说:"那么我走了,你休息吧。"

他慢慢地走出屋外,站在走道上又发了半天怔,然后找着楼梯,扶着栏杆好不容易才下了楼,就像脚上带着什么沉重的东西似的。出了门,又站在门前发了半天怔,他抬头看了看这饭店的英文招牌,又看了看不远之处那巍然的东海饭店,心想:大概丽雪就是怕我来找到她,才从东海饭店搬出来的吧?今天假使不是在街上走了个碰头,她以为我是先看见了她,不然她还不理我吧?莫非她有什么秘密……那倒很好,跟她说明了,晚车我就回北京。

于是骏青气愤愤地又走进了饭店,才要上楼,又把自己止住,他便到柜上,问了本饭店的电话号码,又走了出来。他简直已没有力气再走路,就雇了一辆车回旅馆去了。在路上他也无心再去看海,只是苦苦地寻思着,猜不透那若有情若无情的丽雪到底是怀着什么心思,到底是要做什么神秘的事。

回到了旅馆里,骏青就往床上一躺,翻来覆去地想着,脑子里就觉得昏昏然。他几次想要给丽雪来个不辞而别,回北京去做自己的事,看她会怎样,她若追了自己回去呢,那么就依旧和好如初;她若是不回去,自己也不再给她写信,就算那么不解决而解决了,好在……

他想到这里，可也不敢贸然去办，因为虽然他似乎已想得很清楚、很正确了，可是他的感情却又阻拦住他。他又想：我若回去了，一定还是心安不下，事情也干不下去，永远思念着丽雪，永远神不守舍的，那可怎么办呢？

骏青越想越是烦恼，这间屋子又正迎着夕阳，十分炎热。他就起来，从皮箱内取出一身衣服换上，到外边，找到一家楼很高的澡堂洗了澡。随后就在澡堂旁边的一家包子铺吃了一碟包子，作为晚饭，后来又在街上漫无目的地走。

走到一条街上，忽然看见有一处楼房，门前悬着长方形的玻璃灯，上面写的是"平康东里"。"平康"这个在中国旧书上能寻得出根据的名称，立时使他明白了这是妓院，他就像是避免什么嫌疑似的，赶紧回身走去。这时就见有几个服饰仿佛与别的妇女不同的女子迎面走来，他就像是旁边有谁指告了他似的，就知道这是妓女，是平康巷里的人。他无意地向那几个妓女看了看，见她们都很年轻，很俊秀，虽然脸是削瘦苍白的，可是精神都像是很快乐似的。骏青的心里就发出了一种对于女性心理的疑问，不仅想到了这几个妓女，还想到了他姑父家里的两位姨太太，他父亲的那几个宠妾，又想到了大白板、小粉包，最后想到了张淑范、丽雪。他不禁暗叹：女性的心理真是不可捉摸！女性的人生观、生活态度，一定和男子大大不同，或者她们根本就没有那些思想。她们只是要美，要摩登，要舒服，要快乐，要玩她所想玩的东西或人！不过……在他将要唾弃一切可鄙的女性的时候，忽然有个特殊的年岁很小的女性浮现在他的脑海里，这个身影便永远凝固住不再消散了。

骏青拖着迟缓的脚步，不觉又来到了大街上，他稍稍辨明了方向，便往南去走。那个身影还在脑中浮现着，他就想：我何必要费尽死力去追求一个阔小姐？我能希望她对我的生活有什么好处吗？我为何不回北京去做自己的事，去帮助一个女性中的杰出者，一个不同流俗的小孩，叫她得到光明的出路，叫她为人群造些福利？尤其可以给那万千的没有灵魂的女性看看，人家也是女性，而且年龄还很小，你们为什么不跟着人家去学，学做一个真正的人！想到这里，他的心中涌起了一种悲愤似的情感,仿佛目前有一种义举、一件大事情,自己应当赶紧去做,而旁的都不必管了,那都是些无价值的。

此时已走到了一个外国人开的咖啡店的门首,他正要转身回去,忽见迎面飞驰来一辆汽车,是黑色流线型的。他觉得十分厮熟,不由就停住身扭头去看,却见车里坐的正是丽雪,她还穿着那件白洋服,旁边还有一个方脸儿,身穿米黄色洋服的男子,原来是张锦生。骏青的神经顿然又紧张起来,把刚才所想的那些事全都抛开了,他瞪着眼睛扭着头,惊奇、嫉妒并夹着愤恨地看着,也不知车上的那两个人看见他了没有,但是随着几声高兴的嘟嘟之声,那辆汽车就飞驰过去了。

骏青就像连自己的身子现在哪里都不知道了,他的内脏痉挛着,头轰轰地响,呼吸也像窒住了,缓不过气来。半天,他才自己冷笑着,心说:很好!这真好极了!我可以不必再……然而又想:丽雪怎么这么混蛋?怎么能没灵魂到如此地步?她不是告诉过我,张锦生那个人奸狠阴险,千万勿和他接近,她现在怎么又……

他气得浑身颤抖,却又惋惜,心说:张锦生一定是追她来的,来此已好几天了,他们天天在一起。丽雪虽然刚强,可是毕竟也是个女人,又兼跟我失了和,就禁不住张锦生的诱惑了!其实嘛,他们两人能配合在一起也很好,都是有钱的。张锦生的妻子亡故之后他就没再续娶,一定就是为等着丽雪,那很好,我跟丽雪解除婚约好了!于是他转身就走,打算回旅馆给丽雪写一封信,即日自己就上车站。他走得很慌张,就跟一个老太太撞了个满怀,那老太太几乎被撞倒。骏青吓得赶紧上前道歉,说:"真对不起!我没有留神。"那老太太倒是很慈祥,瘪着嘴笑了笑,说:"不要紧。"骏青心里真是负疚、抱歉,同时继续想着脑里被这一撞撞断了的事。

走了不远,他又止步了,主意又渐渐变更,把刚才的气愤变成了一种伤感。他转身回来,几乎都要在街上哭出来,心说:不行!我不能不干涉这件事,不能眼瞧着丽雪就这样堕落下去,我得替我姑母保护她身后的女儿,我姑母她生前最疼爱我。现在丽雪是孤单的,没有人指导她,她虽骄恣,但也实在可怜……

他心中悲痛，两腿发软，但又急躁，恨不得立时就把丽雪找回来，不惜费千言万语去劝解她。可是丽雪现在已跟同张锦生坐着汽车走了，不知是到了什么跳舞场、酒间吧，以及种种想不到的地方去了。他焦虑着，仿佛担忧着什么，就雇了一辆车，说是拉到汇泉。

他把身子颓然地放在车上，由着车去走，渐渐的，海又摆在了他的眼前。这海，像是人世那么浑浊，天上灿烂的晚霞都堕在海里，就像堕落的女子似的。海因为晚霞堕下，显出来青中透红，红得像血，像人世上许多堕落女子所留下的惨痛故事。骏青在车上不由得望着海落泪，然而这海的势力又太巨大太凶猛了，靠自己的两只手就能从狂澜中救出那可爱的晚霞吗？他想着：回头一定是有一场争斗，丽雪必不会依从我，必不听我的劝，倘或张锦生是跟她一同回饭店，我们碰了头，说不定就许演出一场情杀！

想到了"情杀"，他忽然又忆起了一件事，就是在月前自己与丽雪订婚之后，突然在府右街的寓所门前，几乎被人以巨石击伤，那说不定就是张锦生使人干的事。小汪叫白家的人告自己，不告丽雪，大概也是他的主谋。这些事丽雪似乎早就明白了，如今怎么又……

他这么一想，仿佛对自己刚才所看见的情况有点怀疑，或者是自己看错了？他越想心思越乱，头不但晕，而且疼，眼前也觉得金星乱迸，仿佛那些晚霞都堕到自己的眼里了。渐渐的，他觉着一切的思虑都已停滞住了，身体也仿佛麻木了，但自己还听得见，心口在怦怦地跳。他只怀着一个简单的侥幸心理，就希望到了饭店，一看丽雪正在房间里，刚才原是自己看错了。

这时天际的晚霞渐散，只是从海涯山角那黑色的云层背后，还留着一些橙色的余光。海水是黑沉沉的，显得越发深广，涛声哗哗地响着，似乎就要扑到岸上来。过了海滨公园，路上几乎没有一辆车，没有一个人，路灯稀稀的发着惨白的光，对面，覆在那黑郁郁的高山之上的青色天幕中，闪烁着几个星星。风是从海的那面吹来的，凉且湿。骏青的脑袋蓦然又觉着清醒了，想起丽雪今天白天说的那几句话，她是要办一件什么事，她说她永久"幻想"着那件事，她疑惑她自己神经错乱……莫非如今她与张锦生在一块儿,也是一种"幻想"? 也是因为她的神经错乱了吗? 骏青不禁在海风里打了一个冷战,若不是眼前有一个吁吁喘息着的车夫,他几乎怀疑自己现在所到的不是人的世界,刚才所见那也是一种幻觉。

又走了一会儿,拉着他的那个车夫就发话了,说:"先生,到了没有啊? 现在可都过了跑马场啦!"骏青辨别着路径,但是他也辨别不出,就问道:"现在过了东海饭店没有?"车夫说:"东海饭店可还没到。"骏青也看见了斜对面那座倚着海的大建筑,那里的灯光像繁星一般的闪耀着,他就指着说:"向那边走不远就到了。"于是车夫又曳着车,顺着这条平坦的但是没有行人的马路去走。

及至来到那个外国人开的饭店前,骏青就叫车夫把车放下。他给过车钱,下了车,怀着紧张的心情往饭店里去走,迎面正有一个长腰的西洋水兵挽着个黄头发短身量的女人出来,并有细细的音乐之声,似是由大餐间里飘出来的。骏青扶着楼梯,咚咚地向上走,踏在那铺着柔软棕毯的楼梯板上他都觉得脚疼,连心都颤动得发痛,好像是身体上已蒙受了创伤。

他很费力地上了楼,就向丽雪住的那间房去走,这时真叫他惊讶了,因为那间房的房门虽然闭得很紧,可是由锁孔里却透出来一点儿灯光。他疑惑自己是找错了房子,便站住回忆着白天时的情景,断定这确实是丽雪住的那间屋后,他又喜欢了,心说:啊呀! 果然刚才是我看错了人,是我的眼睛迷乱了,其实丽雪是在家!

他急走几步,蓦然上前一推门。门开了,室中两盏明亮的电灯的光刺着他的眼睛,他倒惊愕着止住了步,就见屋里有个女人,正坐在沙发上,手里拿着一份报纸。一听见门响,这女人就抬起她那胖胖圆圆的像个气球似的脸,骏青认识这是那位唐太太,随就进屋来,点点头,笑着说:"唐太太,丽雪她没在家吗?"

唐太太站起身来,那穿着绿旗袍的短胖的身子就像一只绿漆木桶,她定眼看了半天,才惊讶地说:"哎呀,是柏先生呀! 你是什么时候来的呀? 我怎么没听见丽雪说呀?"

骏青说:"我是今天上午才到的。"眼睛又四下去扫,并问:"丽雪她没在家吗?"唐太太说:"没有么!五点钟时我给她打的电话,我说我到她这里来,她也说她在家里等我,可是我一来她就已然走啦,也不知她是有什么事情去办啦。幸亏我跟这饭店的人熟,饭店的经理跟我在美国时就认识,我就叫茶役把门开开,我在这里等她,可是……"她看了看手表,说:"这时候已九点多啦,她还不回来,不定是又到哪里找朋友去啦!"骏青听了这话,心里很是难受,他勉强笑着,暗地里却在喘气。

唐太太这时倒不觉寂寞了,她把报纸向旁边一扔,笑着说:"柏先生请坐,你今天来还没见着丽雪吧? 你请坐,咱们就都在这里等着她吧!我打算等到十二点,看她还回来不回来。其实我找她倒也没有什么事,柏先生你抽支烟。"她递给骏青一支烟,并说了这种烟的英文原名,随后自己也点了一支,靠着沙发喷着烟雾,又说:"这种烟,我吸了可有十多年啦!在芝加哥大学读书的时候,每星期我们都要到郊外旅行,我就离不开这个烟。在纽约我还住了半年多,那时我是专门研究舞台艺术,几乎每天要有宴会。在宴会间,人家吸的烟都比我这价钱贵,可是我都不能吸;离开了这个牌子,无论多好的烟我也不能吸。幸亏我返国后只走了上海、北京、青岛几个地方,这种烟虽然价钱贵,可是还能买得到,要不然,真许把我给别扭死啦!"

骏青点头,说:"是,吸烟就是一种习惯。"他虽点上了烟,但只抽了一口,也没尝出味道来,就拿在手里任它自身燃烧。

唐太太又说:"柏先生是初次到青岛来吧? 你觉着青岛怎么样? 很好吧? 青岛的气候真好,很像好莱坞,所以我舍不得离开这地方。这次我到北京,本来有个大学要叫我担任教授,可是我不愿意做,就是因为我讨厌北京的气候。我这个人胖,许多医生嘱咐我,说我不能不注意点气候,不然会影响健康的。"

骏青点点头,嘴里连说了两个"是"字。唐太太又说:"听说柏先生是在银行界?"骏青也没有答话。

唐太太也停了一会儿,说:"柏先生这次来,是打算跟丽雪在这里结婚,顺便度蜜月吗?这是我们正希望的呀!这里许多位朋友也都希望着呀！"

骏青勉强笑了笑，摇头说："不是的，我来是……也是到青岛来玩玩。唐太太，丽雪来到这里几天，大概你经常和她在一起吧？"

唐太太说："可不是！我们天天见面，每天她在我家里打牌。她的牌打得不算熟，可是她的运气好，每次打牌她总是要赢的；我不行，今年时气低，一打就输！"说完她就笑了，胖脸上的肉都往起拱，活像个弥勒佛。

骏青又说："有唐太太在这里，丽雪是很方便了，本来她在此地没有什么朋友。"唐太太却说："不，她在这里的朋友也很多。"骏青赶紧注意去听，唐太太说："都是我给她介绍的，什么张太太、徐太太、朱太太、许太太、熊太太，差不多每天都在我那里，我那里是个太太们的俱乐部，最近又加上了你的太太。"她笑着，"所以更热闹了！明天请你跟丽雪一起到我那里，我家离着这里很近，我们先生现在也常在家。"骏青连声说："是，是。"又纳闷似的说："今天不知她上哪里去了，也不知遇着了什么事，怎么这时还不回来呢？"

唐太太笑着说："她不能遇着什么事，我猜得着，她一定是找朱太太上'明星'看电影去了！今天是白蓓兰史丹妮主演的片子，她们俩都是电影迷。我是懒得去找她们，一找准能找着，等一会儿，她一定回来，她没有别的地方可去。"

骏青倒想着，丽雪若只是跟张锦生看看电影，那倒还没有什么，只是听唐太太的这些话，仿佛丽雪在此地还没跟什么男友常在一起。唐太太不像是替丽雪瞒着自己，可是丽雪的行动一定是瞒着唐太太，她同张锦生的行动一定都很秘密。骏青因此更不禁猜疑、气愤，心里就像有个多足的动物在那里爬，坐都坐不住，他扔了烟头，一会儿看看表，一会儿又站出来，走几步，到临街的窗前低头看看。

唐太太又说了半天话，因觉着骏青不怎么回答，也就没意思再说了。她打了个哈欠，又换了一支烟，仰坐着，翻着眼睛细细地听那从楼下飘上来，又从锁孔钻进屋里来的悠扬的音乐，听得都出神了。

骏青站在临街的窗前，望着窗外那一片闪烁着繁星的长天，长天下面黑茫茫的就是海，那就象征着他与丽雪爱情的未来。窗下就是饭店门首那条寂静的马路，有稀稀的灯光和三五辆像钉在路旁的人力车。繁密的树木展开了一行阴影，像幽灵一般的在微动着，并发出萧萧的声音，和潮声搅在一块，仿佛在与这里的音乐合奏着。骏青摸着这窗上的铁纱，真想打破了它，跳下去，索性离开这阴惨的鬼魅世界，然而又想：与其跳楼，不如投海；投到海里倒还没有痕迹，还不至于那些刚强坚毅的人所笑。想到这里，他的眼泪落了下来。

忽然看见从远处驰来了一部汽车，他立时兴奋起来，就要迎下去，想要不容丽雪上楼就对她说明，就质问她，或警告她。可是那汽车却嘟嘟了两声，从楼下掠过，往东海饭店去了。骏青的兴奋又降落下去，转又想：也许那车里就是丽雪和张锦生，他们往东海饭店去了！张锦生一定就住在东海饭店，我不如找他们去。

骏青愤愤地转过身来，却见唐太太躺在沙发上连气地打了两个哈欠，又伸了个懒腰，像是困倦得实在支持不住了。她说："丽雪她怎么还不回来呀？她不回来我可也不等她啦，我要回去啦。"骏青点头，说："等她回来我就告诉她，说唐太太等了半天。"唐太太站起身来，说："其实我见着她也就是闲谈几句，拉她到我们那儿玩玩去，一点儿要紧的事也没有。好啦，我走啦。"她笑着向骏青点了点头，就扭动着她那肥胖的身子走了。

骏青把唐太太送出屋去，关上了门，这才长长地叹了口气。头又觉着昏晕，心里却发冷，他就懒懒地又走到窗前看了看，见外面更是寂静凄冷。他随手关上了一扇玻璃窗，到桌上拿了只杯子，就走到靠桌的一个盥洗的瓷盆前，拧开水龙头接了半杯冷水，喝了下去；他对着墙上镶着的一面圆镜看了看，见自己的形色的确太憔悴了。骏青叹了口气，转身把杯子放在桌上，就颓然倒在了沙发上，他仰着头，用双手抱着，闭着眼，心里非常地难过。

过了许多时，忽听屋门一响，他睁眼一看，原来是丽雪回来了。丽雪手里拿着两只扁长的白纸匣子，似是买来的什么东西，她看了骏青一眼，嫣然一笑，仿佛脸上有点儿红。骏青没有力气站起来，也不知第一句应当说什么话，只是两眼直直地瞧着她。只见丽雪那美妙的身子轻巧自然地移动着，尤其是她那腰肢、腿部，以及脚上的高跟鞋，都像是故意在骏青的眼前表演着什么最美的舞姿。

丽雪先把匣子放在床上，然后到壁间，一推那白漆的墙壁，就现出了藏在壁里的衣柜。她脱了身上的洋服，又回头向骏青笑了笑，随后自己把洋服挂在柜里，由柜里又摘下了一件绿绸子的寝衣穿上。她关上了壁柜，婀娜地走过来，就坐在骏青对面的沙发上，慢慢地脱下高跟鞋，换上了拖鞋。她一会儿翻眼瞧瞧骏青，一会儿又笑着，骏青的脸上却是全无笑容，半天，他才问："你刚才上哪儿去了？"丽雪低头换着鞋，说："跟着人到别处玩了会儿。"骏青又问："是跟谁玩去了？"丽雪就笑着说："你在街上瞧见我了，你可又问！"说完就低声哼哼着电影上的歌。

骏青身子发抖，说："五妹，我真不知道你是什么意思，你……"他说出这个"你"字时，声音抖得都有些哀凄。丽雪却笑着，把两只高跟鞋往旁边一扔，抬起头来，低声说："我不是你的五妹，我是你的未婚妻。"骏青愤然站起身来，质问道："你既是我的未婚妻，你怎么又背着我和张锦生在一块玩？"丽雪一点儿也不生气，仍笑着说："这就如同你背着我，跟张淑范在一起玩是一样。"堵得骏青连一句话也说不出来，他就又坐下了。

丽雪却去问别的话了，她说："是不是唐太太在这里等了我半天？"骏青"嗯"了一声，丽雪就要立时去给唐太太打电话。骏青上前把她拉住，忧急地说："丽雪，请你先别去办旁的事，你坐下，我们谈几句话！"丽雪似乎惊诧着，说："有什么可谈的呀？白天都谈尽了。你歇会儿回去吧，在这里不方便，容易叫别人说闲话。"

骏青的胸部就像是被一个铁箍箍着，越箍越紧，好容易他才叹出一口气来，那只拉着丽雪的手，就像打电报的机器一般，嗒嗒地颤抖着。他凄惨地说："丽雪，我知道你是厉害的！过去的事，我跟张淑范吧，跟白月梅吧，随你去误会我；我说的那一两句错话，你也不必再原谅我了，可是，你对我的报复已经够了！"

丽雪忽然生气了，说："什么叫报复呀？一万个我也报复不到你那里去，毁坏了你，于我又有什么好处呢？"

骏青又一怔，胸前的那个箍仿佛也松弛了一些，他又叹了口气，说："既然这样，你可为什么又要使我痛苦，仿佛故意似的，唯恐我的痛苦还不深。我这次到青岛来，就是因为要向你表示，我已忏悔了我过去的错误；因为自你走后，我就时时地想你……"

丽雪说："我也是时时地想你，但我没法子，我只好抽烟打牌。"

骏青说："现在我们已经见了面了，我们的爱情是不难恢复的，可是你为什么又与张锦生……"

丽雪说："我跟张锦生那是丝毫没有爱情的意味，他不是我的旧情人，一万个我也不能寻他做我的新情侣。你不必吃醋，你放心，四五日内我就把他推开！"

骏青说："不是，他是个最阴险奸诈的人，你也跟我说过，嘱咐我别和他接近。在北京时，那夜在府右街有人用石头打我……"

丽雪摆手，说："你不要再说了！我比你还知道得多，我真不耐烦听。我已然跟你说明了，我跟他没有丝毫的爱情意味，他这次追我到青岛来，是他自寻……"停了一下，她又说："干脆，就请你放心吧！虽然我也恨你，但我还是爱你的，可以说是永久，除了你之外我不会再爱别的人，这你还不信任我吗？你回去吧，最好你明天早车就回北京去吧！"

骏青正色问道："你跟张锦生到底是什么意思？"

丽雪笑着，说："没有什么意思，只是想要拿他愚弄愚弄。"

骏青皱着眉，说："何必呢？"丽雪跺了一下脚，急躁地说："你不要管我！你没有权力来干涉我！"说着她就夺开了臂，过去要给唐太太打电话。

这边骏青也急了，就说："我虽然没有权力干涉你，但因我姑母的关系，我不能不管你！"

丽雪已在那边拿起电话听筒来，听了这话她又把听筒吧地一摔，说："你不要再提我的母亲，利用我母亲来伤我的心，打算使我对你屈服……"说到这里，她的眼泪已经流下，哭着说："有我母亲在世，也不能容许你跟我这样闹气。"骏青就皱着眉呆站着，丽雪却急匆匆地跑到沙发旁拿了块手绢擦眼泪，又回到床旁打电话。

丽雪把电话听筒拿起来，那边的唐太太一说话，她立刻又笑了，说："什么？你们在那儿还等着我呀？"看看手表，又说："都过了十二点啦！都有谁？徐太太，还有……嗯！好吧！我这就去！"她赶紧放下听筒，又向骏青笑了笑，说："唐太太家里三缺一，还等着我打牌呢！"说着她就急匆匆地脱去寝衣，把白柜子打开，穿上一件新做的洋服，又把扔在地下东一只西一只的高跟鞋换上。

她又跑到床旁，掀开了枕头，枕下有一大堆钞票，她也不数一数，就装在皮包里许多，然后又对着镜子匆匆地拢了拢头发，最后又各处找她的装烟盒。骏青就皱着眉说："丽雪，你怎么变成了这个样子呢？"丽雪却似悲似笑地说："你不能安慰我么！我心里痛苦，我要找点儿麻醉，不然我会死的。"她斜着身向骏青一招手，嫣然一笑，说："你在这里，我走啦！"说着就急匆匆地拉开门跑了。骏青过去把门关上，又到窗前去看，就见一辆黑汽车掠过了窗去，顺着马路走了。海风更大，海潮的响声也愈猛烈，街道上更显得凄清，简直如同死了一般。

骏青转身走过来，浩叹着，掀开枕头一看，就见枕下杂乱地摊着的不仅有像废纸一般的钞票，还有安眠药的瓶子和两小瓶不知是治什么病的药。另外有两张名片，前面都印着"张锦生"，就和张淑范有一次骗自己到公园所用的那张是一样；后面都有用铅笔写的字，一张是：

　　　你不必躲着我，我的神通广大，又把你找着了。下午四点请你到"青岛咖啡"，我们只谈几句话，我绝无别的希望，务希届时驾临是荷！

另一张是：

　　　今天你气走了，你走后我真后悔，我向你告罪！晚间你准能到海滨公园去吗？不必带游泳衣，因为我不愿洗海澡，可并不是我怕水凉，是恐怕你受寒。

骏青很是生气，恨不得将这两张名片都扯碎，但是转又一想，就依旧把它放在枕下压好。他顺势坐在床上，低着头发了半天愁，又想：她才去打牌，我得等她到什么时候？不如我回去吧！于是他就由床上乱扔着的纸匣上撕下一片纸来，到桌前用自己身边带的钢笔，写了：

　　雪妹：我先回去了，明天我再来。暇时你最好能寻思一下，一个人不应当自杀，我们的前途并不是没有幸福，不是没有快乐。

再要往下写，又觉得要写的话是太多了，写不尽，随就用茶杯将这纸条压在了桌上。他收起钢笔，按铃叫来了茶房，就向茶房说："这里住的祁小姐，她出去打牌去了，大概半夜才能回来。我也要回去了，不再等她了，你把房门锁上吧。"茶房答应着，关上了灯，随后将屋门锁上。

骏青下了楼，一走出饭店，就见这门前边还有两辆洋车，他雇了一辆，坐上车，就随着车夫去拉走。此时他的身体十分疲惫，四周围的景象又很荒凉，他也不愿去看，就合着眼，靠着车背坐着，耳边滚荡着哗哗的夜涛之声。

在地上奔走的那个车夫倒像是颇有精神、胆量和力气，他就拉着这个颓然如死的客人，沿着鬼境一般的海岸去走，很快地走着。他仿佛也不需要喘喘气，就从海岸的那边走到了这边。这时快要到栈桥了，那铁栏里的草坪里，絮絮地发出一种虫声，虽然涛声是那么猛烈，但这低微的细语，总能断续地送到从道旁经过的人们的耳里。

骏青觉着眼前一亮，便睁开了眼睛。街的这边是静静的，柏油路发着光，像一条波平如镜的溪流；两旁的商店都紧闭着铁栅栏，沉寂得如同坟墓，那霓虹灯就像是在坟上生长的野花似的，还是那么凄凉、灿烂。海的那面黑沉沉的，许多繁星在夜空中闪烁，仿佛是他自己眼中幻出的景象。路口只有稀稀的几辆人力车在停着，除了骏青坐的这辆车和那个车夫,简直没有一个东西是活动的,除了走到那个"平康里"的路口时,里面还像是幢幢地飘着许多鬼一般的人影。

骏青虽然这半天身子都没有动弹,但他的脑里却不停地在前后思索,心中也汹涌着一种苦液。他现在对张锦生的妒意倒是很微了,而对丽雪,他不但不愤恨了,反倒生出无限的爱怜。他想:丽雪原是好的,半年来,她牺牲了她的一切而专来爱我,可惜我不能体贴她、引导她,却使她伤心。现在她成了这样,全都是我的罪过,我不能撒手不管,我得用极大的耐心去挽救她。

不觉着车子到了北京路,那旅馆的大门已经关上了,骏青就叫车子停下,给了车夫一块多钱。打了几下旅馆的门,门才开开,走进旅馆,却见有几个房间还都灯光很亮,有一间屋里还有女人的声音,唱道:"见此情不由我心中暗想……"又咯咯地笑起来。骏青回到自己房间里,开亮了灯,一边换衣裳一边仍发怔地想着,伙计拿起茶壶来,骏青却摆手,说:"不要了,我这就睡觉了。"等到伙计走出屋,把门替他带好,他又长长地叹了口气,自怨自艾地说:是我不好!

他遥想着唐太太的家里,唐太太这时一定又不困乏了,那里有好几位太太,丽雪就在其中;那堕落的麻将牌、讨厌的烟卷、浅薄的谈笑,就把那前半年已改变得很好的丽雪给麻醉了。其实她那么倔强的人,岂能为那一点儿简单的事物所麻醉?她心里一定还是很悲苦的,正在怅恨着什么。

由此又想到了丽雪与张锦生,他忽然有一种感觉,仿佛知道这是一件很严重的事情。他不由打了个冷战,心说:丽雪她到底要做什么?她已说明了她要愚弄张锦生,但不像是个很简单的愚弄吧?她说三五天之后她就可以实现她的"幻想",但她的"幻想"说不定是多么神秘,还许是很可怕的呢!骏青终夜思索着这个问题,一夜也没有睡好,仿佛一件可以预料出来的惊人事情就要出现在眼前。

次日匆匆盥洗毕,他就急忙要去叫一辆汽车,立时赶到丽雪那里,看看那里有什么事情发生。可是又一想:我也太神经过敏了!哪里会有什么事?现在我想挽救这已经颓废了的她,就得耐心、镇定,我要一急躁慌乱,便非坏事不可。于是,心情又一变为平和,他出了旅馆,在大街上找了一家咖啡店,吃了牛奶和点心,然后向海滨走去。一走到海滨,他见海潮很大,天气恶劣,便又心急了,赶紧就雇了洋车又到汇泉那饭店去了。

到了饭店下了车,他就急急地跑到楼上。轻轻一推那房间的屋门,就闻见一股麝香的气味,东西都乱扔着,丽雪却掩被躺在床上正在睡觉。骏青走得离床越近,香气就越浓,是由她的枕边被底里发散出来的。床下扔着两张英文报纸,被风吹得微动,他捡起来一看,是今天的报,就知丽雪是曾经醒来过一次,看了会儿报,她又睡了。

眼前这位孤零无慰的小姐,散乱着发,紧合着眼,展着一只还没有除去手表的臂,显得那么可怜,就像是个殉情而死的少女的尸身,横陈在这悲惨的环境里。但是她的胸还在微微地起伏着,这更触动了骏青的深切悲思和怜爱,他就像默祷似的,心里暗说:你好好睡吧!醒来我们再谈话,我是无不顺从你的,只要能使你好,能使你快乐!转又一想:现在不远之处还潜伏着一个张锦生,不是潜伏,他简直是明着在引诱丽雪啦!那可气的东西,只要他敢闯进屋来,自己就一拳把他打倒,不管他是什么科长、什么次长的少爷!

骏青愤愤地拿着那两张报,就压着脚步到沙发上坐着去看,看了两段又看不下去,又转头去瞧了瞧丽雪。他打了一个哈欠,眼睛困倦得要流泪,身子也慵懒,才想起昨夜自己也是没睡。看看手表也停住了,约莫着这时也就是上午七八点钟,他站起来,把门上的一个白铜的插关插上,就躺在沙发上,拿报纸盖在脸上沉沉地睡去了。

也不知睡了多少时候,忽然有人一掀他脸上的报纸,他就惊醒了,原来是丽雪站在他的面前。丽雪已然修饰好了,穿着一件淡红绸子的洋服、白色高跟鞋,手里拿着一个白纸匣子,是预备要出去的样子。她笑着说:"你就在这里吧!回头我叫他们给你开饭,我出去一趟。"骏青刚问:"你上哪里去?"丽雪已然很急快地拉开门走了,门也没带上。眼看着她下了楼,骏青是既生气又狐疑。

这时穿着白号衣的茶房走进屋来,把门给带上,就收拾屋子。骏青也不知这时是什么时候了，但不多时就另有个茶房给他送来了早餐。骏青也吃不下去，只吃了一点牛肉、半片面包，喝了一杯咖啡。茶房把屋子收拾干净，都走了，只把骏青一个人孤寂寂地扔在这里。

他看了一会儿报，又站起身来，来回地走，吸着烟；又到窗前去看海，发着呆寻思，急躁地叹气。床旁的那个电话机也仿佛哑巴了，不响一声。

他很烦恼，就躺在丽雪的床上，又觉得余香未散。他翻开枕头，只见那乱扔着的钱钞已经少了，张锦生的那两张名片和安眠药的瓶子却还在。他愤愤地把两张名片撕得稀烂，把药瓶扔在地板上，连药片都用鞋踏得粉碎。气是消了些，但又像是闯下了什么祸似的，他有点呆然了。

他撕下一块报纸来，要把这些闯祸的痕迹、证物都包起来消灭，但又想：我怕什么？反正我是为她好，我是爱她，她回来就由她跟我闹，闹急了我就回北京。这样还行？跟我若即若离，不明不昧的，叫我抛了那好容易才找着的事，跟她在这里一起堕落，不行！

骏青就像是负气似的在屋里等着丽雪，可是直等到茶房给他送进来晚饭，却还不见丽雪回来。他叹息着，心想：不必等她了，我也无法挽救她了，救她真比从那恶劣的环境里救月梅还难！因为月梅是自己挣扎，而她却是自己堕落！遂又给丽雪留了个条子，写着：

> 丽雪：你把我抛在这里整整一天，我真忍耐不住了。你若回来时，赶紧到北京路旅馆中去找我，不然，明天早车我就走了。咳，多余的话也不必说了！

骏青又叫茶房把屋门锁上，他就下了楼，看看饭店柜台里的大时钟，原来这时已七点三刻了。他把手表对准，就懒懒地走出门，坐洋车往西去走。这时街灯都明了，天气比上午略好，海面上有几抹薄薄的无光的彩云。骏青就像将要永别了这个地方似的，凄凉而惆怅。

路上的人不太多，因为天快黑了。走到海水浴场附近时，忽然看见路旁停着一辆汽车,骏青扭头定睛一看,就看出那个汽车夫正是昨天给丽雪开车的人。他遂叫洋车站住,向那汽车夫问道:"你看见祁小姐了吗?"

那汽车夫用手向海那边一指,说:"祁小姐刚才跟着张先生,拿着新买来的游泳衣到滩上去了,张先生可在'青岛咖啡'喝醉了!"他说着仿佛还带着点儿笑。

骏青却怒火中烧,他立时跳下洋车来,强笑着说:"好!我看看他们去!"遂扔给洋车夫几毛钱,就急匆匆走下了浴场的石阶。

当时海的壮景就随着潮声展现在他的眼前。此刻云影都模糊了,海面上像浮着一层浅灰色的雾。浪涛冲到滩上时,激起的浪花也不是白色的,而是乌黑的,就像毒蛇的舌头,蓦不防舔人一下,又赶快蜷缩回去。

骏青脚踏着软沙向前走去,走过了很多的各式的木板房子,却没看见一个人,他十分地惊讶、疑惑。忽然看见面前的一个更衣室的栏杆上,扔着个白东西,他赶紧跑过去,一看是个纸匣子,旁边还搭着丽雪的红绸洋服,地下扔着她的两只白色高跟皮鞋。骏青就直着眼向着海水去走,走了几十步,又见湿沙上扔着一身男子的西服和皮鞋,西服下面也压着个纸匣。

骏青愤恨着,再往近处去走,越走脚下的沙就越细越湿,那浪涛已冲到了他的裤腿上。他两眼使着力向海水之中去寻找,就见远处,在那昏黑的浪涛之中,仿佛有两个人头在那里漂浮着。骏青惊得用双手拢住口,一面跑一面大声喊道:"丽雪!丽雪!祁小姐!祁丽雪!"他急得几乎要跳到海中把那两个人头捞出来。

这时,忽见丽雪露出来半身向岸边游来,她就像是一条鱼,又像是狂涛中的一条蛇;而那另一个人,却仿佛是只被淹死的狗似的,叫她拖到滩上来了。丽雪一到滩上,张锦生就被扔在了那里;他两只手挣扎着乱抓着泥沙,后半身还在被海魔掀着没有放手,并且那大的浪头就骑着他的身子爬过来。丽雪却昂然走去,并不管他。

骏青飞跑过去,拉住了张锦生。张锦生这时像是糊涂了,还直同骏青挣扎,两人就相揪着,像扭架似的,有几次骏青几乎被他拖倒,被海水卷去。后来骏青已经筋疲力尽了,这才把张锦生拖到滩上。到了那海涛冲不到之处,骏青赶忙又施用他在中学做童子军时所学的急救术。张锦生吐出两口咸水来,才呻吟道:"哎哟!哎哟!"骏青见他活了,便放了手,再四下转头去找丽雪,只见四下黑雾茫茫,早已没有了丽雪的踪影。

骏青也不管张锦生了,赶紧转身走去,他走得很急,随走随吁吁地喘,喘得他肠胃都发疼。及至上了石阶,到了马路上,一看那辆黑汽车已没有了,他就赶紧向东去走。他简直是跑了,一口气就跑到了那外国人开的饭店。

骏青上了楼就往那房间去走,一推门,见房中的电灯很亮,原来丽雪已经回来了,并且已换了很漂亮的衣服,正坐在沙发上吸烟。丽雪瞧见了骏青,她就微微一笑,骏青便急促地喘着气,用手指着丽雪,严肃地低声说:"你……你是要犯罪呀!"丽雪却弹了弹烟灰,只是笑着不语。

骏青浑身湿淋淋的,就坐在丽雪对面的沙发上,呼呼地又喘吁了半天,才说:"今天幸亏遇见我,不然,你……你怎么办呀?"丽雪还是不言语,还是笑着。又待了会儿,她就将半截烟踩灭了,站起身来,哼哼了两句歌,就走到床前,连鞋也不脱,拉过被来睡了。骏青脱了鞋袜和湿裤子,只穿着衬裤,赤足拖着丽雪的一双花鞋。他又走到了床前,见丽雪合眼侧卧,像是已睡熟了。

骏青发了半天怔,叹息了一声,转头一看,见窗外天黑似墨,银星耀眼,并有一钩纤纤的新月。海风和涛声仍然咆哮着,一件惊险的事情也算过去了,但他心上却又撩起来一种忧愁。他回身看着丽雪的睡姿,就觉着这真像一条美丽的毒蛇蜷卧在这里,自己也有些胆寒。又发了半天呆,他便过去将湿了的裤子放在迎窗处,让风吹着,自己就坐在沙发上休息吸烟,想着如何能处理好目前的事情。

过了许多时,忽听外面有人用手指弹门,骏青吃了一惊,赶紧起身过去。他像提防什么似的把门拉开,一看,原来是茶房送来了一封信。

骏青接过来,就随手将屋门关好。这时丽雪就由床上坐了起来,她问说:"什么事?"骏青眼光触到信封上,就说:"是张锦生的信。"丽雪就急躁地说:"拿来给我看!"

骏青赶紧给她送过去,丽雪就哧地撕开,骏青也扒着头去看,就见那信封上虽然写着"交祁小姐",可是里面的那张名片上却密密地写着:

> 骏青老弟:幸亏有你救了我,不然我必一命呜呼。丽雪真辣呀!我不跟你们争了,你们放心在这儿玩吧,明天早车我就走。再会!再会!
>
> 锦生手启

丽雪看完了,她的脸上一点儿表情也没有,就哧哧地把这张名片连信封全都撕得粉碎,扔在地下那一堆碎名片和破药瓶里,然后她照旧倒身去睡。骏青倒不由脸上发烧,他就坐在丽雪的身旁,低声说:"丽雪,现在我都明白了!你没有过错,过错都在我。就是刚才那件事,也是因为我使得你神经受的刺激过重,你才……咳!事情幸亏也没闹出什么来,我们也就不必再提说了,现在你就安静地休息吧。今天我也不回去了,一日你的神经不恢复常态,我也一日不走。我将长时期陪着你,等你好了我们再商量,或一同回北京,或一同就在这里住着,你想,好不好?"他说到这里,就见丽雪伏在枕上抽搐着哭泣,骏青赶紧又安慰她,劝解她,直到夜深十二点后,丽雪才真的睡去。

骏青又走到桌旁去写信,信共写了两封,一封是向西山孤儿院请续假一星期;一封是给刘醉生,说自己因事暂时不能返京,月梅之处请他时时照应。写完了信,就用茶杯压在桌上,他就躺在沙发上休息。想着刚才黄昏时海滩上发生的事情,仍然感到害怕,对于丽雪的将来更不胜的忧虑。这一夜他就没有离开丽雪,并且连觉都不敢睡。

次日,丽雪起了床,态度很平和,精神也非常镇定,跟骏青说的话也仿佛多了。两人在一起用毕早点,丽雪就换上了衣裳,向骏青说:"咱们一同出去吧?"骏青问:"上哪里去?"丽雪微笑着说:"就到附近的海边，你来到青岛现在已经三天了，可是我们俩还没到海边去玩过。"

骏青听了这含情深切的话，心上又不禁一阵难过，笑了笑，说："好吧！"又把茶杯下压着的那两封信拿起来递给丽雪，说："你看看。"丽雪只看了看信封，就微笑着说："你的信我何必要看呢？"骏青就把两封信都粘上邮票，装在了上身的口袋里。此时，他已穿上了那条半干的长裤子，但皱得像两条腊肠，丽雪低头看了看，要笑却又忍住了。

两人挨肩挽手地下楼出了饭店，才走了几步，就见迎面来了个骑自行车的人，像是个饭店的茶役。丽雪忽然止住了脚步，那茶役到临近就下了车，拿着一个洋纸的信封，说："祁小姐，在我们那儿住的那位张先生，现在上车站去了，临走时叫我把这封信给您送来。"丽雪点了点头，那茶役就又骑上车走了。

丽雪随走着随把信拆开，先抽出一张名片来，又是张锦生的。丽雪特意拿出来与骏青同看，就见写着：

> 我走了，你叫我领略了一次死的滋味，这也不可多得，除了你，谁也不能跟我这么好。我两千元买的钻石戒指，你嫌不好，不肯要，但现在我还请你收下，做个纪念，纪念你曾几乎淹死了你的爱人。

丽雪冷笑了笑，又从信封内摸出了一只金圈子白钻石的戒指。那戒指被朝阳照得耀眼，丽雪就在手中拿着，却把信封和那名片都撕了。骏青注意着她的神色，没说一句话，两人就默默地走到了海边。

这时，朝阳映得海水发紫，浪涛像海神的翼子，不住地向起翻腾，骏青不禁对这无边的汪洋生出一种悚惧。丽雪却像个活泼的小孩子似的，登上了岩石。忽然她一举臂，就像投铅球似的，把她手中的那只钻石戒指就扔在了茫茫的深海里，然后像是感到很好玩似的一笑。骏青倒忍不住有点惋惜，但也随之笑了，说："你何必？即使是昨天那事，张锦生纵然可恨，也不必要制他于死。"说完，怕丽雪又生气，他赶紧也跳到那块岩石上，说："你也别因这事就受了过大的刺激。"

丽雪的脸色忽然变为一阵凄凉，她说："但是你可知道，张锦生他给我们的生活造成了多大的损害？"骏青倒被这句话给噎住了，就听丽雪愤慨地说："在你还没到北京的时候，他就追求我。我因为跟他的两个妹妹是同学，就是觉着他讨厌，也犯不上就跟他翻脸，他就在外面造出很多的谣言，说我跟他好。因此有几个同学以此讪笑我，以为我真跟一个花天酒地、名誉最坏的次长儿子有了爱情。后来，他又利用我父亲攀附他家的心理，要以父母之命媒妁之言的形式叫我嫁他；我父亲之所以讨厌你，不使咱们两人接近，以至逼得我离开家庭，都是因为这种原因。后来他又假意要给你找事，同你交朋友，其实他是要引你堕落。因见你为人很规矩，不随他们去放荡堕落，他就无计可施，又不惜牺牲他的妹妹；利用他的妹妹喜欢你，他在暗地使用伎俩，同时还造出许多话来，故意叫柳明贞那些人传送到我的耳朵里，说你与张淑范已如何如何。其实你跟张淑范的事我早就知道，但那时我绝不信，可是我那时要是信了一点儿，后来也不至听说了你跟张淑范到公园，你给张淑范写信，我就那么伤心难过！"

此时骏青的脸烧得比朝霞还红，丽雪却笑了笑，说："其实这些也不要紧，最卑劣最毒恶的就是他在我父亲跟前捏造你的种种劣迹，又向你的父亲……他是叫于文俭给我舅父写信，骂我是浪漫、下流……"说到这里，她气得流下泪来，又接着说："过去我虽好交际，但我确实没做过下流的事，可是现在无论跟我舅父怎样解说，舅父也不能对我再有好感……"

她收住了眼泪，又说："至于他派人拿石头打你，以及唆使白家告你，那倒都是小事。这些事，早先我虽然疑惑是他，但还没有断定。直到我离开北京的那一天，梁霞暗中给了我一封信，并嘱咐我到车上再拆开看，她的信上就说着这些事。在你拒绝了张淑范之时，张淑范病了，有一次梁霞去看她，她就把这许多事都告诉了梁霞。张淑范也是上了她哥哥的当，她哥哥告诉她，说你不喜欢我而喜欢她，所以她才要跟你好，她也并不是单方面的爱情。在你拒绝了她之时，她还真是恨你，所以她就气病了。她在病中偶然听见了她哥哥与于文俭的秘密谈话，大概就是张锦生正利用白家告你，把你押在看守所的时候，她这才明白，她就哭着告诉梁霞，叫梁霞告诉我，请我原谅她，并主张叫你觅地暂避。梁霞当时没有跟我说，大概她是知道我的脾气不好，倘若听说了张锦生的种种手段，我一定立刻就要报复，所以到我上车时她才把信给我。她主张叫我到了青岛暂时不必回北京，并把你也招了来，以躲避张锦生的陷害；因为张锦生是又有钱又有势，而且无论什么样卑鄙阴险的事，他都做得出来。"

骏青此时对张淑范倒生出一种悯怜和感激，而对张锦生，尤其是对于文俭，则是又恨又怕，他的面色不由现出苍白。

丽雪又说："我看了那封信，本来中途就要折回北京，可是又恐出了什么事，连梁霞都连累上，所以我只得忍着气。不想我到了这里的第三天，张锦生就来了。起先我不理他，后来他竟到东海饭店去找我，我就搬到现在这里了，同时我白天很少出门，还是想要躲避他。并不是我怕他，而是因为我来到这里，就是为休养我心上的创痕，并不愿和谁斗气。但是他又找到了我，我真不能再忍耐了，所以我就忽然生了一种'幻想'，这种'幻想'连我自己都很恐惧，但是我管制不住自己，我要去施行。所以我就敷衍他，跟他在一起吃过一次饭，游过一次海滨公园。最后，就是昨天，我们在一起用咖啡，喝威士忌，他就醉了，丑态毕露。我又感觉到，用一种很费周折的手段加在一个伧俗的人的身上，是太不值得的，所以昨晚……就是你不在海滩上叫我，我也是不会把他淹死的；我只是要叫他喝两口海水，叫他明白我的厉害，以后他就再也不敢向我使用奸谋了！"说完了这些话，丽雪又微微笑了笑，仿佛很是自负。

骏青的心里却很发愁，眼前那森森的海水，就仿佛是他的前途，真不知将来还有什么事情要发生。丽雪的那只臂又像一条蛇似的把他挽住，并且用乌黑的双眼掠着他，倩然的微微笑着，说："也许因为此事，以后你也很怕我了吧？"

骏青笑着说："我不怕你，不过我希望你把你脑里的那种幻想除去吧！不然你就是不犯罪，也要成神经病的。"

丽雪摇头,说:"不会,我脑中的幻想现在已完全消失了,以后我们就专去休养精神,恢复爱情,但请你千万别再跟我犯拗执。"

骏青就说:"以后无论什么事,我都顺从你!"

丽雪笑了笑,又问说:"那么你还急着回北京去吗?"

骏青说:"我现在写了信,再请一星期假,以后……还可以续请。咳!现在事情如何,我也不暇计了,我只希望你的精神能够正常些,脾气能够改变些。"

丽雪点头,说:"好吧!我一定要把脾气改得像白月梅那样。"骏青听了,脸上又不由一阵红。

丽雪却高兴地笑着,说:"你看这地方多好!回头咱们就去买鱼竿,以后天天早晨来这儿钓鱼。"骏青也赔笑着,说:"很好。"丽雪却拉了骏青一下,说:"咱们回去吧,在这儿,你看我的鞋都湿了。"于是两人就离开了海边,迎着那已升起来的朝阳去走。涛声和秋叶依旧在二人的身后响着,林间的小鸟毫无顾忌地在马路上跳跃。

马路上很寂静,走不远就看见路旁有一只邮筒,像个穿绿衣裳的小孩似的,张着大口向他们笑。骏青从身边取出那两封信来送进"口里",然后与丽雪相挽着走回饭店。

第二十七回　卑贱者的灵魂

　　骏青的信被送到北京刘醉生手中时,他正在写稿。刘醉生放下笔来,把信拆开,略看了一看,就扔在一边,赶紧又拿起笔来往下写;但写了一千多字,他就再也支持不住了。他停了笔,但仍不肯松手,就用另一只手支着沉重的头。刘醉生浑身打着寒战,血液都像是凝结成冰了。他极力挣扎着,叫那沉重的头仍发出文思,叫那颤抖的手还写出成行的字。

　　也不知过了多少时间,忽然听见耳边有人叫道:"刘先生!"刘醉生赶紧停住笔,扭头一看,就说:"喝!月梅,你是什么时候来的?"月梅微笑了笑,说:"我进屋来半天了,您没有觉得,我在您背后看您写了三行字,我这才招呼您。刘先生,您今天觉着怎样?好一点儿了没有?"刘醉生点头,说:"好多了。"他把桌上那封信交给月梅,说:"你看看,这是柏先生的信,刚寄来。"说着,仍继续写他的稿子。

　　月梅在他身旁,背着脸儿靠着桌子,把那封信看了看,也没做什么表示,就仍旧装好,放在桌上。她又转过身来,看着刘醉生,就见刘醉生的那张病脸被灯光照着,成了姜黄色,　点儿血色也没有;胡子长得是更长了,细一看就能看出,他的两腮是比前一个礼拜更瘦了。他的身体战栗着,手尤其抖得厉害,纸上的字迹就像蜘蛛爬的似的,简直使人认不清了。

月梅就皱着眉,说:"刘先生,您歇一会儿吧,您病着,不休息怎能好呀?"说到最末一句话,声音已十分凄恻。

刘醉生放下笔,把身子向后一倒,他这把破椅子就咯嚓一响。月梅吃了一惊,赶紧去扶椅子,幸亏椅子没有倒下。刘醉生又伸手去够床上的一件破毛衣,月梅赶紧递给他,并跺了跺脚,着急地说:"您怎么不去看一看呢?您就是不愿意到缪大夫那儿去,别的医院也可以去呀!"

刘醉生把毛衣穿上,就说:"这时候我就希望我这屋子有个暖气管子才好。"随后叹了口气,说:"你说去看,你不想想看病得花多少钱?到医院去,大夫也不过就给我点儿'金鸡纳霜',可是去一次就得五六块。倒是有施诊的地方,可是人太多,早晨挂了号,等到晚上还叫不着你,我哪儿有金钱和时间,看这个病!"

月梅忧愁地问说:"那么您永远不看,不是永远不能够好吗?"

刘醉生摇头,说:"我这病虽然不能立时就好,可也不至于就一病不起,就死了;我早先也得过比这疟子还厉害的病,都是自己治疗好了的。本来,像你像我,我们若指着那些大医院的贵族大夫治疗,早就活不到今天了!"

刘醉生又问说:"现在什么时候了?有十一点了吧?"

月梅说:"没有,我从孙家出来的时候才九点,这时顶多了也就是十点钟。"

刘醉生说:"你快回去吧!你们住的那地方太偏僻,回去太晚了不大好。明天你若是来看我,最好白天来,现在我整天不出门。"

月梅说:"因为我白天在家粘花儿,没有工夫,非得晚上帮助她们做完了饭,刷完了家什,我才能出来呢!"

刘醉生说:"那么你就不必天天来看我,我现在吃的这'金鸡纳霜',是治疟疾的特效药。"他拿起桌上的一个小药瓶,给月梅看,又说:"你看,这瓶我快吃完了,大概吃完了我也就好了。"

月梅沉思了一会儿,就说:"那么刘先生,我跟您商量一件事,请你千万答应我。"

刘醉生一怔,问说:"什么事?"

月梅几乎要流出泪来,她就说:"我现在还有五十多块钱,我拿着也没有用。明天我拿来借给您,您拿它去看病,几时您有了钱,几时您再还,请您千万答应我!"

刘醉生摇头,笑着说:"你要是柏骏青,你的钱我倒可以使用,因为他的钱是有来源的;他虽然也穷,可是他那富人的身份并没失落。你却是个穷孩子,那五十块钱若叫我给花了,你永远也不会再有五十块钱。你得留着那钱,防备着将来你病了时再花。"

月梅着急地说:"我现在又没有病!难道您在这儿病得这么厉害,没钱去看,我却把钱搁在那儿?"她擦擦眼泪,又说:"您是我的老师,您待我有过许多好处,我不忍得瞧着您这样病下去!没个朋友帮助您,也没个近人伺候您,您还得写……也不能休息,您太可怜。"说着她就哭了,拿她那有黑道的灰色洋布夹旗袍的袖子擦着眼泪。

刘醉生把套在驼绒袍子上的毛衣纽扣扣上,点了一支烟,就微笑着说:"你怎么说我可怜?我早先没对你说过吗,人是不能求别人可怜的,乞怜是一种最卑鄙的行为。尤其是我,假定我是很可怜的吧,然而叫一个比我更可怜的小女孩子来帮助我,我的心怎能好受?我的病还能够好?你别看我平日浪费无度,稿费来了我就买烟喝酒,但是假定我断了粮,饿得快死了,你用你的钱给我买个烧饼,我还不肯吃呢!"

月梅说:"可是,我是您的学生!"

刘醉生说:"不错,你是我的学生,老师受学生的一点儿孝敬或帮助,也不算什么的,可是那学生也得是个阔学生。就像你,整天的粘花儿,在别人家里吃饭,我要是再狠着心去揩你的油,下辈子我还得住在破庙里写小说!"说着他就站起身来,又说:"你走吧!天不早了,我给你出去雇辆车。记住,明天再来可是白天来,有工夫替我给柏先生写封回信。"

月梅赶紧把刘醉生拦住,着急地说:"您干吗跟我出去呀?我会自己雇车。"

刘醉生摇头,说:"不,我得出去!胡同口外有我认识的熟车,叫他们拉你,我才能放心,不然今夜我一夜也睡不着觉!"月梅咳地叹了一声,只得叫刘醉生病歪歪地随着她出屋去。

今天本来应当是个月夜,可是月色都被乌云遮住了,乌云就像灶里冒出的烟似的,腾腾地遮掩住了月色,遮掩住了整个的天空。晚风从背后袭来,直钻进人的衣裳里,特别的凉,垃圾箱旁的蟋蟀不住地叫着。月梅还拿袖子擦着眼睛,刘醉生打着寒战,却笑着说:"你别难过了,不是我故意矫情不用你的钱,实因为你没有什么钱。等你将来做了事,一个月挣个一百二百的,那时我就不写小说了,可以让你养活我。"月梅也不言语。

出了胡同的东口,刘醉生就叫过一辆车来,这拉车的人似乎同刘醉生很熟,刘醉生就给了他几毛钱,托付说:"你把这姑娘送到新街口蒋养房,劳你驾。"

拉车的连忙笑着,说:"好说,好说,刘先生您先不必给钱啊!"刘醉生只摇头笑着。

月梅这时已上了车,她斜着身,望着昏黄路灯之下刘醉生那消瘦的身影,说:"刘先生,您请回吧!"刘醉生答应着,月梅就坐着车走了。

这时天色真不早了,秋风里,街头除了稀稀的几个水果摊子之外,其余别的营业都已收了市,往来的车辆也都显得那么没精神。月梅的心里很忧虑,恐怕刘醉生的病越来越重,他不肯用自己的钱看病,柏先生又没在这儿,这可怎么好?

洋车慢慢走着,许多时才到了蒋养房那条漆黑的胡同。到孙妈的门首一推门,门却关得很紧,月梅的心里就有点儿抱歉似的,她想:以后别再这么晚回来了,叫人家为我等门,真对不起人家。

她轻轻地叩了几下门环,里面没有人答应。她停了停,又重些去叩门,吧吧地响了几声后,就听门里有人生着气说:"听见了!谁呀?"月梅听出是瘸子媳妇的声音,她也有点儿气,但是仍轻轻地说:"是我,大嫂子你开门吧!累你……"里面叨唠着说:"半夜三更的……"接着是空咚啪啦的沉重响声。

瘸子媳妇生着气把门开了,月梅就赔笑说:"对不起!我因为看刘先生去啦,多说了几句话,就回来晚啦,嫂子你让我关门吧。"瘸子媳妇手里正拿着顶门的杠子，一听见这话，她就把顶门杠子当啷一摔，一句话没说，转身就走了。

月梅气得真要发话质问她，但见各房中都是黑洞洞的，邻居们都睡觉了，此时若跟这媳妇吵闹起来，把别人都惊醒了，那有多么讨厌？于是她就忍着气，关好了门，顶上杠子，又把一块大石头搬了搬，然后她生着气，才轻轻地往自己住的房里走去。

这时瘸子的媳妇又在屋里对她丈夫发急，说："……我哪知道呀？她上哪儿去啦，我管得着吗？别说我，就是咱们老太太回来也问不着人家！人家是小姐，人家在咱们这儿是客，是祖宗。咱们是奴才！小姐出去找野汉子，奴才管不着！"

月梅停住脚，向窗里厉声问说："你说的是什么？"

那媳妇在屋里高声说："张小姐你可别多心！我没说你，我说我自己啦，我是奴才的命！我是养汉精！我是开暗门子的丫头！"接着就听吧的一声，是瘸子打了他媳妇一个嘴巴。那媳妇就更暴躁起来，转向她丈夫打起来，连骂带哭地说："你敢打我？你个瘸忘八！你哪一点儿配得上我？我跟了你这几年，给你养了两个孩子，帮你们做买卖……你跟你妈都没良心！弄来个小妖精，暗门子出来的小烂货，来到家里充小姐，叫我伺候她，半夜还不得睡觉，给她听门，你还打我……"屋里又是咕咚咚的一阵乱响，孩子也哇哇地哭了。瘸子发狠地说："我打死你！"又听那媳妇哎哟哎哟地叫着，说："你揪我头发？揪死了我，那小妖精也不能嫁你，你个瘸东西！瘸忘八！瘸死鬼！"

月梅在院中气得浑身乱颤，就向屋里高声说："你们也别打了，明天我搬走好了！不准你再骂，你要再骂，我就把你婆婆找回来，咱们讲讲理！"

屋里的瘸子把门开开，瘸瘸点点地走了过来，向月梅央求说："张小姐您别理她，她是个疯子！"

月梅忍着气说："我也不理她，明天我搬走就是了；也不是我怕她骂，是我不愿意因我在这里，叫你们常常打架。"说着，她就回到自己住的屋内，点上了灯。

那边瘸子的媳妇还哭着,孩子也哭着。最奇怪的就是院中那些邻人们,平日都是爱管闲事的,可是刚才瘸子的媳妇那样又闹又骂,竟没一个人隔着窗子劝一声。月梅就想:可见,虽然我在这里是耐性地、安分地住着,自己也是既勤俭又对人和气,可是别人一定还是嫉妒我,看不起我。这也许就是因为我本来是暗娼家里养大的女子,可又担了个小姐的虚名!

月梅辗转地想着,想不出明天自己应当搬到哪儿去。其实,马圈胡同现在倒是没有人住,可是祁小姐跟柏先生他们早晚是要回来的呀!过去我在他们那儿住,祁小姐待我虽然表面上很好,可是谁知道她心里却也嫉妒我,末了,我受了她的侮辱,叫我无颜见柏先生。明明我是个穷苦孤单的女孩子,可是别人总都叫我小姐,使我高不成低不就的,这样的情形再往下去,我到底算是怎么个人呢? 几时我才能自立,才能积蓄下自己挣的几个钱,才能寻着那受着苦的母亲呢?

想来想去,她不由得哭了,但才落了几点眼泪,她就赶紧拭干,不再哭。她站起身来,动手去收拾自己的衣包,收拾完了,就吹灭了灯安心去睡,也不管那瘸子的媳妇还在屋里叨唠什么。

次日清晨起来,盥洗完毕,月梅扒窗看见薛家的环子在院中,她就开了门,点手悄声叫环子进屋来。她把用报纸包着的两枝已经承做好了的花儿和几叠花片、叶子等等,都交给环子,说:"昨晚上我出去看了一位正害着病的老师,回来晚了,大概你也听见了,瘸子的媳妇骂我的话多难听! 我不能在这儿再住着了,我要搬走,这没做完的花儿,就交给你做好了;李大叔还应当给我五毛多钱,你替我跟他要,要下来你就花吧! "

环子拉着月梅的手,留恋地说:"你别走,不用理她! 她是咱们这胡同出名的泼妇,你跟她值得斗气吗? 你是她婆婆请来的,祁小姐走的时候,还留了不少钱给她婆婆,你在这儿又不是吃着她们! "

月梅摇头,说:"你不知道,我实在不能在这儿住啦! 过几天我再来瞧你。"说着,她就走出去雇洋车。

这时院中的人都已起来了,瘸子的媳妇披头散发的,脸上还留着泥污和泪迹,一见月梅雇了车回来,她就上前问说:"张小姐你真走吗?昨儿晚上我跟瘸子吵嘴,跟你没相干,你就往你的身上拉,现在就要走;你也不想想,你在我们家里住了这些日子,我可没错待了你!"

月梅绷着脸儿,说:"我也没说你错待了我,现在这些闲话你少说,我走就是了!"

瘸子媳妇说:"你一定要走,我也不能拦住你。"

月梅生气地说:"你凭什么拦?你倒想拦我呢!我到你们这儿来是祁小姐的主意,也是冲你婆婆的面子,跟你,我有许多气还值不得一生呢!"

她气愤愤地回到屋中,拿了包裹和铺盖,又走到院中,就见那媳妇张着两只手,摇头晃脑地冷笑着,跳着说:"还能有什么主意?顶多了见着我婆婆,说我一大套坏话;祁五小姐回来,再给我们使点儿坏,砸了我们的饭锅,那我们也不怕!"

月梅也不禁冷笑着,说:"你别瞎了眼!我才不像你们那般小人见识呢!"说着出了门,把铺盖和包裹都放在车上,她也坐上,就让车夫拉着走了。

才走出胡同口,薛家的环子正在那儿等她,迎着她的车叫着说:"月梅!月梅!你是上祁小姐那儿住去吗?"

月梅在车上说:"我是想到那儿暂住几天,过两天我还要搬到别处去,等我有了一定的住址,我再给你写信,或是我再来瞧你。我还托你一件事,上次找我来的那个徐秀贞,她要是再找我来,你就说我已经搬走了,过两天我一定去看她,劳你驾了!"

环子点点头,黯然地说:"你还想粘花儿吗?你要是还愿意粘,我还能跟李大叔要活计,我给你送去,你粘好了我再去取。"

月梅心中也不禁一阵难受,但又笑着说:"不必啦!离着这么远,送活取活有多麻烦,再见吧!"她叫车子走了,在车上还回身向环子招手。

车子迎着东方的晨光走着,那天际还留着玫瑰色的朝霞。鸽子成群地在天空中飞翔,它们那羽翼映着阳光,一闪一闪的,发出一种银色的光泽。凉风飒飒地吹着路旁的树木,并把月梅的头发向前去吹。月梅腾出一只手来掠了掠头发,又从头上捏下一片枯叶来,她的心中感到了一种秋意,并想到自己前途的渺茫,便生出一点惆怅。

但转又一想:现在正是我应当努力的时候,柏先生祁小姐都已走了,使我不能有什么依赖之心;白家的事又都弄清楚了,更没有人再来干涉我、管辖我。我是自由了,我得赶紧找出路!我不但要自立,还要帮助刘先生,帮助徐秀贞,将来帮助我的母亲……这样一想她又高兴了,就觉得车仿佛也走得很快,秋阳特别光明,长天特别清朗,连街上往来的人都像是特别的兴奋、轻爽。

不多时到了马圈胡同,一叫门,里面是余妈的声音,问道:"找谁呀?"月梅就说:"余妈开门吧,是我。"余妈把门开开,瞧见是月梅,又瞧见了铺盖和包裹,她就笑着说:"哎哟!张小姐您搬回来啦?"月梅去提包裹,余妈就赶紧接过来,说:"您交给我吧!"并叫洋车夫把铺盖搬进来。月梅开发了车钱,余妈就随手把门关上,夹着铺盖,提着包裹,让月梅到了北房里。

北房的一切陈设还跟早前一样,那几尾金鱼还在玻璃缸里游来游去,很活泼的,不过栀子花是凋谢了,地上多添了四盆含苞未放的菊花。月梅坐在沙发上,那沙发的白布套子十分的平展而干净,似是天天有人掸扫。月梅等着余妈把东西送到屏风里,她就笑着问说:"五小姐没有信来吗?"

余妈说:"昨天梁小姐来啦,说是五小姐跟柏少爷在青岛很好,是住在什么饭店里,听说得过年春天才能回来呢。您瞧,这儿白租了这么些房子,买了这么些家具,可没有人住。听说陈小姐跟她的先生要搬来,可是这些日子我们也没见着陈小姐的面儿,再说柏少爷在那边还锁着两间屋子的东西。有钱的小姐少爷们办事真是没有准主意!这儿就是我跟孙妈看空房子,有时来个电话,人家问五小姐什么时候回来,我们都回答不出来。昨天我还跟梁小姐说,五小姐要是不回来,就把电话拆了吧,一个月十块钱呢,再说又净有人打错了电话,麻烦极了。可是梁小姐说,五小姐的信上都说得明白,这里一切东西都不许变动,四季的花儿也随时摆着,还嘱咐我们别因为房子没人住就懒得打扫。咳！我真不知道我们那位小姐,是打着什么主意?”

月梅笑了笑,又问:“那么房钱跟电话钱,都是谁给呢?”

余妈说:“都是梁小姐,梁小姐每天要带着书包骑着自行车来一次,这四盆菊花也是她给买来的。”

月梅就微笑着说:“我劝你们就等着吧!五小姐说是过年春天,碰巧不到八月节她就回来,回来就许跟柏先生结婚。”

余妈说:“人家干吗要回来结婚呀?现在在青岛就算是结了婚啦!听说现在的文明人结婚都不办喜事,在一块儿住就算夫妻啦,那叫什么‘同居’。”月梅笑了笑,脸不由得红了。

余妈又说:“刚才天一亮,那瘸子就来叫门,把他妈找走啦!”

月梅听了倒吃了一惊,余妈说:“孙妈直生气,骂她的儿媳妇混账,把您给得罪啦。”

月梅摇头,说:“其实她也没得罪我。”

余妈说:“孙妈气哼哼地跟着她那瘸儿子走了, 走了不大会儿,您就来啦。我早就想着您不能在她那儿长住,她那儿媳妇我虽没见过,可也知道不定是怎么个刁妇啦,连孙妈在家她都容不下,您去哪儿成?本来您应该回到这儿住着,五小姐不在家,您就是小姐,我们倒还算有个主人呀!要不然倘若有点儿什么事,真没有人负责。”

月梅说:“可是我也不想在这儿长住。”

余妈一怔,说:“可是梁小姐跟孙妈说过,在学堂都给您报了名啦!您现在要去大概还行。”

月梅微微皱着眉,说:“余妈你想,我要上中学,得六年才能毕业,若是半途而废,还不如根本就不上。我哪有那环境?难道我能让五小姐供我六年?她哪有那么多的钱?”

余妈探着头悄声说:“据我猜着,五小姐手里的钱可是一定不少,我们太太活着的时候,俭省了半辈子,临死都悄悄塞给了小女儿啦。为这事大小姐跟二太太都向我探了好几回,问我五小姐到底得了多少钱,可是我哪儿知道呀?我倒是常见五小姐开支票,支票上净是洋字。”

月梅对余妈的这几句话,并没有注意听,心里只是想着自己的事,想着自己的出路。桌上有今天送来的三份报纸，都平平展展地在那里放着，像还没有人阅过。月梅就走过去，除了那份英文报之外，她都仔细地翻开，详细地看了。她尤其注意的是广告栏，只见多半是招生广告，就有两项是"聘请"：一个是聘请女教师，须要大学毕业程度，须要会教代数、几何、英文；另一个是要十八岁以上的，中学毕业，会英文打字，是做银行女职员。月梅的心里非常失望，而且难过，感到自己的年龄太小，而且没有学识。

她怅惘着，回到沙发上又坐了一会儿，余妈给她倒来一碗茶，她都没有觉得。看看桌上的那个小时钟，这时才不过九点，她就站起身来，向余妈说："我还要出去一趟，因为我有一个老师，就是那位刘先生，他现在病了。昨天我去看他，他就病得很厉害，现在不知怎么样了，我去看看，一会儿就回来。"余妈说："您回来吃午饭吗？"月梅想一想，就说："你们不必专为我做什么，到时候我要回来，咱们就在一块儿吃；我要不回来，你们也不必等我。"出了门，她计算了一下手里的零钱，就连车也舍不得雇，穿着她的夹旗袍，迎着西风走去。

直走到西城，她就先在大街上找着一家药房，买了一瓶"金鸡纳霜"，随后就走进了水车胡同。到了庙内，一拉刘醉生的屋门，她就闻见一股难闻的气味，是病人特有的一种气味。刘醉生穿着小裤褂，光着脚仰卧在床铺上，脸色极为难看。他闭着眼，张着嘴，像是死了一般。月梅赶紧把屋门关上，皱着眉，凄恻地看着刘先生的病容，不敢做出一点儿声音。她轻轻地把药瓶放在桌上，见桌上的稿子笔墨乱扔着，她就细细地整理着。

待了半天，就听刘醉生呻吟着说："月梅来啦？"月梅赶紧回身，见刘醉生是要挣扎着坐起来的样子，她赶紧拦阻着，着急地说："您躺着歇息吧！我来了，您何必还起来呢？您今天觉得怎么样？"刘醉生有气无力地说："要死！烧得厉害！"

月梅哽咽一声就哭了，她悲痛地着急说："您为什么不看看去呢？我送您到医院，没有钱我可以想法子。您也说过，您把我当女儿看待，可是您现在要死了，您就不叫您的女儿给您出点儿力，尽点儿孝心吗？"刘醉生又一笑,言语模糊地说:"我冤你呢,哪能就会死呢！"月梅却仍掩面哽咽着。

刘醉生思考了半天,才叹了口气,说:"不瞒你说,我也不是天性古怪,有病不请医生,实在是我没钱。你看我现在病得这么厉害,我还挣扎着写稿子,就是因为倘若我那篇喜剧不做成,不赶快寄去叫人家登,到下半月我就要断粮。月梅,你看我现在贫病交加,还要从这昏晕的脑子里去索取喜剧的材料,月梅你就知道,生活、金钱对人的播弄是多么残酷了！所以我不忍用你那仅有的几个钱,连你为来看我,耽误了你在家里粘花儿,我都很不忍。"

月梅哭着说:"是,我也明白您的意思,您是不忍得花我的钱。但您也不想想,您不治,病怎么能好？您要是永远这样病着,我也永远不能安心,就是现在有人给我找了职业,我都没心思去做,因为您是我最敬重的人。早先我虽也上了小学,可是我对什么都不懂。在白家,我对那环境很习惯,她们说的那些坏话我都会说,她们要穿了一件新衣裳我也羡慕。直到您做了我的老师,时常对我讲些课外的话,我才明白了,才知道应当怎样做一个人,应当怎样不受虚荣的诱惑,不受环境的转移,我才能有现在。所以我认为您给我的好处,比柏先生给我的多得多,我不能说您是我的父亲,但您确是我的老师。现在无论怎样,我也不能眼瞧着我的老师就这样病下去！"她随说着随不住地抽泣,泪水把一条印着花儿的手帕都浸透了。

刘醉生似乎受感动了,他叹了口气,迟缓无力地说:"好孩子！因为你这话,等我的病好了之后,我也要改改脾气。第一我先要戒酒,现在……"他迟疑了半天,才叹了口气,说:"这样吧！我桌上有零钱,你拿着那钱雇车,到平安胡同请缪大夫来给我看看。告诉他几时有工夫几时来,人家若是没工夫,你也不必勉强人家。"

月梅说:"打电话不好吗？"刘醉生摆手,说:"不好,不好,我请缪大夫看病,没请缪太太看病,你这时候打电话,一定是缪太太接。"月梅答应着,说:"我这就去！"于是她赶紧跑出屋去,到庙门外就雇了辆洋车,往东城平安胡同去了。

这时她心里很急,但却痛快,想着:缪大夫一来就好了!他跟刘先生是亲戚,他不好意思不来。他开了方子,我偷偷拿着钱给刘先生买药,刘先生的病就可以好了。

车走过了西单商场,忽听马路旁边有人叫她,扭头一看,见是徐秀贞,她穿着自己的那件浅红色带白点儿的洋服,脚下穿着一双白帆布的自由鞋。月梅就笑着,向徐秀贞招招手,车可没叫停住。徐秀贞高声儿问说:"你上哪儿去呀?"月梅也高声儿回答说:"我给刘先生请大夫去。"徐秀贞赶紧跑过来,问说:"是刘先生病得厉害吗?"月梅说:"也不怎么厉害,我得赶紧去,咱们回头再见吧!"

月梅就叫车快走,遂又在车上回过头去,向徐秀贞笑笑。就见徐秀贞已回到人行道上,跟她在一起走的还有个女人,年有二十来岁,穿着花旗袍、高跟鞋、烫头发,手里持着个珠子穿成的小提包。那女人也不住向月梅这边来瞧,并低着头跟徐秀贞说话。月梅很是诧异,就想:早先我到徐秀贞家里去,没见过这个人呀,莫非是徐秀贞的亲戚……但是因为自己眼前还有很要紧的事,她也不再注意她们,就随着车快走。

将至正午时,才到了平安胡同,月梅就看见一所小楼,上面钉着个很大的招牌,写着"宝生医院"。月梅叫车停住,下了车就往里走,却见里面很寂静,没有一个人。走进楼里,看见挂号处的小窗子也关着,她就扶着楼梯往上走。才走了两级,就见由楼上下来一个女护士,年有二十来岁,穿着白衣裳,手里拿着几张诊断书。瞧见了月梅,她就问:"有什么事?"

月梅说:"我要见缪大夫,有病人请她治病。"

那女护士说:"缪大夫出诊去了,你是什么公馆?把地址留下吧,下午再去看。"

月梅说:"不是什么公馆,是水车胡同住的刘先生,他现在病了,请这里大夫给看看,他跟这里大夫是朋友。"

那护士说:"你等会儿,我给你问一问。"护士就回身又上楼去。

等了一会儿,就见一位穿咖啡色旗袍的年轻太太出来,扶着楼梯问说:"你是哪儿呀?"

月梅又向上走了两级,仰脸瞧着这位太太,恭敬地说:"我是刘先生的学生,刘先生病得很厉害,请大夫给看看,您是缪太太吗?"

缪太太微微点了点头,说:"缪大夫今天没工夫,连门诊都没看完就走了,有几个地方请呢。明天,明天大概也不成,后天又是星期……"她抿着那娇红的嘴唇,想了一想,就说:"等大夫回来,我跟他说好了,他要有工夫就叫他去。"说毕一扭身,三寸多高的高跟鞋,咯噔噔响了几声,就回去了。

月梅站着发怔,刚才那护士又下楼来,也不用眼瞧月梅了。月梅气得转身就走,出门上了来时坐的那辆车,就叫赶快拉到马圈胡同。在车上她很生气,就想:听说缪太太跟刘先生还是亲戚呢!现在她听说刘先生病得很重,连问问是什么病都不问,态度是那么冷淡。她一定是看不起刘先生,看刘先生穷!她替刘先生流着眼泪,并且心里很着急,

走了半天,才到马圈胡同,她仍叫车在这里等着她,就叫开了门,急急忙忙地进去查电话簿子。查着了一个什么"立德医院",她就按着那号码去打电话,又看了看桌上的时钟。那边有人接了,月梅就说:"水车胡同庙里住着位刘先生,现在病了,请这边的大夫去看一看,能两点钟以前去才好。"那边答应了。月梅放下听筒,又急忙打开自己的衣包,取出那五十多块钱。余妈在旁问说:"张小姐您不是没吃饭吗?我给您留着饺子啦,您尝一尝我包的水饺子?"孙妈这时也回来了,她说:"张小姐您别理瘸子媳妇!她是畜生,您爱在这儿住着就……"月梅却往外跑去,一面跑一面说:"我还有要紧的事!"余妈、孙妈就直着眼,瞧着她跑出去上了车。

这时,在破庙里的刘醉生又发冷了,他穿着驼绒袍子和毛衣,盖着棉被,还仿佛从心里打寒战。月梅一来到,进了屋还不住地喘着气,问说:"大夫没来吗?"刘醉生微微摇头,说:"没来,缪大夫现在岂是容易请的?别说给我来看病一定是义务的,就是你拿马车接他都不行,非得汽车。"月梅说:"不是缪大夫,缪大夫出诊去啦。他那位太太架子大极了,那意思是缪大夫这几天忙得厉害,简直是不能来给看。我又请了立德医院的一位大夫,两点钟以前准来。"

刘醉生说："咳！你这是图什么？缪宝生不肯来就算了，没有人肯给咱们白治病，咱们就挨着，等着好或者等死，你何必另请医生？"

月梅说："我是赌这口气！你没瞧见缪太太那样儿啦，整脸子，见了我，仿佛说话都怕伤伤了气。她不是跟您还是亲戚了吗？怎么一点儿热心也没有呀？"

刘醉生说："何止是亲戚！"他凄凉地叹了口气，闭着眼，说："别提啦！别提啦！刚才你一走，我就很后悔，我不该叫你跟我讨这场没趣儿。"月梅依然愤愤地说："缪太太一定是看不起您，因为您穷！我倒要替您赌这口气，请别人治。等您病好了，我把人家开的药方给她寄去，羞羞他们！"

刘醉生苦着脸笑着，说："别的事你都可以赌气，唯独穷，可真不能赌气，只好就忍气！"说着，他就挣扎着抬起点身来，掀起他那泥污不堪的棉褥子，就见下面压着几张钞票，他点了点，共合有十七块多钱，好像这就是他的全部财产。他伸着手交给月梅，说："等回头大夫来了，你就问问人家的诊费是多少，装个信封给人家；不够，就只好由你垫了。"说完，他就又倒下。月梅接过钱来，心中又非常难受，刘醉生却躺在那里，闭着目又如同死了一般。

月梅急盼着大夫快来，可是这屋里又没有钟表，她也不知道这时到了两点没有。她站了一会儿，就把刘醉生身上那快要掉在地下的棉被向上拉了拉，然后她擦擦眼角，就走出屋去，随手把门带好，走到了庙门外。

这时她已很饿了，但是大夫若不来，就是有东西她也吃不下去。她就在庙外，向东十余步之远的地方，靠墙站着，两眼往东瞧瞧，又往西看看。她心里很着急，就想：莫非我在电话里没说明白，大夫找不着这座庙？

等了半天，大夫还是没有来。可是这时从东边走来一个小姑娘，从很远之处，就看出来是徐秀贞，月梅就笑着，举手向她招点。徐秀贞歪着头，头发一颠一颠地向这边跑来，来到临近，她就问说："你在这儿干什么啦？"

月梅带着点愁意说："我给刘先生请了大夫，大夫应得是两点以前来，可是这时候还不见来！"

徐秀贞看了看她的腕子，说："才一点三十五分。"月梅这才注意到徐秀贞的腕子上有一只黄色的圆形手表，是电镀的白铜带子。徐秀贞那微瘦的脸上有点儿红，这并非是因为今天她擦了胭脂。她羞愧地说："上次我借你的那钱，等过两天我再还你。"

月梅也觉着很不好意思，就说："你还提那做什么？你要没有富余钱，就不用还我啦。"又拉着她的手，说："你想看看刘先生不？刘先生当初对咱们多好呀，现在他病得很厉害。"

徐秀贞说："我今天不去看刘先生啦，我还有事。"她又低头瞧了瞧月梅的鞋，见月梅现在穿的是一双提梁的青布鞋，就问说："你那双白皮鞋怎么不穿啦？"

月梅说："天凉了，还能穿白鞋吗？"

徐秀贞说："可是街上走的男的还有穿白皮鞋的啦，现在还没到八月节，还算是夏天。"又伸着她的脚，皱着眉，说："你瞧这双鞋，买大啦！"月梅对这些却不注意，她心里还是急急地盼着大夫来。

徐秀贞默然了半天，忽然又说："月梅，你倒是想找事不想呢？"

月梅说："现在我不在蒋养房住啦，我搬到……东城的一家亲戚那里。我也不粘花儿啦，等刘先生稍微见好一点儿，我就找事。可是，现在我知道了，像我们这样没有资格、没有学历、年纪又小的人，在社会上找事实在困难。可是也没法子，现在就是有人帮助我去求学，我也不能接受，因为环境不允许，我得找事。"

月梅说的话很畅快，而且不自觉地在她的话里嵌入些新名词，这使得徐秀贞很惊奇，又很羡慕，她翻着眼睛瞧了瞧月梅，就说："你要想找事可容易，张大爷……"

月梅却不甚注意，还直着眼向东望着。这时就见由东边来了一辆黑汽车，月梅迎上前两步，可是又不敢冒昧向车里叫。汽车离着庙门很远就停住了，一个穿绸裤褂的汽车夫下来，向两旁的门儿去看。月梅就赶过去，问说："是立德医院的吗？"汽车夫点了点头，问说："这儿有一座庙,庙里住着个姓刘的？"月梅就指着那破庙说:"就是这儿,刚才那电话是我打的。"汽车夫回去向车里告诉了大夫,大夫就在车上戴上口罩,提着一只皮包,皮鞋嗒嗒地随着月梅走。

月梅请大夫进了破庙,她就先赶进屋里,叫着说:"刘先生! 大夫来了!"刘醉生在昏沉之中略略有些清醒,可是他睁眼一看这位穿着漂亮洋服、系着花领带、夹着金领针的大夫,又赶紧闭上了眼睛。

大夫低着声儿说话,叫月梅把刘醉生的胸怀解开。月梅就先把棉被掀开,然后剥了几层破旧的衣裳,才露出刘醉生那瘠瘦的、漆着一层污垢的胸脯。大夫打开皮包,拿出测量体温的那个小东西,插在刘醉生的膀子与肋骨之间,等了一会儿,拿出来看了看,随后又用听诊器去听,拿手指去弹。他一面向月梅问病人的病状,一面收起了听诊器和体温表,就站着,把一张洋纸铺在桌上,拿着他随身带着的钢笔写了几行洋字,写完就提着皮包走出屋去。

月梅追出来,问说:"大夫,您看着刘先生是什么病呀？"大夫一面走,一面摇头,说:"不要紧,吃了那药就好了。"月梅又追着问说:"您的出诊费是多少？"大夫仍没有言语。月梅直追着出了庙门,大夫上了汽车,月梅又问:"您那出诊费？"汽车夫代答说:"二十块钱。"月梅心里觉着一紧,就由衣袋里拿出了钱,点了两张十元的钞票。汽车夫接过去,就开着车向东去了。

这时徐秀贞还在门前,仿佛是在等着月梅,还有什么话要说似的。望着汽车走了,她就又赶紧过来,说:"月梅,你跟着我上我那儿去好不好？张大爷在家呢!"月梅却摇头,说:"现在我没工夫,过两天我一定找你去! 你不进来啦? 再见! "

月梅赶紧跑回庙里,却见刘醉生睁开了眼睛,向她笑了笑,说:"钱不少吧? 这回给你个教训,叫你从此以后知道了,我是否有资格看病。"月梅没有言语,像是被问住了。刘醉生又伸出一只胳臂,要那张药方看。月梅把药方交给他,他接到手里看了看,说:"你看怎么样? 开的药还是'金鸡纳霜',跟我现在吃的一样,不必另去买了。"

月梅说:"到底是请大夫来看看好一点,万一你要是有别的病呢？

这虽然花了点儿钱,可是我跟你自己就都放心了。"

刘醉生说:"我自己倒是没有什么不放心的,真要是得场重病死了,又当怎样? 我觉着倒好! 得啦,别说闲话了,我现在又烧得厉害,你快给我倒碗水吧!"

月梅摸了摸茶壶,皱着眉说:"茶太凉。"刘醉生说:"凉的也行!"月梅倒了一碗,见茶色是黑的,上面浮着一层油,大概是昨天的剩茶。她本想不给刘醉生了,可是刘醉生这时就像是个在沙漠中断水多日、渴得要死的人似的,见了无论多么恶劣的液体他都要喝;他乞命似的伸着手,并且要自己爬起来去拿茶壶。月梅的心里极为难受,就皱着眉,把茶递给了他。

刘醉生一口气把一碗水都喝下去了,他说还渴,又要过来茶壶,咕嘟咕嘟地喝了一壶剩茶。他这才痛痛快快地喘了一口气,说:"病好了!这比'金鸡纳霜'还有特效。你走吧,快回家粘你那花儿去吧!"

月梅见刘醉生躺下了,闭着眼睛舒舒服服地休息了,她便把茶壶放在桌上,轻轻地走出去,将门也轻轻带好。她走出庙门,见徐秀贞已然走了,她就往大街上走去。她到了一家洋货铺里,买了一只盛三磅水的暖水壶,又到食品店买了一筒椒盐饼干,这又用去了五六块钱。

她拿着这些东西走回到庙里,轻轻拉门进到屋中,就见刘醉生还闭着眼躺着,好像他在痛苦减去之后,身体一阵疲乏,竟睡去了。月梅就将那筒饼干轻轻地放在刘醉生的枕畔,然后又拿着暖水壶到院中,跟和尚要了开水灌上。她又暗中给了小和尚一块钱,悄声嘱咐说:"你常到刘先生屋里去看看,看他需要什么你就帮点忙,等刘先生病好之后我再给你钱!"那小和尚欢欢喜喜地答应。月梅就把暖水壶拿到屋里,轻轻地放在刘醉生一伸手就能够着的地方。

她站着思索了一会儿,忽然想起:刘先生把他褥子下压的钱全都给了我,他恐怕一个钱也没有了!我走后他想买点东西都不行。遂就由衣袋里把钱掏出,把刘醉生的那十七块钱都偷偷地再给压在褥底。

她又看了看自己的钱,刚才是五十多块,现在只剩了二十八块钱。然而她并不发愁,仿佛一切的事都可以好起来,可以使她暂时安下心了。这时她才觉得饿了，便慢慢地出了屋，走到庙外。她本想走回东城去，可是两条腿却像饿得没有了力气，只好又雇了一辆车，就在秋阳炙晒之下回到了马圈胡同。

一进门，月梅就听见北房里有几个女子的说笑声，见窗前放着三辆女式自行车。是余妈出来开的门，月梅就悄声问道："是谁来啦？"余妈说："是梁小姐、徐小姐、李小姐，她们常来玩。"月梅就走进去，见梁霞和徐绿蒂，还有那位自己没有见过的李小姐，三个人一点儿也不客气地在屋里闹。

月梅向她们笑笑，点了点头，梁霞就说："月梅，我正在等你呢！我在附中已替你报了名，可是丽雪她给我的信上也再没提这件事，到底你去不去呢？现在虽说已过了考期，可是你要去补考还行。"

月梅想了想，就说："等祁小姐回来再说吧，现在我也没预备下学费。"

徐绿蒂坐在沙发上，说："没预备下学费不要紧，我们可以借给你。"

月梅摇了摇头，勉强笑着说："还是等祁小姐回来再说吧！"

徐绿蒂说："你要等丽雪，等到明年这时候她也不能回来，听说她还要到上海，到杭州，到香港，也许还到纽约呢！"说着她又笑。

梁霞摆手，说："月梅你别听她的！前几天丽雪给我的信，倒是说她暂时不想回来。她说她在青岛住得很好，她跟柏骏青都很留恋那地方，回来，又怕北京这个严冬，所以他们打算在那里度过了旧历年，开春二三月再回来。可是我们这许多同学都很想念她，前天我们联名给她去了一封信，请她在一个星期之内回北京。这时那封信她一定接到了，说不定一二天就能回来，你不要常出门了，你就在家里等着她好了。"月梅便笑了笑。

这时那位李小姐就去给她的朋友打电话，徐绿蒂又跑到南房里弹钢琴去了。月梅又跟梁霞谈了几句话，就出屋，走到了厨房。孙妈这时正在预备着做晚饭，月梅就问她："早晨还有什么剩下的没有？"孙妈说："还剩下一盘水饺儿，在橱柜里。咳！那您不能吃，您要饿了，我给您

古
城
新
月

出去买点什么?要不,我给您做一碗疙瘩汤?"月梅摆摆手,悄声说:"不必麻烦!"她由橱柜里拿出那碟都粘在了一块儿的饺子,自己支上锅,孙妈抢着要替她做,她却摇头,说:"你歇息吧! 我自己把饺子炸一炸就随便吃了。"

孙妈往灶里添劈柴,就笑着说:"您这位小姐! 我们五小姐要是像您这么勤俭节省,把这几年花的钱存到现在,开两爿银行都许行啦! "她又说:"今儿一清早我那瘸儿子就来找我, 我一听可真把我气着了,回家去我就骂那媳妇! 您猜怎么着,那媳妇瞪着眼不认账,说她没骂过您……"

月梅一面热着油,一面勉强地笑着,摆手说:"得啦! 你就别再提啦! 你儿媳妇在你们家里也不容易,别说她还没骂我,就是真骂了我,也没关系。"

孙妈说:"您可别说,奴才骂了主子就算犯法! "

月梅倒有点儿脸红,说:"这年头儿早没有奴才主子的那一说了! 再说她也不是奴才,我也不是主子,我在你家里是借住,在这儿也是借住。"

孙妈说:"您怎么还是借住呢? 您不是死了的太太的干女儿吗? 您不是六小姐吗? "

月梅说:"那只是别人那么说,我却不能自以为就是小姐了,就是这里的主人了。也许两三天五小姐就回来,不等她回来我就得走,我搬到别处去,然后再来看她。"

孙妈发了怔,说:"这是因为什么呀? 您跟五小姐,小姐儿俩也没犯什么意见呀? "

月梅黯然地一面炸着饺子,一面忍着眼泪,又勉强笑着说:"没意见,就是,我想着不大合适。孙妈! 我告诉你,向来我是以为自己是个小孩子,可是现在我知道了,别人敢情都不拿小孩子来看我! 都委屈我! "说着眼泪就要流下来,她可又极力地忍着、止着,但终于还是像泉水似的滚下两滴来。她赶紧扭转脸,把炸好的饺子都夹出来,又端下锅来,盖上火。

五五〇

孙妈在旁边叹了半天气,这时就说:"我给您端到西屋里吃去吧?"月梅笑着说:"不用,我就在这儿吃。"她擦擦眼泪,随就坐在个小板凳上,吃那炸得了的几个饺子。

　　她本来很饥饿,可是这时心里却像堵着些辛酸的东西,吃不下去。她就拿着筷子,故意往开了想:我这是图什么呢? 光难过会儿子,有用吗? 跟谁说,人家倒都得说我的心眼太窄,本来五小姐跟柏先生都待我不错! 是我故意不与人家接近,倒像我没那福。现在,我就是自己想法子好了,找职业,找住处。

　　这时,南屋里那钢琴声叮叮地响着,那三位女学生还在欢笑着,唱着歌。待了一会儿,就见梁霞来到厨房门前,向里面说:"月梅,我们走啦! 回头你也给丽雪写封信,催催她,叫她跟柏先生快回来,你知道他们现在的住处吗?"月梅放下筷子,站起来,摇头说:"我不知道。"梁霞说:"我给你写个住处,留在北屋桌上好了,你吃饭吧!"说着转身出去了,月梅就随着到了北屋。

　　梁霞拿着钢笔很匆忙地写了个纸条,交给了月梅。她又跑到南房里,拉起来徐绿蒂,说:"走吧! 走吧! 多讨厌,吵得人家这里的两个老妈子耳根都不得清静。"

　　徐绿蒂被梁霞拉起来,她又叮叮地敲了两下,然后才跟那位李小姐一同到了院中。余妈把街门敞开,三位小姐就推着各自的车往外去走,梁霞还向月梅嘱咐说:"你快写信快发,丽雪就能够快点儿回来了。"月梅点头,说:"好吧,我回头就写。"梁霞又笑着点点头,说了声"明天见!"月梅送出门去,就见三个人都骑上了车,高高兴兴地往北边去了。

　　这里,月梅就回到了北屋,余妈关好了大门,进屋来收拾东西,抱怨着说:"家主儿没在家,客来了可这么闹! 真是的,也不知从哪儿轰来的这么一群小姐。"月梅明知道余妈这话并不是对自己而发,但却不禁觉着有点儿刺耳。

　　这时孙妈又拿着筷子端着碟子进来,说:"您才吃了两个饺子,就叫那几位小姐吵得不能吃啦。"余妈拿掸子掸着沙发,说:"哎哟,张小姐您还没吃早饭吧？"月梅就笑了笑。余妈说："您怎么不早言语呀？我还给您留着馅子呢，在冰柜里搁着啦。"孙妈就抱怨她，说："你在冰柜里留着馅子，我哪儿知道？这饺子还是人家张小姐自己炸的，你瞧炸得有多好？咱们都炸不出来。"

余妈瞧了瞧，说："真的，张小姐这才是小姐呢！年纪又轻，模样又好，脾气、本事百里挑一。刚才来的那三位，除了梁小姐还不错，那个姓徐的算是个什么？挺长的脖子，跟野驴子似的，只要一来，她就抱住了钢琴不撒手。你既然爱么，为什么不自己家里也买一架？那随便你弹。"又指着沙发，说："张小姐，您瞧这沙发上的脚印，都是那姓徐的给踩的，真没眼色！"月梅笑了笑，又吃了两个饺子，便叫孙妈给拿走，余妈也跟着出屋去了。

月梅休息了一会儿，脑里想好了给丽雪写信的词句，她就到写字桌前，找出来信笺、信封，拉过一把椅子来坐下。她拿起钢笔蘸着黑蓝墨水，用心地向信笺上去写，她写的是：

　　姐姐：我们相别已有半个多月了，我时刻地想念您！北京现在很冷，秋风一天比一天刮得紧，您院里的花草都枯落了，屋里有新买来的四盆菊花也快开了。青岛现在也冷了吗？那里靠近海，听说气候与这儿不同。

　　上次我给您去了一封信，大概因为您已搬出了东海饭店，所以没收到。我虽很惦念，可是听梁小姐说，您在那里是很好的。我也梦想着，那里有青山、碧海，有茂盛的树木、美丽的房屋，您一定是很快乐的，您可以在沙滩上散步，也可以对着辽阔的大海弹钢琴。

　　我今天又回到您这里来了，并不是我在那里受不住贫苦，却是因为，人家本来是个很快乐的家庭，我总是个外人，长期住在人家里，便不大合适。而且我也快要找着职业了，也许不等您回来，我就已离开了这儿。但我一定能够跟您见面的，我还要叫您给我带来点儿礼物呢！顶好是海边的东西，什么贝壳、小石头、海边生长的花草之类，不然就把您在海边照的相片送我两张，花钱买的东西我可不要。

近来，我时常的悲伤，但并不是对事悲观，我是觉着我的心跟脾气，与早先有点两样了。不用说太早，就是两个月之前，那时您一点儿也不嫌我笨，不嫌麻烦，给我补习功课，预备叫我入中学，我自己也是时时想做个女子中学的学生。现在我可不这样想了，我认为我不能再求学，我得找事。虽然事实很显明地告诉我，没有资格便不能做事，但，我想要找个卑下的事还许不难，而做卑下的职业不见得就是卑下的人，我就是这样想的。

本来我是个生长在卑下人家的孩子，而且在那人家里我还是最卑下的一个。但究竟我挣扎出来了。这一方面自然有我的努力，一方面可也因为许多人的帮助，刘先生的崇高人格，柏先生的侠义心肠，老太太的慈善和姐姐您对我的爱护，都是我永生所忘不了的。我早先的脾气很坏，见了什么人都恨，但现在我不了，我不但知道世上真有许多好人，而且我对于那些坏人也都能原谅、怜悯，我并不恨他们。

姐姐，我愿意您快些回来，您跟柏先生快些结婚。并请您省下一点儿可以不花的钱，帮助那些比我还孤苦卑贱的小孩。至于我，你们所帮助我的已经够了，已经很多，已经使我永生难报了，我现在可以自己去生活了！

姐姐，您看我写的这封信比早先有进步了吗？您也不必给我写回信了，因为我知道您在青岛的朋友也很多，往来应酬，一定没有什么余暇。您能够在一星期之内回来吗？我十分地盼望。我这里也给您预备下了一点儿小小的礼物，就是我自己粘的一朵绫绢的玫瑰花。

祝您快乐！柏先生平安！

妹月梅鞠躬

她写完了,又重读了一遍,心里很满意,却又拭了拭眼泪。她把信封好了,在信封上恭恭谨谨地写了丽雪的名字和地址,随后就找邮票,可是没有找到。她就把桌上的笔墨都收拾好了,到镜前梳了梳头发,就拿着信到了厨房,见着余妈就说:"余妈你跟我关门,我出去给五小姐发一封信。"余妈答应着,跟着她出来,并问说:"你什么时候回来?"月梅说:"一会儿就回来,因为家里没有邮票,我得到邮政局买几分邮票去。"

这时乌云又遮住了秋阳,西风吹得更紧。人家院墙里探出来的桃树、榆树,枝子都枯干了,萧萧作响。掉在墙外的落叶,偶然用脚踏着,便喳喳地响,像是被摧残了的小生命的哀语。马圈胡同口外有一家杂货铺代售邮票,月梅买了五分邮票,粘好,到街上找着邮筒就把信投了进去。回到家里待了不多时,余妈、孙妈就把晚饭做好了,吃过了饭,屋中很黑,月梅便闷坐着,十分的无聊,心里又惦念着刘先生。她本想再去看一看,但又想:永远叫余妈开门关门的,也太不像话。

坐到了天黑,窗外就萧萧地落起雨来,风夹着雨,向玻璃窗上猛力地打。孙妈进屋来,说:"张小姐怎么不开灯呀?"她掀开了电钮,一盏橙色纱罩的灯立时亮了,月梅就向孙妈笑了笑。

孙妈的手里还提着个开水壶,她弯着腰,一面迟缓地过去沏茶,一面说:"离着八月节还有十多天,天就这么凉了,真是年头也变了,天时也变了。这是立秋后第三场雨啦,俗语说,'一场秋雨一场寒,十场秋雨穿上棉',张小姐您还没预备棉衣裳吧?您把布和棉花买来,我可以给您找人做,准比找裁缝省钱。"

月梅摇摇头,笑着说:"我冬天不穿棉衣裳,有一件毛衣就行啦。"说到了毛衣,她忽然想起了去年自己住在白家时,有一天翁子钧给自己送去了一件红色的毛衣,说是自己在天津的母亲亲手织的。那件毛衣可真暖,现在一定还在白家存着了。她低着头垂了几点眼泪,就向孙妈笑着问说:"孙妈,公馆里的二太太,这些日子没来吗?"

孙妈先往地板上铺了一张报纸,然后才把开水壶放在报纸上,倒了一碗茶,送给月梅,她就开了话匣子,说:"公馆那位二太太,简直难说！她跟着老爷到现在，有十二三年了吧，论她的年纪模样，又不是比谁不如，还替老爷养了个大小子，按理说太太现在死了，谁还能迈得过她？有点儿本事的，这回也不用跟老爷上任，就在公馆里硬可上房去住，主持家务，一个月规定出来跟老爷要多少钱，就是二少爷也不能不依呀？可是她不行，从根儿上她就把自己作低啦！张小姐，我真不应当跟您说，您知道公馆里账房的翁先生……"

月梅一惊，赶紧注意去听，孙妈又说："翁醉亭跟二太太……咳！我真不好说了，公馆里谁都没看见，可是谁也都知道，连老爷心里都许明白。您想，这还行？这谁还能瞧得起？她自己又不得人缘儿，又常常没事儿找事儿，找出了麻烦她又害怕，又躲到小院儿去哭。您说这么一个人，可有什么法儿？大桂那孩子不错，可也跟着他妈妈受欺负。这算是太太死啦，大小姐回来替她争了几个钱，她就知足得不得了，说老爷对她好。上礼拜大小姐也走啦，听说她现在连小院也不出，她说她还年轻，老爷没在家，她怕落闲言是非。其实老爷才不管她呢！老爷人家在上海买了房子，听说是四五层高的大洋楼，到时候老爷不做官啦，带着三姨太太、小吴妈去享福，谁还管她？二少爷现在听说背了一身的账，早晚他是把房子卖了一走！你等着看吧，结果非得把二太太跟大桂给扔在这儿不可！"孙妈边说边感叹着，又仿佛是愤恨着。她又提起开水壶来，说："张小姐您喝茶吧！外面的雨越下越大，晚上您可盖好着点儿！"月梅声音惨凄凄地说："好吧！你们歇息去吧！"

孙妈提着水壶走出屋去之后，月梅站在那里发怔，眼泪像雨似的往下落，但转又一想：我伤会儿子心，就能救了我的母亲和弟弟吗？柏先生说得对，我们母女就是相认了，不但她帮不了我，我也救不了她，而且还对她有很大的不幸。咳！柏先生他一定早已看出来了，只是他怕我伤心，所以不肯跟我说明。

她暗暗叹了口气，就去将屋门关好，在灯下看了半天报，又找出过去丽雪给她补习的功课，温习了一会儿，为是借此摒绝心里的愁思。时钟敲过了十下，窗外的雨声停止了，但檐水还一声一声地击着她忧愁的心。寒蛩在那被雨淋湿了的残花败草之下唧唧地唱着，时钟里的那个钟摆,嘀嗒嘀嗒地有节奏地响着,这几种轻微而呆板的声音,都像是在应和着月梅的愁心与热泪。但月梅也不过只断续地难过了很短的一会儿,立刻她刚强的意志又战胜了,她努力地去想着目前的办法及未来的希望,过了一会儿,就熄了灯上床睡了去。

次日清晨起来,月梅开了屋门去看,见天还阴着,四周弥漫着灰色的浓雾。院中未刈除的衰败了的花草和落叶上,都沾着珠子一般透明的水珠,被秋风吹着,滴滴嗒嗒地往下洒。麻雀也像怕冷似的,飞到地上跳几步,叫几声,便赶忙又飞起来。

月梅自己到厨房打了水,梳洗过,余妈这时才起来。月梅换好了衣裳,她仍穿着那件黑道儿的灰色夹旗袍,因为外面地湿,她又没有黑皮鞋,只得把那双白皮鞋穿上。本来她已把衣柜里丽雪的一件浅绿色的毛衣拿了出来,但没穿上,试了试就又收回去了。余妈在旁边擦着桌子,说:"张小姐您多穿上点儿吧!我们五小姐有的是衣裳,夹大衣就有十几件,都这么扔着,她就是回来也不穿,您随便穿吧!"月梅却摇摇头,笑着说:"我不穿,别看早晨冷,到午间还是热。"

月梅的眼睛永远看着时钟,好半天,那时钟的长短针才走到八点半,她就带上钱,带上手帕,向余妈说:"劳驾,你还得跟我关一趟门。"余妈说:"哎哟!街上可净是泥,不好走呀!"月梅说:"不要紧,我出了胡同就雇车。余妈你不知道,我那老师刘先生,他就跟我的父亲是一样。他只是孤身一人,现在得的病虽然不太重,可是也没有一个人服侍他,每天我得去看他一次。"余妈点头,说:"是,那位刘先生到这儿也来过一趟,是个很好的人。"到了院里,孙妈正在这儿弯着腰扫地,她停住了扫帚,说:"张小姐您等我热点稀饭,您再出去好不好?"月梅摇头,说:"不用啦,一会儿我就许回来!"

余妈把街门开开,月梅走出去,就见地上满是泥水,跟河塘一般。她才走了不远,还没走出胡同,两只白色的皮鞋就染污了。她心里有点后悔,想着应当穿那双布鞋出来。

走出胡同,虽然看见了两辆洋车,车夫却都没有招呼她,她也想省几个钱,而且这时天色还早,二太太大概还不能起来。不过她的心里是既焦急又悲伤,仿佛已无法拖着这沉重的脚步和悲伤的心走那么长的路,去到祁公馆。于是她叫了一辆车,讲明了价钱,就坐在车上随着拉车的拉去。萧飒的秋风从车后吹来,时时将她后面的头发吹到前面来,她用手向后去掠,手都被风吹得很冷。她的身上也有点儿冷,但两眼却盈着热泪,心里想着:见了二太太我应当叫她什么呢?应当叫妈妈吗?但她肯认我吗?她敢认我吗?

秋云在她的眼前凝结着愁块儿,烟雾就像把一切景象都笼在梦里。她心里又有些疑惑:万一二太太她不是我的母亲,那不是可笑吗?那我不是太冒失了吗?现在第一就是要问问翁醉亭是否是翁子钧,再就是要问问二太太,她去年织过一件红毛衣没有。她心里很急,但洋车又太慢,见那车夫在秋风下的泥涂里流汗喘气地拽着,月梅又不忍得催他快走。

好半天,方才到了祁公馆的门首,下了车,给了车钱,她就上了台阶。就见大门是紧闭着,朱漆都失去了它往日的光泽。门首的右边,那"祁宅丧事"的白纸条子,还没有完全撕去,但纸色已变黄了。檐下不知几时搭的燕子窠,那尚未南飞的燕子还在窠里呢喃地叫着,但这时的大门已不同以前了。

月梅来到这里,心情很是急躁,她就想:今天无论怎样,我也要问明白,大桂的母亲是否就是我的母亲。

她伸手去推门,推了半天也没有推动,她就企着脚儿敲打门环,吧吧地打了半天,才听见里面有个人生着气说:"听见啦!"月梅赶紧缩了手。大门开了,出现了一个身穿灰布大褂的长脸的人,可能是祁宅新雇用的仆人。那张长脸沉得连一丝皱纹也没有,他仿佛拿月梅当成个野孩子,冷冷地问说:"你有什么事?找谁?"月梅说:"我找这儿的二太太,是五小姐叫我来的!"说着她迈进了门槛往里院就走,那仆人似乎被她这气派给压住了,没有敢拦她。

月梅走到第二重院内,就听见客厅里沸腾着杂乱的笑声、谈话声,和哗啦哗啦的麻将牌声。月梅赶紧走过,却见别的屋子都空闲着,上着锁,玻璃上都像是长了黑锈,也没人去擦。

那西小院的两扇朱漆凋落的门儿，也闭得很紧，上面有小孩子用粉笔胡写的"二哥是忘八""大桂是好人"。月梅就隔着门叫道："大桂！大桂！二太太……"口里叫一声，心上就痛一下，泪水也在眼眶里滚荡着，略一低头，那泪就像一粒粒的珠子似的，摔在她的鞋尖上，粉碎了。

月梅拿手绢擦了擦泪，又叫了声"二太太"，里面就有人把门开开，开门的是那专管伺候二太太的毕妈。月梅就笑了笑，问说："你们二太太起来了没有？"毕妈说："大概起来了吧。"月梅就进了小院，一直往二太太的屋里去走。

一拉开门，就见屋中倒已收拾干净了，大桂没在家，梅素卿正脸朝里站在床前，床上铺着一块破烂布，大概是要剪裁什么东西。月梅就对着那个长着长头发，用青绸子夹旗袍裹着的瘦弱背影，亲切而又沉痛地问了声："您……早起来啦？"

梅素卿正在设计着，要利用这块旧布给她儿子做个书包，蓦然听月梅在她身后一说话，仿佛吓了一跳。她一手拿着剪子，回过头来一看，瘦脸上就现出不高兴的神色，皱着眉，说："张小姐，你怎么这么早又来啦？"

月梅看着二太太的模样，就像在镜子里看见了自己似的，心里立时激荡起苦里含着甜的汁液，她就走过去拉着二太太的手，忍泪带笑地问说："二太太，你干什么啦，一清早就做活？"

梅素卿用怀疑的目光盯着月梅，说："我哪儿能闲得住，我比老妈子还苦呢！大桂上了学，哭着闹着要买书包，买个书包就得两三块，我哪有那闲钱？这不趁着他没在家，我拿破布给他拼凑一个，就冤他，说是买的，要不然只要他一放学，就揪住我哭闹着要。"月梅的心里越发难过，拿眼向床上扫了扫，见被褥都很破旧了，床栏杆上还搭着两双大人的袜子，也都破了许多窟窿。月梅又有点儿怀疑，就翻着含泪的眼睛瞧着梅素卿，梅素卿也直盯着她。

待了一会儿，梅素卿就悄声问说："是五小姐叫您来的吗？"月梅惊讶着说："二太太你一点儿也不知道吗？五小姐上青岛去啦，走了有好长时间啦！"梅素卿说："恍惚我也听人说过似的，我忘了，咳，都是事情把我闹的。"她皱了皱眉，忽然又把眼睛睁大了些，向月梅说："这么说，现在五小姐走啦，就是您一个人在那儿住着啦？"

月梅点了点头，又用手拉着梅素卿，笑着说："二太太你要是有工夫，到那儿去玩玩好不好？我喜欢跟你说个话儿，有许多话我还要跟你……"话没说完，心中一痛，眼泪就要流出，她赶紧低下头。

梅素卿也像想起来什么事似的，就扔下剪子，拉着月梅的胳臂，说："您坐下！我是忘了五小姐出外啦，要不然我也早就抽工夫找您去啦！我有点事儿要跟您商量。"

月梅觉着很诧异，就坐在床旁，梅素卿又悄声地往下说："我求您点儿事！太太死后，五小姐手里得到十几万块钱，听说张小姐也得了……"

月梅更觉诧异了，就说："太太死后五小姐得了钱没有，我不知道，可是我真一个钱也没见着。你是知道的，大家虽都说我是太太的干女儿，可是太太活着的时候，我也没给她磕过头；别说我根本就没见着什么钱，就是太太或五小姐愿意把许多钱给我，我还不能要呢！别人说我是什么干小姐，那不过是冲着五小姐的面子，我怎么能以此自居，受人家的遗产？二太太，这些话你是听谁说的？"说到这里，月梅已有些气愤。

梅素卿却摇头，说："别人倒没有这么说，是我心里猜想着。张小姐您虽是个外人，可是您在祁公馆的地位却比我高。我来到祁家十一年，给他们祁家立了多少功劳？可是没有一个人说我好。"

她擦了擦眼泪，又说："就拿这回说，大小姐回娘家来，跟我说，趁着这丧事，给我争争。我也糊涂，又加上有些亲友给我一出主意，我就跟着他们闹了几天，把三姨太太、小吴妈给得罪了，老爷也跟着直为难。到后来我倒心疼老爷，可怜他那么大的岁数，又在外做着大官，不容易，我不应该给他拆台，我就不听大小姐的调唆了，不再争了。老爷也跟我说，给他留点儿脸，冲着大桂，他绝不能待我坏了，还应得等丧事办完了，就给我些钱，叫我自己拿着。张小姐您想，我还能说什么话呢？老爷倒是没说完了不算，走的时候倒是给了我跟大小姐每人几千块钱。给大小姐的是一张支票，是多少我可不知道，大约不能比我的多；本来她一个出了阁的小姐，婆家又开着挺大的矿，还真好意思分娘家的家吗？给了我两千块钱，老爷临走时嘱咐我送大桂上学，说是过年开春就接我们到南边去。那两千块钱我真一个钱也舍不得用，可是……咳！我真命苦！前几天翁先生……咳，翁醉亭那个人您也许知道，他是老爷跟前的红人儿，现在跟着老爷当秘书。也不知他怎么知道我手里有钱啦，一连气来了三封快信跟我借，我有什么法子？就只好……咳！"

月梅说："二太太，你不会不借给他吗？他借去了准能够还吗？"

梅素卿又叹了一声，说："咳！我这个人就是心软，翁先生他又真可怜，老家里有十几口儿人呢！指着他一月挣个百十来块钱，没有一点儿富余。这回他借我两千块钱，倒也不是拿去枉费，他信上说的是要活动个县长，他那个人，不能够说瞎话。"

月梅气得流泪，说："那人，他的话才靠不住呢！二太太，现在我要问你几件事，求你别拿我当外人，你要如实地告诉我。我问你……"

她的话还没说出来，不想梅素卿就变了色，连连摆手，说："三太太她们恨我，她们造出来的那些谣言您可千万别信！她们说我没跟老爷的时候，就嫁过翁醉亭；说我还有一个私孩子，是个丫头，今年都十三四啦，在天津养着。咳！那是些什么话？我进门到祁家的时候，我才将将二十岁，我娘家虽然穷些，可是我也是地道的好人家的姑娘……"说到这里，梅素卿眼泪汪汪的，仿佛十几年来的伤心事情都被她自己的这几句话给勾了出来。

她哽咽了一会儿，又说："张小姐，您可千万别听那些坏话，那都是别人恨我们，才造出来的。咳！说了归结我还是得求张小姐。我那两千块钱都叫翁先生给挤去啦，我还不敢告诉二少爷，也不敢跟二少爷要钱，可是大桂的书咧、笔咧，什么学费、体操费咧，又都得用钱。我想……咳，我真说不出口去，张小姐！您要有个十块二十块的，先借我用一用，大约下月初几儿，翁先生就能给我汇点儿来，我就先还您，绝迟误不了您用。张小姐……"梅素卿说到这里，眼泪是止住了，那苍白消瘦的脸儿刚才是红了一阵儿,像是升起了两朵惨淡的晚霞,现在也消散了。

此时月梅也不再哭了,心里反倒有些恨。她摸摸身边那仅有的二十几块钱,便交给了梅素卿两张十元的钞票,说:"你先用这二十块钱吧!你也别还我啦!不过姓翁的借你的那钱,你可千万跟他要;你要是不能写信,一半天我来,我替你写!"

梅素卿接过钱来,脸上现出浅浅的笑窝,点头说:"我一定跟他要,信也有人给我写。"她又探着头,仿佛打听什么机密似的,问说:"五小姐上青岛去了,她还回来吗?那么,现在是您跟柏先生一块儿住着了吗?"

月梅说:"凭什么我跟柏先生一块住着呢?"她有点儿生气地说出了这句话,可立时又把口气改为和缓,慢慢地说:"柏先生也上青岛去啦!我现在也不愿在五小姐家里住着,不愿依赖人。二太太你记住我的话,依赖人的生活一定要受侮辱;依赖得越久,自己就越无法自立。等你跟姓翁的要来那两千块钱,俭省着花用,把大桂栽培大了,他能挣钱养活你了,那时你才算是真正逃出来!"

梅素卿点头,说:"可不是!我也常常想,我还能指望谁?他们现在就待我们这样,将来更不用说啦。大桂他是我养的,他大了绝不能也没良心啊!咳,可是他得几儿才能长大了,出去挣钱呀?"

月梅说:"现在你也别发愁,我快找着事啦!假若我一月能挣二三十块钱,我每月必可撙出一半来给你用。"

梅素卿笑着说:"咳!张小姐,现在您借我这二十块钱,我就很过意不去啦,我哪能再花您的呀?"

月梅却流着泪,说:"我也很孤苦,我愿意找一个人孝敬。以后,你别拿我当外人,你就是我的妈妈,我就是你的女儿!"说着她就拉着梅素卿的胳臂,把脸贴在那只柴棒似的胳臂上,眼泪汪汪地涌出。

梅素卿也似触动了内心隐处的伤痕,也呜咽着说:"张小姐,您别说这话,这可折寿死我啦!我才比您大多少岁?顶多了我能当您一个嫂子。"

两个人在屋中低泣着，小声说话，不防毕妈突然走进屋来。梅素卿就像正在做着什么秘密的事情被人撞见了似的，吓得赶紧夺开手，躲到了一边，并说："张小姐您走吧！一半天我见着五小姐，我劝劝她，她不能再欺负您啦！"她又赶紧把手里的二十块钱放在衣裳口袋里，背着毕妈向月梅使眼色。

毕妈却绷着脸，她就像是个太太，而梅素卿倒仿佛是仆妇。毕妈就说："二太太，你到底打算怎么办？马司长后天娶儿媳妇，往常他们家里小少爷办生日，二太太都去行人情，现在日子快到了。秦二太太都打来两回电话了，问咱们怎么办，人家好跟着走。我刚才去问二少爷，二少爷打牌输急了，拍拍桌子说不管这些事。二少爷既不管，就得问你啦！也不是我急着去讨那几块的赏钱，我是给二太太想，二太太要不趁着这时候出出头、露露脸，那就……"

梅素卿皱着眉，说："我倒是愿意去，可是你瞧，我哪儿有一件穿得出去的衣裳呢？"

这时月梅坐在床边，已拭干了眼泪，听了这些事她又觉得愁烦，便站起身来，向梅素卿说："二太太，我要走啦。"梅素卿赶紧说："您忙什么的？您再坐会儿，我叫毕妈给您沏点茶。"月梅却摇头，说："不了！"她向梅素卿微微鞠躬，那毕妈还向她盯了一眼。

月梅走出了这小院，梅素卿又追出来，悄声叮嘱她，说："张小姐，我还告诉您几句话！以后您可别常来……今儿咱们两人说的那些话，五小姐回来您可也千万别告诉她，跟柏少爷也别说！余妈、孙妈都嘴长，都别叫她们知道！那二十块钱，过几天我再还您。"月梅只是点头，心里的悲痛，加上一种似是气愤的情绪，使她说不出一句话来。

她忍着泪，走出了祁公馆的大门，茫然地又来到大街上。她站在人行道上发着呆，心想：我的这个母亲……无疑她就是我的亲娘了，她怎么这样的可怜呢？那姓翁的怎么又这么可恨呢？倘若我的父亲就是那姓翁的，咳！连这个可怜的母亲我也不愿意认了！她的心里非常难过，而且因为把那二十块钱借给了二太太，她的手中已经所剩无几了。

眼前生活的威胁、住所的无定，以及如何才能得到一点儿钱，常常帮助那可怜的母亲和接济刘先生的生活，这些问题就盘旋于她的脑里。多时，她才定下了决心，想着：找徐秀贞去吧！托托张大爷给我找个职业，球社的女招待也好，甚至饭馆的女招待也行。什么事不是人做的呢？即或真是所说的什么下三烂，但谁又是得已？何况只要自己拿定了主意，挺起来腰，无论环境多么坏，也不可怕；无论地位多么卑贱，也能清白。于是她就拿定了主意，顺着马路往西走。她走得很快，就仿佛前面有一座火炉，专等着自己投进去磨炼，也非得去受那一回磨炼自己才能得生似的。

第二十八回　被生活驱下了深渊

　　白月梅先到了水车胡同的破庙里,她拉开门一看,见刘醉生正站在靠窗处,拿着粗线大针,缝他的一件破小褂,像个老太婆似的。月梅就笑着说:"刘先生您放下,让我给您缝吧!"刘醉生摇头说:"不用,不用!我随便把它连补上,不至露出肩膀来就行啦!"说着一失神,针就脱了线掉在了地上。

　　刘醉生蹲下去找,可是那个针就像一直钻进了地缝里,怎么也找不着。幸亏月梅的眼睛尖,她一弯腰拾了起来,笑着穿上针,三针两线就给缝好了。刘醉生坐在床上,说:"这真是岂有此理!我净叫你跟着受累!"月梅没有言语。

　　刘醉生又指着桌上说:"柏骏青又来了一封信,你看看。"月梅还是没有言语,她就站立着,低着眼皮,把这件小褂的三四处破绽全都缝好了。随后她把小褂往床里一扔,又把连着一条线的针,插在墙上的破报纸上,又问说:"刘先生,您的病见好了吗?"

　　刘醉生点头说:"就算是好了,刚才虽还有点发热作冷,可是好得多了。也许是一种心理作用,经大夫看过了一次,虽没有按方子吃药,可是身体的抵抗力便自然加强,这么就许好了。"

　　月梅笑了笑,又说:"我希望您病好了之后,索性多休息几天。过两天,我来给您这屋子扫除一下,也别这么乱了。"刘醉生说:"不用你给我扫除,我会自己收拾。你对我这样帮助,真使我感动,病好了我一定要振作振作!"月梅听了这话,心里一阵难受,她却笑了笑,把心里的悲痛压了下去。

刘醉生就把骏青来的那封信递给了她,说:"这是昨天晚间来的。"信是已经拆开了,月梅抽出信笺来一看,颜色就渐渐变了,原来上面写着:

……丽雪忽病,神经失常,须在此长期休养,故弟暂时不能离开。孤儿院之事谋到未久,恐又将放弃。弟深感世事艰难,人情隔阂,无谓之纠纷痛苦如沉枷重锁,使人不能安心追求生活,进取事业。月梅处弟尤关心,望兄时时照顾,因她虽颇刚强聪明,然究系一小女子,易为社会所毁也……

月梅惊讶地说:"怎么,五小姐病啦?神经失常?昨天我还听她的同学说她快回来了,我还给她写了一封信!"刘醉生说:"祁小姐的病倒不要紧,她有钱,在那里总会请名医治的。只是骏青,好容易才找了个小事,若要再扔下了,那将来可怎么办?我知道,骏青的自立心是很强的,他自己不能挣饭吃,无论祁丽雪给他多少钱,对他多么好,他也不能高兴。"说着,唏嘘地叹气。月梅也皱着眉,将那信笺慢慢放回信封里。

刘醉生忽然又说:"刚才徐秀贞来找你,我还没起来,她说你要来了,就叫你找她去。我瞧那孩子可要学坏了,一个木匠的女儿还要穿洋服?"月梅听了心里一动,就笑着说:"那洋服是我的,因为我不穿了,她才借了去。那么,刘先生,我去看看她?"刘醉生点点头,说:"你去了跟她玩一玩,就赶紧回去粘花儿去吧!也不必一天一趟地到我这儿来,很远的。过几天,我的病好了,再请你来帮我收拾屋子。"

月梅点头答应着,就转身走去。她出了庙门,穿着小胡同很快地往城墙去走,心里却很难受,想着:我要当女招待的事也不能跟刘先生说,他跟柏先生虽都关心我,但他们却都把我看作小孩,哪里知道我虽是个小孩,可是肩膀上却担着大人的事呢!

少时走到了徐秀贞的门首,她进了院,就向里叫道:"秀贞!秀贞!"才叫了两声,徐秀贞就穿着洋服从院里跳了出来,她那养得很长的头发上扎了两个小辫,飘着两条红缎带,把她显得更小了。徐秀贞一瞧见月梅就笑了,她伸出那戴着一只手表的手,拉着月梅往院里就走,边走边说:"张大爷正在家里等着你哩!"

月梅跟着她往里走,就见院中放着两辆破洋车,统共不过十间房,住了足有八九家人。每家的屋门前都放着破火炉、水缸和一些破烂东西,旁边有个男子正蹲在地下洗脸,妇人往横七竖八的绳子上搭晒破衣裳,小孩在院中拉屎。

张大爷住的是北房,两间窗上有玻璃,玻璃里有花洋布窗帘的屋子,屋门上还粘着已被雨淋日晒得变了色的新年贴的对联、端午贴的神符。还有一面小镜子高挂在门楣上,镜上用红漆写着"一喜",大概是因为迎门就是高高的城墙,为了"风水"不至于被压住,所以要安下这小小的"镇物"。

徐秀贞还没走到屋门前,就向屋里笑着高声叫道:"张大爷!白月梅来啦!"她拉开屋门,让月梅说:"请进来吧!"

月梅进屋来,见外屋是张大妈。张大妈穿着印花布的小夹袄、阴丹士林裤子,梳着个螺蛳形的圆头,戴着黑丝的发网、镀金的簪子,还插着两朵茉莉花。她脸正朝着桌子包饺子,听徐秀贞一叫,屋门一响,她就转过来那与后面的漂亮圆头不大相称的脸儿,赶快笑着,伸着那微湿挺黏的两只手,拉住了月梅的胳臂,说:"哎哟!白三姑娘!要不是你今儿到我们这儿来,你大妈走在街上真不敢认你。哟!也胖啦!出落得多漂亮呀!"

她亲热地摸摸月梅的脸蛋儿,又从头上到脚下地打量,并拉了拉月梅的衣裳,问说:"这都是公馆那位小姐给你做的吗?"月梅摇了摇头,就说:"我早就想来看你了,可是我没有工夫。"张大妈说:"我也听说啦!你挺忙的,天天粘花儿。"

这时张大爷就在里屋咳嗽,里屋挂着半截的白门帘,就仿佛饭馆的单间似的。徐秀贞走进去说了一句什么，然后就一手掀着门帘，一手向月梅招点，说："你这儿来！"月梅就笑着说："大妈你忙吧！我见见张大爷。"张大妈把月梅放了手，月梅就跟着徐秀贞进到了里间。

张大爷在炕上坐着，手里拿着烟卷，身旁放着《济公传》之类的一本闲书。见月梅进来向他鞠了躬，他虽没有欠身，但是满面带笑，指着那挂着一张香烟赠品的美人画片下的小凳，说："坐下！坐下！"

月梅坐下了，仿佛感觉到一种局促。张大爷就一面抽烟，一面笑着说："咱们爷儿俩自打上回在新街口遇见了一次，到现在半个多月啦，你挺忙吧？"月梅笑着说："没有什么事，花儿我也不粘啦。"

张大爷点点头，说："本来，那没有什么意思。家里有人挣钱，姑娘们在家里粘粘它，一半为解闷儿，一半为弄几个零钱，买点胭脂粉，那还行，要拿它维持生活可是不容易，报酬太低！"徐秀贞说："张大爷，你为什么不给她找个事呢？"张大爷笑着点了点头，却没有言语。

这时，张大妈用带把儿的茶杯端进两杯茶来，一杯放在月梅身旁的小长桌上，一杯交给了她丈夫。月梅欠了欠身，说："大妈你别张罗我，我到你家来不是外人！"张大妈笑着说："不是外人，可是我也得应酬应酬你！"又向她丈夫说："你瞧白三姑娘出落得多么好？真是'女大十八变'，我才几天没见着她呀？五月节我还上钟楼后头瞧了她一回呢。"她忽然又打了自己一下，说："咳！我怎么又提那钟楼后头！白家那一窝，说起她们来我就生气！我早就劝过她们，我说你们别瞧月梅的脾气拧，有造化的人，脾气都有点儿个别，将来，月梅不做阔少奶奶也得当小姐。你们现在要是待人家不好，结下了仇儿，将来人家阔了，可休想认你们！"说毕，转过身来，又拉着月梅的胳臂，笑着说："三姑娘，你今儿有工夫没有？就这样儿，我带你到钟楼后头，气气白家那一家子，让她们瞧瞧！"

徐秀贞却推了张大妈一把，说："得啦，你快包饺子去吧！吃完了饺子我们就许走。你别说啦！说得人家眼圈儿都红啦，再说，人家眼泪就流出来啦！"张大爷也说："秀贞，你帮帮你大妈去！"徐秀贞就掀帘到外屋去了，张大妈又笑向月梅说："三姑娘你可等着，尝尝我包的饺子！"

月梅站起身来说:"大妈别麻烦!我跟张大爷说会儿话就走,我还有别的事呢!"

张大妈到外屋去了,张大爷就摆手说:"你别客气!这是不成敬意,今儿我们包饺子也没想到你就来。你别忙,坐着,咱们爷儿俩谈谈!"他又压下一点声音,指指外屋说:"秀贞那孩子是浮聪明,其实她有点儿傻。我叫她给你带的话,老怕她说不明白,我才想把你找来,咱爷儿俩当面谈谈!"月梅又坐下,点点头,就平心静气地听着。

张大爷把烟头儿扔了,就说:"早先的事不必说啦,你在白家受的那苦,我干瞧着不平,可是又救不了你。后来,我听说你有了好下落啦,祁厅长的公馆收养了你,那时我虽想要瞧瞧你去,可是我不能去,这你也知道,我这个人的脾气最耿直,不愿叫别人说闲话。本来,我不过是个球社茶房,连祁公馆的开车的我都比不了,我去了,你当然是不能不见我,可是要叫别人知道了,一定要说我是妄想扒高,我不愿落闲话!

"及至前些日,我到西直门看一个在机关做科员的朋友去,在新街口遇见了你,我才知道你不在祁公馆住着啦。后来,徐秀贞去看了你一趟,她回来跟我说,你现在蒋养房一个姓孙的家里住着,那姓孙的摆小摊儿,你在那儿不过是暂住着,自己粘花儿挣钱养活自己。我才知道你又受了苦,我又很不放心。咳!按说我可不该跟你说,可是你在白家住了那些年,社会上的事你也知道了不少。社会真是坏,专门有些坏人勾引人家的姑娘,你又孤单,孙家就是个安分的小买卖人吧,可是他那些街坊未必都靠得住。"月梅就点了点头。

张大爷又说:"我又替你细想了一想,我想你得做事!做了事不但有了住处,生活也可以解决了,就是一月挣十块钱的事,也比粘那花儿好。可是找事也不容易,虽然说现在女的比男的容易找事,可是你想,就拿我们球房里的招待来说吧,名目上是比饭馆的高一等,其实也是有很多的黑幕。秀贞她娘托了我几回,要叫她女儿当招待去,我就敷衍着,话也不好意思说明了。你就是穷得在街上要了饭,我顶多了把你拉到我家来,我养活你,也不能送你去干那个。"

月梅听了,心里很感动,同时想着:幸亏我没先说出来,我愿意去当招待。原来……

张大爷又说："我给你找事,就得跟给我亲女儿找事一样,只要我瞧着不合适,就是一月挣二百,我也不能叫你去。现在倒是有个好机会……"说到这里,他喝了一口茶,又点了一支烟吸着,似乎想了一想,才说:"不过这个机会也不是一下就能得到的,须要先联络,可是只要能够联络上,就能有好事。"

月梅心里纳闷,又想:是什么事呢? 找个小事还要先联络?

她刚要去问,就听张大爷又说:"这个机会现在我也正在活动着,可惜我们家里,你大妈,她拿不出手去,不能替我去联络。天津有位富商叫彭伯臣,这个人的名字常登报,大概你也知道,他在京津两处的财产不下一千万。现在他是想在北京天津两处,同时办一个大公司,那意思就是要跟中原公司比一比,仿佛上海永安公司跟先施公司唱对台戏似的。

"不过彭伯臣虽是个富商,可是要叫他一个人出资开这买卖,他也是没有那力量,所以这回派了他的太太亲自出马,来到北京招股。她这太太年纪不过三十岁,社交手腕那是头等了,现在就住在景山后太平街胡先生的家里。胡先生早先在政界做事,赋闲多年,家里有产业。他没事常到球社打台球,所以跟我很有交情,有时我到他家里,他那几位小姐也一口一声地叫我张大爷。

"现在就是这样,彭太太的股子再有一个月就可招成,将来胡家的几位小姐,都是那公司的女职员。秀贞我前天也带她去见了,她不够女职员的资格,只能将就着当个练习生,可是将来也很有希望。你可又比她强多了,再练习练习写算,足能去当个职员。这可真是个百年不遇的机会,将来公司开办了,你们就都是基本人员,除非有大错,绝不能撤换。听说职员的待遇是一个月六十元,年终还有花红。在女子职业之中,这可算是顶好的了,就是……得先联络联络,可也不是要花什么运动费,就是得先跟那位彭太太交往,慢慢地叫她看出来你聪明,能办事,随和,那就行了。因为人家办大事的人,要用个人得先品评品评,不能像找女招待,只要瞧着人一漂亮整齐,就算行了。"

月梅点了点头，心中却又起了为难。听张大爷说得原原本本，绝不是假话，果然那彭太太能够像祁小姐那样地开通爽快，自己不会被她拒绝。可要她要是另一种人呢？要是跟我不大说得来，那可就难了，这机会倒真是很难得！

这时外屋的饺子快煮好了，张大妈进屋来收拾饭桌。张大爷坐在炕上，手里的烟头都快要烧了手，他也像是思考了半天。他把烟头儿扔在炕前的痰盂里，下了炕，说："这么办吧！好在今天白天我也没有什么事，吃完了饭，我带着你跟秀贞就到太平街，见一见彭太太。见了她，咱们也别提找事的话，要叫她一瞧见你就觉着你好，就舍不得你，那才行！我想这也很容易，你的人缘好，要不然祁公馆那么大的人家，怎么都能看得重你？反正就是这样，无论男女，要想在社会上做事，就得聪明、随和。三姑娘，我说话你可别过意！你的聪明有富余，可是还欠点儿随和，这得慢慢地学。我年轻时就这样，脾气老是拧的，做事都走四方步儿。这些年，我也学会啦，别人抽大烟，我也说能养神；别人好打牌，我也说那是很好的娱乐。就连我们球社的女招待……我真不该跟你说，她们跟客人去开房间，我还说，这年头儿社交公开，谁也不能管谁。"说着，张大爷笑了笑，月梅却脸上微红，没言语。

张大爷又看着月梅说："回头到太平街，见了胡家那几个姑娘，言语要谨慎些。她们因为父母娇纵，都染了些不好的习气，可是咱们也别管她，只要咱们自己走得正，行得端就是了。"月梅点点头，微微笑了笑，张大爷就出去解手儿去了。

徐秀贞端着一盘热气腾腾的饺子进到了里间，张大妈拿着醋瓶子、蒜瓣也进来了，笑着说："三姑娘，请上炕！吃吧！趁热儿。你尝尝我拌的馅子，那捏着花边儿的是羊肉白菜馅的，没花边儿的是韭菜虾米馅，有点儿油炸鬼，没有别的，你快尝尝我的手艺！"

月梅笑着说："我想你做的一定很好吃！等一等张大爷。"张大妈说："你们不用等他，你们小姐儿俩就先吃吧！别客气。你是姑奶奶，请上坐！"月梅脸红着，说："大妈你请上坐吧！"张大妈说："等伺候完了你们我才能吃呢，你就脱鞋上炕吧！"

她直拉着月梅上炕去坐，月梅却不肯，张大妈又拉徐秀贞，笑着说："那么叫这位姑奶奶上炕？"徐秀贞脸红着，打了张大妈一下，笑说："大妈你净胡说！"张大妈笑着说："怎会是胡说呀？过一二年，你们还不许我叫你们姑奶奶吗？"

这时张大爷掀帘又进屋来，向他女人说："外屋的锅直咕嘟，你紧跟着快下饺子！吃完了我们还得赶紧走呢。"又指着桌上的蒜瓣说："你剥这些蒜干什么？谁吃？回头就去见阔太太，吃一嘴蒜气可怎么跟人说话？快拿走！"张大妈只得把蒜瓣都拿走了。

徐秀贞还半急半笑地跟月梅让座，一定要月梅脱鞋上炕，月梅不肯，她自己可也不愿意脱鞋。张大爷的脸上便现出不耐烦的样子，说："你们还让什么？秀贞，你就上炕去坐！快点儿吃完了好走。"徐秀贞为难着，不得已地把她那两只白帆布鞋脱下来，爬到炕上中间去坐，赶紧就缩起了脚。

月梅无意之中才看出，原来徐秀贞的袜子是破的，脚后跟都露了出来。月梅因此倒很后悔，就想：徐秀贞现在谋求职业的心一定比我更急！今天见了那彭太太，不但我要给人家留一个好的印象，并且要叫她对秀贞也得注意一点。以后我跟秀贞同了事，对这个跟我最亲近的同学，更要特别地爱护才行！

月梅含着笑，给秀贞夹了一个饺子，徐秀贞就低着头吃着，并且时时看她腕子上的那只表。张大爷是坐在月梅的对面，他一面慢条斯理地吃着，一面跟月梅谈话，问了许多关于祁公馆的事情，月梅都简略地回答了。

后来，张大爷又笑着说："你跟祁小姐在一块儿住了那么些日子，交际场上的一切事情，你总应当懂得的不少了？"

月梅摇头说："祁小姐也不怎么交际，跟她常来往的只是几个同学。"张大爷说："麻将你总会打啦？"月梅摇头说："不会。"张大爷又说："二黄呢？可以唱两句吗？"月梅又摇头说："一点儿也不会。"张大爷说："你太客气，台球怎么样？"月梅笑着说："我连瞧也没瞧见过。"

张大爷点点头，说："时下的太太小姐们都不爱打台球，其实倒是很有意思的。"他又瞧了徐秀贞一眼,又说:"这些自然都不是什么好事,可是以后你们都得慢慢学学。做事么,就得随和,譬如遇见人家三缺一,拉你凑个手,你说你不会打牌,人家决不相信,反说你的架子大;为这么一点儿小事,就能得罪人,以后什么事你也办不通了。还有京戏,你看现在交际场上的一些阔太太、有名的小姐,哪个不会唱两句京戏?早先,我们球社有个招待,外号儿叫'玉堂春',因为她喜欢穿红衣裳,程砚秋学的也真妙。你闭眼听吧,她要是唱起《春闺梦》那段南梆子来,简直跟程老板一个味儿,有时要人的家里唱堂会,都拿汽车请她去客串。就因为有这手儿能耐,就联络上了,现在是什么部的女秘书,一个月挣三百八,其实她就会打台球、唱京戏,连报都看不懂!"

徐秀贞倾耳听着,问说:"她长得好看吗?"

张大爷说:"长得自然不坏。女子要想在社会上出风头,自然要有点儿交际本领,可是模样儿、身段儿,也都得说得下去,那就不愁没饭吃。"

徐秀贞似乎有点儿嫉妒,又有点儿自伤,不自然地笑了笑,说:"什么叫身段儿呀?"

张大爷笑着说:"这可说不出来!身段不在乎高矮,就是活泼秀气,一到眼里就特别叫人注意。有的女子模样倒是很好,可是身段太呆,那也没希望,不能称为标准美人儿。拿个眼前的譬喻吧,其实可没有这么譬喻的,你瞧月梅,她的身段就比你好,她要是穿上一件最摩登的短旗袍,穿上高跟鞋、长筒儿丝袜子,你瞧……"

徐秀贞立时用那带着妒意的目光直看月梅的身上,月梅的脸上却现出些怒色,低着头吃饺子,连眼皮也不抬,一句话也不说。张大爷就说:"快吃吧!这些闲话只能说来凑凑趣,其实咱们将来做事是要凭真本事,不能跟她们那些人学!"

这时张大妈又端进一盘饺子来,月梅却放下了筷子。张大妈说:"三姑娘,你怎么就吃这么一点儿呀?"月梅勉强笑着,说:"我吃饱啦!"张大妈说:"哎哟,你才吃了几个呀?数得出来的,别是你觉得我做的不合口味吧?你是觉着咸还是淡?告诉我,下次我好按着你的口味做。"

月梅就笑着说:"真的,你做得很好吃,我也吃了不少,真不能再吃了!"

张大妈还去数盘子里的饺子,又问徐秀贞吃了几个,她丈夫吃了几个,她在脑子里算着加减,想求出月梅吃了多少个饺子。张大爷却不耐烦地说:"得啦得啦!你给三姑娘弄漱口水去吧!人家一个姑娘,哪能像你那么大的饭量?"

此时月梅自己到外屋舀了一碗水,含了一口,到院中去漱。院中的几个邻居也在院中吃饭,他们吃的一律是玉米面的窝窝头,菜也很简单,不过是腌萝卜、白水熬白菜之类。月梅把水喷在地上,倚着窗口,就想:这院里住的都是些穷人,只有张家最阔,可是张大爷也不过是球社的一个茶房,又能挣得了多少钱呢? 这真有点儿可疑!

同时她又回忆起自己在白家的时候,张大妈几乎天天去串门,跟白家那些人都走得很近,张大爷也常请小高去听戏。可惜自己那时不爱注意他们的事,只是终日做那些劳苦的事,有点时间就去温习功课,想念自己的母亲,预测自己的前途,并没有留心张大爷张大妈是怎样的人,如今……

这样一想,月梅又由怀疑之中生出一些懔惧,仿佛前面是安设着什么圈套,自己可不能往里去钻。但又想:万一不是我所忧虑的事,而是很好的出路呢? 也别因为我多疑就放过了,我现在是多么急需找个出路呀! 但凡环境不至于太恶劣,我还有权利去选择吗? 好在,事情能否去做,可以到时看清楚了再决定。做事之后,也难免就没有坏人。还是那句话,在乎自己!

这时徐秀贞也由屋中出来了,她问说:"你不再洗洗脸,擦点儿胭脂? 换上你那件紫道儿的洋服好不好? 咱们两人都穿洋服。"月梅却摇头说:"不,我就这样儿! 她们爱要不要!"徐秀贞翻着眼睛瞧了瞧月梅,怔了一会儿,就不大高兴地说:"你等会儿我,我去找我妈再把辫子扎一扎。"说着,她就回西南墙角她家那破陋的小屋里去了。

月梅看着徐秀贞的后影,似觉得她这同学有些改变了。虽然二人自学校分离,至今不过几个月,徐秀贞的个子也还是那么矮小,可是就像她已长了很多岁,言语行为都不像早先与自己同位子坐着的时候了,如此不禁又有些怀疑。

月梅回身进到屋里,见张大爷正在换哗叽大褂。张大妈也在里间,一面给她丈夫扣纽子,一面跟她丈夫也不知在悄声地说什么,但一见月梅进屋来,她就不说了。张大爷伸着脖子仰着脸,扣着领子下的纽子,并向月梅说:"三姑娘,咱们这就走。"

月梅答应了一声,默默地站了一会儿,就说:"张大爷,你这样费心为我谋出路,我真是很感激……"

张大爷说:"没有什么,也费不了我什么事。将来你们有了好事,就是我沾不到光,难道我瞧着还不喜欢?"

月梅说:"不过,我自己还有点儿意思,我愿意跟你先说出来。我找事也并不一定要做什么职员,只要是能有个住处,挣的钱够我吃饭就行。苦、劳累、地位低微,我都能做,就是不愿跟那些阔太太、阔小姐在一块儿,学那些浮华,我愿意每天工作有一定的时间,我好利用余暇去求知识!"

张大妈似乎怔了一怔,张大爷却不假思索地回答说:"那是自然,三姑娘你放心吧!我刚才没跟你说么,只要我瞧着不合适,无论挣多少钱,我也不能叫你去干。跟阔太太、阔小姐去学浮华,咱们也学不起,与其那样,我还不如干脆把你带到球房去呢!你要说做事得有一定的时间,那更不成问题,现在无论机关、买卖都有一定的上班下班时间。不过,百货公司可不能礼拜休假,大概是轮流着,譬如我是礼拜一休息,你就得礼拜二或礼拜三,反正柜上总得有人。"

月梅听张大爷这样说,自己反倒没有话了,又想:人家是图什么?给我找事,我自己反倒左一个不放心,右一个不放心的!她倒有点儿抱歉,可是看张大爷的脸上,倒是没有什么不高兴的样子。

张大爷穿好了平平展展的灰哗叽大褂,又揣起来烟盒跟皮包,说:"咱们走吧!十二点多啦。"

月梅又向张大妈鞠躬,说:"张大妈,累了你半天!我走啦,一半天我再来看你!"

张大妈亲热地拉着月梅的手,笑说:"今儿可太怠慢你!有工夫常来玩儿,我一个人在家也不常出门。"月梅笑着点头,随张大爷出了屋子。

见徐秀贞还没有出来,张大爷就向月梅说:"秀贞干什么啦? 你去催催她,这孩子! "

月梅走到徐秀贞家的屋前,见门开着,屋里乱七八糟的,又是破家具,又是断了把子的锯,还有没有底儿的墨斗。徐秀贞正跟她妈妈闹气,她噘着嘴,抹了一脸的眼泪。她妈妈穿着褴褛的衣服,正坐在炕头缝一只破袜子,嘴里哀求着她的女儿,说:"你稍微等等,再有几针就缝得。咳! 你不早说么,早说,昨儿晚上我就给你补好啦! "

忽然她一抬头,看见了月梅,月梅便进屋来向她鞠躬,叫了声:"徐大妈! "徐大妈停住了针刚要跟月梅说话,徐秀贞却跳脚说:"你快缝吧! 十二点多啦! 我连一双整袜子也没有! "她边说边急躁地哭着。

月梅说:"不忙! 我们等着你,你别急,也得容大妈一针一针地做呀! 要不,你就这样儿走? "

徐秀贞却摇头说:"我不! 到了人家胡家,人家要叫我脱鞋上床可怎么办? "

月梅说:"她们要一定叫你上床,你就让我上,我不怕袜子破。"

这时,张大爷又在院中催着说:"快着点儿! 这孩子,你磨烦什么啦! "

徐秀贞被张大爷这么一催,也顾不得叫她母亲给她缝袜子了,她就赶忙又去洗脸,不防脸水又把她的手表沾湿了,心疼得她赶紧又到处找干东西擦。可是她这屋里,连一块干净布也没有,月梅就把自己的手绢交给她,徐秀贞就又擦了半天手表。张大爷又在院中催了两声,徐秀贞赶紧把手绢扔给月梅,拿手巾擦了擦脸,然后噘着嘴,对着一只玻璃没框儿的镜子,拿胭脂棉花胡乱在脸上抹了抹,并抹着嘴唇。

这时张大爷在院中急了,他嚷着说:"秀贞你还不快着? 月梅,咱们走吧,不等她啦! "徐秀贞惊慌慌地赶紧往外去跑,随跑随揪平她的衣裳,又低头看了看她的鞋。

这时张大爷已背着手儿到了门外,向徐秀贞瞪着眼睛说:"你净干什么啦？这大半天，没有一点儿麻利劲儿！这还行？找着了事儿做不了三天，就得叫人下了工！"徐秀贞噘着嘴低着头，一声也不言语。月梅在她旁边走着，就觉得徐秀贞也是很可怜。

张大爷是在前边走，秀贞、月梅两人在后面跟着他，徐秀贞又向月梅借过手绢来，一边走，一边还擦她那只手表。三个人穿着小胡同走，直走到西单牌楼才上了电车，到了太平仓又换车，就一直到了后门。在电车上，车票都是张大爷给买的。下了车，张大爷在前，就带着她们往后门里走去。

一进后门，就望见眼前高高的景山上，树木丛生，遍染秋色。山峰上建着五座美丽的琉璃瓦的亭子，琉璃瓦被阳光斜照着，发着各色的光，衬托上几抹鱼鳞状的白云，就像一幅极好的油画似的。雨后，砖砌的人行道，虽经过了日晒，可还潮湿着，马路上的车辆也不多。三个人静静地走着，走到南首又转向西去不远，就进了路北的一条胡同。月梅见那里钉着个蓝瓷牌子，是"太平街"。名称虽叫街，其实是很短的一条胡同，住户不多。秀贞指着一个小绿门儿，向月梅说："就是这儿！"说明她今天并不是初次来。

张大爷先上前按了一下电铃，少时里面就有人把门开开，出来了一个姑娘，平平的脸儿，擦着黄胭脂，烫着头发，穿着一件粗花大叶的淡紫色旗袍。一见着张大爷，又看见了月梅跟秀贞，她就笑着说："喝！你们来啦！"

张大爷也笑了笑，就往里走去，随指着月梅说："这就是前天我说的那白三姑娘。"又向月梅说："见见，这是你的六姐。"月梅就向那姑娘鞠躬。

那姑娘笑了笑，倒像不大注意她，一面关门，一面又问秀贞说："昨儿我姐姐嘱咐你晚上来，你怎么没来呀？"徐秀贞脸红了红，没答出话来。

张大爷来到这儿像是很随便的样子，站在院里嚷嚷着说："怎么这样清静？全没在家呀？"

那个姑娘说："可不是，全都出去啦！连姜妈都出去啦！就留我一个人儿看家，谁叫你们这么早就来？"

张大爷说:"还早? 一点多啦! 你们都睡糊涂了吧? "

这院子并不大,南房两间,北房三间,西南角还有个小门儿,大概还有个里院。张大爷带着徐秀贞跟月梅走进南房里,这房间很小,通连起来还不如祁公馆的一间房子大,房里摆着几张新式的但是很粗糙的桌椅,倒还干净。靠西墙有一张铁床,垂着幔帐,床下扔着两只高跟鞋,张大爷就悄声问说:"谁在那儿睡啦? "那姑娘答说:"爱珊。"张大爷问说:"爱珊什么时候来的? "那姑娘说:"昨天七点半晚车来的,你不知道吗? "张大爷笑着说:"我又不是千里眼、顺风耳,昨儿一整天我也没来,我怎能知道? "

那姑娘指了指床,说:"爱珊她不听我们的话么,她可上当了! 侯伯云那小子……"

张大爷没等她往下说,就问:"彭太太今天没来吗? "

那姑娘摇头说:"还没来,她是昨天这个时候叫汽车接走了的,大概晚上来。今儿吉祥夜戏是小翠花的全部《挑帘裁衣》,彭太太打多早就订了包厢啦,要请我们看。"

张大爷说:"我今天来,是叫这白三姑娘见见彭太太,也是要在她那公司活动个事儿。"

那姑娘笑着说:"她那公司你给包办了好不好? 你要给荐多少人呀? "

张大爷笑了笑,说:"还不定能成不能成? 我把人给她带来,由她看,录取不录取,那可在乎她啦! "说着站起身来,点点手,叫那姑娘跟他出去说话,并向月梅说:"你们在这儿等一等,我想待会儿彭太太一定来。"

张大爷跟那姑娘走出屋去之后,月梅就向秀贞悄声问:"那姑娘是谁? "

徐秀贞低着头说:"那就是这儿的六姑娘,她叫胡爱玲。她还有好几个姊妹呢,我就见过两个,一个是四姑娘,一个是七姑娘,大概都不是亲的,可是都很时髦,都是阔小姐。"

月梅又问:"那个彭太太你见过吗? "

徐秀贞点头说:"昨天见过一回,也是顶阔的。"

月梅说:"咱们俩是同学,你得告诉我实话,她们说是开什么公司的话,那是真的还是假的?"

徐秀贞似乎有点惊讶,笑着说:"那还能是假的?人家骗咱们干什么呀?你瞧你,真爱疑心,属曹操的。人家彭太太为招股天天请客,只要股招够了,就开办!"

月梅又向那床里看了一眼,就听床里有人说:"谁说话呢?"随着一只染着紫红蔻丹指甲的手就掀开了幔帐。里面是个穿着个粉背心、盖着夹被、半卧半坐的妇人,瞧见了秀贞跟月梅,她就问说:"你们是干什么来的?"

这妇人年纪二十来岁,很瘦,面色惨黄,脸上还留着些残脂剩粉。她好像是才睡醒,还打着哈欠,又微微地叹气。徐秀贞也不认识这个人,她就赔笑说:"我们是张大爷给带来的,等着见彭太太。"那妇人微微点了点头,用眼向秀贞跟月梅扫了扫,她就掀开了被,找着拖鞋下了床。她披上一件睡衣,又打了个哈欠,看了看她腕子上一块长方形的手表,又问说:"吃过午饭了没有?"徐秀贞摇头说:"不知道,我们是在张大爷家吃完了饭来的。"

正说着,张大爷跟那胡六姑娘就回到了屋里,一见着那妇人,张大爷就笑着说:"大姑娘起来了?回头咱们再说话,我先出去借个电话。"又向月梅、秀贞嘱咐说:"你们就在这儿等着,不到十分钟我就回来!"

胡六姑娘说:"你要没地方借电话,你就去找她一趟好啦!这又不是什么要紧的事,何必要赶命?"张大爷说:"好啦!好啦!"又向月梅笑着说:"你在这儿跟你六姐玩会儿,都不是外人,你们别客气。我出去找个人,一会儿就回来。"月梅点了点头,张大爷就急匆匆地走了。

这里那个名叫爱珊的大姑娘,没脱睡衣,就坐在椅子上点了一支烟,她那两只惺忪无神的眼睛,看看月梅又看看徐秀贞。她尤其注意月梅,就问说:"你姓什么?"月梅说:"姓张。"徐秀贞在旁拉了她一把,说:"你不是姓白么,怎么又姓张了?"月梅没言语。

那爱珊又问:"你在哪儿住?"月梅说:"在蒋养房。"爱珊又问说:

"你上过学吗?"徐秀贞在旁说:"我们俩是同学。"爱珊又问月梅说:"你今年十几岁?"徐秀贞在旁笑着说:"您猜她十几吧?"爱珊瞪了秀贞一眼,像是说:"谁问你啦?"月梅回答说:"十四。"爱珊笑了笑,接着却又沉重地叹了口气,便站起身来。

那个六姑娘正在一旁修指甲,她一见爱珊叹气,就说:"你瞧,从打昨儿晚上你一进门,就长吁短叹的,永远没个笑容儿!我们家里就像来了个丧门鬼,这是怎么一回事呀?"

爱珊还言说:"我叹气你可管不着!我心里不痛快,爱叹气,跟你没相干!"六姑娘瞪着眼说:"你心里不痛快,你不会投河去吗?不会觅井去吗?不会拿根绳子找你多情多义的汉子,叫他把你勒死吗?"爱珊说:"我呀?我犯不上!"

六姑娘说:"你犯不上,就别在家里叹气!"爱珊瞪着眼说:"你的家?"六姑娘说:"嗯!是我的家!"爱珊冷笑着说:"别羞人啦!你跟我一样,还有家?不要脸!"六姑娘立刻扑上去,拿着削指甲的小刀狠狠地说:"你才不要脸!"徐秀贞赶紧上前去劝。

月梅起先是不管,后来见那爱珊坐在床上哭了,她才过去劝慰。爱珊却流着眼泪,一手捏着烟卷儿,一手摇摆着说:"你别管我!"又叹了一口气。徐秀贞说了许多的好话,要劝那六姑娘走开,可是那六姑娘却像是不肯离开这屋子。她坐在椅子上,气得那张平脸就像一块羊肝,她拿小刀儿继续修指甲,嘴里还狠狠地骂着:"不要脸!不要脸!"

这两个女人打起架来很容易,就像汽油里放了一根火柴,噗的一声就燃烧起来了。可是这时却又像燃烧过了,室中留下了一种令人厌恶的气氛,两人只是在相距不远之处互相低声骂着什么丑恶的话、难听的话,什么女子所不应当说的话,全都能说出来。那爱珊不但口里骂着人,并且流泪、叹息,似乎她自己还很伤心。玻璃窗外的小院落,倒是非常沉寂,墙外也没有什么杂乱之声。这环境,月梅已觉着十分可疑了,再看那六姑娘,简直与白家的那两个差不多。

这爱珊却似乎好一点,她原来也像是那一流人,但现在她似受了什么打击,厌烦了她现在的环境,并像也厌烦了这个世界。她跟那六姑娘似乎有姊妹的关系,可又好像不是同父母。这个家,不像是她的,也不像是那个六姑娘的,不过以今天这情景来看,爱珊可是个客,而六姑娘却真像是个主人。

六姑娘又直说:"你走啊!有能耐找你的汉子去!你不是有汉子吗?在我们这儿起什么穷腻!"

徐秀贞笑着,又两头儿给解劝,月梅却说:"张大爷他怎么还不来?我还有事,我要走啦!"说着,她就要往屋外去走。

六姑娘却站起来把她拦住,说:"喂!你别走呀?张大爷请彭太太去啦,人家来就为是见你,你走啦,不是把人白冤一趟吗?"又指着爱珊说:"她是我大姐,我们姐儿俩常打架,打完了就完,你要是这就走,不是我们把你给打走了吗?彭太太来了,我们也对不起人家呀!"

徐秀贞又走过来,紧紧拉着月梅的手,着急地说:"你别走呀!你要走了,张大爷一定又得说我。"

月梅站住又想了一想,就说:"我真是还有事!那么,我再等一会儿,张大爷要是再不来,我可就走了。"

那胡大姑娘爱珊,这时又气得躺在床上,拉被盖上身子,掩上幔帐又睡去了。徐秀贞便笑向六姑娘说:"六姐有茶吗?您给我们倒点儿?"六姑娘修完了指甲,放下刀子,就说:"你们跟着我到北屋喝水去好不好?"随就拉着月梅出南屋到了北屋。

这北屋是一明两暗,很是干净款式,两边都有木做的隔扇,挂着镜屏、字画。当中是一套沙发,沙发后面的墙上挂着一个很长的镜框,镜框里镶着一张团体的相片。那相片上有一二百人,有穿长袍马褂的,有穿西服的,上头写着是什么"欢迎某大总统就任典礼"。胡六姑娘用手指了指,说:"这相片里就有我父亲。"月梅问说:"您的父亲现在没在家吗?"胡六姑娘摇头说:"没有,我父亲前几天到张家口去啦。"又说:"你们坐着,我给你们倒茶。"随到茶几上拿起来茶壶就走了。

这里月梅就悄声问说:"厨房在哪儿?"徐秀贞指着南边说:"那边还有个小门儿,通着个小院子,里边还有五六间房。"月梅又问:"有街坊吗?"徐秀贞摇头说:"没有,那几间房比这儿的还款式。"

月梅就站在沙发前，仰首看那墙上的相片，似乎又觉得这胡家并不是什么坏人家，因此她更疑惑了，心说：这是怎么回事呢？她们既是好人家，可是姑娘们怎么又是那样儿呢？想来想去，自己倒放了心，就想：我也别太过虑了！也许张大爷说的是真话，胡家是好人家，不过因为父母娇惯，所以女儿们都学得很坏。其实社会上的人哪能都像柏先生、祁小姐那样？没有受过教育的女子，当然嘴里是什么话都能说。

徐秀贞掀开东里间的帘子往里看了看，又悄声向月梅说："你来瞧瞧！这屋里没有人。"

月梅走过去向里看了看，见屋中有一张二人床，床上摆着一对绣花枕头，叠着两幅很漂亮的被褥，一张梳妆台上陈列着很多化妆品，还有两把椅子，墙上挂着石印的美人画。月梅就悄声问说："这是谁住的屋子？"徐秀贞说："这是七姑娘住的屋子，那边是六姑娘跟四姑娘住，南房那是胡太太住的。彭太太是住在里院，里院有厨房，还有客厅，屋里摆的比这儿还干净讲究。"月梅又怀疑地问说："她们既然都不是一家子，姊妹又都不是亲的，为什么要在一块儿住？"

徐秀贞说："我哪儿知道？彭太太是在这儿暂住，招完了股份，人家就回天津开公司去。她们姊妹几个，也许是亲的，可是我瞧她们长得都不像，谁知道呢？咳！你就别打听啦，也别瞎疑惑啦，人家还能害了咱们？"

月梅纳闷地说："我总觉得她们这儿有点儿奇怪！"

徐秀贞似乎很不高兴，说："奇怪怎么着？咱们又用不着打听人家家里的事，咱们来这儿是为见彭太太，是为找事。"

月梅想了一想，觉得也是，事情的真假，还是得等回头看那彭太太是不是真像个办公司的人。又想到了自己来此的目的，实在不能不忍耐一点，不能不随和一点。不然可怎么办呀？难道永远在马圈胡同住着吗？永远在人家的怀疑和侮辱之下依赖着人吗？何况还有祁公馆的二太太……咳！她一定就是我的亲娘，她虽不肯认我，可是她是那么可怜，我能不想法帮助她吗？想到这里，她心中一阵酸痛，几乎又流下泪来。

待了一会儿，街门一响，张大爷回来了。徐秀贞隔着玻璃看见了，她就在屋里叫着说："张大爷！你这儿来吧！"她把屋门推开，张大爷就走进屋来，说："你们在这儿啦？六姑娘呢？"徐秀贞说："六姐给我们沏茶去啦！你给彭太太打电话了吗？"张大爷点头说："打啦，等一会儿彭太太就来。"说着用眼睛瞧着月梅，笑说："我说是十分钟就回来，可是我去了顶有半个钟头，你们都等急了吧？"

徐秀贞说："我倒是不急，可是月梅她说，她觉得这儿很奇怪！"说着斜眼儿瞧了瞧月梅。

张大爷怔了半天，接着又噗哧笑了，他掏出烟盒来，取出一支烟用洋火点着了，就说："月梅她总共到过几个地方？她就在她家里待过，到过祁公馆，上我们那儿还去了一趟。别说这地方她觉得奇怪，我再带她到几个地方，她更得觉得奇怪呢！"说完又笑了笑。

月梅却说："我所以觉得奇怪，就是因为我听秀贞说，胡家姊妹都不是亲的。"

秀贞急急地辩解说："我准说过的吗？人家是亲的不是，我哪儿知道？"

张大爷点头说："本来她们就不是亲的，就是四姑娘、六姑娘是胡太太的亲女儿，大姑娘跟七姑娘都是义女。早先胡先生在政界做事的时候，比现在可阔得多。那时他们家里虽没有汽车，可是自用的洋车就有两辆，一辆胡先生坐着去上衙门，一辆胡太太坐着整天满处听戏、打牌，她就认了好几个干女儿。二姑娘、三姑娘，还有个小脚儿的五姑娘，全都出阁啦，出阁的时候奁妆都是胡太太给置的。所以把胡先生也给花亏空了，现在只剩了这里的一所房子，别处还有……"

正说到这里，六姑娘拿着茶壶进来了，一见张大爷，就说："你回来啦？你瞧，姜妈走了这半天，不但午饭是我做的，连倒茶倒水都是我的事！"

张大爷瞪了秀贞一眼，说："你就能这么闲待着，不会帮帮你六姐吗？一点儿机灵劲儿也没有！"徐秀贞赶紧过去拿茶碗倒茶，月梅也自己去倒了茶。

这时六姑娘跟张大爷都坐在沙发上，六姑娘就说："张大爷你走后,爱珊起来啦,喝!抓碴儿就跟我大闹了一场,直骂我不要脸!把我气的,到现在心口还疼呢!"

张大爷从徐秀贞的手里接过一杯茶,说:"你不用跟她较真儿,大概她一两日就走,她也怪可怜的!"

六姑娘说:"她可怜,叫她寻那汉子去,谁叫她当初倒贴……别拿我撒气呀!"

月梅在那边才喝了一口茶,听了这"倒贴"两个字,就觉得很刺耳,但是又不明白这句话的意思。张大爷却把头摇了摇,说:"算了!算了!你别再说啦。真的,你们姐儿俩可犯什么心?"说着连气儿抽烟,又用眼瞧了瞧月梅。一支烟还没抽完,又有人回来了,胡六姑娘坐在那儿一抬头,她就站起来说:"我妈回来啦,妈呀!"

屋门一开,进来个四十来岁的妇人。张大爷还坐在沙发上不起身,只笑着说:"你上哪儿打牌去啦?大概打了八圈,不然不能这么早就回来。"胡太太笑着说:"你真会算卦,不怪老七叫你张铁嘴。"徐秀贞赶紧给胡太太鞠躬,叫了声"胡大妈"。月梅又很诧异,因为六姑娘她们说的都是纯粹的北京话,可是这位胡太太却带着点南方的口音。

胡太太虽有四十多岁了,但并不怎样显老,圆圆的脸儿又白又嫩,只是笼罩着一层烟气,眼睛很大很美,但却又有点儿凝滞,不活泼。她的身量很短很小,与徐秀贞相差不多,梳着个圆头,头上的油也不知上了几瓶子,简直都要流下来了。她穿着不大时髦的一件青哔叽旗袍,青皮子刻花的半高跟鞋,两只白胳臂上戴着一对金镯,左右手上的宝石戒指就有五六个。

月梅不晓得应当怎样招呼她,张大爷却给介绍说:"月梅见见,这是胡太太。"月梅就向胡太太鞠躬。

胡太太带着笑,把两只眼盯着月梅细细地看,又似纳着闷儿,说:"哎哟!我像在哪儿见过她似的。"她抠着油亮的头发想了半天,才说:"哎呀!她长得有点儿像老九。六儿!你瞧她长的像你九妹妹不像?那坑了我一头得痨病的丫头!"说到这儿,她又像有些伤心。

六姑娘摇头说:"我瞧着可一点儿也不像,老九是圆脸儿,她是长脸儿。"

胡太太却摇头说:"我瞧她长得真像九丫头,她的眉毛像,这是凤眉。"说着走过去,亲热地拉着月梅的手,一边笑着,一边又细细打量月梅的模样儿。

旁边张大爷说:"胡太太,你要瞧着她长得像你女儿,你把她也收下好不好?"

胡太太说:"那还用你说? 我一定认她作女儿,反正这孩子也没有爹妈。孩子! 你愿意不愿意呀?"

月梅此时像是被人揶揄着,弄得她啼笑皆非。尤其因为胡太太提到了什么认女儿的话,她不禁想起了祁家的二太太,那十拿九稳是自己的亲娘,自己若不为她,也未必就为谋事来到这里受人的揶揄呀! 想到这里,她的泪珠儿又在眼眶里乱滚。

胡太太打量完了她的容貌,又打量她的衣裳,随说:"你就在我们这里住着吧,回头我带你出去,给你裁几件衣裳。"又向徐秀贞说:"你也得打扮打扮,这小洋妞似的可不行!"

外面又有洋车的脚铃声,叮当叮当地响,接着门一响,又有皮鞋的杂乱响声。月梅扭头去看,见是来了一男一女,胡太太就说:"这小两口儿,跟着我的后影儿就来啦!"随笑着过去,把门推开,外面的一对男女就都含着笑走进屋来。

先进屋的是个十八九岁的少妇,长得很美,高鼻梁儿、很端正匀称的脸膛、娇红的小嘴,眼睛虽小,可是明丽、俊俏,虽不笑也像带着点儿笑。她的眉毛画得又细又长,头发黑亮,烫成一个卷一个卷的;穿着样式最摩登的大红丝绒旗袍和漆皮高跟鞋。后面那个秃顶的,戴眼镜穿西服的一个中年黑胖子,替她拿着一件紫红色的秋大衣,并拿着自己的手杖。

胡太太像见着宝贝似的,笑着说:"你们卜哪里夫啦?"

黑胖的男子答说:"我们在公园玩了会儿,后来到长安春吃的午饭。"胡太太笑着说:"喝! 你们俩去吃大菜可不请我? 真说得下去!"胖男子说:"晚饭请您去六国饭店。"

这时张大爷可站起身来了，他先招呼那黑胖子，笑着说："公园里现在凉点儿了吧？"黑胖子摇头说："还不怎么凉。"

胡太太拉着那漂亮少妇的手，笑着说："我给你们姐儿俩见见，这是白三姑娘，就是上回张大爷跟你说的那个。"又向月梅说："这是你的七姐，是顶会孝顺我的女儿。"又拉月梅去见那黑胖子，说："这是你的七姐夫。"黑胖子向月梅看了一眼，笑了一笑。月梅只漠然地向他们都鞠躬，心里却只盼着那彭太太快些来，她暗想：谁管这些人都是干什么的，都与我没有相干。我到这里的目的就是为见着彭太太找事，只要看着没希望，我就走，叫我跟她们接近那可是休想！她便躲在一旁，胡七姑娘跟着那黑胖子就进到东里间去了。

胡太太坐在沙发上抽着烟，先问："姜妈回来了没有？"六姑娘说："还没回来，她一定是顺便又听白玉霜去啦。"胡太太又问："爱珊是还没起来，还是出去啦？"

六姑娘生着气说："还提爱珊呢？刚才差点儿没把我给吃了！您问问秀贞、月梅，刚才她有多凶？净是'不要脸'就骂了我七八十句，骂完了我她就又睡了！她算是谁？仗谁的势力？回家来不到一天，就永远唉声叹气，就骂我！"胡太太叹了一声，说："就是这丫头叫我太不省心！我去叫她起来！"胡太太站起身来，往南屋去了，六姑娘赶紧也追过去，仿佛怕那爱珊先占下什么理由似的。

这间外屋立刻又沉寂了，徐秀贞在茶几旁，拿着那只"大前门"的烟筒细细地研究着。张大爷的烟头儿又快烧到了手指头了，他坐着直发怔，似乎在思索什么事。月梅就走过去，悄声儿说："张大爷，彭太太要是不回来，我就先走啦，明天我再来见她。"

张大爷却似有点儿不耐烦的样子，皱着眉说："你急什么？我刚打的电话，彭太太一会儿就来。人家很注意你，在电话里跟我说，公司开办了一定要用你，你现在要是一走，人家来了见不着你，那可对你的印象就坏了。无论什么人，只要求人找事，就得先有个耐性儿！"月梅脸红了一红，便不再言语了。

张大爷又指指东里间，悄声说："那都跟咱们没有多大相干！不过胡太太既住在这儿,咱们来找彭太太,没法子,就得先应酬应酬她们。胡太太跟你那么亲热,说你长得像她的九女儿,你就随和随和,叫她一声干妈,她不定要多么乐呢!小姑娘总应当嘴甜点儿,心眼儿活泛点儿,叫人家一瞧就喜欢。你孤苦伶仃,要是不再弄点人缘儿,将来可怎么办呢?"张大爷的这番规诫,月梅不但觉着全不入耳,心里反倒很生气,然而她不敢还言。

此时那东里间,不知是那男的说了一句什么话,那女的竟咯咯的像一只小母鸡似的笑了起来。张大爷在外屋也笑了,那女的就隔着门帘说:"张铁嘴,你笑什么?还不赶紧到你的球房去,那小一号儿她想你啦!"张大爷没有言语,脸上一本正经地坐着。

女的又在屋里唱:"我问他好来?"黑胖男子扯着哑嗓子接着唱道:"他倒好。"女的又唱:"再问他安宁?"男的又唱:"倒也安宁!"女的又唱:"三餐茶饭?"男的答:"小军造。"女的笑了一阵儿,又唱:"衣衫破了?"男的也笑着,跟着唱:"自有人缝。薛大哥这几年运不通,他在那西凉国……"张大爷也听得忘形了,鼓了两下掌,徐秀贞也笑着跟着拍了一下手,张大爷却瞪了她一眼。

里屋的男女还调情似的唱着、笑着,月梅厌烦得真要起身就走,这时却听门外传来嘟嘟嘟的汽车喇叭声。张大爷赶紧扔了烟头,立起身来,紧张地向月梅说:"彭太太回来啦!"月梅也向窗前走了两步,就见从外面进来了一位太太,年有三十来岁,身体很肥胖,穿着黑丝绒的旗袍、浅绿法兰绒的大衣,手里拿着个带银链子的皮包,烫着很时髦的头发,还戴着副黑眼镜。

彭太太进了门就一直往南边那小门儿走去,张大爷赶紧向月梅、秀贞点手,叫她们跟着他出屋,他就笑着说:"彭太太回来啦!"

彭太太本已走过去了,听这一招呼,她就站住了,回过身来点了点头。张大爷拉着月梅上前,指着月梅,笑向彭太太说:"这就是前天我跟胡太太向你提说的那个白姑娘白月梅。"

月梅向彭太太鞠了一躬,彭太太点了点头,好像才想起来的样子,说:"噢!你来啦?跟我到里院去坐吧!"外面跟进来一个三十来岁的穿得很干净的仆妇,给她太太抱着许多才买来的东西。彭太太一推南墙上的小门,就进里院去了。徐秀贞也要跟着进去,张大爷却在后面压着嗓子斥说:"秀贞你去干吗? 你又不是没见过彭太太!"秀贞便红着脸,又走回来了。

月梅心里怀着惊疑,跟随彭太太进了小门。进去一看,见里院比那外院还略大,是个小三合房,北房两间,南房两间,还有一间西房,西房旁边就是厕所。彭太太一直进北屋去了,月梅站在院中还踌躇着,身后那个仆妇就笑着说:"姑娘请进吧! 我手里拿着东西,不能给你开门。"月梅就自己拉进到屋里。一看,北屋是一明一暗,里间也挂着个帘子,外间只是一张漆桌、两把椅子,非常简单。仆妇随进来,把她手里的匣子、纸包等等都放了漆桌上,就先进到里间,也没听见里间有人说话。

月梅站在外屋,等了多时,才见那仆妇掀起了软帘,向月梅说:"白小姐,你请进来吧!"

月梅揣着怀疑的心情,轻轻地迈着脚步,走进了里屋,就见那彭太太已经脱去了大衣,躺在一张小铜床上正抽大烟。彭太太指着床前的一把椅子,说:"坐下,别客气!"月梅窘着,落了座,仆妇便给彭太太跟月梅都送过茶来。

彭太太伸着那染着鲜红蔻丹、戴着闪烁的白钻石戒指的手,拿烟签子自己烧烟。她把烟捏了个饼儿,又揉成个球儿,然后放在烟斗上,就着灯呼哧呼哧地抽,随着喷出来一种不太难闻的烟味,立刻彭太太的精神仿佛就大了。她这才摘了眼镜,躺着喝了一口茶,又一面烧烟,一面向月梅问说:"听说你跟祁五小姐是姊妹?我跟祁五小姐很相好。"

月梅听了,倒不禁一惊,随问说:"彭太太,您跟祁五小姐现在还常常见面儿吗?"

彭太太说:"我跟她有两年多没见啦! 早先北京饭店每星期六晚上有家庭跳舞会,我们常常见面,这许多日我也没看见她跳舞了。倒是跟她很好的那个张次长家的少爷,昨天在正昌饭店我还遇见了他,听他说,我才知道祁五小姐是在青岛了,并且张少爷也是才从青岛回来。"月梅听了这话,又非常地诧异。

第二十九回　深渊中的挣扎

彭太太抽了口烟，又接着烧，沉默了半天，才说："我听张先生说，你想要找个事？可是你年岁太小啊！"

月梅脸上红了红，说："因为我现在很需要做个事。虽然我年岁小，可我也没什么大的希望，只要有住处，所得的报酬能维持住了我自己的生活，我就很满意了。听说彭太太要开办一个大公司，现在正招股？"

彭太太点了点头，说："我这次到北京来就是为办这件事，不过现在将将有个眉目，离开办的时候还早呢。可是我也可以暂时给你找点儿别的事做，或者从明天起你就帮助我，给我每天所花的钱记一记账，该写信的替我写写信，该催款的替我催一催款，暂时我每月先津贴你四十块钱。我每天两顿饭都是在外头吃，你既是我的随身书记，跟我在一起吃也不要紧。一个月之后再看，要是股份够了，公司能开办，你自然是基本职员，薪金再另订，当然少不了；要是公司开不成，那也容易，随时我可以给你介绍别的职业。"

月梅一听，心里很是喜欢，仿佛在深山绝谷之中忽然看见了一条平坦的道路，把心中的疑虑立时全都释去了，并且有点儿自笑，暗想：刚才我也太急躁了！胡家那些人的好坏，与我又有什么相干呢？正如彭太太抽大烟，那与我给她做事又有什么相干呢？便欣然地点了点头，说："我很愿意帮助您，吃饭我倒可以在外面买着吃，不过，我的住处……"

彭太太说："那也不成问题，你今晚就可以在这外屋住，铺盖暂时也不必搬来，我这里有富余被褥。因为我在这里也是暂住，住在这里不过是为地方清静，抽烟方便，可是我又嫌这里太狭窄。本来我要搬到饭店去，就是因为这里的胡太太，我没结婚时就认识她，我们是七八年的老姊妹了，这次招股的事她又很帮我的忙，所以我不好意思立刻搬出去。不过在这里住着，你可以不至于寂寞，你瞧胡太太有多少女儿呀？"

月梅笑了笑，彭太太又悄声说："乱七八糟！胡太太也不管，由着女儿们混闹，我也不好说话。其实我这个人并不是旧脑筋，我虽然结了婚，可是我还有不少男朋友。不过交男友可又跟乱七八糟不同，像胡家的那几位……我真不愿意嘴损！"她讥讽地笑着，又抽了两口大烟。月梅也微微笑了笑，听着这种话，倒觉得有点不好意思。不过她心里倒明白了，胡家不过是"乱"，女儿们没有规矩，并非是什么变相的娼妓。因此她也放了心，觉着不至于有人对自己设什么圈套。

待了一会儿，月梅就站起身来，说："彭太太，我想今天我先回去，明天再来。因为我虽不必去取铺盖，可是有些随身的东西跟衣服也要回去收拾收拾！"彭太太问说："你现在哪里住着？"月梅说："住在一个朋友的家里。"彭太太又问："是男朋友还是女朋友？"月梅说："是女朋友，我没有男朋友。"

彭太太笑了笑，说："明天你再回去收拾吧！今儿咱们俩是初次见面，我请你去玩玩。'吉祥'的夜戏今天是小翠花的《挑帘裁衣》，我早就定下包厢了，回头有你、胡太太，大概胡太太她那些女儿都不能去。咱们玩上半天，因为明天就得加紧进行事务了，没有工夫再玩了。"月梅点点头，又勉强带笑说："旧戏我可看不懂。"彭太太却没有言语，拿着烟签子又挖了一块烟膏，细细地揉着，在灯上烧烟泡。

待了一会儿，屋门一响，帘子一掀，进来一个四十来岁半大脚的仆妇，彭太太就问说："姜妈，你们太太在家了没有？"

姜妈说："在家啦，才抽过烟，叫我来请您，她有几句话要跟您说。"

彭太太说："有什么话她不会来我这里说？干吗这样鬼鬼祟祟的？

现在她的瘾过足啦？我可还欠两口呢！"又说："姜妈你去告诉你们太太，有话叫她到我这里来说。还告诉她，今天晚上我请她听戏，叫她可别出门。凌太太到底认多少股，快说明白了，我好统计，别那么半吞半吐的，又要拿钱生利，又怕赔本儿，股票不稀罕她要！叫你们太太快点给我回话儿，我现在都已聘好了秘书，什么事都得按着手续办啦！"

姜妈笑着说："您抽完了这口烟，上外院瞧瞧去吧！我们太太请您也没有别的事，就是叫您开导开导大姑娘。大姑娘今天睡了一天，饭也没吃，还跟六姑娘吵了一架，这么下去，一个二三十岁的人可就毁啦。太太跟张铁嘴怎么劝都不行，您去给开导开导吧！"

彭太太说："张铁嘴劝都不行，我这木头嘴更没效力了！再说她害的是失恋症，那事谁也开导不了，她自己心里系上了扣儿，就得等她自己去解才行！"说着，又瞧着月梅笑了笑，说："劳你驾！把桌上那皮包递给我！"

姜妈抢先把皮包交给了彭太太，彭太太放下那插着个烟泡儿的签子，打开皮包，现出来许多张百元、十元的钞票。姜妈便瞧瞧月梅，说："彭太太多么阔！"彭太太说："我阔还有你阔？你帮着你们老爷、太太贩大烟，一天还不赚几百？"随拿出两张十元的钞票，交给姜妈，说："你去办吧！今天我请客。晚饭我也懒得去下馆子，你到宴华楼叫几样儿菜，记住了，可别忘了，叫我爱吃的那荷叶肉。晚饭是我请客，在家里吃完了再去听小翠花。"姜妈接过钱来，笑着说了声："好嘞！"说毕她就笑着走了。

彭太太用的那个仆妇进来倒了茶，又出去了。彭太太就很和蔼地向月梅说："你随便坐下，别客气。由今天起，咱们就是同事了，以后你就知道我这个人的脾气，我是有口无心，说话不免常得罪人，心里却不会那些弯弯曲曲。早先我也用过几位女士，都是大学毕业的，后来都闹得不欢而散。一来是怪我办事太认真，嘴太直；二来可也是那些大学出来的小姐真不好驾驭。所以我这回决定不用大学毕业的，家里有钱，做事不过是为消遣，为挣点儿钱作零用，那些人我也不敢请教了。所以前天胡太太一提你，我就很欢迎，我真需要一个能够安心做事的人！"月梅笑了笑，说："不过，我可是学历太差。"彭太太似乎没听明白，只点了点头，并没言语。

待了一会儿，彭太太又抽完了一口烟，她就坐起身来，笑着说："我可真得到外院看看去，劝劝胡太太的大女儿去，要不然爱珊那丫头真许心窄寻了死。我既在这里住着，知道了这件事么，我哪能不去劝劝？"她微微地叹了口气，站起身来，又向月梅笑了笑，说："白小姐你在这里坐着！"说着，她就掀帘走了。

彭太太用的那个仆妇进屋来收拾烟具，月梅就坐在椅子上，斜着脸，视线穿过那透花的窗帘和玻璃窗，去看外面的天空，天色像一个忧郁的人的面孔。院中很清静，没有什么人来，月梅很感到一种寂寞，想到了远在海滨的五小姐和柏先生，又想到过去自己跟丽雪在一起时那活泼快乐的生活，更想到柏先生几次侠义地把自己从泥涂中挽救出来，就不禁生出一种深挚的感动和含着辛酸的铭谢之情。现在，自己是孤零零地踏到人生的路上来了，不能不好好做，不能不忍耐，不能不勉强随和，不能不报答爱护自己的人对自己的期望；更不能不为那可怜的母亲和弟弟做出些牺牲，好叫他们的将来幸福一点。

坐了一会儿，她就站起身来。那仆妇拿着一盒纸烟，问说："小姐您抽烟吗？"月梅摆手笑着说："我不会抽烟！"又问："你贵姓？"那仆妇说："我姓陈。"月梅说："陈妈，你跟你们太太来到这里几天啦？"陈妈说："这回是初二来的，六七天啦，以前也常来。我们老爷有六个太太，我们这太太是行三，她在家里待不住。"

月梅点了点头，又问："你没听说，你们太太的股份招得怎么样了？公司能够开吗？"

陈妈似乎不大明白月梅的话，她只发了发呆，就说："我不知道，我没听说。我们老爷他有三个米庄、两个当铺，还有银号，还有不少的房产，也许现在又要开公司。"月梅便不往下再问了，她觉得彭太太是个富商的太太或是姨太太，已无疑问了，张大爷倒没有欺骗自己。她既是个有钱的女人，那么她必不会跟张大爷共同设什么圈套，害了自己，他们图利。事情倒是不必胡猜疑了，只是这环境太寂寞，而且倘若彭太太的公司办不成，自己永远给她当这仆役似的私人书记，也太无意义！

月梅在外屋来回地走，又在椅子上坐了半天，天色就傍晚了。陈妈开亮了屋中的电灯，又待了半天，那个姜妈才进屋来，她说："白小姐，我们太太跟彭太太请您上外院吃饭去。"月梅问说："张大爷走了吗？"姜妈说："早就走啦，也许回头还来。"月梅随姜妈出了屋，又问："那位徐小姐也走了吗？"姜妈说："谁？徐姑娘呀？她跟六姑娘一块儿出去啦。"随说着，随出了小门。

走到前院，见前院是异常清静，南屋里连灯都没开，只有北房的外屋有灯光，有人说话之声。一进了屋，见当中摆着一桌菜饭，除了彭太太和胡太太之外，还有一个人，却是个少年学生，也就有十六七岁。白胖的圆脸儿，简直是个小孩，穿着一身很漂亮的西服，花领带，领带上还有个镶钻石的金别针。他坐在上首，他的旁边还有一把空椅子，彭太太、胡太太都分坐在两旁。

胡太太一见月梅进屋，就站起身来，笑着说："小宝贝儿你快来，我给你介绍介绍！这位是蔡督军的三少爷。你们都行三，三三见九，来！宝贝儿你上来坐，跟蔡少爷挨着坐，我得给你俩斟几盅酒！"月梅不禁一怔，那蔡少爷却直着眼看着她。彭太太拉了月梅一把，指着蔡少爷说："这也是咱们的股东。你快坐下吧！快点吃完了，咱们好听戏去！"月梅的脸上没有一点儿笑容，她不得已地走向里去，并把椅子拉得离那人远一些才坐下。胡太太又笑着说："你们两人真是一般儿高，真跟……兄妹是一样！"

那个蔡少爷满身的香水精味，逼得月梅坐都坐不住，他很是不客气地说："喂！白小姐，你今年十几？"月梅却不高兴答言。

胡太太看了月梅一眼，脸上露出点儿不高兴的样子，但旋又笑着，代月梅答道："她才十四，比少爷还小呢！"

蔡少爷说："我十七了！我父亲说等我二十七，他准教我当军长。我希望我能自己挣钱花，现在太受限制了，上个月我母亲才给我三千块钱，还不够我花一礼拜的呢！过两天我还得跟我母亲要，这回有了钱一定存在银行里，花钱时我就开支票，带现钱不行。上回我才一出了石头胡同,摸摸口袋,四百多块钱就没有啦!我回去问那开窑子的,开窑子的说他们也没捡着。我常常丢钱,现钱简直不敢往身边带!"

胡太太给蔡少爷布完了菜,又给月梅布菜,并笑着说:"少爷您太年轻,那地方的人又都很坏,您真不应当去啦!"

蔡少爷摇头说:"再也不去啦!也没什么意思。那些窑姐们都比我大得多,她们看不起我,背地里叫我小大头,他妈的我再也不去啦!"他一面嚼着饭,一面又说:"可是球房的女招待也都不好,那个二号叫金月仙的,长得也不大好,才陪我看了一回电影,她就跟我借了二百块钱,说是要做大衣,喝!真敲人!"

胡太太笑着说:"那地方的人跟班子里混事的差不多,就要钱,什么脸都不要。张大爷也说过,他不愿意您常跟那些女招待出去玩。可是,虽说少爷您花上三百、五百块也不在乎,不过花钱也得花在刀刃儿上,也得值,不能拿洋钱瞎去填那没底儿的坑,结果一点真心也得不到。再说您现在又上着学,叫家里知道了,也不大好。您还是应当设法交个女朋友,要好人家的,还要开通,那就是以后叫公馆里的大人、太太知道了,也不能说您什么,还许很喜欢呢!"

蔡少爷说:"可不是,我就打算这么办了!胡太太你非得给我介绍个不可,介绍成了我一定谢谢你。"

胡太太大笑着摇头说:"我可不能给您介绍,我认得谁呢?少爷您托托彭太太吧,彭太太是个交际家!"

蔡少爷就说:"彭太太,怎么样?胡太太叫我托你,你得给我想法子呀!"

彭太太嘴里嚼着荷叶肉,说:"别忙!别忙!慢慢地……我倒是想起一个人来,这个姑娘才十五,现在天津。可是有一样儿,你要是跟这姑娘交了朋友,你就不能再认识别的女的啦,人家也是个小姐!"

蔡少爷点头说:"那都行,订婚都行!可得长得好,比我小,比我大的比我高的我可不要,那走在街上难看!"说着,扭头又看了看他座旁的月梅,就贸然地一拉月梅的手,笑着说:"白小姐,你也给我介绍一个呀?像你这么大的就行!"

月梅却生着气一夺手,要站起身来,彭太太就赶紧说:"蔡少爷你别跟白小姐闹!白小姐也跟你一样,今天是贵客,是我新聘请的女秘书。"

蔡少爷不得不缩回手来,仍然笑着说:"我明儿也得雇个女秘书,我学校的功课都堆了好些,没人给我做。这个学校,办得比育济中学还糟,教员都糊里糊涂的。校长更是死脑筋,他说学生的成绩要是不及格,他就不给文凭,真讨厌!"

胡太太一面吃着饭,一面用眼望着月梅。月梅却吃了不多,放下筷子,站起来就要走。彭太太就说:"怎么,白小姐你才吃这么一点?"月梅勉强笑着说:"我不吃啦!我吃饱啦!"说着就走出屋去。

胡太太赶紧扔下筷子追出来,一把拉住了月梅,悄声说:"白姑娘!怎么,你听了蔡少爷的话,你起了疑心啦?疑惑我们是存着什么别的心?哈哈,笑话儿啦!人家蔡少爷的爸爸做过督军,家里趁几千万,人家能瞧得起咱们?咱们想巴结人家还许巴结不上呢!再说我也有七八个女儿,别的不说,我那七姑娘准保不比你差,就是我巴结,也用不到外人,摇钱树得种在自己院里,不能种在门外。今儿不过是凑巧,他来啦,可巧你又在这儿。彭太太拉上咱们吃饭,算是瞧得起咱们,也为是叫咱们帮她联络着,她好叫蔡少爷多认上几股儿。无论你怎么受委屈,你也得回去再吃点儿,好圆上这个场,要不然彭太太一定生气。你是我跟张大爷介绍来的,她已应了叫你当女秘书了,明儿要是再不要了,连我们可都跟着丢脸!"

月梅说:"我并没有误会,真是吃饱啦。"

胡太太说:"那么你再进屋坐一会儿,别叫人家看出来!"又说:"姑娘,你的心眼儿倒是不少,可是你还欠些阅历。我们要是打算拉皮条儿来,今天至少也得叫你换上一两件衣裳,不能就叫你穿着洋布大夹袄见人。过几天我们先生一回来,你就知道啦,我们也是有名有姓的人家儿,混蛋忘八蛋的想头呀,别说不能发财,就是能发财我们也不干!"说着,她就把月梅拉回屋里,又入了座。

从灯光下可以看出,胡太太的脸色是不大好,但彭太太却像没感觉到什么似的,她问月梅说:"你干什么去啦？上茅房啦？"

胡太太说:"可不是！白姑娘她找不着茅房,还是我带她去的。咱们那茅房太黑,明儿非得叫电料行的人来,给安一只灯不可。"她又看了蔡少爷一眼,笑着说:"哎哟蔡少爷,您怎么一点儿酒也不喝呀？"蔡少爷捏着脑袋说:"我不喝酒,喝了酒就头疼。"

月梅只呆呆地坐在那里,心里盘算着事情,并不再去动筷子。姜妈给她送过来一小碗米饭,彭太太跟胡太太都劝她吃,她也没有动一动。月梅也不去看别人,可是只觉得蔡少爷的脑袋时时在转动,他衣服上的香气时时往自己的鼻子里去钻,他那领带别针上的钻石闪烁着,直刺自己的眼。

待了一会儿,饭吃完了,四个人都站起身来,由姜妈的手中接过水来漱了口。彭太太就问说:"蔡少爷跟我们一块儿听小翠花儿去,好不好？"蔡少爷摇头说:"我不去,我还得上美化球社,有两个朋友在那儿等着我呢！"随叫姜妈给他拿过大衣来,说:"我这就得走。"又向月梅笑着说:"白小姐,明儿见！"胡太太说:"蔡少爷你是坐汽车来的吗？"蔡少爷说:"我的车在门口儿啦。"说着,皮鞋咚咚地响,往外就走。彭太太笑着说:"我可不送啦！"大概蔡少爷也没听见,胡太太却带着姜妈送出去了。

这里彭太太就向月梅笑着说:"简直是个小荒唐鬼！听说他一天能花一千块钱,大概是连丢带花。好在他爸爸当督军,钱来得易,也供得起他！"又说:"咱到里院去,我再吃一口烟,咱们就走。"月梅只得又随着彭太太走进里院。

这时天色已然黑了,但天上连颗星星也没有。进到了屋里,那陈妈早把烟具又摆上了,烟灯也点好了。彭太太又往床上一躺,拿起签子来烧烟,因见月梅打了个哈欠,她就笑着问说:"你抽一口好不好？也提一提精神,抽一口不会就上瘾。"月梅摇摇头,勉强带笑说:"我真不抽！"

彭太太笑了笑,把烟泡儿安在烟斗上,用签子扎着,就呼哧呼哧地抽起来。抽了一口,她又问说:"祁五小姐抽烟不抽？"月梅摇头说:"她不抽,连纸烟她都不会抽。"彭太太又说:"她的男朋友可真不少！"

月梅说:"也不,她跟她表哥订婚了,再也不跟别的男朋友往来。"彭太太说:"她订婚啦?她的表哥是谁?做什么事的?"月梅说:"姓柏,做什么事我可也不知道,不过那人很好。"彭太太问:"你见过吗?"月梅脸上微热了热,点头说:"我倒是见过一两次。"彭太太说:"不用说,她这表哥一定比张次长的少爷更漂亮,更有钱了?"月梅说:"那我倒不知道。"

彭太太慢慢坐起身来,说:"哦,祁五小姐原来订了婚啦!可惜她没在北京,不然我托你见见她,她跟她表哥一定都得认上几十股。"又问:"你知道祁五小姐在青岛的通信处吗?"月梅摇头说:"我不知道。"彭太太似乎惋惜地说:"你要知道可就好了,写信跟她提提我,她一定能想得起来。"说着,又走到外屋。

月梅也随着出来,彭太太就指着这屋子说:"一半天这儿也得给你收拾出来一张办公桌儿。我有好些图章、收据本子,都在别人那儿存着啦,一半天我就取来交给你。"说着又看了看手表,说:"快八点啦,咱俩得走啦!陈妈,你去催胡太太快快收拾着,还有谁愿意跟去,赶快修饰打扮。再问问姜妈,车叫来了没有?"陈妈答应着,出屋去了。彭太太又到里屋,穿上了大衣,拿着她的皮包,取出二十块钱给月梅,说:"先给你半个月的薪金,你先零花着,我晓得你也没有什么垫的。"月梅接过钱来,脸上倒不禁有些发热,非常觉着不好意思。

彭太太点了支烟卷吸着,少时陈妈就回到屋来,说:"姑娘们都出去啦!都还没有回来。胡太太觉得有点儿心口疼,躺下歇着啦,说是不听戏啦。"

彭太太说:"这是什么话?早不犯病晚不犯病,单单这时候忽然又心口疼啦?难道订下那么大的包厢,就叫我们两人去听?我去看看她!"她说着便匆忙地走出屋去了。

这里月梅很是惊异,就问陈妈说:"胡太太病得很厉害吗?"

陈妈说:"不要紧,听说这是胡太太的老病儿,稍微生点儿气,就要犯。今儿也不知是为什么,不知是她哪个姑娘又把她给气着啦!"

月梅就想:这一定是因为刚才吃饭的时候,被我给气着了!她心里未免有些抱歉,但又想:胡太太跟她那几个女儿实在都不像什么好人,而刚才来的那个蔡少爷也太可疑。刘先生早先跟我说过,什么事都先要往坏处去想,便不至于上当。反正彭太太给我这二十块钱我决不动用,到时看着事情不对,把钱扔给她,我就走!

拿定了主意,又等候了半天,才听彭太太在院中叫说:"白小姐,咱们走吧!"月梅答应了一声,赶紧出屋,问说:"胡太太她能去吗?"彭太太说:"她不去,就是咱们两人去,两人也一样听戏,何必要人多?"月梅心里也想着:胡太太不去才好呢!彭太太叫我去听戏,我是没法子,不得不陪着她。

跟着彭太太走出了街门,就见这儿停着一辆汽车,彭太太先叫月梅进到车里,她随着上去,便叫车夫把车开走了。喇叭嘟嘟地响着,街灯闪烁着,似蒙在一层黑纱里的街景,都从车窗上疾快地掠过。

彭太太挨着月梅坐着,手里捏着烟卷,笑说:"你把胡太太给得罪啦!"月梅有点儿生气,说:"我不知道,为什么我得罪了她?"彭太太说:"其实也不要紧!你给我做事,我是在那里闲住,把她得罪了至多咱们搬走,没有多大关系。就是因为刚才吃饭的时候,你没理蔡少爷,吃着半截饭你又摔下筷子就走,胡太太认为你是当着人给她没面子,所以她气得心口疼。"

月梅冷笑着,说:"胡太太可也太爱生气啦!"

彭太太说:"那个人是个小心眼儿,见钱眼开,受了一点儿气就犯心口疼的老病儿。今天你还没看出来?她是要巴结那蔡督军的少爷,打算把她那七女儿嫁给蔡少爷,可是,蔡少爷又叫你给一下得罪啦!"

月梅说:"奇怪!她那七姑娘不是结婚了吗?今天我瞧见一个穿西服的黑胖子,说是她的丈夫,怎么胡太太又要拿她拉拢那姓蔡的?"

彭太太笑着,说:"得啦!这些事我也不能跟你一个十三四岁的姑娘细说!你也别再打听啦!不过那个蔡少爷,咱们可也得联络联络他,因为我手头还有一千多份股票没派出去。蔡少爷已经应得叫他母亲,就是蔡督军的正太太,认上五百股,他自己可还没说愿意要。他一个小孩子,我也不愿跟他提。一半天你要见着他,你可以替我跟他谈谈,叫他也认二百股,他一定能答应。那么就所余无几啦,咱们就可以回天津去啦,咱们那百货公司也就能够开办啦!"

月梅听了,心中很是作难,皱了皱眉说:"可是,今天我已把姓蔡的给得罪啦,我还怎能跟他说话?"彭太太摇头说:"没有,你没注意吗?他临走的时候还是欢欢喜喜的。那是个小孩子,你就是当面骂他,他都许听不明白。我现在跟你所说的,这是咱们的事务,为办事,什么人都得联络。就譬如以后公司开办了,什么妓女哩、野鸡哩、荒唐的大少爷哩,人家来买货,咱们还能不恭恭敬敬地招待吗?为做买卖,可就不能不屈尊自己一点儿。叫蔡少爷认股的事情,也不过是我才想起来的一个办法,他要是不肯认股,咱们还能去找别人,两三天内要是没有机会见着他,咱们也不必特意去找他。"月梅细想了一想,觉得也没多大关系,就点头说:"好吧!"彭太太又跟月梅谈了一些闲话,车就到了东安市场。

市场里这时正热闹,当中的摊子和两边的商店都灯光灿烂,陈设着各色的物品,像一个瑰丽、庞大的展览会。往来的人也很多,也有许多女学生样子的人。月梅恐怕是梁霞她们,就想:她们若见自己随着彭太太走,一定会很诧异。但她又希望遇见一两个熟人,或是能到哪里借个电话,好告诉马圈胡同的余妈、孙妈,说自己已经找着事了,一半天才能回去取东西,叫她们好放心。

此时彭太太在前面走得很快,月梅只得紧紧跟随她。走了不远就到了吉祥戏院,那门前用红绿电灯组成了"小翠花"三个大字,并用很大的黑板分写着白粉的大字,是:"拿手好戏,挑帘裁衣"。有不少衣饰富丽的男女都往里走,月梅也随着彭太太上了楼,进了预定的包厢。

这包厢的地方很好,台上的动作在这里看得很是清楚。此时戏台上正是一个旦角拿着刀,跟许多黑脸的、花脸的、金脸的、白脸的,还有个孙猴儿,在一起打架,锣鼓声嘭嘭的震耳。月梅同彭太太入了座,茶房给送来茶和瓜子。彭太太不看戏,仍然捏着烟卷跟月梅闲谈。因为锣鼓吵得太厉害,大家说话的声音又很杂,所以月梅只见她的嘴动,却没听明白她说的是什么。

待了会儿,有个年有二十来岁,梳着光亮的头,穿着毛呢大褂的很白很瘦的少年人，上楼来进了包厢，到彭太太的耳边说了几句话，他说话的时候一直笑着，好像在请求什么事似的。彭太太却像是拿着架子，眼睛看着戏台，嘴里吸着烟，又微动着嘴答复那人。说了半天话，那人就笑着走了。

这时台上又有许多神头鬼脸、光着膀子的人，一个接一个地翻跟斗，翻完了跟头就回后台。末了，是该那个旦角儿翻了，这旦角儿翻得可真好，半天她才把跟头翻完，就被那孙猴儿等人拥往后台去了。锣鼓又吵了一阵，才算停止。

下一场换的是一个穿黄袍的胡子，坐在高处，下面有个曹操样子的人，还有个公子。后来公子躺下了，大概是撞死了。又有个穿黄袍的娘娘，带着个小孩出来，指着坐在桌子上的那个胡子唱了半天。后来那个胡子也下了桌子，跟那娘娘一同唱，又给了那娘娘一口宝剑。那娘娘捧着宝剑又唱了半天，才算是完了。月梅听了，一点儿也不明白唱的是些什么，她更听不清。旁边，彭太太手里的烟卷一直也没断，倒像抽得很出神。

这场下去，换了绣花的门帘、新桌布、新椅垫，旦角一人出来，观众全都鼓掌叫好。彭太太拉了月梅一把，说："小翠花！快瞧！快瞧！"月梅也不晓得这"小翠花"是男角，还是坤角，不过她的动作是太轻佻了，月梅觉着可气，就不去看。

彭太太这时似乎是有什么事，不时看看手表，不时又扭扭头。有茶房送来了两张戏单，月梅拿起一张，看了看，见上面写着的戏目是什么《送亲演礼》《泗州城》《骂殿》和《挑帘裁衣》，月梅心想：这出戏一定就是《挑帘裁衣》了。正在低头看着那张戏单，忽听见皮鞋响，就听彭太太说："喝！你怎么知道我们在这里啦？"月梅一抬头，吃了一惊，原来进来的就是刚才那个蔡少爷，西服仿佛另换了一身，连胳臂上搭着的大衣都像是另一件了，刚才他也没戴眼镜，这时可又戴上眼镜了。

彭太太赶紧站起来让座，笑着说："蔡少爷，你可来得正好，我们正寂寞着啦！本来我订下包厢是为请胡太太她们一家子，可是她们都拿架子，不来，就是我跟白小姐……蔡少爷，抽烟！"

蔡少爷接过一支烟来，自己点着了，喷着，又扭头瞧瞧月梅，笑了笑，摘下眼镜来，晃晃脑袋，就挨着月梅坐了下来。彭太太就不顾得看戏了，只是跟这蔡少爷不停地说着笑着，并时时向月梅使眼色，那意思是告诉月梅别忘记了劝股的事情。那蔡少爷简直是个小孩儿，仿佛不会说什么话，只是像个胖娃娃似的笑着，眼睛迷嘻迷嘻地瞧着月梅。月梅的心中又一层一层地掠起了疑潮，但只默默地看戏，没有表示什么。

待了一会儿，彭太太就站起身来，说："你们俩在这儿坐着，我上一趟厕所。"说话时暗中向月梅努了努嘴儿，就走了。

蔡少爷便好像自言自语似的说："小翠花这家伙真浪！"说着又向月梅笑了笑。

月梅心中为难了半天，便微笑着，用一种试探的口吻，问说："蔡先生，彭太太招股的事情您知道吗？"

蔡少爷点头说："我知道，彭太太她说要开个银行。"

月梅一怔，说："不是银行，是百货公司。"

蔡少爷白胖的脸上红了红，说："大概是我没听明白。不要紧，她开什么都行，我能拿钱，拿多少钱我也干。"月梅闭着嘴，喘了口气，心里又细细地想。

忽然蔡少爷站起身来，一拍她的肩膀，笑着说："走！白小姐，看这戏没一点意思，咱们到市场玩会儿好不好？我愿跟你交朋友，我刚从家里又拿了一千块钱，咱们走，到外面玩玩去，你叫我给你买什么都行……"

月梅气得吧地用手一推，瞪着眼睛说："你可把人看清楚了！谁用得着你拿钱给买东西？谁跟你交朋友？讨厌！"说着站起身来就要走。

这时彭太太又同着一个三十来岁穿着西服的男子来了，先给月梅跟蔡少爷介绍说，这人是什么经理，她似乎并没看见月梅的脸是已然气红了。那蔡少爷只是嘬着嘴发着呆，仿佛小孩子刚被人打了个耳光似的。

月梅因为在这娱乐场里，人太多，自己不愿闹起来被人笑话，所以当彭太太给她向那宋经理介绍时，她只向那人点了点头，连看那蔡少爷也不看,就把脸转到了戏台上。可是那戏台上小翠花的动作又真是不堪入目,她就咬着嘴唇闷坐着,一口气在胸前直往上撞。想着:目前的事,是就这样忍耐着看它的发展,还是马上脱身就走?

这时彭太太跟宋经理又在月梅的耳边谈话来,他们就说的是那招股开办百货公司的事。月梅听他们把那件事说得是有根有据、毕真毕实,并且听到公司的地点都已找好了,简直不能叫人再疑心那开办百货公司之事是个圈套。因此月梅心里的气又渐渐平息,暗想:莫非这根本就是两件事?彭太太办公司,请自己做职员是一件事,而他们拉自己做蔡少爷的女朋友,又是另外一件事?那么,如果是这样,我怎么可以就随便放弃一个很难找的事情呢?姓蔡的无论他怎么巴结我,无论别人怎么拉,我决不理他就是啦……

月梅心里正在犹豫、为难,忽然彭太太拉了她一下,说:"你还听不听啦?往下就是《狮子楼》武松杀嫂,净是打,没有什么意思!咱们走吧?回去我还有几封信要叫你给拟一拟。"

月梅站起身来,彭太太又向宋经理和蔡少爷说:"那么咱们明天再见,你们二位在这儿看戏吧!"

蔡少爷也站起身来,嘴仍然噘着,说:"我也不在这儿啦,我还要上青年会看电影去呢!"

彭太太说:"那么我们一块儿去市场吧?"

月梅却说:"彭太太!我还要回我那朋友家里一趟。因为我在人家那儿住了许多日,人家都对我很好,今天我一早就出来,直到现在还没回去,人家一定都不放心。我也得回去告诉人家一声,明天早晨我再到您那儿去!"

彭太太站着想了一想,就说:"也好,不过……你先跟我回家一趟。刚才你没听我跟宋经理说的那些话吗?有几个人都愿意入股,我都给忘啦!咱们回家去,我说,你给写,写完了,你就带走给发了。这时还不到十点钟,我准保十二点以前叫你回到你那朋友家里。"

这时那蔡少爷已拿上大衣走了,月梅想了一想,就点点头。彭太太又向宋经理招呼了一声:"明天见!"就带着月梅下楼。出了戏院,又在这市场里的一家文具店买了些信封、信纸、笔墨等等,就出了市场,坐上汽车走了。

月梅在车里闷闷地坐着,她没有表,现在到底是什么时候了,她也无法知道。不过见街上的人和往来的车辆还相当多,商店也都没上板子,无线电广播还很有精神地唱着,她就想:这时天色还不太晚,回胡家给彭太太写几封信,也用不了多少时间,十二点以前回马圈胡同,孙妈、余妈一定能给自己开门。明天一早就去找刘先生,托他替我打听彭太太开办公司事情的真伪,然后自己再决定到胡家去不去。反正,无论如何,今天也不能在胡家过夜,她们就是坏人吧,还真能杀了我吗?

汽车夹着风走,走过了繁华的街市,便到了景山前。这里马路上就寂静得多了,电灯也稀少、惨黯,行乞的人不知在哪一角落里,还在哀哀地呻吟嘶号。月梅心里非常难过,感到人生的艰难,尤其是自己孤零幼小,又是个女子,在这世上真难生活。除非随着环境去堕落,不然就是低着头,在阔小姐的檐下叫人家抚养,由着人家猜忌,由着人家说那极难堪的话!……她辗转地想着,又想到白家那两个自己叫过多年的“姐姐”,想到今天在胡家看见的那几个姑娘以及徐秀贞,她们也都是很可怜很值得同情的人。这时彭太太靠着车垫坐着,仿佛倦了,没抽烟,也没再提那蔡少爷。

车很快,少时就到了太平街。这条胡同里连一盏路灯也没有,在胡家的门首下了车,彭太太又嘱咐开车的说:“车别走!回头还送白小姐回去呢。”她推门没有推开,就去按电铃。按了半天,里面是那姜妈的声音,问明白了外面是谁,这才把门开开。

月梅一进门便又有些诧异,因为走的时候南北房里很清静,胡太太并且被自己气病了,现在却是各屋里的灯光都很明亮,窗帘上都有幢幢的人影,屋里都有男女的说笑之声。就听北房里胡太太很高兴地笑着,说:“张铁嘴,你修修吧!别嘴损啦!”

月梅正在诧异,忽然见徐秀贞由北房里跑了出来,她拉住月梅的手,笑着问说:“怎么这么早就散戏啦?戏好不好呀?”彭太太问徐秀贞说:“张先生来了吗?”徐秀贞点头说:“在北屋啦。”彭太太说:“好,我要跟他说几句话。白小姐你先到里院等着我，我一会儿就来。"月梅怀疑着，眼见彭太太往北房去了，徐秀贞就拉着她进了小门。

到了里院，才进屋，陈妈就迎着问说："我们太太回来了吗？"月梅还没答言，却看见徐秀贞已烫了头发，眉毛、嘴唇也像经过了一番化妆。月梅看了，觉得起心里厌恶，又有些气愤，就问说："谁给你烫的头发？"

徐秀贞脸红了红，不自然地笑着说，"是四姐姐带我去的。我跟六姐姐先到公园里找着四姐姐，四姐姐就先带我到大纶撕了一件衣料，是半毛半丝的，粉红色的有花儿，都量好啦，是做件短旗袍，到这儿……"她低头在大腿上比了比，说："现在不兴长的啦！后来，我们三人在饭馆吃的饭，六姐姐就上别处去啦。四姐姐又带我到花园饭店找了个吴先生，一块儿理的发，敢情烫头发真麻烦，过了半天电呢！四姐姐说，明儿叫你也烫烫发，还给咱们两人都买高跟鞋！"

月梅气得脸上变了色，听徐秀贞这么一说，眼前的事她就都看明白了，随就一把拉住了徐秀贞，说："秀贞，你愿意跟她们学呀？你没看出来这是个圈套吗？她们骗咱们，要叫咱们堕落！秀贞，你快跟我走，到祁小姐家里去，我能给你想法子，咱们不能再在这儿待着！"说着她急匆匆地拉着徐秀贞往外就走。

徐秀贞急得直往后退，仿佛都要坐在地上了，她也变了色，说："你是怎么啦？不是都说明白了吗？你也愿意啦。谁叫咱们穷呢？不这样怎么办？这年头儿谁能笑话谁？我不跟你去，你别管我，咱们俩谁也别管谁！"

月梅气得还用力拉她，着急地说："你要跟她们往下坡儿溜，你一辈子就完了！穷，就非得丢人卖脸不可吗？咱们是同学，我不能不管你，快跟我走！"

旁边那陈妈趁空儿走出去了，徐秀贞拼命地跟月梅夺胳臂，哭着说："你别管我！你是我的什么人？你管我，你是好人，可是你也跟柏先生讲过恋爱，别当我不知道！你别理我，我爱干这个，我还许上窑子呢！跟你不相干！"

月梅又气又急,就把徐秀贞放了手,向屋外奔去。还没有奔出小门,张大爷就迎面把她拦住,连说:"三姑娘你别着急,回屋来,我跟你说几句话!"

月梅气愤愤地说:"还有什么话可说?现在的事谁还看不出来?别拿我当傻子!别拦住我!让我走!"

张大爷用力把她的两只胳臂全都揪住,月梅就嚷嚷着说:"你们是强盗吗?凭什么不准我走!我要喊啦!"

张大爷也着急地说:"你别嚷嚷!我们一定让你走,可是我得把我的话说明白了。彭太太开百货公司是真的,我给你找事也是好意。"

月梅气得不住喘息,说:"真假也不用说,无论什么事,我不愿干啦,我走!"

张大爷急急地说:"你还听我说,你别误会我,我们谁也没对你安着坏心。今儿是怨你,见了蔡少爷你要是稳重一点,他也不至于起什么念头。"

月梅哼地冷笑了一声,说:"放屁!快松手!叫我走!"

张大爷也急了,说:"你可别骂人!蔡少爷要跟你交朋友是抬举你,你那两个姐姐要巴结人家,人家还不要呢!人家是督军的儿子,有势力,咱们可惹不了!"

月梅又连声骂道:"放屁!放屁!"她急得用牙去咬张大爷的手,张大爷只得把手松开了,月梅便向外院奔去。

才到了外院,忽见有个男子在那里埋伏着,借着屋中射出的灯光一看,原来正是小高。月梅吓了一跳,赶紧往街门外奔,小高却像鹰抓麻雀似的,一把就将月梅抓住,然后揪着就往里院走。月梅拼命地挣扎着,同时急喊:"巡警!"

那小高却笑着骂道:"你他妈的还会什么?"说着咚的一拳打在月梅的头上,下面又踹了一脚。月梅哎哟了一声,便仰身倒下,后脑正撞在石阶上,她觉得一阵奇痛,一阵昏晕。

这时胡太太跟许多人都由屋里跑了出来,胡太太似急非急地向小高说:"你疯啦?凭什么在我们家里打人?打我的女儿?"她跟两个姑娘就弯下腰,把月梅抱了起来,她见抹了一手的血,又惊讶着说:"哎哟!摔得可真不轻!哪儿来的这么个混账小子,敢欺负我的宝贝儿!"

月梅此时头部觉得十分疼痛昏沉,腰也像被打断了似的那般疼痛,但她还极力挣扎着,哭着说:"你们把我快放开!叫我走!巡警……"小高又要过来打她,却不知被谁给拦住了。胡太太、张大爷等男男女女好几个人,就把月梅搀着、抬着,又架到了里院。月梅还极力地挣扎,不住地嘶喊,有人打她的嘴,她又用牙去咬,脚也乱踢。可是禁不住别人的力气很大,就强迫着把她架到屋里,扔在床上了。

旁边的人七嘴八舌的,有的骂,有的又劝,那胡太太便把别人都推出屋去。屋里只有她跟她的两个女儿了,她就抱住了月梅,说:"小宝贝儿!你别急!先喘喘气儿。等着,我让人叫巡警去啦,回头就叫巡警把打你的那个人带到局子去,给你出气!"

月梅仍旧挣扎着,哭着说:"你们干吗又装好人?设骗局骗我!我不能上你们的当!放开我,让我走就没事,不然你们就把我害死吧!害死我,你们谁也跑不了!连那姓张的、姓高的都得去打人命官司!"说着她又用脚踹胡太太。

胡太太气得一放手,站起身来,愤愤地说:"没瞧见过这样给脸不要脸的!就是不让你走,你有什么法子吧?喊来巡警算是你的能耐!我要制服不了你,老太太就白活了四十多岁,钉了一辈子的马掌,我还怕闹手的叫驴?走南闯北的一辈子,到如今我就怕了你这个小……趁早儿老老实实的,咱们还有话好说,不然你是满嘴的黄连——找苦!小高你别走,就在屋门口儿看着她,我看她跑?我看她嚷嚷!"

月梅又连声喊:"巡警!巡警!"

胡太太咬着牙,狠狠地在月梅身上拧了几下。她那六女儿却拦住她,急着说:"妈!您不心疼您的手指头呀?由着她闹就得啦!她还能闹到天上去?闹到五殿阎君那里去?您去歇一会儿,我在这里,看她还有什么能耐?"胡太太便气哼哼地出屋去了。

月梅还要爬起来挣扎着走,旁边站着的大姑娘爱珊过来把她拦住,说:"你白费力,小高在屋门口儿啦!你出去他还是把你打回来,干吗吃那个亏？聪明点！慢慢再想法子。"

六姑娘就说："好啦，你把你的聪明传授传授她吧！我屋里还有人，我也没工夫跟你们捣这臭乱！"说着，她也转身走去，一出屋就随手把屋门从外面扣上了。

小高又在院里拿着腔调儿唱着："叫声相好的你别念头呀……"这是小高在白家时常唱的，要完全唱出来，有许多村野的话。小高唱这时的姿态，月梅都可以想象得出来，他是撇着嘴，挺着胸，并且摇晃着肩膀。月梅就不禁从心中生惧，过去，非止一日的那种暴横，如今又压在她的头上了。这时，她全身抽搐着，脑后像有一把刀，在那里挖着她的脑子，她觉着昏晕，连两耳都嗡嗡地响。

她哭了半天，才咬着牙，忍住了泪，睁大了眼睛，就见现在自己所处的是另一间屋子，不是彭太太所住的那屋了。这屋中只有这一个板床，床上什么也没铺着。屋顶上悬着一只光度很低的电灯，没有罩子，电线上还挂着蜘蛛网。月梅喘着气，呻吟着，窗外是那小高来回地踱着脚步，唱完了"窑调"又学白玉霜，很是得意的样子，她真猜不出小高怎会到这胡家来。

这时她身旁只有那爱珊垂着头闷闷地坐着，月梅就悄声说："你何必也帮助她们害我呢？我听说你也很可怜，她们都待你不好。"爱珊赶紧连连摆手，很戒备地，低着头悄声说："你先别说话！先歇会儿，等小高走了，我替你想法子！"月梅倒吃了一惊。

这时窗外的小高不唱了，他隔着窗户向屋里说："月子！你趁早儿想开了点儿，别像在家里时那么犯牛劲！跟蔡少爷恋爱，准保比你跟那姓柏的小子恋爱好得多。你要是顺着胡太太，以后我决不再跟你瞪眼。你也在外头混了几个月啦，还不明白好歹吗？发财享福当大摩登的事你不干，可他妈的愿意挨死打？是谁迷住你啦？姓柏的那三孙子，叫他别忙，早晚我要找寻找寻他，上回我们那个仇儿还没解开呢！妈的！"

外面又骂了几句，就没声音了，隔墙却有卖馄饨的敲着悠闲的梆子，月梅就大声喊着："救人呀！"

爱珊急急地把她的口掩住，悄声说："你这不是自讨苦吃吗？墙外的人听见了,就能跳进来救你吗?你把他们气极了,他们就是不能害了你,可也得打得你爬不起来,他们可是什么毒手都能下!我十七岁时进到她们的家门,到现在十多年啦,什么打我没受过?现在弄得我一身的病!"

月梅说:"他们胡家有什么势力,就敢这样无法无天?"

爱珊叹了口气,说:"当养家儿的全是这样,心不狠也吃不了这碗饭。你想胡家,他们先生早先是在政界干小事儿的,闲下来有十多年啦!现在贩大烟,常常叫衙门查着,一罚就是两三千块,家里就指着胡太太。胡太太是个从良的,人能干,连拐带买弄来了我们这几个女儿,谁都管她叫妈,可是没有一个是她生养的。你想,我叫她买来十几年啦,我见过的她的女儿就有十九个,连死带卖出去的,有的机灵的都跑了,坑了她。现在就剩下四的、六的、七的跟我了。我本来不算是她们的人了,她们现在还多心着我,恨不得我走开。我也给她挣够啦,现在我是一身的病,也不能给她们挣什么钱了!"爱珊说到这里,不禁感慨她自己的身世,连声地叹气。

这时忽听窗外又有脚步声,接着咔的一声,有人拿锁头从门外把门锁上了。爱珊站起身来,向外面说:"喂!别锁门呀!别把我也给锁在屋里呀!"

窗外的小高怪笑着,说:"反正你也是个烂苹果,没人买啦,你就在这儿给她做伴儿吧!你们爱说什么说什么,可是留点儿神,她要是觅了死上了吊,我可问你,我走啦!"

爱珊赶紧叫说:"小高!挨刀的!你别走呀!我可不管,你们杀人叫我当正凶,你们可真会。死不了的!早晚你们这一群都得喂狼!你们的老婆都得嫁十六个汉子!"外面的小高又笑着唱着,像是往前院去了。

这里爱珊又悄声对月梅说:"他把咱们给锁在这儿啦!你先忍这一夜,到明儿白天,就是你不找台阶儿,他们也得自己找台阶儿。现在我先告诉你,我这个人算是倒霉到家啦!我一肚子伤心的事,跟谁也不能说!你想我在她们胡家当了七八年的'野鸡',还在王皮胡同青云巷儿明混过两三年,二等茶房我也干过几个月,给她们挣的钱,真要打我这么大的一个银人儿也打下来啦！前年我跟了一个商界的人，赎身就是三百。其实你瞧，我都成了什么样儿啦？可是人家那位掌柜的心疼我，说我心眼儿好，要救我出这火坑，钱一个不少，如数儿拿出。那个掌柜的单给我在北城租的房子，当他的外家，可是我的命儿又不好，不到半年就把他给妨死啦！我的依靠人没有啦，我可上哪儿去呀？只好回来吧！以后我可就自己混自己，住在这儿拿房钱，吃饭拿饭钱，一年多我手里也存了八十多块。可是偏偏我又瞎了眼，跟了一个二十五岁在饭店摆台的，他应允跟我正式结婚，我把我的钱全都贴给他啦。没想到我跟他一上天津，他就把我给卖啦……"

说着，这爱珊就擦着眼泪伤心地痛哭，又说："昨儿晚上我才到这儿来，今儿烦的我整睡了一天，早饭晚饭我都没吃。今儿白天六姑娘骂我，你是瞧见啦，你瞧我在她们这里住着难不难？依着胡太的主意，还想叫我帮着她混，可是你瞧我这败柳残花，去下三等半的窑子还许对付着，可是挣的盘子钱、铺钱，还许够不上拿捐税的呢！一分账就得掏亏空，越掏越深，没个拔得出腿来！要是跟六姑娘她们似的，天天到公园、饭店去当野鸡，你想谁瞎了眼，有钱找不出人来啦，能找我这样儿的？再说我又是一身的病，不能再干这行儿啦！"

爱珊叹了口气，又说："现在胡太太又顶着急的，就仗着七姑娘一月还能给她挣几百。那两个人缘都不大好，有时十二点以后还在街上打游飞，拉人人家都不干，真不如要饭的。新弄来的那个徐秀贞，也没有多大出息，你瞧那样儿，个子还没长大就先敷上了粉。要不然她们也不能变着法儿来找你，小高跟张铁嘴早就跟胡太太说过，你是个闹手的驴，在大白板那里你就前后跑了三四次，你又认得什么祁小姐。"

月梅脑后的伤还很疼，疼得她连话都不想说，心中也又急又气，到此时她才恨恨地说："她们打算叫我像徐秀贞似的呀？那是做梦！无论如何我也不能听她们的。你告诉她们趁早儿把我放了，还少麻烦，要不然只要我得手，我就喊来巡警，我跟她们到衙门去说！"

爱珊又连连摆手，悄声说："你说这话没用，要叫她们知道了，她们怕了你，那可更不能让你自由啦！你在屋里喊，这里墙高院子深，胡同又清静，绝没人能来救你。张铁嘴找来的那个小高，简直是个土匪，他打你，没人能劝。你现在就是得先依着她们，迈过了这步儿，以后慢慢地再打主意！"

月梅气得直要坐起来，说："张铁嘴？我还一口一声地叫他张大爷，他帮助人这么骗我！"

爱珊撇了撇嘴，说："那本来不是个好东西！他在球房做事那不过是挂名儿的差事，其实他就指着拉皮条。他不是在球房认得个蔡督军的少爷吗？那蔡少爷把他们球房里的那些女招待全都看不上眼，上月，张铁嘴就把他给带到这里啦。本来胡太太是想叫她那七姑娘迷住蔡少爷，可是迷不住，蔡少爷又嫌七姑娘比他的个子高，他要个矮的。可是把徐秀贞带来叫他看了看，他也摇头，他又不要太矮的。这可就作了难啦！这么一个才出世的雏儿，有钱的冤大脑袋，胡太太跟张铁嘴他们怎能够放手，眼瞧着叫他飞了呢？他们想来想去，就想到了你的身上，可是又知道你闹手，知道你身后有保障，就没敢动。现在是谁出的主意这么办，我可也不知道，这才又架出来个彭太太，假装儿说是开什么公司。"

月梅气愤愤地说："凭什么彭太太也帮助她们骗我？彭太太到底是个干什么的？"

爱珊说："其实彭太太真用不着帮他们干这缺德的事！她很有钱，在班子里出过名，挣过大钱，也养过姑娘。她自己嫁过什么总长，嫁过银行老板，现在又是天津大商人的姨太太，她用不着再干这个。这就是狗改不了吃屎，也是胡太太求得她，她不好意思不帮忙。彭太太、胡太太她们是干姊妹，彭太太在班子混事的时候，胡太太还给她当过跟班。她虽嫁人了，可是她在天津待不住，北京这儿她有十几个干儿子跟干兄弟，他们离不开。彭太太又抽大烟，每逢一到北京来，就在这里住。现在你看，她才带你回来，这里闹起来了，她可又走啦！不知又会她哪个干儿子去啦！今天晚上多半不回来了。她倒没有什么的，她帮助把你弄来啦，就没有她的事儿啦。就是胡太太、张铁嘴、小高他们这几个人，绝不能够放你走，绝不能眼瞧着让煮熟了的鸭子又飞啦！因为听说蔡少爷一瞧见了你,他就很中意,刨除了你,她们也没地方再拉替身去啦。现在你就是她们眼里的摇钱树、聚宝盆,你看着吧,今天晚上他们打你,明天早晨就许一齐给你下跪,她们才软的硬的全都会呢!文戏武戏都会唱呢!非得见你点了头才能罢休,要不然没完!"

见月梅冷笑着,爱珊又说:"其实我瞧那蔡少爷是个雏儿,很容易耍,你也用不着叫他得实惠,只陪着他玩玩、逛逛就行。听说他一天能花一千块钱,少说一天你还不能骗他三百五百的吧!就假定说一天你骗他五百吧,拿出二百来,叫胡太太、张铁嘴、小高他们去分赃,剩下那三百你偷偷地交给我,我给你存着,存上半个月就是三四千,那时我一定有办法。咱们扔崩一跑,跑到天津去,天津租界我有亲戚,咱们到那里一住,她们就是知道了咱们的住处,也是不敢找了去。"

爱珊说完了这些话,又拿出手绢来,给月梅擦那由脑后流到脖颈上的鲜血。月梅却瞪着眼,发着呆,心里盘算着自己的主意。盘算了半天,忽然她坐起身来,向爱珊说:"劳你驾,你把胡太太她们叫来!叫她们先把门上的锁开开,我有话要跟她们说,要叫我干也行,可是得有个条件!"

爱珊一听,倒仿佛很是惊异,赶紧扒着头问说:"你打算跟她们要个什么条件?先告诉我!"

月梅说:"不用,你别打听。刚才你既然跟我说了那些心腹话,以后咱们俩就得互相帮助,有便宜我宁可给你,也不能给她们。你把她们叫来吧!我有话跟她们当面说!"

爱珊听了,就很喜欢,随向窗外叫着说:"院子里有人没有?"院子里是那张大爷的声音,向屋里问说:"什么事?"爱珊说:"我把她劝好啦!你把锁开开吧!进来,她要跟你讲条件!"

院中的张大爷听了,立时就把门锁开开了,一进屋来,就笑向月梅说:"三姑娘,张大爷真没脸再见你啦!可是张大爷也真是万般无奈,一来是蔡少爷一定要你,我怕人家的势力,万一他要恼羞成怒,我就许叫他派人抓了去枪毙。二来是,我也真可怜,生活无法维持,得求三姑娘赏我一碗饭吃。现在只要是三姑娘肯点点头,愿意跟蔡少爷联络联络,就是一万个条件我也答应,三姑娘你就开你的金口吧!你说吧!"

月梅瞪着眼想了半天,就冷笑着说:"你们当初就弄错啦!拿我当作了傻子!你们应当早先就跟我说明。你们不敢说,可以叫徐秀贞告诉我,那你们也不至于费这么大的事!你们想打?想锁?你问问小高去,回家问问你老婆去,白家的人比你们厉害不厉害,结果又怎么样?"

张大爷点点头说:"你既然说了这话,那就都好办,算是我们把事办错啦!我也知道你不像秀贞,在白家那几年你多少也学了一点,挣钱的门路你大概也明白。就是我想你在祁公馆跟那个小姐待了些日子,一定学了不少女学生的脾气,小高他又说你的脾气太拧,我才想,要是明说你一定不干,这才费了很大的事儿,请出彭太太来。真要是知道你这么痛快,谁愿意弄这圈套谁就不是人!现在,我先向你赔不是,明日我带你上医院去治伤,你就说出你的条件来吧!"

月梅发着恨,怔了半天,就说:"第一,我只能见姓蔡的,别人我都不理!"

张大爷笑着说:"这还算是个条件吗?你要想理别人,我们还得拦着你呢!事情你还没看出来吗?叫你来就为的是蔡少爷。蔡少爷人小眼眶子高,只有你还凑合,别人他都一概不要,七姑娘敢保说是赛梅兰芳,可是他不要。所以说,这真是你一个人的运气,一下子你就能当督军的少奶奶,汽车两旁都站着马弁!"

月梅说:"还有,你们得许我自由,不能叫小高永远看着我!"

张大爷迟疑了一下,又笑着说:"那是自然!你跟蔡少爷一同出去玩,身后头要跟着个小高,那成了什么样子?可是开头的几天你也得叫我们放心,蔡少爷要带你出去,我们总得跟上个人,或是爱珊,或是四姑娘、六姑娘。她们也都挺摩登,跟你在一起,一看就是姊妹,决不致惹人注意!"

月梅咬着牙生着气,末后这句话她真难以说出来。张大爷就笑着问说:"三姑娘你还有什么条件?快提出来!"

月梅就愤愤地说:"我跟那姓蔡的,爱近就近,爱远就远,你们不能干涉!"

张大爷说:"这可得商量商量。我跟胡太太都研究好了,蔡少爷他不是说只是要交朋友吗? 那咱们就跟他要摩登玩意儿,先跟他若即若离,叫他别得到实惠,永远叫他瞧着一只烤鸭,可不能到嘴。等半年之后,他的钱花得差不多了,那时才能叫他嘴上沾一点儿油,可是还不许他下筷子。他要想下筷子夹,那咱们可就又得跟他讲条件啦。得啦,这些你都放心,所有的条件我都替胡太太签了字,大姑娘她是见证人!"

爱珊的瘦黄脸上也露出笑色,说:"见证人? 就白当吗? 把我锁了半天,就白锁了吗?"张大爷贱样儿地笑着,说:"得啦,我的大姑奶奶! 我一定给你道谢! 我想法子再给你找个小白脸,要比曹操的脸还白。"爱珊却扑上去,给了张大爷一个耳光,打得他哎哟了一声。月梅看到这种丑态,气得直咬嘴唇,真要拼出命去再往外走。

张大爷又向爱珊说:"你在这里再陪一陪三姑娘,我去把你妈叫来。"说着,他笑吟吟地走了。

这里爱珊听见窗外的脚步声消逝了,她就又扒着头向月梅说:"记住了! 得了钱别都给他们,也别浪费,偷偷地交给我替你存着,只要得机会,咱们就开腿!"月梅哼了一声。

待了一会儿,窗外就传来胡太太的声音,一面匆匆地走,一面说:"我来瞧瞧我的宝贝儿吧! 头上大概伤得很厉害,多叫人心疼呀! 小高那该枪毙的,真怔!"进屋来就满脸带笑地走近床来,抚慰着月梅。随她进来的有张大爷、六姑娘,还有一个张大爷称为四姑娘的,月梅想起来,就是那天自己给刘醉生请大夫去,在街上看见跟徐秀贞在一起走的那个妇人。

徐秀贞也探进来她那新烫的头,往屋里来看,张大爷就说:"要进来就进来! 干吗那么探头探脑,跟个小贼儿似的? 你不认得你的同学吗? 人家可马上就阔起来了!"徐秀贞就脸红着,笑着,怯懦地走进屋里。月梅一看见她,心中更是加倍地痛恨。但见她年岁这么小,身材那么低,却打扮得像个成年妇人似的,同时知道她头上虽是两三块钱烫的发,脚下穿的却是破袜子,又不禁觉着她很是可怜。

这时胡太太叫爱珊跟四姑娘把月梅搀扶起来,借着灯光仔细地查看着月梅头上的受伤浸血之处，她急得直跺她那一双改造脚，叹息说："这可怎么办？摔成这样儿，绝进不得水，明天可怎么烫头发呀？"又说："你们也真是！这光板子床，又没个枕头，怎么叫你妹妹躺着？"又拍着月梅说："小宝贝儿！叫你姐姐们搀着你，到彭太太屋里歇着去吧！今天彭太太一定不回来，宝贝儿你就在她那屋里睡吧。宝贝儿，只要你心眼儿一开展了，听妈妈的话，要什么我能给你买什么，你要天上的星星，我都给你想法儿去摘。你问问你这几个姐姐们，她们都跟我十多年了，我跟她们红过一回脸，瞪过一回眼没有？"

爱珊跟那四姑娘就搀扶着月梅，下床出了这间小屋。胡太太还在后面跟着，笑着说："现在我有了这个宝贝儿，又得多活十年。是今天帮忙的人我都得请客，就是小高那忘八羔子，不但不请他，我还得想法儿替我的宝贝儿出气！"月梅被搀着到了北屋的里间，那陈妈一看这种情形，就躲避到一旁去了。

月梅进屋来就往床上一躺，头上的碰伤虽然疼痛，但并不十分严重，无碍她走动和谈话，可是她心中却又气又烦，同时又抱怨自己：我太傻了！我以为我看穿了她们的圈套，就随时可以走，哪里知道她们又把小高找出来，竟叫我走不了！转又一想：人家柏先生、刘先生费了多大的力，才把我由白家救出，如今我又自己陷在火坑里。若叫人知道，我也太不成材了，我怎么对得起人家呀！这样想着，不由又眼泪直流。

胡太太跟张大爷又在旁连劝带哄，说了许多那蔡少爷怎样能花钱，怎样容易对付的话。徐秀贞也要在旁边多嘴，张大爷朝她一瞪眼，她立时就把嘴又闭住了。月梅听得很不耐烦，就急躁地说："你们还啰唆什么呢？我已然应了你们，你们还有什么可说的呢？我头疼得厉害，你们还不叫我歇一会儿吗？"

胡太太赶紧申斥她那些女儿，说："你们都出去！帮完了忙就快点儿走。马先生、崔先生都还在外院没走吧？你们再应酬应酬去！是熟人怎么着？也别让人家挑眼！"又拉了爱珊一把，说："你别走！你也把铺盖搬来吧，陪你妹妹一晚上，幸亏是你回来啦，你还有些用。那几个东西，我真白疼了她们，遇见了为难事，她们干瞧着我着急，一点儿也不能帮帮儿我！”徐秀贞先赶忙地跑出去了，四姑娘和六姑娘两人拉着手，撇着嘴笑着，低声谈着，也往前院去了。胡太太又把张大爷推出去，她就把爱珊叫到外屋。

待了一会儿，爱珊就一个人进到里屋来。她替月梅把那双白皮鞋脱下来，又拉了一条棉被把月梅和她自己都盖上，她就附着月梅的耳朵说：“你还得学机灵一点儿！别叫他们拿住你，你得把他们拿住。明天见了蔡少爷，你也得耍点手腕儿，要叫他离不开你才行。花钱的人都是三天半的新鲜，跟你玩两天，花上个三五百块钱，看见了别的女的就又忘了你。只要蔡少爷对你一冷，他们的态度立时就变，立时就得拿鞭子赶着你，叫你黑天半夜在马路上受穷风去，拉不回客来你就别想吃饭！”

她又说：“非得把七丫头盖过去才行！要不然你还得受那七丫头的气。七丫头现在是胡太太的掌上明珠，能给她挣钱呢！可是也就能红上这四五年。一过了二十五六，脸一老苍，他妈的跟我一样，就掉在破烂摊儿上去了！”接着她又愤恨地讲述她的身世，悄声儿给月梅出了许多主意。

这些话到了月梅的耳朵里，虽然很觉厌烦、气恼，但是却由此更深一层地知道了这些不幸的人的可怜生活，因而更加感激柏先生。她凄恻地想：早先我以为柏先生救我，不过是怕我在白家受打骂，我以为白家的环境绝不能转移我的意志，但现在我知道了，原来在这种环境里陷得日子久了，连人性都是会改变了的！

月梅又合着眼细细盘算明天脱身的办法，一开始想着是很容易：只要明天她们放我出门，无论她们有几个人跟着我，我也会走。只要她们一拦我，我就喊警察！但后来一细寻思，却又有许多顾虑：我若在街上一喊警察，那就一定要打官司，警察一定要问我的姓名、住址，以及过去的事情，那就要把祁五小姐、柏先生都得说出来。虽然人家都没在北京，可是何必因为我这极不光彩的事，又把人家都牵涉在里面呢？因此又十分为难。

过了些时，爱珊倒在她的身旁睡熟了，月梅却睡不着。夜更深，前院却传来噼啪噼啪的打牌之声。又过了一会儿，胡太太带着姜妈进屋来了，姜妈大概是拿来了一床被褥放在床上。胡太太看见爱珊头歪在枕下，呼噜呼噜地熟睡，就笑着说："是怎么啦？上辈子是熬死的吗？白日整整睡了一天，现在又睡？"姜妈笑着说："也许是饿的，她今天一天也没吃什么！"胡太太就把爱珊推醒来，嘱咐她别再睡，并叫她跟着把屋门关好。

这半天，月梅只是合着眼，假装睡了，心里是又气又恨。胡太太跟姜妈走后，爱珊把灯灭了，她又躺在月梅的身畔，但却睡不着了，唉声叹气的。月梅也不愿理她，自己又寻思计划了半天，才朦胧地睡去。

次日上午，阳光都晒在了窗上，月梅方才起床。头虽然不甚疼了，血也早就止了，但是她仍做出病了似的样子，永远皱着眉。那爱珊今天却不再叹气了，她给月梅打来洗脸水，笑着悄声跟月梅说话，批评胡太太跟她那几个姊妹怎么怎么不好，并说彭太太过去的坏事和现在的浪漫行为。月梅也不知是胡太太嘱咐她这样做的，还是她有所希图，才这样巴结自己。

约莫十点钟，胡太太就进屋来了，她似乎昨天晚上睡得很好，大烟瘾也过足了。她已然梳妆整齐，头上的油仿佛比昨天还上得多，一进屋来就笑着说："宝贝儿，你起来啦？头上破的地方还疼吗？咳！昨天一夜，我为你这块伤真睡不着，翻来覆去地想。你说带你上医院看看去吧，洋大夫一定要给你包上，顶漂亮的孩子，头上包了一块布，那有多么难看！要找中国大夫吧，也得给你贴一帖膏药，那就更无法见人了！我又怕进了什么细菌，听说细菌那种东西坏极啦！只要身上有个破口儿，它就往里去，什么讨厌的病都是那种东西给传染上的。"她一面说着，一面分开月梅的头发细细地看，月梅只由着她摆布，不拒绝，可也不说话，不笑。

胡太太唉声叹气地说："真不轻！小高那东西，简直是土匪，怎么那样狠呀！这都怨张铁嘴，他一定要找小高，说小高要是不来，你绝不能听话。放他妈的屁！就这么办事呀？人叫他给打死了，那倒更听话了！……"她在月梅的身后连气儿地骂小高，骂张大爷，月梅只是咬着嘴唇儿,不言语。

这时爱珊大概是趁空儿上茅房去了,这里胡太太又悄声告诉月梅说:"宝贝儿你别为难! 我十二岁就在外面闯,我知道年轻人的难处。本来,想法子迎合阔大爷的脾气,从阔大爷手里接洋钱票,不是一件容易事,可谁叫咱们都是为生活所迫呢? 我要是得了个航空头彩,我给你们一人买一辆汽车,什么事也不叫你们干。现在就没法子,你们年轻的人不趁着这时穿点儿好的,戴点儿好的,将来到了我这时候,就是发了大财,也没有什么快乐了。真的,像我这年岁要打扮成了个老摩登,那不是妖精吗?"说着,她自己不禁笑了。接着她又叹了口气,说:"我是没有法子,也知道女儿们都可怜,但我心疼也是心疼不过来! 你是聪明人,我家里的情形你也看得出来,你瞧得要多大的消费! 一月三四百都不够花的。我得交际,我得玩乐,我又有那口子瘾,你叫我穿个蓝布大褂在家里,叼着个旱烟袋当穷老太太,我也受不了,因为我从小儿就是穿绸着缎惯了的。现在咱们就是船帮水,水帮船,这样才能走得开。当着老爷儿我起誓,绝错待不了你! 你那几个姐姐们只要是敢斜着眼睛瞧你一下,你就告诉我,我一根儿一根儿拔她们的眼睛毛,给你斗这气儿玩! 我都嘱咐过她们啦! "

月梅勉强笑着说:"得啦! 您就别说啦! 您真能说,这个嘴! "

胡太太笑得嘴都闭不上,说:"真的,我穷究穷在这嘴上啦,跟张铁嘴是一样。要不然,宝贝儿你不知道,现在我得比彭太太阔呀! 唉,宝贝儿! "她拍了月梅肩膀一下,说:"我打算给你撕一件料子去,你打算要什么颜色的? 做夹的还是做单的? "

月梅说:"我也说不出来,得我自己去挑! "

胡太太说:"你别去! 我真不放心叫你出去,你别多心,我要不叫你出门去,还不如就留下你的上半截儿,那做衣裳还省衣料呢! 依着张铁嘴,他打算至少叫小高看你半个月,他说不然他可不保险。我可不那么办,真的,咱们家里又不是监狱,真能看得住人吗? 小高他就是个老虎,也有打盹的时候呀! 我养过十七八个姑娘,全都看在家里喂饭吃,我也早就禁不住啦! 咱们讲的是面子、感情,说句生意话,是信用。你看着,回头蔡少爷只要派个人来叫你,我就让你一个人出去,我放心。就是怕蔡少爷一会儿来了,你要不在家,他一定转头就走,有钱的少爷都有那么一种性情。他要是一走,在旁处再有个小姑娘被他看上了,那咱们可就白铺张啦!"

月梅不耐烦听,只说:"随你便吧!做什么的都行,我没有主意!"

胡太太歪扬着脸儿,费了半天的心思,才说:"这么着吧!我给你做一件毛呢的吧!做夹的,软绸里子,因为今年有闰月,转眼就冷。颜色要素净一点儿的,蔡少爷是学生派头,看不上什么大红大绿。"说着,她就到外屋把陈妈掸桌子用的那把鸡毛掸子拿了来,就拿掸把子当作尺子,在月梅的身上细细地量了量,又说:"双幅儿的用不了一码半,现在袍子都兴瘦的、短的。沿个什么边儿……我给你研究着办吧,一定能叫你穿上称心。可是鞋……"

她低头看了看,月梅脚底下的那双白皮鞋,昨天早晨沾的泥水虽已干了,可是还留着许多黑印儿和泥点儿。胡太太向窗外叫爱珊,却没人答应,她就骂了一声:"这群死鬼!"又对月梅说:"你七姐的鞋你穿着大概合适,我拿两双来,你试一试。"说着便急忙跑出去了。

月梅这才松了一口气,心里却又恨又忧,想着:看来我想跑是很容易的!可是我跟那姓蔡的一同出去,我跑了,他一定要追我。我虽不怕他,但是在街上跟他拉拉扯扯地大闹,那也太难看了!月梅便坐在椅子上发愁。

不多时,胡太太带着那六姑娘拿来了三双鞋子,一双漆皮的,一双白皮的,还有一双是黑皮镂花,都是很高的跟。月梅一看就直皱眉,但又不能不脱下自己的鞋来叫她们给试。胡太太就像个卖鞋的似的,蹲在地上,一双一双地给月梅去试,可是试一只她就皱一下眉,都小。爱珊又拿来了两双,说一双是四姑娘的,一双是六姑娘的,六姑娘的那双虽然大小差不多,可是月梅又嫌跟儿太高,她说:"我没穿过这么高的跟儿,穿上了我不能走路!"

胡太太就站起身来,皱着眉说:"可也是!你的身量跟蔡少爷差不多,只微微地比他矮一点,你要穿上太高的跟儿,可又比他高了,他一定又不高兴。买一双半高跟儿去吧?可是咱们这附近又没有好鞋铺。要不然叫一辆汽车,咱们娘儿俩上一趟市场,买了鞋就赶紧回来?可是……"

她发了半天愁,就说:"这么办吧!先叫姜妈把你这双白鞋刷上油,你这双鞋不旧,刷白了就跟新的一样。昨天就这身行头见的蔡少爷,蔡少爷一下就瞧中了你,今天我们要是给你打扮坏了,不顺蔡少爷的眼,那倒坏啦!索性等着蔡少爷来给你打扮吧!"月梅着急地说:"干吗呀?"胡太太说:"不要紧!今天你头一天跟他见面,你自然不能跟他开口,我叫张铁嘴跟他说去。对啦,这才正投合他的少爷脾气呢!"她又拉着月梅的手,笑着说:"我也不出门去啦!我再带你见见你的七姐,你们俩谈谈。"

如此,又令月梅很失望,因为还得等那姓蔡的来了才能出去,还得在这里听些讨厌的话,受些可气的摆布。她未免心里着急,脸上却没有露出来。胡太太就叫六姑娘找了一双彭太太的拖鞋,先叫月梅穿上,那双白鞋叫六姑娘拿去交给姜妈去刷。

六姑娘很是不高兴,一到院中,就高高举着那双鞋说:"我改行啦!我改行刷皮鞋啦!明天我就到舞场前摆个摊儿,专伺候有钱的少爷、漂亮的小姐!"胡太太在后面带着月梅出来,瞪着六姑娘说:"别发疯啦!"

月梅随着胡太太一到前院,就见小高赶紧开了街门到外面去了,她就吃了一惊。胡太太却装作没有瞧见小高似的,一直带月梅到了北房的东里间。

这屋里只是七姑娘正在梳妆,她那黑胖子"丈夫"已经走了。七姑娘穿着粉红的绒线背心,披着一件水绿绸子的睡衣,她连头也没回,只向着镜子里叫了声:"妈!"胡太太笑着,指着月梅对她说:"我叫你这妹妹来跟你玩玩!你们两人都是我的宝贝儿,要特别亲热一点!"镜子里的七姑娘笑了笑,说:"那我可是欢迎之至!不过人家是学生派,我可比不上人家!"

胡太太干笑了一笑,又指着镜里,向月梅说:"你瞧我这七丫头,长得俏不俏?你们俩的模样是各有各的优点,一个是嫦娥,一个是织女,我有了你们这俩仙女一样的美人儿，我多大的乐子呀！"月梅坐在椅子上不言语，七姑娘正对镜涂唇膏，就撇着嘴笑了笑。胡太太拍拍七姑娘的肩膀，又拍拍月梅的肩膀，笑着说："你们姊妹俩就在这里说话儿吧！我去叫人找张铁嘴，叫他请蔡少爷快一点儿来。"说着，就掀帘往外屋去了。

七姑娘还没涂好嘴唇就追了出去，在外屋跟胡太太悄声地说话。月梅专心去听，就听那七姑娘好像是带着哭的声音，说什么："我非得去……"接着又咚咚地跺脚。又听胡太太仿佛安慰了她半天，叫了好几声"宝贝儿"。七姑娘这才又回到里间来，脸上带着傲慢的笑容，向月梅连看也不看，就一直走到镜前去继续修饰。她故意把梳妆台的抽斗拉开，倒出二十多个金戒指、翠戒指来，伸着两只染着红指甲的手，左试右试，又赌气把那些戒指往台子上摔。

月梅暗地冷笑，就站起身来去了外屋。她坐在沙发上低着头沉思，忽然一抬头，见徐秀贞从西里间掀帘探出来上半身，向月梅笑了笑。她那新烫的头发也擦了许多油，瘦窄的脸上也敷了许多粉。月梅愤愤地瞪了她一眼，徐秀贞的脸上一红，放下软帘，又把头缩回去了。月梅恨不得立时站起来就走，但又想小高一定是在门首。西里间也有人说话，是徐秀贞跟那四姑娘的声音，也不知两人是在嘀咕什么，还夹杂着咯咯的笑声。

月梅一生气，就站起来走出屋子，见街门开了半扇，小高脸冲外，正在那里雄赳赳地站着，南房的窗帘也掀起来，玻璃里映出胡太太跟张大爷的背影。月梅就装作不看他们，一直回到里院。到了彭太太的屋内，她就愤愤地向陈妈说："你们太太怎么还不回来？"陈妈发着怔，仿佛很怕月梅似的，摇摇头说："我不知道，她们弄的是什么事，我都一点也不知道！"月梅就气愤愤地往椅子上一坐。

待了一会儿，爱珊急急地跑来，拉着月梅到里间，悄声地说："我告诉你一个笑话儿，七丫头要跟你争！待一会儿蔡少爷来了，带着你出去，她一定也要跟着出去。"

月梅说："有她，何必又不叫我走呢？"

爱珊笑着说："人家蔡少爷得瞧得上她呀？她也不是没巴结过蔡少爷，人家蔡少爷嫌她的身量高，不愿意理她。她现在可急得厉害，哭着闹着要蔡少爷来了，就先得让到她的屋里，胡太太跟张大爷为这事都很为难。你瞧吧！回头她非闹个没脸不可。"月梅冷笑了笑。

爱珊又悄声给她出主意，说："待一会儿蔡少爷要是带你出去，七丫头没脸，她要一定跟着，你就想法儿跟蔡少爷，把她甩开。得罪了她不要紧，胡太太绝不能说你什么。还有，蔡少爷他要张罗着给你买东西，你别要旁的，衣裳鞋袜有个一两套也就够了，你就跟他要金首饰，要钻石，有两颗钻石咱们将来就不发愁啦！"月梅只是微微冷笑，并不言语。爱珊又把月梅拉到床头，跟她挨靠着坐着，把一只胳臂搭在月梅的肩上，悄声地笑着，没停没休地说了起来。月梅只由着她说，并不回答，并不表示什么，也不用心去听，只是心里计划、盘算自己眼前的事。

直到十二点多钟，胡太太就派了姜妈来叫她们吃饭。吃饭的地方又是在北屋外间，又把月梅让在上座。月梅的身边却是那穿着丝绒旗袍，全身被香水精的气味笼罩着的七姑娘，她仍然不大爱理月梅。两旁是张大爷跟胡太太，爱珊坐在对面。四姑娘、六姑娘是在西里间吃，她们一面吃一面说笑，并且不时哼唱几句淫荡的小曲，说着村野的话，并有徐秀贞的那条柔细可怜的嗓音也杂在里面。月梅心里生着气，但极力表面上不露出来。

胡太太夹了一箸子菜，说："宝贝儿，你尝尝我做的丸子！"月梅接过来就吃，并笑着说："很好！"张大爷斟了一盅酒，贱样儿似的向月梅笑说："咱们也碰碰杯吧？"月梅也真跟张大爷碰了一碰，碰完了却把酒盅向他那边一扔，洒了他一身的酒。张大爷心疼得赶紧拿手巾擦他那件哔叽大褂，嘴里直说："真坏！这孩子！我非得给你说个厉害婆婆不可！"月梅又夹起一个肉丸子，扔在张大爷的大襟上，张大爷急得站起来，跺脚说："这怎么办？这件衣裳算是毁啦！我就有这一件！"胡太太笑着说："不要紧，明天叫你侄女给你做新的。"说着又向月梅使眼色。

月梅却恨不得推翻了桌子，把碟碗向这些人乱打，但她极力地忍着气，假意地笑着，七姑娘斜眼瞧着月梅，对面的爱珊却笑得连饭都咽不下去了。月梅就收敛住了自己的举止，默默地吃了点饭菜，然后把筷子一放，站起身来就走，说："我吃饱啦！"一出屋就见小高正蹲在门首抽烟卷，仿佛很无聊的样子，月梅便冷笑着又走回小院，心里倒很盼望那姓蔡的快些来。

又待了一会儿，爱珊把那双刷得很漂亮的白皮鞋拿来，月梅就穿上了。爱珊又轻轻地给月梅的头上擦了点油，她说："你把张铁嘴的衣裳弄脏了，他可心疼死啦！他又不能够跟你急。"月梅冷笑着，依然不言语。爱珊就在这屋坐一会儿，躺一会儿，又跟月梅说上了没完。

到了下午一两点钟，忽然胡太太咚咚地跑进屋来，拉住月梅就笑着说："快！快！蔡少爷来啦，立刻要见你！"又上下打量着月梅，并抄起拢子来，替月梅梳了梳头发，说："张铁嘴都告诉了蔡少爷，蔡少爷应得这就带你到市场撕衣料、买鞋、置首饰去。"说着，她急匆匆拉着月梅往外就走，旁边的爱珊又向月梅递了个眼色，月梅却装作没看见。胡太太一面带着月梅往外走，一面又嘱咐着，见了蔡少爷应当是用怎样的态度。

到了前院北屋的东里间，就见七姑娘献着媚，正给蔡少爷点烟卷。那蔡少爷今天又换了一身洋服，并戴着眼镜，胡太太拉着月梅，未语先笑地说："我这女儿盼了蔡少爷半天啦！"蔡少爷笑着，向月梅点点头，说："昨天可真对不起！"月梅勉强点了点头，没说什么话。

那七姑娘又笑着，低着头摸着蔡少爷领子上的别针儿，说："别针儿扣歪了！我给您弄端正了，别忙！"蔡少爷却站着，眼睛直瞪着月梅，说："我们还得走，带白小姐上市场去。"七姑娘就说："别忙呀！我也跟你们去！"

这时胡太太在旁发了会儿怔，就说："我出个主意！今天天气也不好，就许下雨，蔡少爷您会打牌吧？叫白小姐跟我的六女儿、七女儿，陪着您打牌好不好？"蔡少爷却摇头说："我不打牌，那多没意思！"胡太太又笑着说："不是，我说的是打完了牌，也就四点来钟，那时您带着她们再上市场。"

蔡少爷那白胖脸儿上就现出来不高兴的神气，七姑娘也用眼瞪着她妈,胡太太就说:"那么七姑娘,你们就快收拾着!"蔡少爷指着七姑娘问说:"怎么,她也去吗?"胡太太说:"对啦!七姑娘要陪着您一块儿去。"蔡少爷怔着,用眼瞧着月梅,月梅却把眼睛瞧到别处。

七姑娘又对镜去抹唇膏,匆忙忙地找手绢。徐秀贞又把帘子掀开了一道缝儿,偷眼往里瞧蔡少爷。张大爷也跑进来,像个听差的似的垂手侍立,问说:"少爷,您是上东安市场还是上公园?我好告诉开车的!"蔡少爷说:"上市场!"张大爷赶紧转身走了,胡太太随着他出了屋,待了一会儿才又进来。

七姑娘又对镜忙了半天,才修饰完了。胡太太把月梅拉到梳妆镜前,一面给月梅拢头发,揪衣裳,一面跟蔡少爷说闲话,又向姜妈说:"给蔡少爷倒茶!"七姑娘赶紧抢先拿起她那个很漂亮的茶杯,用她那纤细的双手给蔡少爷送过一杯茶来。蔡少爷却摇头说:"我不喝!"他的眼睛只直直地看镜里的月梅,并催着说:"胡太太快着点儿呀!到市场买完了东西,我们还要看电影去啦!"胡太太却像是故意磨烦着,半天才把月梅给打扮好了。月梅此时的脸上是一阵红一阵白,两只忧郁而俊俏的眼睛瞪得很大,她不说一句话,也不笑一笑。蔡少爷却瞧着她笑着,说:"咱们走吧?"月梅便点头说:"好吧!"

蔡少爷在前面走,七姑娘抢先跟了出去,高跟鞋咯噔噔地紧响。月梅走在最后,胡太太又扒着她的耳朵,悄声说:"你可别生气,你七姐她就是这个脾气。她就跟你们玩这一回,明天我就不叫她跟着啦!再跟着人家去,蔡少爷也就不愿意啦!"

月梅却说:"你也随我们玩一玩去好不好?"

胡太太受宠若惊地笑着说:"我怎么能去呀?我这半老婆子跟着你们,不是给你们泄气吗?"

到了门外,月梅看见了胡同,看见了胡同外的大街,她的心里就一阵紧张,但她仍然忍耐着,向两旁去看,却没见小高,也没见张大爷。此时七姑娘已先进了那辆流线型的小汽车,胡太太就说:"月梅你往里坐!"月梅坐进去,蔡少爷才上了车。胡太太还向车里笑着,爱珊站在胡太太的身后,还直向月梅使眼色,这辆车就开走了。

今天的天气还是阴沉着,车窗外滚荡着坚硬的风,天空中凝结着一层濛濛的雾气。街上往来的车夫、行人都像没有生气似的,即使穿戴得很齐整的人,那衣服的颜色也显得很惨黯。车行得很快,窗上的风景疾速地掠过,月梅却只想着自己事,好像眼前只有开车的那双白手套、蔡少爷的花领带和七姑娘的雪青旗袍,另外还有一种极浓烈的香水精味,仿佛这小小的车厢是个化妆品的制造室,又像是一间专培育玉兰、茉莉的花房,香得令人讨厌。因为七姑娘不断地媚笑着跟蔡少爷谈话,月梅倒很安心。蔡少爷也向月梅问了几句话,月梅也没听清楚,只是心不在焉地摇了摇头。蔡少爷刚要再问,却被七姑娘拉了一把,又去说别的话了。

不一会儿就到了东安市场,在西面的正门前下了车,月梅却忽然看见小高的身影在她的眼前一闪,闪进那些拉洋车的人丛中去了。月梅心中又觉得怦怦地跳,她明白了,刚才张大爷问明白了蔡少爷是上市场,胡太太又给自己修饰,故意耽误了半天,那一定就是先打发小高来此守门。可是这市场一共有四五个门呢!月梅心里傲然地想:他们也真笨蛋!放了我出门,还能希望我回去吗?做梦!

月梅很快地在前面走,蔡少爷和七姑娘在后面跟着,进了这繁荣绮丽、遍布着宝气珠光的市场。市场里因为搭着铅板棚,外面一阴天,里面的光线就很暗,所以在这时各摊子和各商店全都开亮了繁星一般的灯,霓虹灯管也像一条条彩蛇似的,在各处蜿蜒着。七姑娘的眼睛似乎忙不过来了,她拉着蔡少爷的手东瞧西望,蔡少爷却向前面叫说:"白小姐!白小姐!咱们先买鞋去呀?"月梅却像没听见似的,甩着双臂,很快地走进了人丛。七姑娘也在后面急叫着:"白三姑娘……"月梅却心中暗骂着,连头也不回。

她穿着人丛,急匆匆地走到了正街,又往南去走,不想这里有一大群人壅塞住了道路,是个卖线袜的摊子,因与顾客争执价钱吵闹了起来,所以有许多人都围着看。月梅只好站住了,刚要再找别的路,后面就有人把她的胳臂抓住了,就听七姑娘说:"你忙什么?走丢了,你能认得家吗?要不然咱们这就回去吧!"说着,用眼狠狠地瞪着月梅。

蔡少爷也走过来,他倒似浑然未觉,只笑着向月梅说:"咱们是先撕衣料,还是买鞋去?"七姑娘的手像一只镣铐似的,紧紧地箍着月梅的胳臂。月梅就笑了笑,说:"先买衣料去也好。"七姑娘说:"买衣料就得上九华,九华在北边呢!"说着又瞪了月梅一眼。月梅却像没看见似的,定了定神,便转过身来,跟着蔡少爷、七姑娘又往北走。

直到了那九华绸缎庄门前,七姑娘这才把月梅的胳臂松开。一同走进绸缎店里,那五光十色的货物就把他们围绕住了,掌柜的和几个伙计都迎过来,笑脸招待,问说:"先生小姐!要看看什么?"

七姑娘到了这里,便摆出"命妇"的派头,月梅在她身旁就像是个小丫头似的。可是那蔡少爷却总不离开月梅的身,他笑着问月梅:"你想要什么?"月梅摇头说:"我没有主见。"蔡少爷就说:"你别客气呀!不为叫你挑料子,咱们还不来这儿呢!"月梅却说:"您叫七姑娘先挑吧!"

蔡少爷还以为月梅是不高兴了呢,他扭头看了看,见七姑娘正在那边看那一大堆花缎,那些花缎都放着光,闪着电,像是把她给迷住了。蔡少爷显出厌烦的样子,向月梅说:"谁愿意带她出来?我讨厌她!你要什么吧?快说,别管她!"月梅说:"我要做洋服。"蔡少爷听了就更是欢喜,随叫伙计带着月梅,到陈列毛呢的部分去挑选。

这时七姑娘又带着笑地走来,把蔡少爷的胳臂一拉,说:"您瞧瞧那边的花缎,我做什么颜色的合适呀?"蔡少爷随着走过去,月梅却还在这边看毛呢。各色的毛呢都摆在她的眼前,旁边的伙计就说:"小姐看这咖啡色的好不好?现在做这种料子的最多,您有两码就够啦。"月梅手里摸着料子,问说:"这是纯毛的吗?"伙计说:"纯毛,这是真正的德国西服呢。"月梅的眼睛却往陈列花缎的那边去望,就见七姑娘一只手捏着伙计给她点着了的烟卷,一只手摸着花缎,把身子紧挨着蔡少爷,正在跟那比她矮着一头的蔡少爷说话,仿佛她只顾了花缎,只顾了叫那阔少爷给她买,却忘记了月梅似的。

这时又有几个阔太太进来,乱走着挑选衣料,便把她们之间的视线给隔绝了。月梅此时的心情很紧张,旁边的这个伙计还拿着毛呢问她中意不中意,她就笑了笑,说:"我拿不定主意,你们把这几样呢子先放在这儿别动,我去找个人来帮我看看!"说毕她转身往外就走。门口有个掌柜模样的还向她鞠躬,说:"小姐走呀?"

月梅出了绸缎店,因为知道门口有小高在监视着,她不敢立时就出市场,就想找个地方去暂避。她穿越着人群,急急地走,就像一只由网孔里逃出来的小鱼,惊慌着在人群里飞奔。走了半天,看见了一家咖啡馆,她就进了门,走上楼去。

到了楼上,她的心里还是很紧张。茶房给她摆上了两盘西点,她又要了一杯咖啡,就扒着玻璃向外面去看,只看见楼底下拥挤着许多人,只能由头顶上分辨出来男女,却不能看见人的面目。她就想:七姑娘跟小高那些人,现在一定是又急又气,正在各处找呢。他们当然不会找到这里来,可是我在这里,四边的门一定都有人在看守,使我也走不了,这也不行呀!

急了一会儿,她忽然看见这咖啡馆的名字是叫"美华斋",在墙壁上并安设着电话。她就过去摘下了听筒,叫了马圈胡同丽雪处的号码。那边就有人接了,月梅听出声音来,就赶紧说:"是余妈吗?我姓张,我是月梅!"那边余妈说:"张小姐啊?您昨儿怎么没回去呀?您在哪儿啦?"月梅急急地说:"我在东安市场美华斋咖啡馆,余妈你快雇一辆车到水车胡同庙里,找那刘先生,叫刘先生快点到我这儿来!我有要紧的事……"正在说着,听见楼梯噔噔地响,月梅吃了一惊,赶紧扭头去看,却见是上来了两个穿西服的男子。

这时,电话里余妈的话声也断了,却隐约听见那边有钢琴之声,叮咚叮咚地响着,月梅倒很觉得诧异。又待了会儿,那边就是一个女子的声音,问说:"月梅,你在市场什么地方啦?有什么事呀?"月梅听出来是梁霞,倒不由一阵惭愧,她顿了一下,就说:"那么,梁小姐,请您来一趟吧!顶好您雇一辆汽车来。我现在东安市场正街美华斋咖啡馆的楼上,您来吧!来了我再详细告诉您!"说着她几乎要垂下泪来。那边梁霞就说:"好啦!你挂上吧!我们这就去!"

月梅放下了听筒,回到她坐的地方,又默默地吃着咖啡,只要听见楼梯一响,她就扭头去看。她的心里很焦急,盼着梁霞快些来,但又有些忧虑,怕今天为自己的事再使梁霞受了连累,闹出事来,影响了人家的名誉。她时时看着壁上的那只大表,旁边几个桌上都先后来了坐客,又先后走了。

过了约有二十分钟,就上来了几个女学生,是梁霞、徐绿蒂、李小姐,还有两个月梅似乎见过面但不知姓名的丽雪的同学。这五个女学生一上楼就乱找座位,要咖啡,要牛奶,梁霞却走过来,悄声问月梅说:"怎么回事?你为什么又不回丽雪家里去了?"月梅站起身来,脸红着,低着头,悲哀地把自己目前所遇的事,悄声地向梁霞说了。

梁霞听了就很生气,说:"这怕什么的?他们要敢揪住你,你就喊警察,跟他们到警察局里说理去!"

月梅说:"我不是怕她们,也不是怕闹起来不好看,我只是恐怕一打起官司来,那就牵涉的人多了!"

梁霞说:"不要紧,回头你跟我们一块儿走,看他们谁敢揪你!你打算上哪儿去?"

月梅说:"我想还回祁小姐那里。"

梁霞就说:"好吧,你别害怕。"她又转过去,跟她那几个同学去商量。

她们大家讨论了半天,徐绿蒂又去打了个电话,这几个女学生就把月梅拉在一起喝咖啡,吃点心。待了一会儿,梁霞就说:"这时汽车一定来啦!咱们一起出北门。我送月梅到丽雪那儿去,你们等我们的汽车走了之后,你们再走。"大家都一齐笑着,仿佛根本没拿这当作一件很严重的事,反倒觉着很好玩似的。

月梅又惭愧地向众人称谢,徐绿蒂却说:"你不必谢,等丽雪回来叫她谢我们才成。"然后她们几个人不但不相让,反倒过来叫那李小姐掏出钱来请客。月梅要争着给钱,也被徐绿蒂揪住了胳臂,把她拦住。结果是那李小姐被人把她的小皮包儿夺了过去,把大家的咖啡点心钱全都给了,李小姐笑着说:"下回我再跟你们出来,我一定不带钱啦!"

这几个女学生都笑着,很高兴地说着话,就一起往外走。她们有穿毛线衣的,有穿夹大衣的,徐绿蒂是穿着件鹿皮上衣,梁霞还把胳臂搭在月梅的肩上，大家就像保镖似的，拥护着月梅，而月梅被夹在中间，像是个可怜虫。出了咖啡馆她们就挤开人群往北走，月梅仍然提心吊胆的，徐绿蒂等人仍然说笑。出了市场的北门，就找着刚才徐绿蒂用电话叫来的汽车，才要上去，忽见一个人跑过来，叫说："月梅！"

月梅一看是那张大爷，脸上还带着惊诧的假意恳求的笑容，月梅便骂了一声："混蛋！"徐绿蒂反走过去，向那张大爷说："你叫我的同学干什么？你认得她吗？"张大爷的铁嘴这时也无话可说了，几个女学生的穿章，胸前"女大"的徽章把他给吓住了，只说："岂有此理！月梅你下来，我不难为你！"但汽车鸣的一声就开走了。这时小高也由洋车丛里跑出来要拦汽车，却被交通警察在他的背上敲了一棒，喝道："你不想活着啦！"

见汽车载着月梅跟梁霞走远了，徐绿蒂她们这几个女学生又都笑着，谈着她们自己的话，往市场西门取她们的脚踏车去了。

第三十回　月下的嫌疑

　　那辆汽车到了东安门，又往北顺着一行秋柳的东河沿走去，在车上梁霞对月梅说："你真不必怕他们！一出他们的家门，你就应当叫警察！"

　　月梅拭着泪，悲愤地说："我不怕她们，我是怕那小高，刚才那个人不是还要截咱们的汽车吗？"

　　梁霞气愤愤地说："那个人又有什么势力，你就怕他？"

　　月梅说："他会在街上打架！他能把白家的人找出来，把我还拉回白家。我跟白家断绝关系的事情是拿出钱来私了的，并不是由官断的，有一张字据，大概是在柏先生的手里，现在他又没在北京！"

　　梁霞怔了一怔，又说："我看你也很聪明，你怎会上了这个当呢？"

　　月梅用手绢掩着脸，低声哭泣着说："我昨天就看出她们那地方坏，可是我没想到小高会出头，所以我也就不怕。我去的目的是为找职业，梁小姐……您现在是生活没有问题，您当然不知道，一个无论多么聪明的人，可是当他被环境逼迫，急需要谋职业的时候，他就可能会糊涂了！我在昨天明明已看出她们做的是圈套，可是我还存着侥幸的心理，希望能找到个……职业。"

　　梁霞说："我不明白，丽雪她叫你在她的家里住着，叫你入我们的中学，你为什么还不满意，反倒要各处去找职业，去上那些坏人的当呢？"月梅哭泣着不语，梁霞也似乎有些生气，仿佛是以为月梅不堪造就似的。

到了马圈胡同，车停住了，月梅先下了车去打门，梁霞就拿出钱来叫汽车走了。里面是孙妈开的门，一见了月梅，她就说："哎哟！张小姐回来了？张小姐您……"梁霞向孙妈摆了摆手，进来就随手把街门关上了。

一同进到北屋内，月梅就坐在沙发上，拿着手绢拭泪。这时余妈也过来了，刚要问，又被梁霞给拦住，梁霞就说："你们都不必问了！"又向月梅说："月梅，我希望你现在回来，就不要再出去了！我这就给陈蕙如打电话，叫她来。你这件事既然又有什么小高出来，我看还不能就这样算完，我得给丽雪去电报，她就是不回来，也得叫骏青赶快回来！"月梅拭泪说："柏先生前天有信给刘先生，说是五小姐在青岛得了病，须要长期休养！"梁霞点头说："我知道丽雪他们的事，他们大概是又打了架，丽雪不会有什么大病的。在她没回来之前，我希望你不要出门，我每天来一趟，遇有意外的事情发生，你就立时打电话找陈蕙如。"月梅答应着，又低头擦眼泪。

梁霞便过去拿了电话听筒，叫了琳琅书店的号码。她跟陈蕙如在电话中说了几句话，随就向月梅说："你等着吧！陈蕙如马上就来。我还要回家去有点事儿，你千万在这里，不要走！"

月梅声音惨凄凄地说："梁小姐您就放心吧！您想，我还能走吗？"梁霞点点头，叫余妈随她去关街门，她就走了。

这里月梅仍然哭泣着，她极力地克制着心中的悲痛，想：这件事是给了我一番教训，我从此知道了人心是多么险诈，一般人嘴头的话是多么靠不住！同时我也知道了，像我这样的人现在简直是无路可走。但是因为无路走，我就退缩吗？因为人心险诈，我就不在这社会上生活了吗？在这里，投在五小姐和柏先生的温暖的羽翼下，倒是很安全，但是却要受人的猜忌，并且这样也不能长久呀……

她想要再努力、再挣扎，在没有路的环境里去开辟生路，在险诈的人群里再寻求自己的光明生活。可是，她觉得自己已不似从前了。从前,自己穿着破烂衣裳可以在雨地里跑;昏黑的夜间,可以在城墙的僻静之处蹲着睡觉;手中有一两个铜钱就可以买个洋车夫吃的饼子,在街上走着吃。但现在,那些事自己仿佛都不会做了,所以就觉得前面更没有了路。

待了一会儿,陈蕙如来了,把月梅所遇的事问明白了,她也说:"非得叫丽雪回来!没有她保障你,你早晚还要受别人的欺负。"并感叹说:"你不要恼我,你的脾气也应当改一改了,我看你是时时对于现状不满意。你在白家时这样是对的,但后来你屡次出走,又实在叫人怀疑你是本性难改,自己不求上进。你要知道,像骏青跟丽雪这样的人,在社会上很少有,也并不是说他们的心是多么好,因为他们都是少爷、小姐,用不着去为什么利益去伤害你,同时以他们的力量来帮助你,并不费难。可是你要是叫他们对你灰了心,那你可就更没有人怜顾了!你还能认识谁呢?你所认识的都是一些坏人,他们都要引你去堕落。再说,你能找什么事呢?你看我,虽然大学没毕业,可是还有一张高中的证书,但我连个希望最低的事也找不到。现在我们两个人克勤克俭地经营这个书店,也就仅仅能维持住我们的衣食。我并不是叫你灰心,叫你颓丧了志气,我是劝你知足吧,别再做什么幻想了!"

陈蕙如说完了这一些话,又把些事嘱咐了孙妈、余妈一番,她就又赶紧回书店去了。月梅此时心里倒是不怎么悲伤了,脑后的破伤处也不怎么疼,只是非常地愁闷,孙妈跟余妈几次笑着找她来谈话,那意思是想要给她解解闷,但月梅也没兴趣跟她们去谈。

晚间,秋风更紧,室中的红纱灯罩又很惨黯,窗外落叶声杂着萧萧雨声,并有远远的乞丐呼叫之声,像幽灵一般飘荡。月梅就觉得四周围都是阴森恐怖的,只有这间屋子是个安稳的小巢,然而这又是别人的,自己岂能长久在此住栖呢?她站起身来呆呆地看着窗外,就想:我还得走!这次的事情给我的不是打击,只是一次经历、一番教训,我还得继续在风雨中挣扎,寻求自己的生活。这里不是我应当住的地方,我能为一己的安全,就叫五小姐、柏先生之间永远存着个猜疑吗?于是她就闭上屋门,很早地睡去。

次日风雨仍然未止，在将用午饭的时候，听到外面有人打门，月梅就叫说："余妈，出去看看是谁？"余妈答应了一声，走出去开门。待了一会，就听簌簌的一阵雨声，进来个低着头、打着雨伞的人。月梅隔着那挂着许多水珠的玻璃窗向外去看，她就赶紧跑出屋去，叫着说："刘先生，您怎么下着雨还来呀？"

刘醉生走到房檐下，卸下来雨伞，他的这把伞太破了，打着等于没打，所以他身上的驼绒袍都已被雨淋湿。月梅替他开了屋门，他先在棕垫上蹭了蹭鞋底，然后喘吁吁地进了屋。月梅就皱着眉说："刘先生您的病还没好呀！下着大雨您就来！"

刘醉生说："我的病倒不要紧，算是已经好了。我刚才跑到邮政局去发一封催稿费的信，正遇着薛璧城给上海的书局汇款，他跟我说了你的事情，所以我才赶紧跑来。我是要问问你，那事情的详细情形你也不必对我说了，只是那件事情到底完了没有？还有什么没了清的纠葛没有？那一伙人能够就这样甘心了吗？"

月梅擦了擦眼泪说："她们不甘心，还能把我怎么样呢？至多了他们把小高支使出来，再逼着我回那白家！"

刘先生摇头说："那不能，咱们有字据！现在字据虽没在我的手边，可是我能出头跟他们去理论，他们也不会找那无用的纠纷。"

月梅说："那就没有什么纠葛了！只是昨天那个姓彭的女人帮助胡家骗我，说是叫我当她的女书记，给了我二十块钱，说是什么薪金，现在我还拿着。我想等雨住了，我用信给她们寄了去，我不花那骗过我的钱！"

刘醉生说："那不要紧，也不用给他们寄去，为什么事情都已经完了，你又把你的笔迹落在他们的手里呢？她们接回去钱还能再去骗别人，你要不乐意花，可以去给要饭的。"

月梅的眼泪随拭随流，她又悲泣着说："刘先生，我做的这事不但别人都很埋怨我，我自己也觉着对不起许多人，尤其对不起您。其实我早就不在孙妈家里粘花儿啦，但我都没有对您说！"

刘先生说："这些事都不怪你，还是由于社会太坏，你又太孤零可欺了。过去的事都别说了,可是以后你想要怎么办呢?"

月梅摇头说:"以后我还是不能在这儿住。"

此时余妈正拿着一壶茶进屋,听了月梅这话,她就怔怔地站住了。月梅又说:"刘先生您还不详细知道,祁小姐跟柏先生近来不像早先那么好了,他们双方都怀着一种猜疑,感情已然破裂了!他们感情破裂的原因虽然很多,可是最大的原因还是因为……我,所以我不能在这里住,不然他们永远不会像早先那样的好!"

刘先生因为身上很湿,四周围都是漂亮的沙发,所以他始终也没坐下。听了月梅这话,他就站在那里发愁,只是说:"我知道!你的处境是很困难的,非得找个事情才行!"

月梅又流泪说:"就是因为找事,我才遇见了那些人骗我!"

刘醉生连连摇头,说:"这种社会,你自己去乱碰是绝对不行,你若是个男孩子那还可以,女孩子只有被骗!"

他又思索了半天,便说:"这样吧!你暂且在这里住着,住一天算一天,不要急躁,不要难过,更不要常出门。同时我去替你碰一碰,你不是很喜欢当护士吗?我可以去求求缪大夫。"

月梅立时摇头说:"不,我不愿意到他们那儿去。前几天您病得很重,我去请过缪大夫,我就知道了,他们都是很冷漠的人,他们所敬奉的是阔人,绝不能希望他们帮助我们穷人!"

刘醉生说:"我是穷人,你还不算,因为你此刻还住在祁小姐的家里。再说,你不知道,那次你替我去请大夫,你见的一定是缪太太,缪太太她是很恨我的,因为我说过几句话,把她咬伤了。其实缪夫夫根本不知道我发了疟子,不知道我曾请过他,昨天听个朋友说,他还向别人垂问我的近况呢!我若给他写上一封很客气的信,再提说提说柏骏青,托他遇见机会给你找个做护士的地方,或者也不难。他是位名医,他一定认识不少家医院。"

月梅拭净了眼泪,默默地想了一想,就点头说:"那么您就给他写一封信吧,也不必哀求他!"

刘醉生说:"怎么能哀求呢?我们虽然困窘,但是并不卑贱。那么,我现在就回去了,你在这里千万不要发愁!"

月梅说:"雨还没住呢!"

刘醉生说:"这雨下到明天也住不了,我有伞,走出胡同我就雇车。"说着他往屋外就走。

余妈说:"您喝一碗水好不好?"刘醉生连连摆手。月梅也拦阻不住,就冒着雨送刘醉生出了门。刘醉生撑着一把破伞走了,月梅感激地望着刘醉生渐渐走远了的背影,那凄风冷雨直往她的脸上打。

这时听屋中电话铃嘟嘟地响,月梅赶紧关上了街门,跑回屋里。余妈把听筒交到月梅手里,说:"是薛太太。"月梅拿着听筒,就听那边陈蕙如问说:"没有什么事吗?"月梅用笑声儿回答说:"没有什么事,薛太太您放心吧!"那边陈蕙如就说:"好了,下着雨,我就不到你那儿去啦。我给丽雪的信今天已经发了,我想在节前他们一定能回来。你在家里不能出门,一定很闷吧?你可以开开留声机,跟孙妈她们一起听。"月梅笑了笑,那边陈蕙如又跟她说了几句闲话,才把电话挂上。

今天,天气虽然很凉,但月梅却感到很温暖,她心中颇感安慰,只是又想道:这愁惨的风,凄凉的雨中,祁公馆那西小院里该是何等的情形呢?那可怜的二太太、大桂,我那不能相认的母亲和弟弟……

窗外的风雨就像是永不能停止了。旧历八月的天气,室内已经很寒,月梅的夹衣都不能保护住体温了,她就开了衣柜,把丽雪的一件大衣披上,而余妈和孙妈都已穿上棉袄了。除了梁霞与陈蕙如常来电话之外,这所小院落没有一个人造访,就像风雨把外面的一切全都与此隔绝了。

月梅成天在室中感到非常的无聊,她就随便由书橱上取书看。丽雪的这些书以西文的为最多,中文的只有几本小说,月梅一本一本地看了,见全是些爱情小说。她开始认识到爱情这个东西原来是极其神秘离奇的,但她却想不明白,一般青年男女为什么要做这种事呢?又有什么意味呢?她就发誓一般地想着:我决不做这种事!即使过几年,我长大了,我也不做!但由此又不禁地想到了柏骏青,她的脸上又一阵发热,心里也一阵痛楚。发了一会儿怔,她便把几本小说全都收起,把书橱整理好了，并拦着自己不去想那些问题。

过了三四日，风雨才渐渐息止，天上的愁云也展开了，露出来一张清朗愉快的脸来，太阳以温暖的手抚摸着大地，安慰它这几日阴沉的愁闷，可是天气依然很冷，被雨击在地下的落叶，已结束了它的生命，就像一堆一堆的尸骸，已无望再随着秋风飞起了。

这天上午，月梅到院中帮着孙妈扫地，孙妈就说："天晴了，骏少爷跟五小姐大概也快回来了，你又在这里，大家快快乐乐地过个中秋节好不好？"月梅听了心里一动，孙妈又说："今年这中秋节可比往年都冷。到了节下，我可又想起我们太太来啦！唉，那么大的公馆，现在弄得五零四散！"她越说心里越难过，便一边扫地，一边擦鼻涕。

余妈端着茶盘由厨房出来，走在院中她顿住了脚，笑着说："怎么啦？孙老姐姐为什么伤心呀？"

月梅的心里也有点儿难受，就说："孙妈她想起来今年故去的太太了。"

余妈说："你想太太，人家五小姐在青岛可玩得正高兴，还许未必想她的母亲呢！今年中秋节，五小姐跟柏少爷在青岛团圆着，人家三姨太太跟老爷在任上也不定多么阔啦。算来倒霉的就是那二太太，她一个人带着个孩子，住在公馆的西小院，那才真叫冷冷清清呢！"说完了，她就端着茶盘进屋里去了，这里月梅的眼睛也不禁有些潮润。

少时余妈又从屋中出来，从月梅手中接过了扫帚，说："张小姐，你到屋里喝茶去吧！交我来扫吧！"月梅此时心里很难过，也无力再扫了，她就进到屋中，把余妈给她倒的茶喝了一口，然后就坐在沙发上悲痛地沉思着，心想：等到下午，应当去看看二太太，帮助她一点钱，或给她买一点节礼。

午饭后，月梅换了鞋袜，将要走，忽然陈蕙如又打来了电话，她笑声儿对月梅说："你快来吧！到我们这里来玩一玩吧！现在西单牌楼热闹极啦！你来，我请你吃月饼！"

月梅笑着说："明天吧，明天不才是十五吗？今天我还要到别处去看一个人！"

那边的陈蕙如却变了声音,说:"你又去找什么人?算了吧,别满处瞎找乱找的啦!"

月梅勉强地笑了一声,说:"我是想到祁公馆看看二太太去!"

那边陈蕙如说:"你怎么又想起来看她?那公馆里人少是非多,你千万别去找麻烦,上我这里来吧!我可等着你啦!"说着吧的一声,那边的听筒就挂上了。

月梅只得也放下听筒,无奈地拢了拢头发,带上钱和手绢,向余妈说明了自己是到陈蕙如的书店去,随就出门走了。走到半途,她才雇了一辆洋车往西城去。

到了西单牌楼一看,街上真是特别繁华,人行道上挤满了果摊,点心铺的玻璃窗里也都做出各样的装饰。虽然雨后道旁还存留着泥水,但行人车辆却是十分纷乱。月梅到了琳琅书店里,这里倒是很沉寂,书架旁只有两个女店员坐在那里看报。陈蕙如是在里屋织毛衣,月梅走进去笑着说:"薛太太,您不是过节吗?"陈蕙如把毛线和竹针放下,就笑着说:"我是为想过节才找你来的吗?你请坐!"月梅便在旁边的一把椅子上坐下了。

陈蕙如自己点着烟卷吸着,说:"我们的事情真苦!大家凑了这一点点资本,才开了这么一个小书店。在这市面萧条、文化事业不能发展的情况之下,我们竭力地经营,日夜在这里工作。昨天算清的账目,倒是赚了几个钱,可是都是些货物,活动的资本却没有了。张锦生昨天还来信,要提出他的股本。其实他这是没有理由的,可是我也不愿得罪他,我就给他回信说,等祁丽雪回来再说吧!"

月梅见陈蕙如微皱着眉,自己心里也觉着很不舒展。陈蕙如又说:"我想丽雪他们两三日内一定回来,我给她去了封快信,梁霞还给她打了电报。"

月梅就问:"你想,柏先生跟五小姐他们回来,能够很快地就结婚吗?"

陈蕙如摇头说:"那可说不定!大家倒都这样希望着,可是他们的脾气都容易变更,高兴了,就许马上就结婚;不高兴了,就许把已经发出的喜帖又宣布作废。"月梅笑了笑。

陈蕙如又说:"今天我请你来,一来是我们要请你过节,吃完晚饭咱们去看电影,看完电影我送你回家;二来是你得帮我几天忙。这几天我们的应酬一定很多,都不能常在柜上,交给那两个店员我又不放心。你在这里,只把收入支出的账目草草记一下就是了,好在你在那边住着也是整天的没事。"

月梅笑着说:"可不是! 这几天下雨,我在那边真闷极了。我早就想到您这里来帮忙,果然能在您这里,我就不必满处乱托人去找事了。"

陈蕙如说:"我也是早就要请你来,我对丽雪说过,可是她绝对不主张,我也不知她是什么意思。"月梅听了,很是纳闷,也猜不出丽雪什么心思。

陈蕙如就拉着月梅的手,到外屋,那一面围着短短的铜栏杆的收钱柜旁,把记账的手续告诉了她。月梅觉得这是非常简单的,店员卖了书,就把钱连一张单子交在柜上,那单子上已把银钱数目和所卖出书籍的名目、发行所,都写得很明白,柜上的人只把单子分插在铁签子上就行了,主要的是要把发行所分清楚了,预备书店与发行所结账时好方便。再一件事,就是找钱,但那是不用练习就自然会的。月梅点点头,笑着对陈蕙如说:"我看明白啦,您有什么事您就办事去吧!"

陈蕙如说:"其实我也没什么事,不过是去找几个同学。薛先生他现在在家,天凉,他的身体弱,有些感冒,待会儿他也许来。"说着到里屋穿上夹大衣,她就走了。

书店也没有人来照顾,月梅先给余妈打了个电话,说:"我在书店给薛太太帮忙啦,晚上看完了电影才能回去,晚饭你们就不必等着我啦!"

那边余妈还凑趣说:"晚上回来您可给我们带月饼呀!"

月梅笑着说:"好吧! 我一定给你们带。"

月梅挂上听筒,又跟那两个女店员谈闲话。因为书店里是太寂寞了,而外面又是那么热闹,所以月梅跟那两个女店员就都扒着玻璃窗往外看。大街上的人这时更多了,一个女店员是专注意女人的衣裳,她说:"你看,那个拉着小孩的女的,大衣的样式有多好!"另一个又拍着她的肩膀,说:"今天晚上我们跟经理请假,我请你听戏去好不好?上哈尔飞戏院,听应节的新戏《天香庆节》。"月梅呆呆地望着窗外的行人,愈觉着这社会纷乱,一般人都是浑浑噩噩,都只求自身的一时快乐,而不顾别人的痛苦。

看了一会儿,忽然看见马路上有四辆洋车,自北往南,分成两行走着。车上有两个穿西服的中年男子,都吸着纸烟;另两辆车上是两个女人,都穿得很漂亮,烫着头发,正是胡家那七姑娘跟徐秀贞。徐秀贞前几日还是个穷女孩子,现在却像个阔绰、漂亮的太太了。她们跟那两个男子在车上说笑着,车也都走得飞快。月梅心中立时堵上了一口气,呆立了半天,才慢慢转过身来,她紧咬着嘴唇,眼珠凝滞着。

此时壁上的时钟当当地敲了两下,待了一会儿,有一对情人似的男女,进来挑选了两本小说走了。一个女店员又向月梅交账,另一个却怔着眼,直把那拉着男子腕子的、穿咖啡色大衣的女子的背影给送走。接着又来了四五个运动员似的男学生来到这里乱翻书,并跟那两个女店员很熟识地说笑,闹了半天,什么也没买,就都走了。书店里立时又恢复了寂静,两个女店员又扒着窗往外去看,月梅便在书架旁看报。

这时已有三点多钟了,忽然那扒着窗的女店员回过头来,向月梅说:"张小姐你快看,那不是柏先生吗?"月梅突然吃了一惊,想要近窗往外去瞧,但自己又把自己阻止住,两只拿着报纸的手,不知为什么也有点儿发颤。这时两个女店员都离开了窗户,一个过去把门推开,就进来个戴呢帽穿西服的男子,正是骏青。

月梅心中极度地紧张,悲痛中杂着欢喜,脸也发着热,她就笑着鞠了一躬,说:"柏先生,您是什么时候回来的呀?"

骏青点点头,笑着说:"两点多我才下的火车,你这些日倒好?"

月梅忍着眼泪,笑了笑说:"我还好!柏先生,您跟五小姐是一块儿回来的吧?五小姐回家里去了吧?我给五小姐打电话!"说着她就跳了起来,急忙着过去要摘电话的听筒,骏青却把她拦住了。

骏青的脸庞似是被那强烈的海风吹得又黑又瘦,眼睛也不像早先那样的有神，嘴边长着短短的胡子，至少也有两三天没刮脸了，身上还是那套教小学时穿的法兰绒西服，衬衫的领子很脏，领带也不平整。他摆手说："你不用打电话，五小姐她没回来。"月梅又十分地惊讶，脸色也变了，她呆呆地瞧着骏青。旁边那两个女店员就都过来问说："祁小姐怎么没有来？"骏青微笑着答复说："她由青岛往上海去了，大概过年春天才能回来。"

月梅更是发怔，就仰着脸问说："那么柏先生，您也要再到上海去找五小姐吧？"

骏青却很有决意地摇头说："我不去！"又微微冷笑着，说："我回来是到孤儿院去销假做事，我哪有时间陪着她往各处去玩呢？"月梅心中一阵难过，赶紧掉过脸去，眼泪几乎掉下来。

骏青此时似乎很是兴奋，来回地走着，眼睛看看架格上的书，又看看月梅的侧影。他拿出一盒很次等的纸烟，抽出来一支衔在嘴上，把其余的又都装回衣袋里，然后就衔着烟卷满处找火柴。那两个女店员似乎看见骏青不像早先那样精神了。这时又进来了几个买书的人，那两个女店员就赶紧过去招待。月梅进里屋去拿火柴，骏青也随着进去，他由月梅的手中接过了火柴，笑了笑，就一面点火喷着烟，一面低声说："走！咱们出去玩玩去？"

月梅却摇摇头，笑着说："薛太太嘱咐我替她管账，我不能离开身！"说时低头落下几滴泪来。骏青没说什么，似乎也没看见月梅落泪，他就坐在椅子上发着怔抽烟。月梅走到骏青的背后，才掏出手绢擦了擦眼睛。

骏青回过身来问说："你那件事怎么样了？我在青岛接了梁霞的电报，所以我赶紧回来了。"

月梅双手绞着手绢，忍着悲痛说："那件事情倒是完了，莫非梁小姐的电报上没说明白吗？"

骏青摇摇头，说："我怕还有什么后患！"月梅说："后患也许有，可是我想他们绝没法子施展。"骏青又深深地叹了口气。

月梅便跺脚说："您是怎么啦？在青岛住了些日子回来，就变了……"

骏青不自然地笑了笑,说:"我没变!不过我的生活是又历经了一段过程。这些日来,你在这里为生活而挣扎,我在那里却被爱情所苦恼着!咳,与其说是爱情,不如说是一种堕落的生活……可是我告诉你,我的错误的生活也只能走到这一步为止,绝不能再往下走了,从此我不再因循,不再敷衍……"月梅却不再往下听了,转身就走出了里屋。

月梅坐在柜台旁整理那几张单子,又撕了一条纸,用钢笔蘸着墨水记下那钱的数目,但是她的心却很痛,眼里也浸满了泪水。她低着头,拿手绢擦了擦眼睛,依然用那钢笔往纸上随便地写。过了些时,她又回过头来,偷眼向里间去望,就见骏青坐在椅子上,仰着脸吸烟,不动也不说话。月梅心中更加难受,她就把钢笔放下,把写的那张纸条团了,扔在字纸篓里,然后站起身又走到里屋,笑着说:"柏先生,您是在这里等着我了吗?"

骏青转过头来,说:"我不是等你,我是等薛璧城。今天我一下火车就先到了马圈胡同,听余妈说你刚打回去的电话,说你现在书店帮忙。我就先把行李送回到府右街,见薛璧城正在家里,同他一个亲戚谈话。他说等他那亲戚走后,他就到书店来。我想等他来了之后,你可以随我出去一趟,因为我有许多许多的话都要对你说!"

月梅的脸红了红,笑着说:"有什么话您不会就在这里说吗?莫非还怕被谁听了去吗?"

骏青说:"其实就是被人听了去也不要紧,我们的话里并没有什么秘密。只是,这里的环境不好,此时我的心里又太乱,须要找个清静无人的地方,我才能跟你详谈!"

月梅脸上又一阵发烧,说:"薛先生就是来了,我也不能跟您出去,因为薛太太都跟我说好了,她今天要请我过节,晚上还要带我看电影去。"

骏青说:"那不要紧,我们出去只谈一会儿话,我就送你回来。可惜我的精神不太好,不然晚间我可以请客,我同你们一起看电影去。"

月梅微笑着说:"您可别去看电影,提防回府右街时又有人拿大石头……"说到这里,她把话又顿住了,仿佛自觉不该再提那件惊心的往事似的。骏青却神色一变,惨然地笑了笑,他凝定着眼睛瞧了瞧月梅,就又微微叹了一声,仍然吸烟。月梅也默默地转身走到外屋。

过了些时,薛璧城就来了,骏青这才走出里间,他就向薛璧城说:"我要跟月梅到公园去走走!薛太太回来你们也可以找我们去,我先请你们吃晚餐,晚间你们再请月梅去看电影。我们大概是在'长美轩'。"

薛璧城点头说:"好,好。"

月梅还踌躇着,但骏青向她点了点手,已然先走出了书店。月梅只得向薛璧城笑着说:"薛先生,卖的钱我可都放抽斗里了。"

薛璧城说:"好,好。"又说:"张小姐,你跟骏青在公园等到七点,我们若不来,你们就不必等啦!蕙如她现在吕家,大概不能回来。"

月梅说:"好吧!"她又向那两个女店员说了声:"回见!"就走出了书店。

见骏青已雇了两辆车,月梅就皱着眉说:"咱们何必要坐车呀?上哪儿去呀?我可不上公园!"

骏青却走过来,仿佛要强拉她似的,并说:"我们到公园去吃饭,我并有许多话要说,因为我没有时间啦!明天我就回孤儿院去做事,此后我决定长久在西山住,不再进城来!"月梅又一惊,心中一阵难受,皱着眉,拿泪眼看了骏青一下,只得坐上了车。骏青也上了车,就叫车夫拉往公园。

此时已将近六点钟,街灯齐明,更比白天热闹。两辆车就像大海里的两尾渺小的游鱼,迤逦地就走到了西长安街上,就见迎面有一轮特别大的浑圆的金黄色的月亮,嵌在清朗无云的天空,把柏油马路照得像镜子一般亮,而今天的夜晚仿佛是一个蕴藏着神秘、新奇的夜似的。凉风从背后一阵阵地吹来,月梅自己倒不觉得怎样凉,可是见前面车上的骏青连大衣也没穿,他的一只臂枕在车沿上,拿手支着头,头是歪着、低着,被车颠得不住地摇动。月梅很担心他那顶帽子会掉下来,同时又悯然地想:柏先生的大衣是为自己当在当铺里的,大概至今还没有赎出来……

车到了天安门旁，两人在公园的前门下了车。这时公园门前已不似早先那么热闹了，没有什么汽车，洋车也很少，那门口只有个收票的像个铜像似的在那里站立着。往里看也是一片黑暗，与门外的明亮、繁华恰恰相反。骏青已跑在前面去买门票，月梅随在后面，当骏青把两张票交在那收票人的手里时，那个人不住向他们两人看。

进了门，见月华如水、廊影和树影参差着，像是在地下用淡墨描出的一幅幽美的图案。风吹在树木花草上萧萧作响，远处并传来一声声的嘶叫，大概是铁丝栏里囚着的那只灰鹤，它也感到太孤独了，太寂寞了。

骏青的两只手似是畏冷，整个都插在西服裤的口袋里，他已在前走上了西边的回廊，皮鞋敲着水门汀的地面，叮叮地发出金属一般的声音。月梅在后跟着他，随走随踟蹰，就着急地大声儿说："柏先生！咱们上这里来干什么？您瞧还有个别的人没有？节下谁不在街上逛，谁像咱们？您这次回来是怎么啦？咳，有什么话您就在这里说吧！我不往那边去啦！"说着她就站住不走了。

骏青回过身来，月光照着他那憔悴的侧脸，他就笑了笑，说："我没跟你说吗？明天我就上西山去了，此后我再也不进城来，更没机会和你再见面。咱们相识了已有半年多，并且共同经过了许多患难，那些患难在你我的生命史上都刺着很深的痕迹，但是以后我们没有再见面的可能了！今天我们相当于永别，在这永别的前夕，我们应当不顾旁人的议论，尽情地披露个人的真性情，赤诚地彼此提出些对今后生活的意见。我们不必管街上的人此时是如何高兴，我们是他们那世界以外的人，他们荒淫无耻，我们却一向都严肃地为生活而挣扎。但是我们又太不幸了！包围你的除了暗娼，就是骗子手，而我所遇见的又是一个骄傲奢侈的现在已经得了神经病的女人……"

月梅跺脚痛哭着说："我瞧五小姐未必真得了神经病，倒是您……真疯了！"她悲伤得掩面呜呜地痛哭，那边骏青却噗哧一笑。这一笑，倒使得月梅立刻止住了眼泪，她心里非常凛惧，借着清冷的月光，就见骏青直挺挺地立着，那单寒的衣服上，横一道竖一道地刺着几条栏杆的影子，真像血痕似的阴惨逼人。

月梅身上颤抖着，心里却不禁松软了，她走近了几步，扬着脸，含愁带泪地说："柏先生，您是怎么啦？我真害怕！"

骏青却笑了笑，温和地说："你别害怕！我的神经一点也没错乱，我还跟早先一样！"月梅流着泪，又问说："那么，是您跟五小姐在青岛打了架吗？"骏青不自然地笑了笑，接着又深深地叹了口气，他就指着栏杆说："你坐下！听我细细告诉你！"月梅却摇头说："我不坐！您坐下再跟我说吧！"

骏青就坐在廊栏上，背着月光，他掏出烟盒，拿出一支烟来，一想又没有火柴，就把那支烟在手中捏着，说："今天我坦白地说，这你也知道，我的性情跟丽雪的性情绝对不能调和。四五年前我们短时期在一块相处过，那时很好，仿佛是有过点糊糊涂涂的爱情似的。但后来我们就分离了，在信上又打了架，所以我们的一切就都完了，各自去读各自的书。后来我又听人说她的性情变得非常骄傲，行为非常浪漫，所以我也就不愿意再和她接近。不想去年冬天，我为争婚姻自由，从家中走出来。我的错误是，我不该一来北京就住在我姑母的家里，所以又不得不跟她接近。我也不知道那时她是正和张锦生、卢华煜那些人弄得决裂，她把她的那些玩物都抛弃了，又来抓我……"

月梅立时擦了擦眼泪，批驳骏青说："您说得不对！五小姐过去是不是拿别人当作玩物，我没看见，我不知道，但她对您，我确实知道她是真心。因为在祁太太死时，我天天和她在一起，她虽然十分伤心，但还时时惦记着您！"

骏青说："或者那一个极短的时期她是那样的，可是现在我都明白了，她不但心计极可怕，手段极毒辣，并且确实有一种虐待异性的狂病。过去她利用我的寂寞、困窘、疾病、失业，拿金钱、拿爱情拢住我，阻碍我，不叫我自己谋事，怕我脱离开她的羁绊。后来，她跟她家庭赌气，又硬和我订婚……"

月梅悲愤地说："这全是您对五小姐的误会，五小姐并不是这样！"

骏青摆手说："一点儿也不是我误会她！我已经细细地想了千百

次。我极力地忍耐着,想以精诚感化她,对她跟我订婚的事我也赞成,并不后悔。但我到了青岛这一趟,我完全知道了,她压抑了半年的真性情、坏习惯完全也暴露出来了。她并非对我坏,她若是真对我坏,那还容易解决;她对我是忽冷忽热的,她摆弄我如同摆弄一只狗!她像是爱我,可又像跟我有仇,有时她说话极明白,心思极远澈,但有时她又猜疑暴怒,无法理喻。

"在青岛,她几乎做了一件可怕的事情,那件事没成为事实,我也不必告诉你了。后来我就想长期伴着她在青岛居住,她可又觉得我是个疣;我要回北京来,她可又拦阻我。我对她好,她认为我是假意敷衍;我生了气,她可又说我伤了她的心。真是说不尽!天天弄得我啼笑皆非!我曾被她逼得昏晕过三四次,但每当我昏晕过去之时,她又特别地明白,对我特别地亲热,可是好不了多久,她就又发脾气。现在她天天跟唐太太打牌,打那输赢极大的牌,并喝酒、抽烟,浪费无度……她简直成了个神经病!我的神经也很受刺激。前几天就接了梁霞的电报,因为你的事,催她和我回北京。当时我是很着急,想要即刻就回来,但她反倒从从容容的,叫我陪着她到上海转杭州去玩。我们在饭店里争吵了三天,结果我与她决裂了,我们双方都说了许多无情的话,我就一人上车走了!"

月梅听到这里,就惊慌地问说:"哎呀!您走的时候,五小姐是不是还在那里哭着?"

骏青摇头说:"她没哭,她生气时是很少哭的,除非她明白了,忏悔的时候,才对我落泪。你听我说,她是神经上有了毛病!"

月梅疑虑着,说:"可是,我知道五小姐她可有好多瓶安眠药片,她不怎么吃,可常叫陈蕙如给她买,她不能够自杀了吧?"

骏青也怔了怔,又摇头说:"不能,她是很刚烈的,不能自杀。"他又叹了一声,说:"总之,我把这些话告诉了你,你也不要为我们难过。我是非如此不能重生,对她,我也没法了!我尽了最大的力量,用了绝大的耐心,都不能挽救她,我只好对她留个遗憾,去寻求我自己的生活。"

说到这里,骏青掏出一块手帕来,擦了擦眼睛,又说:"你现在大概也知道了，我并没得神经病。今天我之所以急急地找你，叫你跟我出来，我就是想对你说这些话，因为这些话我不能对别人说。同时，我还得给你以后的生活想个法子，你不能再在丽雪家里住了。我们少时一分手，就永不能再见面，并不是我顾忌自己的名誉，而是我不能叫你受无辜的侮辱。我们是很严肃的师生关系，不许别人在我们这种严肃的关系上说什么坏话，尤其是，这名誉在我还不大要紧，在你却真是第二生命！明天我亲自去拜托缪宝生，下午你就可以去做护士。现在虽然是夜晚，虽然是在这寂静的地方，但我跟你说话，仍跟我在课堂上给你讲课时一样；回头我请你吃一顿便饭，也跟我们早先在庙里一同吃包子时并无不同，就以此作为我们彼此的钱别！"说着，骏青就站起身来，又说："咱们到'长美轩'去吧！吃完了我还要回去，把一些事都交代给陈蕙如。"

月梅这时却眼泪纷纷，她的心就像被一个沉重无比的机轮压榨着，所感受的痛苦比昔日白家姊妹的藤鞭、小高的拳头、胡太太狠狠的手拧更加剧烈几十倍。她的两条腿也沉重得像病人似的，几乎不能迈步了，她就哭着说："柏先生，我不愿意您跟五小姐这样！"她咽哽着，又说："您跟五小姐感情破裂，在表面上是为张淑范，其实，内在的主要原因还是为我！别人冤枉我不要紧，我名誉败坏，甚至于死都可以，但您与五小姐必须解开误会……"她抽搐着，说："我要到青岛找五小姐去！我有法子叫她和您好！我有法子叫她少花钱……"骏青呆呆地站着，月梅却又坐在栏杆上呜呜地哭着，说："以后我不认识您都可以，但我不能不认识五小姐！"

骏青仍然站在那里发怔，少时，他的声音似带着一点激昂说："你要去找丽雪，我没理由拦挡你，但我们先得去吃饭，吃饭比一切都重要！你要明了，你跟我，目前最严重的必须解决的问题是吃饭，而不是什么爱情和感情问题……我在长美轩等你了！"说毕，他便怀着气愤，转身顺着廊子走了。

月光照着月梅那孤单、弱小的身影，四下无人，风声、树声、鹤唳声遮掩住了月梅微弱的哭泣声。半天，她见骏青没走回来，她便站起身来,擦净了眼泪,想要离开这公园。她轻步踏着由栏杆穿过来的月影,边走边抽泣着。当回廊走尽将要出门之时,她蓦然看见,在那门首里,廊下柜旁,一排菊花的后面,月光所照不到的地方,站立着一个女人。那女人的脸是对着她的,因距离还有两丈远,所以看不清面目,但见那女人穿着一件黑大衣,大衣的领子上露出点白围巾,两只手是插在大衣口袋里。

月梅并没怎样注意,但那人却借着月光把月梅看得很是清楚,她就叫着说:"月梅!你没瞧见柏先生吗?"听到这厮熟的声音,月梅惊得止住了脚步。

这时那边的人已从容地迈着细碎轻巧的步儿走了过来,月光就转射到那人的发上、脸上,月梅又惊又喜又悲痛,她就跑上了两步,张着双臂把丽雪抱住,叫了声:"姐姐!"

丽雪却把月梅的双臂推开,只问说:"你不是跟柏先生一同来的吗?"

月梅流着泪,点头说:"是,柏先生他一个人去长美轩啦!"

丽雪就拍了拍月梅的肩膀,说:"你先回去吧!门外有我的汽车,你先坐回去,再叫他来接我们,我们也一会儿就回家去。"说着,丽雪就顺着回廊往北去了。

月梅回过身来,就见丽雪已然去远。她呆呆地发着怔,暗想:怎么五小姐也回来啦?她一定是先给书店打了电话,薛璧城告诉了她,我们是到公园来了,她才来的。但是今天这个误会一定更深,怎么才能够解释开呀?

月梅又发着愁,流着眼泪,她就想:不如我走!我手里还有点儿钱,我离开北京,从此我与他们都不再见面,反正今天柏先生他也生了我的气!但转又一想:那样一来,不是更显得我是因羞愧才逃走的吗?让丽雪想着今天我随柏先生到这里来,不定是怎么回事啦?事情得要弄明白了才行,我索性回马圈胡同去!

于是她心里也有点愤愤的,便急急地走出了园门。虽然这门前停着两辆汽车,但月梅并不过去询问哪辆是丽雪坐来的,她就直往东走。

这时往来的车还很多，天安门的楼阙和高大的华表也好像在俯视着她，她就沿着路旁那稀稀的枝叶半凋的洋槐，低着头，一边想事一边走去。月光这时愈明洁，风也愈紧，人行道旁还存着许多泥水，被月光照得发亮。她就步行着，慢慢地走回到马圈胡同。

她原希望丽雪和骏青坐着汽车已经先回来了，那么自己进去，就把一切话都向他们讲明，可是来到了门前一看，却没有汽车，两扇小门也紧紧闭着。月梅上前吧吧地打门，里面便传来很快的脚步声，门开了，是余妈。余妈这时特别地高兴，一瞧见月梅，她就说："张小姐，您知道我们五小姐跟柏少爷全都回来了吗？"

月梅笑了笑，说："我知道。"

余妈很快地把门又关上，就跟在月梅的身后，问说："五小姐跟柏少爷没到书局找您去吗？"月梅没有还言，余妈又说："柏少爷是下午两点回来的，五小姐可是刚才六点多钟才下的火车，他们不是坐一列车回来的。五小姐坐的是快车，柏少爷大概坐的是慢车，柏少爷回来的时候还说五小姐是往上海去啦，得等到过年春天才能回来，其实……"余妈笑得闭不上嘴，说："其实我们五小姐在后边跟着他呢！您瞧他们这二位！"

到了北屋里，就见地下放着两只大皮箱和一个手提包。孙妈正在屋里很有精神地擦桌子，见了月梅，就说："张小姐回来啦？您没在外边吃饭吗？您是等着五小姐和骏少爷回来，叫菜一块儿吃呢？还是我先给您做点什么去呢？"

月梅摇头说："我吃过了，是在书店吃的。"

孙妈又叫着说："余姐，你帮我把这箱子抬上去好不好？搁在这里碍事，说不定五小姐的那帮同学一会儿又都跑来！"

余妈却说："我看箱子就先搁在这里吧，里头不定有五小姐由青岛带回来的什么好东西呢！刚才五小姐嘱咐我说，无论谁来打电话问，也别说她回来了。我想天又这么晚了，大概也没有什么人来了。"

余妈给月梅倒了一碗茶，她就跟孙妈两人很高兴地收拾着屋子，谈着话，并向月梅说："张小姐，您可替我们留一点儿心，要是听见五小姐跟柏少爷儿儿结婚,就先告诉我们,我们好预备着。"

月梅笑了笑,余妈又说:"那天我到公馆里去,二少爷还问我这件事呢!"

这时月梅是坐在沙发上,余妈和孙妈在旁边很高兴地谈话,她却觉着很厌烦,她的心里有很多的事,不能决定应当怎样去处理。她想着:这时候,五小姐跟柏先生一定已在公园里争吵起来!他们的旧误会,又加上今天这新的误会,柏先生的脾气又变得那么急躁,五小姐也许神经上真有了点毛病……待会儿,他们吵闹着回来,一定要向我对质。我自然是不怕他们的,因为我问心无愧,我尽可以向他们解释,可是,他们能够容许我解释吗?我解释了之后,五小姐她肯信我的话吗?月梅因此非常地忧愁,虽然口渴,但旁边的一碗茶都放凉了,她也没有喝。

余妈帮助孙妈收拾了半天,她就急忙着又到厨房去添火,预备开水。这里孙妈默默地拭着桌椅,月梅默默地坐着沉思。电灯下的几盆菊花已含着睡意,窗上的月光却非常素洁,令人想起公园的栏边廊下。耳边虽然寂静无声,但月梅仍觉得鹤在远处叫着,柏骏青在身旁絮絮地说着,丽雪又掺入用那极厉害的话,就像是在争吵着似的。孙妈又给小时钟上了上弦,她仿佛是疑心那钟走得太快了,说:"都快到十点啦?五小姐怎么还不回来呀?也许在府右街啦?"月梅仍然默默地坐着,没说话。

又待了一会儿,忽然电话铃响,月梅就走过去接,问了声:"找谁?"那边却说:"你是月梅吗?我是蕙如。"月梅笑着说:"您在哪里啦?"那边陈蕙如说:"我在书店啦,我买了月饼回来,你可走啦!听说丽雪也回来啦?他们都在家吗?"月梅说:"没有,大概他们这时还在公园长美轩,您给那边打电话问问吧?"那边陈蕙如就说:"好啦!好啦!回见吧!"

月梅放下听筒,暗暗地叹了口气,又回到沙发上去坐着,孙妈就问说:"是谁?梁小姐吗?"月梅摇摇头,说:"是陈蕙如。"说过之后她就不再言语,头觉得很痛。她觉得这时的处境,比前几天被骗在胡家之时还要难,那时自己心中只是气愤,现在却是一种感情上的折磨,一种不能表白的屈辱。又过了一些时，孙妈把屋子收拾好了，她也出去了，月梅仍然默默地坐着沉思。

这时门外就有汽车的喇叭声，月梅的心中就是一阵紧张。接着是门响、高跟鞋声，又听有丽雪的声音，问说："张小姐没回来吗？"余妈说："回来啦，在屋里等着您哪！"月梅赶紧站起身来，心想：丽雪见着我，不定要说什么话！但无论她怎样急躁，我也不能忘了她过去待我的好处，我也忍耐着，把话解释明白了；无论她信不信，我也走！

这时足音已到了门前，门开了，丽雪却没进来，站在那里回身说："余妈，把汽车上的东西都拿进来，给开车的十五块钱就行了。"余妈答应着，丽雪随就走进屋里，向月梅笑了笑，说："咱们真有好多日没见面了！"月梅心中不禁一阵难过，堕下泪来。

丽雪摘下手套，过去放在小长桌上，孙妈跟进来帮着她脱大衣。丽雪的大衣里面穿的是黑色的丝绒旗袍，鞋跟儿也较以前的高，所以她的身子也像是比以前更苗条了。她回过身来，笑着说："青岛那地方我很留恋，过年暑假我带你去玩玩。"月梅含着眼泪笑了笑，不知怎样答复才好。

余妈这时抱着许多东西进来，是丽雪买的月饼、水果和几个精致的花纸盒，里面装的大概是糖果。这时灯光正照着丽雪的脸，月梅就觉着她比以前瘦了，但眉毛却修理得很细，脸上的胭脂染得很红，双眼皮的眼睛也更明亮，头发改成了另一个样式，学生的气息减了很多，却增加了几分妩媚。她的脸上平静得像没有波澜的湖水，并且微微地有点春风般的温暖的笑意。她理智而清楚，并不像骏青信上写的，口中说的，什么"神经失常"了，也不像月梅预感的，一进门来就闹气、发凶。只是有一个异点，这连余妈和孙妈也都很注意，就是向来不吸烟的五小姐，现在竟吸烟了！

丽雪打开一只银烟盒，拿出一支带金箍儿的细长的纸烟，安在一个长长的象牙烟嘴上，拿自来火点着了，慢慢地吸着。她也不坐下，就望着月梅，笑着说："你比早先胖了！"又问："余妈，我走了这些日，家里没有什么事吧？钱够花的吗？"

余妈说："没有什么事,您留下的钱还有,花的钱我们就心里记着,等梁小姐一来,我们说给梁小姐记账。您走后来过几封信,我们都交给梁小姐给您转去了,再就……再也没有别的事了。"

丽雪微微点了点头,弹弹烟灰。孙妈又在旁说："刚才薛太太给您打电话……"丽雪点头说："我见着她了。"又指着放在桌上的十几盒月饼,说："你们每人拿两盒去! 孙妈把大门锁上,余妈把我跟张小姐的床铺好了,你们就睡去吧! 我也很疲倦啦!"孙妈跟余妈又都一阵忙乱。

丽雪就坐在月梅身边的一张沙发上,一只手捏着烟嘴,另一只手却轻轻地抚摸着月梅的手背。月梅就觉着丽雪的手指很凉,神色也很可疑,她的心里十分难受,并且预备着话,因为她知道现在丽雪是故作镇定,少时就一定要向自己严词质问。

余妈在屏风里铺了床,又到外间来,指指地下放着的皮箱,刚要说话,丽雪却向她摆摆手。孙妈又进屋来,说："五小姐,您没见着骏少爷吗?"

丽雪皱着眉,不耐烦地说："你看,我这才回来,你们就有多少话来问我! 我哪有力气一一回答你们?"余妈忙向孙妈使了个眼色,孙妈便怯怯地过去取了两盒月饼,就跟余妈出了屋,并把屋门紧紧地带好。

孙妈和余妈这一走,月梅就感觉到有一个严重的事情要来临,她心里就更加紧张。忽见丽雪霍地站起身来,走到挂大衣的地方,由大衣口袋里掏出一串钥匙来,她向月梅说："来,你替我把箱子开开! 我有几样儿东西要送给你!"说话时她是笑着的,她这种笑是真正的心无芥蒂的笑,并像小孩子似的十分高兴。

月梅就更觉诧异,她蹲下身,帮助丽雪把一只皮箱开开,就见箱里塞满了东西,有的是用花纸包着,上面还捆着花绳,有的就用旧报纸包裹着。丽雪先笑着打开了一个报纸包儿,说："这是我给梁霞她们带的,你要挑几个拿着玩去吗?"月梅一看,原来是许多不成形的贝壳和各色的小石子,还带着沙粒,潮湿湿的发出些海腥气,不禁逐开了愁色,笑了,伸手拿了一粒白色的小石子。

丽雪把这个报纸包儿放在地下,又另取出几个包儿来,说："这些都是我送给你的礼物,你打开看看!"月梅打开第一个包儿来看,是一本很精致的纪念册;第二个包儿里,是几码做女洋服的毛呢;第三个包儿是一只长方形的手表;第四个包儿是方方的,打开一看,却是个玻璃罩子,里面有一只小小的银杯,那银杯上镌刻着极小的字,是:"情同骨肉""月梅义妹留念,姐祁丽雪赠于青岛"。

月梅看了,不禁心中一阵感激,一阵痛楚,泪就似雨点一般簌簌落下来。月梅拭着泪悲咽,丽雪也凄然地低着头,似堕了几点泪。她又打开了一包花绸子手绢,有五六打,说:"这也是我想送给同学的,你不拿一打用去吗?"月梅摇头说:"我不要。"

丽雪见她哭了,就笑着说:"哭什么? 小孩子气! 我活着回来了,又没在青岛投了海! "

月梅因她这句话,心里更明白了,就知道这小小的银杯,绝不是丽雪临行时仓促买来的,一定是她早已订做好了的。由杯上的"留念"和"赠于青岛"等等的字样可知,她并没想到又回北京来,或者她还曾经一度怀过自杀的意念。

月梅喉间壅塞着许多话,但不知怎样才能说出,人家并没怀疑我跟柏先生有什么爱情,我自己可还怎能向人解释呢? 同时看这种情形,过错似乎还在柏先生,但自己也不能当着她就批评柏先生不好呀!

月梅在这里暗泣着,丽雪却在对面,一边检查东西,一边吹着口哨,都是极好听的歌曲。待了一会儿,丽雪就说:"咱们把东西收拾起来睡吧! 天不早了,我也真疲倦了!"月梅忍着悲泣,说:"您让我一个人收拾就行了。"丽雪笑着,轻轻地说了声:"好吧!"她就起身转往屏风后面去了。

月梅在这里,把箱子里的东西照样儿整理好了,盖上,又把丽雪送给自己的那几件礼物,暂时放在那边的写字台上,就把外间的灯关灭了,也转进了屏风里。就见丽雪已换上了睡衣,坐在床上,盖着半截绸被,她呆呆地仿佛在想什么事。月梅也脱去了外衣,到床里边去,才一躺下,就听丽雪说:"我看你今天的精神也似乎很兴奋。"月梅听了不禁一怔,抬眼瞧了瞧丽雪,却不明白她说这句话的意思。

丽雪又微微叹息,说:"你看柏先生,现在成了什么样子?他总说我是得了神经病,其实据我看,倒是他,简直有些疯狂颠倒了!刚才在公园里,我一到了长美轩,就见那茶社里只是他一个主顾,旁边放着一碗蛋炒饭,他可不吃,拿着筷子在那里发愁。我见着他时,我还极力表现出欢喜的样子,可是谈了两三句话,他就向我发怒。当着茶社的茶房,我不愿丢脸面,可是他却完全不顾,对我发了许多牢骚,还说什么连你都叫我给收买过去了!因为你今天曾对他说,你宁可从此不认识他,也不能不认识我,所以他说,你这两句话真使他伤心!"

月梅忍着泪,说:"奇怪!我瞧柏先生也不颠倒,上了一趟青岛回来,心眼儿倒多了!不错,那句话是我说的,即使我是偏着您了,没偏着他,可是他也不想一想,您又是谁呢?您是个跟他毫无关系的人吗?譬如……"

丽雪笑着说:"你也不必譬如,你说那两句话的意思我知道。一定是他把你由书店叫到公园,就为的是跟你批评我,说我种种的不好,并叫你以后不要理我!"

月梅连连摇头,说:"柏先生倒不是那意思,当时他的话虽没说得很清楚,可是我也猜出点儿他的意思。他是想叫我劝劝您,以后把脾气改一些,少花一些钱。并且,还要叫我替他在您跟前解释解释过去的误会。"

丽雪笑说:"你真是好意!你是给我们俩维系感情,但是我绝不能相信你这话。因为在你们谈那话时,他还不晓得我也回到北京来。在青岛他临走的时候,我还对他说,他走后我也随之走,也许到上海,还许到别处,所以即使他托付你劝我,他也知道你决没法把我找着。你说的话很对,我的脾气是应当改一些,钱也应当少花,这两项我自己也感觉到了,只是那误会……天知道,我对他误会过什么?他跟张淑范、跟你,我现在一点儿疑心也没有,我这个人并不是个说不开想不开的人,就是,咳……"说到这里,丽雪悲凄地一声长叹。

月梅就拿被角擦了擦眼泪,扬起头来说:"那么您既然对柏先生是毫无误会,我想柏先生对您的误会也很好解释,以后只要您朴素一点儿,他就会高兴了。"

丽雪忽然又正色说:"我为什么要买他的高兴? 请求我或劝勉我俭朴一些是可以的,但要叫我去住破烂房子,穿旧布褂,我不能忍受!"

月梅勉强作笑,问说:"可是,柏先生本来可就没有钱呀?"

丽雪说:"他没钱,我有。"

月梅说:"但是,柏先生的脾气很古怪,他不愿意花您的钱。"

丽雪说:"我也没勉强叫他花! 他没钱他可以穷着,在我最初爱他的时候,我就没有嫌他穷,但我自己有钱自己花,他却没理由干涉我。一个男子结了婚,非得叫女子跟着他受穷,那才算得意吗? 女人非得受他的豢养,那才算贤妻吗? 根本这都不是原因,原因是他当初就不喜欢我。他说过,我并不是他理想中的女子,这是真话。我说他一向只是敷衍我、欺骗我,也不是冤屈他。假定我过去对他也不是真情,或是我对他没有过什么牺牲,我们也很容易离开,但现在不行,我……"

说话时丽雪也忍不住伤心起来,眼泪汪然往下流,又悲哽着向月梅说:"你不用灯了吧?"

月梅发着怔瞧了瞧丽雪,摇头说:"我不用。"

丽雪就关了灯,躺下身,在被里哭泣,又咽哽着说:"我恨他,但我仍然爱他;我极力想要跟他好,可是不由自主地又要和他吵闹。我明白我心里的矛盾,我也明白无论怎样,他也不会真心爱我的,因为早已有人占住了他的心……"

月梅非常吃惊,就用手推了推丽雪,说:"姐姐……但是您不要误会我!"

丽雪说:"我不误会你,我连他都不误会! 他也并没有具体地心里爱你,他自己也不会承认,可是他理想中的女子却是你这种人,并且还得跟你一样,也被他帮助过,才行!"月梅细细地把从与柏骏青相识开始直到今日在公园中不欢而散的事,前后想了一番,不由眼泪也汪然流下,她就趴在枕上哭泣,说:"那我可有什么法子呢?"丽雪也没再言语。二人就这样,由哭泣之中进入了睡眠,度过了这清风朗月的长夜。

第三十一回　生活上的光明

　　第二天月梅起来时,丽雪还在沉睡,孙妈精神抖擞地在屋里收拾。余妈胳臂上挎着个竹篮,进屋来兴兴头头地说:"张小姐,跟我上四牌楼买菜去呀? 今儿东四牌楼一定是热闹极啦,你跟我逛逛去好不好? "月梅心中正烦闷,就点头说:"好吧! "

　　孙妈却抱怨余妈说:"人家张小姐大概昨天晚饭就没吃,你把稀饭先热点儿,叫张小姐吃完了再走好不好! "

　　余妈却笑着说:"哎哟! 东四牌楼大街上卖什么吃的没有呀? 卖香油果子豆汁的,卖豆腐脑儿的,什么不许吃呀? "

　　孙妈说:"人家能跟你站在街上去吃? "

　　余妈说:"那也不要紧,我可以请张小姐下个小馆,吃新出笼的热包子。"月梅笑了一笑,却不禁因此想起早先藏在柏先生的庙里,两人拿小吃当饭时的情景。

　　余妈说:"张小姐咱们走罢,您穿上大衣。"月梅摇头说:"我不冷。"便随着余妈走出街门。余妈要叫洋车,月梅就说:"我不坐车,又不远,清早为什么不走一走呢? "余妈笑着说:"您真是个好小姐,我们五小姐要像您这样省钱,那可就好了! "月梅心里又一动,虽然凉风吹着,但她的双颊还像有点儿发烧。

　　月梅跟余妈并行着走,余妈就说:"五小姐上回留下的钱,在我手里的还有六十多块，都把它买了东西过节吧，反正五小姐也不在乎。可惜昨日我不知道五小姐回来，要不然早就预备啦！您说，五小姐在祁家也就只过这一个节了，顶迟到年底，她还不跟柏少爷结婚？过门以后，就是还不搬家，可是她也不姓祁啦，姓柏啦；不是小姐啦，是个太太啦，我们也都算是陪嫁婆子啦。您想，今天五小姐在娘家过这末一回节，我们还能不多做点儿菜？就是她不吃吧，我们还能不做好了叫她看一看？"月梅笑了笑，心里却极为难受。

她们迤逦地走着，不觉就走到了大街上，只见眼前往来蠕动着无数的人，如同一片黑压压的云雾。但在那上面，远远之处，轩然露出来高大华丽的四牌楼，朝阳那箭一般的光线越过了牌楼投射下来，照着那蠕动的人群。附近有许多家猪店，就在门前人行道上捆放着一只一只的肥猪，那些将为"人间佳节"而牺牲的动物，一起乞命地嘶叫着。这嘶叫声与那一片嚣杂的人声搅在一起，余妈再说的话，月梅就都听不清晰了。

二人向前走着，进入了人丛中。就见鱼店摆出来成列的大木桶，里边是各种活蹦蹦的鱼虾，摊子上也摆了很多，全是半死的和晒成了干的。前面还有许多家肉铺，肉架子上都挂着鲜血淋漓的牛羊猪肉。鸡鸭店里不仅有笼子里趴伏着的鸡鸭，有钩子上挂着的光身无羽开了膛的鸡鸭，还有羽毛刚生的鸡雏和成筐的鸡蛋鸭蛋。果子摊上的鲜果也各色杂陈，仿佛是在这一片屠杀场里，独表现其自然的优美，又像是要以它的清香去与那一片腥臊气味去挑战。地上还有些卖蘑菇的、卖青菜的、卖五香调料的摊子，许多卖小吃的担子也夹在里面，锅里都腾腾地冒着热气。

余妈就拉了月梅一下，凑近了耳朵说："您想吃点儿什么？"月梅摇摇头，余妈又说："那么咱们赶紧买了东西就雇车回家，回到家里大概五小姐也就起来啦，您再跟五小姐一块儿用点心。"说着，她就挤进了鱼店去挑选鱼，去讲价钱。

月梅因没有事，又嫌那些鱼腥的气味，就离远了一些站着，注意地看着人丛里的每一个人。这些人里，男的多半是些商贩，或厨子模样的人,女的却是除了仆妇之外,还有些穿得很讲究的太太。她们烫着发,穿着大衣、高跟鞋,拿着手提包,有的还自己提着菜篮和一盒盒的月饼。两旁的固定商铺,这时却都显得沉闷。在附近一家点心铺的旁边,有一个小小的命馆,招牌上是"诚则灵,六爻神课,择吉合婚,代写书信",门紧闭着,像一座神龛似的那么暗淡无光。

月梅在这里不在意地看着,却见命馆的门开了,走出来一个妇人,长头发、青衣裳,缩肩拱背的,仿佛很怕外面的寒风。月梅的情绪又立时紧张了,因为这个妇人正是祁公馆的二姨太太。她手里拿着一封信,像是要走过马路去找邮筒,月梅就追上了几步,高声叫着:"二太太!二太太!"

梅素卿却没有听见,直待月梅从后边把她的一只胳臂拉住,她才吃惊地回过头来,说:"哎……张小姐!您干吗来啦?是来买菜吗?"

月梅的脸上现着亲切的笑容,像个小鸟望着它母亲似的那么仰着头,说:"我跟余妈买菜来啦!二太太您是……"

梅素卿拿着手中的那封信,想藏却又没法藏。月梅的眼睛往下一看,目光就触到了那信封上的一个"翁"字,她的心里一阵难过,就咬着了嘴唇。

梅素卿也像是心里有愧似的,假意地笑了笑,说:"我是……是来逛逛街,给大桂买点儿吃的,他今天学堂里放假。"又说:"张小姐……"她脸上红了红,接着又说:"我很不好意思!这节下老爷也没给我汇钱来,我手里不方便,您那二十块钱,暂时我不能还您。等过几天吧,我就叫大桂给您送去。"

月梅垂下泪来,但又笑着说:"唉!二太太您还提那件事,连我都忘啦!我知道您是很困难,我也不需要钱用,那二十块钱您就别还我啦!二太太……"

梅素卿却是急急要走的样子,说:"唉,我怎好意思不还您呢?张小姐,过节见吧!有工夫您到我那里去,咱们姐儿俩谈谈!"说着她脸上露出浅浅的笑窝,向月梅笑了一笑,就挤进人群,往马路那边去了。直到她的身影都看不见了,月梅还流着泪呆呆地站在那里。

这时余妈走过来笑着说:"张小姐,我找了您半天啦,我还当是您走丢了呢。您来看看我买的这两只鸡多肥!这鱼有多新鲜!张小姐,您想想咱们再买点儿什么菜?您喜欢吃什么?您说,买回去我一定给您用心去做。"

月梅摇头说:"你快买去吧!我就站在这里等着你,快买完了咱们好快回去。"

余妈笑着说:"好吧,我再买点什么咱们就回去,我知道您也一定饿啦,家里的五小姐大概也起来啦。"说着,余妈又转身走去。

月梅依然在这里呆呆地站着,她心里的事很多,每件事她都觉得很难处理。尤其是昨夜,丽雪已毫无隐瞒地说了那些话,那么今天,她那里就跟往日又不同了。往日,假定柏先生去了,我还可以见着他,随便地谈几句话。但现在五小姐已对我说明了,柏先生的私心是爱我,因为我,才阻碍他们的爱情和婚姻。既然如此,我若再和柏先生见面谈话,那显见得是我没有羞耻,是我故意破坏他们的关系了。所以,五小姐那里再无我的立足之地了!但是,这么大的天地之间,哪儿是我的投奔之地呢?这些个人,谁能帮助我,给我找一条生路呢?

月梅在这里发了半天的愁,余妈就走回来了,她的菜篮里满满的,手里还提着许多包儿捆儿的东西,她说:"张小姐咱们雇车回去吧!这些东西我也拿不动啦!"月梅就帮助她拿了一些东西,两人随挤开了人群,离开了人行道,雇了两辆洋车,就往回走去。月梅坐在车上,依然不住地思索。就在这眼前茫茫无路之时,她忽然想出来一条很可能走不通但是又不能不去试试的道路。

少时回到马圈胡同,一进门,就听北屋内有女子的谈笑声。丽雪已经起了床,她隔着窗子看见了月梅,就走出屋来,说:"月梅,刚才陈蕙如打电话来,还要请你去给她照料一天买卖。"又向余妈说:"余妈你买这么些东西干什么?一时你能做得好吗?等会儿柏少爷来了就开饭,还能等你的菜?赶快把竹篮放到厨房,打电话叫东兴楼,快把南屋收拾好了!"余妈就笑着,连声答应着。

丽雪便把月梅拉到了西屋里,她拿出一叠钞票来交给月梅,低声儿说:"这是一百块钱,是我送给你过节的,你赏给孙妈、余妈每人十块就是啦。梁霞、徐绿蒂她们现在都在北屋,柏先生一会儿也来,还许有别人来呢。跟他们在一块儿你一定也很拘束,陈蕙如现在又在书店等着你呢,你去了她好到这里来,你这就快去吧!"说毕,她就转身出屋去了。

月梅真恨不得把这叠钞票向丽雪的身后掷去,她咬着嘴唇,眼睛流着泪,恨恨地想着:到今天我才明白,你原来对我是这样!过去你叫我在你家里住着,说不定你就是为防备着我,时时看着我,以免我与柏骏青接近!昨天晚间你把话对我说明,就是叫我自己想法子走开;今天你觉着我没有一点儿走的意思,你又给我这笔遣散费,叫我到陈蕙如那里去,陈蕙如还不是你的走狗吗?

她遂在这屋里找着了两张信纸,把十张十元的钞票,分为两份,都用信纸包好,每一个包里是五十元;她就拿着,急匆匆到了厨房。就见余妈刚才买来的那些鸡鸭鱼肉、菜蔬佐料等等,都堆放在案板上,余妈却没在这里,只有孙妈在灶旁等候水开,月梅就笑着说:"孙妈,这是我给你跟余妈的节钱,你收下吧!"孙妈接过来那两个包儿,还以为不过是四五块钱,就也没推辞,只抿着嘴,笑说:"我们怎么能接张小姐的赏钱呢?张小姐,我跟余妈我们谢谢您啦!"月梅一边往外走,一边回头摆手,笑着说:"还谢什么?"

她急匆匆走出了街门,就见门前有一辆洋车在停着,车夫招呼她说:"还要车吗?"月梅看了一看,还认得,就是刚才出四牌楼拉她回来的那辆车,随说:"你再拉我到四牌楼吧!"她上了车,并叫车夫快一点儿走,于是就在这清凉的秋风里,在往来着许多送礼的和提着菜篮的人的胡同里,又往东去了。

此时月梅坐在车上,却不住地用绢帕拭泪,暗中悲哽,心里凄然地想:我没有一个地方可以容身了!没有一条活路可以走了!没有一个人能够帮助我了!我只有到祁公馆去找我的母亲,去告诉她,我就是她暗中的那个女儿,那个三岁时就被她抛下的亲女儿。虽然因为她的环境关系,我不希望她公然地承认我,但至少也要求她容我在她那里暂住几天。我见着她一定要抱住她痛哭,但这些年来我所受的苦楚冤屈,却不能对她说……想到这里,她真是悲伤欲绝。

到了东四牌楼,那车夫就把车放下,说:"小姐买完了东西,我再把小姐拉回去吧?"月梅摇了摇头,把车钱给了。

这里还像刚才那么热闹,没有一个人不是兴高采烈的,市嚣声和电车、汽车声都在她的耳旁杂乱地沸腾着,她却觉得心中疼痛,双腿沉重。走到路旁一个卖豆汁的担子边,喝了一碗豆汁,吃了两个烧饼油鬼,她就绕到那不拥挤的地方走去,心里想着:回头见了二太太应当怎样说,怎样设法证明,才能使她相信自己是她的亲女儿。

月梅不觉就走到了祁公馆所在的那条胡同,忽然她又把脚步停住了,就转回来走进了一家点心铺,买了二斤月饼。她提着两个纸盒子出了点心铺,又走进了那条胡同。此时她的情绪是紧张极了,心里的苦液震荡着,汹涌着。可是忽然她又顿住了脚步,脸色现出来惊异,因为那大门前就停着一辆黑色的流线型汽车。月梅就想:这公馆里又是谁来了?这汽车可像是他们车房里的那辆,但车门是锁着的,也看不见开车的人。

月梅走进了大门,大门这时是开着的,门房的玻璃也擦得很亮。门房里的那个老头子站起身来,隔着玻璃往外看了看她,就又坐下了。此时又有钢琴之声从里院飘出来,月梅就很诧异,她就仿佛有点发怯似的,顺着廊子走去。走到那第二进的院落内,就听钢琴声顿然停止了,客厅里面传出来女子的唱歌声,并有男子的狂笑声,还有人拍着手;月梅就急忙忙地往里院去走,一个人也没有遇见。

她走到了西小院的门前,望见了二太太住的那两间房子,热泪就不住地向下滚。她半跑着到了院里,隔着窗子清脆地叫了一声:"二太太!"梅素卿一推门看见了她,立刻就怔住了,脸上并带出些不高兴和疑虑的神色,她淡淡地说:"张小姐,您怎么又来啦?"月梅忍着泪,吞着心中的苦痛,勉强笑着说:"我买了两盒月饼,送给大桂吃。"

她走进屋来,把月饼盒放在那乱放着许多东西的桌子上,梅素卿就笑了笑,说:"又叫您花钱!"月梅笑着说:"花不了多少钱。"又问:"我兄弟呢？"梅素卿说："大桂跟着毕妈到街上逛去了。张小姐……"她又叹息而窘促地说："我真对不起您！上回跟您借了二十块钱就不应该，我这时还记着，想在节前还给您，可是……"月梅的脸都红了，她咬着嘴唇，用力忍住了眼泪，摆摆手儿，又强作笑容说："得啦！你就别提啦！我来是为看看我兄弟，找你谈谈话，我不是要账来啦！刚才在街上我不是说过了吗？那二十块钱你就不用还我了，你的景况我也知道……"说到此处，她无法再制止住那汪然涌流的热泪，就悲痛地说："你的景况我全晓得，我时时关心着，可惜我无法帮助你。五小姐……"

梅素卿赶紧摆手，悄声说："哎呀！您可别跟五小姐常提我呀！叫她知道了您常往我这里跑，我还要您的钱，那可真不得了！"

月梅说："是，我没在她的跟前提说过你，只是有时听余妈她们提说过你几句。我今天来，就是问你……请你别瞒着我！在你没到祁公馆之前，是不是……"

梅素卿一听吓得脸色都变了，她连连摆手，并且发急地说："张小姐，您可别信余妈她们那些话！她们都是长舌头老婆！没有事儿就编派我，欺负我！她们在三姨太太、五小姐跟前献殷勤，说我是什么跟翁醉亭不清楚，还养过一个丫头，叫翁醉亭给掐死了，那都是瞎说八道！张小姐您想，这公馆里的老爷是多么精明的人？假若我没跟他时就有过什么乱七八糟的事，他还能容我在这里住这么十几年？还能跟我这么好？他走后哪回给二少爷来信，不问我们娘儿俩平安呀？张小姐您可千万别信那些话，那都是她们恨我，才造出来的。现在是没有包老爷了，要不然我真得告状鸣冤去！呜呜呜……"

梅素卿掩面痛哭着，又说："刚才我也听说啦！五小姐回来啦，这里的四少爷也回来了，老爷还许回来呢，要给二少爷办喜事。我明白，这是五小姐派您来探我，她们老想要借着哪个错处把我赶出去……张小姐，咱们姐儿俩平日是没冤没仇，大桂也常常想您，常逼着我带他找您玩去，您不可怜我也得可怜大桂……"

见梅素卿这样一哭，月梅反倒把眼泪止住了，她有些莫名其妙，不知这二太太由哪一点会疑心自己是丽雪派来的探子？同时她又有些怀疑:这二太太究竟是不是我的母亲呢?天下哪有遇合如此之巧的呢?我可也别错认了呀!

月梅擦了擦眼泪,又勉强笑着说:"二太太你别伤心!你也别胡疑惑我。这祁公馆跟五小姐那里的事情,都与我无干,我在五小姐那里住着不过是个客,她指派我做什么我也都管不着。现在你平心静气地听我说说。几个月来,自从我见了你之后,我的心里就存着个纳闷的事情,现在我要告诉你。我……"她先用泪眼向窗外望了一望,见没有人,才转过脸来,又悄声对梅素卿说:"我本是个孤女,没有父亲也没有娘!听人说我是三岁……"她流泪抽搐着,已悲痛得说不出话。

月梅刚要再往下去说,梅素卿却一手拿绢帕擦着眼泪,一手摇摆着,说:"您就别说啦!我都听说过啦!您是一家姓什么的暗门子养的人。可是,您也别再难受啦,别担心,当姨太太也挺好。"月梅不由得一怔,梅素卿又说:"您瞧这里的三姨太太多享福呀?天下像我这样苦命的姨太太能有几个?再说骏少爷的脾气又好,五小姐又不是容不下您,将来您也不至于受委屈。您暗门子出来的人,给银行经理的少爷做个小,也就算是不容易了!"

月梅听明白了这话,脸色不禁由红而紫,怒愤的情绪又冲了上来,倒打散了她的悲哀,她就收住泪正色地说:"二太太,你说的这是什么话呀?"

梅素卿带着泪笑了笑,说:"毕妈听这里二少爷跟人说的,骏少爷现在有了阔事,快娶您跟五小姐啦!听说是要文明结婚,三个人拜天地,您跟五小姐是两头大,一边儿平。可是我不信,我想五小姐一定不干,无论怎样您也得比她小一头才行,可是做个二房也就很不错啦!"

月梅生气地说:"胡说!这是谁造出来的谣言?是这里的二少爷亲口说的吗?"

梅素卿依然笑着,脸上也微微红了,她说:"我可没听见,是毕妈偷听来的,连厨房的李司务全都知道。二少爷跟人打牌的时候,常常跟人提到五小姐跟骏少爷您的事。他说什么:'马马虎虎吧,我决不管!柏骏青跟我妹妹、张月梅,他们早就同了居啦。'张小姐,这年头里没有人笑话,走在街上,谁看得出您是姑娘还是媳妇?谁又知道您是正的还是偏的?张小姐,我倒是很喜欢,我早就想给您道喜去,就是怕您年轻人脸皮薄。可是有一样,张小姐,咱们这是说私话,您伺候五小姐可要处处小心留神,一时的新鲜劲儿,她不能跟您吃醋;日子一长了,她可就……"

月梅跺脚说:"二太太你别说了!二少爷现在在家没有?我要去问问他,他为什么造谣言损害我的名誉?二太太,我跟柏先生不过是师生,跟五小姐不过是干姊妹,而且今天我已跟他们都决裂了!从今天起,我再也不认识他们两个人!"

梅素卿发着怔站起身来,因为见月梅生气了,她仿佛是要躲避开。这时忽然大桂跑进屋来,穿着一件肩膀已磨破了的小学生制服,大声叫着:"小姐姐!"又拉着月梅的手,说:"您怎么老没来呀?"月梅笑了笑,温和地说:"上次我来了你没有在家。"

大桂说:"我上学去啦!我们学校人多极啦,有好几万,老师也有好几万,校长是个烫头发戴眼镜的,跟我五姐姐似的。小姐姐,明年您也上我们的学校好不好?"

梅素卿就走过来说:"人家这么大啦,哪能跟你这孩子一起上学?你还不给姐姐道谢,人家给你买来了两盒月饼。"大桂急忙问说:"在哪里啦?"他跳上椅子,抓住了那两个盒子,就要揪断绳子,打开盒子去吃。梅素卿却把盒子抢过去,向大桂头上打了一巴掌,瞪着眼说:"下作!没脸!人家还没走,你就急着吃,真是活这么大没吃过月饼吗?你真给你那做官的爸爸丢人!"大概是这一巴掌打得很重,大桂咧着嘴就要哭。月梅见二太太因为自己送来的月饼打孩子,倒觉着很难为情,她赶紧过去温和地抚摸着大桂的头,并摆手向梅素卿说:"他一个小孩,可不是见了东西就要吃?你别打他!"梅素卿的眼睛瞪着大桂,也顺势瞪了月梅一眼。

此时月梅的心里更为难受,就想:我跟着五小姐住了这些日,原来外面就有了那些谣言,我还不晓得呢!可见就是有一些人没事时专爱造出许多坏话,污辱别人的名誉。她又偷眼看了看梅素卿,见这长得与自己很相像的憔悴的妇人,虽然她的处境极为可怜,但她的说话、行事又极为可恨,心里就想:她怎么竟是这样的一个人呢? 连句话都跟她说不清。我那渺茫之中的母亲,一定是个慈祥温和的可怜妇人,决不能是这样吧? 月梅因此心中渐渐灰冷,觉得这么多日以来一定是自己误会了! 自己因为急于要寻着母亲,而她又与自己有几分相像,于是就误以为是她,其实是错了,幸亏我没贸然认她!

月梅低着眼皮沉思,手就轻轻地抚摸着大桂的头,大桂被抚摸得竟破涕为笑,嘴也不咧着了,他回手就抱住月梅,笑嘻嘻地说:"小姐姐您今天别走啦! 咱俩玩一天,晚上供大月亮。妈妈昨天说带我当衣裳去,当了钱给我买大兔子,供上,咱两人叩头玩。"梅素卿在旁听了孩子的话,又转怒为悲,拿绢帕拭了拭眼角。月梅心中也一阵难过,就勉强笑着,答应道:"好吧! 今天我也没有事,我跟你玩一天,明天我再走。"

梅素卿却急忙过来说:"哎呀! 那可不成! 我这屋里可不能留下闲人! 您是个姑娘,可是一传出去,他们就能说我屋里留下个二十多岁的大小伙子! 不行,张小姐您可别给我招事,我现在跟寡妇一样,连大桂的同学,七八岁的男孩子,我都不叫他们进门,老爷离得远,我们得防口舌!"

月梅忍住气,冷笑着说:"其实我也不想真在你这里住,不过,我看着你太傻! 太冤! 你时时惦记着老爷,老爷可哪一点儿又对你好?"

梅素卿带着点儿气,反问说:"现在我们吃的是谁? 不是吃的是老爷吗? 无论怎么说,我跟他是夫妻,他是大桂的爸爸。别瞧现在没人理我们娘儿俩,可是这要是在前清,我就是一品夫人! 谁也不能给我们夫妻拆散了和气! 张小姐您是个外人,这话您更不应当说。"

月梅气得把大桂的手抬开,转身往外就走。才一出屋,听屋里的大桂又高声叫着:"小姐姐……"接着就听吧的一巴掌声,大桂就哭了。梅素卿在屋里又骂说:"不要脸! 也不自己照照镜子,你算是个什么人呢? 小骚……"月梅心中壅满了悲愤,就向外急急走去。

才一到前院,就见有个男子正站在廊子下等着,正是四少爷祁敬孝。他穿着一身亮闪闪的洋装,手中拿着个照相匣子,把月梅拦住,笑着说："密斯张,我回来一个多星期啦,早就想要看看你去!昨天晚上在东安市场,我看见丽雪在买月饼,她没理我,我因为上回跟她打过架,也没敢招呼她。请你回去向她问问,问她愿不愿意和解?要愿意我就看她去,无论怎样我们也是同胞兄妹。下月六号我二哥哥就结婚,她难道还不来帮着招待招待吗?"

月梅本来很厌恶祁敬孝,但是今天听他说话却很有情理,随就忍着刚才生的那些悲愤,点点头说："好吧!可是我现在不跟五小姐住在一起,以后见面的时候也很少,我给她去封信劝劝她就是了!"祁敬孝就惊讶着问说："怎么?你也跟丽雪打架了吗?"月梅勉强笑着说："我们没有打架,是因为我现在有了职业,在天津,所以有很久没跟她们见面了。"

祁敬孝说："对!你这样很好,跟他们在一起混,还能混得出好来吗?柏骏青是穷无赖,我妹妹是女流氓,你跟他们在一起,连你的名誉都坏啦。好!没事时你最好能常来,咱们交个朋友吧!来,我先给你照一张相!"说着他就伸手去拉月梅的胳臂,叫月梅走下廊子好由他拍照。

月梅生气地使力夺回胳臂,敬孝却又笑着说："照一张没关系!因为我这一回到北京来,我们那剧团又要复活啦,现在正在物色人才。来,照一张!我这是新买来的康泰斯镜箱,照出来一寸大,能放二尺,我给你多放几张。"月梅摇摇头,一声也不语,闯过去就急急地往外走,后面的祁敬孝还说："喂!密斯张!你现在在哪里住呀?"月梅却已走出了大门。

因为这半天气得她头昏心急,大门的石阶又高,一个不留神,她几乎由石阶上跌下来,幸亏站稳了脚步。月梅胸前急剧地喘息着,泪由颊间往下直滚,用绢帕一拭,被风一吹,就觉得脸上十分的凉。她茫然走出胡同,眼前又看见了黑雾滚滚的人群,耳边又听见了隆隆的车声。天还是那样高,马路还是那么长,别人还是那么欢喜,无线电还是那么助兴地高唱,但月梅却在想:我往哪里去呢?找谁去呢?走到哪里才能不受欺凌、嫉妒、污辱和损害呢?此时只有刘先生那里一个去处了!刘先生自然能够热心帮助我,但我怎能忍心去累及他一个贫病的人呢?

她忍不住汪然的泪水,抑不住悲痛的心情,迈不开沉重的脚步,但是又不愿让许多人看见她在哭,让别人笑自己为弱者,疑自己在乞怜;她就想要穿过马路,进到一条僻静的小胡同去。当她这矮小而沉重的躯干,晃晃悠悠地移挪到马路中间,就听轰的一声,像是一座高山倒了,恰恰把她压在了底下;又像是一只猛兽来了,用尖利的牙齿紧紧地咬住了她。她就觉得非常痛苦,身体失去了自由,口中喊不出声音,眼前金星乱迸,什么东西也看不清了。她凛然地感到:是要死了! 立时就像有一只黑手把她的两眼遮住,喉咙也被扼住了。

这时,一大群人都跑到马路上来,警察嘘嘘地吹起口笛,就见前面有一辆摩托车嘟嘟的屁股后头放着黑烟,像一只咬完了人的狼似的跑远了。这里月梅的身子趴在柏油马路上,衣裳已被划破,脸上也流出血来,鲜红的血汪汪地流淌着,就像是一条凄惨宛转的河流。看热闹的人群里就有人说:"轧死了吧? "

远处口笛声又鸣叫了几下, 两个警察拦住了那辆肇事的摩托车,又都跑了过来。一个拿着木棒驱逐围观的人,一个赶忙到附近去打电话。那些看热闹的人却都舍不得不看完这出惊险的好戏,虽然被警察的棒子驱逐着,但他们只上了人行道,依然一层一层地伸着脖子看,并且越聚人越多。往来的电车、汽车也若无其事地由血迹上轧过。有人力车上的太太由月梅的身旁经过,扒着车沿低头看看,说:"哟! 是轧死了一个小姑娘! "然后也不太关心地过去了。

这时月梅的身子忽然抽搐了几下,就有看热闹的人说:"活啦! 活啦! 大概还许有救儿! "

从北边又飞驰来一辆大汽车,车身是白色的,上面画着红十字,并写着"市立内城医院救护车"。来到临近车停住了,由车上跳下两个身穿白衣裳的男护士。这就好像是一出戏中最紧张的一幕,所以看热闹的人都恨不得腿上绑起来高跷,都伸脖企足低着眼皮去看。当两个男护士从地上把月梅抱起,就见她的身下还压着一汪血,衣服已经染红。她的长发披散着,眼睛惺忪着,睫毛下覆着,手脚低垂着,就有看热闹的人发出啧啧的声音，说："还很漂亮！"警察又拿木棒驱逐看热闹的人，喊着说："还不走！这有什么可看的？"月梅那垂死的身躯已被抱上了救护车，那辆车就开走了。

街上仍然热闹，但那些看热闹的人都散开了，镜子一般的柏油马路上空留下一汪鲜红的血迹，令人疑惑是刚才在这里处决过罪人。因为来往的车辆是太多了，尤其是汽车，轮子上有凹形的花纹，所以那血迹巧妙地给地上印出了许多美丽的图案，使得行人们都不禁会低头看上一眼。但时间一久了，那些图案也就渐渐模糊，血迹也变成了黑色。到了晚间，街灯明了，这血迹已经辨不出了。东方拱出来一轮团团的月亮，白中透红，好像富翁发胖的脸蛋，大街上越发沸腾起来，人更多，声音也更杂乱了。

这时在一条冷清的胡同里，有一排宽大的平房，门前挂着"市立内城医院"的木牌。门灯虽还明亮，可是里面却是暗暗的，各屋中都没有灯光。因为在这中秋佳节，不要说医生和看护都回家团圆去了，就连那些病人也都不愿在医院过节，都提前搬出去了。在普通病房，那三间通联着的屋里，只开着一只光度极弱的电灯，只有一个二十来岁的女护士，坐在搁着许多手术用具的白漆小桌旁，嘴里嚼着月饼，手里捧着一本小说看。

这三间屋内的病床有十几张，但多半空闲着，只有两张床上有病人。这里所收容的多半是属于外科的，不是在街上被车撞伤的，就是遇见意外灾害幸而没死的，而且因为他们都不能出外过节，就可见多半是些漂流无所的可怜人。室中除了有强弱不同的呻吟声之外，就是那位女护士的吃月饼声和翻书页的窸窣之声。外面的明月已渐渐升起，照到当院，把院中许多花木的影子都投到了窗上，参差杂乱的影子在澄洁的月色里颤动，现出一种神秘的情调。

忽然，有一张床上的病人哭了，起先只是抽搐着的哽咽声，后来竟呜呜地哭了起来，越哭声音越大、越惨。这是个女孩子的哭声，是月梅，她就像是由死亡中又苏醒过来了。但身体的痛楚她受不了，生活的道路她寻不着，那些侮辱、伤害她无法忘，她不由得要痛哭。远处坐着的那护士却不耐烦了,一边嚼着月饼,一边呵斥着说:"别哭!痛可没有法子,忍着点儿吧!"月梅赶紧把哭声压低了些,但仍悲哽着。

隔着两张床有个病人,是个老妇人,大概她的伤是快好了,所以还有精神说话,她问说:"姑娘,你叫汽车撞了,你家里的人现在还不知道吗?"月梅哭着说:"我没有家!"老妇人叹息了一声,那边的女护士又说:"不许说话!各人养各人的伤!"

月梅哭泣了一阵儿,便也止住了,心中却很忧虑,就想:倘若我成了残废,断一只胳臂或短一条腿,那我还怎么去寻找自己生活的出路呀?又想:我的母亲到底在哪里?假若是祁公馆的二太太,为什么她成了那样的一个人?其实她无论怎么不好,那正是她的可怜,我不能因此便不爱她,但是她为什么不肯认我呢?

悲伤如同一种有腐蚀能力的化学液体,把她坚硬的心弦给揉得又软又细了,她不禁想起了柏骏青,感觉到自己有一种热烈的祈盼,祈盼他能闻信前来,能站在自己的床前说一句:"月梅,别难受!过两天会好的,也不至落成残废!你还是个小孩子,我是你的老师,只要我们自身光明、磊落、纯洁,不要管别人说什么……"那么自己就会感到很大的安慰,心上和身上的痛楚也会减轻些。但是又想到骏青现在已经得了神经病,自己应当挣扎着去看他才对……想来想去,她觉得身体十分疲乏,就睡去了。

在梦中,她觉得小高抡着一条皮鞭,向自己的身上狠狠地毒打,那个胡太太还用指甲狠狠地掐自己,全身疼痛极了。又梦见有许多的狮子都张着大口向自己来咬,而柏骏青不顾生死地把自己由狮群之中救出,他就像电影上的人似的,抱住了自己,把他的脸贴近了自己的脸上,自己脸觉得发热,心也觉得直跳。

一夜之内她做了许多可怕的梦,醒来时还能够模糊地记得。这时天已经亮了,屋中已有了两个女护士。待了一会儿,外面又送进来七八个病人,听护士们谈话,月梅才知道,这些都是在昨晚中秋节受伤的。有三个是火灼伤,因为房子失慎了,她们被烟熏得没有逃出。虽然经消防人员给救了,幸而没有葬身火窟,可是也受伤颇重,全都不住地呻吟喊痛。还有一个穷妇人是昨天被债务逼得无法,一时心窄,她就拿菜刀抹了脖子,听护士们谈说,这个人很难有活命的希望。另有一个更为危险,也是个妇人,本已有了七个月的身孕,但昨夜她的丈夫酒醉归家,因细故打了她几拳,踢了她几脚,就把胎踢落了。这妇人还有个四五岁的女孩子,在窗外哭着叫妈,护士们却不许她进屋。

雪梅因为耳边听了这些比自己更苦的遭遇、更重的创伤、更悲惨的呻吟,倒觉得身上这点伤、这点痛楚是不足介意的了,她只是盼望着医生快些前来,好向他打听打听,自己能否落成残废。

这屋里也没个钟表,大概这时还没到上班的时候,所以护士们可以高声地随便谈话。月梅忍着痛楚等候着,旁边却有人等得不耐烦了,就哎哟哎哟地喊着说:"大夫怎么还不来呀?"护士答复道:"等着!到九点才能来呢!不准嚷嚷!"那病人惨凄凄地说:"我痛!"护士说:"受了伤没有不痛的,你就忍着点儿吧!"两个护士又彼此笑着谈着。月梅虽羡慕她们,但更想到自己和那些病人的不幸。

时间就像是故意在跟这些负伤待救的人作对,她们连续不断地呻吟着,而时间却好像根本没往前走。等候了许多时间,才走进来两个穿白衣服的医生,身后还有两个女护士。他们就像天使似的,一进屋来,病人全都止住了呻吟,只有那个性急的人说:"先生!先给我看吧!"一个高身材的医生说:"等着,挨着次序来,反正谁也忘不下。"接着就只听施手术时,那病者的咬牙忍痛之声、呻吟之声、撕扯绷布的噌噌响声,以及护士在旁劝说的恐怖言语声:"忍着点!"月梅不敢用眼去看,也不忍用耳去听。

半天,才轮到了月梅这里,月梅不禁落下两行感激的眼泪,由着医生给她清洗右臂、胸前及头上的各处伤口,然后上了药,由护士给缠上绷布。月梅就仰着脸,睁着泪眼问医生说:"大夫!您看我这伤能够落成残废吗?"说出了这话,她就悬着心静听着。大夫却像没有听见似的,转身又往别的病床诊治去了,月梅便不敢再问。

又待了一会儿,就有个穿西服的人进屋来,手里拿着一支钢笔和一个本子。他走到月梅的床旁,问说:"你叫什么名字?"月梅说:"我叫张月梅。"那人随手向本子上去写,又问:"哪儿的人?"月梅说:"北京人。"又问:"在哪儿住家?"月梅惨凄凄地说:"我没有家。"那人一怔,问说:"你没有家,可在哪儿住呢?也没有个亲戚熟人吗?"月梅说:"有一个熟人,西城水车胡同庙里的刘醉生先生,他是我的老师!"那人记上了,就出屋去了。

月梅在这里静卧着,到了吃午饭的时候,有女护士给送来半个馒头、一块咸菜,喝水倒是只要央求护士一下,就可有半杯凉开水喝。那个高身材的医生进屋来了好几次,可都是去照顾别的病人,并没理月梅,由此,月梅就知道了自己的伤是并不怎样严重的,所以医生才不太关心自己。她又想:大概一个星期内外我就可以出院了,可是出了医院我往哪儿去呢?

又愁烦了半天,刘醉生就来了。刘醉生的病像是已经全好了的样子,只是脸上很清瘦,但头发推得很平,脸也刮了,留了一点胡子。虽然还是那件旧驼绒袍子,可是上面罩了一件洗得很干净的蓝布大褂,不过下摆比驼绒袍子要短半截。一个护士带着他进来,月梅就说:"刘先生!您瞧我,差一点没叫汽车撞死!"

刘醉生看了看月梅受伤的情形,就说:"大概不要紧!你放心吧,不至于落成残废。我这两天没见着你,我就很不放心。今天早晨我到琳琅书店去打听,见了薛璧城,他就对我说:骏青跟丽雪前天都回来了,可是昨天你们又打了架,骏青是生着气上西山去了。丽雪给了你一百块钱叫你过节,你大概是认为侮辱了你,就都分散给了老妈子,负气而走啦!"月梅有点抱愧似的说:"不是那样!"刘醉生说:"我劝你小小的人,做事不应当那样!自杀更是弱者的行为!"

月梅眼里又要落下泪来,她忍了忍,说:"不是,是我走在马路上没留神,叫一辆摩托车给撞昏过去了。昨天我觉得伤处很疼,今天倒是好了一点啦!刘先生您的稿子忙吗?"刘醉生摇头说:"你倒不必关心我,就是你的伤养好之后,还是回祁家去为是。还有,刚才我接到这医院的通知之后,我就赶紧先到了琳琅书店,给西山骏青那里打了电话,催他快些进城来看你!"月梅赶紧说:"不!我决不再见柏先生!"说毕了这话,她就紧闭着嘴,垂着睫毛,睫毛上挂着泪珠。

刘醉生不禁怔了一怔,就皱着眉为难地说:"可是,非他不行! 这医院是官立的,病人多,大夫又有限,把你夹杂在这些病人之中,你是不会很快就好的。我知道这里的外科主任是缪大夫的同学,叫骏青去托托缪大夫,缪大夫再转托这里的外科主任,你就可以受到些优待。"

月梅冷冷一笑,说:"刘先生,我不过是街上抬来的一个病人,和别人也都是一样,怎么我们有人情就可以受优待,别人却不能? "

刘醉生摆手说:"我不是那意思! 你别以为我是要叫你在此享受特殊权益。刚才你一说那话我就明白了,在骏青与祁丽雪之间,你实在是难以相处! "听了这话,月梅那没裹着绷布的脸颊上就有点微红,刘醉生又说:"骏青呢,只要是我见着了他,我当然极力不叫他来。可是听薛璧城说,骏青从青岛回来,仿佛有点神经失常的样子,他若是怔来了,我可也没法子。不过刚才在电话里我已跟他说明,叫他去托缪大夫。我并且给他出了个主意,叫他不但托缪大夫转托这里的外科主任,多多关照你,并且还得叫这个外科主任做介绍,等你在这里养好了伤,就在这里做护士! "

月梅说:"咳! 这哪能办得到? "

刘醉生连连说:"办得到,办得到,绝对办得到! 骏青跟缪宝生很有交情,他说的话与我这人微言轻的又不同了。而且只要骏青一托付,缪太太先得在旁拍手赞成,我可没有那种力量! "月梅倒不禁纳闷。

刘醉生又说:"刚才在电话里,我听骏青说话倒还清楚,所谓神经病云云,大概是过甚之辞,未婚夫妻在海边打了架,受了点刺激那倒许是真的。以后我希望他们快些结婚,一同回汉口去就算完了。你呢,现在因为各方的误会还没有解开,暂时可以与他们疏远一点,但旧日的好处却不可全忘,做事也不可过于绝情! "月梅嗯嗯地答应着,刘醉生又说了几句话就走了。

此时月梅心中的忧烦倒是减去了一些,可是又怕骏青来。她就想着:将来骏青跟丽雪结了婚,自己一定要给他们去贺喜! 以后他们若回汉口或往别处,自己也要常给他们去信;若是他们还在北京呢,那时我再看他们去，也就不至于落闲话了，丽雪她也不至再疑忌我了。只是对刘醉生所说的，由缪大夫那里托人，叫自己病好了之后就在这里做护士的话，她还是不大相信，想着：那也太容易啦！太离奇啦！

到了四五点钟时，早晨给月梅医治的那个高身材的大夫又进屋来，向月梅笑着说："你就是张月梅吧？"月梅答应一声，心里知道这就是那位外科主任，缪大夫的同学了。这个外科主任就和蔼地说："你的伤很轻，不要紧，不能成残废。头上不过是叫摩托车划了一块伤，好了之后连疤也不会有。"月梅笑了笑，心中很舒服。

那位主任又跟护士说了几句话，就出屋去了。那护士便走过来，向月梅悄声问说："你怎么跟金主任认识的？"月梅倒觉得很羞愧，说："是间接认识的。"护士点了点头，又问："你不喝水吗？"月梅说："我倒是不渴。"护士就笑了笑，说："要什么你可言语，别客气。"

月梅答应了一声，脸通红着，仿佛自己做了什么错事似的，心说：我现在所受的就算是所谓的优待了，我是多么侥幸，而那些受不到优待的人又是多么可怜呀！因此她就暗暗发誓：倘能自己以后做了护士，一定要一视同仁，并且越是那穷苦无告者，自己越要加以照顾。

过了些时，晚饭就送进来了，晚间倒没有什么优待，还是馒头咸菜，不过多添了一碗白米稀饭。有个高身材的护士还把衣服口袋里的糖果，掏出两块来给她。这时屋里有四个女护士，都来问月梅的姓名，都跟她很亲热。

饭后，天色就黄昏了，屋中也开亮了电灯。屋中留下了两个护士，一个在远处看小说，一个在旁边低声跟月梅谈闲话。又过了些时，忽然另有一个护士跑进屋来，说："张月梅，这里有你的一封信！听号房的人说，是刚才有个穿西服的男子送来的。"月梅不由得一惊，就把信接了过来。一个护士躲开了，另一个就把那剪绷布用的剪子递给了她。月梅微微抬起那只没有被轧伤的左臂，剪开信封，抽出信纸来看，就见上面是用蓝色钢笔写的：

月梅：

　　今天午间我接到刘先生的电话，知道你被摩托车撞伤了。我就赶紧进城来，先见了刘先生，知道你的伤并不重，我就放心了。但是，我又是很伤心的，我们的纯真友谊，怎会遭人所忌以至于此呢？一年来，我们相誓共同为生活而挣扎，但到现在，究竟挣扎出来些什么呢？我自己的堕落是应该的，因为我因循敷衍，一错再错，但你却是为我所累。假若根本没有我，这许多日来你早已获得了光明的前途，早已有了自由快乐的生活，不至于身上负了这些污辱和损害。

　　月梅，今天许多人听说你被车撞伤了，都认为你是有意自杀的。可是，我却向他们冷笑，他们那些人哪能知道你的坚强呢？你是个铜铸的美丽圣像，我知道伤在你的身上必不痛，死在你的眼前必不流泪，加一番锤炼，你就更增一分坚强。月梅，你觉着我说的这话对吧？

　　我还要告诉你，我的神经一点儿也没错乱，你千万放心！我更要告诉你，我们之间一点儿也没有误会。前天晚上在公园里你走后，我一个人在长美轩哭了一场，但后来我就不哭了。我知道两三句言语的冲突，在我们的友谊之中有如在平静的湖面上投了一块小石，不过微微泛起一些涟漪，霎时便恢复了原状，而且愈增其美。因为我们的友谊是人间最美至上的友谊，我们的两颗心是永远彼此相系，长相通的！

　　好了，话不必多说，说也说不尽。刚才我已把你的那些事都托付了缪大夫，这点事在缪大夫是很容易办到的，所以当时他就在电话里跟金主任商量好了，将来，你的伤痊愈了之后，就可以在那里做护士。以后你是怎样做事，怎样对人，怎样待己，也都不必我来叮咛，我相信，你一定比我叮咛的还做得好。

　　这封信我就是在缪大夫处得到圆满结果之后写的，打算亲自送交医院的门房，但我决定不进去看你。月梅！你别以为我是会悲哀的。在黄昏小巷之中，投了一封珍贵的信，却见不着咫尺之内病床上的心目中的人，而茫然地踽踽走去，这若是情人是值得悲哀的，但我们绝不是情人。自从相识到今日，以及将来、永远，我们的关系上，是没有半点的浅薄的爱情意味，我之所以认为是"最美"，是"至上"，便即因此。

月梅，我走了，我们再会吧，也可以永远无须再会了吧！但是我们的两颗心和精神是时时紧依的！

祝你即愈，永久健强！

柏骏青

月梅的眼泪似涌泉一般地流，心里比被车撞轧更疼痛，她的头向枕下颓然歪倒，手中紧紧地握着信纸，忍不住哭出声儿来，暗叫了声："柏先生！"旁边的三个女护士都惊讶地看着她，一齐走过来问说："怎么啦？是谁给你来的信呀？"月梅抽搐着，咽哽着，说不出话来。有个女护士就把信拿过去要看，月梅却伸出左手哧的一声夺了过来，压在身底，带泪娇笑着说："你们别看！"有个女护士就拍手笑着，推着旁边的人说："走开，走开，看人家的信干什么？"那两个女护士也像是明白了，她们就走到一边低声谈论着，并不时向月梅这边来看。

月梅起先还是脸上一阵阵地发热，后来，她用左手拿白布被罩拭干眼泪，抽搐也缓和了一点，她就正色地低着目睫，抿着嘴唇，往远处去想。她想象着那身材挺拔、面宠清瘦、衣服不整、精神不振的一条身影，踽踽地在明月下秋风里，绕着小巷慢慢地走。不知他是走往哪里去了，是回西山还是回府右街？或是回到马圈胡同？他千万不要也被汽车撞伤了呀！他的心肠是多么热，他的身边可又多么冷呀！以他那样的人，无论是脾气、意志，还是其他什么，都是不能与五小姐相和谐的，无怪！但他们以后可怎么办呢？……这一夜，她的脑里一直思念着骏青。

过了一个星期，除了刘醉生来看过她一次，就再也没有什么人和信来。这医院中外科的金主任和一位黄大夫全对她很好，几个女护士也都跟她熟了。月梅知道那个高身材的名叫吴淑凤，那个高矮与自己差不多，可是年龄大上三四岁的是叫姚丽媛，还有一个扁脸的，脚下有时穿半高跟皮鞋的是叫李志贞。因为月梅说话和气，又有金主任关照，所以护士们也就把她当作了女伴。吴淑凤时常给她糖果吃，李志贞又把小说借给她看。姚丽媛是在外边有个男朋友，有时给她的朋友写信，总要向月梅问几个生字，并且因为月梅的右臂已经动转自如，绷带也解开了，她就拿来毛线叫月梅帮她织。所以月梅虽然终日坐在病床上，倒是颇不寂寞。

前后约有半个月，月梅已经伤处痊愈，除了右臂上留下了一点小小的疤痕，别处都没有什么。当她下了病床，头上和身上所缠的东西全都解去之后，她倒发起愁来了。因为自己身上的衣服都已被汽车划碎，又染了不少的血，已不能穿了；现在所穿的是一件白绒衣、一条线裤，这是拿自己衣袋里的钱，托这里的人给买来换上的。她又怕在这里做护士的事不成功，待会儿外科金主任就许叫她出院。就想：我这样儿出了医院，可往哪里去呢？

屋中是一个与自己不甚熟识的女护士，这人年有三十多岁了，姓汪，平日虽然知道月梅有金主任照应着，可是她永远没对月梅笑过。她不常在这屋里值班，可是只要她一来，月梅就对她怀着惧意，并且听姚丽媛叫过她"看护长"。当下月梅就向这姓汪的女护士笑了笑，问说："看护长！我是这就出院呢？还是有别的事呢？金主任来了吗？我要见见去。"姓汪的女护士绷着脸儿，她这脸儿生来就这样，无论是生气或喜欢，永远是一个表情。她没有一点和气地说："等着！吴淑凤给你问去啦！"月梅答应了一声，就轻轻地来回走着，眼睛看着小白桌上放着的那些消毒药水、绷布、脱脂棉、剪子、镊子等等，心说：我看了这些日，也学得差不多了，大概让我现在拿起来做，也不难。

少时吴淑凤进屋来，说："金主任叫你！"

姚丽媛也从后面跑进来，她拉住月梅的胳臂，笑着说："你先跟我来穿上我的衣裳，再见金主任去。"月梅脸红了红，就跟随姚丽媛推开了墙壁尽头的一个木门。这屋里什么东西也没有，四壁惨白，窗上玻璃也用纸糊得很严，姚丽媛笑着说："这是太平间，那天他们把你送来时，你若过两个小时再缓不过气儿来，就该送进这儿来了，就要招你家里的人领尸了!"月梅就感到一种阴森气扑到身上。姚丽媛就由她的白衣裳里面脱下一件花旗袍来，交给月梅说:"你快穿上，快去，准保有喜信儿!"月梅笑着，很不好意思地把这件花旗袍穿上。

吴淑凤推开太平间的门，嘴里含着糖果向里面说:"你们俩在这儿干什么啦?快着点，金主任在那里等着呢!"姚丽媛在屋里咯咯地笑着，月梅就揪平展了衣服走了出来，吴淑凤又把一块柠檬糖塞在她的手里。一出屋子，月梅就觉得身子一摇晃，天气也更凉了。她的心里又很担忧，害怕见了金主任，金主任却说:"你先回家去，过两日再来医院当护士!"那自己立时就无处投奔了。

第三十二回　小小的护士

　　走过了一重院落，吴淑凤把月梅送到了一间屋子的门前，就悄声说："你进去吧！"月梅手里拿着一块柠檬糖，抬头看了看这屋门前挂着的牌子，是"院长室"，不禁心中更是突突地跳。她轻轻一推门，见金主任穿着手术衣在屋里，他向月梅指指办公桌后，一位穿西服的有胡子的人，说："你见见！这是林院长。"月梅向林院长深深地鞠躬，林院长也欠欠身，带着笑说："你的病全好了吧？"月梅恭恭谨谨地说："全好了！"

　　院长就说："上次金主任跟我谈说过，昨天在医师公会我又见着了缪大夫。他说你是个孤女，出了医院就没地方去住，叫我给你想个法子，我已然答应了他。这里有个护士训练班，虽然已经开学一个多月了，你还可以加入；一边听讲一边实习，半年之后就可以做本院的正式护士。这里有饭食，管衣服，就是因为院址不敷用，还没有宿舍，你可以在她们上夜班的休息的屋子去住。还有一张保证书，需要找个在本市有职业的人盖章，这是规定的手续，缪大夫已替你作保了，不过我应当告诉你一声。还有，做护士这事看着很简单，其实是一件很不容易的事，须要有耐心，有牺牲自己救助他人的精神。本院规定的是收十六岁以上的，听缪大夫说你只有十四，可是我见你的身体还强健，金主任又说你也很聪明，那么在保证书上就给你填了十六岁；只要以后你好好地学习，好好地做事，就有希望！"月梅一声声地答应着，心里非常喜欢,但又有些难受、惭愧!

院长说完了话,金主任就推开门,指着东边说:"往那边去就是护士休息的屋子,你先到那屋里等候去吧!"月梅回过身去,又向林院长、金主任深深地鞠躬。出了屋子,她就觉得那块柠檬糖都粘在手上了。

此时满院的阳光,照着她愉快的心情,廊下的几把椅子上坐满了候诊的贫苦憔悴的病人,她就发誓一般地想着:我现在是幸而被救了,脱离了困境,踏上了坦途,但我以后要尽最大的力量,帮助这些不幸的人! 使这些愁病的人也都能减轻病痛,得到安慰!

这处医院完全是官费开办的,所以不收诊费,连挂号金也没有。病房只分单间和通间,也不分什么头二三等。因为经费有限,房屋不多,所以只分内科、外科、产妇科三个部门。月梅上午在后院随堂上课,学一些简单的医学知识,下午就被派在外科实习。

外科只有三位大夫,一位是金主任,一位是黄大夫,这两人不但治创伤,还兼治皮肤花柳,有时还管注射传染病的预防针。另一位苏大夫,是专治眼病和耳鼻咽喉科的。每天北京城不知要发生多少起凶杀、自杀、失慎火灼和被车辆撞伤的事情,只要是受伤的人没断气,警察就往这里送,这里也有救护车专门去拉,所以外科是特别忙。月梅住过的那间病房里永远是满满的,只要从那窗前走过,就能听见一片凄惨的呻吟之声。走进屋去,那一个个伤残的面目令人不敢直视,那伤口更叫人不敢去瞧。男病房里有小生意人,有苦力,有洋车夫,有野孩子;女病房里也有乞妇,有娼妓,不过无论他们是怎样的人,在这里却没有一个不老实的。他的目光本来或是很凶恶的,但一见了大夫或护士,就变得温顺、乞怜,像小孩子对母亲一般。他们的言语本来或是很粗野的,但一见了大夫、护士,就变得恭谨、哀婉,他们会说:"请问大夫,我的这条腿还能保得住吗?"对于护士也总是请求着:"劳驾小姐!赏我一碗水喝吧!"

在女病房里轮流值班的是吴淑凤、李志贞和姚丽媛,月梅跟一个叫毕淑芸、一个叫程素英的,不过是初来此练习。吴淑凤她们做护士做得年久了,看惯了病人的痛苦,认为是应该的,是不足关心的。毕淑芸和程素英却是连看也不敢看，一进屋来，她们就恨不得把眼睛闭上。月梅因为在这里住过些日，所以对于痛苦的脸腔和凄惨的呻吟，她还不十分惊异，可是当她见金主任用剪子割下那病人身上的烂肉，又敷上那顶刺激的药时，她也不禁眉皱心紧，如同疼在自己的身上一般。

　　一个星期之后，月梅在课堂上已学到了一些简单的医学知识和救急法，在实习室中也可以帮助点点酒精灯，剪剪脱脂棉了。她手中本来还有二十几块钱，就买了一双平底的黑帆布鞋，又做了两身小裤褂、一件青斜纹布的棉袍，买了几双袜子，手中便所余无几了，她就下决心不再花零钱。因此吴淑凤就渐渐不悦，背着她向人说："从打她来这儿养病的时候起，净是糖吃了我的有多少？花生、瓜子、点心都还不算。刚才我叫她请客，叫她买五毛钱的栗子，她都不干，哼！她净知道吃人家的。"李志贞在星期日那天叫她去请看电影，月梅也说是没钱。星期一李志贞来了，就故意地气月梅，她拿出电影说明书来，说："嘿！你看！你不是不请我吗？还有别人请我呢，《绝代艳后》！瑙玛希拉长得真美，这个片子你要是不看，这辈子就算白活啦！"

　　因为月梅的年龄比别人小，身材也比别人低，愈显得她雪洁、玲珑，别人就含着妒意给她起了个绰号，叫"小白鼠儿"。但月梅无论别人怎样讥笑她，甚至背地里辱骂她，她也是忍着气，只是笑一笑，连还言的时候都很少。在没有工作的时候，她就独自躲在一个角落去看讲义，心静得如一弘池水。有时偶然撩起往事的波澜，想要得暇看看丽雪去，但又怕在那里遇见柏骏青。想要背着人给骏青写一封感谢的信，但又想到早先柏先生曾在信中说过："你也不必给我写信，只用你的行动回答我的期望好了！"因此她就更专心、更奋勉，只愿自己受完了训练之后，做一个标准的护士。

　　这日下午，月梅才出了实习室，忽见院中有个穿着兔皮大衣的矮小的少妇，原来正是陈蕙如。月梅就迎过去笑着叫说："薛太太！"

　　陈蕙如也迎过来，打量着月梅这身白衣裳，笑着说："真漂亮！"月梅拉住陈蕙如的手，问说："薛太太你是干什么来啦？"陈蕙如说；"我是来看你！我早就想来看你，只是你知道，我是没有一点工夫的。"

月梅说:"我也是没有工夫!一天忙到晚,又要听讲又要实习,礼拜也有工作,要不,我早就看您跟五小姐去啦!"说着话,扭头向那间"候诊室"里看了看,见那里没有人,她说:"薛太太您请到那屋里坐好不好?"陈蕙如说:"你的工作完了吗?"月梅说:"今天白天的工作算是完啦,晚间再温习温习功课,有时帮助人上上夜班。"陈蕙如笑着,随月梅走进了候诊室,就坐在木条儿钉成的长椅子上。

陈蕙如点着烟卷吸着,说:"刘醉生从老早就托我来看你,他说他没工夫常到这里来,我也是太忙,就给忘了。今天早晨骏青从西山给书店打电话,向我问你的近况如何,我这才想起来,现在才择出一点时间来看你。"

月梅心中又掠起来一阵悲痛,她斜着头,关心地问:"这些日子,是不是柏先生不常进城来?"

陈蕙如微微叹着,说:"他们的事情真难办!两个人既不结婚,也不解除婚约。上个月骏青进过一次城,到丽雪家里去了。当着人,他们是感情很好的样子,可是旁边一没有了人,他们就又争吵。争吵时听说是什么话都能骂出来,可是待一会儿两人又许抱在一块儿痛哭,这个说那个是疯了,那个可又说这个神经失常。据我看他们都是有福不会享,等到把丽雪手中的那几个钱弄完了,柏骏青的事再闹丢了,他们也许就好了!"

月梅皱着眉说:"我很关心他们,因为没有他们我也不会有今日,我早就想去看看五小姐!"

陈蕙如点头说:"你是应当去看看她的,她对你虽有一点儿误会,但我平心说,那确实也怪你。八月节那天她给了你一百块钱,她真没有别的用意,因为她拿出一百块钱,就如同我们拿出一块钱似的,是不放在心上的。可是不知你疑惑到哪儿去啦,你就全都分散给了孙妈、余妈,然后不辞而别。等孙妈她们打开了钱包儿一看,都吓了一跳,这件事实在令丽雪难堪!"

月梅低着头,懊悔地说:"过后我也觉得是我错了,我很后悔。这些日我没到五小姐那里去,一来是忙,二来是我觉得无颜再见她。"

陈蕙如说："但她却没有忘了你，只是因为她要故意表示刚强，所以自你走后，她就决不许人再提说你。前天晚间我在她那里，见她服了半片安眠药之后还是睡不着，我是因为晓得她已有两天未得安睡了，她不睡熟我也不能走。她躺在床上，我坐在她的身旁，破天荒第一次她竟对着我痛哭了。她说她对人用的都是真心，可是换来的尽是些假意。她说她是嘴强心软，明知骏青对她感情冷淡，可是她的心里仍然是热热的，总是留恋不舍……由此她就说到你了，她说你比她强，一言不合，便能割断了多日的感情，再也不反顾！"

月梅流着泪说："这也是五小姐误会了我，我哪能那么没良心呢？只是，薛太太您也决想象不出，我在柏先生和五小姐之间真有绝大的难处，我说不出来！所以我没有别的法子，只好暂时离远了他们。"

陈蕙如说："我知道，近来丽雪把她心里的什么话都对我说。前天晚间她对我哭了一阵之后，又对我说：她愿意远走，她要委托你跟……"说到这里，她又把话顿住了，咽下了下面的话。

月梅却拭泪说："最好五小姐要走，也叫柏先生随着走！"

陈蕙如说："他们哪有钱呢？你可别跟外人去说，这几个月丽雪把她手里的几万块钱都花完了。前天晚上她叫我把她的一件黑狐大衣夹出去，昨天给她当了三百五十块钱，可是她上了一趟市场就花了二百多，这可怎么办呢？我劝得嘴都要磨破了，她还是不听，出入还是非坐汽车不可。她愈是这样，跟骏青就愈合拢不来；愈是合拢不来，她愈要这样做！"月梅也不禁叹了一声。

陈蕙如又说："我一个人劝她是半点效力也没有，我也没有更新鲜的话去对她说了。有工夫最好你去看看她，先作普通的探望，先把她对你的误会解释开，然后你再慢慢地劝她。这没法子，谁叫你们是干姊妹？你就得勉为其难。"

月梅点头说："好吧！可惜我在这里不能随便出门，只好等到礼拜日下午，我才能出去看她。"

陈蕙如说："忙倒是不忙，只要是心里记住这件事就是了。你需要什么或短少钱花，我可以先借给你，没有丽雪跟骏青，我们也照旧是朋友的。"月梅点点头,说:"我在这里倒是没有什么需要的,谢谢您,很远的又到我这里来一趟。"陈蕙如就说:"不客气。"她掐了烟头,站起身来,说:"我走了,那件事就那样办了,以后有什么事你就给我打电话好了!"月梅连声答应着,送陈蕙如出了屏门。

陈蕙如走后,月梅还站在屏门不住地拭着眼泪,心中很感激地想着:这些人都屡次帮助我,时时关怀我,在冷淡的人情之中能得到这些温暖,也就不易了!究实说,我一个卑贱人家的孤女,倘若没遇见柏先生和五小姐,我能认识谁呢?谁能帮助我呢?现在五小姐快要受穷了,柏先生还不跟五小姐好,我能只为了自己避免嫌疑,就对他们坐视不管吗?于是月梅就打算追上陈蕙如,告诉她自己待会儿就看五小姐去,可是跑出大门向两边一看,已不见了陈蕙如的影子,大概她已走远了。身后那号房里的老头子便说:"进来吧!校长有话,刨出礼拜下午,不许在这儿住的学生出门口。"月梅又赶紧进门来,脸红着到了里院,打算去见金主任,向他请一会儿假,可是却找不着金主任。

这时吴淑凤在廊子下点手叫她,月梅走过去,吴淑凤就问说:"刚才找你来的那穿皮大衣的女的是谁?"月梅说:"那是我的一个朋友,姓陈。"吴淑凤说:"你叫汽车撞了才进院时,你说你是没有家,也没有朋友,现在你怎么忽然又出来了这许多朋友呢?听姚丽媛说,你还有男朋友呢!她说你的男朋友是开医院的,跟院长和金主任都是同学,不然你能说来做练习护士,立时就能做啦?"

月梅说:"胡说!我来这里是我的一个老师给介绍的,即或你认为我的老师就是我的男朋友,但那也与你们说的男朋友绝不相同!"

吴淑凤拱着嘴哼了一声,转身就走,走了几步她又一回身,向月梅扔过来一个东西;这东西正掉在月梅的脚前,原来是个栗子。月梅就笑了笑,弯腰由地下拾了起来。这时忽听身后有人说:"好!没事儿净吃零食!"她不禁吓了一跳,回身一看,原来是内科的顾大夫。当时月梅就脸红了,随手把栗子扔在院中的花池子里。顾大夫是个二十来岁,衣着讲究的人,刚从医科大学毕业,担任护士训练班的普通生理学课程,一见着月梅他就爱笑。

顾大夫笑着,点手叫月梅到他的屋里,月梅很觉得拘窘不安,但又不敢不听吩咐。顾大夫到屋里就脱去手术衣,穿上了洋服上身,并拉开他的一个抽斗,拿出一匣子包着红绿花纸的糖果,递给月梅。月梅摇摇头,说:"我不吃糖!吃糖坏牙。"顾大夫笑着说:"吃一点不要紧,我是内科大夫,我还能不知道?"月梅只得拿了一块。顾大夫又笑着说:"多拿几块,我有的是。"他把匣子几乎送到了月梅的嘴边。月梅只好又拿了两块,并问说:"您叫我来有事吗?"

　　顾大夫把糖匣子收起来,又点上烟卷,然后就坐在桌子上,笑着说:"没事儿,我就是要告诉你,我早就认识你!"月梅吃了一惊,顾大夫又笑着说:"今年夏天我常在公园看见你,你那时穿洋服,常跟祁丽雪在一块儿走。"

　　月梅这才明白,就点头说:"对啦!祁丽雪是我的义姐,夏天那时我是正在她家里住着。"就势又说:"顾大夫,刚才有个人来找我,说是我义姐现在有了点病,叫我去看看她;可是金主任下班就走啦,我也不能向他请假。顾大夫你可以准我的假吗?我出去一趟,不多时就回来!"

　　顾大夫把烟卷弹弹灰,说:"那容易!你脱了手术衣跟我出去,门上不能拦你。我先请你看电影,然后你到我家去吃饭;我家里没有别人,只是我一个。吃完饭你再看祁丽雪去,晚上十一点钟回来都没关系。"说着,他就把手中的多半支烟卷掷在痰盂里,过去要摘大衣。

　　月梅急忙摇头说:"我不能跟你去看电影!我去看了我姐姐的病,立刻就得回来。"顾大夫说:"没关系,那么咱们只出去走走。"月梅还是摇头。

　　忽然见顾大夫怔住了,一只已伸在大衣袖子里的胳臂也不动了。从月梅的身后进来个男护士,他向顾大夫说:"三号那个病人热还不退,还是四十度半!"月梅趁此际便走出了屋,心中仍突突地跳个不止,她暗想:以后我可要躲着点这个顾大夫。

　　她回到护士的休息屋内,见吴淑凤正在那里笑着说:"'小白鼠儿'上了我的当,我掷给她一个栗子,叫顾大夫瞧见啦!顾大夫没瞧见我掷,可瞧见了她拣,她一定是挨了一顿骂。"月梅佯怒着,瞪了她一眼。

吴淑凤又笑着,拍着衣裳口袋说:"我这儿还有呢,你还吃不吃?"月梅
不理她,就转过身去跟姚丽媛谈话,吴淑凤从后面看见月梅的手里有
几块包着花纸的糖果,就笑着给抢了过去。

月梅也不顾得理她,就把姚丽媛拉到一边,悄声问说:"咱们这里
的电话能不能够打?"姚丽媛说:"门房的那个能够打,可是得我领着你
去,你自己去不行,他们知道你是个学习护士。"月梅说:"那么劳你驾,
你带着我去打个电话!因为我有个干姐姐,我多日没见她了,我想跟她
在电话里谈谈。"姚丽媛就拉着月梅的胳臂说:"你跟我来!"旁边那吴
淑凤就坐在床上剥糖果吃,还说:"这糖真好吃!巧克力里头包着酒,月
梅你是在哪儿买的?"月梅没有答复她,就随着姚丽媛到了号房。

这时,号房的那个老头子,还有那管病人挂号的两个人,都正在屋
里吃花生米、喝酒。姚丽媛过去要替月梅摘电话听筒,那老头子便说:
"院长嘱咐过,不许护士们打电话!"姚丽媛说:"院长说的我可没听见。
你管不着!"就把听筒交给了月梅。

月梅的两只手却有些颤抖,心中也很紧张,她拨了祁丽雪家的号
码,听见那边的铃响,有人问了一声:"是谁?"月梅就带笑说:"是余妈
吧?我是月梅,我请五小姐说几句话,五小姐没出去吧?"余妈还没有答
言,却听那边有人急急地说:"告诉她,我没在家!"声音虽离着远,但还
听得清楚,月梅就吃了一惊。

待了一会儿,余妈就在那边说:"张小姐,您在医院很好吧?我们五
小姐上午就出去啦,还没回来,您有什么事儿吗?"月梅说:"没有什么
事儿。"她吧地挂上了听筒,咬着嘴唇儿,跟着姚丽媛走出了号房。姚丽
媛扒在她的肩膀上,问说:"怎么,你那干姐姐没在家?接电话的是个老
妈子吗?她家里安着电话,一定很有钱吧?她家里是做什么事的?你有
干姐夫吗?"月梅只是摇摇头,并不言语。

又回到护士休息的屋内,就见李志贞也在这屋里坐着,很生气的
样子。一见月梅进屋,她就站起身来,拿自己的手指划着她的脸,又跺
了两下脚,狠狠地说:"没脸!没脸!"又向月梅恶狠狠地瞪了一眼,仿佛
要咬她一口似的,然后气愤愤地就走出屋去,还不住地骂着。

月梅觉得莫名其妙,姚丽媛也发怔了,两人用诧异的目光把李志贞送出屋去,月梅就冷笑着说:"是怎么回事呀?是冲着我吗?"吴淑凤仰卧在床上,手里摆弄着包巧克力糖的那三张花纸。笑眯嘻嘻地说:"月梅,这糖是顾大夫给你的吧?李志贞她说她认识,她跟你吃了醋,在这儿生了半天气啦!"

月梅也不禁脸上发热,急急地说:"不错!是顾大夫给我的,因为顾大夫他见我从地上拾栗子,以为我是爱吃零食,就拿出三块糖来给我,我好意思不接过来吗?这顶多了可以说我是犯规,还能说有别的事吗?我也不知道李志贞跟顾大夫是什么关系,她用不着跟我生气,我去问问她!"说着愤愤地向外就走。

姚丽媛却把她拉住,说:"你要是跟李志贞一吵起来,叫看护长知道了,明天报告了院长,你跟李志贞也就别想着在这儿干了!"月梅只得止住步,用手绢拭拭眼泪。吴淑凤却躺在床上唰啦唰啦地揉那三张包糖的纸,笑着说:"这糖真好吃!明儿我也买几块。"月梅顿然感到这些人的阴险、嫉妒,她就想:自己来这儿是为学技能,是为服务,而且来到这里有多不容易,负着柏先生多大的期望之心,以后自己真应当谨谨慎慎、处处小心了!

由此,月梅就对这里的护士都是"敬而远之"。有时见着那顾大夫,顾大夫望她一眼,她就赶快避开;可是她也不敢显露出生气的样子,恐怕把大夫得罪了,也容易使自己在这里待不住。李志贞是自从那次起,永远不跟她说话,永远指她的后脊梁骂着,她也忍气吞声。同时因为知道丽雪对她的误会很深,她也不敢再给丽雪打电话,星期日的下午也不能到马圈胡同去了。刘醉生、陈蕙如也全都没有再来。月梅就像一株孤零的小草,寄生在这医院里,她的心中没有旁的念想,只是功课、手术;眼里没有旁的事物,只是注意着一般可怜的病人。

渐渐庭中花木尽凋,已落了一场初雪,病室里全已生上火炉。看护的技术月梅已学得差不多了,但她的工作却因此更多,每隔一天的晚上还要帮助负着正责的护士去上夜班。这天大病房里的夜班是她跟吴淑凤两个人,吴淑凤照例搬了个椅子坐在火炉旁,两只脚蹬着椅子下的横掌，连地都不着，指挥着月梅说："拿下开水壶来！再给炉子里添几块煤！"她一只手拿着本跟李志贞借来的《蒋老五殉情记》，一只手就从衣袋里掏出糖果来，放在嘴里，咯嘣咯嘣地用牙咬。

由左边数第四张床上，那个昨天才送来的被车轧伤的贫苦老太太，一直在有气无力地哼哼着，央求着："佛心的小姐，赏我一碗水喝吧！"月梅赶紧拿起病人用的粗茶碗，弯身提起炉旁的开水壶。吴淑凤却把她拦住，说："别给她水喝啦！喝多了净撒尿，你管服侍她呀？"月梅说："再给她倒半碗吧！她一定是很渴。"吴淑凤却说："金主任不准多给病人水喝，出了岔子你能负责吗？"月梅只得又把水壶跟茶碗放下。

那边受伤的老太太却哭着说："救命吧！给我点水喝吧！可怜可怜苦老婆子吧！我没儿没女，儿子死了，媳妇跑了，家里扔下个两岁多的孙子，我要死了我那孙子就没人管啦！哎哟救命吧！姑娘！小姐！大姑儿！善心的人哟！赏我一口水吧……"

月梅的心里极度地难受，紧皱着眉，吴淑凤却自由自在地翻着书页，吃着糖果。月梅轻轻地走到了老太太的床前，见那老太太的身上也没有被，就像一堆破烂带血的衣裳里，裹着的一具骷髅，她瘦小得真是可怜，蜷缩着，抽搐着，头上稀稀的白发如同一团雪。月梅就柔和地说："你忍耐一点吧！大夫嘱咐过，不能多给你水喝，我们不敢作主意。老太太，你忍耐一点吧！慢慢会好的，别着急！"吴淑凤就急躁地呵斥说："你跟她费那些话干什么？幸亏你是才当护士，你要是当了大夫，真得累死啦！"月梅只得慢慢地走回来，但是对于那边的老太太还是非常地关心。

吴淑凤看了看她腕子上的手表，拿出两毛钱交给月梅，说："这时还不到十二点钟，胡同口那个小铺还没关门。你去到号房看看，杨得祥在那儿没有？叫他给咱们买两毛钱花生米，就说是我买的，他一定肯管。"月梅接过钱，就往号房去找那杨得祥。杨得祥是这院里的一个男护士，常爱在号房里闲坐，女护士们都欢迎他，因为只要是女护士求他点儿什么事，他就能立时去给办。当时他跑了一趟胡同口，买来了两毛钱的花生米，他先抓去了一点，作为是"上税"，其余的就都交给月梅给吴淑凤送去。

这时,那个刚才要水喝的老妇人还在呻吟着说:"姑娘们,行行好吧……"她的语声却越来越模糊,气力也越来越微弱。吴淑凤却一个一个地数着花生米,数了卅来个就要给月梅,月梅摆手说:"我不要,晚上我不吃零食。"

吴淑凤就生气地说:"爱要不要!非得给你巧克力糖你才接着,是不是?"

月梅明白这句话中含着讥讽,但也不同她理论,只说:"那老太太多么可怜呀!她快要渴死啦,我给她倒一碗水去吧?我受伤的时候我知道,疼痛极了时要喝下一碗水就能舒服很多。"

吴淑凤却站起身来说:"那么我走了,你能负责任吗?我当了两年多的护士啦,协和医院我都做过事,还比不得你?病人想抽大烟,你也给她摆上烟盘子吗?"说着,便气哼哼地扭头又坐下,唰唰地用力翻着书页,并把剥了皮儿的花生米一个一个地往嘴去扔。月梅只得暗暗地皱眉叹气,不敢和她争执,那边的老妇人仿佛也呻吟不出来了。

又过了两个多钟头,吴淑凤就把书摊在桌上,双臂压在书上,向月梅说:"你拿扫帚把地下的花生皮子扫一扫。"吩咐完她就把头伏在臂上睡了。月梅蹲在地上扫那些花生皮子,扫得干干净净,都包在那张报纸里。这时吴淑凤已趴在桌上睡着了,月梅就走过去洗了洗手。忽然觉得刚才求水喝的那个老妇人,这时的呻吟已完全停止了,月梅觉得一阵害怕,又想偷偷地给她倒一碗水喝,救一救她;于是就轻轻地走了过去,打算看看她睡了没有。

月梅站在那张小铁床前,望着床上蜷伏着的那老妇,五米之外的黯淡灯光,照着她褴褛衣服上的模糊血迹。看了一会儿,忽然月梅觉得很诧异,因为她见这老妇没有呻吟,没有动弹,仿佛连喘气也没有,她就轻轻地试探着,伸手摸了摸老妇那满是皱纹的脸,觉得冰凉;月梅惊得心里咚咚地跳,又把手挨近老妇的鼻孔和嘴,打算试验出呼吸来,但是……

月梅惊得身子发抖,就赶紧跑到吴淑凤的身旁用力推了几下。吴淑凤半睡半醒地还跟月梅发脾气,月梅便惊慌慌地说:"醒醒!醒醒!你看看去!那老太太死啦!没有气儿啦!"吴淑凤听了这句话,她才睁开眼睛,问说:"哪个死了?"月梅流着泪说:"就是那个求咱们给她水喝的老太太,她……她死啦!"

吴淑凤却一点也不惊慌,反推了月梅一下,说:"你害怕什么?你的胆子也太小啦!"月梅用袖头拭着泪,说:"我不是害怕,我是很难过。"吴淑凤说:"她又不是你的祖母,你难过什么?"她瞪了月梅一眼,走过去把那死人的身子翻了翻,就过来向月梅说:"你在这儿看着,我叫人去。"说着,吴淑凤又赶紧往嘴里放了两粒花生米,就出屋去了。

这里月梅呆呆地站着,眼泪忍不住地往下流,心里懊悔地想着:这老太太不是等于我把她害死了吗?我要是不听吴淑凤拦阻,怔给她点水喝,她也许不至于死吧?这老太太临死一定很怨我。她家里还有个刚三岁的孙子呢,祖母死了,她那孙子也不能够活吧?窗外的寒风呼呼地吹着,撼着玻璃都哗啦哗啦地乱响。屋中灯光黯淡,不知是什么缘故,那灯泡里的金属丝也一跳一跳的。那老妇人的悲惨的乞水之声,也仿佛仍在耳边。

等了好多时吴淑凤才回来,同来的是一个值班的大夫和两个男护士。大夫过去看了看,并没作什么表情,就叫月梅把那"太平间"的房门打开,两个男护士推着那张死人的床,往那屋里去了。床腿下的轮子在洋灰地上滚动,发出一种刺耳扎心的声音,有几个病人也被惊醒了,都发着呻吟和叹息。

月梅走到墙角去拭眼泪,吴淑凤从身后捶了她一拳,说:"叫大夫看见了可要说你的!添点煤!炉子也都快灭啦!"男护士把那"太平间"的房门掩好,就随着大夫咯咯的皮鞋声走了。吴淑凤很气恼地又伏在桌子上去睡,月梅却站在火炉旁咽哽着,边添煤边拭眼泪。

次日早晨,月梅还要到课堂去听讲,听到上午十一点钟才下课。她跟着程素英、毕淑芸走到外院,却正赶得昨晚死的那个老太太的亲属哭着来领尸。月梅看见那老太太的孙子,也就是才学会走路的样子,穿的衣裳很是破烂单寒,在院里冻得直打哆嗦。小孩子也不知悲痛,没有眼泪，可是满脸都是鼻涕。

月梅和程素英走近前去，旁边一个男护士就说："这孩子真可怜，平日是跟着他奶奶要饭，现在他奶奶死了，谁还来管他？"月梅心里像负疚似的，就蹲下身，拉着小孩的手，问说："你跟谁来的呀？不能是一个人来的吧？"

男护士在旁说："有个女人来领尸，现在事务处啦！女人是死的那老太太的内侄媳妇，看那样子也很穷。"

小孩子叼着一个手指头，那手背冻得都肿了起来，跟个小紫茄子一般。他会说几句话，就说："舅妈来接奶奶，奶奶抱我要吃的，奶奶会叫'善心爷爷'。"

月梅垂下眼泪，说："这小孩怪可怜的！"遂掏掏里衣的口袋，把自己仅余的六块多钱都塞在了小孩的破衣袋里，并委婉地嘱咐说："把钱带好了！回家叫你舅妈给你做件棉衣裳。奶奶睡觉了，她醒来还抱你！"旁边程素英也拿了两毛钱放在小孩的衣袋里。小孩就跪在地上给她们叩了一个头，这可能是经过他祖母长期训练出来的。

月梅的心中极度地难受，但因为还得去歇息歇息，下午还要到病室中去工作，她就跟着程素英回到护士休息室中。她靠在床上，替程素英织着毛衣，手中拿着四根竹针，打着一个一个的结子，心里却依然凄恻地想着：那孩子可怎么办呢？他的舅妈能够收留他吗？即或收留了他，能够不受苦吗？那孩子的一生将是多么阴惨呀……因为手里织的是件紫红色的毛衣，由此她又想起去年姓翁的带给自己的那件红毛衣：姓翁的说是我母亲亲手给我织的，我那母亲对我是多么疼爱啊！她不会就是祁公馆的二太太吧……想到这里，不由又堕泪。

这时吴淑凤从家里睡完了觉，才来上班，一进屋来就指着月梅说："你还哭呢？你看看你惹的那事？昨晚死的那个老乞婆，今儿她的内侄媳妇带着个孩子来领尸，在事务处就非常不讲理，她讹上医院啦！她说是大夫给治坏了，要不然她姑妈也不至于死；她要叫医院不但舍给她们棺材，还得舍给她们葬埋费，连请和尚念经的钱都得医院担负，庶务李先生都跟她吵起来了。可是忽然她又知道咱们这里的护士，给了她那孩子六块多钱……”

月梅说:"我因为看那孩子很可怜,我才把我的钱给了他,想叫他的亲戚给他弄一件棉衣裳,不然他就要冻死啦!"

吴淑凤哼了一声,说:"你倒是真善心,可是你行善行出祸事来了!"月梅吃了一惊,说:"我给了那孩子钱,又有什么错处呢?"吴淑凤说:"因为你给钱,就被那娘儿们讹上了!那娘儿们说,这是医院的人向她们行使贿赂,由此更可见那老太太是死因不明!"

月梅气得掷下竹针和毛线,站起身来说:"这真是没有的事!我好心给那孩子钱,倒成了贿赂啦?我出去跟她讲讲理!"说着,她就急忙忙要往外走去。

吴淑凤却把她拦住,说:"要等你去跟那娘儿们讲理,医院的牌子也得摘啦!刚才那娘儿们一讹诈,庶务李先生就把警察找来了。我来的时候正瞧见那娘儿们披头散发的,往墙上撞头,被两个警察给拉走啦,门前围着一大圈人,院长刚下汽车。外头闹的多乱,你倒好,一个人躲在这儿打起毛线儿来啦!"月梅觉得十分委屈,就趴在桌上痛哭。

旁边程素英因为刚才也给了那孩子两毛钱,所以也吓得脸色惨白。毕淑芸、姚丽媛那几个护士也都进屋来,纷纷谈论着那件事,李志贞却哼哼地冷笑,说:"一给给六块多,也不知是哪儿来的钱?有这么些个钱,为什么要来这儿当个穷护士呢?"

那个看护长也进屋来,气愤愤地指着月梅说:"你等着吧!下午院长来,一定要传你!医院开了这么些年,北京城也有几十个医院,还没听说有护士这么给医院惹事的呢!"旁边的人都彼此谈论,有的说:"多半是革除。"也有的说:"人家有大面子么!你放心,就是惹出再大一点的麻烦,也革除不了。"又有人猜疑着说:"她是哪儿来的钱呢?"更有的就打开铺盖,数数自己的钱少了没有。

月梅却蓦然抬起头来,她站起身,流着泪,愤愤地说:"你们干吗这样说上了没完呢?无论是麻烦是祸,院长传我、革除我,与你们一点都不相干!咱们都是同学、同事,我也都没得罪过你们,你们何必要这样欺负我呢?"

李志贞在旁冷笑说:"要是欺负你,我早就不能容你在这儿待着啦!早就叫你把白衣裳脱下来啦!"

月梅也冷笑着,啐了一口,说:"你也配?你能叫我脱下衣裳来?你有什么势力?顶多了……哼,我不好意思说就是啦,别不要脸!"

李志贞张着两只手要扑上来打架,说:"啊?你骂我?你敢骂人?走,咱们见见顾大夫去!"

月梅冷笑着说:"我认得顾大夫是谁?"

旁边看护长恐怕事情闹大了,连她也有不是,就在中间给解劝。李志贞也哭了,跺脚大声嚷嚷着。月梅却依旧坐下来织毛衣,也不流眼泪了,只是冷笑着,低着声儿骂李志贞。

闹了多半天,李志贞就叫看护长给拉劝着出屋去了。吴淑凤、毕淑芸等人都直着眼睛瞧着月梅,也不敢再谈论什么了,仿佛她们没想到月梅竟是这样的厉害。月梅继续织着毛衣,刚才的气也渐渐消了,只是感叹着,觉得这世界上连好事都不易做,连老实的人都要遭嫉妒,她就不禁叹了口气。

吴淑凤便笑着走过来,摇着她的肩膀说:"得啦!别生气啦!吃一块糖吧!"她手里捏着一块橘子糖就要往月梅的嘴里送。

月梅却把她的手推开,摇头说:"我不吃,别闹。"

姚丽媛也走过来说:"你别害怕,下午院长来了,顶多了把你叫到屋里数落你几句,绝不至于就把你革除。"

月梅便抬起头来,说:"革除我也不要紧,因为这件事把我革除了,我也是光荣的!做护士的不该在医院给病人钱,或许在规则上有这么一条,但我把钱给的却是一个小孩子,他的祖母又是昨天死在这里的,这件事在我的良心上是无愧的。"

吴淑凤说:"可是你要知道,好心人不一定得好报呀!你有那六块多钱,给我买点儿什么吃的不好?"

姚丽媛就打了她一下,说:"你总是离不开吃!"月梅也不同她们打闹,自己只是低着头织毛衣。

少时用过了午饭,到了下午,月梅就有点儿提着心,唯恐院长来叫她。自己虽是心里无愧，见了院长也可以据理陈述，可是倘若院长不问自己当时的动机如何，只按着自己犯了院规、惹了麻烦去办理，万一把自己革除了，那自己可还往哪里去呢？

担忧了一些时，那姓汪的看护长也就来叫她，绷着脸儿，像传犯人似的呼叫说："月梅！金主任传你啦！"

月梅毫无畏色地跟随看护长到了金主任的屋内，金主任就问了早晨的事，月梅都据实说了。金主任就说："你给那小孩儿的钱，虽是出于一片好心，可是因此惹下那妇人借端讹诈，在门前闹得很不像样子，这总是你的过错。依着院长是要记你一过的，可是刚才我跟他说了说，他也不愿意深究了。不过刚才看护长又来报告，说你在休息室跟李志贞吵了起来，这也是不对的；她是正式的护士，你不过是实习，凡事你还要和和气气地向她讨教，怎可以伤了同事的感情？我希望以后不要再有这类的事发生，否则你若叫医院记过或革除，连我的面上都难看。"

月梅低着头一声也不言语，站立了半天，金主任就说："你出去吧！"月梅出了屋才拭了拭眼泪。回到休息室里，虽然许多人都在看她，可是她一句话也不说，并且脸上也不露出一点气恼的神色。从此，她就更加谨慎了，而且对病人更加尽心。

天气是一天比一天的冷，雪落得一场比一场大，医院里的病人却反倒减少了，因为有些人根本没有御寒的衣服可以出来看病；街头上的乞丐有的被收容在暖棚里，有的就被冻死在雪里，所以警察也有好多日子没往这里来送病人。

这天早晨，月梅起了床，看看桌上的小时钟才六点。她正要把火炉上搭着的还温温的水倒在搪瓷盆里，上夜班的姚丽媛就睡眼蒙眬地进屋来，说："你起来啦？快洗洗脸到二号病房去替我一会儿！那个得肠黏膜炎的孩子足把我折腾了一夜，一会儿一拉屎。本来七点钟李志贞就该接我的班，可是她起来得晚，在家里她又要修饰打扮，不定准什么时候才能来呢，我真熬不了啦！"说着，她就一头躺在月梅刚才睡的那张床上，盖上了被，连帽子也没摘就闭上眼睛了。

月梅很快地洗了脸漱了口，穿戴上白布衣帽。打开屋门一看，外面阴沉沉的,满天如融化的铅液那般颜色,地下却是一片白皑皑的雪。这雪是昨夜下的,此时已经停了,房上和枯树枝上也全是白的,与月梅的帽子衣裳相映衬。虽然没有风,但却极寒,几个院子里都没有一个人。

月梅赶紧走到二号病房中,这是个单间,屋中的一只低光度的电灯还亮着,虽然有一只小火炉,可是屋里很冷。她敞开炉门一看,见里面只剩下了一点灰烬,不用柴炭是救不起来了。床上躺着个十岁内外的男孩子,盖着两床被已睡熟了,床下有搪瓷的便器。小桌上有脱脂棉、酒精和体温表,地下还扔着两团洋纸,月梅拾起来一看,是姚丽媛写坏了的信。月梅把纸团扔在火炉子里,赶紧跑出去找了几块木炭,又赶紧跑了回来,就见那病孩子醒来了,哎哟哎哟地喊肚子疼,说要拉屎。月梅赶紧扔下木炭,把床下的便器送到病孩子的身子底下,那病孩子就口里喊叫着:“妈呀!”下面哗啦啦地排泄着大便。

月梅谨谨慎慎地把这孩子的大便服侍完了,这孩子却又连气打了几个喷嚏,他说:“怎么这么冷呀?”月梅笑着说:“你觉得冷,大概是你的烧退啦!快好啦。”这孩子却生着气说:“屋子也冷!肚子上也冷!你是怎么回事呀?怎么又换了你啦?那个好姑姑上哪儿去啦?”月梅赶紧探手到孩子的被里,见孩子肚子上放着的橡皮热水袋果然凉了,她就给解了下来,再去摸摸炉上的开水壶,也一点儿不热了。

那病孩子却在床上发躁地说:“快着!不然我告诉我妈!叫我妈告诉我姨夫,下你的工!”月梅才知道这孩子是林院长的外甥。前天听李志贞对别人说过,院长的外甥是在这儿养病;本来人家是很有钱的,很可以住大医院,可是因为在姨夫主持的医院养病总有许多方便,所以才来的。月梅怕因这件事落不是,又赶紧找火柴生炉子;炉子还没生好,开水还没有温热,孩子又大便了一次。

这时李志贞接班来了,月梅就说:“姚丽媛叫我来这屋里时有六点啦,火就灭了!”李志贞也不理她,垂着个扁脸儿,只用手摸了摸冰凉的热水袋。那孩子说:“姑姑你来啦!快把那腊肠儿跟鸡蛋糕给我吃吧!姑姑你昨儿给我说的那笑话还没说完呢!”

月梅把火生旺了,热水袋装好,方才出屋,这时外面已经来了几个等着看病的人。月梅刚要回休息室去,却听有人高声叫说:"白三姑娘!白三姑娘!"月梅吃了一惊,抬头去看,见是一个在候诊室门前站着的,披着黑皮领子大衣的妇人向她招手,非常的眼熟;这妇人是有三十岁上下,面黄体瘦的。月梅止住步,先是怔了一怔,随后就想起来了,这原是她在太平街胡家认识的那个爱珊。她不由得就有点儿害怕,想这爱珊许是胡太太跟小高派来找自己麻烦的。爱珊却走过来了,用戴着粉红色毛线手套的手指头指着月梅,笑着说:"我一眼就认出了你,你怎么在这里做事啦?"

月梅也向她笑了笑,说:"我来到这里已经好些日子啦,你这些日还好吧?今天是看病来吗?"

爱珊说:"我来这里看了两次啦!每回都得等半天,所以我今天才早来早挂号。"

月梅就说:"今儿的天气又特别冷。"

爱珊说:"其实我也是懒得看病,可是我这病不看又不行。现在虽说下雪天冷,可是阳气又上升了,我身上这冤孽病又犯了,打了两针六零六啦!唉,像我们这都是前生造了孽,我几回想要跳出这火坑,都跳不出来!你瞧你有多好,在这医院里,一月一定能挣不少钱吧?"

月梅说:"我来这里是实习,也是朋友介绍来的。"

爱珊很羡慕地说:"你有个好姐妹呀!就譬如说上次在东安市场,你跟他们转了影壁,要换个别的人,他们能够甘心?可是他们就都不敢把你怎样啦!唉,你还不知道吧,你一跑了,他们就在家里开会,想办法,小高还说他要拼出一年官司跟祁五小姐斗斗。可是彭太太劝他们别再惹事,说祁五小姐的父亲是个大官,报上都常登他的名字;她们又认得什么张次长,连蔡督军都许有交情,那天把你带上汽车的那帮女学生,家里一定都有来头,要闹出事来,你们可全吃不住!听彭太太这么一说,她们才算是不敢了。前些日子胡太太一提说起来你,她就骂,现在可连提也不提啦。徐秀贞跟蔡少爷混了些日子,原来姓蔡的那小子是假有钱,他说他爹娘一月给他几万块钱花,那原来是吹牛,他就指着从家里偷出来。徐秀贞跟他大概混了有半个多月吧,赚了一件大衣、两双丝袜子,什么金银珠宝全没赚着,不几时就冷啦,胡太太、张铁嘴白跟着做了一场梦!"

爱珊说话的声音很高,月梅非常担心会被别人听见,可是幸亏她们二人是站在当院雪地中,别人都由廊子上走,只有人看了看她们,倒没有人对她们十分注意。月梅恨不得即时走开,就勉强笑了笑,说;"院子里冷,你请到候诊室里等一等,大夫就来了。我还有点儿事,待会儿我再找你来说话,还有一件事我托付您……"她的双颊有点儿发热,就低声恳求说:"你见了胡太太、小高他们,别说咱们姐儿俩在这儿见着啦!自然我是不怕她们,可……"

爱珊就拦住她的话,笑着说:"白姑娘你放心!高攀一点我叫你一声好妹妹,这个是非我决不挑。我干吗要告诉他们你在这里啦,叫他们找你来呀?你不该他们的不欠他们的,他们就是找你来,不过也是瞎闹一场,可是那与我又有什么好处呢?她们是我的亲人吗?她们那里悬着五百两银子赏了吗?妹妹,以后咱们两人见面的日子长呢!将来你也许求我,我也许求你,那时候你就知道啦,我这个混事的破烂女人可是与众不同!我前一辈子没做好事才落成这样,这辈子我还不修一修吗?唉!好妹妹你放心,我回去见了她们我决不说!你忙你的去吧,耽误了你半天的工夫。"

爱珊感慨地眼睛带些潮润地说了这一大篇话,月梅倒深为感激,就深深地向爱珊点头,笑着说:"待会儿再说话儿吧!你请到候诊室里去吧!我每天下午四点钟以后总有工夫,以后你那时候要是没事,可以找我来玩!"

爱珊点头说:"好吧!"她就笑着招了招手,进到候诊室里去了。

月梅回到看护休息室坐了一会儿,脑中竭力摒除对刚才那件事的过分忧虑,少时又照常去上班听讲。十一点钟下了课,又到休息室里,就见李志贞坐在椅子上气哼哼的,流着泪说:"开革我也行,北京也不是就这一个医院,离开医院我也饿不死,我也不是非当护士才能活着,可是事情得弄清楚啦!蛋糕、腊肠是病人他母亲送来的,他母亲又是院长的小姨子。孩子哭着闹着要吃,不给他就闹,他一闹院长又得说护士不尽责,给了他可又说是吃坏啦,两面理全叫他们占着? 不行! 等下午院长来,我质问完了他我才能走! "

姚丽媛却在旁边说:"我劝你别跟院长吵,吵起来,将来别处医院也不能要你啦! 香肠、蛋糕虽说是他母亲给送来的,可是一送来顾大夫就给拿到他自己的屋里去了,你不该又偷出来给那孩子吃! "

李志贞瞪着眼睛说:"我偷的? 咱们找顾大夫去问问,问他说过没说过:你随便拿着吃! 现在他推干净啦? 他顾己不顾人,我怕什么? 我这护士不干,他的大夫也别想当! 下午见院长说去,我都得说出来,我告诉院长,在这医院当护士不容易! 顾大夫多少次跟我……我也不用说,就连张月梅都受过他的……"

月梅变了色说:"这有我什么事呢? "吴淑凤在旁边吃着瓜子边笑,程素英却拉了一把叫月梅出屋。

月梅生着气随程素英走到前院,在廊子下正遇见金主任。金主任把她叫住,说:"今天下午你不必跟着实习啦! 可以出去玩玩或睡个觉。院长亲戚家的那孩子害肠黏膜炎,都快好了,可是今天忽然又重了。院长知道是李志贞偷着给那孩子吃过腊肠、蛋糕,所以很生气,要把李志贞革除,晚上叫你去值班。"月梅就答应了。

金主任走过去了,程素英便推了月梅一下,说:"你有多好呀! 今天下午可以玩儿半天。"月梅笑了笑,说:"我也没地方玩去。"心里却想道:我已有多日没到五小姐那里去了,没有人家我又怎能有今日呢? 虽然她对我有些误会,可是我若不见她,误会就永没有个解开之日。今天又不是星期日,柏先生也不能到她那里去,她也多半在家,我真应当去看看她! 何况在这里睡觉也一定睡不好,李志贞现在正着急,她若听说我一个练习护士居然接了她的班,她一定更恨我,我何不避一避呢? 因就问程素英说:"今天下午我要看看我的干姐姐去,你有什么事,我可以给你办吗? "

程素英笑着说:"我又不是在这里住,就是有什么事,我不会下了班自己去办? 正经的,你倒是得给吴淑凤买几块糖,送看护长一块手绢,联络联络她们。"

月梅说:"我的钱那天都给了那个小孩了,现在我连一分钱也没有啦!"

程素英就说:"我借你一块钱!你出去玩,一个钱不带还行?"

月梅从程素英的手中接过一块钱带在身边,并笑着说:"一时我可不能够还你,只好等过年咱们毕了业,我挣来钱时再还了。"

程素英笑着又推了她一下,说:"得了吧,还什么呢!"

两人谈了一会儿,就去用午饭。下午一点多钟,月梅到庶务处领了个条子,交到号房里,就出门去了。这时她已经脱了白色的帽子和手术衣,身上只穿着一件绒小褂,套着一件青布棉袍,下面是夹裤、帆布鞋,在这雪后的寒风里,未免有点觉得冷。往来的洋车都有御寒的棉布棚子,可是身边这一块钱她不敢动用,本来是想:给五小姐买点什么东西呢?多日没有见面了,这回好意思去空手瞧人吗?但又想:一块钱又能买得了什么值得她看上眼的东西呢?

地上的雪很深,才出了胡同,她的两只黑鞋就成了白色的。她走到铺着一层坚冰的柏油路上,跺去了脚上的雪,对面却有汽车驰来,她就像看见了曾经领略过它的利齿的猛兽,赶紧又跑回人行道上。

月梅迤逦地走着,越走越距离马圈胡同近了,她的心也就越是紧张,及至走到了丽雪的门前,就见小门楼上、墙头上都积着二寸多厚的雪,门前雪地上有杂乱的脚印,并有很清楚的汽车轮子轧出的花纹。她上前伸着冻得很僵的手,吧吧地敲了几下那冰一般坚冷的铜环,里边就有很斯熟的声音问说:"找谁呀?"

月梅隔着门,笑声儿回答说:"是我,余妈开门吧!"

余妈在门里似乎还没听出来外面人的声音,她开了门,才笑出来说:"哎哟,原来是张小姐呀!八月节那天您走的,现在有三个多月啦!哎哟,我正想看您去啦,您就来啦,可惜我们五小姐才出门儿!"

月梅笑了笑,却有点儿发怔,心里猜想着:莫不是丽雪现在家里,她曾嘱咐过余妈,只要是我来打门就说她没在?所以她脚步儿踌躇着,不敢进去。

里面的孙妈手里拿着一把扫雪的笤帚也弯着腰出来了,见了月梅,她就瘪嘴笑着说:"张小姐您这些日子好啊? 您快请里边来吧,街上很难走吧?"

月梅笑着说:"可不是,倒幸亏雪还没化,街上没有什么泥。"

月梅被两个仆妇让着,只好走进来,踏过孙妈扫了一半的院落,到了屋中。就见屋里暖烘烘的,桌上的水仙和地下的盆梅都开着很茂盛的花,丽雪却真的没在家。月梅在靠着火炉的沙发上坐下,余妈给她倒了茶,并笑着说:"听柏少爷说,张小姐在官医院当看护啦,在那里能挣不少的钱吧?"月梅摇头说:"不挣钱,现在不过是才去练习。"孙妈在旁向余妈说:"我说的是不是? 骏少爷上回告诉过我,说是张小姐在那里是当学生,可是毕了业就能挣很大的薪水。"

余妈笑着说:"我就喜欢医院里那些看护小姐,穿着白衣裳,身上真是连一点泥点儿也找不到。前年在公馆里时我闹咳嗽,五小姐怕我是什么肺病,带着我上协和医院去检查。喝! 我一进医院眼睛就乱了,我瞧出来进去的那许多看护小姐,都跟我们五小姐书架子上早先摆的那个白瓷娃娃一样! 张小姐,我真是早就想看看您去,我也不是看病,我就想要看看您穿上白衣服是什么模样的。"

月梅也微微笑着,不知是身旁火烤的,还是自己有些难为情,就觉着脸上热热的。她又问说:"五小姐是将才出去的吗? 是一个人还是同着柏先生? 柏先生他这些日常进城来吗?"

她这话一说出,余妈就收住了笑容。孙妈叹了口气,她就说:"您别提了! 我们这五小姐跟骏少爷,早先有您在这里的时候,他们是蜜里调油,真好得比七八年的夫妻还亲热。现在……唉! 骏少爷在这三个多月里不过来了两三趟,每一回都是吵完了走的,您要问为什么事情吵呢? 他们谁也说不出来,说句不好听的话,就仿佛他们的缘分尽了似的。我天天在背地里替他们念佛许愿,并求我们那位行了一辈子好事的太太保佑他们,转转他们的心,可总是……"孙妈说到这里不禁有些难过,就走到痰盂旁擦了擦鼻涕。

余妈又近前一点,悄声说:"我要上医院去找您,也是为这件事。现在我瞧着我们五小姐倒是没有什么啦, 她是愿意跟柏少爷快点儿结婚,可是柏少爷似乎有点儿颠颠倒倒的,一来了,总是跟五小姐找别扭。譬如有时柏少爷来了吧,我们五小姐本来是很好的,可是说不到两三句话,柏少爷就把我们五小姐给招惹起来。早先我们五小姐有时发了脾气,柏少爷还知道容让,现在不了,柏少爷仿佛比我们五小姐的脾气还暴躁,您说这可怎么好!柏少爷那个人的脾气是谁都知道,无论什么人劝他也是不行,陈小姐跟她的先生跑了两趟西山去找柏少爷,劝,不知费了多大的事,也是没有给劝好。我们就想:只有您还许行!您的话柏少爷最爱听,您就是跟他横,他也是不敢跟您闹脾气。所以我、孙妈和陈小姐,我们前两天才商量着,请出您到西山找一趟柏少爷,费点儿唇舌,劝劝他老人家。我们也想到您一定是没有工夫,可是除此之外,还有什么法子呢?您要不可怜您那位干姐姐,还有谁可怜她呢?"余妈说话的声音也是越来越凄惨。

月梅坐在沙发上低着头,擦了擦眼泪,她思索了半天,才向余妈说:"说来全是误会!你们这些日虽然天天在这里,可是你们决不会想到,柏先生跟五小姐,还有我,我们三人之间的误会是有多么深!我想我就是到西山去,见了柏先生,恐怕也没有多大的效力,因为我不是没向他劝过。"

余妈赶紧说:"您再去试试!柏少爷若是再不回心转意,那也就没有法子了,可是,那也总算尽了咱们的心啦!"

月梅又擦擦眼泪,点头说:"好吧!不过我得先问问,五小姐她是不是愿意我这样做。柏先生也未尝不想跟她好,可是她总说那是假的,那是敷衍她;假定因为我的解劝,柏先生又跟她好了,那不是更不自然了吗?五小姐不是更要胡疑了吗?"

孙妈擦着鼻涕,也点头说:"就是我们五小姐太爱胡疑惑了。"

月梅听明白了孙妈这话的意思,晓得她们已经知道了丽雪对于自己与骏青之间的猜疑,因就更伤心。她拿手绢揾着眼睛,哭泣着说:"你们可知道为什么我几次要走开?我在那姓胡的家里受骗,我在街上被汽车撞伤,我所要逃避的是什么?柏先生他是我的老师,他对我有过好处,但现在连一封信我全不敢给他写;五小姐对我有那么大的恩,她这里我也不敢常来,我怕在这里遇见柏先生。我才十四岁,我在孙妈家里住过那些日子,孙妈也知道……"

这时余妈跟孙妈倒把为她们五小姐伤心的事忘了,都呆呆地注意到月梅的身上,可是她们又都很作难,仿佛不晓得用什么话劝劝月梅才好。一盆红萼初放的梅花,娇艳地以新娘子般的笑容来望着月梅。水仙分植在几个精致古雅的陶器盆里,站在那由海滨拾来的小石子上,伸着头,妩媚的小面孔随着春风一般的炉火温气,向月梅吐过来一阵清香,像是在安慰她在别人的爱情之间所蒙受的屈辱。

待了一会儿,月梅才擦净了眼泪抬起头来。余妈又给她换过来一碗茶,并且劝说:"您也别难过,您还不知道我们五小姐的脾气吗?她是嘴上厉害,其实心里却是好的。我说句粗话,她跟柏少爷都订了婚,那么大的字登在报上,谁不知道呀?难道她还能真疑心是谁把她的……抢了去?"

孙妈走过来推开了余妈,余妈还说:"张小姐,您小小的年纪千万别那么想,我们五小姐真没在背地里胡说过您!"

月梅默然了一会儿,就说:"这样吧!那件事你们得工夫问一问五小姐,只要五小姐愿意这么办,我就到西山,或是写一封信,再劝劝柏先生。无论你们谁,只要给我打个电话,我无论是多么忙我也立时去。"

余妈又走上前来,笑着问说:"您偷偷地走一趟西山,别告诉五小姐,不行吗?"

月梅摇头说:"那怎么行?瞒人的事早晚得弄穿了。柏先生要听了我的话还好,要是不听我的话,还得叫五小姐疑惑我到西山去又说了什么。"

余妈点点头,又笑着说:"张小姐,您可原谅我,我刚才说的那话可是粗了一点!我是要告诉您,我们五小姐除了对您八月节赏给我们每人五十块钱的事有点不满意,其实真没说过您什么,倒是我们背地里常叨念,柏少爷跟五小姐要是像跟您那样,可就好啦!"月梅皱着眉,说:"八月节那天是我有点儿错!"余妈笑着说:"唉,您还提说八月节那天呢!你走后我就遍处找您,可是我哪儿想得到,您是去看公馆的二太太,又叫汽车撞着了呢?我来细瞧瞧,您的身上还有伤吗?"

月梅由着余妈扒她的袖子,又听孙妈在旁边说到祁公馆,就听她说:"祁二少爷前两月娶了少奶奶,那时大小姐还到这里来了一趟,又说四少爷的少奶奶大概是过年娶。老爷在任上身体不好,什么省跟什么省又要打仗,所以也要辞了官回来享福,现在又有许多亲友都说合着,叫五小姐回去呢。"

月梅默默地听两个仆妇又说了半天闲话,忽然看到长桌上的那个小时钟已指到了四点十分,她才知道自己在这里耽搁的时间原来很久了,随立起身来,说:"我还得赶紧回医院去,因为我今天有夜班,伺候病人要到三点才能换班呢!"余妈笑着说:"那么张小姐几时还能再到这儿来呢?"月梅说:"我也没有什么闲工夫,以后也不能常来,晚间五小姐回来,你就提说我今天来看她了。咱们刚才谈的那件事,如果必须我办,你们就给我打电话好了,医院的电话号码在簿子上一查就能够查出来。"余妈连连点头答应,她跟孙妈把月梅送到大门外,月梅就走了。

傍晚的天气更寒,但月梅却觉得比在那温暖如春的屋子里舒服;地上的雪虽然经过一天的风吹脚踏,但仿佛比刚才屋里的那盆梅、水仙还皓洁。她一步一步地走着,就离着医院很近了,那里虽然有许多繁重的工作,有疾苦的病人,还有几个嫉妒阴险的同事,但她却觉得比处在丽雪与骏青之间要安适快乐。

在将进那医院所在的胡同口时,她先到杂货铺买了一份信封信纸和五分的邮票。这是她预备给骏青写信用的,因为她想到了,余妈未必敢把求自己去向柏先生解劝的事对丽雪说,即或说了,丽雪也多半不允许,还许要生气。但他们的事自己又不能坐视不管,万般无奈她才想到给柏先生写一封信。她又到小洋货庄买了一块印着绿花的白手帕,在街上的纸烟摊买了两盒牛奶糖,这都是听了程素英的话,要送给那看护长和吴淑凤的,最后她又买了两盒前门牌的纸烟,这样,一块钱就只余下了三角五。

月梅走进胡同回到医院,先到了号房,见那个老头子整着脸子在那里坐着,她就把两盒前门牌的纸烟放在桌上,笑着说:"我送您点儿礼!"老头子忽然站起身来,整脸子立刻裂开了,迸出笑纹来,说:"咳!咳!这怎么说的,你怎么倒花钱给我买东西?"月梅微笑着说:"因为我时常累您,您又这么大的年纪啦,我非常过意不去。我没有多少钱,只能给您买了两盒不太好的烟。"老头子说:"这就很好啦!我平常都抽小鸡牌的。得啦,我也别辜负了你的心,我就收下,谢谢啦!你吃饭了吗?快上里边去吧,这就快开饭啦!"

月梅走出号房,才走了几步,老头又推开门叫她回来,悄声说:"以后你要是打电话,可以一个人偷偷地来!人一多了,你也打我也打,叫院长知道可就不好了。"

月梅点头说:"我也不认得什么有电话的人家!就是我有个干姐姐,以后要是她来电话找我,就劳您驾,告诉我一声好了,可是她也不能天天给我打电话。"

老头子连连点头,说:"就是天天来电话也不要紧,只是……"他指了指里院,说:"别叫他们知道就得啦!"月梅又笑着点了点头。

进了屏门,顺着廊子往休息室去走,她就觉得很惭愧,心说:早先我不懂得用这些手段,现在这样做,刘先生跟柏先生若是知道了,一定要说我是学坏了吧?

回到护士休息室内,见姚丽媛、吴淑凤两个人全在屋里,月梅拿出那两盒牛奶糖来,就都叫吴淑凤一个人抢过去了。忽然听姚丽媛说:"李志贞到底叫院长革除了。"月梅就吃了一惊。姚丽媛又说:"连顾大夫都自己觉得难为情,大概也快辞职了。院长刚才把护士长叫了去,嘱咐了一大顿,说对于所有护士的工作情形跟私人行动都要注意;谁要是犯了错,立时革除,决不讲面子。"月梅听了这话,她又很喜欢,就过去推了吴淑凤一下,笑着说:"你在上班时吃零食可要留神!"吴淑凤也笑着说:"我不会不在上班时吃吗?下了班我吃糖嗑瓜子,谁还管得着?"又待了一会儿,外面就摇起了吃饭的铃铛。

晚饭之后,八点钟,月梅就穿戴上护士的衣帽,到二号病房中去上班。也许是因为灯光照的,那患肠黏膜炎的孩子脸色更黄了,并且眼珠也有些黄,微闭着的眼睛,就像两颗黄豆似的。月梅把体温表用酒精棉花擦了擦,要放在孩子的腋下去试,却被孩子一把手就推开了。这孩子虽然腹泻得身上都没有力气了,可是还很暴躁,他大声哭着说:"拿开!叫我那个好姑姑来!你们都是狗!不给我腊肠!腊肠蛋糕都叫你们吃了!你们赔我!"

月梅就笑着,温和地说:"那些东西没人动,都给你放着啦!等你病好了,你想吃什么都行。现在我先给你测测体温,这很要紧,你要不听话你是不能好的,也不能上外边去玩,也不能跟妈妈在一块儿。你是个很好的孩子,应当听话,我有个弟弟他比你小,但是他很听话。"

孩子问说:"你弟弟会开飞机吗?"月梅笑着说:"他不会开飞机,他很笨,可是他很听话。你比他聪明得多,所以你更应当听话了!"孩子又说:"明天你把他叫来,叫他跟我玩,他妈的我在这儿整天躺着,真闷得慌!"月梅说:"那得等你病好了呀!你这样病着,他怎能到这里来跟你玩呀?"孩子说:"得几天我才能好呢?他妈的这肚子跟屁股都欺负我,老不好,又不给我腊肠跟蛋糕吃。"月梅说:"你要是胡吃,是永远不会好的,只要你听话,不到五天就能够好。"孩子说:"准的?你可不准冤我!"月梅说:"我不冤你。"孩子说:"你得起个誓!"月梅就正色地说:"我要冤你,我就是一只兔儿,你还不信吗?"孩子无话可说了。

停了一会儿,那孩子忽然说:"姑姑我要拉屎!"月梅赶紧敏捷地由床下拿了便器,服侍这孩子大便了。她又取出那体温表,又用酒精棉花擦了擦,孩子便乖乖地伸着胳臂叫她把那东西插在了臂肋之间。

月梅轻轻地打开门,拿了便器往屋外走。一出去她却吓了一大跳,就见门外站着一个穿西服的人,屋里的灯光隔着玻璃照在那人的脸上,原来正是院长。院长就说:"放在地下吧!"月梅答应一声,把便器放在地下,又进到屋里,院长也随着走了进来。

床上的孩子翻着眼睛瞧了瞧院长,说:"姨夫!这姑姑还不错,就叫她老看着我吧?她还有个弟弟呢。"

院长却不理他,就对着月梅说:"这孩子是被她母亲在家惯坏了!但是做护士的,无论对于什么样子的病人也要有耐心!我在这里做了

第三十二回 小小的护士 七〇一

十年院长，我觉得得到一个好护士，比得到一个好大夫更难！上星期我在缪大夫那里，会见了柏骏青先生，他把你的事又对我托付了一番，并且谈到了你过去的遭遇。我觉得你虽然是遇到了好人的帮助，可是能够挣扎到这个地步也实在不容易，所以，你以后更应当努力！"

月梅伫立着敬听，院长又说："你们训练班一共十七个人，到年底毕业，考第一名的，可以由本院保送到护士学校。从那里毕业之后，地位就可以高些，也可以得到较优厚的待遇，我希望你能竞取到这个机会。"月梅一声一声地答应着，院长又在屋中各处看了看，就出屋去了。

月梅把孩子的体温表取下来，把度数和时间都用笔记在单子上。此时她的心中欣喜极了，眼前仿佛是出现了万丈的阳光，一条坦途。但是，也不知为什么，她却又不住地堕泪。当夜，那孩子也非常地听话。到深夜三点多钟姚丽媛来接班了，月梅就回到休息室内，此时她虽然很疲倦，但趁着夜静无人之时，她要写一封信。她就用钢笔蘸着蓝墨水，向那一写便洇的中国信纸上，细细地去写：

柏先生：

　　虽然您曾嘱咐过我不必给您写信，但我现在却忍不住不提笔。院长今天对我说了，倘若我能在护士班毕业时取得第一名，那就可以保送我进护士学校，那里大概是个专科性质，我想我是有点希望的。现在先把此事告诉您，并请您转告刘先生，我想你们会为我喜欢的，我也不必说我以后应当怎样做和怎样感谢您了。只有一件事，我要恳求您，就是求您千万跟五小姐好吧！虽然她的脾气您是对她不十分满意，但是您已经把一个"调皮"的学生改造成为今日之我，您就不能下一些耐心去改造她吗？您是能的，求您千万跟五小姐好吧！

月梅上

写完了，她又重看了一遍，然后封好，贴上了邮票，就收拾床褥睡了。次日，她就托姚丽媛把这封信发了。从此，她就每天更专心地上课和实习,并且切盼着余妈的电话和柏骏青的回信,可是这都像风吹去了的树梢上的残雪,一点儿踪影也得不到。

　　渐渐地阳历年已飘了过去,旧历年又姗姗地来了。旧历年底二十八日,这医院的护士训练班举行了简单的毕业典礼,月梅成绩最优,领到了第一名的毕业证书。同学和同事里有的就向她眯眯地笑,说:"我们买糖果给你贺喜呀？"也有的带着些妒意地说:"以后咱们可别惹人家! 人家是第一! "

第三十三回　雪夜的悲剧

院长把月梅叫到办公室里，告诉她说："我已经把你保送到护士学校去了，那里是供给膳宿，三年毕业，毕业之后须要回到原医院服务满一年，才可以往旁处去做事。那里是过年初十日开学，但你在前两日就可以搬了去。"

月梅答应着，出了办公室，脚步很轻快地就回到了护士休息室。她本来要去找刘醉生，并请刘醉生把自己的这件可喜的事转告柏骏青，可是吴淑凤、姚丽媛等人这时都忍耐不住了，都要求月梅替她们上班，她们好回家过年。月梅也没法子，在这临别的几天内，自己更应当与她们感情融洽一些，以免别人说自己是骄傲。所以她就比往日更忙起来，直到年底三十日的下午，才算把这里的工作结束。

可是这几乎成了惯例了，北京这地方每年到除夕那天，十有九是要下雪的。今年的雪更大，从昨晚就下起来，直到此时还没有停。月梅离了医院，还没走出胡同，身上的衣服就全都白了。寒气使得她不得不将两手插入袖口，在雪地上急急地走着，直走得全身发暖，胸脯直喘，口中吁吁地喷着白气。雪虽这么大，地上的白絮积有一尺多厚了，可是街上往来的人还很多，汽车的装汽缸的部分都蒙上了皮褥子，洋车也全支着棉棚。往来的人不是背着要账的口袋，就是提着买来的鸡鸭鱼肉、香蜡、黄钱等等，各家门户也全贴上了鲜红的春联。这一片异于平日的气象被笼罩在大雪里，是更显出来神秘。

月梅走到西单牌楼，见琳琅书店窗上的玻璃满结着冰花，往里边什么也看不见。她就心里想：我先上刘先生那里去，待会儿我再来，跟随陈蕙如再到马圈胡同，也省得我一个人去了不好意思，因为上一次余妈对我的态度实在不大好，而且不知五小姐她现在的心里还恨我不恨。

顺着铺着一层白羊毛毯似的人行道，又往南走了不远，忽听后面有人叫着说："月梅！月梅！你怎么不理人儿啦？"月梅回头一看，见是两个身量矮小的女人，从后面走来，其中一个烫着头发，描着眉毛，穿着一件黑兔皮领子大衣的，正是徐秀贞。月梅记起早先的事，心中不禁生出一种反感，就扭头便走。徐秀贞却追上来拉住了她的胳臂，问说："月梅！你现在是干什么啦？你在哪里住着啦？"月梅却连看她也不看，脚步也不停，只冷冷地说："你问我在哪里住干吗？你还想帮助人骗我吗？"徐秀贞立时把她的手撒了。月梅更是急急地走，心里很恨，直走进水车胡同，她心里还像有一口气没有发泄出来。

眼前的破庙被雪装饰着，倒显得很洁净，一进院见地上的稀泥却是不少。她走进东月亮门，见刘醉生的屋门没有锁着，就叫了声："刘先生！"她拍了拍衣服上的雪，就听刘醉生在屋里问："是月梅吗？"

月梅进了屋，见屋里仿佛略见整洁，桌上放着半瓶子酒，破火炉旁还烤着个砂酒壶，地上也有许多花生米的皮子。刘醉生一个人靠着火闷闷地坐着，月梅先鞠了一躬，然后就笑着问说："刘先生，您今天没写稿子吗？您也是放假吧？"刘醉生点了点头，说："对啦！因为过年啦，所以我也自己给自己放了假！"又问："怎么样？护士的技能你学得也差不多了吧？"月梅有点得意地笑了笑，说："现在我们已然毕业啦！上次我给柏先生写过一封信，让他转告您，大概您也知道了。因为林院长说过，只要是毕业考第一的学生……"刘醉生不待她说完，就点头说："我听骏青说过了，他常到我这里来。"

月梅清清楚楚地说："这回我就考了个第一，所以医院方面保送我入护士学校。三年毕业，毕业之后在本院服务一年，才可以到别处去。

因为这护士学校比训练班的资格高，所以将来再做护士，待遇也可以比较好一点儿。"

刘醉生点头说："学习技能，往深处研究做护士的学识，当然是不错的呀！不过你可别希望在护士学校毕业之后，又去进那宫殿一般的大医院。"

月梅说："我决不希望那样！毕业之后我愿终生在现在这医院服务。我觉着这官医院很好，不收诊费，所有的病人也多半是没钱的。我知道，阔医院里的护士不过是洋大夫的跟班，小姐太太们的使女，无论待遇多么好，将来我也决不干！"

刘醉生点了点头，说："好！你很明白。不过我还要告诉你，你之所以否极泰来，能够有今日，并不完全是你自己奋斗出来的，有多少比你更有志气的人，现在依然陷在困难之中。你之所以有今日，一半是柏骏青的力量，一半也是机缘凑巧。像徐秀贞，几日前我看见她了，简直成了个野鸡啦，你能完全怪她是自甘堕落吗？"月梅听了这话，默默地不言语，把刚才见徐秀贞的气全都消了，并且很后悔，心想：我不该向她说那些狠话，我应当劝她也设法自拔！将来我毕了业，有了能力，也应当帮助她成为一个给社会服务的人。

刘醉生点了一支烟吸着，谈了一会儿闲话，又说到了柏骏青。刘醉生就说："他因为谭厅长的介绍，去了西山孤儿院，现在只挣六十块钱，而且因为他的脾气古怪，与同事们相处得也不大好。所以我看他那样的人前途也很惨淡，不如再回汉口当少爷去，养上几年，等到身体好一点，再到社会来碰。他倒是时常进城，进城来不是到缪宝生那里去看病，就是到我这里来打探你的消息，并跟我辩论，我时常把他说得堕眼泪。"

月梅赶紧问说："柏先生是什么病呀？"

刘醉生说："也没有什么大病，陈蕙如他们都说他有神经病。其实据我看他的神经并不错乱，倒许有点儿神经衰弱，他时常觉得头痛，身体疲倦，发晕。"

月梅用火铲往炉里添了几块烧过一次的残煤，拿钩子一下一下地扎着，又听刘醉生说了些关于骏青和丽雪的事情。后来刘醉生就从身边拿出二十块钱来，给了月梅，说："这是我前天收到的稿费，上月出版了一部散文集，得到一百六十块钱的稿费，所以这个旧历年可以安然度过了。我看你的身上很凉，应当买件毛衣，再说将来你进了护士学校，人家至多了管你的食宿，还能管你的衣裳？"月梅笑着说："我们有手术衣。"刘醉生说："你还能就只穿一件手术衣？连袜子也不穿？"月梅笑了笑，把二十块钱收起来，又跟刘醉生谈了会话，直到五点钟才走。

这时外面的雪花仍然飘摇着，天色跟黑铅一般。月梅走到街上，先到洋货店买了一条驼绒的围巾，即时就围绕上了，然后便去了琳琅书店。这里倒是生着很旺的火，却没有人，月梅叫了声"薛太太"，才从里间走出一个男伙计模样的人，月梅就问说："薛太太没在这里吗？"那个人回答说："他们都回家过年去啦，有事吗？"月梅摇摇头说："没有事。"就转身出来，站在门前檐下发了半天怔。

雪在眼前纷纷地落着，街上的灯也一齐亮了，昏黄的灯光隐在乱雪之中。月梅想到祁丽雪那里去，但又怕在那里遇见骏青，心里犹豫了几下，便决定还是回医院去。这时街上往来的行人和车辆已很稀少，铺户有的都提前关了门，却有嘭嘭的爆竹声不知发自那条巷里。月梅虽然有驼绒围巾可以护着脖领，并且暖住了手，但她仍觉得很寒，脚也冻僵了。她孤零零地像个鬼魂似的走着，走了许多时才走回了医院。

医院这时也关上了半扇大门，石阶上的雪又厚又白，连个脚印都没有。那号房门上的窗子却被屋内的灯光投射到地上，印出四块黄色的灯影，中间是一个黑色的十字。

月梅脚踏着地上的灯影才要往里院去走，号房的那个老头子却推开门，叫着说："张月梅！"月梅回过身来，笑着说："老大爷，您怎么没有回家过年呀？"老头子带着笑说："我不过年啦！叫他们年轻的都回家，我在这里替他们看门！你这里来！"月梅笑着走前了两步，老头子就说："刚才有你一个电话。"月梅吃了一惊，赶紧问说："是吗？姓什么的给我来的？"老头子说："是什么祁公馆，说是要你到那里过年去。"月梅喜欢得回身就走,并回首说:"老大爷,我上我干姐姐家里去了!今天我也许不回来了!"老头子说:"你去吧!晚点回来也不要紧,反正我也暂且不能睡呢。"月梅说:"好吧!老大爷,明天我再给您拜年!"她边说着,就跑出去了。

但还没走到胡同外,她忽然又顿了顿脚步,心里想:五小姐怎么忽然又想起我了?别是柏先生也在那里了吧?这新年夜里西山孤儿院一定也放假,柏先生无论怎么不跟五小姐好,今天,他还能够不进城来看看吗?可是我怎么和他两人见面呢?想到这里不自禁又有点儿伤感。

胡同口外放着一辆洋车,那盏车灯照在雪上,就像是病人脸上那般颜色。车夫把头都要缩在破棉袄里了,看见了月梅,就招呼了一声:"要车不要?"月梅说:"拉到马圈胡同要多少钱?"车夫说:"大年底的,随便给吧!"月梅上了车,车夫把棉布棚子遮严了,月梅就随着车摇摇晃晃地去走。

约莫快到了的时候,月梅从车棚上嵌着的小玻璃向外去看,又走了一会儿,月梅就说:"放下吧!"

车放下了,车夫解开了棉棚子,月梅下来给了车钱,就到了那小门前敲门。她敲打了几下门环,仍然不见有人开门。却听里边有嘡楞嘡楞地剁饺子馅儿的声音。月梅便放了心,因为想着这里既然还有这种"年下"的气氛,可知丽雪是很快乐的。她又连气儿把门环敲了几下,并高声叫着说:"余妈!余妈!"

门里的剁馅的声音停止了,待会儿就听余妈在门里笑声儿说:"我的张小姐,这么大的雪,真应当叫汽车接您去!"随着门就开了。月梅一跳进来,就急急地问说:"五小姐等了我半天了吧?打电话的时候正赶上我出去啦!"余妈却说:"我们五小姐是没吃早饭时走的,可是刚才来了个电话,叫我打电话找您来。您等一等,大概我们五小姐也就回来了。"月梅不由得一怔,又赶紧问说:"叫我来是有事吗?"余妈笑着说:"大概没什么事!我想是到了年底啦,不由得就想起您来了,又知您放假,这才请您回来过年。"月梅却依然有些猜疑。

小庭中的雪纷纷落着,北房里灯光通明,玻璃窗里挂着仿佛花边似的那种线织的纱帘，微红色的灯光从窗帘里滤到外边的雪地上，像是开着一朵一朵的精美的小花。余妈请月梅进屋来，给倒了茶。月梅就坐在离炉子较远的沙发上，依然发着怔，又问："五小姐今天上哪儿去啦？从哪里打来的电话？"她一扭头，就见桌上放着两张要账的条子，还有几张漂亮的贺年片。

余妈回答说："不知道么，五小姐早晨天没亮就起来啦。"月梅惊讶地问说："为什么起得那么早呢？"余妈说："那倒是常事！这些日来我们五小姐时常失眠，有时能看一夜的书，白天她又不愿在床上躺着。梁小姐她们都上着学，也不能常跟她在一块儿，她也不爱溜冰不爱看电影啦，听说就是常到吕公馆打打牌，今天的电话也许是从吕公馆打来的。"

月梅默默地坐着，本想再问问柏先生这些日子来了没有，可是又觉得难以出口。余妈也没提说出来，只说："张小姐您在屋里坐着，看看书看看报！孙妈在那里蒸馒头啦，我正在剁着半截白菜。既是五小姐请您来过年，您医院里不是也放几天假吗？您就在这里多跟五小姐玩玩再走。八月节您白跟着我买了一趟菜，我的菜做得顶好，您可没有吃着，今天您可千万别走啦！回头我做几样儿，一个米粉肉，一个咖喱鸡，一个红烧鲤鱼，再做一个素的，芥末白菜，您瞧我施展施展本领，准保比馆子叫来的还可口，这都是在公馆的时候我跟大司务偷学来的。"月梅就笑着说："你忙去吧！我在这里等着五小姐。"余妈又把一盘糖果和一盘切好了的橙子，摆在月梅的眼前，就出屋去了。

这里月梅便把围巾解下，闷闷地听着近处的剁白菜声和远处稀稀的鞭炮声。屋里的火是很旺的，梅花、水仙也幽静地吐着芬芳。屋中的陈设略有变换，四壁的镜框里又添了几张相片，其中一张是骏青与丽雪两人在海滨合照的；看他二人相挨得很近，脸上都带着笑容，不似感情不好的样子。月梅就更是伤心，暗想：他们两人本来是能好的，都是我在其中……她又想有许多话回头都要跟丽雪说明白，最好柏先生也来，自己就对着他们两人同时把事情都说明白。

月梅走到书架旁，见书倒是没添多少本，小说反倒减少了，就见有几本心理学和外文的介绍各国风土人情的书，书皮都很旧了，似乎是经常翻阅的样子。另外有一本是中文的《人生五大问题》，薄薄的册子，月梅就了抽出来，拿到沙发旁坐着看。一翻篇，见篇首的一页白纸上写着是：

> 雪姐：
>
> 　　我把这书送给你，帮助你解决心中的烦闷吧！这是一位历遍了人生的法国人作的书，他或者能指给你一条应走的路，希望你在失眠之夜，把它从头到尾地看了。
>
> 妹霞

月梅心里有点难受，翻开第一篇，见是"论婚姻"，其次是"论父母与子女"，再次是"论友谊"。月梅读道：

> 　　于是我们遇到难题了：男女之间的友谊是不是可能的？能否和男子间最美满的友谊具有同样的性质？一般的意见往往是否定的，人家说："在这等交际中，怎会没有性的成分？假如竟是没有，难道女人（即使是最不风骚的）不觉得多少受男子的慑服么……"

月梅的心像是被刺了一针，刺得不住怦怦地跳，又往下翻阅，见这个作者简直把"男女间的友谊"与"爱情"看成一个东西了。她希望找到一段论师生关系的，但是没有了，只有几句话似可为自己解脱，她就仔细地记在心里，是：不少男女，唯有在一个良心指导者的高尚的无人格性（即爱情）的友谊中，方能找到他们所需要的超人知己……

月梅心里就想：这说得对！我跟柏先生的友谊是绝无爱情成分的，他，不过是我的一个良心的指导者。但转又细细地一想，觉得又不对了，"良心的指导者"唯有刘醉生才配称，他教给了自己怎样做一个坚强的人。柏骏青他究竟指导了自己什么呢？在学校时，不过是我总想着气气他，他总想着给我买个算术本，或是问问我的家庭状况。后来，他就是想法子帮助我，并且有些我并不愿让人帮助的事，他还死磨着要帮助我似的……月梅闷闷地心里想着，她第一次对自己产生怀疑了。

又待了一会儿，就听门外有汽车喇叭嘟嘟地响了两声，厨房里剁白菜的声儿也停止了，有人跑出去开门。月梅赶紧把这本书放在书架上的原处，并离开了那张放着要账条子的桌子，在远处的一张椅子上坐下，心中更是突突地跳。就听余妈在院中说："张小姐来了半天啦！"

月梅站起身来，心情很是紧张，见门一开，丽雪穿着灰鼠皮的大衣进了屋，月梅就叫了声："姐姐！"丽雪摘下鹿皮手套，握住月梅的手说："咱们真有好多日没见面了！"月梅点点头，眼泪直往下流。丽雪就拍了拍月梅的肩，说："请坐！"然后走了过去，余妈帮助她脱下了大衣。丽雪的正脸被灯光一照，月梅几乎难以认得她了，就见她现在很瘦，很苍白，她那双眼皮的眼睛已不似早先那么灵活，脸上有一层极度的忧郁之色，但又像故意做出一种乐天的全不在意的笑容。

余妈给她拿过一听烟卷来，她摆手说了声："不要！"在对面的沙发上坐下。她的身上穿的是花呢洋服，里边是咖啡色织出花来的毛衣。她仰卧在沙发上，翘起来咖啡色的高跟鞋，鞋是很新的，但鞋底却很湿，可见她虽然是坐汽车出去了一天，可是鞋底也一定踏过不少的雪。

月梅坐在她的斜对面，眼睛很潮润，心里的话很多，但是不知说什么才好。余妈给五小姐倒了茶，又给月梅换了一杯，月梅这才问："姐姐您吃过饭了吗？"丽雪点点头，微笑着说："吃过了，你呢？"月梅也笑着说："我还没吃，我听说您要请我来过年么。"丽雪就说："那好了，余妈快去给张小姐预备饭，我也陪着再吃点儿。"余妈高兴地答应了一声，赶紧出屋去了。

这里两人还默默地坐着，月梅就忍不住，擦擦眼泪说："姐姐！上次我真对不起您……"

丽雪笑着说："你若对不起我，我还更对不起你呢！你受了那么重的伤，我也没到医院看你一回。"

月梅说："我那次被汽车撞的伤倒不要紧，只是我心里时时难过，觉得您虽能原谅我,但我也是做错了事。所以,第一回我给您打电话,上次我来,我都是想跟您解释解释……"

丽雪淡淡地一笑,说:"咱们两人之间有点小小误会,还用得着什么解释?我记得我跟你也说过,我决不能跟你存着什么意见。因为我一看见了你,就忍不住要想起当初咱们两人,一同站在我母亲的病床前,还有我母亲去世的时候,你又像亲人似的安慰着我那颗孤零的彷徨无主的心!"说着她忽然把头向沙发的后背一倒,从西服小口袋里掏出手绢来盖上脸。

月梅赶紧走过去,坐在沙发边上,双手推着丽雪的身子,急急地劝说:"姐姐!姐姐!您这是为什么呀?"见丽雪全身急速地抽搐着,月梅就哭着跺脚说:"您叫我真着急!"她就把丽雪脸上的手绢一掀。忽然丽雪满面是泪地噗哧一声笑了,她用手推开了月梅,嚯地站起身来,往前跳了两下,转脸擦净了眼泪,又过来拉着月梅说:"喂!喂!你来了我们这里两次,你看见了没有?我们这梅花、这水仙……开得有多繁盛?"

月梅仍然跺脚哭着说:"我不看那梅花,我要听您说话!有什么话您对我说,您的人生有什么难解决的事,我可以给您办!"

丽雪忽然又冷笑了一声,说:"哪里学来的这个名词?人生?将来我若是有机会主编一部世界辞典的话,我一定要把人生这个词,连同与它意义相近的词,全都挖了去!"

月梅擦着泪,说:"我愿今天和您都说明白了。"

丽雪反问说:"有什么不明白的呢?我的心比这电灯还明,你这个人的一切,比外面下的雪还洁白。"她又笑着搂住了月梅,说:"真的,陈蕙如那天跟我说,她在医院看见你,穿着白衣裳,戴着白帽子,跟白衣天使一样,我就想也看看你去。我再问你,是不是这次护士班你考了第一?过旧历年你就入护士学校了?"

月梅惊讶着,问说:"您怎么知道的?您听谁说的?"

丽雪笑着说:"你就不用管啦,反正我的消息敏捷(灵通),你在医院一切的事我都知道!"月梅倒不禁脸色一变。

丽雪却仍然笑着,用手抚摸着月梅的头发,说:"护士学校是三年毕业不是？"月梅擦着泪，点了点头。丽雪就计算着，似乎自言自语地说："你今年十四，不，再过几小时就是十五了，十五、十六、十七……那么你毕业时就已十八岁了！好！好！"她把脸在月梅的头发上贴了一下，又替月梅擦了擦泪水，并笑着劝说："别哭！等将来做新娘时再哭！"月梅只低着头不言语。

丽雪又摸了摸她身上的衣服，叹息着说："你怎样穿得这么单寒？我这里有的是衣服，你爱穿哪件就拿哪件，若不合适可以叫裁缝改改。"

月梅说："我倒是不冷，在医院做事也用不着什么好衣裳。姐姐，您请坐！好几个月我没见着您啦，今天我有许多话都要对您说。姐姐，再过几天我就入护士学校去了，以后我就不能再出来啦！姐姐，我要没有你给我过去补习那些日的功课，这次我也考不了第一，也入不了护士学校，所以都是你帮助我的！"

丽雪拍着她的肩膀说："这还算是帮助？正经帮助你的人是缪大夫。"

月梅脸红了红，就说："因为我过去太不幸了，没法子，所以处处都需要人帮助。凡是帮助过我的人我全感谢，可是我又没有力量去报答！我也知道，你跟柏先生、缪大夫、刘先生，还有薛先生、薛太太、梁小姐，都是并不希望我报答的。现在我就是决定了主意，我要做一生的护士，我把我的心全部用到工作之中，决不用到别处！"

丽雪笑问说："那么你将来就不结婚了？"

月梅就决然说："要能有个神叫我发誓的话，我就起誓，我永远不结婚！永远不会与人有爱情！"

丽雪就更笑了，说："我看你简直像是失恋了，所以才说出这样颓唐的话，这就跟一般西洋女子失了恋，要去做修女是一样。"

月梅摇头说："不是，姐姐你别胡说我，我说得出来便做得出来。"丽雪仍然笑着，但神色却有一点儿发呆。

这时孙妈进屋来了，丽雪就回到了沙发上。孙妈收拾桌子预备摆茶饭，月梅也过去帮助。孙妈拿抹布擦了擦桌子，就边挪椅子边笑着说："张小姐你歇着吧，我一个人能行，现在你到我们这里来，就是客啦！"月梅笑着，又过去拉丽雪，说："姐姐你在这边坐。"丽雪说："还没摆上呢！等摆上了我一定陪你吃就是啦。"

这时余妈端进菜来，月梅就拉着丽雪过去坐下。孙妈就说："今儿张小姐一来，咱们这年就过得有意思啦！可惜骏少爷没来，大概是西山离这里太远，要不然也早就来啦，那就更都团圆啦！"余妈一边摆着菜，一边就用眼瞪着孙妈。月梅偷眼向丽雪去望，见丽雪的脸上一点笑容也没有，只是白煞煞的，凝定着，如一池坚冰。

几样菜摆得很匀整，做的颜色也都很漂亮，并有一瓶子深颜色的洋酒，大概不是"香槟"就是"白兰地"。余妈用那橙色的玻璃小酒杯斟了，给丽雪和月梅送到眼前，并笑着说："一年到头了，我说两句吉祥话向五小姐张小姐辞岁吧！张小姐明年是步步高升，升得做个女院长；五小姐百事如意，双喜临门，四季平安，有福有乐的……"

丽雪那凝定着的双眼不禁扑簌簌堕下泪来，她赶紧持起酒杯来，眼泪也就堕在酒里。她以酒和泪咽下了一口，接着就咯咯咯地故意做出来一阵笑，说："人真是！什么事都是想不到的，什么都要由着命运支配……月梅你说滑稽不滑稽？"月梅惊异着，脸色立时又变为忧郁，余妈跟孙妈也都直了眼。

这时外面又吧吧地有人敲门，丽雪擦着眼泪向余妈说："你出去看一看！只要是找我的，无论他是谁，全都告诉他我没在家！"余妈就出屋去了。

孙妈这里也抹着眼泪，悲凄凄地说："五小姐你别这样深思远虑的啦！去年还是在公馆里过的年，去年过年还有太太，去年这时候骏少爷才从汉口来。今年，这一年之内，太太就不在了，你也出来了，可是，也总算有一件喜事呀！"

丽雪双目莹然，脸上始终作着笑嘻嘻的样子，看了孙妈一眼，便再也不理。自己又满满斟了一杯酒，高高举起，笑向月梅说："咱们忘了碰杯啦！来！碰一下吧！"月梅便一手拿绢帕擦着泪，一手举起了酒杯。

两只酒杯还没碰在一处，就听门外余妈跟人吵嚷起来了，嚷嚷得还很厉害。丽雪扭头向孙妈说:"出去看看是什么事儿?"孙妈出去了,这里两人也都放下了酒杯,侧着脸向外去听,却听不出来外面嚷嚷的是什么。

丽雪生了气,嚯地站起身来,刚要出屋,余妈却喘着气走进来了。丽雪就问:"什么事?"余妈指手画脚地说:"是寰球洋服店的,我说五小姐没在家,叫他过了初六再来,照顾了他们这些年,钱决不少了他的。他可……"丽雪说:"跟他们费那些话做什么?把钱还他们就是啦!"随气愤愤地自己走到衣架前,由大衣口袋里掏出一叠钞票,都扔在桌上,向余妈说:"点点看有多少?"她就又坐下来和月梅碰杯饮酒。

余妈在桌旁站着,低着头把那些钞票点了半天,才说:"这一共是二百八十三块钱。"丽雪就说:"全给他!欠下的过年再说,看他走不走?"余妈说:"欠他五百多块钱,还他二百五十块钱还不行吗?"随就出屋去了。月梅发着怔,丽雪却喘了喘气,又冷冷地笑着,眼神越发地凝滞。

钱一拿了出去,外面的吵嚷声也就立时停止了。接着是关门声,余妈叨唠着进来,说:"五小姐,过年您再做西服别照顾他们了,真是气人!"丽雪却没有言语。

孙妈又端进来一盘热气腾腾的饺子,丽雪也没下筷子,月梅只夹了一个,也吃不下去。丽雪看了看手表,就说:"快到九点啦!月梅快点吃,吃完了你回去,明天你再来给我拜年好了!"

月梅惊讶得手一哆嗦,几乎把筷子扔了,她含着眼泪,微笑着说:"我偏不走!回头我还要和您打扑克,想要赢一赢您呢!"丽雪也一笑,说:"今天可不像八月节,我真要驱逐你了!"又低声说:"待会儿柏先生就来!其实你在这里也不要紧,不过总是你今天先回去,明天再来才好。"月梅脸上微觉发热,心中却更是疑闷,便点点头,默默不语。

余妈在旁喜欢着说:"是柏少爷回头就来吗?"丽雪点了点头,说:"他很早就进城了!他到缪大夫那里吃晚饭,吃完饭总得谈一会儿,大约这就快来了。"余妈说:"那么孙姐你赶紧洗洗手,去切两盘梨,剥两盘橘子,预备着,柏少爷来了一定是有点醉,拿那个好醒酒!"孙妈就高高兴兴地出屋去了。

这时月梅已放下了筷子，丽雪就站起来，笑着过来，又拍着月梅的肩轻声儿说："对不起！"月梅没有言语，站起身来，也不漱口，就过去拿自己的驼绒围巾。余妈等丽雪转进屏风里，就近前两步，悄声向月梅说："张小姐，你这就要走吗？"月梅眼里流着泪，一面绕围巾一面说："你没听见，五小姐叫我立刻就走吗？"余妈也发了发怔。月梅又擦擦眼泪，隔着屏风向里说："姐姐我要走啦！"丽雪在屏风里也不知是正在做什么，就听她带着点儿笑声，说："你走啦？对不起我不送呀！明天可准来！余妈给张小姐雇车去！"余妈答应了一声，月梅已走出屋去。

此时外面的雪仍然成团地向下落着，天色愈愁黯。月梅往外面急急地走，余妈在后跟随着，并悄声说："张小姐你可千万别生气，我们五小姐不定又想起什么来啦！也许是待会儿柏少爷来了又得打架，怕你在中间跟着作难。张小姐，咱们都知道她的脾气，别和她认真就是啦！我给你雇车，你先回去，明天再来。"月梅一声不语。

余妈开了街门，一看门外只是一片混沌惨白的雪色，别说洋车，连一个人或一只狗也没有。余妈就下了台阶往南去走，大声喊着："洋车！洋车！"

月梅站在台阶上咬着嘴唇，沉思了一会儿，忽然她就急忙忙地踏着乱雪追上余妈，从后面揪住了余妈的衣裳，拦阻说："别叫车！别叫车！"

余妈回过身来，叹着气说："张小姐！这么大的雪，挺远的路，街上又没人，怎能叫你走着回去呀？咳，我们五小姐办的这个事呀！"月梅摇手说："我不回去啦。"余妈便说："对！你进去，就说雇不着车不能走了，看她说什么？又不是没屋子住，没被褥盖，大年三十的，催客走也不能催得这么急呀！"

月梅摆手说："不是，我看今天柏先生未必来，这其中一定有事儿。余妈你跟我说实话，是不是柏先生这许多日都没有来？"

余妈发了会儿怔，随后就说："可不是，柏少爷有一个月没来啦！听说上礼拜柏少爷进城来，回府右街去了，可是没到这里来，陈蕙如打电话告诉了五小姐,五小姐立时就坐汽车找去了。听说一到府右街,两人又打了架,五小姐一生气把她送给柏少爷的那个白瓷娃娃,就是那个光着身子短一只胳臂的'维什么斯',给摔了个粉碎!"

月梅又赶紧问:"是不是五小姐现在手里已没有什么钱了?"

余妈低着头,悄声说:"哎哟,张小姐!说出来你许不信,我们太太死后留下来五六万块钱,不到半年就都叫五小姐给花了,这两个月是指着东摘西凑度日。陈蕙如夹着大包裹出去给她当当,当回来钱她就把当票儿一烧。你说她没钱吧?可是黑狐皮的大衣当了,又另做灰鼠的;西服一个月至少做三身,每天汽车钱至少四十块,打牌一输就是五六百。前两天不是三少爷来了么……"

月梅问说:"哪个三少爷?"

余妈说:"公馆里那位三少爷,你没见过,太太死的时候他在外国也没回来。他是我们五小姐的亲哥哥,这次回来是为说张次长家的那位二小姐,可是听说那位二小姐又得了很重的病,大概立时也不能定亲。前天三少爷来到这里看他的妹妹,说是我们老爷现在官也辞啦,住在上海,很想念小女儿的,三少爷就劝他妹妹回去,可是我们五小姐反倒跟人家翻了脸,弄得她哥哥很不高兴地就走了。"

月梅站在雪中听余妈说了这些话,她就赶紧揪住余妈的胳臂,说:"余妈,不是我过虑,我看今天五小姐神色太不好了!我走也不能放心。"余妈一听,吓得更是发怔。月梅就说:"现在我先悄悄跟你回去,我躲在西屋里,你跟孙妈都别声张。五小姐要向你们问我,你们就说我已经雇上了车走了,然后我就偷偷地隔着窗户玻璃瞧她,倒看她急急地把我支走了,是要做什么事。"余妈又怔了半天,就说:"张小姐,你这么一说叫我倒怪害怕的。"月梅说:"你镇定一点儿,咱们赶紧进门去,千万别叫她知道我又回来了。"余妈仍怔柯柯的。

这时两人浑身都落满了雪,进了门,月梅就使力地把门关上,然后她就企起脚儿来,扒着余妈的耳朵说:"我到厨房去,你到北屋看看五小姐她做什么啦?她要问我,你就说你已然给我雇了车,我走了!"余妈点点头,月梅就很快地踏过院子走进了厨房。

月梅一进厨房,倒把孙妈吓了一跳,就叫了声:"张小姐……"月梅赶紧向她摆手,连头上的雪也顾不得掸扫,就走过去,悄声嘱咐说:"别声张!"孙妈直着眼,手里剥着暖房培植出来的鲜豌豆,月梅就扒着她的耳朵说:"刚才五小姐那神色你没看出来吗?又哭又笑的……"孙妈歪着耳朵听着,又直着眼想了一想,就说:"可是……那两回骏少爷来了,我们五小姐都是哭完了笑,笑完了哭。"月梅也怔着,费尽心思去思索,总觉得刚才丽雪的那神情,和她对自己说的那话都不大对,都很可疑。

这时余妈进厨房来,却是笑着,她一边用手拍着衣裳上的雪,一边说:"张小姐你也别担心,没有什么事!我们五小姐在那儿写信呢。"月梅赶紧问:"给谁写的信?"余妈说:"我哪里认识字呀?"月梅又问:"信上的字你一个也不认识吗?"余妈说:"我就认识一二三四,五小姐写的字又草,还有英文,我走到桌子边也没敢正眼儿看。"

月梅说:"五小姐没哭吗?"余妈摇头说:"没有,还好好儿的。我进屋里去了,给五小姐倒了碗茶,五小姐说不喝茶,又叫我倒了两玻璃杯的白开水。"月梅说:"她没问我吗?"余妈说:"一进屋的时候我就说啦,说是给你雇了一辆车,你走了,五小姐就点了点头。后来她就说了,你们爱守岁就守岁,爱睡就睡,把大门关好吧,也没有人来了!"

孙妈说:"不是说骏少爷回头就来吗?"

余妈摆摆手说:"孙妈你说话小声儿些,五小姐的耳朵尖。"又笑着悄声对月梅说:"骏少爷现在一定还在山上呢!就是想来,今天这么大的雪大概也下不了山。那一定是五小姐的瞎话,许是五小姐因为许多日没睡好觉,才把你支走了,要好好地歇一晚上。我想大年下的,张小姐你也别生气,回头我们把几样菜预备好了,你跟我跟孙妈抹抹纸牌。过十二点五小姐也就睡啦,我在西屋给你生个旺火,铺好了被褥,你爱几时歇着就几时歇着,第二天见了我们五小姐你哈哈一笑,你说好不好?"

月梅却紧皱着眉,仍呆呆地想着,随又悄声问说:"这些日五小姐睡觉,还是天天锁屋门吗?"余妈说:"那北房的门不是有两把钥匙吗?

由里外都能锁,可是前些日五小姐给弄丢了一把;现在只有一把,是在五小姐手里,你问这话干什么?"月梅摆摆手,悄声说:"你别声张!我去看看她。"

月梅随就出了屋,在雪下走到北屋的窗前,站在檐下,隔着那透花的窗帘向里去看,见丽雪已然躺在床上了,只仰卧着,西服还没有脱,可是身子纹丝不动。往桌上去看,桌灯很明,照着桌上扔着的墨水瓶、钢笔和乱放着的几封信。月梅顿然惊得心跳起来,她赶紧用手指弹玻璃,向里叫道:"姐姐!姐姐!"

她叫的声音很高很急,但屋里床上的丽雪却动也不动。余妈听到月梅的声音很诧异,便赶紧由厨房跑出来,连声问说:"怎么啦?怎么啦?"月梅又急急地跑往屋门前,用力来拉门,捶门,并惊慌地连声叫着:"姐姐!姐姐!"屋门却从里边锁得很结实,拉不开也打不开,屋中的丽雪也一句话不答。

余妈也看着奇怪,就也忍不住扯开嗓子,叫道:"五小姐!你是睡觉了吗?"月梅又走到窗前,哗啦哗啦地用拳头敲打玻璃。屋中丽雪所躺卧的地方,隔着窗户与月梅相距不过三尺,这么大的响声,又加上喊叫声,丽雪却冥然得一声不语,木人似的动也不动。

月梅就用围巾裹着手使力向玻璃去砸,立时玻璃破了一个大洞,余妈在旁惊叫说:"张小姐!小心手破了!"月梅也顾不得,就又用手连砸了几下,窗上的玻璃就全都纷纷屑落。月梅喘着气,急急地说:"余妈快托我一把,我由窗户爬进去。"余妈双手乱颤,惊慌慌地托着月梅的腿,月梅就撕下了里边挂着的窗帘,爬进窗去。

进到窗里就是床,她就用力去推丽雪,就见丽雪像一摊泥似的,身上已没有一点力,但手上、头上还是很温热的。月梅赶紧由丽雪的身上跳过去,一下床,就听咯嘣一声也不知踏着了个什么东西。窗外的余妈孙妈急急地问说:"五小姐到底是怎么啦?"

月梅跑到外间,见钥匙就插在锁孔里,她赶紧开了门,余妈、孙妈都急慌慌地往门里挤,月梅就说:"余妈快把鸡毛掸子拿来,别着急!不要紧!"余妈慌慌张张的,半天才把天天要用的那把掸桌子的鸡毛掸子找来。这时月梅已给官医院打了电话，说："马圈胡同祁宅有人服毒，请大夫赶快坐汽车来，我是张月梅。"

月梅由余妈手中接过掸子来，揪下几根鸡毛，就叫余妈拿筷子把丽雪的牙齿启开，她使丽雪的脸向下，用鸡毛向丽雪的咽喉去探。探了几下，丽雪的身子就动了，哇哇地吐出几口，都是胃中的酸水，吐了月梅一衣裳。孙妈在旁见她的五小姐随人摆布着，简直和死人一样了，就不禁放声大哭，嘴里说着："五小姐呀！你真太心眼窄啦……"

月梅命余妈把丽雪的身子在床上放平了，又按了按丽雪的脉搏，立时她的精神就不紧张了，就说："不要紧了！你们放心，她决死不了。孙妈你哭什么？出去看看，见汽车来你就招呼一下，别让大夫来了找不着门。"她下了床，又嘱咐余妈别动丽雪。孙妈就弯着腰，哭啼抹泪地往门外雪地中等大夫去了。

余妈也紧皱着眉，流着泪说："我上公馆把二少爷、三少爷请来吧？"

月梅说："请他们干吗？人又死不了。"她蹲下身，从地下丽雪吐的那几摊水中捡起个小药瓶，看了看，是一种安眠的药片。地上还有一个瓶子，是刚才被自己踩碎了，还有六片药也都撒在地上，月梅全拾起来给扔在痰盂里了。再看桌上放的几封信，有给柏骏青的，给梁霞的，给陈蕙如的，还有一封信面上写着"交月梅贤妹"。月梅咬着嘴唇，眼泪乱滚，也无暇去看。她只坐在床头，手指永远按着丽雪左手的脉搏，又吩咐余妈说："把那几封信都放在抽斗里。"

余妈抹着眼泪，收起信来，还哭着说："你说我们五小姐是为什么要寻死呢？就是为柏少爷时常气她吗？"

月梅深深地叹了口气，说："据我想，今天她出去一天，一定就是上西山找柏先生去了，大概在那里两人又打了架。"余妈说："那可为什么又把你请来呢？请来了你可又催着你走。"月梅又叹了口气，就不再言语。此时她的右手已被玻璃划破，有许多血迹；衣服也有几处割破了，并且很湿；脸上却涔涔地出着汗。

又待了一会儿，门外就有汽车的响声，月梅站起身来说："大夫来了!"余妈赶紧出去迎,就见孙妈满身是雪,头发上都冻上了冰,带进来的是内科的李大夫,还同来了个男护士。由月梅帮助,李大夫给丽雪听了听诊,月梅说:"毒物已经吐出来了。"并把那药瓶拿给大夫看。

李大夫就说:"没危险,你们给她盖好叫她睡一夜,到明天就好了。"又向月梅问说:"你怎么会在这里啦?"

月梅指着床上的丽雪说:"这是我的干姐姐,她因为家庭的事生了些气,我是来安慰她。我才要回医院去,她在这里就服了毒。"

李大夫就说:"你就在这里看护着她吧!她跟睡觉一样,明天醒来还照常。"李大夫就带着那男护士走了,余妈、孙妈都送出门去。

待了会儿,余妈又回来添炉子,孙妈扫地收拾桌子,月梅就说:"你们放心了吧!没听见大夫说吗?一点儿危险也没有了,跟睡觉是一样,到明天醒来还照旧如初。"

余妈还半信半疑的,叹着气说:"听天由命吧!今天幸亏你没走,要就是我和孙妈,我们两人可怎么办呀?"

这时孙妈正在屋里扫地,忽然她就笑了,说:"张小姐快来听听!大夫说的话真灵,五小姐真跟睡觉一样,你们来听,五小姐这不是直打呼吗?"

余妈跟月梅赶紧又跑到床前,果然听呼噜呼噜的,丽雪打着鼾声,似乎睡得很熟。余妈也不禁脸上现出笑容,孙妈还歪着耳朵说:"张小姐!是五小姐打的呼吧?不是我的耳朵有毛病吧?"

月梅也忍不住笑了,说:"你再往近了听听,就知道是真是假啦!告诉你们,大夫既然说不要紧,绝无危险,人家自然就能负全责。"余妈又高兴了,把丽雪身上盖的花缎被给拉平展了,又找了张纸糊那破窗户,孙妈又去收拾外屋桌上的东西。

月梅在屋中找着了红药水,滴在自己手上的划破之处,然后把抽斗拉开取出了那四封信。她先看那封给自己的,上面是潦草草的钢笔字,写着:

月梅贤妹:

　　我们永别了!我之死是另有原因,并非为柏先生。我死了对一切事都放心,就是不放心柏先生,因为他虽不爱我,但我实在爱他。祈望贤妹替我对他多多爱护,我若有灵魂,一定是很快乐的!

丽雪绝笔

月梅擦擦眼泪,又看给梁霞的信,却是一大篇潦草的英文,后面只有两行中国字,是:

　　不是你拦阻,这件事不能延迟至今日,你认为可悲抑或认为可笑? 自杀者未必即是弱者吧,"人生"两字如此解释不是很好吗?

月梅又对丽雪的死因感到迷惘了,再抽出给陈蕙如的信去看,却是一大篇"遗嘱",一共分出许多条来,是:

　　1. 千万不要在外宣传我是自杀,只说暴病而死好了。
　　2. 衣物全给骏青和月梅,书店股票全送给你,外面所有我未还清的债务全请你与我三哥接洽代还。
　　3. 我的相片完全焚毁。
　　4. 余妈、孙妈给资遣散。
　　5. 尸体随便埋,无须办丧事。
　　……

给骏青的一封信粘得很结实,信封上并写着:"别人勿拆!"里面装的信纸也很厚。月梅拭净了眼泪,就把信封撕开,展开信笺看了,见是:

骏青:
　　我现在死了,死并不是一件值得惊奇的事,是人生终不可免的一个自然的形式。我为什么要死呢? 你一定知道我不是因为失恋，虽然我们两人时时地争吵，但你始终是说你爱我的。

我之死，是因为我已自知永远得不到真爱了，你知道爱情是有多么大的力量？我受了许多痛苦，做了许多牺牲去寻求它，但结果未能得到，而且我需要的东西就在别人的掌握里，我既无法去抢夺，也不愿去斗争，所以我失望了。失望之后，我过去受的那些痛苦和牺牲又缠住我，向我索偿，矛盾交集，痛苦无已。我实在受不了，只好想法躲开它，那个法子就是死。

我不恨你，我有什么理由来恨你呢？爱情是伟大的，我求其"真"，难道就不许你求其"理想中"的吗？月梅实在比我好，她与你是最相配合的，交给天父去审判，或让我公平地去裁夺，也应该把她交给你，而使我自己消灭的。

看明白了，我消灭自己是我的自由，不是你们一定叫我自灭的，至多了你们是叫我走开；你们没那权利，我也没那必要。所以我之死是自由而且自然的，你们不必迷昧事实，去引咎自责。

月梅三年之后便可在护士学校毕业了，那时她已十八岁，照年龄说，她可以嫁你了。我以表妹的资格来劝你，那时候你应当有些勇气。男女相处，无论是什么关系，情欲的机能必会自动发生作用，不必勉强去用人类的文明与社会把它驯服下去。你们既然都已感觉到了，就应当去计划着做，做了就必可得到幸福了。

我的话只说到这里为止吧，因为美丽的死，已在我的身旁迷惑着我了，我的心有点乱，不能够多写了。

祝你幸福！

祁丽雪

月梅看完了这封信，心中倒不怎样难过，只是想：这件事得设法解决,过去我只是躲避,谁知道结果还是躲避不开呢? 现在没有别的办法了,只好明天我到西山去找柏骏青,拿这封信给他看,叫他说真话,问他过去那样的帮助我是不是另有用意? 是不是希图报酬? 她愤愤地把这封信连同给自己的那封带在身边,其余的两封还都收在抽斗里,又向余妈要了针线,自己就在丽雪的床旁缝补身上的衣裳。

这时已然过了十二点了,四周的鞭炮声越加繁密,孙妈坐在个小凳儿上打盹,余妈又进屋来看了看床上睡觉的丽雪。月梅把针线交给了余妈,问说:"现在外面的雪还下不下?"余妈说:"下得倒是微了点儿啦,明天雪也许能住。"月梅又问:"街上这时还有车吗?"余妈说:"街上一定还有车,三十晚上,人都一夜不睡觉,街上总短不了人,就是雇车贵一点。"

月梅想了一想,又问:"你认得梁小姐的家吗?"余妈点头说:"我去过两趟,就在翠花胡同,不算远。"月梅就说:"我想叫你找趟梁小姐去,也不必要她立时就来,明天早晨来都行。因为你晓得五小姐的脾气,她寻死被咱们救了,明天早晨她醒来不定要怎样大闹呢! 梁霞是她最好的同学,有梁霞来了,可以劝她,可以说她,咱们可都不行。"

余妈答应着说:"我这就去吧! 对啦,还是你想得周到。五小姐明早醒来一定要大哭大闹,她要再寻死,咱们可真拦不住她,陈蕙如来了都许不行,我赶紧去吧!"又推了孙妈一把,说:"孙姐,你跟我关门去!"孙妈揉着眼睛站起来说:"是得请人,明天都得请来! 第一得请来骏少爷,叫他看看这是什么事? 打架打架,打得差点没出人命! 二少爷、三少爷也都得请来,要不然再出点什么差错,咱们谁都担不起。"

月梅又嘱咐说:"余妈,你见着梁小姐可别把话说急了,别惊慌慌地叫人家也吓一跳。先说五小姐现在好好地睡觉了,然后再详细说五小姐将才自杀和诊治的情形。"余妈连连点头答应,孙妈就同着她出屋去了。这里月梅看着电话,心中十分地焦灼,恨不得立时给骏青那里打个电话。但又知骏青在西山上一定很早就睡了,他也不会按照旧俗"守岁"的,何况就是通了电话,也有许多话不能够说呢!

她又转到屏风里,摸了摸丽雪的脉搏,见是很正常的。孙妈又进屋来,站在月梅的身后,依然很忧虑地说:"你看五小姐的脉气怎么样?"月梅回首笑着说:"跟好人一样!其实现在叫她也能醒,可是为什么不让她多睡一会儿呢?休息一夜,到明天她的精神恢复了,也自然心思就宽解了。"孙妈暗暗地念着:"求菩萨保佑吧!太太活着的时候念了一辈子的佛,就心疼小女儿,要是真有点什么舛错,那才真叫修善的人灰心了!"月梅不语,眼睛看着丽雪,心中又不禁一阵难过。

她觉得要落下泪来,就赶紧转身走到外间,向炉里添了几块煤,就在炉旁的沙发上坐着。那吐着细细清香的梅花,绿叶亭亭的水仙,依然那么娇艳清爽,毫无倦意,似是不知道在这室中刚才就出演了一幕悲剧。

过了许多时,才听见外面有急急打门之声,月梅赶紧跑出去开门。梁霞连话都顾不得问,急急地向里就走,余妈围着围巾,戴着毛绳帽子,在门前开发两辆车钱,月梅随着梁霞到了北屋来。梁霞一直走到丽雪的床前,听见了丽雪的打呼噜声,她就连连地用手推,并叫着说:"丽雪!醒醒吧!醒醒吧!"推了几下,丽雪忽然把眼微微睁开,直眼瞧着梁霞,却像不认识似的,只呆呆地说了声:"啊?"此时余妈、孙妈全在旁边,就都笑了,说:"好啦!睁开眼睛啦!"可是丽雪的眼睛又闭上了,依然酣睡。

月梅在旁就说:"她的脑神经现在还不十分清醒,索性叫她多睡几个小时,就可以完全好了。"梁霞把丽雪的被又盖好了。

余妈替梁霞脱了银灰色的长毛绒大衣,孙妈给倒过茶来,余妈又说:"梁小姐请坐吧!大雪的天,又是大三十晚上的,惊动你!"梁霞也不像往日那么爱笑了,她穿的是黑毛呢的旗袍,脖领上的纽扣都没有扣,可见她来得很仓促。她喝了口茶,就微微地叹息着,说:"我早就知道,必有今天这一场,但我还没想到会来得这么快!"

月梅这时倒觉得很窘促,就有点负疚似的说:"自八月节我就没和五小姐见面,这里的事我也都不知道,所以我也没法解劝。我想明天她虽然身体恢复了,可是心中的愁闷仍然解不开,我才和余妈商量,把你请了来,因为你是她的朋友里最亲近的,你劝她说她,她一定肯听。"说着就把抽斗里的那两封信拿出来,给梁霞看了。

梁霞拿绢帕擦了擦眼睛,又问:"只是这两封信吗?还有没有?"月梅说:"只是这两封。"说话时,她的脸就有些发烧。梁霞就说:"没有办法可以劝解她,除非她与柏骏青解除了婚约。"

月梅摇摇头,说:"我看五小姐直到现今还和柏先生很好,要叫他们解除婚约,也怕五小姐不能愿意。"

余妈在旁就着急地说:"哎哟!离婚哪里成呀?早先的事我都没和人说,我们五小姐和柏少爷这件事,不是自由定的亲,是太太活着的时候给主的婚。那时我在太太的屋里伺候,太太那时还能模模糊糊地说几句话,我就偷听了一两句。大概那时太太就把贴己的钱给了五小姐啦,她就说:'我要万一病不好呢,就叫你表哥照应你吧!'"孙妈在旁直流泪,连鼻涕都流出来了,月梅心中也一阵酸楚。

梁霞愤愤地说:"所以柏骏青更可恨!"余妈又说:"别管柏少爷是可恨不可恨,五小姐也不能跟他离婚呀?离了婚怎对得起死去的太太呀?"梁霞说:"其实也没有什么对得起对不起,不过你们五小姐她实在是个懦弱的人!"

余妈和孙妈都似乎觉着梁霞这话不大入耳,呆呆地站立了一会儿,就借着干事都出去了。这里月梅就对梁霞说:"梁小姐,五小姐与柏先生的事你一定完全知道,这里有我的关系,我一定想法叫他们和好就是了!"梁霞却说:"有你什么关系?你别以为丽雪她误会过你。她和我说得很明白,她对你没有半点怀疑,她只是不能信任骏青,你千万别往里掺!"

月梅就与梁霞隔着一张桌子坐着,她低着头,仍不断地思索,梁霞却到外屋取了一本书看。不觉着窗色就发白了,屋中的电灯倒显得光度减低。时钟的长短针已指到六点多,月梅就拿上自己的围巾,向谁也没言语,就悄悄出了屋,打开街门走了出去。

这时的雪还未住,像柳絮一般的轻微结晶体,还不住地在眼前飘,向头上落,脚踏在地上便连鞋都陷进去了。胡同里家家紧闭着双门,只有鲜红的春联相映着。晨风刮得很紧,冰冷的空气触在脸上,就像刀割似的。月梅走到街上，见各家铺子也都紧闭着门，门前贴着红纸金字的"开市大吉""万事亨通"，并有糊成三角形的纸口袋，上写："贺年片请投此处。"街上倒是有往来的人，相识的见了面，就彼此作揖，说："新禧新禧！多多发财！"小孩子三三五五的，都穿着新衣服，戴着新帽子，冻得红鼻红脸儿的，手里拿着香火头儿，在雪地里放爆竹。

月梅找着一家汽车行，打了半天门，里边才有个披着大棉袄睡眼蒙眬的人，把门拉开了一道缝儿。他一看月梅是个姑娘，就仿佛冲撞了他这一年的好运似的，生着气问说："干吗？"月梅说："雇汽车！"那人说："没有！"吧地就把门缝关上了，月梅只好再到别处去问。

走了不远，看见又有个马车行，招牌上写着："出赁四轮马车。"因为是个大车门，所以没有关着，院里灰棚下还放着几辆车，拴着几匹马，有两间瓦房似乎是柜房。

月梅才把脚踏在那积雪未除的石阶上，屋门就开了，露出来一个纽扣没扣，腰间系着一条青布褡包的老头子，他就摆手说："别进屋！别进屋！屋里供着财神啦！有什么事儿？你找谁？"月梅说："我要雇一辆车，往西山去接一个人。"老头子便扬了扬脸，用手指着月梅说："你瞧你这姑娘，大年初一清早你就来叫！你说我不应你吧，是今年头一号买卖，谁都要讨个吉利，不能够推走；我要应你吧，我这几个伙计昨天晚上推了一夜牌九，现在都还没起，西山又是那么远，雪又这么大！"

月梅说："真是有要紧的事儿！我可以多花几个钱。"

老头子说："钱多少倒不要紧，你给一块钱，我们也得接着供在财神面上，不过就是……"他想了一想，就说："好吧！既是走来叫车的，就都是街坊，我套上一辆车和你去！可是就有一辆敞棚子车，来回是十块钱，这么大的雪，城外头不好走，新车我们可不能套出去。"月梅点头说："敞篷的也可以，不过要快一点，套一匹跑得快的马好了。"老头子说："马都是四条腿儿，没有跑得不快的。"随叫月梅站在雪地里等着，他进屋叫起来一个伙计，帮助他出来套好了一辆黑马拉着的破货车。

老头子手里拿着长杆鞭子，问说："先上哪里去？"月梅说："不到别处去，这就上西山。"老头子直眼瞧着月梅，说："怎么叫你往那么远去接人呀?你在哪家公馆干事呀?"月梅没有言语。车赶出门去,月梅就上了车。老头子坐在前面那高座子上,摇动了鞭子,黑马的嘴里喷着白气,四蹄刨着地上的雪,车轮子咯吱咯吱地响着,顺着大街走了去。

月梅此时的手脚都已冻僵,她缩在车上,大雪就纷纷地落在她的身上。出了西直门,侧面又吹来大风,雪仿佛更大,黑马的背上都成了白色。赶车的老头子棉袄上带着个羊皮领子,狗皮帽子护着脸,也成了个雪人。月梅的座旁、脚下都是雪,从头到脚也都成了白色。她的全身都被冻得几乎没有知觉了,但她的心还是很热的,并且是伤痛的,她就想:待会儿,我一定不能跟柏先生吵起来!别人不明白我们师生的恩义,冤屈他,我怎么可以也冤屈他呢!

西郊的路上,两旁的柳树尽枯,枝上抖颤着积雪。大地惨白,阴沉沉的天。田野、溪流、坟墓全都湮灭了,全都被雪给吞食了。只有那稀稀的人家由雪覆满着的房宇内冒出的炊烟,还是黑色的,连成群的在雪中觅食的寒鸦,都失去了本来的颜色。路上没有什么车辆和行人,对面的山是在哪里更看不见,就像她没有寻着出路时的环境。那时,是谁仗义伸出仁爱的手来,从风雪中将她援上了坦途,从阴霾中叫她看见了太阳?然而这一点点人类最崇高的同情竟不能为社会所容许,还必定要逼迫她割恩绝义。她心里就想:我决不能见柏先生说什么负良心的话!我永远不能忘了柏先生!别人说柏先生爱我,说我爱柏先生,就由你们说去吧……她哭了,泪水在她的脸上几乎结成了薄冰。

赶车的老头儿在前面,嘴里冒着白气叨唠着:"由西山来回十块钱!二十块叫你雇去?这也就是大年初一头一号儿买卖,雇车的虽不是个金童,可也算个玉女,我们讨个吉利就是了!"月梅也不言语。

车绕过了颐和园,又走,又走,眼前就望见了隆然高起绵亘的西山,就像一条银龙似的,整个地覆在雪下。月梅向前问说:"到孤儿院去找人,得从哪边上去呢?"赶车的老头儿说:"我一定把你送到了就得啦!"随又赶着车走了一会儿,在一处山口前停住了,他就拿鞭子向上指着说:"由这里上去,向北一拐,看见了白墙,那就是孤儿院。可快着点吧!别耽误了工夫!"

月梅答应着，就下了车，她的两腿发僵，雪又深，简直迈不开步。老头儿把那长杆鞭子扔下来，说："给你这个！你当作拐棍拄着！"月梅从雪里拾起鞭子，就努力地迈着两条僵硬的腿，用鞭杆拄着，喘吁吁地向山上走去。

山坡虽不十分高，可是刚下的雪又软又滑，她又心急，往上走了十几步就滑倒了。马车上的那个老头就高声喊着："慢着点！别跌下来！"月梅爬了起来，已滚得浑身是雪了，两只手也成了两个白雪球。她把手拍拍，手就生疼，再弯腰去拾鞭子，手指却僵得不会拿东西了。她好容易才把鞭子拾了起来，就拿胳臂夹着，再努力地一步一步向上走去。

山上的空气比平原更冷，冻得她浑身颤抖着，上下牙都不由自主地互相敲打。好不容易才上了一座山盘，向右一看，在乱雪之中远远地有一片房屋，墙垣仿佛是白色的。月梅就转身又往那边去爬。此时她的脸是向着正北了，北风吹着大雪片往她的脸上乱打，两旁的枯树枝摇动着，发出呼呼的声音。月梅觉得气都喘不过来了，两眼也睁不开，她就赶紧转过身。不料背后的狂风一吹，如同有个力气很大的人猛推了她一下，她就倒在了雪地上；幸亏这里的地势还不十分陡，没有滚落下去，她就急促地喘吁着，费力地爬了起来。这杆长鞭子此时倒成了个废物，既不能拄着它走，可又不敢把它放在地下叫雪给掩埋了，她只好把这鞭子连着许多雪夹在臂下，就侧着身，冒着雪，再一步一步地往北去挪。

半天，她才走到那白墙的近前，原来这白墙上写着几个很大的黑字，但多半已被雪给盖住了，正是"孤儿院"。月梅往那白色的洋式大门里走去，她的两只鞋因沾了太多的冰雪，才踏到大门口的石阶上，便又滑倒了。她颤抖着，满面挂着冷凉的泪水，又喘吁吁地爬起来，谨慎地上了石阶。

见有一间号房，玻璃上结满了冰花。月梅顿了顿鞋上的雪，觉得脚都麻木了，连步也迈不开，她就急急地大声问说："有人没有？"号房里却没人答应。月梅就一只手扶着墙，一只手拄着鞭子，慢慢走到这号房的门前，拿另一只手敲了敲门上的玻璃，屋里仍没人应声。她就把门拉开，见屋里有两个人正抱着很旺的小火炉谈天，一个就问说："什么事？进来说，把门带上！"

月梅进了号房，带上门，把那杆鞭子放在墙角，先烤了烤冻僵了的手。她喘了喘气，解下围巾抖落了许多冰屑，又拍拍衣服上的雪，然后拿围巾擦了擦眼睛，说："我找这里的柏骏青柏先生，他家里有要紧的事，我才冒着雪来。劳你们驾！快带我去见他！"

这两人却仍然不慌不忙的，一个人就问说："你姓什么？他是你的什么人？"月梅说："你带着我去见他就是了！我是他的学生。"这个人站起身来，又看了那杆鞭子一眼，然后戴上了皮耳朵套，这才点手说："跟着我来！"

第三十四回　别了！古城和新月

月梅这时的手脚已觉得温暖一点了，她就拿着围巾，跟着这个人，踏着雪走过了一重院落，见东屋是讲堂，有许多孤儿在那里玩闹。又拐进了一个小院落里，见有几间很矮小的东西房，只是纸糊的窗户，连一块玻璃都没有。月梅被带进了西屋，见外屋很冷，也没有火。屋里简简单单的，只有一张办事桌和几把破旧椅子，桌上的墨水盂都冻上了冰。墙上挂着一幅东西半球的地图，纸都变成了焦黄色，上面挂着许多灰尘。墙角还有两个花盆，残留着菊花的枯叶残枝。

有一幅不大干净的门帘遮住了里间，那个人就叫月梅等着，他掀帘先进去了。待了一会儿，骏青就从里间走了出来。他的头发很乱，穿的是深灰色的阴丹士林的大棉袄，虽然是新做的样子，可是压了许多褶纹，襟上还烧了个窟窿。因为屋中的光线很暗，月梅的眼上又挂着泪，所以她几乎认不出骏青的模样了。骏青却有些惊讶，就笑着说："屋里来吧！外屋太冷！"

月梅三步两步就走进了里屋，只见里屋更是简单，一张木床，上面乱堆着被褥，似是有人才睡起来的样子。床的对面是一把椅子、一只书架，书架上堆着一些书报。旁边是个脸盆，手巾还浸在很脏的脸水里。窗台上放着一个饭碗，碗上又放着一个大碟、一个小碟和一双筷子，碟子里还扔着半个干馒头。靠窗台有一个小火炉，骏青背着脸，往炉口里放了几个煤球,又问说:"这么大的雪,你怎么来的?"月梅拿围巾擦着眼泪,也没有说出话来。

这时那号房的人已走了,骏青背着脸扎火,又蹲下身去掏炉灰,嘴里并说着:"昨天缪大夫给我打电话,说你考上了护士学校,我想你一定搬到那边去了。今天初一,我们这里虽不放假,可是我没有什么事,我本想进城看看,下雪又雇不着车。我真没想到你来,你来是有事吗?"

月梅拿围巾捂着脸,抽搐着说:"我要没有事,找您来干什么?五小姐昨天晚上自杀了!"

骏青立时放下火钩子站起身,转过脸来发着怔。月梅偷眼一瞧,见骏青两眼发直,脸色灰白,简直和窗纸是一样的颜色。她就赶紧又说:"您别着急!五小姐自杀可没死了。"她随流着泪,抽搐着,把昨晚所发生的事情说了一遍。随又由衣袋里掏出那两封信,扔给骏青,说:"这是她的两封遗书,给您看吧!我也不明白那信上说的是什么。"

月梅见骏青呆呆地拿起了那两封信,就转过脸去,只听身后的信笺窸窣地响,又有骏青的冷笑声。然后骏青就走了过来,在她的身后问说:"那么,月梅!她这信上所说的话,你是信不信呢?"

月梅就摇晃着肩膀,低着头,抽噎着说:"我有什么信不信?我一点儿都不明白!"

骏青在身后笑着说:"这就完了!由他们……"

月梅哭着说:"可是这种话不是一个人说了,连余妈他们都这么以为,五小姐是早就当面警告过我!我没有法子,我躲也躲不来,死也不能死!"骏青又发了怔,手中发抖,那张信笺就沙沙地响。

半天,他才又不自然地笑了笑,说:"这很容易去解决,我之所以由着别人去说,不去解释,只因为我觉得那没有必要。恶意的污蔑就是恶意的污蔑,我们纯洁的友谊,还是纯洁的友谊……"

月梅说:"什么叫友谊呀?人家谁也不相信那句话,连我自己对这个名词都怀疑了!我只知道我是您的学生,您待我有过恩……"

骏青叹了口气,态度似乎有点激愤,说:"为这事你何必哭?我对不起你,我又犯了错误,我以为你的心也就如同我的心!我是不怕人说我什么的,别人说我爱你,我不加以解释;别人说我是神经病,我也不理。但现在你既是说,你需要我去替你解释,那就非常好办。现在我们就去见丽雪,当着你的面,一解释就开!"说着他就拿上呢帽,向月梅点手说:"走!走!我替你解释去!"

月梅却跺脚哭着说:"我不去!怎么解释您也得和我说明白了!我不能跟着您去,瞧着您跟五小姐打架!柏先生,现在我都把话向您说明白了,我一向是感激您的,同时我也感激五小姐,没有您跟她,现在我不定到了什么地步。我不是糊涂人,我能知恩不报吗?……我也不是只为我自己,假若您的对方不是五小姐,或是她仅对我有过恩,她的本人并不好,那我就由着人说。我无论蒙受多大的屈辱,我也不能为难您……可是,我见五小姐那人真不错,即使她有什么缺点,您也应当原谅她,何况,早先您姑母去世的时候,等于是把她的小女托付给您啦!"

骏青听了这话,就紧皱着眉,又到床旁坐下。他把呢帽扔在旁边,沉思了半天,没说话。

月梅走过来,两手在炉旁烤着,偷看了骏青一眼,就说:"您打算好了主意,快点走。我是坐马车来的,马车还在山下边呢,这么大的雪,又是新年,怎能叫人家在那里冻半天?您要是愿意进城,就跟我去,见了五小姐您可不能又跟她打架。她这次自杀没有成,一定受的刺激不小,您应当去安慰安慰她。"

骏青叹息着,又站起身来。他把墙上挂着的一件旧的西服大衣穿在大棉袄上,再拿起呢帽,然后就站住身,说:"你别以为我跟她是感情破裂了!她对我是怎样我不知道,不过我对她始终是很好,我所不能忍耐的就是她的喜怒无常和浪费的恶习。实告诉你,昨天就是这个时候,也下着雪,她到我这里来了,直坐到天黑才走,她提议在这新年里要跟我结婚。这问题我本来是求过她的,可是碰过她许多钉子,她说女子的头脑不像男子那么简单,不能想起来结婚就结婚……"

月梅赶紧问说:"那么,昨天您没有答应她吗?"

骏青说:"我当然不能够答应她!早先我还以为结了婚能够使她的脾气改好,至少可以叫她不再浪费了,但后来细细一品察,我就绝望了。我认为她那个小姐脾气是根深蒂固的，已无法改变。我若是个有钱的人，还可以将就一些，与她结婚，但我现在很穷，在这里一个月仅能挣六十块钱，我如何能供得起她呢？所以我们的冲突，主要原因就是金钱，感情还在其次，因为我既然承认与她订了婚，即使她不是我心目中的女子，我也不能再苛求了！"

月梅说："可是，我见五小姐手里现在也没有什么钱了，没有了钱，她可还花什么？就是她不能跟着你受穷，到那时也就得受了！"

骏青却摇头说："如果是那样，还有什么问题？昨天在这里我们又何至于争吵得很激烈，叫她回去自杀呢？"

月梅发着怔，问说："那么五小姐是什么意思呢？莫非她是想回公馆去要钱？"

骏青摆手说："你也不必细问了！无论如何我一定同你进城，见了她我也绝对忍耐，并且要用一个方法来证明，叫一般人都承认，咱们两人仅仅是师生，是友谊，不能再说什么闲话！"说着他又点手叫月梅跟他走。

月梅就把放在窗台上的两封信扔在火炉里焚烧了，然后一边绕着围巾，一边跟随骏青往外走。出了屋子，骏青抑郁地踏着雪走在前面，嘴里还像神经病似的自言自语地说："我牺牲了我所有的意见，还不行吗？"

月梅跟随他走到大门前，就先进号房里取了那只赶马车的鞭子，见骏青望着她，她也不禁一笑。这时雪还纷纷落着，风刮得更猛，骏青就说："你穿的衣裳太单寒！"月梅说："得啦！我再单寒您也就别管我啦！"说时眼睛里又一阵发热。忽然见骏青的脚下一滑，身子一倾斜，月梅就赶紧把他扶住，说："柏先生您小心点！来的时候我滑倒了好几回啦！"骏青喘了口气，说："不要紧。"月梅勉强笑着说："我在前头走吧！"遂谨谨慎慎地在前面走，并时时回过头来看看骏青。

雪随着风势，向他们的背上击，头上落，骏青冻得脸色发紫，他又感慨地说："月梅！以后无论什么时候，可千万别忘了咱们两人的友谊！咱们俩不是谁对谁有过好处，是真的共过许多忧患，友谊之中是没有性别的,不要听信别人的话。我是去年旧历年来的,到现在整整一年,无论什么事情我全都失败了,只有你,是我唯一的成功。我希望什么,你就做到了什么,真像我希望铁树开花,如今果然开花了!"

月梅忍着泪,笑说:"得啦!您别一边走一边说啦!留意脚底下吧!"

骏青的精神似乎又振奋了一点,眉头也展开了,脚步也加快了,又笑着说:"真的!这话我不能不对你说,你真是我的一件成功之作!一个人只要有一件成功的事,也就行了,其他的失败也没关系!"月梅在前边说:"我听不明白您这话!"骏青也没再言语,转过了山坡又往下去走。

那马车上坐着的老头儿浑身是雪,举着胳臂大声嚷嚷着:"快着点吧!你去了多大半天呀?"月梅脚下不由得就有点慌忙,几乎又要滑倒,骏青从身后拉住她的胳臂,嘱咐说:"不要忙!这山坡很陡!回去多给赶马车的点钱就是了!"月梅夺过胳臂,说:"您别拉着我,我不能跌倒,倒是您……"风从侧面刮着,二人都直喘气,身上虽还暖和,手脚却都觉得十分冷,半天,才费力地走下山来。

那赶马车的老头子就生着气说:"快上车!快上车!"

月梅把鞭子交还给了老头子,上了车,见座位上满是厚厚的雪,她就用手往下扫,骏青赶紧摘下呢帽来,用帽子扫出了两个人的座位。前面那老头子使劲地拿鞭子抽马,这辆车又顺着来时的路径冒着雪走去。骏青在车上坐在月梅的身旁,他拍拍呢帽戴在头上,把大衣的领子也竖起来,又瞧了瞧月梅,就说:"你应当买双手套,因为你做护士是要用手的,手冻坏了可怎么能工作?"月梅摇摇头,说:"您不必管我!我现在什么事都会自己想法子了!"骏青默然了半天,像是冻呆了一般,月梅也拿围巾护住脸,手揣在衣袖里,二人都不言语,前面那赶车的老头子也很气恼地不住拿鞭子抽马。

过了海淀街,月梅就从围巾里露出一点脸来,问骏青说:"您到底见了五小姐是怎么说呀?是对付着她,还是又和她争辩?您告诉我,我就放了心,进城我就要下车回医院去了!"骏青说:"你忙什么?"月梅说:"回到医院我还要上班。"骏青说:"我不相信,医院今天不放假?"月梅说:"医院放什么假?难道有病人,不给人家治?"骏青就说:"无论怎样,你得和我回到马圈胡同。这次我进城来就为证明我们两人的关系,叫丽雪明白,她昨天写的那信是错误的。"月梅说:"这时五小姐还不一定醒没醒呢!"骏青便叹了口气,没再言语。

马车很快就走进了西直门,城里却不像郊外那么空寂无人,虽然下着这么大的雪,街上还不断地有来往的车辆和行人。只是商店都上着门板,有的里面还乱敲着锣鼓,像是要开戏似的。马车迤逦地赶到了东城,月梅指挥着,进了马圈胡同,就说:"停住吧!"赶车的老头子将马勒住,鞭子插在旁边,月梅和骏青都下了车,骏青就问了车价,掏出钱来给了。

此时月梅已上前打门,却听门缝里传出叮叮铮铮的钢琴之声。月梅很喜欢,知道丽雪已然醒来了,就又敲了两下门。里边有人答应了一声,把门开了,是余妈。她一看见骏青,就喜出望外地笑着,说:"柏少爷,您新禧!"月梅进门来问:"五小姐好了吗?"余妈笑着道:"好啦!是八点二十五分醒来的,跟没病的人一样。梁小姐、徐小姐、陈小姐都在这里,问她昨天晚上闹的都是什么事,她就笑。她说她并没打算寻死,就是因为睡不着觉,才多吃了几片药,也没想到一睡就睡得那么沉,现在精神很大,全都在南屋啦。"

月梅皱着眉向骏青说:"您快看看去吧!"骏青点点头,说:"你在北屋等着好了,可别走!"月梅没有言语。眼看着骏青进了南屋,琴声停止了,余妈就悄声问月梅,说:"这么会儿的工夫你上了趟西山?都说好了吧?"月梅说:"你们放心好了,不至于有什么事情了。"余妈笑了笑,就关上了街门。

这时就见梁霞从南屋里出来了,脸上带着气愤。徐绿蒂也随着出来,瞪了月梅一眼,问道:"你干什么又来啦?"月梅也带着点气,回答说:"我是护士,我来问问五小姐醒过来没有。"徐绿蒂撇了撇嘴,梁霞赶紧把她拉往北屋去了。

这时陈蕙如也从南屋走出,笑着向月梅点点手,叫她跟到西屋里去。西屋中也生着火,摆着两盆水仙,陈蕙如就指指南屋,说:"今天我瞧两人见了面还不错!有这件自杀的事吓唬吓唬骏青,想他也不至于再那么一句话也不让的和丽雪吵嘴了。咱们都是命不好,好容易盼到了旧历年,想要休息两天,没料到昨晚这里又出了那事!今天一早我得了信,把我吓了一跳,我来到这里的时候她还没有醒,我真以为她醒不过来了,我非常地难受,因为安眠药片都是我给她买的!"月梅坐在椅子上,默默不言语。

陈蕙如又说:"依着梁霞和徐绿蒂,是想要叫丽雪和骏青解除婚约的,我说那怎能办得到?丽雪她虽然恨骏青,但同时她又是很爱骏青,我们局外人只有给他们解和的,哪能给他们拆散?梁霞是有点太过火了!"月梅就说:"我始终以为他们会好的。"

月梅口中虽然如此说着,但仍担心着南屋,不知骏青跟丽雪他们在屋中是说些什么,恐怕忽然间他们又吵闹起来,所以她时时转着脸向玻璃窗外去看。这时她身上的雪一半是扫去了,一半是被室中的暖气融化了,雪水已浸进了棉袄里。陈蕙如还在旁边和她谈话,又谈到了丽雪对她的误会,劝她别介意,月梅微低着头,嘴唇咬着,仍不言语。

忽然余妈进来,笑得嘴都合不上,说:"张小姐!我们五小姐请你到南屋有两句话说!"月梅的脸色立刻变了,她抬起头来,显出很惊疑的样子,陈蕙如赶紧问说:"余妈!那两位怎么样了?"

余妈笑得弯着腰说不出话来,半天她才譬手作势地说:"柏少爷真是!五小姐昨天晚上那一手儿,把他吓得改了脾气,一点暴性子也没有啦!刚才我借着倒茶进屋去探了探,正见五小姐指着柏少爷的脸,一条儿一条儿地责问他,说……可是五小姐说的话也都占理,言辞又厉害,把柏少爷说得垂手侍立,恭恭敬敬地低着头,一句也不敢还言!"陈蕙如拍着手笑,月梅的脸上也不禁露出酒窝儿。

余妈又过来拉月梅,说:"你快到南屋去看看吧,也许立时就要请你喝喜酒!我还得赶紧到厨房,把这事告诉我那位孙老姐姐去。"月梅便出了屋,余妈随后跑了出去,陈蕙如也到北屋去宣传这件事了。

月梅心里怀着悲痛,又带着些羞涩地来到南房的门前,她用力跺了跺鞋底的雪,婉转地叫了声:"姐姐!"开门走进屋去,还没有看到骏青,就见丽雪穿着紫红花缎、银鼠皮里子的旗袍从沙发上立起,走过来紧紧拉着了她的手。两人的眼泪都像珠子一般的滚落,丽雪肩头微动,悲哽着说:"我应当和你说什么呢?我胡说过你,叫你很伤心,你却昨天救了我,今天又冒着雪,找来……他!"

月梅将脸贴在丽雪的胸前,就低着眼皮,眼看着自己那一滴一滴的眼泪都落在了丽雪的高跟鞋上。她勉强忍着心中的痛,委婉地说:"您没胡说过我,我也没伤过心。昨天……那要不是您早先栽培我,我也不会学成那些救您的方法,还是您待我的好处多!我真盼望,您和柏先生别再……"忽然,她又带着泪噗哧一笑,扬起脸来,向丽雪娇媚地笑着说:"我盼望您快结婚!几时呀?我好当您的伴娘!"

丽雪也泪眼莹然地笑了,她转过脸去,抿着嘴斜着眼,瞧了瞧骏青。就见骏青站在那里,棉袄上的大衣还没脱下,他也笑着,说:"月梅!你现在知道了吧?并没有人误会你,丽雪她尤其对你好!至于我们结婚的日期,反正……反正不能出这正月吧!"

月梅由丽雪的手中夺过手来,就点头笑着说:"好吧!那么我就等着那天啦!我回去啦!"说着转身就跑出屋去。

丽雪追出来,笑着点手说:"月梅!别走!你这孩子……"月梅已然自己开了街门,半身在门里半身在门外,露着酒窝儿回首向丽雪一笑,她就走了。丽雪喊着说:"余妈!出去追上张小姐!拉她回来在咱们这里过年!"

余妈也笑着,慌忙地跑出门去,喊叫着:"张小姐!我们五小姐请你回来!"余妈喊叫着直追出了胡同口,就见大雪弥漫,远远之处仿佛有一辆往东去的洋车,影子渐被雪色给掩没,她已然没法追上了。

月梅坐着洋车回到了官医院,心情和精神仿佛都觉得很轻爽,她又托付号房那位老头儿,说:"老大爷,只要是有人给我打电话来,你听里边说话的声音不大急,你就说我没在家!"

老头儿笑着说:"谁管你的电话?到年下连声'新禧'也不给我道,连包点心也不给我买,还婆婆妈妈的!"

月梅摇动着头发,笑着说:"等我护士学校毕业了,再回来时,我一定加倍地孝敬你!"

月梅走进里院的护士休息室,睡了一个觉,晚饭后,她就穿戴上白衣帽,抢着替别人上夜班去了。

初五那天,月梅就搬到护士学校去住。这学校在和平门里,离着刘醉生之处不远,她就去了两次。由刘醉生那里闻知,柏骏青和祁丽雪感情已和好如初,并且听说骏青有将回汉口的消息。月梅对这些事虽然不由得就要关心,但是她时时用温习功课来岔开这些事情,好在只是四五天的寂寞,不久就开学了。

护士学校共有学生六十名,其中仅十几名是各地医院保送的,大多数都是中学毕业的女生。在开始上课之时,没有什么实习手术的事,只是听讲课本。月梅怕自己的功课跟不上人家,她就专心地听讲,抄笔记,温习功课,把旁的事都抛置于身外。

这时上元节已过,四周已听不见鞭炮之声,屋瓦上的雪也都消了。太阳照着,也觉着比前些日子温暖,金镶的迎春,玉雕的盆梅,已似乎带着点倦意。有时午饭后,她就跟几个同学在院中,靠着课室的窗子站着,晒着太阳看书。有一次她正在读什么《解剖学》,忽然有个小昆虫在她的发边嗡嗡地唱,原来是只被风雪困压了多日的蜜蜂,这时竟飞出来了。

一天午间,号房的人进来告诉她,外面有位年轻的太太找她。她纳闷地走出去,一看是个穿褐色西服花呢大衣、烫着明星式的头发的女人,正是丽雪。丽雪就笑着,迎着她走过来,说:"你们这里没有会客室吗? 找个地方,我要跟你谈谈话。"

月梅拉着丽雪,指着北屋说:"那边就是会客室。"她就随同丽雪到这屋里。

屋里倒是没有别人,丽雪也不坐下,她那两只明丽的眼睛今天是特别有神,面上也显着非常高兴,她跳蹦着说:"我是来向你辞行,今天晚车我就走了!"

月梅说:"姐姐您要上哪里去?"

丽雪说:"上上海,我父亲在上海病着,来电报催我回去。本来,我当初脱离家庭时是那样的坚决,现在不应当再见我的父亲,可是我父亲他对我们早先所提出的那些条件，都完全答应了。那么，我为什么不回去弄些个钱，难道将来把钱都便宜了三姨太太跟小吴妈吗？我到上海联合我的大姐，得跟她们争，然后我再赴武汉。"

月梅问说："柏先生呢？他不同您一块走吗？"

丽雪说："他不，他还要在北京住几天，随后他就回汉口。谭行长费了半年多的力量，亲自跑了三四趟汉口，已把他们父子的感情疏通得融洽了。我舅父也跟我父亲的意见妥协，叫我们到汉口去结婚，可是我先得到上海争上几十万块钱，作为我们幸福的保障。本来，这是我预定的计划，早先我还觉得不必跟双方家庭妥协，自己可以建造小家庭，但后来我一看，不行，找事太难。尤其柏先生，你晓得他，他是不能在社会上做事的，只应当回家去。年前我们争执的焦点就是这个，那时他是宁愿做个小事穷过着，也不愿回家，现在他把他那执拗的意见完全放弃了。他很好，大概下一个月我们就可在汉口结婚，我想到南洋去度蜜月。"她随说随笑着，仿佛喜欢得站都站不住。

月梅也笑着，又问说："那么，姐姐这一去，就三年五载也不能回来了吧？"

丽雪拉住她的手，带着点惜别之意，说："你可别难过！我跟柏先生这一走，虽然未必到什么三年五载，可是暂时不能回来啦。这里面有很多的原因，第一当然是我舅父，他允许柏先生跟我结婚，也有他的条件，就是叫我们不能成立小家庭，叫我不再上学，叫柏先生入银行帮他去办事，这我们都已答应了；第二就是……"

说到这里，她的声音压小了一点，说："你知道张锦生不知道？他是很恨我，很恨柏先生的。最近你没看报吗？他做了阔事，有了相当的权势，我跟柏先生若不走，他一定要利用他的权势来侮辱我们。早先我三哥跟他妹妹张淑范有订婚的可能，或者他还不会怎样，但现在张淑范病了，在西山休养，还不知能不能够好；张锦生又在他父亲跟前进谗言，挑拨得张次长跟我父亲也发生了意见。前天我就听吕淑馨家里的人说，张锦生现在派了人，详细调查我同柏先生的生活情形，不知他是存着什么心，所以我们要躲避躲避他，几年之内未必能回来。"

月梅想起了往时骏青险被石头打伤，及张锦生挑拨小汪做证人，帮白家的人告状的事，她就不禁替骏青感到凛惧，随说："柏先生为什么不今天也走呢？"

　　丽雪说："他同我走的不是一条路，我是跟我三哥、四哥到上海去，他是过两天往汉口。"她又笑着，说："你也别因为我刚才那话就神经过敏，以为柏先生立刻就有什么危险发生。其实张锦生现在就是想要陷害我们，也怕他无词可借，何况谭行长也在社会上很活动，他还能给柏先生做后盾呢！你放心，决不会有什么事。今天是星期四，柏先生定的是下星期一晚车走，大概待一会儿，或是明天，他一定会找你来。"

　　月梅说："别叫柏先生找我来！我们这里的校长是个很顽固的人，她不喜欢学生接待男朋友。"

　　丽雪就笑着说："柏先生是你过去的教员，又不是……别的人，来看看你有什么关系？"

　　忽然她又把左手的二指放在嘴上，不让月梅说话，她却说："我还有一件事。"就见她用右手从大衣口袋里掏出一叠钞票，塞在月梅的手里，笑着说："给你二百块钱，我到汉口时再给你汇。多了不管，三年内你求学时期的生活费我供给。你若不肯要，还可以分散给孙妈跟余妈，可是……"她笑着拍着月梅的肩膀，说："你找不着她们啦！我把她们派到公馆服侍我的二嫂子去了，马圈胡同的房子也退租了。我的衣物除了我带走的一部分，还给你留下许多，都存在陈蕙如那里；一半天她就能给你送来，你嫌不好可以再转送别人。得啦，我还得赶紧走，今天有两三处饯行宴都在等着我呢！"

　　月梅脸上热了半天，她就拉住丽雪，说："今天晚上您几点钟上车站？"

　　丽雪摆手说："你不必送我！你就好好在这里等着吧，一半天，一定有喜事临门！"

　　月梅听了这话，不禁一怔，丽雪却夺过胳臂去往外就跑。月梅追出来，笑着叫道："姐姐！姐姐！我还有话问您！"丽雪却笑着，回首摆着手，二寸多高的鞋跟在砖地上咯噔噔地跑着。

月梅笑着追到了门外,看见了门外停着的浅咖啡色的汽车,丽雪忽然又转过身来,扭着腰一摇一摆地笑着走过来,拉着月梅的胳膊,说:"咱们再到会客室去!我真想报复报复你,因为你过去时常轻视我,但我又忍不住不告诉你这件喜事。"月梅更是惊疑。

二人又进了刚才那屋内,丽雪就温和地用双手按住了月梅的两肩,笑着说:"我告诉了你,你别太喜欢了,可也别难受。骏青他要留在北京几日,就是为给你办完了这件事情!"

月梅跺着脚,娇声问说:"什么事情呀?您快告诉我!"

丽雪吻了一下她的头发,说:"咱们俩不仅是干姊妹,还有一种间接又间接的姊妹关系!你不是说你那亲娘现在还活着吗?如今都证实了,你那个亲娘不是外人,就是我的二姨娘,大桂他妈!"月梅忽然就垂下头去。

丽雪又说:"你别难过!母女重逢是喜事。很早,骏青就看出来你跟我那二姨娘是嫡亲的母女,可是他连对我都没说过,他就在心里存着这件事。一来是翁醉亭没在北京,无法把事情弄明白;二来是骏青他见我那二姨娘是太可怜了,你那时也还没寻得出路,叫你们母女相认了,反倒彼此无益!"月梅的眼泪簌簌地往下流。

丽雪便掏出一条顶漂亮的手绢替她擦了擦眼泪,并劝哄着说:"别哭!真别哭!听我详细告诉你!因为前天翁醉亭回来了,骏青见了他,已向他盘问出来实话。你姓张是一点也不假,你母亲在娘家时叫玉英,后来翁醉亭才给她改了名字叫梅素卿。她是十六七岁就嫁了你的父亲,后来你的父亲死了,那时你生下才七八个月,因为翁醉亭是你们的同乡,他就带着你母亲到了北京。你应当原谅你的母亲,她那时为生计所迫,不得不同翁醉亭姘度。

"后来,翁醉亭就在我父亲的手下办事。那时的官场是腐败的,翁醉亭为巴结上司,听说我父亲有意娶姨太太,他就把你的母亲送给了我父亲。你想,他连你母亲的姓名全给改了,欺骗我父亲说你母亲只是他同乡的姑娘,当然不能携带你了,这才把你寄养在那白家。后来,不知是你母亲想你,逼着翁醉亭去找你,还是翁醉亭另有什么用意,这才从白家把你找着。翁醉亭也不知从哪里弄了一张老太太的相片给你，又说什么你母亲在天津，成了个残废人，固然他骗你，是很可恨的，可也是没法子。你也知道你母亲在我们家里的地位，她那个人是又可恨又可怜，直到今日，这事也只能是骏青跟我知道，还不可对别人去说。倘若你跟她公开地成了母女，十几年的秘事一旦拆穿，你可以想象出，将要给她跟大桂有多大的不利？我们那家庭只有我可以应付一切，你母亲哪能敌得过三姨太太跟小吴妈？"

月梅痛哭着，摇头说："不必叫我跟她见面了！我心里知道她确实是我的母亲，就行了……"

丽雪说："骏青他主张在他离京之前，让你们母女秘密地见一面，星期日那天上午十点钟，在前门外青云阁茶楼，你务必去！你还放心，翁醉亭本来是个坏人，可是这几个月出外随着我父亲做秘书，很挣了些钱，并且他另投了门路，已经活动到了一个县长的差使。他也很乐意把你们母女这件悬案解决了，然后他就去上任。早先他到白家找你的时候，或者他还想将来把你卖了，现在他用不着那样做了，他只希望把身边的麻烦事解开，他好去做官。就这样吧！我告诉你，也就不必再叫骏青来了，星期日你千万去！你母亲很可怜，你应当安慰安慰她！"

丽雪又替月梅擦了擦眼泪，拍拍她的肩膀说："大概你真也快上课啦！我要走啦，你千万不要送我，到了上海我一定给你写信！"说着就转身出屋去了。这里月梅也没有往外送，又在会客室里哭泣了半天，听见摇了上课的铃，她才赶紧拭净了眼泪，把丽雪给她的钱带起来，赶忙去上课了。

往常，教师讲的功课，她都一个字一个字地去听、去记，今天她却眼含泪水，心绪很乱，在低着头抄笔记时，泪水把笔记本都沾湿了。她并非是可怜她和她母亲的身世遭遇，而是感念柏骏青，她就想：柏先生为了我，用的心是多么细呀！他明明知道二太太是我的母亲，但他瞒着我，瞒着众人，只是极力地帮助我，叫我谋得出路，叫我有了技能之后，再去救我的母亲！他不愿叫无益的相认，使我母亲更蒙不利，也不愿叫无谓的忧愁伤了我的心，妨碍了我的进取心……他是多么好的一个人呀,多么关切我呀⋯⋯

月梅又算计了一下,距自己与柏先生离别之期还有四天。晚间下了课,她就出去到了街上,去了照相馆、布店和成衣局。回来后她又照常地温课,但一想起什么事来,眼泪就不自禁地往下流。星期四、星期五、星期六,她都是在这种情绪之下度过的。

星期日的上午十点,她的新衣服还没做好,她就还穿着青布的棉袍,围着驼绒围巾,坐着洋车往青云阁去了,沿路上她准备着一把辛酸眼泪。青云阁在前门外,早先是一座很繁华的市场,现在因为商业萧条,仅有几家图章店、理发馆、球社和几个旧书摊。楼上有一家茶社,名称是"玉壶春"。这里分大厅和单间,大厅里摆着许多茶座,到晚间有大鼓、杂耍;单间设置得很款式,专为大买卖人在此交换商情,或是男女们来此谈心。

月梅到了这里,找着了,她就上了楼,问茶房说:"有一位翁先生来了没有?"茶房说:"来了半天啦,还有一位太太也来啦。"月梅就随着茶房,踏着楼板往单间去走,心里发痛,两条腿也觉得很重。

茶房打起来一个单间的门帘,月梅向里去看,就见那个四十来岁、方方的脸儿、满面红光的"翁子钧",穿着紫羔皮袍迎了过来,带笑说:"张小姐来啦?请进!请进!"月梅进了屋,茶房在外把门帘放下,这时月梅就看见了梅素卿。梅素卿穿着人造丝的青棉袍,头发挺长,脸儿又瘦又白,两眼却很红。一见了月梅,她就赶紧站起身,呆呆地望着月梅。翁醉亭一边点着一支"老炮台",一边说:"今天是喜事!你们娘儿俩十年没见面,如今总算相认了。这十年我是东边瞒着,西边遮着,头上永远捏着一把汗,心里永远替你们难受;既顾惜娘,还得顾惜女儿,再说还有个大桂⋯⋯"

此时月梅忍不住泪如涌泉,她过去就双手抱住了梅素卿,叫了声:"娘⋯⋯"

梅素卿却像有些害怕似的,眼泪往下流,身子抖颤着,说:"张⋯⋯张小姐!这可都是别人说的,我不敢冒昧。我倒是有个私女儿,跟你差不多⋯⋯"

翁醉亭在那边摇头叹气,他把眼泪乱落,全身抽搐的月梅拉过来,说:"坐下!在沙发坐下!多年不见的亲母女,如今相会了,应当是喜欢,不可哭!坐下。月梅,你是个明白孩子,不像你母亲,她太可怜,软弱无能,忠厚老实。十三年前你父亲死后,你母女无依无靠,既不能守,又无处嫁,只好……唉!也是万般出于无奈!把你寄养在白家,送你母亲到祁公馆。本来我计划得很周密,白家那老婆子在我那里佣工半年多,人很靠得住,她又很爱你,我想她决不能错待了你。你母亲呢?我给她出了许多主意,叫她一进祁公馆就独揽大权,两三年后弄他们几万,就借故跟他们脱离,反正祁老爷的钱来得容易。然后你们母女就团聚,一辈子的生活不用发愁了,可没想到……"

他指指坐在那边低头痛哭的梅素卿,带着点恨意地说:"你这个母亲太不中用!她一到了祁家,先把我看作路人,我悄悄和她说几句话,给她出一点主意,她都疑惑我是要害她。及至她明白了我是好意,反来求我给她想法子的时候,那三姨太太已大权独揽,再加上小吴妈,如虎生翼,你这个娘早已地位全失,我也莫能为力了!所以,这几年来我为她着的那些急,生的那些气,就别提啦!更加上生了个大桂,如同一条锁链似的,使你母亲更无法脱离祁公馆。

"再说到你,因为白家搬了家,所以我就再也找不着你了。你还记得吧?前年我才设法寻着那白家,我去了一看,不像样子!白婆子已然死了,她的儿媳妇带着两个女儿开了暗门子,并且还给你气受。你和我多说几句话,她们都要拿眼睛把我瞪走,你不知道那时我是多么焦心了!想要立时把你带走,白家又一定要两千块钱,那时我的手头正不宽裕,上哪里给她们凑去?事情又不敢闹出去,同时知道你是个急脾气,要真知道了你的母亲在祁公馆,你真许找了去,那不就糟了吗?你的母亲更没有翻身之日了。所以我就一面跟你说假话,一面跟白家讲条件,送你入学校,我希望一步一步地叫你们母女脱难,骨肉团聚。可是我的计划还没实现,听说你就在白家失了踪,我也随祁老爷出了外。

"在南边,我听说这公馆里的太太认了个干女儿,是柏少爷的学生,我就很纳闷,因为我知道骏青就在善育小学教书。直到去年秋天,因为小崔也到任上去听差，我细一探听，才知道所谓张小姐就是你。我就很放心，有五小姐她们照应你，还有错吗？我又不敢写信告诉你母亲，她冒冒失失的，倘或抱住你一放声大哭，那可怎么好？这事情在我心里存了几个月，直到最近，祁老爷下了任，我帮着办完了交代，这才回来看看你。

"说实话，我还没打算叫你们母女公然会面。可是我一见着柏骏青，柏骏青就把我请到'来今雨轩'，先说明这一年来他对你的种种帮助，然后叫我说实话。我知道骏青人很忠厚，而且你们相处的又是那么好，所以把这十二年来你们母女分离的前后和我这多年的一片苦心，我就全和他说了。我们又商量好了，趁着今天星期，使你们母女在此相会。此后，你还以张小姐的资格到公馆去看你母亲，她还以二太太的资格招待你，表面上跟过去一样，其实你们母女心里都明白。你也别想你那在天津的娘了，她也别想她那在暗处的女儿了，只盼你快些长大成人，她有个时来运转，那就……好了！"

翁醉亭说了这一大篇话，连抽了两根半"老炮台"。月梅的心中倒不十分悲伤，她只是低覆着长长的睫毛，静听着，有时拿手绢擦擦眼睛。那边的梅素卿却已哭成了泪人，鼻涕也流了许多，身子抽搐着如同触了电一般。月梅赶紧过去，一手搭在她母亲的背上，一手拿绢帕替她母亲拭泪，就劝着说："娘！娘！你别哭啦，也别疑惑，我真是你的孩子！你再忍耐三年，三年之后我在护士学校就毕业了，我一定救你和大桂，不叫他们欺负你。娘！娘！你别伤心！"

梅素卿哭啼抹泪地说："我倒不是伤心！早先我想我见不着你了，现在我见着了，你又是张小姐，我还能不喜欢吗？就是……唉！你要不是我的孩子，我管不着，现在你是我的孩子啦，是我怀胎十个月养下的，我能不关心吗？眼前就有一件难事，五小姐往上海去啦，柏少爷也要赶了去结婚，抛下你一个人，可怎么办呀？"

那边翁醉亭一跺脚，说："这叫什么话？"又叹息着向月梅说："你瞧你这个娘，怎么得了？多糟心！"他拿手背拍打着膝盖，又转过脸去抽"大炮台"。月梅擦着眼泪说："娘，我早就离开五小姐和柏先生啦！我已经能够自立。再说，我和五小姐不过是干姊妹，我和柏先生不过是师生，他们是看着我孤苦可怜，用一种同情心来帮助我，此外并没有什么特殊的关系，你别听信外人的话！"

翁醉亭啧啧称赞着，说："你看，你说话有多么明白！你这娘若赶上你一成，她就不至于如此，我也……哼！不至于着这十几年的急！"

月梅又劝了她母亲半天，梅素卿就止住了哭声。翁醉亭从怀里掏出个金表来看了看，就站起身来说："快十二点啦，月梅你先回去吧！我和你母亲还得分前后走，她也得赶紧回去，不然大桂一定又在家里撞祸。以后，你也不必常看你母亲去……"

梅素卿用手擦着眼睛，说："对啦！你别常往我那里跑。四少爷在公馆里为王，毕妈是他们的侦探，新娶的二奶奶腿脚不利落，耳朵可长，心眼也顶多！"

翁醉亭一面向她摇手，一面向月梅和缓地说："你是个明白孩子，回到学校好好读书，别把这件事往心里放。隔个两三个星期，可以去看看你母亲，只要别太露出痕迹就是啦！"

月梅点点头，又带着点笑，向梅素卿鞠躬说："娘！我走啦！"梅素卿坐在那里点点头，眼里带出点恋恋不舍的样子。

月梅站了一会儿，才转身走去，翁醉亭送她出了屋，还嘱咐说："回去别难受！今天和你母亲见了面，也就算了。慢慢地，等毕了业，做了事，再想法孝顺你母亲。"月梅点头答应着。走下了楼梯，她还仰脸向楼上望了望，随出青云阁，雇车回护士学校去了。

月梅此时已把思母的悲痛减轻，只是心里还有一件放不下的事。回到了宿舍中，她就向没有出门的同学，借了一本详细的"中国地舆图"查看。那由北京至汉口的铁道是真长，需要穿过三省，过黄河，直到长江，她就想：这得走几天几夜呀？把地图还了，她又急忙忙到号房给铁路局打电话，问明了明天晚上到汉口的开车的时间。回到宿舍，她又向同学仔细地打听到车站送人的手续，怎样买月台票，怎样登二等三等车去找人等等，似乎按捺不住她紧张的心情。

但到了次日，她却又觉得精神一懒，心情也带着点悲哀。这天是个晴朗的天气,二月初的纤云,像丝似的盘绕在翠蓝的天空,风儿习习地吹着,吹到脸上还很冷。午间,月梅就到训育部请了假,说是:"晚上下课之后我要出去一趟,因为有个亲戚要上汉口,我要去送。"训育主任准了她。完成了这层手续,她便觉得离那可痛惜的离别更近了。

饭后,她照例拿着一本书,和同学站在课室前晒太阳,阳光把她的身子照得很热,有个同学就捏了捏她的胳臂,说:"你怎么还穿着棉袄呀?我们都换上夹袍啦!"这个同学距她不过一尺,但她却完全没有听见。

月梅靠着窗台站着,双手捧着书,眼睛却掠向了天空,这晴朗难得的天空在她的眼里,却仿佛在不断地变幻着。她想起了一个月夜,那时她第一次到祁公馆,有九十点钟了,她随着柏先生踏着月回那座破庙去。他们在路上像赛跑似的走着,且说且笑,柏先生就指着那月亮说:"月光真美!"而自己却说:"咱们要能到月球上旅行多好呀?"那时,自己的心里真愿意就这样永远和他在一起。她又想起了一个大雨的夜晚,在水车胡同东口外,柏先生撑着雨伞追过了马路,喊叫着:"白月梅!白月梅!"而自己却淋着雨跑进了胡同,结果被他追上了。他拍着自己的肩膀,几乎流出泪来,难过地说:"月梅!你为什么要这样躲着我?你可知道我为你费了多大心,出了多少力?你,一点也不明白我,反倒误会我……"又说:"咱们俩是患难的朋友,无论如何我不能叫你在那地方受罪!不能叫你在街头漂流!"想到这里,她不禁眼睛一阵发热,赶紧又翻了几页书。

下午,在课堂里月梅的心也很不安,仿佛害怕这时骏青已然坐上火车走了。下课时间照例是五点,她赶紧到街上取回来衣服和相片,并时时看一个同学腕子上的表。这个同学就说:"今天你不是要到西车站送人吗?七点半才开车呢,这时才五点二十分。"可是她仍然坐立不安。

将将到了六点,月梅就走了,这时她是在青棉袍上罩了一件新做的翠蓝袍罩,依然围着那条围巾。马路上的灯都亮了,天空是琥珀色的,飘着红一块黑一块的晚霞。乌鸦成群地从天上掠过,呱呱地叫着,仿佛是说:"快去吧!火车快开啦!"月梅本来是想步行着,走到那里差不多也就是七点，有半小时的工夫，足可以把话和柏先生说完了，究实了，又有多少话可说呢？她并且决定，到时候是要欢欢喜喜的，别流眼泪。

可是她一到了街上，就心急，就嫌自己的腿慢，而且腿也仿佛真迈不动了。月梅就雇了一辆车，她坐在车上，任晚风吹着她的脸，掠着她的头发。她看见街上有许多的人，都挂着一副陌生的面孔，或许还揣着一颗坏的心。而那个在患难中爱护自己的人，人群中的那一颗火热的心，就将失去了，等于是永远失去了……她的心头又涌上来一股辛酸，眼中也浸满了泪水。

出了前门，箭楼上还留着一抹金色的阳光，西车站的钟表才指着六点二十分，并没有多少人往那站里走。月梅蓦然觉得这地方很熟，便想起有一次，就是在骏青与丽雪第一次感情破裂时，丽雪说了那句话，自己感觉无颜再在那里住了，于是就出来了；打算不再回去，就在这里徘徊了半天……

她在西车站前叫车放下，走进去，一眼便看到了售月台票处，那小窗里的木门还没有开。站房里冷冷清清的，长椅子上只疏散地坐着两三个人，都是乡下人的模样，脚前放着铺盖卷和钱褡子，有一个人还卧在椅子上睡了，可见离开车的时候还很早。月梅找了把椅子坐了会儿，又站起身来走了走，等了半天，进站起行李票的人才渐渐多了，售月台票的窗子也打开了。月梅赶紧跑过去，伸长了胳臂去买了一张月台票，还扭着头留心着身后往来的人。然后她拿着月台票又走到车站门口，只要来了一辆洋车或汽车，她就对下车的人特别注意。

这时，箭楼上那抹阳光已然消失，天上展开了一幅薄薄的黑纱，有稀稀的几颗星向人眨着眼，站前也渐渐拥挤了。忽然有两辆洋车来到近前放下了，月梅看见前面车上穿西服的是柏骏青，后面穿中服的是刘醉生，她就欣喜地迎上了两步，刚要叫出来，后面车上的刘醉生就大声说："好了！好了！月梅来啦！你代表我吧，我就不必下车啦！洋车，咱们还是回庙！"他就叫拉车的转过去。骏青走上几步，向坐着车的刘醉生又说了几句话，刘醉生嘴里叼着烟卷点了点头。这边月梅又跳起来高声叫说："刘先生！下礼拜我看您去！"也不知刘醉生听见了没有，

第三十四回　别了！古城和新月　七四九

车就走了。

柏骏青又回来给了车钱，从车上提起了一只不很大的皮箱。月梅赶紧过去要替他提着，骏青却摇头说："箱子很沉，让我自己提着吧！"又低头向月梅笑了笑，说："你来得正好！时间还从容，我们可以多谈谈，就不必我回到汉口又给你写信了！"月梅仰着脸，笑窝在灯影之中一现，眼角却莹然如水银一般。

骏青今天外面穿的是长毛绒大衣，大概就是当过一次的那件；里面一身咖啡色的西服，像是新做的；呢帽戴得也不端正。他提着箱子急急地去买月台票，月梅就追着说："我已然买啦！"骏青这才止住步，回过头来说："那么咱们就进月台吧，你今天没有事情不是？"月梅笑着说："我没有事！我来就是送您。"于是骏青在前面走，月梅在后跟随着，轧了票，就走进了月台。

月台上有一排稀稀的电灯，车已然进了站，那长蛇似的一列车厢前，许多提箱背包的人都在向上挤。骏青提箱在前走得很快，月梅在后半跑地追着，并问："五小姐是何日走的？"

骏青头也不回，在前面答说："她是星期四走的，早就到上海了。"

来到二等车前，骏青就把皮箱放在地下，回过身来说："咱们就在这里谈吧，车上太乱！"他又笑了笑，问说："昨天你见着你的母亲了吧？"

月梅黯然地说："见着了，谢谢您。"

骏青点点头，又说："刚才缪大夫给我饯行，作陪的有刘先生和官医院金主任，我又把你的事向他们托付了一番。早先白家写的那张字据，我也交给刘先生了，叫他好好收着。到现在，我对你的友谊帮助已然终止，以后就是等着你用行动回答我的期望了！"

月梅低下头去，流着泪说："我一定好好地做。"

骏青点点头，微叹着说："我知道，你的前途一定很光明，一定超过我的期望！不然，我若觉着你差一点，我不会做出这样大的牺牲。"

他的声音转为低沉，又说："月梅！今天来到这里我很难受。前年我就是坐着这列火车来的，那时我的抱负是多么大呀！我摒绝了富有资财的婚姻，离开了大家庭，舍了少爷的头衔，到北京来要自立，要奋斗，要创造事业。那时我自己都钦佩我自己！可是现在呢……你可以想得出来，我回到家里还有什么颜面？我那父亲将怎样对我冷笑？几个姨娘、亲戚友人，会怎样对我讥讽？他们一定要说是社会把我打回去了！不然就得说我是浪子回头……"

月梅皱着眉说："你不会不理他们吗？"

骏青说："我当然不理他们！而且我也不至于太烦恼，因为我的心中有慰藉，我做的事情是有代价的：因为要成全你，我才回去！"月梅听了，立时吃了一惊。

骏青又有些得意地笑着说："你说丽雪聪明？其实她真傻！早先她恨我，说我敷衍她，欺骗她，其实我现在才真正是骗她敷衍她哩，她倒很喜欢啦！我们这几个月争执的焦点，就是她想回家，也叫我回家，各人恢复了小姐少爷的地位，然后就结婚。这也难怪，实在是因为她后来把她手中那有数的钱越花越少，她感觉到恐慌了，所以她才利用侮辱你来激怒我，又拿自杀威吓我。其实，假若我不是为顾全你，我决不会向她屈服，直到现在我还不能承认，她是我心目中的女子……"

他越说态度越激烈，又探着头，向月梅说："你想呢？结婚之后她不是更有钱了吗？我的父亲能管住我，还能管得了她吗？你别看她有时假作天真，其实她的心思、手段都是非常毒辣，我早已对她绝望了，还谈得到什么爱情？现在我之所以要忍痛这样，最主要的就是，我要证明咱们俩只是纯洁的友谊，没有半点旁的关系。我离开你了，和她结婚去了，她还能胡说你什么呢？别人还能再帮助她胡说吗？"

听他说到这里，月梅就把他紧紧拉住，又急急地跺着脚，仰着脸说："您退票吧！您别走啦！您为给我刷干净，您才忍着痛回去？我不干！我不怕人说，别人爱说什么说什么，您还回西山去吧！我也不能因为丽雪待我有过好处，常给我钱花，我就把一个不适于您的女子推给您，叫您受一辈子罪！您退票吧，咱们回去吧！"说着她提起那只皮箱转身就走。

骏青赶紧去追，不提防和一个旅客正撞了个满怀。那旅客哎哟了一声，说："你倒是瞧瞧人呀！瞎啦？"骏青赶紧道歉，又慌忙往前去追。

前面的月梅回头一看，见骏青撞了一个穿大衣、烫头发的女人，便站住了。骏青赶过来抢去皮箱，月梅还跺脚说："您退票吧！"

骏青连连摆手说："你还没把我的话听完！就是不为你，我也得回汉口。因为刘醉生说，只有回到家里，那才是我的出路，我也觉着他这话很对。我回去先养养精神，锻炼锻炼身体，读些书，解决解决我内心的矛盾，一二年后我再出来。还有一件事，就是早先的张淑范，因为我的一封信，她就病了，到现在还没好，虽然我不必对她负责，可是我总有点痛惜；至于丽雪，我虽然不满意她，可是她若真格自杀死了，我也将永远难过的！"月梅这才不言语了，擦了擦眼睛，又随着骏青走回去。骏青就手中提着皮箱，又叹息说："以后我们真应当多多读书，你读书为求谋生的技能，我读书好矫正我性格上的弱点……"

这时车头在前面呜呜地怒吼，并呼哧呼哧地喘着气。车厢里已坐满了人，铃声也嘟嘟地响了，骏青就说："车要开了，你回去吧！月梅再见！"

骏青往车上走去，高高地招着手，月梅又追过来说："柏先生！给你一个东西！"骏青接过来，上了车，把皮箱放在预订的铺位上，他又到窗前，在送行的人群中寻找着月梅，招手高声道："月梅！你回去吧！"月梅在下边企着脚，也举着手，用尖细的声音叫道："柏先生！再见！"

车头呜呜地怒吼，机件咔嚓、哐当地响着，站台、路灯、送行的人，和古老的城墙，都渐渐地往后退去，火车走了。骏青颓然地回到铺位上，把刚才月梅交给他的那个东西拿出一看，原来是一张月梅的二寸相片；照的是半身，长长的发，长长的睫毛，一双忧郁的大眼睛，还显露着两个酒窝儿，仿佛是在向自己笑着。骏青把这张相片看了半天，又翻过去，见后面写着几行小字，是"柏先生留念：月梅赠"，在月梅两个字的旁边还有一行更小的字，是"永远不再跟你调皮的学生"。骏青不由得笑了，但接着又叹了口气，他转头向车窗外望去，就见深青色的天空上，繁星万点，中间嵌着一痕眉一般的新月，这新月是才从乌云之中挣扎出来的，光辉而澄洁，永远追随着车窗。

这时车身已冲出了古城，奔向茫茫的原野。

为《王度庐武侠言情小说集》而作

张赣生

我第一次读度庐先生的作品，是四十多年前刚上中学的时候，做梦也想不到今天为《王度庐武侠言情小说集》写序。

度庐先生是民国通俗小说史上的大作家，他的小说创作以武侠为主，兼及社会、言情，一生著作等身。最为人乐道的，自然首推以《鹤惊昆仑》《宝剑金钗》《剑气珠光》《卧虎藏龙》《铁骑银瓶》构成的系列言情武侠巨著，但他的一些篇幅较小的武侠小说，如《绣带银镖》《洛阳豪客》《紫电青霜》等，也各具诱人的艺术魅力，较之"鹤—铁五部"并不逊色。

度庐先生以描写武侠的爱情悲剧见长。在他之前，武侠小说中涉及婚姻恋爱问题的并不少见，但或作为局部的点缀，或思想陈腐、格调低下，或武侠与爱情两相游离缺少内在的联系，均未能做到侠与情浑然一体的境地。度庐先生的贡献正在于他创造了侠情小说的完善形态，他写的武侠不是对武术与侠义的表面描绘，而是使武侠精神化为人物的血液和灵魂；他写的爱情悲剧也不是一般的两情相悦、恶人作梗的俗套，而是从人物的性格中挖掘出深刻的根源，往往是由于长期受武德与侠道熏陶的结果。这种在复杂的背景下，由性格导致的自我毁灭式的武侠爱情悲剧，十分感人。其中包含着作者饱经忧患、洞达世情的深刻人生体验，若真若梦的刀光剑影、爱恨缠绵中，自有天道、人道在，常使人掩卷深思，品味不尽。

度庐先生是一位极富正义感的作家，这在他的社会言情小说中表现得格外鲜明。《风尘四杰》《香山侠女》中天桥艺人的血泪生活，《落絮飘香》《灵魂之锁》中纯真少女的落入陷阱，都是对黑暗社会的控诉，很能引起读者的共鸣。度庐先生自幼生活在北京，熟知当地风土民情，常常在小说中对古都风光作动情的描写，使他的作品更别具一种情趣。

度庐先生是经受过"五四"新文化运动洗礼的人，他内心深处所尊崇的实际上是新文艺小说，因而他本人或许更重视较贴近新文艺风格的言情小说和社会小说创作。但从中国文学史的全局来看，他的武侠言情小说大大超越了前人所达到的水平，而且对后起的港台武侠小说有极深远影响的，是他创造了武侠言情小说的完善形态，在这方面，他是开山立派的一代宗师。几十年来出版的中国现代文学史，无例外地排斥通俗小说，这种偏见不应再继续下去，现在是改写中国现代文学史的时候了。

已知王度庐小说目录

1926—1937

作品名称	始载时间	连载报刊/署名/备注
半瓶香水	1926.9之前	小小日报/王霄羽
黄色粉笔	1926.9之前	同上
红绫枕	1926.9	小小日报/王霄羽/同年报社出版单行本
残阳碎梦	1926.12	小小日报/王霄羽
侠义夫妻	1927.1	同上
琪花恨	1927.3	同上
孀母孤儿	1927.4	同上
飘泊花	1927.5	同上
红手腕	1927.8	同上
护花铃	1927.8	小小日报/霄羽
青衫剑客	1927.10	小小日报/王霄羽
蝶魂花骨	1928.3	同上
疑真疑假	1928.4	小小日报/葆祥
双凤随鸦录	1928.7	小小日报/王霄羽
战地情仇	1929.6	同上
自鸣钟	1930.4	同上
惊人秘柬	1930.4	同上
神獒捉鬼	1930.6	同上
空房怪事	1930.7	同上
绣帘垂	未详	同上
玉藕愁丝	1930.7	小小日报/香波馆主
烟霭纷纷	1930.7	同上
鳌汉海盗	1930.8	小小日报/霄羽
缠命丝	1931.8	小小日报/王霄羽
触目惊心	1931.8	同上
燕燕莺莺	1931.8	小小日报/香波馆主
黄河游侠传	1936.10	平报/霄羽
燕赵悲歌传	1937.4	同上
八侠夺珠记	1937.7	同上

作品名称	起止时间	连载报刊署名	出版时间、出版社/署名
河岳游侠传	1938.6–1938.11	青岛新民报 王度庐	
宝剑金钗记	1938.11–1939.7	青岛新民报 王度庐	1939年青岛新民报社，1948年上海励力出版社（改题《宝剑金钗》）/王度庐
落絮飘香	1939.4–1940.2	青岛新民报 霄羽	1948年上海励力出版社，分为四册：《落絮飘香》《琼楼春情》《朝露相思》《翠陌归人》/王度庐
剑气珠光录	1939.7–1940.4	青岛新民报 王度庐	1941年青岛新民报社，1947年上海励力出版社（改题《剑气珠光》）/王度庐
古城新月	1940.2–1941.4	青岛新民报 霄羽	1949–1950年上海励力出版社，分为四册：《朱门绮梦》《小巷娇梅》《碧海狂涛》《古城新月》/王度庐
舞鹤鸣鸾记	1940.4–1941.3	青岛新民报 王度庐	1941年（？）青岛新民报，1948年（？）上海励力出版社（改题《鹤惊昆仑》）/王度庐
风雨双龙剑	1940.8–1941.5	京报（南京） 王度庐	1941年南京京报社/王度庐，1948年上海育才书局/王度庐
卧虎藏龙传	1941.3–1942.3	青岛新民报 王度庐	1948年上海励力出版社（改题《卧虎藏龙》）/王度庐
海上虹霞	1941.4–1941.8	青岛新民报 霄羽	1949年上海励力出版社，分为二册：《海上虹霞》《灵魂之锁》/王度庐
彩凤银蛇传	1941.5–1942.3	京报（南京） 王度庐	
虞美人	1941.8–1943.10	青岛新民报 霄羽	1949年上海励力出版社，分为数册：《琴岛佳人》《少女飘零》《歌舞芳邻》《暴雨惊鸳》等/王度庐
纤纤剑	1942.3–1942.10	京报（南京） 王度庐	
铁骑银瓶传	1942.3–1944.?	青岛新民报 王度庐	1948年上海励力出版社，改题《铁骑银瓶》/王度庐
舞剑飞花录	1943.1–1944.1	京报（南京） 王度庐	1949年上海励力出版社，改题《洛阳豪客》/王度庐
大漠双鸳谱	1944.1–1944.7	京报（南京） 王度庐	

（接上表）

寒梅曲	1943.10-？	青岛新民报 霄羽	1948年（？）上海励力出版社，分为数册：《暴雨惊鸳》等/王度庐
紫电青霜录	1944-1945	青岛新民报 王度庐	1948年上海励力出版社，改题《紫电青霜》/王度庐
春明小侠	1944.7-1945.4	京报（南京） 王度庐	
琼楼双剑记	1945.4-1945（？）	京报（南京） 王度庐	
锦绣豪雄传	1945.5-？	民民民 王度庐	
紫凤镖	1946.12-1947.7	青岛时报 鲁云	1949年重庆千秋书局/王度庐
太平天国情侠传	1947.5-？	民治报 鲁云	
清末侠客传	1947.4-1948.？	大中报 鲁云	1948年上海励力出版社，分为二册：《绣带银镖》《冷剑凄芳》/王度庐
晚香玉	1947.6-1948.1	青岛时报 绿芜	1948年上海励力出版社，分为二册：《绮市芳葩》《寒波玉蕊》/王度庐
雍正与年羹尧	1947.7-1948.4	青岛时报 鲁云	1948年上海励力出版社，改题《新血滴子》/王度庐
粉墨婵娟	1948.2-1948.7	青岛时报 绿芜	1948年元昌印书馆，分为二册：《粉墨婵娟》《霞梦离魂》/王度庐
风尘四杰	1948.2-？	岛声旬刊 佩侠	1949年上海励力出版社/王度庐
宝刀飞	1948.4-1948.9	青岛时报 鲁云	1948年上海励力出版社/王度庐
燕市侠伶	1948.7-1948.10	青岛时报 绿芜	1948年上海励力出版社/王度庐
金刚玉宝剑	1948.9-1949.2 1949.2-？	青岛公报 联青晚报 王度庐	1949年上海励力出版社/王度庐
香山侠女			1949年上海励力出版社/王度庐
春秋戟			1949年上海励力出版社/王度庐
龙虎铁连环	1948.9-1948.10	军民晚报 王度庐	1949年上海励力出版社/王度庐
玉佩金刀记	1949.1-1949.？	民治报 王度庐	

附录三

王度庐年表

徐斯年 顾迎新

说明:

1.本表曾在《西南大学学报》刊出,此为补订本,包括增补史料及其说明、考证,并订正了个别疏误。

2.本表包含许多新发现的资料,特别是在辽宁省实验中学档案室发现的王度庐档案,从而补正了徐斯年《王度庐评传》的一些误判和部分欠缺。

3."度庐"实为1938年启用的笔名,为了统一,本表用为表主正名。

4.由于史料不全,历年行状、著述依然详略不一,有待继续挖掘、补充史料。

5.表中所记日期,阳历用阿拉伯数字,清、民国年份及旧历日期用汉字。

6.表中所系年龄均为虚岁。

7.由于旧报缺失严重,所以连载作品肯定不全。表中所录者,始载时间和结束时间多难确认,一般仅记月份,有线索可资考证者在按语中加以说明。

1909年(清宣统元年,己酉) 1岁

正月,清帝爱新觉罗·溥仪改元"宣统"。清廷决定消除"旗""民"界限,旗人不再享受"俸禄"。是年七月廿九日(9月13日),王度庐生于北京

"后门里"司礼监胡同四号一户下层旗人家庭，原名葆祥（后曾改为葆翔），字霄羽。父亲"在清宫管理车马的机构里当小职员"。家庭成员除父母外还有一位姐姐、一位未嫁的姑母和一位叔祖父。一家六口，全靠父亲薪金维持生计。

　　按：后门即地安门，后门里位于地安门内，属镶黄旗驻地。司礼监胡同，得名于明代位于该地之司礼太监署；后改称"吉安所左巷"，则得名于清代宫中嫔妃、宫女卒后停尸之"吉祥所"（后改"吉安所"）。毛泽东青年时代曾租寓于本胡同8号。

　　关于父亲职务的记述引自王度庐手写简历，其父任职机构当系内务府下属之"上驷院"。内务府为管理皇家事务的机构，成员均为满洲上三旗（镶黄、正黄、正白）"从龙包衣"。"包衣"，满语，意为"自家人"，一定语境下也指"奴仆""世仆"。据此，王氏当属编入满洲镶黄旗的"汉姓人"（不同于"汉人""汉军"），这一族群不仅属于"旗族"，而且也被承认为满族。

1912年（民国元年，壬子）　4岁

　　1月1日孙中山宣誓就任中华民国总统。2月2日，清宣统帝宣告退位。根据清室优待条件，宫内各执事人员照常留用，王度庐父亲依然可以领受部分薪金，家庭生计勉得维持。

1916年（民国五年，丙辰）　8岁

　　1月，王度庐父亲病故。2月，遗腹弟出生，名葆瑞，字探骊。家境日蹙，主要靠母亲为人缝补浆洗维持生计。

　　是年2月2日，王度庐夫人李丹荃生于陕西周至。

　　按：葆瑞出生时间据人民日报社1991年1月3日印发之《谭立同志生平》。葆瑞（即谭立）为遗腹子，由此可知其父当卒于1月份。周至，离西安甚近。

1918年（民国七年，戊午）　10岁

　　是年王度庐始入私塾读书。曾与姐、弟同染重症，母亲变卖家当为之治

疗,终得转危为安,而家庭经济更加贫困。

1919年(民国八年,己未)　11岁

五四运动爆发。王度庐仍在私塾就读,至1920年。

1921年(民国十年,辛酉)　13岁

是年王度庐入景山高等小学就读,至1924年。

1925年(民国十四年,乙丑)　17岁

是年1月,宋心灯在北京创办《小小》日报(后改《小小日报》),自任社长、主笔。王度庐从景山高等小学毕业,先在精精眼镜店当学徒,后在《平报》和电报局任见习生,可能已经开始向《小小》日报投稿。

按:宋心灯(?—1949),字信生,原籍河北大兴(析津)。新闻专科学校毕业,也是北京早期足球运动和羽毛球运动的发起者之一。《小小》日报即注重刊载体坛信息,后来发展为综合性小报。

又按:辽宁实验中学所存退休人员档案中的王度庐登记表,"文化程度"一栏填为"九年",当系虚数。

1926年(民国十五年,丙寅)　18岁

是年《小小日报》先后刊载王度庐所撰侦探小说《半瓶香水》《黄色粉笔》和"实事小说"《红绫枕》,均署"王霄羽"。《小小日报》馆印行《红绫枕》单行本,标类改为"惨情小说"。12月,《小小日报》连载社会小说《残阳碎梦》,亦署"王霄羽"。12月24日,《小小日报》刊出宋信生所撰《本报改版宣言》,"将旧有之八小版易为四大版"。

按:由于存报缺失严重,《半瓶香水》《黄色粉笔》未见,不知确切发表时间。因《红绫枕》内文提及它们,故知连载于《红绫枕》之前。由此亦不排除其一已于上年开始见报的可能。又据李丹荃女士回忆,早期作品还有《绣帘垂》《浮白快》两种,均未见。《残阳碎梦》,现存第十次载于是年12月20日,由此推知当始载于12月1日;现存第三十三次载于次年1月21日,末注"(未完)"。

1927年（民国十六年，丁卯）　19岁

　　是年王度庐始在宽街夜授计民小学任职，先当会计，后任教员，直至1929年。同时继续卖稿和自学，包括到北京大学旁听，往三座门北京图书馆、鼓楼民众图书阅览室阅读。

　　1月，《小小日报》连载武侠小说《侠义夫妻》，署"王霄羽"。3月，《小小日报》始载社会小说《琪花恨》，署"王霄羽"。4月，《小小日报》连载社会小说《孀母孤儿》，署"王霄羽"。5月，《小小日报》连载社会小说《飘泊花》，署"王霄羽"。6月，《小小日报》连载侦探小说《红手腕》，署"王霄羽"。8月，《小小日报》连载侠情小说《护花铃》，署"霄羽"。10月，《小小日报》连载武侠小说《青衫剑客》，署"王霄羽"。

　　按：《侠义夫妻》，现存第八次载于1月31日，当始载于《残阳碎梦》结束后；连载结束时间当在《琪花很》始载之前。《孀母孤儿》仅存5月2日第十一次，由此推知始载时间在4月（《琪花梦》结束之后）。《飘泊花》，现存第六次载于5月30日。《红手腕》，现存第十一次载于7月9日，可知始载于6月末。《护花铃》仅存十四、十七次，载于9月2日、5日，是知始载于8月，标类"侠情小说"，写当时题材。《青衫剑客》，第四次载于10月9日，至11月9日犹未结束。

1928年（民国十七年，戊辰）　20岁

　　是年北京改称"北平"。3月，《小小日报》连载侦探小说《疑真疑假》，署"葆祥"。3月，《小小日报》连载社会小说《蝶魂花骨》，署"王霄羽"。5月，《小小日报》连载社会小说《揉碎桃花记》，署"王霄羽"。7月，《小小日报》连载"讽世小说"《双凤随鸦录》，署"王霄羽"。

　　按：《疑真疑假》，第四次载于3月12日，当始载于8日。《蝶魂花骨》，第三十四次载于4月11日，当始载于3月9日，与《疑真疑假》同时，故用两个笔名。《双凤随鸦录》，第四十二次载于8月21日。

　　本年存报缺失严重，当有不少连载作品至今未知。以下类似情况不再逐一说明。

1929年（民国十八年，己巳） 21岁

6月，《小小日报》连载社会小说《战地情仇》，署"王霄羽"。

按：《战地情仇》，仅存7月4日一次（序号未详）。本年几无存报。

1930年（民国十九年，庚午） 22岁

是年王度庐离开宽街夜授计民小学，改任家庭教师，不久认识李丹荃。

按：李丹荃在所遗手稿《王度庐小传》中说："我在北京读中学时，在一个同学家里认识了王度庐。那时，他正给我的同学的弟弟补习功课。记得他曾送过我两本书，一本是纳兰容若的《饮水词》，另一本是《浮生六记》。我不喜欢《浮生六记》，却很喜欢那本词，有些句子至今仍能记得，如'摇落尽，有发未全僧，风雨消磨生死别，似曾相识只孤灯；情在不能醒……''瘦狂那似肥痴好，任他肥痴好，笑他多病与长贫，不及衰衰诸公向风尘……'"（按文中所记纳兰词句与原作略有出入。）

3月，《小小日报》连载侦探小说《自鸣钟》，署"王霄羽"。

按：《自鸣钟》残存连载文本至三十一次告"全卷终"，次日接载《惊人秘柬》第一次。故暂系于3月。

是年，王度庐始用笔名"柳今"在《小小日报》开辟个人专栏"谈天"，每日发表短文一篇，纵论国事、民生、世态、人情、风习、学术、艺文等。"柳今"在这些短文里经常述及"自己"的"经历"，多属杜撰；但是，这位论说者的心态、性格、气质又与当时的王度庐十分相符。

按：因存报缺失，"谈天"开栏、终结时间未详。所载杂文均署"柳今"，以下不作逐篇标注。

4月1日，《小小日报》"谈天"栏刊出杂文《世态》。4月4日，《小小日报》"谈天"栏刊出杂文《荒芜的青年》。

按：4月2日、3日报纸缺失，或漏杂文两篇。以下类似情况不再加注按语。

4月5日，《小小日报》"谈天"栏刊出杂文《中等人》。4月6日，《小小日报》"谈天"栏刊出杂文《架子》。4月7日，《小小日报》"谈天"栏刊出杂文《性的广告》。4月8日，《小小日报》"谈天"栏刊出杂文《笑》。4月9日、10日，《小小日报》"谈天"栏连续刊出杂文《永垂不朽》（一）（二）。4月11日，《小小日报》

"谈天"栏刊出杂文《女性的教育与生育》。4月12日，《小小日报》"谈天"栏刊出杂文《一位平民文学家》，赞赏满族鼓词作者韩小窗。文中说："世界本来是平民的世界，尤其是文学家，更要有一种平民化的精神，他才能够用文学的力量，来转移风化，陶冶民情；否则琢句雕章，自以为是，至多不过只能得到少数的文蠹的几遍诵读罢了。"韩小窗"这人确实是位有天才、有词藻、有思想的文学家。他能把他这种才学，不去作八股，不去批试帖，而能用来编大鼓，他的平民思想可见了，他的环境可见了，而他的清高也可见了。"

按：韩小窗（约1828—1890），辽宁开原人，满族，子弟书（即鼓词）作家。其代表作有《露泪缘》《宁武关》《长坂坡》《刺虎》《黛玉悲秋》《红梅阁》及影卷《谤可笑》《金石语》等。

4月13日，《小小日报》"谈天"栏刊出杂文《绝顶聪明》。4月14、15日，《小小日报》"谈天"栏连续刊出杂文《道德》（一）（二）。

4月17至23日，《小小日报》"谈天"栏连载杂文《伦理与中国》。全文分为五节：一、伦理的产生；二、伦理的优点；三、伦理被利用以后；四、伦理存亡与中国之存亡；五、伦理的蟊贼。

4月25日，《小小日报》"谈天"栏刊出杂文《小难》。4月26日，《小小日报》"谈天"栏刊出杂文《女招待》。4月27日，《小小日报》"谈天"栏刊出杂文《落子馆》。4月29日，《小小日报》"谈天"栏刊出杂文《麻醉剂》。4月30日，《小小日报》"谈天"栏刊出杂文《万寿寺》。

4月，《小小日报》连载侦探小说《惊人秘柬》，署"王霄羽"。

按：《自鸣钟》残存连载文本至三十一次告"全卷终"，次日接载《惊人秘柬》第一次，具体日期均难考定。

5月1日，《小小日报》"谈天"栏刊出杂文《赘泽品》。5月2日，《小小日报》"谈天"栏刊出杂文《童子军》。5月3日，《小小日报》"谈天"栏刊出杂文《女腿》。5月4日，《小小日报》"谈天"栏刊出杂文《颠倒雌雄》。5月5日，《小小日报》"谈天"栏刊出杂文《歌舞剧》。5月6日，《小小日报》"谈天"栏刊出杂文《招与待》。5月7日，《小小日报》"谈天"栏刊出杂文《恢复北京》。5月8日，《小小日报》"谈天"栏刊出杂文《野鸡》。5月9日，《小小日报》"谈天"栏刊出杂文《女招打》。5月13日，《小小日报》"谈天"栏刊出杂文《署名》。5月

14日,《小小日报》"谈天"栏刊出杂文《迷》。5月15日,《小小日报》"谈天"栏刊出杂文《恶五月》。5月16日,《小小日报》"谈天"栏刊出杂文《送春》。5月17日,《小小日报》"谈天"栏刊出杂文《哭》。5月18日,《小小日报》"谈天"栏刊出杂文《雨天》。5月19日,《小小日报》"谈天"栏刊出杂文《名士派》。5月20日,《小小日报》"谈天"栏刊出杂文《小算盘》。5月21日,《小小日报》"谈天"栏刊出杂文《自行车》。5月22日,《小小日报》"谈天"栏刊出杂文《穷北京?》。5月23日,《小小日报》"谈天"栏刊出杂文《服从》。5月24日,《小小日报》"谈天"栏刊出杂文《奴隶性》。5月28日,《小小日报》"谈天"栏刊出杂文《澡堂里》。5月29日,《小小日报》"谈天"栏刊出杂文《安慰》。5月30日,《小小日报》"谈天"栏刊出杂文《中国剧》。5月31日,《小小日报》"谈天"栏刊出杂文《游民》。5月,《小小日报》连载侦探小说《触目惊心》,署"王霄羽"。

按:《触目惊心》未见,据《空房怪事》前言列入,连载时间在《神獒捉鬼》之前,故系入5月。

6月1日,《小小日报》"谈天"栏刊出杂文《端午节》。3日,《小小日报》"谈天"栏刊出杂文《打麻雀》。4日,《小小日报》"谈天"栏刊出杂文《谋事》。5日,《小小日报》"谈天"栏刊出杂文《无聊的北平》。6日,《小小日报》"谈天"栏刊出杂文《病》。同日开始连载侦探小说《神獒捉鬼》,署"王霄羽"。

按:《神獒捉鬼》共连载二十五次,当结束于6月30日(7月1日始载《空房怪事》,参见《空房怪事》引言)。

7日,《小小日报》"谈天"栏刊出杂文《造化儿子》。8日,《小小日报》"谈天"栏刊出杂文《疯人》。9日,《小小日报》"谈天"栏刊出杂文《阔事》。10日,《小小日报》"谈天"栏刊出杂文《骗术》。11日,《小小日报》"谈天"栏刊出杂文《财神 阎王》。12日,《小小日报》"谈天"栏刊出杂文《画中人》。13日,《小小日报》"谈天"栏刊出杂文《醉酒》。14日,《小小日报》"谈天"栏刊出杂文《夫妻间》。15日,《小小日报》"谈天"栏刊出杂文《不开壳》。16日,《小小日报》"谈天"栏刊出杂文《憔悴》。17日,《小小日报》"谈天"栏刊出杂文《伤心人》。18日,《小小日报》"谈天"栏刊出杂文《情书》。19日,《小小日报》"谈天"栏刊出杂文《琴声里》。20日,《小小日报》"谈天"

栏刊出杂文《❀》。21日,《小小日报》"谈天"栏刊出杂文《什刹海》。22日,《小小日报》"谈天"栏刊出杂文《凶杀案》。23日,《小小日报》"谈天"栏刊出杂文《关于裤子》。24日,《小小日报》"谈天"栏刊出杂文《三件痛快事》。25日,《小小日报》"谈天"栏刊出杂文《诗人》。26日、27日,《小小日报》"谈天"栏连续刊出杂文《贵族学校》(一)(二)。28日,《小小日报》"谈天"栏刊出杂文《穷　　住》。29日,《小小日报》"谈天"栏刊出杂文《妙影》。30日,《小小日报》"谈天"栏刊出杂文《罪恶场中之未来者》。6月,《小小日报》连载社会小说《烟霭纷纷》,署"香波馆主"。

　　按:现存《烟霭纷纷》第三十六次连载文本复印件上有副刊"编余"一则,云"今天这版算作'七夕特刊'"。查1930年七夕为阳历8月30日,由此推知《烟霭纷纷》当始载于6月27日。

　　7月1日,《小小日报》"谈天"栏刊出杂文《吃饭问题》。5日,《小小日报》"谈天"栏刊出杂文《平民化》。6日,《小小日报》"谈天"栏刊出杂文《面子》。7日,《小小日报》"谈天"栏刊出杂文《醋　　忌讳》。8日,《小小日报》"谈天"栏刊出杂文《文士与蚊士》。9日,《小小日报》"谈天"栏刊出杂文《人品与装饰》。12日,《小小日报》"谈天"栏刊出杂文《消夏》。13日,《小小日报》"谈天"栏刊出杂文《财神爷》。同日,《小小日报》始载惨情小说《玉藕愁丝》,署"香波馆主"。

　　按:《玉藕愁丝》始载日期据预告图片背面报头推知。

　　14日,《小小日报》"谈天"栏刊出杂文《妓女问题》。15日,《小小日报》"谈天"栏刊出杂文《杨耐梅　朱素云》。

　　按:杨耐梅,生于1904年,中国早期影星,曾出演《玉梨魂》《奇女子》《上海三女子》《空谷兰》等无声片。当时北平讹传她已"香消玉殒",作者故撰此文悼念。实则杨在1960年卒于台湾。朱素云,京剧小生演员朱沄之艺名,生于1872年,卒于1930年。

　　16日,《小小日报》"谈天"栏刊出杂文《难民返国》。17日,《小小日报》"谈天"栏刊出杂文《灯下人》。18日,《小小日报》"谈天"栏刊出杂文《捧》。19日,《小小日报》"谈天"栏刊出杂文《快乐人多?》。20日,《小小日报》"谈天"栏刊出杂文《西游记》。21日,《小小日报》"谈天"栏刊出杂文

《火警》。22日，《小小日报》"谈天"栏刊出杂文《人体美》。23日，《小小日报》"谈天"栏刊出杂文《穷　光　蛋》。24日，《小小日报》"谈天"栏刊出杂文《抵抗力》。25日，《小小日报》"谈天"栏刊出杂文《香艳文章》。26日，《小小日报》"谈天"栏刊出杂文《雨夜桥声》。27日，《小小日报》"谈天"栏刊出杂文《爱河》。28日，《小小日报》"谈天"栏刊出杂文《调戏》。29日，《小小日报》"谈天"栏刊出杂文《"嫁"的问题》。30日，《小小日报》"谈天"栏刊出杂文《阎罗王》。31日，《小小日报》"谈天"栏刊出杂文《知音》。7月，《小小日报》连载侦探小说《空房怪事》，署"王霄羽"。

　　按：《空房怪事》共连载二十九次，残存文本图片均无报头，难以确认具体时间。（第一次疑载于7月3日，见图片背面；结束于第二十九次，当为8月1日。）

　　8月2日，《小小日报》"谈天"栏刊出杂文《战》。

　　3日，《小小日报》"谈天"栏刊出杂文《时髦》。4日，《小小日报》"谈天"栏刊出杂文《人逛人》。5日，《小小日报》"谈天"栏刊出杂文《跳舞场里》。6日，《小小日报》"谈天"栏刊出杂文《奸杀案》。7日，《小小日报》"谈天"栏刊出杂文《阴阳电》。8日，《小小日报》"谈天"栏刊出杂文《办白事》。9日，《小小日报》"谈天"栏刊出杂文《眼光》。10日，《小小日报》"谈天"栏刊出杂文《无与偶　莫能容》。11日，《小小日报》"谈天"栏刊出杂文《喜新厌旧》。12日，《小小日报》"谈天"栏刊出杂文《洋化的话》。13日，《小小日报》"谈天"栏刊出杂文《发财学》。14日，《小小日报》"谈天"栏刊出杂文《儿童　成人》。15日，《小小日报》"谈天"栏刊出杂文《英雄难过美人关》。16日，《小小日报》"谈天"栏刊出杂文《交际》。17日，《小小日报》"谈天"栏刊出杂文《呻吟》。18日，《小小日报》"谈天"栏刊出杂文《枇杷巷里》。19日，《小小日报》"谈天"栏刊出杂文《捕蝇》。20日，《小小日报》"谈天"栏刊出杂文《殉情》。21日，《小小日报》"谈天"栏刊出杂文《人死不值钱》。22日，《小小日报》"谈天"栏刊出杂文《癞蛤蟆　天鹅肉》。23日，《小小日报》"谈天"栏刊出杂文《作时评》。25日，《小小日报》"谈天"栏刊出杂文《马路》。26日，《小小日报》"谈天"栏刊出杂文《女朋友》。27日，《小小日报》"谈天"栏刊出杂文《跳楼者》。28日，《小小日报》"谈天"栏刊出杂文

《蟋蟀》。29日，《小小日报》"谈天"栏刊出杂文《古城返照》。30日，《小小日报》"谈天"栏刊出杂文《惹气》。31日，《小小日报》"谈天"栏刊出杂文《活得弗耐烦》。8月，《小小日报》始载武侠小说《鳌汉海盗》，署"霄羽"。

按：《鳌汉海盗》连载文本基本完整，但原件图片无报头，难以确认日期。共连载四十二次，当结束于9月间，时《烟霭纷纷》仍在连载。

9月1日，《小小日报》"谈天"栏刊出杂文《由线订书说起》。2日、3日，《小小日报》"谈天"栏连续刊出杂文《"娶"的问题》（一）（二）。4日，《小小日报》"谈天"栏刊出杂文《罂粟味》。5日，《小小日报》"谈天"栏刊出杂文《忏悔》。6日，《小小日报》"谈天"栏刊出杂文《想当然耳》。7日，《小小日报》"谈天"栏刊出杂文《标奇与仿效》。8日，《小小日报》"谈天"栏刊出杂文《复古》。9日，《小小日报》"谈天"栏刊出杂文《野草闲花》。同日同报又载影评《看了〈故都春梦〉》，署"柳今投"。10日，《小小日报》"谈天"栏刊出杂文《倡门》。12日，《小小日报》"谈天"栏刊出杂文《乞丐》。13日，《小小日报》"谈天"栏刊出杂文《心》。9月15日，《小小日报》"谈天"栏刊出杂文《短　小　经济》。9月16日，《小小日报》"谈天"栏刊出杂文《性的文章》。9月17日，《小小日报》"谈天"栏刊出杂文《逢场作戏》。9月18日，《小小日报》"谈天"栏刊出杂文《浮云变幻》。9月19日，《小小日报》"谈天"栏刊出杂文《敲钗小语》。20日，《小小日报》"谈天"栏刊出杂文《俗礼》。21日，《小小日报》"谈天"栏刊出杂文《何不当初》。22日，《小小日报》"谈天"栏刊出杂文《醋的考证》。23日，《小小日报》"谈天"栏刊出杂文《劲秋》。28日，《小小日报》"谈天"栏刊出杂文《柴　米　油　盐　酱　醋　茶》。30日，《小小日报》"谈天"栏刊出杂文《烛边思绪》，叙述阅读《朝鲜义士安重根传》的感受，抒发爱国情怀及对国内现实的愤懑。

10月1日，《小小日报》"谈天"栏刊出杂文《吵嘴》。29日，《小小日报》"哈哈镜"栏刊出杂文《团圞月照破碎国家》，署"柳今"。

1931年（民国二十年，辛未）　23岁

是年，王度庐应聘担任《小小日报》编辑员。5月，《小小日报》连载哀情小说《缠命丝》，署"王霄羽"。同时连载社会小说《燕燕莺莺》，署"香波馆

主"。9月18日，沈阳发生"九一八"事变，日本加紧侵华。

按：《缠命丝》仅存第九〇次，内文曰"全卷终"，图片有"31, 8, 1"标注，据此倒推，当始载于5月；《燕燕莺莺》仅存第六二次，未完，图片注"31, 8"。

又按：耿小的在《我与〈小小日报〉》中说，自己进入《小小日报》任编辑是在"1933年后"，"之前似乎赵苍海编过很短时期"，却未提及王霄羽。若其记忆无误，则王之去职，当在赵前。

1934年（民国二十三年，甲戌） 26岁

是年，李丹荃随父亲离北平去西安。不久王度庐亦往西安，任陕西省教育厅编审室办事员，《民意报》编辑员。

3月10日，陕西省教育厅在西安民众教育馆举办西安中小学讲演竞赛会；28日、29日，又在西安民乐园举办西安中小学第二届唱歌比赛，均派王霄羽任记录。

3月20日，西安《民意报》"戏剧与电影周刊"第一期刊载《中国戏剧生命之革新》第一节"九一八后的中国戏剧界"，署"柳今"。文中慨叹中国剧坛进步缓慢，以至"今日远东国际纠纷之病菌集于中国，而我国之戏剧仍然如沉睡，如枯死，反使他人——俄国——高呼曰：'怒吼吧中国！'"27日，"戏剧与电影周刊"第二期续载《中国戏剧生命之革新》第一节"九一八后的中国戏剧界"，署"柳今"。文中续论中国戏剧的觉醒与"推翻""旧剧势力"之关系。同期又载《电影是应合大众所需要 真不容易利用它》，署"潇雨"。文中说："艺术只要不是'自我'的而是'大众'的，那就当然要被利用成为一种工具。电影尤其要首先被人利用的，不过常常又见人们弄巧成拙，利用影片作某种宣传，结果倒被观众利用，"从而形成与国外影片亦步亦趋的种种题材热，当前已由伦理片、武侠侦探片演进为民生片。当局于"九一八"后号召影界多制作"关于唤起民族精神的片子"固然不错，但是"现在的民众，只是恐慌他们的经济穷困，生活惨淡，实在没有充分的力量去供给到民族上。或者，现在的电影也只走到了替穷人呼吁，次一步，才是民族精神"。

4月3日，西安《民意报》"戏剧与电影周刊"第三期未见，当续载《中国

戏剧生命之革新》第二节"新旧戏剧之检讨"。10日，"戏剧与电影周刊"第四期续载《中国戏剧生命之革新》第二节"新旧戏剧之检讨"，署"柳今"。文中认为，"中国旧剧虽然不能追随时代，但确能利用科学，亦缘近代科学文明多供给于资产阶级之享乐，旧剧靡靡之音当愈适合于人之享乐。新剧□□□□，自难免在比较之下落后也"。（原件有四字无法辨认。）同期并载《伦敦公演〈彩楼配〉的问题》，署"潇雨"。文中认为，在伦敦由中国人与外国人用英语同演旧剧《彩楼配》，只能像《蝴蝶夫人》那样，迎合一部分外国人的扭曲了的东方观，"但是歪曲的东西在现代剧坛上实在没有它的地位，何况这《彩楼配》国际性质的公演"。

按：（1）王度庐档案中的履历表填："1934—1935年 西安民意报 编辑员"，"1935-1936年 陕西省教育厅 办事员"。而从文章刊出情况判断，任《民意报》编辑员应该在后（报馆编辑不可能受厅长派遣去任竞赛记录），或者同时兼任二职。

（2）西安《民意报》"戏剧与电影周刊"仅存一、二、四期，日期据打印稿说明（周刊第四期为4月10日）向前推算而得。4月3日报缺失，内容可据前后两期推知（不排除3日还有其他文章刊出）。4月10日以后报纸缺失，当有其他未知史料。

5月，《陕西教育月刊》第五期发表《陕西省教育厅举办西安中小学讲演竞赛会经过》和《陕西省教育厅举办西安中小学第二届唱歌比赛会经过》记录，均署"王霄羽"。

10月，《陕西教育旬刊》第二卷第廿九、卅、卅一期合刊"论著"栏刊出《民间歌谣之研究》，署"王霄羽"。全文五章：第一章"歌谣之史的发展"；第二章"歌谣的分类法"；第三章"歌谣价值的面面观"；第四章"歌谣技巧的研究"；第五章"结论"。文中有这样的论述："贵族化的文学在'五四'时就已被人打倒，现在一般人都提倡大众文学。真正的'大众文学'在哪里？我们离开了歌谣，恐怕再没有地方寻找了罢？"

1935年（民国二十四年，乙亥）　27岁

是年，王度庐与李丹荃在西安结婚。婚后李父卒于三原，王度庐前往

料理丧事，曾遭歹徒劫持。

按：王度庐后来在《〈宝剑金钗〉序》中写及"频年饥驱远游，秦楚燕赵之间，跋涉殆遍"当有所夸张，实则未离陕西。

1936年（民国二十五年，丙子）　28岁

是年王度庐夫妇返回北平。10月13日，《平报》刊载《献于〈平报〉——十五周年》，署"王霄羽"。同日，《平报》开始连载武侠小说《黄河游侠传》，署"霄羽"。12月12日，发生"西安事变"。

按：李丹荃在遗稿中回忆返京前后的生活说："我有晕眩症，那时常犯，昏迷中常听到王叨念：'谢家有女偏怜小，自嫁黔娄万事乖……'后来我知道了这是元稹的悼亡诗。我就说：'你老叨念什么，我又没有死呀！'现在回想当时情景，如在目前。"

1937年（民国二十六年，丁丑）　29岁

是年春，王度庐夫妇应李丹荃二伯父伊筱农召，同赴青岛。4月17日，《平报》连载《黄河游侠传》结束。18日，《平报》开始连载武侠小说《燕赵悲歌传》，署"霄羽"。4月末，王度庐回北平料理"文债"，于端午节后返青岛。不久，弟探骊与北平进步青年同来青岛，王度庐夫妇送他们取道上海奔赴陕北参加革命。

按：李丹荃在所遗手稿中说："弟弟到了青岛，我们大家分析了当时的形势，都赞成他去内地找出路。他们兄弟一向感情很好，分手时不无留恋。最后王度庐慨然说：'你就放心走吧，我们以后会团聚的，母亲的生活，家里的一切，有我呢。'他把自己的怀表给了弟弟。"

7月7日，卢沟桥事变爆发。9日，《平报》连载《燕赵悲歌传》结束。10日，《平报》开始连载武侠小说《八侠夺珠记》，署"霄羽"。30日，北平、天津失守。

12月底，青岛守军撤离。

按：伊筱农（1870—1946？），广东法政及警察速成学校毕业。1912年来青岛，创办《青岛白话报》（后改名《中国青岛报》），在当地颇有影响。

"伊"为满族所冠汉姓,可知李丹荃家族亦有满族血统。

《八侠夺珠记》殆未载完。

1938年(民国二十七年,戊寅) 30岁

1月10日,日寇全面占领青岛。伊筱农博平路宅第被日军作为"敌产"没收,王度庐夫妇与伯父同往宁波路4号租屋居住。生计陷入极度困难之时,王度庐偶遇在《青岛新民报》任副刊编辑的北平熟人关松海,应约向该报投稿。

5月30日、31日,《青岛新民报》发布《本报增刊武侠小说预告》,称"已征得名小说家王度庐先生之精心杰作长篇武侠小说《河岳游侠传》",即将刊出。是为"度庐"笔名首次见报。

按:《青岛新民报》和后来的《青岛大新民报》在刊出王度庐作品之前都先发布预告,下不一一列载。

6月1日,《青岛新民报》开始连载武侠小说《河岳游侠传》,署"王度庐"。2日,《青岛新民报》刊载散文《海滨忆写》,署"度庐"。

11月15日,《河岳游侠传》连载结束。共20回,未见单行本。16日,《青岛新民报》开始连载武侠悲情小说《宝剑金钗记》,署"王度庐"。配图:刘镜海。

按:刘镜海,时在海泊路23号开设"镜海美术社",除为王氏作品配插图外,在生活上与王度庐夫妇也经常互相照顾。

1939年(民国二十八年,己卯) 31岁

是年春,王度庐长子生于青岛。4月24日,《青岛新民报》开始连载社会言情小说《落絮飘香》,署"霄羽"。配图:许清(刘镜海笔名)。7月29日,《宝剑金钗记》在《青岛新民报》载毕。30日,《青岛新民报》开始连载武侠悲情小说《剑气珠光录》。

是年,青岛新民报社印行《宝剑金钗记》单行本,前有王度庐自序,谓"频年饥驱远游,秦楚燕赵之间跋涉殆遍,屡经坎坷,备尝世味,益感人间侠士之不可无。兼以情场爱迹,所见亦多,大都财色相欺,优柔自误。因是,

又拟以任侠与爱情相并言之，庶使英雄肝胆亦有旖旎之思，儿女痴情不尽娇柔之态。此《宝剑金钗》之所由作也"。

按：《宝剑金钗记》自序仅见于青岛新民报版单行本，也是至今所见王度庐为自己著作所写申述创作意图的唯一自序（其他著作连载时虽或亦加引言，均系说明性文字，出版单行本时皆被删除）。

1940年（民国二十九年，庚辰）　32岁

2月2日，《落絮飘香》在《青岛新民报》载毕。3日，《青岛新民报》开始连载社会言情小说《古城新月》，署"霄羽"，配图：许清。22日，《青岛新民报》刊载《〈落絮飘香〉读后》，作者傅琍琳系关松海之夫人。文中介绍霄羽"曩在北京主编《小小日报》时，以著侦探小说知名"，并且透露"霄羽""度庐"实为一人。

4月5日，《剑气珠光录》载毕，随后亦由报社印行单行本。7日，《青岛新民报》开始连载《舞鹤鸣鸾记》，署"王度庐"，配图：刘镜海。此日所载为该书"序言"，出单行本时被删却，全文如下："内家武当派之开山祖张三丰，本宋时武当山道士，曾以单身杀敌百余，因之威名大振。武当派讲的是强筋骨、运气功、静以制动、犯则立仆，比少林的打法为毒狠，所以有人说'学得内家一二，即足以胜少林。'此派自张三丰累传至王咸来，咸来弟子黄百家，又将秘传歌诀，加以注解，所以内家拳便渐渐学术化了。可是后因日久年深，歌诀虽在，真功夫反不得传。自清初至近代，武当派中的侠士实寥寥无几，有的，只是甘凤池、鹰爪王、江南鹤等。甘凤池系以剑术称，鹰爪王专长于点穴，惟有江南鹤，其拳剑及点穴不但高出于甘、王二人之上，且晚年行踪极为诡异，简直有如剑仙，在《宝剑金钗记》与《剑气珠光录》二书中，这位老侠只是个飘渺的人物，如神龙一般。而本书却是要以此人为主，详述他一生的事迹。又本书除江南鹤之外，尚有李慕白之父李凤杰，及其师纪广杰。所以若论起时代，则本书所述之事，当在李慕白出世之前数十年了。"

8月16日，南京《京报》开始连载《风雨双龙剑》，署"王度庐"。配图：刘镜海。

按：南京《京报》为汪伪时期出版的四开小报，原系三日刊，1940年8月

16日改为日报,终刊于1945年8月16日。该报约得王度庐文稿,当亦出诸关松海之介绍。

介绍王度庐去市立女中代课的是潘思祖,字颖舒,河北邢台人,1930年毕业于河北大学国文系,时在青岛市立女中任教。李丹荃在回忆手稿中说:"潘先生常来我家,一坐就是半天。他善谈吐,知道的事情多,打开话匣子什么都说。""潘先生是王度庐那时唯一可以谈得来的人,只有和潘先生在一起,王度庐才肯毫无顾忌地说话。在有些言情小说里,故事情节也是取自潘先生的谈话资料。"王子久则在《王度庐和他的小说》(载于1988年1月9日《青岛日报》)中说,"下课后学生常常把他包围起来",要求他别把《落絮飘香》《古城新月》里女主人公的下场写得太惨。

1941年(民国三十年,辛巳)　33岁

是年王度庐任青岛圣功女中教员。3月15日,《舞鹤鸣鸾记》在《青岛新民报》载毕,随后亦由报社印行单行本。16日,《青岛新民报》开始连载《卧虎藏龙传》,配图:刘镜海。4月10日,《古城新月》在《青岛新民报》载毕。11日,《青岛新民报》开始连载《海上虹霞》,署"霄羽"。配图:许清。5月9日,《风雨双龙剑》在南京《京报》载毕,共17回。随后即由报社印行单行本。10日,南京《京报》开始连载《彩凤银蛇传》,署"度庐"。配图:刘镜海。8月27日,《海上虹霞》在《青岛新民报》载毕。28日,《青岛新民报》开始连载社会小说《虞美人》,署"霄羽"。配图:许清。

按:《风雨双龙剑》连载本与后来的上海育才书局重印本相比,在回目、内文上都略有差别,后者当经作者修订。

1942年(民国三十一年,壬午)　34岁

是年王度庐曾任青岛市立女中代课教员一个多月。

按:青岛王铎先生之母当年为市立女中教员,他听母亲说,王度庐担任的是培训社会人员的课程,上课地点在市立女中附小(即位于朝城路5号的今朝城路小学)。

3月1日,《彩凤银蛇传》在南京《京报》载毕,共13回。2日,南京《京

报》开始连载《纤纤剑》，署"王度庐"。配图：刘镜海。3日，南京《京报》刊载读者傅佑民来信《关于〈彩凤银蛇传〉鲁彩娥之死》，对《彩凤银蛇传》女主人公因伤重死于中途而未见到自幼失散之生母的结局提出异议。该报副刊编辑在《编者谨按》中说："王先生写鲁彩娥之死，才正是脱去中国武侠小说的旧套……给读者一种'此恨绵绵无绝期'的尾巴……这才是全书的力量。""读者越是这样着急、气愤，越是著者的成功，越见王先生文笔感人之深。6日，《卧虎藏龙传》在《青岛新民报》载毕。同日，南京《京报》又载读者陈中来信，再次对《彩凤银蛇传》写鲁海娥之死提出商榷，以为固然"不必'大团圆'或带'回令'"，而"'见娘'似为必要"。信中还提及"某日路过平江府街，闻一擦皮鞋者与一少年，亦在津津然预测鲁海娥之未来"，可见读者关心之一斑。7日，《青岛新民报》开始连载《铁骑银瓶传》，署"王度庐"。配图：刘镜海。17日，南京《京报》再载读者王德孚来信，认为虽然鲁海娥之死写得好，但是还应加上一些交代后事、劝导爱人走正路的临终遗言。24日，南京《京报》刊出王度庐《关于鲁海娥之死》一文，回答读者批评，说明"在写该书的第一回之前，我就预备着末了是一幕悲剧。""向来'大团圆'的玩意儿总没有'缺陷美'令人留恋，而且人生本来是一杯苦酒，哪里来的那么些'完美'的事情？'福慧双修'的女子本来就很少，尤其是历史或小说里的'美人'。古人云：'自古美人如名将，不许人间见白头。'西施为千古美人，原因是她后来没有下落；林黛玉是读过了《红楼梦》的人一定惋惜的，原因也是她早死。近代的赛金花就不够'绝代佳人'的条件，她是不该后来又以老旦的扮相儿再登台。'好花不常开，好景不常在'，美与缺陷原是一个东西。本此种种理由，于是我更叫我们的'粉鳞小蛟龙'死了。""因为这样的女人决不可叫她去与人'花好月圆'，度那庸俗的日子；尤其不能叫她跟十三妹一样去二妻一夫的给男子开心。"

10月31日，《纤纤剑》在南京《京报》载毕，共10回。

是年，《青岛新民报》与《大青岛报》合并，更名《青岛大新民报》。

1943年（民国三十二年，癸未） 35岁

是年王度庐曾任《治平月刊》编辑员一个多月。1月23日，南京《京报》

开始连载《舞剑飞花录》，署"王度庐"。配图：刘镜海。

10月5日，《青岛大新民报》刊出《寒梅曲》广告，其中说："名小说家王霄羽先生自为本报撰《落絮飘香》《古城新月》《海上虹霞》《虞美人》等数篇之后，篇篇脍炙人口，远近交誉，百万读者每日争先竞读，投来赞誉之函件无数。盖王君文学湛深，复精研心理学，对于社会人情，观察最深；国内足迹又广，生活经验极为丰富；并以其妙笔，参合新旧写法，清俊流畅，细腻转宛；描写之人物，皆跃跃如生，令人留下深深印象。其所选之故事，又皆可悲可喜，新颖而近情合理，章法结构，亦极严谨，无懈可击。即以现刊之《虞美人》言，连刊二年余，若换他人之著作，恐早已令人生倦，然王君之文，日日有新的描写，故事有新的发展变幻，令人如食橄榄，越嚼其味越长；如观大海，久望而其波澜无尽。是以每日每人争相阅读，并常有向本社函电相询者。此均系事实，凡读者皆能信而不疑者也。故虽饱学之士，极富人生阅历之人，对王君之著作亦莫不称誉，谓之为当代第一流之小说家。今《虞美人》即将终篇，新作自由王君开始动笔，名曰《寒梅曲》。系由民国初年北京极繁华之时写起，先述女伶之生活，但与一般的俗流写法迥异；次叙一好学上进的女子，于艰苦环境之中不泯其志气，不失其天真。渐展为一段恋爱，男主角为一音乐家，于是《寒梅曲》遂写入本题矣。其后则此女主角遭境改变，如寒梅之遇风雪，花片纷落，然不失其皓洁。中间穿插许多新奇而合理之故事，出现许多面貌不同、心情各异之人物，但人物虽多而不杂乱，每个人又都是在前几篇中未见过的，可也就许是读者眼前常见的。写至中段，则情节极为紧张，能不下泪、不感动者恐少；斯时又写一洁身自爱、有为之少年人，排万难立其身，颇富伦理知识，且有教育意味。至篇末结束之时，写得尤为高超，读者到时自然赞佩。并且此书与前几篇不同，王君之作风稍加改变，简洁流丽，不作繁冗之藻饰，不用生涩的字句，更以悲哀与滑稽相衬而写，非但令人回肠荡气，有时亦令人喷饭。总之，王君之作品早已成熟，已至炉火纯青之候，已有挥洒自如之才力，此《寒梅曲》尤最，不待多加介绍也。"6日，《虞美人》在《青岛大新民报》载毕。7日，《青岛大新民报》开始连载《寒梅曲》，署"霄羽"。配图：许清。

按：因存报缺失，《寒梅曲》连载结束时间未详。

1944年（民国三十三年，甲申）　36岁

是年《铁骑银瓶传》在《青岛大新民报》载毕（具体月、日未详）。1月18日，《舞剑飞花录》在南京《京报》载毕，共19章。19日，南京《京报》开始连载《大漠双鸳谱》，标"侠情小说"，署"王度庐"。配图：镜海。7月3日《大漠双鸳谱》载毕，共6章。4日，南京《京报》开始连载《春明小侠》，标"侠情小说"，署"王度庐"。

按：《舞剑飞花录》后由上海励力出版社印行单行本，改题《洛阳豪客》，被压缩为16章。连载本之章题与单行本完全不同，文字出入也较大。

又，本年上海《戏世界》报曾刊出武侠小说《铁剑红绡记》，署"王度庐"，现仅存4030、4031、4032、4033、4034、4035、4036、4038、4039、4040十期（即十段连载文本，分别属于第一、二章，时间为3月20日至30日）。待辨真伪。

1945年（民国三十四年，乙酉）　37岁

2月18日，王度庐之女生于青岛。25日，《春明小侠》载至第20章。5月1日，南京《京报》连载《琼楼双剑记》第二章，署"王度庐"。同日，青岛《民民民》月刊连载《锦绣豪雄传》，署"王度庐"。是年夏秋之际，《青岛大新民报》停刊。8月15日，日本正式宣布投降。10月25日，青岛举行日军受降典礼。《青岛时报》等老报复刊，《民治报》《民众日报》等新报创刊。

按：《春明小侠》于本年2月25日载至第二十章，改标"武侠小说"，以下报纸缺失，连载结束时间当在4月末。《琼楼双剑记》亦因报纸缺失而不知始载时间；至5月27日，所载内容仍为第二章，以后殆未续载。《锦绣豪雄传》亦未载完。

1946年（民国三十五年，丙戌）　38岁

是年王度庐为维持生计，曾任赛马场办事员，于周日售马票。12月2日，《青岛时报》开始连载王度庐所著武侠小说《紫凤镖》，署名"鲁云"。

1947年（民国三十六年，丁亥）　39岁

　　5月1日，青岛《民治报》开始连载王度庐所撰武侠小说《太平天国情侠传》，署"鲁云"。19日，青岛《大中报》开始连载王度庐所撰武侠小说《清末侠客传》，署"鲁云"。6月11日，《青岛时报》开始连载王度庐所撰社会言情小说《晚香玉》，署"绿芜"。7月18日，《紫凤镖》在《青岛时报》载毕。19日，《青岛时报》开始连载王度庐所撰武侠小说《雍正与年羹尧》，署"鲁云"。是年王度庐收到弟弟来信，得知中共即将获得全面胜利。

　　按：《太平天国情侠传》仅见一节，未知是否载毕。《雍正与年羹尧》《清末侠客传》当于次年载毕。

　　李丹荃在回忆文中说："1947年，我们忽然收到分离多年的弟弟的信，那信是经过几个人辗转捎来的。信中大意是：我在外买卖很好，我们不久即可团聚，望你们放心。信虽很短，但却是莫大喜讯。信中真实的含义，我们是明白的，知道多年的战争是将结束了。只是这时他们在北平的母亲已故去，没有来得及知道，是终身遗憾。"

1948年（民国三十七年，戊子）　40岁

　　是年王度庐曾任青岛摊商工会文牍。1月31日，《晚香玉》在《青岛时报》载毕。2月1日，《青岛时报》开始连载《粉墨婵娟》，署"绿芜"。4月29日，《青岛时报》开始连载武侠小说《宝刀飞》，署"鲁云"。6月，上海育才书局出版增订本《风雨双龙剑》。7月10日，《粉墨婵娟》在《青岛时报》载毕。15日，《青岛时报》开始连载侠情小说《燕市侠伶》，署"绿芜"。9月17日，《宝刀飞》在《青岛时报》载毕。9月20日，《青岛公报》开始连载武侠小说《金刚玉宝剑》，署"王度庐"。

　　按：《金刚玉宝剑》之"玉"字当系"王"字之误，参见丁福保主编之《佛学大辞典》：【金刚王宝剑】（譬喻）临济四喝之一，谓临济有时一喝，为切断一切情解葛藤之利剑也。《临济录》曰："师问僧：有时一喝如金刚王宝剑，有时一喝如踞地金毛狮子，有时一喝如探竿影草，有时一喝不作一喝用，汝作么生会？僧拟议，师便喝。"《人天眼目》曰："金刚王宝剑者，一刀挥断一切情解。"又：【金刚】（术语）梵语曰缚罗。……译言

金刚，金中之精者，世所言之金刚石是也。……又（天名）持金刚杵之力士，谓之金刚。……【金刚王】（杂语）金刚中之最胜者，犹言牛中之最胜者为牛王也。……

9月24日，青岛《军民晚报》开始连载武侠小说《龙虎铁连环》，署"王度庐"。10月，上海励力出版社将《清末侠客传》分为两册印行，分别改题《绣带银镖》《冷剑凄芳》。11月，上海励力出版社出版《宝刀飞》。同年，上海励力出版社还出版或再版了王度庐的以下作品：《鹤惊昆仑》（即《舞鹤鸣鸾记》），《宝剑金钗》（即《宝剑金钗记》），《剑气珠光》（即《剑气珠光录》），《卧虎藏龙》（即《卧虎藏龙传》），《铁骑银瓶》（即《铁骑银瓶传》），《紫电青霜》，《新血滴子》（即《雍正与年羹尧》），《燕市侠伶》，《落絮飘香》《琼楼春情》《朝露相思》《翠陌归人》（此为《落絮飘香》连载本的四个分册），《暴雨惊鸳》（此为《寒梅曲》连载本的第一分册，以下分册未见），《绮市芳葩》《寒波玉蕊》（此为《晚香玉》连载本的两个分册），《粉墨婵娟》《霞梦离魂》（此为《粉墨婵娟》连载本的两个分册）。

按：《燕市侠伶》之后集为《梅花香手帕》。后集未见连载，励力版《燕市侠伶》亦未见，该版当不包括后集。

1949年（己丑）　41岁

是年，王度庐之弟谭立（即王探骊）出任中共大连市委副书记。1月1日，青岛《民治报》开始连载《玉佩金刀记》，署"王度庐"。未完。2月，《金刚玉宝剑》改由《联青晚报》连载。4月，上海励力出版社出版《金刚玉宝剑》，共三册。6月29日，王度庐幼子生于青岛。

是年秋，王度庐夫妇携长子、女儿同由青岛迁往大连（幼子暂留青岛）。王度庐任旅大行政公署教育厅编审委员。李丹荃先在市教育局初教科任科员，后任教于英华坊小学和大同坊小学。

本年，重庆千秋书局出版《紫凤镖》。上海励力出版社还出版了王度庐的下列作品：《朱门绮梦》《小巷娇梅》《碧海狂涛》《古城新月》（此为《古城新月》连载本的三个分册），《海上虹霞》《灵魂之锁》（此为《海上虹霞》连载本的两个分册），《琴岛佳人》《少女飘零》《歌舞芳邻》（此为《虞美人》连载本的前四个分册，以下分册未见)，《洛阳豪客》(即《舞剑飞花录》)，《风尘四杰》，《香山侠女》，《春秋戟》，《龙虎铁连环》等。

1950年（庚寅） 42岁
王度庐在旅大行政公署教育厅任编审委员。

1951年（辛卯） 43岁
王度庐调入旅大师范专科学校任教员。

1953年（癸巳） 45岁
是年夏，王度庐调入沈阳东北实验学校（现辽宁省实验中学）任语文教员，李丹荃任该校舍务处职员。

1955年（乙未） 47岁
5月，《人民日报》公布《关于胡风反革命集团的材料》。在清查"胡风分子"时，王度庐曾经受到无端怀疑。

1956年（丙申） 48岁
1月13日，文化部发出《关于续发处理反动、淫秽、荒诞图书参考目录的通知(56)（文陈出密字第9号)》，其第二条称："有一些人专门编写反动、淫秽、荒诞的图书，如徐訏、无名氏、仇章专门编写政治上反动的、描写特务间谍的小说，张竞生、王小逸（捉刀人）、蓝白黑、笑生、待燕楼主、冷如雁、田舍郎、桑旦华专门编写含有反动政治内容或淫秽、色情成分的'言情小说'，朱贞木、郑证因、李寿民（还珠楼主）、王度庐、宫白羽、徐春羽专门编写含有反动政治内容或淫秽、色情成分的神怪、荒诞的'武侠小说'。为了肃清反动、淫秽、荒诞的图书，请各省市文化局在审读图书时，对于徐訏……徐春羽等二十一人编写的图书特别加以注意。但决定是否处理和如何处理，仍应按书籍内容而定。"（见中国出版科学研究所、中央档案馆编：《中华人民共和国出版史料》第8辑，中国书籍出版社，

2002。)

同年，王度庐加入中国民主促进会，并任该会沈阳市第五届市委委员；又曾被选为皇姑区政协委员和沈阳市第六届人民代表大会代表。

按：以上政治身份据辽宁省实验中学所存退休人员登记表及李丹荃回忆文。加入民进当在本年，其他事项或在其后，因无法查实年份，姑均暂系于本年。

1957年（丁酉）　49岁

实验中学也掀起"反右"运动，王度庐没有受到大冲击。

1966年（丙午）　58岁

"文化大革命"爆发。王度庐受到冲击，被贬入"有问题的人学习班"，接受"清队"审查。

1968年（戊申）　60岁

王度庐仍处于"逍遥"状态。

1969年（己酉）　61岁

王度庐当在是年被结束"审查"，获得"解放"，即被宣布没有查出问题，恢复原来的政治身份。

按：依照"文革"程序，"有问题的人"被"解放"之前，仍需召开一次表示"结案"的批判会。李丹荃在回忆文中写道："……开了一个小型批判会。也不知从什么地方找来一本《小巷娇梅》，批判者念一段，批判一番……当批判者念到生动有趣处，听者笑了，王度庐也忍不住笑了，当然要招来申斥：'你还笑？你要端正态度！'批判者们又从我们家拿走了我们的一本相册，里面有两张全家照片。一张中有我抱着1949年初生的幼子；另一张是我穿着在旅大行政公署发的女干部服装，王度庐穿着他兄弟给他的呢子干部服装。批判者举着照片说：'你们穿得这么好，可见你们过去生活多么优越！你爱人还穿着裙子！'……对他的批判只是一种虚张声势的形式。那些老师并未认真对待。"

1970年（庚戌）　62岁

是年春，王度庐以退休人员身份，随李丹荃下放到辽宁省昌图县泉头公社大苇子大队，不久转到泉头大队。

按：王度庐幼子在一封信里这样回忆父母被"下放"的情景："……我在农村'接受再教育'，得知后立即赶回家。前往农村时，年迈的父母坐在卡车顶上，一路颠簸。爸爸当时身体就很不好，加上这一折腾，半路解手时，站了半天也解不出来。妈妈晕车，走一路吐一路。那情景我现在回忆起来都止不住要流泪。"

其女则曾在一封信里回忆到昌图看望父母的情景："听说他们下乡了，我很急，不久就请假找去了。他们一辈子住在城里，父亲更是年老体弱，手无缚鸡之力，忽然到了农村，借住在人家的半间小屋里，怎么生活？""我还没走到家，就远远地看见父亲坐在一棵繁茂的大树下(很像一幅中国山水画)，我的心顿时平静下来了。他永远是那么心平气和，不知是怎么修炼的。""我女儿小时候跟我父母在农村住过。有一次闹觉(困了，不睡，哭闹)，我很烦，可我父亲说：'世界多美好啊，她是舍不得去睡觉啊。'""有时，父亲用手比成一个取景框，东照一下，西照一下，对我的小孩说：'快来看，这边是一个景，那边也是一个景。'(父亲原本喜欢摄影，在小说《海上虹霞》中曾写到购买'莱卡'照相机，就颇内行。)他还常让母亲下地干活回来时带些野花野草。那时父亲走路已不太方便了。"

1972年（壬子）　64岁

王度庐在昌图。其幼子考入迁至铁岭的沈阳农学院农学系。

1974年（甲寅）　66岁

1月14日，长子突然亡故，王度庐夫妇不胜哀痛。

同年，幼子毕业于迁至铁岭的沈阳农学院农学系，留校任教。李丹荃于下放人员"落实政策"时也被安排退休。

1975年（乙卯） 67岁

王度庐夫妇迁往铁岭与幼子同住。

1977年（丁巳） 69岁

2月12日，王度庐因病卒于铁岭。

按：李丹荃在回忆手稿中这样记述丈夫逝世的情景："儿子工作的学校已放了寒假，这天正是旧历年末。晚上儿子去办公室值夜，女儿远在几千里外工作。我们住在一间很小的宿舍里，暖气不热，电灯不亮，风吹得屋外树枝簌簌地响，偶然能听得到远处一声声犬吠。他病已重危，该说的话早已说完，他静静地合上双眼去了。我不愿惊动他，也不想叫别人，坐在床前陪伴着他，送他安静地走完了人生最后的旅程，时年六十八（周）岁……我遵从他的遗嘱，没有通知很多人，没有举行一切世俗的仪式，没有哀乐，没有纸花，悄然地由他的儿子和几位热情的青年同事用担架（把他）抬到离我家很近的火葬场。"

（承张元卿博士协助查阅南京《京报》并发现、提供有关陕西教育月刊、旬刊资料，特此致谢！）

2016年1月修订

《王度庐作品大系》书目一览表

武侠卷第一辑（2015年7月已出版）

1.鹤惊昆仑（上、下）2.宝剑金钗（上、下）3.剑气珠光（上、下）4.卧虎藏龙（上、下）5.铁骑银瓶（上、中、下）

武侠卷第二辑（2016年3月－7月已出版）

1.风雨双龙剑 2.彩凤银蛇传 3.纤纤剑 4.洛阳豪客 5.大漠双鸳谱 6.紫电青霜 7.紫凤镖 8.绣带银镖 9.雍正与年羹尧 10.宝刀飞 11.金刚玉宝剑

社会言情卷

1.落絮飘香（上、下）2.古城新月（上、中、下）3.海上虹霞 4.虞美人 5.晚香玉 6.粉墨婵娟 7.风尘四杰 8.香山侠女

早期小说与杂文卷（待出版）

1.杂文 2.早期小说：红绫枕 鳌汉海盗 黄河游侠传 3.散佚作品精选集：燕市侠伶 虞美人 春明小侠 春秋戟 寒梅曲